Elsa Morante
La Storia

Zu diesem Buch

»La Storia« – das heißt: »die Geschichte«, und dies im doppelten Sinne des Wortes. Elsa Morante breitet in diesem Roman das unvergleichliche und unverwechselbare Leben jener Unschuldigen vor uns aus, nach denen die Historie niemals fragt. In Rom erleben die Lehrerin Ida und ihre beiden Söhne den Faschismus, die Verfolgung der Juden, den Krieg und die Nachkriegszeit. Nino, der Ältere, der sich vom halbwüchsigen Rowdy zum Partisanen und dann zum Schwarzmarktgauner entwickelt, ist ein Taugenichts. Sein Bild tritt zurück hinter die leuchtende Gestalt des kleinen Bruders Giuseppe, dem kein langes Leben beschieden ist. Doch seine seltsame Frühreife verleiht ihm eine größere Kraft der Erkenntnis als die vieler anderer, die blind durch die Geschichte gehen, eine Geschichte, die alle zu ihren Opfern und manchmal auch die Opfer zu Schuldigen macht.

Elsa Morante, geboren 1918 in Rom und 1985 dort gestorben, schrieb Romane, Erzählungen, Lyrik und Kinderbücher. »La Storia« war neben Tomasi di Lampedusas »Der Leopard« und Ecos »Der Name der Rose« der größte italienische Bestseller der letzten Jahrzehnte.

Elsa Morante
La Storia

Roman

Aus dem Italienischen von
Hannelise Hinderberger

Piper München Zürich

Ungekürzte Taschenbuchausgabe
1. Auflage Februar 1987
11. Auflage Juni 2001
© 1974 Elsa Morante und Giulio Einaudi Editore, Turin
Titel der italienischen Originalausgabe: »La Storia«
© der deutschsprachigen Ausgabe:
1976 Piper Verlag GmbH, München
Umschlag: Büro Hamburg
Isabel Bünermann, Meike Teubner
Foto Umschlagvorderseite: Walter Rosenblum
Foto Umschlagrückseite: Jerry Bauer
Gesamtherstellung: Clausen & Bosse, Leck
Printed in Germany   ISBN 3-492-20747-2

Es gibt kein Wort des Trostes in irgendeiner menschlichen Sprache für Versuchstiere, die nicht wissen, warum sie sterben müssen.
                                    EIN ÜBERLEBENDER VON HIROSHIMA

... daß du solches verborgen hast den Weisen und Klugen, und hast es offenbart den Unmündigen. ... also war es wohlgefällig vor dir.
                                    LUKAS X, 21

POR EL ANALFABETO A QUIEN ESCRIBO

... 19**

> »... mir irgendeinen Katalog, eine Broschüre zu
> verschaffen, denn, liebe Mutter, die Neuigkeiten
> aus der weiten Welt gelangen nicht bis hier-
> her ...« Aus den SIBIRISCHEN BRIEFEN

... 1900–1905

Die neuesten wissenschaftlichen Erkenntnisse vom Aufbau der Materie kündigen den Beginn des Atomzeitalters an.

1906–1913

Es gibt keine großen Neuigkeiten in der Welt. Wie bereits alle auf dieser Erde vorangegangenen Jahrhunderte und Jahrtausende richtet sich auch dieses neue Jahrhundert nach dem unveränderlichen Prinzip geschichtlicher Dynamik: *den einen die Macht, den anderen die Knechtschaft*. Auf dieses Prinzip gründen sich sowohl die innere Gesellschaftsordnung (in jenen Jahren von den als *kapitalistisch* bezeichneten »Kräften« beherrscht) als auch die äußere, internationale Ordnung (die den Namen *Imperialismus* trägt). Letztere wird von einigen als »Mächte« bezeichneten Staaten beherrscht, die sich praktisch die gesamte Erdoberfläche in Besitztümer oder Imperien aufteilen. Zu ihnen hat sich als letzter Staat Italien gesellt, das den Rang einer Großmacht anstrebt. Um dieses Ziel zu erreichen, hat Italien sich bereits einiger schwächerer fremder Länder mit Waffengewalt bemächtigt und sich dadurch einen kleinen Kolonialbesitz geschaffen, der jedoch nicht als Imperium bezeichnet werden kann.
Obwohl sich die konkurrierenden »Mächte« noch immer drohend und bewaffnet gegenüberstehen, schließen sie sich nach und nach zu *Blöcken* zusammen, und zwar um ihre Interessen gemeinsam zu verteidigen (die sich im Inneren mit den Interessen der kapitalistischen »Kräfte« decken; den anderen, die in Knechtschaft leben, die nicht am Gewinn beteiligt, gleichwohl nützlich sind, werden diese Interessen in Form ideeller Abstraktionen präsentiert; diese ändern sich wiederum im selben Maße wie die Praxis der Propaganda, die z. B. den Begriff *Vaterland* benutzt).
Zu jener Zeit ringen in Europa zwei Blöcke um die Vormacht: die *Entente*, Frankreich, England und das zaristische Rußland, und der *Dreibund* Deutschland, Österreich-Ungarn und Italien (Italien wird später zur Entente übergehen).
Im Mittelpunkt aller sozialen und politischen Bewegungen stehen die Großindustrien, die im Verlauf eines enormen Wachstums zu *Massenindustrien* geworden sind (die den Arbeiter »zu einem einfachen Zubehör der Maschine erniedrigen«). Um zu funktionieren, sind sie auf den Konsum und damit auf die Massen angewiesen – und umgekehrt. Und da die Industrien immer im Dienst von »Mächten« stehen, entfällt der Hauptteil ihrer Produktion notwendigerweise auf die Herstellung von Kriegsmaterial *(Wettrüsten)*, das in einer Wirtschaft des Massenkonsums seinen Absatz in einem Massen- und Materialkrieg finden muß.

1914
Ausbruch des Ersten Weltkrieges zwischen den beiden Blöcken der einander feindlich gegenüberstehenden »Mächte«, denen sich nach und nach andere Verbündete oder Satelliten anschließen. Die neuen (bzw. weiterentwickelten) Erzeugnisse der Rüstungsindustrie, unter ihnen Tanks und Giftgas, werden erstmalig eingesetzt.

1915–1917
Obwohl die Mehrheit der italienischen Bevölkerung den Krieg ablehnt (und daher als defätistisch bezeichnet wird), setzen sich mit dem Kriegseintritt Italiens an der Seite der Entente der König, die Nationalisten und die verschiedenen Interessengruppen durch. Unter anderem stellt sich auch die Supermacht der Vereinigten Staaten auf die Seite der Entente.
In Rußland wird der Krieg gegen die Mittelmächte beendet, im Anschluß an die große marxistische Revolution zur Errichtung des internationalen Sozialismus, die von Lenin und Trotzki angeführt wird. (»Die Arbeiter haben kein Vaterland.« »Kriege gegen den Krieg führen.« »Den imperialistischen Krieg in einen Bürgerkrieg verwandeln.«)

1918
Der Erste Weltkrieg endet mit dem Sieg der Entente und ihrer damaligen Verbündeten. (27 siegreiche Nationen, unter ihnen auch das japanische Kaiserreich.) Zehn Millionen Tote.

1919–1920
Die Siegermächte und ihre Alliierten werden bei der Friedenskonferenz von siebzig Personen vertreten, die untereinander die neue Weltaufteilung vornehmen und die neue Europakarte entwerfen. Mit dem Untergang und der Zerstückelung der besiegten Mittelmächte wird auch die Übergabe ihres Kolonialbesitzes an die Siegermächte beschlossen. Weiterhin werden nach dem Nationalitätenprinzip die neuen unabhängigen europäischen Staaten (Albanien, Jugoslawien, Tschechoslowakei und Polen) gegründet. Deutschland wird unter anderem die Abtretung des *Polnischen Korridors* aufgelegt, der das nationale Territorium Deutschlands zerteilt und Polens Zugang zum Meer darstellt.
Die Friedensverträge werden von einigen Verhandlungspartnern als unbefriedigend angefochten und nicht als endgültig hingenommen, unter anderem von Italien (*verstümmelter Frieden*); sie erweisen sich für die Menschen der besiegten Länder, die zu Hunger und Verzweiflung verurteilt werden (*strafender Frieden*), als unerträglich.
Bei den Friedensverhandlungen fehlt Rußland, das zum damaligen Zeitpunkt durch das Eingreifen der Großmächte (Frankreich, England, Japan und USA), die sich im Bürgerkrieg gegen die Rote Armee stellen, eingekreist und in ein internationales Schlachtfeld verwandelt ist. Während dieser entscheidenden Phase, in der Rußland unter Massakern, Epidemien und Entbehrungen leidet, wird in Moskau die *Komintern* (die kommunistische Internationale) gegründet, die alle Proletarier der Welt, ohne Unterschied von Rasse, Sprache und Nationalität, zum gemeinsamen Kampf für die revolutionäre Einheit aufruft, um einer internationalen Republik des Proletariats den Weg zu ebnen.

1922

Nach Jahren des Bürgerkrieges, der mit dem Sieg der Revolutionäre endet, wird aus dem alten Rußland der neue Staat der UdSSR. Dieser sollte für alle »Verdammten der Erde«, deren Elend durch den Krieg – gleich, ob er nun gewonnen oder verloren war – nur noch verschlimmert worden war, zu einem Zeichen der Hoffnung werden. Für die anderen Mächte sowie für die Großgrundbesitzer und Industriemagnaten, für die der Krieg hauptsächlich ein großangelegtes Geschäft bedeutet hatte, sollte sie hingegen das berühmte *Gespenst* des Kommunismus verkörpern, das jetzt Europa drohte. Diese Kriegsgewinner schließen sich in Italien (dem Sitz einer ihrer übelsten Niederlassungen) mit ihren Handlangern und all denen zusammen, die den *verstümmelten Frieden* anfechten, um ihre eigenen Interessen rücksichtslos durchzusetzen. Und sie finden bald ein für sie geeignetes Instrument in Benito Mussolini, einem mittelmäßigen Ehrgeizling, der allen Abschaum Italiens in sich verkörpert.

Dieser hatte es, nachdem er zunächst seinen Aufstieg unter dem Banner des Sozialismus versucht hatte, vorteilhafter gefunden, ins Lager der etablierten Mächte (des Großkapitals, des Königs und schließlich auch des Papstes) überzuwechseln. Einzig auf der programmatischen Basis eines hundertprozentigen, militanten und platten Antikommunismus rief er seine *fasci* (Bündel, daher das Wort Faschismus) ins Leben, eine Clique von hörigen Gefolgsleuten und Meuchelmördern der bürgerlichen *Revolution*. Und in dieser Gesellschaft sorgt er für die Interessen seiner Auftraggeber, und zwar durch terroristische Gewalt, die von den armseligen Stoßtrupps käuflicher Wirrköpfe ausgeübt wird. Diesem Mann überträgt der König Italiens (der außer dem ererbten Königstitel keine nennenswerten Verdienste aufzuweisen hat) gern die Regierungsgewalt über die Nation.

1924–1925

In Rußland stirbt Lenin. Unter seinem Nachfolger, der sich den Namen Stalin (der Stählerne) zugelegt hat, werden auf Grund der inneren Erfordernisse (wie Kollektivierung, Industrialisierung, Verteidigung gegen die vom Antikommunismus geeinten Mächte usw.) in verhängnisvoller Weise die Ideale Trotzkis und der Komintern (*permanente Revolution*) zugunsten der Stalinschen These (*Sozialismus in einem Land*) zurückgestellt. Das geht so weit, daß die von Marx vorhergesagte *Diktatur des Proletariats*, nachdem sie zur hierarchischen Diktatur einer Partei reduziert worden ist, zur persönlichen Diktatur Stalins herunterkommt.

In Italien herrscht inzwischen die totalitäre Diktatur des Faschisten Mussolini, der nun auch eine demagogische Formel zur Verstärkung seiner Macht ersonnen hat. Diese wirkt besonders auf den Mittelstand, der, unseligerweise nicht im Besitz wirklicher Ideale, in falschen Idealen einen Ausgleich für seine eigene Mittelmäßigkeit sucht. Mussolinis Formel besteht in der Beschwörung der *glorreichen* Herkunft der Italiener als der rechtmäßigen Erben der größten Macht der Geschichte, des kaiserlichen Roms der Cäsaren. Aufgrund dieser und anderer Schlagworte nationaler Ausrichtung wird Mussolini zum »Massenidol« erhoben und legt sich den Titel *Duce* zu.

1927–1929

In China beginnt der von Mao Tse-tung angeführte Guerillakrieg der kommunistischen Revolutionäre gegen die zentrale nationalistische Macht.

In der UdSSR: Niederlage der Opposition. Trotzki wird zuerst aus der Partei ausgeschlossen und dann aus der Sowjetunion ausgewiesen.
In Rom: *Lateranverträge* des Vatikans mit den Faschisten.

1933

In einer der italienischen Situation vergleichbaren Lage übergeben in Deutschland die herrschenden Kräfte dem Begründer des deutschen Faschismus (Nationalsozialismus, *Nazismus*), Adolf Hitler. die Macht – einem unseligen Besessenen, der dem Laster des Mordens verfallen ist (»der Zweck ist die Ausschaltung der lebendigen Kräfte«). Hitler steigt mit dem Titel »Führer« ebenfalls zu einem Massenidol empor und wählt zu seiner Machtformel die Überlegenheit der arischen Rasse über alle anderen Menschenrassen. Folglich fordert das Programm des Großdeutschen Reiches die Versklavung und totale Ausrottung aller minderwertigen Rassen, angefangen bei den Juden.
In Deutschland beginnt die systematische Judenverfolgung.

1934–1936

Der *Lange Marsch* Mao Tse-tungs durch China (12 000 km) entgeht der Einkreisung durch die in der Übermacht befindlichen Streitkräfte der Nationalregierung (Kuomintang). Von den 130 000 Mann der Roten Armee kommen nur 30 000 lebend an.
In der UdSSR beginnt Stalin (der jetzt auch zum »Massenidol« aufgestiegen ist) mit der »großen Säuberung«, d. h. der zunehmenden physischen Eliminierung der alten Revolutionäre aus Partei und Armee.
Unter Berufung auf das römische Kaiserreich bemächtigt sich Italien unter Führung des Duce mit Waffengewalt Abessiniens (eines unabhängigen afrikanischen Staates) und erklärt sich selbst zum Imperium.
In Spanien provoziert der katholische Faschist Franco (später *Generalissimus* und *Caudillo* genannt) im Auftrag der bereits erwähnten Mächte, die sich unter der Drohung des kommunistischen Gespenstes zusammengeschlossen haben, den Bürgerkrieg.
Nach drei Jahren Verwüstung und Massenmord (unter anderem bürgert sich in Europa die Methode ein, ganze bewohnte Städte aus der Luft zu zerstören) behalten die Faschisten (Falangisten) dank der massiven Unterstützung des Duce und des Führers und mit der stillen Duldung aller übrigen Mächte der Welt die Oberhand.
Der Führer und der Duce verbünden sich in der *Achse Rom–Berlin*, die in der Folge im sogenannten *Stahlpakt* gefestigt wird.

1937

Nachdem das kaiserliche Japan einen *Anti-Komintern-Pakt* mit den Ländern der Achse geschlossen hat, dringen japanische Truppen in China ein, wo zur Errichtung einer gemeinsamen Front der Bürgerkrieg vorübergehend unterbrochen wird.
Da die UdSSR in einer Welt, deren Interessen dem Kommunismus feindlich gegenüberstehen, politisch isoliert ist, wendet Stalin, während er im Innern das Terrorsystem verstärkt praktiziert, in den Beziehungen zu den ausländischen Mächten immer mehr die Strategie einer *Realpolitik* an.

1938

Nachdem zunächst nur die Spitzen der sowjetischen Bürokratie von Stalins Säuberungswelle betroffen waren, wird nun der Terror auch auf das Volk ausgedehnt (Millionen und Abermillionen von Verhaftungen und Deportationen in die Arbeitslager, willkürliche Todesurteile, deren Zahl ins Ungeheuerliche steigt usw.). Dennoch ist die UdSSR für die Massen aller Unterdrückten in der Welt – die übrigens schlecht informiert und ständig getäuscht werden – weiterhin das einzige Vaterland ihrer Hoffnung. (Es ist immer schwer, auf eine Hoffnung zu verzichten, wenn es keine andere Hoffnung gibt.)

Das *Münchner Abkommen* zwischen den Achsenmächten und den westlichen Demokratien.

In Deutschland leitet die blutige Nacht, die als *Kristalnacht* bekannt wurde, praktisch den offenen Völkermord der Deutschen an den Juden ein.

Nach dem Vorbild des verbündeten Deutschland verkündet auch Italien seine Rassengesetze.

1939

Trotz der in München mit den Westmächten getroffenen beschwichtigenden Vereinbarungen denkt Hitler nicht daran, von seinem Programm abzuweichen, das in erster Linie die Durchsetzung deutscher imperialistischer Ziele und die Revision des zwanzig Jahre zuvor verkündeten *strafenden Frieden* fordert. Daher ist nach der Annexion Österreichs Hitlers nächster Schritt der Einmarsch in die Tschechoslowakei (wobei er sogleich vom Duce nachgeahmt wird, der Albanien annektiert). Hitler tritt in diplomatische Verhandlungen mit Stalin ein.

Das Ergebnis der Verhandlungen ist ein Nicht-Angriffspakt zwischen dem nationalsozialistischen Deutschland und der Sowjetunion. Dieser erlaubt den beiden Vertragspartnern den Überfall auf Polen und dessen Teilung. Auf die Blitzaktion der Hitler-Truppen gegen Westpolen reagieren Frankreich und England mit der Kriegserklärung an Deutschland. Der Zweite Weltkrieg ist ausgelöst.

Für das Kriegsmaterial sorgt die auf Hochtouren laufende Produktion der Rüstungsbetriebe, die Millionen von Menschen an die Maschinen gestellt und neue Waffen entwickelt haben (schon zu Beginn des Krieges werden die neuen, modern bewaffneten Panzer sowie Jagd- und Bombenflugzeuge mit großem Aktionsradius eingesetzt).

Inzwischen ist Stalin dabei, seine eigenen strategischen Pläne durchzuführen (die schon den unvermeidbaren Zusammenstoß mit dem Deutschen Reich vorsehen).

Nach der Invasion Polens vom Osten her unterwirft er sich die baltischen Staaten, und zwar gegen den aussichtslosen Widerstand Finnlands, das schließlich von der Sowjetarmee besiegt wird. Auch die sowjetische Industrie arbeitet mit vollem Einsatz an der Massenproduktion von Kriegsmaterial, wobei sie sich besonders auf die Entwicklung moderner Raketenwerfer von höchster Schlagkraft spezialisiert.

Frühling–Sommer 1940

Die erste Phase des Zweiten Weltkrieges ist durch ein überaus rasches Vorrücken der deutschen Wehrmacht gekennzeichnet, die nach der Besetzung Dänemarks, Norwegens, Hollands, Belgiens und Luxemburgs in Frankreich bis vor die Tore von Paris vorstößt. Der Duce, der sich bisher weitgehend neutral verhalten hat, der aber nun davon ausgeht, der Sieg stehe unmittelbar bevor, beschließt, dem Stahlpakt bis zum äußersten die Treue zu halten. (»Ein paar tausend Menschen müssen geopfert werden, damit ich mich an den Tisch der Friedenskonferenz setzen kann.«) Vier Tage vor dem Einmarsch der Deutschen in Paris erklärt er Großbritannien und Frankreich den Krieg. Weder die triumphalen Erfolge Hitlers noch seine Friedensangebote erzwingen jedoch den Rückzug Großbritanniens, das im Gegenteil erbitterten Widerstand leistet; die italienische Intervention bewirkt andererseits die Eröffnung einer neuen Front im Mittelmeer und in Afrika. Der anfängliche Blitzkrieg der Achse breitet sich nach allen Richtungen aus und zieht sich wider Erwarten in die Länge.

Luftschlacht Hitlers gegen England, mit ununterbrochener Bombardierung und der totalen Zerstörung von Straßen, Häfen, Anlagen und ganzen bewohnten Städten. Das Wort »*coventrisieren*«, abgeleitet von der englischen Stadt Coventry, die durch die deutschen Luftangriffe in Staub und Asche sank, wird zu einem Begriff. Der Bombenterror, der ohne Unterbrechung über Wochen und Monate hinweg fortgesetzt wird und (im Hinblick auf eine die Entscheidung herbeiführende Landung) die Brechung des britischen Widerstands bezweckt, erzielt trotz allem nicht die erwünschte Wirkung.

Die fortdauernden Kriegshandlungen an der Westfront bringen jedoch den Führer nicht von seinen weiteren Geheimplänen, vor allem nicht von dem als nächstes vorgesehenen Angriff gegen die Sowjetunion ab (der im historischen Plan des Großdeutschen Reiches vorgesehen ist, welcher die Vernichtung der minderwertigen slawischen Rasse und zugleich die totale Ausrottung des bolschewistischen Gespenstes fordert). Aber auch hier unterschätzt der Führer die Reserven des Gegners sowie die Risiken des Unternehmens.

Dreimächtepakt zwischen Deutschland, Italien und Japan mit dem Plan, in Eurasien eine »neue, imperialistisch-faschistische Ordnung« einzurichten. Dem Pakt treten bei: Ungarn, Rumänien, Bulgarien, die Slowakei und Jugoslawien.

Herbst–Winter 1940

Überraschender Überfall Italiens auf Griechenland, der von den Verantwortlichen als »ein harmloser Spaziergang« angekündigt wird. Der schlecht geplante Angriff erweist sich jedoch als Katastrophe für die Italiener, die von den Griechen zurückgeworfen werden. Sie ziehen sich in die Berge des Epirus zurück und werden dort in ungeordneten Haufen, die vom Nachschub abgeschnitten sind, vom Winter überrascht. Die italienische Flotte erleidet im Mittelmeer sehr schwere Verluste.

In Nordafrika: Schwierige Verteidigung der italienischen Stellungen, die von der britischen Wüstenarmee bedroht werden ...

*An einem Januartag des Jahres
1941
ging ein deutscher Soldat
durch das Viertel San Lorenzo in Rom.
Er konnte nicht mehr als vier Worte Italienisch,
und von der Welt wußte er wenig oder nichts.
Mit Vornamen hieß er Gunther.
Der Familienname bleibt unbekannt.*

1

An einem Januartag des Jahres 1941 streifte ein deutscher Soldat, der sich auf der Durchfahrt befand und den Nachmittag frei hatte, ziellos durch das Stadtviertel San Lorenzo in Rom. Es war etwa zwei Uhr, und wie gewöhnlich waren um diese Zeit nur wenige Menschen auf der Straße. Keiner der Vorübergehenden beachtete den Soldaten. Die Deutschen waren in diesem Krieg zwar mit den Italienern verbündet, aber in gewissen Arbeitervororten waren sie nicht gern gesehen. Auch unterschied sich der Soldat in nichts von seinen Artgenossen: groß, blond und mit dem üblichen fanatischen Disziplineifer hatte er, zumal in der Art wie er die Mütze trug, etwas ausgesprochen Herausforderndes.
Dem aufmerksamen Beobachter wären natürlich gewisse charakteristische Merkmale nicht entgangen. So hatte sein Blick etwas Verzweifeltes, das im Gegensatz zu seinem kriegerischen Gang stand. Obgleich seine Körpergröße etwa 1,85 m betrug, verriet sein Gesicht noch eine unglaubliche Unreife. Seine Uniform war zwar neu und saß auch eng geschnitten auf seinem mageren Körper, doch war sie an Taille und Ärmeln zu kurz, so daß seine Handgelenke, breitknochig und einfältig wie die eines Bauern oder Arbeiters, nackt daraus hervorschauten – was bei einem Soldaten des Großdeutschen Reichs schon komisch aussah, vor allem damals, zu Anfang des Krieges.
In der Tat war er letzten Sommer und Herbst zur Unzeit in die Höhe geschossen – so sehr, daß sein Gesicht gewissermaßen aus Zeitmangel nicht mitgekommen und genauso geblieben war wie zuvor und ihm ständig vorzuwerfen schien, er sei nicht alt genug, auch nur den geringsten Dienstgrad zu bekleiden. Er war ein einfacher Rekrut und eben erst eingezogen worden. Bis zu seiner Einberufung hatte er bei seinen Geschwistern und seiner verwitweten Mutter im Elternhaus in Bayern gelebt, in der Nähe von München.
Genauer gesagt, stammte er aus dem kleinen Landstädtchen Dachau, das später, nach Kriegsende, durch das in der Nähe gelegene »Arbeitslager« und die angeschlossene »Sonderstation für biologische Experimente« zu traurigem Ruhm kommen sollte. Zu der Zeit jedoch, als der Bub dort

aufwuchs, befand sich diese ungeheuerliche Todesmaschine noch in ihrem geheimen Anfangs- und Versuchsstadium. Nicht nur in der Umgebung, sondern bis hin ins Ausland galt das Lager sogar als eine Art Mustersanatorium für Abweichler und Entgleiste . . . Damals hatte es nicht mehr als fünf- bis sechstausend Insassen, doch sollte sich ihre Zahl von Jahr zu Jahr vergrößern. Am Ende, 1945, betrug die Zahl der Menschen, die man dort umgebracht hatte, 66 428.
Die persönliche Erfahrung des Soldaten, mit der er freilich nicht in die unausdenkbare Zukunft vorstoßen konnte, war hinsichtlich der Vergangenheit und auch der Gegenwart auf einige wenige ziemlich verworrene Erlebnisse beschränkt geblieben. Sein Heimatstädtchen in Bayern war der einzige klare und vertraute Punkt im schwindelerregenden Tanz des Schicksals. Außer Dachau kannte er, ehe er Soldat wurde, nur München, wo er gelegentlich kleinere Arbeiten als Elektriker ausgeführt hatte und von einer älteren Prostituierten in die Liebe eingeführt worden war.
Der römische Wintertag war bedeckt und schwül. Gestern war Epiphanias gewesen – »Heilige Drei Könige, der Feste werden weniger«, wie es im italienischen Volksmund heißt –, und unser Soldat war erst vor wenigen Tagen vom Weihnachtsurlaub bei seiner Familie zurückgekehrt.
Mit Vornamen hieß er Gunther. Der Familienname bleibt unbekannt.
Man hatte ihn an jenem Morgen in Rom abgesetzt, für eine kurze Vorbereitungsetappe auf einer langen Fahrt, deren Ziel nur dem Generalstab, nicht aber der Truppe bekannt war. Bei den Kameraden seiner Abteilung mutmaßte man im stillen, das geheimnisvolle Ziel sei Afrika, wo man offensichtlich beabsichtigte, Garnisonen zur Verteidigung der Kolonialbesitzungen des verbündeten Italien zu errichten. Diese Nachricht hatte ihn zunächst förmlich elektrisiert, denn sie versprach ein echtes exotisches Abenteuer.
AFRIKA! Wie das klang für jemanden, der kaum den Kinderschuhen entwachsen und bisher nicht weiter gekommen war als mit dem Fahrrad oder dem Bus bis München!

    AFRIKA! AFRIKA!
    . . . Mehr als tausend Sonnen und zehntausend Trommeln.
    Zanz tamtam, baobab ibar!
    Tausend Trommeln und zehntausend Sonnen
    über Brotbäumen und Kakaopflanzen!
    Rot, orange, grün und rot.
    Die Affen spielen Fußball mit den Kokosnüssen.
    Da kommt der Hexenmeister Mbunumnu Rubumbu,
    unter einem Papageienfederschirm!!!
    Da reitet der weiße Räuber auf einem Büffel
    und durchstreift die Drachenberge und den Atlas.

Zanz tamtam baobab ibar,
in den Tunneln der Flußwälder,
wo die Ameisenbären wimmeln und springen!
Ich habe eine Hütte voller Gold und Diamanten,
und auf meinem Dach hat sich ein Strauß sein Nest gebaut.
Ich gehe tanzen mit den Kopfjägern.
Ich habe eine Klapperschlange verzaubert.
Rot, orange, grün, rot.
Ich schlafe in einer Hängematte am Ruwenzori.
Im Land der tausend Hügel
fang' ich die Löwen und Tiger wie Hasen.
Ich fahr' im Einbaum auf dem Nilpferdfluß.
Tausend Trommeln und zehntausend Sonnen!
Ich fange Krokodile wie Eidechsen
im See Ugami
und im
Limpopo.

Hier in Italien war er zum erstenmal in der Fremde. Und dieser Zwischenaufenthalt hätte ihm durchaus einen Vorgeschmack all des Neuartigen und Aufregenden geben können, das ihn erwartete. Aber schon vor der Ankunft, schon beim Verlassen deutschen Bodens hatte ihn insgeheim eine schreckliche Schwermut befallen, ein Zeichen dafür, wie unreif und voller Widersprüche er noch war. Ein wenig war er begierig auf Abenteuer, ein wenig war er, ohne es zu wissen, noch ein rechtes Muttersöhnchen. Einmal versprach er sich, ungeheure Heldentaten zu vollbringen und seinem Führer Ehre zu machen, zugleich aber wurde er den Verdacht nicht los, der Krieg sei eine sinnlose vom Generalstab ausgeheckte Algebra, die ihn nichts anging. Auf der einen Seite war er zu jeder Gewalttat bereit, auf der anderen quälte ihn unablässig der mitleidige Gedanke an seine Prostituierte in München, die jetzt alt war und bestimmt nicht mehr viele Kunden finden würde.

Je weiter die Reise nach Süden ging, desto mehr verdrängte die trübselige Stimmung jede andere Anwandlung, bis er schließlich den Landschaften, den Leuten, jedem Schauspiel und allem Neuen gegenüber blind wurde. »So werde ich also«, sagte er sich, »wie eine Katze im Sack in den schwarzen Erdteil verfrachtet!« Diesmal dachte er nicht *Afrika*, sondern *schwarzer Erdteil*! Dabei hatte er das Bild einer schwarzen Zeltbahn vor Augen, die sich schon jetzt endlos über ihm ausbreitete und ihn von seinen Kameraden trennte. Und seine Mutter, seine Geschwister, die Kletterpflanzen am Haus, der Ofen im Flur – das alles entfernte sich wie ein Spiralnebel jenseits der schwarzen Zeltbahn, wie eine Galaxis, die durchs Universum flieht.

In dieser Stimmung war er, als er jetzt in Rom seinen Nachmittagsausgang dazu benutzte, um allein und auf gut Glück durch die Straßen nahe bei der Kaserne zu gehen, in der sie seine Einheit für die Dauer des Aufenthalts untergebracht hatten. So gelangte er zufällig ins Viertel San Lorenzo, wie ein von Wärtern umringter Angeklagter, der nun mit seinem letzten lächerlichen Stück Freiheit kaum mehr anzufangen weiß als mit einem Fetzen Stoff. Er konnte nicht mehr als vier Worte Italienisch, und von Rom wußte er nur das Wenige, das man im Vorbereitungslehrgang lernt. So war es denn leicht möglich, daß er in den alten und heruntergekommenen Mietskasernen von San Lorenzo die antiken Baudenkmäler der Ewigen Stadt sah. Und als er jenseits der dicken Umfassungsmauern des Friedhofs Verano die häßlichen Grabmäler sah, meinte er, daß dies die historischen Gräber der Cäsaren und der Päpste seien. Aber er blieb nicht stehen, um sie zu betrachten. In diesem Augenblick waren das Kapitol und das Kolosseum für ihn nichts weiter als Schutthaufen. Die Geschichte war ein Fluch. Und auch die Geographie.
Um die Wahrheit zu sagen: das einzige, was er in den Straßen Roms in diesem Moment instinktiv suchte, war ein Bordell. Nicht so sehr wegen eines drängenden und unwiderstehlichen Verlangens, als vielmehr, weil er sich so allein vorkam und weil es ihm schien, einzig im Körper einer Frau, versunken in jenem warmen und freundlichen Nest, würde er sich weniger einsam fühlen. Doch für einen Fremden in seiner Lage und seiner düsteren und grimmigen Stimmung bestand wenig Hoffnung, in jener Umgebung und zu dieser Stunde, ohne daß jemand ihm den Weg zeigte, eine solche Zuflucht zu finden. Auch gab es für jemand wie ihn keine Aussicht auf das Glück einer zufälligen Straßenbekanntschaft, da der Soldat Gunther, obwohl er, ohne es zu wissen, sich zu einem hübschen Jungen entwickelt hatte, immer noch ziemlich unerfahren und im Grunde genommen sogar schüchtern war.
Ab und zu machte er sich Luft, indem er den Steinen, die ihm unter die Füße gerieten, Tritte versetzte. Vielleicht gefiel er sich auch einen Moment lang in der Vorstellung, der berühmte Andreas Kupfer oder irgendein anderer seiner Fußball-Idole zu sein. Doch sogleich fiel ihm wieder ein, daß er die Uniform eines Soldaten der Wehrmacht trug. Dann nahm er mit einem Ruck wieder Haltung an, wobei seine Mütze sich ein wenig verschob.
Die einzige Höhle, auf die er bei dieser erbärmlichen Suche stieß, war ein Kellerlokal, zu dem ein paar Stufen hinunterführten und über dem ein Schild hing: *Vino e cucina – Da Remo*. Und da er sich erinnerte, daß er an diesem Tag seine Mittagsration, weil ihm nicht nach Essen war, einem Kameraden überlassen hatte, merkte er plötzlich, daß er eigentlich doch hungrig war. Er stieg hinunter und betrat das Lokal, verführt von der

Hoffnung auf einen, wenn auch nur kleinen, Trost. Er wußte, daß er sich in einem verbündeten Land befand, und erwartete zwar gewiß nicht, in jenem gemütlichen Keller mit Generalsehren empfangen zu werden, jedoch hoffte er immerhin auf eine herzliche und familiäre Aufnahme. Allein, sowohl der Wirt wie auch der Kellner begegneten ihm kalt, lustlos und mißtrauisch mit schrägen Blicken, daß ihm gleich der Hunger verging. Da blieb er, anstatt sich zum Essen hinzusetzen, am Tresen stehen und bestellte in herrischem Ton Wein. Und nach einem gewissen Widerstand seitens der beiden und einigem Getuschel im Hinterzimmer bekam er ihn auch.
Er war alles andere als ein Trinker. Und in jedem Fall zog er dem Geschmack des Weins den des Biers vor, denn dieses war ihm seit seiner Kindheit vertraut. Trotzdem ließ er sich demonstrativ fünfmal einen Viertelliter Wein bringen, in jedesmal drohenderem Ton, und stürzte ihn in großen Schlucken, ein Viertel ums andere, hinunter wie ein sardischer Bandit. Heftig warf er dann fast das ganze bißchen Geld, das er in der Tasche hatte, auf die Theke; am liebsten hätte er vor Zorn den Tresen und die Tische umgeworfen, sich nicht mehr wie ein Soldat eines verbündeten Landes verhalten, sondern sich wie ein Eindringling und Mörder gebärdet. Doch eine leichte Übelkeit, die vom Magen aufstieg, hielt ihn davon ab. Und mit noch recht martialischem Schritt trat er an die frische Luft.
Der Wein war ihm in die Beine gefahren und zu Kopf gestiegen. Und im faulig riechenden Südwind draußen, der ihm den Atem nahm, überkam ihn das unsinnige Verlangen, zu Hause zu sein, sich in seinem kurzen Bett zu verkriechen, im kalten, moorigen Geruch der Erde und dem lauwarmen Dunst des Weißkohls, den seine Mutter in der Küche aufwärmte. Doch dank des Weins machte ihn dieses mächtige Heimweh, anstatt ihn zu quälen, fröhlich. Für einen Betrunkenen ist alles möglich, wenigstens für einige Augenblicke. Warum sollte nicht plötzlich ein Flugzeug vor ihm landen und ihn nach Bayern fliegen? Oder ihm ein Funkspruch die Verlängerung seines Urlaubs bis Ostern melden?
Er ging noch ein kurzes Stück den Gehsteig entlang, dann bog er aufs Geratewohl um die Ecke, und beim ersten Haustor blieb er auf der Schwelle stehen, mit dem übermütigen Gedanken, sich dort drinnen hinzulegen und zu schlafen – gegebenenfalls irgendwo auf der Treppe oder unter dem Treppenabsatz, wie beim Karneval, wenn alles erlaubt ist und keiner sich darum kümmert, was der andere treibt. Er dachte nicht mehr an seine Uniform. Eine ganz andere Gewalt regierte plötzlich über die Welt, die Militärgesetze des Reiches waren auf einmal kindlicher Willkür unterworfen. Diese Gesetze waren nichts als eine Komödie, und Gunther pfiff darauf. In diesem Augenblick wäre er fähig gewesen, irgendein

weibliches Geschöpf, das zufällig an diesem Haustor aufgetaucht wäre (und wir meinen nicht ein gewöhnliches Mädchen oder Hürchen des Viertels, sondern irgendein beliebiges weibliches Tier – eine Stute, eine Kuh, eine Eselin!) und das ihn nur ein klein wenig menschlich angeschaut hätte, ungestüm zu umarmen und es, vielleicht sogar wie ein Verliebter zu seinen Füßen liegend, »Mutter« zu nennen. Und als er einen Augenblick später eine Bewohnerin des Hauses um die Ecke kommen sah, eine kleine Frau von bescheidenem, aber anständigem Aussehen, die mit Taschen und Einkaufskörben beladen heimkehrte, zögerte er nicht, ihr »Signorina! Signorina!« zuzurufen (das war eines der vier italienischen Wörter, die er kannte). Und mit einem Satz stellte er sich entschlossenen Schritts vor sie hin, obwohl er selbst nicht wußte, was er von ihr wollte.
Sie aber, als sie ihn so auf sich zukommen sah, starrte ihn mit einem ganz und gar unmenschlichen Blick an, als stünde sie plötzlich vor der leibhaftigen Erscheinung des Grauens.

2

Die Frau war von Beruf Volksschullehrerin und hieß Ida Ramundo, verwitwete Mancuso. Eigentlich hätte ihr Vorname nach dem Willen ihrer Eltern Aida lauten sollen. Aber einem Irrtum zufolge war sie beim Standesamt als Ida eingetragen worden, und von ihrem kalabresischen Vater wurde sie Iduzza genannt.
Sie hatte ihr siebenunddreißigstes Jahr vollendet und gab sich wahrhaftig keine Mühe, jünger auszusehen. Ihr ziemlich ausgezehrter und formloser Körper mit den welken Brüsten und den auf unschöne Weise in die Breite gegangenen unteren Partien war notdürftig von einem dunkelbraunen Altfrauenmäntelchen bedeckt, mit einem kleinen, abgenutzten Pelzkragen und schmutzgrauem Futter, das zerschlissen aus den Ärmeln hervorschaute. Sie trug auch einen Hut, der mit zwei billigen Hutnadeln festgesteckt und mit einem schwarzen Schleierchen aus ihrer frühen Witwenzeit versehen war. Außer durch den Witwenschleier wurde ihr ziviler Stand, nämlich der einer *Frau* und nicht eines Fräuleins, auch noch von dem Ehering an ihrer linken Hand bezeugt (einem stählernen anstelle des goldenen, der seinerzeit anläßlich des abessinischen Unternehmens dem Vaterland geopfert worden war). Ihre krausen und tiefschwarzen Locken begannen zu ergrauen. Doch das Alter hatte ihr rundes Gesicht mit den vollen Lippen seltsam unberührt gelassen; es schien das Gesicht eines früh gealterten Kindes zu sein.

Und wirklich war Ida im Grunde ein Kind geblieben: ihre Beziehung zur Welt äußerte sich seit jeher (bewußt oder unbewußt) vor allem in einer ängstlichen Scheu. Die einzigen, die ihr keine Angst eingeflößt hatten, waren ihr Vater, ihr Mann und später vielleicht ihre kleinen Schüler gewesen. Der ganzen übrigen Welt gegenüber empfand sie eine bedrohliche Ungewißheit, die, ohne daß Ida es wußte, in wer weiß was für einer Stammesvorgeschichte ihre Wurzeln hatte. Und in ihren großen dunklen Mandelaugen lag eine leidende Sanftheit von tiefer und unheilbarer Barbarei, die ein Vorauserkennen auszudrücken schien.

Vorauserkennen ist jedoch nicht das geeignete Wort, denn das Erkennen war davon ausgeschlossen. Die Fremdartigkeit dieser Augen erinnerte vielmehr an den geheimnisvollen Schwachsinn der Tiere, die nicht mit dem Geist, sondern mit einem Sinn ihrer verletzlichen Körper von der Vergangenheit und der Zukunft jeden Schicksals »wissen«. Ich möchte diesen Sinn – der ihnen gemeinhin eigen und ein Teil der übrigen Sinne ist – den *Sinn für das Heilige* nennen; wobei bei den Tieren unter dem *Heiligen* jene universale Macht zu verstehen ist, die sie verzehren und vernichten kann, einzig deshalb, weil sie schon durch ihre Geburt schuldig geworden sind.

Ida war 1903 im Zeichen des Steinbocks geboren – was Regsamkeit, einen Sinn für die Künste und die Gabe der Prophetie erwarten läßt, aber auch, in bestimmten Fällen, Torheit und Narrheit. Sie war nur durchschnittlich intelligent, aber eine fügsame und fleißige Schülerin, die nie eine Klasse zu wiederholen brauchte. Sie hatte keine Geschwister. Ihre Eltern unterrichteten beide an derselben Volksschule in Cosenza, wo sie sich begegnet waren. Der Vater, Giuseppe Ramundo, stammte aus einer Bauernfamilie aus dem äußersten Süden von Kalabrien. Die Mutter, Nora Almagià, aus einer kleinbürgerlichen Kaufmannsfamilie in Padua gebürtig, war infolge einer Bewerbung um die Lehrerinnenstelle als alleinstehendes dreißigjähriges Mädchen nach Cosenza gekommen. Für Giuseppe verkörperte sie mit ihren Manieren, ihrem Intellekt und ihrer Gestalt etwas Höheres und Zartes.

Giuseppe war acht Jahre jünger als seine Frau. Er war ein hochgewachsener beleibter Mann mit roten, kräftigen Händen und einem breiten, sympathischen Gesicht von frischer Farbe. Als Kind war er vom Schlag einer Hacke am Fußknöchel so unglücklich verletzt worden, daß er für sein ganzes Leben leicht verkrüppelt blieb. Sein hinkender Gang verstärkte den Eindruck vertrauensseliger Unschuld, den er von Natur aus machte. Gerade weil er für manche Feldarbeiten untauglich war, hatte ihm seine Familie, die aus armen Abhängigen bestand, unter Opfern eine Ausbildung ermöglicht. Sie hatte ihn zuerst zu den Priestern in die Schule geschickt, wobei sie der Gutsherr unterstützte. Allem Anschein

nach hatten Giuseppes Erfahrungen mit Priestern und Herren seine innere Glut nicht gedämpft, sondern im Gegenteil geschürt. Ich weiß nicht, wie und wo er bestimmte Texte von Proudhon, Bakunin, Malatesta und anderen Anarchisten entdeckt hatte. Doch darauf gründete er seinen störrischen, wenn auch ungeprüften Glauben, der jedoch zwangsläufig seine persönliche Ketzerei blieb. Nicht einmal innerhalb der eigenen vier Wände durfte er sich zu ihm bekennen.
Nora Almagià, verheiratete Ramundo, war, wie ihr Mädchenname erkennen läßt, Jüdin. (Ihre Verwandten lebten noch immer, wie etliche Generationen vor ihnen, im kleinen Getto von Padua.) Sie wollte es jedoch niemanden wissen lassen und hatte es, unter dem Siegel strengster Verschwiegenheit, nur ihrem Mann und ihrer Tochter anvertraut. Bei amtlichen Angelegenheiten pflegte sie ihren Mädchennamen zu tarnen, indem sie ihn von *Almagià* in *Almagía* umwandelte. Und sie war überzeugt, durch diese Akzentverschiebung könne sie unbehelligt bleiben – jedenfalls wurde damals die *rassische* Herkunft noch nicht untersucht oder nachgeprüft. Vermutlich hielten die Leute im Süden dieses unbedeutende *Almagià* (oder auch *Almagía*, je nachdem) für irgendeinen harmlosen venezianischen Familiennamen. Und inzwischen erinnerte sich übrigens niemand mehr daran. Nora war für alle die Signora Ramundo, und selbstverständlich nahm man an, sie sei Katholikin ebenso wie ihr Mann.
Nora besaß keine besonderen geistigen oder körperlichen Vorzüge. Immerhin hatte sie, ohne schön zu sein, eine unzweifelhafte Anmut. Da sie so lange ledig geblieben war, behielt sie auch in der Ehe eine keusche und puritanische Zurückhaltung bei, die dort im Süden sehr geschätzt wurde. (Selbst ihrem Mann gegenüber bewahrte sie eine gewisse mädchenhafte Scheu.) Und wegen der venezianischen Grazie ihrer Manieren wurde sie von ihren Schülerinnen sehr geliebt. Sie war von bescheidener Art und besonders Fremden gegenüber schüchtern. Doch nährte ihre introvertierte Natur quälende Gluten, die man im dunklen Feuer ihrer Zigeuneraugen glimmen sah. Da gab es, zum Beispiel, uneingestandene Exzesse an jugendlicher Gefühlsseligkeit . . . Da gab es aber auch vor allem unterirdische Unruhen, die sie Tag und Nacht unter verschiedenartigen Vorwänden bedrängen konnten und die bei ihr förmlich zu Zwangsvorstellungen wurden. Und wenn ihre Nerven zu angespannt waren, brach es bei ihr zu Hause in unkontrollierter und schmerzlicher Form hervor.
Der natürliche Gegenstand, gegen den sich diese Ausbrüche richteten, war der Mensch, der ihr am nächsten war: Giuseppe, ihr Mann. Es kam vor, daß sie sich schlimmer als eine Hexe gegen ihn wandte, ihm seine Herkunft, sein Dorf, seine Eltern vorwarf und ihn mit verletzenden Lü-

gen verleumdete und ihm schließlich sogar zuschrie: »Du von Gott Gezeichneter, drei Schritte zurück!« – und das wegen seines hinkenden Fußes. Meist blieb sie dann abrupt stehen, ganz erschöpft und ausgepumpt, leblos wie eine Stoffpuppe, und begann zu stammeln: »Was habe ich gesagt? ... Das wollte ich nicht sagen ... Gerade das wollte ich nicht sagen, ich Ärmste ... O Gott, o Gott ...« – und das mit leiser Stimme und blassem Gesicht, wobei sie mit den Händen ihren schmerzenden Kopf hielt. Daraufhin erbarmte sich Giuseppe und fing an, sie zu trösten: »Komm doch, das macht doch nichts!« sagte er zu ihr. »Es macht gar nichts. Es ist schon vorbei. Du bist ein Närrchen, ein Dummerchen bist du ...«, während sie ihn mit Augen, aus denen unendliche Liebe sprach, wie betäubt anstarrte.
Kurz darauf erinnerte sie sich an solche Szenen wie an einen Alptraum, in dem sie zur eigenen Doppelgängerin wurde. Das war gar nicht sie, sondern ein blutsaugendes Tier, ihr Feind, der sich in ihrem Inneren festkrallte und sie zu verrückten und unverständlichen Äußerungen zwang. Dann wollte sie nur noch sterben. Doch um ihre Reue nicht zu zeigen, zwang sie sich für den Rest des Tages zu einem herben, düsteren, fast anklagenden Schweigen.
Ihr eigentümlich waren auch bestimmte übertriebene und feierliche Redewendungen, die vielleicht von den alten Patriarchen bis auf sie gekommen waren. Doch unter diese biblischen Ausdrücke mischten sich bestimmte, ganz gewöhnliche Sätze, die ebenso wie ihr Tonfall ihre Herkunft aus Venetien verrieten und die in diesem Zusammenhang eher komisch wirkten.
Was ihr jüdisches Geheimnis betraf, so hatte sie ihrer Tochter, schon als diese noch ganz klein war, erklärt, die Juden seien ein Volk, das von Ewigkeit her dazu bestimmt sei, den rächenden Haß aller anderen Völker auf sich zu ziehen. Und immer würden sie die Opfer dieser Verfolgung sein, die selbst in scheinbar ruhigen Zeiten nicht aufhören würde und bis in alle Ewigkeiten kein Ende nähme, denn so habe es das Schicksal vorherbestimmt. Deshalb hatte sie selbst gewollt, daß Iduzza katholisch getauft wurde, wie ihr Vater. Dieser hatte, wenn auch widerwillig, zum Wohl Iduzzas zugestimmt. Während der Zeremonie hatte er sich sogar vor aller Augen rasch und deutlich bekreuzigt. Zu Hause aber pflegte er, wenn es um religiöse Dinge ging, den Ausspruch zu zitieren: »*Die Hypothese GOTT ist unnütz*«, wobei er feierlich den Namen des Autors hinzufügte: »FAURE!«, wie immer, wenn er jemand zitierte.
Außer dem großen Geheimnis Noras gab es in der Familie noch andere Geheimnisse. Eines bestand darin, daß Giuseppe trank.
Es war, soviel ich weiß, das einzige Laster dieses redlichen Atheisten. Seine Gefühle waren so beständig, daß er sein ganzes Leben lang, wie

schon als Junge, so auch später, einen großen Teil seines Gehalts den Eltern und Brüdern zukommen ließ, die ärmer waren als er. Wären nicht seine politischen Ansichten gewesen, so hätte es ihn wohl dazu getrieben, sich mit der ganzen Welt zu verbrüdern. Aber mehr als alles auf der Welt liebte er Iduzza und Noruzza. Für sie war er sogar imstande, Madrigale zu dichten. Zu Nora hatte er, als sie verlobt waren, gesagt: »Mein Morgenstern!« Und für Iduzza (die ja eigentlich *Aida* hätte heißen sollen) sang er oft:
»Holde Aida, himmelentstammend ...«
(Selbstverständlich hatten er und Nora häufig die Opernaufführungen von Wanderbühnen besucht, die in Wohnwagen durchs Land zogen.)
Das Trinken jedoch (Noras Kreuz) konnte er nicht lassen, auch wenn er, mit Rücksicht auf seine Stelle als Lehrer, keine Wirtshäuser aufsuchen konnte. Er widmete sich seinem Wein zu Hause, abends und besonders an Samstagen. Und da er noch jung war, noch keine dreißig Jahre alt, passierte es ihm, daß er bei solchen Gelegenheiten leichtsinnig seine geheimen Ideale preisgab.
Sein Mitteilungsbedürfnis kündigte sich zunächst in einer gewissen Ruhelosigkeit seiner großen Hände an; er fing an, das Glas zu bewegen und es von einem Platz an den andern zu stellen, während der Ausdruck seiner dunklen kastanienbraunen Augen gequält und nachdenklich wurde. Dann fing er an, den Kopf zu wiegen, und sagte dabei: »*Verrat! Verrat!*«, womit er meinte, daß er selbst, seitdem er im Staatsdienst war, zum Verräter an seinen Genossen und Brüdern geworden sei. Ein Lehrer hätte, wenn er ehrlich gewesen wäre, diesen armen kleinen Kerlchen in der Schule Anarchie predigen müssen, die völlige Ablehnung der bestehenden Gesellschaft, die sie aufzog, um aus ihnen Kanonenfutter oder Objekte der Ausbeutung zu machen ... Sobald sie das hörte, schloß Nora besorgt Fenster und Türen, damit solche subversiven Vorschläge nicht ans Ohr der Nachbarn oder der Vorübergehenden dringen konnten. Er aber erhob sich, stand dann mitten im Zimmer und begann mit voller und immer lauter werdender Stimme – wobei er den Finger erhob – zu zitieren:
...»Der Staat ist die Autorität, der Bereich und die organisierte Macht der besitzenden und angeblich aufgeklärten Klassen über die Massen. Er garantiert immer das, was er vorfindet: den einen die auf den Besitz begründete Freiheit, den anderen die Sklaverei, die unausweichliche Folge ihres Elends. BAKUNIN!«
...»Heute ist die Anarchie der Angriff, der Krieg gegen jede Autorität, gegen jede Macht, gegen jeden Staat. In der künftigen Gesellschaft wird die Anarchie die Verteidigung sein, das Hindernis, das sich gegen die

Wiederaufrichtung jedweder Autorität, jedweder Macht, jeden Staates wendet. CAFIERO!«

Hier begann Nora ihn zu beschwören: »Pst ... pst ...«, und irrte wie besessen von einer Wand zur andern. Sie war überzeugt, daß auch bei geschlossenen Türen und Fenstern gewisse Worte und gewisse Namen, im Hause zweier Schullehrer ausgesprochen, einen allgemeinen Skandal heraufbeschwören würden; wie wenn vor ihren verschlossenen Türen eine riesige Menge von Zeugen zuhörte. In Wirklichkeit lebte sie, obwohl sie nicht weniger atheistisch war als ihr Mann, ständig in Furcht vor einem rächenden und strafenden Gott, der sie überwachte.

... »Freiheiten werden nicht gegeben. Man nimmt sie sich. KROPOTKIN!«

»Was für ein *Unglück!* Schweig jetzt, sag ich dir! Du willst ja nur Schmach und Schande über unser Haus bringen! Du willst unsere Familie in den Schmutz ziehen!«

»Aber was für ein Schmutz denn, meine kleine Noruzza?! Der Schmutz klebt an den weißen Händen der Besitzenden und der Bankiers! Die verfaulte Gesellschaft – das ist der Schmutz! Anarchie ist nicht Schmutz! Anarchie ist der Stolz unserer Welt, ein heiliger Name, die wahre Sonne der neuen Geschichte – eine gewaltige, eine *unerbittliche* Revolution!«

»Ach – verflucht sei Tag und Stunde, da meine Bewerbung um diese verdammte Stelle Erfolg hatte! Verflucht sei das ruchlose Schicksal, das mich unter diese Südländer geraten ließ, diese Straßenräuber, dieses Gesindel, dieses schmutzige Pack. Man sollte sie alle aufhängen!«

»Aufhängen möchtest du uns, Norù? Uns aufhängen, mein Schatz?!«

Giuseppppe mußte sich vor Staunen wieder setzen. Während er aber halb auf dem Stuhl lag, drängte es ihn unwiderstehlich zum Singen, den Blick zur Decke gewendet wie ein Fuhrmann, der den Mond ansingt:

»Dynamit in alle Kirchen und Paläste,
und wir schlachten die verhaßten Bürger alle!« ...

»O schweig, du Mörder! Schweig, du Unmensch! Schweig, oder ich stürze mich aus dem Fenster!!«

Um von den Nachbarn nicht gehört zu werden, war Nora darauf bedacht, mit leiser Stimme zu sprechen, doch bei dieser Anstrengung schwollen ihr die Adern an, als werde sie erwürgt. Schließlich warf sie sich erschöpft und halb erstickt auf den kleinen Diwan. Dann ging Giuseppe besorgt zu ihr hinüber, um sich zu entschuldigen, und küßte ihr, wie einer vornehmen Dame, die kleinen, mageren, schon alt gewordenen und von der Mühsal der Hausarbeit und den Frostbeulen rissigen Hände. Und sie lächelte ihm bald wieder zu, getröstet und für den Augenblick von ihren uralten Ängsten geheilt.

Von ihrem kleinen bunten Stühlchen aus (das der Vater ihr nach Maß hatte machen lassen) sperrte Iduzza die Augen auf und verfolgte den Wortwechsel, natürlich ohne irgend etwas zu verstehen. Sie besaß sicher von Geburt an keinerlei Hang zur Auflehnung. Doch wenn sie damals ihre Meinung hätte äußern können, hätte sie gesagt, von den beiden Streitenden sei die Mutter die Rebellischere! Sie begriff freilich von alledem nicht mehr, als daß die Eltern in bestimmten Fragen nicht gleicher Meinung waren. Doch zum Glück erschrak sie über solche Auseinandersetzungen nicht allzusehr, dazu war sie schon zu sehr daran gewöhnt. Immerhin lächelte sie voller Zufriedenheit, sobald sie sah, daß der Friede zwischen den beiden wieder eingekehrt war.

Für sie waren diese Rauschabende immer auch Festabende, denn in der Weinseligkeit entfaltete der Vater, nachdem er die Banner des Aufruhrs geschwungen hatte, uneingeschränkt seine natürliche gute Laune und seine bäuerliche Kultur; als Bauernkind war er seit jeher aufs engste vertraut mit Tieren und Pflanzen. Er ahmte für sie die Stimmen aller Tiere nach, von den *Vögelchen* bis zu den *Löwen*. Und auf ihre Bitten wiederholte er unzählige kalabresische Lieder und Märchen, wobei er sie, wenn sie tragisch waren, ins Komische umwandelte, denn sie lachte gern, wie alle Kinder, und ihr tolles Gelächter war Musik für die Familie. Manchmal ließ sich auch Nora erweichen und machte bei diesem Spektakel mit. Mit naiver und nicht ganz rein klingender Stimme führte sie ihr karges Repertoire vor, das sich, soviel ich weiß, alles in allem auf zwei Stücke beschränkte. Eines davon war die berühmte Romanze *Ideal*:

»Ich folgte dir als wie ein Regenbogen
des Friedens längs den Himmelspfaden ...«

usw.

Und das andere war ein Lied in venezianischem Dialekt, das lautete:

»Schau doch, welch klarer Himmel voller Sterne,
welch schöne Nacht! Da raubt man Mädchen gerne.
Wer Mädchen raubt, gehört nicht zu den Dieben,
er ist ein Junge, der gern möchte lieben ...«

Dann, gegen zehn Uhr, räumte Nora die Küche auf, und Giuseppe brachte Iduzza zu Bett, wobei er sie, wie eine Mutter, mit Wiegenliedern von fast orientalischem Klang, die seine Mutter und seine Großmutter einst für ihn gesungen hatten, in den Schlaf sang:

»Oh komm, du Schlaf, steig von dem Berglein nieder.
Der Wolf, der böse, frißt das Schäflein wieder.
O nnì, o nnà
oh das Lied, das ich dir singe da
dir singe da
      dir singe da
           dir sing', dir singe da ...«

Ein anderes Wiegenlied, das Iduzza sehr gefiel und das sie später der nächsten Generation weitergab, war nicht kalabresisch, sondern italienisch. Ich weiß nicht, wo Giuseppe es gelernt hatte:

»Schlaft, ihr Äuglein, schlaft, ihr Äuglein.
Morgen gehen wir nach Reggio,
kaufen einen goldnen Spiegel
ganz verziert mit Rosen, Blumen.
Schlaft, ihr Händchen, schlaft, ihr Händchen.
Morgen gehen wir nach Reggio,
kaufen einen Weberrahmen,
's Schiffchen ist aus reinem Silber.
Schlaft, ihr Füßchen, schlaft, ihr Füßchen.
Morgen gehen wir nach Reggio,
kaufen schöne Schühlein klein,
tanzen an Sankt Idalein ...«

Iduzza hatte keine Angst, wenn sie zusammen mit ihrem Vater war, denn für sie war er so etwas wie ein warmer, leuchtender und holpernder Kinderwagen, unangreifbarer als ein Panzerwagen, der ihr Schutz vor den Schrecken der Welt bot und sie fröhlich spazieren führte. Der Vater begleitete sie überall hin und erlaubte nie, daß man sie allein auf die Straße schickte, wo ihr hinter jeder Tür, hinter jedem Fenster oder von jedem Fremden Gefahr drohte. Im Winter zog er, vielleicht aus Sparsamkeit, weite, lange Hirtenmäntel an, und an Schlechtwettertagen behütete er sie vor dem Regen, indem er sie unter seinem Mantel ganz dicht an sich hielt.

Ich kenne Kalabrien nicht gut genug. Und vom Cosenza Iduzzas kann ich anhand der wenigen Erinnerungen von Verstorbenen an die Stadt nur ein ungenaues Bild zeichnen. Ich glaube, schon damals breiteten sich rings um die mittelalterliche Stadt, die am Hügel liegt, moderne Bauten aus. In einem dieser Häuser, einem sehr bescheidenen und gewöhnlichen, befand sich die enge Wohnung des Lehrerehepaars Ramundo. Ich weiß, daß ein Fluß durch die Stadt fließt und daß das Meer hinter den Bergen liegt. Vom Beginn des Atomzeitalters, der den Anfang des Jahrhunderts kennzeichnete, merkte man in dieser Gegend sicher nichts, und auch von der industriellen Entwicklung der Großmächte erfuhr man höchstens etwas durch Erzählungen von Auswanderern. In der Gegend lebte man von Landwirtschaft, die immer weniger einbrachte, weil der Boden ausgelaugt war, in zunehmendem Zerfall. Die herrschenden Kasten waren der Klerus und die Großgrundbesitzer. Und bei den untersten Kasten bestand vermutlich dort, wie anderswo, die tägliche Mahlzeit aus Brot und Zwiebeln ... Sicher weiß ich jedenfalls, daß der Student Giuseppe im Lauf seiner Lehrerausbildung jahrelang keine warmen Speisen kannte und sich vornehmlich von Brot und getrockneten Feigen ernährte.

Um ihr fünftes Lebensjahr litt Iduzza einen ganzen Sommer lang unter den Anfällen einer mysteriösen Krankheit, die ihre Eltern wie eine Herabwürdigung fürchteten. Mitten in ihren Spielen und ihrem kindlichen Geplauder wurde sie unvermittelt blaß und verstummte, wobei sie den Eindruck hatte, die Welt rings um sie herum löse sich in einem Schwindelgefühl auf. Auf die Fragen ihrer Eltern antwortete sie nur mühsam mit einem tierischen Klagelaut, aber es war offensichtlich, daß sie ihre Stimmen schon nicht mehr vernahm. Und kurz darauf hob sie die Hände an den Kopf und an die Kehle, als wolle sie sich verteidigen, während ihr Mund in unverständlichem Gemurmel zitterte, als führe sie erschrocken ein Gespräch mit einem Schatten. Ihr Atem wurde laut und hektisch. Und dann warf sie sich ungestüm zu Boden und wand und schüttelte sich in wirrem Aufruhr, mit offenen Augen, die aber, völlig blind, leer vor sich hinstarrten. Es war, als überfalle ein aus einer unterirdischen Quelle kommender Stromstoß ihre kleine Gestalt. Doch gleichzeitig schien sie unverletzlich zu werden; nie trug sie irgendwelche Prellungen oder Wunden davon. Der Anfall dauerte höchstens ein paar Minuten; dann beruhigten sich ihre Bewegungen wieder, die Zuckungen hörten allmählich auf, und der Körper blieb in süßer und gemessener Ruhe liegen. Ihre Augen schwammen in träumerischem Erwachen, die sanft entspannten Lippen lagen aufeinander, ohne sich zu öffnen, und waren an den Mundwinkeln ein wenig nach oben gebogen. Es war, als lächle das Kind voller Dankbarkeit darüber, daß es nach Hause zurückgekehrt war, in die doppelte Obhut seiner stets gegenwärtigen Schutzengel, die sich von beiden Seiten her über es beugten; der eine hier, mit dem großen runden und zerzausten Kopf eines Schäferhundes, und der andere da, mit dem krausen Köpfchen eines Zickleins.
Doch dieses kleine Lächeln trog. In Wirklichkeit wurde es nur durch die natürliche Entspannung der Muskeln nach der großen Anstrengung bewirkt. Es vergingen einige Augenblicke, bevor Iduzza ihre häusliche Heimat wirklich wiedererkannte. Und schon in diesem Augenblick erinnerte sie sich nicht mehr an ihre angstvolle Auswanderung und an ihre Rückkehr; es war, als ob die Ereignisse aus ihrem Gedächtnis verbannt wären. Sie konnte nur berichten, sie habe einen starken Schwindelanfall verspürt und habe dann so etwas wie Wasserrauschen und Schritte und wirren Lärm vernommen, die aus großer Ferne zu kommen schienen. In den darauffolgenden Stunden schien sie zwar ermüdet, aber gelöster und sorgloser als sonst, wie wenn sie sich unbewußt von einer Last befreit hätte, die über ihre Kräfte ging. Sie selbst glaubte auch später, sie habe eine gewöhnliche Ohnmacht gehabt, und gab sich keine Rechenschaft

über die dramatischen Erscheinungen, die diese begleitet hatten. Und die Eltern zogen vor, sie in ihrer Unwissenheit zu belassen. Immerhin warnten sie sie, niemandem je zu sagen, daß sie unter gewissen Anfällen leide, um ihre Zukunft als Mädchen nicht zu belasten. Somit gab es noch einen weiteren Skandal in der Familie, der vor der Welt verborgen bleiben mußte.
Die alte Volkstradition, die, besonders bei den Bauern, noch immer im kalabresischen Boden verwurzelt war, belegte bestimmte geheimnisvolle Krankheiten mit einem religiösen Stigma und schrieb die wiederkehrenden Anfälle dem Wirken guter oder böser Geister zu; die bösen konnte man nur durch rituelle Besprechungen in den Kirchen bannen. Der besitzergreifende Geist, der meist Frauen auswählte, konnte auch ungewöhnliche Kräfte verleihen, wie die Gabe, Krankheiten zu heilen oder Prophezeiungen auszusprechen. Und doch hielt man ein solches Besessensein im Grunde für eine schreckliche und unverschuldete Prüfung, für die Wahl eines ahnungslosen Einzelwesens, das die kollektive Tragödie auf sich nahm.
Natürlich hatte der Lehrer Ramundo, infolge seines sozialen Aufstiegs, den magischen Kreis der bäuerlichen Kultur verlassen. Außerdem war er, seinen philosophisch-politischen Ideen zufolge, Positivist. Für ihn konnten gewisse krankhafte Phänomene nur von Funktionsstörungen oder Krankheiten des Körpers herstammen. Und deshalb erschreckte ihn der schwer zu unterdrückende Verdacht, er selbst habe vielleicht, schon im Keim, durch seinen Alkoholismus das Blut des Kindes verdorben. Doch kaum hatte Nora seine Besorgnis bemerkt, so bemühte sie sich, ihn zu beruhigen: »Aber nein, quäl dich doch nicht mit solch dummen Gedanken. Schau dir doch die Palmieri an, die immer alle getrunken haben, der Vater, der Großvater und der Urgroßvater! Und die Mascaro, die den Säuglingen anstelle von Milch Wein zu trinken geben! Und dabei bersten sie alle vor Gesundheit!!!«
In den vergangenen Jahren war die Familie gewöhnlich in den heißesten Monaten an die Spitze Kalabriens zu den Eltern Giuseppes gefahren. Doch in diesem Sommer verließen sie ihr glühendheißes Viertel in Cosenza nicht, aus Angst, Iduzza könnte auf dem Land, in Gegenwart der Großeltern und Onkel und Vettern, von ihrer geheimnisvollen Krankheit überrascht werden. Und vielleicht erhöhten die Hundstage in der Stadt, an die Iduzza noch nicht gewöhnt war, die Zahl ihrer Anfälle.
Mit den Ferien auf dem Land aber war es seither völlig aus; denn nach dem Erdbeben, das in jenem Winter Reggio zerstörte und die Ebene verwüstete, zogen sich die Großeltern zu einem anderen Sohn in eine Hütte im Aspromonte zurück, wo man niemanden beherbergen konnte, weil es zuwenig Platz gab.

Von den früheren Ferien blieb Iduzza vor allem die Erinnerung an bestimmte Puppen aus Brot, welche die Großmutter im Herd buk und die Iduzza wiegte, als wären es Kinder. Sie weigerte sich verzweifelt, sie zu essen, und wollte sie auch im Bett in ihrer Nähe haben; doch in der Nacht, wenn sie schlief, wurden sie ihr heimlich weggenommen.
Auch ein sehr lauter Schrei blieb ihr im Gedächtnis. Die Fischer, die Schwertfische fingen, riefen ihn oft von den Felsen herab, und in Idas Erinnerung klang er: »FA-ALEUU!«
Gegen Ende dieses Sommers faßte Giuseppe, nach einem neuerlichen Anfall Iduzzas, einen Entschluß. Er brachte das Kind mit einem Eselchen in ein Spital außerhalb von Cosenza, wo ein ihm befreundeter Arzt praktizierte. Dieser wohnte gegenwärtig in Montalto, hatte aber im Norden die moderne Wissenschaft studiert. Obwohl sie sich schämte, mußte Ida während der Untersuchung lachen, weil der Arzt sie kitzelte, und das klang wie das Läuten eines Glöckleins. Und als die Untersuchung vorbei war und sie dem Doktor danken sollte, wurde sie dabei über und über rot und versteckte sich sogleich hinter ihrem Vater. Der Arzt erklärte sie für gesund. Und da er schon von Giuseppe erfahren hatte, daß sie sich bei ihren Anfällen nicht verletzte, daß sie nicht schrie und sich nicht in die Zunge biß und auch keine anderen beunruhigenden Symptome zeigte, versicherte er, es bestehe kein Grund, sich Sorgen zu machen. Diese Anfälle, erklärte der Arzt, seien höchstwahrscheinlich vorübergehende Phänomene einer kindlichen Hysterie und würden im Lauf der Entwicklung von selbst wieder verschwinden. Indessen verschrieb er ihr ein Beruhigungsmittel, das sie jeden Morgen beim Erwachen einnehmen sollte, damit die Anfälle sich nicht wiederholten, besonders, da die Schule bald wieder anfing (Nora nahm das Kind schon von klein auf mit in ihren Unterricht, da sie nicht wußte, wo sie es sonst hätte lassen sollen).
Ida und Giuseppe legten den Rückweg fröhlich und munter zurück und sangen die gewohnten Lieder aus dem väterlichen Repertoire, die Ida ab und zu mit ihrem mißtönigen Stimmchen begleitete.
Von diesem Tag an bestätigte der weitere Verlauf die Voraussagen des Arztes. Die einfache Beruhigungskur, die von Ida gefügig eingehalten wurde, bewies täglich ihre Wirksamkeit, ohne irgendeinen nachteiligen Effekt hervorzurufen, außer einer leichten Schläfrigkeit und Stumpfheit der Sinne, die das Kind mit gutem Willen überwand. Und von da an, nach dem Auftreten in jenem Sommer, suchte die sonderbare Krankheit sie nicht mehr heim, wenigstens nicht in der ursprünglichen schweren Form. Es kam manchmal vor, daß sie wieder auftrat, jedoch nur noch in der Form, die früher einen Anfall angekündigt hatte: begleitet von einer Art Schwindel hörten alle Empfindungen auf, was sich auf dem Gesicht

des Kindes durch einen Hauch von Blässe zeigte, vergleichbar einem Nebel. Diese Anfälle gingen zwar so rasch vorüber, daß sie allen Anwesenden und sogar dem Bewußtsein Iduzzas entgingen. Trotzdem hinterließen diese kaum wahrnehmbaren Symptome, im Gegensatz zu den heftigen Anfällen von einst, bei ihr einen Schatten trauriger Unruhe, fast das dunkle Gefühl, etwas Verbotenes getan zu haben.
Diese restlichen Anzeichen ihrer Krankheit wurden dann mit der Zeit immer schwächer und seltener. Dann kehrten sie jedoch ziemlich häufig wieder, als sie ungefähr elf Jahre alt war. Doch in der Folge, nach dem Beginn der Pubertät, verschwanden sie, wie es der Arzt prophezeit hatte, fast ganz. Und schließlich brauchte Ida die Beruhigungsmittel nicht mehr zu nehmen und war wieder ein kleines Mädchen wie andere auch.
Vielleicht war es auch die Unterbrechung der Kur, die in der Chemie ihres Schlafes gleichzeitig eine Veränderung hervorrief. Damals begannen nämlich ihre beunruhigenden nächtlichen Träume, die mit Unterbrechungen ihr tägliches Dasein bis zum Ende begleiten sollten, nicht etwa wie Freunde, sondern mehr wie Schmarotzer oder Verfolger. Diese frühen, noch kindhaften Träume rührten schon an die Wurzel des Schmerzes, auch wenn dieser sich erst aus der Ferne ankündigte. In einem Traum, der sich in verschiedenen Variationen in Abständen wiederholte, sah sie sich durch einen von Nebel und Rauch verdüsterten Ort laufen (ein Gebäude oder eine Stadt oder einen Außenbezirk), wobei sie ein nacktes kleines Kind an die Brust drückte, das ganz rubinrot aussah, als wäre es in roten Lack getaucht worden.

Im Weltkrieg von 1915 blieb Giuseppe wegen seines verkrüppelten Beines verschont. Doch die Gefahren, die sein Defätismus heraufbeschwor, flatterten wie Schreckgespenster um Nora, so daß auch Iduzza gelernt hatte, bestimmte Gesprächsthemen ihres Vaters zu fürchten (selbst wenn nur in der Familie und in leisem Verschwörerton darüber gesprochen wurde!). In der Tat war es schon seit der Zeit des libyschen Feldzugs in Cosenza zu Verhaftungen und Verurteilungen von Defätisten gekommen – Leuten wie ihm! Und wieder stand er jetzt mit erhobenem Finger auf:
... »Die Verweigerung des Gehorsams wird immer häufiger werden. Dann wird nur noch die Erinnerung an den Krieg und an die Armee zurückbleiben, wie sie sich uns jetzt darbieten. Und diese Zeiten sind nahe. TOLSTOI!«
... »Das Volk ist immer das Ungeheuer, das den Maulkorb braucht, das mit Kolonisation und Krieg kuriert und entrechtet wird. PROUDHON!«
Iduzza wagte ihrerseits nicht einmal, die Dekrete der öffentlichen Gewalt zu beurteilen, die sich ihr als rätselhafte Erscheinung darstellte, die

ihr Verstand nicht fassen konnte, die aber gleichwohl die Macht besaß, ihr den Vater von Polizisten wegführen zu lassen ... Wenn das Gespräch auf bestimmte Themen kam, die ihrer Mutter Angst einflößten, klammerte sie sich zitternd an Giuseppe. Und dieser entschloß sich, um sie nicht zu beunruhigen, solche heiklen Themen, auch in der Familie, zu vermeiden. Von da an verbrachte er die Abende damit, mit dem geliebten Töchterchen die Schulaufgaben durchzusehen; allerdings war er dabei gewöhnlich ein wenig betrunken.
In der Nachkriegszeit herrschten Hungersnot und Epidemien. Doch wie es eben so geht, war der Krieg, der für die meisten eine einzige Katastrophe gewesen war, für andere ein finanzielles Geschäft geworden (nicht umsonst waren sie für den Krieg gewesen). Gerade zu der Zeit begannen die, die vom Krieg profitiert hatten, zum Schutz der eigenen gefährdeten Interessen die *schwarzen* Korps anzuwerben.
In den Industrieländern kam die Gefahr vor allem von den Arbeitern, in Kalabrien aber (wie auch anderswo im Süden) von den Landarbeitern. Bedroht waren vor allem die Großgrundbesitzer, die in der Mehrzahl Usurpatoren waren, die sich in der Vergangenheit auf unterschiedlichen Wegen Güter aus Staatsbesitz angeeignet hatten, das heißt, Felder und Wälder, die von ihnen oft gar nicht bebaut worden waren, sondern brachlagen. Dies war die Periode der »Landbesetzungen« durch Bauern und Tagelöhner. Diese Besetzungen waren nutzlos, denn nachdem die Besetzer das Land fruchtbar gemacht und bebaut hatten, wurden sie, durch das Gesetz, wieder von diesem Land vertrieben.
Mehrere wurden getötet. Und die Tagelöhner, die für die Grundbesitzer arbeiteten, bekamen als Lohn (nach den neuesten *Arbeitsverträgen*, die nach langen sozialen Kämpfen durchgesetzt worden waren) beispielsweise folgendes:
für einen Arbeitstag von sechzehn Stunden: ein Dreiviertelliter Öl (Frauen die Hälfte).
Die Verwandten Giuseppes (drunten in der Provinz Reggio) waren Bauern, die jedoch wie Tagelöhner tageweise arbeiteten. Im August 1919 starb eine seiner Schwestern, zusammen mit ihrem Mann und zwei Kindern, am spanischen Fieber. Die Epidemie hat in manchen Gebieten grausige Erinnerungen hinterlassen. Es fehlte an Ärzten, Medikamenten und Nahrung. Man befand sich mitten in den Hundstagen. Die Zahl der Toten überstieg die der im Krieg Gefallenen. Und die Leichen blieben tagelang unbeerdigt liegen, denn es gab keine Bretter für die Särge.
In dieser Zeit sandte Giuseppe sein ganzes Gehalt (das ihm unter den gegenwärtigen Verwaltungsschwierigkeiten nicht immer regelmäßig ausbezahlt wurde) seiner Verwandtschaft. Und während der Teuerung jener Epoche mußten die drei mit dem Verdienst Noras auskommen. Doch

Nora, die, sobald es um die Familie ging, tapfer war wie eine Löwin und fürsorglich wie eine Ameise, gelang es, die Familie ohne allzu große Entbehrungen über Wasser zu halten.

Keine zwei Jahre nach Kriegsende erwarb Ida pünktlich ihr Lehrerinnendiplom. Und im Lauf der Sommerferien war sie verlobt, obwohl sie keine Mitgift besaß.

Der Bräutigam, Alfio Mancuso, stammte aus Messina und hatte beim Erdbeben von 1908 alle seine Verwandten verloren. Er selbst, der damals Zehnjährige, war durch einen wunderbaren Glücksfall gerettet worden. Und obwohl er seine Familie, vor allem die Mutter, innig liebte, beklagte er später nicht so sehr diese weit zurückliegende Katastrophe, sondern rühmte sich vielmehr des Glücks, das ihm bei jener Gelegenheit geholfen hatte und das ihn selten verließ. Das Wunder (das in Alfios Erzählungen jedesmal um neue Einzelheiten und Variationen angereichert wurde) hatte sich, kurzgefaßt, folgendermaßen ereignet:

Im Winter 1908 arbeitete der Junge Alfio als Lehrling in einer kleinen Werft bei einem Alten, der Boote reparierte. Beide pflegten auch dort zu übernachten, der Meister auf einem Feldbett, der kleine Junge in eine alte wollene Pferdedecke gehüllt, auf einem Haufen Hobelspäne auf dem Boden.

An jenem Abend also hatte sich der Lehrling schon zum Schlafen in seine Decke gewickelt, während der Alte wie gewöhnlich noch spät an seiner Arbeit saß (in Gesellschaft einiger Gläschen). Da hatte ihm der Alte, um ein wenig Ablenkung zu haben, wie in solchen Fällen mit schriller Stimme zugerufen:

»Heee! Rapa babba!!« (Was heißen sollte: *dumm bist du wie eine Rübe!*)
Gewöhnlich nahm der Lehrling eine solche Beleidigung wortlos hin. Diesmal aber gab er es ihm erbost zurück:

»Selber Dummkopf!«

Und sogleich hatte er (in weiser Voraussicht) seine Decke ergriffen und war nach draußen entwischt, aus Angst vor dem Meister, der ihm auch schon nachgelaufen kam, um ihn zu verprügeln, und mit einem doppelt gelegten Seil bewaffnet war.

Nun standen da, wo sich dieser Wettlauf abspielte, gleich weit von Alfio entfernt, eine Palme und ein Pfahl. Er zögerte sogar einen Augenblick (man beachte dies!), entschied sich dann für die Palme und kletterte auf den Wipfel, entschlossen, lieber für immer dort zu hausen wie ein Affe, als sich dem Alten auszuliefern. Der hatte es schließlich satt, unter der Palme zu warten, und kehrte in die Werft zurück.

Kurzum, es verging Stunde um Stunde bis zur Morgendämmerung! Und Alfio blieb, in seine Decke gehüllt, auf jener Palme sitzen, als das Erdbeben begann, das Messina und die Werft dem Erdboden gleichmachte und den Pfahl fällte; während die Palme, nachdem sie bei einem heftigen Windstoß ihren Wipfel und Alfio Mancuso, der sich dort fest anklammerte, geschüttelt hatte, still stehenblieb.

War es wohl die wunderbare Kraft jener Decke gewesen (die einst einem Pferdehirten namens Cicciuzzo Belladonna gehörte), die ihm geholfen hatte? Auf alle Fälle hatte sich Alfio seither vorgenommen, seinem ersten Sohn als ersten Namen Antonio (wie schon sein Vater geheißen hatte) und Cicciuzzo (oder Francesco) als zweiten Namen zu geben. Die Tochter wollte er mit dem ersten Namen Maria nennen (wie schon seine Mutter geheißen hatte) und mit dem zweiten Namen Palma. (Schon von klein auf war ihm nichts wichtiger gewesen als die Gründung einer Familie.)

Zu den weiteren Glücksfällen gehörte es dann, daß das Ende des Krieges mit seiner Einberufung zusammenfiel. Um bestimmte Formalitäten zu erledigen, die mit seiner Entlassung aus dem Militär zu tun hatten, mußte er nach Rom fahren, wo er bei einer Firma eine Stelle als Vertreter gefunden hatte. Und bei einer Geschäftsreise war er nach Cosenza gekommen, wo er seiner ersten Liebe begegnete.

Zwischen Alfio und dem künftigen Schwiegervater hatte sich sogleich eine große Freundschaft entwickelt. Und Ida gewann ihren Bewerber bald lieb, der ihrem Vater in vielem zu gleichen schien, mit dem Unterschied, daß er sich nicht für Politik interessierte und kein Säufer war. Beide wirkten in Aussehen und Gehabe wie große Bauernhunde; sie waren bereit, jeden Glücksfall zu feiern, und wäre es auch nur einen Windhauch an den Hundstagen. Alle beide besaßen neben den väterlichen auch mütterliche Eigenschaften, und zwar viel mehr als Nora, die Iduzza mit ihrem stolzen, nervösen und introvertierten Charakter immer ein bißchen Angst eingeflößt hatte. Alle beide schirmten sie gegen die gewalttätige Außenwelt ab. Und mit ihrer natürlichen guten Laune und ihrer naiven Freude an Albernheiten ersetzten sie ihr, die von Natur wenig gesellig war, die Gesellschaft von Altersgenossen und Freunden.

Die Hochzeit wurde in der Kirche gefeiert, aus Rücksicht auf die Leute und auch auf den Bräutigam. Dieser stand zwar seinerseits den Religionen indifferent gegenüber, doch durfte nicht einmal er das Geheimnis Nora Almagiàs jemals erfahren. Da sie beide arm waren, hatte die Braut statt des weißen Kleides einen dunkelblauen Wollrock, der über den Hüften leicht gerafft war, und ein tailliertes Jäckchen an. Doch trug sie weiße Lederschuhe, unter der Jacke eine weiße Bluse mit gestickten Aufschlägen und auf dem Kopf einen kleinen Schleier aus Tarlatan, mit einem Kränzchen aus Orangenblüten. Die Handtasche, ein Geschenk Noras (die jeden Monat, koste es, was es wolle, für solche außergewöhnlichen Ereignisse immer ein paar Lire beiseite legte), war aus Silberdraht.

Nie in ihrem ganzen Leben, weder vorher noch nachher, war Iduzza so elegant und ganz neu ausstaffiert wie an jenem Tag. Sie empfand daher ein großes Verantwortungsgefühl und achtete in der Kirche und auch bei der folgenden Bahnreise sorgfältig darauf, sich die Schuhe nicht zu beschmutzen und den Unterrock nicht zu zerknittern.
Die Hochzeitsreise bestand (mit Ausnahme eines mehrstündigen Aufenthalts in Neapel) in der Reise nach Rom, dem neuen Wohnort der Jungverheirateten, wo Alfio allein ihre billige Zweizimmerwohnung im Viertel San Lorenzo eingerichtet hatte. Iduzza war nicht nur körperlich, sondern auch in Gedanken eine Jungfrau. Sie hatte noch nie irgendeinen Erwachsenen nackt gesehen, denn ihre Eltern zogen sich nie in ihrer Gegenwart aus. Und sogar vor dem eigenen Körper empfand sie äußerste Scham, auch wenn sie ganz allein war. Nora hatte ihr nur mitgeteilt, der Mann müsse, um Kinder zu zeugen, mit seinem Körper in den Körper der Frau eindringen. Es sei dies ein notwendiger Vorgang, dem man sich gefügig unterwerfen müsse und der nicht sehr weh tue. Und Ida wünschte sich glühend ein Kind.
Am Abend nach der Ankunft in Rom legte Iduzza, während der Bräutigam sich im Schlafzimmer auszog, ihre Kleider im angrenzenden Wohnzimmer ab. Beim Betreten des Schlafzimmers, scheu und schamhaft in ihrem neuen Nachthemd, brach sie, als sie Alfio erblickte, auf der Stelle in unwiderstehliches Gelächter aus. Auch er trug ein langes Nachthemd, das seine korpulente männliche Gestalt bis zu den Füßen einhüllte, so daß er (mit seinem naiven, blühenden Gesicht) einem Kind im Taufkleidchen ähnlich sah. Er wurde ganz rot im Gesicht und stammelte unsicher:
»Weshalb lachst du?«
Sie konnte vor lauter Lachen nicht sprechen, während sie gleichzeitig ebenfalls über und über errötete. Schließlich stotterte sie hervor:
»Wegen... des... Hemdes...«, und damit brach sie wiederum in Gelächter aus. Nun war der Grund für ihre Heiterkeit nicht das komische (und auch feierliche) Aussehen Alfios, sondern einfach die bloße Vorstellung des Nachthemdes. Ihr Vater pflegte sich, nach bäuerlicher Sitte, in seinen Unterkleidern (in Unterhemd, Socken und langen Unterhosen) schlafen zu legen. Sie hätte nie gedacht, daß Männer sich ein Nachthemd anziehen könnten, denn sie war überzeugt, ein solches Kleidungsstück würden wie die Röcke nur Frauen und Priester tragen.
Wenig später löschten sie das Licht. Und im Dunkeln, unter dem Leintuch, hielt sie bestürzt den Atem an, als sie spürte, wie ihr Mann ihr das lange Nachthemd bis über die Schenkel hinaufstreifte und ihr nacktes Fleisch mit einem andern, feuchten und glühenden Fleisch suchte. Obwohl sie darauf gefaßt gewesen war, schien es ihr doch schrecklich, daß

einer, den sie unbewußt mit ihrem Vater Giuseppe verglichen hatte, ihr einen so furchtbaren Schmerz zufügen konnte. Aber sie ließ ihn ruhig gewähren und überwand das Entsetzen, das sie befiel; so groß war ihr Vertrauen zu ihm. Und so überließ sie sich ihm von da an jeden Abend, sanft und bereitwillig, wie ein scheues Kind, das sich gefügig von der Mutter füttern läßt. Mit der Zeit gewöhnte sie sich an diesen bedeutsamen abendlichen Ritus, diesen notwendigen Bestandteil ihrer Ehe. Übrigens nahm er, trotz seines natürlichen jugendlichen Fiebers, so sehr Rücksicht auf seine Frau, daß sie sich niemals nackt sahen und sich immer im Dunkeln liebten.
Ida erlebte keine körperliche Befriedigung, dies blieb ihr für immer unbekannt. Zuweilen empfand sie nur eine Art nachsichtiger Rührung für ihren Mann, wenn sie ihn über sich spürte, wie er sich, seinem leidenschaftlichen Geheimnis ganz hingegeben, abmühte. Und beim letzten Schrei, den er sehr laut ausstieß, wie bei einer beschworenen, unerbittlichen und unabwendbaren Vollstreckung, strich sie ihm gerührt über das dichte, noch knabenhafte und ganz schweißnasse Lokkenhaar.
Immerhin dauerte es nach der Hochzeit vier Jahre, bis das ersehnte Kind zur Welt kam. Damals ermutigte Alfio seine Frau, auch um sie während seiner Vertreterreisen nicht allzu allein und unbeschäftigt zu lassen, sich um eine Lehrerinnenstelle in Rom zu bewerben. Er, der dazu neigte, solche Angelegenheiten nicht dem Zufall zu überlassen, verhalf ihr zu der Stelle, und zwar durch einen seiner Bekannten im Ministerium, dem er diesen Dienst mit irgendeinem geschäftlichen Gefallen vergalt. Dies war vielleicht Alfios einziger wesentlicher Erfolg. Denn so viel er auch durch Städte und Provinzen streifte (bei der Abreise wirkte er immer abenteuerlustig und verwegen wie das berühmte »tapfere Schneiderlein« aus dem Märchen), war Alfio Mancuso doch immer nur ein unbedeutender, armer und umherziehender Vertreter.
Und so begann Ida ihre Laufbahn als Lehrerin, die beinahe fünfundzwanzig Jahre dauern sollte. Allerdings gelang es Alfio nicht, sie an eine nahegelegene Schule zu vermitteln. Ida fand zwar eine Stelle, doch lag die Schule nicht im Viertel San Lorenzo, sondern weit entfernt, in der Nähe der Garbatella. (Jahre später wurde das Gebäude abgerissen, die Schule selbst in das Viertel Testaccio verlegt.) Auf dem ganzen Weg fürchtete sie sich vor der fremden Menge in der Straßenbahn, die sie beiseite drängte und vorwärtsstieß, wobei sie in dem Kampf immer nachgab und sich abdrängen ließ. Beim Betreten des Schulzimmers tröstete sie aber der besondere Geruch der schmutzigen Kinder, der Geruch nach Rotz und Läusen. Sie empfand seine brüderliche, wehrlose Sanftheit, die vor den Gewalttätigkeiten der Erwachsenen schützte.

Bevor sie Lehrerin wurde, war Iduzza an einem regnerischen Herbstnachmittag, als sie erst wenige Monate verheiratet war, im obersten Stockwerk, wo sie wohnte, vom Lärm von Liedern, von Geschrei und Schießereien in den umliegenden Straßen des Viertels aufgeschreckt worden. In der Tat waren dies die Tage der faschistischen »Revolution«, und an jenem Tag (dem 30. Oktober 1922) fand der berühmte »Marsch auf Rom« statt. Eine der schwarzen Marschkolonnen, die durch das Tor von San Lorenzo in die Stadt einzog, war in dem roten Proletarierviertel auf offenen Widerstand gestoßen. Sofort hatte sie sich gerächt, hatte die Häuser längs der Straße verwüstet, die Bewohner mißhandelt und einige Rebellen an Ort und Stelle niedergemetzelt. In San Lorenzo gab es dreizehn Tote. Allerdings war dies nur eine vereinzelte Episode im Verlauf dieses »Marsches auf Rom«, dem kaum nennenswerter Widerstand entgegengesetzt wurde und mit dem die offizielle Machtergreifung des Faschismus begann.
Um diese Zeit war Iduzza allein zu Hause, und wie andere Nachbarinnen schloß auch sie eilig die Fenster. Mit Schrecken dachte sie an Alfio, der mit seiner Mustersammlung von Lacken, Farben und Schuhwichsen unterwegs war. Sie glaubte, nun sei die berühmte Weltrevolution ausgebrochen, die von ihrem Vater immer angekündigt worden war ... Doch Alfio kehrte am Abend pünktlich nach Hause zurück, glücklicherweise heil und gesund und fröhlich wie immer. Und beim Nachtessen, als er die Ereignisse mit Iduzza besprach, sagte er ihr, sicher seien die Theorien Don Giuseppes, ihres Vaters, unumstößlich. Aber in der Praxis sei in letzter Zeit – bei all den Streiks, Zwischenfällen und Verspätungen – doch das ernsthafte Arbeiten für Geschäfts- und Kaufleute, wie er einer sei, ein Problem geworden! Von heute an sei in Italien endlich eine starke Regierung am Ruder, die dem Volk wieder Ordnung und Frieden bringen würde.
Mehr wußte der knabenhafte Gatte über das Thema nicht zu sagen. Und als die kindhafte Gattin ihn ruhig und zufrieden sah, interessierte es sie nicht, mehr darüber zu erfahren. Die Leichen der Menschen, die am Nachmittag auf der Straße erschossen worden waren, hatte man im nahegelegenen Friedhof Verano in aller Eile beerdigt.

Zwei oder drei Jahre später hatte sich der Faschismus durch die Abschaffung der Pressefreiheit, der Opposition und des Streikrechts, durch die Institution der *Sondergerichtshöfe*, die Wiedereinführung der Todesstrafe usw. endgültig als Diktatur etabliert.
Im Jahre 1925 wurde Ida schwanger, und im Mai 1926 kam das Kind zur Welt. Die Geburt war anstrengend und schwierig; einen ganzen Tag und eine Nacht lang litt sie furchtbare Qualen und verlor viel Blut. Und doch

brachte sie einen schönen, kräftigen, dunkelhaarigen Buben zur Welt. Alfio war sehr stolz auf ihn und verkündete allen Leuten: »Ich habe einen prächtigen Jungen gekriegt. Er wiegt vier Kilo, hat ein gesundes Gesichtlein und sieht aus wie ein rotbackiger Apfel!«
Nach diesem ersten Sohn kamen keine weiteren Kinder mehr. Wie schon gesagt, hatten sie ihm als ersten Namen den des Großvaters väterlicherseits, Antonio, gegeben. Doch nannten sie ihn von Anfang an gewöhnlich Nino, noch öfter aber Ninnuzzu und Ninnarieddu. Jeden Sommer kehrte Ida für eine Weile mit dem Kind nach Cosenza zurück, und der Großvater sang dem Enkel die Wiegenlieder, die sie schon kannte, besonders jenes »Morgen gehen wir nach Reggio«, mit der Variante:

... kaufen schöne kleine Schuh,
tanzen an Sankt Ninnuzzu.

Mit den sommerlichen Besuchen Iduzzas und Ninnarieddus kehrte Giuseppe Ramundos alte Munterkeit zurück, die an einen fröhlichen Hund erinnerte und unverwüstlich schien; dennoch hatte er in den letzten Jahren immer mehr resigniert. Er hatte es gutwillig und ergeben hingenommen, daß Iduzza fortgegangen war, doch kam es ihm vor allem in der ersten Zeit so vor, als habe man ihm etwas weggenommen. Und zu diesem unterdrückten Kummer war hinzugekommen, daß er die faschistische »Revolution« miterleben mußte, die ihn, mehr als es eine Krankheit vermocht hätte, altern ließ. Mit anzusehen, wie diese finstere Parodie triumphierte anstelle jener ganz anderen REVOLUTION, die er sich erträumt hatte, die eben noch bevorzustehen schien, das war für ihn, als müßte er jeden Tag einen widerlichen Brei kauen, der ihm den Magen umdrehte. Die besetzten Ländereien, wo noch 1922 Widerstand geleistet worden war, waren den Bauern rücksichtslos und für immer weggenommen und den zufriedenen Gutsbesitzern zurückgegeben worden. Und was das Schlimmste war: Unter den Kommandos, die die Rechte der Besitzenden durchsetzten, waren viele Kinder armer Leute, denen es auch nicht besser ging als den Vertriebenen, die aber nun, aufgehetzt durch Geld oder Propaganda, gegen ihresgleichen vorgingen. Giuseppe war es, als spiele er im Traum eine Komödie. Die Leute aus Cosenza, die ihm am meisten verhaßt waren (und die in den letzten Jahren aus Angst den Kopf etwas weniger hoch getragen hatten), spazierten jetzt provozierend, mit vorgestrecktem Bauch, an den Mauern vorbei, die mit ihren Plakaten beklebt waren. Sie wirkten wie Herrscher, die abgesetzt und dann wieder inthronisiert worden waren, und wurden von allen Leuten untertänigst gegrüßt ...
In der Schule, zu Hause und gegenüber den Bekannten in der Stadt zwang sich der Lehrer Ramundo trotzdem zu einem oberflächlichen Konformismus, vor allem, um Noras Gesundheit, die sich ohnehin im-

mer mehr verschlechterte, nicht noch durch weitere Ängste zu gefährden. Doch zum Ausgleich hatte er begonnen, in einem kleinen, abgesonderten Milieu zu verkehren, wo er endlich seinen Gedanken freien Lauf lassen konnte. Es war dies eine kleine Kneipe mit drei oder vier Tischen, die aus einem Faß neuen Rotwein zum Verkauf bot. Der Wirt, ein alter Bekannter von Giuseppe, war Anarchist; sie hatten gemeinsame Jugenderinnerungen.
Ich habe die genaue Lage dieser Schenke nicht ausfindig machen können. Doch hat man mir früher erzählt, man müsse, um dorthin zu gelangen, die Zahnradbahn am Berghang benutzen. Und ich habe mir immer vorgestellt, in dem dunklen und kühlen Innern habe sich der Geruch nach neuem Wein mit dem ländlichen Duft der Bergamotten und des Holzes vermischt und vielleicht auch mit dem Geruch des Meeres jenseits des Küstengebirges. Leider kenne ich jene Orte bisher nur auf der Karte, und vielleicht existiert die Schenke des Großvaters Ramundo heute nicht mehr. Ihre wenigen Gäste waren, soviel ich weiß, Tagelöhner vom Land, umherziehende Hirten und manchmal irgendein Fischer von der Küste. Sie unterhielten sich in ihren alten Dialekten, die mit griechischen und arabischen Klängen vermischt waren. Und in der Vertrautheit mit diesen Zechkumpanen, die er voller Rührung *betrogene Genossen* oder *meine Brüder* nannte, kehrte Giuseppes turbulente Fröhlichkeit zurück, und er feierte seine Knabenideale, die um so begeisternder waren, als sie jetzt wahrhaftig gefährliche Geheimnisse darstellten. Und schließlich konnte er sich austoben, indem er bestimmte Verse deklamierte, die ihm unübertrefflich erschienen und die er in der Schule den Kindern nie hatte beibringen dürfen:
. . . »Wir werden fallen in dem Ruhm von neuem Lichte,
der Zukunft neue Wege zu erschließen hie.
Aus Blut erwächst dann die Geschichte
der Anarchie!« . . .

. . . .

»Wir sind der Parias zahllos große Scharen,
die blassen Menschen, stets zum Dienst verdammt.
Doch mit erhob'ner Stirn entfalten wir die Fahnen,
erobern uns die Zukunft, die uns angestammt!«
Doch der Höhepunkt dieser Zusammenkünfte bestand darin, daß die Versammelten, wenn sie sicher waren, daß keiner von draußen sie hören konnte, in leisem Chor sangen:
»Uns wird die Revolution gelingen.
Wir werden unter schwarzer Fahne singen
von A-anarchie!!«
Es handelte sich in Wirklichkeit um arme Sonntags-Anarchisten, deren

subversive Tätigkeit einzig und allein in diesen Treffen bestand. Trotzdem wurde schließlich in Cosenza Anzeige erstattet. Der Wirt wurde eines Tages in die Verbannung geschickt, und die Schenke mußte schließen. Und Giuseppe wurde, im Alter von vierundfünfzig Jahren, in den Ruhestand versetzt, ohne daß der eigentliche Grund genannt wurde, im Gegenteil, man tat sogar so, als sei es ein Privileg.

Zu Hause, seiner Frau gegenüber, tat er, als glaube er an diese Vorwände. Er täuschte sie mit erfundenen Gründen, wie man Kinder mit Märchen täuscht. Und selbstverständlich erzählte er ihr niemals von seiner geheimen Schenke oder vom Schicksal seines Genossen, des Wirts, über das er sich andauernd Gedanken machte, und das um so mehr, als er sich, wenigstens teilweise, schuldig fühlte. Doch da er in Wahrheit keine anderen Vertrauten besaß als Nora, konnte er mit niemandem von diesen Dingen sprechen.

Was ihn an seinem persönlichen Unglück am meisten erbitterte, war nicht der erlittene Schaden, nicht einmal die erzwungene Untätigkeit (für ihn war der Unterricht ein großes Vergnügen gewesen). Denn diese Katastrophe war ja das Werk der Faschisten, seiner natürlichen Feinde, so wie auch die mögliche Gefahr, verschickt zu werden oder vielleicht ins Zuchthaus zu kommen, von ihnen ausging. Doch daß sich unter den Freunden seiner kleinen Tafelrunde, die er Brüder genannt hatte, ein Spion und Verräter verborgen haben könnte – dieser Verdacht stürzte ihn, mehr als alles andere, in Schwermut. Manchmal zerstreute er sich damit, hölzernes Spielzeug zu basteln, das er dem Enkel Ninnuzzu zu schenken gedachte, wenn dieser im Sommer zu ihm käme. Übrigens hatte er einen Radioapparat gekauft, besonders um Nora aufzuheitern, so daß sie am Abend miteinander die Opern anhören konnten, die sie beide so liebten, seit der Zeit, da sie die Vorstellungen der herumziehenden Operntruppen besucht hatten. Indes zwang er sie geradezu grob dazu, den Apparat abzustellen, sobald man die Stimmen der Nachrichtensprecher vernahm, die ihn beinahe rasend machten.

Nora ihrerseits war mit den Nerven am Ende und dadurch mehr denn je gereizt. Sie quälte ihn und verfolgte ihn mit ihren Vorwürfen, und manchmal, wenn sie besonders erregt war, schrie sie ihn sogar an, er sei wegen beruflicher Unfähigkeit von der Schule gejagt worden! Doch bei solchen Beschimpfungen begnügte er sich damit, sie zu necken (um sie zum Lachen zu bringen), und maß ihnen nicht allzu viel Gewicht bei.

Weil es ihm leid tat, sie so verbraucht und traurig zu sehen, schlug er ihr oft vor, sie sollten zusammen zu seinen Eltern nach Aspromonte fahren. Und er verkündete diesen Plan, als ginge es um eine phantastische Reise, im Ton des reichen Ehemannes, der eine große Kreuzfahrt verspricht. Doch in Wirklichkeit war er schon sehr hinfällig und nicht mehr in der

Lage zu reisen. In letzter Zeit war sein Gesicht violett geworden, sein Körper aufgeschwemmt.
Er ging nicht mehr ins Wirtshaus, und auch zu Hause vermied er es, mit Rücksicht auf Nora, viel zu trinken. Doch in irgendeinem Versteck mußte er wohl seinen Alkoholdurst, der krankhaft geworden war, stillen. Jeden Tag begegnete ihm irgendein Bürger von Cosenza auf der Straße, wie er in seinem weiten Mantel, immer allein, mit verschwommenem Blick, einherhinkte und wie er ab und zu schwankte und sich an eine Mauer lehnte. Im Jahre 1936 erlag er einer Leberzirrhose.
Nicht lange danach folgte in Rom der noch junge Alfio seinem älteren Freund im Tode nach. Er war nach Äthiopien gereist – das erst kurz zuvor von Italien erobert worden war –, und zwar hatte er so kühne Projekte, daß er damit rechnete, das ganze Imperium zu seinem Absatzgebiet machen zu können. Doch zwanzig Tage später kam er nach Rom zurück, bis zur Unkenntlichkeit abgemagert. Er litt ständig unter einer quälenden Übelkeit, die ihn am Essen hinderte und ihm Fieber verursachte. Zunächst glaubte man an irgendeine afrikanische Krankheit. Doch bei der Untersuchung erwies es sich, daß er an Krebs erkrankt war, der sich vielleicht schon seit einiger Zeit entwickelt hatte, ohne daß Alfio Schmerzen empfunden hätte, um dann plötzlich akut zu werden, wie es manchmal bei kräftigen jungen Menschen vorkommt.
Er erfuhr sein Todesurteil nicht. Man ließ ihn im Glauben, er sei an einem Geschwür operiert worden und gehe der Genesung entgegen. In Wirklichkeit hatte man versucht, ihn zu operieren, dann aber gleich wieder zugenäht, weil nichts mehr zu machen war. Zuletzt war er zum Skelett abgemagert. Und wenn er für kurze Zeit von seinem Krankenbett aufstand, sah er, lang und mager wie er war, sehr viel jünger, fast wie ein Halbwüchsiger aus.
Einmal kam Ida an, als er schluchzte und schrie: »Nein! Neeiin! Ich will nicht sterben!«, und das mit einer ungeheuren Heftigkeit, die man ihm in seinem geschwächten Zustand nie zugetraut hätte. Anscheinend hatte eine Nonne, um ihn auf einen friedlichen Tod vorzubereiten, die Wahrheit durchblicken lassen. Doch war es nicht schwer, ihn von neuem mit beruhigenden Lügen zu täuschen, so sehr hing er am Leben.
Ein anderes Mal (es ging auf das Ende zu, und man flößte ihm mit einer Kanüle Sauerstoff ein), während er unter der Wirkung von Betäubungsmitteln schlummerte, hörte ihn Ida, wie er sagte, als spreche er mit sich selbst:
»Mama, dieser Tod ist mir viel zu eng. Wie soll ich es anstellen, da hindurchzukommen? Ich bin doch viel zu dick.«
Zuletzt, eines Morgens, schien es ihm besser zu gehen. Mit einer dünnen, singenden Stimme, halb heimwehkrank und halb launisch, ließ er

wissen, er wolle in Messina begraben werden. So wurde das bißchen Geld, das er hinterließ, ausgegeben, um diesen seinen letzten Wunsch zu erfüllen.
Seine Agonie hatte weniger als zwei Monate gedauert, und das Morphium erleichterte ihm das Sterben.
Von seiner afrikanischen Expedition hatte er Nino ein paar Münzen und als Trophäe eine schwarze äthiopische Maske mitgebracht, die Ida nicht einmal ansehen mochte und die Nino sich vors Gesicht band, um den gegnerischen Banden des Viertels Eindruck zu machen, wobei er bei dem Überfall sang:

»Schwarzes Gesicht,
schöne Abessinierin,
maramba burumba bambuti mbù!«

bis er sie gegen eine Wasserpistole eintauschte.
Ida wagte es nie, das Wort *Krebs* auszusprechen, das für sie eine phantastische, sakrale und unnennbare Vorstellung heraufbeschwor, wie manche Dämonen für die Wilden. Statt dessen verwendete sie die Definition *Krankheit des Jahrhunderts*, die sie im Viertel gelernt hatte. Jedem, der sie fragte, woran ihr Mann gestorben sei, entgegnete sie: »an der Krankheit des Jahrhunderts«, und das mit ganz leiser und bebender Stimme, denn der kleine Exorzismus reichte nicht aus, um die Schrecken aus dem Gedächtnis zu vertreiben.
Nachdem Giuseppe und Alfio nacheinander verstorben waren, war sie endgültig der Angst preisgegeben, denn nun blieb sie als ewiges vaterloses Kind zurück. Trotzdem widmete sie sich mit gewissenhafter Pünktlichkeit ihren Aufgaben als Lehrerin und Mutter. Und das einzige Zeichen der gewaltsamen Anstrengungen, die bestimmte tägliche Umgangsformen des Erwachsenenalters ihr, der immer Kindgebliebenen, abverlangten, war ein kaum merkliches, unaufhörliches Zittern der Hände, die plump und kurzfingrig und nie ordentlich gewaschen waren.
Die Eroberung Abessiniens, die Italien von einem Königreich zu einem Imperium machte, war für unsere trauernde kleine Lehrerin zu einem so weit zurückliegenden Ereignis geworden wie die Kriege um Karthago. *Abessinien* war für sie ein Land, in dem Alfio, wenn er mehr Glück gehabt hätte, anscheinend hätte reich werden können, wenn er dort mit speziellen Ölen, Lacken und sogar Schuhwichse gehandelt hätte (obwohl aus ihrer Schullektüre hervorging, daß die Afrikaner wegen ihres Klimas barfuß gehen). In dem Schulzimmer, in dem sie lehrte, hingen genau über ihrem Pult, mitten an der Wand, neben dem Kruzifix, die vergrößerten und gerahmten Photographien des Begründers des Imperiums und des Königs, der nun Kaiser geworden war. Der eine trug auf dem Kopf einen Fez mit dicht herabhängenden Fransen und über der Stirn das

Adlerwappen. Und unter dieser Kopfbedeckung sollte sein Gesicht wie die klassische Maske des Condottiere wirken; doch in der Anmaßung erschien es höchstens naiv. Mit dem übertrieben vorgestreckten Kinn, dem künstlich angespannten Unterkiefer und den heraustretenden Augen mit den erweiterten Pupillen sah er eher aus wie ein Varietékomiker in der Rolle eines Feldwebels oder Unteroffiziers, der den Rekruten Angst macht. Und was den Kaiser und König betraf, so drückten seine unbedeutenden Züge nichts anderes aus als die geistige Beschränktheit eines Provinzlers, der schon alt geboren war und ein großes ererbtes Vermögen besaß. Doch in den Augen Iduzzas stellten die Bilder der beiden Personen (nicht weniger als das Kruzifix, das für sie nur die Macht der Kirche verkörperte) ausschließlich das Symbol der Autorität dar, das heißt, der verborgenen Abstraktion, die Gesetze schafft und Unterwerfung gebietet. Zu der Zeit malte sie, auf Grund höherer Anweisungen, mit großen Buchstaben als Schreibübung für ihre Schüler der dritten Klasse an die Wandtafel:
»Ins Schönschreibheft dreimal folgende Worte des Duce abschreiben: *Erhebt, o Legionäre, die Standarten, die Waffen und die Herzen, um, nach fünfzehn Jahrhunderten, das Wiedererscheinen des Imperiums auf den schicksalhaften Hügeln Roms zu begrüßen!* Mussolini.«
Mittlerweile hatte der neue Begründer des Imperiums gerade mit diesem großen Schritt in seiner Karriere in Wirklichkeit den Fuß in die Falle gesetzt, die ihn zum letzten Skandal des Untergangs und des Todes führen sollte. Gerade bei diesem Schritt erwartete ihn der andere Reichsgründer, sein gegenwärtiger Komplize und sein ihm vorbestimmter Herr und Meister.
Zwischen den beiden unglückseligen Betrügern, die von Natur so verschieden waren, gab es trotzdem unleugbare Ähnlichkeiten. Was sie im Innersten am meisten verband, war eine fundamentale Schwäche: einer wie der andere krankten sie an einem rachedurstigen Minderwertigkeitsgefühl.
Es ist bekannt, daß Leute, die unter einem solchen Komplex leiden, davon unaufhörlich gequält werden und ihn oft in ihren Träumen kompensieren. Und Mussolini und Hitler waren Träumer, jeder auf seine Art. Doch hier offenbart sich ihre grundsätzliche Verschiedenheit. Die traumhafte Vision des italienischen »Duce« (die seiner sehr materiellen Lebenslust entsprach) war ein Komödien-Festival, bei dem er, der ränkeschmiedende kleine Vasall, inmitten von Standarten und Triumphen die Rolle bestimmter antiker, vom Volk angehimmelter Vasallen (der Cäsaren und Kaiser ...) vor einer lebenden Menge spielte, die zum Rang von Hampelmännern erniedrigt war. Hingegen war der andere (von einem monotonen Laster der Nekrophilie und des unflätigsten Ter-

rors verseucht) halb bewußt nur einem bisher noch gestaltlosen Traum hörig, wo jede lebendige Kreatur (er selbst inbegriffen) ein Gegenstand von Mißhandlungen und bis zur Verwesung entwürdigt war. Und wo zuletzt – im großen Finale – alle Völker der Erde (darunter auch das germanische Volk) sich in zersetzte Leichenstapel auflösten.
Man weiß, daß die Fundamente des Traumgebäudes oft unter den Trümmern des Wachzustandes oder der Vergangenheit verschüttet sind. Doch im Fall Mussolinis lag dieses Material fast aufgedeckt an der Oberfläche. Bei Hitler hingegen war es ein Gewimmel voller Seuchen, mit wer weiß welchen Wurzeln seines verrückten Gedächtnisses verwachsen. Würde man in dessen Biographie, der eines mißgünstigen Spießers, nachforschen, so wäre es nicht schwierig, diese Wurzeln teilweise auszugraben . . . Doch hier damit genug. Vielleicht war es dem Faschisten Mussolini nicht klar, daß er mit dem abessinischen Unternehmen, das von dem Nationalsozialisten Hitler gefördert wurde (und dem dann gleich das andere gemeinsame Unternehmen Spanien folgte), nun für immer seinen eigenen Karnevalswagen hinter den Leichenkarren des anderen gespannt hatte. Eine der ersten Auswirkungen seiner Dienstbarkeit bestand darin, daß er bald danach statt des nationalen, von ihm selbst geprägten Begriffs *Römertum* den fremden, von anderen erfundenen Begriff der *Rasse* einführen mußte. Und so geschah es, daß in den ersten Monaten des Jahres 1938 auch in Italien in der Presse, den lokalen Gruppen und im Radio eine vorbereitende Kampagne gegen die Juden eröffnet wurde.

Giuseppe Ramundo war, als er starb, achtundfünfzig Jahre alt. Und Nora war, mit ihren sechsundsechzig Jahren, schon pensioniert, als sie Witwe wurde. Sie besuchte das Grab ihres Mannes nie, da sie eine Art heiligen Grauens vor Gräbern empfand. Dennoch war sicherlich das zäheste Band, das sie in Cosenza festhielt, die Nähe dessen, der dort, auf jenem Friedhof, ruhte.
Nie mehr wollte sie das alte Haus verlassen, das zu ihrer Höhle geworden war. Sie ging fast nur am frühen Morgen aus, um ihre Einkäufe zu machen, oder an den Tagen, wo sie die Pension abholen oder, wie gewohnt, die Postanweisungen an Giuseppes uralte Eltern schicken mußte. Ihnen und auch Ida schrieb sie lange Briefe, welche die beiden Alten, die Analphabeten waren, sich von andern vorlesen lassen mußten. Doch hütete sie sich in ihren Briefen wohl, und sei es auch nur indirekt und vorsichtig, die Schrecken anzudeuten, die ihre eigene Zukunft bedrohten. Denn jetzt vermutete sie überall Zensur und Spione. Und in ihren häufigen, endlosen Berichten wiederholte sie nur immer wieder auf alle möglichen Arten denselben Gedanken.

»Wie sonderbar und widernatürlich ist doch das Schicksal. Ich habe einen Mann geheiratet, der acht Jahre jünger war als ich, und nach den Naturgesetzen hätte ich zuerst sterben müssen, und Er hätte mir beistehen müssen. Statt dessen mußte ich Seinen Tod erleben.«
Wenn sie von Giuseppe sprach, schrieb sie immer Er, mit großem Anfangsbuchstaben. Ihr Stil war weitschweifig, und sie wiederholte sich, wenn auch mit schulmeisterlicher Vornehmheit. Und die Schrift war in die Länge gezogen, dünn und geradezu elegant. (Doch gegen das Ende hin wurden ihre Briefe immer kürzer. Ihr Stil war verstümmelt und zusammenhanglos geworden, und die Buchstaben waren alle zittrig und krumm und schwankten, ohne die Richtung mehr einzuhalten, über das Papier.)
Außer dieser Korrespondenz, die zur Manie geworden war, bestand ihr einziger Zeitvertreib in der Lektüre von illustrierten Zeitschriften oder Liebesromanen sowie im Radiohören. Schon seit einiger Zeit hatten sie die Nachrichten von der Rassenverfolgung in Deutschland alarmiert, Zeichen, die ihre alten Ahnungen geradewegs bestätigten. Als aber im Frühling 1938 auch Italien offiziell in den Chor der antisemitischen Propaganda einstimmte, sah sie die schreckliche Gewalt des Schicksals unaufhaltsam auf sich zukommen. Die hochtrabenden, drohenden Stimmen der Nachrichtensprecher schienen ihre kleine Wohnung schon spürbar zu überfluten und Panik darin zu verbreiten. Doch um so mehr fühlte sie sich, um nicht unvorbereitet zu sein, dazu gezwungen, diese Nachrichten zu verfolgen. Und so verbrachte sie die Tage und Abende damit, aufmerksam die Radionachrichten zu verfolgen, wie eine kleine verwundete Füchsin, die sich unter dem Bellen der Meute wachsam in ihrer Höhle verbirgt.
Ein paar faschistische Parteibonzen, die von Catanzaro kamen, verbreiteten eines Tages die inoffizielle Nachricht, daß es demnächst eine Volkszählung für alle Juden in Italien gäbe und daß sich alle persönlich melden müßten. Von diesem Zeitpunkt an stellte Nora den Radioapparat nicht mehr an, denn sie fürchtete, den offiziellen Aufruf der Regierung zusammen mit den Terminen für die Meldung zu vernehmen.
Es war zu Beginn des Sommers. Nora war jetzt achtundsechzig Jahre alt, und schon seit dem vergangenen Winter verschlimmerten sich ihre Leiden, bedingt durch eine Arterienverkalkung, an der sie schon seit längerer Zeit litt. Auch ihr Verhalten den Leuten gegenüber (früher war sie zurückhaltend, doch auch gleichzeitig sanft gewesen) war nun ärgerlich und abweisend geworden. Wenn jemand sie grüßte, antwortete sie nicht mehr, nicht einmal ehemaligen Schülerinnen, die jetzt groß geworden waren und die sie bis dahin gern gehabt hatte. In manchen Nächten fing sie an zu rasen und zerriß sich das Nachthemd mit den Nägeln. Eines

Nachts geschah es sogar, daß sie im Schlaf aus dem Bett fiel. Am Boden liegend, kam sie wieder zu sich, und ihr Kopf schmerzte und dröhnte. Es kam oft vor, daß sie sich bei der kleinsten Gelegenheit wütend und empört umwandte, denn sie vermutete mysteriöse Grobheiten auch hinter unschuldigen Gesten oder Worten.
Von all den möglichen bedrohlichen Maßnahmen gegen die Juden erschreckte sie die vorgesehene Verpflichtung, sich zur Volkszählung zu melden, am unmittelbarsten! Alle Formen der Verfolgung, die sie sich für jetzt oder für die Zukunft ausmalte, auch die abscheulichsten und verheerendsten, verwirrten sich in ihrem Geist wie schwankende Gespenster; darunter war das schreckliche Leuchtfeuer jenes Dekrets, dessen Strahlen sie erstarren ließen! Beim Gedanken, das verhängnisvolle Geheimnis, das sie verborgen gehalten hatte, als sei es eine Schande, selbst und in aller Öffentlichkeit preisgeben zu müssen, sagte sie sich einfach: das ist unmöglich. Da sie keine Zeitungen las und auch kein Radio mehr hörte, vermutete sie, das berüchtigte Dekret sei bereits erlassen worden und schon in Kraft (während in Wirklichkeit noch kein Rassengesetz veröffentlicht worden war). Sie war derart isoliert, daß sie sich schließlich einreden konnte, der Termin für die Meldung sei schon verfallen. Trotzdem hütete sie sich weiterhin davor, sich zu erkundigen, geschweige denn, zu den Behörden zu gehen. An jedem neuen Tag wiederholte sie sich: es ist unmöglich. Dann verbrachte sie den Tag in dieser Nervosität bis zur Stunde, da die Ämter geschlossen wurden, um am nächsten Tag demselben unveränderten Problem gegenüberzustehen. Da sie fest davon überzeugt war, sie habe den Termin versäumt und würde wer weiß welchen ungewissen Sanktionen ausgesetzt werden, begann sie den Kalender, die Daten und den täglichen Sonnenaufgang zu fürchten. Und während die Tage ohne irgendwelche verdächtigen Anzeichen vergingen, lebte sie jeden Augenblick in der Erwartung eines bevorstehenden gräßlichen Ereignisses. Sie wartete darauf, aufs Ordnungsamt gerufen zu werden, um Rechenschaft über ihr Vergehen abzulegen, öffentlich der Lüge überführt und der Fälschung angeklagt zu werden; oder daß ein Abgesandter der Gemeinde oder der Polizei sie holen komme oder sie sogar verhafte.
Sie ging nicht mehr aus dem Haus, nicht einmal mehr zum Einkaufen, sondern beauftragte die Pförtnerin damit. Jedoch verjagte sie die Frau eines Morgens, als sie zu ihr vor die Tür kam, um Aufträge entgegenzunehmen, mit tierischem Geheul und warf ihr eine Tasse nach, die sie gerade in der Hand hielt. Doch die Leute, die nichts ahnten und ihr immer mit Respekt begegnet waren, entschuldigten diese wunderlichen Anfälle und schrieben sie dem Schmerz um den verstorbenen Mann zu.
Sie begann unter eingebildeten Empfindungen zu leiden. Das Blut, das

nur mehr mühsam ins Gehirn stieg, klopfte laut in ihren verhärteten Adern, und sie glaubte von der Straße herauf heftige Schläge gegen die Haustür oder Schritte und schweres Atmen auf der Treppe zu hören. Abends, wenn sie plötzlich das elektrische Licht anmachte, verwandelten sich für sie, deren Sehvermögen nachließ, die Möbel und deren Schatten in die reglosen Gestalten von Spionen oder bewaffneten Verfolgern, die gekommen waren, um sie zu überraschen und zu verhaften. Und eines Nachts, als sie zum zweiten Mal im Schlaf aus dem Bett fiel, stellte sie sich vor, einer von ihnen hätte sie zu Boden geschlagen, nachdem er heimlich eingedrungen sei, und treibe sich noch immer im Haus herum.
Ihr kam der Gedanke, Cosenza zu verlassen und anderswohin zu ziehen. Aber wohin und zu wem. Nach Padua, zu ihren wenigen jüdischen Verwandten – das war nicht möglich. In Rom, bei ihrer Tochter, oder bei den Schwiegereltern auf dem Land bei Reggio würde ihre Gegenwart, da sie dort fremd wäre, mehr denn je bemerkt und registriert und würde auch die anderen gefährden. Und dann – wie hätte sie, eine alte, neurasthenische, halb verrückte Frau, sich Leuten aufdrängen können, die ohnehin genug eigene Sorgen und Probleme hatten? Sie hatte nie jemanden um etwas gebeten, war immer, schon als junges Mädchen, unabhängig gewesen. Immer hatte sie sich an zwei Verse erinnert, die sie im Getto von einem alten Rabbiner vernommen hatte:

Unglücklich ist der Mensch, der andere Menschen braucht!
Glückselig ist der Mensch, der nur Gott braucht.

Dann also in irgendeine andere Stadt oder ein anonymes Dorf ziehen, wo niemand sie kannte? Aber man mußte sich doch überall anmelden und Dokumente vorweisen. Sie überlegte, ob sie in ein fremdes Land fliehen solle, wo es keine Rassengesetze gab. Aber sie war nie im Ausland gewesen, sie hatte keinen Paß. Und sich einen Paß verschaffen hieß wiederum, Untersuchungen des Einwohnermeldeamtes, der Polizei, der Grenzbeamten über sich ergehen lassen zu müssen. All das waren Orte und Räume, die sich ihr drohend verschlossen, als sei sie eine Verbrecherin.
Sie war nicht arm, wie man hätte glauben können. In jenen Jahren hatte sie (gerade um sich im Fall von Krankheiten oder anderen unvorhergesehenen Umständen die eigene künftige Unabhängigkeit zu sichern) nach und nach, wie sie es gewohnt war, Ersparnisse beiseite gelegt, die sich gegenwärtig auf dreitausend Lire beliefen. Diese Summe bewahrte sie, in drei Tausendernoten in ein Taschentuch eingenäht, nachts unter ihrem Kopfkissen auf, und die übrige Zeit trug sie sie bei sich, mit Stecknadeln unter einen Strumpf geheftet.
In ihrer Unerfahrenheit, zu der die Schwächen des Alters hinzukamen,

glaubte sie, mit einer solchen Summe jede beliebige Reise ins Ausland, ja sogar in einen anderen Erdteil bezahlen zu können. In bestimmten Augenblicken begann sie wie ein junges Mädchen von manchen Großstädten zu träumen, die sie für sich vor ihrer Heirat in ihren Phantasien à la Madame Bovary ersehnt hatte: London, Paris! Doch jäh erinnerte sie sich daran, daß sie jetzt allein war; und wie konnte sich eine alte, alleinstehende Frau in einer solchen kosmopolitischen, lärmenden Menge zurechtfinden? Wenn Giuseppe bei ihr wäre, ja, dann wäre Reisen noch schön! Aber Giuseppe war nicht mehr da; er war hier wie anderswo unauffindbar. Vielleicht hatte sich auch sein großer, dicker Körper nunmehr in der Erde aufgelöst. Es gab niemanden mehr auf der Welt, der ihre Ängste hätte beschwichtigen können, wie er es einst getan hatte, wenn er zu ihr sagte: »Du Dummerchen! Du Närrchen!«

Obwohl sie weiterhin verschiedene Vorschläge bei sich erwog und alle Kontinente und Länder prüfte, war für sie auf der ganzen Welt kein Platz. Und doch, während die Tage vergingen, drängte sich die Notwendigkeit und Dringlichkeit der Flucht ihrem fiebernden Hirn immer stärker auf.

Im Verlauf der letzten Monate hatte sie, vielleicht im Radio, gehört, daß Juden aus ganz Europa nach Palästina auswanderten. Vom Zionismus hatte sie keine Ahnung, obwohl sie das Wort kannte. Und von Palästina wußte sie nur, daß es das biblische Vaterland der Juden war und daß seine Hauptstadt Jerusalem hieß. Und doch gelangte sie zur Überzeugung, daß der einzige Ort, wo sie als jüdischer Flüchtling bei einem jüdischen Volk aufgenommen werden konnte, Palästina war.

Und während schon die sommerliche Hitze immer näher rückte, beschloß sie eines Abends unvermittelt, jetzt sofort zu fliehen, auch ohne Paß. Sie würde heimlich über die Grenze gelangen, oder sie würde sich im Laderaum eines Schiffes verstecken, wie sie es in mancher Erzählungen illegaler Auswanderer gehört hatte.

Sie nahm kein Gepäck mit, nicht mal Unterwäsche zum Wechseln. Sie hatte, wie immer, ihre unter dem Strumpf versteckten dreitausend Lire bei sich. Und im letzten Moment, als sie am Kleiderständer im Flur noch einen jener alten kalabresischen Mäntel entdeckte, die Giuseppe im Winter getragen hatte, nahm sie ihn, über den Arm gelegt, mit, denn sie dachte, sie könnte ihn gebrauchen, falls sie vielleicht in kältere Länder käme.

Sicher war sie schon nicht mehr ganz bei sich, doch muß sie sich überlegt haben, daß es ziemlich umständlich war, auf dem Landweg von Cosenza nach Jerusalem zu fahren. Also ging sie in Richtung Meer, um sich einzuschiffen, da ihr dies als einzig richtige Möglichkeit erschien. Irgend jemand erinnert sich undeutlich, sie in ihrem Sommerkleidchen aus

schwarzer Kunstseide mit himmelblauem Muster in der letzten Zahnradbahn gesehen zu haben, die abends zum Lido von Paola fährt. Und in der Tat wurde sie in jener Gegend aufgefunden. Vielleicht ist sie diesen Strand ohne Hafen ein Stück entlang gegangen, auf der Suche nach irgendeinem Handelsschiff mit asiatischer Flagge, verirrter und verlassener als ein fünfjähriger Junge, der von zu Hause wegläuft, um sich auf gut Glück als Schiffsjunge anheuern zu lassen.
Auf jeden Fall muß man annehmen, obwohl eine solche Energie in ihrem Zustand unglaublich erscheint, daß sie nach ihrer Ankunft am Bahnhof eine lange Strecke zu Fuß ging. Die genaue Stelle des Strandes, wo man sie fand, liegt nämlich etliche Kilometer vom Lido von Paola entfernt, in Richtung Fuscaldo. Längs jenes Küstenstrichs breiten sich jenseits der Eisenbahn hügelige Maisfelder aus, die ihren im Dunkeln umherirrenden Blicken in ihrer wogenden Ausdehnung wie ein Teil des Meeres erschienen sein mochten.
Es war eine wunderschöne, mondlose Nacht, ruhig und voller Sterne. Vielleicht kam ihr jenes einzige Liedchen aus ihrer Heimat in den Sinn, das sie singen konnte:

    Welch schöne Nacht!
    Da raubt man Mädchen gerne.

Aber auch in dieser heiteren, lauen Luft fror sie, nachdem sie eine Weile gegangen war. Und sie hüllte sich in den Männermantel, den sie bei sich hatte, und machte ihn am Hals sorgfältig mit einer Schnalle zu. Es war ein alter Mantel aus rauher, dunkelbrauner Wolle, der für Giuseppe in der Länge richtig gewesen, für sie aber viel zu lang war und der ihr bis zu den Füßen reichte. Wenn jemand aus der Gegend sie dort aus der Ferne so eingemummt hätte vorbeigehen sehen, so hätte er sie vielleicht für das *Mönchlein* gehalten, den kleinen hinterhältigen Hausgeist, der sich als Mönch verkleidet und von dem es heißt, er gehe nachts um und suche die Häuser heim, wobei er sich durch die Kamine einschleiche. Doch läßt sich nirgends ein Hinweis darauf finden, daß jemand ihr begegnet wäre. Und das scheint auch in Anbetracht dieses einsamen und besonders in der Nacht wenig begangenen Küstenstreifens keineswegs sonderbar.
Fischer, die bei Morgengrauen vom nächtlichen Fang heimkehrten, fanden sie. Und anfangs glaubten sie, es sei eine Selbstmörderin, die von der Strömung an Land gespült worden sei. Doch in Wirklichkeit stimmten die Stellung der Ertrunkenen und der Zustand ihres Körpers nicht mit diesem voreiligen Schluß überein.
Sie lag innerhalb der Grenze der Strandlinie, noch von der letzten Flut benetzt, in gelöster und natürlicher Lage da, wie jemand, der vom Tod in bewußtlosem Zustand oder im Schlaf überrascht wurde. Der Kopf ruhte auf dem Sand, den das leichte Zurückfluten glatt und rein, ohne Algen

und Schutt, zurückgelassen hatte. Und der Körper lag ausgestreckt auf dem großen Männermantel, der ganz vom Wasser durchtränkt war und sich, da er nur am Hals mit der Schnalle geschlossen war, neben ihr ausbreitete. Das nasse, vom Wasser geglättete Seidenkleidchen lag eng an ihrem dünnen Körper, der unversehrt aussah, weder aufgedunsen noch mißhandelt, wie die meisten Körper, die von der Strömung an Land gespült werden. Und die winzigen himmelblauen Nelken, mit denen die Seide bedruckt war, hoben sich, vom Wasser aufgefrischt, wie neu vom braunen Hintergrund des Mantels ab.

Die einzige Gewalt, die ihr das Meer angetan hatte, war, daß das Wasser ihr die Schuhe abgestreift und das Haar gelöst hatte, das trotz ihres Alters lang und üppig und nur teilweise ergraut war, so daß es jetzt, vom Wasser durchtränkt, wieder schwarz geworden zu sein schien; auch lag das ganze Haar, beinahe anmutig, auf einer Seite. Die Bewegung der Strömung hatte ihr nicht einmal den goldenen Trauring von der abgemagerten Hand gestreift, der mit seiner kostbaren Helligkeit im aufsteigenden Licht des Tages leuchtete.

Das war alles Gold, das sie je besessen hatte. Und sie hatte (anders als ihre scheue Tochter Ida) trotz ihres patriotischen Konformismus sich auch dann nicht von ihm trennen wollen, als die Regierung die Bevölkerung aufforderte, »Gold fürs Vaterland zu geben«, um damit das abessinische Unternehmen zu stützen.

Am Handgelenk trug sie ein Ührchen aus gewöhnlichem Metall, das noch nicht vom Rost befleckt war. Es war um vier Uhr stehengeblieben.

Die medizinische Untersuchung bestätigte ohne irgendwelchen Zweifel ihren Tod durch Ertrinken. Doch hatte sie nichts hinterlassen, was auf Selbstmord hingedeutet hätte, keinen Hinweis, keinen Abschiedsbrief. Man fand bei ihr, an der gewohnten Stelle unter dem Strumpf versteckt, ihren geheimen Schatz an Banknoten. Sie waren noch erkennbar, obwohl sie durch die Einwirkung des Wassers nur noch ein wertloser Brei waren. Wenn man Noras Charakter kennt, kann man sicher sein, daß sie, hätte sie sich wirklich das Leben nehmen wollen, vorher das Kapital in Sicherheit gebracht hätte, das für sie eine solche Unsumme darstellte und das sie so hartnäckig angesammelt hatte.

Außerdem, wenn sie wirklich ein freiwilliges Ende gesucht hätte und ins Meer gegangen wäre, so hätte sie wahrscheinlich das Gewicht des vollgesogenen Mantels in die Tiefe gezogen.

Der Fall wurde unter dem Titel *Unfalltod infolge Ertrinkens* zu den Akten gelegt. Und dies ist, meiner Meinung nach, die wahrscheinlichste Erklärung. Ich glaube, daß der Tod sie in bewußtlosem Zustand überrascht hat; vielleicht war sie infolge eines jener Schwächeanfälle gestürzt, wie sie sie seit einiger Zeit hatte.

An jenen Küstenstrichen und in jener Jahreszeit sind die Gezeiten schwach, besonders bei Neumond. Auf ihrer vergeblichen Wanderung, halluzinierend und im Dunkel der Nacht beinahe blind, muß sie jede Richtung verloren haben, und auch die Sinne ließen sie im Stich. Und sie wird sich versehentlich auf dem von der Flut bespülten Küstenstreifen allzu weit hinausgewagt haben; vielleicht verwechselte sie das Meer der Maisfelder mit dem reglosen Wasser, oder sie sah in ihrem Wahn den gespenstischen Umriß eines Schiffes vor sich. Dort ist sie gestürzt, und die Flut, die schon wieder zurückwich, war gerade nur so hoch, daß sie ertrinken mußte, jedoch nicht stark genug, um ihr Gewalt anzutun. Das einzige Geräusch in der ruhigen Luft war ein kaum wahrnehmbares Saugen. Dabei verhinderte der mit Wasser vollgesogene Mantel, der an den Rändern unter Sandschichten begraben lag, daß ihr Körper ins tiefere Wasser glitt, und sein Gewicht hielt die Tote bis zu den ersten Tagesstunden auf dem Strand fest.
Ich kenne Nora nur von einer Photographie aus ihrer Verlobungszeit her. Sie steht vor dem Hintergrund einer Landschaft aus Pappe und ist im Begriff, einen Fächer zu öffnen, der den vorderen Teil ihrer Bluse bedeckt, und ihre gesammelte, etwas angestrengte Haltung bezeugt ihren ernsthaften, aber trotzdem reichlich sentimentalen Charakter. Sie ist klein und schlank, trägt einen fast geraden Wollrock, der eng an den Hüften anliegt, und eine weiße, hochgeschlossene Musselinbluse mit gestärkten Manschetten. Mit dem freien Arm lehnt sie sich hingebungsvoll, fast in der Art einer Schauspielerin, auf eine kleine Konsole, wie sie bürgerliche Photographen um die Jahrhundertwende gebrauchten. Die Haare sind aus der Stirn gekämmt und auf dem Kopf in einen weichen Kranz gelegt und erinnern an die Frisuren von Geishas. Die Augen sind von einer intensiven Glut, die von Melancholie verschleiert ist. Im übrigen ist das Gesicht fein, aber durchschnittlich.
Auf dem vergilbten unteren Rand der Photographie, die auf Karton aufgezogen ist, wie man es damals machte, ist außer den üblichen verschnörkelt gedruckten Angaben (*Format* usw.) die Widmung in ihrer zarten und ordentlichen Schrift noch lesbar:

Für Dich, geliebter Giuseppe!
Deine
Eleonora.

Unten links steht das Datum: *20. Mai 1902.* Und noch ein wenig weiter unten folgt rechts in derselben Schrift das Motto:

Mit Dir für immer,
solange ich lebe und darüber hinaus.

3

ART. 1. DIE EHESCHLIESSUNG EINES ITALIENISCHEN STAATSBÜRGERS ARISCHER RASSE MIT EINER PERSON EINER ANDEREN RASSE IST VERBOTEN.

ART. 8.
a) ZUR JÜDISCHEN RASSE GEHÖRT JEDER, DER VON ELTERN GEBOREN IST, DIE BEIDE DER JÜDISCHEN RASSE ANGEHÖREN, AUCH WENN ER SELBST EINER ANDERN ALS DER JÜDISCHEN RELIGION ANGEHÖRT.
. . . . .
d) . . . ALS NICHT ZUR JÜDISCHEN RASSE GEHÖRIG WIRD JEDER BETRACHTET, DER VON ELTERN ITALIENISCHER NATIONALITÄT GEBOREN IST, VON DENEN NUR EINER ZUR JÜDISCHEN RASSE GEHÖRT, UND DER AM 1. OKTOBER 1938-XVI EINER ANDEREN RELIGION ALS DER JÜDISCHEN ANGEHÖRTE.

ART. 9. DIE ZUGEHÖRIGKEIT ZUR JÜDISCHEN RASSE MUSS GEMELDET UND IN DEN REGISTERN DES ORDNUNGSAMTES UND DER BEVÖLKERUNG EINGETRAGEN WERDEN.

ART. 19. ZUM ZWECK DER ANWENDUNG DES ART. 9 MÜSSEN ALLE DIEJENIGEN, DIE UNTER ART. 8 FALLEN, DIES BEIM STANDESAMT DES WOHNORTS MELDEN . . .

So hieß es im italienischen Rassegesetz, das im Herbst 1938 erlassen wurde. Dadurch wurden alle sogenannten »Bürger jüdischer Rasse« von jeder Art von Geschäftsführung, von Besitz und Eigentum, vom Besuch sämtlicher Schulen sowie von allen öffentlichen Anstellungsverhältnissen und Berufen im allgemeinen ausgeschlossen, beginnend selbstverständlich mit den Lehrberufen.
Diese Erlasse trugen das Datum: 17. November 1938. Wenige Tage vorher war im Deutschen Reich, nach Jahren der Diskriminierung und der Verfolgung, der Plan, alle Juden auszurotten, in Angriff genommen worden. Ihnen gegenüber besaßen alle Deutschen einen Freibrief auf Mord und Zerstörung. Im Verlauf mehrerer Nächte wurden viele umgebracht und Tausende in die Lager abtransportiert, ihre Häuser, Geschäfte und Synagogen wurden angezündet und zerstört.
Nora war mit ihrem Tod den italienischen Rassegesetzen um einige Monate zuvorgekommen. Doch bewahrte ihre Vorsorge, die ihr fünfunddreißig Jahre zuvor geraten hatte, ihre Tochter katholisch taufen zu lassen, Iduzza jetzt vor dem Verlust ihrer Lehrerinnenstelle und vor den anderen Strafmaßnahmen nach Absatz *d)* des *Artikels 8*. *Artikel 19* schrieb allen Betroffenen die entsprechenden Schritte vor. So geschah

es, daß Iduzza sich voller Scham und halb betäubt, wie eine Angeklagte vor Gericht, auf der Stadtverwaltung von Rom vorstellte.
Sie war, wie es verlangt war, mit allen erforderlichen Dokumenten ausgerüstet, sowohl mit denen, die ihre jüdische Herkunft mütterlicherseits belegten, wie auch mit denen, die ihre arische Abstammung väterlicherseits nachwiesen, einschließlich ihres eigenen Taufscheins sowie der Taufscheine Giuseppes und der Großeltern aus Kalabrien (die nun auch tot waren). Es fehlte wirklich nichts. Darüber hinaus (sie schämte sich so sehr, daß sie den Mund nicht aufzumachen wagte) präsentierte sie dem Beamten, zusammen mit diesen Unterlagen, ein Blatt aus einem Schulheft, auf dem sie mit eigener Hand ihre standesamtlichen Daten eingetragen hatte, damit ihre Identitität direkt und ohne, daß sie etwas sagen mußte, festgestellt werden konnte. Doch aus einer Art Widerwillen heraus, der einer letzten kleinen Ehrbezeugung gleichkam, hatte sie jeglichen Akzent auf dem Familiennamen der Mutter weggelassen.
»*Almàgia* oder ALMAGIÀ?« erkundigte sich der Beamte und sah sie mit einem gebieterischen, drohenden Blick forschend an.
Sie errötete, schlimmer als eine Schülerin, die beim Abschreiben ertappt wird. »Almagià«, murmelte sie hastig. »Meine Mutter war Jüdin.«
Der Beamte verlangte keine weiteren Informationen. Und so war, wenigstens für den Augenblick, die Angelegenheit in Ordnung gebracht.
Auf jeden Fall bewahrte die Autorität in ihren Geheimschränken von da an die Information auf, daß Ida Ramundo, verwitwete Mancuso, Lehrerin von Beruf, Halbjüdin war, obwohl sie noch für alle Leute als gewöhnliche Arierin galt . . . In Italien war sie eine *Arierin*. Doch nach einiger Zeit erfuhr Ida aus privater Quelle, daß im Reich die Gesetze anders lauteten . . . Und so wuchs fortan täglich ihr Verdacht, eine mögliche Änderung der italienischen Gesetze könnte nicht nur sie, sondern vielleicht auch ihren Sohn Nino treffen! Wie schon Alfio, ihr Mann, hatte auch Ninnuzzu nie etwas davon gewußt, ja es sich nicht einmal im Traum einfallen lassen, er könnte unter den eigenen Verwandten Juden haben. Und er wuchs sorglos und nichtsahnend auf und war ein fanatischer Anhänger der Schwarzhemden.
Mittlerweile wurde der Bund zwischen Mussolini und Hitler immer fester. Im Frühling 1939 schlossen sie mit dem sogenannten *Stahl-Pakt* ein Militärbündnis. Und so wie Benito Mussolini die Äthiopier kolonisiert hatte, begann nun Adolf Hitler, so wie er es geplant hatte, mit der Kolonisation der europäischen Völker unter der Oberherrschaft der hehren deutschen Rasse. Doch zog es der italienische Bundesgenosse trotz des Paktes vor, sich bei dem kurz darauf folgenden Ausbruch des Zweiten Weltkriegs aus Unsicherheit und um Zeit zu gewinnen abseits zu halten. Und erst angesichts des sensationellen Siegeszugs seines Verbünde-

ten (der sich im Verlauf eines Monats ganz Europa einverleibt hatte und schon vor Paris stand) trat der italienische Bundesgenosse, um sich seine Portion am Ruhm zu sichern, an seiner Seite in den Krieg ein. Es war im Juni 1940, und Ninnuzzu, der damals vierzehn Jahre alt war, vernahm begeistert die Nachricht, nachdem ihn zuvor die Verzögerung verärgert hatte. Ungeduldig hatte er darauf gewartet, daß sein Duce sich zu dieser neuen grandiosen Tat entschloß.

Vom Verlauf dieser weltbewegenden Ereignisse erfuhr Iduzza nichts weiter als die aufsehenerregenden Siege Hitlers, die Nino zu Hause ausposaunte.

In den Tagen des Kriegseintritts Italiens mußte sie sich verschiedene Meinungen über dieses Ereignis anhören. Als sie am Nachmittag wegen unentschuldigten Fehlens ihres Sohnes Nino zum Direktor des Gymnasiums kommen mußte, strahlte dieser vor Begeisterung über die gerade zur rechten Zeit getroffene Entscheidung des Duce. »Wir sind«, erklärte ihr der Mann schwülstig, »für den Frieden im Sieg, und das zum kleinstmöglichen Preis! Und heute, da der Blitzkrieg der Achse kurz vor seinem Ziel steht, spenden wir der weitblickenden Voraussicht unseres Duce Beifall, der unserem Vaterland die Vorteile des Erfolgs bei geringstem Einsatz sichert. Nach einer einzigen Etappe und ohne den geringsten Verschleiß unserer Reifen befinden wir uns schon im Endspurt, Seite an Seite mit dem gelben Trikot!!« Ida hörte sich diese respektgebietende Rede an, ohne zu antworten.

Wenn sie es recht verstand, dachten auch ihre Kollegen an der Volksschule, von denen sie im Korridor Gesprächsfetzen aufschnappte, mehr oder weniger wie der Rektor des Gymnasiums. Nur eine alte Hausmeisterin (die von den Kindern Barbetta genannt wurde, weil ihr auf dem Kinn ein wenig Altersflaum wuchs) wurde von ihr überrascht, als sie zur Beschwörung abergläubisch die Türen berührte und halblaut vor sich hin murmelte, ein solches Vorgehen der Italiener gegen die Franzosen sei ein »Dolchstoß in den Rücken«, und gewisse anfangs vom *Glück* begünstigte Aktionen würden früher oder später immer Unheil bringen.

Als sie am selben Morgen die Schule betreten hatte, war der Pförtner in der Haltung eines Eroberers durch den Gang geschritten und hatte sie mit dem Satz begrüßt: »Signora Mancuso, wann ziehen wir in Paris ein?« Andererseits hatte sie später, als sie heimkehrte, den Laufburschen des Bäckers gehört, wie er auf der Schwelle des Wirtshauses mit finsterer Miene den Wirt ins Vertrauen zog: »Meiner Meinung nach ist die Achse Rom–Berlin krumm. Schau dir doch das an. Die dort, die Berliner, führen sich auf wie Hyänen – und wir hier in Rom, wir helfen ihnen auch noch dabei!« ... Angesichts solcher einander widersprechenden Meinungen wagte es die arme Ida nicht, ihrerseits irgendein Urteil abzugeben.

Zu den vielen Geheimnissen der Staatsgewalt, die sie einschüchterten, war jetzt auch noch das Wort *Arier* hinzugekommen, das sie vorher nicht gekannt hatte. In der unmittelbaren Wirklichkeit hatte dieses Wort für sie keinerlei vernünftige Bedeutung. Und die Behörden hätten es nach Belieben und mit derselben Wirkung durch *Dickhäuter* oder *Wiederkäuer* oder irgendein anderes Wort ersetzen können. Doch in der Vorstellung Iduzzas präsentierte es sich um so respekteinflößender, als es geheimnisvoll war.
Nicht einmal von ihrer Mutter hatte sie jemals diese Bezeichnung »Arier« gehört. Sogar das Wort *Juden* war für die kleine Iduzza dort unten in dem Haus in Cosenza voller Geheimnis geblieben. Wenn es nicht von Nora im Geheimen ausgesprochen wurde, hatte man es in der Familie Ramundo nur in bestimmten Zusammenhängen geäußert. Ich habe gehört, daß Giuseppe sich einmal vergaß, als er eine seiner großen anarchistischen Reden führte, und mit donnernder Stimme verkündete: »Der Tag wird kommen, da Herren und Proletarier, Weiße und Schwarze, Frauen und Männer, *Juden* und Christen alle in ihrer Würde als Menschen gleich sein werden!!« Aber bei diesem hinausgeschrienen Wort *Juden* stieß Nora einen Schreckensruf aus und erbleichte, als fühlte sie sich plötzlich sehr unwohl. Daraufhin trat Giuseppe voller Reue zu ihr und wiederholte, diesmal mit ganz leiser Stimme: ». . . Ich habe gesagt: *Juden und Christen* . . .« Es klang beinahe so, als glaubte er, das Unglück wiedergutmachen zu können, wenn er das zuerst laut herausgeschriene Wort nun ganz leise flüsterte!
Auf jeden Fall lernte Ida jetzt, die Juden seien anders, nicht nur, weil sie Juden, sondern weil sie *keine Arier* seien. Und wer waren denn eigentlich die *Arier?* Dieser offizielle Ausdruck der Behörden vermittelte Iduzza eine Vorstellung von etwas Altem von hohem Rang, ähnlich wie *Baron* oder *Graf.* Und nach ihrer Auffassung standen die Juden den *Ariern* mehr oder weniger wie die Plebejer den Patriziern gegenüber (sie hatte schließlich Geschichte studiert). Doch waren offensichtlich die Nicht-Arier für die Behörden die Plebejer unter den Plebejern! Zum Beispiel galt der Laufbursche des Bäckers, seiner Klassenzugehörigkeit nach ein Plebejer, dennoch, weil er Arier war, einem Juden gegenüber als Patrizier. Und wenn schon die Plebejer in der Sozialordnung so etwas wie Krätze waren, so mußten die Plebejer unter den Plebejern so etwas wie Aussatz sein!
Es war, als sei die Besessenheit Noras, die kurz vor ihrem Tod offen ausgebrochen war, wieder aufgetaucht, um sich ihrer Tochter zu bemächtigen. Nach ihrer Meldung beim Einwohnermeldeamt hatte Ida ihr früheres Leben wiederaufgenommen. Sie lebte wirklich wie eine Arierin unter Ariern, niemand schien daran zu zweifeln, daß sie durch und durch

Arierin war, und die seltenen Male, da sie ihre Dokumente vorweisen mußte (zum Beispiel bei der Gehaltsauszahlung), wurde der Familienname ihrer Mutter, obwohl ihr das Herz klopfte, überhaupt nicht beachtet. Ihr Rassengeheimnis schien ein für alle Mal in den Archiven des Einwohnermeldeamtes begraben zu sein. Doch sie, die wußte, daß es an einem geheimnisvollen Ort registriert war, zitterte immer davor, daß irgendeine Nachricht nach außen dringen und ihr selbst, vor allem aber Nino, das Brandmal der Verworfenen und Unreinen aufdrücken könnte. Wenn sie, die heimliche Halbjüdin, die Rechte und Pflichten ausübte, die den *Ariern* zustanden, fühlte sie sich schuldig wie eine Unbefugte oder eine Betrügerin.

Auch bei den täglichen Einkäufen hatte sie das Gefühl, sie gehe wie ein verwaister und umherirrender junger Hund auf fremdem Gebiet betteln. Schließlich folgte sie, die vor dem Erlaß der Rassengesetze nie einen anderen Juden als Nora gekannt hatte, von heute auf morgen einer unerlaubten Spur und wagte sich mit Vorliebe in das römische Getto, zu den Ständen und Geschäften ein paar armseliger Juden, denen es damals noch erlaubt war, ihren kümmerlichen Handel von einst weiterzuführen.

Am Anfang verkehrte sie aus Schüchternheit nur mit bestimmten alten Leuten, die fast blind waren und deren Mund verschlossen war. Doch der Zufall führte ihr nach und nach weniger schweigsame Bekanntschaften zu; so etwa irgendeine Frau aus der Gegend, die, vielleicht ermutigt durch ihre semitischen Augen, im Vorübergehen mit ihr plauderte.

Von hier bezog sie ihre wichtigsten historisch-politischen Informationen, denn den Ariern gegenüber mied sie bestimmte Themen und bediente sich auch aus dem oder jenem Grund der üblichen Informationsquellen nur selten. Der Radioapparat der Familie, den sie schon zu Lebzeiten Alfios besessen hatten, funktionierte seit mehr als einem Jahr nicht mehr, worauf Ninnarieddu ihn eines Tages endgültig auseinandergenommen und die demontierten Stücke zu verschiedenartigen eigenen Konstruktionen verwendet hatte. (Und sie hatte kein Geld, um einen neuen zu kaufen.) Sie las gewöhnlich auch keine Zeitung, und in ihre Wohnung gelangten nur die Sport-Zeitschriften oder die Kino-Illustrierten, die Nino für sich allein beanspruchte. Schon seit je hatten ihr die Zeitungen beim bloßen Anblick ein Gefühl von Befremdung und Abneigung verursacht. Und in letzter Zeit erschrak sie schon beim Überfliegen der dicken schwarzen Schlagzeilen auf der ersten Seite. Jeden Tag, wenn sie an den Kiosken vorbeiging oder in der Straßenbahn saß, betrachtete sie mißtrauisch die Überschriften, ob sie nicht, in riesigen Lettern, zufällig unter den vielen Untaten der Juden auch ihre eigenen, mit dem berüchtigten Familiennamen ALMAGIÀ verbundenen Untaten anprangerten.

Das Getto war nicht weit von ihrer Schule entfernt. Es war ein kleines altes Viertel, das – bis zum vergangenen Jahrhundert – durch hohe Mauern und Tore, die abends geschlossen wurden, von der Umgebung abgesondert war. Auch war es in früheren Zeiten wegen der Dünste und des Schlamms aus dem nahen Tiber, der noch nicht reguliert war, eine vom Sumpffieber heimgesuchte Gegend. Seit das alte Viertel saniert und die Mauern niedergerissen worden waren, hatte die Bevölkerung laufend zugenommen. Und so hatten sie sich zu Tausenden in den vertrauten Sträßchen und an den wenigen Plätzen niedergelassen. Es gab Hunderte von kleinen und größeren Kindern, zumeist kraushaarige Jungen und Mädchen mit lebhaften Augen. Und noch zu Kriegsbeginn, ehe das große Hungern begann, streunten dort zahlreiche Katzen herum, die in den nahegelegenen Ruinen des Marcellus-Theaters hausten. Die Bewohner arbeiteten zum größten Teil als umherziehende Händler oder als Lumpensammler, denn dies waren die einzigen Berufe, deren Ausübung das Gesetz in den vergangenen Jahrhunderten den Juden gestattet hatte und die dann bald, im Verlauf des Krieges, von den neuen Gesetzen der Faschisten auch noch verboten wurden. Nur ein paar von ihnen verfügten über irgendeinen Raum im Erdgeschoß, wo sie ihre Waren lagerten oder verkauften. Davon lebte die Bewohnerschaft, deren Geschick die bis jetzt noch unveränderten Rassengesetze von 1938 nicht erheblich hatten verändern können.

In manchen Familien des Viertels nahm man kaum Notiz von diesen Gesetzen. Man betrachtete sie als etwas, das nur die wenigen gutsituierten Juden betraf, die verstreut in den bürgerlichen Stadtvierteln wohnten. Und was man von künftiger Gefahr munkelte, so waren derlei Nachrichten, die im Getto kursierten und die Ida dort hörte, verstümmelt und wirr wie Latrinengerüchte. Im allgemeinen herrschte unter Idas Bekannten in den kleinen Läden eine naive und vertrauensvolle Ungläubigkeit. Wenn sie, als Arierin, irgendwelche düsteren Andeutungen machte, dann antworteten die armen vielbeschäftigten Weiblein höchstens mit ausweichender Sorglosigkeit oder zurückhaltender Resignation. So viele Nachrichten waren Erfindungen der Propaganda! Und dann konnten sich in Italien gewisse Dinge nie ereignen! Sie vertrauten auf wichtige Beziehungen der Vorsitzenden der Gemeinde oder des Rabbiners oder auch auf Verdienste, die diese sich um den Faschismus erworben hatten, auf das Wohlwollen Mussolinis gegenüber den Juden und sogar auf den Schutz des Papstes (während die Päpste in Wirklichkeit in den vergangenen Jahrhunderten zu ihren schlimmsten Verfolgern gehört hatten). Wenn einer der Gettobewohner sich skeptisch zeigte, dann wollte man ihm nicht glauben ... Allerdings gab es in ihrer Situation auch keinen anderen Ausweg.

Unter den Gettobewohnern traf man ab und zu eine alte Jungfer namens Vilma, die als Schwachsinnige galt. Die Muskeln ihres Körpers und ihres Gesichtes waren immer in Bewegung, ihr ekstatischer Blick war allzu leuchtend.
Sie war sehr früh Waise geworden. Da sie zu nichts sonst imstande war, verrichtete sie Schwerarbeit wie ein Lastträger. Unermüdlich lief sie jeden Tag in Trastevere und auf dem Campo dei Fiori herum, wo sie sich Abfälle zusammenbettelte, nicht für sich, sondern für die Katzen vom Marcellus-Theater. Die vielleicht einzigen Feste ihres Lebens bestanden darin, daß sie sich gegen Abend auf einen Trümmerhaufen mitten unter die Katzen setzte, um ihnen halb verfaulte Fischköpfe und blutige Fleischreste auf den Boden zu werfen. Dann trat auf ihr immer fiebriges Gesicht eine strahlende und paradiesische Ruhe. (Doch blieb von diesen glückseligen Zusammenkünften im weiteren Verlauf des Krieges nur noch die Erinnerung.)
Seit einiger Zeit brachte Vilma von ihren anstrengenden Streifzügen sonderbare und unerhörte Nachrichten ins Getto, die die anderen Frauen als Auswüchse ihrer Phantasie abtaten. Und tatsächlich arbeitete Vilmas Phantasie immer wie unter einem Zwang. Doch sollten ihre *Phantasien* in der Folge weit hinter der Wahrheit zurückbleiben.
Sie gab vor, eine Nonne halte sie auf dem laufenden. (Sie ging, unter anderem, in einem Kloster arbeiten . . .) Oder es sei eine Frau, die heimlich verbotene Radiosender höre, deren Namen sie jedoch nicht nennen dürfe. Auf alle Fälle wurde sie nicht müde zu versichern, ihre Informationen seien zuverlässig. Und sie gab sie täglich weiter herum, mit heiserer, eindringlicher Stimme, als wolle sie die anderen warnen. Wenn sie bemerkte, daß man ihr gar nicht zuhörte oder ihr nicht glaubte, brach sie in furchterregendes Gelächter aus, das wie ein krampfhaftes Husten klang. Die einzige, die ihr mit schrecklicher Ernsthaftigkeit zuhörte, war vielleicht Iduzza, denn in ihren Augen glich Vilma im Aussehen und in ihrer ganzen Art einer Prophetin.
Gegenwärtig beharrte sie in ihren besessenen, wenn auch vergeblichen Botschaften auf der Forderung, man müsse *wenigstens die Kinder in Sicherheit bringen*. Sie behauptete, sie habe von der Nonne im Vertrauen erfahren, in den bevorstehenden geschichtlichen Ereignissen sei ein neues Blutbad vorgesehen, schlimmer als das des Herodes. Kaum hätten die Deutschen ein Land besetzt, so trieben sie die Juden zusammen und schleppten sie über die Grenzen fort, man wisse nicht wohin, »bei Nacht und Nebel«. Die meisten stürben unterwegs oder fielen entkräftet zu Boden. Und sie alle, Tote und Lebendige, würden übereinander in riesige Gräber geworfen, und ihre Verwandten oder Gefährten würden gezwungen, die Gräber in ihrer Gegenwart auszuheben. Die einzigen, die

man am Leben lasse, seien die Kräftigsten unter den Erwachsenen, die dazu verurteilt seien, wie Sklaven für den Krieg zu arbeiten. Die Kinder aber würden alle niedergemetzelt, vom ersten bis zum letzten, und in die Massengräber längs der Straße geworfen.
Eines Tages war bei diesen Berichten Vilmas außer Iduzza auch eine ältere, bescheiden gekleidete Frau zugegen, die ein Hütchen auf dem Kopf trug. Die Frau stimmte, im Unterschied zu der Krämerin, voller Ernst in die verrückten, rauhen Klagen Vilmas ein. Ja, sie beteuerte (und sprach dabei, aus Angst vor Spionen, mit leiser Stimme), sie habe es selbst von einem Unteroffizier der Carabinieri gehört: nach den Gesetzen der Deutschen seien die Juden Ungeziefer und zur völligen Ausrottung verurteilt. Bei dem sicheren und jetzt ganz nahe bevorstehenden Sieg der Achse werde auch Italien zu einem Teil des Reichs und damit dessen Gesetzen unterworfen. Auf Sankt Peter werde man, anstelle des christlichen Kreuzes, das Hakenkreuz aufpflanzen. Und selbst die getauften Christen müßten, um nicht auf die schwarze Liste gesetzt zu werden, ihr arisches Blut nachweisen, und zwar zurück BIS IN DIE VIERTE GENERATION!
Und nicht umsonst sei die ganze jüdische Jugend aus gutem Haus, die dazu die Mittel besessen habe, aus Europa ausgewandert, solange es noch Zeit gewesen sei, die einen nach Amerika, die anderen nach Australien. Jetzt aber seien alle Grenzen geschlossen, und zum Auswandern sei es zu spät, ob man nun Geld habe oder nicht.
»Wer drin ist, der bleibt drin, und wer draußen ist, der bleibt draußen.«
An dieser Stelle fragte Iduzza mit der unsicheren Stimme eines Flüchtlings, der fürchtet, Verdacht zu erregen, was BIS IN DIE VIERTE GENERATION genau bedeute. Und die Frau erklärte ihr ernsthaft, als sei sie eine Mathematikerin, und nicht ohne da zu präzisieren und zu bekräftigen, wo es ihr nötig schien, daß die deutschen Gesetze die Blutzugehörigkeit nach Köpfen, Quoten und Dutzenden berechneten. Die *vierte Generation* seien *die Urgroßeltern*. Was die Köpfe betreffe, so genüge es, die Urgroßeltern und die Großeltern zu zählen. Also:
»8 Urgroßeltern + 4 Großeltern = 12 Köpfe oder ein Dutzend.«
»In diesem Dutzend Köpfe gilt jeder Kopf, wenn er arisch ist, als eine arische Quote: ein Pluspunkt. Wenn er hingegen jüdisch ist, gilt er als jüdische Quote: ein Minuspunkt. Und in der Schlußrechnung muß das Ergebnis im Minimum lauten: Zwei Drittel plus eins! Ein Drittel vom Dutzend = 4; zwei Drittel = 8; 8 + 1 = 9. Wer vors Gericht geht, muß mindestens 9 arische Quoten vorweisen. Wer weniger hat, und wäre es auch nur eine halbe Quote, gilt als Jude.«
Als Iduzza allein zu Hause war, machte sie sich an eine komplizierte Rechnung. Für sie selbst war die Lösung einfach: Da sie einen arischen

Vater und eine, seit langen Generationen, rein jüdische Mutter hatte, erzielte sie nur sechs von zwölf Quoten und somit ein negatives Ergebnis. Aber im Falle Ninos, der ihr viel wichtiger war, lagen die Dinge komplizierter, und nachdem sie immer wieder nachgerechnet hatte, war sie am Ende ganz durcheinander. Da begann sie schließlich auf einem Blatt Papier den Stammbaum Ninos aufzuzeichnen, in dem ein *e* (von *ebreo*) die jüdischen Großeltern und Urgroßeltern bezeichnete und ein *a* die arischen (das Zeichen X ersetzte die Namen, die ihr im Augenblick nicht gegenwärtig waren):

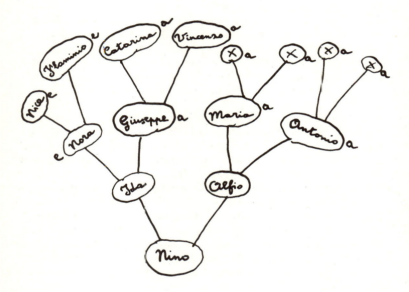

Das Ergebnis war günstig. Nino erreichte, wenn auch knapp, die nötige Punktzahl. Neun Quoten auf zwölf Köpfe. Er war Arier!
Dieses Resultat reichte indes nicht aus, Iduzza zu beruhigen, nicht einmal hinsichtlich ihres Sohnes. Allzu veränderbar und dunkel blieben ihr jetzt und auch in Zukunft die Formulierungen des Gesetzes. Sie erinnerte sich zum Beispiel, in Kalabrien von einem amerikanischen Auswanderer gehört zu haben, das dunkle Blut siege immer über das blasse. Ein Tropfen schwarzen Bluts in einem Christenmenschen genüge, um zu sehen, daß er nicht weiß sei, sondern ein gekreuzter Neger.

4

Und so wird nun endlich deutlich, weshalb die Unglückselige an einem Januartag des Jahres 1941 die Begegnung mit jenem jungen Soldaten im Viertel San Lorenzo wie die Vision eines Alptraums empfand. Die Angst, die sie überfiel, war so groß, daß sie an ihm nichts anderes sehen konnte als die deutsche Militäruniform. Und als sie unmittelbar vor ihrer Haustür auf den Mann in dieser Uniform stieß, der hier auf sie gewartet zu haben schien, da glaubte sie jenes mit Schrecken erwartete Zusammentreffen gekommen, das ihr seit dem Anfang der Welt vorausbestimmt war.
Dieser Mann da mußte ein Abgesandter des Rassen-Ausschusses sein, vielleicht ein Unteroffizier oder ein Hauptmann der SS, der gekommen war, um ihre jüdische Identität festzustellen. Für Iduzza hatte er keine eigene Physiognomie. Er war eine Kopie von Tausenden ähnlichen Gestalten, die Vervielfachung der mysteriösen Gestalt ihres Verfolgers.
Der Soldat empfand den unverhüllten Abscheu, den er der unbekannten Frau einflößte, als Ungerechtigkeit. Er war es nicht gewohnt, bei Frauen Abscheu zu erregen. Und zudem wußte er (trotz seiner kleinen vorhergehenden Enttäuschungen), daß er sich in einem verbündeten und nicht in einem feindlichen Land befand. Er war gekränkt. Jedoch anstatt von ihr abzulassen, wurde er zornig. Wenn die Hauskatze sich wegen einer zufälligen schlechten Laune in ihr Versteck zurückzieht, machen die Kinder erbost Jagd auf sie.
Ida machte übrigens keine Anstalten auszuweichen. Sie versteckte nur die Schulhefte, die sie in der Hand hielt, in einem ihrer Körbe, als seien es verräterische Dokumente ihrer Schuld. Sie sah nicht so sehr ihn als sich selbst, wie sie, gleichsam verdoppelt, vor ihm stand; als stünde sie völlig entblößt da, und er würde ihr bis ins innerste Herz blicken, wo sie das Geheimnis ihrer Herkunft eifersüchtig hütete.
Wenn sie ihn richtig hätte sehen können, hätte sie vielleicht bemerkt, daß er eher in der Haltung eines Bettlers als in der eines Verfolgers vor ihr stand. So, als wolle er, um sie mitleidig zu stimmen, die Rolle eines Pilgers spielen, hatte er die Handfläche auf seine geneigte Wange gelegt. Und er brachte seine heitere, wenn auch reichlich unverschämte Bitte mit einer schon tiefklingenden, aber doch frischen jungen Stimme vor, der noch ein Rest von Stimmbruch anzuhören war:
». . . schlafen . . . schlafen . . .«
Für Ida, die kein Wort Deutsch konnte, klang das unverständliche Wort zusammen mit der geheimnisvollen Mimik wie eine Formel aus der Sprache der Verhöre und Anklagen. Sie versuchte auf italienisch eine

undeutliche Antwort zu geben, brachte aber nur eine weinerliche Grimasse zustande. Doch für den Soldaten hatte sich, auf Grund des Weins, die irdische Sprachverwirrung in einen lustigen Zirkus verwandelt. Mit dem Schwung eines ritterlichen Räubers nahm er ihr entschlossen die Bündel und Körbe aus der Hand. Und schwungvoll wie ein Trapezkünstler stürmte er einfach vor ihr die Treppe hinauf. Auf jedem Absatz blieb er stehen, um auf sie zu warten, wie ein Sohn, der mit der Mutter heimkehrt und ihr, die langsamer ist als er, ungeduldig vorauseilt. Und sie folgte ihm, bei jedem Schritt strauchelnd, wie ein kleiner Dieb, der sich hinter den Trägern seines Kreuzes herschleppt.

Während sie hinaufstieg, war ihre größte Sorge, Nino könnte zufällig ausgerechnet heute schon am Nachmittag zu Hause sein. Zum ersten Mal, seit sie Mutter war, wünschte sie sich, ihr kleiner herumzigeunernder Gauner möge den ganzen Tag und die ganze Nacht draußen bleiben. Und sie schwor sich verzweifelt, nicht nur die Anwesenheit Ninos, sondern überhaupt seine Existenz zu leugnen, falls der Deutsche nach ihrem Sohn fragen sollte.

Sie waren im sechsten Stock angekommen. Und als sie, von kaltem Schweiß bedeckt, nicht gleich mit dem Türschloß zurechtkam, stellte der Deutsche die Körbe auf den Boden und kam ihr mit der Miene eines Mannes, der in seine eigene Wohnung zurückkehrt, zu Hilfe. Zum ersten Mal, seit sie das Kind hatte, empfand sie Erleichterung, als sie sah, daß Ninnarieddu nicht zu Hause war.

Die Wohnung bestand aus zwei Zimmern, einem Abort und einer Küche. Sie war unordentlich und wirkte noch einmal so trostlos in ihrer Verbindung von Armut und Spießigkeit. Der junge Soldat reagierte auf diese Umgebung mit heftigem Bedauern und Melancholie, weil sie bestimmte winzige Ähnlichkeiten mit der Wohnung seiner Mutter in Bayern aufwies. Sein Wunsch zu spielen verflog wie der Rauch eines bengalischen Feuers. Und sein Rausch, der noch nicht vergangen war, verwandelte sich in fiebrige Bitterkeit. Er versank in Schweigen und begann, zwischen den Hindernissen im Zimmer mit der düsteren Miene eines hungrigen Wolfes hin und her zu gehen, der in einer fremden Höhle etwas zu Fressen sucht.

In Idas Augen entsprach dies Verhalten genau seinem polizeilichen Auftrag. Sie bereitete sich auf eine Durchsuchung vor, und es fiel ihr das Blatt mit Ninos Stammbaum ein, das sie zwischen andere wichtige Dokumente in eine Kassette gelegt hatte. Und sie fragte sich, ob diese rätselhaften Zeichen für ihn nicht vielleicht aufschlußreiche Hinweise sein könnten.

Er blieb bei seiner Wanderung vor der Vergrößerung einer Photographie stehen, die einen Ehrenplatz an der Wand einnahm, eingerahmt wie das

Bild eines bedeutenden Malers. Es zeigte (in ungefähr halber Lebensgröße) einen etwa fünfzehn- bis sechzehnjährigen Halbwüchsigen in einem aufwendigen Kamelhaarmantel, den er trug, als wäre es eine Fahne. Zwischen den Fingern seiner rechten Hand konnte man undeutlich das Weiß einer Zigarette entdecken. Und seinen linken Fuß hatte er auf den Kotflügel eines Sportkabrioletts gesetzt (das sein unbekannter Besitzer zufällig dort geparkt hatte), und zwar mit der herrschaftlichen Geste eines Tigerjägers in tropischen Wäldern.
Im Hintergrund konnte man die Häuser einer Straße mit ihren Schildern erkennen. Doch infolge der übermäßigen Vergrößerung dessen, was ursprünglich die gewöhnliche Aufnahme eines Straßenphotographen gewesen war, erschien die ganze Szene ziemlich blaß und unscharf.
Nachdem der Soldat das Bild genau betrachtet hatte, vermutete er, es hätte etwas mit dem üblichen Totenkult zu tun. Und indem er mit dem Finger auf den Jungen deutete, fragte er Ida so ernsthaft, als führe er eine Untersuchung durch:
»Tot?«
Sie verstand die Frage natürlich nicht. Doch die einzige Verteidigung, die ihr in ihrer Angst ratsam erschien, bestand darin, auf jede Frage mit *nein* zu antworten, wie es Analphabeten in einem Verhör tun. Und sie wußte nicht, daß sie gerade dadurch dem Feind eine Information lieferte.
»Nein! Nein!« antwortete sie mit einem Puppenstimmchen, mit verängstigten, weit aufgerissenen Augen. Und tatsächlich war dies die Wahrheit; es handelte sich nicht um die Erinnerung an einen Toten, sondern um eine erst kürzlich gemachte Photographie ihres Sohnes Ninnuzzu, der das Bild hatte selbst vergrößern und einrahmen lassen. Noch jetzt bezahlte sie, unter bitteren Vorwürfen, die Raten für den Kamelhaarmantel, den Nino sich im Herbst ohne ihr Wissen hatte machen lassen.
Übrigens wies allein schon die Wohnung eindeutige Spuren jenes abwesenden Mieters auf, den Ida verleugnen wollte! Das Zimmer, das der Deutsche bei seinem Eintreten entschlossen in Besitz genommen hatte, war ein Mittelding zwischen Wohnzimmer und Schlafzimmer, wie man an einem niederen, noch nicht in Ordnung gebrachten Sofa erkannte, das eigentlich nur aus einem Gestell ohne Füße und einer heruntergekommenen Matratze bestand. Um dieses Sofa herum, das wie ein Hundelager aussah (mit einem schmutzigen und von Brillantine glänzenden Kissen und einem zerknautschten, unordentlichen Leintuch und ebensolchen Decken), lagen, am Abend zuvor auf den Boden geworfen: ein Bettüberwurf aus Kunstseide und ein paar harte Kissen (die tagsüber dazu dienten, das Bett zu verkleiden). Mitten in all der Unordnung lagen: eine Sportzeitung, eine hellblaue, noch ziemlich kleine Pyjama-

jacke und eine halblange zerrissene und schmutzige schottisch gemusterte Socke ...
An der Wand neben dem Bett waren, anstelle von Heiligenbildern, einige aus Zeitschriften ausgeschnittene Photographien mit Reißzwecken befestigt: Filmstars im Badeanzug oder im Abendkleid; die prächtigsten waren mit dickem Rotstift umrandet. An derselben Wand, aber seitlich davon, und ebenfalls mit Reißzwecken befestigt, hing ein Plakat, das einen römischen Adler darstellte, der die Britischen Inseln in seinen Klauen hielt.
Auf einem Stuhl lag ein Fußball! Und auf dem Tischchen, zwischen Schulbüchern (die so schlecht behandelt und übel zugerichtet waren, daß sie aussahen wie von Mäusen zernagt), waren weitere Sportzeitungen, Zeitschriften und Abenteuerhefte aufgehäuft. Ein Schauerroman zeigte auf dem Umschlag eine halbnackte schreiende Frau, die von einer großen Affenhand bedroht wurde. Weiter gab es ein Album mit Bildern von Rothäuten, einen »Avantgardisten«-Fez, ein mit der Hand aufzuziehendes Grammophon, kunterbunt durcheinandergeworfene Schallplatten und einen komplizierten, nicht genau erkennbaren Mechanismus, zu dem unter anderem die Teile eines kleinen Motors gehörten.
Neben dem Sofa, auf einem ramponierten, an die Wand gelehnten Sessel, lagen unter einer Ansicht mit der Aufschrift *Grand Hôtel des iles Borromées* einige Fahrradteile; darunter ragten ein leerer Schlauch hervor sowie ein Kilometerzähler und eine Lenkstange. Auf der Lehne des Sessels lag ein Pullover mit den Farben einer Fußball-Mannschaft. Und in der Ecke lehnte ein richtiger Karabiner aufrecht an der Wand.
Angesichts dieses beredten Sammelsuriums verwandelten sich die unbegreiflichen Gesten des Soldaten für Ida in die präzisen Bewegungen einer unheilbringenden Maschine, die nicht nur sie, sondern auch Nino auf die schwarze Liste der Juden und ihrer Bastarde setzte. Und der Irrtum, dem sie unterlag, gewann plötzlich eine solch unwahrscheinliche Gewalt über sie, daß sie von einem Schrecken überwältigt wurde, der älter war als alle Vernunft. Wie sie mit ihrem Wintermantel und ihrem Trauerhütchen auf dem Kopf dastand, sah sie nicht mehr aus wie eine Frau aus San Lorenzo, sondern wie ein verängstigter asiatischer Zugvogel mit braunen Federn und einem schwarzen Käppchen, der von einer entsetzlichen Flut aus dem Westen samt seinem Busch weggerissen wird.
Indessen interessierten den betrunkenen Deutschen weder Rasse noch Religion oder Nation. Ganz krank vor Neid redete er stotternd mit sich selbst: »Verflucht, die haben vielleicht ein Glück, die noch nicht alt genug sind, um eingezogen zu werden, und sich zu Hause bei der Mutter mit ihren Sachen amüsieren können! Und Fußball spielen können sie und vögeln und alles – alles können sie tun! Wie wenn der Krieg auf dem

Mond wä-re ... Das ganze Unglück kommt nur daher, daß man erwachsen wird! Nur daher ... Aber wo bin ich eigentlich? W-weshalb bin ich hier?! Wie bin ich her-ge-kommen?« ... Hier erinnerte er sich, daß er sich seiner Gastgeberin noch gar nicht vorgestellt hatte. Entschlossen stellte er sich vor sie hin, und ohne sie anzusehen, erklärte er mürrisch:
»Mein Name ist Gunther!«
Dann blieb er verdrossen stehen und erwartete von seiner versöhnlichen Vorstellung eine Wirkung, die schon von vornherein unmöglich war. Die Frau reagierte kaum; nur trat ein Ausdruck des Argwohns in ihren verstörten, feindseligen Blick, als sie die fremden Laute hörte, die für sie keinerlei Sinn besaßen außer vielleicht einer geheimnisvollen Drohung. Da leuchtete im verdüsterten Blick des Soldaten eine zärtliche Sanftheit auf, ausgelöst von einer unheilbaren Sehnsucht. Und während er da halb auf dem Rand des überladenen Tischchens saß, zog er mit widerwilliger Miene (die zugleich ein eifersüchtiges Vertrauen verriet) ein kleines Kärtchen aus der Tasche und hielt es Ida vor die Augen.
Sie warf, starr vor Angst, von der Seite einen Blick darauf und erwartete einen SS-Ausweis mit dem Hakenkreuz oder vielleicht ein Steckbrief-Photo von Ninnuzzu Mancuso mit gelbem Stern. Doch handelte es sich um eine Familienphotographie, auf der sie ganz verschwommen vor einem Hintergrund von kleinen Häusern und Röhricht eine dicke strahlende Deutsche mittleren Alters wahrnahm, die von fünf oder sechs Buben umringt war. Der Soldat lächelte und wies mit dem Finger auf einen von ihnen (auf sich selbst), der größer war als die anderen und mit einer Windjacke und einer Radfahrermütze bekleidet war. Dann, da die Augen der Frau teilnahmslos über dieses anonyme Grüppchen schweiften, zeigte er ihr mit dem Finger die Landschaft und den Himmel im Hintergrund und erklärte ihr:
»Dachau.«
Seine Stimme klang beim Aussprechen dieses Namens wie die eines drei Monate alten Kätzchens, das in sein Körbchen zurück will. Für Ida bedeutete dieser Name gar nichts, denn wenn sie ihn überhaupt schon einmal gehört hatte, dann höchstens zufällig und ohne ihn im Gedächtnis zu behalten ... Doch bei diesem harmlosen, nichtssagenden Namen fuhr der vorüberschweifende Zugvogel, der sich mit ihrem Herzen identifizierte, in ihr auf, flatterte in der unnatürlichen Enge des kleinen Zimmers umher und schlug in kreischendem Tumult gegen die Wände, aus denen es kein Entrinnen gab.
Idas Körper war so erstarrt wie ihr Bewußtsein; die einzige Bewegung war ein kaum wahrnehmbares Zucken der Muskeln, und in ihrem wehrlosen Blick lag tiefer Abscheu, als sähe sie ein Ungeheuer vor sich. Im selben Augenblick trat in die meerblauen, fast violetten Augen des Sol-

daten – man sieht diese Farbe selten auf dem Festland, eher auf den Mittelmeerinseln – der Ausdruck einer schreckenerregenden Unschuld, die so alt war wie das irdische Paradies! Der Blick der Frau erschien diesen Augen als entschiedene Beleidigung, und ein Sturm der Entrüstung verdunkelte sie. Doch noch in dem umwölkten Blick schimmerte eine kindliche Frage auf, die nicht mehr mit einer Antwort rechnete, sie aber dennoch wünschte.

In diesem Augenblick begann Ida, ohne daß es ihr bewußt gewesen wäre, mit der hysterischen Stimme eines kleinen Mädchens zu schreien: »Nein! Nein! Nein!« In Wirklichkeit wandte sie sich mit diesem *Nein* nicht mehr an den Soldaten oder überhaupt an die Außenwelt, sondern an eine andere, heimliche Bedrohung, die sie innerlich spürte, die mit einemmal aus ihren Kinderjahren emporstieg und von der sie sich längst geheilt glaubte. Als wenn sie – entgegen dem Ablauf der Zeit – in jenes Alter zurückgekehrt sei, erkannte sie sofort jenes Schwindelgefühl wieder, das Echo von Stimmen und rauschendem Wasser, das ihr, als sie noch klein war, einen Anfall angekündigt hatte. Und ihr Schrei wandte sich gegen diese hinterhältige Gefahr, die sie daran hinderte, ihr Haus und Nino zu beschützen!

Doch dieses neue, ihm unverständliche Nein (*nein* war die einzige Antwort, die sie ihm an diesem Tag gegeben hatte) wirkte auf den Soldaten in seinem verwirrten und zornigen Gemütszustand wie ein Signal, das zu einer unerhörten Ausschreitung aufrief. Unversehens verwandelte sich die bittere Zärtlichkeit, die ihn seit dem Morgen gequält und gedemütigt hatte, in einen wilden Entschluß: »... fare amore! ... FARE AMORE! ...« rief er und gebrauchte damit ein weiteres jener italienischen Worte, die er sich vorsorglich an der Grenze hatte beibringen lassen. Und ohne auch nur den Uniformgürtel abzulegen, unbekümmert darum, daß die Frau alt war, stürzte er sich auf sie, warf sie auf das unordentliche kleine Sofa und vergewaltigte sie mit mörderischer Wut.

Er merkte, daß sie furchtbar kämpfte. Da er von ihrer Krankheit nichts wußte, glaubte er, sie wehre sich gegen ihn, und um so heftiger wütete er gegen sie, wie inmitten einer betrunkenen Soldateska. Die Frau aber war ohne Besinnung und wußte vorübergehend nichts von ihm und den Umständen. Doch er bemerkte es nicht. Seine unterdrückte Spannung war so groß, daß er im Augenblick des Orgasmus einen lauten Schrei über ihr ausstieß. Einen Augenblick danach betrachtete er sie verstohlen und sah voller Erstaunen ihr Gesicht, auf dem sich ein Lächeln von unaussprechlicher Demut und Sanftheit ausbreitete.

»Carina, carina«, fing er an (das war das vierte und letzte Wort Italienisch, das er gelernt hatte). Und er begann sie zu küssen; er drückte kleine Küsse voller Sanftheit auf ihr verträumtes Gesicht, das ihn anzu-

schauen schien und ihn noch immer mit einer Art Dankbarkeit anlächelte. Und während sie so unter ihm lag, kam sie langsam wieder zu sich. Und in diesem Zustand der Entspannung und Ruhe, zwischen dem Anfall und dem Wiedererlangen des Bewußtseins, spürte sie, wie er nochmals in sie eindrang, diesmal aber langsam, mit hingegebener und zugleich besitzergreifender Bewegung, wie wenn sie schon miteinander vertraut und eins ans andere gewöhnt wären. Und sie fand jenes Gefühl der Erfüllung und Ruhe wieder, das sie schon als Kind nach ihren Anfällen erfahren hatte, wenn das wohlbekannte Zimmer ihrer Eltern sie wieder aufnahm. Allein diese kindliche Erfahrung wurde jetzt, in ihrem Zustand zwischen Schlafen und Wachen, verstärkt zu der beseligenden Empfindung, sie kehre in ihren eigenen Körper zurück. Der andere, gierige, herbe und warme Körper, der sie im Zentrum ihrer mütterlichen Zartheit erkundete, vereinigte in einem alle die hunderttausend jungen Fiebergluten, die Frische und die Begierden, die aus den verschiedensten Regionen zusammenflossen, um sich in die Mädchen-Mündung zu ergießen. Er vereinigte Abertausende tierhafte, erdverbundene und verletzliche Jungen in einem verrückten und fröhlichen Tanz, der bis ins Innere ihrer Lungen und bis zu den Wurzeln ihres Haars wirkte und sie in allen Sprachen rief. Dann entlud er sich und wurde wieder zu einem einzigen flehenden Fleisch, das sich in sanfter Hingabe, warm und unschuldig in ihrem Bauch auflöste und das sie vor Rührung lächeln ließ, wie das einzige Geschenk eines Armen oder eines Kindes.
Sie empfand auch diesmal keine echte erotische Lust, nur ein außerordentliches Glücksgefühl ohne Orgasmus, wie es einem manchmal vor der Pubertät im Traum geschieht.
Der Soldat küßte sie auch diesmal, nachdem er sich befriedigt hatte, und stieß dabei einen leisen Klagelaut aus. Er ließ sich mit seinem ganzen Gewicht auf sie fallen und schlief sogleich ein. Ihr Bewußtsein war zurückgekehrt, und sie spürte sein Gewicht auf ihrem Körper und die rauhe Uniform und die Gürtelschnalle auf ihrem nackten Bauch. Sie lag da, die Beine gespreizt, und sein Geschlecht, das armselig, wehrlos und wie abgetrennt vom Körper wirkte, lag sanft auf dem ihren. Der Junge schlief ruhig und schnarchte. Doch als sie sich losmachen wollte, preßte er sie unwillkürlich an sich, und sein Gesicht bekam selbst im Schlaf einen finsteren Zug voll Besitzgier und Eifersucht, als wäre sie seine richtige Geliebte.
Sie war so geschwächt, daß sie, als sie sich von ihm löste, den Eindruck hatte, eine tödliche Mühsal zu erdulden. Doch schließlich gelang es ihr, sich zu befreien, und sie fiel auf dem Boden zwischen den neben dem Lager verstreut herumliegenden Kissen auf die Knie. Sie ordnete, so gut es ging, ihre Kleider. Doch die Anstrengung hatte ihr eine Übelkeit verur-

sacht, die ihr den Magen umdrehte. So blieb sie dort, wo sie war, vor dem kleinen Sofa mit dem schlafenden Deutschen, auf den Knien liegen. Wie immer nach ihren Anfällen blieb beim Erwachen nur der Schatten einer Erinnerung zurück, die Erinnerung an einen chaotischen Überfall, der nur wenige Augenblicke gedauert hatte. In Wirklichkeit klaffte in ihrem Gedächtnis eine vollständige Lücke, von da an, als der Junge ihr Gesicht zu küssen begonnen und ihr *Carina, Carina* zugeflüstert hatte, bis zu jenem früheren Augenblick, da er ihr die Photographie gezeigt hatte. Doch auch die ganze vorangegangene Zeit, nicht nur die angstvolle Stunde, die dem Anfall vorausgegangen war, sondern die ganze Vergangenheit, stellte sich ihrer Erinnerung wie etwas Zukünftiges dar und auf verwirrende Weise etwas ungeheuer Entferntes. Sie hatte sich vom überfüllten, lärmenden Ufer ihres Gedächtnisses in einem Boot entfernt und war in dieser Zwischenzeit rund um die Erde gefahren. Und jetzt, als sie wieder am Ausgangspunkt ankam, fand sie den Ort verlassen und ruhig wieder. Es gab keine heulende Menge mehr, und es drohte auch keine Lynchjustiz. Die vertrauten Gegenstände waren, jeden Gefühls entblößt, keine Dinge des Gebrauchs mehr, sondern pflanzliche oder dem Wasser zugehörige Wesen, Algen, Korallen, Seesterne, die in der Meeresstille atmeten, ohne jemandem anzugehören.

Auch der Schlaf ihres Angreifers, der da vor ihr lag, schien sich wie ein heilendes Mittel über den Aussatz aller Erfahrungen von Gewalttätigkeit und Angst zu legen. Als sie die Augen umherwandern ließ (die von dem vergangenen Anfall erhellt waren, als seien sie in ein leuchtendes, durchsichtiges Bad getaucht worden), entdeckte sie auf dem Boden in einiger Entfernung voneinander ihre schiefgetretenen Schuhe, die sie, ebenso wie das Hütchen, verloren hatte, als sie sich, ohne es zu merken, in den Armen des Deutschen gewehrt hatte. Aber sie kümmerte sich nicht um ihre Sachen, sondern richtete, reglos auf den entblößten Fersen sitzend, die weitgeöffneten Augen wieder auf den Schläfer, mit der verwunderten Miene des kleinen Mädchens aus dem Märchen, wenn es den Drachen betrachtet, den ein Zaubertrank unschädlich gemacht hat.

Nun, da die Geliebte ihm entglitten war, hielt der Junge das Kopfkissen umarmt und drückte es an sich, mit derselben besitzergreifenden Eifersucht, mit der er vorher die Frau an sich gepreßt hatte. Doch sein Gesicht hatte nun einen anderen Ausdruck angenommen und war aufmerksam und ernst geworden. Und Ida las ihm, ohne daß es ihr richtig bewußt gewesen wäre, das Thema und den Verlauf seines Traums unmittelbar vom Gesicht ab, wenn auch nicht in allen Einzelheiten. Der Traum paßte zu einem ungefähr Achtjährigen. Es handelte sich um wichtige Geschäfte: Verhandlungen über den An- und Verkauf von Fahrrädern oder deren Zubehör, bei denen er es mit irgendeinem wenig vertrauenswürdigen,

sicher exotischen Typen zu tun hatte, vielleicht mit einem levantinischen Schmuggler oder einem Gangster aus Chicago oder einem malaiischen Piraten ...
Dieser versuchte ihn hereinzulegen, und daraufhin schob der Schläfer die mattrosa, etwas aufgesprungenen Lippen vor, wie zu einem schlecht verhehlten Vorwurf. Seine Lider bewegten sich, so daß die goldfarbenen Wimpern zitterten, die so kurz waren, daß sie fast wie Staub aussahen. Und die Stirn runzelte sich konzentriert zwischen den Haarbüscheln, die dunkler waren als die Wimpern und glatt und so frisch und feucht und weich aussahen wie das Fell eines braunen Kätzchens, das gerade von der Mutter saubergeleckt worden ist.
Es wäre jetzt leicht gewesen, den Mann nach dem Vorbild der biblischen Judith zu töten. Aber Ida konnte von Natur aus niemals auf eine solche Idee kommen, nicht einmal in ihrer kühnsten Phantasie. Sie war bis jetzt durch das Entziffern seines Traums abgelenkt gewesen; doch nun erschreckte sie der Gedanke, der Eindringling würde womöglich bis spät in den Abend hinein weiterschlafen, und Nino könnte ihn bei seiner Heimkehr noch vorfinden. Doch Nino wäre, bei seiner politischen Einstellung, vielleicht sogar stolz gewesen auf einen solchen Besuch und hätte den Deutschen, den Vergewaltiger seiner Mutter, wie einen Kumpel begrüßt ...
Doch plötzlich erwachte der Deutsche ebenso unvermittelt wie er eingeschlafen war, so, als hätte ihn ein brutaler Trompetenstoß geweckt. Er blickte auf seine Armbanduhr: er hatte nur wenige Minuten geschlafen, trotzdem blieb ihm nun nicht mehr viel Zeit, um sich noch rechtzeitig beim Appell einzufinden. Er streckte sich, jedoch nicht mit der übermütigen Ausgelassenheit der Jungen, wenn sie ihre Schlaftrunkenheit abschütteln, sondern widerwillig, als laste Angst auf ihm oder ein Fluch und als fühle er sich an Armen und Beinen gefesselt. Das Zwielicht der Dämmerung breitete sich aus. Ida erhob sich und ging barfüßig und zitternd zur Steckdose, um das Kabel hineinzustecken. Doch die Leitung war schadhaft, so daß das Licht flackerte. Da zog Gunther, der in Deutschland Elektriker gewesen war, ein Spezialklappmesser aus einer Tasche. (Dieses vielseitig verwendbare Instrument, das außer der Messerklinge unter anderem auch eine Rasierklinge, eine Feile und einen Schraubenzieher enthielt, war der Neid sämtlicher Soldaten.) Damit reparierte er fachkundig den Stecker.
Seine eifrige Hilfsbereitschaft ließ erkennen, daß diese Reparatur für ihn von zweifacher Bedeutung war. Erstens bot sie ihm die, wenn auch winzige, Gelegenheit, sich bei dem Opfer seines Vergehens, das ihn jetzt, da sich sein Rausch langsam verflüchtigte, allmählich mit Reue und Unbehagen erfüllte, zu bedanken, und zweitens lieferte es ihm einen Vor-

wand, noch ein wenig in dem kleinen Zimmer zu verweilen, das ihn heute (wenn auch nur unwillig) wie eine menschliche Behausung aufgenommen hatte. Wenn er einmal die Tür hinter sich geschlossen hatte, dann erwartete ihn nur noch Afrika, das jetzt überhaupt nichts mehr mit dem interessanten und bunten Afrika der Filme und Bücher zu tun hatte, sondern sich ihm als eine Art häßlichen Kraters inmitten wüstenhafter und erbärmlicher Langeweile darstellte.

Unterdessen wohnte Ida, die im Schatten an der Wand kauerte, seiner bescheidenen Hantierung mit schweigender Bewunderung bei, denn sie mißtraute noch immer (wie manche Primitive) der Elektrizität und ihren Phänomenen und hatte auch Angst davor.

Nachdem er die Lampe geflickt hatte, blieb er noch auf dem Rand des Bettes sitzen. Und um irgend etwas zu sagen, zeigte er mit dem Finger auf sich und war nahe daran, sich wichtig zu machen:

»... nach ... Afrika ...«, wollte er sagen, doch dann erinnerte er sich, daß dies ein Militärgeheimnis war, und hielt den Mund.

So blieb er vielleicht noch eine Minute lang mit vorgebeugtem Oberkörper sitzen, die Arme zwischen den Knien wie ein Auswanderer oder ein Zuchthäusler auf dem abfahrbereiten Dampfer. Da es nichts mehr zu betrachten gab, schienen seine einsamen Augen von der Lampe angezogen zu werden, die jetzt stetig am Kopfende des kleinen Sofas brannte. (Es war dieselbe, die Ninnuzzu abends brennen ließ, wenn er im Bett seine Illustrierten las.) Seine Augen drückten eine Art verwirrter Neugier aus, aber in Wirklichkeit war der Blick leer. Im elektrischen Licht sah ihr dunkelblauer Kern fast schwarz aus, während das Weiße darum herum, das nun nicht mehr blutunterlaufen und trübe vom Trinken war, ganz milchig aussah, vermischt mit Himmelblau.

Unvermittelt hob der Junge die Augen zu Ida empor. Und sie begegnete diesem verquälten Blick, der von unendlicher Unwissenheit und zugleich völliger Bewußtheit erfüllt war und um eine unmögliche Barmherzigkeit flehte, wobei ihm selbst nicht klar war, worum er bat.

Als er gehen wollte, kam ihm die Idee, ihr ein Andenken zurückzulassen, so wie er es beim Abschied von anderen Mädchen immer gehalten hatte. Doch da er nicht wußte, was er ihr geben sollte, fand er, in seinen Taschen wühlend, das bewußte Messer wieder. Und soviel ihn dieses Opfer auch kostete, er legte das Messer ohne weitere Erklärung in ihre Hand.

Als Gegengabe wollte aber auch er ein Andenken mitnehmen. Er ließ den Blick unschlüssig durch das Zimmer schweifen, entdeckte aber nichts. Da fiel ihm ein Sträußchen dunkler und ein wenig schmuddelig aussehender Blumen in die Augen (von armen Schülern mitgebracht), das am Morgen niemand ins Wasser gestellt hatte und das halb ver-

welkt auf einer Konsole lag. Da nahm er eine kleine rötliche Blüte heraus, legte sie mit ernsthafter Miene zwischen die Papiere in seiner Brieftasche und sagte:
»Mein ganzes Leben lang!«
Für ihn war das natürlich nur eine Redensart. Und er sagte sie mit dem üblichen prahlenden und verräterischen Tonfall aller Jungen, wenn sie so zu ihren Mädchen sprechen. Es ist eine bloße Wendung, die man um der Wirkung willen gebraucht, und natürlich besagt sie nichts, denn niemand kann im Ernst glauben, er bewahre ein Andenken die ganze unbeschreibliche Ewigkeit hindurch, die das Leben darstellt! Er hingegen wußte nicht, daß diese Ewigkeit für ihn nur noch aus wenigen Stunden bestand. Seine Etappe in Rom war mit diesem Abend abgeschlossen. Knapp drei Tage später wurde der Luftkonvoi, in den man ihn kurz vorher verladen hatte und der von Sizilien in südliche oder südöstliche Richtung flog, über dem Mittelmeer angegriffen. Und er war unter den Toten.

... 1941

Januar

    Der unglückselige Winterfeldzug der italienischen Truppen, die zur Invasion Griechenlands ausgesandt waren, dauert weiter an.
    In Nordafrika verlassen die von den Engländern angegriffenen Italiener ihre Kolonien Cyrenaika und Marmarika.

Februar–Mai

    Nach der Landung deutscher Panzertruppen in Nordafrika besetzen die Italiener und die Deutschen die Cyrenaika und die Marmarika von neuem.
    Die Deutschen besetzen Griechenland, um zu verhindern, daß die italienische Expedition endgültig scheitert. Für das Unternehmen ist die Mitwirkung Bulgariens und Jugoslawiens erforderlich. Als Jugoslawien abfällt, antwortet Deutschland mit einem Luftangriff auf Belgrad und der militärischen Unterwerfung des Landes. Griechenland wird nach hartnäckigem Widerstand zur Kapitulation gezwungen und von den Italienern und den Deutschen besetzt.
    Nicht-Angriffspakt und Vertrag über gegenseitige Zugeständnisse zwischen dem japanischen Kaiserreich und der Sowjetunion.
    In Ostafrika siegreiche Offensive der Engländer, die die drei Hauptstädte des italienischen Kolonialreiches besetzen (Mogadischu, Asmara, Addis Abeba) und zusammen mit den äthiopischen Partisanen den Kaiser Haile Selassie wieder auf den Thron setzen.

Juni

    Deutschland leitet das *Unternehmen Barbarossa* gegen die Sowjetunion ein und verspricht den Sieg noch vor dem Winter. (»Das Stalinsche Rußland wird in acht Wochen von der Landkarte verschwinden.«) Italien beschließt, an dem Unternehmen teilzunehmen. In Verona mustert Mussolini eine der Divisionen, die an die neue Front fahren.

Juli

    Japan besetzt die französische Kolonie Indochina.
    In Jugoslawien beginnt der Widerstandskampf gegen die nazifaschistische Besatzung.
    Die deutschen Streitkräfte rücken siegreich auf sowjetischem Territorium vor.

September
: Die deutsche Regierung verfügt, daß alle Juden, von der Vollendung des sechsten Lebensjahres an, verpflichtet sind, auf der Brust einen gelben, sechszackigen Stern zu tragen.

Oktober
: Der Inder Mahatma Gandhi fordert alle Völker, die zum englischen Kolonialreich gehören, zum passiven Widerstand auf (zu dem er schon zuvor seine Landsleute aufgerufen hatte).

  Zur obligatorischen Absonderung der jüdischen Bevölkerung, die bereits von den nazistischen Besatzungen eingeführt wurde, kommt in Polen der Erlaß hinzu, wonach jeder Jude, der außerhalb des Gettos angetroffen wird, mit dem Tode bestraft wird.

  Die deutschen Panzer- und Infanterie-Divisionen rücken weiterhin siegreich auf sowjetischem Gebiet vor. In den vier Monaten seit dem Beginn der Operation wurden drei Millionen Russen außer Gefecht gesetzt. (Befehle des Führers führen zur Liquidation von Kriegsgefangenen und anderer »Untermenschen«. Jedes internationale Abkommen ist als nichtig anzusehen.)

November
: Treffen des Führers mit Himmler, dem Chef der SS und der Polizei einschl. Gestapo (Geheime Staatspolizei), zwecks *Endlösung der Judenfrage*, entsprechend der bereits herrschenden Praxis der Deportation aller Menschen jüdischer Rasse in Vernichtungslager. Einrichtungen für die Massen-*Liquidation* der Deportierten sind schon in verschiedenen Lagern in Gebrauch, und an ihrer technischen Ausstattung arbeiten einige der wichtigsten Industrieunternehmen des Reichs mit.

  In Rußland dauert der siegreiche Vormarsch der deutschen Truppen weiterhin an, die Leningrad belagern und auf Moskau marschieren.

Dezember
: Leningrad ergibt sich nicht. Weiter südlich sehen die von einem russischen Gegenangriff zurückgeschlagenen Deutschen von ihrem Vorstoß auf Moskau ab und weichen unter schwierigen Umständen im Schlamm und Eis des Winters zurück.

  In Nordafrika werden die Italiener und die Deutschen gezwungen, sich aus der Cyrenaika zurückzuziehen.

  In Ostafrika bezeichnet die Übergabe der letzten Garnisonen an englische Streitkräfte das Ende des italienischen Kolonialreichs.

  Mit dem »Nacht und Nebel«-Erlaß befiehlt der Führer seinen Truppen in den besetzten Ländern, alle diejenigen zu verhaften, zu erschießen oder spurlos verschwinden zu lassen, die irgendeine Gefahr »für die Sicherheit der Deutschen« darstellen. Die Exekutionen, die von den Einsatzkommandos der SS und Polizei durchgeführt werden, belaufen sich in Europa auf ungefähr eine Million.

  Im Pazifischen Ozean: Überraschungsangriff der Japaner gegen die in Pearl Harbour stationierte amerikanische Pazifikflotte. Krieg zwischen den Vereinigten Staaten und Japan, in den Italien und Deutschland eintreten. Mit dieser neuerlichen Ausweitung des Weltkonflikts steigt die Zahl der kriegführenden Nationen auf 43 . . .

Dreihundert feiernde Herolde mit Bändern,
die im Wind flattern,
laufen durch die Stadt und
blasen Trompeten und schlagen Trommeln.
Alle Glocken läuten.
Die Orgel in der Kathedrale
stimmt das Gloria an.
Die Boten sind auf federgeschmückten Pferden fortgezogen,
um die Botschaft in die sieben Himmelsrichtungen zu tragen.
Aus Reichen und Fürstentümern ziehen die Karawanen aus
und bringen als Geschenk die Schätze der vierzig Wappen
in Schreinen aus duftendem Holz.
Alle Tore sind weit geöffnet.
Auf den Schwellen grüßen die Pilger mit gefalteten Händen.
Kamele, Esel und Ziegen beugen die Knie.
Und auf aller Mund liegt ein einziger Gesang!
Überall Tänze und Gastmähler und Freudenfeuer!
Denn die Königin hat heute
der Welt einen Thronerben geschenkt!

1

Ida sollte nie das Schicksal ihres Angreifers erfahren, von dem sie nicht einmal den Namen wußte, und sie suchte es auch nicht in Erfahrung zu bringen. Denn nach seinem Heldenstück ließ er nichts mehr von sich hören und verschwand so plötzlich, wie er aufgetaucht war; für sie stand es von vornherein fest, daß es so kommen mußte. Trotzdem fürchtete sie seit der Nacht ihres Abenteuers mit ihm seine Rückkehr. Nachdem er weggegangen war, hatte sie, schlaftrunken, mit mechanischen Handgriffen das Nachtessen für sich und Nino zubereitet, der gewöhnlich sehr spät heimkam. Als Kind hatte sie nach ihren Anfällen immer einen gierigen Appetit gehabt. Diesmal hingegen aß sie lustlos ein paar Bissen und schlief dann in der Küche auf ihrem Stuhl ein. Gegen neun Uhr wurde sie von Nino geweckt, der an der Wohnungstür Sturm läutete. Kaum hatte sie ihm die Tür geöffnet, ging sie zu Bett und versank alsbald in einen traumlosen Schlaf. So schlief sie einige Stunden lang. Mitten in der Nacht wachte sie dann jäh auf und hatte den Eindruck, der Deutsche, größer und dicker als in Wirklichkeit, neige sich im Dunkeln über sie, bereit, sie wieder zu überwältigen, und flüstere ihr dabei irgendwelche abgerissenen und sinnlosen Worte ins Ohr, wie man sie Kindern und Tieren sagt. Sie zündete das Licht an. Der Wecker zeigte vier Uhr. Und die Ereignisse vom Tag zuvor zogen in einer raschen Folge schneidender Schatten, wie ein Schwarzweißfilm, durch ihr ganz klares Bewußtsein. Hinter der geschlossenen Tür ihres Zimmers lag jener andere Raum, in dem jetzt Nino schlief. Ihr fiel ein, daß sie nicht einmal sein Bett in Ordnung gebracht hatte, und sie schauderte vor Scham und Schrecken. Fieberhaft löschte sie das Licht, flüchtete sich ins Dunkel und kauerte sich unter der Decke zusammen.
Um sechs Uhr wachte sie vom Schrillen des Weckers auf. Und während sie an diesem Vormittag und an den folgenden ihren Unterricht hielt, wurde sie das Gefühl nicht los, eine sichtbare Aura ginge von ihr aus, so etwas wie ein anderer Körper (bald eisig und bald glühend), den sie nicht abzuschütteln vermochte. Sie fühlte sich nicht mehr wie die Ida von früher, sondern kam sich wie eine Abenteurerin vor, wie eine Frau mit

einem Doppelleben. Und es war ihr, als strahlten ihre Glieder auf ihre Schüler und auf alle Menschen die Schande der Vergewaltigung aus, und in ihr Gesicht seien, wie auf weiches Wachs, die Zeichen von Küssen geprägt. Sie hatte in ihrem Leben, außer Alfio, keinem Mann beigewohnt, nicht einmal in Gedanken. Und jetzt schien ihr, ihr Abenteuer sei überall bekannt, wie ein aufsehenerregender Ehebruch.

Kaum erblickte sie auf der Straße von ferne einen deutschen Soldaten, so glaubte sie, jenen wiederzuerkennen (an einem bestimmten Gang, einer bestimmten Haltung des Kopfes oder der Arme), und ging ihm mit Herzklopfen aus dem Weg. Und diese neue Furcht vertrieb in ihr zeitweilig die andere Furcht vor der Nazi-Verfolgung. Die unerwartete Rückkehr ihrer Krankheit nach so vielen Jahren bekümmerte sie nicht. Im Grunde war sie davon überzeugt (und damit sollte sie auch recht behalten), daß sich der Anfall nicht wiederholen werde. Anfangs überlegte sie, ob sie einen Apotheker um Rat fragen und ihn um ein spezielles Beruhigungsmittel bitten sollte, denn sie konnte sich nicht mehr an den Namen jenes Mittels erinnern, das sie damals in Kalabrien eingenommen hatte. Dann verzichtete sie darauf, denn sie fürchtete, der Apotheker könnte nicht nur ihr altes, verborgenes Leiden, sondern, schlimmer noch, auch die Umstände dieses späten Wiederauftretens erraten.

Jeden Tag, wenn sie heimkam, spähte sie hinter der Kreuzung nach dem Haustor und hatte Angst, jenen dort auf sie warten zu sehen, als seien sie verabredet. Wenn sie dann durch den Hausflur gelaufen war, ergriff sie die Furcht, er könnte, da er ihren Stundenplan kannte, ihr schon bis zum Treppenabsatz vorausgegangen sein, und sie würde ihn dort vor der Tür stehen sehen, mit einer Miene, als wolle er sie überraschen. Sie horchte aufmerksam, ob sie seinen Atem hörte, und sie glaubte ihn sogar zu riechen. Und so schleppte sie sich kraftlos die Treppe hinauf, und je näher sie dem sechsten Stockwerk kam, um so bleicher wurde sie. Und wenn sie die Tür geöffnet hatte, glaubte sie, nach einem schrägen Blick zum Kleiderständer, sie entdecke seine Mütze dort, wo er sie an jenem Tag beim Eintreten hingehängt hatte.

Während der Nachmittage zu Hause war sie jeden Augenblick darauf gefaßt, daß der Eindringling wiederkäme, und die Angst davor befiel sie vor allem, wenn sie allein war, wie wenn Ninos Gegenwart sie vor der Gefahr hätte schützen können. Ab und zu ging sie spähend in den Flur und lauschte, das Ohr an der Wohnungstür, voller Angst, sie könnte jenen resoluten Schritt wieder hören, der ihr für immer im Ohr geblieben war und den sie unter allen anderen Schritten auf Erden wiedererkannt hätte. Sie vermied es, soweit es ging, sich im Wohnzimmer aufzuhalten; und es fiel ihr schwer, das Bett in Ordnung zu bringen, da ihre Arme und

Beine jedesmal schwer wie Blei wurden, so daß sie fast das Bewußtsein verlor.
Zu jener Zeit träumte sie nachts nicht, oder wenigstens erinnerte sie sich beim Aufwachen an keinen Traum. Doch kam es noch oft vor, daß sie, wie in der ersten Nacht, mit dem Eindruck aus dem Schlaf auffuhr, jener andere sei bei ihr, und er laste so heiß auf ihr, daß es sie fast verbrannte. Und er küsse sie und benetze ihr Gesicht mit Speichel, und dabei flüstere er ihr nicht mehr zärtliche Worte ins Ohr, sondern unverständliche Anschuldigungen in drohendem Deutsch.
Der eigene Körper war ihr nie vertraut geworden; das ging so weit, daß sie ihn nicht einmal ansah, wenn sie sich wusch. Er war wie ein Fremder mit ihr aufgewachsen, nicht einmal in ihrer frühen Jugend war er schön gewesen. Sie hatte dicke Fußknöchel, schmächtige Schultern, und ihre Brust war vorzeitig schlaff geworden. Ihre einzige Schwangerschaft hatte, wie eine Krankheit, genügt, sie für immer zu verunstalten. Und seit ihrer Witwenschaft hatte sie dann nicht mehr geglaubt, irgend jemand könnte ihren Körper als den einer Frau ansehen und ihn lieben. Mit seinen außergewöhnlich breiten Hüften und den dünnen Gliedern war er für sie nur mehr eine mühsame Last.
Nach jenem unseligen Nachmittag fühlte sie sich jetzt in Gesellschaft ihres Körpers noch mehr allein. Und wenn sie sich in der dunklen Morgenfrühe ankleidete und bestimmte intime Handgriffe ausführte, zum Beispiel das Korsett zuschnürte oder die Strumpfbänder einhakte, begann sie unweigerlich zu weinen.
Das Messer, das jener ihr gegeben hatte, hatte sie gleich am ersten Tag hastig im Flur versteckt, ganz unten in einer Truhe voller Stoffreste und Kram. Und sie wagte nicht, es noch einmal anzuschauen oder die Lumpen wegzuräumen oder auch nur die Truhe zu öffnen. Wenn sie aber daran vorbeiging, spürte sie jedesmal ihr Blut pochen und zitterte wie ein furchtsamer Mitwisser, der das Versteck der Diebesbeute kennt.
Doch als die Tage nach und nach vergingen, überzeugte sie sich, daß ihre Furcht, dem Soldaten nochmals zu begegnen, ganz unsinnig war. Inzwischen war er wohl schon an irgendeiner fernen Front und vergewaltigte andere Frauen oder erschoß Juden. Die Bedrohung, die von ihm ausging, war für sie verschwunden. Zwischen jenem Unbekannten und Ida Ramundo gab es keine Beziehung mehr, weder jetzt noch in der Zukunft.
Von jener flüchtigen Begegnung wußte außer ihr selbst niemand etwas. Sogar Nino ahnte nichts. Sie mußte sie nur noch aus ihrem eigenen Gedächtnis verbannen und konnte dann ihr gewohntes Leben weiterführen.
Jeden Tag wachte sie um sechs Uhr auf. Dann bereitete sie in der Küche bei elektrischem Licht das Frühstück und das Mittagessen für Nino. Darauf kleidete sie sich an, und wenn sie Nino geweckt hatte, hastete sie au-

ßer Atem zur Schule, die zwei Straßenbahnhaltestellen von ihrer Wohnung entfernt lag. Wenn sie mit glühendem Gesicht und rauher Kehle aus dem Unterricht kam, hetzte sie in der Umgebung der Schule herum, um ihre Einkäufe noch vor dem mittäglichen Ladenschluß zu erledigen (denn aus Angst vor der Verdunkelung vermied sie es, abends auszugehen), und auf dem Heimweg ging sie dreimal in der Woche mit all ihren Körben nach Castro Pretorio, wo sie eine Privatstunde gab. Schließlich kehrte sie heim. Und nachdem sie das aufgegessen hatte, was von Ninos Essen übrig war, räumte sie die Zimmer auf, korrigierte die Aufgaben der Schüler und bereitete das Nachtessen vor; und dann begann das allabendliche Warten auf Ninnarieddus Heimkehr.

Nach ungefähr einer Woche wurde die Reihe der traumlosen Nächte unterbrochen, und sie träumte erneut. Ihr war, als kehre sie heim und trage, entweder aus Versehen oder weil sie ihn gestohlen hatte, anstelle einer ihrer Markttaschen einen solchen Tragkorb, wie man sie in Kalabrien zur Weinlese verwendet. Aus dem Korb wuchs ein großer Baum, der sich im Zimmer und außerhalb des Hauses über alle Mauern des Hofes hinweg unversehens verzweigte. Und er wuchs immer höher und wurde zu einem Wald von märchenhaftem Pflanzenwuchs, mit Laubbäumen, Bougainvillas, riesigen Glockenblumen von orientalischen und tropischen Farben, Trauben und Orangen, so groß wie Melonen. Dazwischen spielten kleine wilde Tiere mit dunkelbraunen Augen, die Eichhörnchen ähnlich sahen. Sie näherten sich und schauten fröhlich und neugierig drein und sprangen immer wieder in die Luft, als hätten sie Flügel. Mittlerweile sahen eine ganze Menge Leute aus allen Fenstern zu; sie selbst war jedoch nicht da, wer weiß, wo sie sein mochte. Doch wußte man, daß sie die Angeklagte war. Dieser Traum verfolgte sie noch ein paar Minuten nach dem Aufwachen. Dann verblaßte er.

Ende Januar hatte sie jenen Nachmittag nach dem Epiphaniasfest schon ins Unterbewußtsein verbannt, hatte ihn unter die anderen Bruchstücke ihres vergangenen Lebens gepreßt, die ihr, wenn sie daran dachte, alle weh taten.

Doch unter den vielen möglichen und unmöglichen Schrecken und Gefahren, die auf ihr unheilvolles Abenteuer folgen konnten, gab es eine, die nicht auszuschließen war, an die sie jedoch nicht gedacht hatte; vielleicht aus einer unbewußten Abwehr heraus, die erleichtert wurde durch ihre eheliche Erfahrung: daß sie in so vielen Jahren der Liebe nur ein einziges Kind bekommen hatte.

Seit ihrer Pubertät traten bei ihr bestimmte unregelmäßige Störungen auf. Die Gebärmutter mit ihren Menstruationen war bei ihr wie eine unnatürliche Wunde; manchmal hatte Ida heftige Blutungen, die sie völlig entkräfteten, dann wieder schien der natürliche Ausfluß zu stocken, und sie litt Schmerzen, als habe sie ein bösartiges Geschwür. Seit dem Alter von elf Jahren (ihre Pubertät hatte früh eingesetzt) hatte sich Ida gefügig an diese unerklärliche Willkür gewöhnt. Und so dauerte es etliche Wochen, während derer sie hin und wieder von Zweifeln befallen war und es ihr auch ab und zu schlecht wurde, bevor sie den ungeheuerlichen Skandal feststellte: daß sie durch ihre unschickliche Beziehung zu einem anonymen Deutschen schwanger geworden war.

Der Gedanke, sich das Kind irgendwie abtreiben zu lassen, kam ihr gar nicht in den Sinn. Die einzige Verteidigung, die sie sich ausdenken konnte, bestand darin, ihren Zustand vor allen so lange wie möglich zu verbergen. Die anderen Gefahren, die sie in naher Zukunft bedrohten, waren so unvermeidlich, daß sie nicht einmal daran zu denken wagte. Es blieb ihr nichts anderes übrig, als sie zu verdrängen. Das gelang ihr um so eher, als durch ihren neuen körperlichen Zustand ihre realen Wahrnehmungen von Tag zu Tag abstumpften, die äußeren Gründe für ihre Angst bangloser wurden und sie in eine gedankenlose Passivität versank. Niemandem fiel es ein, sie über ihre leichten Unpäßlichkeiten zu befragen. Übrigens war es nicht schwer, im Bedarfsfall Erklärungen dafür zu erfinden. Damals war Kolitis eine sehr verbreitete Krankheit, auch in den proletarischen Vierteln. Um ihr Unwohlsein zu rechtfertigen, gab sie vor, an einer Art Kolitis zu leiden. Es wurde ihr immer ganz plötzlich übel, beim Anblick der gewöhnlichsten Dinge, die gar nichts Ekelerregendes an sich hatten, zum Beispiel der Knauf einer Klinke oder eine Straßenbahnschiene. Mit einemmal schienen solche Gegenstände in ihr selbst aufzugehen und in einem Sauerteig der Bitternis zu gären, und es vermischten sich Reminiszenzen aus der Zeit, als sie Nino erwartete. Und wenn sie dann erbrechen mußte, war ihr, als drehten sich die Vergangenheit und die Zukunft und ihre Sinne und alle Gegenstände der Welt in einem einzigen Rad; alles löste sich auf, und das empfand sie gleichzeitig wie eine Befreiung.
Die einzige Beunruhigung ging in jener Zeit von ihren Träumen aus, die sie wieder recht häufig und so beängstigend wie früher heimsuchten. Sie sieht sich ganz nackt da- und dorthin laufen, über einen Platz, der verlassen scheint, der aber dennoch von allen Seiten von Schmähungen und Gelächter hallt . . . Sie ist in einer Art Hundehütte eingesperrt, und hinter dem vergitterten Fensterchen sieht sie großgewachsene Mädchen vorbeigehen, die sehr bunt gekleidet sind, wie manche Ammen in vornehmen Familien, und auf dem Arm wunderschöne lachende Kinder tragen. Die Mädchen kennen sie, drehen sich aber auf die andere Seite, um sie nicht anschauen zu müssen. Und auch die Kinder lachen nicht ihr zu. Sie hatte sich getäuscht, als sie das glaubte . . .

Sie geht mit ihrem Vater, der sie unter seinem Mantel schützt. Doch da fliegt der Mantel mit einemmal wie von selbst davon, und auch der Vater ist nicht mehr da. Und sie sieht sich als kleines Kind ganz allein auf Bergpfaden, und aus ihrer Scheide fließen kleine Bäche von Blut. Der ganze Weg hinter ihr ist voller Blutspuren. Und damit der drohende Skandal noch größer wird, hört sie von unten herauf den bekannten Pfiff Ninnarieddus; und trotzdem bleibt sie wie ein Dummkopf auf dem Weg stehen, anstatt zu fliehen, und spielt mit einem Zicklein ... Doch wieso bemerkt sie nicht, daß das Zicklein schreit, daß es Wehen hat und gleich gebären wird! Und mittlerweile steht dort schon ein *Furier* der elektrischen Schlächtereien und wartet ...

... Viele kleine zerlumpte Polenkinder spielen und lassen goldene Ringlein hin- und herrollen. Es sind geweihte Ringlein, doch sie wissen es nicht. Dieses Spiel ist in Polen verboten. Darauf steht die Todesstrafe!!! ...

Solche Träume, auch die nichtigsten, bedrückten sie. Doch im Verlauf des Vormittags vergaß sie sie wieder.

Das Aufstehen kostete sie jetzt jeden Morgen große Überwindung. Und im Verlauf des Tages gab es keine, auch noch so einfache Hantierung, die ihr nicht Mühe machte. Doch dieser tägliche Kampf half ihr wie ein Rausch, obwohl er ihr andauernd ihren Zustand in Erinnerung rief. Sie lief von einer Straßenbahn zur anderen, von einem Viertel ins andere, immer mit ihren Taschen und dem Hütchen mit dem wehenden Schleier und mit einer Falte zwischen den Augenbrauen. Wenn sie in der Schule war, lief alles seinen gewohnten Gang: Anwesenheitsüberprüfung, Generaluntersuchung der Ohren, der Hände und der Nägel, als tägliche Reinlichkeitskontrolle ... Und auch bei diesen Aufgaben befleißigte sie sich gewöhnlich, wie bei den anderen ihrer Lehrtätigkeit, äußerster Ernsthaftigkeit und Konzentration, als handle es sich um unerhört wichtige Angelegenheiten. Normalerweise saß sie nicht hinter dem Pult, sondern ging zwischen den Bänken hin und her, und ihre Augen unter den gerunzelten Brauen blieben bei solchen Verrichtungen nie ruhig:

»Schreibt: *Diktat.*

Das heroi-sche ital-ie-ni-sche Heer hat (Zeitwortform von haben) *die glor-reichen In-sig-nien Roms ü-ber Ber-ge und Meere ge-tra-gen und kämpft für den Ruhm des Va-ter-lan-des* (mit großem V!) *und die Ver-tei-di-gung sei-nes* (Großbuchstaben!) *Imperiums bis zum si-che-ren Sieg ...*

Annarumi! Ich sehe, ich sehe, wie du von Mattei abzuschreiben versuchst!!«

»Nein, Frau Lehrerin, ich schreibe nicht ab.«

»Doch, doch, doch. Ich habe dich gesehen. Doch, doch. Und wenn du es noch einmal probierst, gebe ich dir die Note *ungenügend.*«

». . .«

». . .«

». . . und wenn ich jetzt nicht mehr abschreibe? . . .«

»Dann verzeihe ich dir noch einmal.«

». . . Und welche Aufgaben haben wir für morgen, Frau Lehrerin?«
»Und für morgen, welche Aufgaben?« . . . »Und welche Aufgaben für morgen?« »Frau Lehrerin, welche Aufgaben?« »Welche Aufgaben machen wir für morgen?«

». . . Für morgen: Aufsatz: Thema: *Schreibt eure Gedanken über die Schwalben.* Rechenaufgabe: *Luigino ist drei Jahre alt. Sein Bruder ist doppelt so alt und seine Schwester ein drittel. Wie alt ist der Bruder? Wie alt ist die Schwester? Und wie viele Monate alt ist Luigino?* Übung: Schreibt dreimal ins Schönschreibheft: *Vittorio und Elena sind die Namen unserer erhabenen Herrscher*« . . .

Am Abend wartete sie gewöhnlich mit dem fertigen Nachtessen in der Küche auf Ninnarieddu. Dieser ging, auch dann, wenn er vor dem Schließen des Hausportals heimkam, selten gleich nach dem Nachtessen schlafen. Meistens verschlang er das Essen in wilder Eile, ohne sich hinzusetzen, und trat ab und zu ans Fenster, um seinen Freunden, die drunten im Hof ungeduldig auf ihn warteten, zu pfeifen. Und dann wollte er Geld fürs Kino haben. Die Mutter verweigerte es ihm hartnäckig, bis er wütend durchs Zimmer lief und es ihr wegnahm, wahrhaftig wie ein richtiger Zuhälter voller Wut oder mit der Drohung, er würde für immer fortgehen. Oft folgte auf diesen Streit ein zweiter, denn Nino verlangte sofort den Nachtschlüssel für das Sicherheitsschloß und gleichzeitig den für das Haustor; sie weigerte sich jedoch standhaft, schüttelte den Kopf und sagte nein, nein, nein, weil er noch zu klein sei. Und in diesem Punkt gab sie nicht nach, eher hätte sie sich aus dem Fenster gestürzt. Er war es, der am Ende, von dem immer verzweifelteren Rufen von unten abgelenkt und seinerseits ganz wild darauf, ins Kino zu kommen, sich ins Unvermeidliche fügte. Er stürmte weg und machte seinem Herzen Luft, während er die Treppen hinablief, wie eine in der Nacht herumstreunende Katze, die mit dem Besen fortgejagt wird.

Früher hatte Ida nie ins Bett gehen wollen, ehe er heimkam. Und bei dem langen Warten war sie gewöhnlich in der Küche eingeschlafen. Jetzt aber widerstand sie, von der Müdigkeit überwältigt, dem Verlangen, ins Bett zu gehen, nicht mehr. Doch blieb sie auch im Schlaf auf der Hut, bis sie von der Straße her den Pfiff ihres ausgeflogenen Finken vernahm. Dann stieg sie mißmutig hinunter, um ihm das Haustor aufzuschließen. Dabei trug sie ihre ausgetretenen Pantoffeln und ihren geblümten Morgenrock

aus Barchent über dem Nachthemd; das rabenschwarze, noch kaum ergraute Haar, lockig und gebauscht wie das von Äthiopierinnen, hing ihr unordentlich über die Schultern. Mit dem Ungestüm eines Pferdes, das ein Hindernis überrennt, betrat er das Haus, vom Film noch ganz erregt. In Gedanken war er noch ganz bei jenen weltberühmten schönen Filmdiven und den dramatischen Verwicklungen des Films. Wenn er Ida die Treppen hinauf vorausging, war es ihm unmöglich, den eigenen Rhythmus ihren langsamen Schritten anzupassen; daher variierte er beim Hinaufsteigen ungeduldig das Tempo. Manchmal zögerte er und stieß mit dem Fuß gegen eine Stufe, ein anderes Mal übersprang er drei oder vier Stufen. Dann, weiter oben, warf er sich lang ausgestreckt hin, um auf einem Treppenabsatz zu gähnen, und flog dann plötzlich die Treppe hinauf, als laufe er in den Himmel empor. Doch gelangte er immer mit bemerkenswertem Vorsprung an die Wohnungstür, und von dort sah er, rittlings auf dem Geländer sitzend und sich ein wenig über den Treppenschacht beugend, Ida zu, die die Stufen hinaufschlurfte, und sagte gequält zu ihr: »Vorwärts, Mà. Los, bieg ab. Gelb, gib Gas!«
Schließlich überstieg das ganze ihre Kräfte, und außerdem befürchtete sie, er könnte, weil sie kein Korsett trug, ihren dick gewordenen Bauch sehen. Also gab sie nach und händigte ihm die bewußten Schlüssel aus. Jener Abend war für ihn ein Freudenfest, ähnlich wie die Initiation junger Männer bei Naturvölkern. Er stürzte ohne Gruß davon, und seine Locken sahen aus wie Glöckchen.
Auch im fortgeschrittenen Stadium ihrer Schwangerschaft fiel es Ida nicht schwer, sie zu verbergen. Ihr Körper, der ohnehin von der Taille bis unter das Becken unproportioniert war, verriet kaum die Veränderung, die nur wenig hervortrat. Gewiß konnte das verborgene, schlecht ernährte kleine Wesen nur von geringem Gewicht sein und nicht viel Platz beanspruchen.
Wenn auch die Rationierung erst einige Monate später eingeführt wurde, so begannen doch schon jetzt viele Lebensmittel knapp zu werden, und die Preise stiegen. Nino, der mitten im Wachstumsalter stand, hatte einen ungestümen und unersättlichen Appetit. Seinen Anteil holte er sich rücksichtslos auf Kosten von Ida und jenem anderen unsichtbaren Wesen, das nichts verlangte. Es machte sich in der Tat schon bemerkbar und regte sich ab und zu in seinem Versteck. Doch die kleinen Stöße, die es ihr gab, schienen eher eine Nachricht als ein Protest zu sein: »Ich teile euch mit, daß ich da bin und mir trotz allem zu helfen weiß und daß ich lebendig bin. Ich habe sogar schon Lust, ein bißchen herumzutoben.«
Im Haus fehlte das Gas, und man war gezwungen, Schlange zu stehen, um zwei kümmerliche Schaufeln voll Kohle zu ergattern. Ida brachte es nicht mehr fertig, die Einkäufe wie früher am Vormittag zu machen, und

manchmal überraschte sie die Dunkelheit noch unterwegs auf den Straßen, die in der Verdunkelung versanken. Wenn aus einem Fenster zufällig ein Lichtstrahl fiel, stiegen von der Straße sogleich Schmährufe auf: »Mörder! Verbrecher! Löscht das Licht aus!« Aus den verdunkelten Eingängen der Lokale hörte man lauten Radiolärm oder den Gesang von jungen Leuten, die sich austobten, indem sie im Chor Lieder sangen und Gitarre spielten, wie auf dem Land. An manchen einsamen Kreuzungen blieb Ida mit ihrer Last von Kartoffeln und Kohlen entmutigt stehen, denn sie hatte noch immer panische Angst vor der Finsternis. Doch alsbald gab das kleine Wesen in ihr mit lebhaften Stößen Antwort, die sie vielleicht ermutigen sollten: »Wovor hast du Angst? Du bist ja nicht allein. Schließlich bist du in Gesellschaft.«
Nie machte sie, wie andere Mütter, das Rätsel neugierig, ob es ein Knabe oder ein Mädchen sei. In ihrem Falle wäre ihr sogar diese Neugier als eine widerwärtige Laune erschienen, deren sie sich hätte schämen müssen. Ihr war nur Gleichgültigkeit erlaubt, um damit irgendwie das Schicksal zu beschwören.
Als die warme Jahreszeit kam und sie ihr Wollmäntelchen nicht mehr tragen konnte, versuchte sie, das Korsett enger zu schnüren. Gewöhnlich trug sie es eher locker, damit es nicht so weh tat, auch wenn ihre Würde als Lehrerin sie immer dazu verpflichtet hatte, eines zu tragen. In diesen letzten Monaten waren ihre Beine und Arme mager geworden, wie die einer alten Frau, und ihre Wangen glühend und abgemagert, obwohl sie der Form nach noch immer rund waren. Und wenn sie im Klassenzimmer etwas an die Wandtafel schrieb, gerieten ihr manche Buchstaben schief. Der Sommer kam frühzeitig; es war schwül, und sie schwitzte Tag und Nacht. Aber sie hielt bis Schulschluß durch, ohne daß jemand etwas bemerkt hätte.
Gegen Ende Juni griff Deutschland die Sowjetunion an. Anfang Juli wurden die deutschen Verwaltungsbeamten damit beauftragt, im Hinblick auf die *Endlösung* die totale Evakuierung der Juden aus allen besetzten Ländern zu organisieren (die jetzt fast ganz Europa ausmachten).
Die Krämerinnen im Getto, die Ida im Vorübergehen aufsuchte, waren schweigsamer und zurückhaltender geworden. Doch setzten sie ihre kleinen täglichen Geschäfte fort, wie wenn die Ereignisse in Europa sie nichts angingen. Von Zeit zu Zeit kam es vor, daß sie Vilma traf, die ganz niedergeschlagen war, weil das Einsammeln von Überresten immer schwieriger und überdies die Anzahl der Katzen, die sonst herumstreunten, bei jedem Appell größer wurde. Sie kannte jede einzelne und erkundigte sich in der Umgebung mit kläglicher und untröstlicher Stimme: »Hat man den Zoppetto nicht mehr gesehen? Und Casanova?

Und die Einäugige? Und Fiorello? Und die Rötliche mit dem Schorf? Und diese weiße trächtige, die früher beim Bäcker war?!« Die Befragten lachten sie aus. Aber trotzdem hörte man sie unbeirrbar zwischen den Trümmern des Marcellus-Theaters rufen: »Casanoovaa!!! Beffetti!! Boomboloo!«

Von ihren privaten Nachrichtenübermittlerinnen, der *Signora* und der *Nonne,* hatte Vilma immer noch irgendwelche neuen Enthüllungen, die sie mit ihren Gebärden einer Verrückten und leiser Stimme weitergab. So erzählte sie zum Beispiel, in den besiegten Ländern Europas würden die Türen und Fenster aller Häuser zugemauert, in denen man noch einen versteckten Juden vermutete, bevor man die Häuser mit einem Spezialgas, dem sogenannten *Zyklon,* aussprühe. Und auf den Feldern und in den Wäldern Polens hingen erhängte Männer, Frauen und Kinder, sogar ganz winzige Wesen, an den Bäumen; nicht nur Juden, sondern auch Zigeuner und Kommunisten und *Polen* und *Kriegsteilnehmer* . . . Und ihre Körper zerfielen zu Stücken, und Wölfe und Füchse machten sie sich einander streitig. Und an allen Bahnhöfen, wo die Züge vorbeiführen, sähe man bei den Geleisen Skelette arbeiten, von denen *nur noch die Augen lebten* . . . Solche Nachrichten wurden gewöhnlich als Phantasieprodukte Vilmas aufgenommen. Doch erwies es sich auch hier, daß, wenigstens teilweise, die historischen Tatsachen sie in der Folge bei weitem übertrafen. In der Tat – keine menschliche Vorstellungskraft könnte von sich aus die abnormen raffinierten Ungeheuer ersinnen, die aus dem Gegenteil dessen erwuchsen, was lebendig ist: das heißt, aus dem völligen Fehlen an Vorstellungskraft, die gewissen tödlichen Mechanismen eigen ist.

Nicht nur die sonderbaren Berichte der *Signora* und der *Nonne,* sondern auch die mehr oder weniger halbamtlichen Nachrichten des Radios trafen dort im Getto weiterhin auf eine Art hartnäckiger Passivität. Übrigens kannte noch niemand, weder im Getto noch anderswo, die wahre Bedeutung gewisser amtlicher Bezeichnung wie: *Evakuierung, Internierung, Sonderbehandlung, Endlösung* und ähnliche. Die bürokratisch-technologische Organisation der Welt befand sich noch im Anfangsstadium, das heißt, sie hatte das Volksbewußtsein noch nicht unwiderruflich befleckt. Die meisten lebten gewissermaßen noch in der Urgeschichte. Und so darf die Unwissenheit mancher Jüdinnen aus niederem Stande einen nicht allzusehr in Erstaunen versetzen.

Nur eine unter ihnen, die Signora Sonnino, die beim Café an der Brücke einen Kurzwarenstand hatte, bemerkte eines Tages nachdenklich, als sie vom Café her die Stimme des Führers hörte, der im Radio tobte: »Die werden eine arithmetische Ordnung herstellen: Additionen, Subtraktionen, Multiplikationen und dann alle Zahlen gleich Null setzen!«

Und bei dieser Überlegung schüttelte sie den kleinen Kopf, der zierlich und aufmerksam war, wie der einer Eidechse. Allerdings hörte sie dabei nicht auf, die Knöpfe zu zählen, die sie Ida verkaufte, wie wenn dieses Zählen sie doch mehr anginge als jenes andere.
Jetzt hielten im allgemeinen alle Leute, Arier und Juden, Reiche und Arme, den Sieg der Nazi-Faschisten für sicher, besonders nach den jüngsten Erfolgen in Rußland und in Afrika.
Doch in Iduzzas Hirn verursachte jetzt alles, was sie gehört hatte, ein dumpfes Geräusch. Sie verstand von alledem so wenig wie ein Analphabet von Geschriebenem. Zu Hause sang abends beim schummerigen Licht der verdunkelten Lampen der Faschist Ninnarieddu in seinem noch etwas verstimmten Tenor:
»Oberst, ich will kein Brot,
ich will Blei für das Gewehr!!« ...
Doch ab und zu variierte er:
»Oberst, ich will kein Brot,
ich will Mokka und will Beefsteaks!«
und zwar absichtlich mit lauter Stimme und bei offenem Fenster, um seinen Mut und seine Unverfrorenheit herauszukehren und zu demonstrieren, daß ihm die Spione der Polizei einerlei seien. Ida aber besaß nicht mehr die Energie, aufzustehen und die Fenster zu schließen, wie sie es früher getan hatte. Sie ließ jetzt alles gehen wie es wollte.
Nachts ertönten ab und zu die Luftschutzsirenen über der Stadt. Doch die Leute von San Lorenzo kümmerten sich wenig darum, denn sie waren überzeugt, Rom würde nicht getroffen, da es vom Papst beschützt würde, der denn auch *Fliegerabwehr der Ewigen Stadt* genannt wurde. Die ersten Male hatte Ida in höchster Aufregung versucht, Nino zu wecken. Doch der hatte sich nur im Bett umgedreht und gebrummt: »Wer ist da? ... Wer ist da? Ich schlafe!« Und eines Nachts murmelte er, halb im Traum, etwas von einer Kapelle mit Saxophon und Schlagzeug.
Am folgenden Tag wollte er wissen, ob es Alarm gegeben hatte, und schimpfte, Ida habe ihm den Traum verdorben. Er erklärte ihr ein für alle Mal, sie dürfe ihn, wenn die Sirenen heulten, nicht mehr stören:
»Schließlich, was tut sie uns schon, die Sirene?! Ach Mà, merkst du nicht, daß hier nie etwas passiert? Englische Bomben, na ja! Papierbomben!!«
Danach verzichtete auch sie darauf, bei Fliegeralarm aufzustehen. Sie rührte sich kaum im Halbschlaf unter den verschwitzten Leintüchern beim Geheul der Sirenen und den Schüssen der Luftabwehr, die in der Ferne ertönten.
Eines Nachts, kurz vor einem Alarm, träumte sie, sie suche ein Spital,

um dort zu gebären. Aber alle wiesen sie ab, da sie Jüdin war, und sagten ihr, sie müsse ins Judenspital gehen; man zeigte ihr ein sehr weißes Zementgebäude, ganz zugemauert, ohne Fenster und Türen. Kurz darauf befand sie sich im Inneren des Gebäudes. Es war eine riesige Fabrik, erhellt von Scheinwerferbündeln, die sie blendeten, und um sie herum war niemand, nur gigantische, komplizierte und gezahnte Maschinen waren dort, die sich mit gräßlichem Getöse drehten. Dann, mit einemmal, entdeckt man, daß dieser Lärm vom Neujahrsfeuerwerk stammt. Wir sind am Strand; zusammen mit ihr sind viele kleine Kinder da, und unter diesen sogar Alfio, auch er ein kleiner Junge. Alle protestieren mit ihren dünnen Stimmchen, weil man von hier unten das Feuerwerk nicht sehen kann. Man müßte auf einer Anhöhe stehen oder auf einem Balkon! Es ist schon Mitternacht, und wir sind enttäuscht ... Doch mit einemmal wird das Meer vor uns von großen unzähligen Lichttrauben wunderbar erhellt, grün und orangerot und granatrot vor dem dunklen Blau des nächtlichen Wassers. Und die kleinen Buben sagen zufrieden: »Hier sehen wir es besser als von droben, weil sich die ganze Stadt im Meer spiegelt, sogar die Wolkenkratzer und die Bergspitzen.«

In letzter Zeit begab sich Ida fast jeden Tag, unter dem Vorwand irgendeines kleinen Einkaufs, jedoch in Wirklichkeit ohne triftigen Grund, nach der Schule ins Judenviertel. Sie fühlte sich von einem sanften Ruf angelockt, beinah wie ein Kälbchen vom Stallgeruch oder ein Araber vom Souk; und gleichzeitig trieb sie eine Art Notwendigkeit dorthin, wie bei einem Planeten, der um ein Gestirn kreist. Vom Testaccio, wo ihre Schule lag, gelangte sie in wenigen Minuten zu dem kleinen Dorf hinter der Synagoge. Doch auch nach dem Beginn der Sommerferien und trotz des langen Weges von San Lorenzo aus folgte sie ab und zu dem gewohnten Ruf. So geriet sie eines Nachmittags, mitten im Sommer, in ein Lebensmittelgeschäft, wenige Stunden, nachdem die Händlerin in einem Kämmerchen hinter dem Laden von einem Kind entbunden worden war. Noch ging die Hebamme, eine neapolitanische Jüdin, im Laden umher. Sie erinnerte – mit ihren dichten Augenbrauen, der kräftigen, gebogenen Nase, den großen Füßen und dem weit ausgreifenden Gang, ja sogar in der Art, ihr weißes Baumwollkäppchen auf dem grauen gelockten Haar zu tragen – an ein Bild des Propheten Ezechiel.

Ida faßte Mut. Und als sie einen Augenblick mit der Frau allein war, bat sie sie mit leiser Stimme um ihre Adresse, wobei sie vorgab, sie frage für eine Verwandte, die sie vielleicht bald nötig haben werde. Während sie sprach, wurde sie ganz rot im Gesicht, wie wenn sie einer Unanständigkeit bezichtigt würde. Doch Ezechiel nahm ihre Bitte als etwas ganz Erlaubtes und Natürliches auf, denn Ida war ihr völlig unbekannt. Sie beglückwünschte sogar die Verwandte. Und sofort gab sie ihr ein gedrucktes Kärtchen mit ihrem Namen, ihrer Adresse und der Telefonnummer. Auch sie hieß Ida, mit Familiennamen Di Capua. Und sie wohnte in der Nähe der Basilika San Giovanni.

Während der Hochsommer näherkam, war das schwerwiegendste Problem für Ida von allen ihren Problemen, die sie jetzt unmittelbar bedrängten: Nino, der noch nichts ahnte. Mit Schrecken sah sie den Tag näherrücken, da sie sich notwendigerweise vor ihm rechtfertigen mußte; und doch wußte sie nicht wie. Es kam ihr der vage Gedanke, zur Geburt allein in irgendeine andere Stadt zu gehen und dann, wenn sie mit dem Kind zurückkäme, vorzugeben, es sei ihr von irgendeiner verschwundenen Verwandten anvertraut worden ... Jedoch wußte Nino sehr genau, daß sie keine Verwandte hatte, erst recht keine so nahe Verwandte, die ihr, in diesen Zeiten, die Sorge für ein kleines Kind hätte aufbürden können! Nino war nicht der Typ, dem man so leicht etwas vormachen konnte. Und für Ida gab es auch jetzt keinen anderen Schutz, als dem Unmöglichen auszuweichen und das Schicksal walten zu lassen.

Das Kind machte ihr die Sache etwas leichter und verlegte die Geburt um einige Wochen vor. Ida sollte erst im Herbst niederkommen, doch war es schon Ende August soweit, während Nino sich in einem Lager der Avantgardisten befand. Am 28. August, als Ida die ersten Wehen spürte, war sie allein zu Hause. Und von Panik ergriffen, ohne sich auch nur mit einem Telefonanruf anzumelden, stieg sie in eine Straßenbahn und fuhr zur Wohnung der Hebamme.

Während sie die lange Treppe zu ihr hinaufstieg, wurden die Wehen stärker, bis sie es kaum mehr ertragen konnte. Ezechiel kam selbst an die Tür. Und Ida, die jetzt nicht mehr fähig war, Erklärungen abzugeben, warf sich, kaum war sie eingetreten, auf ein Bett und rief: »Signora! Signora! Hilfe!«

Und dann begann sie sich zu winden und zu schreien, während Ezechiel ihr beruhigend zusprach und sie mit geübten Handgriffen von ihren Kleidern befreite. Doch Ida war, selbst während der Krämpfe, entsetzt beim Gedanken, sich nackt zeigen zu müssen, und versuchte krampfhaft, sich mit dem Leintuch zuzudecken. Und als die andere sich anschickte, ihr das Korsett aufzuschnüren, hielt sie ihr verzweifelt die Hand fest, um sie daran zu hindern. Denn dort, unter dem Korsett, trug sie, mit einer Nadel befestigt, eine zusammengenähte Socke, und darin befanden sich ihre Ersparnisse. Trotz der Kriegsschwierigkeiten hatte sie nämlich nicht auf die Gewohnheit verzichtet, jeden Monat ein wenig von ihrem Gehalt beiseitezulegen. In ihrem Mißtrauen dem morgigen Tag gegenüber und in der Gewißheit, daß sie, allein wie sie war, in einem Notfall nicht auf die Hilfe irgendeines anderen zählen konnte, hatte sie in dieser Socke ihre ganz Unabhängigkeit, ihre Würde und ihren Schatz

verwahrt. Es waren alles in allem ein paar hundert Lire. Ihr aber schien das viel.
Nachdem Ezechiel mit einiger Mühe den Grund ihres wütenden Widerstandes begriffen hatte, gelang es ihr doch, sie trotz allem zu überreden, sich das Korsett abnehmen zu lassen. Und um Ida zu beruhigen, legte sie es unter die Matratze, auf der die Gebärende lag, und ließ die Socke daran.
Die Geburt dauerte nicht lange und war auch nicht schwer. Es war, als gebe das kleine unbekannte Wesen sich Mühe, aus eigenen Kräften zur Welt zu kommen, ohne den anderen allzu viele Schmerzen zuzufügen. Und als die Gebärende einen letzten Schrei ausgestoßen hatte und endlich befreit dalag, gebadet im eigenen Schweiß wie in einem salzigen Meer, verkündete die Hebamme:
»Ein Männchen!«
Es war tatsächlich ein *Männchen*: das heißt, ein Junge, aber wirklich nur ein ganz winziger. Er war so klein, daß er bequem auf den beiden Händen der Hebamme, wie in einem Körbchen, Platz hatte. Und nachdem er sich bei diesem heroischen Unternehmen selbst bestätigt hatte, weil er unter eigener Mitwirkung zur Welt gekommen war, blieb ihm nicht einmal mehr genug Stimme übrig, um zu weinen. Er kündigte sich mit einem so leisen Gewimmer an, daß es wie das Meckern eines zuletzt geborenen und im Stroh vergessenen Zickleins klang. Immerhin fehlte ihm nichts, so winzig er war, und er war niedlich und wohlgestaltet, soviel man sehen konnte. Und er hatte die Absicht zu überleben. Dafür sprach jedenfalls, daß er im gegebenen Augenblick aus eigener Initiative begierig die Brüste seiner Mutter suchte.
Diese hatte, dank der geheimnisvollen Veranlagung ihrer mütterlichen Organe, sogar die notwendige Milch. Offensichtlich hatte sie die nicht allzu reichliche Nahrung, die sie verzehrt hatte, zwischen dem verborgenen Kleinen und ihrem Milchvorrat verteilt. Sie selbst war nach der Geburt so eingefallen, daß sie einer streunenden Hündin glich, die an einer Straßenecke geworfen hat.
Die Haare des Neugeborenen – kleine Büschel, die wie Federn aussahen – waren schwarz. Aber als er ein wenig von seinen Augen sehen ließ, wenn auch nur in kleinen Stückchen, die sich kaum enthüllten, erkannte Ida sogleich die dunkelblaue Farbe ihrer Schande. Es dauerte nicht lange, bis sich die Augen weit öffneten; sie wirkten in dem kleinen Gesichtchen so groß, daß sie schon über das, was sie sahen, verblüfft zu sein schienen. Und zweifellos gab ihre Farbe – auch in ihrem jetzt noch etwas milchigen Ton – genau jenes andere Dunkelblau wieder, das nicht von der Erde, sondern vom Meer zu stammen schien.
Hingegen konnte man noch nicht feststellen, woher er die Gesichtszüge

hatte. Man konnte nur schon jetzt erkennen, daß sie fein und hübsch waren. Der Mund mit den weichen, vorstehenden Lippen erinnerte vielleicht auch ein wenig an jenen anderen Mund.
Solange Ida sich nicht bewegen konnte, blieb sie bei Ezechiel, die, um ihr das Bett zu überlassen, sich selbst in der Küche eine Matratze auf den Boden legte. Die Wohnung, in der die Hebamme allein hauste, bestand nämlich nur aus der Küche und dem Schlafzimmer. Hier stand ein breites neapolitanisches Bett aus angestrichenem Eisen. Das Fenster ging auf die Straße, und von ihm aus erblickte man schräg gegenüber die Basilika San Giovanni mit den fünfzehn riesigen Standbildern Christi, der beiden heiligen Johannes' und der Kirchenlehrer auf der Spitze.
Die Hebamme war sehr zufrieden mit dieser Unterkunft und sehr stolz darauf. Wenn man sie hier bei sich zu Hause sah, in einem langen, baumwollenen Morgenrock, der wie eine Tunika wirkte, begriff man weniger denn je, ob sie eine Frau oder ein alter Mann war. Auch ihre Stimme war nicht die einer Frau, sondern die eines alten Mannes. Sie hörte sich an wie jene Baßstimmen, die in Opern die Rolle alter Könige oder Einsiedler singen.
Am zweiten Tag erinnerte sie Iduzza daran, daß man dem Kind einen Namen geben müsse. Und Ida antwortete, sie habe beschlossen, es Giuseppe zu nennen, wie der Großvater mütterlicherseits, ihr Vater, geheißen habe. Ezechiel hingegen sagte, ein Name allein genüge nicht. Man brauche noch einen zweiten Namen und einen dritten. Doch an diese beiden anderen Namen hatte Iduzza nicht gedacht. Nach einigem Nachdenken schlug ihr die Hebamme vor, das Kind mit dem zweiten Namen Felice zu nennen, denn das würde ihm Glück bringen, und mit dem dritten Namen Angiolino, weil es so klein sei und so blaue Augen habe und so brav sei und so wenig Lärm mache.
Als die Namen gefunden waren, schlug die Hebamme vor, sie wolle selbst zum Einwohnermeldeamt gehen, um das Kind anzumelden. Ida sträubte sich aus verständlichen Gründen zunächst dagegen. Doch nachdem sie es sich noch einmal überlegt hatte und sich vor die Wahl gestellt sah, ihre Schande entweder vor einem Beamten preisgeben zu müssen oder vor dieser Frau, zog sie es vor, sie ihr zu offenbaren. Ohne ihr eine mündliche Erklärung zu geben, schrieb sie auf ein Blatt Papier, das sie ihr dann zusammengefaltet übergab, in Druckbuchstaben und mit zitternder Hand:
GIUSEPPE FELICE ANGIOLINO
GEBOREN IN ROM AM 28. AUGUST 1941
SOHN DER IDA RAMUNDO VERWITWETE MANCUSO
UND DES N. N.
Jeden Tag erschien Ezechiel zur Essenszeit, um zu kochen. Doch wäh-

rend der übrigen Zeit war die Hebamme immer beruflich unterwegs. Und Ida lag den ganzen Tag in dem riesigen Bett mit den sauberen Leintüchern, neben diesem Giuseppe, der zu winzig war, als daß er sich unter den großen Leuten der Welt nicht hätte fremd vorkommen müssen. Die meiste Zeit über schliefen beide. Die Hundstage lasteten auf der Stadt. Aber selbst der Schweiß, in den sie getaucht war, verlieh Ida ein Gefühl der Hingabe und Passivität, wie ein salziges, lauwarmes Meer, in dem ihr Körper sich auflöste. Sie wäre gern mit dem Kind in diesem Bett gestorben, wobei sie beide wie in einem Boot aus dieser Welt gegangen wären.
Am vierten Tag beschloß sie, nach Hause zurückzukehren. Ezechiel bot sich an, sie zu begleiten, aber Ida wollte nichts davon wissen. Schon der Gedanke, die Frau könnte jemals in ihre Gegend kommen, war ihr unbehaglich. Tatsächlich wurde jeder, der von ihrem Geheimnis wußte, für sie zu einer beunruhigenden Gestalt. Und sie war darauf bedacht, vor ihr zu fliehen, wie die Tiere in der Wüste, wenn sie versuchen, ihre Spuren vor der feindlichen Witterung zu verdecken.
So beschloß sie, allein wegzugehen, und wartete aus Vorsicht, bis es dunkel wurde. Als sie ihre Rechnung bezahlen wollte, ließ sich Ezechiel von ihr nur die Auslagen für die Beköstigung zurückgeben. Für das übrige wollte sie kein Geld nehmen. (Sie hatte diesen elenden, geschwollenen Körper gesehen und bemerkt, daß alles, was die Frau auf dem Leib trug, trotz der erwähnten Socke, Armut verriet.) Sie selbst gab ihr noch ein breites, verblichenes, aber sauberes Stück Stoff, in das Giuseppe, der glückselig schlief, so eingewickelt wurde, daß nur die Nase hervorguckte. Und beladen mit diesem Bündel und ihrer Markttasche fuhr Ida mit der Straßenbahn nach San Lorenzo zurück. Wie jeden Abend war die Straßenbeleuchtung der Verdunkelung wegen gelöscht, und in der Straßenbahn verbreiteten die abgeschirmten Lämpchen nur einen bläulichen Schein.
Doch diesmal war die Dunkelheit für sie günstig. Als sie nach Hause zurückkehrte wie ein Verbrecher, der an den Ort seiner Untat zurückkehrt, gelang es ihr, von niemandem bemerkt zu werden. Ihr Schlafzimmer lag an der Ecke des Gebäudes und ging mit dem einzigen Fenster zur Straße hinaus. Von dort aus konnte Giuseppes Weinen (und er weinte selten) nur schwerlich seine Anwesenheit den Nachbarn verraten, die Ida so lange wie irgend möglich in ihrer Ahnungslosigkeit belassen wollte. Sie legte das winzige Menschlein neben ihr eigenes Ehebett in ein eisernes Gitterbettchen, in dem Nino geschlafen hatte, als er noch ganz klein war, und das dann dazu gedient hatte, Decken, Schachteln, alte Bücher und allen möglichen Plunder aufzubewahren. Dort drin lag Giuseppe den ganzen Tag wie ein Räuber, dessen Versteck niemand ahnt, und schlief oder ruhte sich aus.

Nino sollte bis Mitte September weg sein. Die Schulen waren geschlossen, und in dieser Zeit gab es keine Privatstunden. Ida blieb die meiste Zeit zu Hause und ging nur aus, um die notwendigen Einkäufe zu erledigen, und zwar meist abends. Eines der Probleme, die sie beschäftigten, war, ob sie das Neugeborene taufen lassen sollte, um es besser vor der berüchtigten Liste der Unreinen zu schützen. Doch der Gedanke, es in eine Kirche zu bringen, widerstrebte ihr zu sehr und erschien ihr wie ein schändlicher Verrat an dem armseligen Viertel der ausgestoßenen Juden. So beschloß sie, es vorerst ohne Religion aufwachsen zu lassen. »Denn«, sagte sie sich, »es besitzt, anders als Nino, nur einen halben Stammbaum. Auf welche Art könnte man seine arische Hälfte bezeugen? Die Behörden würden erklären, es sei noch weniger arisch als ich. Und dann ist es so klein, daß ich es, in jedem Fall, wohin immer sie mich schicken würden, bei mir haben könnte, auf die Gefahr hin, daß wir miteinander sterben müßten.«

Der 15. September war für sie ein schwerwiegender Tag, denn ungefähr um diese Zeit sollte Nino zurückkommen, und sie war gezwungen, die verhängnisvolle und von ihr immer wieder hinausgeschobene Erklärung endlich abzugeben. Ihr kam immer wieder jener armselige einzige Vorwand in den Sinn, den sie sich hatte ausdenken können: nämlich der von der erfundenen Verwandten. Sie überlegte hin und her, zögernd und ohne Überzeugung, und bekam gleich darauf Herzklopfen und fühlte sich lustlos und matt. Da sie von einem Augenblick zum anderen Ninos Rückkehr erwartete, ging sie an diesem Tag früher als gewöhnlich zum Einkaufen. Doch gerade in dieser Zeit kehrte Nino heim. Und da er jetzt über die Schlüssel verfügte, betrat er während ihrer Abwesenheit ungehindert die Wohnung.

Schon hinter der Tür, während sie noch mit Markttaschen und Schlüsseln hantierte, hörte sie in den Zimmern Schritte. Und dann sah sie, gleich beim Eintreten, den Rucksack auf dem Boden. Sogleich tauchte Nino auf. Er trug noch die Hose der *avanguardisti*, aber sein Oberkörper war nackt. (Sofort nach der Heimkehr hatte er wegen der Hitze das Hemd ausgezogen.) Er war ganz braungebrannt, und seine Augen leuchteten außergewöhnlich lebhaft. Und ganz elektrisiert fragte er, mit einer Stimme, der man die Überraschung anmerkte:

»O Mà! Wer ist denn das?«

Und sogleich ging er ihr ins Schlafzimmer voraus, wo er sich mit einem entzückten Lachen, das schon ein Gespräch zu sein schien, über das Bettchen beugte. Und da lag Giuseppe und schaute ihn an, als würde er ihn bereits kennen, und sein Blick, der bis dahin noch vom Hauch der Geburt umflort gewesen war, schien in diesem Augenblick den ersten Gedanken seines Lebens auszudrücken: ein außerordentlich freudiges Einver-

ständnis. Selbst die Ärmchen und Beinchen begleiteten diesen Gedanken und deuteten ein erstes winziges Strampeln an.
»Wer ist das, Mà? Wer ist das?« wiederholte Nino, verrückt vor Freude. Während ihr bewußt wurde, daß es nun keinen Ausweg mehr gab, spürte Ida, wie ihr der Vorwand von der Verwandten in die Kehle stieg. Doch wollte ihr diese verfluchte Ausrede nicht über die Lippen. Und die einzige Erklärung, die ihr absurderweise einfiel und die sie stammelnd vorbrachte, war:
»Es . . . es ist ein . . . Findelkind!«
»Und wer hat ihn gefunden?« fragte Nino in der ersten Aufregung über dieses gewaltige Ereignis. Aber das dauerte nur einen Augenblick. Kaum hatte er die Röte im verstörten Gesicht seiner Mutter bemerkt, als er schon nicht mehr daran glaubte. Sein sogleich wissender, fast zynischer Blick schweifte von dem glühenden Gesicht seiner Mutter zu ihrem Körper, als erinnere er sich plötzlich eines Anzeichens, das er nicht rechtzeitig bemerkt hatte. Und ein paar Sekunden lang ging ihm der komische Gedanke durch den Kopf, seine Mutter habe einen Geliebten. »Doch wer sollte sie genommen haben, in ihrem Alter?« fragte er sich unsicher. »Es wird«, meinte er dann bei sich, »ein vorübergehendes, einmaliges Abenteuer gewesen sein . . .« An seinem Blick hatte Ida mittlerweile erkannt, daß er verstanden hatte. Doch schließlich interessierte es ihn nicht besonders, zu wissen, woher dieses unerwartete Geschenk kam. Die Hauptsache war für ihn, es sich für alle Ewigkeit zu sichern. Er vergaß sofort, weitere Nachforschungen anzustellen, und erkundigte sich begierig:
»Aber jetzt behalten wir ihn? Wir behalten ihn hier bei uns?«
»Ja . . .«
»Und wie heißt er?« fragte Nino und strahlte vor Zufriedenheit.
»Giuseppe.«
»Ah! Peppe! Ah, Peppiniè! Hallo! Hallo!« rief er und spielte vor dem Kind den Verrückten. Und dieses machte seinerseits weiter mit dem winzigen Strampeln eines Anfängers, voller Zufriedenheit und Dankbarkeit, vom gegenwärtigen Tag an das Leben zu kennen.
»Hör mal, Mà, was meinst du? Kann ich ihn ein bißchen auf den Arm nehmen?« schlug Nino jetzt vor, ganz begeistert und die Hände schon über der Wiege.
»Nein! Nein! Nein!!! Du läßt ihn fallen!«
»Was! Ich kann das doppelte Gewicht heben, und ich soll ihn fallen lassen!« empörte sich Nino verachtungsvoll. Doch inzwischen hatte er schon auf diese Idee verzichtet und ging sprunghaft zu einem ganz anderen Problem über, das er bei dieser günstigen Gelegenheit lösen wollte. Und er verlangte ohne zu zögern:

»Du, Mà. Jetzt, wo Giuseppe da ist, können wir doch auch einen Hund ins Haus nehmen.«
Dies war eine der ewigen Streitfragen zwischen ihm und seiner Mutter. Denn er war ganz verrückt darauf, einen Hund zu haben; sie aber wollte, aus allen möglichen Gründen, nichts davon wissen. Doch da sie heute in einer so schrecklich unterlegenen Position war, blieb ihr nichts anderes übrig, als auf die Erpressung einzugehen: »Na ... na ... na ...«, war ihre erste unartikulierte Antwort, die schon zum Nachgeben verurteilt war. Doch fügte sie heftig hinzu:
»Du willst dieses Haus ins Verderben stürzen!!«
In den Streitigkeiten mit Ninnarieddu passierte es oft, daß sie bewußt gewisse biblische Schmähungen Noras nachahmte. Doch wenn Ida sie aussprach, mit diesem Gesicht einer Zwölfjährigen, das überhaupt nicht dazu paßte, wirkten sie nicht nur harmlos, sondern geradezu komisch. Und diesmal stand es, nach der erwartungsvollen Miene Ninos zu schließen, schon fest, daß er sicher damit rechnete, sie werde sich ergeben ...
». . . Mach, was du willst! O Gott . . . Das mußte ja so kommen . . .«
»Na endlich, Mà! Dann bring ich ihn also nach Hause! Da wartet einer immer neben dem Tabakladen auf mich!« rief Ninnarieddu außer sich vor Freude. Dann aber stand er eine Weile still, um den Hundevisionen nachzuhängen, die ihn offensichtlich überglücklich machten. Jetzt aber wollte Ida, die schon ganz untröstlich darüber war, daß sie sich auch noch darauf eingelassen hatte, vielleicht ihrerseits auch ein wenig von der Gelegenheit profitieren. Daher meinte sie zögernd:
»Hör zu, Nino ... Ich muß dir etwas sagen ... Es handelt sich um eine sehr ernsthafte Angelegenheit ... Paß auf: sag niemandem etwas von diesem Kleinen. Für den Augenblick ist es besser, wenn wir es für uns behalten, daß ... daß er da ist ... Wenn die Leute es trotzdem herausfinden und jemand dich fragt, darfst du nur sagen, es sei ein Neffe, der keine anderen Verwandten hat und uns ... uns anvertraut worden ist ...«
Einen Augenblick lang stand Nino da, strahlend von Arroganz, Mitleid, Überlegenheit und Freiheit. Er zuckte grimassierend die Schultern und gab, während er in der Pose eines Barrikadenkämpfers dastand, zurück:
»Wenn sie mich danach fragen, MICH, dann sage ich: ›*Das geht euch einen Dreck an!*‹«
In diesem Augenblick hörte man aus dem Bettchen einen leisen Laut, der ihn sogleich zum Lachen brachte. Sofort schlug seine Stimmung um, und in der Erinnerung an die beseligenden Vorstellungen von vorher leuchteten seine Augen auf. Er wechselte das Thema und schlug seiner Mutter mit den Händen in den Taschen vor:

»Und zahlst du mir jetzt, um Giuseppe zu feiern, eine Schachtel Nazionali?«
»Du, ich habe es gewußt, daß du auch da noch etwas für dich herausschlägst! Du bist ein Profitmacher! Ein Karrierist, ein Bandit!! Willst du nun, um Giuseppe zu feiern, ihm ein lasterhaftes Beispiel geben? Du bist noch nicht einmal sechzehn! Raucht man in diesem Alter?!«
»Wenn man mit sechzehn nicht raucht, wann raucht man dann? Mit neunzig?!« gab er mit dreister Ungeduld zurück. Dann aber bedrängte er sie, als habe er plötzlich eine Eingebung:
»Und bezahlst du mir auch eine Eistüte? Halt, sagen wir, zwei Eistüten: eine für mich und eine für dich.«
»Aber Nino ... was bildest du dir denn plötzlich ein? Glaubst du, ich sei Millionärin geworden? Du willst, daß wir völlig bankrott gehen!! ... Und dann noch dieses selbstgemachte Eis, bei dem man nicht einmal weiß, woraus es besteht ...«
»Aber der Milchhändler neben dem Tabakladen macht es ganz prima.«
»Entweder ein Eis oder die Zigaretten. Da, mehr als zwei Lire gebe ich dir nicht.«
»Die Zigaretten und die Eistüten und den ›Corriere dello Sport‹ und die ›Gazzetta‹ (hast du vergessen, daß heute Montag ist?!). Das macht fünf Lire, keine zwei! Vorwärts, Mà, fang nicht wieder mit dem üblichen Gejammer an, daß du dich wegen fünf dreckigen, lächerlichen Lire ruinierst. Los, gib sie her, Mà, entschließe dich endlich! Du wirst ja schlimmer als eine Jüdin!«
Diese Bezeichnung war für Nino ein gewöhnlicher Jargonausdruck und hatte gar keine wirkliche Bedeutung. Für die Juden und das, was gegenwärtig mit ihnen geschah, interessierte sich Ninnuzzu nämlich überhaupt nicht, ja er ignorierte sie praktisch, so ungefähr, als handle es sich dabei um Kimbern oder Phönizier. Daher entging ihm das unvermeidliche, kaum merkliche Zittern der Mutter. Doch Ida wechselte trotzdem das Thema, um ihrem Herzen Luft zu machen, und kam auf einen anderen strittigen Punkt zu sprechen, der allerdings recht abgedroschen war:
»Mein Gott, wie oft habe ich dir schon gesagt, daß es mir graust, wenn ich dich in diesem ordinären Dialekt, mit so gemeinen Worten reden höre! Man würde nicht glauben, wenn man dich reden hört wie ein Gassenjunge, daß du ... du ... der Sohn einer Lehrerin bist und das Gymnasium besuchst!!! Du bist doch kein ungebildeter Flegel, du hast schließlich gutes Italienisch gelernt ...«
»Gnädige Frau, ich möchte Sie hiermit auffordern, mir einen Scudo zu geben.«
»Du bist ein Gangster ... Du bist wirklich unausstehlich! Mir wird jedesmal ganz anders, wenn ich dich ansehe!«

Nino, der jetzt vor Ungeduld zitterte, hatte begonnen, das Deutschlandlied zu pfeifen. »Also, gib mir endlich die Moneten«, unterbrach er sie.
»Geld ... du denkst an nichts anderes als immer nur an Geld!«
»Und ohne Geld, was kann man da für Feste feiern?!«
Er war so versessen darauf, endlich wegzukommen, und so ungeduldig über jede weitere Verzögerung, daß ihm jetzt der enge, geschlossene Raum der Wohnung wie eine Ungerechtigkeit erschien. Er begann im Zimmer hin und her zu gehen wie in einem Gefängnis und erteilte einem Hausschuh, einem Lappen, einem leeren Waschbecken und jedem anderen Gegenstand, der ihm in die Quere kam, Fußtritte: »Die Moneten, Mà!« wiederholte er, schlimmer als ein Räuber, und stellte sich vor seine Mutter hin.
»Du wirst als Dieb und Mörder enden!«
»Ich werde als Chef der Schwarzen Brigade enden. Sobald ich alt genug bin, haue ich ab, um FÜR DAS VATERLAND UND FÜR DEN DUCE zu kämpfen!«
Der übertrieben herausfordernde Ton, mit dem er diese pathetischen Worte aussprach, ließ eine blasphemische Absicht erkennen. Man ahnte, daß sich vor seiner knabenhaften Anmaßung die Vaterländer, die Führer und das ganze Welttheater in eine bloße Komödie verwandelten, die nur insofern einen Wert besaß, als sie seinem Hunger nach Leben entgegenkam. Von neuem verdunkelte ihm sein geheimnisvolles Alter den Blick, das ihn für jeden Skandal, für jede Schandtat empfänglich machte. Doch da veränderte ihn ganz unvermittelt eine leuchtende Unschuld. Und gerade in diesem Augenblick holte seine Mutter ihren abgegriffenen Geldbeutel aus ihrer Tasche hervor und gab ihm die berühmten *Moneten.* Und er ergriff sie und eilte mit der Geschwindigkeit eines Fahnenträgers, der sich aufs Schlachtfeld stürzt, ohne zu zögern zur Tür.
»Aber was fällt dir ein?« hielt ihn die Mutter zurück. »Ziehst du dich nicht wieder an? Gehst du nackt aus?«
»Ja, und steht es mir etwa nicht?« entgegnete er, beugte sich dann aber doch der Notwendigkeit. Und als er zum Stuhl zurücklief, auf den er sein Hemd geworfen hatte, versäumte er nicht, einen Augenblick vor dem Spiegelschrank stehenzubleiben, um sich wohlgefällig zu betrachten. Sein hübscher, braungebrannter Körper mit dem anmutigen Nacken und den hervortretenden Schulterblättern über dem mageren Rücken wirkte noch kindlich. An den Armen aber entwickelte sich schon die erste männliche Muskulatur, die er vor dem Spiegel maß, indem er damit vor sich selber in unersättlicher Selbstbestätigung prunkte. Dann zog er sich eilig das schwarze Hemd über. Als er es jedoch verschwitzt und heiß auf seiner Haut spürte, streifte er sich einen weißen Baumwollpullover

über die Avantgardistenhosen, ohne sich um den Stilbruch zu kümmern, so eilig hatte er es hinunterzukommen! Und so verschwand er.
Iduzza hatte, sogar etwas erleichtert, schon damit gerechnet, daß er wohl erst am späten Abend wieder auftauchen würde. War er doch sicher mit seinen fünf Lire zu seiner gewohnten Bande gerannt, wie eine Biene zu einer Sonnenblume fliegt! Doch waren noch keine zwanzig Minuten vergangen, als ein Lärm an der Tür seine Rückkehr ankündigte. Und noch vor ihm kam ein braunes Hündchen ins Zimmer, das er an der Leine festhielt und das ganz aufgeregt vor Glück herumhüpfte. Es war ein kleines, rundliches Tierchen, mit krummen Pfoten und einem Ringelschwanz. Es hatte einen dicken Kopf und hielt ein Ohr gerader als das andere. Insgesamt war es ein typischer herrenloser Hund (oder ein *Anderer-Leute-Hund,* wie die Slawen sagen).
»Was soll das heißen! Wie! Schon heute?! Es hat doch niemand etwas von heute gesagt! *Nicht* sofort! *Nicht* heute!« stammelte Ida, vor Verzweiflung beinahe ohne Stimme.
»Wann denn? Ich habe es dir doch gesagt, daß er immer neben dem Tabakladen auf mich gewartet hat. Und da hat er auch jetzt gestanden und gewartet. Den ganzen Monat lang, als ich nicht hier war, hat er da immer auf mich gewartet. Und er hört auch schon auf seinen Namen! Blitz! Blitz! Hast du gesehen, wie er reagiert? Da siehst du's!«
Inzwischen hatte Giuseppe, der Ninos Abwesenheit genutzt hatte, um ein kleines Schläfchen zu machen, die Augen wieder geöffnet. Und er wirkte nicht nur ganz furchtlos, sondern – angesichts dieses ersten Exemplars von einem Hund, ja von einem Tier überhaupt, das ihm vor die Augen kam – fast wie von einer stillen Ekstase hingerissen.
»Giuseppe! Siehst du, wer da ist?! Blitz, erzähl Giuseppe, daß dieses Fest für ihn veranstaltet wird, he, Blitz, hast du verstanden? Erzähl es ihm!«
»Uch! Uch!« machte Blitz.
»Uuuuuhi . . .«, machte Giuseppe.
Nino triumphierte. Sein Gelächter, das frisch und mitreißend war wie ein Feuerrad, warf ihn zu Boden, wo er mit Blitz herumtollte und Purzelbäume schlug. Schließlich setzte er sich auf den Bettrand, um sich genüßlich auszuruhen, und fischte aus der hinteren Hosentasche eine zerdrückte, mickrige Zigarette hervor.
»Ich konnte mir nur zwei einzelne Nazionali kaufen«, sagte er und konnte nur mühsam ein gewisses Bedauern darüber verbergen, zog aber doch mit verderbter Miene an seiner Zigarette, »weil das Geld nicht für ein ganzes Päckchen reichte. Auch auf das Eis habe ich verzichtet, denn es wäre unterwegs zerlaufen.« (Für sich hatte er aber doch eins, wenn auch eine kleinere Tüte, gekauft und es an Ort und Stelle aufgegessen.

Doch überging er diesen Punkt, der Ida nichts anging.) »Mit dem Rest habe ich das Halsband und die Leine für ihn bezahlt«, erklärte er stolz.
Und er beugte sich über Blitz (der sich inzwischen zu seinen Füßen niedergelegt hatte), um ihm die Leine abzunehmen. »Sie ist aus echtem Leder, nicht etwa nachgemacht«, rühmte er. »Es ist eine Luxusleine.«
»Wer weiß, WIEVIEL sie dann gekostet haben mag ...«
»Sie ist ja nicht neu! Ich habe sie gebraucht gekauft, vom Zeitungsverkäufer. Sie gehörte seinem jungen Hund, der jetzt ausgewachsen ist und auf dem Land in Tivoli lebt. Erinnerst du dich nicht an den kleinen Hund, der ab und zu auf die Zeitungen pißte? Was, du erinnerst dich nicht, wo ich ihn dir doch zehntausendmal gezeigt habe! Ein Rassehund. Ein elsässischer Wolfshund! Und hier auf dem Schildchen des Halsbandes ist sein Name eingraviert: WOLF. Aber jetzt kratze ich ihn mit einem Nagel weg, sonst weiß man gleich, daß das Band gebraucht ist. Denn Blitz ist schließlich, seiner Rasse nach, kein Wolf.«
»Und von welcher Rasse ist er dann?«
»Ein Bastard.«
Das zufällig verwendete Wort erschütterte Ida; sie wurde sogleich rot und warf einen unfreiwilligen Blick zu dem Bettchen hinüber, als ob das Kind es gehört haben könnte. Da begriff Nino seinerseits den Gedanken: »Ach so! Auch Giuseppe ist ein Bastard. In diesem Haus wohnen zwei Bastarde!« schloß er daraus und freute sich sehr über seine Entdeckung.
Doch inzwischen hatte er eine Hand in seine Tasche gesteckt, um den Nagel ausfindig zu machen, den er beinahe vergessen hätte: »He, Blitz!« rief er aus. »Ich habe ganz vergessen, daß ich dir dein Abendessen mitgebracht habe! Da, friß!« und er zog eine widerliche Tüte voll Kutteln heraus und warf sie vor dem Hund auf den Boden. Und dieser ließ sie, schnell wie ein Taschenspieler, verschwinden.
Nino betrachtete ihn stolz. »Die Rasse von Blitz«, fing er wieder an und lächelte über diese faszinierende Entdeckung, »heißt auch die *Sternrasse*. Blitz, zeig deine schöne Sternzeichnung!«
Und Blitz legte sich prompt auf den Rücken und streckte die Beine in die Höhe. Auch am Bauch und sogar am Schwanz war er von gleichmäßig dunkelbrauner Farbe. Aber mitten auf dem Bauch hatte er einen kleinen, weißen, gezackten Fleck, der ungefähr aussah wie ein Stern. Das war das einzige Schöne und Besondere an ihm, man sah es aber nur, wenn er sich auf den Rücken legte und die Beine in die Luft streckte. Und es gefiel ihm so, sich damit zu zeigen, daß er weiterhin verzückt so liegengeblieben wäre, wenn ihn nicht Nino mit einem Fuß gekitzelt hätte, so daß er wieder aufstehen mußte.
Doch Ida nahm keinen Anteil an diesem Schauspiel. Sie war noch immer

von dem Wort *Bastard* verwirrt und gedemütigt. Sie hatte nicht einmal Blitzens Stern angesehen, und jetzt fiel ihr Blick auf das fettige Kuttelpapier, das leer auf dem Boden liegengeblieben war. Dieser Anblick bot der Sünderin Ida eine weitere Ablenkung, und sie machte sich Luft . . .
»Und jetzt«, empörte sie sich mit dramatischer Bitterkeit, »haben wir also noch einen mehr hier im Haus, der essen will! . . . Und wer gibt uns eine Lebensmittelkarte für ihn? . . .«
Ninos Miene verdüsterte sich, und er gab ihr keine Antwort. Statt dessen wandte er sich an den Hund und sagte, mit dem Gesicht nahe an dessen Schnauze, voller Vertraulichkeit und Zärtlichkeit zu ihm:
»Hör nicht auf sie. Denn für dich sorge ich, zusammen mit meinen Freunden, und vor Hunger lassen wir dich nicht krepieren, das steht fest. Wer hat dir denn bis jetzt zu fressen gegeben?! Sag es ihnen allen, daß ihre Scheiße uns nichts nützt!«
»Aaaach!« schaltete sich Iduzza mit einem geplagten Seufzer wieder ein, »jetzt bringst du sie auch noch dem Hund bei, deine ordinäre, unanständige Redeweise. Und so bereitest du dich darauf vor, sie auch deinem Bruder beizubringen . . .«
Bei diesem letzten, verhängnisvollen Wort, das ihr entfahren war, schwankte sie wie unter einem Peitschenhieb. Und ganz niedergeschmettert wandte sie sich um, mit den Bewegungen eines geschundenen Tieres, hob das schmierige Papier vom Boden auf und wagte es nicht mehr, sich noch einmal an Ninnarieddu zu wenden.
Doch ihm war das Wort so natürlich erschienen, daß er es nicht einmal bemerkt hatte. Er erwiderte strahlend vor Stolz:
»Wir sind hier in Rom und sprechen römisch! Wenn wir in Paris sein werden (und ich gehe bestimmt bald dorthin, jetzt, wo Paris uns gehört!), werden wir pariserisch sprechen! Und wenn wir bei der nächsten Kreuzfahrt nach Hongkong kommen, werden wir dort kongesisch sprechen. Ich bleibe nicht hier in Rom, darauf kannst du dich verlassen! Ich werde durch die ganze Welt reisen wie durch ein Stadtviertel, und zwar im Flugzeug und in einem Rennwagen und nicht etwa zu Fuß! Ich werde den Atlantischen und den Pazifischen Ozean überqueren. und Blitz werde ich mitnehmen. Und wir werden nonstop um die Welt reisen. Wir gehen nach Chicago, nach Hollywood und nach Grönland und in die Steppe, um dort Balalaika zu spielen! Wir fahren nach London, nach Sankt Moritz und nach Mozambique, nach Honolulu und an den Gelben Fluß . . . und . . . und . . . Und Giuseppe nehme ich auch mit. Giuseppe, he, auch dich nehme ich mit!«
Giuseppe war wieder eingeschlafen und hatte von diesem großartigen Programm nichts gehört. Und in der darauffolgenden Stille entspann sich zwischen Ninnarieddu und Ida, die ihm noch immer den Rücken zu-

kehrte, ein stummes, endgültiges Gespräch, das vielleicht nicht einmal in Gedanken formuliert war, das aber ihre Körper mit sprechender Deutlichkeit ausdrückten.

Idas Rücken in ihrem kunstseidenen, schweißfleckigen Kleid, mager und in den Schultern gebeugt wie bei einer alten Frau, sagte zu Nino: »Und mich, nimmst du mich nicht mit?«

Und das finstere Gesicht Ninos, mit den schillernden Augen und dem gewalttätigen, harten Mund, antwortete:

»Nein. Dich, dich lasse ich hier.«

2

So wie Giuseppe zu früh zur Welt gekommen war, erwies er sich von Anfang an auch in allem anderen als frühreif. Zu den üblichen Stationen, die die Entwicklung eines jeden Säuglings auf dem Weg der Erfahrungen kennzeichnen, gelangte er immer vorzeitig. Und der Vorsprung war so groß (wenigstens für die damalige Zeit), daß selbst ich es kaum glauben würde, wenn ich nicht irgendwie sein Schicksal geteilt hätte. Es war, wie wenn seine geringen Kräfte sich alle miteinander in einem großen, eindringlichen Eifer anspannten, um an dem Schauspiel der Welt teilzunehmen, das er eben erst anfing kennenzulernen.

Nachdem Ninnuzzu die Existenz seines Bruders entdeckt hatte, konnte er nach wenigen Tagen nicht mehr der Versuchung widerstehen, zwei oder drei seiner besten Freunde davon zu erzählen, und rühmte sich vor ihnen, er habe einen kleinen Bruder zu Hause, der wirklich Klasse sei. Alles an ihm sei so winzig, daß es komisch wirke. Hingegen habe er riesengroße Augen, die mit den Leuten schon redeten. Und noch am selben Vormittag nutzte er Idas Abwesenheit und nahm die Freunde mit in seine Wohnung, um ihnen den Bruder vorzuführen. Zu fünft stiegen sie hinauf, zusammen mit Blitz, der jetzt Nino überall hin folgte, als sei er sein zweites Ich.

Auf der Treppe äußerte einer der Freunde, ein Junge aus bürgerlichem Haus, seine Verblüffung in bezug auf diesen Bruder, den Nino ankündige, während man doch wisse, daß seine Mutter seit vielen Jahren Witwe sei. Allein, voller Verachtung für dessen kümmerlichen Verstand, entgegnete ihm Nino: »Ja und? Glaubst du, Kinder macht man nur mit dem Ehemann?!«, und das mit einer Natürlichkeit, die keinen Widerspruch duldete, so daß alle im Chor über den Anfänger (oder Boshaften?) lachten und dieser beschämt dastand.

Auf alle Fälle machte sie Nino noch auf der Treppe mit leiser Stimme darauf aufmerksam, daß dieser Bruder sozusagen ein blinder Passagier sei, von dem man niemandem etwas erzählen dürfe, sonst würde seine Mutter schelten, denn sie habe Angst, die Leute könnten sie für eine Dirne halten. Daraufhin versprachen die Freunde mit Verschwörermiene, das Geheimnis zu hüten.

Als sie das Schlafzimmer betreten hatten, waren sie ziemlich enttäuscht. Denn Giuseppe schlief in diesem Augenblick, und im Schlaf zeigte er, wenn man von seiner pygmäenhaften Größe absah, nichts Außergewöhnliches. Im Gegenteil, seine Lider waren, wie bei den meisten Neugeborenen, noch runzlig. Doch unvermutet schlug er die Augen auf. Und der bloße Anblick dieser großen, weit offenen Augen in dem faustgroßen Gesichtchen, die sich den fünf Besuchern so erstaunt zuwandten, als wären sie ein Weltwunder, erheiterte alle, bis schließlich Giuseppe, über die Gesellschaft erfreut, zum erstenmal in seinem Leben lächelte.

Bald darauf zogen sich die Besucher aus Angst, von der Mutter überrascht zu werden, wieder zurück. Doch Nino wartete ungeduldig auf Idas Rückkehr, um ihr lärmend die Neuigkeit mitzuteilen: »Weißt du schon? Giuseppe hat gelächelt!« Sie blieb skeptisch. »Giuseppe«, sagte sie, »ist noch nicht in dem Alter, in dem man lächelt. Die kleinen Kinder lernen es erst nach anderthalb Monaten oder frühestens nach vierzig Tagen.« »Komm mit mir und schau!« drängte Nino und zog sie ins Schlafzimmer, während er überlegte, mit was für einem elektrisierenden Einfall er den Bruder dazu bringen könnte, sein Kunststück zu wiederholen. Doch war das gar nicht nötig, denn Giuseppe lächelte schon, als er ihn erblickte, wie auf Verabredung ein zweites Mal. Und von da an lächelte er Nino, sobald er ihn sah, auch wenn er einen Augenblick vorher geweint hatte, sogleich wieder brüderlich zu. Und dieses Lächeln verwandelte sich dann schnell in ein richtiges, zufriedenes Willkommensgelächter.

Die Schule hatte jetzt schon seit einer Weile wieder begonnen, und die Wohnung blieb vom frühen Morgen an leer. Doch Blitz, der ganz vernarrt in Nino war, begnügte sich nicht damit, bei allen Unternehmen Ninos und wo immer er sich hinbegab hinter ihm herzulaufen; sondern er erwartete ihn sogar vor den Toren, während Nino in der Schule oder bei vormilitärischen Übungen war. Schließlich kaufte Nino ihm einen Maulkorb, denn er fürchtete, der Hundefänger könnte ihn, wenn er in die Gegend käme, wie einen herrenlosen Hund mitnehmen. Und ins Halsbald ließ er eingravieren: BLITZ – *Besitzer: Nino Mancuso*, und die vollständige Anschrift.

Manchmal, wenn Nino morgens die Schule schwänzte (was ziemlich häufig passierte) und zufällig in die Nähe seiner Wohnung kam, ging er (auch weil es ihm Spaß machte, die mütterlichen Verbote zu übertreten) mit irgendeinem Freund wieder zu Giuseppe hinauf. Es waren kurze Besuche, denn die Jungen, und besonders Nino, hatten es eilig, zu den verschiedenen Attraktionen ihrer illegalen Freistunden zu laufen. Aber es waren doch immer Feste, die um so faszinierender waren, als sie untersagt und geheim waren. Die Jahreszeit war noch mild, und Giuseppe lag ganz nackt in seinem Bettchen. Scham kannte er keine. Er empfand nichts als den Wunsch, seinen Besuchern die Zufriedenheit darüber auszudrücken, sie wiederzusehen. Und diese war außerordentlich groß, als ob sich für ihn jedesmal die Illusion erneuerte, dieses kurze Fest dauere ewig. Und in dem verrückten Bestreben, mit den dürftigen Mitteln, die ihm zur Verfügung standen, seine unendliche Freude auszudrücken, vervielfachte Giuseppe seine schüchternen Strampelbewegungen, seine erstaunten Blicke, seine Jauchzer und sein Gelächter. Für seine Anstrengungen wurde er mit einem wilden Durcheinander von Grüßen, Witzeleien, Komplimenten und Küßchen belohnt. Bei solchen Gelegenheiten verfehlte es Nino nie, die Besonderheiten seines Bruders rühmend zur Schau zu stellen. So machte er die Freunde zum Beispiel darauf aufmerksam, daß Giuseppe, so klein er war, doch schon ein richtiger Junge sei mit seinem vollkommenen Pimmelchen. Und er weine fast nie und bringe schon besondere, voneinander ganz verschiedene Laute hervor, die Blitz alle sehr gut verstehe. Und an Händen und Füßen habe er richtige Nägel, auch wenn sie noch kaum bemerkbar seien, und die Mutter schneide sie ihm schon usw. Dann aber beeilten sich die Besucher, so schnell, wie sie gekommen waren, alle miteinander wieder fortzugehen, vergeblich von Giuseppes verzweifeltem Weinen zurückgerufen, das sie bis ins Treppenhaus hinaus verfolgte und dann einsam und ungetröstet verklang.

In der ersten Zeit mußte Ida, kaum hatte sie ihre Schulstunden absolviert, atemlos nach Hause rennen, um den Kleinen, immer mit Verspätung, zu stillen. Doch bald lernte er es, mit einer Saugflasche voll künstlicher Milch, die sie ihm daließ, wenn sie länger wegblieb, allein zurechtzukommen. Und er blieb bei seiner Absicht, am Leben zu bleiben, und saugte, soviel er konnte. Er wuchs nicht rasch. Doch war er recht rundlich geworden und hatte an den Armen und Schenkeln Speckfältchen bekommen. Trotz seiner Abgeschiedenheit war er rosig geworden, so daß seine Augen noch stärker leuchteten. Diese waren im Inneren der Iris von tiefem Dunkelblau, wie eine Sternennacht, darum herum aber waren sie zart himmelblau. Sein Blick war immer aufmerksam und sprechend, als führe er unentwegt Gespräche mit irgend jemand, und es war eine Freude, ihn anzusehen. Sein zahnloser Mund mit den vorstehenden Lippen war ebenso begierig nach Küßchen, wie er nach Milch suchte. Sein Kopf war schwarz, jedoch nicht kraushaarig wie bei Nino, sondern voll glatter, feuchter und glänzender Büschel, wie bei *Eiderenten*. Unter seinen vielen Büschelchen hatte er eines, das schon von Anfang an besonders vorwitzig genau in der Mitte des Kopfes wie ein Ausrufezeichen in die Höhe stand und sich nicht hinunterkämmen ließ.

Sehr rasch lernte er die Namen der Familie: Ida war *Mà*; Nino war *Ino* oder *Aiè* (Ninnarieddu), und Blitz war *I*.

Für Blitz hatte mittlerweile ein beinah tragisches Dilemma begonnen. Da Giuseppe und er sich im Lauf der Zeit immer besser verstanden und mit unendlichem Vergnügen auf dem Boden sitzend miteinander verhandelten und spielten, geschah es, daß er sich auch in Giuseppe vernarrte, noch mehr als in Nino. Doch Nino war immer unterwegs, und Giuseppe blieb immer zu Hause. Daher war es ihm unmöglich, andauernd in Gesellschaft seiner beiden Flammen zu sein, wie er es gerne gewollt hätte. Er war folglich immer von sehnsüchtigem Verlangen nach dem einen oder dem anderen gepeinigt. Wenn er mit dem einen zusammen war, genügte die Erwähnung des anderen Namens oder ein Geruch, der ihn an den anderen erinnerte – und sogleich wandte sich seine Sehnsucht, wie eine im Gegenwind hängende Fahne, nach rückwärts. Manchmal begann er, während er vor dem Schulhaus lange auf Nino wartete, plötzlich, als wäre ihm eine Botschaft von einer Wolke zugetragen worden, herumzuschnüffeln und dabei klagend zu winseln, weil ihm der eingesperrte Giuseppe einfiel. Einige Minuten lang war er qualvoll hin- und hergerissen, und es zog ihn gleichzeitig nach zwei entgegengesetzten Richtungen. Doch schließlich überwand er seine Unentschlossenheit und jagte mit seinem langen Maulkorb, der den Wind durchschnitt wie ein Schiffsbug das Wasser, zum Haus in San Lorenzo zurück. Doch wenn er dann am Ziel war, fand er leider die Tür verschlossen, und wie oft er auch mit seiner vom Maulkorb gedämpften Stimme leidenschaftlich nach Giuseppe rief – es war alles umsonst. Denn Giuseppe, der ihn in seinem einsamen Zimmer wohl hörte und Sehnsucht nach ihm hatte und ihn gern eingelassen hätte, konnte ihm nicht öffnen. Dann ergab sich Blitz in sein Schicksal, immer vor verschlossenen Türen warten zu müssen, und streckte sich dort draußen auf dem Boden aus, wo er manchmal, weil er allzuviel Geduld hatte, einschlief. Vielleicht träumte er dann von Liebe, und der Traum brachte ihm eine Erinnerung an Nino. Auf jeden Fall pflegte er sich gleich nach dem Schlaf zu schütteln und lief mit verzweifeltem Winseln die Treppe wieder hinunter und den Weg zur Schule nochmals zurück.

Nino war nicht eifersüchtig auf diese doppelte Liebe. Er betrachtete sie nicht als Verrat, sondern eher als etwas Schmeichelhaftes, denn die Wertschätzung, die er zu gleichen Teilen sowohl Giuseppe wie auch Blitz zuerkannt hatte, wurde auch von ihnen beiden mit wahrer Begeisterung zurückerstattet. Großzügig forderte er selbst an manchen Tagen Blitz dazu auf (wenn er zum Beispiel ins Kino oder zu einer Zusammenkunft gehen mußte oder sonst irgendwohin, wo der Hund ihm hinderlich gewesen wäre), zu Hause bei Giuseppe zu bleiben und ihm Gesellschaft zu leisten. Das waren für Giuseppe unvergeßliche Glücksfälle. Und vielleicht geschah es bei einem dieser primitiven Zwiegespräche mit Blitz, daß er die Hundesprache erlernte. Diese sollte ihm, zusammen mit anderen Tiersprachen, solange er lebte, eine wertvolle Errungenschaft bleiben.

Doch mit Ausnahme dieser unvermuteten Glücksfälle hatte Giuseppe nie irgendwelche Gesellschaft. Nach der ersten Zeit, als die Neuheit vorbei war, schränkte Nino die Besuche mit seinen Freunden und Kumpanen ein, bis er sie schließlich ganz aufgab. Und andere Leute kamen nicht in die Wohnung. Ida besaß weder Verwandte noch Freunde. Sie hatte nie Besuche bekommen, und um so weniger empfing sie jetzt welche, da sie den Skandal verbergen mußte.

Die Leute, die sie in der Nachbarschaft und im Viertel traf, waren für sie lauter Fremde. Und unter ihnen, wie auch unter ihren anderen Bekannten in Rom, schien noch niemand ihr Geheimnis entdeckt zu haben. Zwar hatten, ohne daß sie es wußte, infolge Ninos Mangel an Verschwiegenheit in dem Wohnblock selbst zumindest ein paar Jungen Kenntnis davon. Die aber hielten ihr Versprechen, das sie ihm gegeben hatten, und enthielten die Neuigkeit auch ihren Familien vor. (Um so eher, als es ihnen doppelt soviel Spaß machte, ein Geheimnis zu hüten, an dem die Erwachsenen nicht teilhatten.)

Es steht fest, daß im ganzen Freundeskreis Ninos sich die Nachricht von dem Geheimnis nur allzu rasch verbreitete. Doch drang es für den Augenblick nicht über diesen Kreis oder die Bande hinaus. Man muß auch dazu sagen, daß die Leute im allgemeinen, je länger der Krieg dauerte, an anderes zu denken hatten und weniger neugierig geworden waren. Und schließlich wäre in Rom und im Viertel von San Lorenzo die Geburt eines armen kleinen Bastards (auch wenn es das Kind einer Lehrerin war) nicht einmal in früheren Zeiten eine solch aufsehenerregende Nachricht gewesen, daß man sie auf Plakate hätte schreiben oder mit Trommeln hätte verkünden müssen!

Folglich wuchs Giuseppe weiterhin immer noch wie ein Verbannter auf, dessen Versteck nur einer zusammengewürfelten Gruppe von Jungen, die aus verschiedenen Vierteln stammten, bekannt war, in einem Netz der Komplizenschaft, das seine Maschen der Länge und Breite nach über die ganze Stadt Rom ausdehnte. Vielleicht begann sich das Geheimnis auch unter den Hunden Roms auszubreiten, denn Blitz unterhielt sich, während er auf Nino wartete, oft mit zufällig vorbeikommenden und herumstreunenden Hunden. Und einmal kam er bei einem seiner heimwehkranken Streifzüge in Gesellschaft eines anderen Hundes, der wie er ein Bastard war, aber sehr viel magerer und asketischer aussah und Mahatma Gandhi glich, zum Haus in San Lorenzo. Trotzdem konnte auch diesmal, wie gewöhnlich, niemand die Tür aufmachen, und die beiden kehrten wieder um, wenn auch in verschiedene Richtungen, und verloren sich dann nach dieser einzigen Begegnung für immer aus den Augen.

... 1942

Januar–Februar

»Wannsee-Konferenz« zur Planung der »Endlösung«. (Dezimierung der minderwertigen Rassen durch Zwangsarbeit bei unzureichender Ernährung, Trennung der Geschlechter, *Sonderbehandlung* usw.)

Im Pazifischen Ozean und im ganzen Fernen Osten große Erfolge der Japaner, die sich schon Indochina und einen großen Teil Chinas angeeignet haben und rasch vordringen, bis sie sogar die englischen Besitzungen in Indien bedrohen.

Der Führer Nationalchinas, Tschiang Kai-schek, wird zum Oberkommandierenden der verbündeten Truppen in China ernannt, wo seit 1937 der Krieg gegen die japanischen Eindringlinge andauert.

Schwierige Verteidigungsaktionen des CSIR (Corpo di Spedizione italiano in Russia = Italienisches Expeditionskorps in Rußland), dem es an geeigneter Bewaffnung und Ausrüstung für einen Winterfeldzug fehlt.

Außergewöhnliche Planfestsetzungen für die Kriegsproduktion in den Vereinigten Staaten. (Geplant sind 35 000 Kanonen, 75 000 Panzer und 125 000 Flugzeuge.)

In Nordafrika besetzen die Italiener und die Deutschen erneut Benghasi, die Hauptstadt der Cyrenaika.

März–Juni

Im nationalsozialistischen Konzentrationslager in Belsen wird die »Todeszelle« eingeführt.

Beim Zusammentritt des Reichstags in Berlin erhält Hitler (der schon persönlich den Oberbefehl über das Heer übernommen hat) als oberster Gerichtsherr die unbeschränkte Vollmacht, über Leben und Tod eines jeden deutschen Bürgers zu entscheiden.

Die Großoffensive der englischen Luftwaffe beginnt; die schon von Deutschland angewandte Taktik des *area bombing*, das heißt, der nächtlichen Luftangriffe ohne spezifische Ziele, wird angewendet, um Tonnen von Explosivstoff und Brandbomben zum Zwecke des *Flächenbombardements* von Wohngebieten abzuwerfen. Vergeltungsangriffe von seiten der Deutschen.

Im Pazifischen Ozean fügt die Flotte der Vereinigten Staaten in zwei Schlachten den Japanern empfindliche Verluste zu.

In Nordafrika gewinnen die italienisch-deutschen Streitkräfte bei einem Gegenangriff unter schweren Verlusten die früher verlorenen Gebiete zurück und gelangen auf ägyptischem Territorium bis nach El Alamein.

Juli–August

Zu den neuesten Erzeugnissen der Kriegsindustrie gehören die viermotorigen amerikanischen Bombenflugzeuge *Fliegende Festung* und *Liberator*, die noch getestet werden. In den Vereinigten Staaten schreckt man allerdings gegenwärtig, aus humanitären Rücksichten, vor der Idee des *area bombing* noch zurück.

Zur Verstärkung der deutschen Truppen, die am Don eingesetzt sind, schickt Italien ein neues italienisches Expeditions-Korps (ARMIR) nach Rußland, das aus Elitetruppen besteht (zu einem großen Teil aus Gebirgstruppen), die aber erbärmlich ausgerüstet sind, kaum mit Angriffs- und Verteidigungswaffen, und nicht einmal mit dem zum Überleben notwendigen Nachschub versorgt sind.

An der Wolga belagern die Deutschen Stalingrad, wo von Haus zu Haus zwischen den Trümmern gekämpft wird.

Nach einer erneuten Verhaftung Mahatma Gandhis und der Kongreßmitglieder durch die Engländer kommt es in Indien zu Aufständen, die blutig unterdrückt werden.

Mißglückte Landung der Engländer in Dieppe am Ärmelkanal. Ein großer Teil der Beteiligten kommt um.

September–Oktober

An der Wolga besetzen die Deutschen gegen den erbitterten Widerstand der Sowjettruppen die Ruinen von Stalingrad.

In Nordafrika ergreifen die Engländer wieder die Offensive und überrennen die Italiener und Deutschen, die bei El Alamein geschlagen werden und sich nach Tripolis zurückziehen, während die Amerikaner eine Landung in ihrem Rücken vorbereiten.

November–Dezember

In Rußland: Großoffensive der Russen, die die Front an mehreren Stellen durchbrechen und zum Angriff auf die in Stalingrad eingeschlossenen Deutschen übergehen.

In Nordafrika besetzen die Engländer wieder Benghasi, die Hauptstadt der Cyrenaika.

In Europa wird der Luftkrieg intensiviert; es kommt zur völligen Zerstörung berühmter Städte samt ihren historischen Bauwerken und zu einem Massensterben der Zivilbevölkerung. In den Nachrichten taucht der Ausdruck *Bombenteppich* immer häufiger auf. An diesen Operationen nehmen neuerdings auch die Amerikaner teil, und zwar mit den neuesten Produkten ihrer Kriegsindustrie (*Liberator, Fliegende Festung* usw.).

In Griechenland kommt es als Folge des Krieges und der Besetzung zu Hungersnöten. Die Toten zählen nach Hunderttausenden. Einige Gruppen versuchen, den Achsenmächten organisierten Widerstand entgegenzusetzen.

In Italien: Wiederholte Luftangriffe auf Genua, Neapel, Turin und andere, kleine Zentren. Im Lauf des Herbstes werden 1600 Tonnen Explosivstoff über Norditalien abgeworfen.

In den Vereinigten Staaten wird am 2. Dezember in einem Laboratorium von Chicago der erste Atom-Reaktor in Betrieb gesetzt und mit ihm eine Kettenreaktion erreicht (Isolierung des Uranisotops U 235) . . .

Ringel Ringel Reihen,
das Schloß herrscht mit Basteien,
das Schloß mit den Palästen,
die Sonne sinkt im Westen.
Komm, Sonne, eh wir's dachten,
Mama will dich betrachten,
und wirf uns Brötchen runter,
wir geben sie den Jungen,
und laß uns Biskuits finden,
wir geben sie den Kindern,
und schenk uns Pfannenkuchen,
die Jungfern woll'n sie suchen.
Ich machte mir einen Blumenhut.
»Und wann wirst du ihn tragen?«
Wenn mich erfüllen Kraft und Mut.
Ich machte mir einen Schleierhut.
»Und wann wirst du ihn tragen?«
An meinem Hochzeitstage gut.
Dann fahr ich im Wagen spazieren.
»Guten Tag, mein Herr Anführer.«
Zieh mit zwei Fahnen weiter.
»Gegrüßt seist du, mein Reiter.«
Und tiriuli und tiriulà,
Zucker und Rahm und alles ist da.
(Kinderlied)

1

Den ersten Winter seines Lebens verbrachte Giuseppe, wie schon den Herbst, in völliger Abgeschiedenheit, obwohl seine Welt sich nach und nach vom Schlafzimmer auf die übrige Wohnung ausgedehnt hatte. Während der kalten Jahreszeit waren alle Fenster geschlossen. Aber auch bei offenen Fenstern hätte sich sein dünnes Stimmchen auf jeden Fall im Straßenlärm und dem Stimmengewirr des Hofes verloren. Der Hof war ungeheuer groß, denn der Wohnblock umfaßte mehrere Treppenhäuser, von den Treppen A bis zu den Treppen E. Das Haus, in dem Ida wohnte, befand sich im Innern, Nr. 19 der Treppe D, und da sie im obersten Stockwerk wohnte, hatte sie keine direkten Nachbarn. Außer ihrer Tür befand sich auf diesem Treppenabsatz nur noch ein einziger anderer Ausgang, der höher lag und zu den Wasserreservoirs führte. In Anbetracht von Idas Lage war dies ein glücklicher Umstand.
Die Zimmer des inneren Gebäudes 19, Tür D, stellten für Giuseppe die ganze ihm bekannte Welt dar. Die Existenz einer anderen Außenwelt mußte für ihn unbestimmt sein wie ein Nebelfleck, denn er war noch zu klein, um zu den Fenstern hinaufreichen zu können, und von unten her sah er nur Leere. Da er weder getauft noch beschnitten war, hatte sich keine Pfarrei darum gekümmert, auf ihn Anspruch zu erheben. Und der Kriegszustand mit dem Durcheinander, das durch die Vielzahl der Verordnungen entstanden war, begünstigte seine Verbannung aus der Schöpfung.
Da er so frühreif war, hatte er rasch gelernt, sich auf Knien und Händen durch die Wohnung zu bewegen. Dabei hatte er Blitz nachgeahmt, der vielleicht sein Lehrer war. Die Wohnungstür war für ihn die äußerste Grenze des Universums, wie die Säulen des Herkules für die Forschungsreisenden der Antike.
Jetzt war er nicht mehr nackt, sondern zum Schutz gegen die Kälte in verschiedene Wollappen eingemummt, so daß er wie die jungen Hunde in ihrem Fell ein wenig runder aussah, als er wirklich war. Seine Gesichtszüge formten sich nun ganz deutlich. Die Form des Näschens begann sich abzuzeichnen, es wurde gerade und zart, und die reinen Züge

erinnerten in ihrer Zierlichkeit an bestimmte asiatische Skulpturen. Er glich entschieden niemandem aus der Verwandtschaft, nur seine Augen ähnelten fast zwillingshaft jenen fernen Augen. Deren Zwillinge waren sie jedoch nur im Schnitt und in der Farbe, nicht aber im Blick. Jener andere Blick hatte schrecklich gewirkt, verzweifelt und verängstigt; dieser hingegen war vertrauensvoll und freudig.
Nie hatte man ein fröhlicheres Wesen gesehen als ihn. Alles, was er ringsum erblickte, interessierte ihn und regte ihn zur Heiterkeit an. Erheitert betrachtete er die Regenfäden vor dem Fenster, als wären es bunte Papierschlangen und Konfetti; und wenn das Sonnenlicht, wie es hie und da geschah, indirekt auf die Decke schien und, als Schattenriß, den morgendlichen Straßenverkehr an die Decke warf, begeisterte sich Giuseppe unermüdlich dafür. Es war, als wohne er einem außergewöhnlichen Schauspiel chinesischer Gaukler bei, das eigens für ihn aufgeführt wurde. Man hätte in der Tat bei seinem Gelächter und dem andauernden Aufleuchten seines Gesichtchens sagen können, er sehe die Dinge nicht auf ihre gewohnten Aspekte beschränkt, sondern wie vielfältige Bilder anderer, sich bis ins Unendliche verändernder Dinge. Anders konnte man es sich nicht erklären, wie die armselige, eintönige Szenerie, die die Wohnung ihm jeden Tag bot, ihm ein so schillerndes und unerschöpfliches Vergnügen bereiten konnte.
Die Farbe eines Lappens, eines Stücks Papier, die als Widerhall die Prismen und Skalen der Lichter vor ihm erweckten, genügte, ihn zu erstauntem Lachen hinzureißen. Eines der ersten Wörter, die er lernte, war *Terne* (Sterne). Doch nannte er Terne auch die Lämpchen in der Wohnung, die kümmerlichen Blumen, die Ida von der Schule mitbrachte, die aufgehängten Bündel Zwiebeln, ja sogar die Türgriffe und später auch die Schwalben. Als er dann das Wort *Walben* (Schwalben) lernte, nannte er Walben auch seine Söckchen, die zum Trocknen über eine Schnur gehängt waren. Und wenn er einen neuen Tern entdeckte (der auch eine Fliege an der Wand sein konnte) oder eine neue Walbe, brach er jedesmal in ein herrliches Begrüßungsgelächter voller Zufriedenheit aus, wie wenn er jemandem aus der Familie begegnet wäre.
Selbst Dinge, die im allgemeinen Abneigung oder Ekel erregen, lösten in ihm die gleiche Aufmerksamkeit und sichtbare Verwunderung aus. Bei den endlosen Forschungsreisen, die er unternahm, wobei er sich auf allen vieren rings um den Ural, das Amazonasgebiet und die australischen Archipele bewegte, die die Möbel für ihn darstellten, wußte man manchmal nicht mehr, wo er war. Dann fand man ihn unter dem Ausguß in der Küche, wo er voller Ekstase einem Reigen von Kakerlaken zusah, als wären es Pferde auf der Weide. Er brachte es sogar fertig, in einem Fleck Spucke einen *Tern* zu erkennen.

Doch konnte ihn nichts so sehr erfreuen wie Ninos Anwesenheit. Es war, als vereinigte Nino in seinen Augen in sich die ganze festliche Pracht der Welt, die man sonst nur zerstreut und geteilt bewunderte; als stelle er ganz allein die Gesamtheit all der Myriaden von Farben und das bengalische Licht der Feuerwerke und alle möglichen phantastischen und sympathischen Tiere und die Jahrmärkte der Gaukler dar. Auf geheimnisvolle Weise erriet er Ninos Kommen schon dann, wenn dieser kaum die Treppe hinaufzusteigen begann! Sogleich beeilte sich Giuseppe, so rasch er konnte, zur Eingangstür zu gelangen, wobei er immer wiederholte: »Ino, Ino!«, mit einem Jubel, der sich all seinen Gliedmaßen mitteilte. Es kam manchmal sogar vor, daß er, wenn Nino spät in der Nacht heimkam, sich beim Geräusch des Schlüssels sachte im Schlaf bewegte und mit einem vertrauensvollen Lächeln ganz leise murmelte: »Ino.«
Der Frühling des Jahres 1942 war mittlerweile fast vorbei, es ging auf den Sommer zu. Anstelle der vielen Wollappen, in denen Giuseppe wie ein Lumpenbündelchen ausgesehen hatte, trug er jetzt uralte Höschen und Hemdchen, die schon dem Bruder gehört hatten und die ihm nicht richtig paßten. Die Höschen sahen an ihm wie lange Hosen aus. Die Hemdchen, die seitlich, so gut es ging, enger genäht, aber nicht gekürzt worden waren, reichten ihm fast bis auf die Knöchel. Und seine Füße waren so klein, daß er noch immer die Pantöffelchen des Neugeborenen tragen konnte. In diesem Aufzug glich er einem Inder.
Vom Frühling kannte er nur die Schwalben, welche von morgens bis abends zu Tausenden an den Fenstern vorbeikreuzten, die Sterne, die jetzt zahlreicher wurden und heller leuchteten, den fernen roten Fleck eines Geraniums und die menschlichen Stimmen, die frei und laut im Hof widerhallten und durch die offenen Fenster hereintönten. Sein Wortschatz wurde jeden Tag reicher. Das Licht, der Himmel und auch die Fenster hießen *Tonne* (Sonne). Die Außenwelt, von der Wohnungstür an, die ihm von der Mutter immer verboten wurde, hieß *Nein*. Die Nacht, aber auch die Möbel (unter denen er durchkroch) hießen *Unkel* (Dunkel). Alle Stimmen und Geräusche: *Timmen* (Stimmen). Der Regen *Egen*, und ebenso auch das Wasser usw.
Man kann sich denken, daß Nino in der schönen Jahreszeit die Schule immer häufiger schwänzte, auch wenn seine Besuche bei Giuseppe in Gesellschaft seiner Freunde jetzt nur noch eine ferne Erinnerung waren. Doch an einem wundervoll klaren Vormittag erschien er unerwartet in der Wohnung, unternehmungslustig pfeifend und nur von Blitz begleitet, und als Giuseppe unter irgendeinem *Unkel* auftauchte und auf ihn zulief, verkündete Nino ohne Umschweife:
»Hallo, Männchen. Auf geht's! Heute machen wir einen Spaziergang!«
Und sofort hob er Giuseppe auf seine Schultern und flog wie der diebi-

sche Merkur die Treppe hinunter, während Giuseppe, in der göttlichen Tragödie der Übertretung, in einem frohlockenden Singsang murmelte: »Nein ... nein ... nein ...« Seine Händchen lagen ruhig in den Händen des Bruders. Die Füße, die beim Laufen hin und her pendelten, hingen über Ninos Brust, so daß er spürte, wie dessen Atem heftig ging, weil er dem mütterlichen Gesetz trotzte! Und Blitz rannte hinterher, so überwältigt von diesem doppelten Liebesglück, daß er die Stufen verfehlte und wie närrisch hinunterpurzelte. Die drei gelangten in den Hof und durchquerten den Hausflur. Und niemand fragte Nino, als sie vorbeiliefen: »Wer ist dieser Kleine, den du da trägst?«, beinah, als ob, wie durch ein Wunder, dieses Grüppchen unsichtbar geworden wäre.
So machte Giuseppe, der seit seiner Geburt eingesperrt gewesen war, seinen ersten Ausflug in die Welt, nicht anders als Buddha. Doch Buddha verließ den prächtigen Garten des Königs, seines Vaters, und begegnete, kaum war er weggegangen, den rätselhaften Phänomenen der Krankheit, des Alters und des Todes. Für Giuseppe hingegen öffnete sich an jenem Tag die Welt wie ein leuchtender Garten. Auch wenn sich die Abbilder der Krankheit, des Alters und des Todes zufällig auf seinem Weg zeigten, er bemerkte sie nicht. Unmittelbar vor sich hatte er die schwarzen Locken seines Bruders, die im Frühlingswind tanzten. Und in seinen Augen tanzte die ganze übrige Welt ringsum im Takt dieser Locken. Es wäre völlig sinnlos, hier die paar Straßen von San Lorenzo aufzuzählen, durch die sie kamen, oder die Leute zu erwähnen, denen sie unterwegs begegneten. Diese Welt und diese armen, sorgenvollen und von der Fratze des Krieges verunstalteten Menschen erschienen Giuseppe wie ein vielfältiges und doch auch einheitliches Schauspiel, und nicht einmal eine Beschreibung der Alhambra in Granada oder der Gärten von Schiras, ja vielleicht nicht einmal des Irdischen Paradieses könnte einen ähnlichen Eindruck wiedergeben. Auf dem ganzen Weg lachte Giuseppe ununterbrochen, wobei er mit seinem Stimmchen, in dem auch außergewöhnliche Erregung anklang, ausrief oder murmelte: »Walben, Walben ... Terne ... Tonne ... Walben ... Egen ... Timmen ...« Schließlich hielten sie auf einem armseligen, grasbewachsenen Platz an, wo zwei Stadtbäume mühsam Wurzel gefaßt hatten. Und als sie sich im Gras sitzend ausruhten, verwandelte sich Giuseppes Glückseligkeit vor all der erhabenen Schönheit beinah in Erschrecken, und er klammerte sich mit beiden Händen an des Bruders Hemd.
Zum erstenmal in seinem Leben sah er eine Wiese. Und jeder Grashalm schien ihm von innen her durchleuchtet, als enthielte er einen Faden grünen Lichts. Und so waren auch die Blätter der Bäume Hunderte von Lampen, in denen sich nicht nur das Grün und die sieben Farben des Regenbogens entzündeten, sondern noch andere, unbekannte Farben. Die

Wohnblocks rings um den Platz schienen im hellen Morgenlicht ebenfalls von einem inneren Glanz erleuchtet, der sie wie hohe Burgen versilberte und vergoldete. Die paar Blumenkästchen mit Geranien und Basilikum vor den Fenstern waren winzige Sternbilder, die die Luft erhellten. Und die bunt gekleideten Leute ringsum wurden von demselben rhythmischen und grandiosen Wind über den Platz getrieben, der auch die himmlischen Kreise mit ihren Wolken, Sonnen und Monden bewegt.
Über einem Eingang flatterte eine Fahne. Ein Kohlweißling saß auf einer Margerite ... Giuseppe flüsterte:
»Walben ...«
»Nein, das ist keine Schwalbe, das ist ein Insekt! Ein Schmetterling! Sag: FALTER.«
Giuseppe lächelte unsicher und ließ dabei seine ersten Milchzähne sehen, die er vor kurzem bekommen hatte. Aber er konnte es nicht sagen. Sein Lächeln zitterte.
»Vorwärts, keine Angst! Sag: FALTER! He! Bist du blöd? Und was tust du jetzt? Du weinst?! Wenn du weinst, trage ich dich nie mehr spazieren!«
»Walben!«
»Keine Schwalben! Es ist ein Falter, hab' ich dir gesagt! Und ich, wie heiße ich?«
»Ino.«
»Und dieses Tier hier mit dem Halsband, wie heißt es?«
»I.«
»Bravo! Jetzt erkenne ich dich wieder! Und das hier, was ist das?«
»Alte.«
»Aber nein, keine Alte! FALTER! Schwachkopf! Und das hier ist ein *Baum*. Sag: BAUM! Und das dort unten ist ein Radfahrer. Sag: RADFAHRER. Sag: *Piazza dei Sanniti*!«
»Alte. Alte. Alte!« rief Giuseppe aus, diesmal um den Clown zu spielen. Und er lachte aus vollem Hals über sich selbst, genau wie ein Clown. Auch Nino lachte, und sogar Blitz. Alle lachten sie miteinander wie Clowns.
»Aber jetzt Spaß beiseite. Jetzt wird es ernst. Siehst du das Ding dort, was so flattert? Das ist eine Fahne. Sag: FAHNE.«
»Ane!«
»Bravo. Dreifarbige Fahne.«
»Eia Ane!«
»Bravo. Und jetzt sag: Eia, eia, alalà!«
»Lallà.«
»Bravo. Und du, wie heißt du? Es ist Zeit, daß du deinen Namen lernst. Du kennst alle Namen der Welt, bloß deinen lernst du nie. Wie heißt du?«

». . .«
»GIUSEPPE! Wiederhole: GIUSEPPE!«
Da konzentrierte sich der kleine Bruder, und nach einer Weile angestrengten Nachdenkens hatte er das Wort glücklich gefunden. Er stieß einen Seufzer aus und sagte dann mit nachdenklichem Gesicht:
»Useppe.«
»Toll!! Du bist eine Kanone! Sogar das ›s‹ hast du nicht vergessen! Useppe! Das gefällt mir. Es gefällt mir besser als Giuseppe. Weißt du was? Ich will dich immer Useppe nennen. Und jetzt steig auf. Wir gehen zurück.«
Er ritt wieder auf Ninos Schultern, und im Laufschritt legten sie den Weg zurück. Der Rückweg war noch beglückender als der Hinweg. Schon war die erste tragische Aufregung vorbei, und die Welt war vertrauter geworden. Sie bot sich, bei diesem Lauf Ninos, wie ein Jahrmarktsfest dar, wo, um das Entzücken noch zu steigern, nacheinander zwei oder drei Hunde, ein Esel, verschiedene Fahrzeuge, eine Katze usw. auftauchten.
»I!. . . I!. . .« rief Giuseppe (oder besser Useppe) und erkannte in all den Vierfüßlern, die da vorbeirannten, umherirrten oder sich dahinschleppten, schließlich sogar in den Fahrzeugen seinen Blitz wieder. Darauf ergriff Nino die Gelegenheit, um Useppes Wortschatz noch um die Wörter *Automobil* (Momobil) und *Pferd* (Ferd) zu bereichern. Schließlich aber überließ er ihn, für heute seiner Rolle als Lehrer überdrüssig, seinen Phantasieschöpfungen.
Bei ihrem zweiten Ausflug, der einige Tage später stattfand, sahen sie sich die Züge im Tiburtina-Bahnhof an; nicht nur vom Platz aus, in dem Teil, der den Passagieren zugänglich war (Momobile . . . Unkel . . .), sondern auch in der Zone, die für die Güterwagen reserviert war und in die man auf einem rückwärtigen Weg gelangte. Der Zugang zu dieser Zone war für Unbefugte durch ein Gitter gesperrt. Aber Ninnuzzu, der unter den Bahnbeamten ein paar Bekannte hatte, stieß die Gittertür auf und trat ungeniert ein, als sei es sein angestammter Besitz. Und in der Tat war dieser Winkel von San Lorenzo seit seiner Kindheit für ihn und seine Gassenfreunde eine Art Jagdrevier gewesen.
Im Augenblick befand sich dort nur ein altes Männchen im Arbeitsanzug, das Ninnuzzu von weitem mit einem vertrauten Winken begrüßte. Es standen nur wenige Waggons dort, und der einzige sichtbare Fahrgast war ein Kalb, das auf der offenen Plattform eines Wagens stand. Es verhielt sich ganz ruhig, war mit einer Eisenkette angebunden und streckte den wehrlosen Kopf nur wenig vor (die beiden noch kleinen Hörner waren ihm abgeschnitten worden). Am Hals hing ihm an einer Schnur ein häßliches Schild, das aussah, als sei es aus Karton, und auf dem vielleicht

die Endstation geschrieben stand. Davon hatte man dem Fahrgast nichts gesagt, aber in seinen großen, feuchten Augen erriet man eine düstere Vorahnung.
Der einzige, der an ihm interessiert schien, war Blitz, der, als er seiner ansichtig wurde, ein leises, langgezogenes Winseln hören ließ. Mittlerweile aber betrachtete auch Giuseppe das Tier über den Kopf seines Bruders hinweg, der ihn auf den Schultern trug. Und vielleicht entwickelte sich zwischen dem Kind und dem Tier ein heimlicher Dialog. Mit einemmal veränderte sich Giuseppes Blick und bekam einen sonderbaren Ausdruck, den man noch nie an ihm gesehen hatte, der jedoch nicht bemerkt wurde. Eine Art Traurigkeit oder Verdacht stand in seinen Augen, wie wenn ein kleiner, dunkler Vorhang davor niederginge. Und der Kleine wandte sich, auf den Schultern Ninnuzzus, der jetzt mit Blitz zum Ausgang ging, zurück zu dem Güterwagen.
»Ferd . . . Ferd . . .«, brachte er nur mühsam und mit zitterndem Mund heraus. Aber er sagte es so leise, daß vielleicht Ninnuzzu es nicht einmal hörte und sich daher auch keine Mühe gab, ihn zu korrigieren. Und damit endete das kleine Abenteuer, das nur ganz kurz gedauert hatte. Und schon gelangten die drei auf den Platz, wo ein anderes unerwartetes Abenteuer rasch den Schatten des ersten auslöschte.
Zufällig kam dort ein Luftballonverkäufer vorbei. Und der freigebige Nino, der sich über den Jubel des Neulings amüsierte, gab fast sein ganzes Vermögen aus, um ihm einen roten Ballon zu kaufen. Dann nahmen sie den Heimweg nicht mehr zu dritt, sondern zu viert wieder auf, wenn man den Luftballon mit hinzuzählt, dessen Schnur Giuseppe festhielt, wahrhaft bebend vor Erregung . . . als mit einemmal, ein paar hundert Meter weiter, seine Finger sich unfreiwillig lösten und der Luftballon in die Höhe schwebte.
Es hätte eine Tragödie werden können. Aber das Gegenteil trat ein: Giuseppe nahm das Ereignis mit einem erstaunten, frohen Gelächter auf. Und mit zurückgelegtem Kopf und in die Höhe gerichteten Augen sagte er zum erstenmal in seinem Leben die folgenden Worte, die ihm niemand beigebracht hatte:
»Fliegt weg! Fliegt weg!«
Solche Spaziergänge zu dritt wurden den ganzen Mai über noch verschiedene Male wiederholt. Und unfehlbar gelangte die Neuigkeit von dem heiteren Terzett, das da in der Nachbarschaft herumzigeunerte, bald zu den Ohren Idas. Nach dem ersten Schock fühlte sie sich erleichtert, fast als sei diese Lösung vorherbestimmt gewesen. Doch aus Trägheit zog sie es vor, sich nicht einzumischen, und sprach daher mit Nino nicht darüber . . . Und so gab es bei diesen kindlichen Eskapaden ein doppeltes Moment der Intrige: denn für Nino bestand ihr größter Reiz

im Schmuggeln, und Ida begünstigte dieses Glück unfreiwillig durch ihr Schweigen.

Jedoch bedeutete auch dies mit Sicherheit einen weiteren Knoten in der ohnehin schon völlig verworrenen Geschichte Iduzzas. Noch mehr als sonst beeilte sie sich beim Verlassen des Hauses und bog rasch um die Ecke, wie ein streunender Hund mit hängenden Ohren, um den Nachbarn und ihren indiskreten Fragen auszuweichen. Diese blieben ihr denn auch immer erspart. Doch vermutete sie hinter dem allgemeinen Schweigen, das ihr unerklärlich war, eine Drohung, die von einem Tag zum anderen hinausgeschoben wurde.

In Wirklichkeit war der Skandal ihrer Mutterschaft, die sie immer noch für ein Geheimnis hielt, in der Nachbarschaft längst bekannt (Ninos kleine Gefährten hatten nämlich nur bis zu einem gewissen Grad ihr Wort gehalten). Aber für die römischen Proletarier war es überhaupt kein Skandal. Niemand dachte daran, die arme kleine Lehrerin zu steinigen, die man immer allein und geschäftig in ihren schiefgetretenen Schuhen herumrennen sah. Und wenn irgendeine Nachbarin, der sie zufällig begegnete, den Kleinen erwähnte, so geschah das nicht aus Boshaftigkeit, sondern war eher als Kompliment gemeint. Sie aber wurde rot, als hätte man sie der illegalen Prostitution bezichtigt.

Diese Begegnungen mit Nachbarn ereigneten sich meistens, wenn sie vor den Lebensmittelgeschäften Schlange stand. Das Angebot in den Läden wurde immer dürftiger, und im allgemeinen wurden anstelle der echten Produkte Surrogate verkauft. Die Rationen auf den Karten wurden von Monat zu Monat kleiner, und schließlich waren sie so lächerlich winzig, daß sie kaum mehr zum Leben reichten, während Ninos Hunger ihn fast in einen Kannibalen verwandelte, der bereit war, sogar seine Mutter aufzuessen. Die einzigen Stadtbewohner, die sich noch satt essen konnten, waren die Wohlhabenden, die sich auf dem Schwarzmarkt bedienen konnten. Das war aber bei Ida nicht der Fall. Von der Zeit an begann ihr privater Kampf ums Überleben, der in der Folge immer erbitterter wurde.

Die meiste Zeit außerhalb der Schule verbrachte sie mit der Jagd nach Lebensmitteln. Und gleichzeitig bettelte sie um Privatstunden und begnügte sich als Bezahlung mit einer Tüte Milchpulver oder einer Konservenbüchse und ähnlichem. Diese ihre Jagdtage verwandelten sie in ein Wesen voll primitiver Kampflust und lenkten sie von allen anderen täglichen Ängsten ab, die ihre Mutter ihr weitergegeben hatte.

Auch Giuseppe wollte jetzt essen. Die Mutterbrust gab nach den ersten Monaten keine Milch mehr, und er, der frühzeitig entwöhnt war, gewöhnte sich schon seit dem Ende des Winters an männlichere Nahrung. Ida bereitete ihm Breie aus allen möglichen Zutaten und kochte in einem besonderen Töpfchen alles zusammen, was sie an Eßbarem auftreiben konnte. Und Giuseppe nährte sich vertrauensvoll von diesem Brei und bemühte sich zu gedeihen. Es schien, als lege er vor allem Wert darauf, ein bißchen in die Höhe zu wachsen. Doch das wenige, das er an Länge zunahm, verlor er an Breite. Er sah jetzt eher mager aus, obwohl er anmutig gebaut war. Das Gesicht hingegen blieb rund und hatte einen gesunden Ausdruck, den er seinem frohen Wesen verdankte. Seine Haut, die fast nie der Sonne ausgesetzt war, hatte von Natur eine bräunliche, kalabresische Färbung. Und die Augen, die das Meer noch nie gesehen hatten, ja nicht einmal einen Fluß noch sonst eine Wasserfläche, schienen ihre Farbe aus wer weiß was für einer Meerestiefe zu gewinnen, wie die Augen der Bootsleute oder der Matrosen.

In der Nacht, wenn Ida sich mit ihm in das eheliche Schlafzimmer zurückgezogen hatte, betrachtete sie wie verzaubert den Schlaf dieser Augen, der so glücklich war, daß er keine Träume zu kennen schien. Sie hingegen fürchtete noch mehr als die Schlaflosigkeit, die sie seit einiger Zeit heimsuchte, die Träume, die ungewohnt häufig auftauchten und sie in absurde Ereignisse verwickelten, wie Alice im Wunderland. Es war, als sei der Schlaf zu ihrem eigentlichen Wachzustand geworden. Vielleicht half ihr die gegenwärtige lange Schlaflosigkeit unbewußt, dieses trügerische Wachen hinauszuzögern. Kaum war sie eingeschlafen, begannen sogleich, so, als stürze eine Trennwand ein, ihre nächtlichen labyrinthischen Reisen ohne Lücken und Ruhepausen. Da befindet sie sich in einer unbestimmten Gegend, einer Art Vorstadt, wo die vagen Umrisse von Gebäuden zu erkennen sind. In einer Menge nackter Menschen, die alle eng aneinandergedrängt dastehen, ohne Raum zum Atmen, ist sie die einzige, die Kleider trägt. Und sie schämt sich, daß sie angezogen ist, obwohl niemand sie zu bemerken scheint. Alle diese Leute scheinen wie geblendet zu sein; sie haben maskenhaft weiße, starre Gesichter, keine Augen und keine Stimmen, wie wenn es kein Mittel mehr gäbe, sich mit ihnen zu verständigen. Sie weint, und ihr lautes Schluchzen ist der einzige Laut, der zu hören ist. Aber gerade weil er der einzige ist, hört es sich an, als lache sie ...

... Doch da stammt das Gelächter nicht mehr von ihr; sondern jemand, der versteckt ist, lacht über sie, die allein aufrecht dasteht, wie eine Marionette, zwischen Haufen von Balken und Schutt. Man sieht niemanden, aber unter diesen Haufen hört man ein Geräusch wie von Tausenden von kauenden Zähnen, und darunter das Wehklagen eines kleinen Kindes, dem sie nicht helfen kann, so sehr sie sich auch anstrengt, denn ihre Bewegungen sind steif, als wäre ihr Körper aus Holz. Schließlich vermischt sich das Gelächter mit dem Gebell eines Hundes. Vielleicht ist es Blitz, der verzweifelt herumstöbert, um Ninnarieddu und Giuseppe

zu befreien. Doch in diesem Augenblick fällt sie in einen unterirdischen Ort, wo eine betäubende, gräßliche, komische Musik dröhnt, die sie zum Tanzen zwingt. Und beim Tanz muß sie ihre Beine zeigen, sie versucht jedoch, sie zu bedecken, denn sie weiß, daß sie gewisse entehrende Narben hat, die ihre Schenkel und Waden verunstalten und deretwegen sie bis zur siebenten Generation bestraft werden wird ...
In diesen Träumen Iduzzas trafen international berühmte Persönlichkeiten (Hitler mit seinem Schnurrbart, der Papst mit der Brille oder der Kaiser von Äthiopien mit offenem Sonnenschirm) in einem wirren sozialen Durcheinander mit all ihren Toten zusammen: ihre Mutter, die unter einem violetten Hütchen sehr würdevoll aussieht, ihr Vater, der mit einer Mappe wegeilt, und Alfio vor der Abreise, einen riesigen Koffer in der Hand. Mit all diesen vermischten sich Personen aus der Vergangenheit, die sie kaum gekannt hatte: ein sogenannter *Fischiettu* und ein anderer, der *Monumentu* genannt wurde. Und in dieser Menge tauchte, wer weiß weshalb, absurderweise immer wieder ein jetziger Hausbewohner von der Treppe B auf, der *Messaggero* genannt wurde, weil er in früheren Zeiten als Schriftsetzer bei dieser Zeitung gearbeitet hatte. Es war ein älterer Mann, der an der Parkinsonschen Krankheit litt und ab und zu, gestützt von der Frau oder den Töchtern, im Hof erschien. Er bewegte sich sprunghaft und zitternd, betäubt und ausdruckslos wie ein Hampelmann, und wenn Ida ihn in Wirklichkeit traf, vermied sie es aus Mitleid, ihn anzuschauen. Im Traum aber sah sie ihn wie auf einer Photographie ganz deutlich vor sich ... Und Schüler, Kollegen und Vorgesetzte aus der Schule, vertraute oder beinah unbekannte und in der Erinnerung eingefrorene Gesichter bevölkerten in Scharen die Nächte Iduzzas. Der einzige, der fehlte, war der deutsche Geliebte. Weder damals noch später erschien er je in den Träumen seiner Geliebten.

Immer häufiger ertönte in den folgenden Monaten nachts der Sirenenalarm. Gewöhnlich folgte nicht lange danach der Lärm von Flugzeugen, die den Himmel durchkreuzten. Doch hatten sie immer einen anderen Zielort und flogen vorbei. Die Nachricht, daß andere italienische Städte bombardiert worden waren, rüttelte die Römer nicht aus ihrer vertrauensseligen Passivität auf. Überzeugt, daß Rom eine heilige und unberührbare Stadt war, ließen die meisten Alarm und Getöse vorübergehen, ohne sich aus ihren Betten zu rühren. Auch Ida hatte sich seit einiger Zeit daran gewöhnt. Doch verursachten die Alarme trotz allem eine gewisse Verwirrung bei ihr zu Hause.
Die größte Schuld daran trug Blitz, der beim Ton der Sirenen immer wie elektrisiert aufsprang. Und vom Wohnzimmer aus, wo er eingeschlossen war, begann er fieberhaft und ununterbrochen nach der Familie zu

rufen, besonders nach seinem Herrn Ninnarieddu, der noch gar nicht heimgekehrt war ... Erst nach der Entwarnung beruhigte er sich schließlich und erwartete stumm seinen Ninnarieddu ... Doch in der Zwischenzeit war auch Giuseppe aufgewacht. Und da er den Ton der Sirene vielleicht mit dem Hahnenschrei oder einem anderen Signal für den Tagesanbruch verwechselte und den nächtlichen Weckruf von Blitz mit dem morgendlichen Wecker, nahm er an, es sei Zeit zum Aufstehen, und war von diesem Gedanken nicht abzubringen.
Dann richtete sich Ida halb in ihrem Bett auf, und damit er wieder einschlief, sang sie ihm das berühmte Wiegenlied vor, das ihr Vater schon für sie und dann für Ninnarieddu gesungen hatte. Nur den Schluß hatte sie abgewandelt:
»Und dann kaufen wir auch Schuhe,
um zu tanzen an Sankt Giuseppino.«
Nicht immer genügte jedoch das Wiegenlied von Sankt Giuseppino, damit Giuseppe wieder einschlief. An manchen Abenden bat er sie, wenn sie beim letzten Vers angekommen war, unersättlich, ihm das ganze Lied von Anfang an nochmals vorzusingen, und danach wollte er wohl gar weitere Lieder hören und schlug ihr vor: »Mà, *Adansche*« (das Lied von der Orange), oder: »Mà, *Siff*« (das Lied vom Schiff). Es war ein kleines, sehr altes kalabresisches Repertoire, das ihr von ihrem Vater überliefert worden war. Und sie fand, trotz der Müdigkeit, Gefallen an diesem kleinen Theater, bei dem sie sich wie eine richtige bewunderte Sängerin produzieren und gleichzeitig die Stunde der nächtlichen Träume hinausschieben konnte. Halb auf dem Bett sitzend, mit gelöstem Haar, kam sie bereitwillig dem Wunsch nach:
».. . Orangen aus meinem Garten ...«
»Es dreht sich, das *Siff*, es wendet sich, das *Siff* ...«
Sie war so durch und durch unmusikalisch, daß sie zwischen der einen und der anderen Melodie keinen Unterschied machte. Sie sang alle Lieder auf dieselbe Weise, in einer Art sprödem, kindlichem Singsang mit grellen Kadenzen. Deshalb wagte sie in Ninnarieddus Gegenwart nicht mehr zu singen, der sie, seit er groß geworden war und selbst recht gut sang, überhaupt nicht mehr hören wollte. Er unterbrach sie sofort mit Pst-Rufen und höhnischen Bemerkungen, oder er pfiff, sobald sie während der Hausarbeit, ganz in Gedanken, irgendein Motiv andeutete.
Giuseppe hingegen war noch unwissend und anspruchslos und kritisierte sie nicht wegen ihrer mißtönenden Stimme. Im übrigen war für ihn jede Art Musik ein Vergnügen, auch die herzzerreißenden Töne des Radios im Hof oder das Gebimmel der Straßenbahn. Jede noch so vulgäre Musik verwandelte sich in seinen Ohren zu Fugen und Variationen von unglaublicher Frische, die älter war als jede Erfahrung. Auch einzelne Töne

hinterließen bei ihm (wie die Farben) das Echo all ihrer Harmonien und übermittelten seiner verzückten Aufmerksamkeit sogar ihre feinsten Nuancen ... Wenn sein Bruder Nino (mit seiner allmählich tiefer werdenden Stimme, die jetzt einen neuen Klang bekam) seine Schlager und Gassenhauer durchs Haus schallen ließ, dann stolperte er ihm, wie verzaubert, auf Schritt und Tritt hinterher, wie in der berühmten Anekdote sein Namensvetter Peppe hinter der königlichen Musikkapelle!

Aber vielleicht mehr noch als die Musik bezauberten ihn Worte. Unverkennbar besaßen die Worte für ihn einen sicheren Wert, als wären sie eins mit den Dingen. Es genügte, daß er zufällig das Wort *Hund* hörte, damit er aus vollem Hals lachte, wie wenn unverzüglich die vertraute und drollige Gegenwart Blitzens ihm schwanzwedelnd unter die Augen käme. Manchmal geschah es sogar, daß er in einem Wort schon das Bild des Gegenstandes vorausahnte, auch wenn ihm dieser noch unbekannt war, so daß er ihn bei der ersten Begegnung sogleich erkannte. Eines Tages, als er zum erstenmal in seinem Leben die Abbildung eines Schiffes sah, rief er bei der Entdeckung zitternd aus: »Siff! Siff!« (Schiff! Schiff!)

Dank seiner Spaziergänge mit dem Bruder hatte sich für ihn die Familie der Dinge vergrößert, und neue natürliche Verzweigungen waren entstanden. Die Möbel und Hausgeräte waren Häuser und Züge. Die Handtücher, die Lappen und auch die Wolken waren *Anen* (Fahnen). Die Lichter der Sterne waren Gras, und die Sterne selbst waren Ameisen um eine Krume (den Mond) herum.

Er streckte die Hand aus nach dem Druck vom *Hôtel des îles Borromées* und den anderen Bildern, die das Wohnzimmer schmückten, und sagte verträumt: »Platz ... Leute ...« Und er hatte gelernt, auf dem großen Bild an der Wand seinen Bruder zu erkennen. Wenn er davor stand, sagte er mit leiser Stimme Inos Namen, voller Ratlosigkeit und Verzükkung, wie Dante beim Betrachten der am Ufer eingeschnittenen Gestalten.

Wenn man ihn jetzt nach seinem Namen fragte, antwortete er ernsthaft: »Useppe.« Schließlich gewöhnte sich nach seinem Bruder auch noch die Mutter daran, ihn mit diesem neuerfundenen Namen zu rufen. So nannten ihn dann alle, und der Name blieb ihm für alle Zeiten. Auch ich werde ihn von nun an Useppe nennen, denn dies ist der Name, unter dem ich ihn stets gekannt habe.

Seit die Schulen geschlossen waren, hörten seine Spaziergänge mit Nino auf, denn dieser schlief, weil er nachts immer spät heimkam, bis über die Mittagszeit hinaus. Doch hatte seine Mutter beschlossen, ihn manchmal bis zu einer armseligen und wenig besuchten kleinen Anlage zu tragen, die nicht allzu weit entfernt war (wobei sie die geeigneten Stunden dafür

auswählte). Sie trug ihn auf dem Arm und versuchte dabei, das eigene Gesicht hinter seinem kleinen Körper zu verbergen, so verängstigt, als ob sie unterwegs dem »schwarzen Mann« begegnen könnten. Und wenn sie bei der kleinen Anlage angelangt war, hielt sie, während er am Boden spielte, auf der Kante einer Bank sitzend Wache, bereit, sich eingeschüchtert zu entfernen, wenn sich jemand näherte.
Doch diese Spaziergänge erfolgten meistens zur Mittagszeit, wenn die Hitze alle Leute von den Straßen vertreibt. Ein einziges Mal geschah es, daß eine aufdringliche Frau sich unversehens neben sie auf die Bank setzte. Es war ein altes Weiblein, das so verschrumpelt und voller Falten war, daß es zur irdischen Unsterblichkeit bestimmt schien, wie die Papyrusstauden im Sand. Es sah aus wie eine Bettlerin, doch mußte es auf dem Fischmarkt beschäftigt sein, nach dem durchdringenden Geruch von getrocknetem Fisch zu schließen, der nicht nur aus ihrem Korb, sondern auch aus den zahlreichen Unterröcken aufstieg, die sie wie die Zigeunerinnen übereinander trug und die bis zuunterst in jeder Falte davon durchtränkt schienen. Sie betrachtete das Kind und fragte Ida: »Ist es eures?« Und während Ida sie befremdet und ohne zu antworten ansah, bemerkte die Alte mit grausamem Mitleid:
»Armes Kind. Es ist zu lebhaft für so ein kleines Kerlchen. Es wird nicht lange leben auf dieser Welt.«
Dann wandte sie sich an das Kind und fragte: »Wie heißt du?« Und er antwortete mit seinem vertrauensvollen Lächeln:
»Useppe.«
»Ah, Peppino. Auch ich hatte ein kleines Kind wie du eins bist, genauso winzig, und es hieß auch Pina. Und seine Augen waren so lebhaft wie deine, bloß schwarz.«
Sie zog unter ihren Unterröcken eine Nuß hervor, die nach getrocknetem Fisch stank, und schenkte sie ihm. Darauf zog sie ihre gebrechlichen Schultern zusammen und sagte: »Es ist kalt, hier im Schatten.« (Es war Juli, und die Temperatur betrug sechsunddreißig Grad.) Und wie eine Eidechse auf der Suche nach warmer Sonne trippelte sie weg, wie sie gekommen war.
Ein anderes Mal glaubte Useppe, während er in dieser selben öffentlichen Anlage wie gewohnt auf dem staubigen Kies saß, an der Farbe eines Pullovers in einem Jungen, der auf dem gegenüberliegenden Gehsteig ging, seinen Bruder zu erkennen. Da rief er frohlockend: »Ino! Ino!«, stand rasch auf und ging ein paar Schritte allein auf jene Erscheinung zu. Und als Ida aus Angst, er könnte fallen, zu ihm hinstürzte, um ihm zu helfen, zeigte er, der mittlerweile seinen Irrtum erkannt hatte, ein verwundertes und verbittertes Gesicht, wie ein Pilger in der Wüste, der einer Fata Morgana gefolgt war. Dabei hatte er, ohne es in seiner zweifa-

chen Aufregung zu merken, in diesem Augenblick, und ohne daß ihm jemand geholfen hätte, die ersten Schritte seines Lebens getan.
Von da an lernte er gehen, beinahe ganz allein und von Tag zu Tag besser. Und seine Erkundungszüge durch die Wohnung nahmen eine neue, berauschende Dimension an. Oft stieß er gegen die Möbel oder fiel hin. Aber er weinte nie, obwohl er sich nicht selten weh tat, so daß sein Körper, wie der eines Helden, die Wunden trug, die seine Unternehmungen ihm einbrachten. Wenn er fiel, blieb er eine Weile stumm am Boden liegen. Dann brummte er ein bißchen und stand wieder auf. Und gleich danach lachte er, zufrieden wie ein Sperling, der die Flügel wieder öffnet.
Ninnarieddu schenkte ihm einen winzigen gelb-roten Ball und erklärte ihm, das seien die Farben von *Rom* (der Fußballmannschaft). Und deshalb heiße auch der Ball Rom. Das war das einzige Spielzeug, das er besaß, außer jener Nuß, die ihm die Alte gegeben hatte und die er von Anfang an eifersüchtig von den Eßwaren ausschloß, denn er war der Meinung, dies sei eine außergewöhnliche und besondere Nuß. Zu Hause nannte man sie *Lazio,* um sie nicht mit dem Bällchen *Rom* zu verwechseln. Und zwischen Useppe, *Rom* und *Lazio* spielten sich richtige Turniere ab, an denen oft Blitz teilnahm und, wenn Useppe besonderes Glück hatte, auch Nino.
Dieser war nämlich immer mehr zum Landstreicher geworden, und die wenigen Stunden, die er zu Hause verbrachte, schlief er so selig, daß nicht einmal die andauernden Familienturniere seinen Schlaf störten. Seine Nächte waren, wie er erklärte, von einer Art Patrouillendienst in Anspruch genommen, der von Musketier-Avantgardisten durchgeführt wurde, die alle aus Freiwilligen, so wie er, ausgewählt wurden, um die Kriegsverordnungen und insbesondere die Verdunkelung zu überwachen. Jedesmal wenn eine verbotene Helligkeit aus irgendeinem Fenster oder aus einer Ritze schimmerte, riefen sie im Chor von der Straße aus die drohende Warnung: »Luce! Luce!« (Licht! Licht!) Und er erzählte, wie es ihm Spaß mache, statt dessen »Duce! Duce!« zu rufen (des Reimes wegen), und das ausgerechnet unter den in Wirklichkeit gut verdunkelten Fenstern seines Griechischlehrers, der unter dem Verdacht stünde, Antifaschist zu sein.
Dies war die harmloseste unter den verschiedenen halb komischen und halb schon kriminellen Unternehmungen, deren er sich damals rühmte. Doch konnten dies teilweise auch Räubergeschichten sein. Echt war auf jeden Fall das Gefallen, das er daran fand, in solch finsteren Nächten auch allein ziel- und planlos herumzustreunen, besonders während der Alarme, wenn Verbote und Vorsicht alle in die Häuser scheuchten. Dann gefiel ihm die wie ausgestorbene Stadt, die ihm wie eine Arena vorkam, in der er Turniere ausfocht, erregt von dem Geheul der Sirenen und dem

Lärm der Flugzeuge, wobei er sich nicht um die allgemeinen Vorschriften bekümmerte. Als wäre es ein Wettkampf, vergnügte er sich damit, der Überwachung durch die bewaffneten Patrouillen gewandt zu entgehen, die er manchmal herausforderte, indem er an den Straßenkreuzungen irgendwelche Schlager pfiff. Und wenn er vom Umherstreifen müde war, setzte er sich auf einen Pfeiler oder auf die Stufen vor einem Denkmal, um eine Zigarette zu rauchen und die glühende Spitze gerade dann in die Höhe zu halten, wenn Luftgeschwader vorbeiflogen. Dann beleidigte er jene unsichtbaren Piloten mit lauter Stimme und den schmutzigsten römischen Schimpfworten und schloß: »Los, schieß doch! Bombardiere mich doch! Vorwärts, schieß!!«
Eine innere Unruhe hatte sich seiner nun bemächtigt, und er hatte es allmählich satt, tagsüber immer noch Übungen mit den Gruppen kleiner Jungen machen zu müssen. Es hätte ihm wirklich gefallen, wenn einer dieser nächtlichen Piloten, wie in einer Abenteuergeschichte, auf die Provokation seiner angezündeten Zigarette reagiert hätte und mit seinem Fallschirm dicht vor ihm gelandet wäre, um sich auf ein Handgemenge mit ihm einzulassen. Oder wenn die latente Bedrohung dieser Nächte wirklich Fleisch und Blut angenommen hätte, zum wilden Stier geworden wäre, so daß er den Beweis seiner Kühnheit und Unverwundbarkeit hätte erbringen können. Er wäre um ihn herumgehüpft, ihm zwischen die Hufe gelaufen, über ihn hinweggesprungen und hätte ihn von allen Seiten angegriffen. Er hätte ihm keine Ruhe gelassen, wäre ihm vorn entschlüpft, um dann von zwei Seiten her gleichzeitig wieder aufzutauchen, bis er sich vor seinen Pupillen vervielfacht und ihn verrückt gemacht hätte, wie wenn nicht nur ein einziger Nino, sondern hundert gegen ihn kämpften. Und dann hätte er ihm bei diesem verrückten Tanz die Brust durchbohrt und wäre vor dem sterbenden, blutigen Wrack wieder zu Einem geworden: Ich, Ninnarieddu, der Unversehrbare, das As der Corrida!
Dies ist natürlich nur eine Teilrekonstruktion des geheimnisvollen Vagabundenlebens Ninnarieddus in jenen Nächten. Mehr kann ich darüber nicht berichten. Jedenfalls steht fest, daß er nur dann und wann – und nicht immer, wie er es in der Familie darstellte – wirklich Wache stand oder bei Streifengängen mit der Gruppe seiner Kameraden und in Uniform durch die Straßen der Stadt zog. Es war dies, soviel ich weiß, ein spezieller Ordnungsdienst, der als Auszeichnung galt und dem man in regelmäßigem Wechsel zugeteilt wurde. Und bei einer solchen Gelegenheit geschah es, daß der Musketier Ninnarieddu eine persönliche historische Unternehmung konzipierte und in die Tat umsetzte. Er mußte sie damals notwendigerweise geheim halten, und sie blieb sogar für immer ein Geheimnis Roms!

Anscheinend wurde seine Mannschaft einige Nächte lang mit der Bewachung des Gebiets um den Vittoriano beauftragt, genau an den Grenzen des Palazzo Venezia, wo im sogenannten *Kartensaal* der Duce sein Büro hatte. Vor dem Krieg sah man das große Fenster des Duce, das auf den Platz hinausging, immer beleuchtet, damit das Volk glaubte, der Duce (den man auch *den Schlaflosen* nannte) halte sich dort ununterbrochen bei seiner Arbeit auf, wie eine Vestalin, die, wenn nachts alle schlafen, selbst nie schlief. Doch seit Kriegsausbruch war wegen der Verdunkelungsverordnung auch in diesem großen Fenster kein Licht mehr zu sehen. Alles war dunkel nachts in diesen Straßen. Die schwarze Finsternis wimmelte von schwarzen Schutzleuten, und auch Ninnarieddu trug ein schwarzes Hemd, schwarze Hosen, eine schwarze Mütze usw. In einer dieser Nächte gelang es Nino irgendwie, allein zu diesen historischen Palästen zu kommen, wie ein Räuber, der kühn bis ins Zentrum der Welt vordringt. Er trug versteckt ein Fläschchen mit schwarzem Lack und einen Pinsel bei sich! Und verstohlen und in aller Eile brachte er dort in großen Buchstaben auf der Mauer die Inschrift an:
 ES LEBE STALIN.
Nicht weil ihm Stalin sympathisch gewesen wäre, im Gegenteil, er hielt ihn damals für den Hauptfeind, sondern einfach so, aus Übermut. Es hätte ihm ebensoviel Spaß gemacht, auf die Mauer des Kreml ES LEBE HITLER zu schreiben.
Dann, als er die Tat vollbracht hatte, machte er sich sofort aus dem Staub, zufrieden beim Gedanken an die Wirkung, die sein Kunstwerk ausüben würde, wenn man es im ersten Morgenlicht auf der Mauer sähe.

Der Winter 1942/43 (der dritte Kriegswinter in Rom) war düster, und die Leute litten Hunger. Ida ging apathisch ihren gewohnten Betätigungen nach. Diese Apathie war zum Teil verursacht durch die unzureichende Ernährung und zum Teil durch bestimmte Schlafmittel, die sie, nach dem letzten Sommer, täglich zu nehmen sich angewöhnt hatte. In der Zusammensetzung waren sie nicht sehr verschieden von jenen, die ihr in der Kindheit gegen ihre Krisen geholfen hatten. Jetzt aber dienten sie dazu, ihr in den beklemmenden Nächten ein wenig Ruhe zu verschaffen. Dank dieser Medikamente, die sie nach dem Nachtessen einnahm, fiel sie gegenwärtig jeden Abend, kaum hatte sie sich zu Bett gelegt, in einen langen, scheinbar traumlosen Schlaf.
Ich glaube, in Wirklichkeit träumte sie doch. Die geträumten Ereignisse versanken jedoch in einem doppelten Boden ihrer Phantasie, der ihrem Bewußtsein unzugänglich war. Und diese Spaltung wirkte dann im Wachen den ganzen darauffolgenden Tag über in einem Zustand dumpfer

Apathie fort, der noch von der Nacht herrührte. Es gab eine abwesende, schlaftrunkene Ida, die fast wie in Trance zusah, wie die andere Ida sich abmühte. Diese fuhr beim Schrillen des Weckers hoch, kam vom Unterricht und ging zu den Nachhilfestunden, stand Schlange vor den Geschäften, fuhr mit der Straßenbahn und lief durch die Viertel, nach irgendeiner festgesetzten Norm . . . Obwohl diese zweite Iduzza diejenige war, die agierte, war sie jedoch sonderbarerweise die Unwirklichere von den beiden: wie wenn sie, und nicht die andere, dem Bereich jener heimtückischen nächtlichen Träume angehörte, die sie nicht wahrnahm, die aber vielleicht trotzdem nicht aufhörten, sie zu quälen.
Seit der Geburt Useppes hatte sie aus Furcht, der alten Ezechiel zu begegnen (die über ihr skandalöses Geheimnis unterrichtet war), ihre Besuche im Getto ziemlich eingeschränkt. Sie ging nur in Zeiten äußerster finanzieller Notlage dorthin, wenn sie irgendeinen gebrauchten Gegenstand verkaufen mußte. Aber es waren kurze und beinah heimliche Besuche, um so mehr als neuerdings den Juden auch ihre angestammten Berufe – wie der des Altwarenhändlers – verboten waren und man sie heimlich ausüben mußte. Es ergab sich bei diesen kurzen Abstechern nicht mehr, daß sie Vilma traf oder mit anderen Gespräche führte und plauderte. Die einzige politische Nachrichtenquelle Iduzzas war verstopft.
Und so gelangten die neuesten Kriegsberichte (die von ihren zurückhaltenden Schulkollegen kaum angedeutet wurden) hauptsächlich durch die Propaganda Ninos zu ihr. In Afrika und in Rußland zogen sich die Nazifaschisten unter katastrophalen Umständen zurück. Doch waren solche Rückzüge, wie Nino es darstellte, nur Täuschungsmanöver, die von den Befehlshabern des Reichs angeordnet waren, damit am Ende die Überraschung, nämlich die Geheimwaffe, einen um so größeren Erfolg hätte. Diese, die Ninnuzzu, je nach Laune, die X- oder H-Waffe nannte, würde inzwischen in den unterirdischen Fabriken in Schlesien und an der Ruhr fertiggestellt und sei bald (vielleicht schon im nächsten Frühjahr) einsatzbereit. Vom Alarm aller Sirenen angekündigt, würde sie unverzüglich den Krieg beenden, und zwar mit dem endgültigen Sieg des Reiches und dem Beginn seiner Herrschaft über alle Völker.
Woraus nun eigentlich diese bemerkenswerte Maschinerie bestand und wie sie wirkte, das war eben ein Geheimnis, das nur die Anführer kannten. Immerhin gab Ninnarieddu durch seinen Ton zu verstehen, daß auch er eingeweiht sei und den Plan hier unter seinem Lockenschopf geheimhielte; natürlich ließ er in der Familie nichts davon verlauten, da es sich um ein Militärgeheimnis handelte.
Nur an gewissen Tagen, wenn er sich langweilte, ließ er sich herbei, triumphierend zu berichten, daß die Befehlshaber des Reichs den feindli-

chen Ländern ein Ultimatum gestellt hätten: Entweder bedingungslose Übergabe oder innerhalb von vierundzwanzig Stunden die Anwendung der Geheimwaffe X. Die Bevölkerung jedoch dürfe bis zur Stunde X nichts davon wissen, weil es für sie eine Überraschung sein sollte. Und dann begann Ninnuzzu, um die bevorstehende gewaltige Detonation zu imitieren, mit den Lippen dieses unanständige, komisch-perverse Geräusch zu produzieren, das je nach der Gegend anders heißt, für das sich aber die Jungen in aller Welt zu begeistern scheinen.

In Wahrheit eilte es ihm nicht mit dem Kriegsende; er wünschte sich vielmehr dringend, daß der Krieg endlich auch für ihn beginne. Es schien ihm ungerecht, daß er noch immer nicht an diesem außergewöhnlichen und gewaltigen Ereignis teilnehmen konnte, daß er ausgeschlossen war wie ein Paria, weil man ihn noch zu der Kategorie der Bartlosen zählte.

Dies kränkte ihn um so mehr, als er inzwischen kein Bartloser mehr war; im Gegenteil, er rasierte sich ostentativ jeden Tag und gebrauchte dabei ein richtiges Barbiermesser mit einer langen Stahlklinge. Dies aber war genau jenes berühmte, vielfach verwendbare Spezialmesser, das der Soldat Gunther Ida dagelassen hatte.

Schon vor einiger Zeit hatte Ninnuzzu es in der Truhe entdeckt, als er eines Tages die Wohnung auf der Suche nach metallenen Gegenständen und Eisenschrott durchstöberte, um sie dem Vaterland spenden zu können (das Regime hatte die Bevölkerung dazu aufgerufen, um Kriegswaffen herstellen zu können). Und da er wohl glaubte, es gehöre niemandem und sei wer weiß wie und wann dorthin gelangt, nahm er das Messer an sich, ohne seiner Mutter etwas davon zu sagen. Anstatt es jedoch der Regierung zu opfern, hatte er es für sich behalten.

Eines Morgens sah Ida, während er sich rasierte, dieses blitzende Rasiermesser in seiner Hand; eine plötzliche Erinnerung streifte sie, sie glaubte es wiederzuerkennen und spürte, wie sie blaß wurde. Sie unterließ es jedoch, diesem beunruhigenden Wiederauftauchen nachzuforschen, und vergaß es so schnell wie ihre Träume.

Das große Messer begleitete dann Ninnuzzu noch viele Monate lang bei seinen nächsten Abenteuern, bis es ihm eines Tages gestohlen wurde oder sonstwie verlorenging.

... 1943

Januar–Februar

In Rußland: Der Zusammenbruch der Don-Front bezeichnet das katastrophale Ende des italienischen Expeditionskorps, das von den Sowjetrussen überrollt wird. Die Truppen des CSIR und der ARMIR, die von den nazifaschistischen Führern zu einem aussichtslosen Widerstand gezwungen und dann ihrem Schicksal überlassen worden waren, ziehen sich zurück, führungslos, ohne Material und ohne Orientierung. Viele werden vermißt oder finden den Tod in der vereisten Steppe, wo sie nicht einmal beerdigt werden.

Vom Baltikum her befreit die Rote Armee Leningrad nach 17 Monaten Belagerung. Während dieser Zeit kamen 630 000 Zivilisten ums Leben.

In Stalingrad kapitulieren endgültig die Reste der deutschen Armee, die von den russischen Streitkräften eingeschlossen worden waren. Die Stadt ist ein einziges Leichenfeld. (Um 14.46 Uhr des 2. Februar: *In Stalingrad gibt es keinerlei Kampfhandlungen mehr.*)

In Nordafrika werden die italienischen Kolonien Tripolitanien und Cyrenaika, die von den Italienern und Deutschen aufgegeben wurden, der Militärverwaltung der Alliierten unterstellt.

Der jugoslawische Widerstand gegen die Besatzungstruppen der Achse dehnt sich auf Griechenland und Albanien aus.

Aus den Vereinigten Staaten wird gemeldet, daß unter den Arbeitern in der Rüstungsindustrie mehr als 4 Millionen Frauen sind. In Deutschland verpflichtet ein Erlaß alle männlichen Deutschen zwischen 16 und 65 Jahren und alle weiblichen zwischen 17 und 45 Jahren zu Hilfsdiensten für die Verteidigung.

März–Juni

In Italien findet zum erstenmal in der faschistischen Ära ein Arbeiterstreik statt. Der Streik, der von den Arbeitern der Fiat-Werke in Turin ausgerufen wurde, dehnt sich auf die anderen Industrien Norditaliens aus. Die Untergrundtätigkeit der gegen das Regime gerichteten Parteien verstärkt sich; besonders aktiv ist dabei die Kommunistische Partei.

In Warschau setzen die nazistischen Besatzungstruppen am Ende eines verzweifelten Aufstands der überlebenden Gettobewohner das Gettoviertel in Brand und machen es dem Erdboden gleich.

Der Krieg in Afrika endet mit der Kapitulation der letzten Achsentruppen vor den Alliierten, denen nun der Weg nach Italien offensteht.

Im Pazifik ist die amerikanische Seekriegs-Taktik den Japanern überlegen, die eine Reihe von Niederlagen erleiden.
Zum Beweis, daß die UdSSR zugunsten des Bündnisses mit den Westmächten auf den Plan der Weltrevolution verzichtet, löst Stalin die Komintern auf.

Juli–August

Neue Niederlagen der deutschen Armeen an der sowjetischen Front; Landung der alliierten Streitkräfte in Sizilien, das innerhalb kurzer Zeit besetzt wird. In Rom kommen die Spitzen der Partei überein, den Duce auszuschalten, um zur Wahrung der eigenen Interessen mit den Alliierten zu verhandeln. Ein ähnlicher Plan wird vom König entworfen, der die eigene Krone retten will. Versammlung des Großen Faschistischen Rates, wo man zum erstenmal in der Geschichte dieser Institution mehrheitlich gegen den Duce stimmt. Der König empfängt den Duce in der Villa Savoia und teilt ihm seine Entlassung mit. Dann läßt er ihn beim Ausgang von Carabinieri verhaften. Nach wechselnden Aufenthalten an verschiedenen Orten wird der Gefangene schließlich unter Bewachung an einen einsamen Ort im Gran-Sasso-Gebiet gebracht.
Anstelle des abgesetzten Duce ernennt der König den monarchistischen General Badoglio, den Eroberer von Addis Abeba, zum Ministerpräsidenten. Dieser proklamiert gleichzeitig das Ende des Faschismus und die Fortführung des Krieges an der Seite der Nationalsozialisten. Er befiehlt den Truppen und der Polizei, jeden Versuch eines Volksaufstandes gewaltsam niederzuschlagen. Mittlerweile verhandeln der General und der König insgeheim einerseits mit den Alliierten und andererseits mit den Deutschen.
Jubel in ganz Italien über die Beendigung der Diktatur, während starke deutsche Verbände an der Grenze konzentriert werden und bereit sind, auf der Halbinsel zu intervenieren.

September–Oktober

Die Unterzeichnung des Waffenstillstandes mit Italien wird vom Sender der Alliierten durchgegeben. Der König von Italien, die Regierung und der Generalstab fliehen nach Süditalien, das bereits von den Alliierten besetzt ist, und überlassen das Heer, Rom und das übrige Italien ihrem Schicksal. Auf Befehl des Führers wird der gefangene Mussolini von einem Kommando Hitlerscher Fallschirmjäger befreit, die mit Lastenseglern auf dem Gran Sasso landen. Unter Hitlers Kontrolle bleibt Mussolini Chef der in Norditalien gegründeten nazifaschistischen Republik von Salò.
Auflösung des italienischen Heeres, sowohl auf der Halbinsel wie auch in den von der Achse besetzten Gebieten, wo die italienischen Einheiten von den Deutschen vernichtet oder zu Zwangsarbeiten in der Kriegsindustrie nach Deutschland deportiert werden. Diejenigen, denen die Flucht gelingt, retten sich nach Süditalien oder vereinigen sich zu lokalen Partisanengruppen.
Nach der Landung in Salerno kommt der Vormarsch der Alliierten nördlich von Neapel zum Stehen. Nördlich dieser Linie ist ganz Italien unter deutscher Besatzung. Besonders in Norditalien bilden sich bewaffnete Widerstandsgruppen gegen die Deutschen.
Über die spanische Botschaft verbreitet die Süd-Regierung des Königs und Badoglios

die bereits erfolgte Kriegserklärung Italiens an Deutschland, während im Norden die Republik von Salò zu den Waffen ruft, um die Bildung eines nazifistischen Heeres zu organisieren.

Neue Streiks der Arbeiter in den Industriebetrieben Norditaliens.

Wie in den anderen besetzten Gebieten beginnen die Nationalsozialisten auch in Italien mit der »Endlösung der Judenfrage«.

In Moskau wird beschlossen, die *Internationale,* die offizielle Hymne der UdSSR, durch eine neue Hymne zum Lobe »Großrußlands« zu ersetzen.

November–Dezember

In Italien: Blutige Repressalien der Nationalsozialisten, unterstützt von den faschistischen Truppen, die im Dienst der Besatzung wieder in Aktion getreten sind.

In Mittelitalien und im Norden organisieren die Partisanen in den Städten und auf dem Land den bewaffneten Widerstand, der von verbotenen Parteien, besonders von der Kommunistischen Partei, koordiniert wird.

Die letzten Gegenstöße deutscher Verbände in Rußland bleiben wirkungslos. Heftige Bombenangriffe auf Berlin. Die *Großen Drei* (Churchill, Stalin, Roosevelt) treffen in Teheran zusammen . . .

Wohin gehen wir? Wohin bringen sie uns?
Ins Land Pitschipoi.

Man reist ab, wenn es noch dunkel ist,
   und man kommt an, wenn es schon dunkel ist.

Es ist das Land des Rauchs und des Geheuls.

Aber weshalb haben unsere Mütter uns verlassen?
Wer wird uns das Wasser für den Tod geben?

1

Nino war in jenem Jahr sehr viel größer geworden. Sein Körper paßte sich diesem Wachstum geradezu unheimlich an und veränderte sich ohne Ordnung und Maß: dadurch wirkte Nino unproportioniert und linkisch; jedoch war diese Phase nur vorübergehend und verlieh ihm eine besondere Anmut. Es war, wie wenn die Form seiner Kindheit sich in dramatischem Kampf empörte, bevor sie seiner Wachstumsungeduld nachgab.
Wenn er sich im Spiegel betrachtete, schnitt er wütende Grimassen, die von seinem Bruder Useppe (der ihm auf Schritt und Tritt folgte) mit größtem Interesse, so als sei er im Zirkus, bestaunt wurden. Der Hauptgrund für seine Wut war seine Garderobe, die in dem aussichtslosen Wettlauf mit seinem Wachstum oft zertrennt und wieder zusammengeflickt worden war. Aus Trotz zog er manchmal merkwürdige Verkleidungen an. Er trug zum Beispiel anstelle eines Halstuchs ein schmutziges Handtuch, über den Schultern eine alte Wolldecke und auf dem Kopf einen alten, zerbeulten Hut seines Vaters. So glich er einem Ziegenhirten oder einem Banditen. Und er war imstande, sich sogar in der Schule in diesem Aufzug zu zeigen.
Da er immer hungrig war, stöberte er in der Küche im Speiseschrank, untersuchte die Kochtöpfe und ging in seinem Heißhunger sogar so weit, die Gerichte aufzuessen, bevor sie fertig gekocht waren. Eines Abends kam er nach Hause und schwenkte ein riesiges Stück Stockfisch wie eine Trophäe; er gab sich nicht einmal die Mühe, seine Beute zu verbergen, die er, wie er sagte, an der Piazza Vittorio gestohlen hatte, weil er Lust hatte, zu den Kartoffeln Stockfisch zu essen. Ida war, bei ihrem Respekt vor dem Gesetz, zu Tode erschrocken und weigerte sich, den Fisch zu kochen; ja sie sagte ihm, er müsse ihn zurückbringen. Er aber erklärte, wenn sie ihn nicht kochen wolle, würde er den ganzen Fisch auf der Stelle roh aufessen. Da kochte ihn Ida wie eine Märtyrerin, wollte aber nichts davon anrühren. Und selig verspeisten ihn Nino, Useppe und Blitz.
Dieser geschickt ausgeführte Diebstahl bedeutete für ihn die Entdeckung eines neuen Vergnügens. An einem anderen Abend kam er mit einer

Kette von Würsten um den Hals heim und ein anderes Mal mit einem lebenden jungen Huhn auf der Schulter; er meinte, er übernehme das Schlachten und das Rupfen, und Ida solle es dann braten. Da das Huhn sich jedoch sogleich als ein drolliges und keckes Tier erwies (das, anstatt fortzulaufen, gackerte, in Ninos Haar herumpickte, als wäre es Gras, und mit Useppe und Blitz Haschen spielte), war Nino bald von ihm angetan, und vom Schlachten war nicht mehr die Rede. So blieb das junge Huhn an den folgenden Tagen als Pensionsgast im Hause wohnen, bedrohte mit ausgebreiteten Flügeln die Kakerlaken, hüpfte auf die Betten und machte alles schmutzig, bis Ida sich entschloß, es gegen ein paar Sardinenbüchsen zu tauschen.
Jetzt war da nicht nur der Makel, daß Ida, als Lehrerin, die unfreiwillige Komplizin bei Diebstählen war, sie saß auch jedesmal wie auf Kohlen, wenn Ninnuzzu sich verspätete, weil sie dachte, man habe ihn auf frischer Tat ertappt. Er aber garantierte dafür, daß er in diesem Fall sein schwarzes Halstuch mit dem aufgedruckten Totenschädel vorweisen würde; dadurch könne er sich als Musketier des Duce ausweisen, der zur Requirierung von Lebensmitteln ermächtigt sei.
Zu dieser Jahreszeit wurde Nino fast verrückt vor Trübsinn. Der verfluchte Winter verhinderte seine täglichen und nächtlichen Streifzüge durch die Stadt. Und an manchen Abenden, wenn nicht einmal das Geld fürs Kino da war, sah sich der Junge gezwungen, zu Hause zu bleiben und früh ins Bett zu gehen. Da jedoch der kleine Bruder und der Hund vor ihm einschliefen, wußte er, allein und ohne seine getreuen Gnome, bis zur Schlafenszeit nicht, wo er hingehen und wie er sich austoben sollte. So ließ er sich schließlich sogar herbei, mit seiner Mutter zu plaudern, und verherrlichte gesprächig die Handlung der neuesten Filme oder die künftige Ära des großen Reiches oder die Geheimwaffe; derweil saß sie am Küchentisch und senkte schon unter dem Einfluß ihrer Schlafmittel die schwer gewordenen Lider und den Kopf, bis er auf den Marmor des Tisches stieß. Er aber hielt in seiner knäbischen Redseligkeit keinen Augenblick inne; sie war nicht zu bremsen, so als ginge es um etwas unerhört Dringliches, und dies teilte sich auch allen Muskeln seines Körpers mit. Bald kickte er heftig einen Lappen, der ihm zwischen die Füße geriet, in der ganzen Küche herum wie auf einem Fußballplatz; bald teilte er, als stünde er im Boxring, erst mit der einen, dann mit der anderen Faust Püffe gegen einen unsichtbaren Gegner aus ... Schließlich stieß er einen Pfiff aus, auf den die Mutter nicht reagierte; und nachdem somit bewiesen war, daß sie schlief, verzichtete er auf das Selbstgespräch und verschwand schmollend in seinem Zimmer.
Nicht einmal mehr die Lektüre seiner Sportzeitungen und Abenteueroder Skandalromane vermochte ihn zu unterhalten. Im Gegenteil, sie

steigerte nur seine Besessenheit und heizte seinen Tatendrang und seine Sinnlichkeit erst recht an. Wenn es an manchen Abenden ganz schlimm wurde, ging er selbst bei Regen aus dem Haus und hoffte auf das Glück, eine Zufallsbekanntschaft zu machen, vielleicht sogar einer billigen kleinen Hure zu begegnen, die ihn um seiner hübschen Locken willen gratis mit ins Bett nehmen oder (wenn sie keine Wohnung hatte) ihm still die Treppen hinauf bis ins sechste Stockwerk und zu seinem schmalen Diwan folgen würde. Dort würde sie Blitz, der schon zweckmäßigerweise auf solche Eventualitäten hin abgerichtet war, ohne Laut zu geben empfangen und nur ein wenig mit dem Schwanz wedeln.

Doch solche Glücksfälle, die sich in Wirklichkeit nur in der schönen Jahreszeit und auch ein paarmal vor Weihnachten ereignet hatten, wiederholten sich nur selten. Gewöhnlich begegnete Ninnarieddu nur der eisigen Öde des Regens und der Finsternis. Dann kehrte er allein und ganz durchnäßt nach Hause zurück und legte sich ins Bett, das Gesicht im Kissen vergraben, zornig darüber, so früh schon schlafen zu müssen; während das Leben, mit seinen Liebesnestern, seinen Bomben, seinen Motoren, seinen Verheerungen überall noch heiter und blutig weiterging!

Die Schule war für ihn inzwischen zu einem unerträglichen Zwang geworden. Und nicht selten drehte er sich am Morgen – besonders an Schlechtwetter-Tagen, nachdem er auf den gewohnten Ruf Idas murrend geantwortet hatte – unter der Decke um, sobald sie weggegangen war, und schlief wollüstig mindestens noch zwei Stunden lang weiter, ohne sich um die versäumte Schulstunde zu kümmern. Wenn er dann endlich aufstand (energiegeladen und glücklich, weil er Ferien gemacht hatte), bekamen es sogar die Mieter im unteren Stockwerk mit der Angst zu tun und protestierten, indem sie mit dem Besen an die Zimmerdecke klopften. Dann verwandelte sich das Haus in ein Stadion, einen Zirkus, einen Dschungel. Das größte morgendliche Vergnügen bestand in der Suche nach *Rom* und *Lazio*, die fatalerweise in der Hitze des Gefechts immer abhanden kamen, und artete dann jedesmal zu einer epischen Jagd aus. Möbel wurden weggerückt, man stürzte alles um, durchstöberte es, und alles ging drunter und drüber, bis Blitz ganz mit Staub bedeckt aus irgendeinem Winkel auftauchte und die wiedergefundenen Beutestücke im Maul dahertrug, frohlockend und mit Beifall überschüttet wie ein Champion.

Dieser kindliche Unfug verminderte Ninos Unruhe keineswegs, sondern verstärkte sie noch und trieb sie bis zum Exzeß, ähnlich wie wenn ein primitiver Volksstamm vom eigenen Geheul angestachelt wird. Inmitten dieser ausgelassenen Wettkämpfe lief er plötzlich in wilder, unheimlich anmutender Fröhlichkeit durch die Zimmer und ahmte die Sprünge und das Gebrüll von Löwen, Tigern und anderen wilden Tieren nach. Dann

sprang er auf einen Tisch und schrie: »Achtung! Alle an die Wand!! In drei Sekunden schlägt die Stunde X! Drei ... zweieinhalb ... zwei ... eineinhalb ... eins ... DIE STUNDE X!!! Heil Hitler!« und das klang so wild und so echt, daß sogar Blitz unschlüssig stehenblieb und Useppe in die Luft starrte in der Erwartung, die berühmte STUNDE X auftauchen zu sehen, die er sich als eine Art *Flugzeug* vorstellte.
Nachmittags setzte sich Ninnuzzu manchmal, von Idas schmollendem Gesicht verfolgt, an sein Tischchen, um die Schulaufgaben zu erledigen. Doch gleich darauf begann er zu gähnen, wie wenn er Malaria hätte. Und während er verbittert in den Büchern blätterte, als wisse er nicht, was er damit anfangen solle, riß er von Zeit zu Zeit Stücke aus den Seiten und kaute sie, spuckte sie aber gleich wieder auf den Boden. Schließlich stand er auf, von diesem absurden Martyrium angeekelt, und sagte, bevor er zu lernen beginne, müsse er Luft schnappen. Blitz lief herbei, begeistert von dem Entschluß, und bis zum Nachtessen sah man die beiden nicht wieder.
Oft aber verzichtete er, wenn auch ungern, auf Blitzens Gesellschaft, um sich ungestörter herumtreiben zu können. Was diese außerhäuslichen Aktivitäten anging, auch wenn es sich nur um Kinobesuche oder Straßenbahnfahrten handelte, so argwöhnte die völlig ratlose Ida das Schlimmste. Nino hatte sich, unter anderem, zu einem richtigen Raufbold entwickelt. Einmal kam er mit blutigen Fingerknöcheln nach Hause und sagte, er habe einen verprügelt, der den Duce beschimpft habe. Und wie habe jener ihn beschimpft? Er habe behauptet, der Duce sei inzwischen ein alter Mann, mit seinen ungefähr sechzig Jahren.
Ein andermal, als er mit einem Riß im Pullover heimkam, sagte er, er sei aus Eifersucht mit jemandem aneinandergeraten. Nicht er sei eifersüchtig gewesen, sondern ein anderer, der Verlobte eines Mädchens, sei auf ihn eifersüchtig geworden.
Und wieder ein anderes Mal kam er mit einem blauen Auge nach Hause. Er erzählte, er habe ganz allein zwei Typen angegriffen, und sie hätten sich geprügelt, einer gegen zwei. Aber wer waren denn die beiden? Er habe keine Ahnung. Es waren zwei Kerle, die er nie zuvor gesehen hatte. Als er mit dem verbeulten Hut und der Decke über den Schultern vorbeigegangen sei, hätten sie sich mit den Ellbogen angestoßen und zueinander gesagt: »Sieh mal, der Negus!«
Das geschwollene Auge (Ida hatte ihm das Geld für eine dunkle Brille verweigert) diente ihm als Vorwand, einige Tage lang nicht zur Schule zu gehen ... Im übrigen fehlte er dort mittlerweile häufiger, als er anwesend war. Und er selbst unterschrieb die Entschuldigungen mit dem Namen seiner Mutter. Dem Direktor, der ihn schließlich aufforderte, sich in Begleitung seines Vaters oder seiner Mutter, kurz, des verant-

wortlichen Familienoberhaupts einzufinden, erklärte er, er habe nur einen kleinen Bruder und einen Hund sowie eine verwitwete Mutter (die jeden Tag als Lehrerin in einer Schule tätig sei). Folglich sei das verantwortliche Familienoberhaupt er selbst. Da der Direktor (ein selbstsicherer weißhaariger Mann, der sich jugendlich und kameradschaftlich gab) ein hochdekorierter Faschist war und außerdem Arnaldo hieß, wie der Bruder Mussolinis, nutzte Nino das Gespräch und erbat von ihm zuversichtlich eine Empfehlung, um sofort als Kriegsfreiwilliger eingezogen zu werden. Doch der Direktor antwortete, solange das Vaterland nicht nach ihm rufe, sei es in seinem Alter seine Pflicht als Faschist, weiterzulernen. Denn dem Vaterland diene man nicht nur auf dem Schlachtfeld, sondern auch in der Abgeschiedenheit der Hörsäle und der Werkstätten usw. Und zum Schluß zitierte er, um ihn rascher loszuwerden, das Motto des Duce *Buch und Muskete* und entließ ihn mit dem römischen Gruß.

Als sich dann die Tür zum Direktorzimmer hinter ihm geschlossen hatte, drehte sich Nino wütend um und grüßte mit einer obszönen Geste in Richtung dieser Tür.

Die Qual der Schulstunden machte ihn fast verrückt. Die Schulbank war ihm zu eng, und oft versetzte er ihr Tritte oder seufzte, ohne es zu bemerken. An all den Themen, die man in der Klasse behandelte, lag ihm absolut nichts. Es schien ihm komisch, daß Menschen sich hier drin versammelten und ganze Vormittage mit so etwas vergeudeten, und ihn packte oft die geradezu körperliche Versuchung, aus den Bänken auszubrechen, alles umzuwerfen und Tiger und Löwen zu imitieren, so wie er es zu Hause tat. Dann, wenn er nicht mehr wußte, wie er sich vor einer solchen Versuchung retten könnte, täuschte er plötzlich ein hohles Husten vor, um auf den Gang geschickt zu werden.

Damit seine Anwesenheit weniger störte, hatten ihn die Lehrer wie einen Ausgestoßenen allein in die letzte Bank ganz hinten gesetzt. Doch seit er dort saß, schien dieser einsame Aufenthaltsort nicht mehr ein Pranger zu sein; viel eher wirkte er wie der Einzelkäfig eines jungen Hahns mitten in einem Gehege von Küken. Durch diese besondere Isolierung wurde seine Gegenwart für die anderen nur noch aufregender, und sie erhöhte noch den demütigen, fast verliebten Respekt, den seine Kameraden und Gefolgsleute ihm entgegenbrachten.

Wenn ihn eine Laune packte, konnte er mit seinen bravourösen Einfällen die ganze Klasse mobilisieren. So begann er an einem Schirocco-Tag, um Abwechslung in die Griechischstunde zu bringen, die Bank vor ihm mit den Füßen nach vorn zu schieben, ohne daß es auffiel. Und auf dieses Zeichen hin, das schon vorher vereinbart worden war, ahmten ihn seine Komplizen in kollektiver Übereinstimmung nach; so daß sämtliche

Bankreihen wie der Wald von Dunsinan gegen das Lehrerpult vorzurükken begannen, lautlos, lautlos, so daß man sie nicht bestrafen konnte! Der Lehrer, der sich seiner verdächtigen politischen Gesinnung wegen dauernd schuldig fühlte, vor Sorgen mit den Nerven völlig am Ende war und schon fast Gespenster sah vor Hunger, wurde bei diesem erstaunlichen Anblick totenbleich, als fühle er sich wirklich einen Augenblick lang wie Macbeth an dem vom Schicksal bezeichneten Punkt festgenagelt.

Doch solche armseligen Schülerstreiche genügten der Langeweile Ninnuzzus nicht mehr, die gegen den Frühlingsanfang fast schon tragisch wurde. Während der Schulstunden gähnte er andauernd. Und wenn er sich zusammennahm und das Gähnen unterdrückte, fletschte er vor Anstrengung die Zähne oder schnitt mit dem Mund schreckliche Grimassen. Es kam auch vor, daß er sich ohne jede böse Absicht auf dem Sitz wie auf einem Liegestuhl ausstreckte. Und wenn er deswegen vom Lehrer zurechtgewiesen wurde, nahm er, während er sich wieder richtig hinsetzte, eine finstere Miene an, wie ein Mörder im vergitterten Polizeiwagen.

Da er dem unaufhörlichen Wunsch, zu rauchen und die Beine zu bewegen, nicht widerstehen konnte, erfand er (um das Schulzimmer öfter verlassen zu dürfen) die Ausrede, er leide an einer Darmerkrankung. Und so verbrachte er schließlich einen guten Teil seiner Schulstunden auf dem Abort, wo er herumtrödelte, indem er aus Papier und zusammengestoppelten Tabakresten Kriegszigaretten rollte, die er dann genußvoll und hastig aufrauchte bis zum letzten kümmerlichen Stummel, der ihm die Finger versengte. Dann, wenn ihm danach war, vergnügte er sich damit, den Ort zu verschandeln, indem er die Tür oder eine Ecke mit unglaublich ordinären anonymen Zeichnungen verunzierte. Wenn er sich schließlich bequemte, ins Schulzimmer zurückzukehren, gab er sich (wie auch schon beim Hinausgehen) keine Mühe, seine Rolle des Kranken zu spielen, sondern trug im Gegenteil eine stolze und anarchistische Miene zur Schau, so daß die Schulkameraden das Lachen kaum verbeißen konnten und ihn mit verschwörerischen Blicken bewunderten.

An einem dieser Tage ließ ihn der Direktor in einer Pause zu sich kommen, um ihm mitzuteilen, er werde nicht mehr ins Schulzimmer eingelassen, wenn er nicht am folgenden Tag in Begleitung seiner Mutter bei ihm erschiene. Er sagte: »Es ist gut!« und kehrte ins Klassenzimmer zurück. Doch kaum saß er dort, da bereute er es auch schon. Und wieder führte er als Grund seine Krankheit an, um sich hinausschicken zu lassen. Diesmal aber begab er sich, als er das Klassenzimmer verlassen hatte, nicht auf den Abort. Er ging die Treppe hinunter, und als er an der

Portierloge vorbeikam, sagte er: »*Sondererlaubnis!*«, und zwar mit einem so finsteren Gesicht, daß der Pförtner Angst vor ihm bekam und sich auf keine Diskussion einzulassen wagte. Da das Gittertor geschlossen war, kletterte er hinüber. Kaum war er draußen, pißte er gegen die Umfassungsmauer und sagte damit seiner Schule ein letztes Lebewohl.
Noch am selben Abend verkündete er Ida, er habe nun alles Wissenswerte gelernt und gehe nicht mehr zur Schule. Im übrigen hätte er ohnehin nicht mehr lange hingehen können, da er in den Krieg müsse. Wenn der vorbei sei, könne man ja weitersehen.
Diese Nachricht vermochte Iduzza für kurze Zeit aus ihrer abendlichen Schlappheit aufzurütteln, denn sie brachte ihre ehrgeizigen Hoffnungen ins Wanken. Als Ninnuzzu noch klein war, war es im Grunde ihr größter Wunsch gewesen, ihn eines Tages als großen Professor, als Gelehrten, als Literaten oder bedeutenden Arzt oder Rechtsanwalt zu sehen. Doch blieb ihr auf alle Fälle die Verpflichtung, auf die sie nicht verzichten wollte, dafür zu sorgen, daß er wenigstens ein Studium abschloß. Keine andere Ausgabe schien ihr in gleicher Weise dringlich zu sein. Zuletzt hatte sie sogar, um wenigstens ihren berühmten, im Korsett verborgenen Schatz nicht anrühren zu müssen, ihre wenigen goldenen Schmuckstücke, verschiedene Möbel und jeden anderen verkäuflichen Gegenstand weggegeben, sogar die Wollmatratzen, die sie gegen andere, mit Kapok gefüllte Matratzen und einige Kilo Teigwaren getauscht hatte.
Bei der bestürzenden Mitteilung Ninos schien sie von Kopf bis Fuß anzuschwellen, wie manche wehrlose Tiere, wenn sie einen Angreifer durch ihr Aussehen erschrecken wollen. Wie gewöhnlich kamen ihr – in einer jämmerlichen, komischen Neuausgabe ihrer Mutter Nora – die tragischen Schmähungen der Kinder Zions gegen Tyrus und Moab über die Lippen . . . Schimpfend und jammernd lief sie in der Küche hin und her, als hoffte sie, aus dem Rauchfang herab oder unter dem Spülstein hervor tauche irgendein Verbündeter oder eine Hilfe auf. Doch es war nichts zu machen. Sie mußte allein gegen Nino kämpfen. Und ihre Proteste machten auf ihn ungefähr denselben Eindruck wie das Zirpen einer Grille oder das Quaken eines Frosches auf einen Pistolenhelden, der durch die Pampa reitet.
Wenn Nino ab und zu Idas erbitterten Monolog unterbrach, dann nur, um ihr mit versöhnlicher Stimme zu sagen: »Aber Mà, wann hörst du endlich damit auf?«, bis er sich schließlich, mit allen Zeichen der Ungeduld, in sein Zimmer zurückzog. Und Ida folgte ihm.
Da begann er verärgert, um sie nicht mehr anhören zu müssen, lauthals faschistische Hymnen zu singen, und als würde das nicht ausreichen, improvisierte er noch obszöne Varianten dazu. Die arme Ida war natürlich halb tot vor Angst. Heerscharen von imaginären Polizisten bevöl-

kerten in ihrer Vorstellung den explosiven Raum, während Nino, stolz auf seinen Erfolg, sogar *Bandiera rossa* zu singen begann ... Die Begleitung von Blitz konnte nicht ausbleiben. Verwirrt von dem ungleichen Gespräch, begann er wie verrückt zu bellen, als sähe er zwei Monde am Himmel.

»... Schluß. Geh nur ... in den Krieg ... wohin du willst ...«, wiederholte Ida, zur Seite gewandt, mit trockener Kehle. Sie brachte nur noch ein Gemurmel hervor. Und sie schwankte wie unter einer Last und ließ sich auf einen Stuhl fallen.

Inzwischen war Useppe von dem Lärm aus dem ersten Schlaf aufgeschreckt. Da er noch zu klein war, um bis zur Türklinke hinaufreichen zu können, rief er beunruhigt: »Màà! Ino! Huuu!« Nino war erfreut über die Ablenkung und befreite ihn sofort. Und um sich von der qualvollen Szene mit der Mutter zu erholen, begann er die gewohnten Spiele mit dem Bruder und dem Hund, und eine ausgelassene Fröhlichkeit verbreitete sich in der Wohnung. Währenddessen blieb Ida auf ihrem Stuhl sitzen, völlig verstummt, und begann folgende Botschaft zu schreiben, die sie dann gut sichtbar auf dem Tischchen ihres Sohnes liegen ließ:

Nino!
Zwischen uns ist alles aus!
Das schwöre ich Dir!
Deine Mutter.

Sie zitterte beim Schreiben derart, daß die Buchstaben so krumm und wirr wurden, als seien sie von einem Erstkläßler geschrieben. Am folgenden Morgen lag die Nachricht noch immer dort, wo sie sie liegengelassen hatte, und das kleine Sofa war unbenutzt und leer. Nino hatte in dieser Nacht auswärts geschlafen.

Von diesem Abend an verbrachte Nino die Nächte nicht selten außer Haus, man wußte nicht wo und mit wem. Gegen Anfang der dritten Woche verschwand er zusammen mit Blitz einmal für zwei Tage. Und in ihrer Ratlosigkeit fragte sich Ida angsterfüllt, ob sie sich dazu entschließen sollte, ihn in den Spitälern oder sogar (und dieser Gedanke war für sie von allen der gräßlichste) bei der Polizei zu suchen. Da aber tauchte er, gefolgt von Blitz, wieder auf, fröhlich und vollständig neu eingekleidet. Er trug eine Jacke aus gewachster, blau gefütterter schwarzer Leinwand, ein himmelblaues Hemd, Hosen aus imitiertem Flanell mit scharfen Bügelfalten und ganz neue, geradezu luxuriöse Schuhe mit Kreppsohlen. Sogar eine Brieftasche hatte er (und er zeigte sie mit herausfordernder Miene), die einen Fünfziglireschein enthielt.

Ida betrachtete diese Neuheiten verwirrt und unruhig und vermutete, er habe vielleicht wieder gestohlen. Doch Ninnuzzu kam jeder Frage zuvor

und verkündete ihr freudestrahlend: »Es sind Geschenke!« »Geschenke? ... Und von wem?« murmelte sie zögernd. Und er antwortete prompt, ebenso keck wie sibyllinisch: »Eine Jungfrau!«
Dann, als er sah, daß seine Mutter bei dieser Antwort ein wenig aus der Fassung geriet, reagierte er sofort und korrigierte sich mit dreister Miene: »Sagen wir: eine Dirne! Gefällt dir das besser?« Doch bei dieser deutlicheren Antwort überzog sich das ohnehin schon verstörte Gesicht seiner Mutter mit flammender Röte. Da stieß er zornig hervor: »Was ist los? Wenn ich sage *eine Jungfrau,* bist du ganz außer dir. Wenn ich dir sage *eine Dirne,* bist du entsetzt. Bitte, du kannst noch ein Wort zur Auswahl haben: *eine Nutte!*«
Iduzza, die sich in einem gewissen Vokabular weniger auskannte als eine Nonne, schaute ihn bei dieser neuen Antwort mit sprachloser Einfalt an und verstand überhaupt nichts. Doch inzwischen war Useppe dazugekommen, der, obwohl ihn Blitz leidenschaftlich bestürmte, angesichts seines eleganten neuen Bruders wie geblendet stehenblieb, als wäre er im Puppentheater, und jetzt käme gerade die Stelle, wo aus der Höhe der Paladin Roland in seiner silbernen Rüstung auf die Bühne herabsteigt. Und Ninnarieddu, der vor guter Laune fast überströmte, nahm das Brüderchen beiseite, um mit ihm zu spielen. Vor allem brachte er ihm sofort ein neues Wort bei: *Dirne.* Und er lachte hingerissen über die Bereitschaft, mit der Useppe es, natürlich auf seine Art, wiederholte: *Irne.* Als der sah, daß Ninnarieddu sich jedesmal von neuem amüsierte, sobald er es hörte, war er überzeugt, dieses Wort sei an und für sich komisch, so daß er dann jedesmal, wenn er *Irne* sagte, schon von ganz allein lauthals loslachte.
Dann teilte ihm der Bruder im Vertrauen die wunderbare Neuigkeit mit, er werde ihn bald auf einem Fahrrad durch ganz Rom spazierenfahren. Denn in höchstens zwei, drei Tagen werde er bestimmt ein Rennrad besitzen, das ihm als Geschenk versprochen sei. Und indem er Useppe dieses herrliche Versprechen als Pfand zurückließ, verschwand er von neuem in all seinem Reichtum und seinem Glanz, ähnlich wie die Feen in den Märchen.
Doch das Versprechen in bezug auf das Fahrrad wurde nicht eingehalten. Nachdem er noch einmal zwei Tage und drei Nächte weggeblieben war, ohne sich blicken zu lassen, kehrte er zu Fuß zurück. Er kam zu einer unglaublichen Zeit, ungefähr sechs Uhr morgens, als Useppe noch tief schlief und Iduzza, die erst vor kurzem aufgestanden war, noch in Nachthemd und Morgenrock auf dem Herd Kohl fürs Mittagessen zubereitete. Wie gewöhnlich war Nino von Blitz begleitet, der indessen so gedrückt wirkte wie sonst nie und so hungrig war, daß er sogar ein Stück kalten Kohl fraß, das er in der Küche unter dem Tisch gefunden hatte.

Nino sah, obwohl er dieselben neuen Kleider wie das letzte Mal trug, abgerissen, schmutzig und struppig aus, als hätte er unter den Brücken geschlafen. In dem sehr blassen Gesicht und auf dem Handrücken hatte er tiefe Kratzer. Er ging nicht einmal ins Zimmer, sondern setzte sich sofort auf die Truhe neben der Eingangstür und blieb dort stumm und finster sitzen, als hätte ihn jemand verhext.

Auf Idas erregte Fragen entgegnete er: »Laß mich in Ruhe!«, und das klang so böse und unumstößlich, daß es nicht ratsam erschien, weiterzufragen. Mehr als anderthalb Stunden später, als sie zur Arbeit ging, saß er noch immer in derselben Haltung dort, und Blitz schlief kläglich zu seinen Füßen.

Die Nacht war von Fliegeralarmen unterbrochen worden, die seit dem Frühjahr bedrohlicher geworden waren. Und Useppe, der länger schlief als an anderen Tagen, erwachte erst, als es schon acht Uhr vorbei war. Es lag etwas in der Luft, das ihm eine Überraschung ankündigte (unter anderem tauchte die Vision von einer Spazierfahrt mit dem Rad wieder auf). Sogleich kletterte er in einem waghalsigen Manöver, das er aber jetzt schon routiniert ausführte, allein aus dem Bettchen. Einen Augenblick später erschien er im Flur, und als er Nino, der dort auf der Truhe saß, erblickte, lief er rasch auf ihn zu. Doch Ninnarieddu schrie ihm entgegen: »Laß mich in Ruhe!«, und zwar so wütend und grob, daß Useppe wie versteinert auf halbem Weg stehenblieb.

Dies war in den mehr als zwanzig Monaten ihres Zusammenlebens das erste Mal, daß sein Bruder ihn schlecht behandelte. Und obwohl Blitz sofort auf ihn zulief, um ihn zu begrüßen, und sich mittlerweile Mühe gab, ihm Mut zu machen, indem er ihn mit seiner raschen Zunge ableckte und mit dem Schwanz wedelte, verschlug es ihm vor lauter Staunen den Atem, und er blieb sprachlos und wie angenagelt stehen. Auf seinem Gesicht breitete sich bitterer Ernst aus, und es war gleichzeitig ganz erfüllt von sonderbarer Feierlichkeit, wie angesichts eines unabänderlichen und unverständlichen Schicksals.

Als Nino ihn eben wegjagen wollte, warf er ihm natürlich einen Blick zu. Und der Anblick Useppes rief sogar in diesem dramatischen Moment augenblicklich einen komischen Eindruck hervor. Useppe trug nämlich dank des warmen Frühlingswetters nachts nichts anderes als ein wollenes Leibchen, das so kurz war, daß es ihm kaum bis zur Taille reichte, so daß er vom Bauch an abwärts ganz nackt war. Diese Bekleidung trug er beim Aufstehen, und so blieb er auch, wenn niemand sich darum kümmerte, ihn anzuziehen, den ganzen Vormittag und unter Umständen auch den ganzen Tag über. Und er spazierte in seiner Einfalt ebenso natürlich und unbefangen durch die Wohnung, als wäre er ganz angekleidet.

Jedoch in der gegenwärtigen Situation stand dieser simple Aufzug in solch sonderbarem Gegensatz zu seinem unerhört ernsthaften Gesichtsausdruck, daß Nino, kaum war er seiner ansichtig geworden, in unwiderstehliches Gelächter ausbrach. Sogleich lief Useppe bei diesem Gelächter, das wie ein befreiendes Signal klang, fröhlich auf ihn zu, und sein ganzes Vertrauen kehrte zurück. »Ach! Laß mich in Ruhe!« warnte ihn Nino noch einmal und machte wieder ein Gesicht wie ein Bullenbeißer. Doch gab er ihm trotzdem, um ihn zufriedenzustellen, ein Küßchen auf die Wange. Bereitwillig gab ihm Useppe (der jetzt so zufrieden war, daß er sogar das nicht vorhandene Fahrrad vergessen hatte) ebenfalls ein Küßchen. Und dieser Augenblick blieb in der Geschichte ihrer ewigen Liebe eine der schönsten Erinnerungen.

Nachdem die beiden Küsse ausgetauscht hatten, schob Nino Useppe und auch Blitz weg, streckte sich auf der Truhe aus und sank in einen bleiernen Schlaf. Er wachte gegen Mittag auf, immer noch finster und blaß, als ob ihm in der Kehle ein ekliger Geschmack zurückgeblieben wäre, den man weder ausspucken noch hinunterschlucken konnte. Und als Useppe sich ihm näherte, um ihn zu begrüßen, brachte er ihm mit finsterem Gesicht und gerunzelten Brauen ein neues Wort bei: *Sau*, das Useppe gelehrig wie immer sofort erlernte. Aber nicht einmal dieser neue didaktische Erfolg konnte heute das düstere Gesicht Ninos erhellen, so daß Useppe in der Folge jedesmal, wenn er Sau sagte, einen gebührenden Ernst zur Schau trug.

Bis zum Ende der Woche verbrachte Ninnarieddu (auch deshalb, weil er keine Lust hatte, sich so von Kratzern verunstaltet zu zeigen), vielleicht zum erstenmal in seinem Leben, den größten Teil seiner Tage und Nächte zu Hause. Doch seine Laune war, gleichzeitig mit seiner Häuslichkeit, ungewöhnlich seltsam geworden. Selbst dem Essen gegenüber legte er eine düstere Gleichgültigkeit an den Tag, da ihm die schlechte Laune auch den Appetit verdorben hatte. Und fast immer wollte er allein sein und schloß sich in sein Zimmer ein, das schließlich auch das Wohnzimmer der Familie war. So blieb Useppe und Blitz nichts anderes übrig, als in den wenigen engen Räumen der übrigen Wohnung zu spielen. Nino wurde fast verrückt, weil er nichts zu rauchen hatte, bis die unglückselige Iduzza ihren Schwur brach, damit er nicht völlig den Verstand verlor, und ihm zu Schwarzmarktpreisen Zigaretten verschaffte. Doch ihm genügten diese spärlichen Zigaretten nicht, und damit sie länger vorhielten, vermischte er den Tabak mit gewissen Surrogaten, die aus stinkenden Kräutern hergestellt waren. Überdies hatte er in seinem Zimmer neben dem Bett Weinflaschen stehen, und er trank sich öfters einen schweren Rausch an. Wenn er getrunken hatte, trat er mit schlaksigen Schritten plötzlich aus der Tür, als stünde er bei Sturm auf einem

Schiffsdeck, und stieß unflätige Beleidigungen hervor oder schrie: »Ich bringe sie um! Ich bringe sie noch um!«
Danach ging er im Gang auf und ab und wünschte sich, daß die ganze Welt zu einem einzigen Gesicht würde, damit er es zu Brei schlagen könnte. Sollte es womöglich das Gesicht einer Frau sein, so würde er es erst mit den Fäusten traktieren und dann mit einer Pomade aus Scheiße einschmieren. Er legte sich sogar mit seinem Duce an, dem er die unwahrscheinlichsten Martern androhte, die allerdings nicht wiedergegeben werden können. Und er wiederholte unaufhörlich, daß er trotz des Duce, *dieses warmen Bruders* (sic), und trotz des Führers, *dieses A...* usw., er, Nino, in den Krieg ziehen würde, denn sie könnten ihn am A..., alle beide. Er sagte, Rom stinke, Italien stinke, und die Lebenden stänken noch schlimmer als die Toten.
Während dieser skandalösen Monologe, die sie, weil ihr nichts Passenderes einfiel, *Kneipenszenen* nannte, floh Iduzza entsetzt in ihr Zimmer und hielt sich, um nichts hören zu müssen, die Ohren mit beiden Händen zu. Dagegen saß Useppe, der in dem Tumult vergessen wurde, in einem Winkel und betrachtete den Bruder weiterhin mit großem Respekt und ohne jede Furcht, als stünde er vor einem Vulkan, der zu hoch war, um ihn mit seiner Lava in Gefahr bringen zu können, oder als befinde er sich inmitten eines tollen Seesturms, den er, in seinem winzigen Boot, furchtlos durchquerte. Er stand in seinem Nachthemd da, aufrecht und mutig, und machte von Zeit zu Zeit von seiner Ecke aus den Bruder auf sich aufmerksam, indem er ihn beim Namen rief: »Ino! Ino!« sagte er leise, und das sollte eindeutig heißen: »Zweifle nicht. Ich bin hier, um dir Gesellschaft zu leisten. Ich laufe nicht weg.«
Was den Dummkopf Blitz betraf, so war es offensichtlich, daß es für ihn bei dieser Angelegenheit trotz allem auch Vorteile gab. Wenn nur Nino, seine große Liebe, sich nicht in seinem Zimmer einsperrte und ihn von seiner Gegenwart ausschloß, war für ihn alles eitel Wonne.
Nach einer Weile versank Ninnarieddu, müde vom Wein, auf dem Sofa in Schlaf. Er schnarchte zu Useppes größter Bewunderung so laut, als kreise ein Flugzeug in der Wohnung herum.
Wegen der Kratzer konnte sich Nino in diesen Tagen nicht rasieren. Der neue Bart wuchs erst unregelmäßig – schließlich war Nino ja noch ein halbes Kind – und sah mehr so aus, als sei das Gesicht nicht gewaschen. Im übrigen wusch und kämmte er sich nicht einmal mehr, damit er noch abstoßender aussah. Als er am Samstagvormittag erwachte, waren die Kratzer endlich fast verschwunden, und er konnte sich wieder rasieren. Es war ein sonniger, windiger Tag. Im Hof spielte ein Radioapparat einen Schlager. Ninnarieddu begann zu tanzen und pfiff die Melodie mit. Er wusch sich die Hände, die Ohren, die Achselhöhlen und die Füße und

kämmte sich die Locken mit Wasser. Er zog einen weißen, sauberen Pullover an, der ihm etwas zu eng war, aber dafür die Brustmuskeln sehen ließ. Vor dem Spiegel maß er sich die Muskeln der Arme und des Brustkastens. Und plötzlich rannte er im Zimmer umher und spielte sich als Tiger auf. Dann kehrte er zum Spiegel zurück und untersuchte seine Kratzer, die zum Glück kaum mehr zu sehen waren. Trotzdem machte er einen Augenblick lang ein böses Gesicht. Doch gefiel er sich im Spiegel. Und in Hochstimmung rief er überschwenglich aus:
»Ach, das Leben ist trotz allem schön . . . Jetzt geht's nach Rom! Komm, Blitz!«
Beim Weggehen sagte er zu Useppe, um den allein Zurückbleibenden zu trösten:
»Useppe! Komm her! Siehst du die Socke da?«
Es war eine gewöhnliche, schmutzige Socke, die er dort am Boden hatte liegen lassen. »Siehst du sie? Paß auf! Bleib hier und laß sie nicht aus den Augen. Du darfst nicht atmen und dich nicht bewegen. Du mußt ganz still hierbleiben und aufpassen. Eineinhalb Minuten lang, MINDESTENS! Hast du verstanden? Du darfst dich nicht bewegen! Und du wirst sehen, sie verwandelt sich in eine Klapperschlange, und dann marschiert sie und klappert: Tarampàm! Zuum! Parampum!«
Voller Zuversicht blieb Useppe eine Zeitlang sitzen und wartete vor der Socke auf das Erscheinen des wunderbaren Wesens. Doch dieses ließ sich nicht blicken. Das sind die Ungewißheiten des Lebens. Genauso war auch von dem Fahrrad nie mehr die Rede. Hingegen brachte Nino an einem jener Tage ein schadhaftes Grammophon nach Hause (einen ähnlichen Apparat, der ihm früher gehört hatte, hatte er gegen Zigaretten eingetauscht) sowie eine einzige abgespielte Platte, die immerhin recht und schlecht ihre sentimentalen Melodien wiederholte: *Leierkasten* und *Illusion, du holdes Trugbild* . . ., die in den Stunden, da Nino zu Hause war, Dutzende von Malen am Tag nach Belieben und ohne Pause gespielt wurden. Für Useppe war es ein Wunder, mindestens ebenso großartig wie das mit der Klapperschlange. Jedoch am dritten Tag ertönte die Stimme, die jetzt geschlechtslos und unverständlich war, verquälter als gewöhnlich. Und plötzlich hörte sie mitten im Lied auf. Nino stellte fest, daß das Grammophon nicht mehr zu retten war; es war kaputt. Er stellte es neben der Wand auf den Boden, gab ihm einen Fußtritt und ließ es dort stehen.
Ein anderes Mal brachte Nino am Nachmittag eine seiner zufälligen Mädchenbekanntschaften mit, der er vor kurzem begegnet war – in Useppes Augen ein weiteres prächtiges Schauspiel. Das Mädchen trug ein buntes Kleid mit Rosenmuster, das sich beim Gehen hinten hob und einen spitzenbesetzten schwarzen Unterrock sehen ließ. Es trat gemäch-

lich in die Wohnung, mit schiefen Schritten, da es orthopädische Schuhe trug. Es war üppig und hatte an den Händen ebenso viele Grübchen wie Finger. Die Nägel waren kirschrot, die Augen strahlten wie Sterne, und der vollkommen runde kleine Mund war dunkelkarminrot. Es sprach langsam und mit singendem Tonfall und wiegte sich bei jeder Kadenz. Beim Hereinkommen sagte es:
»O, ist der aber niedlich! Wem gehört er?«
»Er ist mein Bruder. Und das da ist mein Hund.«
»Aha! Wie heißt du, Kleiner?«
»Useppe.«
»Giuseppe, was? Giuseppe!«
»Nein«, schaltete sich Nino ärgerlich ein, in einem Ton, der keinen Widerspruch duldete, »er heißt wirklich USEPPE, wie er es gesagt hat!«
». . .? Us. . . Ich dachte, er hätte etwas anderes gesagt . . . Er heißt also wirklich Useppe? Und was für ein Name soll das sein?«
»Uns gefällt er.«
»Ich habe den Namen noch nie gehört . . . *Giu*seppe, ja, aber *U*seppe . . . ich finde, dieses *Useppe*, das klingt gar nicht nach einem Namen!«
»Weil du eben doof bist!«

2

Mit dem Vorrücken der schönen Jahreszeit wurden die Luftangriffe auf die italienischen Städte immer zahlreicher und heftiger. Und die Militärberichte meldeten, obwohl sie sich ansonsten optimistisch gaben, jeden Tag Zerstörungen und Verluste an Menschenleben. Rom wurde indes verschont. Doch die Bevölkerung war inzwischen durch die seltsamen Nachrichten, die überall im Umlauf waren, nervös und ängstlich geworden und begann sich weniger sicher zu fühlen. Die reichen Familien waren aufs Land übergesiedelt. Und die Zurückgebliebenen (die große Masse) schauten sich, wenn sie sich auf der Straße, in der Straßenbahn, in den Läden trafen, ins Gesicht, auch solche, die sich gar nicht kannten, und in aller Augen stand die gleiche absurde Frage.
In dieser Zeit ereignete sich bei Ida eine kleine, allerdings brüske Veränderung, was ihr selbst nicht richtig bewußt war: sie reagierte plötzlich krampfhaft empfindlich auf die Alarme (an die sie eigentlich schon gewöhnt gewesen war und die sie nicht mehr gestört hatten). Mit einemmal wurden ungeahnte Reserven an Energie freigesetzt. Ansonsten verlief ihr Leben zu Hause und in der Schule wie früher, in einer Art negativer Ekstase. Aber beim ersten Ton der Sirene wurde sie sofort von einer

wirren Panik ergriffen. Es war, als rolle ein Fahrzeug im Leerlauf einen Abhang hinunter. Ob sie die Sirene tagsüber überraschte oder im Schlaf, jedesmal hakte sie sich hastig das Korsett zu (in dem sie noch immer ihre Ersparnisse aufbewahrte). Dann nahm sie Useppe auf den Arm und flüchtete aufgeregt die Treppe hinunter, um sich in den Luftschutzkeller zu retten, wobei sie plötzlich eine geradezu unnatürliche Kraft entwickelte. Der Keller für sie und die anderen Hausbewohner befand sich jenseits des Häuserblocks, ausgerechnet in den Räumen jener Kneipe, wo drei Winter vorher der deutsche Soldat Gunther eingekehrt war.

Manchmal war Useppe keine fügsame Last, sondern wehrte sich weinend in ihren Armen, als Reaktion auf den Schmerz von Blitz, der sie mit seinem unaufhörlichen Geheul hinter der geschlossenen Tür verfolgte. Um den Hund kümmerte sich Ida nämlich überhaupt nicht. Während der Alarme überließ sie ihn oben in der Wohnung seinem Schicksal. Er aber gab sich mit der Trennung nicht zufrieden.

Wenn Ninnarieddu zu Hause war, lachte er jedesmal über diesen fluchtartigen Aufbruch und weigerte sich voller Verachtung, Ida in den Luftschutzkeller zu folgen. Doch nicht einmal die Anwesenheit dessen, an dem er am meisten hing, vermochte Blitz zu trösten. Er rannte während des ganzen Alarms ständig von der Eingangstür zu Nino und wieder zurück, leckte ihm die Hände und schaute ihn mit seinen kastanienbraunen, leidenschaftlichen Augen flehend an. Er gab keinen Augenblick Ruhe und hörte nicht auf mit seinem erbarmungswürdigen Geheul, das in einer immer gleichbleibenden Tonart stets dieselbe fixe Idee ausdrückte: »Hab Mitleid! Gehen wir doch mit ihnen, so daß wir, wenn sie sich retten, alle gerettet werden; und wenn wir krepieren müssen, dann krepieren wir wenigstens alle miteinander.«

Schließlich entschloß sich Ninnarieddu, wenn auch gelangweilt und widerstrebend, ein für allemal Blitz zufriedenzustellen, um ihm diese wahnsinnige Qual zu ersparen. Er ging mit ihm in den Keller des Wirts hinunter, so daß nun die ganze Familie vollzählig war. Von da an waren die Luftalarme, wenn Nino zu Hause war, jedesmal ein von Blitz sehnsüchtig herbeigewünschter Zeitvertreib, besonders nach Einbruch der Dunkelheit, denn dann konnte man endlich, zusammen mit Nino, das Nachtleben genießen.

Kaum zerriß das berüchtigte Geheul das Dunkel, war Blitz sogleich auf dem Posten, als sei ihm auf übersinnlichem Wege ein großes Fest angekündigt worden. Nachdem er seinen Platz auf dem Sofa (wo er immer neben Ninnarieddu schlief) mit einem Satz verlassen hatte, bemühte er sich, alle aufzuwecken, rannte vom einen zum andern, bellte freudig und eindringlich und wedelte mit dem Schwanz wie mit einer Fahne. Übri-

gens war Useppe schon von selbst aufgewacht und wiederholte wie elektrisiert: »Die Nene! Die Nene!«
Das Schwierigste war es, Nino aufzuwecken, der störrisch und verschlafen den Tauben spielte, so daß Blitz ihn gewissermaßen aus dem Bett werfen mußte. Dann fuhr er fort, ihn zum Aufbruch zu drängen, während Nino in einem fort gähnte und sich den Pullover und die Hose anzog, nicht ohne zu fluchen und zu schimpfen, auch auf die Hunde. Dabei wurde er immerhin richtig wach. Endlich kam der ersehnte Augenblick: Er nahm, mittlerweile schon recht munter, unter dem Beifall von Blitz die Leine; und Blitz rannte herbei und ließ sie sich anlegen und hatte es so eilig wie ein fanatischer Nachtschwärmer, der in den Wagen steigt, um zum Tanzen zu gehen.
Dann ging's ins Nebenzimmer hinüber, wo Nino Useppe rittlings auf die Schultern nahm. Und ohne jedes weitere Gepäck (es konnte höchstens vorkommen, daß Useppe *Roma* oder die Nuß mitnahm) rannten Nino, Useppe und Blitz – drei Körper und eine Seele – die Treppen hinunter. Ida kam brummelnd in einigem Abstand allein hinterher, ihre Tasche an die Brust gepreßt. Mittlerweile kamen die anderen Familien aus den Türen und über den Hof gerannt, im Nachthemd, in Unterkleidern, mit Säuglingen auf dem Arm und Koffern in den Händen, die sie die Treppen hinunterschleppten, und liefen zum Luftschutzraum. Und durch das Stimmengewirr hindurch hörte man schon, zuerst aus weiter Ferne, dann immer näher, das Dröhnen des Luftgeschwaders, dem Schüsse und Lichtblitze und Knalle folgten wie bei einem gewaltigen Feuerwerk. Ringsum wurde nach einzelnen Familienangehörigen gerufen. Irgendein kleiner Junge war verlorengegangen. Jemand stolperte vor Schreck oder fiel zu Boden. Einige Frauen kreischten. Und Nino lachte bei dieser allgemeinen Angst wie über ein großartiges komisches Schauspiel, im Chor begleitet von der naiven Heiterkeit Useppes und Blitzens.
Diese Nächte im Luftschutzkeller mißfielen Ninnarieddu durchaus nicht; unter anderem deshalb, weil man dort unten Gelegenheit hatte, ein paar hübsche junge Mädchen aus der Nachbarschaft zu treffen, die gewöhnlich nicht ohne weiteres ausgehen durften, weil die Familie sie eifersüchtig behütete. Er versäumte es jedoch nie, gleich beim Betreten des Kellers seinen Widerwillen zu demonstrieren. Er blieb neben dem Eingang stehen, lehnte sich in einer verächtlichen Pose mit dem Rücken gegen die Wand und ließ die Zuhörerschaft (insbesondere die jungen Mädchen) wissen, daß er einzig seines Hundes wegen diesen Blödsinn hier mitmache. Was ihn selbst betraf, so machten ihm die Bomben gar nichts aus, im Gegenteil, er fand Bomben noch lustiger als Knallerbsen. Wenn es wenigstens richtige Alarme wären! Leider aber waren diese Alarme in Rom ja doch nur die reine Komödie. Denn es war

ja bekannt, daß Rom durch den geheimen Pakt Tschörtschils mit dem Papst zur heiligen und unberührbaren Stadt erklärt worden war, und Bomben konnten hier überhaupt nicht abgeworfen werden. – Wenn Nino diese Punkte geklärt hatte, genoß er, ohne sich zu weiteren Ausführungen herabzulassen, die Alarme, so gut er es vermochte.
Übrigens kümmerte es Ninnarieddu auch herzlich wenig, ob das Haus einstürzte und die Habe der Familie verlorenging. Diese bestand ja doch nur aus ein paar Betten oder Bettgestellen mit Kapokmatratzen, einem Wäschesack (mit Winterpullovern, seinem Kamelhaarmantel, der ihm inzwischen zu klein war, und einem gewendeten Mantel Idas), ein paar aus dem Leim gegangenen Büchern usw. Im Gegenteil – wenn das Haus einstürzte, würde die Regierung nach dem Sieg die Verluste mit Gewinn zurückzahlen. Und Nino war schon mit Useppe und Blitz übereingekommen, von dieser Entschädigungssumme einen möblierten Wohnwagen zu kaufen, um dort zu wohnen und wie die Zigeuner zusammen umherzuziehen.
Und was Rom betraf, so war Nino persönlich dagegen, daß die Stadt – aus speziellen, übertriebenen Rücksichten heraus – geschont wurde. Seiner Meinung nach wäre es nicht schade, wenn auf Rom Bomben fallen würden, zumal wenn man bedachte, daß der größte Wert Roms in seinen Ruinen bestand, im Kolosseum, dem Trajansforum usw.
Nicht selten fiel während der Alarme das Licht aus. Um den Keller zu beleuchten, zündete man dann eine Azetylenlampe an, die an Jahrmärkte und die Karren der Wassermelonenhändler erinnerte. Ein Bekannter des Wirts hatte für die Alarmnächte das Lokal mit einem tragbaren Grammophon ausgestattet, und wenn der Alarm lange dauerte, tanzten Nino und seine Freunde auf dem geringen Platz, der zur Verfügung stand, mit irgendwelchen Mädchen, um die Zeit totzuschlagen. Wer sich aber mehr als alle anderen bei dieser Musik und diesen Tänzen vergnügte, war Useppe. Vor Glück ganz aus dem Häuschen, tapste er zwischen den Beinen der Tanzenden umher, bis er den Bruder erreicht hatte. Und dieser lachte, wenn er ihn mitten unter all den Füßen auftauchen sah, ließ seine Dame stehen und begann mit ihm im Kreis herumzuhüpfen.
Einige Male hatte es Ida in dem Durcheinander des Aufbruchs versäumt, ihn anzukleiden, und sich damit begnügt, ihn in eine Decke oder einen Schal oder irgendeinen Lappen einzuwickeln. Und wenn er die dann verloren hatte, stand er mitten im Keller plötzlich nur noch in seinem Nachthemdchen da. Doch ihm war das gleichgültig. Er genierte sich keineswegs, wenn er so hüpfte und tanzte, und benahm sich, als sei er in einem höchst gesellschaftsfähigen Aufzug.
Blitz hatte dort im Luftschutzkeller Gelegenheit, andere Hunde zu treffen. Mit Ausnahme eines Jagdhundes und eines alten Spitzes, der einer

bejahrten Dame gehörte, waren es immer ganz ordinäre Hunde, Kreuzungen von Bastarden wie er, die infolge der Entbehrungen des Krieges dürr und ausgemergelt waren. Doch waren sie alle, wie er, glücklich über die Abwechslung. Und nach dem gewohnten Begrüßungszeremoniell zwischen Hunden begann er mit den anderen herumzutoben.
Einige Frauen stillten oder strickten. Ein paar alte Frauen beteten den Rosenkranz und bekreuzigten sich bei jeder stärkeren Erschütterung. Manche streckten sich, kaum waren sie eingetreten, irgendwo auf dem Boden aus, um den unterbrochenen Schlaf fortzusetzen. Ein paar Männer setzten sich an einen Tisch und spielten um den Wein des Wirts Karten oder Morra. Und manchmal entbrannten Diskussionen, die in Streitigkeiten oder Schlägereien enden konnten, die dann vom Wirt oder vom Luftschutzwart geschlichtet wurden.
Es ist schon bekannt, daß Ida, da sie nicht sehr umgänglich war und auch wenig Gelegenheit dazu hatte, nie mit ihren Nachbarn verkehrte; diese waren für sie flüchtige Gestalten geblieben, denen man zufällig auf der Treppe, im Hof oder in den Läden begegnet war. Und jetzt, da sie mit ihnen im Luftschutzkeller zusammenkam und von diesen halb vertrauten, halb fremden Gesichtern umgeben war, verwechselte sie sie manchmal, noch ganz schlaftrunken, mit der lärmenden Menge aus ihren eben erst unterbrochenen Träumen. Es genügte, daß sie irgendwo saß, und sofort begann ihr Schlafmittel erneut zu wirken. Doch schien es ihr für eine Lehrerin nicht schicklich, in aller Öffentlichkeit zu schlafen. Daher gab sie sich Mühe, mitten in all dem Lärm zusammengekauert, die Augen offen zu behalten. Ab und zu allerdings sank sie vornüber, und wenn sie sich dann wieder gefangen hatte, wischte sie sich den Speichel vom Kinn und murmelte mit einem leisen Lächeln: »Entschuldigen Sie, entschuldigen Sie . . .« Sie hatte Useppe aufgetragen, sie von Zeit zu Zeit zu wecken. Und er kletterte jedesmal, wenn es ihm einfiel, auf ihre Knie und schrie ihr ins Ohr: »Mà? Maà!!« und kitzelte sie am Hals, was ihn selbst ungeheuer amüsierte, denn seine Mutter lachte, wenn er sie so kitzelte, wie ein kleines Mädchen. »Wach, Mà?« erkundigte er sich dann, eifrig und neugierig, wenn sie die von der Droge schweren Augen öffnete, die vom Azetylenlicht geblendet wurden. Sie erkannte den Keller nicht sofort und drängte sich wie betäubt an das Kind, als wolle sie bei ihm Schutz suchen vor jenen Unbekannten, die vielleicht Polizisten oder Spione waren . . . Andauernd fürchtete sie, sie lasse sich im Schlaf gehen oder halte wohl gar kompromittierende Reden, zum Beispiel: »Der Familienname meiner Mutter lautet ALMAGIÀ« oder »Mein Kind ist ein Bastard, der Sohn eines NAZIS.«
In den Luftschutzkeller kamen, außer den Familien aus der Nachbarschaft, gelegentlich auch andere Leute: zufällige Passanten oder solche,

die keinen festen Wohnsitz hatten: Bettler, billige Prostituierte und Schwarzhändler (mit denen Nino, der immer auf der Jagd nach Geld war, in jenen Nächten geheimnisvolle kleine Geschäfte tätigte). Einige unter ihnen kamen aus Neapel und erzählten, die Stadt sei infolge der zahllosen Bombardierungen nur noch ein einziger Friedhof, ein richtiges Massengrab. Alle, die es irgendwie schafften, seien geflohen. Und die armen Teufel, die dort geblieben seien, schliefen jeden Abend vorsichtshalber in den Grotten, wohin sie Matratzen und Decken gebracht hätten. Die Straßen seien durch die Angriffe der Fliegenden Festungen, die die Stadt täglich bombardierten, zu einer einzigen Trümmerwüste geworden und seien verpestet von Verwesungsgeruch und Qualm.
Bei jener einzigen denkwürdigen Gelegenheit, als Iduzza während ihrer Hochzeitsreise zwei Stunden lang in Neapel gewesen war, war sie noch ein Neuling gewesen, denn außer ihrer Provinz hatte sie noch nichts gesehen. Deshalb erinnerte sie sich an Neapel wie an ein legendäres Bagdad, das sehr viel grandioser war als Rom. Statt dieser einzigen und unvergleichlichen Vision sah sie jetzt im Geiste eine Verderben bringende, blutbesudelte Fläche vor sich, die so groß war wie Asien und wo auch die Throne der Könige und Königinnen und die Mythen der Mutterstädte, von denen sie in der Schule gehört hatte, zusammen mit anderen Phantasien vernichtet wurden.
Ninnarieddu hingegen empfand bei den Erzählungen der Neapolitaner vielmehr das Verführerische einer solchen abenteuerlichen Existenz in Grotten und Meereshöhlen, die sich ihm voll unvorhergesehener Umstände und Liebesglück, voll Gefahr und Anarchie verheißungsvoll darstellte. Und wie einer, der aus der Provinz in die Metropole fliehen will, plante er schon, in Gesellschaft eines seiner neuen Schwarzhändler-Bekannten nach Neapel zu gehen. Schließlich hatte er die ganze Schulfarce schon vor einigen Wochen abgebrochen, und inzwischen waren die Schulen auch geschlossen worden. In Afrika war der Krieg zu Ende; nun näherte er sich Italien. Alle Länder standen in Flammen. Ninnarieddu hatte genug von der Heiligen Stadt, wo der Krieg nur zum Schein stattfand, weil man es sich im Vatikan und in den Ministerien so ausgedacht hatte. Und das Verlangen nach Orten ohne Heiligkeit, wo das, was brennen mußte, brannte, überfiel ihn in manchen Augenblicken bis zum Brechreiz, wie ein Anfall einer fiebrigen Entzündung. Wenn die Regierung ihn nicht als Soldaten nehmen wollte, weil er zu klein (!) war, würde er sich zu helfen wissen und den Krieg auf eigene Faust führen.
Doch gerade in jenen Tagen wurde sein beharrlicher Wunsch erhört. Die unheilvolle Entwicklung des faschistischen Kriegs förderte die Einstellung von Freiwilligen, die bereit waren, ihr Leben für den Duce hin-

zugeben. Und noch vor Ende Juni erreichte es Ninnarieddu, obwohl er noch ein halbes Kind war, daß er in einem Bataillon von Schwarzhemden aufgenommen wurde, das nach Norden reiste.
In der Uniform wirkte er zwar wie ein kleiner Junge, doch sein Auftreten war stolz, fast hochmütig. Und es zeigte sich schon, daß er auch mit der militärischen Disziplin nicht viel anfangen konnte. Ernsthafte Sorge bereitete ihm bei der Abreise Blitz, den er notgedrungen in Rom zurücklassen mußte. Und da er seiner Mutter keineswegs traute, vertraute er ihn seinem Bruder Useppe an, und sie schlossen mit einem feierlichen Händedruck einen richtigen Vertrag unter Ehrenmännern.

3

Ninos Abschied von Blitz war herzzerreißend, trotz seiner Versicherung, er werde spätestens in einer Woche an der Spitze einer motorisierten Einheit zurückkehren, beladen mit Kutteln und Knochen für alle Hunde Roms. Blitz war nicht so gutgläubig wie Useppe. Sicherlich hielt er diese Beteuerungen für Lügenmärchen und Größenwahn und blieb daher untröstlich. Einen ganzen Tag lang weigerte er sich, seine aus kümmerlichen Resten bestehende Ration zu fressen, und hörte nicht auf, von der Tür zum Fenster zu laufen und Nino zu rufen, er möge doch zurückkehren, obwohl Blitz im Grunde wußte, daß Nino inzwischen zu weit entfernt war, um ihn hören zu können. Und wenn er von oben die Gestalt eines Jungen sah, der Nino ein bißchen ähnlich war, jaulte er kläglich vor bitterer Sehnsucht.
Am Abend jenes Tages schloß Ida ihn, weil er sie störte, in den Abort ein. Doch da er dort drin nicht aufhörte, zu winseln und an der Tür zu kratzen, weigerte sich Useppe seinerseits, zu Bett zu gehen, und war entschlossen, eher selbst auch im Abort zu schlafen, als ihn dort allein zu lassen. Schließlich wurde ihm in Useppes Bettchen eine Zuflucht gewährt, wo der Hund mit überströmender Dankbarkeit und Freude und Betrübnis den nackten Useppe vom Kopf bis zu den Füßen ableckte, bevor er in den Armen des Kindes einschlief.
Zwei Tage später, am 10. Juli, landeten die Alliierten in Sizilien. Jetzt ertönte die Sirene jede Nacht, und Useppe legte jeden Abend die Leine von Blitz unter sein Kopfkissen, der, noch bevor die Sirene ertönte, der Familie mit leisem Bellen den Alarm ankündigte.
Blitz entfernte sich nie von ihnen beiden, außer wenn sie Einkäufe machten. Da die Ferienzeit angebrochen war, ging Ida am Vormittag gegen zehn Uhr aus, um ihre Einkäufe zu besorgen. In diesen Tagen hatte

sie die Gewohnheit angenommen, Useppe fast jedesmal mitzunehmen und Blitz die Bewachung der Wohnung zu überlassen, da dieser während des Schlangestehens zusammen mit Useppe eine doppelte Belastung gewesen wäre. Beim Aufbruch wußte er schon, daß er bei solchen Gelegenheiten nicht mitgehen durfte. Daher umkreiste er sie ohne freudiges Gebell, schaute mit beleidigter Miene zu, wie sie sich zum Ausgehen bereitmachten, und ergab sich in sein Schicksal.
Bei ihrer Rückkehr erwartete er sie oben neben dem offenen Fenster im letzten Stockwerk, und sie konnten ihn bis auf die Straße hinunter hören, wie er sie mit lautem Gebell begrüßte. Und bei der Ankunft fanden sie ihn hinter der Tür wartend, bereit, sie mit wilden Freudenkundgebungen zu empfangen, die sich hauptsächlich an Useppe wandten und hundertmal wiederholten: »Mein letztes Gut bist jetzt du!«

An einem jener Vormittage kehrte Ida mit zwei großen Markttaschen am Arm und Useppe an der Hand von den Einkäufen zurück. Der Himmel war klar, und es war sehr heiß. In jenem Sommer hatte sich Ida angewöhnt, sich wie eine Frau aus dem Volk zu kleiden, wenn sie im Viertel zu tun hatte. So trug sie auch jetzt ihr Hauskleid aus bunt bedruckter Kretonne, ging ohne Hut und mit bloßen Beinen, um Strümpfe zu sparen, und hatte Stoffschuhe mit hoher Korksohle an. Useppe trug nichts außer einem karierten, ausgebleichten Hemdchen, geflickten blauen Baumwollhöschen und einem Paar Sandalen, die ihm viel zu groß waren (weil zum Hineinwachsen gekauft) und die bei jedem Schritt ein schlurfendes Geräusch auf dem Pflaster machten. In der Hand hielt er sein berühmtes Bällchen *Roma*. (Die Nuß *Lazio* war in jenem Frühling leider verlorengegangen.)
Sie kamen aus der Allee in der Nähe des Umschlagplatzes und gingen in die Via dei Volsci, als man, von keinem Alarm angekündigt, am Himmel einen metallischen, brummenden Lärm wie von einem Orchester vernahm. Useppe sah nach oben und sagte: »Lugzeug.« Und in diesem Augenblick pfiff die Luft, während bereits mit mächtigem Getöse die Mauern hinter ihnen einstürzten und der Boden um sie herum aufplatzte, zerbröckelt in einer Kartätschenladung von Trümmern.
»Useppe! Useppeee!« schrie Ida, die in einen schwarzen, staubigen Wirbelsturm geschleudert worden war, der ihr die Sicht nahm. »Mà, ich bin da!« antwortete neben ihr sein Stimmchen, und es klang fast so, als wolle er sie beruhigen. Sie nahm ihn auf den Arm, und für den Bruchteil einer Sekunde dachte sie an die Anordnung der UNPA (Nationale Luftschutz-Vereinigung) und des Luftschutzwartes, daß man sich bei einem Bombenangriff auf den Boden legen solle. Doch statt dessen rannte sie richtungslos davon. Sie hatte eine der Markttaschen fallen lassen, wäh-

rend ihr die andere, an die sie gar nicht mehr dachte, noch am Arm hing, unter dem Hintern Useppes, der sich vertrauensvoll an sie preßte. Mittlerweile hatte der Sirenenalarm eingesetzt. Ida merkte beim Laufen, daß sie auf einem aufgewühlten, rauchenden Gelände, das aussah wie umgepflügt, abwärts rutschte, als ob sie Schlittschuhe an den Füßen hätte. Als sie schon fast unten war, fiel sie nach hinten, so daß sie zusammen mit Useppe, den sie noch immer im Arm hielt, auf dem Boden saß. Beim Fall hatte sich das ganze Gemüse aus der Tasche ergossen, und zu ihren Füßen verstreut leuchteten die Farben der Paprikaschoten grün, orangefarben und in lebhaftem Rot.

Mit einer Hand klammerte sie sich an eine gespaltene Wurzel, die mit zerborstenem Erdreich bedeckt war und neben ihr aufragte. Und indem sie sich besser zurechtsetzte, beugte sie sich über Useppe und begann ihn fieberhaft abzutasten, um sich zu vergewissern, daß er unversehrt war. Dann stülpte sie ihm die leere Tasche als Schutzhelm über das Köpfchen.

Sie befanden sich in einer Art engen Grabens, von oben her von dem dikken Stamm eines umgestürzten Baumes wie von einem Dach geschützt. Man konnte aus nächster Nähe hören, wie oben ein starker Windstoß das Laub der Krone schüttelte. Ringsum dauerte das schrille und verderbenbringende Pfeifen weiter an, in dem sich, unter Prasseln, lautem Geknalle und sonderbarem Geklirre, schwache, aus absurder Entfernung erklingende menschliche Stimmen und das Gewieher von Pferden verloren. Useppe kuschelte sich an Ida und schaute ihr unter der Markttasche hervor ins Gesicht, nicht eigentlich verängstigt, sondern eher neugierig und nachdenklich. »Es ist nichts«, sagte sie zu ihm. »Hab keine Angst. Es ist nichts.« Er hatte seine Sandalen verloren, hielt aber noch immer sein Bällchen fest in der Faust. Bei den stärksten Erschütterungen zitterte er kaum merklich.

»Nichts . . .«, sagte er dann, halb überzeugt und halb fragend.

Seine nackten Füßchen hingen ruhig von Idas Schoß herunter, eines hier und eines dort. Die ganze Zeit über, die sie an diesem Zufluchtsort warteten, schauten er und Ida sich aufmerksam in die Augen. Sie hätte nicht sagen können, wie lange es dauerte. Ihre Armbanduhr war zerbrochen. Und es gibt Situationen, in denen es unmöglich ist, eine Zeitdauer zu schätzen.

Als der Alarm vorbei war, krochen sie heraus. Sie befanden sich inmitten einer riesigen Staubwolke, die die Sonne verbarg und mit ihrem Teergeruch zum Husten reizte. Durch diese Wolke hindurch sah man nahe beim Umschlagplatz Flammen und schwarzen Rauch. Die Straßen, die auf der anderen Seite der Allee mündeten, waren Berge von Trümmern, und Ida, die mit Useppe auf dem Arm nur mühsam vorwärts kam, suchte zwischen den umgestürzten, rauchgeschwärzten Bäumen hindurch einen Zugang zu dem Platz. Das erste erkennbare Ding, dem sie begegneten, war ein totes Pferd. Sein Kopf war mit einem schwarzen Federbusch und zerfetzten Blumenkränzen geschmückt. In diesem Augenblick benetzte eine lauwarme Flüssigkeit Idas Arm. Erst da begann Useppe verzagt zu weinen: denn er war schon seit längerer Zeit nicht mehr so klein, um noch in die Hosen zu machen.

Um das Pferd herum bemerkte man weitere Kränze, noch mehr Blumen und Gipsflügel, Köpfe und Glieder verstümmelter Statuen. Vor den Bestattungsunternehmen, deren Vitrinen zerschmettert und leer waren, war der Boden ganz mit Glassplittern bedeckt. Vom nahen Friedhof drang ein weicher, süßlicher und schaler Geruch herüber, und man erblickte jenseits der geborstenen Mauer die schwarzen, gekrümmten Zypressen. Mittlerweile waren andere Leute aufgetaucht, und allmählich war es eine große Menge, die da umherirrte, wie auf einem anderen Planeten. Einige waren blutbefleckt. Man hörte Schreie, Namen wurden gerufen, oder es hieß: »Auch dort brennt es!« »Wo ist die Ambulanz?« Doch auch diese Laute gaben einen heiseren, seltsamen Widerhall, wie in einem Hof voller Taubstummer. Useppe stellte Ida zu wiederholten Malen eine unverständliche Frage, in der sie das Wort *Haus* zu erkennen glaubte. »Mà, wann gehen wir nach Hause?« Die Markttasche rutschte ihm über die Augen, und er zitterte jetzt vor unbezähmbarer Ungeduld. Er schien von einer Sorge erfüllt, die er nicht äußern wollte, nicht einmal vor sich selbst: »Mà? . . . Haus? . . .« quengelte er hartnäckig. Doch war es schwierig, die vertrauten Straßen wiederzuerkennen. Schließlich entdeckte Ida, jenseits eines halb zerstörten Gebäudes, von dem die Balken und die heruntergerissenen Fensterläden herabhingen, zwischen dem allgegenwärtigen Ruinenstaub, das Haus, in dem sich das Lokal befand, wo sie in Alarmnächten Zuflucht suchten. Es war nicht zerstört worden. In diesem Augenblick begann Useppe sich so wild zu sträuben, daß es ihm gelang, sich aus Idas Armen zu befreien und auf den Boden zu kommen. Und er lief mit seinen nackten Füßchen einer noch dichteren Staubwolke entgegen und begann zu schreien: »Bii! Biii! Biiii!«

Ihr Haus war zerstört. Es war nur noch eine Kulisse übrig, die ins Leere klaffte. Wenn man in die Höhe sah, erblickte man anstelle ihrer Wohnung zwischen den Rauchwolken ein Stück des Treppenabsatzes unter zwei großen Wasserbehältern, die aufrecht stehengeblieben waren. Unten irrten heulende oder verstummte Menschen zwischen den Pflastersteinen, den zertrümmerten Möbeln, den Schutt- und Müllhaufen umher. Kein Klagelaut stieg von dort empor: da unten mußten alle tot sein. Doch einige von diesen Gestalten stocherten und kratzten mit den Nägeln, von einem sinnlosen Impuls angetrieben, in diesem Haufen herum

und suchten jemand oder etwas zu bergen. Und mitten in all dem hörte man Useppes Stimmchen rufen:
»Biii! Biiii! Biiiii!«
Blitz war verloren, ebenso wie das Ehebett und das Kinderbettchen und das kleine Sofa und die Truhe und Ninnuzzus zerfetzte Bücher und sein vergrößertes Photo und die Kochtöpfe und der Wäschesack mit den geflickten Mänteln und den Winterpullovern und die zehn Päckchen mit Milchpulver und die sechs Kilo Teigwaren und das, was vom letzten Monatsgehalt übriggeblieben war und in einer Schublade der Kredenz aufbewahrt wurde.
»Gehen wir weg! Gehen wir weg!« sagte Ida und versuchte Useppe auf den Arm zu nehmen. Aber er wehrte sich und schlug mit Händen und Füßen immer wilder um sich. Dabei wiederholte er seinen Ruf »Biii!« immer eindringlicher und fordernder. Vielleicht meinte er, wenn Blitz so dringend aufgefordert werde, müsse er unbedingt von einem Augenblick zum andern schwanzwedelnd aus einem Winkel auftauchen.
Und als er mit Gewalt fortgeschleppt wurde, hörte er nicht auf, diese komische Silbe mit von Schluchzen zitternder Stimme zu wiederholen.
»Gehen wir, gehen wir weg«, wiederholte Ida. Doch in Wirklichkeit wußte sie nicht mehr, wohin sie gehen sollte. Die einzige Zuflucht, die sich ihr bot, war die Wirtschaft, wo sich schon etliche Leute versammelt hatten, so daß kein Sitzplatz mehr übrig war. Doch als sie mit dem Kind auf dem Arm eintrat, forderte eine alte Frau, die ihnen ansah, daß sie *Ausgebombte* waren, die bei ihr Sitzenden auf, zusammenzurücken, und machte ihr neben sich auf einer Bank Platz.
Ida saß außer Atem da, mit zerfetzten Kleidern, zerkratzten Beinen und sogar im Gesicht schwarz verschmiert, in dem man die winzigen Fingerabdrücke erkannte, die Useppe, als er an ihrem Hals hing, dort hinterlassen hatte. Kaum sah die Frau, daß sie, so gut es ging, auf der Bank Platz genommen hatte, fragte sie besorgt: »Seid Ihr von hier?« Und als Ida schweigend nickte, teilte sie ihr mit: »Ich nicht. Ich komme von Mandela.« Sie befand sich nur vorübergehend hier in Rom, wie jeden Montag, um ihr Obst und Gemüse zu verkaufen. »Ich bin Bäuerin«, erklärte sie. Hier in der Wirtschaft sollte sie auf einen ihrer Enkel warten, der sie, wie jeden Montag, begleitet hatte, um ihr zu helfen, und der zum Zeitpunkt des Luftangriffs irgendwo in der Stadt unterwegs gewesen war. Es ging das Gerücht, bei diesem Bombardement seien zehntausend Flugzeuge eingesetzt worden und ganz Rom sei zerstört; auch der Vatikan und der Königspalast, auch die Piazza Vittorio und der Campo dei Fiori – alles stehe in Flammen.
»Wer weiß, wo sich jetzt mein Enkel befindet? Und wer weiß, ob der Zug nach Mandela noch fährt?«

Die Frau war etwa siebzig Jahre alt, aber noch rüstig, hochgewachsen und dick, mit rosiger Hautfarbe und schwarzen Ohrringen. Auf den Knien hielt sie einen leeren Korb, in dem ein abgelegtes Tragpolster lag. Sie schien entschlossen, mit ihrem Korb dort sitzen zu bleiben und auf ihren Enkel zu warten, wenn es sein mußte, auch dreihundert Jahre lang wie der Brahmane in der Hindu-Legende.
Als sie Useppes Verzweiflung sah, der noch immer nach seinem *Bi* rief, wenn auch mit stets schwächerer Stimme, versuchte sie, ihn aufzuheitern, und ließ vor ihm ein Perlmutterkreuz baumeln, das sie an einem Schnürchen um den Hals trug:
»Bi bi bi, Kleiner! Was willst du, sag, was willst du?«
Ida erklärte ihr mit leiser, stotternder Stimme, Blitz sei der Name des Hundes, der unter den Trümmern ihres Hauses geblieben sei.
»Nun ja, Christenmenschen oder Tiere, krepieren müssen sie alle«, bemerkte die andere und bewegte in ruhiger Ergebenheit sachte ihren Kopf. Dann wandte sie sich wieder mit mütterlichem Ernst und ohne Ziererei an Useppe und tröstete ihn:
»Mußt nicht weinen, Kleiner, dein Hund hat jetzt nämlich Flügel bekommen, er ist ein Täubchen geworden und in den Himmel geflogen.«
Während sie das sagte, ahmte sie mit erhobenen Händen das Flattern zweier Flügel nach. Useppe, der alles glaubte, hörte zu weinen auf und verfolgte interessiert die Bewegung dieser Hände, die sich mittlerweile wieder auf den Korb gesenkt hatten und dort ruhig mit ihren unzähligen Runzeln, die von der Feldarbeit schwarz geworden waren, dalagen.
»Flügel? Walum Flügel?«
»Weil er ein weißes Täubchen geworden ist!«
»Weißes Täubchen«, stimmte Useppe bei und betrachtete die Frau aufmerksam mit tränenerfüllten Augen, die schon wieder zu lächeln anfingen. »Und was macht er da?«
»Er fliegt mit vielen anderen Täubchen umher.«
»Wie vielen?«
»Sehr, sehr vielen!«
»Wie vielen?«
»Dreihunderttausend.«
»Deihuntausend, sind das viel?«
»Und ob, mehr als ein Doppelzentner!!«
»So viele! So viele! Aber was machen sie da?«
»Sie fliegen herum, sie vertreiben sich die Zeit.«
»Und die Walben sind auch da? Und auch die Ferde sind da?«
»Sie sind alle dort.«
»Auch die Ferde?«
»Auch die Pferde.«

»Und sie fliegen auch?«
»Und ob sie fliegen!«
Useppe lächelte ihr zu. Er war ganz mit schwarzem Staub und mit Schweiß bedeckt, so daß er aussah wie ein Kaminfeger. Seine schwarzen Haarbüschel waren so verkleistert, daß sie ihm vom Kopf abstanden. Die Frau bemerkte, daß seine Füßchen von irgendeinem Kratzer bluteten, und rief in energischem Ton einem Soldaten zu, der hereingekommen war, um Wasser zu holen, er solle ihn behandeln. Und Useppe ließ die Behandlung über sich ergehen, ohne auch nur im geringsten darauf zu achten, so sehr war er von Blitzens vorteilhafter Karriere beeindruckt.
Als der Soldat ihn verbunden hatte, winkte ihm Useppe zerstreut ein Lebewohl zu. Seine beiden Fäustchen waren jetzt leer. Auch das Bällchen *Roma* war verlorengegangen. Und bald darauf schlief Useppe in seiner schmutzigen Kleidung und seinen nassen Höschen ein. Die Alte aus Mandela schwieg von da an.
Im Keller gab es nun ein unaufhörliches Kommen und Gehen. Das Lokal stank nach Menschen und nach den Dünsten, die von draußen hereindrangen. Aber im Gegensatz zu den Alarmnächten entstand keine Verwirrung, gab es keine Zusammenstöße und kein Geschrei. Die meisten der Anwesenden schauten einander stumpfsinnig und wortlos ins Gesicht. Viele trugen zerrissene und angesengte Kleider, etliche bluteten. Von irgendwoher konnte man inmitten des endlosen, unzusammenhängenden Lärms von Zeit zu Zeit ein Röcheln unterscheiden; oder es erhob sich mit einemmal ein wildes Geheul, wie aus einem brennenden Wald. Die Ambulanzen begannen herumzufahren, dann die Feuerwehrautos, dann kamen die Leute vom Hilfsdienst, die mit Schaufeln und Spitzhakken bewaffnet waren. Jemand hatte auch einen Lastwagen voller Särge ankommen sehen.
Ida kannte fast niemanden von den Anwesenden. In ihren Gedanken, die sich unzusammenhängend im Kreise drehten, tauchten von Zeit zu Zeit die Gesichter einiger ihrer Nachbarn aus dem Mietshaus auf, die in den Alarmnächten hier unten mit ihr Zuflucht gesucht hatten. In jenen Nächten hatte sie, von Schlafmitteln betäubt, diese Leute kaum wahrgenommen. Heute aber sah sie sie, obwohl sie nicht da waren, mit photographischer Genauigkeit vor sich. Den *Messaggero* mit den zuckenden Gliedern und dem verschlafenen Gesicht, der von seinen Töchtern wie ein Hampelmann getragen wurde. Giustina, die Pförtnerin mit den weitsichtigen Augen, die die Nadel beim Einfädeln weit von sich weghielt. Den Angestellten aus dem ersten Stockwerk, der *Salve* und *Prosit* sagte und im Hof einen *Kriegsgarten* angelegt hatte. Den Klempner, der dem Schauspieler Buster Keaton glich und an Arthrose litt, und seine Tochter, die gegenwärtig die Uniform der Straßenbahnschaffnerinnen trug.

Einen Jungen, der bei einem Automechaniker in die Lehre ging, ein Freund Ninnuzzus, der einen Pullover trug, auf dem *Pirelli-Gummireifen* stand. Proietti, den stellungslosen Anstreicher, der trotzdem immer seine Arbeitsmütze aus Zeitungspapier trug ... Da ihr das Schicksal dieser Leute gegenwärtig so ungewiß war, erschien es ihr, als befänden sich diese Gestalten in einem Niemandsland, von wo aus sie in einem Augenblick wieder leibhaftig auftauchen konnten, wie sie sich so wie immer im Viertel abplagten, jederzeit zu preiswerten Dienstleistungen bereit. Oder es konnte auch sein, daß sie schon weggezogen waren, in Fernen, so unerreichbar wie die Sterne, die seit Jahrtausenden erloschen waren, von wo sie um keinen Preis zurückgeholt werden konnten, viel weniger noch als ein im Indischen Ozean versunkener Schatz.

Bis heute morgen hatte es niemanden gegeben, der so bereitwillig wie der Zwergbastard Blitz auf jeden Ruf eingegangen wäre, und wäre es auch nur der des Straßenkehrers oder des Lumpensammlers gewesen. Sie hatte ihn nie so richtig beachtet, im Gegenteil, sie hatte ihn für einen Eindringling und einen Schmarotzer gehalten. Jetzt aber war er so unerreichbar, daß nicht einmal die gesamte faschistische Polizei ihn hätte wieder einfangen können.

Das erste, was von ihm ins Gedächtnis zurückkehrte – und diese Erinnerung gab ihr einen Stich –, war jener weiße, sternförmige Fleck, den er am Bauch hatte. Jene einzige Eleganz, die er im Leben besessen hatte, verursachte ihr nun auch das größte Mitleid mit seinem Tod.

Was Nino wohl sagen würde, wenn er Blitz nicht mehr vorfand? Inmitten des riesigen Chaos, das auf der Erde herrschte, war Nino das einzige, woran Ida ruhig und sorglos denken konnte. Vielleicht weil man allgemein behauptet, daß die Gauner immer davonkommen? Obwohl er seit dem Tag seiner Abreise nichts von sich hatte hören lassen, war Ida so zuversichtlich, als hätte ein Engel es bezeugt, daß Nino heil und gesund aus dem Krieg zurückkehren und sogar schon in Bälde wieder auftauchen würde.

Es kamen Leute und sagten, draußen verteile das Rote Kreuz Lebensmittel und Kleider. Sofort ging die Alte aus Mandela mit jugendlichen, ein wenig wiegenden Schritten hinaus, um etwas zu holen. Kleider bekam sie keine mehr. Doch erhielt sie zwei Päckchen Milchpulver, ein Stück Schokoladenersatz und eine harte, schwärzliche Marmelade. Das alles legte sie in Idas leere Tasche, und Ida war ihr dankbar dafür. Sie dachte daran, daß Useppe, sobald er aufwachte, etwas zu essen brauchte, denn seine einzige Mahlzeit war an diesem Tag das Frühstück gewesen, das er mit Blitz geteilt hatte. Dieses Frühstück hatte, wie gewöhnlich, aus einem Stück Brot bestanden, das sie auf Lebensmittelkarten bekam und das elastisch und weich, vielleicht aus Kleie und Kartoffelschalen ge-

knetet war, sowie aus einer Tasse wässeriger Milch. Jedoch jetzt, in der Erinnerung, erschien ihr dieses Frühstück dort droben in ihrer sonnigen Küche wie ein Bild außergewöhnlichen Reichtums. Sie hatte nur ein Täßchen Kaffee-Ersatz getrunken. Trotzdem verspürte sie keinen Hunger, sondern nur Übelkeit, wie wenn der verderbliche Staub sich ihr im Magen zu einem Klumpen verdickt hätte.
Der Enkel der Alten kehrte zurück. Er trug einen mit einer Schnur zusammengebundenen leeren Koffer. Und sogleich nahm er die Großmutter mit, wobei er gewichtig beteuerte, Rom sei keineswegs zerstört, wer das behaupte, der erzähle dummes Zeug. Doch müsse man dringend verschwinden, denn es sei schon ein Aufklärungsflugzeug angekündigt, das einigen tausend Fliegenden Festungen vorausfliege. »Aber der Zug nach Mandela, fährt er noch?« fragte ihn die Großmutter, als sie mit ihm die Treppe zum Ausgang hinaufstieg. Bevor sie ging, hatte sie Ida ihr Tragpolster geschenkt und ihr gesagt, es sei ein gutes Stück neuer Leinwand, die in Anticoli, auf einem Handwebstuhl, angefertigt worden sei, und man könne daraus eine Latzhose für den Kleinen machen.
Ida hätte sich am liebsten nie wieder von dieser Bank erhoben. Sie konnte sich nicht entschließen, ihre Kräfte zu sammeln, um bis zum Ende dieses Tages durchzuhalten. Im Keller herrschte ein gräßlicher Gestank. Sie aber, schweißgebadet, mit dem Kind im Arm, war unempfänglich für die Umwelt, versunken in fast ekstatischer Ruhe. Die Geräusche drangen wie durch Watte zu ihr, über den Augen breitete sich eine Art Gaze aus. Doch als sie den Blick umherschweifen ließ, bemerkte sie plötzlich, daß die Wirtschaft sich geleert hatte und die Sonne unterging. Da kamen ihr Bedenken, sie könnte die Gastfreundschaft des Wirts ausnutzen, und mit dem schlafenden Useppe im Arm trat sie ins Freie hinaus.
Useppe schlief noch, das baumelnde Köpfchen auf ihrer Schulter, als sie, wenig später, zu Fuß durch die Via Tiburtina ging. Auf der einen Seite zog sich die Straße längs der Friedhofsmauer hin, und auf der anderen Seite befanden sich teilweise von Bomben zerstörte Häuser. Ida wurde plötzlich müde, vielleicht auch, weil sie nicht gegessen hatte, der Sinn für Identität kam ihr abhanden. Unsicher fragte sie sich, ob das Haus an der Via dei Volsci in San Lorenzo, wo sie mehr als zwanzig Jahre lang gelebt hatte, nicht das Haus in Cosenza sei, das von demselben Erdbeben zerstört wurde, das auch Messina und Reggio vernichtet hatte. Und ob diese Straße durch San Lorenzo führte oder durchs Getto. Im Viertel mußte eine ansteckende Krankheit ausgebrochen sein, deshalb zerstörten sie es mit Spitzhacken! Und dieser aus Blut und Mörtel zusammengekneteter Körper, war es der eines Mannes oder einer Frau? Eine Gliederpuppe? Der Schutzmann wollte es wegen des Einwohnermeldeamtes

wissen, deshalb diskutierte er mit dem Soldaten. Dienten jene eitrigen Flammen dazu, die Toten zu verbrennen? Und wenn die Geleise herausgerissen waren und die Straßenbahn nur noch dieses Gerippe hier war – wie sollte sie da künftig zur Schule fahren? Die getöteten Pferde, über die sie strauchelte, waren es Arier oder Juden? Der Hund Blitz war ein Bastard und somit für das Einwohnermeldeamt ein Jude. Daher wurde sie deportiert, weil sie auf dem Einwohnermeldeamt als Jüdin registriert war; auf ihrem Familiennamen war ein Akzent. Ach so, das erklärt natürlich ... Sie hieß mit Familiennamen Amalgià ... Useppe hingegen hieß zum Glück Ramundo ... Aber wird Ramundo in der Mitte oder am Ende betont? ... Und dort steht geschrieben: *Israelitischer Friethof*. Genau so: *Friethof*. Und *israelitischer* ... War das nicht ein verbotenes Wort?!
Als sie die Inschrift auf dem Friedhofstor las, war sie überzeugt, daß die Dinge sich ganz gewiß so verhielten: sie wurde deportiert, weil sie keine Arierin war. Da suchte sie den Schritt zu beschleunigen, doch fühlte sie, daß sie es nicht vermochte.
Auf Empfehlung des Kellerwirts hatte sie sich einer Gruppe von Bombengeschädigten und Flüchtlingen angeschlossen, die sich in Richtung Pietralata auf den Weg gemacht hatten, zu einem bestimmten Gebäude, wo, so hieß es, ein Schlafsaal für die Obdachlosen eingerichtet worden sei. Fast alle, die vor oder hinter ihr gingen, trugen Bündel oder Koffer oder Hausgerät. Sie aber hatte, außer Useppe, gar nichts mehr zu tragen. Der einzige Besitz, der ihr geblieben war, war die Markttasche, die ihr am Arm hing, und darin die Päckchen vom Roten Kreuz und das Tragpolster der Alten aus Mandela. Doch zum Glück blieb ihr, aufbewahrt unter dem Korsett (das sie nie anzuziehen vergaß, auch nicht im Sommer), trotz allem das kostbare Bündelchen ihrer Ersparnisse. Dieses Korsett wurde ihr, nach so vielen Stunden, wahrlich zu einem Büßerhemd. Sie hatte inzwischen nur noch einen einzigen Wunsch: irgendwo anzukommen, und wäre es auch in einem Lager oder in einem Graben, um sich endlich dieses gräßliche Korsett ausziehen zu können.
»*Vorsicht! Der Feind hört mit! Siegen ... Siegen!* ...«
Ein schon recht ältliches Männchen ging allein neben ihr her und wiederholte mit lauter Stimme diese Kriegsparolen, die man da und dort längs des Wegs auf versengten Mauern und rauchgeschwärzten Plakaten lesen konnte. Und er schien sich köstlich darüber zu amüsieren, denn er kicherte vor sich hin, als erzählte er sich selbst Witze und würde sie jeweils brummelnd kommentieren. Sein rechter Arm war bis zur Schulter in Gips, so daß er ihn ausgestreckt in die Höhe halten mußte und es fast aussah, als recke er den Arm zum Faschistengruß. Und auch das schien ihn zu erheitern. Er sah aus wie ein Mittelding zwischen einem Hand-

werker und einem kleinen Angestellten, war mager, nicht viel größer als Ida und hatte lebhafte Augen. Trotz der Hitze trug er eine Jacke und auf dem Kopf einen Hut mit tief ins Gesicht gedrückter Krempe. Mit der freien Hand schob er einen kleinen Handkarren vor sich her, auf dem er ein paar Hausgeräte aufgestapelt hatte. Da er die ganze Zeit mit sich selbst sprach, hielt ihn Ida für einen Verrückten.
»Seid Ihr Römerin?« redete er sie plötzlich in fröhlichem Ton an.
»Ja, Signore«, murmelte sie, da sie sich sagte, Verrückten müsse man immer bejahend und respektvoll antworten.
»Römerin aus Rom?«
»Ja, Signore.«
»Wie ich. Rom regiert die Welt. Auch ich bin Römer und seit heute Kriegsinvalide.« Und er erklärte ihr, ein Pflasterstein habe ihn an der Schulter getroffen, gerade als er in seine Werkstatt zurückgekehrt sei. (Er sei Marmorbildhauer in der Nähe des Friedhofs.) Sein Häuschen war zum Glück verschont geblieben, doch ziehe er es trotzdem vor wegzugehen. Er habe nur das unbedingt Notwendige mitgenommen: das übrige würde er, wenn Diebe es nicht wegtrügen und die Bomben es nicht zerstörten, bei seiner Rückkehr wieder vorfinden.
Er plauderte mit wachsender Fröhlichkeit. Ida starrte ihn erschrocken an, ohne seinen Ausführungen zu folgen.
»Glücklich ist der, der schläft«, bemerkte der Verrückte kurz darauf und deutete auf Useppe. Und da er sah, daß sie erschöpft war, schlug er ihr vor, das Kind auf seinen Karren zu legen.
Sie schaute höchst mißtrauisch zu ihm hinüber, denn sie stellte sich vor, das Männchen wolle ihr, unter dem Vorwand, ihr zu helfen, Useppe wegnehmen und ihn sporenstreichs mit dem Wägelchen entführen. Trotzdem nahm sie sein Angebot an, denn sie war wirklich am Ende ihrer Kräfte. Das Männchen half ihr, Useppe zwischen den eigenen Besitztümern zu verstauen (der Kleine schlief ruhig weiter), und dann stellte er sich ihr mit folgenden Worten vor:
»Cucchiarelli, Giuseppe, Hammer und Sichel!« Und zum Zeichen des Einverständnisses und des Grußes schloß er die gesunde Hand zur Faust und zwinkerte Ida mit den Augen zu.
Die arme Ida, inzwischen schon ganz wirr im Kopf, hörte nicht auf, ihre Gedanken weiterzuspinnen: Wenn ich ihm sage, daß auch das Kind Giuseppe heißt, wie er, ist es noch viel eher möglich, daß er es mir wegschleppt. Auf Grund dieser Überlegung zog sie es vor, nichts zu sagen. Und um sich gegen jede dunkle Absicht des Männchens zu schützen, hielt sie sich mit beiden Händen an einer Stange des Wägelchens fest. Obwohl sie von da an fast im Gehen schlief, ließ sie die Stange nicht mehr los, nicht einmal, um die Finger zu strecken. Inzwischen hatten

sie den jüdischen Friedhof hinter sich gelassen und wandten sich der Biegung der Via Tiburtina zu.
Und so legte Useppe den Rest der Reise sozusagen im Wagen zurück. Immer noch schlafend lag er auf einer Steppdecke, zwischen einem Käfig, der von einem Paar Kanarienvögel bewohnt war, und einem Deckelkorb, der eine Katze enthielt. Diese war von dem unheimlichen Ereignis so erschreckt und verstört, daß sie sich auf der ganzen Reise nicht muckste. Die beiden Kanarienvögel hingegen hockten ganz hinten im Käfig nah beieinander und tauschten ab und zu zum Trost winzige Piepser aus.

4

Nochmals vergingen ungefähr zweieinhalb Monate ohne eine Nachricht von Nino. Mittlerweile war der Duce, der im Unglück keinerlei Anhänger mehr besaß, am 25. Juli vom König abgesetzt und verhaftet worden, und mit ihm war der Faschismus gestürzt. Das faschistische Regime wurde von der provisorischen Regierung Badoglio ersetzt, die fünfundvierzig Tage dauerte. Am fünfundvierzigsten Tag, dem 8. September 1943, hatten die verbündeten Engländer und Amerikaner, die jetzt Herren über einen großen Teil Süditaliens waren, mit der provisorischen Regierung einen Waffenstillstand unterzeichnet. Und diese war unmittelbar darauf nach Süden geflohen und hatte den Faschisten und den Deutschen das übrige Italien überlassen, wo der Krieg weiter andauerte.
Doch hatte sich das italienische Heer, das ohne Richtung und Ordnung in ganz Italien verstreut war, aufgelöst. So waren nur noch die schwarzen Milizen übriggeblieben, um an der Seite der Deutschen weiterzukämpfen. Mussolini war von Hitler-Anhängern befreit und im Norden als Staatsoberhaupt einer nazifaschistischen Republik eingesetzt worden. Gegenwärtig war Rom ohne Regierung und befand sich praktisch unter Hitlerscher Besetzung.
Während all dieser Ereignisse waren Ida und Useppe an der Grenze des Gebiets von Pietralata evakuiert, im selben Asyl, wo sie am ersten Abend nach dem Bombardement Aufnahme gefunden hatten.
Pietralata war eine unfruchtbare ländliche Gegend an der äußersten Peripherie von Rom, wo das faschistische Regime einige Jahre vorher eine Art Dorf für Ausgestoßene errichtet hatte, das heißt für arme Familien, die von den Behörden aus ihren alten Wohnungen im Stadtzentrum verjagt worden waren. Das Regime hatte übereilt und unter Verwendung schlechter Materialien dieses neue Viertel bauen lassen, das aus be-

helfsmäßigen, serienweise hergestellten Wohnungen bestand, die jetzt, obwohl sie noch neu waren, schon baufällig und verkommen aussahen. Es waren, wenn ich mich recht erinnere, rechteckige, in Reihen angeordnete Häuschen, alle von derselben gelblichen Farbe, mitten in einem kahlen, nicht gepflasterten Terrain, in dem nur ein paar dürre Büsche wuchsen und wo, je nach der Jahreszeit, Staub oder Schlamm vorherrschten. Außer den Hütten gab es noch ein paar Zementbuden, die als Latrinen oder Waschküchen verwendet wurden, sowie Trockenplätze, die aussahen wie Galgen. Jede dieser Schlafhütten war überfüllt mit Familien und Generationen, und dazu kamen jetzt noch heimatlose Kriegsflüchtlinge.

In Rom galt, besonders in letzter Zeit, dieses Gebiet gewissermaßen als freie, gesetzlose Zone. Und im allgemeinen wagten es Faschisten und Nationalsozialisten nicht allzu oft, sich dort sehen zu lassen, obwohl die Umgebung von einem Militärfort auf einem Berg beherrscht wurde.

Doch für Ida blieb die Ortschaft mit ihren Bewohnern eine exotische Region. Sie ging nur dorthin, wenn sie auf dem Markt einkaufte oder Besorgungen zu erledigen hatte, und durchquerte den Ort immer mit Herzklopfen, verängstigt wie ein Kaninchen. Das Asyl, wo sie wohnte, befand sich nämlich ungefähr einen Kilometer von der Siedlung entfernt, jenseits einer öden Fläche unebener Wiesen, voller Böschungen und Senken, die die Sicht auf das Haus nahmen. Es war ein alleinstehendes, viereckiges Gebäude unterhalb eines ausgehobenen Geländes, und es war nicht ganz klar, was seine ursprüngliche Funktion gewesen war. Vielleicht hatte es anfangs als Sammelstelle für landwirtschaftliche Produkte gedient. Doch später mußte es als Schule Verwendung gefunden haben, denn es befanden sich aufeinandergestapelte Bänke darin. Und wahrscheinlich hatte man auch angefangen, das Haus umzubauen, was dann wieder aufgegeben wurde, denn auf der Bedachung, die zu einer Terrasse ausgebaut war, war ein Teil der Brüstung niedergerissen worden, und man hatte dort eine Maurerkelle und Haufen von Ziegelsteinen zurückgelassen. Das Gebäude bestand eigentlich nur aus einem einzigen Raum im Erdgeschoß, der recht weiträumig war, niedere vergitterte Fenster und einen einzigen Ausgang hatte, der direkt zu dem ausgehobenen Graben hinausführte. Doch dafür besaß es immerhin Vorteile, die damals in der Umgebung der Ortschaft selten waren, nämlich einen privaten Abort mit einer Abtrittgrube sowie eine Zisterne, die auf dem Dach mit einem großen Wasserbehälter verbunden war. Der einzige Wasserhahn des Gebäudes befand sich im Abort, einem engen Kellerraum, und von dort aus bediente man auch den Apparat für den Wasserzufluß in den Behälter. Doch nach dem Sommer war die Zisterne ausgetrocknet, und Ida mußte sich mit den anderen Frauen aus einem Brun-

nen in der Siedlung mit Wasser versorgen. Dann, als die Regenfälle einsetzten, besserte sich die Situation.
In der Umgebung befanden sich keine anderen Gebäude. Das einzige Haus diesseits des Orts war eine Wirtschaft, die dreihundert oder vierhundert Meter entfernt war, eine Steinbaracke, wo man auch Salz, Tabak und andere Waren auf Lebensmittelkarten verkaufte, die mit der Zeit immer knapper wurden. Wenn Gefahr bestand, daß in der Gegend Razzien oder Hausdurchsuchungen durchgeführt wurden, oder auch dann, wenn ein paar Deutsche oder Faschisten in der Nähe waren, fand der Wirt einen Weg, die Evakuierten durch gewisse Signale zu verständigen.
Vom Eingang zum Asyl, unterhalb des unebenen Erdreichs, verlief in Richtung auf die Wirtschaft ein holpriger Weg, der recht und schlecht mit ein paar Steinen ausgebessert worden war. Dies war der einzige oft begangene Weg in der ganzen Umgebung.
Seit Idas Ankunft waren etliche aus der kleinen Schar, die mit ihr angekommen war, anderswohin, zu Verwandten oder aufs Land, gezogen. An ihrer Stelle waren ein paar neue angelangt, die bei der zweiten Bombardierung Roms (am 13. August) ausgebombt worden waren oder aus dem Süden geflüchtet waren. Doch auch diese hatten sich nach und nach anderswohin verstreut. Von denen, die wie Ida und Useppe seit dem ersten Abend da waren, lebte noch immer Cucchiarelli Giuseppe hier, der Marmorbildhauer, der Useppe auf seinem Karren hergeführt hatte. Anscheinend war es ihm vor kurzem gelungen, durch Fälschung der Papiere für die Liste der Verstorbenen unter den Opfern der Bombardierung zu figurieren, die unter den Trümmern geblieben waren. Er zog es vor, inkognito bei den Evakuierten zu bleiben und beim römischen Einwohnermeldeamt für tot zu gelten, als unter den Faschisten und den Deutschen als Marmorbildhauer des Friedhofs zu arbeiten.
Er hatte seine Katze bei sich, genauer gesagt, eine schöne, rot und orangefarben gestreifte Kätzin namens Rossella, sowie das Paar Kanarienvögel, die Peppiniello und Peppiniella hießen und in einem Käfig hausten, der an einem Nagel aufgehängt war. Diesen beiden ging die Katze, nach den Anordnungen ihres Herrn, immer aus dem Weg, als ob sie sie gar nicht sähe.
Weitere ständige Bewohner des Asyls waren gegenwärtig nur die Mitglieder einer halb römischen und halb neapolitanischen Familie, die so zahlreich war, daß Cucchiarelli Giuseppe ihr den Spitznamen *Die Tausend* gegeben hatte. Die neapolitanischen Mitglieder dieser Familie, die im Frühling jenes Jahres bei den Bombardierungen Neapels obdachlos geworden waren, hatten sich zu ihren Verwandten nach Rom geflüchtet. Doch auch hier hatten sie, zusammen mit ihren gastfreundlichen Ver-

wandten, bei der Bombardierung im Juli das Dach über dem Kopf verloren. »Wir sind«, rühmten sie sich spaßeshalber, »ein militärisches Objekt.« Sie genau zu zählen, war schwierig, denn sie waren eine unstete Sippe. Doch waren es nie weniger als zwölf, und da sie in verschiedenartigen Tätigkeiten und Berufen beschlagen waren, lebten sie in relativem Wohlstand. Unter ihnen waren etliche junge Männer, die nur dann und wann auftauchten und sich gewöhnlich irgendwoanders aufhielten, vor allem auch aus Furcht vor Razzien der Deutschen. Dann war da auch eine sehr dicke alte Römerin, die Signora Mercedes hieß, immer auf einem Bänklein mit einer Decke über den Schultern dasaß – weil sie Arthritis hatte – und unter der Decke ein Depot von Lebensmitteln bewachte. Da war ferner Mercedes' Mann, ein Neapolitaner, der auch Giuseppe hieß, sowie zwei weitere Alte (von denen die gesprächigere Ermelinda genannt wurde, was Useppe als Dinda verstand). Dann noch ein Alter, einige junge Schwiegertöchter und verschiedene Buben und Mädchen. Unter ihnen befand sich, außer einem gewissen Currado und einem gewissen Impero, noch ein Giuseppe, so daß man, um die vielen Giuseppi unterscheiden zu können, Beinamen gebrauchte. So war der Mann von Mercedes Giuseppe Primo; Giuseppe Secondo nannte man den Signor Cucchiarelli (den Ida insgeheim immer noch den Verrückten nannte); und der kleine Neapolitaner hieß Pepe. Zu diesen gesellte sich noch (um nicht die Kanarienvögel Peppiniello und Peppiniella anzuführen) unser Useppe, der von all diesen Giuseppi bestimmt der fröhlichste und beliebteste war.

Unter den Tausend fiel eine gewisse Lücke in der mittleren Generation auf, weil ein Elternpaar (einst Großeltern von Impero, Currado usw.) in Neapel verschüttet worden war. Außer vielen schon großjährigen Söhnen hatten sie hier bei den Tausend eine jüngste, minderjährige Tochter zurückgelassen, die Carulina hieß. Diese war schon über fünfzehn, sah aber aus wie eine Dreizehnjährige. Mit ihren schwarzen Zöpfen, die aufgebogen und in Höhe der Schläfen festgesteckt waren, erinnerte sie an eine Katze oder einen Fuchs mit aufgestellten Ohren. Ungefähr vor einem Jahr war diese Carulina, die damals knapp vierzehn war, in Neapel, als man sich nachts vor den Luftangriffen in die Grotten flüchtete, schwanger geworden, und niemand wußte, von wem. Als ihre Leute sie eindringlich ins Verhör nahmen, beteuerte sie unter Schwüren, wenn es jemand gewesen sei, so habe sie nichts davon bemerkt. Doch auf die Glaubwürdigkeit ihrer Aussage konnte man sich nicht verlassen, denn Carulina glaubte blindlings an alle Phantasien und Erfindungen nicht nur der anderen, sondern auch an ihre eigenen. So hatten ihr zum Beispiel in der Osterzeit die Ihren gesagt, um sich über sie lustig zu machen, die Amerikaner würden an den Feiertagen anstatt der gewöhnlichen

Spreng- und Brandbomben Eierbomben über Neapel abwerfen, die sogar schon am Himmel an ihren schönen bunten Farben zu erkennen seien. Natürlich handle es sich um ungefährliche Geschosse, aus denen im selben Augenblick, da sie auf dem Boden aufschlügen, Überraschungen hervorkämen: zum Beispiel Würste, Schokolade, Bonbons usw. Das überzeugte Carulina, und von diesem Moment an lag sie immer auf der Lauer, eilte bei jedem Flugzeuggebrumm ans Fenster und hielt Ausschau nach der erhofften Erscheinung. Schließlich, am Morgen des Ostersamstags, kehrte sie vom Einkaufen zurück, wie jemand, dem ein Wunder widerfahren ist, und schenkte ihrer Großmutter einen gefüllten Blätterteigkuchen. Dabei erzählte sie, sie habe, gerade als sie in der Nähe der Porta Capuana vorbeigekommen sei, aus einer Fliegenden Festung eine Eierbombe herabfallen sehen. Diese habe die Form eines großen Ostereis gehabt und sei ganz mit Stanniol umwickelt und mit dem Muster der amerikanischen Flagge bemalt gewesen. Diese Bombe sei genau vor der Porta Capuana explodiert, ohne Schaden anzurichten. Im Gegenteil, sie habe Lichter und Funken versprüht wie ein wunderschönes bengalisches Feuerrad. Und herausgekommen sei der Filmstar Janet Gaynor in großem Abendkleid und mit einem Juwel auf der Brust und habe sofort angefangen, ringsum Süßigkeiten zu verteilen. Ihr, Carulì, habe die Diva ausdrücklich mit dem kleinen Finger gewinkt und habe ihr diesen Kuchen mit den Worten überreicht: *Bring ihn dem Großmütterchen, denn der armen Alten bleiben nur noch wenige Jahre, um auf dieser Welt Ostern zu feiern.*

»Ach, das hat sie gesagt? Und in welcher Sprache hat sie mit dir geredet?«

»Wieso in welcher Sprache! Italienisch! Neapolitanisch, natürlich!«

»Und nachher, wie hat sie es angestellt, nach Amerika zurückzufliegen?! Denn wenn sie sich hier sehen läßt, ist es leicht möglich, daß man sie als Geisel festnimmt und sie zur Kriegsgefangenen erklärt!«

»Neiiin! Neiiiin!« (Sie schüttelte hitzig den Kopf.) »Wieso denn! Sie ist schon zurückgekehrt, sofort, nach fünf Minuten! Sie hing an einer Art Ballon, so was wie das Gegenteil von einem Fallschirm, der anstatt herunterzukommen hinaufsteigt. Und so ist sie in die Fliegende Festung eingestiegen, die in der Luft auf sie gewartet hat, und so ist sie wieder zurückgekehrt.«

»Ach so! Das ist gut. Danke und hochachtungsvolle Grüße!«

Wenige Wochen nach diesem außergewöhnlichen Ereignis kam Carulina mit der Familie nach Rom. Und bei der Ankunft sah sie aus wie ein Naturphänomen: so klein und mit einem riesigen Bauch, der so groß war, daß man nicht begriff, wie sie ihn auf ihren kleinen Füßen tragen konnte. Im Juni gebar sie in Rom, in San Lorenzo, gesunde, normale und rundliche Zwillinge, während sie selbst mager, wenn auch bei guter Gesundheit war. Die beiden wurden Rosa und Celeste genannt. Und da sie in allem und jedem identisch waren und blieben, befestigte die Mutter ihnen, um sie nicht zu verwechseln, am Handgelenk zwei Bändchen, ein himmelblaues und ein rosarotes. Leider waren die beiden Bändchen mit der Zeit vor Schmutz beinah unkenntlich geworden. Und die Mutter prüfte sie jedesmal gewissenhaft, bevor sie befriedigt bestätigte: »Das ist Rusinella.« »Das ist Celestina.«

Natürlich genügte ihre wenige kindliche Milch nicht für die beiden Carulinettchen. Doch hier half ihr eine ihrer römischen Schwägerinnen, die zuviel Milch hatte, denn sie hatte gerade mit Gewalt ihren jüngsten Sohn (Attilio) entwöhnt, der sonst, da er allzu gierig nach der Brust verlangte, zu einem Muttersöhnchen geworden wäre.

Carulina blieb, auch wenn sie eine Familie gegründet hatte, noch kindlicher, als es ihrem Alter gemäß war, und interessierte sich nicht einmal, wie ihre Schwägerinnen, für die »Novella« und ähnliche Zeitschriften, die bei den Frauen großen Erfolg hatten. Sie buchstabierte noch immer mit lauter Stimme die Bildergeschichten und die Heftchen für Kinder und vergnügte sich damit, mit den Buben Haschen und Verstecken zu spielen. Doch genügte ein winziger Klagelaut oder ein Protest von Rosa oder Celeste, und schon sah man sie besorgt, die Augen weit aufgerissen und vorstehend wie zwei Autoscheinwerfer, zu ihrem Nachwuchs rennen. Gewissenhaft teilte sie ihr bißchen Milch zwischen den beiden Zwillingen und zeigte ungeniert ihre nackten Brüste in der Öffentlichkeit. Und beim Stillen sah sie dann immer sehr bedeutungsvoll drein.

Um die Kleinen einzuschläfern, sang sie ein sehr simples Wiegenlied, das folgendermaßen lautete:

    Ninna klein, ninna fein,
    Rusina und Celesta schlafen ein,
    klein, klein,
    ninna fein.

Das war alles, und es wurde so lange wiederholt, bis die Kinder eingeschlafen waren.

Der Winkel, den man in dem großen Zimmer für ihre Sippe reserviert hatte, war immer, besonders an Regentagen, von Windeln und Säuglingshemdchen, die zum Trocknen aufgehängt waren, beflaggt. Sie wechselte ihren Töchtern geradezu übertrieben häufig die Windeln und wusch die Mädchen, wobei sie nicht viele Umstände machte und sie nicht allzu schonungsvoll hin und her drehte. Kurz, sie war eine tüchtige Mutter, wenn auch recht rigoros und kurz angebunden; bei ihr gab es keine Faxen, und die Töchter wurden nicht verhätschelt, eher bei Gelegenheit ausgeschimpft, als ob diese es verstanden. Da sie nicht im geringsten auf die Mutterschaft vorbereitet gewesen war, sah sie in ihnen vielleicht nicht so sehr zwei winzige Säuglinge als vielmehr zwei Zwerginnen in ihrem Alter, die überraschenderweise aus ihr herausgekommen waren wie Janet Gaynor aus der Eierbombe.

Doch gleichzeitig, da sie nun schon einmal ganz unerwartet eine Mutter geworden war, hatte sie sich gewissermaßen zur Mutter von allen erklärt. Man sah sie immer vielbeschäftigt: hier machte sie ein Feuer an, dort spülte sie einen Lappen aus, oder sie kämmte ihre Schwägerin à la Maria Denis usw. Und ewig war sie damit beschäftigt, das Grammophon aufzuziehen, ein Eigentum der Familie, das (da der letzte Familien-Radioapparat während eines Bombenangriffs abhanden gekommen war) von morgens bis abends spielte. Es gab nur wenige Platten, und es waren immer dieselben: nur zwei Lieder, die vor einigen Jahren Mode gewesen waren und *Ländliche, kleine Königin* und *Das Püppchen vom Biffi-Scala* betitelt waren; ein altes, komisches neapolitanisches Lied: *Das Photo*; ein ähnliches mit dem Titel *Sciósciame,* in dem es um eine Carulì ging; ferner Platten mit Tanzmusik (Tango, Walzer, Foxtrott) und ein italienisches Jazzstück, gespielt von dem Orchester Gorni, Ceragioli usw.

Carulì kannte alle diese Titel und Namen auswendig, ebenso wie sie die Namen der Filmschauspielerinnen und die Filmtitel auf Anhieb hersagen konnte. Das Kino gefiel ihr nämlich sehr. Doch wenn man sie nach der Handlung der Filme fragte, die ihr so außerordentlich gefallen hatten, stellte man fest, daß sie gar nichts begriffen hatte. Anstelle der Liebesgeschichten, der Rivalitätskämpfe, Ehebrüche und ähnlichem sah sie nur phantastische Bewegungen wie bei einer Laterna magica. Und die Filmstars mußten für sie so etwas sein wie Schneewittchen oder wie die Feen aus den Kinderheftchen. Die männlichen Schauspieler interessierten sie hingegen längst nicht so, denn die konnte sie weniger den Märchenfiguren zuordnen.

Da sie in einer Großfamilie geboren und aufgewachsen war, versteht es sich, daß ihr seit ihrer frühesten Kindheit nichts Sexuelles verborgen geblieben war. Doch dies hatte sonderbarerweise ihre Gleichgültigkeit allem Sexuellen gegenüber gefördert. Sie war von einer grenzenlosen Unschuld, die schon fast an Ignoranz grenzte, vergleichbar nur der Unwissenheit von Rosa und Celeste.

Carulì war nicht schön. Ihr unharmonischer kleiner Körper war durch die doppelte Belastung während der Schwangerschaft schon so ausgemergelt, daß die Bewegung ihrer Beine ganz ungleich geworden war und ihr krummer und komischer Gang an den junger Bastardhunde erinnerte. An ihrem mageren Rücken standen die Schulterblätter ungewöhnlich weit vor, wie zwei stumpfe, gerupfte Flügel. Ihr Gesicht war unregelmäßig und der Mund zu groß. Doch Useppe mußte diese Carulì wie die schönste Frau der Welt, um nicht zu sagen wie eine Göttin, vorkommen. Und gegenwärtig war *Ulì* der Name, den er am häufigsten äußerte (außer *Mà* natürlich).

Doch hatte Useppe auch die Namen aller anderen rasch erlernt: Eppetondo (Giuseppe Secondo oder der Verrückte oder Cucchiarelli, der in Wirklichkeit gar nicht rund – tondo – war, sondern eher dürr aussah), Tole und Mémeco (Salvatore und Domenico, die beiden älteren Brüder Carulìs) und so fort. Und er rief sie jedesmal, wenn es nötig war, fröhlich und ungeniert beim Namen, als wären sie kleine Kinder wie er selbst. Oft waren sie von ihren Angelegenheiten und ihren dunklen Geschäften so in Beschlag genommen, daß sie gar nicht auf ihn achteten. Doch nach einem Augenblick der Verblüffung vergaß er die Kränkung sofort.

Zweifellos gab es für ihn keine Unterschiede, weder soziale noch solche des Alters, der Schönheit und Häßlichkeit noch des Geschlechts. Tole und Mémeco waren eigentlich zwei gedrungene, krummbeinige Burschen mit nicht genau bestimmbarem Beruf (sie waren, je nachdem, Schwarzhändler oder Diebe), aber für Useppe standen sie den Helden aus Hollywood oder irgendwelchen vornehmen Patriziern in nichts nach. Die Signora Mercedes stank. Aber er wählte, wenn er Verstecken spielte, mit Vorliebe als Schlupfwinkel die Decke, die sie über die Knie gebreitet hatte, und bevor er darunter verschwand, flüsterte er ihr eilig mit Verschwörermiene zu: »Sei still, psst, sei still!«

Gegen Ende des Sommers waren ein paarmal irgendwelche deutsche Soldaten ins Asyl gekommen. Sogleich war dort Panik ausgebrochen, denn jetzt erschienen die Deutschen der Bevölkerung schlimmer als die Feinde. Wenn indes schon die Ankündigung *die Deutschen kommen* in der Umgebung Furcht und Schrecken verbreitete, so schien doch der kleine Useppe nichts davon zu merken und empfing die ungewohnten Besucher mit aufmerksamer Neugier und ohne Argwohn. Nun handelte es sich allerdings in diesen Fällen um gewöhnliche Soldaten, die auf dem Durchmarsch waren und keine bösen Absichten hatten; sie verlangten auch nie etwas anderes als eine Auskunft über den Weg oder ein Glas Wasser. Doch steht fest, daß der komische Useppe auch keine Angst gehabt hätte, wenn dort in dem großen Zimmer eine SS-Einheit in vollständiger Kampfausrüstung erschienen wäre. Dieses winzige, wehrlose Wesen kannte keine Furcht, sondern nur spontanes Vertrauen. Es war, als gebe es für ihn keine Unbekannten, sondern nur Angehörige seiner Familie, die nach kürzerer oder längerer Abwesenheit zurückkehrten und die er sogleich wiedererkannte.

An dem Abend nach der Katastrophe war er nach der Ankunft schlafend aus dem Wagen gehoben worden und erst am folgenden Morgen wieder aufgewacht, so daß Ida, damit er wenigstens irgend etwas zu essen bekam, ihn hatte füttern müssen, während er schon halb schlief. In der Nacht hatte sie dann gehört, wie er im Schlaf auffuhr und wimmerte, und als sie ihn berührte, fühlte er sich glühend heiß an. Am Morgen aber (einem schönen, sonnigen Morgen) war er frisch und munter wie immer aufgewacht. Die ersten Wesen, die er, kaum hatte er die Augen aufgeschlagen, bemerkte, waren die beiden Kanarienvögel und die Zwillinge. (Die Katze war in eigener Sache unterwegs.) Und schleunigst lief er auf sie zu und begrüßte diese Erscheinungen mit entzücktem Lachen. Dann begann er nach Katzenart die geheimnisvolle neue Wohnung zu erforschen, wobei er zu sagen schien: »Doch, doch! Ich bin sehr zufrieden!« Dann mischte er sich unter all diese unbekannten Leute, als wollte er verkünden: »Da bin ich! Endlich sehen wir uns wieder!« Er hatte sich seit gestern nicht gewaschen, und die Fröhlichkeit seiner himmelblauen Augen und der unerschrockene Ausdruck seines rauchgeschwärzten Gesichts wirkten so komisch, daß er selbst an diesem tragischen ersten Tag alle zum Lachen brachte.

Von da an war das Leben in diesem einen großen Gemeinschaftsraum, in dem so viele Menschen beisammen wohnten, zwar für Ida eine tägliche Qual, für Useppe hingegen ein einziges Freudenfest. Sein junges Leben war (mit Ausnahme der glücklichen Alarmnächte) immer einsam und isoliert gewesen. Doch jetzt war ihm das wundervolle Glück widerfahren, Tag und Nacht in zahlreicher Gesellschaft verbringen zu können! Er war geradezu verrückt vor Freude und in alle verliebt.

Auch deshalb verziehen ihm die anderen Mütter seine außergewöhnliche Frühreife und kommentierten sie neidlos. Wenn sie ihn mit ihren eigenen Söhnen verglichen, wollten sie es nicht wahrhaben, daß er noch nicht ganz zwei Jahre alt war, und vermuteten insgeheim, Ida habe ihnen, um sich dadurch wichtig zu machen, ein Märchen aufgetischt. Doch wurden Idas Angaben über das Alter des Kleinen andererseits bestätigt durch seine grenzenlose Naivität und seine Größe, denn er war noch immer bei weitem kleiner als seine Altersgenossen. Ein paar wohltätige Damen hatten den Obdachlosen einen Haufen gebrauchter Kleider geschenkt, aus denen seine Ausstattung für den Herbst herausgefischt worden war: ein Paar langer Hosen (mit Hosenträgern), die Carulì ihm in der Taille enger gemacht hatte, die ihm aber ansonsten viel zu groß waren, so daß sie aussahen wie die Hosen von Charlie Chaplin; einen Kapuzenmantel aus schwarzem Wachstuch mit einem roten Wattefutter, der ihm bis zu den Füßen reichte, und einen blauen Wollpullover, der ihm dafür zu kurz war (vielleicht hatte er einem Säugling gehört), so daß er ihm hinten immer hochrutschte und einen Teil des Rückens unbedeckt ließ.

Außerdem hatte ihm Carulì aus dem Tragkissen der Alten von Mandela zwei Hemden und einige Unterhöschen geschneidert. Und aus den Resten einer Ziegenhaut, die einer ihrer Brüder bei einem Gerber gestohlen hatte, hatte sie ihm ein Paar Sandalen gemacht, die mit Bindfäden geschnürt wurden, wie die Sandalen der Bauern in der Ciociaria. Man kann wirklich sagen, daß unter all den Bewohnern des großen Zimmers Useppe der ärmste war, das heißt, er war es in der ersten Zeit. Denn später kam, wie man sehen wird, ein Gast, der wenigstens eine Zeitlang noch ärmer war als er.

Wie alle Verliebten merkte Useppe von den Unannehmlichkeiten des Lebens überhaupt nichts. Während des Sommers gesellten sich zu den Bewohnern des Schlafsaals Stechmücken, Flöhe und Wanzen. Useppe kratzte sich von oben bis unten, führte richtige, natürliche Gymnastikübungen durch, wie die Hunde und Katzen, und brummelte leise dazu: »*Liegen, Liegen* . . .«, das hieß *Fliegen*, denn so nannte er alle Insekten.

Im Herbst füllte sich, wenn bei geschlossenen Fenstern gekocht wurde, der Raum mit erstickendem Qualm. Doch Useppe fühlte sich dadurch kaum belästigt; er wedelte nur ab und zu mit beiden Händen und sagte dabei: »Geh weg, Rauch!« Aber solche widrigen Umstände wurden von den Wundern des großen Raums aufgewogen, der während der Herbstregen immer von Leuten wimmelte und ständig neue Programme und immer wieder andere Attraktionen bot.

Besonders bemerkenswert waren die beiden Zwillinge. Die anderen Kinder, die mehr oder weniger in Useppes Alter waren, bekundeten auf ihre Art eine gewisse Überlegenheit gegenüber den Säuglingen. Aber für ihn waren sie ein so faszinierendes Schauspiel, daß er manchmal minutenlang vor ihnen stehenblieb und sie hingerissen betrachtete. Dann, mit einemmal, begann er unweigerlich fröhlich und unverständlich draufloszuschwätzen, vielleicht in der Meinung, um mit diesen Wesen ein Gespräch zu führen, müsse man eine barbarische Sprache sprechen. Und möglicherweise hatte er recht, denn sie antworteten ihm mit erheiterten Gesten und merkwürdigen Tönen und waren so begeistert, daß sie sich dabei ganz vollsabberten.

Angesichts einer solchen Eintracht wurde ihm eines Tages von der Verwandtschaft vorgeschlagen, eine von den Zwillingen zu heiraten. Und er nahm den Vorschlag, ernsthaft und überzeugt, sofort an. Doch da er sich nicht entscheiden konnte, welche von beiden er nehmen sollte (und sie sahen ja auch ganz gleich aus), kam man überein, ihn mit allen beiden zu verheiraten. Die Hochzeit wurde auf der Stelle gefeiert. Die Signora Mercedes war der Priester und Giuseppe Secondo der Trauzeuge.

»Useppe, bist du gewillt, die hier anwesenden Rosa und Celeste zu ehelichen?«

»Ja.«
»Rosa und Celeste, seid ihr gewillt, den hier anwesenden Useppe zu ehelichen?«
»Ich ja. Und ich ja«, bestätigten die beiden Bräute das Gelöbnis durch den Mund des Trauzeugen.
»Dann erkläre ich euch zu Mann und Frau.«
Danach wurden die Hände der drei Verheirateten feierlich vereinigt, und Mercedes waltete ihres Amtes und tat, als stecke sie ihnen drei imaginäre Ringe an die Finger. Useppe strahlte vor Eifer, aber auch vor Verantwortlichkeit bei dieser doppelten Weihe, die Carulì höchst zufrieden billigte. Anwesend waren Impero, Currado und die anderen Kinder, die alle mit offenem Mund dabeistanden. Als Hochzeitstrunk offerierte der Trauzeuge zwei Schluck von einem süßlichen Likör, den er selbst hergestellt hatte. Doch Useppe schätzte den Geschmack ganz und gar nicht, und nachdem er den Likör mit gequälter Miene probiert hatte, spuckte er ihn ohne Umstände wieder aus.
Daß der junge Ehemann das Getränk nicht zu würdigen wußte, verdarb indes das Fest nicht, sondern rief allgemeines Gelächter hervor, das ihn augenblicklich von der Ernsthaftigkeit seiner Rolle erlöste. Ganz außer sich vor Glück warf sich Useppe auf den Boden, strampelte mit den Beinen in der Luft und vollführte zur Feier des Tages wilde akrobatische Kunststücke.
Ein weiteres erstaunliches Schauspiel boten die beiden Kanarienvögel, vor denen Useppe geradezu in kleine Jubelschreie ausbrach: ». . . die Lügel . . .«, wiederholte er, »die Lügel . . .« Doch umsonst befleißigte er sich, ihre gesungenen und geplauderten Gespräche zu verstehen.
»Ulì, was sagen sie?«
»Was weiß ich! Die sprechen nicht unsere Sprache, das sind Ausländer.«
»Sie kommen von den Kanarischen Inseln, nicht wahr, Herr Giusè?«
»Nein, Signora Mercedes. Die hier sind Einheimische, sie kommen von der Porta Portese.«
»Und was sagen sie? Eppetondo, sag, was sagen sie?«
»Was sollen sie schon sagen? Hm . . . Sie sagen: Zirizi, zirizi. Ich hüpfe hierhin, und du hüpfst dorthin! Gefällt dir das?«
»Nein.«
»Ach, es gefällt dir nicht! Na gut, dann erzähle du uns, was sie sagen.«
Aber Useppe war enttäuscht und fand keine Antwort.
Anders als die Kanarienvögel führte die Katze Rossella mit niemandem Gespräche. Doch für den Bedarfsfall verfügte sie über besondere Laute, die jedermann mehr oder weniger verstehen konnte. Wenn sie etwas haben wollte, sagte sie *Mìu* oder *Mèu*; wenn sie nach jemand rief: *Màu*, und wenn sie drohte: *Mbrooh* usw. Allerdings hielt sie sich nur sehr sel-

ten im Haus auf. Der Besitzer, Giuseppe Secondo, hatte beschlossen: *Wenn die Christenmenschen Hunger leiden müssen, müssen sich die Katzen mit Mäusen zufriedengeben.* Folglich verbrachte sie den größten Teil ihrer Zeit auf der Jagd und mußte dabei sehr geschickt und kühn vorgehen, denn die Jagdgründe waren nicht ungefährlich. »Paß auf dich auf!« warnte Giuseppe Secondo sie ab und zu. »Denn nicht weit von hier ist die Wirtschaft, wo es Katzenbraten gibt.« Und gegenwärtig sah es aus, als würden sogar die Mäuse knapp, denn die Jägerin, eine schöne, elegante Katze, war in den letzten Monaten mager geworden und hatte die Haare verloren.

Nach allgemeiner Ansicht war sie eine Gaunerin, bösartig und falsch. Wenn man nämlich versuchte, sie zu packen, floh sie. Und wenn niemand etwas von ihr wissen wollte, kam sie unerwartet und rieb sich an einem und schnurrte, entwischte aber, sobald man sie zu berühren suchte. Kindern gegenüber war sie besonders mißtrauisch. Und wenn sie sich manchmal, sozusagen aus Versehen, an einem von ihnen rieb, genügte eine leichte Bewegung, damit sie das Kind sogleich wild anfauchte. Und jedesmal, wenn sie geruhte, sich an Useppe zu reiben, wagte er nicht, sich zu rühren oder zu atmen, vor lauter Erregung über diese seltene, flüchtige Gunst.

Eine der größten Attraktionen des großen Raums und ein Luxus ohnegleichen war für Useppe das Grammophon. Er erfand unendlich viele Variationen zu den paar Schlagern und tanzte dazu, nicht die monotonen Schritte des Tangos oder des Foxtrotts, sondern nur spontane Phantasietänze. Er ging völlig darin auf und zog auch die anderen Kinder mit in den Rausch, die dann ebenfalls wahre Wunder an Artistik vollbrachten. Von all seinen frühreifen Begabungen wurde sein sportliches Talent am meisten bewundert. Man hätte meinen können, seine winzigen Knochen seien, wie bei Vögeln, mit Luft gefüllt. In dem großen Raum waren Schulbänke gelagert, die, zu großen Haufen aufeinandergestapelt, eine ganze Seite des Zimmers einnahmen. Für Useppe mußte dieser Stapel eine Art abenteuerlichen Felsenriffs darstellen! Er kletterte wie im Flug hinauf bis zur Spitze, hüpfte und balancierte wie ein Seiltänzer auf den höchsten Stellen. Und mit einemmal sprang er herab, leicht wie eine Feder. Wenn ihm von unten einer zurief: »Komm herunter, du tust dir weh!«, war er, der sonst bereitwillig antwortete, in diesem Fall taub und wollte nicht hören. Doch auch wenn Beifall geklatscht wurde und man ihn anfeuerte: »Bravo! Weiter!«, war er ebenso leichtsinnig und paßte genausowenig auf. Es fehlte ihm die Lust, sich zu produzieren. Im Gegenteil, gelegentlich vergaß er sogar die Gegenwart der anderen. Man hatte das Gefühl, daß sein Körper ihn aus sich hinausführte.

Außer mit den aufgestapelten Bänken war der große Raum an jeder Seite

vollgestellt mit Bündeln, Korbflaschen, Kochherden, Becken, Waschzubern usw.; daneben standen die Sandsäcke für den Fall eines Brandes und die aufgerollten Matratzen. Quer durch den Raum waren Seile gespannt, die alle mit Kleidern und Wäsche behängt waren.
Die gesamte, recht ausgedehnte Grundfläche war ein Trapez, dessen einer stumpfer Winkel mit seiner Umgebung von den Tausend besetzt war, die nachts alle auf einer Reihe von nebeneinander gelegten Matratzen schliefen. Der erste spitze Winkel wurde von Giuseppe Secondo bewohnt, der als einziger über eine eigene Wollmatratze verfügte. Das Kopfkissen hingegen hatte er zu Hause gelassen. Statt dessen benutzte er seine Jacke und legte seinen Hut darüber, den er sich jeden Morgen auf den Kopf stülpte und den er selbst im Haus nicht ablegte. Um diese komische Angewohnheit zu erklären, sagte er, er leide an rheumatischer Arthritis. Doch in Wirklichkeit verbarg er unter dem Hutfutter, in Tausendernoten, einen Teil seines flüssigen Kapitals; den Rest hatte er unter dem Jackenfutter und unter der Brandsohle seiner einzigen Schuhe verteilt, die er nachts unter der Decke neben sich ausruhen ließ.
Der folgende Winkel gehörte Ida, die ihn als einzige von dem übrigen Schlafsaal durch eine Art Vorhang abgetrennt hatte, den sie aus zusammengenähten und an einer Schnur aufgehängten Säcken hergestellt hatte. In der vierten Ecke, die gegenwärtig unbewohnt war, hatten nacheinander verschiedene vorüberziehende Gäste gehaust, von denen als einzige Erinnerung zwei leere Flaschen und ein Strohsack übriggeblieben waren.
Zu dieser Zeit erinnerte sich Ida morgens beim Erwachen selten an ihre Träume. Doch die wenigen, auf die sie sich noch besinnen konnte, waren heiter, so daß es sie noch schwerer ankam, sich beim Aufwachen mit ihrer gegenwärtigen Lage abzufinden. Eines Nachts schien es ihr, als höre sie den Ruf der Fischer wieder, den sie in der Kindheit gehört hatte, wenn sie in den Sommerferien bei ihren Großeltern war: FAA-LEIU!! In der Tat befand sie sich im Traum an einem türkisblauen Meer, in einem ruhigen, hellen Zimmer, in Gesellschaft ihrer ganzen Familie, der Lebenden und der Toten. Alfio fächelte ihr mit einem bunten Fächer Wind zu, und Useppe lachte am Ufer, beim Anblick der Fische, die über die Wasseroberfläche sprangen.
Dann befindet sie sich in einer Stadt, die schöner ist als alle, die sie je gesehen hat. Auch diesmal sieht sie, jenseits einer unendlich langen Strandpromenade, auf der eine Menge heiterer Feriengäste gemächlich spazierengeht, ein riesiges blaues Meer. Alle Fenster der Stadt haben bunte Vorhänge, die sich im frischen Wind sachte hin und her bewegen. Und diesseits der Terrassen befinden sich zwischen Jasminbüschen und Palmen Freiluft-Cafés, wo die Leute in Festtagsstimmung unter großen

bunten Schirmen rasten und einen phantastischen Geiger bewundern. Nun ist aber dieser Geiger, der hoch oben in königlicher Haltung auf einem Orchesterpodium mit verzierter Balustrade steht, ihr Vater. Und er ist gleichzeitig ein berühmter Sänger und singt, während er sich auf der Geige begleitet: *Holde Aida, himmelentstammend* ...

Die Wiedereröffnung der Schulen, deretwegen sich Ida den ganzen Sommer über Sorgen gemacht hatte – denn wie sollte sie in ihrer jetzigen Lage unterrichten? –, wurde in Rom auf unbestimmte Zeit verschoben. Und Idas einzige Tätigkeit außerhalb des Hauses bestand gegenwärtig darin, Nahrungsmittel aufzutreiben, was äußerst mühsam war, denn von ihrem Gehalt konnte sie jeden Monat weniger kaufen. Manchmal erwarb sie von den Tausend, die unter anderem auch Schwarzhandel betrieben, zu hohen Schwarzmarktpreisen einige Stücke Fleisch oder Butter und Eier. Doch solche Luxuswaren kamen ausschließlich Useppe zugute. Sie selbst war so abgemagert, daß ihre Augen doppelt so groß aussahen wie früher.

In dem großen Raum herrschte strenge Trennung des Besitztums, so daß zur Essenszeit zwischen den drei bewohnten Winkeln des Trapezes eine richtige unsichtbare Mauer entstand. Sogar Useppe wurde während der Mahlzeiten in Idas Winkel zurückgehalten, denn sie fürchtete, der Kleine könnte bei den fröhlich schmausenden Tausend und bei Giuseppe Secondo, wenn er gerade damit beschäftigt war, seine Dosen zu wärmen, unfreiwillig zum Schnorrer werden. In diesen Notzeiten wurden selbst die Freigebigen geizig. Der einzige, der ab und zu am Sackvorhang auftauchte und eine Kostprobe seiner Gerichte mitbrachte, war Giuseppe Secondo. Doch Ida, die ihn noch immer als Verrückten betrachtete, errötete bei solchen Angeboten und wiederholte verwirrt: »Danke ... entschuldigen Sie ... vielen Dank ... entschuldigen Sie vielmals ...«

Sie war die Gebildetste, aber auch die Ärmste unter den Flüchtlingen; und das machte sie noch schüchterner und ängstlicher. Selbst vor den Kindern der Tausend wurde sie ihre Minderwertigkeitsgefühle nicht los, und nur zu den Zwillingen faßte sie etwas Zutrauen, weil auch sie wie Useppe von einem unbekannten Vater abstammten. In den ersten Tagen hatte sie jedem, der sie nach ihrem Mann fragte, errötend geantwortet: »Ich bin Witwe ...« Und die Angst vor weiteren Fragen machte sie noch scheuer, als sie es von Natur schon war.

Ständig fürchtete sie, jemanden zu stören, unerwünscht zu sein, und nur selten kam sie aus ihrem Winkel hervor. Sie lebte hinter ihrem Vorhang wie eine Gefangene in einer Einzelzelle. Wenn sie sich aus- oder anzog, zitterte sie davor, daß irgendein Fremder sich am Vorhang zeigen oder zwischen den Säcken hindurch ihrer ansichtig werden könnte.

Sie schämte sich jedesmal, wenn sie den Abort aufsuchte, vor dem man Schlange stehen mußte. Doch war jenes stinkende Kämmerchen der einzige Ort, der ihr wenigstens ein paar Augenblicke des Alleinseins und der Ruhe gewährte.
Die seltenen Male, in denen in dem großen Gemeinschaftsraum Stille herrschte, wirkten auf sie wie ein frischer Luftzug auf dem Grund eines Höllenkreises. Die fremden Geräusche, die sie von allen Seiten überfielen, klangen für sie inzwischen nur noch wie ein einziges unablässiges Dröhnen, in dem sie keine einzelnen Töne mehr unterschied. Doch wenn sie mittendrin die fröhliche Stimme Useppes erkannte, war sie ebenso stolz wie eine streunende Katze, wenn sich die unternehmungslustigen Jungen aus ihrem Kellerloch hinauswagen und in die Öffentlichkeit trauen.
Gewöhnlich fiel Useppe nach dem Abendessen fast um vor Müdigkeit, und nur selten war auch er dabei, wenn die Tausend ihr großes Nachtlager vorbereiteten. Er aber betrachtete solche seltenen Gelegenheiten als Glücksfälle, wohnte diesen Vorbereitungen mit größtem Interesse bei und versuchte mitzumachen. Und wenn er dann von Ida an der Hand hinter den Privatvorhang gezogen wurde, wandte er sich sehnsüchtig zurück.
Eines Nachts wachte er auf, weil er auf den Topf mußte. Um die Mutter nicht zu stören, bemühte er sich heldenhaft, in der Dunkelheit ringsum allein zurechtzukommen, als der durchdringende Chor der Schnarchenden hinter dem Vorhang seine Neugier erregte. Er blieb auf seinem Töpfchen sitzen und spitzte die Ohren; dann stand er auf und ging barfuß hinaus, um den Schlafsaal zu erforschen. Wie brachten es bloß die Schlafenden fertig, so verschiedenartige Töne hervorzubringen? Einer hörte sich an wie ein Explosionsmotor, ein anderer pfiff wie ein Zug, ein dritter gab Töne von sich, die wie die Schreie eines Esels klangen, und ein anderer schien dauernd niesen zu müssen. Die Finsternis in dem großen Raum wurde nur erhellt von einer Totenkerze, die die Tausend vor ein paar Photographien, die auf einem kleinen Eckaltar hinter ihrem Matratzenlager standen, immer brennen ließen. Dieses kleine Licht erleuchtete spärlich die gegenüberliegende Seite, wo Useppe vor dem Vorhang stand. Doch verzichtete er darauf, weiter vorzudringen, nicht weil er Angst hatte, im Dunkeln herumzugehen, sondern weil eine andere Attraktion ihn ablenkte und er darüber sofort vergaß, daß er eigentlich die verschiedenen Schnarchgeräusche aus der Nähe hatte erkunden wollen. Er sah nämlich, daß es auf dem Lager der Tausend dicht neben ihm noch einen freien Platz am Rand gab, legte sich mit einem leisen Lachen augenblicklich dort hin und deckte sich, so gut es ging, mit dem Zipfel einer Decke zu. Er konnte nur undeutlich die Umrisse der neben ihm Schla-

fenden sehen. Die Gestalt an seiner Seite mußte nach der riesigen Wölbung, die sie unter der Decke bildete, und auch nach dem Geruch zu schließen die Signora Mercedes sein. Zu ihren Füßen lag eine viel kleinere Gestalt, die sich die Decke über den Kopf gezogen hatte und vielleicht Carulina sein mochte. Bevor Useppe sich völlig ausstreckte, faßte er sich ein Herz und rief ganz leise: »Ulì . . .« Doch nichts rührte sich. Vielleicht war es jemand anderes.
Keiner von den Tausend bemerkte, daß Useppe sich eingeschmuggelt hatte. Nur die dicke Gestalt neben ihm rückte im Schlaf instinktiv von ihm weg, um ihm ein bißchen mehr Platz zu lassen, und zog ihn dann näher zu sich, vielleicht weil sie glaubte, es sei einer ihrer kleinen Enkel. Er kuschelte sich an diesen großen, warmen Körper und schlief sogleich wieder ein.
Gerade in dieser Nacht hatte er den ersten Traum, an den er sich vage erinnern konnte. Er träumte von einem *Siff* (ein Boot) auf einer Wiese, das an einen Baum angebunden war. Er sprang in das Boot, und sofort löste es sich vom Seil, während die Wiese zu einer flimmernden Wasserfläche wurde, auf der das Boot und er mit ihm im Takt schaukelte, als würde es tanzen.
In Wirklichkeit war das, was sich in seinem Traum in das weitere Schlingern der Barke verwandelte, eine reale Bewegung, die sich zu seinen Füßen vollzog. Aus der kleinen, fast kindlichen Gestalt, die bis über den Kopf zugedeckt war, war ein Paar geworden. Einer aus der Sippe der Tausend war, von einem plötzlichen Verlangen ergriffen, geräuschlos über die Reihe der Matratzen hinweg zu ihr hingeglitten und ließ, über ihr liegend und ohne ein Wort zu sagen, seinem nächtlichen Impuls in kurzen Stößen freien Lauf. Das Mädchen ließ ihn gewähren und antwortete nur mit einem leisen, schlüpfrigen Brummen.
Doch Useppe schlief und merkte von alldem nichts. Beim Morgengrauen lief Ida, als sie ihn nicht neben sich fand, besorgt in den Schlafsaal. Um etwas sehen zu können, öffnete sie ein Fenster, und bei dem spärlichen Licht entdeckte sie ihn am Rand des großen Lagers, wo er ruhig schlief. Da nahm sie ihn in die Arme und legte ihn auf die eigene Matratze.

5

Der Herbstbeginn brachte den Flüchtlingen verschiedene bemerkenswerte Ereignisse.
Ende September war es immer noch sommerlich warm, und um nicht zu

ersticken, schlief man bei offenen Fenstern. Es war am 29. oder 30. des Monats, abends gegen elf Uhr, kurz nach der Ausgangssperre, als durch eines der niedrigen Fenster, die auf das unebene Gelände gingen, die Katze Rossella ins Zimmer sprang und sich – sie, die sonst so schweigsam war – durch ein langgezogenes, durchdringendes Miauen ankündigte. Alles lag schon im Bett, aber noch nicht alle schliefen. Giuseppe Secondo, der noch wach war, sah als erster, kurz nach der Ankündigung Rossellas, den Schatten eines Mannes, der sich in der Fensteröffnung abzeichnete.
»Ist hier das Evakuiertenasyl?«
»Ja. Was willst du?«
»Laßt mich rein!« Die Stimme klang heiser und erschöpft und doch entschieden. In jener Zeit war jeder, der unvermutet auftauchte, verdächtig, und besonders nachts. »Wer ist das? Wer ist das?« fragten ringsum mehrere aufgeschreckte Stimmen aus der Ecke, wo sich das gemeinsame Lager der Tausend befand, während zwei oder drei von ihnen eilig aufstanden und sich, so gut es ging, die erhitzten und beinah nackten Körper bedeckten. Doch Giuseppe Secondo, der einzige, der sich im Pyjama schlafen legte, ging schon auf das Fenster zu; er hatte seine Schuhe an, trug die Jacke seines Anzugs über den Schultern und den Hut auf dem Kopf. Währenddessen ließ ihn Rossella nicht in Ruhe; sie miaute unerhört eindringlich ihr MIUUUU, das bei ihr eine Forderung bedeutete, lief zwischen dem Fenster und der Tür hin und her und legte ihm umständlich nahe, den Mann so schnell wie möglich einzulassen.
»Ich bin ... ich bin aus dem Norden geflohen ... Ein Soldat ...«, stieß der Fremde hervor, und seine Stimme wurde mit jedem Ton schroffer. Dann änderte er mit einem Mal seine Tonart. »O *màma* mia, ich falle fast um ...«, stöhnte er und begann, mit dem Rücken an die Hausmauer gelehnt, im Dialekt mit sich selber zu reden, in hilfloser Verzweiflung.
Es war schon öfter vorgekommen, daß Soldaten erschienen, die die Uniform weggeworfen hatten und sich nach Süden durchschlagen wollten. Gewöhnlich blieben sie nicht lange; sie stärkten sich, ruhten sich ein wenig aus und zogen dann weiter. Aber im allgemeinen kamen sie tagsüber und hatten höflichere Manieren.
»Wartet ...« Wegen der Verdunkelung wurde das Fenster geschlossen, ehe man die Deckenlampe anzündete. Er mußte wohl glauben, man wolle ihn draußen stehenlassen, denn er begann mit Händen und Füßen an die Tür zu schlagen.
»Heh!!! Halt. Einen Augenblick Geduld! ... Jetzt könnt Ihr hereinkommen.«
Kaum war er eingetreten, fiel er beinah auf die Knie, setzte sich dann auf den Boden und lehnte sich gegen einen Sandsack. Er war offensichtlich

am Ende seiner Kräfte und war nicht bewaffnet. Der ganze Stamm der Tausend (mit Ausnahme der Zwillinge und ein paar von den größeren Kindern, die weiterschliefen) hatte sich um ihn gedrängt, die Männer in Unterhosen, mit nacktem Oberkörper oder im Unterhemd, die Frauen im Unterrock. Auch Useppe kam hinter seinem Vorhang hervor, völlig nackt, und verfolgte die Angelegenheit mit äußerstem Interesse, während Ida sich nur vorsichtig näher wagte, da sie in jedem Neuankömmling einen faschistischen Spion vermutete. Und die Kanarienvögel, die vom Licht aufgewacht waren, kommentierten das Ereignis mit ihrem Gepiepse.

Doch am meisten bemühte sich Rossella um ihn, die sich offensichtlich für den Mann interessierte. Nachdem sie sich kokett an seinen Beinen gerieben hatte, setzte sie sich in der Haltung der ägyptischen Sphinx vor ihn hin und betrachtete ihn unverwandt mit ihren kupferfarbenen Augen.

Der Mann achtete jedoch nicht auf diesen ungewöhnlichen Empfang durch die Katze; er hatte auch beim Eintreten die Umgebung keines Blickes gewürdigt und wandte sich an niemanden im besonderen. Im Gegenteil – obwohl er um Gastfreundschaft ersuchte, brachte er doch durch sein Benehmen ganz unmißverständlich eine völlige Ablehnung des Ortes und seiner Bewohner, sowohl der Tiere wie auch der Menschen, zum Ausdruck.

Das Deckenlicht störte ihn, obwohl es nicht sehr hell war, und kaum hatte er sich gesetzt, wandte er sich mit einer Grimasse davon ab. Dann verbarg er seine Augen mit den zuckenden Bewegungen eines Paralytikers hinter einer dunklen Brille, die er aus einem schmutzigen Sack hervorzog.

Dieser Leinwandsack, der ungefähr so groß war wie ein Schulranzen und einen Schulterriemen hatte, war sein einziges Gepäck. Sein Gesicht war verzerrt und unter dem offensichtlich mehrere Tage alten Bart von grauer Blässe. Doch an der Brust und an den Armen, die stark behaart waren, sah man, daß seine natürliche Hautfarbe sehr dunkel war, fast wie die eines Mulatten. Sein Haar war tiefschwarz, dicht und über der Stirn kurz geschnitten. Er war ziemlich groß und wirkte auch noch in seinem heruntergekommenen Zustand gesund und recht kräftig. Er trug ein Paar Sommerhosen und ein aufgeknöpftes kurzärmliges Hemd. Alles war unbeschreiblich schmutzig. Der Schweiß rann ihm, wie nach einem türkischen Bad, in Bächen herab. Er mochte etwa zwanzig Jahre alt sein.

»Ich will schlafen!« sagte er leise, aber immer noch in demselben drohenden, verärgerten Ton von vorher. Er schnitt weiterhin sonderbare Grimassen und verzerrte die Gesichtsmuskeln auf eine Art, die Carulina

unwiderstehlich zum Lachen reizte, so daß sie den Mund mit beiden Händen bedecken mußte, damit man es nicht sah. Doch er hätte es ohnehin nicht bemerkt, denn seine hinter der dunklen Brille versteckten Augen sahen ins Leere.
Plötzlich runzelte er mit nachdenklichem Ausdruck die Stirn, so, als wolle er sich besser konzentrieren. Dann stützte er sich mit beiden Händen auf den Boden und versuchte aufzustehen. Doch statt dessen beugte er den Kopf zur Seite und erbrach weißlichen Schaum auf den Boden.
»*Màma* mia...«, murmelte er.
Sein Atem roch nach Erbrochenem.
Da trat Carulì, vielleicht, weil es ihr leid tat, daß sie vorher gelacht hatte, mit nackten Füßen und in ihrem kunstseidenen Unterrock vor (den sie wie die anderen Frauen im Asyl beim Schlafen anbehielt), und aus eigener Initiative und auf eigene Verantwortung ging sie zu der vierten Ecke und schüttelte, so gut es ging, den Strohsack auf, der dort bereitlag.
»Wenn Ihr wollt«, sagte sie zu dem Mann, »hier könnt Ihr Euch ausruhen. Der Platz ist frei.«
Niemand sagte etwas dagegen. Und Giuseppe Secondo, der sah, daß der Mann Mühe hatte, aufzustehen, kam ihm wie einem verwundeten Hund rücksichtsvoll zu Hilfe. Doch kaum stand der Fremde aufrecht da, stieß er Giuseppe grob zurück. Dann ging er hin und ließ sich schwer auf den Strohsack fallen.
»Miuuu!« Und die Katze sprang zu ihm hinüber und legte sich an einer Stelle, wo aus einem großen Loch das Stroh aus dem Sack quoll, zu seinen Füßen nieder. Bevor sie es sich dort bequem machte, gab sie sich Mühe, das Stroh mit den Pfoten besser zurechtzuschieben, und vergnügte sich eine Weile damit, mit den Halmen zu spielen. Doch nach dieser kurzen Ablenkung legte sie sich mit dem Bauch auf das Loch und blieb dort ruhig liegen, wobei sie den Unbekannten mit großen, weit offenen Augen betrachtete. Vor lauter Vergnügen begann sie zu schnurren, doch gleichzeitig sah man in ihren Augen den Ausdruck aufrichtiger Besorgnis und Verantwortung.
Die Anwesenden konnten es kaum fassen, daß die Katze plötzlich so verändert war, sie, die sonst niemandem Vertrauen geschenkt und, von Natur aus liederlich, ihre Nächte immer außer Haus zugebracht hatte. Doch in Wirklichkeit war sie, was niemand wußte, trächtig, und vielleicht entwickelte sie einen neuen Instinkt, weshalb sie sich selbst verwirrt und sonderbar vorkam, denn noch nie in ihrem Leben hatte sie so etwas erfahren. Sie war nämlich zum erstenmal trächtig, und zwar schon seit einigen Wochen; dabei war sie noch nicht einmal zehn Monate alt. Doch war ihr Bauch kaum dicker als vorher, so daß niemand es bemerkt hatte.

Der Unbekannte fiel, kaum hatte er sich auf den Strohsack fallen lassen, in einen Schlaf von tiefer Bewußtlosigkeit.
Seinen Sack hatte er dort auf dem Boden liegenlassen, wo er ihn beim Eintreten hingestellt hatte, und eine von Carulìs Schwägerinnen untersuchte seinen Inhalt, bevor sie ihn am Kopfende des Strohsackes niederlegte. Es waren folgende Gegenstände darin:

Drei Bücher, eines mit spanischen Gedichten, ein weiteres mit einem schwierigen philosophischen Titel, und ein drittes hieß: *Die paläochristlichen Symbole der Katakomben;*

ein schmieriges kariertes Heftchen, das auf jeder Seite teils waagerecht, teils kreuz und quer verlaufende Buchstaben enthielt, die mit Bleistift geschrieben und mal größer, mal kleiner waren, jedoch alle von derselben Hand stammten und nichts anderes als die Worte wiederholten: CARLO CARLO CARLO VIVALDI VIVALDI VIVALDI;

ein paar alte Kekse, die aufgeweicht waren, als hätten sie im Wasser gelegen;

einige zerfledderte Zehn-Lire-Banknoten, die unordentlich zwischen den anderen Gegenständen verstreut lagen;

außerdem ein Personalausweis.

Das war alles.
Auf dem Personalausweis las man gegenüber der Photographie des Inhabers:

Familienname	VIVALDI
Vorname	CARLO
Beruf	Student
geboren in	Bologna
am	3. Oktober 1922

Auf der Photographie, die man wohl vor ein, zwei Jahren aufgenommen hatte, war der Junge, der da auf dem Strohsack schlief, immerhin zu erkennen, wenn er auch jetzt, im Vergleich zu früher, entstellt aussah. Seine ovalen Wangen, die jetzt eingefallen waren, sahen auf dem Bild voll und frisch aus. Er wirkte in seinem halboffenen, glatten weißen Kragen und mit einer schönen Krawatte schmuck und geradezu elegant. Doch erschreckender als das Gesicht selbst hatte sich dessen Ausdruck verändert: sogar auf diesem gewöhnlichen Paßphoto fiel seine Naivität auf. Er war ernst, fast melancholisch, doch glich diese Ernsthaftigkeit der träumerischen Einsamkeit eines Kindes. Jetzt hingegen war sein Gesicht von etwas Gemeinem gezeichnet, das die Züge von innen her entstellte. Es schien, als habe sich dieser Ausdruck, in dem noch ein schreckliches Staunen zu lesen war, nicht allmählich geformt, sondern sei durch einen plötzlichen Gewaltakt hervorgerufen worden, der einer Schändung glich.
Sogar sein Schlaf wurde davon entwürdigt. Und die ahnungslosen An-

wesenden verspürten ein Unbehagen, das an Antipathie grenzte. Es waren vor ihm schon andere heruntergekommene Flüchtlinge aufgetaucht. Aber bei ihm spürte man etwas Befremdendes, das fast das allgemeine Mitleid verdrängte.
Gegen ein Uhr nachts, als in der Dunkelheit des großen Raumes alle schon seit einer Weile schliefen, begann er mit einemmal auf seinem Strohsack um sich zu schlagen und wie besessen zu brüllen: »Hört auf! Ich habe Durst! Ich will hier raus! Macht die Lampe da aus!«
Das laute Schnarchen der Schlafenden hörte mit einemmal auf. »Was für eine Lampe?« murmelte einer träge. Und tatsächlich brannte kein einziges Licht. Der erste, der aufschreckte, war Useppe. Er sprang von seiner Matratze auf und lief besorgt zu dem Winkel mit dem Strohsack, als wäre jener Mensch ein naher Verwandter.
Ihm folgte Carulina, die zunächst dafür sorgte, daß die Fenster geschlossen und das Deckenlicht angezündet wurde. Der kleine Useppe stand ganz nackt gleich neben dem Strohsack, mit starrem, fragendem Blick. Die Katze, die noch halb auf dem Stroh ausgestreckt lag, spitzte die Ohren, schnupperte mit ihrer dunklen, vom Schlaf noch warmen Schnauze und richtete die starren Pupillen auf den Mann, der wild um sich schlug. Dann sprang sie erschrocken auf und kreiste um ihn herum. Er saß auf dem Sack und stieß ununterbrochen wüste Beschimpfungen aus. Offensichtlich redete er irre. Dauernd wiederholte er: »Weg mit der Lampe.« Aber es war klar, daß er nicht das soeben angezündete Licht meinte. Seine schwarzen, glühenden Augen waren blutunterlaufen und starrten mit dem Ausdruck eines Geisteskranken auf einen fernen, unbeweglichen Punkt. Sein Gesicht, das zuerst leichenblaß gewesen, war jetzt flammend rot. Das Fieber mußte auf mehr als 39 Grad gestiegen sein. Giuseppe Secondo wollte es ihm mit dem Thermometer messen. Er aber jagte ihn weg. In seiner Raserei zerfetzte er sich das Hemd, das da und dort bräunliche Flecken hatte; man konnte nicht erkennen, ob es Schlamm oder Blut war. Und er kratzte sich so heftig die Brust, daß er die Haut aufriß. Sicher wimmelte er von Läusen.
Dann begann er sich auf dem Sack zu winden und zu drehen, als ob er geschlagen würde: »*Màma* mia«, klagte er verzweifelt, »ich will nach Hause, ich will *heim* ...« Und er preßte so heftig die Augen zu, als wolle er sie sich zerquetschen. Da sah man seine Wimpern, die so lang und dicht waren, daß man denken konnte, sie müßten ihn am Sehen hindern.
Nach ungefähr einer Viertelstunde beruhigte er sich ein wenig, vielleicht, weil sie ihn gezwungen hatten, mit dem Trinkwasser zusammen eine Aspirintablette zu schlucken. Er sprach noch immer mit sich selbst, aber in ruhigem Ton. In seltsames Grübeln versunken, begann er Rechnungen aufzustellen. Er murmelte Additionen, Multiplikationen, Divi-

193

sionen vor sich hin, die so ungereimt waren, daß es ein Witz zu sein schien: »Sieben mal acht«, fing er an, »sieben mal neun ... dreihundertsechsundsechzig Tage, das macht elf in der Minute ...« In schrecklicher Ernsthaftigkeit runzelte er die Stirn: »Das macht achtzig in der Stunde, das ist das Maximum ... Sechsundvierzig plus dreiundfünfzig, elftausend ... Nicht daran denken! Nicht daran denken!« wiederholte er dann, ganz verwirrt, als hätte ihn jemand unterbrochen. Und er drehte sich auf dem Sack um und mühte sich von neuem, an den Fingern abzuzählen: »Weniger fünf ... weniger vier ... weniger eins ... wieviel macht weniger eins ...? NICHT daran denken! Weniger eins ...« Offenbar konnte er sich bei seiner umgekehrten Rechnerei nicht mehr zurechtfinden. »Vierzig Dutzend Hemden«, murmelte er ernsthaft, »das reicht nicht für den Dienst ... Für vierundzwanzig Decken ... zwölf Tischtücher ... Tausendundfünf Hochzahl minus ... Wie viele Dutzend?! Das ist Algebra, verdammt noch mal ...«
Nach einer Weile konnte Carulina wie üblich nicht mehr an sich halten und mußte ihr Gelächter hinter den Händen ersticken. »Walum zählt er?« fragte Useppe sie nachdenklich mit leiser Stimme. »Was weiß ich?« antwortete sie, »der spinnt, weil er Fieber hat ... Er redet nicht wie ein normaler Mensch!« »Die Aussteuer, er redet über die Aussteuer!« sagte sachverständig und gewichtig die Großmutter Dinda an ihrer Stelle. Und jetzt konnte Carulina sich nicht mehr beherrschen, und sie lachte so, daß auf ihrem Kopf die beiden Zöpfchen tanzten, die sie am Abend aus Faulheit nicht aufgelöst hatte.
Um ihre Ungezogenheit wieder gutzumachen, hob sie eifrig die Sonnenbrille des Kranken auf, die er hatte zu Boden fallen lassen, und steckte sie ihm in den Sack. Dann, als sie sah, daß er sich nicht einmal die Sandalen ausgezogen hatte, streifte sie sie ihm mit ganz ernstem Gesicht von den schmutzverkrusteten, schwarzen Füßen.
Er war wieder eingeschlafen. Auch Rossella beruhigte sich. Sie ringelte sich auf ihrem Loch zusammen und steckte zum Schlafen das Köpfchen unter die Pfoten.
Ida hatte in jener Nacht einen kurzen Traum, den sie nie mehr vergaß, weil er so bildhaft war. Ihr war, als kämen vom Strohsack her, wie kurz zuvor in Wirklichkeit, von neuem Geheul und Klagerufe. Aber auf dem Sack, der ganz rot war von Blut, lag niemand mehr. Die Leute ringsum bemühten sich, dieses Blut unter Haufen von Leintüchern und Decken zu verbergen, doch es durchtränkte alles; sofort tropften Leintücher und Decken von Blut.

Am folgenden Morgen hatte sich der neue Gast wieder erholt. Er hatte kein Fieber mehr, und als er gegen neun Uhr aufwachte, stand er sofort ohne Hilfe auf. Er vermied Gespräche und behielt immer, auch im Zimmer, die dunkle Brille auf. Doch sein Benehmen hatte sich, im Vergleich zum Vorabend, deutlich verändert. Jetzt wirkte er verlegen, beinah scheu. Und die anderen, die sich bisher von seiner Gegenwart unangenehm berührt gefühlt hatten, erholten sich ein wenig von diesem ersten, unerfreulichen Eindruck und betrachteten ihn mit größerer Nachsicht und Sympathie.

Da er nicht wußte, was er zu all diesen Leuten sagen sollte, versuchte er sich zu entschuldigen, weil er sich hatte beherbergen lassen. »Man hat mir eine Adresse hier in Rom angegeben, wo ich hätte bei Bekannten wohnen können, aber die Anschrift war falsch ... Ich wußte nicht, wo ich hingehen sollte ...«, erklärte er in seinem befremdlichen, halb verlegenen und halb schroffen Ton. »Dies hier«, entgegnete ihm Giuseppe Secondo, »ist kein Privatbesitz! Es ist ein öffentliches Asyl und steht der Gemeinde zur Verfügung.« »Bei Kriegsende werde ich alle entschädigen«, erklärte der Fremde hochtrabend und gleichzeitig verdrossen. »Ich werde alle reichlich entschädigen!« Im Augenblick hatte er keine Lust zu essen. Aber er bat (»gegen Bezahlung, versteht sich«, fügte er hinzu) um eine Tasse warmen Kaffee-Ersatzes. »Ich wollte mich hier nicht aufhalten ...«, sagte er vor sich hin, indem er die Tasse mühsam zwischen den bebenden Händen hielt, »ich wollte nicht hierbleiben ... aber ich schaffe es nicht ...« Er trank den Kaffee nicht so sehr, als daß er ihn mit pfeifendem Atem in sich hineinsaugte.

Er war nun nicht mehr so fahl wie bei seiner Ankunft. Aber auch, nachdem er sich mit einem Gillette-Apparat rasiert hatte, den ihm Giuseppe Secondo auslieh, war er noch immer erschreckend blaß, fast wie ein Malariakranker. Beim Mittagessen machte er sich gierig über einen Teller Nudeln her und aß wie ein junger Hund, der lange nichts zu essen bekommen hat.

Nach dem Essen kehrte eine etwas natürlichere Farbe in seine Wangen zurück. Er bekam von Giuseppe Secondo ein Hemd geschenkt, das dem Besitzer viel zu weit gewesen war, das an dem Gast aber klein aussah, obwohl auch er abgemagert war. Trotzdem schien er zufrieden, etwas Sauberes am Leib zu haben. Carulina wusch ihm in dem Eimer die Hosen und ließ ihn nur die Seife bezahlen, zum Schwarzmarktpreis, denn es war spezielle Vorkriegsseife, nicht so eine, wie man sie auf Rationierungskarten bekam und die aus Sand und Schotter gemacht zu sein schien. Dann, während die Hosen trockneten und er sich, so gut es ging, die Hüften mit einem Stoffetzen bedeckt hatte (er hatte kräftige, behaarte Beine, wie die eines Primitiven), lieh er sich einen Eimer, um sich mit dem Überrest der erworbenen Seife zu waschen. Und Rossella, die unfehlbar da auftauchte, wo er gerade war, begleitete ihn sogar auf den Abort, wohin er sich begab, um sich waschen zu können. Über das hinaus, was er bei seiner ersten wütenden Vorstellung am Fenster gesagt hatte, erfuhr man fast nichts von ihm. Und dieses Wenige gab er nur gezwungen und unwillig preis, und bloß, um seine Anwesenheit zu rechtfertigen. Er wolle, sagte er, nach Süden weiterziehen, in die Umgebung von Neapel, wo er Verwandte habe. Und er habe die Absicht, möglichst bald wieder aufzubrechen, unter Umständen schon morgen, denn er sei nicht krank, nur müde, weil er zu Fuß und unter furchtbaren Umständen hierher gekommen sei. Dies sei seit langem die erste Nacht gewesen, in der er unter einem Dach geschlafen habe. Die vorhergehenden Nächte habe er im Freien verbracht, hinter einem Strauch, in einem Graben oder sonstwo. »Ich bin nicht krank!« wiederholte er mit einer gewissen Feindseligkeit, als hätte man ihn einer ansteckenden Krankheit bezichtigt.

Die beiden Brüder Carulinas, die wegen ihrer Geschäfte regelmäßig zwischen Rom und Neapel hin und her pendelten, sagten ihm, wenn er zwei oder drei Tage warten wolle, könne er die Gelegenheit nutzen und mit ihnen zusammen auf dem Lastwagen eines ihrer Freunde, der die erforderliche Genehmigung habe, nach Neapel mitfahren. Dieser Freund werde mit jeder noch so heiklen Situation fertig, denn er sei schlauer als die Deutschen und die Faschisten. Vielleicht könnte er ihn auch irgendwie unter der Ware im Lastwagen verstecken, wenn er Wert darauf lege, unbeachtet durchzukommen, und das wolle er ja wohl, da er schließlich ein Deserteur sei.

Sie fügten jedoch noch hinzu, nach den letzten Nachrichten, die sie gehört hätten, näherten sich die Alliierten Neapel. Die Deutschen seien im Begriff, die Stadt zu verlassen; sie seien von einem Volksaufstand verjagt worden. Und wenn die Alliierten erst einmal in Neapel seien, stehe ihnen der Weg nach Rom offen. Es sei nur noch eine Frage von Tagen, vielleicht sogar von Stunden. In Kürze werde auch Rom befreit sein, und *alles* werde ein Ende haben. Da man schon so lange gewartet habe, sei es besser, vollends das Ende abzuwarten, bis die Straßen frei seien und man nicht mehr Gefahr laufe, unterwegs erschlagen zu werden.

Carlo nahm schließlich, wenn auch widerwillig, den Vorschlag an. Obwohl er behauptete, es ginge ihm ausgezeichnet, sah man, daß er körperlich und seelisch ziemlich mitgenommen war. Ab und zu schnitt er eine Grimasse und blieb stehen, wobei er, noch unter dem Eindruck seines nächtlichen Alptraums, ins Leere starrte.

Beinah verschämt bat er Giuseppe Secondo, ob nicht auch er für seinen Winkel so einen Vorhang haben könne wie die Signora (damit meinte er Ida). Mit Vorliebe wandte er sich an Giuseppe Secondo, vielleicht weil er sah, daß er sich allenthalben zu schaffen machte, und ihn deshalb für eine Art Familienoberhaupt hielt. Wenn er solche harmlosen Bitten aussprach (z. B. als er den Eimer auslieh oder den Kaffee-Ersatz gegen Bezahlung haben wollte), runzelte er die Stirn und setzte eine hochmütige Miene auf. Doch seine Stimme klang verwirrt und unsicher, als hätte er um eine Million Lire gebeten.

Aus den Fetzen von abgelegten Sommerkleidern stoppelte ihm Carulina so gut es ging einen Flickenvorhang zusammen, der aussah wie der Mantel eines Harlekins und ihn bis zu einem gewissen Grad vor fremden Blicken schützte. Immerhin konnte man den unteren Teil seines halb ausgestreckten Körpers sehen und ab und zu seine Hand neben dem Lager, die im Sack herumstöberte, wie wenn dessen Inhalt nicht alles in allem aus drei zerfetzten Büchern, einer Lebensmittelkarte, ranzigen Keksen und Zehnerscheinen bestanden hätte, sondern als könnten ihm diese Dinge die Zeit vertreiben, ihm gegen das Elend und den Fieberwahn helfen, und als könne vielleicht sogar einmal eine Überraschung dabei sein.

Außerdem konnte man ab und zu hinter seinen Füßen den geschmeidigen, etwas abgemagerten Körper der Katze Rossella sehen, mit ihrem unmerklich geschwollenen Bäuchlein, wie sie sich nach dem Schlaf dehnte und streckte und ungehindert auf Carlos Beinen spazierenging. Sie hatte mit sachverständiger Miene zugeschaut, als der Vorhang aufgehängt wurde, und war offenbar damit einverstanden, denn sie schlug ihren endgültigen Wohnsitz hinter dem Vorhang auf. Und so betrachteten die Kinder sie von da an als Eigentum dieses menschenscheuen Individuums (das sie mit seiner traurigen Haltung einschüchterte) und wagten es nicht mehr, sie zu verfolgen, sie zu schlagen und zu quälen, wie sie es vorher oft getan hatten.

Der junge Mann war jedoch in Wirklichkeit viel zu sehr in seine Gedanken versunken, um die Katze zu beachten. Sie hingegen war zweifellos davon überzeugt, daß sie bereits einen wichtigen Platz in seinem Leben einnahm. Es genügte, daß er seine Lage änderte oder sich auf dem Strohsack bewegte, und sogleich setzte sie sich aufrecht auf die Vorderpfoten, streckte die Schnauze vor und machte: »Mui!« Dies hatte als Antwort zu gelten, und es klang, wie wenn jemand beim Namen gerufen wird und sich mit »*Hier!*« meldet. In Wirklichkeit jedoch sah und hörte er sie nicht, so als existierte sie überhaupt nicht. Nur selten streckte er zufällig seine Hand aus und streichelte sie zerstreut. Dann schloß sie verzückt die Augen und antwortete ihm schnurrend in der intimen Sprache der Katzen: »O ja, so ist es richtig. Es fehlte nur noch diese Liebkosung zu unserem Glück. Wie schön, daß wir hier unter uns sind, nur wir beide.«

Die Schwägerinnen Carulinas fingen an, ihre Kommentare abzugeben: »Rossella hat ihren Typ gefunden.« – »Das Hexlein« (so nannten sie sie von Zeit zu Zeit) »hat sich auf den ersten Blick bis über die Ohren verliebt!« Und dabei kicherten sie zu Giuseppe Secondo hinüber, um ihn zu provozieren, denn schließlich war er der rechtmäßige Besitzer der Katze. Doch dieser hob die Arme mit einer Miene, die Großmut und Gleichgültigkeit andeuten sollte, so als wolle er sagen: »Laßt sie nur machen. Schließlich geht das nur sie etwas an.«

Ab und zu geschah es, daß die Kinder zaghaft unter den Vorhang guckten, um das einsame Paar zu beobachten. Vivaldi Carlo schickte sie weder weg, noch gestattete er ihnen Vertraulichkeiten: er ignorierte sie einfach. Der einzige, der ihn nie belästigte, war, im Gegensatz zu seiner sonstigen geselligen Art, Useppe, vielleicht, weil er intuitiv erfaßt hatte, daß der andere allein bleiben wollte. Trotzdem vergaß er einmal beim Versteckspiel jede Rücksicht. Stürmisch brach er unter den Vorhang hervor, kauerte sich hinter den Sack und flüsterte dem Fremden zu, wie er es sonst bei der Signora Mercedes tat: »Sei still, psst! Sei still.«

Hin und wieder kam der Junge hinter dem Vorhang hervor, vielleicht weil er das Gefühl hatte, in seinem dunklen, stinkenden Winkel zu ersticken, und machte schweigend ein paar Schritte, als wolle er sagen: »O Màma mia, was soll ich bloß tun? Wo kann ich mich hinlegen?« Doch das Heidenspektakel in dem großen Raum scheuchte ihn sofort wieder in seine Höhle zurück.

Am zweiten Tag ging er weg und kehrte kurz darauf mit einer Kerze zurück, damit er lesen konnte, denn in seinem Winkel gab es weder am Abend noch tagsüber genügend Licht. Dann kaufte er von Carulinas Brüdern im Schwarzhandel zwei Päckchen Zigaretten und verbrachte den Rest des Tages hinter seinem Vorhang, rauchte und las in den Büchern, die er bei sich hatte, oder versuchte es wenigstens.

Am dritten Tag ging er wieder weg, ohne sich zu verabschieden; er ging mit der zweideutigen, finsteren Miene eines Verschwörers und kam gegen Abend sichtlich aufgeheitert zurück. Er mußte in Rom irgendeine private Postadresse haben, denn er brachte von seinem Ausflug zwei Briefe mit, die (wie die Frauen sofort bemerkten) auf dem Briefumschlag keine Marken trugen. Die Umschläge hatte er schon aufgerissen, sicher um die Briefe rasch zu überfliegen, bevor er sie hinter seinem Vorhang in Ruhe lesen konnte. Doch war er zu aufgeregt und ungeduldig, um sich um etwas anderes zu kümmern, und machte sich, kaum war er angekommen, sofort daran, die Briefe nochmals zu lesen. Dabei saß er auf dem Rand des Strohsackes halb außerhalb seines ›Raums‹ und las, ohne den Vorhang zuzuziehen oder die Kerze anzuzünden, in Gegenwart aller. »Gute Nachrichten?« fragten sie ihn. »Ja«, erwiderte er. Und unerwartet hatte er das Bedürfnis, sich mitzuteilen, und fügte mit unbeteiligtem Gesicht hinzu: »Von meinen Leuten. Von daheim.«

In der Tat erfüllte ihn seine befreiende Erregung, so flüchtig sie war, allzu sehr, als daß er sie für sich hätte behalten können. Er zögerte, den Vorhang wieder zu schließen, den er hinter seinem Rücken an der Wand zusammengerafft hatte, wie wenn die Ankunft dieser Briefe ihn wenigstens vorübergehend der menschlichen Gesellschaft wieder zurückgegeben hätte. »Dann sind bei Euch zu Hause also alle gesund?« nahm eine der Schwägerinnen das Wort, um ihn zum Erzählen zu ermuntern. »Ja. Alle sind wohlauf.« – »Und was schreiben sie Euch denn? Was schreiben sie?« wollte die Großmutter Dinda wissen. Mit etwas bebender Stimme antwortete er, obwohl er eine verächtliche Gleichgültigkeit an den Tag legte, als ob ihn die Sache gar nichts anginge: »Sie gratulieren mir. Heute habe ich Geburtstag.«

»Aaah! Herzlichen Glückwunsch! Herzlichen Glückwunsch!« schrien sie ringsum im Chor. Doch darauf machte er ein unzufriedenes Gesicht und zog sich hinter seinen Vorhang zurück.

An jenem Abend brachten Carulinas Brüder die sichere Nachricht mit, Neapel sei von den deutschen Truppen geräumt worden. Die Alliierten stünden vor den Toren der Stadt. Doch mittlerweile hätten die Neapolitaner nicht länger warten wollen und in wenigen Tagen selbst dafür gesorgt, daß die Stadt gesäubert wurde. Ausgehungert wie sie waren, zerlumpte Zigeuner ohne Heim, bewaffnet mit Benzinkanistern, alten Säbeln und allem, was sie irgendwie auftreiben konnten, hatten sie beherzt die deutschen Panzertruppen überwältigt. »Neapel hat den Krieg gewonnen!« verkündeten Tole und Mémeco den Umstehenden. »Und damit«, fragte Carulina, »ist jetzt alles vorbei?« Niemand zweifelte daran. Die Strecke Neapel–Rom war für die Engländer und Amerikaner ein Katzensprung. Im Augenblick war zwar die Straße nach Neapel gesperrt. Jenseits stand Amerika, diesseits das Deutsche Reich. Doch mußte man sich nur noch ein paar Tage gedulden, eine Woche höchstens; dann hätte man freie Bahn: »Und dann kehren wir alle nach Hause zurück!« sagte der Großvater Giuseppe Primo (und bedachte dabei nicht, daß es dieses *zu Hause* gar nicht mehr gab).

Der einzige, der nicht ganz so sicher war, war Giuseppe Secondo. Von seinem Standpunkt aus waren die Engländer und Amerikaner, da sie Kapitalisten waren, verwöhnte junge Leute, die sich bei allem Zeit ließen: »So viel ist sicher, den Sieg haben sie jetzt so oder so in der Tasche ... Ein Monat mehr oder weniger ... Niemand zwingt sie schließlich dazu, Hals über Kopf nach Rom zu rennen! Vielleicht gefällt ihnen in Neapel das Klima, das blaue Meer ... Holiday! Vielleicht bekommen sie sogar Lust, in Posillipo zu überwintern ...« Doch diese Witzeleien Giuseppe Secondos konnten den Optimismus der Tausend nicht dämpfen.

In jener Zeit brachten die Tausend von irgendwoher eine große Men-

ge geschmuggeltes Fleisch (anscheinend verkauften manche deutsche Soldaten Fleisch, das sie beschlagnahmt hatten, anschließend weiter): manchmal waren es ganze Viertel von Ochsen, die sie im Abort, wo es kühler war, zur Aufbewahrung mit Fleischerhaken an der Wand aufhängten. Da es sich um leichtverderbliche Ware handelte, verlangten sie einen so anständigen Preis, daß sogar Ida sich die Ausgabe leisten und diesen unverhofften Luxus beinah an jedem Wochentag genießen konnte.
Doch Useppe weigerte sich seit einiger Zeit ab und zu störrisch, Fleisch zu essen, und man mußte ihn dazu zwingen. Offensichtlich lag dieses Widerstreben an seinen Nerven und nicht an seinem Magen. Doch ging dieser merkwürdige Widerwille, den er selbst nicht erklären konnte, in manchen Fällen bis zum Ekel, so daß er erbrechen mußte und weinte. Wenn man ihn jedoch mit einem kurzen Spiel oder einer improvisierten Erzählung geschickt ablenkte, vergaß er in seiner gewohnten natürlichen Unbesorgtheit zum Glück alles sofort wieder, was vorgefallen war. Dann folgte er vertrauensvoll dem Beispiel der anderen und aß das Gericht, das er gestern noch verabscheut hatte, ohne auch nur eine Spur von Ekel zu zeigen. So kamen diese Mahlzeiten sehr gelegen und halfen ihm, sich besser auf den bevorstehenden Winter vorzubereiten.
Mehr als alle anderen profitierte Vivaldi Carlo von der ungewohnten Fülle, der, da er aus dem Norden stammte, natürlich Fleischesser war. Zu seinem Geburtstag hatte er, zusammen mit den Briefen, offenbar auch Geld erhalten, denn an jenem Abend zog er aus seiner ausgefransten Tasche großartig eine Tausendernote hervor und kaufte eine Menge Zigaretten und ein riesiges Beefsteak, das er mit seiner üblichen kindlichen Gier verschlang. Auch bot er allen zu trinken an, doch sowie er den Wein bezahlt hatte, zog er sich linkisch und verwirrt hinter seinen Vorhang zurück, ohne an der allgemeinen lauten Ausgelassenheit teilzunehmen.
In den folgenden Tagen, nachdem er Kunde der neuen Metzgerei der Tausend geworden war, blühte er rasch auf. Sein von Natur aus robuster Körper wurde wieder elastisch und kräftig, und die ungesunde graue Farbe verschwand ganz von seinem Gesicht. Er glich jetzt mit seinem dunklen Teint und den markanten Zügen mehr denn je einem arabischen oder äthiopischen Nomaden und kaum mehr einem Bolognesen. Seine stark entwickelte Oberlippe verriet in ihrer Beweglichkeit nur allzu sehr die von seinem schweigsamen Mund verhehlten Gefühle. Und in seine länglich geschnittenen Rehaugen kehrte ab und zu jener verträumte, wehrlose Blick wieder, den sie auf dem Bild hatten. Doch blieb sein Gesicht wie von einem unauslöschlichen Mal von jenem sonderbaren Ausdruck gemeiner Verkommenheit gezeichnet.

Ein einziges Mal sah man ihn in dieser Zeit lächeln. Das war, als drei oder vier kleine Buben unerwartet hinter dem Vorhang auftauchten und Rossella einen Buckel machte, in einer Haltung, die in der Zoologie *terrificans* genannt wird, wobei sich sogar die Schwanzhaare steif wie Dornen sträubten. Dabei fletschte sie die Zähne und gab ein richtiges Brüllen von sich, wie eine blutrünstige Raubkatze der tropischen Urwälder.
Seit er wieder gesund war, litt der Gast im vierten Winkel noch mehr unter der Untätigkeit. Sein Gähnen hörte sich an wie der kummervolle Schrei eines Esels, und dabei dehnte und streckte er sich der ganzen Länge nach wie ein Märtyrer auf dem Rad. Außer mit seiner Lektüre verbrachte er jetzt einen Teil seiner Zeit damit, in ein neues Heft zu schreiben, das er gekauft hatte und immer bei sich trug. Und Carulinas Schwägerinnen schlossen boshafterweise daraus, auch dieses Heft werde sich, wie schon das Notizbuch, kreuz und quer mit CARLO CARLO CARLO VIVALDI VIVALDI VIVALDI füllen.
In dieser Zeit war es für alle jungen Männer in militärpflichtigem Alter, und erst recht für Deserteure, mehr denn je riskant, sich auf der Straße zu zeigen. Am Tag, als die Räumung Neapels verkündet worden war, hielten die Deutschen in Rom eine große Parade zur Demonstration ihrer Stärke ab und fuhren mit ihren Panzern die Hauptstraßen entlang. Die Straßen waren voll von Plakaten, die alle wehrfähigen Männer zur Verteidigung des Nordens oder zur Dienstverpflichtung nach Deutschland aufriefen. Ab und zu wurden die Straßen ohne Vorwarnung gesperrt, und die Autobusse, die Büros und die öffentlichen Plätze wurden von deutschen Soldaten oder faschistischer Miliz besetzt, die alle anwesenden jungen Leute festnahmen und in Lastwagen verluden. Man sah diese Wagen voll von jungen Gefangenen durch die Straßen rollen. Ihnen folgten heulende Frauen. Das italienische Carabinieri-Korps, das die Deutschen als unzuverlässig betrachteten, war entwaffnet worden. Die Männer des Korps, denen es nicht gelungen war, zu fliehen, waren in Konzentrationslager transportiert worden; diejenigen, die Widerstand geleistet hatten, waren umgebracht worden, und die Verwundeten und die Leichen wurden in den Straßen liegen gelassen. Auf Plakaten wurde die Ablieferung sämtlicher Waffen angeordnet, und es wurde bekanntgegeben, daß jeder italienische Bürger, der im Besitz einer Waffe angetroffen wurde, sofort an Ort und Stelle erschossen werde.
Jetzt stand in dem großen Raum entweder Carulina oder jemand anders, wenn er nur nicht zu klein war, um zum Fenster hinaufzureichen, hinter den Gittern Wache. Und wenn in der Umgebung irgendeine Uniform des Deutschen Reichs oder der Faschisten gesichtet wurde, meldeten sie es sofort. In ihrem Code hieß das: »Macht die Lampe an!« oder: »Ich muß

scheißen!« Dann liefen alle anwesenden Männer schleunigst in den Korridor und auf die Innentreppe zu, die vom Untergeschoß aufs Dach führte, um sich dort oben bereit zu halten, hinunterzuspringen und über die Felder zu entfliehen. Die Tausend vergaßen in der Eile nicht, sich auch mit ihren Ochsenvierteln zu beladen. Selbst Giuseppe Secondo folgte ihnen, trotz seines Alters, denn er glaubte, er werde wegen seiner subversiven Ideen gesucht. Und Vivaldi Carlo erhob sich hinter seinem Vorhang, um sich ihnen anzuschließen, doch tat er es ohne zu laufen. Er hob nur seine bewegliche Oberlippe in einer Grimasse, die seine Schneidezähne entblößte, wie wenn man lacht. Es war keine Grimasse des Erschreckens oder eines normalen Widerwillens, sondern sein Gesicht verzog sich zwanghaft zu einem Ausdruck entstellender Brutalität.

Und Rossella streckte und dehnte sich und ging zu ihm hin, den Schwanz wie eine Fahne aufgerichtet und mit fröhlichen und zufriedenen kleinen Schritten, die deutlich sagten: »Um so besser! Es war an der Zeit, sich ein wenig zu bewegen!«

6

Wenige Tage nach dem Auftauchen Carlo Vivaldis (ich kann den genauen Tag nicht mehr nennen, aber sicher war es vor dem 10. Oktober) gab es, an einem jener Herbstabende, eine neue Überraschung, und diesmal war das Ereignis eine Sensation.

Es regnete in Strömen. Das Licht war angezündet, Tür und Fenster waren geschlossen und die Scheiben mit schwarzgrauem Papier abgeschirmt. Das Grammophon spielte ›Ländliche kleine Königin‹. Die Matratzen lehnten noch aufgerollt an den Wänden. Es war die Stunde, da man in allen Ecken das Nachtessen vorbereitete. Mit einemmal unterbrach Useppe, der so tat, als bediene er das Grammophon, seine faszinierende Beschäftigung, stürzte zur Tür und rief:

»Ino! Ino! Ino!«

Er schien verrückt geworden zu sein, beinah als hätte er durch die Tür hindurch die Vision eines goldenen Segelschiffes mit silbernen Masten gehabt, das gerade dabei war, mit vollen Segeln mitten im Zimmer anzulegen, und an Bord erleuchtet war von tausend bunten Lämpchen. In diesem Augenblick hörte man draußen tatsächlich zwei junge Stimmen, die durch das Rauschen des Regens hindurch immer deutlicher zu hören waren. Ida ihrerseits tauchte, vom Kopf bis zu den Füßen zitternd, aus ihrem Winkel auf.

»Mà, ist Ino! *Mach auf*, Mà, *mach auf*!« rief Useppe und zog sie am Rockzipfel zur Tür. Mittlerweile klopfte draußen jemand energisch an die Tür. Ida zögerte keine Sekunde, hatte allerdings zunächst Mühe, das Schloß mit ihren zitternden und von Sauce verschmierten Fingern aufzubekommen.

Herein kamen Nino und ein anderer. Alle beide preßten sich unter einer Regenplane aneinander, wie man sie bei Lastwagen zum Schutz der Waren benutzt. Nino lachte aus voller Kehle, als erlebe er ein Abenteuer aus einem Kriminalroman. Kaum hatte er den großen Raum betreten, warf er das von Wasser glänzende Regendach auf den Boden. Dann zog er unter seinen Kleidern einen roten Fetzen hervor und schlang ihn sich mit herausfordernder Miene um den Hals. Unter der Regenplane trug er einen gestreiften Pullover, wie ihn Radfahrer tragen, und eine Windjacke aus grobem, gewöhnlichem Barchent.

»Ino! Ino! Ino!!!«

»Ah, Usè! Ja, ich bin's! Erkennst du mich? Und gibst du mir ein Küßchen?«

Sie küßten sich mindestens zehnmal. Dann stellte Nino den anderen vor und verkündete: »Das ist *Quattropunte*. Und ich bin *Assodicuori* (Herz-As). Schau, *Quattro*, das ist mein Bruder, von dem ich dir soviel erzählt habe!«

»Stimmt, wie oft haben wir von ihm gesprochen!!« bestätigte der andere mit strahlendem Gesicht. Er war ungefähr so alt wie Nino und sah aus wie die Bauern aus Latium, mit kleinen, gutmütigen und schlauen Augen. Doch man sah auf den ersten Blick, daß er all seine Schlauheit, seine Gutmütigkeit, jeden Muskel seines kleinen, kräftigen Körpers, jeden Atemzug seiner Lungen und jeden Herzschlag bedingungslos in Ninos Dienste gestellt hatte.

Nino hatte sich inzwischen umgesehen. Schon in dem Augenblick, als der Freund den Satz begann: »Wie oft haben wir von ihm gesprochen!«, hatte er nicht mehr zugehört und sich ungeduldig und gedankenvoll umgeschaut. »Aber wie hast du es bloß angestellt, uns zu finden?« fragte die Mutter, die bei seinem Eintritt errötet war wie eine Verliebte, immer wieder. Doch anstatt ihr zu antworten, fragte er erregt:

»Und Blitz? Wo ist er?«

Useppe war vor Freude so außer sich, daß er die Frage kaum aufnahm. Fast unmerklich verschleierte sich beim Vorüberziehen von Blitzens armem Schatten sein strahlender Blick, vielleicht unbewußt, einen Moment lang. Da flüsterte Ida, die fürchtete, die Erinnerung an ihn wachzurufen, Nino heimlich zu:

»Blitz lebt nicht mehr.«

»Was? . . . Das hat mir Remo nicht gesagt . . .« (Remo hieß der Besitzer der berühmten Wirtschaft in San Lorenzo, die ganz in der Nähe ihres Hauses gelegen hatte.) »Remo hat mir nichts davon gesagt ...« In entschuldigendem Ton begann Ida zu stammeln: »Das Haus ist zerstört worden ... Nichts ist übriggeblieben ...« Doch Nino stieß heftig hervor:

»Ich schere mich den Teufel darum, um das Haus!«

Sein Tonfall verkündete, daß von ihm aus alle Häuser Roms ruhig hätten einstürzen können, er spucke darauf. Was er wollte, war sein Hündchen, sein lieber kleiner Gefährte mit dem gestirnten Bäuchlein. Nur der war für ihn wichtig. Ein tragischer, kindlicher Schmerz glitt ihm übers Gesicht; er sah aus, als fange er gleich an zu weinen. Eine Zeitlang schwieg er. Unter den zerzausten Locken, die seinen Kopf wie ein Helm bedeckten, sprachen seine Augen, aus einer verlassenen, abgrundlosen Dunkelheit heraus, mit einem winzigen Phantom, das an diesem fremden Ort aufsprang, um ihn zu empfangen, und verrückt vor Freude auf seinen vier krummen Beinchen herumtanzte. Dann reagierte er mit Zorn, als ob an dem Verlust des Hundes alle miteinander schuld wären. Er setzte sich wütend, mit ausgestreckten Beinen, auf eine zusammengerollte Matratze und verkündete der ganzen Versammlung, die sich um ihn scharte, mit grimmiger Anmaßung:

»Wir sind Partisanen von den Castelli. Guten Abend, Genossen und Genossinnen. Morgen früh kehren wir zu unserem Stützpunkt zurück. Wir wollen hier schlafen und etwas zu essen und zu trinken.«

Er grüßte mit der erhobenen Faust. Dann schob er seine Jacke hoch, um zu zeigen, daß er in einem Koppel, beinah auf Brusthöhe, eine Pistole versteckt hielt.

Man hätte meinen können, mit dieser Geste wolle er zu verstehen geben: »Entweder ihr gebt uns zu essen, oder ihr bezahlt es mit dem Leben.« Statt dessen strahlte sein Gesicht sogleich in einem naiven Lächeln, und er erklärte:

»Es ist eine Walther«, wobei er die Waffe mit einem liebevollen Blick bedachte. »Kriegsbeute«, fügte er hinzu; »sie gehörte einem Deutschen ... einem ehemaligen Deutschen«, präzisierte er und machte ein Gangster-Gesicht. »Denn jetzt ist er kein Deutscher mehr und auch kein Spanier und kein Türke und kein Jude ... Er ist Dünger.«

Mit einemmal wurde sein Blick, der sonst immer so lebhaft war, sonderbar funkelnd und starr, leer von Bildern wie das Glas einer Linse. Seit er auf der Welt war, konnte sich Ida nicht erinnern, je einen solchen Blick bei ihm gesehen zu haben. Doch es dauerte nur einen Augenblick. Dann strahlte Ninnuzzu wieder vor guter Laune, und aufgeräumt gab er seine kindlichen Prahlereien zum besten:

»Auch diese Militärstiefel«, erklärte er und zeigte seinen großen Fuß,

der die Schuhgröße 43 hatte, »sind von derselben Marke: MADE IN GERMANY. Und auch die Uhr *Quattros*. He, Quattro, zeig mal deine Uhr her. Sie geht von selbst, ohne Feder, und man sieht auch nachts, ohne Mondschein, wie spät es ist!«
Er stand auf, und indem er sich im Takt bewegte, als sei er in einem Tanzlokal, begann er einen Schlager an den Mond zu singen, der damals sehr in Mode war.
». . . Na, wie wär's, wenn man ein bißchen das Fenster aufmachte? Hier drin ist es warm. Es macht nichts, wenn die Verdunkelungspatrouillen vorbeikommen – wir hier sind bewaffnet. Und dann – bei diesem gräßlichen Wetter trauen sich die Schwarzhemden nicht heraus. Die haben sogar Angst vor Regenwasser.«
Er schien sich über alles und jedes lustig machen zu wollen: die unterworfenen Italiener, die deutsche Besatzung, die abtrünnigen Faschisten, die Fliegenden Festungen der Alliierten, die Plakate, die die Requirierungen befahlen und mit der Todesstrafe drohten. Currado, Pepe Terzo, Impero und alle Kinder drängten sich wie eine Schar Verehrer um ihn, während Ida sich abseits hielt und ihn nur mit den Blicken verfolgte. Ihr bebender Mund lachte beinah. Der Stachel angstvoller Unruhe vermochte sie kaum zu verletzen, denn ihr geheimnisvolles Vertrauen darauf, daß Nino, wie alle Gauner, unversehrt davonkommen würde, nahm ihm jede Spitze. Sie war in ihrem Unterbewußtsein sicher, daß er den Krieg, die Deutschen, den Partisanenkrieg und alle Bombenangriffe, ohne Schaden zu nehmen, überstehen würde, wie ein junges Pferd, das unbehelligt durch einen Schwarm Mücken galoppiert.
Quattropunte, der vorsichtiger war als Nino, hielt ihn noch rechtzeitig auf, als er das Fenster aufstemmte, um es zu öffnen. Nino lächelte sanft und anmutig und umarmte ihn: »Der da«, sagte er, »ist der beste Genosse von allen und mein Freund. Er heißt Quattropunte, weil es seine Spezialität ist, mit Vierkantnägeln den Deutschen die Gummireifen zum Platzen zu bringen. Die Nägel sind seine Spezialität, dafür kann ich gut zielen. Sag, Genosse, erzähl du ihnen, wie viele wir erledigt haben. Für mich sind die Deutschen wie ein Kegelspiel. Wenn ich eine Reihe von ihnen dastehen sehe, werfe ich sie alle um!«
»Na ja, die da, diese Deutschen, die haben tonnenweise Fleisch!« war der begeisterte, wenn auch zweideutige Kommentar Tores, des Bruders Carulìs. Es interessierte niemand, ob er wirklich auf Menschenfleisch oder jene berühmten Ochsenviertel anspielte. In diesem Augenblick spürte Ida einen so heftigen Stich, daß sie eine Weile nur noch schwarze Flecken vor sich sah. Zunächst begriff sie nicht, wie ihr geschah; doch dann klang die fremde, betrunkene Stimme eines jungen Mannes in ihren Ohren,

die zu ihr sagte: »Carina, Carina.« Es war genau dieselbe Stimme, die im Januar 1941 diese Worte zu ihr gesagt hatte, die sie damals in ihrer Bewußtlosigkeit nicht wahrgenommen hatte. Doch war sie in einem verborgenen Teil ihres Bewußtseins registriert worden, und nun kehrte sie unversehens wieder, zusammen mit den Küssen, die sie damals begleitet hatten und die ihr jetzt, da sie sie wieder auf ihrem Gesicht zu spüren meinte, einen Eindruck von Sanftheit vermittelten, der nicht weniger heftig war als die Empfindung des Stichs. Und eine Frage tauchte in ihr auf: Hätte in der *Reihe*, die Nino heraufbeschworen hatte, auch jener Blonde sein können? . . . Sie wußte nicht, daß er vor fast drei Jahren im Mittelmeer untergegangen war.

Useppe war die ganze Zeit in der Nähe seines Bruders, ging dorthin, wo dieser hinging, und schlüpfte zwischen den Beinen der Leute hindurch, um hinter ihm herzulaufen. Wie sehr er auch in die ganze Welt verliebt war, jetzt sah man deutlich, daß dem Bruder seine größte Liebe gehörte. Er war sogar fähig, wegen dieser alles beherrschenden Liebe alle anderen zu vergessen, Carulì und die Zwillinge und die Kanarienvögel mit inbegriffen. Ab und zu hob er den Kopf und rief nach dem Bruder: »Ino! Ino!«, in der offenkundigen Absicht, ihn wissen zu lassen: »Ich bin da. Erinnerst du dich noch an mich oder nicht? Der Abend heute gehört uns!«

In diesem Augenblick rief aus dem Hintergrund des großen Raumes, von dort, wo sich die Innentür befand, die Stimme eines Alten in voller Lautstärke:

»Es lebe die proletarische Revolution!«

Es war Giuseppe Secondo, der nicht von Anfang an bei Ninos Ankunft zugegen war, da er gerade auf dem Abort gewesen war. Er kam genau in dem Augenblick zurück, als Nino verkündete: »Wir sind Partisanen. Guten Abend, Genossen und Genossinnen!. . .«, und sogleich hatte sich in ihm ein ungewöhnlicher Funke entzündet. Trotzdem war er diskret auf seinem Beobachterposten stehengeblieben, wie ein gewöhnlicher Zuschauer, bis er nicht mehr hatte an sich halten können. Und mit Feuereifer bahnte er sich einen Weg, mit seinem Hut auf dem Kopf, und stellte sich den beiden vor:

»Willkommen, Genossen! Wir stehen ganz und gar zu eurer Verfügung. Ihr erweist uns heute abend eine große Ehre!!« Und mit einem freudigen, jungenhaften Lächeln offenbarte er, mit gesenkter Stimme und in der Überzeugung, er verkünde eine unerhört bedeutsame Nachricht:

»Auch ich bin ein Genosse! . . .«

»Salve«, sagte Nino mit heiterer Herablassung zu ihm, ohne sich jedoch über die Mitteilung allzusehr zu wundern. Da stöberte Giuseppe voller

Eifer in seiner Matratze und hielt den Besuchern mit triumphierendem Zwinkern eine Untergrundausgabe der »Unità« hin.
Obwohl *Quattro* Analphabet war, erkannte er sie sofort und lächelte vor Vergnügen. »Die Unità«, erklärte er dann ernst, »ist die wahre italienische Zeitung!« Nino betrachtete den Freund mit einer Art Respekt. Er konnte es kaum erwarten, ihn ins rechte Licht zu rücken. »Er ist«, erklärte er allen, »ein alter Revolutionär. Ich hingegen bin ein neuer. Ich«, verkündete er mit echter, allerdings unverschämter Offenherzigkeit, »habe bis zu diesem Sommer auf der anderen Seite gekämpft.«
»Weil du noch ein Kind warst«, entgegnete ihm zu seiner Verteidigung Quattro. »Als Kind irrt man sich. Der Verstand kommt erst mit dem Älterwerden. Als Kind ist man noch nicht groß genug für den Kampf.«
»Na ja, jetzt bin ich groß!« kommentierte Ninnuzzu mit fröhlicher Anmaßung. Und zum Spaß griff er Quattro mit einer Boxerbewegung an. Der erwiderte sie, und die beiden kämpften zum Spaß miteinander, indem sie wie zwei echte Boxer Schläge austeilten und in Deckung gingen. Giuseppe Secondo mischte sich ein und spielte mit großem Sachverstand und einer solchen Begeisterung den Schiedsrichter, daß ihm der Hut in den Nacken rutschte, während ringsum Peppe Terzo, Impero, Carulina und die ganze Kinderhorde wie echte Boxfans herumhüpften und schrien.
Das Spiel verstärkte Ninos Hochstimmung noch mehr, bis er plötzlich mitten im Kampf aufhörte, auf die übereinander gestapelten Schulbänke sprang und mit dem Elan eines Barrikadenkämpfers ausrief:
»Es lebe die Revolution!«
Alle klatschten Beifall. Useppe lief hinter Nino her. Auch die anderen Kinder kletterten auf die Bänke.
»Es lebe die Rote Fahne!« rief Giuseppe Secondo ganz außer sich. »Bald sind wir soweit, Genossen Partisanen! Der Sieg ist unser! Die Komödie ist zu Ende!«
»Demnächst machen wir die Revolution in der ganzen Welt!« verkündete Ninnarieddu. »Wir machen die Revolution im Kolosseum und in Sankt Peter und in Manhattan und im Verano und bei den Schweizern und den Juden und in San Giovanni ...«
»Und überall!« kreischte Carulina, die unten herumhopste.
»Und wir machen eine Luftbrücke Hollywood–Paris–Moskau! Und wir betrinken uns mit Whisky und Wodka und essen Trüffeln und Kaviar und rauchen ausländische Zigaretten. Und wir reisen mit Alfa-Romeo-Rennwagen und mit unserem Privatflugzeug ...«
»Hurra! Hoch sollen sie leben!« applaudierten die Jungen aufs Geratewohl, noch immer außer Atem von der Anstrengung, das Versammlungspodium zu ersteigen. Nur Useppe war schon oben und rief, ritt-

lings auf einer Bank sitzend, von oben herab »Hurra!« und schlug mit den Händchen aufs Holz, um zu dem Lärm beizutragen. Sogar die Zwillinge, die man am Boden auf ein paar Lumpen vergessen hatte, trillerten in den höchsten Tönen.
». . . Und die Truthähne und das Eis, und die ausländischen Zigaretten . . . Und wir veranstalten Orgien mit den Amerikanerinnen und vögeln mit den Däninnen, und dem Feind lassen wir die Reste übrig . . .«
»Also, wann gibt es hier eigentlich was zu essen?!«
Ninnuzzu war auf den Boden hinabgesprungen, und Useppe sprang hinter ihm her.
»Sofort, sofort«, beeilte sich Giuseppe Secondo zu versichern. Die Frauen kehrten zu den Vorbereitungen für das Nachtessen zurück und klapperten mit Tellern und Töpfen. In diesem Augenblick hörte man hinter dem Flickenvorhang im vierten Winkel ein Miauen.
Vivaldi Carlo hatte sich nicht blicken lassen. Er war die ganze Zeit über in seiner Höhle geblieben. »Wer ist da hinten?« wollte Nino wissen und schob ohne Umstände den Vorhang zur Seite. Rossella fauchte, und Carlo richtete sich auf seinem Strohsack halb auf.
»Wer ist der da?« erkundigte sich Nino und zeigte zum erstenmal, seit er eingetreten war, einen Anflug von Mißtrauen. »Wer bist du?« fragte er den Mann in der Höhle. »Wer bist du?« wiederholte Quattropunte, der sofort zur Verstärkung seines Chefs dazugekommen war.
»Ich bin irgendeiner.«
»Was für einer?«
Carlo schnitt eine Grimasse.
»Sprich!« sagte Nino zu ihm, stolz darauf, sich wie ein Guerillakämpfer bei einem Verhör benehmen zu können. Und Quattro wollte seinerseits wissen: »Weshalb redest du nicht?« Dabei starrte er ihm mit Augen, die so hart waren wie zwei Nägel, ins Gesicht.
»Was ist, wovor habt ihr Angst? Mißtraut ihr mir?«
»Wir haben vor niemand Angst, nicht einmal vor dem lieben Gott. Und wenn du nicht willst, daß wir dir mißtrauen, dann pack aus.«
»Aber was zum Teufel wollt ihr eigentlich wissen?!«
»Wie heißt du?«
»Er heißt Carlo! Carlo!« mischten sich die Kinder, die mittlerweile dazugekommen waren, im Chor ein.
»Carlo und wie noch?«
»Vivaldi! Vivaldi! Vivaldi!« schrien die Frauen aus der gegenüberliegenden Ecke.
»Gehörst du zu uns?« fragte Nino und sah ihn immer noch streng und drohend an.
»Gehörst du zu uns?« wiederholte Quattropunte fast gleichzeitig.

Carlo schaute sie mit einem so offenen Blick an, daß er amüsiert wirkte.
»Ja«, antwortete er und wurde rot wie ein Kind.
»Bist du Kommunist?«
»Ich bin Anarchist.«
»Na ja, wir wollen ja nicht kleinlich sein«, mischte sich Giuseppe Secondo, der gleich am Anfang des Gesprächs dabeigewesen war, versöhnlich ein, »aber unser großer Meister Karl Marx war eher gegen die Anarchisten als dafür. Die rote Fahne ist rot, und die schwarze Fahne ist schwarz. Das läßt sich nicht bestreiten. Doch in gewissen historischen Stunden marschieren alle Linken vereint in den Kampf gegen den gemeinsamen Feind.«
Nino war einen Augenblick lang still und stand mit gerunzelten Brauen da, um sich über einen philosophischen Zweifel klarzuwerden. Dann lächelte er befriedigt. Er hatte sich entschlossen.
»Mir gefällt die Anarchie«, sagte er.
Carlo war fast zufrieden und lächelte ein bißchen (das zweite Lächeln seit dem Tag seiner Ankunft). »Und was tust du hier so allein?« erkundigte sich Nino unverblümt. »Bist du menschenscheu?«
Carlo zuckte die Achseln. »Vorwärts, anarchistischer Genosse!« forderte ihn Giuseppe Secondo auf. »Komm mit uns zum Essen! Heute abend lade ich ein!« verkündete er mit der Großspurigkeit eines Millionärs und ging in die Mitte des Raums.
Unsicher und schlaksig trat Carlo vor, ohne jemanden anzublicken, und sofort sprang Rossella hinter ihm her. Angesichts des außergewöhnlichen Abends wurde das Nachtessen gemeinsam in der Mitte des Raumes, auf einem großen Tisch, der aus aneinandergereihten Kisten bestand, bereitet. Ringsum wurden als Sitze Matratzen, Kissen und Sandsäcke auf den Boden gelegt. Giuseppe Secondo steuerte Flaschen mit einem besonderen Wein bei, die er aufbewahrt hatte, um den Sieg, das heißt die Niederlage der Achse, zu feiern. »Den Sieg«, sagte er, »feiern wir ab heute abend.«
Carlo und Nino hatten sich auf zwei einander gegenüberliegende Matratzen gesetzt und hockten dort in der Pose buddhistischer Mönche. Neben Nino hatte Quattro Platz genommen, und hinter ihrem Rücken rauften sich die kleinen Buben, die alle in ihrer Nähe sitzen wollten, um die Plätze. Useppe hatte sich neben seinen Bruder gezwängt, und seine Augen, die immer zu Nino aufsahen, wirkten wie zwei kleine Lampen, die auf ihn gerichtet waren, um ihn mehr im Licht zu sehen. Nur von Zeit zu Zeit wandte er seine Aufmerksamkeit von ihm ab. Dann sagte er leise, zur Katze gewandt: »Miuuu ... miuuuu!« und reichte ihr einen Bissen.
Die Speisekarte enthielt: Spaghetti all'amatriciana mit Tomaten aus der

Konserve und echtem Schafskäse vom Land; Beefsteaks alla pizzaiola; Brot aus echtem Mehl, das man von Schmugglern in Velletri erworben hatte; und Marmelade aus gemischten Früchten. Der Regen, der weiterhin niederprasselte, vermittelte eine Empfindung von Abgeschlossenheit und Sicherheit wie in der Arche der Sintflut.

Nino war ziemlich schweigsam, so sehr war er damit beschäftigt, Carlo Vivaldi zu beobachten; nicht mehr argwöhnisch, sondern aufmerksam wie die Jungen, wenn in ihrer Bande ein merkwürdiger oder irgendwie problematischer Typ auftaucht. Ab und zu kehrten seine Augen zu Carlos Gesicht zurück, der indessen seinerseits niemanden anblickte.

»Bist du aus Mailand?« fragte er ihn.

»... Nein ... Ich komme aus Bologna ...«

»Und weshalb bist du dann hier?«

»Und weshalb bist *du* hier?«

»Ich? Weil ich die Nase voll hatte von den Faschisten, deshalb! Ich hatte genug von dem Gestank der Schwarzhemden.«

»Ich auch.«

»Bist du auch Faschist gewesen?«

»Nein.«

»Dann warst du von Anfang an Antifaschist?«

»Ich war immer Anarchist.«

»Immer? Auch als du noch klein warst?«

»Ja.«

»Asso-de-còri, zeigst du mir die Pistole?« flehte in diesem Augenblick Peppe Terzo, der römische Neffe Carulìs, an Ninos Ohr. Er belagerte ihn im Rücken, zusammen mit dem kleineren Brüderchen und dem Vetter Currado. Aber Nino stieß sie heftig zurück, so daß sie alle drei nach hinten auf die Matratze purzelten, und warnte sie gereizt:

»Jetzt reicht es aber, verstanden! Verschwindet!!!«

»Ihr Lausbuben ... Laßt den Herrn in Ruhe! Weshalb müßt ihr immer so ungezogen sein!« ermahnte sie von ihrem Platz aus die Mutter Peppe Terzos im sanften Klageton eines Huhns. Mittlerweile war die Katze Rossella zwischen den Füßen der Leute hindurch bis zu Useppe gelangt und rieb sich an ihm, um einen weiteren Bissen zu erbetteln. Aber als Nino eine Hand ausstreckte, um sie flüchtig zu streicheln, lief sie, nach ihrer Gewohnheit, fort. Da erhoben sich die drei Neffen Carulinas von ihrem Sturz, und um sich auszutoben, begannen sie der Katze nachzurennen. Doch diese entwischte rasch und flüchtete sich unter ein Bein Carlos. Und von dort aus fauchte sie die ganze Tischgesellschaft an.

Giuseppe Secondo, der neben Carlo saß, warf ihr mit einemmal einen wohlgefälligen, schlauen Blick zu.

»Genossen«, sagte er, zu Nino und Quattro gewandt, »diese Katze gehört mir. Wollt ihr wissen, ganz unter uns, wie sie heißt?«
»Rossella!« rief Carulina triumphierend.
»Ah, danke vielmals! . . .« gab Giuseppe Secondo zurück und hob nachsichtig die Schulter. »Rossella! Das wäre der, sagen wir, offizielle Name . . ., der weniger kompromittierende . . ., damit wir uns recht verstehen. Aber ihr richtiger Name, den ich ihr gegeben habe, als ich sie bekam, ist ein anderer, den nur ich allein kenne!«
»Nicht einmal sie selbst kennt ihn?« fragte Carulina neugierig.
»Nein, nicht einmal sie!«
»Und was soll das für ein Name sein?« wollten die beiden Schwägerinnen gleichzeitig wissen.
»Sagt ihn uns. Sagt ihn uns!« drängte Carulina.
»Na gut, heute abend, unter uns, kann man ihn vielleicht ganz leise sagen«, beschloß Giuseppe Secondo. Und mit der Miene eines Verschwörers verkündete er:
»RUSSLAND!«
»Rußland! Wollt Ihr sagen, die Rossella heißt in Wirklichkeit Rußland?« fragte eine der Schwägerinnen, die nicht ganz überzeugt schien.
»Ja, Signora. Rußland. Jawohl, Signora.«
»Na ja, Rußland ist ein schöner Name. Warum nicht«, bemerkte die Madam Mercedes. »Doch was hat er mit der Katze zu tun? Rußland ist ein Ort, oder wie sagt man, es ist eine Gegend, Rußland!«
»Mir«, erklärte die Großmutter Dinda, »mir gefällt Rossella besser.«
»Na ja, die Geschmäcker sind verschieden«, entgegnete Giuseppe Secondo.
»Rußland ist Rußland, das ist klar«, beteuerte die Großmutter Dinda.
»Aber für ein Weibchen, finde ich, ist Rossella netter.«
Giuseppe Secondo zuckte ein bißchen beleidigt die Achseln; gleichzeitig merkte man ihm aber auch an, daß er sich zwar verkannt, aber eindeutig überlegen vorkam.
»Rossella . . .«, bemerkte hier eine der Schwägerinnen, »ist das nicht der Name der Schauspielerin . . . in dem Film . . . wie hat er noch geheißen?«
»Vom Winde verweht!« rief Carulina aus. »Vivian Leigh, in *Vom Winde verweht*!«
»War das die, die ihn geheiratet hat und dann gestorben ist?«
»Nein, die Tochter ist gestorben«, präzisierte die neapolitanische Schwägerin. »Und er hat sich mit der anderen verheiratet . . .«
Das Grüppchen begann über den Film zu reden. Doch dieses Thema langweilte Giuseppe Secondo. Er warf den beiden Genossen einen Blick zu, als wolle er sagen: »So sind die Frauen! . . .« Dann stand er auf und

setzte sich zwischen Nino und Quattro. Er war entschlossen, jeder Gefahr zu trotzen, wenn er nur den beiden seine Treue beweisen konnte. Sein komisch kindliches Gesicht strahlte gelöst und zufrieden.

»Und wollt ihr wissen«, verkündete er mit frohlockender Stimme, »weshalb ich dieses Pärchen dort« – und er zeigte auf die beiden Kanarienvögel – »Peppiniello und Peppiniella* genannt habe?«

»? ---«

»Um den Genossen Josef Stalin zu ehren!!«

Quattropunte antwortete ihm, indem er anerkennend mehrmals ernsthaft mit dem Kopf nickte. Nino würdigte hingegen die Geschichte kein bißchen. Er aß und trank viel, wirkte aber lustlos und achtete nur wenig auf das Geplauder. Giuseppe Secondo setzte sich wieder auf seinen alten Platz. Die Signora Mercedes wollte nun ihrerseits etwas Schmeichelhaftes sagen und bemerkte (ohne die anderen anwesenden Giuseppi dazuzuzählen): »Ihr habt ja auch denselben Namen, Herr Giusè –« Er aber breitete fast schockiert die Arme aus, als wolle er sagen: »Aber ich bitte Sie, was habe ich damit zu tun? Sprechen wir doch lieber nicht davon!«

In diesem Augenblick stimmten die erwähnten Peppiniello und Peppiniella, die vielleicht glaubten, es werde Tag, ein Lied an. Carulina ging hin und legte die Jazzplatte auf, damit das Fest noch schöner würde. Daraufhin erwachten die Zwillinge, die auf einer Ecke der Matratze eingeschlafen waren, und fingen an zu brüllen. Schleunigst lief Carulina zu ihnen hin und sang:

Ninna klein, Nanna fein,
Rusinella und Celesta schlafen ein ... (usw. usw.)

Doch schneller noch als auf die Zwillinge schien das Wiegenlied auf Useppe zu wirken, der kurz darauf die Lider schloß. Da nahm ihn Ida, die dadurch neben Ninnarieddu zu sitzen kam, auf den Schoß.

»Wie hast du es nur angestellt, uns zu finden?« fragte sie nochmals leise.

»Aber Mà, ich habe es dir doch schon gesagt, daß ich bei Remo vorbeigegangen bin! Zuerst wollte ich zu uns nach Haus gehen, und als ich gesehen habe, daß anstelle des Hauses nur ein Loch da war, habe ich mich bei ihm erkundigt!« erklärte ihr Nino ziemlich ungeduldig. Und sofort schloß er den Mund wieder und machte ein verdrießliches Gesicht, vielleicht, weil seine Worte ihm den Schmerz um Blitz in Erinnerung gerufen hatten.

»Ninna klein, Nanna fein,
Rusí und Celestina schlafen ein,
Eia, eia, eia, ei ...«

* Kosenamen für Giuseppe (Josef) und Giuseppa (Josefa).

Useppe schlief. Ida stand auf, um ihn auf ihre Matratze hinter dem Sackvorhang zu legen. Als sie zurückkehrte, war ihr Platz neben Nino von den Neffen Carulìs besetzt, die sich dicht gedrängt dort niedergelassen hatten und schon die deutschen Schuhe aus der Nähe prüften, wobei sie die Schnürsenkel, die Sohle usw. untersuchten, als bewunderten sie ein Denkmal.

». . . Warst du in der Armee?« fragte Nino.

Vivaldi Carlo hob die Augen mit der scheuen Melancholie eines wilden Tieres, das aus seiner Höhle hervorspäht und noch nicht weiß, ob es zum Angriff herauskommen soll. An diesem Abend hatte er sich mehr ans Trinken als ans Essen gehalten, und schon löste sich das Unbehagen, das ihn am Anfang gelähmt hatte, ein bißchen im Wein.

»Ja! Er war Soldat! Er ist zu Fuß von Oberitalien hergekommen!« antworteten an seiner Stelle zwei oder drei Frauen, unter ihnen Carulina, die sich freute, daß sie sich auf dem laufenden zeigen konnte. Doch nach dieser weiteren unerbetenen Einmischung stieß Nino einen ungeduldigen Pfiff aus. In seinem Blick, der dem Blick Carlos begegnete, lag nicht mehr die Rücksichtslosigkeit des Bandenführers, sondern nur noch ein hartnäckiger Anspruch auf ein Gespräch, der sich unverhohlen äußerte.

»Bist du aus der Armee abgehauen?«

Carlos Oberlippe begann zu zittern. »Nein«, erklärte er ehrlich und fast sanft, »*ihnen* hier habe ich gesagt, ich sei Soldat gewesen, nur um irgend etwas zu sagen . . . Aber es ist nicht wahr. Ich gehöre zu keiner Armee!« erläuterte er mit einem bitteren Unterton, der Stolz oder auch Scham ausdrücken konnte.

Nino zuckte die Achseln: »Na, wenn du sprechen willst, dann sprich«, sagte er gleichgültig. Und mit unvermittelter Arroganz fügte er hinzu: »Ich kümmere mich einen Dreck um deine Angelegenheiten.«

Carlo runzelte die Brauen, und sein Gesicht wurde hart: »Weshalb fragst du dann?« sagte er, aggressiv und zugleich verlegen.

»Was hast du zu verbergen?« fragte Nino zurück.

»Willst du wissen, von wo ich abgehauen bin?«

»Ja, das will ich wissen!«

»Ich bin aus einem Deportiertentransport geflohen, der in einem plombierten Zug nach Osten unterwegs war.« Das war die Wahrheit, aber Carlo begleitete seinen Bericht mit einem seltsamen Lachen, als erzähle er einen Witz.

»Aaah! Nicht schlecht! Endlich hat er das Maul aufgemacht«, bemerkte an dieser Stelle die Großmutter Dinda mit einem Seufzer der Erleichterung. »Psst! Großmutter! Schweigt!« schalt Carulì sie leise. Carlo blickte die beiden, ohne sie zu sehen, mit ausdruckslosen Augen an.

»Haben sie dich bei einer Razzia erwischt?« fragte Ninnarieddu weiter, immer noch mit gespieltem Gleichmut.
Vivaldi Carlo schüttelte den Kopf. »Ich ... habe im Untergrund gearbeitet«, murmelte er, »ich betrieb politische Propaganda! Es gab irgendeinen Spitzel dabei ... man hat mich bei den Deutschen denunziert.« Hier brach er wieder in ein Gelächter aus, das fast obszön klang und seine Züge entstellte, wie eine schlimme Krankheit. Bei dieser seiner unkontrollierten Reaktion gab Rossella unter seinem Bein einen ihrer klagenden Protestlaute von sich, der sich anhörte wie: »Mememiè! Mememiè!« Er war außerordentlich verwirrt, weil er die Katze gestört hatte; dann nahm er sich wieder zusammen und ließ seinen verträumten Blick umherschweifen. Doch plötzlich sagte er mit unvermittelter Brutalität, ausschließlich an Nino gewandt: »Kennst du die Sicherheitszellen, die ähnlich aussehen wie Bunker und die *Vorzimmer des Todes* genannt werden?«
»Ich kann sie mir ungefähr vorstellen!« Nino hatte seine Haltung geändert. Er streckte die Füße auf den Tisch und lehnte den Rücken an die Knie seines Freundes Quattro, der sich gerne zur Verfügung gestellt hatte, ihm als Rückenlehne zu dienen. »Hör mal, Genosse«, sagte er dann zu Carlo, nachdem er sein leeres Päckchen *Popolari* zwischen den Händen zerdrückt und dann weggeworfen hatte, »gib mir eine Zigarette.« Er tat so lässig wie ein amerikanischer Gangster, der mit allen Wassern gewaschen ist. Carlo warf ihm eine Zigarette über den Tisch. Und gleichzeitig teilte er ihm mit einem gezwungenen, beinah ausweichenden Lächeln mit: »*Ich*, ich bin drin gewesen. Ich bin drin gewesen. Ich bin drin gewesen ...« wiederholte er mehrere Male. Dann wirkte es, als sei er gar nicht mehr richtig anwesend, sondern befinde sich in einem Zustand der Erstarrung, unter dem Eindruck eines unsinnigen, ekelhaften Erlebnisses. Und dann beschrieb er diese Sonderzellen in einer monotonen, wissenschaftlich genauen Redeweise, die höchstens von ein paar Dialektwörtern durchsetzt war, und ganz selten schnitt er dabei eine seiner Grimassen.
Es handelte sich, nach seiner Beschreibung, um einzeln angelegte, gewölbeartige Bunker aus Eisenbeton. Sie wurden von den Deutschen in Norditalien verwendet, weil sie rasch errichtet werden konnten und äußerst zweckmäßig waren. Das Innere maß einen Meter neunzig auf einen Meter zehn und war einen Meter dreißig hoch, gerade groß genug für den Tisch. Ein Mensch konnte dort nicht aufrecht stehen. An der Decke war eine starke Lampe von ungefähr dreihundert Watt angebracht, die Tag und Nacht brannte und, wie eine *Sauerstoff-Flamme*, sogar bei geschlossenen Augen sichtbar blieb. (Hier bedeckte sich Vivaldi Carlo instinktiv die Augen mit der Hand.) Und die einzige Öffnung nach

draußen war, ungefähr auf halber Höhe der vernagelten Tür, ein kleiner »Spion« oder ein Luftloch, dessen Durchmesser nicht viel größer war als der eines Gewehrlaufs. Man preßte ständig die Lippen an diese Öffnung, wobei man ausgestreckt auf dem Tisch lag, um einen Lufthauch einzusaugen. Es gab dort im Hof des SS-Kommandos (einer Art Garage am Stadtrand) ungefähr fünfzehn dieser Bunker; einer stand neben dem anderen, und daneben befand sich der Krematoriumsofen.
Im allgemeinen blieb kein Bunker lange leer. Gewöhnlich wurde man nach dem Verhör dort eingeschlossen und mußte warten, bis über den nächsten Bestimmungsort entschieden worden war. Besonders nachts drangen Stimmen heraus, die oft nicht mehr wie die Stimmen von denkenden Wesen klangen, sondern eher wie das unbewußte Geheul der Materie. Ein Mann, der noch bei Bewußtsein war, schrie immer wieder, er sei seit fünfunddreißig Tagen dort drin; er bat unaufhörlich um Wasser, aber niemand gab ihm welches. Manchmal sah man, wenn man nach Wasser rief, als Antwort einen Gewehrlauf durch das Loch eindringen. Im nächstgelegenen Bunker links befand sich eine *Frau*, die tagsüber stumm zu sein schien, aber jede Nacht wie eine Wahnsinnige tobte, sogar die Wachtposten der SS beschwor und sie *meine Söhne* nannte. Doch kaum näherten sich die Schritte der Wache, die die Runde machte, schwiegen alle diese Stimmen plötzlich.
Jedesmal, wenn die Wache mit kreischendem Geräusch ein Schloß geöffnet hatte, folgte kurz danach das Krachen von Schüssen im Hof. Die Bunker hatten den Namen *Vorzimmer des Todes* erhalten, weil man, besonders nachts, von dort nur hinausgeführt wurde, um im Hof mit einem Genickschuß hingerichtet zu werden. Man konnte nie wissen, wer der nächste sein würde, und auch nicht, nach welchem Auswahlprinzip verfahren wurde. Bei jedem Schuß bellten die Hunde der SS.
An dieser Stelle des Berichts begann Vivaldi Carlo, als erwache er aus einer langen *Trance*, von neuem zu lachen wie ein Betrunkener, der, um den starken Mann zu spielen, öffentlich eine gemeine Tat bekennt:
»Ich war zweiundsiebzig Stunden dort drin«, berichtete er, ohne sich an jemand Bestimmten zu wenden. »Ich habe sie nach den Schlägen der Kirchturmuhr gezählt. Zweiundsiebzig. Ich habe sie gezählt. Drei Nächte. In drei Nächten zehn Schüsse. Ich habe sie gezählt.«
Alle saßen still und respektvoll am Tisch. Doch die einzigen, die mit wirklichem Interesse zuhörten, waren Nino und Quattro. Die Tausend und selbst Giuseppe Secondo wechselten bedrückte Blicke, weil sie enttäuscht waren, daß ein so düsteres Thema ihr Fest verdarb; währenddessen ließen die Kinder – und auch Ida – schon schlaftrunken die Köpfe hängen.
»... Dort drin zählt man immer ... Man verbringt die Tage mit *Zäh-*

len ... irgendeinen *Blödsinn,* um nur nicht denken zu müssen ... Man zählt ... Das wichtigste ist, das Hirn mit irgendeiner idiotischen *Übung* zu beschäftigen ... mit Verzeichnissen ... mit Gewichten und Maßen ... mit der Wäscheliste ...«
(Bei diesem Satz stieß die Signora Mercedes Carulina mit dem Ellbogen in die Seite, und Carulina gelang es, obwohl sie das Thema nicht wenig erschüttert hatte, nur mit Mühe, eine zwanghafte Lachlust zu unterdrücken.)
».. . Subtraktionen, Additionen, Brüche ... Zahlen! Wenn einem die Mutter, der Vater, die Schwester, die Freundin einfällt, muß man sofort ihr Alter in Jahren, Monaten, Tagen, Stunden ausrechnen ... Wie eine Maschine ... *ohne* zu denken ... Zweiundsiebzig Stunden ... drei Nächte, zehn Schüsse ... Ein Schuß für jeden und fertig ... Eins zwei drei vier ... und zehn ... Man sagte, es seien lauter Partisanen ... die *Mehrzahl* von ihnen ... Banditen ... So hieß es offiziell ...«
»Also warst du auch bei den Partisanen?« fragte Nino und setzte die Füße mit plötzlich erneuertem Interesse, das ihn geradezu aufleuchten ließ, auf den Boden.
»Ich nicht! Das habe ich dir doch schon gesagt! Ich war *nicht* Soldat!« protestierte der andere, fast wütend. »Ich ... habe in der Stadt gearbeitet ... (aber ich sage nicht wo) ... Plakate ... Flugblätter ... Propaganda ... Politischer Häftling ... Deshalb wurde ich für den Transport mit dem Zug bestimmt! Ich wußte aber nicht, welches Urteil ... Am frühen Morgen, als sie kamen, um mich aus dem Bunker zu holen, war mein erster Gedanke: *Es ist soweit! Nummer elf!* Ich hörte schon den Knall ... *Gehen ... gehen ...* Scheiße. *Gehen ...* ach, *màma mia ...* die Welt kotzt einen an.«
»Die Welt STINKT!! Merkst du das erst jetzt?« bestätigte Ninnarieddu, triumphierend. »Also, ich habe das seit langem begriffen! Sie ist wirklich zum Kotzen, und sie STINKT! Und trotzdem«, überlegte er weiter und begann die Füße zu bewegen, »ich ... finde diesen Gestank aufregend! Es gibt gewisse Frauen, nicht wahr, die stinken, wonach? Na, nach Frau! Und mit diesem Frauengestank machen sie einen ganz wild! ... Ich«, verkündete er, »ich finde den ganzen Gestank des Lebens aufregend!!«
Und plötzlich fingen seine Füße ganz von allein an, den Rhythmus der Jazzplatte, die sie vor kurzem gehört hatten, aufzunehmen. »Und dann? Wie hast du es fertiggebracht, wegzulaufen?« wollte er neugierig wissen, während seine Füße sich noch immer rhythmisch bewegten.
»Wie ich es fertiggebracht habe? Ich habe mich hinausfallen lassen ... bei einem Aufenthalt ... in Villach ... nein, vorher. Ich weiß nicht, wo es war ... Es lagen zwei Tote im Wagen, die ausgeladen werden mußten: ein alter Mann und eine alte Frau ... Schluß! Ich habe keine Lust

mehr, davon zu reden! Schluß damit!!« Und Vivaldi Carlo runzelte die Stirn mit einem angeekelten und doch sonderbar hilflosen und treuherzigen Ausdruck eines Lausbuben, der endlich ausgepackt hat und erschöpft sagt: Jetzt laßt mich aber in Ruhe.
»Bravo. Wir wollen nicht mehr davon sprechen. Trinkt halt noch einen!« ermunterte ihn die Signora Mercedes. »Nun ist ja bald alles zu Ende. Bald kommen, so Gott will, die Befreier!«
»Aber wann kommen sie denn endlich, diese Messiasse?« hauchte in diesem Augenblick mit klagendem Stimmchen die andere Großmutter Carulinas, die, anders als die Großmutter Dinda, sonst immer stumm blieb.
»Sie kommen, Großmutter, sie kommen. Es ist nur noch eine Frage von Stunden!! Trinken wir einen drauf!« erwiderten die Tausend im Chor. Und Carulina, die trotz ihrer Erschütterung weiterhin ihre verräterische Heiterkeit bewahrt hatte, nutzte die Gelegenheit und ließ ihr freien Lauf, und dabei brach sie in ein Gelächter aus, das einem Trompetenstoß glich. Da hob Carlo seine Augen zu ihr auf und lächelte ihr zu, sanft wie ein Kind.
Sein Gesicht wirkte erschöpft, doch gleichzeitig entspannt, wie wenn man nach einem Fiebertraum wieder zu sich kommt. Der verkommene Ausdruck, der es eben noch entstellt hatte, war verschwunden, ohne eine Spur zu hinterlassen. Selbst die Erregung durch den Wein, die sich zuvor als unheimliches Flackern in seinem Blick ausgedrückt hatte, zeigte sich nun in einem scheuen und naiven Leuchten. In unbequemer Haltung niedergekauert, ein Bein halb ausgestreckt und das andere etwas angewinkelt, um Rossella Platz zu lassen, sah er aus wie der Abgesandte eines zerschlagenen und vertriebenen Volksstamms, der vielleicht auch um Hilfe bittet.
Er folgte dem allgemeinen Beispiel und goß sich nochmals Wein ein, doch war er dabei so unbeholfen, daß er einen Teil verschüttete. »Das bringt Glück! Das bringt Glück!« riefen alle aus. »Verschütteter Wein bringt Glück!« Und sie liefen um die Wette, um einen Finger in den Wein zu tauchen und sich die Haut hinter den Ohren damit zu befeuchten. Auch den anderen, die ihre Plätze nicht verlassen hatten, wurde diese Taufe zuteil; besonders eifrig war Carulì, die niemanden vergaß: weder Useppe, der hinter dem Vorhang in Schlaf versunken lag, noch die anderen Kinder, die ringsum im Raum schliefen, noch Ida, die halb schlummerte und auf das Kitzeln mit einem leichten, unbewußten Lächeln reagierte. Der einzige, der davon ausgenommen wurde, war ausgerechnet Vivaldi Carlo. Doch zu guter Letzt besiegte Carulina ihre Befangenheit und versorgte auch ihn. »Danke ... danke!« wiederholte er, »danke!« Und da sie nicht wußte, wie sie eine solche überschwengliche

Dankbarkeit vergelten sollte, blieb sie, aufs äußerste eingeschüchtert, stehen und wippte in einer Art zeremoniösem Ballett auf den Fußspitzen hin und her.
»Ein Hoch auf die Befreier! Ein Hoch auf die Genossen Partisanen!« rief Giuseppe Secondo. Und nachdem er mit diesem und jenem angestoßen hatte, näherte er sich Carlo: »Nur Mut, Genosse!« ermutigte er ihn und stieß mit ihm an, »jetzt handelt es sich nur noch um wenige Monate. Bald werden wir auch nach Norden durchbrechen. Und spätestens im Frühjahr wirst du deine Heimat wiedersehen.«
Vivaldi Carlo antwortete mit einem unsicheren Lächeln, das eine gewisse Dankbarkeit ausdrückte, ohne daß er jedoch allzusehr der Hoffnung Raum geben wollte.
Als Giuseppe Secondo ihn nochmals ansah, hielt er es plötzlich für unbedingt nötig, auch Carlo in das allgemeine Fest einzubeziehen: »Da wir gerade davon reden, Genosse«, sagte er offenherzig zu ihm, »ich wollte dich schon vorher etwas fragen: Weshalb willst du hier warten, mit dieser Wut im Bauch, die dich kaputtmacht? Warum kämpfst du nicht statt dessen auch mit, zusammen mit den Partisanen-Genossen? Schließlich bist du ein verläßlicher Junge, und tapfer bist du auch!«
Vielleicht hatte Vivaldi Carlo eine solche Frage erwartet. In der Tat veränderte er ganz bewußt seinen Gesichtsausdruck, noch ehe der Alte seine Worte äußerte; seine Züge wirkten angespannt und verbissen, und die leichte Weinseligkeit war völlig verflogen. Er runzelte streng die Brauen und erklärte trotzig und bitter:
»ICH KANN NICHT.«
»Weshalb kannst du nicht?« rief Nino aus, der inzwischen auf Carlos Tischseite hinübergegangen war.
Vivaldi Carlo errötete, als hätte er irgend etwas Unerlaubtes zu beichten: »Weil ich«, stieß er hervor, »niemand töten kann.«
»Du kannst niemand töten? Was heißt das? Nicht einmal die Deutschen? Und weshalb nicht? Wegen irgendeines religiösen Gelübdes?«
Der Befragte zuckte die Achseln. »*Ich bin Atheist*«, erklärte er mit einem beinah geringschätzigen Lächeln. Dann schaute er Nino ins Gesicht. Und trotz der vom Trinken schweren Zunge erklärte er energisch:
»Meine – Idee – LEHNT – die Gewalttätigkeit – AB. Alles Übel kommt von der Gewalttätigkeit.«
»Aber was für ein Anarchist willst du dann sein?«
»Die echte Anarchie kann die Gewalt nicht anerkennen. Die anarchistische Idee ist die Verneinung der Macht. Und Macht und Gewalttätigkeit gehören zusammen...«
»Aber ohne Gewalttätigkeit, wie kann man da den anarchistischen Staat schaffen?«

»Die Anarchie verneint den Staat ... Und wenn das Mittel Gewalttätigkeit sein muß, dann geht es eben nicht. Der Preis zahlt sich nicht aus. In diesem Fall macht man keine Anarchie.«
»Mir gefällt es nicht, wenn man nichts macht. Mir gefallen Dinge, die man macht.«
»Es hängt davon ab, was man unter MACHEN versteht«, entgegnete Vivaldi Carlo störrisch und mit leiser Stimme. Dann aber kehrte sein Eifer wieder, und er begann nachdrücklich und voller Überzeugung zu erklären: »Wenn der Preis darin besteht, die Idee zu verraten, ist der Zweck schon beim Beginn verfehlt! Die Idee ... die Idee ist keine Vergangenheit oder eine Zukunft ... sie ist im Handeln gegenwärtig ... Und die physische Gewalttätigkeit zerstört sie an der Wurzel ... Die *Gewalttätigkeit* ist das schlimmste von allem.«
Diese entscheidende Verteidigung seiner Idee schien ihn befreit, gleichzeitig aber auch eingeschüchtert zu haben. Als ob er sich der natürlichen Glut seiner Blicke schäme, senkte er die Lider, so daß man nur noch die allzu langen, dichten Wimpern sah, die daran erinnerten, daß er vor nicht allzu langer Zeit noch ein Knabe gewesen war. »Wenn du also«, bedrängte ihn Ninnuzzu weiterhin, »morgen dem Deutschen wiederbegegnest, der dich in den Bunker gesteckt hat, oder dem anderen, der dich auf den Viehwagen geschmissen hat, was tust du dann? Läßt du sie leben?«
»Ja ...«, sagte Vivaldi Carlo, während seine Oberlippe sich in einer Grimasse aufwarf, die seine Züge wieder verzerrte wie ein vorübergehender Schauer. Gleichzeitig erschien in Ninos Augen wieder jenes neue, blinde Blitzen eines Photographenapparats, das Ida schon zu Beginn des Abends in Erstaunen versetzt hatte.
»*Nicht-gewalttätige Anarchisten*«, urteilte mittlerweile Giuseppe Secondo verblüfft, »als Gedanke gibt es das schon ... Und doch, wenn die Gewalttätigkeit notwendig ist, dann ist sie halt notwendig! Ohne Gewalttätigkeit kann man die sozialistische Revolution nicht machen.«
»Mir gefällt die Revolution!« rief Nino aus. »Ich glaube nicht an die Anarchie ohne Gewalttätigkeit! Und wißt ihr was? WISST IHR ES? Die Kommunisten und nicht die Anarchisten werden die wahre Anarchie bringen!«
»Die wahre Freiheit liegt in der Roten Fahne!« stimmte Quattro zufrieden zu.
»Denn im Kommunismus werden alle Genossen sein!« fuhr Nino stürmisch fort. »Da wird es keine Offiziere und Professoren, keine Befehlshaber, Barone und Könige und Königinnen mehr geben ... Und auch keine Führer und keine Duces!«

»Und was ist mit dem Genossen Stalin?« erkundigte sich Giuseppe Secondo besorgt.
»Er ist anders!« entschied Nino resolut. »Von ihm spricht man nicht!« Dabei schwang in seiner Stimme, durch das autoritäre Pathos hindurch, ein gewisser vertraulicher Klang mit, beinah, als spräche er von einem alten Verwandten, dem er als kleines Kind auf den Knien gesessen und mit dessen Schnurrbart er gespielt hatte.
»Er hat nichts damit zu tun!« bekräftigte er, und diesmal klang auch noch ein stolzer Unterton mit. Damit gab er allen zu verstehen, ein solch exklusives Privileg komme Stalin, außer wegen seiner persönlichen, allgemein bekannten Verdienste, auch noch ganz besonders deshalb zu, weil er unter der speziellen Protektion Assodicuoris stand.
In diesem Augenblick kam Rossella unter dem Bein Vivaldis hervor und sprang ihm plötzlich unternehmungslustig auf den Bauch. Und indem sie ihm schmeichelnd, gleichzeitig aber auch fordernd ins Gesicht sah, redete sie ihn mit dem Satz an: »Nian nian nian nian?!«, was übertragen heißen sollte: »Scheint es dir nicht auch an der Zeit, zu Bett zu gehen?!«
Dieser kleine Vorfall lenkte Ninos Interesse von dem Gespräch ab und führte ihn im Geist auf das Gebiet der Katzen im allgemeinen, die seiner Meinung nach eine besonders witzige Rasse darstellten (jedoch natürlich weniger wichtig waren als die Hunde). Man sah, wie bei diesem Gedanken lachende kleine Reflexe flüchtig in seinen Augen spielten. Dann erinnerte er sich plötzlich daran, daß er am nächsten Morgen sehr früh aufstehen mußte, und gähnte schrecklich.
Das war das Zeichen, sich zurückzuziehen. Vivaldi Carlo stand als erster auf. Er schwankte ein wenig in den Knien. »Mama mia, dieser Wein ist mir in die Beine gefahren«, brummte er und steuerte hinter Rossella auf seinen Winkel zu. Giuseppe Secondo beschloß, am Boden auf einer Decke zu schlafen und den Gästen seine Matratze zu überlassen. Nino nahm das Anerbieten Giuseppe Secondos ganz selbstverständlich und ohne Dank an, als sei dies sein natürliches Recht. Einer Gewohnheit zufolge, die sie als Guerillakämpfer angenommen hatten, verzichteten er und Quattropunte darauf, sich auszuziehen, bevor sie sich Seite an Seite auf der einen schmalen Matratze niederlegten. Sie zogen nur die Stiefel aus und legten dann das Koppel mit der Pistole und die Taschenlampe neben das Kopfende. Und als Giuseppe Secondo von sich aus vorsichtshalber den Wecker für sie aufzog, versicherten sie, im Notfall würden sie auch ohne ihn auskommen, da Quattropunte einen Präzisionswecker im Kopf habe.
Doch lange bevor der Wecker ertönte, vielleicht gegen vier Uhr, kam jemand barfuß an Ninos Kopfende getrippelt, nachdem er erfolgreich das

Halbdunkel durchquert hatte. Und ein unerschrockenes, energisches Stimmchen flüsterte Nino ein paarmal direkt ins Ohr: »He! He! Ino! Ino! He!«

Das wirkte sich zunächst so aus, daß die Handlung von Ninos Traum sich plötzlich veränderte. Die Szene spielt sich im Kino ab, wo er unter den Zuschauern im Parkett sitzt und gleichzeitig direkt in die Handlung auf der Leinwand einbezogen ist. Er stürmt mit anderen Reitern in wildem Galopp über eine Prärie des Wilden Westens dahin, und gerade jetzt will sein Pferd am rechten Ohr gekratzt werden, wo es einen Juckreiz verspürt. Als er jedoch im Begriff ist, das Pferd am Ohr zu kratzen, merkt er, daß er nicht auf dem Rücken eines Tieres sitzt, sondern rittlings auf einem fliegenden Stuka, und daß es sein eigenes Ohr ist, das juckt, und zwar wegen eines dringenden Telephonanrufs aus Amerika ...

»Leitet das Gespräch an den Truppführer weiter.« Nino dreht sich auf die Seite und fliegt mit dem Stuka in einer Höhe von 20 000 Fuß beim ruhigen Gebrumm des Motors weiter. Doch der Anrufer aus Amerika läßt ihn nicht in Ruhe, zieht ihn unter anderem an den Haaren und legt ihm ein Pfötchen auf den Arm ...

Da fuhr Nino zusammen (denn seit er bei den Partisanen war, reagierte sein inneres Wecksystem schneller als früher) und hob den Kopf, ohne indes ganz aufzuwachen. Instinktiv griff er nach seiner Taschenlampe. Einen Augenblick lang sah er die himmelblaue Farbe zweier Augen, die ihn, vom Licht geblendet, blinzelnd ansahen, aber dennoch komplizenhaft strahlten, als wäre dies die Nacht vor der Weihnachtsbescherung. Da legte er sich sogleich beruhigt wieder zum Schlafen hin.

»Wer da?« brummte neben ihm Quattros verschlafene Stimme.

»Niemand.«

»Ino ... Ino ... Ich bin's.«

Bevor Nino wieder zu schnarchen begann, gab er als Antwort ein zustimmendes Gebrumm von sich, das *Schon gut* oder *Okay* wie auch das Gegenteil oder auch gar nichts bedeuten konnte. In seinem vorübergehenden Halbschlaf hatte er vage den komischen Eindruck, es sei jemand da, den man jedoch kaum wahrnehme, von der Größe eines Gnoms, den er an einer Art Vergnügen wiedererkannte, wenn er auch nicht genau wußte, wer es war. Vielleicht war es ein phantastisches Tier, flinker und anmutiger als andere Tiere, das sich immer in seiner Umgebung aufhielt und irgendwie zu ihm gehörte. Und es brachte ihn zum Lachen, wie es ihm aus allen Ecken entgegensprang, um ihn zu begrüßen. Es ging auch nicht weg, sondern wanderte in diesem Augenblick sogar über ihn hin.

Und wirklich war sein Bruder Useppe, nachdem er eine Weile grübelnd neben der Matratze stehengeblieben war, entschlossen hinaufge-

klettert und hatte sich zwischen Ninos Knie und dem Bein Quattropuntes einen Weg gebahnt und sich eingeschmuggelt. Da er so winzig war, fiel es ihm nicht schwer, sich in dem schmalen Zwischenraum einzunisten. Er lachte triumphierend und schlief kurz darauf ein.
Und so schlief Useppe den Rest dieser aufregenden Nacht nackt zwischen den beiden bewaffneten Kriegern.

Als diese beim Aufstehen am frühen Morgen in ihrem Bett den nicht eingeladenen Gast entdeckten, waren sie amüsiert und überrascht, wie über einen witzigen Einfall in einem komischen Film. Sofort beeilte sich Quattropunte, den Kleinen seiner Mutter zurückzubringen. Und während Assodicuori, als erster in der Runde, sich in das Kämmerchen auf dem Treppenabsatz zurückzog, brachte Quattro Useppe heim, wobei er ihn äußerst behutsam auf seinen Armen trug. Schüchtern fragte er dann, bevor er den Vorhang beiseite schob, aus Respekt vor der Signora: »Ist es erlaubt?«, obwohl Ida durch das Schrillen des Weckers schon aufgewacht war und hinausschaute; sie trug eine Decke über den Schultern und stand vor dem Licht einer soeben angezündeten Kerze, das zwischen den Löchern des Sackvorhangs durchschien.
»Entschuldigen Sie vielmals, Signora, hier ist der Kleine«, murmelte Quattro ohne jede weitere Erklärung und legte seine Last so fürsorglich wie eine Amme aufs Bett. Doch trotz dieser Behutsamkeit hatte Useppe die Augen schon halb geöffnet und schaute verstört um sich. Und als er sah, wie der Bruder auftauchte, schon zum Aufbruch bereit, sperrte er die Augen weit auf.
Quattro entfernte sich, um ebenfalls in dem Kämmerchen zu verschwinden. Und Nino, der Kerzen nicht mochte und sie Totenlichter nannte, blies inzwischen die Flamme aus und stellte an ihrer Stelle seine angezündete Taschenlampe auf den Boden. Dann fragte er Ida, ob sie ihm ein bißchen Geld geben könne, wenigstens für Tabak, da er keine Lira besitze. Und nachdem Ida in ihrer alten Börse (es war immer noch die von früher) ein paar Zehnernoten zusammengesucht hatte, hielt er sich, sozusagen als Belohnung, die er ihr schuldete, eine Weile bei ihr auf, um sich mit ihr zu unterhalten.
Der Gesprächsgegenstand war Vivaldi Carlo, der zu dieser Stunde noch schlief. Nino nannte nicht seinen Namen, sondern deutete nur mit dem Ellbogen auf seinen Vorhang. Mit leiser Stimme verriet er seiner Mutter, er habe darüber nachgedacht, und es sei, seiner Meinung nach, nicht wahr, daß der Junge aus Bologna komme: »Ich verstehe etwas vom Bologneser Akzent. Ich habe ein Mädchen aus Bologna gehabt, das machte beim Sprechen immer *sch... sch... sch...* Er aber macht nicht *sch...*«
Er kam vielleicht aus Friaul ... oder aus Mailand ... Auf jeden Fall

stimmte es, nach Ninnuzzus Urteil, daß er Norditaliener war. Daß er aber aus Bologna komme, das sei ein Märchen. Es sei dagegen richtig, daß er Anarchist sei. Jedoch vermutete Nino, daß er noch etwas anderes verheimlicht habe. Vielleicht sei auch der Name Carlo Vivaldi ein falscher Name. »Ich habe es mir überlegt, und weißt du was, Mà ... Der da könnte, meiner Meinung nach, vielleicht auch ein ...« In diesem Augenblick hätte Nino Ida fast zu seiner geheimen Komplizin gemacht. Doch als er es sich nochmals durch den Kopf gehen ließ, zog er es statt dessen vor, im Zweifelsfall ein Geheimnis mit dem angeblichen Vivaldi Carlo zu teilen. So brach er das Gespräch ab.

Ida wollte ihm ihrerseits gerade zuflüstern: »Er ist Anarchist, wie dein Großvater ...«, doch hielt sie ihre Schüchternheit davon ab. Seit dem Abend vorher hatte die Neuigkeit, daß Vivaldi Carlo Anarchist war und folglich von derselben Partei wie ihr Vater, sofort ihre Sympathie erregt. Und als sie ihn beim Abendessen von seinen Erlebnissen hatte erzählen hören (obwohl sie schon halbtot vor Müdigkeit gewesen war), da hatte sie sich gesagt – wobei sie sich immer noch daran erinnerte, was ihr Vater durchgemacht hatte –, daß die Anarchisten offensichtlich in der Welt nur geringem Wohlwollen begegneten. Überdies erinnerte sie seine nördlich klingende Sprechweise in gewissen Wendungen an ihre Mutter Nora ... Folglich gehörte ihre Sympathie instinktiv Vivaldi Carlo, mehr als allen anderen Bewohnern des großen Raumes, so, als ob ein Band von Solidarität und Verwandtschaft sie mit diesem störrischen schwarzhaarigen Menschen verbinde. Aber im Hinblick auf Ninos Zurückhaltung bestand sie nicht weiter darauf, mehr über den Fremden zu erfahren.

Draußen wurde es Tag. Doch in dem Raum, der von abgeschirmten Fenstern geschützt war, herrschte noch nächtliches Dunkel. Alle ringsum schliefen weiter; das verfrühte Schrillen des Weckers, das sie nichts anging, hatte sie nicht gestört. Nur in der Ecke Giuseppe Secondos bemerkte man, seit dem ersten Ton des Weckers, eine gewisse Geschäftigkeit, und man sah das gespenstische Flämmchen eines Notlichts auf und ab tanzen. Um diese Zeit gab es nämlich noch keinen elektrischen Strom; und wie die Kerzen wurde auch das Brennmaterial und alles, was man irgendwie zum Beleuchten verwenden kann, von Tag zu Tag rarer.

Quattro war wieder aufgetaucht. Nino hob seine Lampe vom Boden auf, während Ida sich im Bett zurücklehnte und ihr Kerzenstümpfchen nicht wieder anzündete. Als Useppe sah, daß sich der Bruder dem Ausgang näherte, rutschte er eilig an den Rand der Matratze und zog sich in Windeseile an.

In wenigen Augenblicken hatte er die äußere Türschwelle erreicht, von der die beiden sich schon entfernten. Er war vollständig angezogen, trug

Hose und Hemd und seine Sandalen und hatte sogar den Regenmantel über dem Arm, als wäre es vereinbart worden, daß auch er mitkam. Useppe blieb noch einen Moment stehen und schaute den beiden nach, die ungefähr zehn Meter von ihm entfernt waren und längs der kleinen kümmerlichen Wiese, die sich jenseits des Grabens ausbreitete, dahingingen. Dann lief er, ohne etwas zu sagen, hinter ihnen her.
Da kam Giuseppe Secondo aus dem Haus gestürzt. Er war wie gewöhnlich völlig angekleidet, mit zugeknöpfter Jacke und dem Hut auf dem Kopf. »Einen Augenblick!!« rief er aufgeregt, lief auf die beiden zu und hielt sie auf halbem Weg an. »Ihr geht weg, ohne Kaffee zu trinken?!«
»Ich war dabei, euch Kaffee zu kochen, RICHTIGEN Kaffee!« entschuldigte er sich mit der Miene eines Menschen, der Paradieseswonnen verspricht. Und tatsächlich war in jenen Zeiten die Einladung zu einem echten Mokka etwas Besonderes. Doch die beiden entgegneten, nachdem sie einander mit Blicken befragt hatten, sie hätten keine Zeit mehr. Ein Freund erwarte sie an einem vereinbarten Ort, damit sie miteinander zum Stützpunkt zurückkehren könnten. Sie müßten sich beeilen, erklärte Nino, nicht ohne Bedauern.
»Dann bestehe ich nicht darauf. Doch muß ich noch eben über eine vertrauliche Angelegenheit mit dir sprechen. Mir genügt eine halbe Minute. Es ist sehr dringend!« Und Giuseppe Secondo zog Ninnuzzu mit fieberhaftem Eifer ein wenig beiseite, wandte sich aber dann im Gespräch nicht nur an ihn, sondern auch an Quattropunte. »Hört zu, Genossen«, sagte er und gestikulierte vor dem einen und dem andern. »Ich will nicht viele Worte machen. Nur soviel will ich euch sagen: MEIN PLATZ IST BEI EUCH! Das habe ich mir schon gestern abend gesagt. Aber heute nacht habe ich den Beschluß gefaßt!! Was soll ich hier? Ich habe beschlossen mitzukämpfen, da, wo es am heißesten hergeht! Ich stelle mich euch zur Verfügung und kämpfe in euren Reihen mit!!«
Er hatte zwar leise und schnell gesprochen, jedoch mit einer gewissen Feierlichkeit. Und in seinem Blick las man beinah die Gewißheit, daß die Gefährten sein Angebot begeistert akzeptieren würden. Doch Nino enthielt sich jeden Kommentars und warf ihm nur einen Blick zu, der klar besagte: »Du willst ein Partisan sein, du alte Vogelscheuche?« Dabei sah er gleichzeitig mit einem halb belustigten Zwinkern zu Quattro hinüber, der zwar zugehört, sich jedoch aus Diskretion ein wenig abseits gehalten hatte. Der Freund zuckte seinerseits nicht mit der Wimper, ganz durchdrungen vom Ernst der Angelegenheit.
»Ihr dürft nicht nach dem Aussehen gehen! In Wirklichkeit bin ich ein ganz zäher Bursche! Auch mein Arm ist jetzt wieder in Ordnung!« Und um seine Sportlichkeit zu demonstrieren, ließ Giuseppe Secondo prompt den rechten Arm kreisen, der bei dem Bombenangriff im Juli ver-

letzt worden war. »Und vom Kriegführen verstehe ich auch etwas«, fuhr er fort, um sich im Hinblick auf Ninos Skepsis ins rechte Licht zu rücken. »Ich habe den Ersten Weltkrieg mitgemacht. Ich habe nicht immer nur Statuen behauen.« Und dann beeilte er sich, mit äußerster Dringlichkeit mitzuteilen: »Ich habe ein bißchen flüssiges Kapital auf die Seite gelegt, und es wird mir eine Ehre sein, mein ganzes Hab und Gut der Sache zur Verfügung zu stellen!«
Diese letzte Mitteilung mochte Nino überzeugender und beachtenswerter erscheinen. Er betrachtete Giuseppe Secondo mit größerem Entgegenkommen. Und dann, nachdem er Quattro, um seiner Zustimmung sicher zu sein, mit den Blicken befragt hatte, brach er das Gespräch ab und sagte lebhaft:
»Kennst du zufällig Remo, den, der die Wirtschaft in der Via degli Equi hat?«
»Und ob! Das ist ein Genosse!« versicherte ihm Giuseppe Secondo und bebte vor Zufriedenheit.
»Na gut, dann wende dich in unserem Namen an ihn. Er wird dir alles weitere sagen.«
»Danke, Genosse! Dann also auf bald! Auf sehr bald!!!« rief Giuseppe Secondo aus und strahlte vor Frohlocken und Ungeduld. Und mit einer Geste, als schwenke er als Abschiedsgruß eine Siegesfahne, schloß er: »Es genügt nicht, für die Idee dazusein. Jetzt ist die Stunde gekommen, für sie zu kämpfen.«
Er grüßte mit der erhobenen Faust. Quattro antwortete ihm mit demselben Gruß, im Gesicht den Ausdruck tiefer Verantwortung. Doch Ninnuzzu hatte es nun eilig und war nicht mehr bei der Sache. Er hatte sich schon abgewandt und wollte weitergehen. Da bemerkte er Useppe, der ihn im Laufschritt eingeholt hatte und jetzt, den rot gefütterten Regenmantel auf dem Boden nachschleifend, die Augen in der Art eines trinkenden Vogels zu ihm aufhob.
»Ach du bist's, Usè«, sagte er. »Ciao! ... Was willst du von mir?« fügte er nach einem Blick hinzu. »Gibst du mir ein Küßchen?« Das Küßchen wurde gegeben. Doch Useppe begann, als er den Bruder sich entfernen sah, wieder hinter ihm herzulaufen.
Der Morgen war feucht und dunkel. Erste Regentropfen fielen. Als Ninnarieddu die Schrittchen Useppes, die ihm folgten, hörte, drehte er sich um:
»Geh heim«, sagte er zu ihm. »Es fängt wieder an zu regnen...« Und er blieb einen Augenblick lang ein paar Schritte von ihm entfernt stehen und winkte ihm mit der Hand ein Lebewohl zu. Unsicher ließ Useppe, der seinerseits stehen geblieben war, den Regenmantel fallen, so daß er die Hand frei hatte, um den Gruß zu erwidern. Doch hob er den Arm

nicht hoch, und kaum merklich öffnete und schloß er seine kleine Hand, enttäuscht und unlustig.
»Useppeeee!« hörte man vom Haus her Ida rufen.
»He, Usè! Na? Was tust du hier? Merkst du nicht, daß es anfängt zu regnen?« Da lief Nino, als er ihn wie gelähmt und verstummt mitten auf dem Weg stehen sah, ohne zu überlegen zu einem letzten Küßchen zu ihm zurück.
»Was tust du? Willst du mit uns kommen?« fragte er ihn im Spaß.
Useppe schaute ihn wortlos an. Vom Haus her hörte man wieder Idas Stimme. Mit einemmal lachten Ninnuzzus Augen; sie waren zum bleiernen Himmel erhoben, als spiegelten sie die Reinheit wider.
»He, Usè«, begann er und beugte sich zum Bruder hinunter. »Hör zu. Heute kann ich dich nicht mit uns nehmen. Du siehst doch, daß schlechtes Wetter ist?« ...
... »Useppeeee!«
... »Aber sag mir eins«, fuhr Nino fort, schaute sich um und flüsterte dem Bruder wie bei einem Komplott ins Ohr: »Mama geht doch immer weg, nicht wahr? Am frühen Morgen?«
»Ja.«
»Also, hör zu. Glaubst du an mein Ehrenwort?«
»Ja.«
»Na schön. Du sagst nichts zu Mama und sagst auch sonst niemandem was. Und ich gebe dir mein Ehrenwort, daß ich dich an einem der nächsten Morgen, sobald es schönes Wetter wird und Mama weggegangen ist, holen komme, mit einem Wagen, der Freunden von mir gehört. Und dann nehmen wir dich mit, damit du den Partisanenstützpunkt anschauen kannst. Und dann bringen wir dich, bevor Mama zurückkommt, wieder hierher.«

7

Nach diesem letzten Gespräch gab es keinen Morgen, an dem Useppe nicht sofort nach dem Aufwachen hinausrannte, um zum Himmel emporzuspähen. Und im Verlauf des Vormittags zeigte er sich ab und zu am Eingang, wobei er manchmal ziemlich lange auf der Schwelle vor dem Haus sitzenblieb. Doch vergingen etliche Tage, auch Schönwettertage, ehe Nino sein Versprechen einlöste. In der Zwischenzeit erlebten die Bewohner des Asyls im Verlauf des Oktobers weitere bemerkenswerte Ereignisse.
Aufregend war vor allem der Aufbruch Giuseppe Secondos zu den Gue-

rilla-Lagern. Eines Sonntagsmorgens sah man ihn, nur wenige Tage nach dem berühmten Bankett, fröhlich und ungeduldig von einem seiner Unternehmen in der Stadt zurückkehren. Zum erstenmal, seit man ihn kannte, hatte er seinen Hut nicht mehr auf dem Kopf. Er durchquerte in Windeseile das große Zimmer und schenkte den Anwesenden und ihren Gesprächen nur zerstreute und flüchtige Aufmerksamkeit. Und nachdem er innerhalb weniger Minuten die notwendigsten Habseligkeiten als provisorisches Gepäck zusammengeschnürt hatte, sagte er allen Lebewohl. Dabei bemerkte er, er werde im übrigen noch einige Male zurückkommen, um ein paar von seinen Sachen mitzunehmen, die er vielleicht später brauchen könnte. Sollte er aber, fügte er hinzu, in der Zwischenzeit zufällig das Leben verlieren, so erkläre er schon jetzt, in Gegenwart von Zeugen, er vermache der hier anwesenden Signora Ida Mancuso und ihrem Söhnchen seinen gesamten persönlichen Besitz, der nach dem Ereignis noch im Asyl vorhanden sei, inbegriffen die beiden Kanarienvögel und die Katze. Übrigens vergaß er nicht, Carulì einen kleinen Geldbetrag zu übergeben, damit sie in seiner Abwesenheit, so gut es ging, für die beiden Vögel sorgen konnte. Was aber Rossella betraf, so könne sich diese, sagte er, sehr gut allein von Abfällen und Mäusen ernähren.

Um diese Zeit befand sich Rossella gerade in der Umgebung auf Mäusejagd. Sie mußte demnächst Junge kriegen (was allerdings noch immer nicht bemerkt worden war, da man es ihr nicht ansah) und hatte sicherlich auch deshalb seit Herbstbeginn einen unstillbaren Heißhunger entwickelt. Sie war sogar zur Diebin geworden, so daß man die Vorräte vor ihren Zähnen schützen mußte. Jedesmal, wenn Carlo wegging, stürzte auch sie ins Freie, wobei sie jede andere Begleitung verschmähte, und begab sich auf die Jagd. Und so war sie auch jetzt gerade nicht anwesend, um ihrem Herrn Lebewohl zu sagen, der sich übrigens nicht bemühte, sie zu suchen, und sich auch nicht nach ihr erkundigte. Es war klar, daß sich Giuseppe Secondo, angesichts des erregenden, frohen Abenteuers, dem er entgegenging, um die ganzen Familienangelegenheiten keinen Pfifferling kümmerte.

Ehe er wegging, nahm er Ida beiseite und flüsterte ihr im Vertrauen zwei Dinge ins Ohr. Erstens: Wenn sie ihrem Sohn Assodicuori irgend etwas auszurichten habe oder etwas über ihn erfahren wolle, könne sie sich immer voller Vertrauen an Remo wenden, den Wirt, den sie ja schon seit langem kenne. Zweitens: Von heute an trage er, Giuseppe Secondo und Cucchiarelli, als Partisan den neuen und einzigen Namen *Mosca* (Moskau), den er selbst gewählt habe. Von diesen beiden Nachrichten, präzisierte der Alte, könne Ida die zweite ohne weiteres den gemeinsamen vertrauenswürdigen Freunden mitteilen. Was aber die erste betreffe, müsse sie sie für sich behalten, und zwar bis zum Tag des Sieges, wenn alle roten Fahnen öffentlich gehißt würden. Nachdem er das gesagt hatte, zwinkerte der Partisan Mosca Ida zu, um damit anzudeuten, daß sie nun politische Komplizen waren, und flog aus dem Raum.

Fliegen ist das richtige Wort. In der Tat war Giuseppe Secondo heute so beschwingt, daß er ausgelassen wirkte wie ein Schüler in den Ferien, sogar als er für sich selbst die äußerste Hypothese ins Auge faßte. Und Ida, die ihn seit dem ersten Tag bei sich immer *den Verrückten* genannt hatte, sah ihre Meinung bestätigt. Doch als er weg war, empfand sie ein Gefühl der Trauer, als wäre dieses heutige Lebewohl das letzte des Verrückten und als sollte sie ihn nie mehr wiedersehen. Und den ganzen Tag über schnürte ihr der Anblick der aufgerollten Matratze, die bei dem Haufen der übrigen Habseligkeiten Giuseppe Secondos lag, das Herz zusammen, und das trotz ihrer persönlichen Interessen als Erbin, so daß sie es vermied, nach jenem verlassenen Winkel hinüberzuschauen.

Rossella aber schien, als sie um die Mittagszeit heimkehrte, die Abwesenheit ihres Herrn nicht einmal zu bemerken, der doch sonst um diese Zeit an seinem kleinen Herd mit den Büchsen mit Tintenfischen in Tunke oder vorgekochten Bohnen herumhantierte. Sie floh scheu jede andere menschliche Begegnung und lief sogleich mit gesenktem Kopf und erhobenem Schwanz zu dem Vorhang Carlo Vivaldis. Dort machte sie es sich wie gewohnt auf dem Strohsack bequem, lang ausgestreckt, weil es so für ihren schwangeren Bauch bequemer war. Weder jetzt noch an den folgenden Tagen gab sie zu verstehen, daß sie sich an den Mann erinnerte, der sie wohl oder übel als kleines Kätzchen von der Straße aufgelesen und ihr ein Haus und einen Namen gegeben hatte.

In jener Woche ließ sich der Partisan Mosca, wie er angekündigt hatte und entgegen den traurigen Vorahnungen Idas, ein paarmal sehen. Er kam, um einige Gegenstände zu holen, die ihm *dort oben* nützlich sein könnten, zum Beispiel eine Decke oder irgendwelche Lebensmittel, und nutzte die Gelegenheit, um sich im Abort einzuschließen und sich gründlich zu waschen, denn *dort oben*, sagte er, gebe es kein Waschwasser, doch dafür massenhaft guten Wein aus den Castelli. Und er erklärte, er sei zufällig gerade hier vorbeigekommen, denn er sei nämlich von den Genossen als Kurier eingesetzt worden, und sein spezieller Auftrag sei es, »von allen Außenbezirken ins Zentrum und vom Zentrum in die Außenbezirke zu marschieren«.

Er verströmte Fröhlichkeit aus allen Falten und Poren und brachte begeisternde vertrauliche Nachrichten mit: Daß Ninnuzzu und Quattro und die anderen Genossen unerhörte Aktionen ausführten, die von geschichtlicher Bedeutung seien. Daß sie vor Gesundheit strahlten und daß manche Mädchen aus den Castelli für sie schon elegante Partisanenuniformen nähten, die sie bei der Parade zur Feier der Befreiung tragen würden, von marineblauer Farbe, mit einem roten Stern auf der Baskenmütze. Daß die englischen Piloten sie beim Vorbeifliegen aus den Flugzeugen heraus grüßten und daß zwei gefangene Engländer, die von Ninnuzzu & Co. eine Nacht und einen Tag lang beherbergt worden seien, die Befreiung Roms bis spätestens Ende des Monats vorausgesagt hätten. Und das Gerücht ginge um, als das schicksalsschwere Datum sei der 28. Oktober auserkoren worden. Wenn der kleine Herold diese Nachrichten verkündet hatte, verabschiedete er sich händewinkend von allen ringsum und verschwand wieder wie ein Irrlicht.

Jetzt, wo selbst Giuseppe Secondo, der vorher eher skeptisch gewesen war, die bevorstehende Befreiung ankündigte, begannen die Tausend sogar schon, ihre Siebensachen zusammenzusuchen, um sich sofort nach dem Einmarsch der Alliierten in Rom auf den Weg nach Neapel zu machen. Es war ausgemacht, daß auch Carlo Vivaldi denselben Weg wählen würde. Doch Carlo hatte sich nach dem Zwischenspiel beim Bankett von neuem in seine Einsamkeit verkrochen und gab sich sogar noch befremdlicher und mißtrauischer als vorher, fast als schäme er sich, daß er für kurze Zeit aus sich herausgegangen war. Auf Grund seiner Erzählungen hatten die Frauen der Tausend in ihren Unterhaltungen unter anderem auch die Vermutung geäußert, er sei Jude. Doch wurde diese Mutmaßung innerhalb des Asyls nur mit äußerster Zurückhaltung und mit ganz leiser Stimme verbreitet, denn alle fühlten sich dem jungen Gehetzten gegenüber instinktiv zum Schweigen verpflichtet. Es war, als dürfe man über eine solche Angelegenheit kaum im Flüsterton reden, wenn man ihn nicht verraten und der verhaßten deutschen Polizei nicht in die Hände arbeiten wolle.

An einem Sonntag kehrte Tore, der Bruder Carulìs, von seinen Geschäften in der Stadt zurück und zeigte Ida in der Zeitung ›Il Messaggero‹ die Nachricht, daß der Schulunterricht am 8. November wieder beginne. Tore kannte sich unter den Tausend noch am besten im Alphabet aus, und es gefiel ihm, seine Bildung unter Beweis zu stellen, indem er die Zeitungsnachrichten, besonders die Sportseiten, kommentierte. An jenem Sonntag bemerkte er unter anderem, im ›Messaggero‹ sei keine Spur jener Neuigkeit zu finden, die jedoch in Rom kursiere und die, wie es hieß, auch von Radio Bari* gesendet worden sei: Gestern, am Samstag, dem 16. Oktober, seien alle Juden Roms im Morgengrauen von den Deutschen zusammengetrieben worden, Haus um Haus hätte man durchsucht. Dann hätte man sie auf Lastwagen verladen und nach einem unbekannten Bestimmungsort abtransportiert. Im Getto gebe es keinen

---

* Radio Bari: Partisanensender

einzigen Juden mehr, und vom Viertel selbst sei nur noch das Gerippe übrig. Doch auch in allen anderen Stadtteilen seien sämtliche Juden Roms, Einzelpersonen und Familien, von der SS aufgespürt worden. Die sei eigens mit einer Spezialkompanie gekommen, und sie hätten eine genaue Liste dabeigehabt. Sie hätten sie alle mitgenommen, nicht nur die Jungen und Gesunden, sondern auch die Alten, die Schwerkranken, die schwangeren Frauen und sogar die Säuglinge. Es hieß, man würde sie alle lebendig in Öfen verbrennen. Doch das war, nach Tores Aussage, vielleicht übertrieben.
In diesem Augenblick spielte das Grammophon Tanzmusik, und die Kinder tanzten um den Apparat herum. So verloren sich die Kommentare zu dieser Nachricht im Lärm. Und noch am selben Sonntag wurde die Angelegenheit der Juden von den Tausend einfach vergessen und ging im Durcheinander der Nachrichten unter, die jeden Tag, auf direktem Weg oder auf Umwegen, ankamen und in der Stadt gesammelt oder von Bekannten verbreitet wurden, die wiederum andere kannten, die Radio Bari oder Radio London hörten. Auch wenn diese Neuigkeiten nur einen kurzen Weg hinter sich hatten, gelangten sie gewöhnlich entstellt oder aufgebläht oder unzusammenhängend ins Asyl. Und Ida hatte es gelernt, sich dagegen zu wehren, indem sie sie alle als Volksmärchen abtat. Bei dieser letzten Nachricht aber gelang ihr dies nicht, da sie schon seit einer Weile darauf gefaßt gewesen war, auch ohne es sich einzugestehen. Von dem Moment an, da sie sie vernommen hatte, ließ die Angst sie nicht mehr los. Es war, als würde sie mit Dornen gegeißelt, so daß sie sogar jedes einzelne Haar bis zu den Wurzeln schmerzte. Sie wagte es nicht, von Tore noch weitere Aufklärungen zu erbitten, die er im übrigen auch unmöglich hätte geben können. Und sie wußte auch nicht, an wen sie sich wenden sollte, um zu erfahren, ob auch die Halbjuden in der Liste der *Schuldigen* aufgeführt seien. (Dies war genau das Wort, das sie in Gedanken gebrauchte.) Und als sie im Bett war, wuchs ihr Grauen mit der Dunkelheit. Als die Ausgangssperre begann, hörte sie Carlo Vivaldi heimkommen, der sich zur Zeit mehr in der Stadt herumtrieb als früher. Beinah wäre sie versucht gewesen, aufzustehen und sich bei ihm zu erkundigen. Doch dann hörte sie ihn husten, und ihr war, als bemerke sie in diesem Husten etwas Grauenhaftes und Unheimliches. Es stimmte, daß jemand (auch Nino?) gemunkelt hatte, er sei vielleicht Jude. Doch jemand anderes (der allerdings nicht sehr glaubwürdig war) hatte auch angedeutet, vielleicht sei er ein nazifaschistischer Spion. Sie argwöhnte, daß er, wie auch die anderen, wenn er sie nur das Wort *Juden* aussprechen hörte, ihr sofort ihr Geheimnis von der Stirn ablesen und sie vielleicht schon morgen bei der Gestapo denunzieren würde.
Sie hatte sich in den Kleidern schlafen gelegt und auch Useppe angeklei-

det gelassen. Sie hatte nicht einmal ein Schlafmittel genommen, damit die Deutschen sie, falls sie sie in der Nacht holen kämen, nicht im Schlaf überraschten. Sie schmiegte sich dicht an Useppe, denn sie hatte beschlossen, sobald sie draußen den unverwechselbaren Schritt der Soldaten und das Klopfen an der Tür hörte, mit dem Kind im Arm vom Dach hinabzuspringen und zu versuchen, über die Wiesen zu entfliehen. Und wenn sie verfolgt würde, würde sie laufen und laufen, bis zum Meeresstrand, um sich mit dem Kleinen zusammen dort zu ertränken. Die Ängste, die sie seit Jahren gehegt hatte und die im plötzlichen Grauen dieser Nacht ausbrachen, wuchsen sich zu phantastischen, ausweglosen Hirngespinsten aus. Sie wollte aufs Geratewohl weggehen, den schlafenden Useppe im Arm, ohne sich um die Ausgangssperre zu kümmern, denn schließlich werden die nächtlichen Vagabunden unsichtbar, wenn einmal ein bestimmtes Maß an irdischem Grauen überschritten ist ... Oder sie könnte in die Berge bei den Castelli hinauflaufen, um den ›Verrückten‹ zu suchen und ihn zu bitten, Useppe und sie in seiner Partisanenhöhle zu verstecken ... Am meisten aber beruhigte sie der Gedanke, mit Useppe ins Getto zu gehen und in einer der leeren Wohnungen zu schlafen. Und wieder, wie schon früher, fühlte sie sich mit all ihren widersprüchlichen Ängsten letztlich von einem geheimnisvollen Kometen angezogen, der sie in die Richtung der Juden wies und ihr ganz hinten einen mütterlichen Stall verhieß, der erwärmt wurde vom Atem der Tiere und wo große, nicht richtende, sondern nur mitleidige Augen sie ansahen. Und sogar die armen Juden von ganz Rom, die auf die deutschen Lastwagen verladen worden waren, grüßten sie in dieser Nacht, als wären sie Selige im Paradies. Und weder sie noch die Deutschen wußten, daß sie infolge eines wunderbaren Betrugs auf dem Weg zu einem Reich im Osten waren, wo alle Kinder sind: ohne Bewußtheit und ohne Gedächtnis.

»Schaut mich nicht an,
daß ich so schwarz bin,
denn die Sonne hat mich so verbrannt.
Mein Geliebter ist weiß und rot,
und seine Locken sind eitel Gold.
Da ist die Stimme meines Liebsten, der an die Tür pocht:
Tu mir auf, meine Taube, meine Liebste.
Ich bin aufgestanden, um ihm aufzutun, doch ich habe ihn nicht
   gefunden,
ich suchte ihn, aber ich fand ihn nicht.
Die Nachtwächter sind mir begegnet, welche die Stadt durchsuchten.
Habt ihr den Geliebten meiner Seele nicht gesehen?
Ich habe meinen Weinberg nicht behütet,

doch er hat mich in sein Haus genommen
und hat die Banner der Liebe um mich aufgestellt!
Ich suchte ihn auf den Straßen und Plätzen,
doch ich fand ihn nicht,
ich rief ihn, doch er antwortete mir nicht.
Ehe der Tag und die Nacht endet,
kehrt mein Zicklein, mein Hirsch zurück.
O daß du mir wie ein Bruder wärest,
der an den Brüsten meiner Mutter sog!
Dann könnte ich dich küssen, wenn ich dich draußen fände,
und niemand dürfte mich schmähen.
Ich habe mich bei ihm ausgeruht,
und er hat mich zwischen seinen Lippen und seinen Zähnen gelabt.
Komm, mein Bruder, wir wollen sehen, ob der Weinberg blüht.
Ich bitte euch, wenn ihr meinen Liebsten findet,
sagt ihm, daß ich krank bin vor Liebe...«

Wo hatte sie diese Verse gelernt? Vielleicht in der Schule, als kleines Mädchen? Sie hatte sich nicht mehr daran erinnert. Jetzt aber, in dieser wirren, schlaflosen Nacht, war ihr, als höre sie ihre eigene Klein-Mädchen-Stimme, die ihr die Verse in sehnsüchtigem, einschmeichelndem und tragischem Tonfall vortrug.

Gegen vier Uhr schlummerte sie ein. Derselbe Traum, den sie seit dem letzten Sommer so oft geträumt hatte, kehrte, wenn auch mit einigen Variationen, wieder. Sie träumte von ihrem Vater, der sie unter seinem weiten Mantel beschützte. Diesmal befand sie sich jedoch nicht allein im Schutz des Mantels. Auch Useppe war dabei, ganz nackt und noch kleiner als in Wirklichkeit, sowie Alfio, ihr Mann, der ebenfalls nackt und gut genährt war. Und auch sie selbst war ganz nackt. Doch schämte sie sich dessen nicht, obwohl sie schon so alt war wie in Wirklichkeit und trotz ihres schlaffen Körpers. Die Straßen von Cosenza vermischten sich mit denen von Neapel und Rom und von wer weiß was für anderen Städten, wie dies im Traum gewöhnlich geschieht. Es regnete in Strömen, doch der Vater trug einen großen, breitrandigen Hut auf dem Kopf. Und Useppe vergnügte sich damit, mit den Füßchen in den Pfützen herumzustampfen.

Im Traum regnete es in Strömen. Als sie jedoch erwachte, strahlte ein sonniger Morgen. Ida stand rasch auf, denn sie wollte an diesem Montagvormittag Useppe mit den Marken der Kleiderkarte ein Paar neue Schuhe kaufen. Die Sandalen waren nämlich unbrauchbar geworden, und der Winter stand vor der Tür. Useppe und sie waren sehr bald fertig, da sie in den Kleidern geschlafen hatten. Ganz plötzlich war Ida auf die sonderbare Idee gekommen, zum Einkauf zu einem bestimmten

Schuhmacher ins Getto zu gehen ... Doch rechtzeitig fiel ihr ein, daß niemand mehr im Getto war, daß nur noch das Gerippe davon übriggeblieben war, wie es Salvatore genannt hatte. Da entschied sie sich für eine Schuhhandlung im Tiburtino, wo sie schon früher hingegangen war, als sie noch in jener Gegend gewohnt hatte, und wo sie sicher war, unter den Restpaaren in ganz kleinen Größen noch Schuhe aus echtem Vorkriegsleder zu finden, auf die sie schon seit dem Frühjahr ein Auge geworfen hatte. Und sie gelobte sich, bei dieser Gelegenheit auch beim Wirt Remo vorbeizugehen (der in ihren Augen infolge der Anspielungen des ›Verrückten‹ zu einer grauen Eminenz geworden war), denn sie dachte, vielleicht könnte sie von ihm einige Hinweise darauf bekommen, ob die Halbjuden nun schuldig waren oder nicht ...
Nach einem ziemlich langen Fußmarsch mußten sie mehr als eine halbe Stunde auf den Autobus nach dem Tiburtino warten. Dafür hatten sie beim Kauf der Schuhe Glück. Es gelang ihnen, nach vielem Suchen (die von Ida ins Auge gefaßten Schühlein waren leider vor kurzem verkauft worden) ein Paar Stiefelchen zu entdecken, die bis zum Knöchel reichten und wie Useppe noch nie welche besessen hatte. Sie schienen wirklich aus echtem Leder zu sein und hatten Kreppsohlen. Zu Idas Beruhigung – die sich bei solch außergewöhnlichen Einkäufen Sorgen wegen des *Wachsens* machte – waren sie Useppe fast zwei Nummern zu groß. Ihm gefielen besonders die Schnürsenkel, die, im Gegensatz zu dem Hellbraun der Schuhe, schön karminrot waren. In der Tat erklärte der Ladeninhaber, dies seien *Phantasie-Stiefelchen*.
Useppe wollte sie gleich anziehen. Und das war nur gut so, denn kaum hatten sie den Schuhladen verlassen, da zeigten sich in der Umgebung des Bahnhofs die verheerenden Spuren der Bombenangriffe. Useppe aber war allzusehr mit seinen neuen Schuhen beschäftigt, um darauf zu achten.
In der Absicht, beim Wirt vorbeizugehen, wählte Ida Seitensträßchen und mied die Via Tiburtina mit der langen Verano-Mauer, vor der ihr doppelt grauste. Sie begann die Müdigkeit nach ihrer fast schlaflosen Nacht zu spüren. Und als sie in die Nähe der vertrauten Orte von San Lorenzo gelangte, beschleunigte sie törichterweise ihre Schritte, getrieben von dem blinden Instinkt, der die Stuten und die Eselinnen zur Krippe zieht. Doch der Widerstand von Useppes Händchen, das in ihrer Hand gefangen lag, bremste sie. Plötzlich kam sie wieder zur Besinnung, und es fehlte ihr der Mut, auf diesem Weg weiterzugehen, der einst ihr Heimweg gewesen war. Da verzichtete sie auf ihren Besuch bei Remo und kehrte um.
Sie wußte nicht mehr, wo sie sich verkriechen sollte. Ihr nächtlicher Verdacht, sie werde von den Deutschen gesucht, wuchs sich in ihrem

verwirrten Hirn zu paranoischer Gewißheit aus und versperrte ihr den Rückweg zum Asyl in Pietralata. Trotzdem folgte sie den Schrittchen Useppes, der sich entschlossen zur Autobushaltestelle wandte, wenn auch sein Gang wegen der zu großen und noch harten Stiefelchen ziemlich unregelmäßig war. Auf der Höhe des Piazzale delle Crociate wurden sie von einer Frau in mittlerem Alter überholt, die wie verrückt in derselben Richtung lief. Ida erkannte sie wieder. Es war eine Jüdin aus dem Getto, die Frau eines gewissen Di Segni, Settimio, der hinter Sant'Angelo in Pescheria einen kleinen Gebrauchtwarenladen gehabt hatte. Bei verschiedenen Gelegenheiten war Ida in den vergangenen Jahren in seinem Laden gewesen, um ihm irgendeinen kleinen Haushaltsgegenstand oder etwas aus ihrem persönlichen Besitz anzubieten. Und manchmal hatte sie auch mit der Frau verhandelt, die in Vertretung ihres Mannes im Laden bediente. An manchen Tagen war sie in dem winzigen Lager einem der zahlreichen Kinder und Enkel begegnet, die alle gemeinsam mit ihnen in ein paar Zimmern über dem Laden hausten.

»Signora! Signora Di Segni!«

Ida rief ihr nach, freudig überrascht, und beschleunigte dabei den Schritt. Und da die Frau sie nicht zu hören schien, nahm sie rasch Useppe auf den Arm und versuchte aufgeregt, sie einzuholen. Ohne dabei eine bestimmte Absicht zu verfolgen, fürchtete sie doch, sie aus den Augen zu verlieren, und klammerte sich an die Begegnung mit dieser Frau, die sie kaum kannte, wie ein verirrter Erdbewohner, der in den Wüsteneien des Mondes auf einen nahen Verwandten stößt. Die Frau aber wandte sich nicht um und schien auch nichts zu hören. Und als Ida sich auf gleicher Höhe mit ihr befand, schaute sie sie nur ganz flüchtig an, mit dem feindseligen, finsteren Blick einer Geisteskranken, die jede Beziehung zu normalen Menschen verweigert.

»Signora... Erkennen Sie mich denn nicht?! Ich ...« drängte Ida. Doch die andere beachtete sie nicht. Es war, als sehe und höre sie sie gar nicht, auch wenn sie gleichzeitig ihren Gang beschleunigt hatte, um Ida argwöhnisch zu entkommen. Sie schwitzte, denn sie war ziemlich fettleibig, und das kurzgeschnittene, gelblich-graue Haar klebte ihr an der Stirn. Ihre linke Hand, die den ›patriotischen‹ Ehering aus Stahl trug, umklammerte einen armseligen kleinen Geldbeutel. Sie hatte nichts anderes bei sich.

Ida rannte ihr erneut nach, keuchend vor Panik, und dabei wurde das Kind hin und her geschüttelt: »Signora«, sagte sie plötzlich und hielt sich so dicht wie möglich an ihrer Seite, als sei die Frau eine gute Bekannte; und flüsternd vertraute sie ihr an: »Auch ich bin Jüdin.«

Doch die Signora Di Segni schien sie nicht zu verstehen und schenkte ihr kein Gehör. Sie wurde in diesem Augenblick plötzlich von Schrecken ge-

packt, entfernte sich von Ida und begann wie ein verfolgtes Tier über den freien Platz auf den gegenüberliegenden Bahnhof zuzurennen.
Der Bahnhof war nach den Bombardierungen sogleich wieder dem Verkehr übergeben worden. Doch seine niedere, rechteckige Fassade war noch immer angesengt und schwarz vom Rauch der Explosionen. Da es ein kleiner Vorortbahnhof war, befanden sich dort nie viele Menschen, besonders nicht an einem Montag. Doch heute schien noch weniger Betrieb zu herrschen als sonst. Während des Krieges und besonders nach der deutschen Besetzung wurden dort oft Truppen ein- oder ausgeladen. Heute aber bemerkte man keine Soldaten, und nur wenige Zivilisten gingen gemächlich umher. An jenem späten Montagvormittag sah das Gebäude verlassen und provisorisch aus.
Useppe betrachtete es dennoch so, als sei es ein bedeutendes Denkmal, vielleicht auch, weil er sich vage an die Tage erinnerte, als er mit Ninnuzzu hierhergekommen war, um den Anblick der Züge zu genießen. Er schaute still, mit neugierigen Augen um sich und vergaß für eine Weile seine außergewöhnliche Ungeduld. Er hatte es nämlich schrecklich eilig, nach Pietralata zurückzukehren, anstatt hier auf dem Arm seiner Mutter hin und her geschüttelt zu werden, denn er konnte es kaum erwarten, endlich Ulì und all den anderen die Neuigkeit des Tages, seine Stiefelchen, vorzuführen!
Ida aber hatte inzwischen beinah vergessen, daß sie ihn auf dem Arm trug. Sie strebte einzig danach, die einsame Gestalt der Signora Di Segni nicht aus den Augen zu verlieren, die sie wie eine Fata Morgana anzog. Sie sah sie auf den Passagiereingang zugehen und dann wieder zurückkehren in der großen und wilden Einsamkeit der Unberührbaren, die von niemandem mehr Hilfe erwarten. Sie rannte nicht mehr, sondern schleppte sich hastig auf ihren Sommerschuhen mit den riesigen orthopädischen Sohlen dahin, wandte sich nun von der Bahnhofsfront ab und ging seitlich entlang; dann bog sie nach links ab, in Richtung auf den Verladeplatz und das Tor zur Güterabfertigung. Ida überquerte den weiten Platz und ging in dieselbe Richtung.
Das Tor war offen. Kein Wächter stand draußen, und nicht einmal aus dem Polizei-Wachhäuschen, direkt hinter dem Tor, rief jemand sie zurück. Ungefähr zehn Schritte hinter dem Eingang hörte man in einiger Entfernung ein entsetzliches Gemurmel; zunächst war nicht festzustellen, woher es genau kam. Jene Zone des Bahnhofs schien gegenwärtig verlassen und unbenutzt zu sein. Weder fuhren Züge, noch wurden Güter verladen. Außer zwei oder drei gewöhnlichen Bahnbeamten, die in der Ferne jenseits des Verladeplatzes ruhig auf dem Hauptgelände herumstanden, war niemand zu sehen.
Dort, wo es zu den Geleisen ging, verstärkte sich das Geräusch. Es war

nicht, wie Ida es sich zunächst eingeredet hatte, das Geschrei von Tieren, die zum Transport zusammengepfercht waren, und das man manchmal in diesem Gebiet widerhallen hörte. Es war das Stimmengewirr einer Menschenmenge, das anscheinend ganz hinten von der Rampe herkam. Ida ging dem Geräusch nach, obwohl zwischen den Rangiergeleisen, die sich auf dem Schotter ringsum überschnitten, keine Menschenansammlung zu sehen war. Auf ihrem Weg, der ihr kilometerlang und schweißtreibend wie ein Marsch durch die Wüste vorkam (in Wirklichkeit waren es vielleicht etwa dreißig Schritte), begegnete sie niemandem außer einem einzelnen Maschinisten, der neben einer stillgelegten Lokomotive etwas aus einer Tüte aß und der nichts zu ihr sagte. Vielleicht waren auch die wenigen Aufsichtspersonen zum Essen gegangen. Es mußte kurz nach Mittag sein.

Es waren noch immer keine anderen Menschen zu sehen, doch das Stimmengewirr näherte sich und wurde stärker; allerdings klang es irgendwie unerreichbar, als komme es aus einem isolierten, verseuchten Ort. Es erinnerte gleichzeitig an gewisse Klagelaute, wie man sie in Asylen, Lazaretten und Strafanstalten hört. Doch waren diese Geräusche durcheinandergemengt wie Bruchstücke, die in ein und dieselbe Maschine geworfen worden waren. Im Hintergrund der Rampe stand auf einem toten Geleise ein Zug, der Ida endlos lang vorkam. Das Stimmengewirr kam von dort her.

Es waren vielleicht etwa zwanzig Viehwagen, einige weit offen und leer, andere, deren Außentüren mit langen Eisenstangen versperrt waren. Gewöhnlich hatten die Wagen bei jenen Transporten keine Fenster außer einer winzigen vergitterten Öffnung hoch oben. An etlichen dieser Gitterfensterchen sah man zwei Hände, die sich anklammerten, oder ein Paar starre Augen. Im Augenblick waren keine Wächter beim Zug.

Die Signora Di Segni war dort. Sie lief mit ihren kurzen, mageren Beinen auf dem Bahnsteig hin und her. Sie trug keine Strümpfe, und man sah das krankhafte Weiß ihrer Beine. Ihr leichter Staubmantel flatterte hinter ihrem unförmigen Körper her. Sie lief unbeholfen die ganze Wagenreihe entlang und schrie mit beinah obszöner Stimme:

»Settimio! Settimio! ... Graziella! ... Manuele! ... Settimio! ... Settimio! Esterina! ... Manuele! ... Angelino! ...«

Aus dem Innern des Konvois drang irgendeine unbekannte Stimme zu ihr und rief ihr zu, sie solle machen, daß sie fortkomme, denn *sie* würden bald zurückkommen und dann auch sie mitnehmen. »Neiiin! Nein, ich will nicht weg!« ereiferte sie sich drohend und schlug wild mit den Fäusten gegen die Wagen. »Hier drin ist meine Familie! Ruft sie! Di Segni! Die Familie Di Segni!« ... »Settimio!!« brach sie mit einemmal aus, stürzte auf einen der Wagen zu und klammerte sich in dem unmöglichen Versuch, die Tür aufzubrechen, an die Eisenstange. Hinter dem Gitter hoch droben war der kleine Kopf eines alten Mannes erschienen. Man sah seine Brille vor dem dunklen Hintergrund aufblitzen, die hagere Nase und seine kleinen Hände, die die Eisenstäbe umklammert hielten.

»Settimio!! Und die andern?! Sind sie bei dir?!«

»Geh weg, Celeste«, sagte der Mann zu ihr. »Ich sage dir, geh sofort weg, denn *sie* kommen gleich zurück ...« Ida erkannte seine langsame, salbungsvolle Stimme wieder. Es war dieselbe, die früher, in dem Kabuff voller Altwaren, mit weiser, überlegter Einsicht zum Beispiel zu ihr gesagt hatte: »Das hier, Signora, ist nicht einmal so viel wert, wie die Reparatur kosten würde.« Oder: »Für all das kann ich Ihnen insgesamt sechs Lire geben ...« Heute aber klang die Stimme tonlos und sonderbar, als käme sie aus einem grausamen, unerreichbaren Paradies.

Das Innere der Wagen, auf die die sommerliche Sonne brannte, dröhnte noch immer von dem unaufhörlichen Stimmengewirr. In dem Durcheinander mischten sich Gewimmer, Wortwechsel, Prozessionspsalmen, sinnloses Getuschel, greisenhafte Stimmen, die nach der Mutter riefen; manche führten abseits förmliche Gespräche, und wieder andere kicherten sogar. Und von Zeit zu Zeit übertönten sinnlose, grausige Schreie oder ein bestialisches Gebrüll nach Wasser oder Luft den übrigen Lärm. Aus einem der letzten Wagen hörte man ab und zu die krampfhaften, durchdringenden Schreie einer jungen Frau, die in den Wehen lag.

Ida erkannte diesen wirren Chor wieder. Ebenso wie das fast unschickliche Geschrei der Signora und der salbungsvolle Tonfall des alten Di Segni hielt sie dieses ganze klägliche Stimmengewirr aus den Wagen mit verzehrender Sanftheit in seinem Bann, auf Grund von unversiegbaren Erinnerungen, die nicht aus der Zeit, sondern aus einem anderen Bereich stammten: Sie hatten ihren Ursprung in den kalabresischen Liedern ihres Vaters, die sie eingelullt hatten wie das anonyme Gedicht der Nacht zuvor oder die Küsse, die ihr »Carina, Carina« zugeflüstert hatten. Es war ein Ruhepunkt, der sie hinunterzog in die gemeinsame Höhle einer einzigen ausgerotteten Familie.

»Den ganzen Vormittag über laufe ich schon herum ...«

Die Signora Di Segni hielt den Blick zu dem bebrillten Gesicht hinter dem Gitter gewandt und redete hastig auf den Alten ein, fieberhaft plappernd, aber doch im vertrauten, fast geläufigen Ton, in dem eine Frau dem Ehemann Bericht darüber erstattet, wie sie ihre Zeit verbracht hat. Sie erzählte, wie sie am Vormittag gegen zehn Uhr, wie geplant, von Fara Sabina mit den zwei Flaschen Olivenöl, die sie erstanden hatte, heimgekehrt sei. Und als sie angekommen sei, habe sie das Viertel ver-

lassen vorgefunden, die Türen verriegelt, niemand mehr in den Häusern, niemand auf den Straßen. Niemand. Da habe sie sich erkundigt, habe hier und dort gefragt, den arischen Kaffeehausbesitzer, den arischen Zeitungsverkäufer. Sie habe überall herumgefragt. Sogar die Synagoge sei leer gewesen ... »Ich bin hierhin und dorthin gelaufen, zum einen und andern ... Sie sind in der Kadettenschule ... im Hauptbahnhof ... im Tiburtina-Bahnhof ...«
»Geh weg, Celeste.«
»Nein, ich gehe nicht weg!! Auch ich bin Jüdin! Auch ich will mit in diesen Zug!!«
»Geh zurück, Celeste, in Gottes Namen, geh fort, bevor *sie* wiederkommen.«
»Neiiin! Nein! Settimio! Wo sind die andern? Manuele? Graziella? Der Kleine? ... Weshalb lassen sie sich nicht sehen?« Und mit einemmal brach sie, wie eine Verrückte, von neuem in ihr Geheul aus: »Angelinoo! Esterinaa! Manuele!! Graziella!«
Im Innern des Wagens gab es eine gewisse Aufregung. Irgendwie war jemand zum Gitter emporgeklettert. Hinter dem Rücken des Alten sah man ein struppiges Köpfchen, zwei schwarze Augen ...
»Esterinaa! Esterinaa! Graziella!! Macht mir die Tür auf! Ist denn niemand hier? Ich bin Jüdin! Ich bin Jüdin! Auch ich muß wegfahren! Macht auf! Faschisten! FASCHISTEN!! Macht auf!« Sie rief *Faschisten*, nicht als Anklage oder Beleidigung, sondern als eine normale Anrede, wie man sich mit *Ihr Herren Geschworenen* oder *Ihr Herren Offiziere* an die Sicherheitsbeamten oder die für den Fall Zuständigen wenden würde. Und sie versuchte immer noch verbissen, die Verschlußstangen aufzubrechen, so aussichtslos es auch war.
»Gehen Sie weg, Signora! Bleiben Sie nicht hier! Es ist besser für Sie! Gehen Sie sofort weg!« Aus dem Hauptgebäude des Bahnhofs, jenseits der Verladerampe, kamen Männer, Dienstleute oder Angestellte; sie gestikulierten aus der Entfernung aufgeregt in ihre Richtung und forderten sie mit Zeichen auf, wegzugehen. Doch näherten sie sich dem Zug nicht. Sie schienen ihn im Gegenteil wie ein Totenzimmer oder einen verpesteten Raum zu meiden.
Niemand achtete auf Ida, die ein paar Schritte hinter der Rampe stehengeblieben war. Und auch sie hatte sich fast selbst vergessen ... Eine ungeheure Schwäche hatte sie befallen, und obwohl die Hitze im Freien, dort auf dem Bahnsteig, nicht außergewöhnlich groß war, war sie schweißbedeckt, als hätte sie vierzig Grad Fieber. Und sie überließ sich dieser körperlichen Schwäche wie einer letzten möglichen Sanftheit, die sie in dieser Menge, vermischt mit dem Schweiß der andern, untergehen ließ.

Sie hörte Glocken läuten. Und ihr fiel ein, daß sie laufen mußte, um ihre Einkäufe zu machen, da vielleicht die Läden schon geschlossen würden. Dann vernahm sie tiefe, rhythmische Schläge, die irgendwo in ihrer Nähe ertönten. Und auf einmal hielt sie das Geräusch für das Rattern der anfahrenden Lokomotive und glaubte, der Zug sei im Begriff abzufahren. Doch gleichzeitig wurde ihr bewußt, daß diese Schläge sie die ganze Zeit hindurch, die sie auf dem Bahnsteig verbracht hatte, begleitet hatten, auch wenn sie vorher nicht darauf geachtet hatte, und daß sie in allernächster Nähe ertönten, dicht an ihrem Körper. Es war in der Tat das Herz Useppes, das so klopfte.

Das Kind saß ruhig zusammengekauert auf Idas Arm, seine linke Seite berührte ihre Brust. Doch hielt es den Kopf abgewendet und schaute den Zug an. Es hatte vom ersten Augenblick an in dieser Haltung verharrt. Und als Ida sich vorbeugte, um Useppe anzublicken, sah sie, daß er mit reglosem Gesichtchen und halb offenem Mund zum Zug hinüberstarrte, mit weit aufgerissenen Augen, in denen ein unbeschreibliches Grauen stand.

»Useppe ...«, rief sie leise.

Useppe wandte sich bei ihrem Ruf um, doch stand in seinen Augen noch immer derselbe starre Blick, und selbst als er dem ihren begegnete, lag keine Frage darin. In diesem Blick war außer dem unendlichen Grauen auch Angst oder vielmehr ein entsetztes Staunen zu lesen, ein Staunen, das jedoch keine Erklärung forderte.

»Gehen wir weg, Useppe. Gehen wir!«

In dem Augenblick, als sie sich umwandte, um schleunigst wegzulaufen, hörte sie aus dem unaufhörlichen Geschrei hinter ihrem Rücken eine Männerstimme heraus, die ihr zurief: »Signora, warten Sie! Hören Sie zu! Signora!« Sie drehte sich um. Die Rufe galten tatsächlich ihr. Aus einer der kleinen vergitterten Öffnungen, die einen armen, kahlen Kopf mit aufmerksamen, anscheinend kranken Augen sehen ließ, streckte sich eine Hand, um ihr einen Fetzen Papier zuzuwerfen.

Als sie sich bückte, um ihn aufzuheben, bemerkte Ida, daß dort am Boden neben den Wagen (aus denen schon ein durchdringender Geruch strömte) zwischen Schlacken und Abfällen ähnliche zusammengerollte Fetzen lagen. Doch hatte sie nicht mehr die Kraft, stehenzubleiben und sie aufzulesen. Beim Weglaufen steckte sie, ohne es anzusehen, jenes Stück beschriebenes Papier in die Tasche, während der Unbekannte hinter dem Gitter ihr seinen Dank und undeutliche Bitten hinterherrief.

Alles in allem waren noch keine zehn Minuten verstrichen, seit sie den Verladeplatz betreten hatte. Diesmal traten die italienischen Polizisten am Tor geschäftig auf sie zu: »Was tun Sie hier?! Weg, rasch, rasch, gehen Sie fort!« forderten sie sie auf, in einem ärgerlichen und eindringlichen Ton, der ihr etwas vorzuhalten schien, sie aber gleichzeitig auch vor irgendeiner Gefahr retten sollte.

Während sie mit Useppe auf dem Arm aus dem Tor trat, fuhr von der Straße her ein bräunlicher Lieferwagen herein, aus dem beim Vorbeifahren ein wirrer Lärm drang, wie ein halblautes Echo jenes andern Chores aus dem Zug. Doch die eingeschlossenen Fahrgäste blieben unsichtbar. Sichtbar waren nur junge Soldaten in SS-Uniform, die in der Führerkabine saßen. Sie sahen ganz normal aus, nicht anders als die städtischen Lastwagenfahrer, die sonst ihre Fleischtransporte auf diesem Umschlagbahnhof verluden. Ihre sauberen, vor Gesundheit rosigen Gesichter wirkten dumm und gewöhnlich.

Ida vergaß vollständig, daß sie eigentlich noch einkaufen sollte. Sie wollte nur noch so schnell wie möglich zur Autobushaltestelle gelangen und sich dann wieder hinter ihren Sackvorhang zurückziehen. Deshalb unterdrückte sie ihre Müdigkeit und zog es vor, das Kind nicht auf den Boden zu stellen. Es tröstete sie, es auf ihrem Arm und nahe bei sich zu fühlen, als sei es eine Hilfe und ein Schutz. Doch fehlte ihr während des ganzen Weges der Mut, Useppe in die Augen zu blicken.

An der Autobushaltestelle warteten schon viele Leute, und in dem überfüllten Wagen war es nicht leicht, im Stehen das Gleichgewicht zu behalten. Da Ida zu klein war, um bis zu den Griffen hinaufzureichen, machte sie, wie auch sonst in solchen Fällen, Ballett-Übungen, um in dem Gedränge das Gleichgewicht zu bewahren und Useppe allzu viele Stöße und Knüffe zu ersparen. Sie merkte, daß sein Köpfchen hin und her schwankte, und legte es behutsam auf ihrer Schulter zur Ruhe. Useppe war eingeschlafen.

In dem großen Zimmer war alles so wie immer. Das Grammophon spielte *La gagarella del Biffi-Scala,* während sich Carulìs Schwägerinnen wegen eines Kochtopfes zankten und sich mit fürchterlichen Beleidigungen überschütteten. Doch dieser vertraute Lärm konnte Useppes Schlaf nicht stören. Ida legte sich neben ihn und schloß die Lider so fest, als wenn sie ihr einer mit der Faust zudrückte. Dann, mit einemmal, bewegten sich ihre Muskeln ganz sachte, und plötzlich verschwanden alle Geräusche und Erscheinungen der Erde vor ihr.

Jemand, der in der Nähe gewesen wäre, hätte sie vielleicht für tot gehalten, so unbeweglich und blaß lag sie da. Doch vielleicht hätte er gar keine Zeit dazu gehabt, ihre Ohnmacht zu bemerken, die nur Bruchteile von Sekunden dauerte. Sofort danach entspannten sich ihre Lider und öffneten sich sachte über den glänzenden Augen, wie zwei kleine, langsame Flügel, während ihr Mund wie der eines träumenden Kindes ruhig und unschuldig lächelte.

Dann überließ sie sich einem tiefen, traumlosen Schlaf voller Schweigen, in den kein Laut von den unaufhörlichen Geräuschen des großen Zimmers drang. Nach einigen Stunden wachte sie auf. Es war beinah Abend. Und als erstes suchte sie im Bettchen neben sich nach Useppe, als sie, hinter dem Vorhang, die unverwechselbare Musik seines Gelächters vernahm. Useppe war vor ihr aufgewacht und saß schon dort auf dem Boden, blinzelte sorglos mit den Augen und führte der wohlbekannten Gruppe Peppe, Terzo, Impero, Ulì usw. voller Begeisterung seine neuen Stiefelchen vor. Nur Ulì schien nicht ganz überzeugt zu sein, denn sie hatte sofort bemerkt, daß diese *Phantasie*-Schuhe viel zu groß waren. Doch unverzüglich machte sie sich daran, sie ihm anzupassen, und zwar mit zwei Einlegesohlen, die sie aus einem Damenfilzhut schnitt, einem Überbleibsel der Wohltätigkeitsdamen vom Juli ...

Den Rest des Tages verlebte Ida in zerstreuter Versonnenheit. Nachts erwachte sie plötzlich, als sie neben sich in Useppes Bettchen ein leises, eindringliches Klagen voll herzzerreißender Angst vernahm. Sie merkte, daß Useppe im Schlaf zusammenzuckte; dann war es eine Weile ruhig, bis er wieder krampfhaft stammelte und vor sich hin wimmerte. Da rief sie seinen Namen, und als sie mit dem kostbaren alten Kerzenstümpfchen, das fast zu Ende war, Licht gemacht hatte, sah sie, daß er in Tränen aufgelöst war. Er stieß sie mit den Händen weg, als wollte er jeden Trost von sich weisen. Er war noch nicht richtig wach und fuhr in seinem unverständlichen Gestammel fort, in dem sie das Wort *Ferd*, wirr vermengt mit *Kindern* und *Herren*, zu erkennen glaubte. Ida rief ihn mehrmals beim Namen und versuchte ihn aus dem Traum zu reißen, der ihn gefangenhielt, und zuletzt zeigte sie ihm die neuen Stiefelchen mit den roten Schnürsenkeln und sagte zu ihm: »Schau, Useppe! Schau, was ich hier habe!« Endlich leuchteten die Augen des Kindes unter Tränen auf. »Sind meine«, bestätigte es mit einem kleinen Lächeln. Und dann fügte es hinzu: »Tiefel«, und mit einem kurzen Seufzer der Befriedigung schlief es wieder ein.

Am Morgen hatte Useppe, fröhlich wie gewöhnlich, die Erlebnisse des vergangenen Tages und der letzten Nacht vergessen. Und Ida sprach weder mit ihm noch mit anderen jemals davon. In der Tasche des Staubmantels hatte sie noch immer die Botschaft, die der Jude aus dem Zug auf den Bahnsteig geworfen hatte. Ida untersuchte sie heimlich bei Tageslicht. Es war ein Stück kariertes Papiers, zerfleddert und von Schweiß durchtränkt. Und darauf stand mit Bleistift in schwankender Schrift, mit großen, mühsam gemalten Buchstaben geschrieben:

Wenn ihr Efrati Pacificho seht ich teile ihm mit daß wir alle bei guter Gesundheit sind Irma Reggina Romolo und die andern bei der Abreise nach deutschland ganze Familie bei gut Gesund diese Rechnung gibt lazarino und hundertzwanzig Lire schulde fürs

Das war alles. Es gab weder eine Unterschrift noch eine Adresse. (Waren sie aus Vorsicht oder Zeitmangel weggelassen worden? Oder einfach aus Unkenntnis?) *Efrati* war einer der häufigsten Familiennamen im Getto, und dort gab es ja niemand mehr, nach allem, was man sich erzählte. Trotzdem legte Ida die Botschaft in ein Fach ihres Geldbeutels, wenn sie auch keineswegs die bestimmte Absicht hatte, den Empfänger ausfindig zu machen.

Von den Juden und ihrem Schicksal sprach man im Asyl-Zimmer schon nicht mehr. Fast jeden Tag las Salvatore, falls er nach Hause kam, neue Nachrichten aus dem ›Messaggero‹ vor, die er langsam buchstabierte. In der Stadt war ein Faschist getötet worden, und eine Bekanntmachung der Polizei der Offenen Stadt (zu der Rom seit dem August erklärt worden war) drohte strenge Maßnahmen an. Man sprach auch von den berüchtigten Vierkantnägeln, die die deutschen Fahrzeuge beschädigten, und daß die Deutschen Schmiede, Mechaniker usw. verhafteten. Die faschistischen Stoßtrupps wurden neu gebildet. Doch die aufsehenerregendste Nachricht erschien nicht in der Zeitung, sondern kursierte als glaubwürdiges Gerücht, daß nämlich am 28. Oktober, dem Jahrestag des Faschismus, die verbündeten Truppen in Rom einmarschieren würden, wie es schon der Partisan Mosca angekündigt hatte.

Mittlerweile begannen die Nazifaschisten von Rom sich Gedanken über gewisse *Freischärler*gruppen zu machen, die in den Vororten operierten, darunter auch in Pietralata. Die Warnzeichen des Wirts, die dieser aus der Ferne übermittelte, waren häufiger geworden, und es kam immer öfter vor, daß Carulì oder ein anderer der Tausend, der am Fenster aufpaßte, den Warnruf ausstieß: »*Zündet die Lampe an!*« oder: »*Ich muß scheißen!*«, und die jungen Männer im Asyl hielten sich in diesen Tagen vorsichtshalber überhaupt nicht zu Hause auf. Auch Carlo befand sich meistens irgendwo draußen, kehrte aber regelmäßig heim, wenn die Ausgangssperre begann; sicher, weil er nicht wußte, wo er sonst hätte hingehen sollen. Und auch Rossella erschien pünktlich um diese Zeit kurz vor ihm im großen Zimmer und saß bereits da, um ihn hinter dem Vorhang mit ihrem besonderen Miauen zu empfangen.

Am 22. Oktober fand eine richtige Schlacht zwischen den Deutschen und der Bevölkerung am Forte Tiburtino statt. Mehr als einmal hatten seit dem September die hungrigen Dorfbewohner das Fort gestürmt und hatten dabei nicht nur Lebensmittel und Medikamente, sondern auch Waffen und Munition mitgenommen. Und die wenigen italienischen Soldaten, die dort oben verbarrikadiert waren, hatten zugesehen und sich nicht gerührt. Diesmal aber befanden sich dort deutsche Wachtposten, und diese hatten ihre Kommandos alarmiert. Sogleich war eine Abteilung SS in voller Kampfausrüstung an den Ort des Aufruhrs geschickt worden, und diese beunruhigende Nachricht war schon im voraus bis über die Grenzen des Fleckens gedrungen.

Inzwischen war die Großmutter Dinda weggegangen, um in der Umgebung nach Salatkräutern zu suchen. Und bei ihrer überstürzten Rückkehr brachte sie die elektrisierende Nachricht mit, die sie irgendwo aufgeschnappt hatte: das deutsche Heer rücke gegen das amerikanische vor, das von den Hauptstraßen her im Anmarsch sei, und die Entscheidungsschlacht werde in wenigen Minuten losbrechen, und zwar gerade auf den Wiesen, die das große Zimmer umgaben!

Beim Widerhall der Schüsse, die kurz darauf zu hören waren, fragten sich die völlig unvorbereiteten Anwesenden, ob man wirklich der Großmutter Dinda Glauben schenken solle. Mit wenig Hoffnung und großer Angst verbargen sich die Frauen in den Winkeln, als ob sie in einem Schützengraben wären, während der Großvater Giuseppe Primo wie ein gichtiger alter General dafür sorgte, daß die Sandsäcke an den Fenstern angebracht wurden. Carulina ihrerseits deckte eifrig den Käfig mit den Kanarienvögeln, die ihrer Obhut anvertraut waren, mit einem Tuch zu. Und das ganze begeisterte die anwesende Kinderschar, die sich höchst heldenhaft vorkam und sich über den Schrecken der Frauen lustig machte. Vergnügter als alle anderen war, wie gewöhnlich, Useppe, der auf die übereinandergeschichteten Bänke sprang, herumlief, sich auf die Lauer legte und auf den Boden warf und Pim! Pum! Pam! machte. Obwohl Ida ihn ermahnt hatte, zu Hause die alten Sandalen anzuziehen und die neuen Schuhe zum Ausgehen aufzusparen, hatte er nichts davon wissen wollen. Und so unterschied sich gegenwärtig sein Gang, wenn er im Zimmer herumrannte, von den anderen Schritten durch den neuen, charakteristischen Ton: plof, plof. Das lag an den Kreppsohlen und daran, daß die Stiefel noch immer ein wenig zu groß waren.

Die Schießerei dauerte nicht lange, und kurz darauf wurde das Zimmer von den Deutschen in Augenschein genommen. Offenbar suchten sie das Versteck einiger *Freischärler* aus dem Ort, die nach dem Zusammenstoß im Fort der Gefangennahme entgangen waren. Useppe war verblüfft von ihrer grandiosen Ausrüstung (sie trugen riesige, bis auf die Nase reichende Helme und die Maschinenpistolen im Anschlag); doch hatte er nur den Lärm gehört und sonst von der ganzen Angelegenheit nichts begriffen und wollte mit lauter Stimme wissen, ob das die *Lamemikaner* seien. Zum Glück konnten die Deutschen nicht wissen, was dieser Ausdruck in Useppes Sprache bedeutete; im übrigen machte Carulina dem Kleinen sofort ein Zeichen, er solle schweigen.

Die Deutschen drängten alle Bewohner auf die Straße und begannen, jeden Winkel des Hauses zu durchstöbern, bis aufs Dach und bis in den Abort. Zum Glück war dort heute kein Fleisch gelagert, und um das an-

dere Lebensmittellager unter der Decke der Signora Mercedes kümmerten sie sich nicht. Sie waren unbesorgt, hatten sie doch kurz zuvor unter derselben Decke die dicke, arthritische Signora hervorkriechen sehen. Zum Glück waren auch um diese Zeit alle wehrfähigen Männer des Asyls abwesend. Und so gingen die Bewaffneten, nachdem sie unverständliche deutsche Warnungen ausgestoßen hatten, wieder weg und ließen sich nie mehr blicken.
Einige Tage später war auch in Pietralata die folgende Bekanntmachung in deutscher und italienischer Sprache angeschlagen:
Am 22. Oktober 1943 haben italienische Zivilisten, die einer kommunistischen Bande angehörten, auf deutsche Truppen geschossen. Sie wurden nach kurzem Gefecht gefangengenommen.
Der Militärgerichtshof hat zehn Mitglieder dieser Bande zum Tode verurteilt, weil sie mit bewaffneter Hand Angehörige der deutschen Streitkräfte angegriffen haben.
Das Urteil ist vollstreckt worden.
Das Urteil war am Tag nach dem Zusammenstoß vollzogen worden, und zwar auf einem Feld in der Nähe von Pietralata, und die Leichen hatte man sofort in einer Grube verscharrt. Als jedoch später die Grube entdeckt wurde, waren es elf und nicht zehn Leichen. Der elfte war ein harmloser Radfahrer, der zufällig vorbeigekommen war und mit den anderen erschossen wurde, weil er sich gerade dort befand.

8

Das Wetter war veränderlich. Es gab auch ein paar sonnige Vormittage, aber Nino hatte das Versprechen, das er Useppe gegeben hatte, noch nicht eingelöst. Es ist nicht sicher, ob Useppe sich noch daran erinnerte oder nicht. Jedenfalls setzte er sich noch oft auf die Schwelle, um auf die sonnenbeschienene Straße hinauszuschauen, als warte er auf etwas. Doch vielleicht löste sich in seiner Vorstellung durch die zeitliche Entfernung (es waren ungefähr vierzehn Tage seither vergangen) auch im Lauf der sonnigen Vormittage Ninos Versprechen in einer vagen Luftspiegelung auf. Doch inzwischen, noch bevor die unbestimmte Hoffnung sich endlich erfüllte, verschwanden, rasch hintereinander, einige Menschen des Asyls.
Ungefähr am 25. Oktober, am frühen Nachmittag, klopfte ein Mönch an die Tür. Um diese Zeit waren nur Ulì, die kleinen Buben, die Signora Mercedes und die Großmütter anwesend. Die Großväter waren in die Wirtschaft gegangen, Ida befand sich hinter ihrem Vorhang, und die

Schwägerinnen waren auf die kleine Terrasse des Gebäudes hinaufgestiegen, um schnell ein paar Wäschestücke zusammenzuraffen, die sie dort aufgehängt hatten.
Es begann nämlich zu regnen. Der Mönch hatte sich den Kopf mit der Kapuze bedeckt und trug jene geschäftige, umsichtige Miene zur Schau, die man oft an Ordensbrüdern sieht. Er grüßte mit dem traditionellen Satz *Frieden sei mit euch* und fragte nach Vivaldi Carlo. Als er erfuhr, der sei unterwegs, setzte er sich mitten unter die Buben auf eine Kiste, um auf ihn zu warten. Die Kinder betrachteten ihn verdutzt, als liefe vor ihnen ein Film ab. Doch nach einigen Minuten erhob sich der Mönch wieder, denn er mußte noch andere Angelegenheiten erledigen. Er winkte mit dem kleinen Finger Carulina beiseite (die ihm unter den Anwesenden die Person zu sein schien, auf die man sich am ehesten verlassen konnte) und sagte leise zu ihr: sie solle unauffällig und so schnell wie möglich dem Signore Vivaldi Carlo ausrichten, er möge sofort zu dem Ort gehen, *den er kenne,* denn dort erwarteten ihn dringende Nachrichten. Dann sagte er nochmals *Friede sei mit euch* und ging.
Die Schwägerinnen, die in diesem Augenblick dazukamen, sahen ihn gerade noch, als er hinausging. Doch Carulina hielt ihren Fragen tapfer stand und wollte ihnen die Botschaft nicht verraten. Dieses Schweigen aber kostete sie eine solche Anstrengung, daß ihr geradezu die Halsadern anschwollen. Doch wurde ihr die Prüfung, zu ihrem Glück, nicht lange auferlegt. Höchstens eine Viertelstunde, nachdem der Mönch fort war, betrat Carlo Vivaldi, vielleicht von einer Vorahnung gewarnt, zu einer für ihn ganz ungewöhnlichen Zeit den großen Raum. Sofort kam Carulì auf ihn zu und kreischte ihm mit lauter Stimme entgegen: »Ein Kapuziner ist hier gewesen, der nach Euch gefragt hat ...« Carlo fuhr sichtlich zusammen. Mit dem regennassen Gesicht und dem triefenden Haar glich er in diesem Augenblick einem vom schlechten Wetter überraschten Sperling. Wortlos wandte er sich um und machte sich Hals über Kopf wieder auf den Weg.
Als er fort war, stellten die Großmütter und Carulinas Schwägerinnen verschiedene Vermutungen an. In jener Epoche wurde jeder volkstümliche Roman wahrscheinlich. Es kam wirklich vor, daß zum Beispiel hohe Offiziere oder bekannte Mitglieder verbotener Parteien sich auf verschiedene Arten vermummten, um der Verfolgung durch die feindliche Besatzung zu entgehen. Und die Frauen mutmaßten unter anderem, der Mönch sei ein falscher Mönch gewesen, vielleicht ein verkleideter Anarchist oder sogar irgendein ganz hohes Tier.
In Wirklichkeit handelte es sich um einen einfachen Mönch, den Abgesandten eines römischen Klosters, wo ein jüngerer Vetter Carlos sich gegenwärtig verborgen hielt. Es hatte Carlo widerstrebt, sich in ein Kloster

zu flüchten, aus Stolz und wegen seiner politischen Anschauungen. Er zog es vor, keinen festen Wohnsitz zu haben, und so wurden ihm die Post und die Nachrichten aus dem Norden über seinen Vetter zugestellt. Aber die Nachricht, die ihn jetzt erwartete, war grausig. Doch erfuhr man die Wahrheit über ihn erst später.

Mittlerweile hatte die Ausgangssperre begonnen, und er war noch nicht wieder aufgetaucht. Die Bewohner des Asyls schlossen daraus, er sei nach dem Besuch des geheimnisvollen Mönchs für immer verschwunden. In ihren Augen war Carlo Vivaldi noch immer ein zwielichtiger, sonderbarer Abenteurer. Vielleicht war er sogar mit irgendeiner ausländischen Macht verbunden? Oder mit dem Vatikan? Currados und Imperos Mutter äußerte sogar die Vermutung, er sei ein Adliger aus dem Gefolge Seiner Majestät des Königs, und zu dieser Stunde sei er vielleicht schon in einem Sonderflugzeug, das ihm vom Papst zur Verfügung gestellt worden sei, nach Brindisi oder Bari geflogen ...

Statt dessen war Carlo Vivaldi gar nicht weit von ihnen entfernt, womöglich direkt in ihrer Gegend oder vielleicht auch in irgendeinem anderen Stadtviertel, und wanderte allein durch die regnerischen Straßen, die in die Finsternis der Verdunklung getaucht waren und von Patrouillen wimmelten. Seit ihm am Nachmittag der kleine Vetter die *dringende geheime Nachricht* übermittelt hatte, lief er bis spät in die Nacht hinein ununterbrochen durch die Straßen. Er achtete nicht darauf, wohin er ging, wußte nicht mehr, wie spät es war, und kümmerte sich auch nicht um die Ausgangssperre. Es bleibt ungeklärt, wie er auf dieser ziellosen Wanderung allen Gefahren entging. Vielleicht wurde er von der unüberwindlichen Schranke des Wahnsinns beschützt, die manchmal die Verzweifelten umgibt. Wahrscheinlich kreuzten bewaffnete Durchsuchungstrupps in dieser Nacht mehrmals seinen Weg, doch blieb ihnen wohl das *Wer da!* in der Kehle stecken, und sie gingen ihm aus dem Weg, aus Furcht, diesem Schatten gegenüberzustehen.

Nicht einmal er selbst hätte sagen können, wohin ihn die endlose Wanderung führte, bei der er weder die Kilometer noch die Zeit maß (er war ungefähr neun oder zehn Stunden unterwegs). Es ist möglich, daß er von einem Ende der Stadt zum andern ging, vielleicht lief er aber auch in einem bestimmten Umkreis immer dieselben Straßen auf und ab. Irgendwann in der Nacht kehrte er an den einzigen Ort zurück, der ihm zur Verfügung stand, nach Pietralata, hinter seinen Fetzenvorhang. Alle schliefen. Die einzige, die ihn zurückkehren hörte, war Ida, die in jenen Nächten trotz der Beruhigungsmittel schlecht schlief und beim geringsten Geräusch aufschreckte. Zuerst hörte sie seinen Schritt auf dem Sträßchen, dann das langgezogene Miauen Rossellas, die ihn am Eingang begrüßte. Und nachher, während der restlichen Nacht, schien

es ihr, als höre sie ihn andauernd husten, und zwischendurch erklangen dumpfe Schläge, als würde er mit der Faust gegen die Wand pochen.
In der Tat waren am Morgen seine Fingergelenke ganz aufgerissen und blutig. Doch fiel dies niemandem in dem großen Zimmer rechtzeitig auf. Gegen acht Uhr tauchte, bei einem seiner periodischen Ausflüge, Giuseppe Secondo auf. Er kam herein, strahlend wie gewöhnlich, und brachte auch heute ausgezeichnete Nachrichten mit: Assodicuori ging es hervorragend, ebenso auch Quattro und allen anderen Genossen der ruhmreichen Bande ... Durch ihr Verdienst düngten noch ein paar Zentner des verfluchten deutschen Fleisches das Erdreich der Castelli Romani ... Eine Woche vorher hatten die Deutschen auf der Suche nach Partisanen die Gegend durchkämmt, und es hatte Verluste gegeben. Doch die von der *Libera* (so hieß die Bande) waren zu tapfer und zu schlau, um sich von diesen Feiglingen fangen zu lassen ... Und was die Zukunft betraf, so konnte man schon jetzt sagen, daß das Ende des Krieges unmittelbar bevorstand. Man konnte allerdings nicht mehr damit rechnen, daß die Verbündeten am 28. Oktober in Rom einmarschierten ... »Gewiß, das wäre eine geistreiche Geste gewesen, damit hätten sie denen ein schönes Fest gegeben! ...« Doch sie würden bestimmt noch vor Weihnachten kommen, schloß Giuseppe Secondo.
Nach diesen fabelhaften Neuigkeiten, die den Anwesenden im Vertrauen mitgeteilt wurden, hantierte das fröhliche Männchen noch ein paar Minuten in dem Haufen seiner Besitztümer herum. Dann grüßte es mit weitausholender Geste nach rechts und links und ging zur Tür. In diesem Augenblick bewegte sich der Fetzenvorhang heftig, und Carlo stürmte so hastig hervor, daß er ihn fast zerrissen hätte, und brach in lautes Gelächter aus. »Ich komme auch mit dir! ... Mit euch!« verbesserte er sich sofort. Er trug schon seinen Sack, das heißt sein ganzes Gepäck, über die Schulter gehängt. In dem Licht, das schräg durch die halb offene Tür fiel, wirkten seine eingesunkenen Augen mit den schwarzen Ringen finsterer als gewöhnlich. Und nach seinem Gelächter, das in der Luft einen beinah unanständigen Widerhall hinterlassen hatte, verwandelte nun die rätselhafte Verderbtheit, die man hin und wieder an ihm wahrnahm, sein Gesicht geradezu in eine schiefe Maske. Doch setzte sich dies in eine Art entfesselte, sportliche Fröhlichkeit um, die sich auf alle Muskeln seines Körpers übertrug. Giuseppe Secondo, der einen Augenblick lang sprachlos war, leuchtete in jubelndem Lächeln auf, das sein ganzes Gesicht mit Runzeln überzog: »Ah! Es war an der Zeit!« rief er aus und sagte dann nichts mehr. Beim Hinausgehen winkte Carlo Vivaldi mit der Hand einen halb ironischen Gruß nach rückwärts, als wolle er sagen, auch dieses Zimmer mit all seinen Bewohnern löse sich jetzt für ihn im Schaum der toten Vergangenheit auf. Es fiel ihm nicht einmal

ein, sich von Rossella, deren Blicke ihm vom Strohsack her folgten, zu verabschieden.

Die Wolken hatten sich zerteilt. Doch mit dem frischen Wind, der sich erhoben hatte, kamen noch einzelne, fast frühlingshafte Schauer. Giuseppe Secondo trug nicht mehr seinen berühmten Hut auf dem Kopf, schützte sich aber mit einem Schirm, und darüber lachten die Zurückgebliebenen hinter seinem Rücken. (Ein Partisan mit Schirm war ja auch wahrhaftig eine Kuriosität.) Und so entfernten sich die beiden jenseits der sumpfigen Wiese. Der Alte schritt unter seinem Schirm rüstig aus. Und der Junge ging ihm mit seinem schlaksigen, etwas schlenkernden Gang voraus, der an den mancher Negerjungen erinnerte.

Beim Aufbruch der beiden war Rossella zur Tür gelaufen. Und jetzt stand sie neben der Stufe zur Schwelle, schaute ihnen nach und streckte die Schnauze erstaunt und schon beunruhigt etwas in ihre Richtung, als ahne sie, daß in diesem Augenblick eine Schicksalsstunde für sie geschlagen habe. Trotzdem konnte sie in den folgenden Stunden nicht anders: sie mußte Carlo suchen. Doch irgendwie mußte sie von Anfang an gewußt haben, daß sie ihn niemals wiedersehen würde. Sie versuchte, sich bei ihrer nutzlosen Suche nicht überraschen zu lassen, schlich rasch und verstohlen in der Nähe des Vorhangs umher und entwischte mit drohendem Miauen, sobald jemand in ihre Nähe kam. Dann zog sie sich zu den aufgestapelten Bänken zurück, und dort blieb sie für den Rest des Tages flach ausgestreckt zwischen zwei Tischen in einem Winkel liegen, wo niemand sie erreichen konnte, und beobachtete jede Bewegung in dem großen Raum mit mißtrauischen Augen.

Als es Abend wurde und niemand mehr an sie dachte, stieß sie mit einemmal ein sonderbar unruhiges Miauen aus, kam unter den Bänken hervor und streifte ziellos umher. Dabei gab sie flehende Klagelaute von sich, wie man sie noch nie von ihr gehört hatte. Ein schrecklicher, nie gekannter Schmerz hatte sie überfallen. Da versteckte sie sich auf ihrem Strohlager hinter dem Vorhang und brachte kurz danach ein Kätzchen zur Welt.

Niemand war darauf gefaßt gewesen, da ja auch niemand bemerkt hatte, daß sie trächtig war. Und es handelte sich auch nur um einen einzigen, kümmerlichen Sohn, der so winzig war, daß er eher wie eine Art Maus als wie ein Kätzchen aussah. Und obwohl es ihr erster Wurf war und sie noch sehr jung war, beeilte sie sich sofort, ihrem Jungen ungeduldig und fast zornig das Häutchen abzubeißen, wie alle erfahrenen Katzenmütter dies tun. Und dann begann sie, wie alle Katzenmütter, das Junge hastig abzulecken, bis es sein erstes Miauen hören ließ, das so zart klang, daß es von einer Stechmücke zu kommen schien. Dann drängte sie sich neben das Kleine, vielleicht weil sie darauf vertraute, es säugen zu können.

Doch wahrscheinlich gaben ihre Zitzen keine Milch, weil sie zu lange gehungert hatte und auch noch zu jung war. Mit einemmal löste sie sich von ihm und schaute es nachdenklich und voller Neugier an. Dann legte sie sich in einiger Entfernung von ihm hin und blieb müßig und mit wissenden Augen voller Melancholie liegen, ohne mehr auf das einsame, dünne Miauen zu antworten. Mit einemmal spitzte sie die Ohren, denn sie hatte die wohlbekannten Stimmen von Carulìs heimkehrenden Brüdern vernommen. Und als sie hörte, wie die Eingangstür geöffnet wurde, warf sie noch einen letzten, gleichgültigen Blick auf das Junge und sprang unter dem Vorhang hervor und auf die Straße hinaus.
Weder an jenem Abend noch am nächsten Tag ließ sie sich blicken, während das Kätzchen auf dem Stroh im Sterben lag, wo man es, wegen der rötlichen Farbe seines Fells, das es von der Mutter geerbt hatte, kaum sah. Jedesmal, wenn der Lärm im großen Zimmer für kurze Zeit nachließ, hörte man sein dünnes Miauen, das fast ununterbrochen ertönte. Es schien sonderbar, daß dieses feine Stimmchen (das einzige Lebenszeichen, das das Junge von sich gab) eine solche Ausdauer besaß, wie wenn in diesem kaum sichtbaren Tierchen, das schon von Anfang an gezeichnet war, ein starker Lebenswille vorhanden wäre. Useppe konnte sich nicht entschließen, das verwaiste, trostlos miauende Kätzchen allein zu lassen. Er kauerte dort auf dem Boden, wagte nicht, es zu berühren, und spähte mit angstvollen Augen nach jeder kleinsten Bewegung. Wohl hundertmal ging er zur Tür und rief verzweifelt: »Ossella! Ossellaaa!« Doch Rossella gab keine Antwort. Vielleicht streifte sie irgendwo herum und hatte inzwischen schon vergessen, daß sie ein Junges geboren hatte. Mittlerweile wurde das Miauen hinter dem Vorhang von Stunde zu Stunde zaghafter, bis es schließlich aufhörte. Kurz darauf schaute eine Schwägerin Carulinas hinter den Vorhang, zog das Kätzchen am Schwanz hoch, verfluchte dessen widernatürliche Mutter und warf es in den Abort.
Useppe war in diesem Moment damit beschäftigt, mit seinen Freunden im Winkel der Tausend Krach zu machen. Und als er später nach dem Kätzchen hinter dem Vorhang sehen wollte und es nicht mehr fand, fragte er nicht danach. Er blieb still hinter dem Vorhang sitzen und schaute mit großen, ernsthaften Augen auf das kleine Nest im Stroh, das von Rossellas Blut befleckt war. Und er redete weder mit Ida noch mit sonst jemandem darüber. Einen Augenblick später stürzte er sich, von irgendeiner Kleinigkeit abgelenkt, wieder ins Gewühl.
Rossella kam drei Tage lang nicht zurück. Dann aber, am Nachmittag des dritten Tages, erschien sie wieder im großen Zimmer, vielleicht nur vom Hunger hergetrieben. »Du dreckiges Tier du, häßliches, verfluchtes!« schrien ihr die Frauen entgegen. »Schämst du dich nicht, dich hier wie-

der sehen zu lassen, jetzt, wo du dein Junges so hast krepieren lassen!«
Sie kam finster hereingerannt und schaute niemanden an. Wer weiß, was sie in diesen Tagen durchgemacht hatte. Ihr Fell war schmutzig, gelblich und struppig wie bei einer alten Katze und der Körper so abgezehrt, daß nun anstelle der Flanken, jetzt, wo sie nicht mehr trächtig war, zwei Höhlungen zurückgeblieben waren. Ihr Schwanz war dünn wie eine Schnur, und ihr Gesicht war zu einem spitzen Dreieck geworden; sie hatte riesige Ohren und weit aufgerissene Augen, und in ihrem halboffenen Maul sah man die Zähne. Sie schien noch kleiner zu sein als früher. Und ihr Gesichtsausdruck glich dem mancher abgebrühter Taschendiebe, die sich im Alter, da sie nichts als Haß gekannt haben, nur noch vor allen andern Lebewesen in acht nehmen. Zuerst duckte sie sich unter eine Bank. Doch da die Buben versuchten, sie dort aufzuscheuchen, sprang sie weg und erreichte mit einem Satz ihres skelettartigen Körpers den obersten Punkt des Stapels, wo sie wie ein Uhu hocken blieb. Sie war auf der Hut und starrte mit zurückgelegten Ohren und großen, blutunterlaufenen Augen drohend hinab. Ab und zu fauchte sie, überzeugt davon, daß sie auf diese Art wie ein schreckliches Wesen wirkte, vor dem die ganze Welt zurückweichen müßte. In diesem Augenblick wurde ihr Instinkt von etwas angezogen, das sich dort unten, gegen den Winkel der Tausend hin, in der Luft bewegte. Sie merkte es zuerst, und danach war es zu spät: man konnte ihr nicht mehr zuvorkommen. Es ging so blitzartig, daß es aussah, als zerschneide ein roter Strahl schräg die Luft, als sie schon anstelle der beiden fliegenden Kanarienvögel zwei blutige Fetzchen auf dem Boden zurückgelassen hatte.
Mit fast derselben phantastischen Schnelligkeit entwischte sie augenblicklich, erschreckt von dem Geschrei und den Verwünschungen, mit denen man sie ringsum überschüttete, und floh auf die Straße hinaus, von wo sie hereingekommen war. Zu dritt oder viert verfolgten sie sie entrüstet, um sie zu schlagen. Doch gelang es ihnen nicht, sie einzuholen. Sie sahen gerade noch in der Ferne ihren abgemagerten Schwanz, der blitzschnell einen Abhang hinunter verschwand. Von da an wurde sie nie mehr gesehen. Es ist möglich, daß sie, so dürr sie war, in dieser Zeit der Hungersnot einem Katzenjäger aus der Gegend Appetit machte. Sie war so heruntergekommen, daß sie nicht mehr so flink war wie früher, und es ist denkbar, daß sie sich unglücklicherweise erwischen ließ und aufgefressen wurde, wie es ihr schon ihr Herr Giuseppe Secondo, warnend prophezeit hatte.
Auch Carulì wurde für das Blutbad an den Kanarienvögeln verantwortlich gemacht und gescholten. Sie hatte nämlich zufällig das Käfigtürchen offengelassen, weil sie von dem unerwarteten Auftauchen Rossellas abgelenkt worden war, als sie gerade den Käfig säuberte. Peppiniello

und Peppiniella hatten sich, vielleicht zum erstenmal in ihrem Dasein und möglicherweise eingedenk ihrer freien Vorfahren auf den Kanarischen Inseln, vom Abenteuer in Versuchung führen lassen. Doch sie waren das Fliegen nicht mehr gewohnt, weil sie in Gefangenschaft zur Welt gekommen waren. Sie konnten mit knapper Not ein bißchen herumflattern, so unbeholfen, als wären sie noch nicht flügge.
»Und was wird nun der Herr Giuseppe sagen, der dich schließlich dafür bezahlt hat, daß du auf sie acht gibst?« schrien die Frauen Ulì an, die beim Anblick des ermordeten Pärchens untröstlich schluchzte. Mittlerweile war Useppe, angesichts des Häufchens lebloser, blutiger Federn, blaß geworden, und sein Kinn zitterte. »Aber Mà, fliegen sie nicht mehr?« wiederholte er leise, während Ida ihn von dort in ihren Winkel zog. »Fliegen sie nicht mehr? Mà? Sie fliegen nicht mehr!«
Die Frauen hatten nicht den Mut, die Vögel vom Boden aufzuheben, weil sie sich vor dem Blut ekelten, und kehrten sie mit dem Besen auf die Straße. Am nächsten Morgen waren sie verschwunden. Es ist nicht ausgeschlossen, daß auch sie von irgendeinem Lebewesen aufgefressen wurden; vielleicht von einem Hund, einer Katze oder vielleicht von einem Menschen. In dieser Zeit gab es immer mehr Leute im Viertel, die sich ihr Essen aus den Abfällen holten. Und für jemanden, der sich froh und glücklich schätzte, wenn er ein paar Kartoffelschalen oder faule Äpfel aufgetrieben hatte, konnten zwei gebratene Kanarienvögel ein lukullisches Mahl darstellen.
Jedenfalls sagte Ida zu Useppe, sie seien fortgeflogen.
Die Sonne schien an jenem Morgen so warm, als sei der Sommer zurückgekehrt. Kurz nachdem Ida zu ihren täglichen Besorgungen weggegangen war, erfüllte Nino endlich sein Versprechen.
Er strahlte, nicht weniger elektrisiert als Useppe. »Ich nehme meinen Bruder zu einem kleinen Ausflug mit«, erklärte er den Anwesenden. »Noch vor dem Mittagessen ist er wieder da.« Dann schrieb er mit Bleistift einen Zettel und ließ ihn auf Idas Kopfkissen liegen:

In 4 Stunden bin ich wieder zurück
Useppe
Garantie von Nino

und unter die Garantie zeichnete er sein eigenes Wappen: ein Herz-As über zwei gekreuzten Klingen.
Er lud sich Useppe auf die Schultern und rannte mit ihm über ein unbebautes Gelände, bis zu einem grasbewachsenen Platz am Rand eines Feldweges, wo sie ein Mann und eine Frau mittleren Alters in einem Lieferwagen erwarteten. Useppe erkannte sie sofort wieder. Es waren der Wirt Remo und seine Frau, die einen Passierschein für den Transport von Lebensmitteln hatten. In dem Lieferwagen befan-

251

den sich Korbflaschen, Kisten und Säcke. Einige waren voll, andere mußten erst noch gefüllt werden.
Die Fahrt dauerte ungefähr eine Dreiviertelstunde und verlief ohne Hindernisse. Niemand hielt sie auf. Zum erstenmal in seinem Leben fuhr Useppe Auto und sah das weite, offene Land. Bisher hatte er von der Welt nur San Lorenzo, den Tiburtino und Umgebung (Portonaccio usw.) sowie den Vorort Pietralata gekannt. Seine Erregung war so groß, daß er während des ersten Teils der Fahrt stumm blieb. Dann aber begann er, hingerissen vor Entzücken, mit sich und den andern zu plaudern, und versuchte, seine Entdeckung des Universums mit erfundenen, unverständlichen Wörtern zu kommentieren.
Wären nicht ab und zu deutsche Fahrzeuge vorbeigekommen und hätte man nicht hin und wieder irgendein verlassenes Autowrack am Straßenrand gesehen, dann hätte es nicht nach Krieg ausgesehen. Die prunkvolle Herrlichkeit des Herbstes schien in wundervoller Ruhe gereift zu sein. Auch dort, wo es schattig war, sickerte die Sonne in einem goldenen Schleier, der sich still über den ganzen Himmel ausbreitete, durch die Luft.
An einer Stelle, wo sich zwei Feldwege kreuzten, ließen Remo und seine Frau die beiden Mitfahrer aussteigen und fuhren allein weiter. Es war ausgemacht worden, daß man sich später am selben Ort wieder treffen würde. Wieder nahm Nino Useppe auf seine Schultern und überquerte hüpfend und springend mit ihm kleine Täler, Steilhänge und schlammige Pfade inmitten der Reihen von Reben und kleinen Gräben, die in der Sonne funkelten. Nach ungefähr zwei Dritteln des Weges blieben sie bei einem Häuschen stehen, wo ein Mädchen, das auf einen Olivenbaum geklettert war, die Zweige schüttelte, während eine Frau unten die Früchte in einem Bottich sammelte. Das Mädchen war eine Geliebte von Nino. Doch in Gegenwart der Frau, seiner Mutter, wollte es das nicht merken lassen. Die Frau wußte es jedoch, und sie wußten ebenfalls, daß sie es wußte. Die Mutter begrüßte Nino mit einem schwärmerischen Lächeln, während das Mädchen vom Baum herunterkletterte, ihn kaum ansah und mit hochmütigem Gang in dem Häuschen verschwand. Kurz darauf kam es wieder heraus, um ihm ein in Zeitungspapier gewickeltes Päckchen zu übergeben. »Guten Tag!« sagte Ninnuzzu hochtrabend, und das Mädchen murmelte schmollend: »Guten Tag!« – »Das ist mein Bruder!« verkündete Nino, und das Mädchen antwortete arrogant: »Ach, wirklich?«, als wolle es, anstatt eines Kompliments, zu verstehen geben: wenn er dein Bruder ist, dann kann er nur auch so ein Gauner sein, wie du es bist. – Nino, der das Mädchen kannte, lachte ihm zu und sagte dann: »Ciao.« »Ciao«, entgegnete das Mädchen mürrisch und ging schleppenden Schritts und unwillig wieder auf den Baum zu.

»Was meinst du?« fragte Ninnuzzu beim Weitergehen Useppe, als rede er mit einem wirklichen Vertrauten. »Sie heißt Maria«, fuhr er fort. »Ihre Mutter ist Witwe, und sie ist Halbwaise. Wenn der Krieg zu Ende ist«, schloß er zynisch scherzend, »heirate ich sie.« Und er wandte sich zum Baum zurück und rief: »Mariulina! Mariulinaa!«
Das Mädchen, das wie ein phantastischer kleiner Adler auf dem Baum kauerte, drehte sich nicht einmal um. Doch sah man, wie es sich zur Seite wandte, das Kinn auf die Brust senkte und zufrieden vor sich hinlachte.
Nachdem sie noch ein Stück weitergegangen waren, begann Useppe, der endlich auf seinen eigenen Beinen gehen wollte, mit den Füßen gegen Ninos Brust zu trommeln, und Nino stellte ihn auf den Boden. Auch auf diesem letzten Stück war das Gelände ziemlich steil; Nino bewunderte den sportlichen Mut Useppes und hatte nicht weniger Spaß an dem Abenteuer, zu dem er ihn führte, als der kleine Bruder. Sie blieben unterwegs stehen, um zu pissen. Auch dabei amüsierten sie sich köstlich, denn Nino zeigte ihm die Kunst, die er als kleiner Junge mit seinen Gassenfreunden geübt hatte, den Strahl in die Höhe spritzen zu lassen. Useppe ahmte ihn mit dem eigenen kleinen Wasserstrahl nach. Die Gegend war verlassen. Nino hatte absichtlich den Saumpfad gemieden, wo man ab und zu auf Deutsche stoßen konnte. Es gab auch keine Häuser, bloß hie und da eine Strohhütte. Nicht weit entfernt von einer dieser Hütten, die in einer Senkung des Hügels versteckt lag, weidete ein Maultier. »Pferd!« rief Useppe sofort. »Kein Pferd«, sagte aus dem Innern der Hütte eine bekannte Stimme. »Das hier ist ein Maultier.« – »Eppetondo!« schrie Useppe begeistert. In der niedrigen, mittelgroßen Hütte war der Partisan Mosca dabei, Kartoffeln in einer Schüssel zu schälen. Beim Eintritt der beiden lachte er mit dem Mund, den Augen, den Falten und auch mit den Ohren. Außer ihm waren zwei Jungen da, die auf dem Boden saßen und rostige, verschmutzte Waffen mit einem ölgetränkten Lappen reinigten. Und um sie herum waren Militärdecken, Strohhaufen, Schaufeln, Hacken, Rucksäcke, Weinflaschen und Kartoffeln verstreut. Unter einer Decke sahen Gewehrläufe hervor. Neben der Tür lehnte eine Maschinenpistole an der Wand, und daneben lag ein Haufen Handgranaten.
»Das ist mein Bruder!« Der ältere der beiden Guerillakämpfer, ein kleingewachsener Junge von ungefähr zwanzig Jahren, mit rundem, unrasiertem Gesicht, der nur ein paar schmutzige Fetzen am Leib hatte – er trug keine Schuhe, sondern hatte sogar die Füße mit Lumpen umwickelt –, war so vertieft in die Arbeit, daß er kaum den Kopf hob. Der andere aber lächelte Useppe naiv und freudig an. Er war schon ausgewachsen und ungefähr einen Meter neunzig groß, jedoch verriet sein

bartloses, rosiges Gesicht sein Alter von sechzehn Jahren. Er hatte eine niedere Stirn, und seine großen milchig-blauen Augen wichen den Blikken aus. Denn trotz eines gewissen harten Ausdrucks wirkte er noch kindlich und schüchtern. Er trug auf dem nackten Oberkörper einen ehemals weißen, inzwischen völlig schmuddeligen Trenchcoat sowie Hosen und Militärstiefel italienischer Herkunft. Die Hosen waren ihm zu kurz. Am Handgelenk hatte er eine deutsche Uhr, auf die er außerordentlich stolz zu sein schien, denn er hielt sie dauernd ans Ohr, um dann festzustellen, daß sie noch ging.

»Das ist Decimo, und das ist Tarzan«, stellte Asso vor. »Da!« fügte er hinzu und warf dem Jüngeren (Tarzan) das Päckchen zu, das er von Mariulina bekommen hatte und das Tabakblätter enthielt. Tarzan unterbrach vorläufig seine Arbeit, zog aus der Tasche des Trenchcoats ein Klappmesser und begann sofort, die großen braunen Blätter zu zerschneiden, um dann mit Zeitungspapier Zigaretten zu drehen.

»Alles in Ordnung?« wollte Asso wissen, der seit dem Abend zuvor nicht mehr dagewesen war, da er die Nacht mit einer andern Geliebten aus früheren Zeiten in Rom verbracht hatte. Mittlerweile untersuchte er sachverständig und mit Besitzerstolz die Waffen, die gerade repariert wurden und von seinem letzten Unternehmen stammten. Denn tatsächlich war er es gewesen, der sie am vergangenen Tag am Rand eines Wäldchens entdeckt hatte, wo Deutsche kampiert hatten. Und noch gestern hatte er sie nach Einbruch der Dunkelheit heimlich geholt, gefolgt von zwei anderen Genossen, und war den Wachtposten des Lagers geschickt aus dem Weg gegangen. Er hatte jedoch nur am ersten Teil der Expedition teilgenommen, der in der Tat der gefährlichere gewesen war, und hatte den beiden anderen den mühsameren Teil überlassen, nämlich den Transport der Last zurück zum Stützpunkt, weil er unbedingt noch rechtzeitig die letzte Straßenbahn erwischen wollte, um sein Stelldichein in Rom nicht zu versäumen.

»Wie du siehst...«, antwortete Decimo auf seine Frage und machte fast verbohrt seine Arbeit weiter. Decimo war Neuling. Er war eben erst zur Bande gestoßen und hatte sich daher noch keine Stiefel erobern können. Er konnte auch noch nicht mit Waffen umgehen, und Asso brachte ihm bei, wie man die Breda-Maschinenpistolen auseinandernimmt, wie man Gewehrverschlüsse reinigt usw. Die neuen, gerade erst erbeuteten Waffen (im ganzen etwa zehn Stück) waren italienischer Herkunft und nach der Auflösung des italienischen Heeres in die Hände der Deutschen gefallen. Nino legte eine gewisse Verachtung für italienische Waffen an den Tag. Es war veraltetes Zeug, Ramsch zum Wegschmeißen, wie er es ausdrückte. Doch in jedem Fall hantierte er leidenschaftlich gern mit Waffen herum.

»Das Öl hier genügt nicht«, bemerkte Decimo gewichtig. »Wir brauchen neues.« – »Ich glaube«, sagte Tarzan, »Quattro und Piotr sorgen dafür.« (Piotr war der Deckname Carlo Vivaldis bei den Partisanen.)
»Wo sind sie?« wollte Asso wissen.
»Sie sind dort hinaufgegangen, wegen der Lebensmittel. Aber sie haben sich verspätet. Um diese Zeit müßten sie eigentlich schon zurück sein.«
Und Tarzan nutzte die Gelegenheit, um seine Uhr zu konsultieren.
»Wann sind sie weggegangen?«
»Um halb acht.«
»Was haben sie bei sich?«
»Quattro hat die P. 38, und Piotr hat den Stern von Harry mitgenommen.«
»Und wo ist Harry?«
»Er ist draußen im Weinberg, nackig, und nimmt ein Sonnenbad.« – »O, er ruht sich aus«, mischte sich Mosca ein, um Asso im Spaß zu tadeln, »nachdem er heute nacht zweimal Wache schieben mußte. Und nach dem, was er schon gestern abend mitgemacht hat, als man ihn allein mitten auf der Straße hat stehen lassen, mit der ganzen Artillerie im Arm . . .«
»Wenn nicht, hätte ich die Straßenbahn verpaßt! Und ich habe ihn nicht allein gelassen. Da war auch die Wilde Orchidee. Sie waren zu zweit.«
»Ach, Orchidee. Der schießt doch nur Löcher in die Luft. Eine schöne Gesellschaft, das.«
»Und wo ist er jetzt?«
»Wer? Orchidee? Der wird sich auch irgendwo draußen im Garten herumtreiben.«
»Und der Chef?«
»Der hat im Dorf geschlafen, er kommt am Nachmittag zurück. Übrigens, Asso, du weißt das Neueste noch nicht . . . Ich und er, wir haben gestern nacht mit dem von der PAI abgerechnet.«
Als Tarzan diese Nachricht übermittelte, verzog er die Lippen zu einer harten, verächtlichen Grimasse. Doch gleichzeitig stieg ihm kindliche Röte ins Gesicht.
»Aha«, sagte Ninnuzzu, »es war Zeit. Wo? . . .«
»Wenige Meter von seinem Haus entfernt. Er war eben dabei, sich eine Zigarette anzuzünden. Wir haben ihn an der Flamme des Feuerzeugs erkannt. Er war allein. Alles war dunkel. Niemand hat etwas gesehen. Wir beide standen hinter der Hausecke. Wir haben gleichzeitig geschossen. Es dauerte keine zwei Sekunden. Wir waren schon in Sicherheit, als man die Frau schreien hörte.«
»Die trauernde Gemahlin«, kommentierte Assodicuori.

»Aber damals«, rief der Partisan Mosca leidenschaftlich aus, »da hat sie nicht geweint, die Frau Gemahlin, als die Deutschen alles durchkämmt haben, weil der Gevatter ihnen gute Dienste geleistet hatte!!«
»Er war ein widerlicher Spion«, kommentierte Asso. »Ein Lügner«, fügte er, als abschließendes Urteil, hinzu. Inzwischen hatte er nicht aufgehört, die Waffen zu betrachten, die am Boden vor ihm lagen, mit der Miene eines Kapitalisten, der seinen Besitzstand überprüft. »Gegenwärtig«, stellte Tarzan an Ninos Statt fest, während er daranging, seine Zigaretten aus Zeitungspapier mit Speichel zuzukleben, »verfügen wir über acht Musketen und sechs ›91er‹ . . .«
Bei der Bestandsaufnahme des Waffenarsenals mischte sich auch der Partisan Mosca ab und zu ein: »Dies hier ist deutsche Fabrikation«, erklärte er dem Anfänger Decimo mit Kennermiene und deutete mit dem Fuß auf die Granaten.
»Sie haben eine große Sprengkraft«, mischte sich Asso ein. »Später zeige ich dir, wie man sie handhabt . . .«
»Man leert die Treibladung aus und macht Pulver daraus, und wenn man es mit TNT mischt . . .«
»Eppetondo! Was für ein Pferd ist das?« warf hier Useppe ein, der sich weiterhin für das Maultier interessierte.
»Ich habe dir doch gesagt, es ist kein Pferd. Es ist ein Maultier.«
»Ja! Maultier! Maultier! Aber was für ein Pferd ist das?«
»Ach geh! Ein Maultier ist kein Pferd. Ein Maultier ist halb ein Pferd und halb ein Esel.«
». . . ? . . .«
»Seine Mutter ist ein Pferd, und sein Vater ist ein Esel.«
»Oder umgekehrt«, wagte Tarzan zu sagen, der zwar in der Stadt geboren und aufgewachsen war, aber trotzdem Wert darauf legte, auch in landwirtschaftlichen Dingen ein angemessenes Sachverständnis zu beweisen.
»Nein. Wenn es umgekehrt ist, ist es kein Maultier. Dann ist es ein Maulesel.«
Tarzan lächelte gedemütigt. »Und wo ist seine Mutter jetzt?« wollte Useppe beharrlich von Mosca wissen.
»Na, wo soll sie denn sein? Sie ist zu Hause, bei ihrem Mann.«
». . . ist sie zufrieden?«
»Und wie! Sehr zufrieden. Sie ist wunschlos glücklich.«
Useppe lachte erfreut. »Was tut sie, spielt sie?« fragte er hartnäckig weiter.
»Sie spielt, sie hüpft, sie tanzt!« versicherte ihm Mosca. Useppe lachte von neuem, wie wenn eine solche Antwort vollauf seiner geheimen Hoffnung entspräche. »Und das Junge, warum spielt es nicht?«

wollte er dann wissen und zeigte auf das Maultier, das einsam auf der Wiese weidete.

»Na ... es frißt! Siehst du nicht, daß es frißt?«

Es sah aus, als würde Useppe sich damit zufriedengeben. Doch lag ihm immer noch eine Frage auf den Lippen, während er das Maultier betrachtete, und schließlich fragte er:

»Und die Maultiere, fliegen die auch?«

Tarzan lachte. Mosca zuckte die Achseln. Und Ninnuzzu sagte zum Bruder: »Du Blödian!« Er konnte ja nicht wissen, was die große Frau aus Mandela Useppe am Tag des Bombardements erzählt hatte. Doch als er sah, daß Useppe unsicher und ein wenig traurig lächelte, überraschte er ihn mit der Mitteilung:

»Weißt du übrigens, wie es heißt, dieses Maultier? Es heißt Onkel Peppe!!«

»Mit ihm sind wir hier also drei Giuseppes. Ich, du und das Maultier!« bemerkte Eppetondo triumphierend. »Oder eigentlich vier«, verbesserte er sich und schaute Decimo verschmitzt von der Seite an. Der errötete, als hätte man ein Staatsgeheimnis verraten. Und dieses Rotwerden zeigte, daß er trotz seines struppigen, bärtigen Gesichts noch recht jung war. In der Tat lautete sein richtiger Name nicht Decimo, sondern Giuseppe. Er hatte aber einen doppelten Grund, sich unter einem falschen Namen zu verbergen. Erstens als Partisan und zweitens, weil er von der römischen Polizei wegen Diebstahls und Zigarettenschmuggels gesucht wurde.

Useppe sperrte beim Gedanken, wie viele Giuseppes es auf der Welt gab, die Augen weit auf. In diesem Augenblick vernahm man von draußen, aus der Umgebung der Hütte, eine Explosion. Alle blickten sich an. Asso ging zur Tür, um nachzusehen.

»Es ist nichts«, verkündete er ins Innere. »Nur dieser Schwachkopf von Orchidee, der mit Handgranaten Jagd auf Hühner macht.«

»Wenn er sie wenigstens treffen würde!« bemerkte Mosca. »Er zielt auf die Hühner und erwischt nicht einmal ein Ei.«

»Wenn er zurückkommt, geben wir ihm einen Tritt in den Hintern.«

Ninnarieddu ergriff ein Fernglas und ging ins Freie. Useppe lief hinter ihm her.

Jenseits der kleinen waldigen Senke, die die Hütte den Blicken entzog, öffnete sich ein Tal mit Olivenbäumen und Reben, durch das sich funkelnde kleine Gräben zogen. Der Wind trug ländliche Geräusche, die Stimmen von Menschen und Tieren herüber, und dann und wann flogen Flugzeuge vorbei, die summten wie Gitarrensaiten. »Es sind Engländer«, sagte Nino, der sie mit dem Fernglas beobachtete. Weit hinten in der Ferne erahnte man das Tyrrhenische Meer. Useppe hatte noch nie das Meer gesehen, und jener violett-blaue Streifen war für ihn nur eine Farbe, die anders aussah als der Himmel.

»Willst du auch durchs Fernglas schauen?« schlug ihm Nino vor. Useppe streckte sich auf den Zehenspitzen in die Höhe. Es war das erste Mal, daß ihm eine solche Erfahrung zuteil wurde. Eigenhändig reichte ihm Nino das Instrument und hielt es ihm vor die Augen.

Zunächst sah Useppe nur eine phantastische braunrote Wüste, durchwoben von Schatten, die sich in der Höhe verzweigten, wo zwei wundervolle goldene Kugeln hingen (in Wirklichkeit sah er das Blatt einer Rebe und zwei Beeren, ganz in seiner Nähe). Doch dann, als das Fernglas sich verschob, sah er einen himmelblauen Wasserstreifen, der sich kräuselte und die Farbe wechselte, Lichtblasen entzündete und wieder auslöschte, bis er mit einemmal in eine Flucht von Wolken auseinanderbarst.

»Was siehst du?« fragte ihn Ninnuzzu.

»Das Meer . . .«, flüsterte Useppe verschüchtert.

»Ja«, bestätigte Nino und kniete neben ihm nieder, um auf Augenhöhe mit ihm zu sein. »Du hast es erraten! Das dort ist das Meer.«

». . . Und . . . wo ist das *Siff*?«

»Schiffe sind jetzt gerade keine da. Aber, Useppe, weißt du, was wir eines Tages machen, wir beide? Wir besteigen einen Überseedampfer und fahren nach Amerika.«

»Na LAMELIKA!«

»Ja. Machst du mit? Und gibst du mir jetzt ein Küßchen?«

Am Fuß des Hügels erschien die Wilde Orchidee. Es war ein Junge mit eckigem, magerem Gesicht und schwarzen Haarbüscheln, die ihm bis zu den Augen gingen. Auf dem Kopf trug er den Avantgardisten-Fez der Faschisten, den er mit roten Sternen, Hämmern und Sicheln, bunten Bändern und ähnlichem Zierat dekoriert hatte. Unter einem roten Wams voller Löcher trug er einen reichlich verschlissenen Mechanikeranzug, von dessen Gürtel Granaten hingen, und an den Füßen italienische Militärstiefel aus hellem Kalbsleder, die fast neu waren.

Er hatte weder ein Huhn noch sonst irgendeine Beute bei sich und schlenderte auf die Hütte zu. Nino rief ihm *Scheißkerl* hinterher und kümmerte sich dann nicht mehr um ihn. Von Useppe auf Schritt und Tritt begleitet, kundschaftete er mit seinem Fernglas die Umgebung aus, als er auf der Bergseite etwas entdeckte, das sofort sein Interesse wachrief. In einer Entfernung von nicht mehr als sechs- bis siebenhundert Metern Luftlinie betraten drei deutsche Soldaten, die hinter einem Olivengebüsch hervorgekommen waren, in diesem Augenblick einen schmalen Saumpfad, der durch ein paar Dörfer führte und dann auf der andern Seite des Berges auf die Fahrstraße traf. Einer von den dreien ging mit nacktem Oberkörper und trug einen Sack auf dem Rücken, in

dem, wie sich später herausstellte, ein lebendes Ferkel steckte, das er sicher bei irgendeiner Bauernfamilie beschlagnahmt hatte. Die drei stiegen bergan, ohne sich zu beeilen, als seien sie auf einem Spaziergang, ja, nach ihrem Gang zu schließen, schienen sie ziemlich beschwipst zu sein.
Noch bevor sie hinter der Biegung des Saumpfades verschwanden, ging Nino ungeduldig zur Hütte zurück, um mitzuteilen, er wolle dort oben *nur mal kurz nachsehen*, was denn mit den beiden Nachzüglern, den Genossen Piotr und Quattro, los sei, die wahrscheinlich um diese Zeit auf derselben Seite des Berges hinabstiegen. Useppe, der auf der kleinen Wiese bei dem Maultier geblieben war, rief er zu, er solle auf ihn warten und solange dort draußen spielen, er wäre bald wieder da. Den anderen gab er, für den Fall, daß er sich verspäten sollte, rasch verschiedene Anweisungen.
Tarzan beschloß, ihn zu begleiten. Wenn sie eine Abkürzung durch den Buschwald benutzten – mehr oder weniger dieselbe, die Piotr und Quattro wahrscheinlich herunterkommen würden –, dann, so überlegten sie, wären sie, da sie so flink waren wie Ziegen, schneller oben als die drei Deutschen. Dann könnten sie den Feind an einem versteckten Ausguck in der Nähe des Gipfels erwarten und von dort aus an der Krümmung des Weges überraschend losschlagen.
Während die beiden mit fieberhafter Munterkeit diesen Plan absprachen, was in Sekunden geschah, hallten vom Berg her Schüsse, die von der reglosen Luft hergetragen wurden. Zuerst waren es ein paar einzelne Schüsse; sofort danach folgte eine Reihe von Salven, und dann hörte man noch einmal Schüsse. Nino untersuchte sofort die Gegend, in der die Schüsse gefallen sein mußten, mit dem Feldstecher, doch war niemand mehr zu sehen, weder auf dem Saumpfad noch in der Umgebung. Die beiden beeilten sich. Bevor sie die Hütte verließen, nahm Tarzan die Maschinenpistole an sich, die neben der Tür lehnte, und versteckte sie unter dem Trenchcoat.
Während Useppe folgsam die Rückkehr Ninnuzzus abwartete, erforschte er in der Zwischenzeit auf eigene Faust das kleine Gebiet um die Hütte. Zunächst plauderte er mit dem Maultier, das ihm jedoch, obwohl es wiederholt mit seinem Namen Onkel Peppe angeredet wurde, keine Antwort gab. Dann fand er einen nackten Mann mit einer Menge rotem Gebüsch auf dem Kopf, in der Leistengegend und unter den Achseln, der mit ausgebreiteten Armen in einer Lichtung zwischen den Reben schnarchte. Und als er danach auf allen vieren das kleine Waldstück am Fuß des Hügels erforschte, sah er unter andern Sonderbarkeiten und Wundern auch eine Art Maus mit samtenem Fell, einem winzigen Schwänzchen und Vorderpfoten, die sehr viel größer waren als die hinte-

ren. Sie lief mit schwindelerregender Schnelligkeit auf ihn zu, blickte ihn mit zwei winzigen, schläfrigen Äuglein an und verschwand dann, während sie ihn immer noch ansah, mit gleicher Geschwindigkeit, aber rückwärts laufend in der Erde!
Dies aber waren nebensächliche Ereignisse, verglichen mit dem außergewöhnlichen Abenteuer, das er in diesem Moment erlebte.
Weiter hinten stand zwischen den Olivenbäumen ein anderer Baum, vielleicht ein kleiner Nußbaum, mit glänzenden Blättern, die einen gesprenkelten Schatten warfen, dunkler als der von den Ölbäumen. Als Useppe dort vorbeikam, hörte er zwei Vögel miteinander plaudern und schnäbeln, und unschwer erkannte er auf den ersten Blick in diesem Paar Peppiniello und Peppiniella.
In Wirklichkeit konnten diese beiden keine Kanarienvögel sein. Es waren keine zahmen Vögel, sondern wahrscheinlich Zeisige, eine Art kleiner Waldvögel, die im Winter nach Italien kommen. Aber wegen der Form und ihrer gelbgrünen Farbe konnte man sie leicht mit den beiden Kanarienvögeln von Pietralata verwechseln, die allerdings nicht ganz reinrassig gewesen waren. Für Useppe bestanden darüber nicht die geringsten Zweifel. Es war klar: die beiden Sänger aus dem großen Raum waren heute morgen, kaum hatten sie sich von ihrer blutigen Krankheit erholt, hierher geflogen, waren vielleicht hoch oben dem kleinen Lastwagen gefolgt.
»Minielli!« rief Useppe ihnen zu. Und die beiden flogen nicht weg, im Gegenteil, als Antwort begannen sie ein vertontes Gespräch. Eigentlich war es nicht so sehr ein Gespräch als ein Lied, das aus einem einzigen Satz bestand, den die beiden sich gegenseitig vorsangen; dabei hüpften sie auf zwei Ästen herum, eines weiter unten, das andere weiter oben, und jede Wiederholung wurde von lebhaften Bewegungen des Köpfchens begleitet. Dieser Satz bestand aus höchstens einem Dutzend Silben, die immer auf denselben zwei oder drei Noten gesungen wurden – mit Ausnahmen heiterer kleiner Variationen –, im Tempo eines Allegretto con brio. Und die Worte, die für Useppe ganz klar waren, lauteten genau so:

Es ist ein Scherz ein Scherz alles ist ein Scherz!

Die beiden kleinen Wesen wiederholten ihr Lied, offensichtlich in der Absicht, es Useppe beizubringen, mindestens zwanzigmal, bevor sie wegflogen. Der konnte es freilich schon nach dem dritten Mal auswendig, und es bildete auch später noch einen festen Bestandteil seines persönlichen Repertoires, so daß er es singen oder pfeifen konnte, wann immer er wollte. Doch ohne daß er den Grund dafür gewußt hätte, hat er dieses Lied, das ihn sein ganzes Leben lang begleitete, nie jemand vorgesungen, weder damals noch später. Erst gegen das Ende hat er es, wie man sehen wird, zwei von seinen Freunden beigebracht, einem Jungen

namens Scimó und einer Hündin. Doch ist es wahrscheinlich, daß Scimó, im Unterschied zu der Hündin, es gleich darauf wieder vergaß. Aus der Hütte rief Mosca nach Useppe, um ihm eine gekochte Kartoffel anzubieten. Und als Beigabe schenkte ihm Wilde Orchidee, der von einer Wanderung durch den Weinberg zurückgekehrt war, eine kleine Weintraube, deren Haut ziemlich hart war und die man deshalb ausspucken mußte, die aber zuckersüß war. »Minielli! Minielli!« versuchte Useppe inzwischen dem Eppetondo zu erklären und zog ihn aufgeregt am Ärmel. Doch da Mosca, von anderen Dingen in Anspruch genommen, nicht auf ihn hörte, verzichtete Useppe darauf, ihm zu erzählen, daß seine Kanarienvögel wieder da seien. Und von da an sprach er nie mehr mit jemandem über seine Begegnung mit jenem glücklichen Paar.
In der Hütte diskutierten die drei Zurückgebliebenen über den Ernst der Lage. Sie rechneten damit, daß Asso nicht so rasch von seinem Ausflug in die Berge zurückkehren würde. Es handelte sich darum, eventuell jemanden auszuschicken, um Occhiali (das war der Chef) zu Rate zu ziehen. Denn falls das Gefecht mit den drei Deutschen in der Nähe des Saumpfades stattfinden sollte – und man konnte im Augenblick auch nicht sagen, wie es ausgehen würde –, war zu befürchten, wie sie sagten, daß die Gegend daraufhin durchgekämmt würde ... Und man mußte auch sofort Useppe loswerden und ihn einer Vertrauensperson übergeben, die ihn rechtzeitig zu dem kleinen Lastwagen auf die Fahrstraße zurückbrächte.
In der Zwischenzeit hatte man, nach den Schüssen von vorhin, nichts mehr gehört.
Zu der zusammengewürfelten Ausrüstung Moscas gehörte auch ein Feldstecher. Es war jedoch keine Kriegsbeute, sondern ein kleines Instrument, das ihm persönlich gehörte und das er früher im Theater benutzt hatte, wenn er von der Galerie aus die Opern genossen hatte, besonders *Tosca* mit Petrolini und Lydia Johnson, für die er vor allem schwärmte. Jetzt ging Mosca im Verlauf der Diskussion immer wieder hinaus, um mit seinem Feldstecher zum Berg hinüberzuschauen. Und es war für alle eine Überraschung, als man, viel früher als erwartet, die Bande vollzählig aus einem Gestrüpp, das nicht mehr als hundert Meter vom Saumpfad entfernt war, auftauchen und dann vom Tal zur Hütte heraufmarschieren sah. Als erste kamen nebeneinander Asso und Quattro. Ihnen folgte in geringer Entfernung Tarzan, der an einem Seil einen zerschlissenen, blutigen Sack hinter sich herzog. Und noch weiter hinten kam Piotr allein. Außer den übervollen Rucksäcken trug jeder eine zusätzliche Last. Bei ihrer Ankunft luden sie alles in der Hütte ab, mit Ausnahme des Ferkels, das sie erbeutet hatten und das Tarzan draußen im Wald geviertelt hatte. Sie brachten Öl und Lebensmittel (Polen-

ta, Käse und Salz), außerdem wasserdichte deutsche Militärstiefel, zwei deutsche Revolver und die Koppeln dazu, ein Feuerzeug und eine Contax. Sofort probierte Decimo fieberhaft ein Paar Stiefel an. In diesem Augenblick kam von draußen auch Harry herein, der sich Bauernhosen aus Barchent angezogen hatte und, noch halb schlafend, wiederholte: »Magh-nifico! Magh-nifico! ...« – *magnifico* (wunderbar) war eines der wenigen italienischen Wörter, die er kannte. Er war nämlich Engländer; seine Flucht aus der Gefangenschaft war so abenteuerlich gewesen wie eine Episode aus einem Film (er hatte dabei sogar seine Waffe mitgenommen!). Erst kurz zuvor hatte er sich der Bande angeschlossen. Ihm wurde aus der Beute eine Uhr angeboten.

Zu dieser Stunde lagen die Körper der drei Deutschen, von Zweigen und Erde bedeckt, in einem Graben am Rand des Pfades, in ungefähr zwei Drittel Entfernung unterhalb des Gipfels. Quattro und Piotr hatten das Unternehmen allein durchgeführt, und als sie durch den Buschwald herunterkamen und Asso und Tarzan begegneten, war alles schon vorbei. Doch keiner der beiden Sieger schien Lust zu haben, darüber zu sprechen. Die Augen Piotrs waren trübe wie die eines Toten, und sein Gesicht sah vor übergroßer Müdigkeit ganz zerfallen und entstellt aus. Kaum hatte er sich den Rucksack abgenommen, warf er sich im Wäldchen hinter der Hütte auf den Boden und versank in einen tiefen Schlaf, wobei er mit offenem Mund atmete, wie ein Drogensüchtiger, der vom Opium benommen ist. Und Quattro kauerte sich in einem Winkel der Hütte zusammen und klagte, er sei erschöpft und fühle sich wie betäubt. Sein Gesicht war von ungewöhnlicher Blässe, als sei ihm übel, und seine Augen blickten fiebrig. Er sagte, er habe keine Lust, etwas zu essen, wolle auch nicht sprechen und sei nicht einmal müde. Doch genüge es ihm, sich so abseits ein bißchen auszuruhen, dann würde es ihm bald wieder besser gehen.

Erst später vertraute er Asso die Einzelheiten des Zusammenstoßes an, bei dem das, was Carlo-Piotr gemacht hatte, so schrecklich gewesen war, daß selbst Nino von der Beschreibung des Freundes erschüttert schien. »Und wenn man bedenkt«, sagte er zu ihm, während sie leise darüber redeten, »daß er an dem Abend danach, beim Nachtessen, erinnerst du dich? in Pietralata ... sagte, er wolle nichts von Gewalttätigkeit wissen ...« Ihrer Meinung nach war Piotrs Handlung dennoch gerechtfertigt. Piotr-Carlo war nämlich nicht nur ein politisch Verfolgter, sondern auch Jude, wie Nino es von Anfang an geahnt hatte (weder Vivaldi noch Carlo waren seine richtigen Namen). Er hatte beschlossen, sich der Bande anzuschließen, nachdem er die Nachricht erhalten hatte, daß seine Eltern, die Großeltern und das Schwesterchen, die unter falschem Namen im Norden verborgen gelebt hatten, entdeckt (wahrscheinlich

durch Denunziation) und von den Deutschen deportiert worden waren. Doch trotz all dem empfand Quattro, wenn er sich die Kampfszene in Erinnerung rief, ein Gefühl von Kälte, so daß man eine Gänsehaut an seinem nackten Vorderarm sah.
Die Nachricht, daß sich drei Deutsche in dieser Gegend des Berges herumtrieben, hatte Quattro und Piotr schon am frühen Morgen erreicht, als sie sich bei einem befreundeten Bauern aufhielten, um sich mit Lebensmitteln zu versorgen. Die Familien in der Umgebung hatten das Gerücht weitergegeben und waren gewarnt worden, sie sollten das Vieh und die Vorräte verstecken und auf der Hut sein, denn die drei Individuen »jagten nach Beute« und durchstöberten die Hütten mit der üblichen Brutalität der nazistischen Truppen, die sie, wo immer sie vorbeikamen, verhaßt machte. Es war für Quattro und Piotr nicht schwer gewesen, ihrer Spur zu folgen, vor allem dank der Anwesenheit Quattros, der aus dieser Gegend stammte und jeden Ort und jeden Menschen kannte. Sie hatten beschlossen, den Deutschen unterwegs aufzulauern, um sie im richtigen Augenblick unerwartet zu überfallen. Die Wartezeit hatte länger als vorgesehen gedauert, denn die drei Deutschen waren, verärgert über ihre geringe Ausbeute, mehrmals hintereinander vom Weg abgekommen und durch den Wein immer mehr in Hitze geraten. Schließlich hatten Quattro und Piotr sie von ihrem Versteck im Buschwald aus auf dem Saumpfad auftauchen sehen. Noch bevor man sie sah, hörte man sie grölen. Sie sangen auf italienisch ein damals bekanntes Lied und entstellten dabei die Worte:

Meer, weshalb
lädst du mich heute abend zum Träumen ein ...

Sie sangen fröhlich im Chor, mit geröteten Wangen und aufgeknöpften Jacken. Der Jüngste und Dickste, der den Sack auf dem Rücken trug, hatte sogar Jacke und Hemd ausgezogen und war nackt bis zum Gürtel. Quattro schoß als erster aus nächster Entfernung und traf den, der anscheinend der Älteste von den dreien war, einen schlanken, an den Schläfen kahlen, ungefähr dreißigjährigen Mann, der mit einem heiseren, erstaunten Ausruf beide Hände gegen die Brust preßte, sich einmal um sich selbst drehte und dann mit dem Gesicht auf den Boden schlug. Sofort griffen seine Kameraden mit einer mechanischen, krampfhaften Bewegung nach ihren Revolvern. Doch hatten sie nicht einmal mehr Zeit, sie aus den Halftern zu reißen, als sie schon von einer Salve aus Piotrs Maschinenpistole getroffen wurden, der nicht weit entfernt stand. Für den Bruchteil einer Sekunde begegneten ihre Augen denen Quattros. Einer fiel auf die Knie und rutschte ungefähr einen halben Meter weit auf den Knien vor, wobei er unverständliche Silben murmelte. Und der dritte, der mit dem nackten Oberkörper, der sinnloserweise mit der linken

Hand noch den Sack am Strick festhielt, lockerte sonderbar langsam seinen Griff. Dann stieß er jäh einen Schrei voll panischer Angst aus, machte einen Schritt seitwärts und preßte eine Hand auf den Unterleib. Doch einen Augenblick später brachen sie beide, nicht weit vom ersten entfernt, unter einer letzten Salve zusammen.
Aus den drei reglos auf dem Saumpfad liegenden Körpern drang kein Laut mehr. Doch in dieser versteinerten Stille kam aus einem Gesträuch in der Nähe der Böschung ein flehentlicher Ton voll tödlichem Entsetzen, der an das Weinen eines Neugeborenen erinnerte und einem kalte Schauder über den Rücken jagte. Es war das gefangene Ferkel, das von der letzten Ladung getroffen und bei dem Gebüsch heruntergerollt war oder sich dorthin geschleppt hatte und nun in jenes krampfartige, menschenähnliche Kreischen ausbrach, das Tiere dieser Art ausstoßen, wenn sie ihr Ende nahen fühlen. Gleich darauf trat Stille ein, und Quattro kam aus seinem Versteck hervor. Zwei von den niedergeschossenen Deutschen schienen schon tot zu sein. Nur der Älteste, der, den er getroffen hatte, zuckte noch schwach. In diesem Augenblick versuchte er das Gesicht vom Boden zu heben, spuckte blutigen Speichel aus und murmelte: »Mutter, Mutter.« Quattro tötete ihn mit einem Revolverschuß in den Kopf. Dann drehte er den zweiten um und fand ihn mit weitoffenen Augen leblos daliegen. Jedoch der letzte, der mit dem nackten Oberkörper, der mit geschlossenen Augen auf dem Rücken lag und den er schon für tot gehalten hatte, verzerrte das Gesicht und hob mühsam einen Arm, als Quattro näher kam.
Er wollte auch ihn noch erschießen, als Piotr aus dem Buschwald auf den Pfad hervorbrach und mit verzerrtem Lachen sagte: »Nein, halt! Der gehört mir.« Quattro reichte ihm den Revolver, denn er meinte, Piotr wolle dem Mann den Gnadenschuß geben. Doch Piotr wies den Revolver zurück, und rasend vor Haß stieß er seinen schweren Stiefel mit einem gezielten, schrecklichen Tritt in das Gesicht des Mannes. Nach einer kurzen Pause trat er noch mehrmals zu, immer in derselben Wut, aber in einem sonderbar berechneten Rhythmus. Quattro, der etwas zur Seite gegangen war und den Kopf abgewandt hielt, um nichts sehen zu müssen, hörte dennoch diese dumpfen, schweren Schläge in regelmäßigen Abständen aufeinander folgen, fast, als wollten sie eine unerhörte Zeit in einem unendlichen Raum markieren. Auf den ersten Schlag hatte der Deutsche mit einem erstickten Röcheln reagiert, das noch nach Auflehnung klang. Doch war sein Heulen nach und nach schwächer geworden, bis es zu einem schwachen, weibischen Wimmern wurde, beinah zu einer Frage, die von namenloser Scham erfüllt war. Die Tritte folgten einander, noch nachdem die Klagen aufgehört hatten, in kürzeren Abständen. Mit einemmal trat Piotr mit seinem ausgreifenden, schlaksigen

Schritt vor Quattro hin. »Er ist verreckt«, verkündete er, etwas atemlos, wie jemand, der körperliche Schwerarbeit verrichtet hat. Sein Blick unter der feuchten Stirn war noch immer erbittert, und sein genagelter Stiefel war blutbespritzt. Jetzt mußte man nur noch den Toten – nach den Regeln des Guerillakrieges – die Waffen und jede andere verwendbare Ausrüstung abnehmen, bevor man die Leichen versteckte. Schon vorher hatten die beiden bei der Wahl des Ortes festgestellt, daß sich im angrenzenden Feld, neben dem Saumpfad, ein breiter Graben befand, dessen Grund von den letzten Regengüssen her noch schlammig war. Als ersten zogen sie den mit dem nackten Oberkörper an den Füßen dorthin und warfen ihn in den Graben. Von seinem Gesicht war nur noch eine formlose, blutige Masse geblieben. Und das auffallende Weiß seines fleischigen Oberkörpers wirkte durch den Gegensatz ganz unwirklich. Das Blut, das er in großer Menge aus den Wunden im Unterleib verloren hatte, tränkte die Hose der graublauen Uniform. Seine Schuhe hingegen waren sauber geblieben. Doch verzichteten Quattro und Piotr darauf, sie ihm auszuziehen. Sie ließen ihm auch die Pistole und alles übrige, sogar die Uhr. Bei den anderen Toten hielten sie sich jedoch an die üblichen Regeln. Dann warfen sie sie auf die erste Leiche und deckten den Graben mit Erde und Zweigen zu. Am Schluß holte Quattro das Ferkel, das jetzt stumm und reglos hinter dem Gesträuch lag. Insgesamt hatte das Ganze, vom Augenblick der Schießerei an, nur wenige Minuten gedauert.

Sofort nach der Rückkehr in die Hütte begannen Asso und die anderen, das Maultier zu beladen. Kurz darauf erschien das Mädchen Maria (das von Asso Mariulina genannt wurde); es wurde unter anderem damit beauftragt, Useppe auf dem Maultier zum Treffpunkt an der Fahrstraße zurückzubringen. Asso konnte ihn nicht begleiten, denn er war mit verschiedenen dringlichen Vorbereitungen beschäftigt und erwartete außerdem die Ankunft jenes berühmten *Occhiali*. Als er sich vom Bruder verabschiedete, versprach er ihm, sie würden sich sehr bald wiedersehen. Und indem er ihm heimlich wie einem Guerillagefährten zuzwinkerte, vertraute er ihm an, in einer der nächsten Nächte müsse er an einer großen Aktion auf der Tiburtina teilnehmen. Und nachher würde er vielleicht zu ihnen nach Pietralata kommen und dort übernachten.
Das Maultier Onkel Peppe machte sich schwerbeladen auf den Weg. Außer Mariulina und Useppe trug es auf dem Rücken ein dickes Bündel Zweige und Reisig, unter denen Waffen, Granaten und Munition verborgen lagen, die Mariulina auf dem Rückweg bei einem Bauern abgeben mußte, der mit den Partisanen zusammenarbeitete. Useppe war vorn untergebracht worden und lehnte sich an Mariulina, die wie ein Mann

mit gespreizten Beinen auf dem Maultier saß. Sie trug ein schwarzes, kurzes Kleidchen und schwarze, handgestrickte Strümpfe, die über den Knien aufgerollt waren. Beim Reiten sah man ab und zu die hübschen runden Schenkel, die, wie alles, was man von ihrer Haut sah, die Farbe eines rosigen Pfirsichs hatten, vergoldet von winzigen braunen Sommersprossen. Das Gesicht zeigte den gewohnten mürrischen Ausdruck, und während der ganzen Reise (bei dem Auf- und Abstieg auf dem Maultierpfad und auf dem Verbindungsweg zur Fahrstraße hin) sprach sie nur mit dem Maultier und sagte zu ihm, je nachdem, »Hüü!« oder »Hott!«. Auf die verschiedenen Fragen Useppes antwortete sie höchstens mit einem *Ja* oder *Nein,* auch dann, wenn es gar nicht paßte. Onkel Peppe trabte ruhig dahin, wahrscheinlich auch wegen der schweren Last, die er trug. Auf bestimmten Strecken stieg das Mädchen ab und zog ihn am Zaum, wobei es zornig »Hüüü!« rief. Das rote Haar fiel ihm dabei in die Augen, während Useppe sich am Sattel festhielt, um nicht hinunterzufallen.

Useppe gefiel diese Reise sehr. Auch seine Beine hingen rechts und links vom Sattel herunter, wie bei einem erwachsenen Reiter. Er lehnte sich an Mariulinas Brust wie an ein warmes Kissen; unter dem Hinterchen hatte er den pelzigen Nacken Onkel Peppes, der ebenfalls warm war. Vor sich sah er die dunkelbraune Mähne Onkel Peppes und dessen aufgerichtete Ohren, die weder nach Pferd noch nach Esel aussahen und zwischen denen als Schmuck ein grünes gerupftes Federbüschelchen prangte. Und für Useppe waren diese und andere, auch noch so winzige Dinge, die er an dem Maultier beobachtete, Gegenstand größter Aufmerksamkeit. Ringsum bot sich ihm das Schauspiel der Landschaft mit ihrer Beleuchtung dar, die jetzt anders war als am Morgen. Und wenn er sich umwandte und nach oben schaute, sah er Mariulinas orangefarbene Augen mit den schwarzen Wimpern und Brauen und ihr Gesicht, das sich unter der Sonne mit Flaum bedeckte, als trage sie einen großen Schleierhut auf dem Kopf. In Useppes Augen war Mariulina so unvergleichlich schön, daß es einem den Atem verschlug, wenn man sie anschaute.

Als sie unten angelangt waren, sah man im Tal Deutsche vorbeiziehen, die ebenfalls ein beladenes Maultier mit sich führten. »Maultier! Maultier!« rief Useppe aus und grüßte sie fröhlich. »Nein . . .«, antwortete Mariulina, die keine Lust hatte, etwas zu entgegnen. »Engländer?« fragte Useppe danach und wiederholte damit die Bemerkung, die er von seinem Bruder beim Vorbeifliegen der Flugzeuge gehört hatte. »Ja!« antwortete sie ungeduldig.

Der Lieferwagen wartete schon an der Wegkreuzung. Und nachdem das Mädchen Useppe dem Wirt übergeben hatte, der es der Verspätung wegen ausschalt (»Bist du blöd geworden?!«), rief es, ohne jemanden eines Grußes oder einer Antwort gewürdigt zu haben, dem Maultier einfach »Hüüü!« zu und trennte sich von ihnen. Dann machte es sich zu Fuß auf den Heimweg, und das Maultier trottete nebenher.

9

Diesmal hielt Ninnarieddu sein Versprechen nicht. Es sollte fast ein Jahr vergehen, bis er sich wieder blicken ließ. Auf den herrlichen Vormittag Useppes im Lager der Guerillakämpfer folgten kalte, regnerische Tage. Pietralata war ein schlammiger Sumpf.
In dem großen Raum blieben jetzt Tür und Fenster meistens geschlossen, und es herrschte ein gräßlicher Gestank, unter anderem, weil die Zwillinge wegen der Kälte und dem Mangel an Luft und der ungesunden Ernährung Durchfall bekommen hatten. Sie sahen elend und mager aus, hatten ihre Lebhaftigkeit verloren, weinten viel und strampelten in ihrem eigenen Dreck.
Die Tausend waren erkältet und verzichteten inzwischen ganz darauf, sich auszuziehen. Sie schliefen in ihren Kleidern und verbrachten darüber hinaus auch tagsüber den größten Teil ihrer Zeit in Decken gewikkelt auf ihren Matratzen, wo einer neben dem andern lag, Männer und Frauen trieben es zu jeder Tageszeit miteinander und kümmerten sich nicht mehr darum, ob ihnen jemand zuschaute. Es kam unter ihnen zu Intrigen, Eifersuchtsszenen und Krächen, an denen sich auch die Alten beteiligten. Das Zusammenleben auf engem Raum machte sie alle streitsüchtig. In die Lieder des Grammophons mischten sich andauernd Geschrei, Beleidigungen, das Geräusch von Schlägen und das Weinen von Frauen und Kindern. Es gab auch zerbrochene Scheiben, die mehr recht als schlecht mit Papier überklebt wurden. Es wurde früh dunkel. Nachdem es in der Stadt zu Unruhen gekommen war, hatten die Deutschen die Ausgangssperre auf sieben Uhr abends vorverlegt. Es war verboten, nach fünf Uhr abends Fahrräder zu benutzen, und die öffentlichen Verkehrsmittel, die allerdings ohnehin nicht mehr recht funktionierten, fuhren nur noch bis sechs Uhr.
So waren abends alle in dem großen Zimmer eingesperrt. Ein Zeitvertreib an diesen Abenden bestand in der Jagd nach Küchenschaben und Mäusen. Eines Abends wurde eine Maus von Domenico mit Fußtritten getötet, unter den Augen Useppes, der »Nein! Nein!« schrie.
Die Mäuse, die schon früher in dem halb unter der Erde gelegenen großen Zimmer verkehrt hatten und nach der Flucht Rossellas wieder unternehmungslustiger geworden waren, gingen jetzt zahlreicher auf die

Vorräte der Tausend los, vielleicht weil sie ahnten, daß man das Schiff demnächst verlassen würde. In der Tat hatten die Tausend es satt, hier drin auf die berühmte Befreiung zu warten, die nie kam, und begannen, nach anderen Zufluchtsorten auszuwandern. Die erste Familie, die auszog, war die von Salvatore, mit den Söhnen Currado, Impero usw. Sie trennte sich nach einem Streit wütend von den anderen. Doch bald darauf lud derselbe Salvatore alle Zurückgebliebenen ein, gemeinsam mit ihm eine schönere, leere und billige Unterkunft zu beziehen, die er von Bekannten in Albano erhalten hatte. So stießen auch Domenicos Familie, mit der Großmutter Dinda, die Signora Mercedes und Carulina und die anderen wieder zu dem Rest des Stammes.

Der Vormittag des Abschieds bleibt unter dem Zeichen einer chaotischen Unordnung im Gedächtnis haften. Carulina war vor Aufregung den Tränen nahe und lief hierhin und dorthin, weil der Durchfall der beiden Zwillinge schlimmer geworden war und sie sich andauernd beschmutzten. Ihre wenigen Windeln, die sie hartnäckig mit allen möglichen Seifen und miserablen Waschpulvern wieder und wieder wusch, wurden nicht mehr trocken. Sie hingen, immer noch gelblich gefleckt, an Schnüren in dem großen Zimmer, und das Wasser tropfte auf den Boden, auf die Vorräte und die aufgerollten Matratzen. Carulina wurde von allen Seiten mit Schimpfworten und Geschrei überschüttet und erhielt von der Schwägerin sogar eine Maulschelle.

Aus der Ferne drang der Widerhall von Bombenangriffen zu ihnen. Und die Großmütter, die von diesem Gedröhn erschreckt und beim Gedanken an die Abreise unleidlich geworden waren, riefen den Papst, die Toten und alle Heiligen des Himmels mit lauter Stimme an, während Domenico fluchte. Zu jener Zeit war der Verkehr von Privatwagen verboten. Doch auf alle Fälle war es den jungen Männern der Tausend dank ihrem Talent im Organisieren gelungen, sich einen Balilla-Lieferwagen mit allen notwendigen Papieren zu verschaffen, zusätzlich zu einem Dreiradwagen, den Salvatore geschickt hatte. Als es aber ans Beladen ging, genügten all diese Transportmittel leider nicht, um die Reisenden und ihre Besitztümer zu verfrachten. Die Tausend hatten beschlossen, unter anderem auch die Matratzen mitzunehmen, die seinerzeit das Spital den Evakuierten geliehen hatte, so daß sie auch bei der Umsiedelung von rechts wegen noch immer Evakuierte blieben ... Die Vorbereitungen beim Einpacken und beim Aufladen verwandelten sich zu guter Letzt in ein dramatisches Chaos. Der aufgebrachte Domenico traktierte die Matratzen mit Fußtritten, man hatte Kochtöpfe darin eingewickelt und alles verschnürt, so daß sie gigantische Ausmaße angenommen hatten. Peppe Terzo, Attilio und deren Mutter brachen im Chor in schrilles Geschrei aus. Da begann der äl-

tere von den beiden Großvätern, der Mann der schweigsamen Großmutter, wie ein kleines Kind zu weinen und bat, man möge ihn hier sterben lassen oder überhaupt gleich hier in Pietralata begraben und ihn einfach in einem Sumpf versenken. »Begrabt mich«, wiederholte er, »begrabt mich, dann kann ich heute nacht ruhig im Himmel schlafen!« Und die Großmutter, seine Frau, rief, als sie ihn so reden hörte, mit schriller Stimme aus: »Gott im Himmel! Gott im Himmel!«
Am wenigsten aufgeregt war die Signora Mercedes. Bis zum letzten Augenblick blieb sie mit der Decke über den Knien auf ihrem Schemelchen sitzen (die Vorräte hatte man schon hervorgeholt). Sie beschränkte sich darauf, in singendem Ton zu wiederholen: »Jetzt seid doch ein bißchen ruhig, bei eurer armen Seele!«, während ihr Mann, Giuseppe Primo, mit einer Wollmütze auf dem Kopf neben ihr saß und sich dadurch Luft machte, daß er auf den Boden spuckte.
Es wurde beschlossen, daß ein Teil der Gesellschaft, darunter Carulina mit ihren Töchtern, mit der Straßenbahn zu dem neuen Wohnsitz fahren sollte. Vor dem Abschied ließ Carulina Useppe als Andenken die Schallplatte mit den komischen Liedern zurück, die leider ohne das Grammophon, das schon mit dem Gepäck fortgebracht worden war, nicht gespielt werden konnte. Im übrigen war sie schon seit einiger Zeit so abgespielt, daß sie nur noch Räusperer und Schluchzen von sich gab. Außerdem schenkte ihm Carulina ein Säckchen, das von der Verwandtschaft vergessen worden war und das ungefähr ein Kilo Kichererbsen enthielt, eine Gemüse-Mischart zwischen Bohnen und Erbsen. Dabei zwinkerte sie ihm insgeheim zu, weil es niemand merken sollte.
Bei der Abreise zeigte sich am Himmel eine fahle Sonne. Am Schluß der Reihe stand Carulina, dicht vor ihr die römische Schwägerin, die Celestina auf dem Arm hatte und auf dem Kopf einen übervollen Koffer balancierte, der sich nicht schließen ließ, während Carulina Rusinella auf dem Arm trug und auf dem Kopf ein Paket voll nasser Windeln. Wenn nicht aus den beiden Bündeln, die die zwei Frauen im Arm hatten, herzzerreißendes Weinen gedrungen wäre, hätte man kaum erkennen können, daß kleine Kinder darin eingewickelt waren. Carulina hatte nämlich in ihrer Verzweiflung die Kleinen in sämtliche Lumpen gewickelt, die sie auftreiben konnte: in den ehemaligen Vorhang Carlo Vivaldis, in Überreste, die von den wohltätigen Damen stammten, und sogar in Altpapier. Sie hätte sich nämlich geschämt, wenn die Fahrgäste in der Straßenbahn zu den Castelli nach dem Geruch hätten schließen können, ihre beiden Töchter hätten die Windeln vollgemacht.
Angetrieben von den anderen, die sie überholten, sich umdrehten und sie grob aufforderten, schneller zu gehen, stapfte sie mühsam durch den

Schlamm. Sie trug noch Sommerschuhe, die völlig ausgetreten waren, und die alten Damenstrümpfe, die sie anhatte, waren für ihre Füße viel zu groß und bildeten über den Fersen Wülste. Und wegen der Last, die sie nach einer Seite zog, war ihr Gang schiefer denn je. Als Wintermantel trug sie eine schlechtsitzende Dreivierteljacke, die sie aus einem Jakkett ihres Bruders Domenico gearbeitet hatte. Unter dem Windelbündel sah man ihren ordentlichen Scheitel. Das Haar war bis zum Nacken in zwei gleichmäßige Strähnen geteilt, und die Zöpfchen zu beiden Seiten wurden von ihrem Gewicht niedergehalten.
Vor der Biegung des Gäßchens wandte sie sich um und winkte Useppe zu, mit einem Lächeln ihres großen, aufwärtsgebogenen Mundes. Useppe stand diesseits des Grabens still da und sah sie fortziehen. Er antwortete ihr mit der besonderen Geste, mit der er in gewissen Fällen grüßte, wobei er schweren Herzens die Hand ganz langsam öffnete und schloß. Er war ernst, und nur für einen Moment sah man sein winziges, unsicheres Lächeln. Auf dem Kopf trug er eine Radlermütze, die Carulina ihm genäht hatte. Ferner hatte er wie immer die Chaplin-Hosen und die Phantasiestiefelchen an sowie den bis zu den Füßen reichenden Regenmantel, der beim Grüßen auseinanderklaffte und das rote Futter sehen ließ.
Einige Monate später wurden die Castelli bombardiert, und dabei wurde Albano zu einem großen Teil zerstört. Bei der Nachricht dachte Ida an die Tausend und fragte sich, ob wohl die ganze Sippe umgekommen sei. Doch es war ihnen nichts geschehen. Im darauffolgenden Sommer begegnete Nino in Neapel, während er gewisse Geschäfte tätigte, zufällig Salvatore, der ihn bei dieser Gelegenheit mit sich nach Hause nahm. Sie wohnten in der Ruine eines von den Luftangriffen halb zerstörten Palastes, in einem Zimmer im ersten Stockwerk, zu dem man damals – da die Treppe zusammengestürzt war – über eine Art Zugbrücke, die aus Brettern fabriziert worden war, durch das Fenster einstieg. Dort war auch Carulina, die nach der natürlichen Logik des Schicksals ein Flittchen der Alliierten geworden war. Sie war ein wenig größer geworden und noch magerer als in Pietralata, so daß die mit Tusche umrandeten Augen in dem klein gewordenen Gesichtchen sehr viel größer aussahen. Und der Mund, der schon von Natur aus zu breit war, war nun geschminkt und wirkte dadurch doppelt so groß. Und durch die hohen Absätze und ihre unglaublich schmächtigen Beine war ihr Gang noch merkwürdiger geworden denn je. Doch ihre Art zu schauen und herumzuhantieren hatte sich kein bißchen verändert, so wenig wie ihre Redeweise.
Von den Zwillingen bemerkte man keine Spur, und Ninnuzzu fiel es nicht ein, nach ihnen zu fragen. Während seines kurzen Besuchs kam ein schwarzer amerikanischer Soldat, ein Liebhaber Carulinas, fröhlich, weil

er am nächsten Tag nach Amerika zurückkehren sollte. Als Geschenk, das Carulina sich selbst ausgewählt hatte, brachte er ihr eine jener wohlbekannten Dosen aus Sorrent, die, wenn man sie aufzieht, in falschen Tönen eine Melodie spielen. Der Deckel der Spieldose war mit Einlegearbeit verziert, und darauf befand sich ein Zelluloidpüppchen, das mit einem Leibchen und einem Ballettröckchen aus lila Kunstseide bekleidet war. Ein Stäbchen steckte in seinem Körper, und jedesmal, wenn man die Dose aufgezogen hatte, tanzte es auf dem Deckel. Carulina war von diesem Ballett mit Musikbegleitung völlig verzaubert. Kaum war die Walze des Getriebes abgelaufen, zog sie sie mit eifrigem Besitzerstolz gleich wieder auf. Anwesend war auch, zusammen mit der anderen Großmutter und den beiden großväterlichen Ehemännern, die Großmutter Dinda, die, um vor den Besuchern Carulinas Hingabe zu rechtfertigen, erklärte, dies sei das erste Püppchen, das sie in ihrem Leben je besessen habe. Und während die Spieldose ablief, sang die Großmutter Dinda die Worte des alten Lieds und wiegte sich dabei im Takt, als wäre sie in einem Tanz-Café. Den Gästen wurden Whisky und Kartoffelchips angeboten.
Doch vergaß es Ninnuzzu später, seiner Mutter von dieser Begegnung zu berichten ... Und sie dachte angesichts der Größe Neapels und der unendlich vielen Leute, die dort wohnten, auch gar nicht daran, ihn zu fragen, ob er jemanden von den Tausend zufällig in dem Menschengewühl getroffen habe. Und so blieb Ida immer im Ungewissen darüber, ob die Tausend nun alle unter den Trümmern Albanos begraben lagen oder ob sie überlebt hatten.

Nachdem die letzten der Tausend um die Wegbiegung verschwunden waren, kehrte Useppe zurück und stellte fest, daß das große Zimmer riesig geworden war. Seine Schrittchen hallten wider, und als er »Mà!« rief und Ida ihm »Ja?« antwortete, hatten ihre Stimmen einen anderen Klang als bisher. Nichts rührte sich. Zwischen dem Altpapier und den am Boden liegenden Abfällen sah man zu dieser Stunde nicht einmal eine Küchenschabe oder eine Maus. Hinten in dem stumpfen Winkel lagen die Glasscherben der Totenampel am Boden, die in dem Durcheinander zerbrochen war, neben dem schmierigen Docht und ein bißchen ausgelaufenem Öl. In der Mitte des Raumes war eine Kiste zurückgeblieben, die den Zwillingen als Wiege gedient hatte, und darin lag eine Schicht alter Zeitungen, die ganz von Kot verschmiert waren. Im Winkel Eppetondos lag noch immer seine aufgerollte Matratze. Und in der Ecke neben der Tür, wo der Lappenvorhang weggerissen worden war, damit man Rosa und Celeste besser einwickeln konnte, lag der Strohsack, der noch vom Blut der Niederkunft Rossellas befleckt war.

Ida hatte sich auf ihre Matratze gelegt, um einen Augenblick auszuruhen. Doch ihr Organismus mußte sich an das Getöse wie an ein Laster gewöhnt haben, denn die unglaubliche Stille, die sich mit einemmal auf das Zimmer herabgesenkt hatte, verstärkte die Spannung ihrer Nerven, anstatt sie zu beruhigen. Es hatte wieder zu regnen begonnen. Weder aus der Stadt noch vom Vorort her drang irgendein Zeichen anderen Lebens. Und das Rauschen des Regens vergrößerte zusammen mit dem fernen Echo von Bombeneinschlägen die Stille rings um dieses große Zimmer, das halb im Schlamm versunken war und wo nur sie und Useppe zurückgeblieben waren. Ida fragte sich, ob es Useppe klar war, daß die Tausend für immer fortgezogen waren. Sie hörte ihn mit langsamen Schrittchen durch den ganzen Raum gehen, als wolle er ihn inspizieren. Doch plötzlich hörte man, wie er aufgeregt den Schritt beschleunigte, bis er dann wie verrückt zu rennen anfing. Dort auf dem Boden lag ein Ball aus Stoff, an dem sich die größeren Buben bei schönem Wetter auf der Wiese als Fußballspieler versucht hatten. Useppe begann nun seinerseits, es den Buben nachzutun, und gab dem Ball wütende Fußtritte. Doch waren keine Mannschaften, kein Schiedsrichter und kein Torwart da. Da kletterte er wie besessen auf den Stapel von Bänken und sprang, wie in alten Zeiten, schwungvoll herab.
Auf den leichten Aufprall seiner gestiefelten Füße folgte totale Stille. Als Ida kurz darauf hinter dem Vorhang hervorschaute, sah sie ihn wie einen Auswanderer auf einem Sandsack sitzen, wie er die von Carulina geschenkte Schallplatte betrachtete und mit dem Finger die Rillen entlangfuhr. Als Ida sich bewegte, hob er den Blick, sah sie ernst und gedankenverloren an und lief dann mit seiner Platte zu ihr hin:
»Mà, spiel sie!«
»Man kann so nicht spielen. Dazu braucht man das Grammophon.«
»Walum?«
»Weil eine Schallplatte ohne das Grammophon keine Musik macht.«
»Sie macht keine Musik ohne das Gammo ...«
Der Regen wurde stärker. Ein Pfeifen in der Luft, wie von einer Sirene, ließ Ida zusammenfahren. Aber wahrscheinlich war es bloß ein vorbeifahrender Lastwagen auf der Straße, die in die Berge führte. Das Geräusch hörte sofort auf. Die Dunkelheit senkte sich herab. Das verlassene, kalte Zimmer voller Abfälle schien in einem unwirklichen Raum, diesseits einer belagerten Grenze, isoliert zu sein.
Während Ida darauf wartete, daß der Regen aufhörte, suchte sie nach einem Zeitvertreib, um Useppe zu unterhalten. Und zum tausendsten Mal sang sie ihm das Lied von dem *Siff*:
»Und es wendet das Schiff sich und dreht das Schiff sich ...
... Drei Löwen und drei Lastkähne ...«

»Noch einmal«, sagte Useppe, als sie fertig war.
Und sie sang es ihm wieder vor.
»Noch einmal«, sagte Useppe. Und dann offenbarte er ihr mit einem geheimnisvollen Lächeln, das eine Überraschung ankündigte, die sie sicher nicht glauben würde:
»Mà, ich hab' es gesehen, das Meer!«
Das war das erste Mal, daß er irgendwie auf sein Abenteuer im Guerillalager anspielte. Gewöhnlich hielt er den Mund, auch wenn man ihn danach fragte, und bewahrte über dieses Thema gebührendes Stillschweigen. Doch diesmal hielt Ida seinen dunklen Satz einfach für eine Erfindung und fragte ihn nicht weiter.

»Es wendet das Schiff sich und dreht das Schiff sich ...«
Im November blieben die beiden eine Zeitlang die einzigen Bewohner des großen Zimmers. In den Schulen hatte man, wenn auch mit Verspätung, den Unterricht wieder aufgenommen. Doch Idas Schule war von Truppen in Beschlag genommen worden, und ihre Klassen hatte man anderswohin verlegt, noch weiter entfernt als vorher, und wegen des Schichtunterrichts mußten auch nachmittags Stunden gehalten werden. Praktisch war daher die Schule für sie bei den herrschenden schlechten Verkehrsverbindungen und den Zeiten der Ausgangssperre unerreichbar. Also wurde Ida, weil sie Ausgebombte war, vorübergehend von den Schulstunden befreit. Trotzdem war sie jeden Tag gezwungen, das Haus zu verlassen, weil sie irgend etwas zum Essen auftreiben mußte. Und besonders an Schlechtwettertagen blieb ihr nichts anderes übrig, als Useppe allein zu lassen und im Zimmer einzuschließen. Und bei der Gelegenheit lernte Useppe, sich die Zeit mit *Denken* zu vertreiben. Er legte die Fäuste an die Stirn und begann *zu denken*. Woran er dachte, ist nicht bekannt. Wahrscheinlich handelte es sich um harmlose und geringfügige Dinge. Doch auf jeden Fall schrumpfte für ihn die gewöhnliche Zeit der anderen, während er so nachdachte, fast zu einem Nichts zusammen. Es gibt in Asien ein kleines Tier, den sogenannten *Panda minor*, der aussieht wie ein Mittelding zwischen Eichhörnchen und einem kleinen Bären. Er lebt auf Bäumen in unzugänglichen Bergwäldern, kommt ab und zu auf den Boden herab und sucht sich ein paar Sprosse zum Fressen. Von einem dieser Pandas erzählte man sich, er bringe auf seinem Baum Jahrtausende mit Denken zu, und alle dreihundert Jahre steige er herab. Doch in Wirklichkeit war eine solche Zeitrechnung relativ: während nämlich auf Erden dreihundert Jahre vergangen waren, waren auf dem Baum des Panda minor kaum zehn Minuten verstrichen.
Diese einsamen Stunden Useppes wurden manchmal von irgendeinem unerwarteten Besuch unterbrochen. Einmal kam eine gestreifte Katze, die so mager war, daß sie wie das Gespenst einer Katze aussah. Trotzdem

gelang es ihr mit der Kraft der Verzweiflung, das Papier, das das Fensterglas ersetzte, zu durchstoßen und ins Zimmer zu kommen, um nach etwas Eßbarem zu suchen. Natürlich vermieden es die Mäuse, sich bei ihrer Ankunft blicken zu lassen. Und Useppe hatte ihr nichts anderes anzubieten als einen Rest von gekochtem Kohl. Doch die Katze beschnüffelte das Dargebotene mit jenem besonderen aristokratischen Stolz, den sich auch verwahrloste Katzen zu bewahren wissen, und ohne sich herabzulassen, die Gabe zu probieren, ging sie mit emporgerichtetem Schwanz davon.

An jenem selben Tag kamen drei deutsche Soldaten. Offensichtlich waren es, wie schon andere Male, einfache Soldaten – weder Polizei noch SS – ohne böse Absichten. Doch wie üblich bei den deutschen Truppen schlugen sie, anstatt zu klopfen, heftig mit ihren Gewehrkolben an die Tür. Und da Useppe eingeschlossen war und die Tür nicht öffnen konnte, rissen sie das Papier, das schon kurz zuvor von der Katze durchlöchert worden war, ganz aus dem Fensterrahmen und erkundeten das Innere der Länge und Breite nach mit den Augen. Useppe kam ans Fenster, erfreut, Besuch zu bekommen, einerlei von wem. Und als sie außer ihm niemanden im Zimmer sahen, sprachen sie ihn in ihrer Sprache an. Was in Gottes Namen sie suchten, weiß man nicht. Useppe verstand diese merkwürdigen Laute nicht, nahm aber an, auch sie suchten, wie zuvor die Katze, etwas zu essen. Also versuchte er, ihnen denselben Rest Kohl anzubieten, doch auch sie wiesen, wie schon die Katze, das Anerbieten zurück. Sie boten ihm im Gegenteil ihrerseits lachend ein Bonbon an. Leider schmeckte es jedoch nach Pfefferminz, was Useppe nicht mochte. Er spuckte das Bonbon sofort wieder aus und wandte sich dann pflichtschuldigst an den Spender, um es ihm zurückzugeben, und sagte lächelnd zu ihm: »*Tiè!* (Da!)« Darauf lachten die Soldaten noch mehr und machten sich dann wieder auf den Weg.

Der dritte unerwartete Besuch war Eppetondo, der über einen Schlüssel verfügte und also das große Zimmer betreten konnte. Anstelle des Hutes von einst hatte er sich, um seinen Kopf vor der Kälte zu schützen, eine Art amerikanischer Gangstermütze beschafft. Er war fröhlich wie immer, obwohl er eine Arthrose in dem Arm bekommen hatte, der gebrochen und eingegipst gewesen und dann im vergangenen Sommer verheilt war. Aber er wollte niemandem sagen, daß der Arm ihm wehtat, denn er fürchtete, die Partisanen würden ihn dann für einen alten Krüppel halten und wegschicken. Doch Useppe vertraute er sich an. Überdies brachte er ihm Nachrichten aus dem Lager, als sei Useppe inzwischen auch ein Kampfgefährte. Es ging allen Genossen gut, und sie hatten neue grandiose Unternehmungen vollbracht. Eines Nachts hatten die *Libera* und andere Kommandos die Zufahrtstraßen nach Rom, nach Absprache mit der englischen Luftwaffe, mit Vierkantnägeln besät. Und die Geschwader hatten zur rechten Zeit die festliegenden deutschen Fahrzeuge überflogen und mit Maschinengewehrgarben, Brand- und Sprengbomben ein solches Gemetzel angerichtet, daß auf den großen römischen Konsularstraßen Ströme von Blut flossen. Und in einer anderen Nacht hatten Asso und einige Genossen, nach verschiedenen kleineren Sabotage-Aktionen in den Straßen, mit Dynamit einen ganzen deutschen Militärzug in die Luft gejagt, der sofort in einem Chaos von Flammen und Eisenstücken explodiert war.

Die *Libera* hatte die Hütte verlassen und ihren Stützpunkt in ein Steinhäuschen verlegt. Asso, Quattro und Tarzan usw. schickten Useppe Grüße und Küßchen. Trotz des schlechten Wetters und der Kälte, durch die das Partisanendasein sehr viel härter wurde, waren alle guter Laune und in bester Form. Nur Piotr war, nach den ersten Tagen, in denen er eifrig mitgemacht hatte, willenlos und apathisch geworden. Er tat nichts und verbrachte seine Zeit damit, sich zu betrinken. Der Genosse Piotr war wirklich seit einiger Zeit als Guerillakämpfer nicht zu gebrauchen, so daß die anderen unter sich überlegten, ob es nicht besser wäre, ihn wegzuschicken oder ihn zu liquidieren, indem man ihm eine Kugel durch den Kopf jagte. Doch statt dessen duldeten sie ihn weiterhin, erstens, weil sie damit rechneten, er würde, wenn diese leidige Zeit vorüber sei, wieder so tüchtig werden wie am Anfang; zweitens, weil er sich als Jude in einer bemitleidenswerten Lage befand; und drittens wegen der Freundschaft Assos, der ihm immer noch großes Vertrauen entgegenbrachte und ihn respektierte, ihn wild gegen die dumpfe Feindseligkeit der anderen Genossen verteidigte und ihn für einen Helden hielt.

Wie wenig auch Useppe von all diesen weitschweifigen Nachrichten begriff, hörte er doch mit demselben aufmerksamen Eifer zu, wie wenn er das Lied vom *Siff* vorgesungen bekam. Am Ende von Moscas Bericht bat er ihn sogar: »Noch einmal!«

Leider wurde der hauptsächliche Anlaß für Eppetondos Besuch hinfällig, und er mußte eine herbe Enttäuschung erleben. Er war nämlich mit der Absicht hergekommen, die letzten Büchsenvorräte ins Lager mitzunehmen, die er in dem großen Raum noch zurückgelassen hatte: Konservenbüchsen mit Sardinen, Miesmuscheln und kleinen Tintenfischen. Doch mußte er feststellen, daß alles weggetragen worden war und daß man ihm von seinem Eigentum nur noch die Matratze und den leeren Vogelkäfig dagelassen hatte. Alles übrige war offenbar zusammen mit den Tausend verschwunden. Er zog mit wüsten Beleidigungen über sie her, von denen »Hurensöhne« und »Schnapsbuddeln« noch die harmlosesten waren. Dann legte er seine Matratze auf diejenige Idas, damit wenigstens jemand etwas davon habe, da er als Partisan sehr bequem auf

Stroh schlief. Übrigens war das große Zimmer noch ungemütlicher als das Häuschen der *Libera*, wo man wenigstens immer ein Holzfeuer anzünden konnte. In dem großen Raum aber konnte nicht geheizt werden. Man klapperte mit den Zähnen vor Kälte, die Wände hatten Flecken von der Feuchtigkeit, und Useppe, der ziemlich blaß und abgemagert aussah, lief in so viel altem Zeug herum (von den Wohltätigkeitsdamen), daß er wie ein wandelndes Lumpenbündel aussah. »Jetzt kannst du wenigstens auf zwei Matratzen schlafen«, sagte Eppetondo zu ihm, als er sich verabschiedete. »Aber paß auf, daß man sie dir nicht fortträgt, sie ist nämlich aus Wolle. Und gib auch acht, daß sie dir die Mäuse nicht auffressen!« Der leere Vogelkäfig blieb als Erinnerungsstück in dem spitzen Winkel stehen.

Ein häufiger Besuch an diesen einsamen Tagen Useppes waren die Sperlinge, die vor dem vergitterten Fenster herumhüpften und schwatzten. Da er die Sprache der Tiere nur an bestimmten Tagen verstehen konnte, verstand Useppe von ihrem Geplauder nichts anderes als das regelmäßige Tschip-tschip-tschip. Dennoch war es für ihn nicht schwierig, zu begreifen, daß auch diese Besucher nur etwas zu essen suchten. Doch leider war die Brotration so dürftig, daß man nur unter Schwierigkeiten ein paar Brosamen erübrigen konnte, um sie diesen anderen Hungerleidern anzubieten.

10

AN ALLE PROVINZVERWALTUNGEN ERGEHT FOLGENDE POLIZEILICHE VERORDNUNG ZWECKS SOFORTIGER AUSFÜHRUNG:
1. ALLE JUDEN, DIE AUF ITALIENISCHEM STAATSGEBIET IHREN WOHNSITZ HABEN, SIND, AUCH WENN SIE ENTLASTET SIND UND UNABHÄNGIG DAVON, WELCHE STAATSANGEHÖRIGKEIT SIE BESITZEN, IN BESONDERE KONZENTRATIONSLAGER ZU VERSCHICKEN. IHRE BEWEGLICHEN UND UNBEWEGLICHEN GÜTER SIND UMGEHEND ZU BESCHLAGNAHMEN UND FÜR DIE SOZIALE ITALIENISCHE REPUBLIK EINZUZIEHEN, WELCHE SIE ZUGUNSTEN DER DURCH DIE FEINDLICHEN LUFTANGRIFFE GESCHÄDIGTEN BEVÖLKERUNG VERWENDEN WIRD.
2. ALLE DIEJENIGEN, DIE AUS EINER MISCHEHE STAMMEN UND IN ANWENDUNG DER BESTEHENDEN RASSENGESETZE ALS ZUR ARISCHEN RASSE GEHÖRIG ERKLÄRT WURDEN, SIND DER BESONDEREN ÜBERWACHUNG DURCH DIE POLIZEIORGANE ZU UNTERSTELLEN.

ROM, 30. NOVEMBER 1943

Diese zweifache Verordnung, die auf seiten Italiens die *Endlösung* sanktionierte, welche von den Deutschen schon durchgeführt wurde, betraf den Fall der Ida Ramundo, verwitweten Mancuso, sowohl im ersten Artikel (weil sie zu den bedürftigen Bombengeschädigten gehörte) wie auch im zweiten (weil sie Halbjüdin war). Doch ist nichts davon bekannt, daß sich für Iduzza daraus je eine praktische Konsequenz ergeben hätte. Es wurde ihr in der Tat keinerlei konfisziertes jüdisches Eigentum zugesprochen. Und was den zweiten Artikel betrifft, so ist mit Sicherheit anzunehmen, daß im Verlauf des Frühjahrs, nach ihrer Übersiedlung an einen neuen provisorischen Wohnort, Polizisten sich beim Portier nach ihr erkundigten. Der Pförtner aber behielt sein Wissen für sich, oder wenn er es jemandem mitgeteilt haben sollte, dann allenfalls unter dem Siegel der Verschwiegenheit. Ida erfuhr nie etwas davon. Und wahrscheinlich verlor sich schließlich ihre Akte im Strudel der kommenden Ereignisse.

Doch der zweifache Erlaß, der ihr Anfang Dezember unter die Augen kam, bedeutete für sie, daß sie von diesem Moment an offiziell unter der besonderen Überwachung der Polizei stand. Ihre Schuld wurde jetzt vom Gesetz zur Kenntnis genommen, ohne Mißverständnisse und Kompromisse, und wurde der Welt auf den Mauern angezeigt: *Gesucht wird eine gewisse Ida, genannt Iduzza, Halbjüdin, Mutter von zwei Söhnen, von denen der erste ein Deserteur und Partisan ist, der zweite ein Bastard mit unbekanntem Vater.* Um Ninnarieddu hatte sie nicht allzu große Angst. Wenn sie an ihn dachte, sah sie ihn sofort vor sich, mit dem Gang eines Tänzers, den langen, geraden Beinen und seinem energischen Schritt, wie er jedes Hindernis überrannte. Dieser Sohn erschien ihr unverwundbar. Doch wegen Useppe stand sie gräßliche Angst aus. Man wußte, daß die Deutschen bei ihren Razzien auf Juden die kleinen Kinder sogar aus den Armen ihrer Mütter gerissen hatten und sie wie schmutzige Fetzen in ihre entsetzlichen Lastwagen geschleudert hatten. Und man hatte gehört, daß sie in manchen Dörfern als Vergeltungsmaßnahme oder, weil sie betrunken waren, oder auch nur, weil sie Spaß daran hatten, Kinder ermordeten, indem sie sie mit ihren Panzern zerquetschten, sie lebendig verbrannten oder gegen Mauern schleuderten. Diese Berichte (die dann tatsächlich – das muß wiederholt werden – von der Geschichte bestätigt wurden, ja, die nur einen geringen Teil der Wirklichkeit darstellten) glaubten damals nur wenige Leute, denn man betrachtete sie als zu unwahrscheinlich. Doch Ida gelang es nicht, diese Visionen zu verscheuchen. Sie stellte sich vor, die Straßen Roms und der ganzen Welt seien voll von möglichen Henkern ihres Useppetto, dieses kleinen unterentwickelten Paria, der zu keiner Rasse gehörte, dieses schlecht ernährten, armen Musters ohne Wert. Manchmal kamen ihr

nicht nur die Deutschen und die Faschisten, sondern alle erwachsenen Menschen wie Mörder vor. Und sie lief verängstigt durch die Straßen, um dann erschöpft und mit weitaufgerissenen Augen in dem großen Zimmer zu landen. Schon von der Straße aus begann sie »Useppe! Useppe!« zu rufen und lachte wie ein krankes Kind, wenn sie das Stimmchen hörte, das ihr antwortete: »Ja, Mà!«
Die Nazifaschisten wagten es allerdings immer noch nicht, sich öfter im Ort sehen zu lassen. Die Erschießungen im Oktober hatten nicht genügt, um der ausgehungerten Bevölkerung Angst einzujagen, deren Hütten im Schlamm versanken. Mit dem Einbruch des Winters wurden die Überfälle auf Bäckereien und auf Lastwagen, die Lebensmittel beförderten, immer häufiger. Im Dorf selbst bildeten sich Guerillabanden, und es hieß, in den Höhlen, den Baracken und den Kämmerchen, wo zehnköpfige Familien hausten, seien selbst unter den Betten Waffen versteckt, die im September in den Forts und den Kasernen gestohlen worden waren. Sogar die jungen Männer, die sich in den anderen Ortsteilen aus Furcht vor Razzien meistens versteckt hielten, streiften hier mittlerweile herausfordernd und mit harten, finsteren Gesichtern durch die kleinen Höfe, entlang den Gräben und den Müllhaufen ihres Vorstadtgettos, zwischen den abgearbeiteten, schlampigen Müttern, den abgemagerten Mädchen und den verlausten kleinen Kindern mit vom Hunger geschwollenen Bäuchen. Ida vermied es, sich allzuweit vom Ort zu entfernen, um Useppe nicht allein zu lassen. Doch damit sie ihm etwas zu essen bringen konnte, war sie zu verzweifelten Schritten gezwungen. Auch der berühmte Spargroschen, den sie in den Strumpf eingenäht hatte, war jetzt von den Ausgaben auf dem Schwarzmarkt aufgezehrt, und Useppes Bäuchlein war, wie das der anderen kleinen Kinder, etwas aufgedunsen. Jedesmal, wenn sie jetzt zur Kasse ging, um ihr Monatsgehalt abzuholen, spürte Ida, wie ihr die Knie schwach wurden, und sie wartete nur darauf, daß der Beamte ihr entrüstet verkündete: »Nichtswürdige Halbjuden wie du haben kein Recht mehr auf Gehaltsauszahlung.«
Der große Raum hatte nur wenige Tage lang leer gestanden. Seit Anfang Dezember, gleich nachdem es sich herumgesprochen hatte, daß am Fuße jener Halde von Schlamm und Unrat ein Dach zur Verfügung stand, hatte ein neuer Zustrom von Obdachlosen eingesetzt. Ida, mit ihren wirren Vorurteilen, sah in ihnen allerdings eher eine Bedrohung als einen Schutz. Sie hatte jetzt auch mehr Angst als vorher, Useppe in dieser Gesellschaft allein zu lassen.
Unter vielen anderen kam auch die Familie eines kleinen Krämers aus Genzano, die von den Schrecken der Bombenangriffe noch ganz verstört war. Anscheinend hatte einer der Tausend sie hergeschickt. Das Familienoberhaupt, ein rotgesichtiger, beleibter Mann, der an zu hohem

Blutdruck litt, hatte sich zwar beim Einzug sehen lassen, war aber dann sofort wieder nach Genzano zurückgekehrt, wo sein Laden bei einem der Luftangriffe zerstört worden war, wo aber sein Haus noch stand. Er hatte in eine Hauswand heimlich das Geld und die Wertgegenstände eingemauert, die ihm verblieben waren, und wollte deshalb das Haus bewachen. Eines Tages starb er dann bei einem Luftangriff, der das Haus unbeschädigt ließ, vor Angst an einem Herzschlag. Aus Genzano kam ein Verwandter, um der Familie, die nur noch aus Frauen bestand, die Nachricht zu überbringen. Das große Zimmer füllte sich mit Geheul und Geschrei. Doch nach einem kurzen, von Schluchzern unterbrochenen Gespräch überließen es die Frauen, die ebenfalls von den Schrecken der Bombenangriffe mitgenommen waren, dem Verwandten, den Toten zu begraben und das Haus zu bewachen, und blieben, wo sie waren, in dem großen Zimmer.

Auch die Frauen waren korpulent wie der Mann, jedoch blaß. Und die Mutter hatte von Krampfadern ganz geschwollene Beine. Die Familie verbrachte die Trauerzeit, indem sie den ganzen Tag rings ums Kohlenbecken saß, in völliger Untätigkeit und in einem dumpfen Schweigen. Sie warteten auf die Ankunft der Alliierten – die ihrer Meinung nach vor den Toren standen –, um nach Genzano zurückzukehren, wo sie indessen keinen Laden mehr besaßen und auch keinen Mann, nur noch, wie sie vermuteten, den eingemauerten Schatz. Sie sprachen mit leiser Stimme von der bevorstehenden Befreiung und sahen aus wie riesige Hühner, die mit aufgeplusterten Federn verkümmert auf einer Stange hockten und nur noch auf die Ankunft des Herrn warteten, der sie in einem Sack forttragen würde.

Wenn Useppe sich dem Kohlenbecken näherte, schickten sie ihn weg und sagten mit klagender Stimme zu ihm: »Geh zur Mutter, Kleiner.«

Es kam auch eine Frau aus Pietralata, die Mutter eines jener Männer, die am 22. Oktober erschossen worden waren. Sie hatte den Sohn, als er noch lebte, immer ausgeschimpft, wenn er spät in der Nacht nach Hause kam, so daß er ihr andauerndes Gezänk nicht mehr ertragen konnte und schließlich anfing, sie zu prügeln. Deshalb hatte sie ihn bei der Polizei angezeigt. Jetzt irrte sie jeden Abend von einem Haus zum andern, denn sie hatte Angst, in ihrem eigenen Haus zu schlafen, wohin, wie sie sagte, jede Nacht das Gespenst ihres Sohnes zurückkehrte, um sie zu verprügeln. Ihr Junge hatte Armandino geheißen, und die Deutschen hatten ihn unter ihren Augen verhaftet, nachdem sie an jenem Tag, wie andere Male vorher, beim Überfall auf das Fort dabeigewesen war, weil sie gehofft hatte, Mehl zu ergattern. Manchmal hörte man sie nachts sagen: »Nein, Armandino, nein. Deine Mutter nicht!« Oft rühmte sie tagsüber die Schönheit Armandinos, der in Pietralata wegen seiner Ähnlichkeit

mit dem Schauspieler Rossano Brazzi berühmt gewesen war. Auch sie mußte in ihrer Jugend schön gewesen sein. Sie hatte noch immer sehr langes, schönes Haar, das jetzt allerdings grau und voller Läuse war.
Die neuen Flüchtlinge, die in dem großen Zimmer wohnten, hatten sich eigene Matratzen mitgebracht. Für weitere Obdachlose, die für kurze Zeit im Asyl hausten, gab es außerdem, auf dem Boden verstreut, Kapok, den vorüberziehende Gäste dagelassen hatten. Der Strohsack Carlo Vivaldis war von einem Jungen besetzt, vor dem Ida, wie vor einem Werwolf, sich besonders fürchtete. Dieser Junge hatte zwar im Zimmer eine Verbesserung angebracht und auf die Fensterrahmen mit den zerbrochenen Scheiben anstelle des Papiers Stücke von Furnierholz genagelt. Doch im übrigen glich er eher einem hungrigen Nachttier als einem Menschen. Er war hochgewachsen und muskulös, hatte aber eine krumme Haltung, ein leichenblasses Gesicht und vorstehende Zähne. Man wußte nicht, woher er kam und was für einen Beruf er hatte, noch, weshalb er hergekommen war. Der Redeweise nach schien er Römer zu sein. Auch er schickte Useppe weg, wenn der Kleine sich ihm näherte, und sagte: »Mach, daß du von hier wegkommst, Männchen.«
Die Zeit der Tausend war vorbei! Die einzige, die sich ab und zu mit Useppe abgab, war die Mutter des Erschossenen. Wenn es dunkel war, begleitete sie ihn im Bedarfsfall auf den Abort und hielt ihn bei der Hand, wie es einst Carulì getan hatte. Als sie ihm eines Abends half, seine Höschen wieder anzuziehen, und seine mageren Rippen befühlte, sagte sie zu ihm: »Armes Vögelchen, man sieht, daß du nicht größer wirst. Du bleibst nicht lang am Leben. Dieser Krieg ist der Mörder der kleinen Kinder.«
Manchmal unterhielt sie ihn mit einem Spiel oder eigentlich einem Märchen, das sie mit vielen Gebärden begleitete und das sie schon ihren eigenen Kindern vorgeführt hatte. Es war immer dasselbe und ging so: Zuerst kitzelte sie seine Handfläche und sagte:
»Über den Platz, den schönen Platz,
da ging ein verrückter Has'.«
Und dann, indem sie ihm einen Finger nach dem anderen, vom Daumen angefangen, nach oben bog, fuhr sie fort:
»Dieser hier packte ihn,
dieser hier brachte ihn um,
dieser hier kochte ihn,
und dieser hier aß ihn auf.«
Und wenn sie zum kleinen Finger kam, schloß sie:
»Und diesem Kleinen, ganz Kleinen,
blieb nicht einmal mehr ein Häppchen.«
»Noch einmal«, sagte Useppe am Ende der Geschichte zu ihr. Und sie be-

gann wieder von vorn, während Useppe sie aufmerksam anschaute und hoffte, dem verrückten Hasen werde es früher oder später vielleicht doch einmal gelingen, sich aus dem Staub zu machen und die Jäger mit leeren Händen zurücklassen. Doch unfehlbar endete das Märchen immer auf dieselbe Art.

... 1944

Januar

In den Städten des besetzten Italien, vor allem in Rom, werden *Sondereinheiten* der Polizei eingesetzt, die deutsche und italienische Berufssadisten dazu ermächtigen, nach Gutdünken zu verhaften, zu foltern und zu töten, entsprechend den Hitlerschen *Nacht-und-Nebel*-Aktionen.

In Verona verurteilt der faschistische Gerichtshof der Republik von Salò die Parteibonzen zum Tode, die bei der Versammlung des Großen Rates im Juli gegen den Duce gestimmt hatten. Unter den Verurteilten befindet sich Ciano, der Schwiegersohn des Duce. Das Urteil wird unverzüglich vollstreckt.

Das Vorrücken der Alliierten nach ihrer Landung bei Anzio stößt auf den massiven Widerstand der Deutschen und kommt bei Cassino ins Stocken.

Februar–April

Auf neue Verordnungen der italienischen Polizei erfolgt von seiten der Faschisten, die von lokalen *Informanten* unterstützt werden, die Verhaftung von Juden, die den deutschen *Razzien* entgangen waren.

In Rom läßt der deutsche Befehlshaber als Vergeltung für ein Partisanen-Attentat auf eine SS-Kolonne (32 Tote) 335 italienische Zivilisten massakrieren und in die Höhlen der Fosse Ardeatine werfen.

Die Kampfkraft der Roten Armee nimmt infolge der erhöhten Leistungsfähigkeit der sowjetischen Kriegsindustrie und der Lieferungen von alliiertem Material zu. An der ganzen Front wird eine Reihe von Offensiven eingeleitet (die *zehn Schläge* Stalins), und die sowjetischen Truppen dringen siegreich nach Westen vor und erreichen im Süden die tschechoslowakische Grenze.

Juni–Juli

Mit der Landung in der Normandie, die für die Deutschen eine neue Westfront bedeutet, leiten die Alliierten die Befreiung Frankreichs ein.

In Italien durchbrechen die Alliierten die Front von Cassino, rücken weiter nach Norden vor und marschieren in Rom ein.

Die italienischen Widerstandsstreitkräfte schließen sich in den Landesteilen, die noch von den Nazis besetzt sind, zu einem einheitlichen Heer zusammen (Freiwilliges Freiheits-Korps), während die regulären italienischen Truppen des italienischen Befreiungs-Korps, das vom König und von Badoglio gebildet wurde, direkt an den Aktionen der Alliierten teilnehmen.

Von Osten dringen die russischen Truppen weiter in Richtung auf das Deutsche Reich vor.

In Deutschland scheitert ein Attentat hoher deutscher Offiziere auf den Führer. Die Verschwörer sowie andere belastete und verdächtige Personen werden hingerichtet (ungefähr fünftausend).

August–Oktober

An der Westfront rücken die Alliierten weiterhin vor. Sie marschieren in Paris ein und setzen sich in Italien auf der sogenannten »Gotenlinie« nördlich von Florenz fest.

An der Ostfront hält heftiger deutscher Widerstand eine Zeitlang den Vormarsch der Sowjetrussen an der Weichsel auf. Gleichzeitig wird jenseits des Flusses Warschau, das sich gegen die Nazis erhoben hat, zur Vergeltung zerstört und niedergebrannt. Die Stadt hört praktisch auf zu existieren (300 000 Polen werden umgebracht).

Im Pazifischen Ozean kommt es in rascher Folge zu Angriffen der Kamikaze (japanischer Selbstmord-Piloten), die vergeblich versuchen, die amerikanische Flotte zu zerstören. Die Seeschlacht von Leyte auf den Philippinen endet mit einer katastrophalen Niederlage der japanischen Flotte.

In Deutschland erfolgt auf Befehl des Führers die Einberufung aller wehrfähigen Männer zwischen sechzehn und sechzig Jahren zum Deutschen Volkssturm.

November–Dezember

In dem von den Deutschen besetzten Teil Italiens verhallt ungehört ein Aufruf des englischen Oberkommandos zur Demobilisierung der Widerstandsstreitkräfte im Hinblick auf den bevorstehenden Sieg der Alliierten. Die Koordination der italienischen Widerstandskräfte obliegt dem CLN (Comitato Liberazione Nazionale, Komitee zur nationalen Befreiung), das sich aus sechs Oppositionsparteien zusammensetzt, die im Untergrund das faschistische Regime überlebten. Mit aktiver Unterstützung der Bevölkerung führen die Verbände der Partisanen einen zermürbenden Kampf gegen die Deutschen. Es gelingt ihnen, die Deutschen aus einigen Gebieten zurückzudrängen, die sich daraufhin als autonom erklären und zeitweilig kleine Republiken bilden.

Im Herbst und Winter kommen die Operationen der Alliierten auf italienischem Gebiet längs der Gotenlinie zum Stillstand . . .

1

Der Lärm der Bombenangriffe im Gebiet von Rom wurde häufiger und kam immer näher. Die Frauen des Krämers von Genzano sprangen jedesmal auf, wenn sie die Detonationen hörten, und brachen in hysterisches Schreckensgeschrei aus. Nach der Landung der Alliierten in Anzio, am 22. Januar, drangen aus dem Dorf Lieder und Freudenrufe, als wäre der Krieg nun zu Ende. Die wenigen Faschisten versteckten sich, während die Jungen sich auf der Straße sehen ließen, einige sogar bewaffnet, wie wenn sie sich offen auf die Revolution vorbereiteten. Brot, Mehl und andere Eßwaren nahm man sich mit Gewalt in den Läden oder wo man sie sonst noch vorfand. Exemplare einer Sondernummer der verbotenen »Unità« wurden öffentlich verteilt.
Ida verließ das große Zimmer so wenig wie möglich und hielt Useppe immer in Reichweite bei sich. Sie fürchtete, die Deutschen könnten, als Antwort auf die Provokationen, den Ort überfallen und alle männlichen Bewohner töten oder deportieren und dabei ihr kleines Männchen Useppe nicht verschonen. In jenen Tagen verschwand der Werwolf. Und sie fragte sich, ob es sich nicht vielleicht um einen Spion handelte, der zu den Deutschen gelaufen war, um die Bewohner von Pietralata zu verraten. Auf jeden Fall brachte diese volksfestähnliche Ausgelassenheit der Leute für Ida nur neue Ängste. Wenige Tage nach der Landung war es den Deutschen gelungen, die Alliierten aufzuhalten und sie am Strand von Anzio festzunageln. Die Frauen des Krämers drängten sich nahe aneinander; sie schrien nicht mehr, wagten nicht einmal mehr zu atmen, und ihre Lippen waren weiß vor Angst. Denn das Getöse der Bombenangriffe dauerte jetzt Tag und Nacht ununterbrochen an. Dazu kam der Lärm der deutschen Kolonnen, die über die Hauptstraßen fuhren, nicht, um sich zurückzuziehen, sondern um mit verstärkten Kräften anzugreifen. Die Landung bei Anzio war nur eine nutzlos gewordene Episode. Die eigentliche Front verlief nach wie vor bei Cassino. Die Nachricht von der bevorstehenden Befreiung erwies sich als Schwindel. Der Krieg ging weiter.
In den letzten Januartagen bekam Ida unerwartet Besuch. Es war der

Wirt Remo, der sie nach draußen rief, denn er mußte ihr dringende Nachrichten von ihrem Sohn Nino überbringen. Gesundheitlich ging es Asso sehr gut. Er sandte ihr Grüße und hoffte aufs Wiedersehen und schickte dem Bruder viele Küßchen. Doch hatte die jüngste Entwicklung des Kriegs mit dem Näherrücken der Front, der Zerstörung von Dörfern und den andauernden Säuberungen durch die Deutschen seine Bande gezwungen, den Kampf in jenem Gebiet abzubrechen. Die *Libera* hatte sich aufgelöst, einige ihrer Mitglieder waren gefallen, andere hatten das Lager verlassen. Asso und Piotr (Carlo) waren gemeinsam aufgebrochen. Sie hatten vor, sich über die Frontlinie hinweg nach Neapel durchzuschlagen. Und man konnte sicher sein, daß sie, gewandt und tüchtig wie sie waren, ihr Unternehmen erfolgreich bestehen würden. Mosca und Quattro waren tot. Überdies brachte der Wirt Ida eine posthume Botschaft Giuseppe Cucchiarellis. Dieser hatte ihn vor einiger Zeit unter dem Siegel der Verschwiegenheit beauftragt, im Fall seines Todes der Signora Ida mitzuteilen, die Matratze, die er ihr seinerzeit als Erbe überlassen habe, enthalte für sie eine Überraschung. Zwischen der Wolle sei, in der Ecke, die außen mit einem Knoten aus rotem Faden bezeichnet sei, etwas aufbewahrt, das ihm, wenn er tot sei, nicht einmal mehr als Klopapier dienen könne, während es ihr und dem Kleinen nützlich sein dürfte.

Der Wirt Remo brachte Ida als Geschenk eine Flasche Wein, einen halben Liter Öl und zwei Kerzen. Es erschien ihm nicht nötig, ihr Einzelheiten vom Tod des Verrückten zu schildern, und sie fragte auch nicht danach. Er war am 21. Januar in der Stadt Marino gestorben. Sein Körper war zwei Tage lang mitten auf der Straße zur Schau gestellt worden; die Deutschen hatten verboten, ihn wegzuschaffen, und gaben ihm Fußtritte, wenn sie an ihm vorbeigingen. Als Leichnam sah er noch kleiner und dürrer aus als im Leben, und obwohl sein Gesicht von den Mißhandlungen verschwollen war, hatte es mit dem Kinn, das fast die Nase berührte, die charakteristische Physiognomie eines armen alten Opas angenommen. Die Deutschen hatten ihm nämlich, bevor sie ihn erschossen, die fünfzehn Zähne, die er noch im Mund hatte, sowie die Nägel an Händen und Füßen ausgerissen. Daher waren seine nackten Füße und seine kleinen Altmännerhände geschwollen und schwarz von geronnenem Blut. Er war als Kurier nach Marino gekommen, um dem Chef eines anderen Kommandos von seiten Occhialis eine chiffrierte Botschaft zu übermitteln. Er war mit dem Genossen Tarzan unterwegs, mit dem Auftrag, einen Radioapparat aufzutreiben, als er in der Finsternis des Sträßchens die Umrisse einer Gestalt erblickte und sogleich in militärischem Ton »Halt, wer da!« rief. Als Antwort klangen hinter den Häusern Stimmen hervor, die auf deutsch durcheinanderredeten. Da hatte Tarzan geschos-

sen. Es gelang ihm, dem Feuer der anderen Seite zu entkommen, während Mosca umstellt und festgenommen wurde. Man fand bei ihm die Botschaft, deren Bedeutung er nicht verraten konnte, da er selbst sie nicht kannte. (Der Text lautete: *Die frische Wäsche liegt im Eimer.*) Doch waren ihm offensichtlich viele andere Dinge bekannt, die seine Folterer aus ihm herauspressen wollten. Es gibt aber eindeutige Beweise dafür, daß es diesen deutschen Jungen trotz aller Mühe nicht gelang, ihm etwas anderes zu entlocken als ein lautes Weinen, das klang wie von einem kleinen Buben. Schließlich gaben sie es auf und erledigten ihn mit einem Schuß in den Rücken. Sein Traum wäre es in diesem Augenblick gewesen, mit dem Ruf: »Es lebe Stalin!« zu enden, doch reichte sein Atem gerade noch aus für einen klagenden Ton, der nicht lauter war als der eines Sperlings.
Einen knappen Monat vorher, genau am Weihnachtstag, war er sechzig Jahre alt geworden. Er war vom selben Jahrgang wie Benito Mussolini: 1883.
Das Ende Quattros erfolgte kurz nach dem Tod Moscas: Es ereignete sich genau in der Nacht vom 25. auf den 26. Januar. Drei Tage nach der Landung der Alliierten hatten die Deutschen bereits genügend Zeit gehabt, um von Norden und Süden her Verstärkungstruppen zusammenzuziehen, und ihre Fahrzeuge überfluteten die Straßen in Richtung Anzio. Trotzdem glaubte man noch, die Alliierten würden sich durchsetzen, und die Genossen der *Libera* brannten darauf, an der Entscheidungsschlacht um Rom teilzunehmen. Die Gefährlichkeit des Abenteuers auf diesen Straßen erregte sie wie eine richtige Schlacht auf offenem Feld. Und Quattro (oder *Quat,* wie er jetzt fast nur noch genannt wurde) tanzte und hüpfte, trotz seiner würdigen Haltung und Einsilbigkeit, innerlich vor Begeisterung. Endlich befand man sich an der Frontlinie, die jetzt nur noch ein dünner Faden war. Diesseits war die schmachvolle Vergangenheit, jenseits lag die große, revolutionäre Zukunft, die inzwischen schon fast Gegenwart war. Die Engländer und Amerikaner waren zwar Kapitalisten, doch hinter ihnen, und mit ihnen verbündet, standen schließlich die Russen. Und wenn man erst einmal die Faschisten und die Deutschen fortgejagt hätte, würden die Proletarier, alle miteinander, für die richtige Freiheit sorgen. In der Nacht des 25. regnete es in Strömen, und Quattro hatte sich den Kopf mit einem Tropenhelm bedeckt, den er zur Tarnung schwarz gefärbt hatte und unter dem sein rundes Bauerngesicht fast bis zur Nase verschwand. Er hatte seine Maschinenpistole bei sich, die er vom Feind erbeutet hatte. Und natürlich trug er die gewohnte nächtliche Munition von Vierkantnägeln bei sich, die allerdings diesmal ziemlich spärlich war. Die Versorgung mit Nägeln war schwierig geworden, seit einige befreundete Schmiede, die sie herstellten (es waren vor

allem Römer), verhaftet und ins Vernichtungslager gebracht worden waren. Zuletzt hatte Quattro angefangen, diese Nägel, zusammen mit dem Lehrling und ohne Wissen des Meisters, in einer Dorfschmiede selbst herzustellen.

Das erste Unternehmen der *Libera* in dieser Nacht bestand darin, die Telephonkabel auf einer Strecke von ungefähr einem Kilometer zu zerschneiden und dann mitzunehmen. Danach teilte sich die Mannschaft auf der Straße nach Anzio in zwei Gruppen: Es war die Aufgabe der ersten (bei der Quattro war), zur Vorbereitung der Aktion die Nägel zu werfen. Sie bezog am Rand einer Straßenkreuzung Posten. Und die zweite Gruppe, die von Asso angeführt wurde (der Kommandant Occhiali lag mit einer Verwundung darnieder), ging in einiger Entfernung von der ersten auf einer Anhöhe weiter vorn in Stellung. Die Maschinenpistolen waren auf die schon mit Nägeln *präparierte* Straße gerichtet, wo die deutschen Transporte vorbeifahren mußten.

Die Straßenkreuzung war in jener Nacht ein äußerst gefährlicher Punkt. Hier traf der Verkehr von Cassino mit dem von Rom und dem aus dem Norden zusammen. Um ihn zu regeln, befanden sich dort zwei Milizsoldaten der Feldgendarmerie. Nur ein flinker und umsichtiger Typ wie Quattro konnte das Spiel gewinnen. In solchen Nächten entwickelte er die Sinne und Muskeln einer Wildkatze und die Flügel eines jungen Falken. Mit seinen funkelnden kleinen Augen erspähte er die geringste Bewegung der beiden Gendarmen, die ziemlich schwerfällig und langsam waren. Und wenn sie kurz abgelenkt waren, schlüpfte er genau im richtigen Augenblick aus seinem Versteck hervor, bis dicht vor die Autos hin, und warf seine Nägel gezielt auf die Straßenmitte, mit demselben Vergnügen, mit dem er auf dem Gehsteig Ball gespielt hätte. Dann sprang er zurück, behend und unsichtbar wie ein fliehendes Nachttier. Als er keine Nägel mehr hatte, zog er sich mit den zwei anderen seiner Gruppe hinter die Böschung der Fahrstraße zurück. Der eine war Decimo und der andere ein Junge aus Ariccia namens Negus. Sie gingen schweigend hintereinander gebückt in südliche Richtung, in der Absicht, mit dem Rest des Kommandos zusammenzutreffen und ihm Verstärkung zu bringen, ohne sich indessen unterwegs irgendwelche verführerischen Gelegenheiten entgehen zu lassen.

Sie gingen, ohne etwas zu sehen, zwischen Schlamm und Pfützen über das Gelände. Ab und zu konnten sie von der Straße her, durch das Rauschen des Regens hindurch, den Lärm deutscher Autos hören, die sich mit platten Reifen abmühten. Dann schlug Quattro mit einem zufriedenen Lächeln ein Kreuz. Diese Geste, die ihm seit dem frühesten Unterricht in der Kirche geblieben war, hatte für ihn inzwischen keinerlei religiöse Bedeutung mehr. Aber sie galt ihm als vertraute glückbringende

oder Unglück abwehrende Gebärde, so wie andere »toi, toi, toi« sagen oder sich an den Löckchen unter der Hose ziehen.
Sie stießen auf einen knapp drei Meter hohen Wall am Straßenrand und kletterten hinauf, um von der Höhe aus, hinter Gestrüpp verborgen, das Vorbeifahren der feindlichen Fahrzeuge auf der Straße zu beobachten. Zuerst sahen sie eine Reihe Lastwagen, die weiterfuhren, obwohl ihre Reifen zum Teil durchlöchert waren. Nach einer Weile fuhr eine schwere Limousine von der Sorte, die im allgemeinen hohen Offizieren vorbehalten war, rasch und offenbar unbeschädigt unter ihren Augen vorbei. Es war keine halbe Minute vergangen, als man aus südlicher Richtung das laute Knattern von Maschinengewehren, dann ein Krachen und dann nichts mehr hörte. Das mußte Assos Gruppe sein, die bei der Arbeit war. Der drei Genossen auf der Anhöhe bemächtigte sich große Erregung. Sie hielten ihre Maschinenpistolen bereit. In diesem Augenblick fuhr unterhalb von ihnen ein kleiner, offener, mit Soldaten besetzter Lastwagen vorbei. Die Stahlhelme glänzten im Regen. Die drei Jungen eröffneten gleichzeitig das Feuer und zielten zuerst auf den Mann hinter dem Lenkrad. Sie schossen weiter, ohne den Finger vom Abzug zu nehmen, als der durchlöcherte Lastwagen auf der glatten Straße ins Rutschen kam und an den gegenüberliegenden Rand der Fahrbahn geschleudert wurde. Man hörte qualvolle, unartikulierte Schreie. Zwei Körper stürzten rückwärts auf den Asphalt, während gleichzeitig aus dem Fahrzeug ziellos geschossen wurde. Wie in einem Tanzlokal im Karneval kreuzten sich die zischenden roten Bahnen der Geschosse in der vom Regen gestreiften Luft. Mit einemmal schossen Flammen aus dem kleinen Lastwagen, welche die leblosen Körper der Deutschen auf der Straße beleuchteten. Obwohl sie entstellt waren, erkannte man doch, daß es Halbwüchsige des letzten Aufgebots waren. Das Wrack des Lastwagens schwankte ein wenig, dann bewegte es sich nicht mehr. Es fielen noch ein paar letzte Schüsse, aber nach einer letzten Salve vom Abhang her war es still. Aus dem Wagen klangen noch immer wirre Stimmen, ein gemurmeltes »*Mutter, Mutter*« und andere, unverständliche Worte. Gleichzeitig loderte das Feuer hell auf, und schließlich verstummte das Röcheln aus dem Eisenwrack. Außer dem ununterbrochenen Kanonendonner, der vom Meer herübertönte, hörte man nur noch das Prasseln der Flammen, das Knistern brennenden Materials und das ängstliche Bellen von ein paar Wachhunden in den Olivenhainen und Weinbergen.
In der Finsternis riefen sich die drei auf der Anhöhe mit leiser Stimme ihre Namen zu: »Quat? ... Decimo? ... Negus? ...« »Ja ... Ja ... Ja ...« In diesem Augenblick kündigte der Lärm von Ketten weit weg im Norden das Herannahen von Panzern an. Die drei zogen sich eiligst vom Abhang zurück und flohen zwischen den Reihen Rebstöcken, den

Gräben und unter dem Wasser, das vom Himmel herabprasselte, ins Hinterland.

Erst als sie ungefähr drei- bis vierhundert Meter marschiert waren, bemerkten Negus und Decimo, daß Quat nicht mehr bei ihnen war. Sie nahmen an, er habe sie in dem Gewirr der Schatten aus den Augen verloren und sei in eine andere Richtung geflüchtet. Im übrigen war es jetzt zu spät, um nach ihm zu suchen. Die Kolonne, die sie vorher gehört hatten, hatte vor dem kleinen Lastwagen angehalten. Schon hörte man Schritte von genagelten Schuhen auf der Straße, während um sie herum, zwischen den Zweigen der dürren, nassen Reben und dem schwankenden Licht von Blendlaternen, Rufe und Befehle in deutscher Sprache ertönten. Negus und Decimo hielten den Atem an und krochen auf allen vieren durch den Schlamm. Es gelang ihnen, in ein schilfiges Gebiet vorzudringen. Von dort aus wateten sie durch einen seichten Weiher, dann kamen sie in einen Wald, wo die Rufe, die sie verfolgten, nur noch gedämpft zu hören waren. Keuchend und mit leiser Stimme riefen sie: »Quat ... Quat ...!« Doch bekamen sie keine Antwort. Da nahmen sie die Flucht wieder auf, bis sie, von Regen und Schweiß tropfend, fahl und außer Atem, in einem Tal mit wenigen dunklen Hütten ankamen und endlich vor der Meute sicher waren.

In der letzten Phase des Duells mit dem kleinen Lastwagen, als die letzten Schüsse abgegeben wurden, war Quat durch die Brust geschossen worden. Doch hatte er keinen größeren Schmerz verspürt, als wenn ihn ein Faustschlag getroffen hätte, so daß er den Stoß einem Steinsplitter oder einer Erdscholle zugeschrieben hatte, die unter dem Maschinengewehrfeuer in die Luft gewirbelt worden waren. Diese Wahrnehmung war so flüchtig gewesen, daß sie ihm gar nicht bewußt geworden war. Er hatte nicht einmal die Maschinenpistole fallen lassen, sondern hatte sie sich im Gegenteil wieder umgehängt und war zusammen mit den anderen geflüchtet und mit ihnen die Böschung hinuntergerutscht. Doch als er unten ankam, konnte er plötzlich keinen Schritt weitergehen und wurde ohnmächtig. Und genau an der Stelle, am Fuß der Böschung, fanden seine Kameraden später seinen Tropenhelm. Negus erinnerte sich, daß er auf ihrer Flucht an dieser Stelle hinter seinem Rücken einen Klagelaut vernommen hatte, der aber so leise gewesen war, daß er sich nichts dabei gedacht hatte.

Quat war dort allein zurückgeblieben; er fiel nach vorn, mit den Knien ins Wasser. Doch während er das Bewußtsein verlor, hatten ihm seine Muskeln noch gehorcht, und er hatte instinktiv seine Maschinenpistole ins relativ trockene Gras gelegt, bevor er sich, wo er war, ausstreckte, als legte er sich zu Bett. So hatte er sich in der Dunkelheit hinsinken lassen, mit dem Kopf im verschlammten Gras und dem übrigen Körper in

einer Pfütze, während die beiden anderen ahnungslos weitergelaufen waren.
Er lag schon in der Agonie und wußte nicht mehr, ob es Nacht war oder Morgen, noch wo er sich befand. Und nach einer Zeitspanne, die für ihn schon nicht mehr errechenbar war, sah er mit einemmal ein großes Licht. Es war die Taschenlampe eines Deutschen, die ihm mitten ins Gesicht leuchtete, und hinter dem ersten Deutschen tauchte sogleich ein anderer auf. Aber wer weiß, wen Quat in diesen beiden hochgewachsenen Gestalten mit ihren Stahlhelmen und dem gefleckten Tarnanzug zu erkennen glaubte! Er lächelte schüchtern und zufrieden und sagte: »Buon giorno.« Als Antwort bekam er einen Strahl Spucke ins Gesicht, doch wahrscheinlich merkte er es nicht mehr. Vielleicht war er schon tot oder lag in den letzten Zügen. Die beiden Soldaten packten ihn, der eine an den Armen, der andere an den Füßen, und nachdem sie rasch die Anhöhe hinaufgestiegen waren, schleuderten sie ihn von dort oben aus mitten auf die Straße. Dann stiegen sie auf einem Seitenpfad zu der Fahrzeugkolonne hinunter, wo sie mit den anderen Kameraden zusammentrafen, die von ihrer vergeblichen Jagd zurückkehrten. Die Leichen der beiden getöteten kleinen Deutschen waren weggetragen worden. Aus dem schwarzen Gerippe des Lastwagens, das verbogen gegen den Hang lehnte, zuckten noch ein paar spärliche Flammen. Ein ekelhafter, grausiger Gestank drang daraus hervor. Jemand schrie zweimal einen Befehl, und die Kolonne setzte sich in Bewegung, über den kleinen Körper Quats hinweg, der mit leicht ausgebreiteten Armen dort lag, den Kopf zurückgebeugt wegen des Tornisters, um den Mund noch das vertrauensvolle, ruhige Lächeln. Das erste Fahrzeug zuckte noch ein wenig in die Höhe, doch schon beim nächsten war dies weniger spürbar. Es regnete noch immer, wenn auch nicht mehr so stark. Als das letzte Fahrzeug vorüber war, mußte es ungefähr Mitternacht sein.
Mit seinem richtigen Namen hieß Quattro Oreste Aloisi. Er war noch nicht ganz neunzehn Jahre alt und in einem Dorf in der Nähe von Lanuvio zur Welt gekommen. Sein Vater besaß dort einen kleinen Weinberg und ein Häuschen mit zwei übereinanderliegenden Zimmern und einem kleinen Keller für die Fässer. Doch hatte er schon vor Jahren, als er den Entschluß gefaßt hatte, auszuwandern, sein Besitztum vermietet.
In jenen Tagen starb auch Maria, die von Asso Mariulina genannt wurde und allgemein bei den Genossen als *die Roscetta* (die Rote) bekannt war. Sie wurde zusammen mit ihrer Mutter bei einer Razzia festgenommen und übte aus Angst vor dem Sterben Verrat. Doch nützte ihr Verrat weder ihr noch den Deutschen etwas.
Gegen Abend waren drei oder vier deutsche Soldaten in ihr Haus eingedrungen. Sie kamen in Wirklichkeit, weil sie einen Hinweis bekommen

hatten. Doch traten sie lässig ein und verlangten Wein, vielleicht weil es ihnen Spaß machte, einen harmlosen Vorwand zu benutzen. Doch Mariulina erhob sich nicht einmal vom Stuhl und streckte als Antwort das Kinn trotzig vor, mit einer Geste, die besagte, sie habe keinen. Da schrien die Soldaten »*Durchsuchung! Durchsuchung!*« und begannen, unter dem Geheul der Mutter, das Haus auf den Kopf zu stellen. Dieses bestand bloß aus einem einzigen Zimmer mit einem angebauten kleinen Stall für das Maultier. Sie stürzten mit einem Fußtritt die Kredenz um und schlugen das ganze Geschirr in Scherben, alles in allem fünf oder sechs Teller und Schüsseln, zwei Gläser und ein Porzellan-Püppchen. Sie zertrümmerten den Wandspiegel, und als sie hinter dem Bett zwei Flaschen Wein gefunden hatten, zerrissen sie die Leintücher, schlugen das Bild an der Wand entzwei und zwangen dann die beiden Frauen, ihnen beim Trinken Gesellschaft zu leisten. Maria, die der ganzen Szene stehend und ohne zu sprechen mit finsterem Gesicht beigewohnt hatte, goß sich bei der Aufforderung sofort den Wein aus der Flasche in den Mund, mit ungenierter Selbstverständlichkeit, als sei sie in einer Kneipe. Ihrer Mutter hingegen, die sich halb auf allen vieren mit hilflosen Armbewegungen zwischen den Trümmern herumbewegte, als schwimme sie, war nicht nach trinken zumute. Sie nahm einen Schluck und spuckte ihn wieder aus, trank nochmals einen Schluck und spuckte auch diesen wieder aus, sie war ganz beschmutzt von Speichel, Wein und Staub. Sie schrie sich heiser und erklärte den Soldaten, sie sei eine arme Witwe, während Maria mit verächtlichem, eiskaltem Lächeln zu ihr sagte: »Sei doch still, Mà. Wozu redest du bloß? Die da verstehen dich sowieso nicht.«

In Wirklichkeit verstand einer von ihnen ein wenig italienisch und sprach es auch mit Müh und Not. Doch verdrehte er die Worte auf so komische Weise, daß Mariulina, schon halb betrunken, ihm ins Gesicht lachte. Anstatt *bere* (trinken) sagte er *trínkere*, und Maria gab ihm, wie wenn sie mit einem Idioten sprach, zurück: »Na, dann trínkete und tränkete. Trink du, dann trinke ich auch.«

Inzwischen war es dunkel geworden. Die Azetylenlampe war mit all dem übrigen zerschlagen worden, und die Soldaten zündeten vor den Frauen ihre Taschenlampen an, die groß waren wie Scheinwerfer, und forderten sie auf, sie in den Stall und in die anderen Abstellräume zu führen. Sie fanden das Maultier Onkel Peppe und das Öl und noch mehr Wein und erklärten: »*Beschlagnahmt! Beschlagnahmt!*« Dann stöberten sie in einer halb unter der Erde gelegenen Höhle, unter einem Haufen von Reisigbündeln und Kartoffeln, Kisten mit Munition und Handgranaten auf. Da schrien sie etwas auf deutsch und trieben die beiden Frauen grob ins Haus zurück, stellten sie an die Wand und brüllten: »Partisanen! Bandi-

ten! Wo Partisanen?! Wir sie finden! Ihr sprechen oder tot!« Es klang, als ließen sie ihnen die Wahl. Und die Mutter, die begonnen hatte, in weinerlichem Ton vor sich hin zu jammern, wandte sich flehend an Mariulina: »Sprich, meine Tochter, sprich!!!« In weisem Opportunismus hatte sie sich aus der Guerilla-Aktivität ihrer Tochter herausgehalten, obwohl sie etwas ahnte. Und jetzt war sie hilflos und ohne Ausweg auf jene wenigen Zentimeter Mauer beschränkt.
»Ich nichts wissen! Nein! NEIN!!« erklärte Mariulina und schüttelte wild ihren rothaarigen Kopf. (»Im Zweifelsfall streite ab, streite alles ab!« hatte Assodicuori ihr eingeschärft.) Doch kaum sah sie eine Pistole auf sich gerichtet, wurden ihre Lippen weiß, und sie riß ihre weizenfarbenen, fast rosaroten Augen entsetzt auf. Sie hatte keine Angst vor Schlangen oder Fledermäusen und auch nicht vor Deutschen und vor den Leuten. Aber vor Skeletten und dem Tod hatte sie wahnsinnige Angst. Sie wollte nicht sterben.
In diesem Augenblick spürte sie im Becken einen kleinen heißen Krampf, der ihr sanft die Gelenke zu lösen schien und das Gewicht ihres Körpers nach unten verlagerte. Und plötzlich errötete sie, preßte die Beine fest zusammen und sah unauffällig zu ihren Füßen hinab, die bei dem unerwarteten, heftigen Fluß schon mit Menstrualblut besudelt waren. Bei dem Vorfall, der sie unvorhergesehen in Gegenwart all dieser jungen Männer überraschte, vermengten sich in ihr Scham und Angst. Und zwischen Scham und Angst hin- und hergerissen, versuchte sie, die Füße zu verstecken und gleichzeitig den blutbefleckten Boden mit den Sohlen ihrer großen Schuhe zu säubern. Und zitternd wie Espenlaub sagte sie alles, was sie wußte.
In Wirklichkeit war das nicht viel. Die Guerillakämpfer wußten, daß sie nur ein kleines, noch nicht einmal sechzehnjähriges Mädchen war, und hatten ihr nur das unbedingt Notwendige anvertraut. Im übrigen hatten sie sie in Unwissenheit belassen oder hatten ihr etwas vorgeschwindelt. Zum Beispiel hatte ihr »Verlobter« Assodicuori ihr insgeheim offenbart, er heiße in Wirklichkeit Luiz de Villarrica y Perez und habe einen Bruder, José de Villarrica y Perez, genannt Useppe. Und sie seien irgendwo in der argentinischen Pampa zur Welt gekommen (zwischen Caballeros, Caballos usw.) und ähnliche Geschichten. Sie kannte die Guerillakämpfer der Gruppe zum größten Teil nur vom Sehen und mit den Decknamen. Namen und Anschrift kannte sie nur von: 1. dem Chef Occhiali, der in Albano wohnte und an einem Bein verwundet war, der jedoch in diesen Tagen wegen der Evakuierung Albanos und den Bombenangriffen sich auf einer Bahre irgendwohin hatte wegbringen lassen; 2. von Quat oder Aloisi Oreste, der in jenen Tagen gefallen war, während seine Brüder verstreut an irgendeiner Front standen und seine Eltern, Tagelöhner,

die auf der Suche nach Arbeit ausgewandert und dann zurückgekehrt waren, an einem unbekannten Ort hausten; und 3. wußte sie es noch von einem gewissen Oberdan aus Palestrina, der nach Palestrina zurückgekehrt war und wie die anderen Einwohner irgendwo in den Höhlen oder zwischen den Ruinen der Stadt kampierte. Doch von all diesen jüngsten Ereignissen konnte noch keine Nachricht bis zu Mariulina gedrungen sein.

Was aber die Information betraf, an der die Deutschen vor allem interessiert waren, nämlich der Zufluchtsort, an dem sich die Genossen versteckten, so war das letzte Standquartier, von dem Mariulina Kenntnis hatte, das Steinhäuschen gewesen, in das das Kommando der *Libera* zu Beginn des Winters übergesiedelt war, nachdem sie die Hütte verlassen mußten, in der sie am Anfang gewohnt hatten. *Die Roscetta* wußte indessen nicht, daß die Jungen vor kurzem auch diesen Unterschlupf aufgegeben hatten und sich ohne feste Bleibe in den Bergen herumtrieben, um den Säuberungsaktionen der Deutschen zu entgehen. Und sie wußte auch nicht, daß zu jener Stunde nicht nur die Verbindung *ihrer* Bande zu ihr, Mariulina, unterbrochen war, sondern auch die aller Banden untereinander, die einmal in der Umgebung existiert hatten, die für sie allerdings immer Geisterbanden geblieben waren, deren genauen Standort sie nicht kannte und die sie auch nie auseinanderhalten konnte ... Sie wußte nicht, daß Assos Genossen sich zuletzt getrennt und zerstreut hatten, daß schließlich, während sie ahnungslos darüber redete, ihr Asso schon zusammen mit Piotr zu einem Abenteuer jenseits der Front aufgebrochen war.

Als Mariulina mit ihrem Geständnis fertig war, wurden sie und ihre Mutter von den Gästen, die plötzlich zu wilden Tieren wurden, mißhandelt, zu Boden geworfen und der Reihe nach vergewaltigt. Nur ein einziger nahm an dieser letzten Gewalttat nicht teil, doch hatte er sich dafür, schlimmer als die anderen, bei den Mißhandlungen ausgetobt, als sei er hingerissen von einer schrecklichen Verzückung. Er war ein Unteroffizier von ungefähr dreißig Jahren, mit dem Gesicht eines alten Mannes und Querfalten, die seinen Zügen etwas Verquältes gaben, und dem starren, abwesenden Blick eines Selbstmörders.

Während dieser hastigen Orgie wurde noch mehr getrunken von dem Wein, der im Stall gefunden worden war. Und Mariulina, die bis zu diesem Abend nie mehr als ein Glas getrunken hatte, betrank sich zum erstenmal in ihrem Leben. Doch im Grunde hatte sie nicht übermäßig getrunken, so daß ihr Rausch harmlos war und bei ihrem gesunden, jungen Organismus eine geradezu magische Wirkung auf sie ausübte. Kaum standen die beiden Frauen wieder auf den Füßen, wurden sie hinausgestoßen und aufgefordert. die Männer zu dem Haus zu führen, welches das Mädchen angegeben hatte. Als die Gruppe sich in Bewegung setzte, hatte Mariulina deutlich den Eindruck, daß noch weitere bewaffnete Männer aus der Dunkelheit auftauchten und sich um die beiden Frauen scharten. Doch dieser Umstand erweckte bei ihr in ihrem gegenwärtigen Zustand weder Besorgnis noch Staunen. Das Ganze kam ihr vor wie ein harmloses Schauspiel, wie ein Figurenreigen. Das Gehöft lag fünf oder sechs Kilometer weit entfernt, jenseits des Tales, das ungefähr drei Monate vorher Nino und Useppe von der Höhe aus mit dem Feldstecher betrachtet hatten. Die Nacht war nicht sehr kalt, es regnete nicht, und der Schlamm der vorangegangenen Tage war auf den Wegen zum Teil hart geworden. Der obere Teil der Hügel war von Nebel verhüllt, aber im Tal zogen nur wenige Wolken dahin, leicht und gelöst wie Bänder, und ließen weite, gestirnte Räume offen. Vom Meer her dröhnten die Artilleriegeschütze fast ununterbrochen, zwischen aufblitzenden Geschoßbahnen und Leuchtraketen, die sich im Nebel entzündeten und wieder verlöschten. Doch dieses geräuschvolle Schauspiel, das seit mehr als einer Woche andauerte und das Dasein im Tal begleitete, machte in dieser Nacht keinen größeren Eindruck als ein Gewitter auf dem Meer, das man am Horizont sieht. Die ältere der beiden Frauen – sie war noch nicht einmal fünfunddreißig Jahre alt – war ganz durcheinander und schwankte, als würde sie gleich hinfallen, so daß die Soldaten der Eskorte sie bei den Schultern packten und vorwärts stießen, während das Mädchen, vom Wein ganz erhitzt und ohne an irgendwas zu denken, von einer passiven Erregung beflügelt war. Als Anführerin ging es an der Spitze des Trupps, ein paar Schritte vor seiner Mutter, die, in die Mitte genommen wie eine Gefangene, mit dem Rest der Eskorte folgte. In ihrem schwarzen Kleid und klein gewachsen, wie sie war, verschwand die Frau zwischen den riesigen Soldaten. Doch Mariulina wandte sich nicht einmal nach ihr um, so harmlos und phantastisch erschien ihr alles ringsum. Es befremdete sie und flößte ihr doch Vertrauen ein. Da sie an solche Wege gewöhnt war, schritt sie lässig und unbekümmert aus, und manchmal verfiel sie sogar in ihre natürliche rasche Gangart und sprang vor den Soldaten her. Die Scham, die Bangigkeit und auch der Verdruß über ihre Unpäßlichkeit löste sich in dem leichtsinnigen Vergnügen des sich bewegenden Körpers, als ginge sie tanzend dahin. Und sie merkte es nicht, daß ihr die dunklen, zerzausten Haare ins Gesicht fielen, und auch nicht, daß der zerrissene Pullover ihre halb entblößte Brust sehen ließ. Sogar die Empfindung des Blutes zwischen den Beinen oder des Speichels im Mund verliehen ihr ein liebevolles Gefühl von Wärme. Die vertraute Landschaft lief ihr gehorsam entgegen, während der Augenblick der Ankunft ihr ganz weit entfernt schien und sich im Unendlichen verlor wie die Wölklein, die am Himmel entlangzogen. Die ganze Zeit über lenkte sie sich ab mit flüchtigen Eindrücken, verfolgte neugierig den Dampf des Atems in der Luft oder die verspielten Zeichnungen der Schatten auf dem Boden. Einmal sah man zwischen den Castelli und dem Meer Leuchtkugeln in allen Farben zu Hunderten in den Himmel aufsteigen. Zuerst hingen sie über der Erde und zeichneten Ähren oder Palmwedel in die Luft; dann schwebten sie abwärts, aufgefädelt an einer langen, bunten Kette. Zuletzt verschmolzen sie in einem großen Schlußbukett ineinander, das die ganze Landschaft mit einem einzigen weißen Blitz erhellte. Während Mariulina die aufgerissenen Augen zu dem Schauspiel emporrichtete, kam sie ins Stolpern. Ihr war, als hätte sie der Soldat an ihrer Seite umarmt, während er sie hielt. Als sie zu ihm hinübersah, erkannte sie ihn wieder. Er war der letzte gewesen, der sie vergewaltigt hatte, nachdem er sie seinem Vorgänger gewaltsam entrissen hatte. Und sie war überzeugt, als sie ihn wieder anschaute, daß er sich nicht so roh und gemein betragen hatte wie die anderen. Er war ein schöner Junge mit unregelmäßigen Zügen, einer kapriziösen Nase und einem gekräuselten Mund, der immer zu lächeln schien. Er hatte kleine himmelblaue Augen zwischen goldfarbenen, kurzen und harten Wimpern. »Er muß mich gern haben«, sagte sich Mariulina, »weil er sich nicht vor mir geekelt hat, droben im Haus, bei meinem Zustand ...« (Wenn sie ihre Periode hatte, wandte sich Asso, ihr erster und einziger Geliebter, immer von ihr ab.) Und spontan lehnte sie ihren Kopf an die Brust des Jungen. Dieser schaute sie unsicher und flüchtig, jedoch fast freundlich an. Bald darauf sah man drunten, zwischen den Senkungen des Hügels, ungefähr zweihundert Meter entfernt, das Gehöft, das sie suchten.

Das kleine weißliche Gebäude mit dem schadhaften Dach und der kleinen geschlossenen Tür, das auf dieser Seite keine Fenster hatte, schien schief auf dem unebenen Boden errichtet worden zu sein. Impulsiv machte Mariulina einen Sprung nach vorn, als wolle sie zu Assodicuori laufen, der dort, wie gewohnt, auf sie warten mußte, schon bereit mit seinem von Küssen überquellenden Mund, auf seinem schwankenden Lager. Doch fremde Arme hielten sie zurück, und drohende Stimmen fragten sie etwas auf deutsch. »Ja, ja ...« stammelte sie verwirrt. Dann versuchte sie sich mit einemmal loszureißen und riß entsetzt die Augen auf. »Mà! Màààà!« rief sie, wandte sich zurück, suchte mit den Augen ihre Mutter und brach in kindliches Weinen aus. Und erst nach einer Weile vernahm sie die Stimme ihrer Mutter, die ihrerseits rief: »Maria! Marietta!« Sie war irgendwo ganz in ihrer Nähe zwischen den Soldaten, die sie in ihrer Mitte gefangenhielten und den Abhang zu dem Gehöft hinunter rannten. Ihre Blendlaternen durchsuchten das Dunkel, doch war nirgends auch nur die Spur eines Wachpostens zu sehen, und sie hörten kein anderes Geräusch als das ihrer eigenen Schritte. Einige postierten sich mit der Maschinenpistole im Anschlag draußen zwischen den Olivenbäumen, während zwei oder drei das Haus umzingelten und andere sich vor der Tür aufstellten. Hinten stand das einzige Fensterchen des Hauses weit offen, und einer der Soldaten leuchtete mit seiner Lampe vorsichtig in das dunkle Innere. Dabei griff er mit einer Hand nach den Granaten, die an seinem Gürtel hingen, und murmelte etwas auf deutsch, während im selben Augenblick seine Gefährten vorn die Tür mit Fußtritten und Gewehrkolben rammten. Im blendenden Licht der Laternen zeigte es sich, daß das Innere des Schlupfwinkels unbewohnt und völlig verwahrlost war. Auf dem Boden verstreut lag Stroh, das verfault war, weil es durch das offene Fenster hineingeregnet hatte. Die einzigen Einrichtungsgegenstände waren ein Metallbett ohne Matratze und Decken, dessen einer fehlender Fuß durch einen Stoß Backsteine ersetzt worden war, ferner ein eisernes Bettgestell und darauf eine zusammengeschrumpfte und vom Regen aufgeweichte Roßhaarmatratze. Auf der Matratze lag ein zerbeulter Blechnapf, auf dem Boden der zerbrochene Griff eines Aluminiumbestecks, und an einem Nagel hing ein Stück von einem zerschlissenen Hemd, schwärzlich verschmiert, als hätte es dazu gedient, eine Wunde zu verbinden. Das war alles. Keine Spur von Waffen oder von Nahrungsmitteln. Das einzige Lebenszeichen aus jüngster Zeit war, in einem Winkel, ein Haufen noch nicht getrockneter Scheiße, den Asso und seine Genossen als Beschimpfung für die Leute hinterlassen hatten, die möglicherweise nach ihnen fahnden würden – wie dies manche nächtliche Einbrecher neben dem geknackten Geldschrank zu tun pflegen. Außerdem konnte man an den feuchten, schmierigen Wänden die noch frischen, mit Kohle geschriebenen Inschriften lesen: ES LEBE STALIN, HITLER KAPUTT, FORT MIT DEN DEUTSCHEN HENKERN, und auf den Außenmauern, über einer älteren faschistischen Inschrift WIR WERDEN SIEGEN, war das WIR mit frischen und sehr viel größeren Buchstaben übermalt worden.

Dort drin fanden ein paar Tage später Leute aus der Gegend die Leichen Mariulinas und ihrer Mutter, durchlöchert von Einschüssen und bis in die Scheide zerfetzt, mit Messer- und Bajonettschnitten im Gesicht, an den Brüsten und auf dem ganzen Körper. Sie wurden zusammen im selben Loch beerdigt, auf dem Grundstück, das zu dem Gehöft gehörte, in Abwesenheit von Verwandten oder Freunden, die für ihre Bestattung hätten sorgen können. Im Lauf seiner bewegten Tage sollte Ninnuzzu nie mehr auf den Gedanken kommen, an diesen Ort zurückzukehren. Und vermutlich hat er nie vom Tod Mariulinas noch von ihrem Verrat erfahren.

2

Nach dem Besuch des Wirtes Remo trennte Ida noch in derselben Nacht, während alle schliefen, hinter ihrem Vorhang beim Schein einer Kerze die Matratze an der angegebenen Stelle auf, wobei sie darauf achtete, Useppe, der schlafend darauf lag, nicht zu wecken. Sie durchsuchte die Wolle und zog ein kleines Bündel von zehn Tausendlirescheinen hervor, die für sie, besonders in diesem Augenblick, ein riesiges Vermögen darstellten. Sie verwahrte das Geld in ihrem alten Strumpf, den sie am üblichen Ort versteckte. In der Nacht legte sie zur Beruhigung ihr kostbares Korsett zwischen die beiden Matratzen. Doch reichte dies nicht aus, um sie gegen die Übergriffe ihrer Mitbewohner zu schützen, die ihr alle wie Diebe und Mörder vorkamen und vor denen sie sich fürchtete. Jetzt bekam sie ein gewisses Heimweh nach den Tausend, die ihr zwar mit ihrem Lärm lästig gewesen waren, doch dafür Useppe gern gehabt hatten. Da sie nicht wußte, was nach der kürzlich erfolgten Zerstörung der Castelli aus ihnen geworden war, sah sie sie jetzt in einem zweideutigen Licht, zwischen den Gestalten der Lebenden und den Gestalten von Gespenstern. Und ein Anflug von Panik, die stärker war als ihr Heimweh, schnürte ihr die Kehle zu, wenn sie durch das große Zimmer ging, in dem sich noch immer ihre vagen Schatten bewegten und das jetzt von wechselnden, unzuverlässigen Masken bevölkert war. Am betrüblichsten war, daß der ehemalige Winkel des Verrückten nun von Fremden in Beschlag genommen war und es keinerlei Erinnerung mehr an ihn gab außer dem leeren Vogelkäfig. Sie hatte nie mehr als zwei oder drei Worte an ihn gerichtet, wie »Entschuldigen Sie vielmals . . .«, »Lassen Sie sich nicht stören . . .«, »Danke . . .«. Trotzdem ängstigte sie jetzt die Ungerechtigkeit, die dem fidelen Männchen widerfahren war, das nun nie mehr hier herummarschieren und sich mit seinem Hut auf dem Kopf nützlich machen konnte. Sie wäre wirklich froh gewesen, wenn er wieder in das große Zimmer zurückgekehrt wäre und ihr gesagt hätte, die Geschichte von seinem Tod sei eine Erfindung, auch wenn sie dies natürlich dazu verpflichtet hätte, ihm die zehntausend Lire zurückzugeben.
Immerhin verhalf ihr das Geld, unter anderen Vorteilen, auch dazu, das Asyl zu verlassen. Es waren Glückstage für sie. Als sie wie gewöhnlich bei der Kasse ihr Monatsgehalt abholte, traf sie diesmal eine ältere Kollegin. Die Frau merkte, daß Ida sich in Not befand, und schlug ihr vor, sofort an einen günstigeren Ort umzuziehen. Sie wußte, daß die Familie eines ihrer Schüler aus der Abendschule notgedrungen das Zimmerchen des Sohnes, der 1942 an die russische Front geschickt worden war, untervermieten mußte. Der Preis war sehr gering, weil die Mutter das

Zimmer des Jungen nicht ausräumen, sondern alle seine Sachen drin lassen wollte, bis der Sohn zurückkehren würde, so daß sich die Miete praktisch nur auf das Bett bezog. Doch war das Zimmerchen sonnig und sauber und wurde mit Küchenbenutzung vermietet. Drei Tage später sagten Ida und Useppe Pietralata Lebewohl. Diesmal zogen sie richtig um, mit einem kleinen Wagen, weil sie außer dem Öl, den Kichererbsen und den Kerzen auch die Erbschaft Eppetondos mitnahmen, nämlich die echte Wollmatratze und den leeren Käfig der Peppinielli.

Ein weiterer Vorteil des neuen Wohnortes bestand darin, daß er sich an der Via Mastro Giorgio, im Testaccio, befand, nur wenige Schritte von Idas Schule und der ihrer älteren Kollegin entfernt. Zwar wurde das Schulgebäude für militärische Zwecke verwendet, und der Unterricht fand in anderen Räumen, im Gianicoloviertel, statt, doch war es vom Testaccio zum Gianicolo nicht so schrecklich weit wie von Pietralata aus, so daß Ida ihre Lehrerinnentätigkeit wieder aufnehmen konnte. Das war für sie zu dieser Zeit ein besonderes Glück, denn das Ausgeschlossensein von der Schule hing in ihren ängstlichen Vorstellungen mit ihrer rassischen Schuld zusammen.

Und doch schien es ihr fast unmöglich, daß man ihr den Makel ihres gemischten Blutes, nun, da sie auch offiziell registriert war und von der Polizei überwacht wurde, nicht vom Gesicht ablas. Wenn einer ihrer Schüler die Hand hob, um eine Frage zu stellen, fuhr sie zusammen und errötete, da sie fürchtete, die Frage könne lauten: »Ist es wahr, Frau Lehrerin, daß du Halbjüdin bist?« Wenn draußen an die Tür des Schulzimmers geklopft wurde, wurde sie fast ohnmächtig vor Angst, es könnte die Polizei sein oder zum mindesten jemand, der sie zum Rektor bestellte, der ihr mitteilen würde, von heute an sei sie von den Schulstunden dispensiert, usw. usw.

Der Testaccio war kein Vorortviertel wie San Lorenzo. Und obwohl auch er vorwiegend von Arbeitern und kleinen Leuten bewohnt war, trennten ihn doch nur wenige Straßen von den bürgerlichen Vierteln. Es gab hier viel mehr Deutsche als in Pietralata und im Tiburtino. Durch ihre Gegenwart wurde der tägliche Schulweg für Ida zu einem Spießrutenlaufen, wo sie, eine Zielscheibe des Hohns, von Scheinwerfern angeblinkt und von eisernen Schritten verfolgt wurde und von Hakenkreuzabzeichen umgeben war. Wieder schienen ihr, wie schon einmal, die Deutschen alle gleich zu sein. Schließlich hatte die wahnhafte Angst sie verlassen, sie könnte vielleicht irgendwann einmal unter einem dieser Stahlhelme oder einer dieser Schirmmützen die verzweifelten blauen Augen wiedererkennen, die sie im Januar 1941 in San Lorenzo angesehen hatten. Jetzt erschienen ihr alle diese Soldaten wie die sich ewig gleichbleibenden Gehilfen einer höchsten richterlichen Gewalt, die sie verfolgte. Ihre Augen waren Scheinwerfer und ihre Münder Lautsprecher, jederzeit bereit, über die Plätze und Straßen zu schreien: *Packt das Halbblut!*

In ihrem neuen Viertel trennte sie nur eine Entfernung von einigen hundert Metern vom Getto. Sie aber vermied es bei ihrer täglichen Heimkehr, über die Garibaldibrücke zu gehen. Von dort aus konnte man die gedrungene Form der Synagoge erblicken, von der sie den Blick abwendete, weil sie das Gefühl hatte, ihre Beine würden schwer. In ihrem Geldbeutel lag noch immer jener Zettel, den sie aus dem Deportiertenzug auf dem Tiburtina-Bahnhof erhalten hatte, ohne daß sie sich seither bemüht hatte, den Empfänger ausfindig zu machen. Man wußte, daß die überlebenden Juden, die zufällig der Razzia vom 16. Oktober entgangen waren, fast alle in ihre Häuser diesseits des Tibers zurückgekehrt waren, da sie nirgendwo sonst hingehen konnten. Ein Überlebender, der später davon sprach, verglich sie mit gebrandmarkten Tieren, die sich fügsam und vertrauensvoll in die Umzäunung des Schlachthofes begeben und sich mit ihrem Atem gegenseitig wärmen. Und dieses Vertrauen wird dann als Leichtsinn kritisiert; aber – bemerkte jener – ist nicht das Urteil von Außenstehenden oft töricht?

Ida hatte Angst vor diesem kleinen belagerten Viertel, um so mehr, als sie nicht sicher war, ob sich nicht unter den Überlebenden, die ins Getto zurückgekehrt waren, vielleicht die Signora Celeste Di Segni befand. Sie wußte nämlich nicht, ob diese Frau damals, an dem Montag, dem 18. Oktober, mit dem Transport wirklich abgefahren war oder ob man sie zurückgeschickt hatte. Und wenn Ida daran dachte, daß sie ihr an jenem Morgen auf dem Weg zum Bahnhof verrückterweise ins Ohr geflüstert hatte: »*Auch ich bin jüdin*«, so fürchtete sie eine Begegnung mit ihr mehr als alles. Jenes leise Geflüster kehrte jetzt als finsteres Dröhnen, wie eine wahnsinnige Selbstanklage zu ihr zurück.

In Wirklichkeit hatte die Zeugin, vor der sie sich so fürchtete, an jenem Montagvormittag die Erlaubnis erhalten, mit den anderen Juden abzureisen. Und erst nach Kriegsende erfuhr man, wie die Reise weitergegangen war und wie sie geendet hatte:

Die Fahrt des plombierten Zuges ging sehr langsam vor sich. Die Gefangenen waren fünf Tage dort drin gewesen, als sie am Sonnabend im Konzentrationslager Auschwitz-Birkenau ankamen, das ihr Bestimmungsort war. Doch nicht alle langten lebend an: das war eine erste Auslese. Unter den Schwächsten, die die Strapazen der Fahrt nicht überstanden hatten, befand sich eine schwangere Schwiegertochter der Familie Di Segni.

Von den Überlebenden wurde nur eine Minderheit von ungefähr zweihundert Personen für geeignet gehalten, im Lager zu arbeiten. Alle an-

deren, ungefähr achthundertfünfzig, wurden sofort nach der Ankunft in die Gaskammern geschickt. Sie wußten nicht, daß sie in den Tod gingen. Außer den Kranken, den Behinderten und den weniger robusten Personen befanden sich unter ihnen alle Alten, Halbwüchsigen, Kinder und Säuglinge. Zu diesen gehörten Settimio und Celeste Di Segni, zusammen mit ihren Enkeln Manuela, Esterina und Angiolino. Und bei ihnen war auch, soviel wir wissen – mit der Krämerin Signora Sonnino und dem Verfasser der Botschaft an »Efrati Pacificho« –, die Namensschwester Iduzzas: Ida Di Capua, das heißt: die Hebamme Ezechiel.
Für die zweihundert Überlebenden, die an jenem Sonnabend der Ankunft für die Lagerarbeit bestimmt worden waren, war die Reise, die am 16. Oktober 1943 begonnen hatte, je nach ihrer Widerstandskraft verschieden lang. Am Ende kehrten von den 1056, die vom Tiburtina-Bahnhof weggefahren waren, insgesamt fünfzehn lebend zurück.
Und von all diesen Toten hatten die ersten 850 es sicher noch am besten. Die Gaskammer ist in den Konzentrationslagern die einzige barmherzige Stätte.

Idas Vermieter hießen Marrocco. Sie stammten aus der Ciociaria, aus dem kleinen Dorf Sant'Agata, und hatten erst vor einigen Jahren ihre Berghütte und ihre Leinfelder verlassen, um nach Rom überzusiedeln. Die Frau, Filomena, arbeitete zu Haus als Schneiderin, Hemdenmacherin und Wäscheflickerin, und der Mann, Tommaso, war als Krankenpfleger in Spitälern angestellt. Ihr Sohn Giovannino, dessen Zimmer Ida jetzt bewohnte, war Jahrgang 1922. Im Sommer 1942 hatte der Junge von Norditalien aus, wo er mit seiner Einheit darauf wartete, an die russische Front geschickt zu werden, in Ferntrauung Annita geheiratet, die auch aus der Ciociaria stammte und in seiner Nachbarschaft in den Bergen aufgewachsen war. Er hatte damals keinen Urlaub erhalten können, und so waren die beiden jungen Eheleute in Wirklichkeit bloß Verlobte geblieben. Die jetzt zwanzig Jahre alte Mädchenfrau war erst vor kurzem zu den Schwiegereltern gezogen, zusammen mit dem alten Vater Filomenas, der unlängst Witwer geworden war. Keiner von beiden war bisher je aus der Ciociaria herausgekommen.
Alle diese Leute teilten sich in die Wohnung in der Via Mastro Giorgio, die alles in allem aus zwei Zimmern sowie aus einem ziemlich geräumigen Flur bestand, den Filomena als Arbeitsraum benutzte, während ihr eheliches Schlafzimmer mit dem Spiegelschrank als Anprobezimmer für die Kundinnen diente. Am Abend legte sich Annita im Arbeitszimmer auf einem Klappbett schlafen, und der alte Großvater übernachtete in der Küche auf einem Feldbett.
Das Zimmerchen Idas und Useppes hatte eine Tür zum Flur und war

durch einen anderen Eingang direkt mit der Küche verbunden. Da es nach Süden lag, war es an Schönwettertagen wirklich voller Sonne. Und so winzig es war, erschien es Ida im Vergleich zu der Ecke hinter dem Vorhang in Pietralata doch fast wie eine Luxuswohnung.

Das Mobiliar bestand insgesamt aus einem schmalen Bett, einem etwa einen Meter breiten Schrank, einem Stuhl und einem kleinen Tischchen, das als Kommode und gleichzeitig auch als Schreibtisch diente. In der Tat hatte der abwesende Besitzer des Zimmerchens, der als Kind gerade bis zur zweiten Klasse gekommen war, begonnen, die Abendschule zu besuchen, ehe er eingezogen wurde. Tagsüber hatte er bei einem Polsterer gearbeitet. Und auf dem kleinen Tisch lagen noch immer, schön geordnet, seine wenigen Schulbücher und die Hefte mit seinen Aufgaben, die in fleißiger, aber unsicherer und mühsamer Schrift, wie der eines Kindes, geschrieben waren.

So hing auch jetzt noch seine Zivilkleidung im Schrank, und zwar war dort zusammen mit einem Pullover in einer Kunststoffhülle sein guter Anzug aus dunkelblauer, fast schwarzer Mischwolle verwahrt, der in den Schultern stark gepolstert und schön gereinigt und geplättet war. Daneben hing auf einem Bügel sein bestes Hemd aus besonders feinem weißen Musselin. Seine beiden Werktagshemden lagen dagegen in einer unteren Schublade des Schrankes, zusammen mit einem Paar gewöhnlicher Hosen, vier Unterhosen, zwei Unterhemden, ein paar Taschentüchern und einigen bunten, geflickten Socken. Überdies standen unten im Schrank ein Paar fast neuer Schuhe, die mit Zeitungspapier ausgestopft waren und auf denen die ebenfalls fast neuen Sonntagssocken lagen. Auf einer im Innern der Tür ausgespannten Schnur hing eine kunstseidene Krawatte mit himmelblauen und weißen Karos.

In der Ecke lagen dann noch zwei gedruckte Heftchen. Eines trug den Titel: *GITARRESPIELEN im Selbstunterricht und ohne Notenkenntnis*. Und das andere hieß: *Kleine MANDOLINENSCHULE*. Eine Mandoline oder eine Gitarre war indessen nicht vorhanden. Das einzige Musikinstrument, das es hier gab, war – in der Schublade des kleinen Schreibtisches, neben einer Feder und einem Bleistift – eine jener kleinen, mit dem Messer geschnittenen Rohrflöten, wie sie die Ziegenhirten spielen. In der Tat hatte Giovannino – wie seine Mutter Filomena rühmte – von Kindheit an leidenschaftlich gern Flöte gespielt. Doch hatte er, außer dieser Art Rohrflöte, bisher kein anderes Instrument besessen.

Und dann, um die Liste abzuschließen, gab es noch unter dem Bett seine mehrmals gesohlten Werktagsschuhe, deren Oberleder allerdings abgenutzt war. Und an einem Haken hinter der Tür hing eine abgewetzte Windjacke aus imitiertem Leder. Dies war praktisch der ganze Inhalt des Zimmerchens.

Es gab hier weder Heftchen noch illustrierte Zeitschriften, keine Bilder von Filmstars oder von Fußballspielern wie in Ninnarieddus Zimmer. Die Wände waren mit billiger Tapete verkleidet und ganz kahl, mit Ausnahme eines Reklame-Kalenders mit zwölf Blättern, der noch aus dem Jahre 1942 stammte und Propagandaphotos von den Taten des faschistischen Regimes zeigte.

Von dem abwesenden Besitzer des Zimmerchens gab es, weder hier noch anderswo, auch nur eine einzige Photographie, auf der er allein zu sehen gewesen wäre. Die Mutter besaß immerhin zwei Gruppenaufnahmen und zeigte sie auch vor. Aber weder auf der einen noch auf der anderen war viel zu sehen. Das erste Bild, das vielleicht von einem Amateur aus dem Dorf aufgenommen worden war, zeigte Giovannino noch als Kind zusammen mit ungefähr zehn anderen, gleichaltrigen Dorfbuben bei einer Firmung. Auf diesem Bild konnte man gerade noch erkennen, daß er schlank und ziemlich blond war, daß er eine Mütze auf dem Kopf trug und lachte. Das zweite Bild, das von einem Soldaten mitgebracht worden war, den er in Rußland getroffen hatte, war ein kleiner Schnappschuß, der eine Menge Gestrüpp zeigte und im Hintergrund einen Streifen Wasser. Im Vordergrund sah man einen dicken, krummen Pfahl, der die ganze Landschaft von oben bis unten durchschnitt. Links von dem Pfahl, ziemlich weit vorn, sah man den Hintern eines Maultiers und daneben ein vermummtes Männchen mit Wickelgamaschen an den Beinen. Das war jedoch nicht er. Rechts neben dem Pfahl indessen, aber weiter hinten, erblickte man dunkle Gestalten, die so dicht nebeneinander standen und so eingemummt waren, daß man nicht einmal erkennen konnte, daß es Soldaten und keine Zivilisten waren und ob sie auf dem Kopf Stahlhelme oder eher eine Art von Schlapphüten trugen. Unter diesen stand er. Aber es war wirklich nicht möglich, ihn genau zu sehen, man konnte ihn nicht einmal inmitten des Haufens, an einer bestimmten Stelle, ausfindig machen.

Nachdem Ida das Zimmerchen von Filomena übernommen hatte, die bei dieser Gelegenheit ein sorgfältig aufgestelltes Inventar anfertigte, erlaubte sie es sich nie mehr, den Schrank zu öffnen, obwohl dieser eine wacklige Tür ohne Schlüssel hatte. Und unaufhörlich schärfte sie Useppe ein, den Schrank nicht anzufassen, so daß dieser es schließlich gehorsam vermied, auch nur mit einem Finger die Habseligkeiten des abwesenden Besitzers zu berühren, und sich damit begnügte, sie mit tiefem Respekt zu betrachten.

Für Idas eigene Habe stellte ihr Filomena eine Pappschachtel sowie eine leere Stelle im Küchenschrank zur Verfügung. Dank der Erbschaft, die Ida vom Verrückten zuteil geworden war, fühlte sie sich reich und kaufte einige Vorräte sowie einen Rest roten Wollstoffs, aus dem

Filomena einen kleinen Anzug für Useppe schneiderte. In diesem Anzug sah Useppe nicht mehr wie ein Indianer und auch nicht mehr wie Charlie Chaplin aus, sondern wie ein Gnom aus einem Zeichentrickfilm.

Das Zimmerchen war nicht so laut wie der große Raum in Pietralata. Doch die Geräusche dauerten auch hier fast pausenlos an. Tagsüber drangen aus dem Flur und Arbeitsraum der unaufhörliche Lärm der Nähmaschine, die Stimmen der Besucherinnen und Kundinnen herüber. Und nachts hörte man von der Küche her den Großvater aus der Ciociaria, der wenig schlief, im Schlaf oft unter Alpträumen litt und in den Zeiten, da er wach lag, immer nur Schleim spuckte. Seine lange, magere und gebeugte Gestalt war ein tiefer Brunnen voll Schleim, der nie versiegte. Der Alte hatte immer eine große, abgeblätterte Schüssel neben sich, und wenn er hustete und spuckte, gab er Töne voll höchster Bangigkeit von sich, die ein bißchen wie die Schreie der Esel klangen, wenn sie den ganzen Schmerz der gequälten Kreatur in die Nacht hinausbrüllen. Im übrigen sprach er wenig, war schon ein bißchen wunderlich und ging nie aus dem Haus, denn auf den Straßen der Stadt fühlte er sich wie in Feindesland. Wenn er zufällig ans Fenster trat, zog er sich sogleich wieder zurück und beklagte sich darüber, daß man hier in Rom draußen keine leere Stelle sehe. Wenn man von seinem Haus in den Bergen hinausschaute – für *schauen* sagte er *gucken* –, sah man so viel Leere, aber hier gab es überall nur Mauern. Auch in der Nacht hörte man, wie er in seinen Alpträumen seine hartnäckige Klage über das Volle und das Leere hinausschrie: »Guck! Guck!! Da ist alles voll Mauern!« Und wenn, wie es oft geschah, von der Straße herauf Schüsse ertönten, Flugzeuge am Himmel dröhnten oder vielleicht auch von irgendeinem Bombeneinschlag in der Umgebung die Scheiben klirrten, fuhr er jedesmal mit einem heiseren, verzweifelten Winseln auf, das besagte: »Jetzt bin ich wieder wach!« Ab und zu wiederholte er auch, wenn er wach lag: »O Mà, o Mà!« Und für die Mutter antwortete er sich selbst mit der Stimme eines Waisenkindes: »Sohn! Sohn, was willst du?« Oder er bemitleidete sich und nannte sich »Zigeuner« und erklärte sich zum »Zigeuner in der Strohhütte«. Die Strohhütte war seine Behausung in den Bergen gewesen, wo er zuletzt allein gelebt hatte. Und dann begann er wieder zu husten, qualvoll, daß es schien, er spucke Blut.

Tagsüber saß er immer auf einem Stuhl in der Küche und hatte seine Waschschüssel neben sich. Sein spindeldürrer, knochiger Körper endete in einem schmutziggrauen, struppigen Kopf, und auch im Haus pflegte er, nach Gebirglerart, den Hut aufzubehalten. An den Füßen trug er, auch hier in Rom, seine Sandalen. Im übrigen beschränkte er sich darauf, von der Küche zum Abort zu gehen und von dort wieder zurück. Er

hatte ein unstillbares Verlangen nach Wein, doch die Tochter hielt ihn knapp.
Das Küchenfenster ging auf einen gedeckten kleinen Balkon, wo in den ersten Tagen ein Kaninchen wohnte. Useppe hatte es gleich beim Einzug in die neue Wohnung dort entdeckt, wie es auf seinen langen Hinterbeinen herumhüpfte. Von da an war es seine Lieblingsbeschäftigung, zu Hause hinter den Scheiben des kleinen Balkons zu stehen und dem Kaninchen zuzusehen. Es war ganz weiß, nur das Innere seiner Ohren war ein bißchen rosa, und seine ebenfalls rosaroten Augen schienen die Umgebung zu ignorieren. Seine einzige Reaktion auf die Umwelt war eine Art Entsetzen, das es rasch und unvermutet, auch ohne ersichtlichen Grund, überfiel, weshalb es dann schnell, mit zurückgelegten Ohren, in sein Häuschen floh, das aus einer Sperrholzkiste bestand. Aber gewöhnlich hockte es aufmerksam und ruhig abseits, als brüte es kleine Kaninchen aus, oder knabberte eifrig an den Kohlstrünken, die ihm Annita gab. Ein Krankenhausinsasse hatte es Tommaso geschenkt. Und die Familie, besonders die Schwiegertochter Annita, hatte es – obwohl sie als Hirten an das Schlachten von Tieren gewöhnt waren – aus irgendwelchen Gründen ins Herz geschlossen, als wäre es eine Art Verwandter, so daß sie sich nicht entschließen konnten, es in einer Bratenschüssel zu opfern. Doch eines Tages fand Useppe, der jeden Morgen gleich nach dem Aufwachen zum kleinen Balkon lief, dort nur noch Annita vor, die die Überreste der Kohlstrünke mit traurigem Gesicht wegfegte. Das Kaninchen war nicht mehr da. Die Familie hatte resigniert und es notgedrungen gegen zwei Dosen Büchsenfleisch getauscht.
»... Wo ist das Ninchen?«
»Es ist fortgegangen...«
»Mit wem ist es fortgegangen?!...«
»Mit der Zwiebel, dem Öl und den Tomaten...«, antwortete seufzend die Schwiegermutter von der Tür her.
Im Arbeitsraum hielt sich, zusammen mit Filomena und Annita, immer ein kleines Lehrmädchen auf, das auch im Haus mithalf und Botengänge machte. Es war ein junges Ding, ungefähr vierzehn Jahre alt, und stammte aus den Abruzzen. Es war eigentlich schon eine Frau, aber so mager, daß es anstelle der Brüste richtige Höhlungen hatte. Wenn es nähte oder flickte oder an der Nähmaschine saß, sang es immer einen Schlager, in dem es hieß:

»... Freude, wie *qualvoll*
du bist...«

Selten blieben die drei Frauen allein. Wenn keine Kunden da waren, so fehlte doch fast nie irgendein Besucher. Alle Tage kam eine etwa fünfunddreißigjährige Frau aus dem Viertel vorbei – Consolata mit Namen –, deren Bruder mit Giovannino und dessen Einheit an die russische Front gegangen war, von dem man aber seit einiger Zeit auch nichts mehr wußte. Jemand, der spät nachts Radio Moskau hörte, hatte vor einigen Monaten versichert, in einer Liste von Gefangenen sei sein Name genannt worden. Doch ein anderer, der dieselbe Nachtsendung gehört hatte, sagte, der Name, der im Radio mitgeteilt worden sei, habe zwar Clemente gelautet, doch der Familienname sei ein anderer gewesen.

Die Verwandten in Rußland bildeten fast den einzigen Gesprächsstoff der Frauen. Nicht einmal über das andere wichtige Thema, die schlechten Zeiten, wurde so viel geredet. Von Ninnuzzu hingegen, von dem man ebenfalls keine Nachricht hatte und der irgendwo herumvagabundierte, vielleicht auch noch bei den Partisanen war, wollte Ida lieber nicht sprechen, ja, sie wollte, aus einem unbewußten Aberglauben heraus, nicht einmal an ihn denken. Doch hielt sie den Wirt Remo, für den Fall, daß Nino wieder einmal nach Rom kam, über jede Ortsveränderung auf dem laufenden.

Eine andere Besucherin der Marrocco war eine gewisse Santina, die allein in der Gegend von Porta Portese wohnte. Sie war ungefähr achtundvierzig Jahre alt, ziemlich groß und außergewöhnlich starkknochig, so daß ihr Körper, obwohl er entsetzlich mager war, grobschlächtig und schwerfällig wirkte. Sie hatte große, dunkle Augen und einen tiefen, glanzlosen Blick. Und da sie wegen des Hungers die Zähne verlor und ihr vorn ein Schneidezahn fehlte, hatte ihr Lächeln etwas Wehrloses und Schuldbewußtes, als schäme sie sich jedesmal, wenn sie lächelte, ihrer selbst und ihrer Häßlichkeit.

Sie trug das größtenteils ergraute Haar lose über die Schultern hängend, wie ein junges Mädchen. Doch gebrauchte sie weder Puder noch kosmetische Präparate und versuchte nicht, ihr Alter zu verbergen. Ihr zerstörtes, blasses Gesicht mit den starken, vorstehenden Knochen drückte rohe, resignierte Einfachheit aus.

Im Hauptberuf arbeitete sie selbst jetzt noch als Dirne. Doch bemühte sie sich auch, etwas hinzuzuverdienen, indem sie in den Häusern des Viertels die Wäsche besorgte und Spritzen gab. Ab und zu wurde sie krank und ging ins Spital, oder sie wurde von der Polizei aufgegriffen. Doch pflegte sie im allgemeinen ihre Wunden nicht zur Schau zu stellen, und jedesmal, wenn sie zurückkam, gab sie zu verstehen, sie sei *droben in ihrem Dorf* gewesen. Sie erzählte auch, droben in ihrem Dorf lebe noch ihre Mutter, die sie unterhalten müsse. Aber alle wußten, daß sie log. Sie hatte keine Verwandten mehr auf der Welt, und jene *Mutter* war in Wirklichkeit ein Zuhälter, der um viele Jahre jünger war als sie und in Rom lebte, sich aber selten mit ihr sehen ließ. Anscheinend wohnte er in einem anderen Stadtteil, und es gab Leute, die ihn gesehen hatten, aber nur wie eine Erscheinung oder einen Schatten, ohne genaue Umrisse.

Die Häufigkeit, mit der Santina im Hause Marrocco erschien, erklärte sich vor allem aus ihrer Fähigkeit, aus den Karten zu lesen. Dafür besaß sie ein eigenes System, das nicht in den Büchern übers Kartenlegen stand und das sie von irgend jemand erlernt hatte. Die Marroccos wurden nie müde, sie über Giovannino zu befragen. Kaum war sie angekommen, räumten sie die Stoffreste, Scheren, Nadeln und was sonst noch herumlag von dem Arbeitstischchen weg, um für den Stoß Spielkarten Platz zu machen. Ihre Fragen waren immer dieselben:

»Sag uns, ob es ihm gutgeht.«

»Sag uns, ob er an uns denkt.«

»Sag uns, ob er bald nach Hause zurückkehrt.«

»Sag uns, ob er gesund ist.«

»Sag uns, ob er noch immer an die Familie denkt.«

Filomena stellte ihre Fragen in einem hastigen, dringlichen Ton, als ersuche sie eine sehr beschäftigte Amtsperson, die nicht viel Zeit hat, um eine schleunige Antwort, während Annita die Fragen langsam vorbrachte, in ihrer gewohnten reservierten und melancholischen Art, den Kopf ein wenig auf die Schulter geneigt, wie sie auch sonst oft dasaß. Ihr ovales, braunes Gesicht wirkte blasser durch die schwarze Last des Knotens, der sich ganz langsam auf einer Seite auflöste. Und wenn sie mit der Schwiegermutter zusammen die Antworten Santinas kommentierte, war ihre Stimme schüchtern und zurückhaltend, als fürchte sie, jemanden zu stören.

Santina hob ihre schweren, verschleierten Augen nie von den Karten und gab die Antworten im Ton eines etwas zurückgebliebenen Kindes, das ein absonderliches Gebet aufsagt. Ihre Antworten variierten, ebenso wie die Fragen, von Mal zu Mal nur wenig:

»Schwerter ... umgekehrte Schwerter. Kalt. Da oben ist es kalt«, sagt Santina.

»Siehst du!« schimpft Filomena ihre Schwiegertochter. »Und ich habe immer darauf bestanden, daß man ihm in dem Paket auch den Pullover mitschicken soll!«

»Er hat uns geschrieben, daß er ihn nicht braucht, daß wir ihm lieber noch mehr Strümpfe schicken sollen und Kastanien ...«, entschuldigt sich Annita.

»Ist er gesund? Sag uns, ob er gesund ist.«

»Ja, hier sehe ich gute Nachrichten. Er ist in der Nähe einer mächtigen Persönlichkeit ... Gute Empfehlungen. Jemand Wichtiges ... Der Geldkönig ... Ein Offizier ...«

»Vielleicht ist das der Leutnant ... Wie war der Name des Leutnants, Mà, von dem er geschrieben hat ...?« flüstert Annita ihr demütig zu.
»Mosillo! Leutnant Mosillo!«
»Nein ... nein ...«, Santina schüttelt den Kopf. »Geldkönig ... Kein Leutnant ... Mehr! Es ist einer, der höher steht ... Ein Hauptmann ... Oder ... General!«
»General!!!?«
»Und hier sieht man jetzt die Frau. Und zwei Pokale ... Und den Sieg. Eine dunkle Frau ...«
Hier wandte sich Annita ab, um die Traurigkeit ihrer schwarzen Augen zu verbergen, in die beinah Tränen traten. Zu den Gefahren Rußlands gehörten, nach allem, was man so vernahm, die dortigen Frauen, die sich in Italiener verliebten, sie bei sich behielten und nicht mehr fortgehen ließen. Und unter der Angst vor dieser Gefahr litt die junge Frau vielleicht am allermeisten.
Der letzte Brief Giovanninos, den die Familie besaß, war mehr als ein Jahr alt und trug das Datum vom 8. Januar 1943. Er war mit wäßriger, rötlichschwarzer Tinte geschrieben. Auf dem Umschlag und auch am Anfang des Briefes stand: WIR WERDEN SIEGEN, denn es hieß, die Briefe würden mit einem einfachen Stempel und ohne zensiert zu werden befördert, wenn sie dieses Motto trügen.

WIR WERDEN SIEGEN
Rusland, 8. Januar 1943, XXI.
Meine liebe Familie
ich komme mit diesem Blatt um euch mitzuteilen, daß es mir gut geht, wie ich es auch von euch Alen von der Familie hoffe das Dreikönigsfest habe ich nicht alzu schlecht verbracht ich lase euch wisen hier sagt man für kalt olodna (... drei zensierte Wörter) das Paket ist nicht angekomen aber macht euch keine Sorgen, denn an Weihnachten hat uns die Regierung zwei Röhren ins warme Wasser gegeben und dan hat uns eine alte rusische Frau Pfannkuchen gemacht und ich sage euch das Zifilleben ist schön denn hier falen einem vor Kälte die Nägel von den Füsen, denn viele Nächte müsen wir Dratverhaue machen und wegen Maschinengewehrfeuer mus man sich hier eingraben und wir sind unter der Erde wie Mäuse und wir essen läuse liebe Eltern seid guten Mutes denn wir siegen und werden siegen ich füge eine Anweissung von dreihundertzwanzig Lire bei Liebe Mutter und liebe Frau glaubt es nicht wen ir schlechte Nachrichten hört es stimt ales nicht (... fünf zensierte Wörter) denn bald sind wir gesunt und munter zurück und das wichtigste ist die Gesuntheit hier lerne ich ein paar Wörter rusisch, denn statt Kartoffeln sagt man Kartatschen liebe Mutter ich kan es nicht erwarten euch zu umarmen das ist der eintzige Gedanke Tag und Nacht und es komt keine

Post liebe Eltern last mich wissen ob die andere Anweissung angekomen ist und jetzt schliesse ich den Brif denn hier haben wir wenig Papir denn wir hoffen bald mir bleibt nur noch euch zu grüsen
Euer sehr geliebter Sohn und Eheman   Giovannino
Gleichzeitig mit diesem Brief war ein anderer an Annita angekommen, der kurz vorher geschrieben worden war, und seither hatte man weder Post von Giovannino noch Nachrichten über ihn erhalten. Im Frühling desselben Jahres 1943 hatte der durchreisende Heimkehrer, der die Photographie mitbrachte, erzählt, er habe ihn ein paar Monate vorher, im November, getroffen, damals sei es Giovannino gut gegangen, und sie hätten ein Kommißbrot und eine Konservenbüchse miteinander geteilt. Den anderen Vermißten, Clemente, den Bruder der Consolata, hatte er weder getroffen noch je gekannt und wußte nichts von ihm.
Filomena und Annita konnten beide praktisch nicht lesen und schreiben. Doch während Filomena Giovanninos Briefe in ihrem Zimmer oft aus dem Schrank nahm, um sie sich nochmals vorlesen zu lassen und sie zu kommentieren, hütete Annita die ihren eifersüchtig und zeigte sie niemandem. Eines Abends aber, als die anderen Frauen weggegangen waren, klopfte sie an Idas Tür und bat sie errötend, ihr Giovanninos letzte Briefe von der Front nochmals vorzulesen. Damals, als sie sie bekommen habe, habe sie noch in den Bergen gelebt, und danach habe sie hier in Rom keine Gelegenheit mehr gehabt, sie sich *erklären zu lassen*, so daß sie sie schon fast vergessen hätte ... Dann zog sie unter dem Pullover das Häufchen Papier hervor. Es waren nicht nur Briefe, es lagen auch ein paar gebührenfreie Karten bei, auf denen Propagandaphrasen aufgedruckt waren, zum Beispiel: ZU JEDER STUNDE SEINER GLORREICHEN GESCHICHTE HAT ROM SEINEN ZIVILISATORISCHEN AUFTRAG ERFÜLLT ... Gewöhnlich hatte der Junge auf den Briefumschlägen und den Blättern als umsichtige Kriegslist zur Umgehung der Zensur WIR WERDEN SIEGEN geschrieben. Wegen der schlechten Tinte und durch Staub und Wasser war die Schrift ganz verblichen, als sei sie ein Jahrhundert alt.
»Gelibteste Annita ich bitte dich laß wenn möglich eine Photographi von dir machen für mich damit ich sie wenigstens anschauen kann sag es zum Beispiel diesem Krankenpfleger von Santospirito er hatte eine Kodack und ich bitte dich mach dir keine Sorgen wegen mir du wirst sehen es wirt eine schöne Rükkehr denn ich kann es nicht erwarten, das ich dir eine Milljon Küsse gebe und wir werden eine schöne Hochzeitsreise machen ich will dich bis nach Venedig mitnemen (... eine zensierte Zeile ...)« – »Liebe Gattin mach dir keine Sorgen um mich ich bin bei guter Gesuntheit hier machen wir Wettkämpfe mit Rennen von Läusen, wem seine zuerst ankommen der gewint eine Zigarete ich habe schon zwei Africa und eine Trestelle gewonen und ich bitte dich, libe Frau, wen du

schreibst leg eine Briefmarke von zwei Lire bei hier gibt es keine« – »*Ich bitte dich denk daran und leg ins Packet viel Läusepulver«* – »*Zu Frau sagt man hier Katiutschen aber denk dir nichts dabei!! Für mich gibt es nur eine, die Madona meines Herzens! Du bist ales für mich und eine Milljon Küsse . . .«* – »*Heute nacht habe ich einen Traum gehabt ich habe dich gesen du warst nicht erwachsen wie jetzt sondern ein kleines Mädchen wie in den alten Zeiten und ich habe dir gesagt aber wie kann ich dich heiraten? denn du bist zu klein! Und du hast mir gesagt wen du von Rusland zurückkomst werde ich gewachsen sein und ich habe dir gesagt hier bin ich zurückgekert und habe dich in die Arme genomen und du bist in meinen Armen groß geworden! und ich habe dir eine Milljon Küsse gegeben Ach mein iniggeliebtes Frauchen hier bin ich in der Hölle niemant get es so schlecht wie mir und ich werde noch ganz verrückt aber mach dir keine Sorgen um mich du wirst sehen bald sind wir wider vereint für mich kann ich es nicht erwarten meine Gedanken (. . . ein zensiertes Wort) aber was willst du machen wir sind die gemeinen Soldaten empfange eine Milljon Küsse . . .«*

Da Annita zu schüchtern war, um sich auf den einzigen Stuhl oder auf den Bettrand zu setzen, blieb sie während der Lektüre stehen und stützte ihre rauhe, rote Hand leicht auf das Tischchen. Doch als sie mit den Augen den von Ida laut vorgelesenen Worten folgte, sah es aus, als überwache sie einen wichtigen Vorgang, als seien diese Blättchen eine äußerst wertvolle Handschrift und das Entziffern eine andere Art von Kartenlesen, die irgendwie das Schicksal bestimmte. Sie gab keinen Kommentar ab, sondern seufzte nur kurz, als sie am Schluß das Päckchen wieder an sich nahm. Und sie ging unbeholfen weg; ihre kräftigen Beine, die zu dem langen, weiten Rock der Frauen aus der Ciociaria gepaßt hätten – die aber jetzt unter dem kurzen, engen Kleidchen, mit den schwarzen Strümpfen, die ihr bis zum Knie reichten und ein Stück ihres nackten Schenkels sehen ließen –, erschienen im Vergleich zu ihrem zierlichen Körper bäuerlich plump. Vom Winter 1943 bis heute waren sie und ihre Schwiegereltern von einer amtlichen Stelle zur anderen gegangen, um etwas über Giovannino zu erfahren: von Ministerien zu Rathäusern und Distriktbüros, vom Roten Kreuz bis zum Vatikan . . . Doch die Antwort war immer die gleiche: *Wir haben keine Nachricht. Er wird vermißt.* Die Beamten oder die Militärs, die dem öffentlichen Dienst zugewiesen waren, antworteten jetzt manchmal in brutalem, gelangweiltem, ironischem oder geradezu höhnischem Ton. Aber was bedeutete schon *vermißt?* Es konnte heißen: gefangen, nach Sibirien deportiert, in Rußland als Gast einer Familie zurückgeblieben oder mit irgendeiner Frau von dort verheiratet . . . In erster Linie konnte es heißen: *gefallen.* Doch diese Hypothese wurde unter allen anderen möglichen von Annita und

Filomena als unmöglich ausgeschlossen. Sie warteten von einem Tag zum anderen weiter auf Giovannino, lüfteten ab und zu seinen guten Anzug und weigerten sich schließlich, den offiziellen Nachrichten noch irgend etwas zu glauben. Sie hatten mehr Vertrauen zu Santinas Karten.
Ihre Freundin Consolata kritisierte sie wegen ihrer Unwissenheit. »Nur solche Bauerntrinen wie sie«, flüsterte sie Ida heimlich zu, »können an den Schwindel mit den Karten glauben.« In der Tat war sie gebildeter als die Marroccos, denn sie war Verkäuferin in einem Kurzwarengeschäft und stammte aus dem Norden. Doch auch sie wartete, nicht weniger als die anderen, voller Optimismus auf die Rückkehr des Bruders aus Rußland. »Vermißt heißt, daß man ihn wiederfinden kann. Und bei so vielen Leuten müssen einige Tausend sicher zurückkommen. Es kann nicht sein, daß alle verschwunden sind. Mein Bruder ist nicht der Typ, der verlorengeht. Bevor er nach Rußland kam, war er schon an der Alpenfront und in Griechenland und in Albanien. Und zur Orientierung hatte er auch einen Kompaß dabei, und er trug immer ein wundertätiges Bild der Madonna bei sich.« Sie hatte großes Vertrauen in den Schutz der Madonna, besonders in einem so gottlosen Land wie Rußland. Und sie verzog den Mund, wenn manche Leute behaupteten: »Rußland ist das Grab der Jugend Italiens.« »Das ist alles nur Propaganda«, sagte Consolata. Es gab auch Leute, die grausam versicherten: »Sie sagen *vermißt*, um nicht sagen zu müssen: *aussichtsloser Fall.*« Sie machten sich über Annita und ihre Lage lustig: »Verheiratet, aber noch immer Jungfrau...«, sagten sie zu ihr und forderten sie womöglich augenzwinkernd auf, sich einen anderen Mann zu suchen. Dann weinte Annita, und ihre Schwiegermutter schimpfte wütend auf diese gemeinen Leute, die die Ehrbarkeit einer jungen Frau beleidigten und die Treue Giovanninos in Zweifel zogen.
Sowohl die Schwiegermutter wie die Schwiegertochter waren von Natur treu und anständig. Doch sprachen sie so wie die Bauern aus ihrer Gegend, und das klang für die Städterin Ida manchmal obszön. Es war, als besitze für die beiden jedes Ding, das mit einem Namen bezeichnet wurde, einen Arsch und ein Geschlechtsteil und sei zur Paarung bestimmt. Wenn die Tür nicht aufging, sagten sie: »Dieses Scheißschloß funktioniert nicht.« Und wenn sie die Stecknadeln nicht fanden: »Himmel, Arsch und Zwirn, wo stecken denn diese beschissenen Stecknadeln?«, und so weiter. Ida war erschüttert, wenn sie die kleine Annita ungeniert gewisse Wörter aussprechen hörte, die ihr Angst und Scham einflößten.
Den Hausherrn sah man selten, denn wenn er Tagschicht hatte, kam er spät nach Hause, und nach der Nachtschicht schlief er tagsüber. Als er

wieder einmal kurz da war, brachte er Useppe ein Lied aus seiner Heimat bei, das folgendermaßen lautete:

Schafhirt, Käsfresser,
geht zur Kirche und kniet nicht nieder,
zieht die Mütze nicht vom Kopf,
Schafhirt, du verfluchter Tropf.

Im allgemeinen kümmerte man sich im Haus Marrocco, wie schon in der letzten Zeit in Pietralata, nicht viel um Useppe. Kinder gab es nicht, und das kleine Lehrmädchen, das durch den ewigen Hunger halb verblödet war, hatte kaum genug Atem, um *Freude, wie qualvoll du bist* vor sich hin zu trällern, was im übrigen immer lustloser klang. Und die Frauen im Haus waren, wie auch ihre Besucherinnen und Kundinnen, zu beschäftigt oder zu sehr von ihren Sorgen in Anspruch genommen, um ihn zu beachten. Zumeist betrachteten sie ihn wie ein Kätzchen, das man duldet, solange es für sich allein spielt, das man aber fortjagt, wenn es einem zwischen die Füße gerät. Die Epoche der Tausend versank wie eine alte Legende immer mehr in der Vergangenheit.

In den langen Stunden, wenn Ida fort war, und nach dem ungeklärten Verschwinden des Kaninchens hielt sich Useppe, wenn er nicht *dachte*, beim Großvater auf, der aber seine Gegenwart gar nicht zu bemerken schien. Denn obwohl der Alte seine Tage auf einem Stuhl sitzend verbrachte, hatte er keine Ruhe; das Leben, das immer noch in seinem Organismus andauerte, setzte ihm zu wie ein Schwarm Stechmücken, die ihn nicht in Frieden lassen wollten. Seine Augen sahen noch, und seine Ohren hörten, aber jeder Gegenstand, den er mit den Sinnen wahrnahm, wurde für ihn zu einem quälenden Ärgernis. Ab und zu nickte er kurz ein, um dann jäh wieder aufzuwachen. Oder er schleppte sich mühsam, als begebe er sich auf eine anstrengende Reise, vom Stuhl zum Fenster, wo ihn aber sogleich die *Fülle* der Häuser und der Mauern zurückstieß, die ihn von draußen her überfielen: »Da ist *keine Leere! Keine Leere!*« sagte er voll Verzweiflung und starrte mit geröteten, erloschenen Augen hinaus. Und wenn er sah, daß jemand von einem gegenüberliegenden Fenster zu ihm herüberschaute, bemerkte er: »Er guckt zu mir herüber, und ich gucke zu ihm hinüber!«, als konstatiere er ein Gesetz, das ihm entsetzlich Angst machte. Also blieb ihm nichts anderes übrig, als sich wieder auf seinen Stuhl zu setzen und in seine ewige Waschschüssel zu spucken. Useppe betrachtete ihn mit seinen aufmerksamen, eifrigen Augen, als sehe er eine weite Landschaft, die vom Frost gequält wurde.

»Weshalb spuckst du so viel?«

»Uhhuur ... uuuuuuuh ... rrruhuhu ...«

»Was hast du? Willst du trinken? Ja? Willst du trinken ... He! Willst

du Wein?« (Und dabei flüsterte er ganz leise, damit Filomena es nicht hörte.)
»Uuuuuh... muuuuurrhau...«
»Da!! WEIN! Da ... WEIN!! Aber sei still, ja? Mach keinen Krach ... He! Da! Trink!«

3

In den letzten Monaten der deutschen Besetzung sah Rom allmählich wie gewisse indische Städte aus, wo nur die Geier sich sattfressen können und keine Bestandsaufnahme der Lebenden und der Toten mehr stattfindet. Obdachlose und Bettler, die aus ihren zerstörten Dörfern geflüchtet waren, biwakierten haufenweise auf den Stufen vor den Kirchen oder vor den Palästen des Papstes. Und in den großen öffentlichen Parks weideten ausgemergelte Schafe und Kühe, die den Bomben und Razzien auf dem Land entgangen waren. Obwohl Rom zur *Offenen Stadt* erklärt worden war, kampierten deutsche Truppen in nächster Nähe der Wohnviertel, und ihre Kolonnen fuhren geräuschvoll über die Straßen. Und die unheilvollen Schwaden der Bombardements, die das ganze Hinterland durchzogen, senkten sich auf die Stadt wie ein großer Vorhang voller Pestilenz und Erdbeben. Die Fensterscheiben der Häuser zitterten Tag und Nacht, die Sirenen heulten, am Himmel lieferten sich Luftgeschwader zwischen gelblichen Leuchtraketen Gefechte, und hin und wieder kam es in einer Straße der Peripherie unter Donnergetöse zu Explosionen, die die ganze Umgebung in Ruinenstaub hüllten. Einige verängstigte Familien hatten sich in den Luftschutzräumen oder den unterirdischen Labyrinthen der großen Baudenkmäler eingerichtet, wo der Gestank nach Urin und Fäkalien sich staute. In den Luxushotels, die von den Befehlshabern des Deutschen Reichs beschlagnahmt worden waren und die von bewaffneten Posten bewacht waren, wurden lärmende Gelage abgehalten, bei denen so sinnlos gepraßt wurde, daß Magenbeschwerden und Erbrechen an der Tagesordnung waren. Und dort drin, an den Tischen, wo die Mahlzeiten eingenommen wurden, vereinbarte man die Bluttaten des nächsten Tages. Der Oberkommandierende, der sich König von Rom nennen ließ, war ein Vielfraß und Säufer. Der Alkohol war für die Besatzung gewohnheitsmäßiges Aufputschmittel und Narkotikum, sowohl im Hauptquartier als auch bei der Truppe. In einigen abseitsgelegenen Nebenstraßen der Stadt sah man herrschaftliche kleine Paläste oder Villen, wo jüngst ganze Fensterreihen in verschiedenen Stockwerken zugemauert worden waren. Es waren ehemalige Amtssitze oder Familienpensionen, die jetzt von der Polizei der Besatzungsmacht als Folterkammern verwendet wurden. Darin hausten jene erbärmlichen Kreaturen, die, wie ihr Führer, Lust am Töten hatten; endlich waren sie Herren über lebende, wehrlose Menschen und konnten ihre perversen Praktiken ausüben. Aus diesen Häusern drang bei Tag und Nacht der betäubende Lärm von leichter Musik und Schlagern, die in voller Lautstärke aus Grammophonen ertönten.

Es geschah täglich, daß irgendwo vor einem Gebäude ein Lastwagen mit Polizisten hielt, die den Befehl hatten, die ganze Gegend bis auf die Dächer und die Terrassen auf der Jagd nach einem Menschen zu durchsuchen, dessen Vor- und Familiennamen auf einem Stück Papier angegeben waren. Kein Gesetz beschränkte diese andauernde, unberechenbare Jagd, bei der sich die Willkür der Herren hemmungslos austobte. Oft wurde ein ganzer Häuserblock oder ein Viertel plötzlich von Truppenkordons abgeriegelt, die den Befehl hatten, alle Männer von sechzehn bis sechzig Jahren zusammenzutreiben, um sie als Zwangsarbeiter ins Deutsche Reich zu deportieren. Die öffentlichen Verkehrsmittel wurden angehalten und die Fahrgäste herausgetrieben, und die wehrlose, toll gewordene Menge raste in wildem Durcheinander in aussichtsloser Flucht, verfolgt von Maschinengewehrsalven, davon.

Schon seit Monaten waren alle Mauern der Stadt mit Bekanntmachungen aus rosa Papier tapeziert, die die wehrfähigen Männer unter Androhung der Todesstrafe aufforderten, sich zum Arbeitsdienst zu melden. Doch keiner gehorchte, keiner kümmerte sich um diese Aufrufe, ja man las sie nicht einmal mehr. Man wußte, daß im Untergrund der Stadt kleine, hartnäckige Guerillagruppen am Werk waren. Als einzige Auswirkung ihrer Unternehmungen bekam die apathische Bevölkerung nur die grauenhaften Repressalien der Besatzung zu spüren, der ihrerseits die Angst im Nacken saß. Die Bevölkerung war verstummt. Die täglichen Nachrichten von Massenverhaftungen, Folterungen und Massakern kursierten durch die Stadtteile. Man wußte, daß direkt hinter der Stadtmauer, hastig in Gräben und verminten Höhlen verscharrt, zahllose Leichen verwesten, zuweilen zu Dutzenden und Hunderten aufeinandergehäuft, so wie sie niedergemetzelt worden waren. In einer knappen Bekanntmachung wurde, ohne Erklärung, das Datum ihres Ablebens, nicht aber der Ort des Begräbnisses mitgeteilt. Und die Leute vermieden es, außer in bloß andeutendem Gemurmel, von ihrer allgegenwärtigen, unfaßbaren Anwesenheit zu sprechen. Bei jeder Berührung und in jeder Substanz witterte man einen Beigeschmack von Tod und Gefängnis: trocken im Staub und feucht im Regen. Und auch die so oft beschworene *Befreiung* wurde allmählich zu einer Fata Morgana, zu einem Gegenstand des Sarkasmus, des Gespötts. Im übrigen hieß es, daß die Deutschen vor ihrem Rückzug die ganze Stadt von den Fundamenten her in die Luft jagen würden und daß die Kloaken schon jetzt kilometerweit ein einziges Minendepot seien. Die Bauwerke der Metropole, »von der kein Stein auf dem andern bleiben wird«, sahen wie ein geisterhaftes Panorama aus. Und an den Mauern der Stadt vermehrten sich inzwischen von Tag zu Tag die rosa Plakate der Herren der Stadt mit neuen Befehlen, Verboten und Strafandrohungen, die in ihrer Pedanterie und geradezu naiven Genauigkeit nicht zu überbieten waren. Aber schließlich herrschte in der vom Hinterland abgeschnittenen, ausgeplünderten und belagerten Stadt als wahrer Herr der Hunger. Das einzige Nahrungsmittel, das noch vom Ernährungsamt verteilt wurde, war, in Rationen von hundert Gramm pro Kopf, ein aus Roggen, Kichererbsen und Sägemehl gebackenes Brot. Ansonsten konnte man praktisch nur noch auf dem Schwarzen Markt kaufen. Dort aber schnellten die Preise in so schwindelerregende Höhen, daß Ende Mai Idas Gehalt nicht einmal mehr zum Kauf einer Flasche Öl ausreichte. Zudem wurden die Gehälter in den letzten Monaten von der Stadt nur ganz unregelmäßig ausbezahlt.

Das Erbe des Verrückten, das ihr zunächst wie ein ungeheures Vermögen erschienen war, war schneller als vorgesehen aufgebraucht. Und die Vorräte, die Ida mit diesem Geld gekauft hatte, waren inzwischen bis auf einen kleinen Rest zusammengeschrumpft. Es waren nur noch ein paar Kartoffeln und eine geringe Menge grauer Teigwaren übrig. Und der kleine Useppe, der dank dem Verrückten ein wenig zu Kräften gekommen war, verlor nun von Tag zu Tag wieder an Gewicht. Die Augen waren fast so groß wie das ganze, nur faustgroße Gesichtchen. Und rings um das bewußte Haarbüschel in der Mitte, das immer noch wie ein Ausrufezeichen in die Höhe stand, fielen die schwarzen Haare glanzlos herab und schienen mit Staub bedeckt. Und die Ohren standen ihm wie die unbefiederten Flügelchen eines Nestlings vom Kopf ab. Jedesmal, wenn die Marroccos ihren Topf voller Bohnen aufs Feuer setzten, sah man ihn wie einen armen bettelnden Zigeuner zwischen ihren Beinen herumstreichen.

»Greift zu«, pflegte Filomena entsprechend den Regeln der guten Sitte zu sagen, wenn man sich zu Tisch setzte. Doch bei dieser höflichen Floskel aus der guten alten Zeit zogen sich jetzt die Anwesenden im allgemeinen, da sie Bescheid wußten, diskret zurück. Ein paarmal wagte sich Useppe – zu dem, da er ja noch ein Kind war, niemand: Greift zu! gesagt hatte – naiv vor und fragte spontan: »*Darf ich?*« Und seine Mutter mußte ihn dann mit rotem Gesicht zurückrufen.

Idas erbarmungswürdiger Kampf gegen den Hunger, der sie seit mehr als zwei Jahren in Atem hielt, war jetzt zu einem erbitterten Kleinkrieg

geworden. Ihre einzige Verpflichtung, nämlich Useppe etwas zu essen zu geben, machte sie für jedes andere Gefühl, angefangen bei ihrem eigenen Hunger, unempfindlich. Den ganzen Mai über lebte sie praktisch von ein wenig Gras und Wasser. Doch das genügte ihr, ja, jeder Bissen, den sie zu sich nahm, schien ihr verschwendet, weil er Useppe entzogen wurde. Manchmal kam sie auf den Gedanken – um ihm noch weniger wegnehmen zu müssen –, für sich selbst Kartoffelschalen oder gewöhnliche Blätter, auch Fliegen oder Ameisen zu kochen. Das war immerhin besser als gar nichts ... Oder auch irgendeinen Strunk aus dem Müll zu benagen oder Gras von den Ruinen zu rupfen.
Sie hatte weißes Haar und einen krummen, schon fast buckligen Rücken bekommen und wurde immer kleiner, so daß sie kaum noch größer war als einige ihrer Schülerinnen. Und doch übertraf sie gegenwärtig an körperlicher Widerstandskraft den Riesen Goliath, der sechs Ellen und eine Handbreit maß und eine Rüstung von fünftausend Kupfersekeln trug. Es war ein Rätsel, woher dieser ausgemergelte kleine Körper seine unglaublichen Reserven schöpfte. Trotz der Unterernährung, von der sie zusehends aufgezehrt wurde, spürte Ida weder Schwäche noch Appetit. Sie war nämlich unbewußt davon überzeugt, daß ihr eine Art zeitweiliger Unsterblichkeit vergönnt war, die sie gegen Not und Krankheit immun machte und ihr jeden Kraftaufwand für ihr eigenes Überleben ersparte. Diesem namenlosen Willen zum Durchhalten, der ihren ganzen Organismus beherrschte, gehorchte auch ihr Schlaf, der während dieser ganzen Zeit, als solle sie wenigstens nachts neue Kräfte schöpfen, ungewöhnlich regelmäßig, traumlos und ungestört war, trotz des Kriegslärms, der von draußen hereindrang. Doch um die Zeit, zu der sie aufstehen mußte, rüttelte sie ein Gedröhn lauter Schläge auf. »Useppe! Useppe!« rief eine innere Stimme. Und sofort suchte sie, noch ehe sie ganz wach war, mit unruhigen Händen nach dem Kind.
Manchmal lag es an ihre Brust gekauert da und betastete im Schlaf unruhig ihre Brüste. Seit der Zeit, als sie es in seinen ersten Lebensmonaten gestillt hatte, war Ida nicht mehr gewohnt, diese beiden tastenden Händchen zu spüren. Doch ihre Brüste, die schon damals nur wenig Milch gegeben hatten, waren jetzt auf immer versiegt. Mit animalischer, nutzloser Zärtlichkeit schob Ida ihr Söhnchen von sich. Und von diesem Augenblick an begann ihre tägliche Jagd durch die Straßen Roms, vorwärts getrieben von ihren Nerven wie von einem Heer Bewaffneter, die sie in Doppelreihen voranpeitschten.
Es war ihr nicht mehr möglich, an die Zukunft zu denken. Ihre Gedanken beschränkten sich auf das Heute, auf die Stunden zwischen dem morgendlichen Aufstehen und dem Beginn der Ausgangssperre. Und von all den Ängsten, die ihr angeboren waren, verspürte sie jetzt nichts

mehr. Die Rassendekrete, die einschüchternden Verordnungen und die öffentlichen Bekanntmachungen wirkten auf sie nur noch wie summende Insekten, die in einem großen, verrückten Wind um sie herumflogen, ohne sie anzugreifen. Ob Rom ganz vermint war und ob es morgen zusammenfallen würde, ließ sie so gleichgültig wie ein weit zurückliegendes Ereignis aus der antiken Geschichte oder eine Mondfinsternis im Weltraum. Die einzige Bedrohung im ganzen Universum war für sie die Vision ihres Söhnchens, das sie zu Hause zurückgelassen hatte, während es noch schlief, und das so unvorstellbar mager geworden war, daß es sich unter dem Leintuch fast nicht mehr abzeichnete. Wenn sie sich auf der Straße zufällig in einem Spiegel sah, entdeckte sie im Glas ein fremdes Ding, das nichts mit ihr zu tun hatte, mit dem sie kaum einen betroffenen Blick tauschte und das ihr dann sogleich auswich. Ähnliche Blicke tauschten auch, untereinander, die morgendlichen Passanten, die die Straßen entlangschlichen. Sie alle waren verwahrlost und erdfahl, mit schwarzen Ringen um die Augenhöhlen und in Kleidern, die um den Leib schlotterten.

Mit den Erwachsenen hatte sie kein Mitleid. Hingegen empfand sie Mitleid mit ihren kleinen Schülern, weil sie Kinder waren wie Useppe. Doch sogar der armseligste und abgemagertste unter ihnen schien ihr noch besser genährt als er. Und es kam ihr vor, als seien auch die kleineren Brüderchen ihrer Schüler, so winzig sie auch waren, größer als Useppe. Quälende Phantasien lenkten ihre Gedanken auf bestimmte rosige, dicke Putten auf Werbeplakaten oder auf die glücklichen Kinder wohlhabender Familien, die sie in ihren bestickten Kissen im Wägelchen oder auf dem Arm der Amme gesehen hatte. Oder sie kehrte in Gedanken in die Zeit zurück, als Ninnuzzu in der Wiege lag, so schön dick, daß sein Vater Alfio, wenn er ihn auf die Arme nahm, ausrief: »Hau ruck! Gewichtheben!!!«, wobei er ihn mit stolzem Triumphgelächter in die Luft hob. Useppe hingegen hatte sich, seit er zur Welt gekommen war, anstrengen müssen, um wenigstens ein paar Speckfältchen an Handgelenken und Schenkeln zu bekommen. Doch verglichen mit heute kam ihr die Zeit, in der Useppe Speckfalten hatte, wie eine Epoche des Überflusses vor. Und ihr schien es unglaublich, daß in dem ganzen riesigen Rom nichts aufzutreiben sein sollte, um so ein kleines Bäuchlein zu füllen.

In diesem Mai war sie mehrere Male nach San Lorenzo gegangen – mit abgewandtem Kopf und ohne zu den Trümmern ihres Hauses hinüberzusehen –, um vom Wirt Remo etwas zu erbetteln. In der Hoffnung, ein paar Überreste oder Wurstzipfel zu bekommen, stellte sie sich beim Vater eines ihrer Schüler vor, der eine Wursterei besaß, und bei einem anderen, der im Schlachthaus arbeitete. Mit einem kleinen Kochtöpfchen, das sie von den Marroccos geliehen hatte, stand sie Schlange für die Suppe, die vom Vatikan verteilt wurde. Aber obwohl diese Suppen »Sparsuppen« hießen und nur zweihundert Lire kosteten, waren sie in Anbetracht ihrer finanziellen Mittel ein Luxus, den sie sich nur selten erlaubte.

Nachdem sie keine Angst mehr hatte, verlor sie nach und nach auch jeden Sinn für Anstand und Scham. Einmal, als sie gegen Mittag heimging, traf sie unterwegs viele Leute mit kleinen Paketen in der Hand. Sie kamen von der Piazza di Santa Maria Liberatrice her, wo die Deutschen gratis Lebensmittel verteilten. Diese Sonderspenden in den dichtbevölkerten Vierteln waren in jenen Tagen von Angst diktiert und dienten Propagandazwecken. In der Tat führte der General, der den Oberbefehl über die deutschen Truppen hatte, der wohlgenährte *König von Rom*, den Vorsitz über diese Speisung, und auf dem Platz waren um die Lastwagen herum Photographen mit ihren Kameras am Werk. Das steigerte den Widerwillen der Bewohner des Viertels, und etliche unter ihnen, die dahinter einen Trick der Deutschen vermuteten, verließen den Platz. Doch Ida fühlte beim Anblick der Pakete nur eine heftige Gier, die sie von innen her aufzufressen schien. Sie dachte an nichts mehr. Das Blut stieg ihr in den Kopf, und auf ihrer Haut bildeten sich glühende Flecken. Und indem sie sich im Gedränge mit den Ellbogen vorwärtsarbeitete, streckte sie die Hände zu dem Lastwagen empor, um ihr Kilogramm Mehl in Empfang zu nehmen.

Noch ein paar Wochen vorher hatte sie bei entsprechender Gelegenheit, weil es sich so gehörte, einen alten Glockenhut aus Filz getragen, den sie, zusammen mit einem Paar Pantoffeln, zwei alten Büstenhaltern, nicht zusammenpassenden Strümpfen und anderem Plunder bei der berühmten Spende der Wohltätigkeitsdamen in Pietralata erhalten hatte. Jetzt aber trug sie weder Strümpfe noch Hut. Vor kurzem hatte sie sich aus praktischen Gründen das Haar ganz kurz geschnitten, das jetzt ihren Kopf wie ein kleiner krauser Busch bedeckte. Seit einiger Zeit blieben ihr zwar jedesmal beim Kämmen viele Haare im Kamm stecken, doch war ihr Haar noch immer dicht, so daß sie, obwohl ihr Kopf nun weiß war, mit ihrem Lockenschopf wieder aussah wie in Cosenza, als sie noch ein Kind war. Das Gesicht war von wächserner Blässe, und obwohl es klein geworden war und verbraucht aussah, war es dennoch erstaunlicherweise nicht faltig und hatte seine natürliche runde Form bewahrt. Ihr Gesichtsausdruck war mißmutig, und sie hielt bei ihren hektischen Streifzügen den Kopf immer nach vorn gereckt wie ein Tier, das vergeblich nach einer Witterung schnuppert.

Schon seit dem Winter waren nicht wenige Läden geschlossen. Viele Rolläden waren herabgelassen, und alle Schaufenster waren leer. Die wenigen noch vorhandenen Vorräte wurden von der Besatzungsmacht

beschlagnahmt oder geplündert oder vom Schwarzhandel aufgekauft. Wo immer etwas legalerweise verkauft wurde, sah man lange Menschenschlangen draußen warten. Diese Schlangen reichten noch bis auf die Gehsteige hinaus, wenn der ganze Vorrat schon verkauft war. Und wenn Iduzza ganz verlassen unter den letzten in der Schlange war und mit leeren Händen zurückblieb, entfernte sie sich verstört, wie jemand, der schuldig ist und Strafe verdient hat.
Beim Anblick von irgend etwas Eßbarem, das aber für ihre Mittel unerschwinglich war, blieb sie verzückt, voll verzehrenden Neides, stehen. Ihr selbst machte nichts den Mund wäßrig, sie hatte nicht einmal mehr Speichel. Sie hatte ihren ganzen Lebenswillen auf Useppe gerichtet. Man erzählt von einer Tigerin, die in eisiger Öde sich und ihre Jungen am Leben erhielt, indem sie Schnee leckte, während sie ihren Jungen Fleischfetzen zu fressen gab, die sie sich mit den Zähnen aus ihrem Körper riß.
In der Gegend um den Gianicolo, nahe bei Idas Schule, stand eine bescheidene kleine Villa mit ein paar Quadratmetern Garten, eingefaßt von einem Mäuerchen, das oben mit scharfen Glassplittern versehen war. Das Gittertor mußte ursprünglich aus Eisen gewesen sein, doch war es wohl bei der Alteisensammlung für die Rüstungsindustrie weggegeben worden. Jedenfalls befand sich dort jetzt ein Holzgatter, das außen mit einem Netz aus Stacheldraht überzogen war. Gleich daneben sah man, an das Mäuerchen gelehnt, noch immer einen kleinen Verschlag mit einem Wellblechdach, der früher als Hühnerstall gedient hatte. Jetzt aber wurden die wenigen überlebenden Hühner aus Vorsicht im Haus aufgezogen.
In den ersten Wochen, als Ida in der Gianicolo-Gegend unterrichtete, läutete sie oft am Tor der kleinen Villa, um Eier zu kaufen. Doch in letzter Zeit war der Preis eines Eis auf zwanzig Lire gestiegen ... Es war Mitte Mai. Eines Nachmittags sah Ida, als sie aus der Schule kam und an der Umfassungsmauer der kleinen Villa vorbeiging, durch das Gatter ein schönes, unbeschädigtes Ei; es lag, im Schatten eines Strauchs, auf einem Lappen auf dem Boden. Offensichtlich hatte es ein junges Huhn bei einem kleinen Ausflug in den Garten erst vor kurzem dort gelegt, und noch hatte es niemand bemerkt. Die Fenster an der Vorderfront des Hauses waren geschlossen, vielleicht waren die Besitzer sogar abwesend. Das ländlich wirkende Sträßchen lag ruhig und verlassen da.
Das Ei lag vor dem alten Hühnerstall, zwischen dem Strauch und dem Mäuerchen, nicht mehr als sechzig Zentimeter vom Tor entfernt. Es wurde Ida ganz heiß. Sie überlegte. Wenn sie mit der linken Hand den Stacheldraht anhob und den anderen Arm zwischen die niederen Querbalken des Gatters durchstreckte, konnte sie das Ei gut erreichen. Diese Überlegung geschah blitzschnell, und eigentlich war es nicht Ida, die sie

anstellte, sondern eine zweite, geisterhafte Ida, die sich aus ihrem Körper befreite, eiligst in die Hocke ging und sich ihrer Hand bediente, um zuzupacken. Tatsächlich spielten sich die Überlegung und die Handlung gleichzeitig ab. Und schon rannte Ida, mit dem Ei in ihrem Korb, vom Schauplatz dieses erstmaligen und unbestraften Verbrechens weg. In der Eile hatte sie sich am Stacheldraht des Tors die Hand und das Gelenk tief aufgeritzt.

Das alles war ohne Zeugen geschehen. Sie war gerettet. Jetzt war sie schon weit weg, jenseits des Gianicolo; sie fühlte sich unglaublich frisch und empfand ein so sinnliches Vergnügen an der eigenen Geschwindigkeit, daß sie ganz verjüngt und eher wie die größere Schwester Useppes als wie seine Mutter wirkte. Ihre Beute leuchtete, während die Gesetzestafeln zerbrachen, wie ein riesiger ovaler Diamant im offenen Himmel vor ihr. Dieser Diebstahl blieb nicht ihr einziger, aber er war der erregendste. Der nächste war noch kühner, ja geradezu verwegen.

Er ereignete sich um den 20. Mai, frühmorgens. Ida war gerade aus dem Haus gegangen und hatte Useppe zum Frühstück ein Stückchen Brot, das sie auf Lebensmittelkarten gekauft und vom Vortag her aufgespart hatte, sowie ein wenig Kakaoersatz dagelassen, der in Wasser aufgelöst werden mußte. Zu dieser Stunde verkehrten auf der Straße nur ein paar Arbeiter. Als Ida von einer Querstraße in den Lungotevere einbog, sah sie vor einem Lebensmittellager einen Lieferwagen stehen.

Zwei bewaffnete Faschisten in Uniform, mit der Mütze der Fallschirmjäger, kontrollierten die Tätigkeit eines Jungen in einem verblichenen Arbeitsanzug, der zwischen dem Depot und der Straße hin und her ging und Kisten mit Waren auf dem Gehsteig ablud. Gerade als Ida um die Ecke bog, sah sie die beiden Soldaten den Lagerraum betreten. Ihre fröhlichen Stimmen drangen zu ihr heraus.

Den beiden Soldaten war es bei ihrer Tätigkeit zu langweilig geworden, und sie hatten sich im Depot auf ein paar Kisten gesetzt, um ihr draußen begonnenes Gespräch fortzusetzen. Sie sprachen über eine gewisse Pisanella, und es ging dabei um die Liebe. Ida nahm jedoch nichts anderes wahr als den Ton ihrer Stimmen, die ihr verworren ans Ohr drangen. In jenem Augenblick war ihre Wahrnehmungsfähigkeit nur auf ihren Gesichtssinn konzentriert, der zwei Bilder gleichzeitig aufnahm: den Jungen im Arbeitsanzug, der jetzt auch in dem Lagerraum verschwand, und oben auf den zugenagelten Holzkisten einen großen, offenen Pappkarton, der nur zu drei Vierteln gefüllt war. Er enthielt Büchsen mit Konservenfleisch und Pakete mit Streuzucker. Man erkannte den Inhalt an der Form und dem blauen Papier.

Idas Herz begann so heftig zu klopfen, daß es sich anhörte wie das Flattern zweier großer Flügel. Sie streckte die Hand aus, bemächtigte sich

einer Büchse und ließ sie in ihre Tasche gleiten; dann versteckte sie sich schleunigst hinter der Straßenbiegung. Gerade in diesem Augenblick kehrte der Junge in dem Arbeitsanzug mit einer neuen Last aus dem Depot zurück, offenbar ohne, wie Ida glaubte, etwas bemerkt zu haben. In Wirklichkeit hatte er sie jedoch gesehen, ließ sich aber, aus Solidarität mit der armen Frau, nichts anmerken. Im selben Augenblick tauchten zwei abgerissene Hungerleider am Lungotevere auf und beglückwünschten sie mit verständnisvollem Zwinkern. Sie war sicher, daß die beiden sie gesehen hatten. Doch auch sie gingen, aus Solidarität mit ihr, ruhig weiter, wie wenn nichts geschehen wäre.
Das alles hatte sich in drei Sekunden abgespielt, und schon huschte Ida durch die hinteren Querstraßen. Ihr Herz klopfte noch immer, doch war sie nicht besonders besorgt und empfand auch keine Scham. Die einzige Reaktion ihres Gewissens war der hartnäckige Vorwurf: »Wenn du schon einmal dabei warst, hättest du dir mit der anderen Hand auch noch ein Paket Zucker schnappen können!! Du dummes Ding du, weshalb hast du nicht auch ein Paket Zucker genommen?!!«
Der Kakaoersatz, den Useppe morgens trank, wurde schon in der Fabrik mit irgendeinem Pulver künstlich gesüßt und galt als gesundheitsschädlich. Richtiger Zucker kostete mehr als tausend Lire pro Kilo ... Ida raufte sich mit düsterem Gesicht ihren wolligen Schopf, der wie die Perücke eines Clowns aussah.
In den letzten zehn Tagen des Mai beging sie im Durchschnitt einen Diebstahl pro Tag. Stets hielt sie, wie eine Taschendiebin, die Augen nach allen Seiten offen, bereit, bei der ersten besten Gelegenheit etwas an sich zu reißen. Sogar auf dem Schwarzmarkt von Tor di Nona, wo die Krämer wie Fleischerhunde aufpaßten, gelang es ihr, dank ihrer unglaublichen Geschicklichkeit, ein Paket Salz zu stehlen, das sie dann zu Hause mit Filomena teilte, von der sie dafür weiße Polenta bekam.
Sie hatte mit einemmal jegliche Hemmungen verloren. Wäre sie weniger alt und häßlich gewesen, wäre sie womöglich, wie Santina, auf den Strich gegangen. Oder wenn sie praktischer gewesen wäre, wäre sie dem Beispiel einer Rentnerin namens Reginella gefolgt, einer Kundin Filomenas, die ab und zu in den reichen Vierteln der feinen Leute betteln ging, wo man sie nicht kannte. Doch lagen für sie diese Luxusgefilde – in denen jetzt auch noch die deutschen Befehlshaber residierten – seit je in einer fremdartigen, unerreichbaren Ferne wie Persepolis oder Chicago.
Und doch lebte in dieser neuen Iduzza die alte weiter, und die ihr eigene Schüchternheit nahm sogar krankhaft zu. Während sie auf ihren Streifzügen durch die Straßen ungeniert stahl, getraute sie sich zu Hause kaum, den Herd in der gemeinsamen Küche zu benutzen. Und die dürf-

tigen Eßwaren der Familie Marrocco hätte sie nie im Leben angefaßt, ja sie scheute sich sogar, sie auch nur anzusehen, so wie Wilde vor einem Tabu zurückschrecken. Und im Schulzimmer wirkte sie mehr wie eine verängstigte kleine Schülerin als wie eine Lehrerin, so daß ihre Schüler, so sehr der Hunger ihren Übermut gedämpft hatte, zu einer rücksichtslosen Bande zu werden drohten. Zum Glück kam der vorverlegte Schulschluß gerade noch rechtzeitig, um ihr ein schändliches Scheitern, wie sie es bisher in ihrer Laufbahn noch nicht erlebt hatte, zu ersparen.
Doch am peinlichsten war es ihr, wenn sie Bekannte um Hilfe bitten mußte. Zuletzt hatte sie nur noch einen einzigen, den Wirt Remo. Im äußersten Notfall, wenn ihr gar nichts anderes mehr übrigblieb, zwang sie sich dazu, sich auf den langen Weg nach San Lorenzo zu machen, wo der Wirt zur üblichen Stunde pünktlich hinter seiner Theke hockte, unter der er schon herausfordernd eine aufgerollte rote Fahne bereithielt. Mit seinem dunklen, hageren Holzhackergesicht und den schwarzen, eingesunkenen Augen unter den knochigen, harten Jochbeinen schien er immer in eine wichtige Beschäftigung vertieft, und bei Idas Eintritt blieb er sitzen, wo er war, und grüßte sie nicht einmal. Ida trat dann befangen vor ihn, ganz rot geworden, und stotterte. Sie konnte sich nicht entschließen, ihm den eigentlichen Grund ihres Besuches zu bekennen, bis er ihr zuvorkam. Ohne auch nur den Mund aufzumachen, mit einer stummen Kinnbewegung, befahl der Wirt seiner Frau, in der Küche eine kleine Gratisportion für die Mutter des Genossen Asso bereitzumachen. Nun nahmen allerdings die Vorräte in der kleinen Küche immer mehr ab, wie auch der Wirt Remo immer lakonischer wurde. Und Ida ging mit ihrem Päckchen verwirrt weg und schämte sich zuletzt sogar, danke zu sagen ...
. . . . .
»Weg! Weg da! Weg! Weg!«
An einem Vormittag, als Ida nach einem vergeblichen Gang zur Gehaltskasse – sie war geschlossen –, sich Remos Wirtschaft näherte, hörte sie Rufe auf deutsch, die von einem Gekreisch von Frauen unterbrochen und teilweise übertönt wurden. Sie war gerade in eine Querstraße der Tiburtina eingebogen. Die Stimmen kamen aus der Gegend der Via Porta Labicana, ganz aus der Nähe. Als sie unschlüssig stehenblieb, stieß sie beinahe mit zwei Frauen zusammen, die aus einer anderen Seitenstraße zu ihrer Rechten herausgelaufen kamen. Es waren eine Alte und eine Jüngere. Sie lachten begeistert. Die Jüngere hielt die Hausschuhe der anderen in der Hand, und die lief barfuß. Sie hielt den Rock, der mit einem weißen Pulver gefüllt war, an zwei Zipfeln vorn hoch. Es war Mehl, und beim Laufen fiel ein wenig davon auf das Pflaster. Die andere trug eine schwarze Einkaufstasche aus Wachstuch, die ebenfalls voll

Mehl war. Als sie auf Ida trafen, riefen sie ihr zu: »Laufen Sie, Signora, beeilen Sie sich. Heut abend wird gegessen!« – »Holen wir uns unser Zeug!« – »Die müssen uns unser Zeug wiedergeben, diese gemeinen Diebe!« Schon verbreitete sich das Gerücht weiter. Andere Frauen traten eilig aus den Haustüren. »Du, geh du heim!« befahl eine Passantin wild und ließ die Hand eines kleinen Kindes los. Und auf der Spur des verschütteten Mehls fingen alle an zu rennen, und Ida rannte mit ihnen. Sie brauchten nur ein paar Schritte weit zu laufen. Auf halbem Weg zwischen der Via di Porta Labicana und dem Scalo Merci stand ein deutscher Lastwagen, von dem herab ein Soldat der Wehrmacht laut schimpfend sich gegen den Ansturm einer Menge von Frauen aus dem Volk zu behaupten versuchte. Offensichtlich wagte er es nur deshalb nicht, von der Pistole, die er am Koppel trug, Gebrauch zu machen, weil er Angst hatte, an Ort und Stelle gelyncht zu werden. Einige Frauen waren mit dem Mut der Verzweiflung auf den Lastwagen geklettert, der mit Mehlsäcken beladen war. Und als sie die Säcke aufgeschlitzt hatten, schütteten sie den Inhalt in die Röcke, die Marktkörbe und in jedes andere Behältnis, das sie auftreiben konnten. Einige füllten sich sogar Kohleneimer oder Wasserkrüge mit Mehl. Ein paar Säcke waren im Gedränge zu Boden geworfen worden und lagen halb leer herum. Eine Menge Mehl war verschüttet, und die Frauen trampelten darauf herum. Ida kämpfte sich verzweifelt nach vorn: »Ich auch! Ich auch!« kreischte sie wie ein Kind. Doch gelang es ihr nicht, den Kreis der Frauen zu durchbrechen, die sich um die Säcke auf dem Boden drängten. Sie versuchte, auf den Lastwagen zu klettern, doch kam sie nicht hinauf. »Mir auch! Mir auch!« Über ihr, vom Wagen herab, lachte ein schönes Mädchen. Es hatte zerzaustes Haar, dichte, schwarze Brauen und starke Zähne wie ein wildes Tier. An den Zipfeln hob es das mit Mehl gefüllte Kleidchen hoch, und seine Schenkel, die bis hinauf zu den schwarzen kunstseidenen Höschen zu sehen waren, leuchteten in außergewöhnlicher Reinheit, wie frische Kamelien. »Da, Signora, aber beeil dich!« Und indem das Mädchen nahe an Ida herankam, füllte sie ihr mit wildem Gelächter die Tragtasche mit Mehl, indem sie es ihr direkt aus ihrem Kleid herausschüttete. Auch Ida lachte nun wie ein verrücktes Kind und suchte sich mit ihrer Last einen Weg durch die Menge zu bahnen. Die Frauen schienen alle trunken, vom Mehl erregt wie von einem starken Gebräu. Ganz außer sich schrien sie den Deutschen die obszönsten Beleidigungen zu, die nicht einmal die Huren eines Bordells gekannt hätten. Die harmlosesten Schimpfworte waren noch: »Scheißkerle! Arschlöcher! Gemeine Schufte! Mörder! Diiiebe!« Als Ida sich durch die Menge hindurchgearbeitet hatte, fand sie sich in einem Chor von kleinen Mädchen, die zuletzt angekommen waren, wie in einem Ringelreihen herumsprangen und mit lauter Stimme schrien:

»Schnapsbuddeln! Schnapsbuddeln! Schnapsbuddeln!!!«
Und dabei hörte sie die eigene Stimme, wie sie im Chor mitkreischte, gellend, nicht wiederzuerkennen in ihrer kindlichen Erregtheit: »Schnapsbuddeln!«
Für sie war schon das ein vulgäres Wort. Noch nie hatte sie so ein Wort in den Mund genommen.
Der deutsche Posten flüchtete jetzt in Richtung Scalo Merci. »Die Apai! Die Apai!« hörte Ida hinter ihrem Rücken rufen. Während sie zur Tiburtina floh, war nämlich von der gegenüberliegenden Seite her der deutsche Soldat mit einer Verstärkung von italienischen Milizsoldaten der PAI erschienen. Diese hielten die Pistolen in die Höhe und schossen in die Luft, um die Leute einzuschüchtern. Doch Ida glaubte, nun gehe das Blutbad los, als sie die Schüsse und die wirren Schreie der Frauen hörte. Eine entsetzliche Angst packte sie, die Angst, sie könnte tödlich getroffen werden, und der Niemandssohn Useppe würde allein auf der Welt zurückbleiben. Sie schrie und lief blindlings weiter, inmitten von fliehenden Frauen, die sie fast überrannten. Schließlich war sie allein. Sie wußte nicht, wo sie sich befand, und setzte sich auf eine Stufe neben einem Erdhaufen. Sie sah nur noch imaginäre Blasen aus dunkelrotem Blut, die in der sonnigen Luft platzten. Das, was sie morgens aufweckte, kam jetzt wieder und klopfte in ihren Schläfen mit dem vertrauten, aufrüttelnden Ton: »Useppe! Useppe!« Sie spürte einen so stechenden Schmerz im Kopf, daß sie ihre Haare betastete, denn sie hatte das Gefühl, sie seien naß von Blut. Doch die Schüsse hatten sie nicht verwundet. Sie war unverletzt. Mit einemmal sprang sie auf, denn ihre Tasche hing nicht mehr an ihrem Arm! Doch dann fand sie sie neben sich auf dem Erdhaufen, fast bis zum Rand gefüllt mit Mehl. Ida hatte auf der Flucht nur wenig davon verloren. Dann suchte sie nach dem Geldbeutel und erinnerte sich schließlich, daß sie ihn am Boden der Markttasche hatte liegen lassen. Fieberhaft wühlte sie ihn heraus, an ihrem schweißbedeckten Arm klebte das Mehl.
Die Markttasche war zu voll und ließ sich nicht mehr schließen. Da zog Ida aus einem Haufen Müll ein Stück Zeitungspapier heraus, um das geraubte Mehl zu verstecken, ehe sich zur Straßenbahn aufmachte.

Zu Hause fielen an jenem Vormittag außer dem Gas auch der Strom und das Wasser aus. Doch Filomena, die durch eine kleine Gabe Mehl dankbar gestimmt wurde, fand Mittel und Wege, für Ida die Teigwaren zuzubereiten und sie, zusammen mit den eigenen, unter Zugabe einer Handvoll Bohnen zu kochen.
Eine weitere Portion Mehl nahm Ida mit, als sie nachmittags wegging. An jenem Tag hatte sie (wie jeden Donnerstag, seit die Schulen geschlos-

sen waren) eine Privatstunde in der Nähe des Trastevere-Bahnhofs zu geben. Sie wollte auf dem Rückweg bis zur Via Garibaldi gehen, wo sie jemanden kannte, der ihr im Austausch gegen das Mehl Fleisch für Useppes Abendessen geben würde.

Ida war durch die Ereignisse des Tages bereits völlig durcheinandergeraten. Es war der 1. Juni, und es schien, als fiele sonderbarerweise gerade jetzt alle Müdigkeit, die sich im Monat Mai gesammelt hatte, über sie her. Nach der Todesangst, die sie bei der Flucht vom Lastwagen weg ausgestanden hatte, war sie jetzt schlimmer dran als vorher, verlassen und abstoßend wie ein herrenloser Hund, der vom Hundefänger verfolgt wird. Als sie sich der Via Garibaldi näherte, fühlte sie, wie ihre Beine einknickten. Da setzte sie sich, um auszuruhen, auf eine kleine Bank in der Anlage bei der Brücke. Sie war so abwesend, daß sie nur ganz undeutlich die Stimmen der Leute wahrnahm, die in der Anlage, bei der nicht weit entfernten Straßenbahnhaltestelle, miteinander redeten. Das Thema war nicht neu. Es ging um einen Bombenangriff, der am selben Tag irgendein Außenviertel getroffen hatte. Einige sprachen von zwanzig, andere von zweihundert Toten. Ida war sich bewußt, daß sie dort in der Anlage saß, und dennoch lief sie gleichzeitig durch das San-Lorenzo-Viertel. Auf dem Arm trug sie etwas sehr Kostbares, das Useppe sein mußte. Aber obwohl es schwer wie ein Körper auf ihr lastete, hatte dieses Etwas weder Form noch Farbe. Auch das Viertel, das jetzt von einer undurchdringlichen Staubwolke eingehüllt wurde, war nicht mehr San Lorenzo, sondern eine fremde, ebenfalls formlose Gegend ohne Häuser. Sie träumte nicht, denn sie nahm gleichzeitig den Lärm der Straßenbahn auf den Schienen und die Stimmen der Fahrgäste an der Haltestelle wahr. Doch wußte sie zur selben Zeit, daß sie sich irrte und daß dieser Lärm nicht von der Straßenbahn kam, sondern von woanders her. Plötzlich kam sie wieder zu sich und schämte sich, weil sie mit offenem Mund und Speichel am Kinn dagesessen hatte. Unschlüssig erhob sie sich, und erst, als sie in der Mitte des Ponte Garibaldi angekommen war, wurde ihr klar, daß sie auf dem Weg zum Getto war. Sie erkannte die Verlockung wieder, die sie von dort unten her in Versuchung führte und die wie ein leises, schläfriges Klagelied zu ihr drang. Sein unwiderstehlicher Rhythmus glich dem Gesang, mit dem die Mütter ihre Kinder in den Schlaf wiegen oder mit dem sich Eingeborenenstämme für die Nacht zusammenrufen. Niemand hat sie ihnen beigebracht, sie sind schon aufgezeichnet im Samen aller Lebenden, die zum Sterben bestimmt sind.

Ida wußte, daß in dem kleinen Viertel schon seit Monaten niemand mehr lebte. Die letzten geflüchteten Juden, die seit dem vergangenen Oktober ganz heimlich in ihre Behausungen hatten zurückkehren können, waren

im Februar einer nach dem anderen von der im Dienst der Gestapo stehenden faschistischen Polizei ausgehoben worden. Und schließlich hatten sogar die Obdachlosen und Vagabunden das Viertel gemieden ...
Doch in Idas Kopf vermengten sich jetzt diese Nachrichten mit früheren Reminiszenzen und Gewohnheiten, und sie erwartete immer noch, wenn auch vage, daß sie dort drin, in den Straßen, unter den Türen und an den Fenstern, der gewohnten Schar von Familien mit lockigem Haar und schwarzen Augen begegnen würde. An der ersten Kreuzung blieb sie ratlos stehen, denn sie erkannte die Straßen und die Häuser nicht mehr wieder. Tatsächlich aber befand sie sich an der Einmündung einer Straße, durch die sie früher oft gegangen war. Diese zieht sich im ersten Teil eng zwischen niederen Häusern dahin, öffnet sich dann auf einen engen Platz und führt, an kleinen Nebenstraßen vorbei, bis zur Piazza. Ihr Name ist, wenn ich mich nicht irre, Via Sant'Ambrogio. Hier war Ida meistens früher, wenn sie im Getto herumgewandert war, gelandet. Hier befanden sich ringsum die Krambuden, die kleinen Höfe und die vertrauten Gäßchen. Dort hatte sie Sachen verkauft und andere gekauft, hatte von Vilma, die »im Kopf ein wenig wirr war«, die Nachrichten der Signora und der Nonne gehört, hatte einmal von einer alten Frau mit einem Hütchen erfahren, wie von offizieller Seite die Rassenzugehörigkeit der Mischlinge bestimmt wurde, und dort war sie ein anderes Mal mit der Hebamme Ezechiel zusammengetroffen ... Das Getto war kleiner als jedes noch so winzige Dorf, auch wenn sich darin, in Familien zu zehn in jedem Kämmerchen, Tausende von Juden zusammengedrängt hatten. Jetzt aber schleppte sich Ida wie durch ein riesiges Labyrinth ohne Anfang und Ende hin. Und soviel sie auch umherlief, sie kam doch immer an dieselbe Stelle zurück.
Sie war sich undeutlich bewußt, hierher gekommen zu sein, um jemandem etwas auszuhändigen. Sie wußte sogar seinen Familiennamen: EFRATI, den sie leise vor sich hinsagte, um ihn im Gedächtnis zu behalten. Und sie suchte jemanden, den sie um Auskunft bitten konnte. Aber da war niemand, auch kein Passant, und nirgends hörte man menschliche Stimmen.
In Idas Ohren vermengte sich der Kanonendonner in der Ferne mit dem Dröhnen ihrer eigenen einsamen Schritte. Die Stille dieser sonnigen Gäßchen, abseits vom Verkehr des Lungotevere, betäubte ihre Sinne wie eine Narkose und schluckte jedes Geräusch von außerhalb auf. Es war seltsam: durch die Häusermauern hindurch vernahm man den Widerhall der leeren Räume. Und Ida murmelte immer noch EFRATI, EFRATI vor sich hin und vertraute sich diesem unsicheren Faden an, um sich nicht ganz zu verlieren.
Da stand sie schon auf dem Platz mit dem Brunnen. Der Brunnen war

ausgetrocknet. Von den kleinen Loggien und den baufälligen Galerien der Häuschen fielen die Blätter der abgestorbenen Pflanzen herab. Auf der Straße gab es nicht mehr die übliche Beflaggung mit Höschen, Windeln und anderen Lappen, die dort früher zum Trocknen aufgehängt waren. Da und dort hingen an den Außenhaken noch immer die abgerissenen Schnüre. Ein paar Fenster hatten zerbrochene Scheiben. Durch die Gitterfenster eines Ladens im Erdgeschoß, der zum Verkauf bestimmt war, sah man den feuchten, dunklen Raum, ohne Ladentisch und ohne Waren und überzogen von Spinnweben. Einige Türen schienen abgesperrt, andere, die man bei den Plünderungen eingeschlagen hatte, waren leicht angelehnt oder halb offen. Ida drückte eine kleine Tür auf, die an einem Flügel aufgebrochen war, und zog sie hinter sich wieder zu.

Der Flur von der Größe eines Abstellraums lag fast ganz im Dunkeln. Es war kalt dort drin. Doch bekam die kleine Steintreppe mit den ausgetretenen, schlüpfrigen Stufen Licht durch ein Fenster, das ungefähr in der Höhe des zweiten Stockwerkes lag. Im ersten Stockwerk gab es zwei geschlossene Türen. An der einen fand sich kein Name. An der anderen stand auf einem angeklebten Kärtchen mit der Feder geschrieben: Familie Astrologo, und auf der Mauer, über der Klingel, standen noch zwei weitere, mit Bleistift geschriebene Namen: Sara Di Cave und Familie Sonnino.

Entlang der abgebröckelten, fleckigen Treppenhauswand las man verschiedene Inschriften, die offenbar in der Mehrzahl von Kinderhand stammten: *Arnaldo liebt Sara – Ferucio ist schön* (darunter stand, von einer anderen kleinen Hand hinzugefügt: *Er ist ein Dreckskerl*) – *Colombo liebt L. – Es lebe die Roma.*

Ida runzelte die Stirn und erforschte die Inschriften, wobei sie sich anstrengte, ihre eigenen wirren Überlegungen darin zu entziffern. Das Haus war zweistöckig, doch erschien ihr die Treppe sehr lang. Schließlich – auf dem zweiten Treppenabsatz – entdeckte sie das, was sie suchte.

In Wirklichkeit gibt es im Getto von Rom unzählige EFRATI. Es gibt, kann man wohl sagen, kein Haus, in dem man nicht eine Familie dieses Namens findet.

Hier gab es drei Türen. Eine, die keinen Namen trug, war aus den Angeln gehoben und führte in einen winzigen Raum ohne Fenster. Auf dem Boden standen ein ramponierter Bettrost und eine kaputte Waschschüssel. Die beiden anderen Türen waren geschlossen. An der einen befand sich ein Schildchen mit dem Namen: Di Cave. Und darüber, aufs Holz geschrieben, standen die Namen: Pavoncello und Calò. An der anderen Tür war auf einem großen Stück angeklebten Papiers zu lesen: Sonnino, EFRATI, Della Seta.

Ida war so müde, daß sie der Versuchung nicht widerstehen konnte, sich auf den Bettrost zu setzen. Durch das zerbrochene Fenster im Treppenhaus drang der Schrei einer Schwalbe, und Ida wunderte sich darüber. Der Bombenangriffe und Explosionen nicht achtend war dieses zarte kleine Geschöpf, ohne sich in der Richtung zu irren, wie auf einem vertrauten Weg durch den Himmel geflogen. Ida aber, mit ihren über vierzig Jahren, fühlte sich hilflos und verloren.
Es kostete sie eine ungeheure Anstrengung, nicht ihrem Wunsch, sich auf diesem Rost für die ganze Nacht auszustrecken, nachzugeben. Sicher war es diese Anstrengung, die, bei ihrem Zustand äußerster Erschöpfung, eine akustische Täuschung bewirkte. Zunächst überraschte sie die unwirkliche Stille des Ortes. Dann begann sie in ihren Ohren, die vor Hunger summten, Stimmen wahrzunehmen. Es war zwar nicht eigentlich eine Sinnestäuschung, denn Ida war sich bewußt, daß diese Stimmen aus ihrem Hirn stammten, daß sie sie nicht von anderswoher vernahm. Doch hatte sie den Eindruck, daß diese Stimmen von einer nicht näher präzisierbaren Dimension in ihren Gehörgängen ausgestrahlt wurden und daß diese Dimension weder dem äußeren Raum noch ihren Erinnerungen angehörte. Es waren fremde Stimmen in verschiedenen Stimmlagen, vorwiegend jedoch Frauenstimmen, die voneinander isoliert waren und zwischen denen es kein Gespräch und keinen Austausch gab. Es waren ganz deutlich Sätze zu hören; bald waren es Ausrufe, bald Mitteilungen. Aber alle waren völlig banal, sozusagen zusammengewürfelte Fetzen aus dem Alltagsleben:
... »Ich bin auf der Terrasse, um die Wäsche abzunehmen!!« ... »Wenn du deine Aufgaben nicht fertigmachst, darfst du nicht hinaus!« ... »Paß auf, heute abend sage ich es deinem Vater!« ... »Heute verteilen sie Zigaretten ...« – »In Ordnung, ich warte auf dich, aber beeil dich ...« – »Wo bist du die ganze Zeit gewesen? ...« – »Ich komme, Mà, ich komme gleich!« – »Wieviel kostet es?« – »Sie hat mir gesagt, ich soll die Nudeln ins Wasser tun ...« – »Lösch das Licht aus, der Strom ist teuer ...« ...
Dieses Phänomen der Stimmen ist ziemlich verbreitet. Manchmal erleben es auch gesunde Menschen, meistens, wenn sie kurz vor dem Einschlafen sind, oder nach einem anstrengenden Tag. Für Ida war es keine neue Erfahrung. Aber in ihrer gegenwärtigen Überempfindlichkeit wurde sie davon bis ins Innerste aufgewühlt. Bevor die Stimmen, die an ihr Ohr klangen, wieder verstummten, überschnitten sie sich gegenseitig und überstürzten sich in einem aufgeregten Rhythmus. In dieser Eile schien Ida einen grauenvollen Sinn zu erkennen: Es war, als tauche dieses armselige Geschwätz aus einer wirren Ewigkeit auf, um dann in einer anderen wirren Ewigkeit zu versinken. Ohne zu wissen, was und warum

sie es sagte, murmelte sie plötzlich wie von selbst, mit zitterndem Kinn, wie ein Kind, das gleich zu weinen anfängt:
»Sie sind alle tot.«
Sie sagte es mit den Lippen, jedoch fast ohne Stimme. Und während sie vor sich hinmurmelte, nahm sie in der Stille ein Gewicht wahr, als fiele ein Echolot in ihr Gedächtnis. Sie erinnerte sich wieder, daß sie heute hierhergekommen war, um die Botschaft abzugeben, die sie am 18. Oktober im Tiburtina-Bahnhof entgegengenommen hatte. Sofort begann sie mit unruhigen Fingern in den Fächern ihrer Geldtasche zu suchen, wo sie die Nachricht seit jenem Tag aufbewahrt hatte. Die mit Bleistift geschriebene Schrift auf dem abgenutzten, schmierigen Papierfetzen war fast nicht mehr zu lesen. Sie konnte gerade noch entziffern: . . . *Besucht Efrati Pacificho – Familie – Ich schulde Lire* . . . Der Rest war unleserlich geworden.
Sie hatte es plötzlich eilig, wegzukommen. Als sie nach ihrer Börse gesucht hatte, war sie auf dem Boden des Korbes auf die Tüte Mehl gestoßen, die sie beim Weggehen von zu Hause dort hineingesteckt hatte. Dies erinnerte sie daran, daß sie noch vor dem Abend etwas ganz Dringendes erledigen mußte, auch wenn sie nicht mehr genau wußte, was es war . . . Ganz verwirrt trat sie auf den Treppenabsatz hinaus. Die elektrischen Klingeln an den beiden verschlossenen Türen gaben keinen Ton von sich. Da begann sie auf dem schmalen Treppenabsatz wahllos an die eine, dann an die andere Tür zu klopfen. Sie wußte, daß sie ohne Wirkung und ohne Absicht klopfte, und ließ bald davon ab. Doch während sie zur Haustür hinunterging, hatten sich diese sinnlosen Schläge, anstatt aufzuhören, gegen sie gewandt und pochten zwischen Kehle und Brustbein. Die nutzlose Botschaft vom Tiburtina-Bahnhof war droben in dem kleinen Raum liegengeblieben, wo sie sie hatte fallen lassen.
Inzwischen war ihr wieder eingefallen, daß sie schleunigst in die Via Garibaldi gehen mußte, um zu versuchen, das Mehl gegen ein Stück Fleisch für Useppes Abendessen zu tauschen. Doch da kam ihr das Glück zu Hilfe. In der Nähe des Portico d'Ottavia, noch ganz nahe beim Getto, entdeckte sie in einem Hausflur hinter drei oder vier Stufen eine angelehnte Tür, aus der ein Rinnsal von Blut herauslief. Sie ging hinein und befand sich in einem Kabuff, das notdürftig von einem Innenfenster erhellt wurde und das zur Zeit als heimliche Schlachterei diente. Ein muskulöser Junge mit knochigem Gesicht und blutbefleckten Händen stand im Unterhemd hinter einer Fleischerbank, neben einem riesigen Koffer voll blutiger Zeitungen, und zerteilte mit einer Axt und den Händen den schon abgehäuteten und zerspaltenen Körper eines Zickleins. Sowohl er als auch die wenigen Kundinnen hatten es eilig, denn der Beginn der Ausgangssperre stand bevor. An einer Seite der Fleischerbank, die ganz

fleckig und schmutzig war, lagen zwei blutige Ziegenköpfe und in einem Korb ein Haufen Banknoten in kleinen Scheinen.

Im Zimmer hing ein süßlicher, lauer Geruch, der Übelkeit erregte. Ida näherte sich mit unsicheren Schritten, so verängstigt, als sei sie gekommen, um zu stehlen. Und ohne ein Wort zu sagen, mit herabhängenden Mundwinkeln und bebendem Gesicht, legte sie ihre Tüte Mehl auf die Fleischerbank. Der junge Mann sah sie flüchtig und fast unwirsch an. Er verlor keine Zeit mit Worten und warf ihr das letzte, in Zeitungspapier gewickelte Stück, das vom Zicklein übrig geblieben war, in die Hände: eine Keule und Teile der Schulter.

Die Passanten verschwanden eilig von der Straße, aber Ida war sich nicht bewußt, daß es schon spät war. Seit sie nämlich in der kleinen Anlage halb eingenickt war, war mehr Zeit vergangen, als sie glaubte. Jetzt hatte schon die Ausgangssperre begonnen. Bei der Einmündung des Lungotevere in die Piazza dell'Emporio war sie, ohne daß sie es gemerkt hätte, die einzige Passantin in einer menschenleeren Umgebung. Schon wurden die Türen geschlossen, doch kontrollierte in diesem Augenblick keine Patrouille die Gegend. Die Sonne, die eben erst unterging, sah aus wie ein seltsamer, verlorener Stern, wie die Mitternachtssonne. Und während Ida den Lungotevere entlangging, fiel das Licht schräg auf den Fluß, so daß er ganz weiß aussah. Auf dem Heimweg sah sie nur noch dieses flüssige, blendende Weiß in der Luft. Unruhig beschleunigte sie ihre Schritte, da sie den Verdacht hatte, sie sei auf irgendeinen fremden Planeten gefallen, auch wenn sich ihre Füße auf vertrautem Boden bewegten. Während sie unsicher und verwirrt weiterging, drückte sie die Tasche mit dem Stück Ziegenfleisch eifersüchtig an sich, wie ein heruntergekommener Sperling, der mit einem dicken Wurm auf seinen Baum zurückkehrt. Und als sie vom gegenüberliegenden Gehsteig aus ihre Haustür erblickte, wandte sie die Augen dankbar empor und suchte ihr Fenster. Doch alle Fenster erschienen ihr wie schwarze Spalten in einem Eisberg. Das Haustor wurde soeben geschlossen. Als sie darauf zulief, spürte sie vor Schwäche ihren Körper nicht mehr.

In dieser Nacht hatte sie, nachdem sie schon seit langem nicht mehr geträumt hatte, wieder einmal einen Traum. Gewöhnlich waren ihre Träume bunt und lebhaft. Dieser aber war ein Traum in Schwarzweiß, verblaßt wie eine alte Photographie. Ihr war, als befinde sie sich außerhalb einer Umzäunung, auf einer Art verlassener Müllhalde. Es gab nichts, außer einem Haufen lädierter, staubiger Schuhe, die aussahen, als seien sie schon seit Jahren nicht mehr getragen worden. Sie war allein dort und suchte angestrengt in dem Haufen nach einem bestimmten, winzig kleinen Schühlein, kaum größer als ein Puppenschuh, und hatte das Gefühl, das Ergebnis dieser Suche bedeute für sie ein endgültiges Urteil. Der Traum hatte keine Handlung, bestand nur aus dieser einzigen Szene. Und obwohl er keine Fortsetzung hatte und es auch keine Erklärung gab, schien er doch eine lange, nicht wiedergutzumachende Geschichte zu erzählen.

Am darauffolgenden Morgen brachte es Ida, zum erstenmal nach vielen Monaten, nicht fertig, in der Frühe aufzustehen. Sie konnte sich zu keinem Unternehmen aufraffen, außer gegen elf Uhr zu einer zweiten vergeblichen Pilgerfahrt zur Gehaltskasse – für den Fall, daß an diesem Tag der Auszahlungsschalter wieder geöffnet sein würde.
Bei ihrer Rückkehr überredete Filomena sie dazu, eine Portion Nudeln zu essen. Da sie keinen Appetit hatte, schluckte sie die ersten Bissen nur widerwillig. Dann aber schlang sie den Rest mit solcher Gier hinunter, daß kurz darauf ihr entwöhnter Magen mit Brechreiz reagierte. Da legte sie sich rücklings aufs Bett, die Augen weit aufgerissen in dem Bemühen, das Essen bei sich zu behalten und eine Vergeudung der kostbaren Nudeln zu vermeiden.
Es war herrliches, schon sommerliches Wetter. Ihr aber war sehr kalt, und sie fühlte sich andauernd so schläfrig, daß es sie ab und zu unwiderstehlich ins Bett zog. In diesem Zustand der Betäubung sah sie, unendlich weit entfernt, jene andere Ida, die bis gestern durch die Straßen gehetzt war, die sich versteckt und die gestohlen hatte ... »Eine Lehrerin!! Eine Schulmeisterin!!!« sagte sie sich, und ihr schauderte bei dieser Vorstellung. Sie sah sich schon als Angeklagte vor Gericht. Unter den Richtern befanden sich ihre Schulrektorin, der Inspektor, der oberste General des deutschen Heeres sowie einige Uniformierte der PAI. Idas Zustand dauerte auch noch an den beiden folgenden Tagen an. Jetzt war ihr sehr heiß, und ihre Kehle war trocken. Sie fieberte. Ab und zu aber erfrischte sie ein Hauch wie von Blättern oder kleinen Flügeln, die nahe an ihrem Gesicht flatterten:
»Aber Mà, walum schläfst du so lange?!«
»Ich stehe gleich auf ... Hast du gegessen?«
»Ja. Filomena hat mir Nudeln gegeben.«
»Du mußt sagen: die *Signora* Filomena ... Hast du auch danke gesagt?«
»Ja.«
»Und wie hast du es gesagt?«
»Ich habe zu ihr gesagt: *Bitte, kann ich was davon haben?* und sie hat zu mir gesagt: *Da!*«
»*Kann ich was davon haben!!* So hast du's ihr gesagt?! Das darfst du nicht mehr machen ... Ich habe dir doch schon beigebracht, daß man nicht betteln soll ... Aber nachher, hast du ihr da wenigstens für ihre Mühe gedankt?«

»Jaja. Zuerst habe ich gesagt: *Bitte, kann ich davon haben,* und dann habe ich gesagt: *Ciao.*«

In jenen Tagen waren Filomena und Annita zufrieden, denn Santina hatte aus den Karten gelesen, es werde bald Friede sein, und dann würden sie Nachricht von Giovannino bekommen. Hingegen war Tommaso, der Hausherr, pessimistisch. Er erzählte, im Krankenhaus habe er sagen hören, die Deutschen wollten bis zum Äußersten Widerstand leisten, und so oder so würden sie vorher die berüchtigten Minen zünden, und auch der Papst bereite sich darauf vor, mit der Vatikanluftflotte in einem gepanzerten Flugzeug ins Unbekannte zu fliehen.

Alle Straßen um Rom dröhnten von Bodenkolonnen und Luftgeschwadern. In der Richtung der Castelli sah man nur eine riesige Rauchwolke. Am Abend des 3. Juni kehrte Tommaso, der sich leidenschaftlich für Fußball interessierte und ein Anhänger der Mannschaft Lazio war, niedergeschlagener denn je nach Hause zurück. Zu allem Unglück hier war jetzt auch noch etwas Unvorstellbares passiert: Tirrenia hatte Lazio geschlagen, das dadurch vom Finale ausgeschlossen war, und nun war der verhaßte Gegner Roma Favorit.

Aber jetzt hatte Tommaso Ferien. Er konnte nicht mehr ins Krankenhaus gehen, denn es war ab sofort nicht mehr erlaubt, die Tiberbrücken zu überqueren. Damit war die Stadt in zwei Gebiete aufgeteilt, die unter sich keine Verbindung mehr hatten. Bei dieser Nachricht verwirrte sich in Idas armen fieberndem Hirn die wirkliche Topographie Roms und wurde vollkommen auf den Kopf gestellt. All die Orte, die sie früher regelmäßig aufgesucht hatte – nicht nur die Schule auf dem Gianicolo und Trastevere, sondern auch Tordinona und San Lorenzo und die Gehaltskasse –, schienen ihr von jetzt an unerreichbar, denn sie lagen auf der anderen Seite des Flusses. Und das kleine Getto-Dorf verlor sich in nebelhafter Ferne, jenseits irgendeiner meilenlangen Brücke.

Tommaso erzählte auch, er habe von der Piazza Venezia den Corso entlang einen endlosen Zug von *Lastwagen* fahren gesehen, vollbesetzt mit deutschen Soldaten, die schwarz gewesen seien von Ruß und blutbefleckt. Die Leute hätten sie angesehen und nichts gesagt, die Soldaten aber hätten niemanden angesehen.

Am Abend des 4. Juni legten sich alle früh schlafen, weil es kein elektrisches Licht gab. Der Testaccio lag ruhig im Mondlicht da. Und in der Nacht marschierten die Alliierten in Rom ein. Unvermittelt erhob sich in den Straßen ein großes Geschrei, als würde das Neujahrsfest gefeiert. Fenster und Haustüren wurden weit geöffnet, und man begann, Fahnen herauszuhängen.

Es gab keine Deutschen mehr in der Stadt. Von allen Seiten hörte man rufen: Es lebe der Friede! Es lebe Amerika!!

Der Großvater war jäh aufgewacht und begann zu jammern »Au, Mà, au, Mà« und spuckte in das Waschbecken.
»Au, Mà, au, Mà ...«
»Was sagst du, mein Sohn?«
»Ich möchte ... rruhuhur ... au, Mà ... mein Sohn, mein Sohn ... au, Mà ... ich brauche Luft ... ich brauche Luft ... Die Deutschen sind hier ... au, Mà, die Deutschen ... Die Deutschen trampeln auf uns herum ... uuuhrrh ... rrrruhuhu ... Sie bringen mich um ... nackt und als Zigeuner ... rrhu ...«
Das ganze Haus war in Bewegung. »Die Amerikaner! Die Amerikaner sind gekommen!!!« Useppe lief erregt mit nackten Füßen im Dunkeln herum.
»He, Mà! He, Màà!! Die Lamemikane! Die La...memikane ...!« Im Traum war Ida wieder in Cosenza, als Kind, und ihre Mutter rief ihr immer wieder zu, sie müsse aufstehen, es sei Zeit, zur Schule zu gehen. Aber draußen war es kalt, und sie hatte Angst davor, die Schuhe anzuziehen, denn sie hatte Frostbeulen an den Füßen.
Sie war zu müde, um aufzustehen, brummte etwas vor sich hin und versank dann wieder in Schlaf.

4

Nach dem Sturm auf die Ladung Mehl glaubte sich Ida nicht mehr fähig, nach San Lorenzo zurückzukehren, das für sie zum Zentrum der Angst geworden war. Doch als zwei Wochen seit der Wiedereröffnung der Straßen vergangen waren, ohne daß sie Nachricht von Ninnarieddu hatte, wagte sie sich bis zu Remos Wirtschaft vor.
Hier erfuhr sie zu ihrer Überraschung, daß Nino schon Anfang Juni, kurz nach dem Einzug der Alliierten, in Rom gewesen war und daß er beim Wirt einen kurzen Besuch gemacht hatte, der ihm natürlich die Anschrift seiner Mutter im Testaccio mitgeteilt hatte. Gesundheitlich ging es ihm ausgezeichnet, und er war vergnügt gewesen. Er hatte auch von Carlo-Piotr gute Nachrichten mitgebracht. Der war gesund und munter und wohnte bei Verwandten – in Wirklichkeit handelte es sich um seine Amme – in einem Dörfchen zwischen Neapel und Salerno. Die beiden Jungen hatten miteinander die Front überquert und waren mit heiler Haut davongekommen. Sie waren immer noch gute Freunde wie damals, als sie Guerillakämpfer waren, ja fast noch bessere als früher. Auch hatten sie oft Gelegenheit, sich in Neapel zu treffen, wo Nino wichtige Geschäfte tätigte.

Dies war es im großen und ganzen, was der Wirt von Nino zu berichten wußte. Nino war in einem Militär-Jeep, in Begleitung von zwei amerikanischen Unteroffizieren, gekommen und hatte es sehr eilig gehabt. Seit jenem Tag hatte ihn der Wirt nicht mehr gesehen.
Nach diesen beruhigenden Nachrichten erfuhr Ida bis Ende August nichts mehr von Nino. Dann kam von ihm eine Postkarte mit dem Stempel *Capri* und der bunten Photographie eines Luxuspalastes mit dem Namen *Grand Hôtel Quisisana*. Die Empfänger faßten dies natürlich falsch auf und stellten sich vor, Nino wohne in diesem Palast. Auf der Rückseite hatte er unter zahlreichen Unterschriften von Unbekannten über seiner eigenen Unterschrift *Nino* nur geschrieben: *See you soon*. Es gelang den Empfängern nicht, diesen Satz zu entziffern. Einige hielten ihn für amerikanisch, andere eher für japanisch oder chinesisch. Doch Santina, die jetzt ihrem Beruf mit alliierten Soldaten nachging, befragte einen Amerikaner, der aus Sizilien stammte, und erfuhr von ihm, daß der Satz ungefähr bedeutete: *Auf baldiges Wiedersehen*.
Dennoch wurde es Herbst, ohne daß Nino auch nur eine Silbe von sich hätte hören lassen. Er war zwar in jener Zeit mehr als einmal nach Rom gekommen, doch da er immer nur kurz da war und von gewissen eiligen Geschäften zu sehr in Anspruch genommen wurde, hatte er es bis jetzt versäumt, seinen Freund, den Wirt, oder seine Mutter zu besuchen.
Mittlerweile waren die alliierten Streitkräfte nach der Landung in der Normandie zum Angriff auf die Deutschen in Europa übergegangen, hatten Frankreich zurückerobert und waren im August mit General de Gaulle in Paris einmarschiert. In allen Ländern, die einst von den Deutschen unterworfen worden waren, kam es zu Aufständen, während das russische Heer von Osten her vorrückte. In Italien hatten die Alliierten nach Rom auch Florenz eingenommen und waren an der *Gotenlinie* angelangt, wo die Front zum Stillstand gekommen war.
Es gab noch weitere Ereignisse in diesem Sommer: Nicht lange nach der Befreiung Roms hatte Annita eine Mitfahrgelegenheit ausfindig gemacht und sie benutzt, um in den Bergen einen Besuch zu machen. Die Hütte ihrer Familie und die ihrer Nachbarn hatten keinen Schaden erlitten. Doch erzählte sie bei der Rückkehr, daß von all den Städten und Dörfern drunten in der Ebene und an den Berghängen, durch die man früher gekommen sei, nichts übriggeblieben sei. An ihrer Stelle sehe man nichts anderes mehr als eine dicke Staubwolke. Die Schwiegereltern fragten sie nach diesem und jenem Ort, nach bestimmten Dörfern und Orangenpflanzungen; sie aber schüttelte sachte und mit trostlosen Augen den Kopf und wiederholte, es sei überall dasselbe: es sei nichts mehr da, nur noch eine dicke Staubwolke. Es war, als habe der Anblick dieser

merkwürdigen Staubwolke alle anderen Eindrücke ihrer Reise hinweggefegt, so daß sie sich an fast nichts anderes mehr erinnerte.
Das zweite Ereignis war, im August, der Tod des Großvaters. In einer jener heißen Nächte, während der Hundstage, hatte der Alte sich aus eigenem Antrieb von seinem Feldbett in der Küche hinuntergleiten lassen und sich auf den Fußboden gelegt, vielleicht, um es kühler zu haben. Und am Morgen lag er noch immer lang ausgestreckt dort auf dem Boden und brummte vor sich hin, ohne sich darum zu kümmern, daß ein Zug von Ameisen über seinen halbnackten Körper lief. Der erste, der frühmorgens aufgewacht und in die Küche gegangen war, war Useppe gewesen. Er hatte den Alten verblüfft angeschaut und hatte es gewagt, ihm den Spucknapf, den Stuhl und die Weinflasche anzubieten. Doch der Alte hatte nur hartnäckig im Ton der Verneinung weitergebrummelt und hatte nicht aufstehen wollen. Von der Küche aus wurde er an jenem Morgen ins Krankenhaus gebracht. Dort starb er wenig später und wurde dann gleich auf den Friedhof gebracht und in ein Gemeinschaftsgrab gelegt. Useppe fragte, wohin er gegangen sei, und bekam von Annita die Antwort, er sei ins Gebirge zurückgekehrt. Bei dieser Antwort blieb er ratlos stehen und stellte sich vor, wie der hagere, nackte Alte, von Ameisen bedeckt und ohne seine Sandalen an den Füßen, mitten durch die berüchtigte dicke Staubwolke die Berge hinaufkletterte. Doch von da an fragte er nicht mehr nach ihm.
Ida hatte inzwischen, nach dem unvermeidlichen Durcheinander bei den Behörden, von der Kasse wieder das Gehalt ausbezahlt bekommen, und zwar in neuartigen Banknoten, die Am-Lire genannt wurden. Auch mit diesen Am-Liren war es für sie immer noch schwierig, für die täglichen Mahlzeiten zu sorgen. Doch stehlen war von da an für sie ausgeschlossen. Das Gebäude ihrer ehemaligen Schule im Testaccio, das früher von Truppen beschlagnahmt gewesen war, wurde in jenen Tagen von einer Einheit südafrikanischer Soldaten belegt, die Tommaso Marrocco ab und zu, als Entgelt für irgendwelche Besorgungen, die Überbleibsel von ihren Mahlzeiten abgaben. Und dann wollte es der Zufall, daß Ida durch Tommaso dort eine Arbeit fand: Sie sollte einem Soldaten dieser Einheit Italienischstunden geben. Da sie noch nie einen Erwachsenen unterrichtet hatte, fürchtete Ida sich vor dieser Aufgabe. Am Anfang glaubte sie, ein Südafrikaner sei ein Schwarzer, und irgendwie beruhigte sie diese Vorstellung. Statt dessen sah sie sich einem weißhäutigen, blonden Mann mit Sommersprossen gegenüber. Er redete sehr wenig und in einer unverständlichen Sprache und behandelte sie ziemlich grob, ungefähr wie ein Feldwebel einen Rekruten. Er war dick und vierschrötig und schwer von Begriff. Doch lag die Schuld daran, glaube ich, eher bei der Lehrerin, die sich in diesen Unterrichtsstunden verängstigt abmühte,

vor Verlegenheit stotterte und sich wie eine Schwachsinnige aufführte. Der Unterricht fand in einem kühlen Raum im Erdgeschoß des Schulhauses statt. Der Raum hatte früher als Turnhalle gedient. Ida erhielt ihren Lohn in Form von Päckchen mit Suppenpulver, Gefrierfleischbüchsen usw. Der Unterricht fand im Spätsommer mit der Versetzung des Südafrikaners nach Florenz sein Ende. Dies blieb für alle Zukunft die einzige Beziehung, die Ida zu den Siegern hatte.
Von Giovannino hatte man noch keine Nachricht erhalten. Und so wohnte Ida mit Useppe am Ende des Sommers noch immer in dem Kämmerchen in der Via Mastro Giorgio. Hier erhielt sie eines Nachmittags Ende September den unerwarteten Besuch von Carlo.
Er erschien auf der Suche nach Nino und behauptete, Nino sei schon seit einigen Tagen in Rom, wenn auch ohne festes Quartier. Carlo hatte damit gerechnet, von Ida wenigstens einen Hinweis zu bekommen, wo er ihn ausfindig machen könnte. Doch als er merkte, daß niemand im Haus etwas wußte, verbarg er seine Ungeduld nicht, wollte sofort wieder weggehen und verkündete mürrisch, er müsse noch vor Abend den Zug nach Neapel erreichen.
Doch mußte es ihm allzu unhöflich vorkommen, sich angesichts Idas ängstlicher Erwartung und der drängenden Fragen der Umstehenden so ohne weiteres wieder zu verabschieden. Befangen setzte er sich an den Tisch im Arbeitszimmer. Man bot ihm weißen Frascatiwein an. Useppe kam aus dem Kämmerchen und rief, als er ihn erkannt hatte, fröhlich: »Carlo! Carlo!« Und Ida hatte ihn, stammelnd vor Überraschung, den anderen vorgestellt: »Der Signor Carlo Vivaldi!« Carlo aber erklärte, als er sich gesetzt hatte, in brüskem, strengem Ton, als ob alle es eigentlich schon wissen sollten:
»Ich heiße DAVID SEGRE.«
In dem Zimmer befanden sich außer Ida, Useppe, den Frauen des Hauses und dem Lehrmädchen noch Consolata sowie zwei weitere Bekannte und ein bejahrtes Männchen, ein Zeitungsverkäufer und Freund der Familie. Ida hätte dem Gast gern hundert Fragen gestellt, aber angesichts seiner unverändert zurückhaltenden, schroffen Haltung traute sie sich nicht. Darüber hinaus schämte sie sich auch, von Nino so sehr im ungewissen gelassen und vernachlässigt worden zu sein, daß sie, seine Mutter, sich bei einem Fremden über ihn erkundigen mußte.
Derjenige, der sich einst Carlo und dann Piotr genannt hatte und jetzt David hieß, saß unbehaglich inmitten der kleinen Schar von Hausgenossen. Die Anwesenden, die Ida bereits von ihm hatten reden hören, erkannten ihn gleich als den berühmten Partisanen, den Gefährten des tapferen Ninnuzzu, der mit ihm zusammen die Frontlinien überschritten hatte. Folglich behandelten ihn alle als illustren Gast und waren faszi-

niert von seiner Gegenwart. Doch ihre Aufmerksamkeiten schienen ihn nur noch mehr in Verlegenheit zu bringen, ja förmlich zu verstimmen, und sein Gesicht verdüsterte sich zusehends.

Er war noch immer so mager wie früher; doch irgendwie wirkte er knabenhafter als zu der Zeit, da er in Pietralata wohnte. Er trug einen frischgewaschenen weißen Pullover über Seemannshosen aus blauer Baumwolle, die im Gegensatz zum Hemd unglaublich dreckig waren. Obwohl er rasiert war und das Haar, wie früher als Junge, kurz geschnitten trug, hatte er im Gesicht und in seinem ganzen Aussehen etwas Vernachlässigtes und Schlampiges. Seine Nägel waren schwarz vor Schmutz, und die pergamenthäutigen Füße steckten in abgetragenen Sandalen. Auch wenn ihn Ida als ›Signore‹ vorgestellt hatte, sah er doch eher aus wie eine Mischung aus einem Zigeuner und einem Proletarier. Und die eindringliche Traurigkeit seiner dunkelbraunen Augen schien in einer fast verzweifelten inneren Verbohrtheit zu versinken, wie eine unausrottbare fixe Idee, die er insgeheim ausbrütete.

Er schaute niemanden an. Wenn er getrunken hatte, stellte er das Glas nicht ab, sondern hielt es mit nervösen Händen umklammert und starrte hinein. Es sah aus, als interessiere er sich mehr für den Inhalt seines Glases als für die Anwesenden. Und wenn ihn jemand aufforderte, doch eins von seinen Abenteuern zu erzählen, antwortete er nur mit einem Schulterzucken und einem schiefen Lächeln. Offensichtlich war er sehr schüchtern. Doch wirkte sein Schweigen anmaßend, als weigere er sich, am Gespräch teilzunehmen, weil er sich dafür rächen wollte, daß er aus reiner Höflichkeit, aber im Grunde gegen seinen Willen sich in dieser Gesellschaft befand. Obwohl er den Mittelpunkt der allgemeinen Neugier und Aufmerksamkeit bildete, verhielt er sich wie ein Taubstummer. Nur als Consolata und die Marroccos, wie es unvermeidlich war, ihm schließlich mit ihren vermißten Angehörigen kamen, hob er einen Augenblick lang die Augen, öffnete abrupt den Mund und sagte mit ernsthafter und brutaler Bestimmtheit:

»Die werden nie zurückkommen.«

Alle verstummten. Da lenkte der Zeitungsverkäufer, um die Frauen ein wenig von ihrem Schrecken abzulenken, das Gespräch auf Santina, die versprochen hatte, gleich nach dem Mittagessen zu kommen und aus den Karten zu lesen, aber noch auf sich warten ließ. Das Männchen schlug einen unterhaltsamen Ton an und erging sich in billigen Vermutungen über die Geschäfte, die Santina wohl aufhalten mochten. Und er deutete dies nicht etwa an, sondern benutzte ganz unmißverständliche Worte und unanständige Anspielungen, die komisch wirken sollten.

Der Mann mit Namen David schien sich dafür nicht mehr zu interessieren als für den vorangegangenen Teil des Gesprächs. Doch als Santina

zwei Minuten später in der Tür erschien, folgte er, der bis jetzt auf niemanden wirklich geachtet hatte, ihr mit den Blicken, während sie mit schweren Schritten an den Tisch trat, und betrachtete sie zwischen gesenkten Wimpern hindurch auch dann noch, als sie sich fast direkt gegenüber von ihm niedergelassen hatte. In diesen Monaten hatten unzählige Soldaten aus allen Kontinenten – kleine Chargen und hohe Tiere und alle ziemlich großspurig – Rom überschwemmt, und so erfreute Santina sich jetzt, für ihre Verhältnisse, eines gewissen Reichtums. Sie hatte sich beim Friseur ihr langes, offenes, teilweise ergrautes Haar in Wellen legen lassen. Doch sonst hatte sie sich nicht verändert. Niemand dachte daran, sie David vorzustellen, und sie schien die schwarzen Augen gar nicht zu bemerken, die sie hartnäckig und unverfroren ansahen. Doch als sie sich anschickte, mit ihren großen, knotigen Händen, die vom Wäschewaschen ruiniert waren, die Karten zu mischen, die Annita ihr gereicht hatte, stand David entschlossen auf und verkündete:
»Ich muß gehen.«
Dann wandte er sich an Santina und schlug ihr vor, oder eher: er befahl ihr (obwohl er dabei wie ein kleiner Junge errötete):
»Würden Sie mich bitte hinunterbegleiten? Es sind noch anderthalb Stunden bis zur Abfahrt meines Zuges. *Nachher* können Sie hierher zu Ihren Karten zurückkehren.«
Was er gesagt hatte, war unmißverständlich, doch hatte sein Ton keineswegs respektlos geklungen. Im Gegenteil, die letzten Worte klangen, als bitte er um eine Gefälligkeit. Die trägen, gefügigen Augen Santinas wanderten zögernd in seine Richtung. Sie lächelte unsicher, und dabei sah man ihre Zahnlücke im Oberkiefer.
»*Gehen Sie, gehen Sie* nur mit dem Herrn. Wir warten auf Sie«, ermunterte sie der Zeitungsverkäufer mit herzlicher und ein wenig boshafter Fröhlichkeit. »Wir erwarten Sie hier, ganz nach Ihrem Belieben.«
Sie folgte dem Jungen ohne Umstände. Als der Klang ihrer einander angepaßten Schritte unten auf der Treppe verhallt war, gab man im Arbeitszimmer unterschiedliche Kommentare ab. Doch alle waren sich in der Hauptsache einig: »Ein so schöner Junge – und zieht mit dieser alten Zauchtel ab!!«
Inzwischen führte die alte Zauchtel den unerwarteten Kunden in ihre Wohnung am Rand des Portuense, nicht weit von der Porta Portese entfernt. Sie wohnte im Erdgeschoß eines alleinstehenden Steinhauses, das noch zwei weitere Stockwerke hatte, die aussahen, als wären sie später hinzugefügt worden, obwohl sie schon heruntergekommen und baufällig waren. Das Haus stand auf dem rückwärtigen Teil eines ungepflasterten Geländes, jenseits von ein paar Baracken und Schrebergärten. Man

betrat die Wohnung direkt von der Straße her. Die Tür besaß weder Schildchen noch Klingel. Die Wohnung bestand aus einem einzigen feuchten Kämmerchen und ging an einer Seite zu einer Art Müllhalde hinaus, die man durch ein vergittertes Fensterchen sah, das im übrigen immer von einem Vorhang verhüllt war. An der Fensterseite stand ein hölzernes, nicht sehr breites Bett, das von zwei Heiligenbildern bewacht wurde. Das eine war das übliche Bild des Heiligen Herzens, das andere zeigte einen Ortsheiligen im Ornat, mit dem Bischofsstab in der Hand und dem Heiligenschein um die Bischofsmütze. Das Bett war mit einer Decke aus rötlichem Baumwolldamast bedeckt. Davor lag ein kleiner billiger, völlig fadenscheiniger Teppich in orientalischem Stil.
Das übrige Mobiliar bestand aus einem Lehnsessel, dessen Federn herausstanden, und einem kleinen Tischchen, auf dem sich eine in Tüll gekleidete Zelluloidpuppe, ein kleiner Tiegel und ein elektrischer Kocher befanden. Unter dem Tischchen stand ein großer Vulkanfiberkoffer, der auch als Schrank diente, und darüber hing an der Wand ein Kästchen.
In einem Winkel des Zimmers hing ein Vorhang aus demselben geblümten und gestreiften verblichenen Stoff wie der vor dem Fensterchen. Dahinter stand eine kleine Waschgelegenheit aus verzinntem Blech mit einem Krug, einem Becken und einem Eimer. An einem Nagel hing ein sehr sauberes Handtuch, und es gab sogar ein Bidet, das ebenfalls aus verzinntem Blech war.
Der Abort, der auch den Mietern der oberen Stockwerke zur Verfügung stand – im Erdgeschoß war Santina die einzige Bewohnerin –, befand sich draußen, in dem kleinen Hof bei der Haustür. Um dahin zu kommen, mußte man aus dem Erdgeschoß auf die Straße hinaus und um das Haus herumgehen. Im übrigen befand sich in dem Zimmer unter dem Bett ein Nachttopf, dessen Inhalt man auch gleich auf die Straße schütten konnte.
Santina wollte sich nicht entkleiden. Sie zog sich nur die Schuhe aus, ehe sie sich unter die Decke neben David legte, der sich schon völlig ausgezogen hatte. Sie blieben eine Stunde beieinander, und in dieser Zeit tobte sich David mit animalischer, gieriger Aggressivität aus. Beim Abschied schaute er Santina scheu, mit einer Art gerührter Dankbarkeit an, während er es vorher die ganze Stunde lang immer vermieden hatte, sie anzusehen, und seine finsteren und einsamen Blicke in der Raserei seines Körpers anderswohin gerichtet hatte. Er fischte alles Geld, das er besaß (es war wenig), aus seiner Hosentasche, wo er auch seine Rückfahrkarte Neapel–Rom aufbewahrte, und gab es ihr. Und als er es ihr, zerknüllt wie Altpapier, in die Hand drückte, entschuldigte er sich verlegen, weil er ihr nicht mehr bezahlen konnte. Dann aber merkte er, daß es spät ge-

worden war, und er mußte von ihr etwas Kleingeld zurückfordern für die Straßenbahn bis zum Bahnhof. Dabei errötete er beschämt, als sei es ein schwer zu verzeihendes Unrecht, während Santina sich mit erstaunten, unterwürfigen Augen ihrerseits zu entschuldigen schien, denn in Wirklichkeit betrug die Summe, die sie von ihm erhalten hatte, so gering sie auch war, mehr als das Doppelte ihres gewöhnlichen Tarifs.
Er beeilte sich, sie wissen zu lassen, er werde, wenn der Norden erst einmal befreit sei, mehr Geld haben als jetzt und könne ihr dann viel mehr bezahlen. Mittlerweile aber werde er sie, auch mit dem bißchen Geld, das er derzeit zusammenbringen könne, jedesmal aufsuchen, wenn er nach Rom komme.
Sie begleitete ihn bis zur Straßenbahnhaltestelle, denn sie meinte, er könnte sich vielleicht verirren, da er das Viertel nicht kannte. Dann kehrte sie mit der Last ihres mißhandelten, geduldigen Körpers zu den Marroccos zurück, während er, im Gedränge des Wagens hin und her gestoßen, sich wie ein Freistilringer mit Püffen Platz verschaffte.

Das Wiederauftauchen Carlo-Davids kündigte gewissermaßen Ninos Besuch an: Kaum zwei Tage später erschien Ninnarieddu am frühen Nachmittag seinerseits im Haus Marrocco. Sein Besuch war, obwohl ebenso kurz, genau das Gegenteil von dem Davids.
Da an der Haustür ein Schild mit dem Namen MARROCCO angebracht war, rief er aufgeregt, noch bevor er geklopft hatte: »Useppe! Useppe!« Der Zufall jedoch wollte es, daß Useppe, weil es ein sehr schöner sonniger Tag war, mit Annita spazierengegangen war. Nino war sehr enttäuscht, als er das erfuhr, weil er nur kurz dableiben konnte. Er hatte dem Brüderchen ein paar Tafeln amerikanischer Schokolade mitgebracht und legte sie nun mißvergnügt auf die Konsole. Filomena schickte das Lehrmädchen los, um die beiden zurückzuholen, die noch nicht weit sein konnten. Wahrscheinlich waren sie in den Anlagen bei der Piazza Santa Maria Liberatrice. Die Kleine war nur ganz kurz weg und kam zurück wie im Flug, völlig außer Atem, weil sie so gerannt war. Sie hatte die beiden in den Anlagen und auf dem Platz gesucht, hatte sie aber nicht gefunden. In Wahrheit aber hatte sie den Auftrag nur widerwillig übernommen, weil sie sich um keinen Preis auch nur das Geringste von diesem neuen, strahlenden Gast entgehen lassen wollte. Noch nie hatte sie, außer vielleicht im Kino, einen so tollen Typ gesehen.
Er war lockig und hochgewachsen, hatte eine gute Figur, war von der Sonne gebräunt, kühn, elegant und ganz amerikanisch gekleidet. Er trug eine kurze Lederjacke im amerikanischen Stil, Hosen von zivilem Schnitt, doch aus amerikanischem Militärstoff. Die Hosen hatten scharfe Bügelfalten, wurden von einem wundervollen Ledergürtel fest-

gehalten und umschlossen eng die Beine. Er trug aufregende Stiefel aus derbem Leder, wie man sie in Wildwestfilmen sieht. Und unter dem offenen Hemd sah man auf der Brust ein goldenes Kettchen baumeln, an dem ein goldenes Herzchen hing.

Das Heldenlied seiner Taten, die mittlerweile in der Familie legendär waren, sprach lebendig und von niemandem Lügen gestraft aus seinen Augen. Selbst aus der Gestik seiner Hände erriet man die Abenteuer und Gefahren, so daß die Kleine, als er zufällig in ihre Nähe kam, rasch ein wenig zurückwich und ängstlich auflachte, als wolle sie den anderen zurufen: »Hilfe! Hilfe! Der tut mir was!«

Trotzdem stellte sie sich frech, ja herausfordernd vor ihn hin, um sich aus der Nähe einen großen Alpaka-Ring zeigen zu lassen, den er an der Hand trug. In der Mitte waren die Buchstaben A. M. (Antonio Mancuso) eingraviert. »Das sind«, erklärte er ihr, »meine Initialen.« Sie vertiefte sich in die Betrachtung des Ringes, so aufmerksam wie ein Kenner, der den Schatz des Großen Khan untersucht. Aber mit einem Mal floh sie an die andere Seite des Tisches und lachte wie verrückt über ihre unerhörte Kühnheit, die ihr fast das Herz zersprengte.

Nino hatte keine Zeit, über seine großen Kriegstaten und die Abenteuer der letzten Monate zu reden. Es war klar, daß das für ihn schon weit zurückliegende Ereignisse waren, die er nur flüchtig und zerstreut andeutete, da er zu sehr vom Heute in Beschlag genommen war und die unmittelbare Zukunft kaum erwarten konnte. Welches die wichtigen Beschäftigungen waren, die ihn gegenwärtig beanspruchten, blieb ein Rätsel, denn er genoß es, den Geheimnisvollen zu spielen.

Es tat ihm leid, daß Carlo-David ihn vergeblich gesucht hatte. Doch fand er sich rasch damit ab. Er schüttelte seine Locken und sagte: »Ich sehe ihn in Neapel wieder.« Dann vergnügte er sich damit, Witze zu erzählen, pfiff Schlagermelodien und brach jeden Augenblick wie eine Spottdrossel in Gelächter aus. Und alle waren erregt und empfanden seine Gegenwart wie ein Fest.

In der Tat war Ninnuzzu – nachdem er genügend zu essen und zu trinken hatte und ihm niemand mehr sagte, was er tun und lassen mußte – ein ansehnlicher junger Mann geworden. Und gerade jetzt, in diesem blühenden Alter, war es ihm das wichtigste, allen Leuten zu gefallen, und sei es auch nur dem Straßenkehrer, der um Almosen bettelnden Nonne, der Wassermelonenverkäuferin, dem Polizisten, dem Postboten, der Katze – allen wollte er gefallen. Und eine Fliege, die sich auf ihn setzte, wollte ihm vielleicht nichts anderes sagen als: »Du gefällst mir.« Und da es ihm so viel Freude machte, zu gefallen, war er immer mitreißend, temperamentvoll und ungestüm, als wenn er mit einem bunten Ball spielte: Er warf ihn, und die anderen fingen ihn auf, warfen ihn wieder

zurück, er sprang und erhaschte ihn. Allerdings war es auch durchaus bedenklich, wenn er sich so übertrieben zur Schau stellte. Doch inmitten dieser hemmungslosen Ausgelassenheit tauchte ab und zu naiv und verschämt eine Frage auf, die um Nachsicht zu bitten schien: »Also, gefalle ich euch, ja oder nein? Ach, sagt doch ja. Es macht mir doch so wahnsinnig viel Spaß, euch zu gefallen ...« Und dabei trat in seine Augen, um seinen aggressiven, kapriziösen Mund der Schatten einer Drohung: »Wenn ihr nein sagt, dann quält ihr mich. Ich will euch gefallen. Es wäre eine Gemeinheit, einen Jungen so zu quälen ...«
Das bewirkte, daß man ihm jede Eitelkeit verzieh und niemand ihm widerstehen konnte. Sogar der Zeitungsverkäufer, der um diese Zeit immer bei den Marroccos auftauchte, um in ihrer Gesellschaft ein Glas Wein zu trinken, schlug mit der Faust auf den Tisch und sagte mit Donnerstimme zu Ida: »Euer Sohn da, Signora, ist wirklich ein Prachtkerl!!«
Und eine alte Kundin von ungefähr siebzig Jahren, die zur Anprobe ihrer neuen Jacke gekommen war, setzte sich hin, um ihn zu bewundern, und flüsterte der Mutter ins Ohr: »Ich, Signora, ich würde ihn mit Küssen auffressen!«
Selbst Ida, die immer etwas an ihm auszusetzen hatte, brach ab und zu in ein kurzes, fröhliches Gelächter aus, das den anderen deutlich zu verstehen gab:
»Ich habe ihn gemacht, den da! Den habe ich gemacht!«
Plötzlich, während er erzählte, daß er den Sommer mit Tanzen zugebracht habe, wollte er den anwesenden Frauen bestimmte neue Tänze beibringen, so daß die Kleine, aus Furcht, er könnte sie umarmen, beinah unter den Tisch geflüchtet wäre. Er aber vergaß zum Glück, daß er hatte tanzen wollen, und zündete sich mit einem amerikanischen (oder englischen) Feuerzeug, das er *Kanone* nannte, eine Zigarette an. Bei dieser Gelegenheit bot er allen zu rauchen an und hielt jedem, inbegriffen der Alten, sein Päckchen amerikanischer Lucky Strike hin. Doch da von den Anwesenden nur der Zeitungsverkäufer rauchte, schenkte er dem das ganze Päckchen, mit Ausnahme einer einzigen Zigarette, die er sich aufsparte und sich ostentativ hinters Ohr steckte. Dann begann er, den Clown zu spielen, und machte die Posen von Mafiatypen nach.
Zwischendrin beklagte er sich murrend alle zwei Minuten über Useppes Abwesenheit, bis er schließlich verärgert erklärte, er könne nun nicht mehr länger auf ihn warten. Es war offensichtlich, daß er vor allem deshalb gekommen war, um den kleinen Bruder zu überraschen und ihm die amerikanische Schokolade zu überreichen. Und er wurde ernstlich wütend und litt Qualen, weil aus seinem Plan nichts geworden war. »Ich gehe noch einmal runter und schaue nach!« bot sich die Kleine an, in der Hoffnung, den Gast ein wenig länger festhalten zu können. »Nein, dazu

ist es jetzt zu spät. Ich kann nicht mehr länger hierbleiben«, entgegnete Nino nach einem Blick auf seine Uhr.
Er verabschiedete sich von allen und machte sich auf den Weg. Doch da fiel ihm noch etwas ein. Er zog mürrisch die Luft durch die Nase, trat rasch auf seine Mutter zu und steckte ihr großartig eine Handvoll Am-Lire zu. Ida war von dieser noch nie dagewesenen Geste so verwirrt, daß sie ihm nicht einmal dankte. Doch rief sie ihn zurück, als er schon unter der Tür stand, denn sie hatte vergessen, sich – um Mißverständnisse zu vermeiden – den neuen Vor- und Familiennamen Carlo Vivaldis noch einmal wiederholen zu lassen, den sie neulich nicht so recht verstanden hatte.
»DAVID SEGRE! Es sind jüdische Namen«, erklärte er. Und dann fügte er in stolzem und wohlgefälligem Ton hinzu:
»Ich habe es schon seit einer Weile gewußt, daß er Jude ist.«
Hier kam ihm blitzschnell etwas Komisches und Sonderbares in den Sinn, hielt ihn unter der Tür fest und reizte ihn, der Mutter eine unaufschiebbare Mitteilung zu machen, so daß er, obwohl er es so eilig hatte, doch noch einmal, beinah hüpfend, zurückgelaufen kam: »O Mà, ich muß dir noch etwas sagen.« Er blickte Ida vergnügt an. »Aber es ist streng geheim. Ich muß es dir unter vier Augen sagen.«
Was konnte das sein? Ida wußte nicht, was in aller Welt sie von ihm erfahren sollte. Sie nahm ihn mit in ihr Kämmerchen und schloß die Tür. Da zog er sie in einen Winkel und platzte dabei fast vor Ungeduld:
»Weißt du, daß man es mir gesagt hat, Mà?«
»...?«
»Daß du JÜDIN bist.«
»... Wer hat es dir gesagt?«
»Ach, ich weiß es schon lange, Mà! Jemand hier in Rom hat es mir gesagt. Aber wer das ist, das sage ich dir nicht.«
»Aber es ist nicht wahr. Es ist nicht wahr!«
»... Ach was, Mà!! Leben wir denn noch zur Zeit des Pontius Pilatus? Was macht es aus, daß du Jüdin bist?«
Er dachte einen Augenblick nach und fügte dann hinzu:
»Auch Karl Marx war Jude.«
»...« Ida stand atemlos da und zitterte wie ein Blatt im Wind.
»... Und Papa? Was war er?«
»Nein. Er nicht.«
Darüber dachte Ninnarieddu eine Weile nach, wenn auch nicht besonders angestrengt: »Bei den Frauen«, bemerkte er, »sieht man es nicht, wenn sie Jüdinnen sind. Aber bei den Männern sieht man es, weil man ihnen die Spitze des Pimmels abschneidet, wenn sie noch klein sind.«

Dann stellte er gleichmütig fest:
»Ich bin kein Jude. Und auch Useppe ist keiner.«
Und ohne sich noch länger aufhalten zu lassen, verschwand er. Bald darauf empfahl sich auch die Alte, während der Zeitungsverkäufer zufrieden seine Lucky Strike rauchte. Die Nähmaschine, die von der Kleinen in Betrieb gesetzt wurde, begann mit größerem Lärm als gewöhnlich wieder zu rattern. Und Filomena fing aufs neue an, mit Kreide Striche auf ein Stück dunkelbraunen Wollstoffs zu zeichnen, der auf dem Tisch ausgebreitet lag.
Eine Viertelstunde später kamen Annita und Useppe heim. Sie waren auf der Piazza dell'Emporio gewesen, um sich dort den Jahrmarkt anzusehen. Und auf dem Rückweg hatte Annita für Useppe eine Eistüte gekauft, an der er noch lutschte, als sie ins Haus traten. Ida war nach dem Gespräch mit Ninnarieddu in ihrem Zimmer geblieben. Und die Kleine, die heute nicht einmal mehr Lust hatte, *Freude, wie qualvoll bist du* zu singen, hob beim Eintritt der beiden ihre sehnsüchtigen, traurig gewordenen Augen von der Maschine und verkündete Useppe sofort:
»Dein Bruder war hier.«
Verblüfft fuhr Useppe fort, mechanisch an seinem Eis zu lutschen. Doch spürte er schon nicht mehr den Geschmack. »Dein Bruder! Nino! Er ist dagewesen!« wiederholte die Kleine. Useppe hörte auf, an seinem Eis zu lutschen.
». . . Und wohin ist er jetzt gegangen . . . ?«
»Er hat es eilig gehabt. Er ist weggegangen . . .«
Useppe lief ans Fenster, das auf die Straße hinausging. Man sah dort nur einen kleinen Lastwagen voller Leute vorbeifahren, dann kam der Karren eines Eisverkäufers, ein Grüppchen alliierter Soldaten mit ihren *Signorinas*, ein ältlicher Buckliger, drei oder vier Buben mit einem Ball. Sonst niemand. Useppe drehte sich eilig wieder um.
»Ich gehe runter . . . ich rufe ihn . . . Ich . . . ich *gehe* . . .« erklärte er fordernd und verzweifelt. »Wie willst du ihn denn rufen, Männchen? Jetzt ist er doch schon in Neapel!« gab ihm der rauchende Zeitungsverkäufer zu bedenken.
Useppe sah sich mit einem verlorenen, hoffnungslosen Blick um. Mit einemmal sprach aus seinem Gesichtchen große Niedergeschlagenheit, und sein Kinn begann zu zittern.
»Schau, was er dir mitgebracht hat! Amerikanische Schokolade!« sagte der Zeitungsverkäufer, um ihn zu trösten. Und Filomena nahm die Tafeln von der Konsole und legte sie ihm in den Arm. Useppe drückte die Schokolade mit eifersüchtiger, beinah drohender Miene an sich, schaute sie aber gar nicht an. Seine Augen waren vor Traurigkeit unmäßig groß geworden. Er hatte einen Sahnetropfen am Kinn und hielt noch immer

die Eistüte in seinen schmutzigen Fingern. Das Eis war inzwischen in seiner Hand zerronnen.

»Er hat gesagt, er wird bald wiederkommen, nicht wahr, Mà? Er hat gesagt, daß er bald zurückkommt!« wandte sich Annita an Filomena und blinzelte ihr heimlich zu.

»Doch, doch. Ganz bestimmt. Er hat gesagt, daß er noch diesen Samstag oder spätestens am Sonntag wieder hier ist.«

Der leichtsinnige Ninnarieddu ließ sich jedoch, trotz allem, erst im März des nächsten Jahres wieder sehen. Während dieser Zeit bekam man von ihm nicht einmal eine Postkarte. Der Genosse Remo, der wieder von Ida befragt wurde, sagte, nach dem bewußten Treffen im Juni habe er Nino nicht mehr gesehen. Er hielt es für wahrscheinlich, daß Nino den Kampf wieder aufgenommen hatte und bei den Partisanen im Norden war, vielleicht bei der Sturmbrigade Garibaldi . . . Doch dann erfuhr Santina von David, der sie ab und zu aufsuchte, Ninnuzzu habe sich mit gewissen Neapolitanern zusammengetan und fahre mit ihnen in Lastwagen durch das ganze befreite Italien, um Waren zu schmuggeln. Ein paarmal sei er auch in Rom gewesen, jedoch immer nur auf der Durchreise und sozusagen inkognito. Mehr als das konnte Santina von David nicht in Erfahrung bringen, obwohl er ihr gegenüber gesprächiger geworden war. Manchmal war er geradezu redselig, wenn er in ihrer Wohnung war, besonders wenn er getrunken hatte. Einer der Gegenstände, für die er sich am meisten erwärmte, war Nino. Doch Santina begriff fast nichts von Davids Reden, auch wenn sie fähig war, ihm demütig und geduldig wie immer unter Umständen eine ganze Stunde lang schweigend zuzuhören. David blieb für sie ein undurchschaubarer, seltsamer und unerklärlicher Mensch, so fremdartig wie ein Marokkaner oder Inder. Und was Nino betraf, so hatte sie diesen berühmten Helden nie von Angesicht gesehen, denn am Tag seines Besuches war sie nicht bei der Familie Marrocco gewesen. Alles, was die anderen über ihn sagten, rief bei ihr Verwunderung hervor, aber keine Neugier. Und mit ihrer armseligen Phantasie gelang es ihr bestenfalls, die wenigen praktisch bedeutsamen Informationen über Nino festzuhalten.

Wenn David von Nino sprach, erhellte sich sein Gesicht wie bei einem kleinen Buben, der wegen irgendwelcher abstrusen Schulaufgaben in ein Zimmer gesperrt wird und dem man dann mit einemmal die Tür aufmacht, so daß er wieder herumrennen kann. Und als erzähle er von einem Vulkan oder einem Wildbach – die auch nicht nach ihren Taten beurteilt werden –, kritisierte er Ninos Handlungen nie, sondern rühmte und bewunderte sie und war auffallend parteiisch, wenn es um den Freund ging. Doch schien ihm aus dieser seiner freien und spontanen Parteilich-

keit – wie sie den höheren Verdiensten Assos zukam – immer ein unschuldiges Vergnügen und eine Art Trost zu erwachsen.
Nach Davids Meinung kannte der Genosse Remo Ninnarieddu ganz und gar nicht, wenn er sich hatte vorstellen können, Nino sei bei den Partisanen im Norden. Die im Norden waren als Heer organisiert, und das hatte Nino schon von Anfang an (seit dem Sommer 1943) in Wut versetzt, denn er haßte Offiziere und Achselklappen und respektierte weder Ränge noch Institutionen oder Gesetze. Und wenn er jetzt unter die Schmuggler gegangen war, so nicht des Geldes wegen, sondern wegen der Illegalität! In der Tat, je älter Nino wurde, desto weniger beugte er sich der Macht. Und wenn er manchmal – auf Grund eines schicksalhaften inneren Drangs – sich von der Macht faszinieren ließ, so verachtete er sie danach – mit doppeltem Genuß – um so mehr. Nino war zu intelligent, um sich von gewissen falschen Sternen blenden zu lassen . . .
Dann begann David, vom Thema hingerissen, mit lauter Stimme leidenschaftlich zu dozieren . . . Die Macht, erklärte er Santina, ist für den, der sie erduldet, entehrend, ebenso wie für den, der sie ausübt, und den, der sie verwaltet! Die Macht ist der Aussatz der Welt! Und das menschliche Antlitz, das nach oben schaut und den Glanz des Himmels widerspiegeln sollte, ja, alle menschlichen Gesichter sind, vom ersten bis zum letzten, von diesem Aussatz verunstaltet! Ein Stein, ein Kilo Scheiße werde immer noch mehr geachtet als ein Mensch, solange das Menschengeschlecht von der Macht verpestet sei . . . In solchen Tönen machte David sich in Santinas Kämmerchen Luft, wobei er mit Armen und Beinen gestikulierte, so daß die Bettdecke hin und her rutschte. Und Santina hörte ihm mit weit offenen, glanzlosen Augen zu, als lausche sie im Traum einem Kalmücken- oder Beduinenhirten, der ihr in der Sprache seines Volks Verse vortrug. Und da David mit seinen turbulenten Bewegungen beinah das ganze Bett mit Beschlag belegte, drängte er ihren breiten Hintern halb hinaus, und ihre mit Frostbeulen bedeckten Füße wurden unter den Strümpfen ganz kalt. In dem Kämmerchen, wo es im Sommer angenehm kühl war, tropfte nämlich im Winter wie in einem Keller die Feuchtigkeit von den Wänden. Dennoch vermied es Santina, mit Rücksicht auf ihren Liebhaber, die Decke zu sich hinüberzuziehen.
Doch die Kälte und das eisige Wasser, von denen man Frostbeulen bekommt, die Hundstage, wo man vor Hitze ganz schlapp wird und schwitzt, das Spital und das Gefängnis, der Krieg und die Ausgangssperren; die Alliierten, die gut bezahlen, und der junge Zuhälter, der sie schlägt und ihr den ganzen Verdienst abnimmt; und dieser schöne Junge, der sich gern betrinkt und redet und mit den Armen herumfuchtelt und Fußtritte austeilt und der sie im Bett brutal behandelt – er ist doch *anständig*, denn er gibt ihr jedesmal das ganze Geld, das er in der Tasche

hat. All das Gute und das Böse, der Hunger, der die Zähne ausfallen läßt, die Häßlichkeit, die Ausbeutung, der Reichtum und die Armut, die Unwissenheit und die Dummheit . . . das alles bedeutet für Santina weder Gerechtigkeit noch Ungerechtigkeit. Es sind einfach unfehlbare Zwangsläufigkeiten, für die es keinen Grund gibt. Sie akzeptiert sie, weil sie geschehen, und erduldet sie arglos als die natürliche Folge der Tatsache, daß man geboren worden ist.

... 1945

Januar

In Italien wie auch in den anderen besetzten Ländern verstärken die Nazifaschisten Terror und Unterdrückung. Zahllose Menschen werden ermordet, vieles fällt der Zerstörung anheim, ganze Einwohnerschaften werden umgebracht, Unzählige in die Lager und die Fabriken des Deutschen Reichs deportiert, wo die Zahl der Zwangsarbeiter, die aus ganz Europa kommen, inzwischen neun Millionen übersteigt.
An der Ostfront nehmen die Sowjetrussen die Offensive längs der Weichsel wieder auf, zwingen die Deutschen, Warschau und das übrige Polen zu räumen, und erreichen die preußische Grenze. Der Führer geht nach Berlin, in den Bunker, der in einer Tiefe von zwanzig Metern unter den Gebäuden der Reichskanzlei installiert ist.

Februar

In Deutschland: Einrichtung von Standgerichten, die jeden zum Tode verurteilen, der nicht bereit ist, bis zum Tode weiterzukämpfen.
In der Umgebung von Jalta, der ehemaligen Sommerresidenz der Zaren, findet, im Hinblick auf den bevorstehenden Sieg, eine neue Konferenz der *Großen Drei*, der alliierten Mächte (Rußland, Großbritannien und Vereinigte Staaten), statt. Man setzt die künftige Weltordnung nach dem üblichen Schema der Blöcke oder *Einflußsphären* fest und teilt die Karte entsprechend auf.

März

Vom Bunker unter den Trümmern der Reichskanzlei aus befiehlt der Führer die Zerstörung aller militärischen und zivilen Einrichtungen, der Transportwege und Nachrichtenmittel sowie der Industrieanlagen und der Versorgungseinrichtungen des Deutschen Reichs.
Die deutsche Bevölkerung flieht vor den Sowjetrussen, die auf der ganzen Front bis zur Ostsee vorrücken, auf zerstörten Straßen nach Westen; dort nähern sich die siegreichen Alliierten dem Rhein.

April

Der Führer befiehlt die Verteidigung der deutschen Städte bis zum letzten Blutstropfen. Für den Fall der Zuwiderhandlung wird die Todesstrafe angedroht.
Roosevelt, der Präsident der Vereinigten Staaten, stirbt. Sein Amtsnachfolger ist Truman, der bisherige Vizepräsident.
In Italien haben die Alliierten die Gotenlinie durchbrochen und Bologna besetzt. Sie rücken im Norden rasch nach Mailand vor, wo die deutschen Streitkräfte auf dem

Rückzug die Stadt den Partisanen überlassen. Zusammenbruch der ganzen deutschen Front. Bei einem Fluchtversuch in die Schweiz wird der als Deutscher verkleidete Benito Mussolini von Partisanen entdeckt, verhaftet und unverzüglich, zusammen mit seiner Geliebten Claretta Petacci, zum Ort seiner Hinrichtung (bei Como) gebracht. Die Körper der beiden Hingerichteten werden zusammen mit den Leichen anderer faschistischer Bonzen auf einem Platz in Mailand an den Füßen aufgehängt und der Menge zur Schau gestellt.

In Deutschland beginnt die große sowjetische Offensive, die zur Einschließung Berlins führt; zugleich rücken die amerikanischen Streitkräfte vom Brenner her vor. Hitler, der noch immer oberster Befehlshaber des Heeres ist, erteilt weiterhin Befehle, die, wenn sie noch ausführbar wären, zur totalen Selbstzerstörung und Selbstauflösung des Deutschen Reiches führen würden. Während die ersten sowjetischen Truppen in das zerstörte Berlin eindringen, tötet sich Hitler in seinem Bunker, zusammen mit seiner Geliebten Eva Braun und einigen seiner engsten Gefolgsleute. Sein Leichnam, den die Überlebenden eilig verbrennen, wird von den Russen identifiziert.

In Jugoslawien befreien die Partisanen Titos das Land endgültig von den Nationalsozialisten, die auch Griechenland bereits geräumt haben.

Mai

Mit der bedingungslosen Kapitulation Deutschlands hören die Kampfhandlungen an den europäischen Fronten auf. Zu den Neuheiten der Kriegsindustrie gehören Weiterentwicklungen auf dem Gebiet der Raketenwaffen wie insbesondere Hitlers berühmte Geheimwaffe, die V 2, und, schon vorher, der deutsche *Nebelwerfer* mit mehreren Rohren und die ihm entsprechende russische *Stalinorgel*.

Juni–Juli

In Italien wird die Regierung Parri gebildet, die aus sechs Parteien der Widerstandsbewegung auf den Richtlinien des *CLN* besteht, der die Kontrolle über die politischen Kräfte übernommen hat. Ungelöst bleibt – in Erwartung eines Referendums – das Problem der Monarchie, deren Erhaltung das Papsttum und die unbesiegten Parteigänger des Faschismus – die noch immer lebendig sind und hinter der Bühne schon wieder agieren – im Hinblick auf weitere restaurative Veränderungen wünschen.

In Rom wird der Folterknecht Koch durch Genickschuß hingerichtet.

In den Vereinigten Staaten verläßt die erste Atombombe das Werk. An ihrer Herstellung, die seit 1943 betrieben wurde, haben Tausende von Wissenschaftlern und Technikern im Geheimen gearbeitet.

Die Vereinigten Staaten stellen Japan, das trotz seiner Niederlagen den Krieg fortsetzt, ein Ultimatum: entweder Kapitulation oder restlose Zerstörung.

August

Japan reagiert nicht auf das Ultimatum der Vereinigten Staaten. Am 6. August werfen die Vereinigten Staaten über Japan eine erste Atombombe ab (Hiroshima). Die freigewordene Energie entspricht zwanzigtausend Tonnen Tritol. Am 8. August erklärt die UdSSR Japan den Krieg und marschiert in der Mandschurei und in Korea ein. Am 9. August werfen die USA auf Japan eine zweite Atombombe ab (Nagasaki). Mit der bedingungslosen Übergabe Japans endet der Zweite Weltkrieg. Fünfzig Mil-

lionen Tote, mehr als fünfunddreißig Millionen Verwundete und drei Millionen Vermißte.
Die ›Großen Drei‹ der siegreichen Mächte treffen sich zu einer Konferenz in Potsdam, wo sie die Anteile oder *Einflußsphären* festsetzen, die einem jeden von ihnen bei der Neuaufteilung der Welt zukommen und die nach ihren jeweiligen Machtmitteln bemessen werden. Italien gehört nach dem neuen Entwurf der Europakarte zur anglo-amerikanischen Einflußsphäre. Deutschland bleibt Streitobjekt. Es wird von den streitenden Parteien in Ost und West aufgeteilt. Die Hauptstadt Berlin (in der Ostzone gelegen) wird von den beteiligten Mächten in Sektoren unterteilt. Im Verlauf dieser Auseinandersetzung senkt sich zwischen den beiden divergierenden Sphären innerhalb Europas der *Eiserne Vorhang* nieder, der den Osten vor der Ansteckung durch den Westen bewahren soll und umgekehrt – wie ein off limits zwischen zwei aneinandergrenzenden Seuchenhäusern.
In Asien müssen die Kolonialgebiete aufgeteilt werden, die Kriegsbeute geworden sind. Dazu gehört Korea, das früher im Besitz des japanischen Kaiserreichs war und nun am 38. Breitengrad in zwei Besatzungszonen, eine russische und eine amerikanische, geteilt wird. Indochina (während des Krieges unter japanischer Herrschaft) wird im Süden von den Briten besetzt, während im Norden der kommunistische Anführer der Befreiungsbewegung Vietminh, Ho Tschi Minh, die freie Republik Vietnam proklamiert.
In Italien wird im Zuge der nationalen Befriedung mit der Zustimmung der Kommunisten die Entwaffnung der Partisanen angeordnet.

September

Die amerikanischen Banken teilen Italien mit, daß die wirtschaftliche Hilfe der Vereinigten Staaten (die einzige Hilfsquelle für die vom Krieg erschöpfte und zerstörte Halbinsel) durch die Tätigkeit der Regierung Parri in Frage gestellt ist, in der der Einfluß der Linken vorherrscht.
Die französischen Kolonialisten machen ihre Rechte auf Indochina geltend. Ein Expeditionskorps wird ausgeschickt, das von Süden her, unter der Rückendeckung der Engländer, zur bewaffneten Wiedereroberung Vietnams auszieht.

Oktober–Dezember

In China wird durch den endgültigen Abzug der japanischen Truppen der Waffenstillstand zwischen den Kommunisten Mao Tse-tungs und der nationalistischen Regierung Tschiang Kai-scheks beendet. Alle Großmächte, einschließlich der Sowjetunion, favorisieren die Nationalregierung. Die Verhandlungen zwischen den beiden Parteien über eine Koalitionsregierung werden vom Ausbruch heftiger Kämpfe zwischen den feindlichen Heeren unterbrochen, die mit dem Sieg der Roten Armee enden. Dies bedeutet, daß der Bürgerkrieg unausweichlich wieder aufgenommen wird.
In Italien: Ende der Regierung Parri. Zum Präsidenten wird de Gasperi gewählt, ein gemäßigter Christdemokrat, der bei der Bildung seiner Regierung (mit Togliatti im Ministerium für Amnestie und Justiz) auch die Kommunisten einbezieht. Eine der ersten Amtshandlungen dieses Ministeriums ist gemäß den Richtlinien der schon eingeleiteten nationalen Befriedung der endgültige Abschluß der Säuberungsprozesse gegen die Faschisten . . .

1

»Es ist wirklich Schicksal, daß du ihm nie begegnest!« sagte Filomena bedauernd, als Santina beim zweiten Besuch Ninnarieddus eine Stunde nach seinem Abschied auftauchte. Sie trafen sich denn auch wirklich nie. Im übrigen ist anzunehmen, daß eine Begegnung zwischen den beiden keine große Wirkung gehabt hätte, weder auf sie noch auf ihn.
Offensichtlich war die Zeit für Nino etwas Relatives. Als er nach vielen Monaten endlich wieder erschien, war es, als ob nur ein paar Tage vergangen wären. Diesmal blieb die Kleine in ihrem Winkel und schaute ihn unsicher, wie ein verjagtes Tierchen an. Useppe zitterte und klammerte sich an Ninos Bluse, um ihn am Weggehen zu hindern.
Seit jenem berühmten Tag im Asyl, im Oktober 1943, hatten sie sich nicht mehr gesehen. Useppe, der damals kaum mehr als zwei Jahre alt war, zählte jetzt mehr als dreieinhalb Jahre. Und auch Nino sah inzwischen etwas anders aus. Doch da sie sich sofort wiedererkannten, schien es, als wäre jeder in den Augen des anderen noch immer genauso alt wie damals. Erst nach einer Weile sagte Nino zu Useppe: »Du hast dich gegenüber früher verändert. Jetzt hast du traurigere Augen.«
Er kitzelte ihn, um ihn zum Lachen zu bringen, und Useppe brach in Gelächter aus, das wie ein kleiner Wasserfall klang.
Auch diesmal ging Nino schon bald wieder weg. Als er im Begriff war, sich von Useppe zu verabschieden, steckte er ihm in die Tasche seiner Latzhose eine ganze Handvoll Papiergeld, das Useppe mindestens wie eine Million erschien. »Das ist alles für dich«, sagte Nino zu ihm, mit einem Fuß schon auf der Treppe. »Damit kannst du dir ein Fahrrad kaufen.« Doch Useppe hörte überhaupt nicht hin. Ihn interessierte nicht das Fahrrad, sein einziger Gedanke war in diesem Augenblick nur, daß Nino wegging. Und kurz darauf half er Ida, mit seinen Fingerchen die »Million« aus der Hosentasche herauszuklauben, um ihr das Geld zu übergeben. Er dachte, für die Millionen – oder auch Milliarden – seien die Mütter zuständig. In seiner Hand waren sie nicht mehr wert als irgendwelches sonstige Papier.

In den letzten Tagen des April überstürzten sich an den verschiedenen Orten in Europa, wo die Deutschen noch kämpften, die militärischen Ereignisse. Das Ende kam. Die berühmten *Geheimwaffen* des Reichs hatten versagt. Die Gotenlinie war durchbrochen worden, ebenso wie alle anderen Linien und Fronten. In Italien kapitulierte das deutsche Heer nach dem Rückzug aus Mailand. Und in das zerstörte Berlin, das von allen Himmelsrichtungen her eingekreist war, drangen schon die ersten russischen Soldaten ein. Mussolini, der seine Haut zu retten versuchte, indem er als Deutscher verkleidet flüchtete, wurde gefaßt und in der Nähe der italienischen Grenze erschossen. Und wenige Stunden später endete Hitlers Leben mit einem Pistolenschuß. Er starb – von eigener oder fremder Hand – in seinem Unterschlupf, im Luftschutz-Bunker unter der Reichskanzlei in Berlin, wo er zuletzt lebte wie schon begraben ...
Ungefähr eine Woche später endete mit der bedingungslosen Kapitulation Deutschlands, nach sechs Jahren Blutvergießen, der Krieg in Europa.
Die Visionen des Träumers Mussolini (er reitet als gekrönter Triumphator auf einem weißen Pferd) waren in Rauch aufgegangen. Doch die des Träumers Hitler hatten sich in einem immensen Ausmaß verwirklicht. Riesige Landstriche, ganze Städte und Länder, in denen die Neue Ordnung herrschte, waren in Leichenfelder, Trümmerhaufen und Massengräber verwandelt worden. Und mehr als fünfzig Millionen Menschen waren eines widernatürlichen Todes gestorben, darunter er selbst, der Führer, und der italienische Duce, der sich mit ihm zusammengetan hatte, wie sich im Zirkus der Clown mit dem dummen August zusammentut. Ihre armseligen Körper wurden von der Erde verschlungen, so wie die Leiber der *Juden*, der *Kommunisten* und der *Kriminellen* und wie die von Mosca und Quattropunte und Esterina und Angelino und der Hebamme Ezechiel.
Im Osten, weit weg von Europa, tobte der Zweite Weltkrieg noch immer, während man in Europa selbst Bilanzen aufzustellen und Prozesse zu führen hatte, wie es nach einem Betrug oder einem Mord in der Familie geschieht. Es wurden auch die letzten skandalösen Einzelheiten aufgedeckt, die man bisher, wenigstens teilweise, zu verbergen versucht hatte.
Man öffnete die Zuchthäuser und deckte die Gräben und die Gruben wieder auf. Man kehrte an die Stätten der Verbrechen zurück und ließ Gerechtigkeit walten. Man holte die geheimgehaltenen Dokumente hervor. Man stellte Listen auf und nannte Namen.
Schon seit dem vorangegangenen Sommer waren in Rom auf Plakaten und in Zeitungen sonderbare Photographien erschienen. Sie tauchten, zusammen mit den ersten entsprechenden Nachrichten, natürlich auch in unserem Testaccio-Viertel und in der Via Mastro Giorgio auf.

Der kleine Useppe wurde zu jener Zeit noch von der »Heiligen Pupa* beschützt«, wie man in Rom von den Kindern sagt. Und vielleicht konnte man daraus zum erstenmal erkennen, daß er in gewisser Hinsicht zurückgeblieben war, auch wenn er andererseits auf bestimmten Gebieten frühreif wirkte. Es fiel ihm schwer, in der Eindimensionalität des Gedruckten die konkreten Formen wiederzuerkennen – in dieser Beziehung ging es ihm nicht viel besser als Hunden und Katzen. Im übrigen war er bei seinen gelegentlichen kleinen Spaziergängen durch das Testaccio-Viertel, wo ihn immer irgendein Erwachsener an der Hand führte, zu sehr mit den vielen erstaunlichen Dingen ringsumher beschäftigt, als daß er auf diese flachen Bilder geachtet hätte. Zu Hause durfte er die Bücher in dem Kämmerchen nicht anfassen, denn sie waren persönliches Eigentum Giovanninos. Und für die wenigen Zeitungen, die die Familie ab und zu las, interessierte er sich nicht, denn er war ein völliger Analphabet.

Die einzigen gemalten oder gedruckten Gestalten, die ihm unter die Augen kamen, waren – außer den Figuren auf den Spielkarten, die unter Verschluß gehalten wurden – die Figuren in ein paar Bildergeschichten und in einer Fibel, die Ida ihm gegeben hatte. Doch obwohl er sich ab und zu damit vergnügte, den Anwesenden mit der Miene eines großen Wahrsagers die von ihm entzifferten Zeichen mitzuteilen (»Haus!«, »Blumen!«, »Männer!«), langweilten ihn solche papierenen Zerstreuungen rasch.

Im Frühling 1945 sah seine Mutter allerdings einmal, nachdem sie ihn einige Augenblicke draußen vor einem Laden hatte warten lassen, wie er illustrierte Zeitungen betrachtete, die an der Seite eines Kiosks ungefähr in der Höhe seiner Augen ausgestellt waren. Eine weiter unten hängende Zeitschrift war aufgeschlagen, und fast die ganze Doppelseite war ausgefüllt von zwei Photos mit erhängten Menschen. Auf dem ersten sah man, vom Geländer einer halb zerstörten Brücke aus, eine Allee, und an jedem Baum der Allee hing ein Mensch. Sie hingen alle in derselben Haltung: der Kopf war zur Seite geneigt, die Füße waren ein wenig gespreizt und die Hände auf dem Rücken zusammengebunden. Alle waren jung und schlecht gekleidet, und alle sahen armselig aus. An jedem hing ein Schild mit der Aufschrift: PARTISAN. Und es waren alles Männer, mit Ausnahme einer Frau am Anfang der Reihe. Sie trug kein beschriftetes Schild und war im Unterschied zu den anderen nicht mit einem Seil aufgeknüpft, sondern am Hals mit einem Fleischerhaken aufgehängt. Auf der Photographie sah man sie von hinten, doch nach den blühenden Formen zu schließen schien sie sehr jung gewesen zu sein, keine zwan-

---

* »Pupa« = kleines Mädchen

zig Jahre alt. Sie war gut gebaut und trug dunkle Hosen. Über den blutbefleckten Oberkörper, der auf der Photographie so weiß aussah, als sei er nackt, hing langes schwarzes Haar. Man konnte nicht erkennen, ob es geflochten oder aufgelöst war. Neben dem Brückengeländer sah man die Gestalt eines Mannes, vielleicht eines Wachtpostens; die Uniformhosen waren an den Fußknöcheln geschlossen. Und auf der anderen Seite der Allee war ein Grüppchen von Menschen versammelt, die wirkten wie zufällige Passanten; unter ihnen befanden sich zwei kleine Buben, ungefähr in Useppes Alter.
Auf der zweiten Photographie sah man einen alten Mann mit dickem, kahlem Kopf. Er war an den Füßen aufgehängt. Seine Arme waren ausgebreitet, und darunter sah man eine dichte Menge, von der man nicht viel erkennen konnte.
Die weiter oben hängende Zeitschrift zeigte auf dem Titelblatt ebenfalls eine Photographie neueren Datums; zwar zeigte sie keine Erhängten und Toten, doch wirkte sie auf geheimnisvolle Weise grausig. Eine junge Frau mit regelmäßigen Gesichtszügen und dem glattrasierten Schädel einer Schaufensterpuppe trug ein in ein Tuch gehülltes Kind auf dem Arm. Sie ging durch eine Menge von Leuten unterschiedlichen Alters, die höhnisch grinsten und mit den Fingern auf sie zeigten. Die Frau schien erschrocken und versuchte offensichtlich, schneller zu gehen, was ihr nicht leicht fiel, da sie große, schiefgetretene Männerschuhe trug und die Menge um sie herum ihr den Weg versperrte. Die Umstehenden waren so schäbig wie sie gekleidet und wirkten ebenso ärmlich. Das Kind war erst wenige Monate alt und hatte helle Locken; es hatte einen Finger in den Mund gesteckt und schlief ruhig.
Useppe stand mit emporgerichtetem Kopf da und versuchte die Bilder mit zauderndem Staunen zu ergründen. Es sah aus, als begreife er noch nicht recht, als wolle er einem zweideutigen, scheußlichen Rätsel auf die Spur kommen, das ihm doch dunkel vertraut war. »Useppe!« rief Ida, und er gab ihr folgsam sein Händchen und ging mit ihr weiter. Er war verwirrt, fragte aber nichts. Kurz darauf erregte eine neue Sehenswürdigkeit sein Interesse, und er vergaß die Bilder.
In den folgenden Tagen schien es, als habe die Entdeckung der Photographie, die er nur zögernd und undeutlich wahrgenommen hatte, nicht mehr als flüchtigen Eindruck auf ihn gemacht und in seinem Gedächtnis nicht die geringste Spur hinterlassen. Auf der Straße war Useppe diesem Phänomen gegenüber wieder ebenso teilnahmslos wie vorher, ging vorbei an Geschriebenem und Gedrucktem, ohne es auch nur zu sehen. Zu sehr war er fasziniert von anderen Erscheinungen des kleinen Universums, das ihn umgab. Und zu Hause machte er niemandem gegenüber irgendeine Anspielung auf das absurde Schauspiel, das sich ihm an je-

nem Kiosk geboten hatte. Nur wenn er in einer aufgeschlagenen Zeitung zufällig Photographien sah, wurde eine vage Erinnerung in ihm wach, und er sah mit großen Augen zu den Bildern hinüber, die aus der Entfernung wie Schattenflecke aussahen, so daß sich seine Erinnerung im selben Augenblick wieder verflüchtigte.

Einmal verfertigte der Zeitungsverkäufer, der sich selbst als *Journalist* bezeichnete, aus einer Tageszeitung zur Belustigung von Useppe einen Hut, wie die Carabinieri ihn tragen, und setzte ihn sich auf. Als Useppe den ›Journalisten‹ mit seinem runden Gesicht und dem spitz vorstehenden Zwergenkinn sah, das sich unter seinem Carabinierihut hin und her bewegte, lachte er laut heraus. Dann sprang er auf einen Stuhl, nahm rasch den Hut vom Kopf des Zeitungsverkäufers und setzte ihn der Kleinen auf. Anschließend wollte er ihn bei Ida und schließlich bei sich selbst ausprobieren. Nun war aber sein Köpfchen so klein, daß es ganz unter dem Hut verschwand. Er lachte dabei, als wäre ihm ein verrückter Vogel in den Hals geraten, und konnte sich kaum wieder beruhigen.

Leider nahm Filomena kurz darauf die Zeitung wieder an sich, faltete sie ordentlich zusammen und legte sie beiseite. Doch später am selben Nachmittag, als Useppe den Hausherrn beim Durchblättern einiger alter Zeitschriften sah (ein paar hatten eine schöne rosa Farbe), forderte er ihn auf, ihm daraus einen Hut zu machen. Vielleicht meinte er, dies sei die einzig folgerichtige und interessante Verwendung bedruckter Blätter. Doch verzichtete er artig darauf, als Tommaso sich weigerte. Als dieser aber sah, daß Useppe sich neuerdings für Journalismus interessierte, nahm er die Gelegenheit wahr, um seine Sammlung von Sportreportagen zu preisen, die über historische Fußballspiele berichteten, aus der Zeit der großen Meisterschaftsspiele vor dem Krieg. Auf einem Bild z. B. sah man eine Szene aus dem berühmten Spiel Italien–Spanien. Und das hier war Ferraris Secondo, und das Piola . . .

Ich erinnere mich, daß es ein Sonntag war. Und mir scheint, es war im Juni. Am Morgen danach ereignete sich etwas Ähnliches wie zuvor am Kiosk, und es schien ebenso unbedeutend und vorübergehend zu sein.

Als Ida zwischen zwei Einkäufen rasch vom Markt nach Hause gekommen war, hatte sie in der Küche eine halboffene Tüte mit Obst stehen lassen. Und kurz darauf hatte Useppe, von den Früchten in Versuchung geführt, ein Blatt des Einwickelpapiers in der Hand. Wollte er sich vielleicht einen Carabinierihut daraus machen?

Es war eine Seite aus einer Illustrierten, schlecht mit lila Farbe bedruckt, aus einem jener billigen Magazine, die gewöhnlich voll sind von schmalzigen Romanen und Klatschgeschichten von Schauspielerinnen und gekrönten Häuptern. Doch in jenen Tagen nahmen den größten Platz zwangsläufig auch in diesen Blättern die Kriegsgeschehnisse ein. Die

Seite gab eine Szene aus einem jener Lager der Nazis wieder, über die man bis zur alliierten Invasion nur heimlich gemunkelt hatte und allenfalls vage informiert gewesen war. Jetzt erst begann man die Geheimnisse des Dritten Reichs bekanntzumachen und Photographien zu veröffentlichen, die zum Teil von den Alliierten nach der Befreiung der Lager aufgenommen worden waren. Ein anderer Teil stammte aus Archiven, die die Besiegten nicht mehr rechtzeitig hatten zerstören können. Und teilweise hatte man sie bei gefangenen oder getöteten SS-Leuten gefunden, die sie als Beweis für ihre persönliche Beteiligung oder als Erinnerung daran aufbewahrt hatten.

Da die Zeitschrift volkstümlich und nicht sehr wissenschaftlich aufgemacht war, waren die auf dieser Seite abgedruckten Photographien noch nicht einmal die schrecklichsten unter all den vielen Aufnahmen, die man damals zu sehen bekam. Sie stellten dar: 1. Einen Haufen ermordeter, nackter und entstellter Gefangener, die zum Teil schon verwest waren. 2. Einen Berg von Schuhen, die diesen oder anderen Gefangenen gehört hatten. 3. Eine Gruppe von noch lebenden Häftlingen, die hinter einem Drahtgitter aufgenommen worden waren. 4. Die »Todes-Treppe« mit 186 sehr hohen, unregelmäßigen Stufen, die die Gefangenen, mit riesigen Lasten beladen, bis zum Ende hinaufklettern mußten, von wo aus sie dann oft in den Abgrund gestürzt wurden, um den Lagerführern ein Schauspiel zu bieten. 5. Einen Verurteilten, der vor einer Grube kniet, die er sich selbst hat graben müssen, bewacht von zahlreichen deutschen Soldaten, von denen einer im Begriff ist, ihn mit einem Genickschuß zu töten. 6. Eine kleine Folge von vier Bildern, die mehrere aufeinanderfolgende Phasen eines Experiments in der Unterdruckkammer darstellten, das an einem menschlichen Versuchskaninchen ausgeführt wurde. Das Experiment (einer der zahlreichen verschiedenartigen Versuche, die von Ärzten in den Lagern angestellt wurden) bestand darin, einen Häftling rasch aufeinanderfolgenden Veränderungen des Luftdrucks auszusetzen, was gewöhnlich zu Bewußtlosigkeit und zum Tod durch Lungenblutungen führte.

All das wurde, soweit ich mich heute noch daran erinnere, in kurzen Bildunterschriften erklärt. Doch einem, der ahnungslos war und noch nicht einmal lesen konnte, mußte dieser schreckliche Anblick unerklärlich und abstrus erscheinen, um so mehr, als wegen des schlechten Drucks manche Abbildungen so undeutlich wiedergegeben waren, daß Täuschungen möglich waren. Man sieht etwa einen chaotischen Haufen weißlicher, dürrer Materie, deren Formen man nicht unterscheiden kann, und anderswo einen riesigen Berg von Schuhen, den man auf den ersten Blick mit einem Haufen von Toten verwechseln könnte. Oder eine unendlich lange Treppe, die sich am Bildrand verliert, und an ihrem Fuß einige winzige eingeschrumpfte Körper zwischen dunklen Flecken. Einen knochigen Jungen mit großen Augen, der am Rand eines Loches kauert, und ihm zur Seite eine Art Kübel und darum herum viele Soldaten, die sich zu amüsieren scheinen (einer von ihnen macht mit dem Arm eine wirre Geste). Und auf der anderen Seite sieht man skelettartige Männchen, die hinter einem Gitter hervorsehen und gestreifte Anzüge tragen, die schlaff herabhängen, so daß die Sträflinge wie Hampelmänner aussehen. Einige unter ihnen haben kahle oder kurzgeschorene Köpfe, andere tragen eine Mütze. Und ihre Gesichter sind zu einem erbarmungswürdigen Lächeln der Todesnot verzerrt, das ihren Untergang zu besiegeln scheint.

Als letztes sieht man unten auf der Seite die vier aufeinanderfolgenden Photos ein und desselben Mannes, der ganz mit breiten Riemen umschnürt ist. In der Mitte der niedrigen Zimmerdecke erkennt man undeutlich eine Art Apparat, der einem Trichter gleicht. Und der Mann richtet die Augen zu diesem unbestimmbaren Gegenstand empor, als bete er zu Gott. Man könnte meinen, sein jeweils anderer Gesichtsausdruck auf den vier Photos hänge von den unbegreiflichen Handlungen dieser Gottheit ab. Zuerst ist das stumpfe Gesicht von erstarrter Häßlichkeit, dann drückt es eine grauenhafte Beklemmung aus. Danach erstrahlt es in ekstatischer Dankbarkeit und wechselt wieder über in erstarrte Häßlichkeit.

Man wird nie erfahren, was der arme Analphabet Useppe von diesen sinnlosen Photographien wohl begriffen hat. Als Ida wenige Sekunden später zurückkehrte, fand sie ihn, wie er alles miteinander anstarrte, als wären die Photos ein einziges Bild. Und sie glaubte in seinen Augen jenes selbe Grauen wiederzuerkennen, das sie schon einmal, ungefähr zwanzig Monate zuvor an jenem Mittag auf dem Tiburtina-Bahnhof, gesehen hatte. Als die Mutter sich näherte, sah er sie mit den leeren, farblosen Augen eines Blinden an. Und Ida spürte, wie ein Beben durch ihren Körper lief, als ob eine große Hand sie schüttele. Doch um ihn nicht zu erschrecken, sagte sie mit zarter, sanfter Stimme, als spreche sie zu einem noch viel kleineren Kind, als er es war:

»Wirf es weg, das dumme Papier. Es ist häßlich!«

»*Hässich!*« wiederholte er, denn manche Kombinationen von Konsonanten konnte er noch nicht aussprechen. Und er gehorchte sofort; er half ihr sogar eifrig, das Zeitungsblatt wie Abfallpapier zu zerreißen. Gleich darauf hörte man unter dem Fenster den Singsang eines ambulanten Händlers, der mit seinem kleinen Karren die Straßen entlangzog. Das genügte, um Useppe abzulenken. Neugierig lief er zum Fenster, um den Hausierer zu sehen. »Zwiebeln!! Knoblauch! Zwiebeln!« rief der Mann in singendem Ton. Und Annita ließ ihm an einer Schnur ein Körb-

chen hinunter, um sich das Treppensteigen zu ersparen. Auf einem Schemel am Fenster stehend, verfolgte Useppe die Reise des Körbchens mit demselben Interesse, wie wenn es sich um ein Luftschiff auf dem Weg von der Erde zum Mond und zurück oder mindestens um das erste Experiment Galileis auf dem Turm von Pisa gehandelt hätte. Auch der Vorfall dieses Tages schien, wie gewöhnlich, vorübergegangen zu sein, ohne daß Useppe auch nur eine vage Erinnerung daran bewahrt hätte.
Immerhin hielt er sich in den nächsten Tagen zurück, wenn er bestimmte Zeitungen oder Zeitschriften sah, wie ein junger Hund, den man geprügelt hat. Und auf der Straße wurde er unruhig und zog Ida am Rock weg, wenn sie sich irgendeinem Plakat oder dem bewußten Kiosk näherten. Dann kam ein Besuch Ninos, der ihn diesmal zum Eisessen einlud. Auf dem Rückweg wollte Nino schnell zum Kiosk auf die andere Straßenseite hinübergehen und sagte zum Kleinen: »Wart hier auf mich.« Aber als Useppe sah, daß er sich dem Kiosk näherte, schrie er ihm vom Gehsteig aus zu:
»Komm! Komm! Kooommm!«, in einem so verzweifelten, angstvollen Ton, als wolle er den Bruder vor irgendwelchen schrecklichen Gefahren auf der Straße warnen. »Hör mal«, hänselte ihn Ninnuzzu, als er zu ihm zurückkehrte, »je größer du wirst, desto mehr bringst du mich zum Lachen! Was hast du denn? Ich gehe ja nicht fort!« Und dann schloß er mit lächelndem Mund: »Gibst du mir ein Küßchen?«
... In diesem Sommer besuchte Ninnuzzu sie noch zweimal. Beim ersten Besuch warf er seiner Mutter einen Blick zu und sagte: »Du hast ganz weißes Haar bekommen, Mà. Jetzt siehst du aus wie eine Großmutter!!«, wie wenn er sie nicht schon die vorhergehenden Male mit weißem Haar gesehen hätte und diese Neuheit erst jetzt bemerkte.
Und bei dem zweiten Besuch verkündete er, er werde nun bald Besitzer eines ausländischen Motorrades sein. Es sehe aus wie neu – ein fabelhafter Gelegenheitskauf –, und das nächste Mal werde er damit nach Rom kommen!
So kam es, daß die Kleine – die sich gegenwärtig, wenn Assodicuori da war, immer abseits hielt – in jener Nacht träumte, sie werde von einem rasend schnellen Motorrad verfolgt, das ganz von allein fuhr, ohne daß jemand auf dem Sattel saß. Und sie wich nach rechts und nach links aus und war so erschrocken, daß sie vor lauter Angst fliegen lernte.

Mittlerweile hatte im August, nach dem Abwurf der Atombomben auf die Städte Hiroshima und Nagasaki, auch Japan die bedingungslose Kapitulation unterzeichnet.
Das, was man über die Atomexplosion hörte, klang so unwirklich, daß man nur ungern davon sprach, wie von etwas unvorstellbar Widerlichem.

Man konnte nicht mehr von Zeit reden, denn die Dauer – wenn man es noch so nennen konnte – des Phänomens war so unglaublich kurz, daß man sie nicht mehr berechnen konnte. Man sprach vorsichtig von einer zwanzigtausendstel Sekunde. Innerhalb dieser *Dauer* hatten die beiden genannten Städte mit ihren Bewohnern aufgehört zu existieren, vernichtet bis in die Moleküle ihrer Materie. Man konnte auch nicht mehr von Zerstörung oder von Tod sprechen. Man sprach von einem *Atompilz* und einem *Blitz*, der so intensiv war, daß Blindgeborene aus der Entfernung das irreale Strahlen wahrgenommen hatten. Und von allem, was ringsum lebte, hatte der Blitz nur da und dort auf dem Erdboden seltsame Schatten zurückgelassen, wie Bilder von Gespenstern, die auf eine Platte gebannt waren. Jenseits vom Wirkungsbereich des Blitzes entfesselt sich der *erste Sturm*, dann der *zweite Sturm*, und dann fiel ein fauliger Regen wie von sonderbaren Giften oder glühenden Kohlen. Es ist unmöglich, die Opfer zu zählen. Denn die physischen Folgen des *Blitzes* und der *Stürme* und des *Atomregens* werden nicht nur nach der Zahl der *Vernichteten* und der Toten berechnet. (In Hiroshima betrugen diese, nach einer ersten Berechnung, achtzigtausend.) Sie wirken weiter auf die Überlebenden, durch Jahre und Generationen hindurch. Die *Spreng-* und *Brandbomben* und ihre Explosionen, die Brände und die dicken *Staubwolken* schienen noch irdische Phänomene zu sein, während Hiroshima und Nagasaki nicht mehr Orte dieser Welt zu sein schienen. Man vermochte mit den Japanern nicht einmal mehr Mitleid zu haben. Damit war der Zweite Weltkrieg zu Ende. Im selben Monat August trafen sich die ›Großen Drei‹ (die Herren Churchill und Truman sowie der Genosse Stalin) in Potsdam, um die Friedensbedingungen festzulegen, oder besser, um die jeweiligen Grenzen ihrer Imperien abzustecken. Die Achse Rom–Berlin und den Dreimächtepakt gab es nicht mehr. Es gab jetzt den Eisernen Vorhang.

2

Mit dem Herbst brachte der Friede eine Folge von neuen Ereignissen. Die ersten, die zurückkehrten, waren die Juden. Von den 1056 Passagieren des Zuges Rom–Auschwitz, der vom Tiburtina-Bahnhof abgefahren war, waren fünfzehn am Leben geblieben. Sie gehörten alle zu den Ärmsten der Armen, wie die ganz große Mehrheit derer, die aus Rom deportiert worden waren. Einer von ihnen wurde nach der Ankunft im Spital Santo Spirito eingeliefert, wo Tommaso Marrocco als Gehilfe arbeitete, der die erste Nachricht nach Hause brachte. Der Mann, Hausierer von

Beruf, war noch jung, keine dreißig Jahre alt, und wog nur noch soviel wie ein Kind. Er hatte eine Nummer in die Haut tätowiert, und sein Körper, der früher gesund und kräftig gewesen war, sah jetzt hinfällig aus und war mit tiefen Narben bedeckt. Er fieberte, und nachts delirierte er ständig. Auch erbrach er schwärzliches Zeug, obwohl er unfähig war, irgendwelche Speisen hinunterzuschlucken. Bei der Ankunft in Italien wurden die fünfzehn, darunter eine einzige Frau, von einem Hilfskomitee empfangen, das sie mit einer Bahnfahrkarte zweiter Klasse sowie mit einem Stück Seife (und die Männer mit einem Päckchen Rasierklingen) ausgestattet hatte. Der älteste unter ihnen, ein 46jähriger Mann, hatte sich gleich nach der Ankunft in seinem leeren Haus eingeschlossen und lag nach einigen Tagen noch immer weinend dort. Wenn man zufällig einem dieser Heimgekehrten begegnete, konnte man ihn sofort mühelos erkennen. Die Leute zeigten ihn sich gegenseitig: »Er ist ein Jude!« Und weil sie so unglaublich dürr waren und so sonderbar aussahen, betrachtete man sie, als seien es Launen der Natur. Auch die Hochgewachsenen sahen klein aus und gingen gebückt, mit langen und mechanischen Schritten wie Gliederpuppen. Anstelle der Wangen hatten sie zwei Höhlungen. Viele von ihnen hatten fast keine Zähne mehr, und auf den rasierten Köpfen hatte erst seit kurzem wieder flaumiges Haar zu wachsen begonnen, wie bei Säuglingen. Die Ohren standen von ihren abgezehrten Köpfen ab, und ihre tiefliegenden, schwarzen und dunkelbraunen Augen schienen nicht die sie umgebenden Bilder widerzuspiegeln, sondern irgendein Durcheinander von unwirklichen Figuren, wie bei einer Laterna magica, in der sich absurde Gestalten ewig im Kreis bewegen. Es ist sonderbar, wie manche Augen sichtbar den Schatten irgendwelcher Bilder aufbewahren, die sich früher, irgendwann und irgendwo, in die Netzhaut einprägten wie eine unauslöschliche Schrift, die die anderen nicht lesen können – und oft auch nicht lesen wollen. Dies letztere war der Fall bei den Juden. Sie begriffen rasch, daß niemand ihre Erzählungen anhören wollte. Es gab solche, die sich ihnen von Anfang an entzogen, andere, die sie sofort mit einem Vorwand unterbrachen, und solche, die ihnen geradezu lachend aus dem Weg gingen, als wollten sie ihnen sagen: »Bruder, du tust mir leid, aber in diesem Augenblick habe ich anderes zu tun.« In der Tat glichen die Berichte der Juden ganz und gar nicht denen von Schiffskapitänen oder denen des Helden Odysseus, der in seinen Palast zurückkehrte. Sie selbst waren gespenstische Gestalten, wie negative Zahlen, sie boten keinen natürlichen Anblick, und man konnte nicht einmal gewöhnliche Sympathie für sie empfinden. Die Leute wollten sie aus ihrem eigenen Leben so ausschließen, wie man Tote oder Verrückte aus den normalen Familien ausschließt. Und so begleiteten, zusammen mit den unentzifferbaren, wimmelnden

Gestalten in ihren dunklen Augenhöhlen, auch viele Stimmen die einsamen Wanderungen der Juden und hallten dröhnend in ihren Hirnen wider, in einer Flucht von Spiralen, unterhalb der allgemeinen Gehörschwelle . . .
. . . . .
USEPPE: ». . . Du, Mà, walum schlägt der Herr da mit der Hand an die Mauer?«
IDA: ». . . zum Spaß . . . einfach so . . .«
». . . Geht es ihm schlecht?«
»Es geht ihm nicht schlecht, nein.«
»Nein? Wirklich? Aber er sieht uns, was?«
»Natürlich. Er ist ja nicht blind. Natürlich sieht er uns.«
». . . Er ist ja nicht blind . . .«
Diesen Mann sah Ida oft, wenn sie in die Nähe der Piazza Gioacchino Belli, jenseits des Flusses, kam. Er war häufig in einer Bar dieser Gegend, wo sie die Erlaubnis erhalten hatte, einen kleinen Zettel auszuhängen, den sie von Hand geschrieben hatte und auf dem sie Privatstunden anbot. Wie alt der Mann war, wußte man nicht. Es konnte ein Halbwüchsiger sein oder auch ein Sechzigjähriger. (In Wirklichkeit war er fünfunddreißig Jahre alt.) Das einzige, was man auf Anhieb erkannte, war, außer daß er Jude war, daß er immer arm gewesen sein mußte. Er war, wie Ida vom Kellner erfuhr, Alteisenhändler wie sein Vater. Er trug immer eine alte Mütze, selbst wenn es warm war, und seine großen kastanienbraunen Augen, die dicht bei der langen, spitzen Nase lagen, drückten eine Art sanften Vertrauens aus, wie man es manchmal in den Augen kranker Hunde sieht. Eines Tages faßte Ida Mut, und über und über errötend wie ein Mädchen vom Lande, das auf den Strich geht und sich zum erstenmal einem Kunden nähert, erkundigte sie sich stammelnd bei ihm, ob er wisse, ob sich unter den aus den Lagern Zurückgekehrten eine gewisse Signora Celeste Di Segni und eine alte Hebamme befänden . . . »Nein, nein«, entgegnete er lächelnd, mit der linkischen Unschuld eines Geisteskranken. »Kinder und alte Leute sind keine zurückgekommen. Die sind schon lange *im Himmel* . . .«
Und dann kramte er in seiner Tasche und fragte Ida ohne Umschweife, ob sie ein Damen-Uhrchen kaufen wolle, es sei ein Gelegenheitskauf . . . Und als Ida ablehnte, schlug er dasselbe dem Kellner vor, vielleicht im Tausch gegen eine Flasche Cognac oder Schnaps oder etwas anderes.
. . . Ida war seit jenem Nachmittag des ersten Juni im vergangenen Jahr nicht mehr im Getto gewesen . . . Und sie setzte, soviel ich weiß, nie mehr ihren Fuß dorthin, solange sie lebte.

Gegen Ende November kam jemand anderes zurück, und die Familie Marrocco hoffte von neuem: aus Rußland kam Clemente, der Bruder Consolatas.
Seine Rückkehr wurde, nach so langem Schweigen und so vielen vergeblichen Nachforschungen, wie ein Wunder begrüßt. Doch schon nach einer knappen Woche hörte man Consolata mit scheelem Blick murmeln: »Vielleicht wäre es für ihn besser gewesen, wenn er nicht zurückgekommen wäre ...« Er hatte Rom heil und gesund verlassen und war verstümmelt zurückgekehrt. Ihm fehlten an einem Fuß die Zehen und an der rechten Hand drei Finger, denn sie waren im Jahre 1943, während des Rückzugs, erfroren. Nun war er aber früher, im zivilen Leben, Schreiner gewesen. Doch wie hätte er es jetzt anfangen sollen, seine Arbeit wiederaufzunehmen, halb verkrüppelt und invalide, wie er war? Consolata mußte jetzt die doppelte Arbeit leisten, für sich und für ihn.
Bei der Ankunft hielt er die verstümmelte Hand in einem schmutzigen Schal verborgen, als schäme er sich ihrer. Dann fertigte ihm Filomena einen schwarzen gestrickten Handschuh an, der seine Hand bedeckte und nur die beiden gesunden Finger sehen ließ. Und von da an hieß er im Viertel mit Spitznamen *Manonera (schwarze Hand)*.
Über Giovannino konnte er nichts Genaues berichten. Das letzte Mal hatte er ihn während des Rückzuges westlich des Don gesehen. Das war im Januar 1943. nach seiner Berechnung vielleicht am 20. – oder am 24. oder 25. – gewesen. Wer kannte sich schließlich dort noch aus mit den Nächten und Tagen? Sie waren zusammen geflohen, er und Giovannino, auf einer vereisten Straße – oder war es ein Sumpf gewesen? Es geschah in einem großen Durcheinander von Lastwagen, Schlitten, Ochsenkarren, Pferden und Fußgängern. Er und Giovannino gingen zu Fuß; ihre Kolonne hatte sich aufgelöst und zerstreut. Irgendwann war Giovannino, am Ende seiner Kräfte, unter dem Tornister zusammengebrochen. Da hatte er ihm den Tornister abgenommen und geholfen aufzustehen und weiterzugehen. Doch nach ein paar Kilometern war Giovannino wieder gestürzt und dann noch zwei oder drei Mal. Schließlich konnte er vor Müdigkeit nicht mehr weiter und setzte sich an den Straßenrand, um sich ein bißchen auszuruhen, in Erwartung eines Schlittens oder eines Karrens, der anhalten und ihn mitnehmen würde. Er war nicht verwundet und klagte nur über Durst. Da hatte ihm Clemente, bevor er allein weiterging, eine Handvoll Schnee vom Boden aufgelesen und ihm aus der hohlen Hand davon zu trinken gegeben. Von da an hatten sie sich endgültig aus den Augen verloren. Später hatte er selbst sich den Russen gestellt und war in Gefangenschaft gekommen. Doch unter seinen gefangenen Gefährten jener Jahre, in Sibirien und anderswo, war er nie je-

mandem begegnet, der sie beide gekannt hätte und ihm von Giovannino hätte Nachricht geben können.

Vielleicht, schlossen die Marroccos daraus, hatte sich auch Giovannino in der Folge den Russen gestellt und war in ein anderes Gefangenenlager gekommen, wer weiß wohin. Rußland ist groß. In diesem Fall konnte er nach dem Ende des Krieges mit irgendeinem späteren Militärtransport heimgekehrt sein und jeden Augenblick nach Hause kommen.

An eine Krücke geklammert war Clemente nach Hause zurückgekehrt. Er hatte einen deutschen Wintermantel an und ein paar Lire in der Tasche. An der italienischen Grenze hatte man ihm, als Vorschuß auf den nicht ausbezahlten Sold, tausendfünfhundert Lire gegeben, was ihm, der nichts von den neuen Preisen in Italien wußte, wie ein großes Kapital vorgekommen war. Doch hatte er fast das ganze Geld auf der Reise vom Brenner bis nach Rom aufgebraucht, weil er sich ein paar Liter Wein und ein paar belegte Brote gekauft hatte. »Zweihundert Gramm Aufschnitt: zweihundert Lire!« berichtete er mit sarkastischer Miene. Von all seinen zahllosen Erlebnissen war dies der einzige Punkt, auf den er immer wieder zu sprechen kam. Von allem übrigen sprach er so wenig wie möglich und nur widerwillig.

Er war Jahrgang 1916, also fast dreißig Jahre alt. Da ihn aber alle als dick in Erinnerung hatten, die ihn kannten, bevor er Soldat wurde, wirkte er jetzt fast jünger als damals. Bei der Abreise an die Front hatte er über neunzig Kilo gewogen, jetzt wog er nicht einmal mehr sechzig. Und seine ehemals rote Hautfarbe war durch die Malaria, die er in Asien im Gefangenenlager bekommen hatte, gelblich geworden. Gegenwärtig fühlte er sich, wie er erklärte, geheilt und bei guter Gesundheit. Er versicherte auch, daß er trotz seiner Körperbehinderung durchaus arbeiten könne. Schließlich hatte er im Gefangenenlager immer seine Arbeit geleistet: Er hatte Baumwolle geerntet, Gras aufgesammelt, das zum Verbrennen bestimmt war, Holz gehackt und dann und wann auch Schreinerarbeiten verrichtet. Zum Beispiel hatte er sich im Lager ganz allein für seinen kaputten Fuß eine Art Holzstütze angefertigt, die er mit Schnüren versehen und am Bein befestigt hatte, so daß er auch ohne Stock ganz normal hatte gehen können.

Während er all das erzählte, verdüsterte sich sein Gesicht. Und obwohl er sich an niemanden im besonderen wandte, wurde deutlich, daß seine Worte speziell an seine Schwester gerichtet waren, um ihr zu verstehen zu geben, er sei kein armer kränklicher Krüppel, wie sie es zu glauben schien, und sei weder auf sie noch auf sonst jemanden angewiesen. Um die Wahrheit zu sagen – obwohl er es nicht zugeben wollte –, hatten ihn schon im Gefangenenlager in Asien die russischen Sanitätsoffiziere, die seine immer wieder auftretenden Fieberanfälle bemerkt hatten, eine

Zeitlang von der Arbeit befreit und ihn ins Krankenhaus, das sogenannte *Lazarett*, gesteckt. Doch am Ende hatten sie ihn als gesund entlassen. Und die andauernde Müdigkeit, die ihm jetzt zu schaffen machte, kam seiner Meinung nach von seiner langen Rückreise, die zwei Monate gedauert hatte, und von nichts anderem.

Früher, als Junge, war *Manonera* immer ziemlich schwerfällig und träge gewesen. So hatte er sich immer geärgert, daß er – außer an Sonntagen – nach dem Mittagessen keine Siesta halten konnte. Und morgens in der Frühe, wenn er in die Werkstatt gehen sollte, hatte man ihn zehnmal rufen müssen, bis er sich endlich entschloß, aufzustehen. Jetzt aber war das anders; sein Wille reichte zu gar nichts mehr. Jede kleine Anstrengung ermüdete ihn so sehr, daß er an manchen Tagen, wenn er nur ein paar Minuten stehen mußte, mit einemmal vor Schwäche nichts mehr sah und erst, wenn er sich hinlegte, wieder sehen konnte.

Er fühlte sich auch gedemütigt, weil er nicht mehr trinken konnte wie früher. Das Trinken war für ihn nie ein Laster gewesen, sondern ein Vergnügen. Er liebte nicht nur den Geschmack des Weins, der ihm auch einen Vorwand lieferte, sich in Gesellschaft aufzuhalten, sondern der Wein hatte auch regelrecht seine Eigenliebe befriedigt, denn er machte ihn lebhaft, gesprächig, ja geradezu beredt. Außerdem konnte er sich seiner Trinkfestigkeit rühmen, denn er hatte unglaublich trinken können, ohne je betrunken zu werden. Jetzt aber, da alle ihn als Heimkehrer aus Rußland feierten und besonders in den ersten Tagen darin wetteiferten, ihn zum Trinken einzuladen, hatte jeder Wein, sei es weißer Frascati oder Orvieto oder roter Chianti – wie schon der erstklassige Nebbiolo, den er bei der Ankunft in Norditalien gekauft hatte –, immer denselben bitteren Geschmack. Und von den ersten Schlucken an fühlte er sich niedergeschlagener als vorher, und sein Magen brannte, als hätte er glühende Kohlen hinuntergeschluckt. Trotzdem trieb ihn die Macht der Gewohnheit immer wieder in die Kneipe, und er war imstande, mit einem Gläschen Wein ganze Tage am selben Tisch zu verbringen. Doch niemand erkannte mehr in diesem ungeselligen, stummen Kerl mit der gelblichen Haut den lustigen Gesellen von einst.

Seine Bekannten hatten, ebenso wie seine Schwester, schon seit einiger Zeit nicht mehr erwartet, ihn lebend zurückkommen zu sehen. Sie hatten ihn daher mit ungläubigen Ausrufen empfangen, als sähen sie einen vom Tode Auferstandenen vor sich, und einer hatte es dem anderen erzählt, und alle kamen herbeigelaufen, um ihn zu begrüßen. Doch inmitten der allgemeinen Verwunderung fühlte er, der Gefeierte, sich aus irgendwelchen Gründen beiseite geschoben, als wäre er das fünfte Rad am Wagen. Und in Gesellschaft zog er sich ganz in sich selbst zurück, wie ein Lazarus in sein Totenhemd. Dennoch brauchte er die Anwesenheit der

andern. Wenn er allein blieb, und sei es auch nur für einige Minuten, wurde er von Angst und Schrecken erfaßt.
In der Wirtschaft drängten ihn anfangs nicht nur die Tischgenossen, sondern auch die anderen Gäste, ihnen seine Erlebnisse zu erzählen. Er aber entzog sich dem Gespräch und brummte mit schiefem Mund und in unwilligem Ton: »Was nützt denn schon das Reden! ... Wer nicht dabei gewesen ist, kann es nicht begreifen ... Das, was ich gesehen habe, glaubt ja doch niemand ...« Manchmal erboste er sich über seinen bittern Wein, und anstatt zu antworten, stieß er Beleidigungen aus: »Ihr Drückeberger«, rief er aus, »was wollt ihr jetzt wissen?! Ihr hättet dort sein müssen!« Oder er warf ihnen, wenn sie keine Ruhe gaben, höhnisch lachend irgendeine bruchstückhafte Nachricht hin: »Ihr wollt wissen, was ich gesehen habe? Ich habe Hunderte von Toten gesehen, von hier bis zur Zimmerdecke, wie Balken aufeinandergehäuft, sie waren hart gefroren und hatten keine Augen mehr ... Wo? Na wo schon! In Sibirien! Dort gibt es Raben ... und Wölfe ... Ich habe gesehen, wie die Wölfe dem Geruch der Kolonnen nachliefen ... Ich habe die WEISSEN KANNIBALEN gesehen!«
»... und das ist noch nichts!« fügte er jedesmal schadenfroh hinzu und deutete mit einem traurigen Blick all das andere an, was er nicht aussprach.
Einmal streckte er plötzlich, ohne daß jemand ihn etwas gefragt hätte, seinem Nachbarn die schwarze Hand vors Gesicht: »Siehst du dieses Meisterwerk der Chirurgie?« sagte er mit sonderbarer Heiterkeit in den Augen, als wolle er dem anderen etwas Unanständiges anvertrauen: »Das hat ein Freund von den Gebirgstruppen gemacht, in einer halbverbrannten Hütte, mit einer Gartenschere! – Und hier«, fuhr er fort und zeigte seinen verstümmelten Fuß, der in Lumpen gewickelt war und immer noch eine offene Wunde hatte, »da war gar keine Operation mehr nötig! Wir waren eingeschlossen, wo, weiß ich nicht mehr, und ich bin übers Eis geflohen und habe mich hingesetzt, um mir den Schuh auszuziehen, der hart geworden war wie ein eiserner Schraubstock. Und während ich ziehe und ziehe, ist der brandig gewordene Fuß mit dem Schuh mitgekommen. Mir blieben nur die Ferse und ein paar Knochenstücke.«
Da sagte ein anderer der Anwesenden, der beleidigt war, weil Clemente ihn einen *Drückeberger* genannt hatte: »Na, hast du wenigstens daran gedacht, deinem Duce eine Postkarte mit Grüßen und Dank zu schikken?« Da schaute er ihn grimmig an, fand aber keine Antwort. In der Tat konnte er es nicht leugnen, daß er als Junge für den Faschismus gewesen war. Er hatte dem Duce vertraut und auch den Generälen, sogar noch nach seiner Erfahrung im griechisch-albanischen Feldzug, wo er die ita-

lienischen Anführer entschuldigt und alles mit einem »Verrat der Griechen« erklärt hatte, wer weiß weshalb. Und im Sommer 1942, kurz bevor er ein zweites Mal an die Front geschickt wurde, diesmal nach Rußland, hatte er in ebendieser Wirtschaft mit allen angestoßen und erklärt: »Die da oben, die verstehen etwas von ihrem Beruf! Wenn sie uns dorthin schicken, so wie wir sind, schlecht ausgerüstet und ohne Schutz gegen die Kälte, dann deshalb, weil sie schon jetzt wissen, daß das Schicksal der Sowjets in diesem Augenblick besiegelt ist! In ein, zwei Monaten, noch vor dem Winter, ist Rußland kaputt! Und wir Italiener müssen dabei sein, wenn der Sieg gefeiert wird!«
Auf die unaufhörlichen Fragen der Marroccos, besonders nach den Umständen des Rückzugs, rang er sich ein paar halbe Andeutungen ab, so mühsam, daß sein Gesicht vor lauter Widerwillen dabei anzuschwellen schien: »Aber gab es denn Häuser in der Umgebung?« – »Dörfer, ja, Dörfer...« – »Gab es Wohnungen, gab es da Familien...?« – »... Ja ... Bauern... Landleute...« – »Wie sind sie? Sind es freundliche Leute?...« – »Ja, die Russen sind im allgemeinen nette Leute.« – »... Aber weshalb hast du ihm Schnee zu trinken gegeben?! War denn kein Wasser da?!...« Schwarze Hand verdreht den Blick mit einem schiefen Lächeln: »Ha«, antwortet er mit gepreßter, dumpfer Stimme, »da hatte man noch Glück, wenn es Schnee zum Trinken gab. Beim Militärtransport in Sibirien haben wir Urin getrunken... DURST! HUNGER!« empört er sich plötzlich und zählt an den Fingern der heilen Hand mit einem Finger der verstümmelten auf: »Kälte! Epidemien! Hunger! HUNGER!« Dann hält er inne, weil er merkt, daß er diesen armen Idioten noch die letzte Hoffnung nimmt. Doch in seinen tiefliegenden Augen, die von der Krankheit gezeichnet sind, regt sich nicht so sehr Mitleid als eine gewisse Verachtung. Ist es denn möglich, daß die da immer noch nicht begreifen wollen, daß die Soldaten, die nicht mehr mitkonnten und sich auf der Flucht zu Boden fallen ließen, alle verraten und verkauft waren? Niemand konnte sie sich aufhalsen, man mußte sie dort liegen lassen. Und waren sie nicht schon im voraus alle tot?

Jetzt versuchen wir – hier, aus weiter Entfernung, und aus dem Gedächtnis – von den letzten Stunden im Leben Giovanninos zu berichten. Während sein Kamerad Clemente, der dort, an der Front, besser unter dem Familiennamen Domizi bekannt war, die Flucht ohne ihn fortsetzt, kniet Giovannino am Rand der Straße und wartet auf irgendein Fahrzeug, das ihn mitnimmt. Er ist ganz wirr im Kopf und wird von den Bildern gefallener Körper verfolgt, die schon halb vom Schnee bedeckt sind. Unterwegs, bei seinem Marsch mit Clemente, lagen so viele auf der Straße, daß er manchmal über sie stolperte. Und so widersteht er dem

Wunsch, sich der Länge nach hinzuwerfen. Doch ist er nicht mehr fähig aufzustehen. Um von der Menge der Versprengten bemerkt zu werden, beginnt er mit den Armen zu fuchteln und ruft ins Leere: »Landsmann! Landsmann!« Seine Stimme verliert sich in dem Lärm. Man hört Schreie, Namen von Bataillonen werden aufgerufen, Nummern von Kompanien und Familiennamen, mit lauten Rufen werden die Maultiere angetrieben. Aber es sind lauter fremde Stimmen. Den Namen seines Bataillons und den Familiennamen Marrocco hört man nirgends.

Da kommt ein Schlitten vorbei. Er wird von Ochsen gezogen, und darin liegt ein jammerndes Bündel. Ein Junge folgt ihm zu Fuß. Giovannino rutscht ihm auf den Knien entgegen und gestikuliert und bittet den Jungen, ihn mitzunehmen. Doch der Junge wirft ihm nur einen unsicheren Blick zu, dann wendet er sich ab und zieht mit dem Schlitten weiter. Kurz darauf sieht Giovannino in einiger Entfernung einen Karren, der mit Material beladen ist und auf dem sich vermummte Gestalten bewegen. Vielleicht ließe sich da noch ein Platz für ihn finden? »Landsleute! Landsleute!« Aber auch der Karren hat sich in dem Durcheinander entfernt, und niemand hat auf ihn geachtet. Giovannino weicht auf den Knien zurück, um nicht überfahren zu werden. Und er fuchtelt mit den Armen, um einen Unteroffizier auf sich aufmerksam zu machen, der gerade von einem Pferd steigt, das so mager ist, daß die Rippen wie Zähne vorstehen. Das Pferdchen hat sich mit den Hufen in irgend etwas verfangen, und während sein Herr es befreit, wendet es Giovannino aus seinen großen Augen einen Blick zu, als wolle es wie ein Christenmensch um Verzeihung bitten. Und der Mann, der seinerseits zu Giovannino herüberschaut, macht eine trostlose Gebärde der Verneinung und reitet dann mit schamerfüllter Miene auf seinem Pferd weiter. Ein Schneesturm kommt auf, der Himmel ist dunkelgrau, um zwei Uhr nachmittags wird es schon Nacht. Ein Gebirgsjäger mit weit aufgerissenen Augen geht an ihm vorbei, barfuß; seine Füße sind geschwollen und schwarz wie Blei. »Gebirgsjäger! Gebirgsjäger! Hilf mir! Nimm mich auf deinen Rücken!« glaubt Giovannino ihm zuzuschreien. Aber da ist der Gebirgsjäger, der sich mit seinen großen, schwarzen Füßen durch den Schnee schleppt, schon weit weg.

Giovannino zieht sich von der Straße zurück. Sein Fieber ist gestiegen. Jetzt hört er unter den Schüssen und den abgerissenen Schreien ein andauerndes Glockengeläute, und er weiß nicht mehr, wo er ist. Schließlich, als er einen riesig hohen Karren vorbeiziehen sieht, mit vergoldeten Kerzen, die so groß sind wie Säulen, wird es ihm allmählich klar, daß er der Prozession von Ceprano zuschaut. Und der dort oben, der auf dem Karren in der Prozession mitgeführt wird, ist der General, der mit gekreuzten Armen Befehle erteilt. Aber weshalb wirft man ihm aus allen

Fenstern Blumen aus Schnee auf den Weg? Giovannino erkennt ihn wieder, ja er erinnert sich sogar, daß ebendieser General zu den Truppen gesagt hat: »Verbrennt die Wagen, werft alle Lasten weg, alles, und dann rette sich wer kann. Italien befindet sich im Westen. Geht immer geradeaus, geradeaus, immer nach Westen, dort liegt Italien.«
»Westen«, überlegt Giovannino, »das ist da, wo die Sonne untergeht.« Dort im Hintergrund sieht man irgendwo durch den Schneesturm hindurch einen Brand flackern, und er begreift, daß dies die Sonne ist. Er läßt die Menge hinter sich zurück, deren Rufe immer leiser werden, kriecht auf den Knien immer weiter und stützt sich auf die Hände. So begibt er sich auf die Reise nach Westen.
Die geschwollenen Füße, die behelfsmäßig mit Fetzen von einer Decke umwickelt sind (er hat keine Schuhe mehr), tun ihm gar nicht mehr weh, obwohl sie schwer sind. Er hat den Eindruck, anstelle der Füße und der Beine vom Knie an abwärts zwei Sandsäcke zu tragen. Der Stoff der Uniform ist hart wie Blech geworden und knirscht bei jeder Bewegung. Sein Körper ist durchbohrt von Tausenden von Nadeln und ist ein einziger Stich und ein Ameisenhaufen. Die Windstöße werfen ihn fast um und schneiden ihm ins Gesicht, und er knurrt ihnen entgegen: »Leckt mich doch am Arsch«, und ähnliche Proteste, die er zu Haus gelernt hat und die ihm von Kindheit an vertraut sind . . . In Wirklichkeit dringen ihm, wie wenn seine Zunge verstümmelt wäre, nur noch gurgelnde, abgehackte Laute zwischen den Lippen hervor.
Er arbeitet sich noch ein paar Meter weiter, hält ab und zu inne, um eine eisige Schneekruste aufzulesen, an der er gierig saugt. Dann aber verzichtet er darauf, seinen brennenden Durst zu löschen, aus Angst, er könnte fallen. Am abschüssigen Rand eines Steilhangs trifft er einen, der ganz vermummt auf der Erde sitzt und sich an einen großen Stein lehnt. Es ist ein kleiner Soldat, kaum größer als ein Kind, und er ist tot. Doch Giovannino merkt es nicht und versucht hartnäckig, von ihm irgendeine Auskunft über den Weg zu bekommen. Der andere schaut ihn mit einem spöttischen Lächeln an und gibt keine Antwort.
Übrigens kann das Stück, das er noch gehen muß, nicht mehr sehr lang sein. Dies sind schon die *Leinfelder* von Sant'Agata in der Ciociaria, da sind die grünen Leinpflanzen, und dort im Hintergrund erkennt man am rauchenden Schornstein schon die heimatliche Hütte.
Da kommt der Großvater aus der Hütte und droht ihm mit dem Riemen, weil er das neue Zicklein namens Musilla zurückgelassen hat. Auch der Name ist neu. »Musilla! Musilla!« Darauf antwortet ihm lautes Mekkern. Doch es kommt von Osten her, und er hat wirklich keine Lust zurückzukehren. Um den Schlägen des Großvaters zu entgehen, der ihn aus leeren Augenhöhlen anstarrt, beschließt er, sich dort hinter dem

Leinfeld zu verstecken. Und in der Tat ist er sacht den Abhang hinuntergeglitten, fast bis zum Grund, wo man sich wenigstens ein bißchen vor diesem unverständlichen Krach da oben schützen kann.
Verdammt sollst du sein, Großvater! Ich gehe bald nach Rom und werde Carabiniere. Jetzt weiß Giovannino nicht mehr, ob diese quälenden Stiche, die ihn so brennen, vom Eis oder vom Feuer kommen. Er merkt, wie es in seinem Kopf kocht, und spürt Schauer, die ihm das Herz zusammenziehen. Andauernd gleitet ihm zwischen den Beinen eine klebrige, lauwarme Flüssigkeit hinab, die sofort gefriert und sich auf seiner Haut verkrustet. Um seinen unaufhörlichen Durst zu stillen, möchte er den vereisten Ärmel seines Mantels ablecken. Doch er ist zu erschöpft, und der Arm und der Kopf fallen ihm zurück. »Mäh! Määh! Määh!« Das ist das traurige Meckern Musillas. Und jener gequälte, herzzerreißende Schrei stammt von dem Schwein, das heute dort oben, auf der Wiese vor dem Haus, geschlachtet wird. Wenn man ein Schwein packt, um es zu töten, schreit es wie ein menschliches Wesen. Und bald wird man droben in der Hütte Blutwürste, das Herz und die Leber essen . . . Doch obwohl Giovannino in den vergangenen Tagen vor allem vom Hunger gepeinigt war, spürt er jetzt keinen mehr. Im Gegenteil, schon bei der Vorstellung von Essen würgt es ihn in der Kehle.
Er hebt die Augen auf und bemerkt, daß sich über ihm ein großer Baum mit durchsichtigem, leuchtend grünem Laub ausbreitet, an dem, an einem Zweig aufgeknüpft, sein Hund Toma hängt. Man weiß, daß Toma sich vor kurzem von der Schweinsblase hat verführen lassen, die von dem gerade geschlachteten Tier stammte, daß er sie aufgefressen hat und gestorben ist. Darauf hat der Onkel Nazzareno, der nicht in den Krieg gezogen ist, weil er auf einem Auge blind ist, den Kadaver an den Baum gehängt, als Köder für die Wölfe. »Toma! Toma!« jammert der kleine Giovannino, der kurze Höschen trägt. Aber Toma knurrt, obwohl er tot ist, und zeigt ihm die Zähne. Da ruft Giovannino angstvoll nach seiner Mutter. Und die Silbe: »Mà, Mà, Mà!«, die der kleine Giovannino mit seiner Kinderstimme ausspricht, hallt über die ganzen Leinfelder wider. Da kommt seine Mutter aus dem oberen Haus, mit dem Rocken unter dem Arm und der Spindel in der Hand. Auch während sie geht, achtet sie darauf, ihre Arbeit nicht zu unterbrechen, und zupft den Lein von der Kunkel und verarbeitet ihn zwischen den Fingern. Sie ist zornig und schreit Giovannino mit aufgerissenem Mund an, weil er so nach Scheiße stinkt: »Schäm dich, noch in die Hosen zu machen, in deinem Alter! Geh weg, du verpestest mir das Haus!« Dort, weiter weg von dem Abhang, wo man seine Mutter sieht, strahlt eine schöne Sommersonne. Und über das Heu, auf das die Mittagssonne scheint, geht seine Verlobte Annita. Die Mutter, dort im Haus von Sant'Agata, trägt noch den weiten, langen

Rock der Frauen aus der Ciociaria, mit dem schwarzen Mieder und dem Hemd. Annita hingegen trägt ein kurzes Kleidchen ohne Gürtel, wenig mehr als ein Hemdchen, und ihre Füße sind nackt und sauber. Auf dem Kopf hat sie ein weißes Taschentuch, das mit zwei Knoten hinter dem Nacken zusammengebunden ist, so daß man das Haar gar nicht sieht. Sie kommt vom Ziehbrunnen zurück und trägt den vollen Eimer, und darin ist schon der Schöpflöffel. Sie geht rasch, und das frische Wasser schwappt aus dem übervollen Eimer auf das warme Heu.
»Annita! Annita!« ruft Giovannino, denn er möchte aus dem Eimer trinken. Doch auch Annita schneidet angeekelt eine Grimasse und jagt ihn weg: »Du bist voller Läuse!« kreischt sie. In diesem Augenblick verkündet aus der Hütte, wo der Großvater sich aufhält, eine dröhnende Baßstimme sehr deutlich: »Ein gutes Zeichen. Die Läuse gehen nicht an Tote.«
Giovannino weiß nicht, wie ihm geschieht. Jetzt will er nur noch schlafen. Das klare, durchsonnte Licht dauert noch einen Augenblick an. Doch kurz darauf ist es auch hier in Sant'Agata dunkel geworden. Es weht ein frischer, erholsamer Abendwind, der mit den leisen Bewegungen eines Fächers kommt und geht. Giovannino möchte sich zum Schlafen zusammenkauern, wie er es seit jeher gern getan hat. Wenn nur sein Körper wegen all der Kälte, die er ausgestanden hat, nicht so steif geworden wäre, daß es ihm nicht mehr gelingt, ihn zu biegen. Aber gleichzeitig bemerkt Giovannino, als wäre es etwas ganz Natürliches, daß er noch einen zweiten Körper hat, und der ist, im Gegensatz zum ersten, weich, rein und nackt. Und zufrieden kauert er sich in seiner Lieblingsstellung zusammen, so, wie er immer im Bett liegt: die Knie berühren fast seinen Kopf, so daß unter ihm in der Matratze eine bequeme Höhlung entsteht. Und während er sich dort hineinkuschelt, knistern die Blätter in der Matratze, als rausche in ihnen sommers und winters der Wind. In dieser Position ist er immer eingeschlafen, schon seit er ganz klein war, und dann als Junge und als Erwachsener. Doch jede Nacht, wenn er sich so zusammenkauert, kommt es ihm vor, als werde er wieder klein. Und in der Tat: die Kleinen, Größeren und Großen, die Kinder, die Erwachsenen und die Alten – im Dunkeln sind sie alle gleich.
Gute Nacht, Blondschopf.

... 1946

Januar–März

In den Kolonien kommt es zu Aufständen der Bevölkerung. In Kalkutta und Kairo fordern Zusammenstöße mit der englischen Polizei eine große Zahl von Opfern unter den Demonstranten.

In Europa kommen zu den Auswirkungen der Bombenangriffe und dem Massenexodus von Millionen von Obdachlosen und Flüchtlingen die Vertreibungen und die Zwangsumsiedlungen ganzer Bevölkerungsgruppen hinzu (dreißig Millionen Europäer, in der Mehrzahl Deutsche). Es sind die Folgen der neuen Grenzen, die in Potsdam beschlossen worden sind.

In Italien stellen sich den radikalen Maßnahmen, die die katastrophale Situation erfordert (zerstörte Gebäude, Inflation, Arbeitslosigkeit usw.), die überlegenen reaktionären Kräfte entgegen. Für ihre eigenen repressiven Zwecke schüren sie die Unordnung im Land, besonders im Süden. Den Protesten der Landarbeiter und Bauern gegen die unerträgliche Situation folgen blutige Zusammenstöße mit der Polizei. In Sizilien gibt es zahlreiche Todesopfer unter den Demonstranten.

In der UdSSR: Neue Schreckensherrschaft Stalins, der nach dem Sieg zum Generalissimus und Helden der Sowjetunion ernannt wird und der in dem vom Krieg ausgebluteten und verwüsteten Land alle politischen und militärischen Gewalten in seiner Person vereinigt, indem er die Verfassung abändert. Das Staatsoberhaupt verfügt nach seinem Ermessen über Freiheit und Leben aller Bürger. Die Zahl der Hingerichteten steigt ins Unermeßliche. Jedes geringste Versäumnis der Arbeiter (die zu mörderischer Arbeitsleistung gezwungen und praktisch an die Maschinen gefesselt sind) wird mit Deportation bestraft. Die Konzentrationslager in Sibirien sind unter anderem von Soldaten und Zivilisten bevölkert, ehemaligen Lagerhäftlingen und Zwangsarbeitern, die nach ihrer Rückkehr aus Deutschland des Verrats angeklagt wurden, weil sie sich den Nazis lebend ergeben hatten. *Der Eiserne Vorhang* verbirgt vor der Welt diese Wirklichkeit der russischen Szene. Und das Wenige, das durchsickert, wird – als *reaktionäre Propaganda* – von den zahllosen »zur Hoffnung Verurteilten« zurückgewiesen, die Europa, die Kolonien und die übrige Welt bevölkern und immer noch die Sowjetunion als das geistige Vaterland des Sozialismus betrachten.

In China dauern die Zusammenstöße zwischen der Roten Armee und der Kuomintang weiter an.

Juni–September

In Italien: Erste Wahlen mit allgemeinem Stimmrecht für die verfassunggebende

Versammlung und für die Entscheidung zwischen Republik und Monarchie. Die Republik siegt. Das Haus Savoyen geht ins Exil. Die verfassunggebende Versammlung tritt zusammen.

Neue Todesopfer in Sizilien bei einem Zusammenstoß zwischen Polizei und Bauern.

In Palästina: Keinerlei Einigung zwischen den Arabern und den eingewanderten Juden. Jüdischer Terror und arabischer Gegenterror.

Bürgerkrieg in dem zur britischen Einflußzone gehörenden Griechenland, wo die Partisanen gegen die monarchistische Reaktion die Waffen ergriffen haben, die von den Engländern unterstützt wird. Die vom Volke anerkannten Kräfte werden gewaltsam unterdrückt. Die Sowjetunion bewahrt – in Übereinstimmung mit dem Abkommen von Potsdam – diplomatisches Stillschweigen.

In Berkeley (Vereinigte Staaten) wird der Bau eines Synchrotrons von 340 MeV vollendet.

Oktober–Dezember

In Rom werden bei einem Zusammenstoß zwischen Polizei und Arbeitern zwei Arbeiter getötet und zahlreiche andere verletzt.

In Nürnberg wird, mit zwölf Todesurteilen, der Prozeß gegen die Naziführer abgeschlossen. Während der verschiedenen Phasen des Prozesses wurde öffentlich eine Art Autopsie des staatlichen Organismus des Dritten Reichs vorgenommen, das heißt einer industriell-bürokratischen Maschinerie, in der Perversion und Entmenschlichung zu wesentlichen staatlichen Funktionen geworden waren (»ein Ruhmesblatt unserer Geschichte«).

In Nordvietnam bombardiert die französische Flotte Haiphong (sechstausend Tote) und besetzt das Finanzministerium in Hanoi. Ho Tschi Minh ruft das vietnamesische Volk zum Befreiungskrieg gegen die Franzosen auf . . .

1

In den ersten Januartagen des Jahres 1946 bekamen die Marroccos die Nachricht, einer ihrer Verwandten aus Vallecorsa (einem Dorf nicht weit von Sant'Agata) sei in diesen Tagen ebenfalls aus Rußland zurückgekehrt, und ihre Hoffnung, Giovannino wiederzusehen, die schon Clementes Rückkehr neu belebt hatte, wurde größer denn je. Jeden Morgen wachte bei der Familie Marrocco mit Anbruch des Tages die Hoffnung auf (»vielleicht heute ...«), die dann gegen Abend welk wurde und am folgenden Tag wieder auferstand.
Der Verwandte aus Vallecorsa, der ebenfalls an der russischen Front seine Gesundheit eingebüßt hatte, befand sich gegenwärtig als Lungenkranker im Forlanini-Sanatorium in Rom, wo die Marroccos ihn eifrig besuchten. Doch wie bereitwillig er auch auf ihre unermüdlichen Fragen antwortete – von Giovannino wußte er noch weniger als Clemente. Giovannino und er hatten sich nämlich noch vor der endgültigen Auflösung des Heeres, als der Rückzug gerade erst begonnen hatte, aus den Augen verloren. Damals ging es Giovannino gut usw. usw. Doch dann war das Chaos ausgebrochen, und es gab weder Mittel zur Verteidigung noch zum Überleben. Das war kein Krieg und auch kein Rückzug mehr, sondern die Vernichtung. Von den Italienern, die in dem *Kessel* eingekreist waren, kamen kaum zehn Prozent lebend davon. Er selbst hatte sich am Anfang zu einer russischen Bauernfamilie geflüchtet (armseligen Hungerleidern, Leuten wie wir hier in Vallecorsa), und diese hatten ihn in ihrer Izba, einem Dorf, das dann niedergebrannt wurde, aufgenommen und so gut es ging ernährt.
Filomena und Annita ließen sich diese Nachrichten unzählige Male wiederholen und fragten nach sämtlichen Einzelheiten. Jede Begebenheit, von der die Heimkehrer berichteten, mochte sie auch negativ oder niederschmetternd sein, bot ihnen neue Vorwände, weiter auf Giovanninos Rückkehr zu hoffen. Der Vater hingegen teilte ihre Erwartungen nicht, sondern schien die beiden als überspannte Optimistinnen zu betrachten.
Bei jedem Schritt, den man auf der Treppe hörte, hoben sie gleichzeitig

einen Augenblick lang die Augen von ihrer Arbeit und fuhren jedesmal ein wenig zusammen. Dann senkten sie die Augen wortlos.
Eines Tages hatten Santinas Karten ohne genauere Hinweise gemeldet, Giovannino sei *unterwegs*. Ein anderes Mal kam die Kleine atemlos zu ihnen und sagte, sie habe Giovannino still in einem Winkel des Treppenabsatzes im zweiten Stockwerk stehen sehen. Alle stürzten hinunter. Auf dem Treppenabsatz stand niemand. Doch die Kleine beteuerte hysterisch, sie habe sich nicht getäuscht: Es war einer in Uniform, mit genagelten Bergschuhen und einem Mantel. Er kauerte im Winkel zwischen zwei Türen, und nach dem, was sie erzählte, hatte er sie finster und starr angeschaut und ihr ein Zeichen gegeben, nichts zu sagen. Aber wie hatte sie ihn denn erkennen können, sie, die ihm nie zuvor begegnet war? »Er war blond und mittelgroß!« antwortete die Kleine. »Ganz genau! Er war es wirklich!!«
»Und weshalb hast du ihn nicht angesprochen?«
»Ich habe Angst gehabt...«
Der Vater, der anwesend war, zuckte die Achseln. Aber Filomena und Annita gingen den ganzen Tag die Treppe hinunter und wieder hinauf und sahen von der Haustür aus auf die Straße, ob sie nicht jenen Soldaten sähen. Sie vermuteten, Giovannino sei aus irgendeinem Grund böse auf die Familie, vielleicht, weil sein Zimmerchen nicht für ihn bereitstand..., weil es von Fremden besetzt war...?... Schon im November war es Ida klargeworden, daß es an der Zeit war, eine Wohnung zu suchen. Da kam ihr der Zufall zu Hilfe. Eine ältere Kundin Filomenas – jene, die bei Ninos erstem Besuch gesagt hatte: »Ich würde ihn mit Küssen auffressen...« – wollte im Februar oder März ihre kleine Wohnung im Testaccio-Viertel verlassen, um zu einer Tochter zu ziehen, die in Rieti wohnte. Sie war bereit, ihren Mietvertrag gegen eine Bezahlung von ein paar tausend Lire abzugeben. Und Ida, die noch einen Teil der Am-Lire aufbewahrte, die sie von Nino erhalten hatte, gelang es, die Alte zur Annahme einer Anzahlung zu bewegen, und sie versprach ihr, den Rest bald zu bezahlen. Sie rechnete damit, als *Ausgebombte* eine Entschädigung zu beziehen oder im schlimmsten Fall vom Ministerium einen Vorschuß auf ihr künftiges Gehalt zu bekommen... So sollten Ida und Useppe demnächst endlich wieder ein Zuhause haben. Ida war darauf gespannt und freute sich, nicht zuletzt, weil sie hoffte, eine bequemere Unterkunft würde sich auf Useppes seelische Verfassung und seine Gesundheit günstig auswirken.
Useppe war bläßlich, und es ging ihm noch immer nicht besonders gut. Er war auch nicht mehr fähig, sich ruhig mit sich allein zu beschäftigen, wie er es in den vergangenen Wintern getan hatte, als er »gedacht« oder das Kaninchen oder den Großvater betrachtet hatte. Besonders gegen

Abend wurde er von hektischer Unruhe erfaßt, begann in den Zimmern hin und her zu gehen und brummelte mit gesenktem Kopf vor sich hin, als wolle er die Wände einrennen. Die Marroccos fühlten sich gestört und protestierten mit ihren üblichen Schimpfworten. Doch in letzter Zeit waren sie glücklicherweise ihrem unruhigen Mieter gegenüber toleranter geworden, da er ja doch bald wegzog.
Abends wollte Useppe, obwohl er müde war, nie ins Bett gehen. Und Ida glaubte, hinter dieser scheinbaren Laune eine erschreckte Besorgnis erkennen zu können, denn seit einiger Zeit schlief er nur selten ruhig und ohne nachts aufzuwachen. Das hatte schon im Sommer zuvor begonnen, und besonders eine dieser ungewöhnlichen Nächte hatte sich in Idas Gedächtnis als schmerzhafte Erinnerung eingeprägt. Es war nach jener Episode in der Küche gewesen, als er mit dem größten Eifer die illustrierte Zeitung mit den sonderbaren Gestalten zerrissen und immer wieder die Worte seiner Mutter nachgesprochen hatte: »Es ist *hässlich!*« Es schien, als habe auch diese Episode, wie schon so viele andere vorher, keinerlei Spuren in seinem närrischen Kopf hinterlassen. Doch wurde Ida ungefähr eine Woche später nachts von einem sonderbaren anhaltenden Schluchzen aufgeweckt. Und als sie das Licht angezündet hatte, sah sie Useppe, der neben ihr saß und sich halb aus dem Leintuch herausgewickelt hatte, frenetisch seine Händchen bewegen, so wie manche Kranken, die von den Ärzten *Klastomanen* genannt werden und die in Wahnzuständen ihr Spitalhemd zerreißen. Useppe aber war bei der sommerlichen Wärme nackt, so daß seine Bewegungen wirkten, als wolle er sich die Haut abreißen. »Es ist *hässlich* ... Es ist *hässlich!* ...« klagte er, mit dem drohenden Ton eines Tierchens, das so tut, als könne es ganz allein einen bewaffneten Jäger verscheuchen. Er sah nicht einmal mehr seine Mutter, ganz verstört von irgendwelchen Bildern, die in Wirklichkeit seinem Schlaf angehörten, während er mit weit aufgerissenen Augen auf die Zimmerwände starrte, als sähe er sie dort. Als Ida seinen Namen rief, blieb er stumm. Er reagierte auch nicht auf die üblichen Ablenkungsmanöver, mit denen Ida ihn bei solchen Gelegenheiten zerstreute. Einige Sekunden lang blieb er wachsam und angespannt sitzen. Dann warf er sich, überwältigt von diesem unbestimmten Entsetzen, dem er ganz allein standhalten mußte, mit einemmal nach hinten und kauerte sich zusammen, indem er das Köpfchen verbarg. Und beinah unmittelbar darauf fiel er wieder in Schlaf.
Dieses Ereignis stand am Beginn einer Reihe von Nächten, in denen in Idas Geist die eigenen Träume und die Unruhe Useppes bei jedem Aufwachen ineinander übergingen. Sie selbst träumte nämlich jetzt wieder dauernd, doch hinterließen ihre komplizierten Traumabenteuer, wenn sie im Gedächtnis vorüberzogen, nur eine schmerzliche Spur ohne nä-

here Erinnerung. Sie hatte nur die Empfindung, daß Geschichten, die sie träumte, sich immer auf ein vorherbestimmtes, abruptes Ende hin entwickelten, das äußerlich durch jede noch so winzige Unruhe des Kindes hervorgerufen wurde. Das, was sie im Traum für Sturmgetöse oder für ein Erdbeben hielt, war in Wirklichkeit nur ein Zucken oder eine Klage Useppes. Doch dies genügte, um sie sofort aufzuwecken. Manchmal handelte es sich um normale kleine Störungen, wie sie bei allen Kindern und Erwachsenen vorkommen. Dann sah sie, wie er im Schlaf etwas vor sich hinmurmelte, mit zitternden Lippen, verzerrtem Gesicht und klappernden Zähnen. Oder sie hörte ihn schreien oder rufen: »Mà! Màààà!«, als riefe er um Hilfe. Es geschah auch, daß er schon wach war und – weil er ins Bett gemacht hatte – so herzzerreißend schluchzte, als sei ihm ein großes Unglück widerfahren. Aber öfter noch wachte er auf und weinte scheinbar ohne Grund, oder er klammerte sich im Schlaf an sie, als werde er von einer schrecklichen Gefahr bedroht. Und ganz naß von Schweiß öffnete er dann seine blauen Augen, in denen noch immer jene unsägliche Angst stand. Wenn Ida ihn fragte, konnte er bloß unzusammenhängende, wirre Auskünfte geben. Er wiederholte immer nur, er träume *zuviel*. »Ich *will* nicht soviel träumen«, sagte er mit verängstigtem Stimmchen. »Aber was sind denn das für Träume? Was für Träume hast du?« – »*Zuviel* Träume. *Zuviel*!« wiederholte er. Es war, als würde es ihn allein schon wieder aufregen, wenn er diese zu vielen Träume erklären sollte. Nach dem, was man danach rekonstruieren konnte, schien es, daß er meistens von sehr hohen Gebäuden träumte oder von tiefen Höhlen unter den Häusern oder von Abgründen. Doch der Traum, über den er am häufigsten klagte, war der vom Feuer. »Das *Feuer*!... das *Feuer*!« schluchzte er, wenn er manchmal plötzlich aufwachte. Einmal sprach er von einer »*hässichen, dicken, dicken* Frau« und von »vielen Leuten, die fortliefen«, und »soviel *Feuer*, soviel *Feuer*«, und »kleine Kinder und Tiere, die vor dem Feuer weglaufen«.
Ein einziges Mal erzählte er ganz genau einen vollständigen Traum, wobei er angestrengt die Stirn runzelte, um ihn richtig zu erzählen. Er hatte von seiner Mutter geträumt. »Nicht ganz du, nur das Gesicht.« Im Traum hielt Ida die Augen geschlossen: »Aber du warst wach und warst nicht krank!« Und auf ihren Mund legte sich zuerst die Hand Ninnuzzus und dann, auf diese, die Hand Useppes. Plötzlich aber rissen sich die beiden Hände von dort los, und von irgendwoher hörte man ein großes Geschrei, »gooß, gooß, gooß, gooß, gooß«. Aber das Gesicht Idas, immer noch mit geschlossenen Augen und auch mit geschlossenem Mund, hatte zu lächeln begonnen.

Die nächtlichen Ängste Useppes überschatteten, wie es nur natürlich war, auch seine Tage. Je näher der Abend rückte, desto unruhiger wurde das Kind. Es schien vor etwas zurückzuweichen, als versuche es, vor jemandem zu fliehen, der ihm schon auflauerte und es bedrohte, ohne daß es wußte, weshalb. Da entschloß sich Ida eines Tages, den Kleinen zu einer Ärztin zu bringen, von der sie in der Schule gehört hatte, einer Kinderärztin. Ins Wartezimmer trat gleich nach ihnen eine Frau, und auf dem Arm trug sie ein hochrot aussehendes, vielleicht drei Monate altes Kind, das Useppe zulächelte. Und als Useppe an der Reihe war und das kleine Kind noch weiter warten mußte, wandte sich Useppe zu ihm und sagte: »Und du, kommst du nicht?« Die Ärztin war eine noch junge Frau, nachlässig gekleidet und ziemlich unfreundlich, doch im Grunde genommen gewissenhaft und gutmütig. Useppe ließ sich ernsthaft untersuchen, wie wenn er irgendeiner exotischen Zeremonie beiwohnte. Er wunderte sich über das Stethoskop und wollte wissen: ». . . Spielt es?«, denn er hielt es für eine Kindertrompete. Kurz darauf fragte er die Ärztin nach dem anderen kleinen Patienten, der im Wartezimmer zurückgeblieben war:

»Walum kommt er nicht? . . .«

»Wer er?«

»Der dort draußen!«

»Er kommt nach dir an die Reihe!« antwortete die Ärztin. Useppe schien enttäuscht, fragte aber nicht weiter.

Die Ärztin erklärte, sie finde bei Useppe keine organische Krankheit: »Gewiß, er ist sehr klein«, sagte sie zu Ida. »Sie sagten mir, er sei schon im August vier Jahre alt geworden. Nach der Statur könnte er zweieinhalbjährig sein . . . Er ist etwas mager . . . Natürlich, er ist ein Kriegskind . . . Aber sehr lebhaft!« Dann führte sie ihn am Händchen ans Fenster und betrachtete ihn beim hellen Tageslicht: »Er hat seltsame Augen«, bemerkte sie, halb zu sich selbst. ». . . Zu schöne Augen«, verbesserte sie sich, bewundernd, aber gleichzeitig auch argwöhnisch. Und sie fragte Ida in einem Ton, als wisse sie die Antwort schon im voraus, ob das Kind zufällig frühreifer gewesen sei als andere Kinder.

»Ja, ja!« entgegnete Ida. Und dann fügte sie zögernd hinzu: ». . . Wie ich Ihnen schon sagte, ist er auch zu früh geboren . . .«

»Das wissen wir schon! Für die weitere Entwicklung ist das nicht ausschlaggebend!« gab die Ärztin ungeduldig zurück.

Und unschlüssig, mit gerunzelten Brauen, fuhr sie in ihrer lässigen Art fort, sich bei Ida zu erkundigen, ob sie ihn nicht manchmal Selbstgespräche führen höre, vielleicht auch lange, ein wenig wirre Plaudereien . . .

»Ja, manchmal«, antwortete Ida, immer verschüchterter. Und indem sie mit der Ärztin ein wenig zur Seite ging, flüsterte sie scheu, wie jemand, der ein fremdes Geheimnis preisgibt: ». . . Ich glaube . . . er erzählt sich

selbst Geschichten ... Oder vielleicht sagt er Verse auf ... Märchen ... Aber er will sie niemandem erzählen.«
Die Ärztin verschrieb ihm ein Stärkungsmittel und ein leichtes Beruhigungsmittel für die Nacht. Und schließlich atmete Useppe erleichtert auf, weil die sinnlose Zeremonie vorbei war. Als er hinausging, winkte er dem kleinen Kind im Wartezimmer mit der Hand und lächelte ihm in vertraulichem Einverständnis zu, wie einem alten Bekannten.
Die Rezepte der tüchtigen Ärztin erwiesen sich als nützlich. Dank dem Beruhigungsmittel verliefen Useppes Nächte ruhiger. Und das Stärkungsmittel, das nach Ei und Sirup schmeckte, war so süß, daß Useppe jeden Tag auch noch den Löffel ableckte. Schleunigst versteckte Ida die Flasche und hielt sie unter Verschluß, denn sie befürchtete, er könnte sonst alles auf einmal austrinken.

2

Ninnuzzu hielt sein Wort, wenn auch mit Verspätung, und kam auf dem Motorrad. Er wollte es nicht allein auf der Straße stehen lassen, damit es ihm nicht gestohlen wurde, und ging deshalb nicht in die Wohnung hinauf, sondern pfiff zum Fenster der Marroccos empor und rief: »Useppe! Useppeee!«, wobei er die Hupe in voller Lautstärke ertönen ließ. Als Useppe ihn von oben erkannte und sah, wie er neben seiner funkelnden Maschine stand und hinaufschaute, begann er vor Ungeduld am ganzen Körper zu zittern. Und ohne ein Wort zu sagen, rannte er hastig zur Treppe – als fürchte er, in der Zwischenzeit könnte der Motorradfahrer verschwinden –, so daß Ida ihm nachlaufen mußte, um ihm sein Mäntelchen und die Mütze zu reichen. Sie schlang ihm auch noch einen bunten Schal um den Hals, den Filomena ihm für wenig Geld gestrickt hatte.
Inzwischen begann die Kleine, die so betäubt war, als hätte man ihr einen Faustschlag versetzt, und bei den ersten Anzeichen des Ereignisses aufgehört hatte, an ihrer Maschine zu nähen, eiligst ihre Arbeit wiederaufzunehmen und tat, als hätte sie weder etwas gehört noch gesehen.
Es war Winter – Mitte Januar –, aber es war schön wie an einem Apriltag. Die Luft war warm, besonders in der Sonne, und roch nach Brot. Kaum war Useppe aus der Haustür getreten, hielt er sich bebend und ohne Ninos Einladung abzuwarten an der Maschine fest, um auf den Sattel zu springen, als steige er auf ein Pferd. Nino trug eine Lederjacke, dicke Fausthandschuhe und einen Helm. Einige Buben hatten sich andächtig um das Motorrad versammelt, und Nino erklärte voller Überlegenheit

und Befriedigung: »Es ist eine Triumph!« Er ließ sich sogar herbei, diesen armen Verehrern ein paar Einzelheiten über die PS-Zahl, die Schaltung, die Bremstrommel usw. mitzuteilen.
Die Abfahrt erregte ungeheures Aufsehen, und die Fahrt war für Useppe eine richtige utopische Reise! Sie fuhren durch das ganze historische Zentrum, von der Piazza Venezia bis zur Piazza del Popolo und dann zur Via Veneto und an der Villa Borghese vorbei. Und wieder zurück zur Piazza Navona, auf den Gianicolo und bis zum Petersdom! Sie rasten mit gigantischem Lärm durch die Straßen, denn Ninnarieddu hatte, um zu demonstrieren, wer er war, den Auspuff abmontiert. Wo immer sie vorbeifuhren, wichen die Leute nach allen Seiten auf die Gehsteige zurück und schimpften, und die Schutzleute pfiffen. Useppe hatte diese Gegenden noch nie gesehen, die in einem strahlenden Wirbelsturm an Ninos Motorrad vorbeistoben wie an einer Raumsonde, die ins Weltall geschossen wird. Wenn man die Blicke hob, sah man Statuen mit ausgebreiteten Flügeln zwischen Kuppeln und Terrassen hinfliegen und auf ihrem Flug die Brücken und weiße, flatternde Gewänder mit sich ziehen. Und man sah Bäume und Fahnen sich hin und her bewegen. Und nie gesehene Gestalten aus weißem Marmor in Form von Männern, Frauen und Tieren, die Paläste trugen, mit dem Wasser spielten, Wassertrompeten bliesen, die in Brunnen und neben Säulen rannten und ritten. Useppe war ganz trunken vor Begeisterung über das Abenteuer und begleitete das Donnern des Motors mit einem andauernden Gelächter. Und als Nino ihn herunterheben wollte, machte er ein verdrießliches Gesicht, klammerte sich an die Maschine und drängte ihn: »Noch meh!« ... »*Noch meh! Noch meh!*« verspottete ihn Ninnuzzu, während er wieder losraste, um ihn zufriedenzustellen. »Hör mal, Männchen, es ist höchste Zeit, daß du das *RRR* lernst!« Doch dann, nach der dritten Fahrt, erklärte er: »Jetzt ist es genug! ... Gibst du mir nun ein Küßchen?« fügte er zum Abschied hinzu und ließ ihn an der Haustür stehen. »Noch meh«, murmelte Useppe noch einmal, wenn auch ohne Hoffnung, und hob die Augen zu ihm auf. Doch diesmal gab ihm Nino nicht einmal mehr eine Antwort, sondern beugte sich nur hinunter und gab ihm den Abschiedskuß.
Und da fiel ihm plötzlich, während er ihn küßte, dasselbe auf, was er schon einmal beobachtet hatte: daß in Useppes Augen etwas Neues aufgetaucht war. Und auch sein vertrautes Gelächter hatte heute etwas anders geklungen als sonst: seine Stimme hatte fiebrig, kaum spürbar gezittert, und das rührte nicht von der Geschwindigkeit her, sondern schien eher von einem inneren Bruch zu kommen, als reiße andauernd ein Nerv. Doch das hatte Nino nicht bemerkt. Er saß auf seinem Motorrad und schaute dem Bruder nach, der widerwillig die Treppe hinauf-

stieg, wobei er auf jede Stufe den zweiten Fuß nachzog, wie es Anfänger tun. (Bei ihm war das ein Zeichen schlechter Laune.) Und vielleicht brummelte er dabei auch vor sich hin ... Zwischen der Mütze und dem Schal sah man sein glattes flaumiges Haar. Und unter dem »zum Hineinwachsen« bestimmten Mantel schauten die amerikanischen Hosen hervor, die ebenfalls zu lang waren. »Ciao!« rief ihm Nino zu und lachte über das komische Schauspiel. »Wir sehen uns bald wieder!!« Und Useppe wandte sich um und grüßte ihn nochmals, indem er die Hand öffnete und schloß. »Platz da, ihr Buben! Geht aus dem Weg!!« sagte Nino und fuhr mit mächtigem, donnerndem Getöse zwischen der Menge seiner Verehrer hindurch.

Seitdem Ninnuzzu im befreiten Rom erschienen war, hatte man von ihm nichts mehr über die kommunistische Revolution oder den Genossen Stalin gehört. Das Thema tauchte eines Tages wieder auf, als Ninnuzzu den Wirt Remo auf seinem starken Motorrad umherfuhr und mit ihm zusammen bei der Familie Marrocco Station machte. Im Arbeitszimmer Filomenas war heute der Platz der Kleinen leer; sie war wegen einer Grippe zu Hause geblieben. Doch der zerstreute Ninnarieddu bemerkte diese Lücke nicht einmal. Er nahm die Kleine nicht einmal wahr, wenn sie sich unter seinen Augen aufhielt.
Diesmal war das Motorrad dem Hausmeister anvertraut worden, der Rennfahrer verehrte und in alles, was mit Motoren zu tun hatte, vernarrt war und der es bewachte wie eine Haremsprinzessin. Der Wirt brachte Ida ein Fläschchen Öl mit und Nino ein Paket amerikanischen Kaffee. Aus einigen Andeutungen ging hervor, daß es in den Beziehungen zwischen den beiden gegenwärtig mehr um Geschäfte als um Politik ging. Trotzdem hatten sie schon auf der Treppe angefangen, über Politik zu streiten, und die diskutierenden Stimmen hatten ihren Besuch schon vom unteren Stock her angekündigt. Kaum waren sie in der Wohnung, nahmen sie das Gespräch auch schon wieder auf.
Remo schien verärgert wegen Ninos offensichtlicher Gleichgültigkeit gegenüber der kommunistischen Partei. Vor kurzem war, in diesem Januar, in Rom der Parteikongreß abgehalten worden, der von Remo und allen Genossen mit begeisterter, gläubiger Anteilnahme verfolgt worden war. Ninnarieddu hingegen hatte sich überhaupt nicht darum gekümmert, gerade daß er die Nachricht noch aus der Zeitung erfahren hatte. Und als man ihn aufforderte, Mitglied zu werden, hatte er sogar höhnisch gelacht, als hätte man ihm vorgeschlagen, ins Kloster zu gehen ... Und jetzt, während Remo über diese und ähnliche Geschichten klagte, begann er die *Bandiera rossa* zu trällern, als sänge er ein Stück aus einer Operette, aus der »*Lustigen Witwe*« oder etwas derartigem!!

»Früher einmal«, wandte sich Remo verbittert an die Anwesenden, »da hat er wie ein echter Genosse geredet ... Und jetzt, wo man einig sein sollte für den Kampf ...«
»Früher war ich ein kleiner Junge!« sagte Nino ärgerlich.... »Was denn für ein Kampf!« unterstützte ihn Consolata mit traurigem Blick. »Da kämpft man und kämpft und nennt sich trotzdem *liebster Freund*. Man bleibt immer mit einem Schuh und einem Pantoffel stehen!«
»Ich kämpfe für MICH und für wen ich will!« erklärte Nino in wütendem Ton. »Aber für die Rädelsführer, NEIN! Weißt denn du, was REVOLUTION bedeutet? Es bedeutet zunächst einmal: keine Rädelsführer! Als ich klein war, habe ich für den Duce gekämpft. Aber hast du ihn dann gesehen, den großartigen Kerl, der nie zurückweicht?! Der Schiß gehabt hat und sich verkrümeln wollte, als Deutscher verkleidet!! Es fehlte nicht viel, und er hätte sich auch als Nonne verkleidet!! Mir haben es die Rädelsführer nie gesagt, als ich noch klein war, daß ein schwarzes Hemd ein schmutziges Hemd bedeutete! Aber als ich dann von den schmutzigen Hemden weggegangen bin, da haben die Rädelsführer, die droben im Norden richtige, ordentliche Offiziere spielten, mich nicht unter ihren Partisanen haben wollen, weil sie mir nicht getraut haben. Und jetzt bin ich es, der ihnen nicht traut!« Und Ninnarieddu schlug sich mit der flachen rechten Hand auf den linken Arm, was bekanntlich als obszöne Geste gilt.
»Aber der Genosse Stalin ist ein richtiger Anführer! Und auch du hast an ihn geglaubt!«
»Früher habe ich an ihn geglaubt! ... wenn auch nicht übertrieben!« erinnerte sich Ninnuzzu. »Ja, das stimmt ... aber jetzt, wenn du es wissen willst, glaube ich auch an ihn nicht mehr! Denn er ist ein Rädelsführer wie alle anderen auch! Und die Rädelsführer, wo die vorbeigehen, da ist immer derselbe Gestank! Frag doch einen, der dabei gewesen ist, dort in Sibirien! Das Volk schuftet, und er leckt sich den Schnurrbart!«
»Früher hast du nicht so geredet ...«, wiederholte Remo bitter.
»Früher! Früher! FRÜHER!« schrie Nino ihn an, so laut, daß der andere fast taub wurde. »Aber weißt du, was ich dir sage, Remo? Daß wir nicht viel Zeit haben!« Und mit lauter Tenorstimme begann er zu singen:
»Auf der Balalaika spielt Iwan und wartet noch immer! ...«
»... He, Remo, hör zu! Das ist schließlich mein Leben und nicht ihres. Die Rädelsführer können mich nicht mehr reinlegen ... Remo! Ich will leben!« brach Ninnuzzu so heftig aus, daß es klang wie eine Feuerwehrsirene.
Diese Gedanken entwickelte er noch ein zweites Mal, in der neuen Wohnung Idas in der Via Bodoni, wo er nach einer erneuten Diskussion mit Remo auf seiner Triumph erschienen war. Als setze er den Streit mit

dem Genossen fort, machte er einen großen Radau und marschierte dabei mit großen Schritten in der Küche auf und ab. In Wirklichkeit redete er allerdings mit sich selbst, denn seine einzigen Zuhörer waren Ida und Useppe, und die sagten nichts. Er wiederholte wütend, Stalin sei ein Rädelsführer wie die anderen, und im übrigen zeige das ja die Geschichte. Hatte nicht der Genosse Stalin mit den Nazis geliebäugelt, um Polen an sich zu reißen? Und hatte er nicht erst kürzlich davon profitiert, daß Japan schon k. o. war, um es zu überfallen? Stalin und die anderen Rädelsführer, das war alles eine abgekartete Sache. Sie liebäugeln miteinander, um die anderen reinzulegen, und dann bescheißen sie sich gegenseitig. Er aber, Nino, er spucke auf die Rädelsführer. Er, Nino, wolle leben. Er wolle das ganze Leben und die ganze Welt und das ganze Universum in sich hineinfressen! Mit den Sonnen und Monden und den Planeten!!! Jetzt, 1946, war die große Stunde Amerikas gekommen. Und die Revolution, die kam bestimmt noch nicht so schnell ... »Vielleicht kommt sie in hundert Jahren. Aber ich bin zwanzig, und ich lebe heute. In hundert Jahren, wenn ich hundertzwanzig Jahre alt bin, werden wir vielleicht wieder davon reden!« ... In der Zwischenzeit wollte er, Nino, reich werden, unermeßlich reich, und nach Amerika fliegen, in einer Sondermaschine, und auch Useppe mitnehmen. »Was, Usè, du willst doch mitkommen, im Flugzeug, nach Amerika?« – »Ja, ja, ja.« – »Dann also los!« ... Die Revolution kam jetzt noch nicht, weil die Amerikaner hier die Herren waren, und die wollten sie nicht. Und auch Stalin wollte sie nicht, weil auch er ein Imperialist war wie die anderen. Rußland war ebenso imperialistisch wie Amerika, nur stand das russische Reich auf der einen Seite und Amerika auf der anderen. Ihr Kampf war nur eine Augenwischerei. Inzwischen aber liebäugeln sie miteinander und teilen die Diebesbeute unter sich. Du dort und ich hier. Und wenn du einen Fehler machst, dann wollen wir mal sehen, wer die Atombombe besser werfen kann. Und dann schauen wir uns vom Balkon aus die Atombombe mit dem Fernglas an. Die Rädelsführer stecken unter einer Decke und sind samt und sonders Spießgesellen.
»Und ich, ich finde sie alle zum Lachen! Ich bin der König der Anarchie! Ich bin ein Bandit, und ihre Gesetze gehen mich nichts an! Ich raube ihre Banken aus! Und von den Rädelsführern habe ich genug! Ihr Reich, das mache ich ihnen vor ihren Augen kaputt ...
Hör mal, Usè, was meinst du, wollen wir eine Fahrt auf dem Motorrad machen?«
»A, a, a!«
»A, a, a! Jetzt hast du auch noch das J verloren! Gehen wir, Useppe, los, los, los!«
Und sie fahren miteinander fort, die beiden Verrückten. Alle Leute

schauen zum Hof hinunter, als der Motor beim Start laut aufheult. Alle Mieter des Hauses in der Via Bodoni sind an die Fenster getreten, um der Abfahrt der ›Triumph‹ zuzusehen.

Die neue Wohnung in der Via Bodoni, wohin Ida und Useppe im Frühling umgezogen waren, bestand aus zwei Zimmern. Eines war sehr klein, kaum größer als ein Abstellraum. Dazu kam die Diele, ein fensterloser, dunkler Raum, auf dessen linker Seite sich der Abort befand, der ziemlich klein war und kein Waschbecken hatte. Die Küche hingegen befand sich rechts, am Ende eines kurzen Korridors, und ihr Fenster ging, ebenso wie das des Kämmerchens, auf den Hof, während man vom größeren Zimmer aus auf die Piazza di Santa Maria Liberatrice hinaus sah. Auf diesem Platz stand eine Kirche, deren Mosaikverzierungen in Idas Augen schön waren, weil sie im Licht golden leuchteten.
Ganz in der Nähe des Hauses befand sich Idas berühmte Schule, die, nach der Besetzung während der Kriegsjahre, zu Beginn des nächsten Schuljahres wieder geöffnet werden sollte. Das bedeutete für Ida einen großen Vorteil und eine Beruhigung. Die kleine Wohnung befand sich an der Ecke des Gebäudes, im obersten Stockwerk, neben dem Wasserreservoir und der gemeinsamen Terrasse zum Aufhängen der Wäsche. Und dieser Umstand wie auch die Anordnung der Räume erinnerte Ida an ihre alte Wohnung in San Lorenzo.
Auch dieses Gebäude war sehr groß, noch größer als das in San Lorenzo. Es hatte zwei Höfe und zahlreiche Treppen, und Idas Wohnung gehörte zur sechsten. Im Innenhof wuchs eine Palme. Auch das gefiel Ida. Sie kaufte teils auf Ratenzahlung und teils bei einem Trödler das notwendigste Mobiliar. Dieses beschränkte sich für den Augenblick auf einen Tisch und ein Küchenbüffett, ein paar Stühle, einen gebrauchten Schrank und zwei Bettroste mit Füßen, die von den Verkäufern hochtrabend Ottomanen genannt wurden. Sie stellte die breitere Ottomane für sich und für Useppe in das größere Zimmer und die andere, schmalere in das Kämmerchen, in der Hoffnung, früher oder später werde Nino dort wohnen. Der aber zeigte keinerlei Neigung, in die Familie zurückzukehren. Er klärte Ida nicht einmal darüber auf, wo er wohnte, wenn er in Rom war. Auf alle Fälle war klar, daß er keine feste Bleibe hatte und gelegentlich bei einer Frau wohnte. Es war nicht immer dieselbe, denn Ninos Beziehungen waren, wie schon in der Vergangenheit, immer wechselnd und unregelmäßig.
Übrigens nahm er zweimal hintereinander auf seinen Motorradfahrten mit Useppe auf dem Rücksitz auch ein Mädchen mit.
Sie hieß Patrizia, war aber in Wirklichkeit ein Mädchen aus dem Volk und arbeitete in einer Tabakmanufaktur. Sie war schön, noch schöner als

die *Rote* der Freischärler. Und sie hatte schreckliche Angst vor dem Motorrad und flehte Nino vor jeder Fahrt an, er solle um Gottes willen nicht so schnell fahren. Er versprach es, aber nur, um sich statt dessen nur noch mehr zu amüsieren, wenn er in rasender Geschwindigkeit dahinbrauste. Dann klammerte sich das Mädchen an seine Taille, außer sich vor Angst, mit im Wind flatternden Kleidern und Haaren, und schrie: »Mörder! Mörder!« Einmal, als sie eine Landstraße entlangfuhren, alarmierten ihre Schreie zwei motorisierte Polizisten, die die ›Triumph‹ anhielten, weil sie dachten, das Mädchen werde entführt. Doch Patrizia, die sich eifrig und unter viel Gelächter Frisur und Kleider ordnete, verteidigte Nino und klärte das Mißverständnis auf. Und alle miteinander lachten, ja, die Polizisten entschuldigten sich sogar und sagten auf Wiedersehen, wobei sie ein paar galante Bemerkungen einflochten.
Es sah fast so aus, als sage Patrizia in Wirklichkeit sogar absichtlich: »Fahr nicht so schnell!«, weil sie Geschmack daran fand, später erschrocken zu tun und »Mörder!« zu rufen. In der Tat, auch auf der Wiese, hinter den Bäumen, wo Nino und sie sich beide Male, einander umklammernd, am Boden ausstreckten, wehrte sie sich anfangs und schrie: »*Laß mich los! Hilfe! Hilfe!*« und versuchte ihn zurückzustoßen, indem sie ihm Maulschellen gab und biß und mit den Fäusten auf ihn einschlug. Dann aber, mit einemmal, schloß sie die Augen, lächelte wie eine Heilige und begann zu flüstern: »Ja, ja, ja ... Ninnuzzu ... wie schön ist das ... Wie schön bist du ...« Beim ersten Ausflug hatte sie Bedenken wegen der Anwesenheit des Kleinen, der dort auf der Wiese herumstreifte und sie in Verlegenheit bringen könnte, und beriet sich flüsternd mit Nino. Doch Useppe beachtete die Liebenden kaum, denn er hatte in dem großen Raum in Pietralata schon wer weiß wie oft gesehen, wie Menschen sich paarten, besonders in den letzten hektischen Tagen, bevor die Tausend wegzogen. Die Signora Mercedes hatte ihm auf sein »*Walum?*« erklärt, es handle sich um einen sportlichen Wettkampf, und das seien die Endspiele. Und Useppe war mit dieser Antwort zufrieden, machte sich keine weiteren Sorgen mehr und akzeptierte unbekümmert das, was sich um ihn herum abspielte. Hingegen war er, beim ersten Ausflug mit Patrizia, besorgt, als er sah, wie diese seinen Bruder malträtierte. Er rannte hinzu und begann ihn mutig zu verteidigen. Doch Nino sagte lachend zu ihm: »Siehst du nicht, daß wir spielen? Siehst du nicht, wie klein sie neben mir ist? Wenn ich wollte, könnte ich sie mit einem einzigen Schlag umwerfen.« Und damit war Useppe beruhigt. Nino gab sich keine Mühe, etwas zu verbergen, wenn er ihn bei seinen Spielen mit Patrizia hinter den Bäumen auftauchen sah, denn er kannte die Naivität des kleinen Bruders. Im Gegenteil – beim zweiten Ausflug, als er ihn in der Nähe beim Pissen überraschte, sagte er zu ihm: »Komm her, Usep-

pe, und zeig Patrizia, was für ein schönes Pimmelchen du hast!« Und Useppe ging ungeniert zu ihr und zeigte es vor. »Wenn du größer bist«, sagte Nino fröhlich zu ihm, »wirst auch du damit vögeln und wirst *kleine Useppes* zur Welt kommen lassen.« Und Useppe fand die Vorstellung von den kleinen Useppes lustig, dachte aber nicht weiter darüber nach, nicht mehr und nicht weniger, wie wenn Nino ihm zum Spaß erzählt hätte, daß diese künftigen kleinen Useppes aus seinem Kopf geboren wären. Useppe war tatsächlich ein lebendes Dementi – oder vielleicht eine Ausnahme? – der Wissenschaft des Professors Freud. Zu einem Jungen (und das war er bestimmt) fehlte ihm nichts. Für sein männliches Glied aber – und das versichere ich bei meinem Ehrenwort – interessierte er sich überhaupt nicht, ebensowenig wie für seine Ohren oder seine Nase. Die Umarmungen der Tausend und Ninos Liebesabenteuer spielten sich vor ihm ab, ohne ihn zu beunruhigen, wie die Abenteuer des armen Blitz mit fremden Hündinnen und die wechselseitigen Komplimente der Peppinielli. Es störte ihn überhaupt nicht, und doch sagte ihm ein geheimnisvolles Gefühl, daß sich dies jenseits seiner gegenwärtigen kleinen Welt abspielte, in einer ihm noch versagten Entfernung, wie die Spiele der Wolken. Er akzeptierte es unbekümmert und ohne jegliche Neugier und ließ die beiden allein. Besonders auf dem Land, auf diesen Frühlingswiesen, hatte er jetzt für sich allein anderes zu tun.
Dennoch gefielen ihm die Mädchen, ein jedes von ihnen erschien ihm sogar, wenn er es ansah, von vollendeter Schönheit – die häßliche Carulina der Tausend ebenso wie die hübsche *rote* Maria und jetzt diese schöne Patrizia. Ihm gefielen ihre Farben und ihre weiche Haut, ihre hellen Stimmen und ihr Geklingel, wenn sie Armbänder oder Halsketten aus Metall und Glas trugen. Auch Patrizia trug neben anderem Schmuck zwei längliche gläserne Ohrringe in Form von Trauben, die mit ihren winzigen Beeren aneinanderstießen und die ganze Zeit über klingelten und die sie sorgfältig abnahm und in ihre Tasche steckte, bevor sie mit Nino schlief.
Beim zweiten Ausflug kam Useppe beim Herumstreifen zufällig auf die Lichtung zwischen den Bäumen, wo sich in diesem Augenblick Nino und Patrizia, die sich gerade geliebt hatten, auf der Erde ausruhten. Nino lag noch mit seinem ganzen Gewicht auf Patrizia, das Gesicht im Gras und seine Wange neben der Patrizias. Das Mädchen lag mit ausgebreiteten Armen auf dem Rücken, in einer Kreuzfigur wie eine selige Märtyrerin, mit zurückgebogenem Kopf und zerzaustem Haar, das so schwarz war, daß es bläulich schimmerte. Ihre Augen mit den getuschten Wimpern waren zwei schwarze, strahlende Sterne. In einem Augenwinkel hing eine Träne. Ihr halb offener Mund, der an den Rändern noch Spuren des aufgelösten dunkelroten Lippenstifts trug, erinnerte an eine kleine an-

gebissene Pflaume, die ihren Saft ausfließen läßt. Und das Laub über ihr sprenkelte den Boden mit hellen und dunklen Lichtern, so daß es aussah, als liege sie auf einer Damastdecke. Sie erschien Useppe so schön, daß er sich einen Augenblick zu ihr hinabbückte und ihr einen Kuß auf den Ellbogen gab. Dann ging er zufrieden wieder weg.
Die Liebenden achteten in diesem Augenblick nicht auf ihn. Doch Patrizia mußte sich an dieses Kompliment Useppes erinnert haben, denn nachher, als sich alle drei zur Rückkehr bereitmachten, sagte sie zu Nino: »Dein Bruder gefällt mir!« (Doch in Wirklichkeit war sie, wie man danach erfuhr, eifersüchtig auf ihn.) Und dann fügte sie spaßeshalber hinzu: »Schenkst du ihn mir? Was kannst du schon mit ihm anfangen? Man sieht euch nicht einmal an, daß ihr Brüder seid. Ihr gleicht euch gar nicht.«
»Wir sind ja auch die Söhne von zwei Vätern«, entgegnete ihr Nino. »Mein Vater war ein Scheich und seiner ein chinesischer Mandarin.« Auch diesmal lachte Useppe laut über den neuen Witz des Bruders. Er wußte ganz genau, daß die Mandarinen Früchte sind und daß sie also auch nur kleine Früchte als Kinder haben können ... Das war das einzige, was er an Ninos Erklärung komisch fand. Im übrigen aber war er im Augenblick nur darauf versessen, das Motorrad wieder zu besteigen. Alles andere war für ihn nebensächlich.
Diese spaßhafte Bemerkung, die Nino Patrizia gegenüber machte, blieb seine einzige Anspielung auf die merkwürdige Herkunft Useppes, wenigstens in Gegenwart des Bruders oder Idas. Seit dem berühmten Tag seiner ersten Begegnung mit dem Kleinen in San Lorenzo hat sich Nino nie darum bemüht, etwas über das unbekannte Abenteuer seiner Mutter in Erfahrung zu bringen. Vielleicht gefiel es ihm, der sich auch sonst gern in Geheimnisse hüllte, einen so mysteriösen Bruder zu haben, der unversehens von irgendwoher gekommen war, als hätte man ihn, in eine Windel gewickelt, von der Erde aufgelesen.

3

In jener Zeit befand sich David Segre seit einigen Monaten in seinem Elternhaus in Mantua. Von dort aus schrieb er ab und zu an Nino. Jetzt stand fest, daß von seiner ganzen Familie, die im Jahre 1943 deportiert worden war, niemand mehr lebte. Die Großmutter mütterlicherseits war alt und krank gewesen und während der Reise gestorben. Der Großvater und die Eltern waren noch in der Nacht nach ihrer Ankunft im Lager Auschwitz-Birkenau in der Gaskammer umgekommen. Und die

Schwester, damals achtzehn Jahre alt, war in demselben Lager nach einigen Monaten gestorben (anscheinend im März 1944).
Das Haus aber mußte in der Zwischenzeit von irgendeinem Fremden bewohnt gewesen sein, denn David hatte unter anderem an den Wänden ein paar Abbildungen vorgefunden, die früher nicht dort gewesen waren. Die Zimmer waren verlassen, staubig und halbleer, wenn auch nicht völlig unordentlich. Ein großer Teil der Möbel und der sonstigen Familienhabe war weggebracht worden, man wußte nicht wohin und von wem. Andere Dinge standen sonderbarerweise noch ganz unberührt am selben Ort, wo David sie immer gesehen hatte. Eine Zierpuppe, die seine Schwester nie von einem Bord in der Höhe heruntergenommen hatte, war noch dort, in derselben Pose wie immer, mit Haaren voller Staub und offenen Glasaugen.
Einige dieser Gegenstände waren David seit seiner frühesten Kindheit vertraut gewesen. Als Junge hatte er sie nicht ausstehen können, weil er ihren mittelmäßigen Anblick dauernd vor Augen gehabt hatte, der ihn an eine Art erbärmlicher Ewigkeit erinnerte. Auch jetzt empfand er beinah so etwas wie Abscheu, als er diese unversehrten Dinge wieder vor sich sah, die die Menschen überlebt hatten. Aber er hatte keine Lust, sie an einen anderen Platz zu stellen oder sie zu berühren. Und so ließ er sie, wo sie waren.
Gegenwärtig bewohnte er allein die fünf Zimmer der Wohnung. In die Stadt war kürzlich ein Onkel zurückgekehrt, der Vater jenes Vetters, der sich seinerzeit in Rom bei den Mönchen versteckt hatte. Es war ihm damals gelungen, sich mit seiner Familie zu retten. Doch David hatte keinen Kontakt mit der Verwandtschaft gehabt, und dieser Onkel war für ihn nichts weiter als ein Fremder, dem er nichts zu sagen hatte, so daß er seine Gesellschaft mied.
Schon zu der Zeit, als sie beide beim Widerstand waren, hatte Nino aus gewissen Äußerungen Carlo-Piotrs schließen können, daß dieser sich bereits als Halbwüchsiger nicht nur der Verwandtschaft, sondern zum Teil auch den Eltern und der Schwester entfremdet hatte, weil sie ihm zu bürgerlich waren. Als er größer wurde, hatte er gelernt, in allen ihren Gewohnheiten, die ihm als Kind gefallen hatten, das gemeinsame soziale Übel immer deutlicher zu erkennen, das entstellend und verlogen war. Er entdeckte es sogar in Kleinigkeiten: daß sein Vater sich auf sein Briefpapier *Dipl.-Wirtsch.-Ing.* drucken ließ; daß seine Mutter voller Stolz die kleine Schwester zu einem Fest für Kinder der guten Gesellschaft begleitete und daß sich die beiden für diese Gelegenheit schön machten; ihr Geplauder bei Tisch und ihre Bekannten; der untertänige Ton der Schwester, mit dem sie bestimmte Namen reicher Leute aussprach; die Miene seines Vaters, wenn er die Erfolge des kleinen David in der Schule

rühmte, und das Gehabe seiner Mutter, wenn sie ihn, auch als er schon groß war, liebkoste und ihn *mein Küken, mein Engelchen, mein Herzchen* nannte. Das alles verursachte ihm ein geradezu körperliches Mißbehagen, das ihn an allen Gliedern lähmte. Dieses tägliche Unbehagen, das er empfand, bedeutete – und das wurde ihm allmählich im Lauf des Älterwerdens bewußt – eine einzige grundsätzliche Ablehnung. Doch zeigte sich, daß er dies seiner Familie unmöglich begreiflich machen konnte, die nach den Gesetzen einer anderen Welt lebte. In der Tat war ihr ganzes Verhalten, ihr ganzes Handeln von der Überzeugung genährt, sie seien anständig und normal, während er in jeder ihrer Handlungen und jedem ihrer Worte ein weiteres entehrendes Symptom der schlimmsten Perversion entdeckte, die die Welt verseuchte – der *Bourgeoisie*. Diese seine neue, stets rebellierende Aufmerksamkeit war für ihn eine Art negativer Schulung, die dazu führte, daß er die Seinen verachtete. Und er hielt auch sie für schuld am Rassismus oder Faschismus, da sie Bürgerliche waren.

So begann David schon als Mittelschüler die Ansteckung durch die Familie zu meiden und wartete nur noch darauf, fortgehen zu können. Wenn er zu Hause war, schloß er sich in sein Zimmer ein und hielt sich dort nur die notwendigste Zeit über auf. Die Ferien verbrachte er allein, mit Wanderungen durch Italien wie ein armer Zigeuner. Doch von den Orten, wo er hinging, schrieb er den Seinen lange, begeisterte Briefe, die in der Familie immer wieder gelesen wurden, als wären es die Romane eines Schriftstellers. In der Tat war er, der Erstgeborene und der einzige Sohn, der Liebling der Familie, die sich seinem Willen anpaßte. Im übrigen hielten ihn alle für sehr solide und ordentlich und gar nicht launenhaft oder extravagant. Als die Rassengesetze die Juden aus den staatlichen Schulen ausschlossen, entschied er, er habe die Schule ohnehin nicht mehr nötig und werde auf eigene Faust weiterlernen. Und als die Eltern beschlossen, keine Opfer zu scheuen und ihn ins Ausland zu schicken, damit er in Sicherheit sei, so wie dies die Eltern anderer jüdischer Jungen aus seiner Klasse machten, da widersetzte er sich leidenschaftlich und sagte, er sei in Italien geboren und sein Platz sei in dieser Zeit hier! Es war nicht möglich, ihn zu überreden. Im Gegenteil, seinem Ton nach zu schließen, schien es, als sei seine Weigerung für ihn eine letzte Auflehnung, auch wenn sie eher kindlich wirkte. Wie wenn er, der kleine David Segre, wer weiß was für eine Aufgabe in seinem unglückseligen Heimatland zu erfüllen hätte und als wenn die Auswanderung ihm in der gegenwärtigen Stunde als Fahnenflucht und Verrat erschienen wäre.

In jener Zeit war David während seiner sommerlichen Wanderungen etlichen militanten Anarchisten in der Toskana begegnet und hatte ange-

fangen, mit ihnen heimlich und unter falschem Namen Propaganda zu betreiben. Hier hatten ihn im September 1943 die Deutschen auf die Anzeige eines Denunzianten hin festgenommen.
Jetzt hatte er, wie es schien, jede politische Aktivität aufgegeben und verkehrte mit niemandem. Die einzige seiner früheren Bekannten aus Mantua, nach der er gesucht hatte, war ein Mädchen gewesen, seine Jugendgeliebte, die er in seinen Briefen an Nino nur mit dem Buchstaben G. bezeichnete. Dieses Mädchen war getauft und keine Jüdin. Sie war ein paar Jahre älter als er und die einzige echte Liebe gewesen, die er bisher gehabt hatte. Zu der Zeit, als sie David liebte, war sie ein schönes Mädchen und arbeitete in einer Fabrik. Aber seit 1942 hatte sie David mit einem Faschisten betrogen. Dann, während der Besatzung, hatte sie begonnen, sich mit Deutschen einzulassen, hatte die Fabrik verlassen und war aus Mantua fortgezogen. Man sagte, sie sei nach dem Abzug der Deutschen in Mailand als Kollaborateurin kahlgeschoren worden, doch in Wirklichkeit wußte man nichts Genaues über sie. Von ihren Eltern, die schon vor vielen Jahren nach Deutschland ausgewandert waren, um dort zu arbeiten, hatte man keine Nachrichten mehr. Und es wußte niemand zu sagen, was aus ihr geworden war, soviel David sich auch nach ihr erkundigte.
Er traf sich mit keinem einzigen Menschen. Sein einziger Briefpartner war Ninnuzzu, dem er ganz unregelmäßig schrieb. Es konnte geschehen, daß er ihm an einem Tag zwei Briefe und dann wieder wochenlang keinen sandte. Nino seinerseits antwortete ihm höchstens mit einer Postkarte. (Etwas schreiben zu müssen war für ihn eine Strafe. Er brauchte nur ein weißes Blatt Papier und eine Feder vor sich zu sehen, dann erinnerte er sich schon an die Schule. Und sofort packte ihn der Schreibkrampf, und er fühlte ein Ameisenkribbeln in den Fingern.) Er suchte sehr bunte, glänzende und möglichst witzige Karten aus. Doch schrieb er nur Grüße und die Unterschrift, und wenn Useppe da war, führte er ihm das Händchen und fügte hinzu: *Useppe*.
Daß David seinen Aufenthalt dort oben so lange ausdehnen würde – als er abreiste, wollte er nur ein paar Wochen dort bleiben –, das konnte Nino überhaupt nicht fassen. Er fragte sich, wie David die Zeit allein in diesem Haus in der Provinz verbringen würde. »Vielleicht«, vermutete er, da er ihn kannte, »verbringt er sie damit, sich zu besaufen.« Manchmal sagte er spontan: »Ich fahre hin und hole ihn.« Doch seine geheimnisvollen Exkursionen in die Gegend nördlich und südlich Roms führten ihn nicht bis nach Mantua. Außerdem wiederholte David in jedem seiner Briefe, daß er so bald wie möglich – nämlich, sobald er über etwas Geld verfüge – zurückkehren wolle. Wenn er dann kein Geld mehr habe, fügte er einmal hinzu, werde er Tagelöhner oder Arbeiter. Jede körperli-

che Arbeit sei ihm recht, bei der man nicht denken müsse, und sie sollte möglichst konkret und aufreibend sein, wenigstens so, daß er am Abend, wenn er nach Hause käme, vor Müdigkeit nur noch den einen Wunsch hätte, ohne Zeit und Kraft zum Denken ins Bett zu sinken ... Doch Ninnuzzu schüttelte nur ungläubig den Kopf. David hatte ihm nämlich am Abend ihrer glücklichen Ankunft in Neapel, als er sich den ersten Rausch antrank, gewisse Zukunftspläne gestanden, von denen er als kleiner Junge schon geträumt hatte. Unter diesen war der erste und vielleicht dringlichste, ein Buch zu schreiben. Mit einem Buch, hatte er ihm erklärt, könne man das Leben der ganzen Menschheit verändern. Kurz darauf aber hatte er sich beinah geschämt, ihm das anvertraut zu haben. Sein Blick hatte sich verdüstert, und er hatte beteuert, er habe nur Witze gemacht, und wenn er etwas schreibe, dann nur Pornographie.

Außerdem wußte Ninnuzzu – denn er hatte es seinerzeit von dem Genossen Piotr erfahren –, daß David schon früher einmal versucht hatte, Arbeiter zu werden, bei dem Versuch aber gescheitert war. Das war vor ungefähr sechs Jahren gewesen, als David kaum dem Jünglingsalter entwachsen war. Sein offizieller Beruf war der eines arbeitslosen Studenten gewesen, der aus rassischen Gründen von den öffentlichen Schulen des Königreichs ausgeschlossen war. Doch in Wirklichkeit hatte für ihn gerade damals die Zeit begonnen, in der er sich am leidenschaftlichsten engagierte, denn außerhalb der Schule eröffnete sich ihm eine neue und lebendige, wenn auch etwas gefährliche Freiheit. In der Tat hatte sich David schon vor einiger Zeit entschlossen, Revolutionär zu werden, und diese Entscheidung war jetzt durchdacht und endgültig. Eher hätte er sich die Hände abgehackt, als daß er sie zurückgenommen hätte. Jetzt endlich war die Zeit gekommen, seine Verpflichtung einzulösen.

Jetzt kam er sich erwachsen vor. Und mittlerweile schien ihm, der aus bürgerlichem Milieu stammte, seine erste Aufgabe darin zu bestehen, unmittelbar und körperlich seine Erfahrung als Lohnarbeiter in einer Fabrik zu machen, um wirklich eingeweiht zu werden. In der Tat schloß, wie wir schon wissen, seine IDEE der echten anarchistischen Revolution prinzipiell jede Form von Macht und Gewalt aus. Und nur durch persönliche Erfahrung würde er, seiner Meinung nach, sich jenem Teil der Menschheit *nahe* fühlen können, der in der heutigen Industriegesellschaft schon durch Geburt der Macht und organisierten Gewalttätigkeit ausgeliefert ist, nämlich der Arbeiterklasse.

So war es ihm gerade in jenem Jahr gelungen, mit Hilfe Bekannter als einfacher Arbeiter in einer Fabrik im Norden eingestellt zu werden, es mag in Genua, Brescia, Turin oder anderswo gewesen sein. Es war die Zeit der totalen Siege der Nationalsozialisten, und man muß wohl annehmen, daß dies auch in den Fabriken nicht der günstigste Zeitpunkt

für die Anarchie war. Doch David Segre nahm die Siege der Achse nicht
ernst. Er war überzeugt, daß es vom Schicksal aufgestellte Fallen waren,
um die Nazi-Faschisten (d. h. die Bourgeoisie) in den endgültigen und
unvermeidlichen Untergang zu führen. Danach würde der Ruf der Revolutionen frei durch die ganze Welt ertönen.
Es war so, daß David Segre (der damals ja doch erst ein Junge war) die
ganze Menschheit als einen lebendigen Leib ansah. Und ebenso wie er
jede Zelle seines eigenen Körpers nach Glückseligkeit trachten fühlte,
glaubte er auch, die gesamte Menschheit strebe schicksalhaft danach,
und folglich müsse sich ein solch glückhaftes Schicksal früher oder später
erfüllen!
Wie es dann dieser flüchtige jüdische Student geschafft hat, eingestellt
zu werden, vermag ich nicht zu sagen. Doch wurde mir bestätigt, daß –
dank einem geheimen Trick – seine wirkliche Identität auch in der Fabrik
nicht bekannt wurde. Keiner, nicht einmal seine Familie, erfuhr jemals
etwas von seiner Erfahrung als Arbeiter, die er vor allen, mit Ausnahme
weniger Komplizen und Vertrauter, verheimlichte. Was mich betrifft,
so habe ich die spärlichen, bruchstückhaften Nachrichten, deren ich
habhaft werden konnte, zum größten Teil von Ninnuzzu erfahren. Und
der interpretierte sie komisch, auch wenn diese Erfahrung für David in
Wirklichkeit tragisch gewesen war. So bleibt meine Schilderung der Begebenheit ziemlich vage.
Der Ort, den man ihm vom ersten Tag an zuwies, war eine Halle mit einem Blechdach, weiträumig wie ein großer Platz und zu drei Vierteln
fast bis unters Dach mit monströsen Maschinen angefüllt, die dauernd in
Bewegung waren. David überschritt die Schwelle so respektvoll, als betrete er einen heiligen Bezirk, denn das, was für ihn ein freier Entschluß
war, bedeutete für die anderen dort drin eingeschlossenen menschlichen
Wesen eine Verurteilung. Und er empfand nicht nur Empörung, sondern auch eine schwärmerische Gespanntheit, denn endlich drang er –
nicht als normaler Besucher, sondern als wirklich Beteiligter – in das
Auge des Zyklons, d. h. direkt in das gemarterte Herz des Daseins ein.
Da man ihn sofort an die Maschine stellte, bekam er von seinem Arbeitsplatz zunächst nur einen undeutlichen und verwirrenden Eindruck. Vor
allem dröhnte die große Halle unaufhörlich von solchem Lärm, daß ihm
nach kurzer Zeit bereits das Trommelfell wehtat und daß sich eine
menschliche Stimme, auch wenn sie noch so schrie, in dem Getöse verlor. Überdies war der Lärm nicht gleichmäßig, sondern unruhig wie bei
einem pausenlosen Erdbeben. Dadurch wurde eine leichte Übelkeit hervorgerufen, die sich unter der Einwirkung von Staub und ätzenden und
durchdringenden Gerüchen verschlimmerte, von denen man nicht wußte, woher sie kamen. Dennoch verspürte David in seinem Winkel diesen

dauernden Gestank im Speichel, in den Nasenlöchern und bei jedem Atemzug. Das Tageslicht drang nur spärlich und trüb durch die wenigen Öffnungen in diesen riesigen Raum. Und das elektrische Licht war an bestimmten Stellen so durchdringend wie bei einem Verhör dritten Grades. Es gab nur wenige schmale Fenster, die sich alle knapp unter dem Dach befanden; einige waren geschlossen, und ihre Scheiben waren mit einer schwärzlichen Schicht überzogen. Und durch die offenen drang ständig ein feuchter, eisiger Luftzug – es war Winter – und traf auf die glühenden Dämpfe, die im Inneren die Luft versengten und einen so erschöpften, als hätte man vierzig Grad Fieber. Im Hintergrund sah man durch den staubigen Rauch züngelnde Flammen und weißglühenden Guß. Und die menschlichen Wesen darum herum schienen nicht wirklich, sondern Gestalten aus nächtlichen Fieberträumen zu sein. Von hier aus wurde die Außenwelt, aus der ab und zu ein undeutlicher Widerhall hereindrang (Stimmen, Straßenbahngeklingel), zu einem irrealen Ort, wie ein fernes Thule jenseits einer transpolaren Route.

Doch auf all das fühlte sich David vorbereitet, und er trat ihm furchtlos entgegen, wie ein Soldat des letzten Aufgebots, der ungeduldig darauf wartete, sich in der *Feuertaufe* zu bewähren. Was ihm neu erschien – obwohl es zwangsläufig eine Folge all des Übrigen war –, war das Fehlen jeglicher Kommunikationsmöglichkeit zwischen den menschlichen Arbeitstieren in dem großen Schuppen.

Man konnte die Hunderte von Menschen, die darin waren, nicht einmal mehr nach *Seelen* zählen, wie man es zur Zeit der Leibeigenschaft tat. Im Dienst der Maschinen, die mit ihren ungeheuren Ausmaßen jene kleinen Körper überwältigten und sie fast verschlangen, wurden sie zu Bruchstücken eines billigen Materials, das sich von dem Eisen der Maschinerie nur durch seine armselige Zerbrechlichkeit und Leidensfähigkeit unterschied. Der rasende eiserne Organismus, der sie versklavte, blieb für sie ebenso wie der unmittelbare Sinn ihrer eigenen Tätigkeit ein unverständliches Rätsel. Man gab ihnen keine Erklärungen, und sie verlangten ihrerseits keine, denn sie wußten, daß diese nutzlos wären. Im Gegenteil, um die größtmögliche Leistung zu erbringen – und das war alles, was man von ihnen verlangte und wovon für sie Sein oder Nichtsein abhing –, konnten sie sich nur in Teilnahmslosigkeit und Stumpfsinn retten. Es ging bei ihrer täglichen Arbeit einzig und allein ums Überleben. Sie waren von diesem bedingungslosen Gesetz gezeichnet, das selbst den animalischen Instinkten des Vergnügens keinen Raum läßt, noch viel weniger ihrer Menschlichkeit. Das Vorhandensein solcher Staaten im Staat war David Segre natürlich schon längst bekannt. Doch hatte er sie bis jetzt nur durch nebligen Dunst hindurch, sozusagen in einer Wolke, wahrgenommen ...

Ich habe keine genauen Informationen, worin seine Arbeit in der Fabrik eigentlich bestand. Doch kann ich soviel schließen, daß er als Neuling und ungelernter kleiner Arbeiter zunächst wohl an einer Presse beschäftigt war und später möglicherweise an einer Fräsmaschine. Doch der Wechsel änderte für ihn wenig. Im Gegenteil: unbedeutende Veränderungen innerhalb des gleichen Ablaufs brachten ihn nur durcheinander, anstatt ihm Erleichterung zu verschaffen.
Es handelte sich jedenfalls für ihn immer darum, in rasendem Tempo einen einfachen Handgriff auszuführen, zum Beispiel: eine Stange in eine Einkerbung zu schieben und gleichzeitig ein Pedal zu betätigen ..., exakt, immer gleich, bei einem unteren Durchschnitt von fünf- oder sechstausend Stück pro Tag, und das in einem nach Sekunden gemessenen Rhythmus und ohne Unterbrechung (außer um auf den Abort zu gehen, doch wurde auch dieses Einschiebsel mit der Stoppuhr gemessen). Es gab für ihn die ganze Zeit über keine andere Beziehung als die zu seiner Presse oder seiner Fräsmaschine.
Und so war David seit dem ersten Tag an seinen Maschinen-Automaten gefesselt und lebte in einer totalen Einsamkeit, die ihn nicht nur von allen Menschen der Außenwelt, sondern auch von seinen Gefährten in der Halle isolierte. Auch sie standen, nicht anders als er, wie Schlafwandler vor ihren Maschinen, eingespannt in ihre hektische Arbeit, verrichteten mechanische Bewegungen und erlitten alle genau dasselbe Schicksal wie er. Es war, als befände man sich in einer Strafanstalt, wo die Einzelzelle üblich war und wo überdies jeder der Isolierten nur das Allernotwendigste zum Überleben dafür bekam, daß er rastlos und in höchster Geschwindigkeit in einem sinnlosen Martyrium um immer denselben Punkt kreiste. Unter diesem quälenden Sog, der von innen her aushöhlt, wird jedes andere Interesse wie eine gegnerische Falle, wie ein sündhafter, unheilvoller Luxus, den man danach mit Hunger bezahlen muß, vermieden.
Diese unerwartete Einsamkeit war für David eine neue Erfahrung. Sie war völlig verschieden von jener beschaulichen Versenkung, wie er sie vorher gekannt hatte, die im Gegenteil das Gefühl verleiht, mit allen Geschöpfen des Universums in Verbindung zu stehen und mit ihnen eins zu sein. Hier war David eingezwängt in einen Mechanismus, der ihn zu nichts als Gehorsam zwang, und immer wieder mußte er von neuem dieselbe verrückte, nutzlose Anstrengung unternehmen. Er fühlte sich von doppeltem Grauen überwältigt, einer erdrückenden Wucht und einer absurden Abstraktion. Und dieses Gefühl verließ ihn nicht einmal nach Arbeitsschluß, denn seine zeitweilige *Freiheit* glich derjenigen eines Galeerensträflings, den man mit Ketten am Fuß kurz ins Freie läßt. Auch wenn sich das Fabriktor hinter ihm geschlossen hatte, blieb noch

eine Zeitlang der Eindruck bestehen, die Dinge rings um ihn und der Erdboden unter ihm schwanke unangenehm, wie nach einer Seereise, auf der man seekrank war. Und erst wenn er sich aufs Bett warf, hörten die Maschinen auf, in seinem Kopf zu rumoren. Er spürte dauernd einen Druck wie von einer unsichtbaren Zange, zwischen deren Scheren sein Kopf knirschend zerquetscht wurde. Er hatte das Gefühl, seine Denkfähigkeit nehme dabei ab. Jede Vorstellung und jeder Gedanke, die ihm in jenen Stunden kamen, quälten ihn, so daß er Lust bekam, sie fast wie schmarotzende Insekten zu zerquetschen. Seit dem ersten Abend, gleich nach dem Heimkommen, hatte sich David Segres Arbeitstag so ausgewirkt, daß er – kaum hatte er seine Kammer betreten – das bißchen Speise, das er gegessen, und das viele Wasser, das er getrunken hatte, erbrach. Damals begnügte er sich noch mit Wasser oder, wenn seine Geldmittel es ihm erlaubten, ab und zu mit Orangensaft oder anderen alkoholfreien Getränken.

Und von da an wiederholte sich dieser Vorgang unweigerlich jeden Abend beim Nachhausekommen. Er konnte, so sehr er sich bemühte, die Übelkeit nicht unterdrücken. Es ärgerte ihn auch, daß er das Mittagessen auf diese Weise vergeudete, das er sich mit so viel Mühe verdient hatte . . . Und jeden Morgen, wenn der Wecker rasselte, der ihn zur Arbeit in der Fabrik wachklingelte, mußte er einen Kampf bestehen. Denn unvermittelt stellten sich ihm bei dieser Ankündigung seines neuen Tages die tausend und abertausend normierten Handgriffe wie unendlich viele schwarze Ameisen dar, die über seinen Körper liefen. Und er spürte überall ein Kribbeln, so daß seine erste Gymnastik beim Aufwachen darin bestand, sich verzweifelt zu kratzen. Dabei waren seine Gefühle sonderbar gemischt. Es erschien ihm, als erfülle er eine heilige Pflicht, die ihn trotzdem dazu zwang, auf irrsinnige und perverse Weise sich selbst zu vergewaltigen. Und ein derart widernatürliches Gesetz verletzte sein Gewissen, während es ihn gleichzeitig eindringlich ermahnte, als sei es ein göttliches Gebot. In Davids Augen lag der Sinn seiner gegenwärtigen Tätigkeit gerade darin, daß er sich einer so perversen Tortur aussetzte. Und genau darin bestand seine Pflicht: die Niedertracht der Arbeitswelt nicht aufs Papier, sondern wie einen blutigen Text auf den eigenen Körper zu schreiben! Dadurch würde seine IDEE lebendig, die Revolution würde ausgerufen und die Welt befreit!! Und dem jungen David genügte dieser Glaube, um ihn im Galopp in die Werkshalle laufen zu lassen – wie einen Soldaten beim Sturmangriff mit der geliebten Fahne in der Hand!

In den ersten Tagen war es während der Arbeit eine Erholung für ihn, manchmal einen Augenblick lang seine Phantasie – vielmehr das bißchen, das davon noch intakt geblieben war – auf irgendeine erfreuliche

Vorstellung zu richten: Mädchen aus seinem Bekanntenkreis, Bergpfade, Meereswellen ... Doch diese kurzen Ausflüge führten leider regelmäßig zu kleineren Katastrophen und Betriebsunfällen, die ihm einen Verweis und die Drohung mit Entlassung von seiten des Vorarbeiters einbrachten, der kein Blatt vor den Mund nahm. Die Nettigkeiten, die er ihm am häufigsten an den Kopf warf, waren *Rindvieh* und *Vincenso*, ein Ausdruck, der für ihn Trottel bedeutete. Bei solchen Gelegenheiten bekam er plötzlich Lust, Faustschläge auszuteilen oder wenigstens alles hinzuschmeißen, der Kiste mit den Ersatzteilen einen Fußtritt zu geben und spazierenzugehen. Aber natürlich konnte er sich beherrschen und unterdrückte diesen Wunsch. Doch dabei drehte sich ihm der Magen um, und ihm wurde übel. Und immer kehrte auch das gewohnte morgendliche Kribbeln wieder, als hätte er Ameisennester unter den Kleidern oder als werde er plötzlich von Läusen geplagt.
Auf alle Fälle aber waren auch seine geringen Reste von Phantasie bald aufgebraucht. Schon nach einer Woche existierten für ihn die Erde mit ihren Wäldern und Stränden und Wiesen und auch der Himmel mit seinen Sternen nicht mehr. Denn all dies erweckte in ihm keinen Wunsch und keine Freude, ja er sah es nicht einmal mehr. Sogar die Mädchen, die er sah, wenn er abends die Werkshalle verlassen hatte, interessierten ihn nicht mehr. Das Universum bestand für ihn nur noch aus diesem Raum. Er hatte geradezu Angst davor, sein labyrinthisches Gefängnis zu verlassen, denn er fürchtete, er würde es vielleicht nicht schaffen, hinterher zurückzukehren, wenn er erst einmal wieder gesehen hatte, wie das Glück aussieht. Auch seine Freude an der Kunst – er liebte besonders die Malerei und die Musik, vor allem Bach –, seine Studien und seine Lektüre, die Texte seiner politischen Meister nicht ausgeschlossen – alles erschien ihm gegenwärtig als etwas völlig Abstruses, womit er sich in einer weit zurückliegenden, paradiesischen Vergangenheit beschäftigt hatte. Manchmal hatte er Lust, höhnisch zu lachen, wenn er an Sokrates in Athen dachte, der mit seinen vornehmen Freunden in irgendeinem hellen Saal oder beim Mahl Gespräche zu führen pflegte ... und an Aristoteles, der Logik lehrte, während er an den Ufern des Ilissus wandelte ... Dort in der Fabrik unter seinen Kollegen die IDEE zu verbreiten, wäre nicht nur objektiv unmöglich gewesen, sondern er wäre sich vorgekommen, als wolle er in einem tristen Waisenhaus von Müttern reden. Ein dumpfes Gefühl brüderlicher Scham, einer bitteren Ethik, verweigerte ihm das Recht darauf, als sei es ein verbotener Luxus. Und so führte auch seine Absicht, in der Fabrik zu agitieren – was ein keineswegs nebensächlicher Grund für sein Unternehmen gewesen war –, zu einer weiteren, andauernden Enttäuschung, und immer wieder schob er die Durchführung auf. Erst an einem der letzten Abende entschloß er

sich – soviel ich weiß –, drei oder vier Kameraden, kaum hatten sie das Fabrikgelände verlassen, unter der Hand eine illegale kleine Broschüre zuzustecken, über die sie sich jedoch ihm gegenüber nie äußerten. Vielleicht konnte in dieser Zeit, als der nazifaschistische Terror triumphierte, ihr Schweigen als das einzig mögliche Zeichen des Einverständnisses mit ihm gewertet werden. Doch für ihn – der in seiner Naivität nicht einmal das Risiko abschätzen konnte, das die Männer dabei eingegangen waren – bedeutete dies, daß seine anarchistische Mission in der Fabrik völlig gescheitert war.

Andererseits beschränkten sich seine Beziehungen zu den Kameraden in der Halle, soviel ich weiß, auf wenige kurze, zufällige Gespräche. Ich weiß, daß er an einem Samstagabend mit einigen von ihnen, die zu den jüngsten gehörten, zu Abend aß. Sie saßen in einem überfüllten Lokal in der Nähe der Fabrik. Bilder des Duce waren aufgehängt, Plakate mit Kriegspropaganda, und Polizisten in Zivil, Spitzel und Schwarzhemden trieben sich herum. Bei Tisch sprach man ausschließlich von Sport, Kino und Frauen. Ihre Sprache, oder besser ihr anzüglicher Jargon, beschränkte sich auf ein winziges Vokabular. Und vor allem, wenn es um das Thema Frauen ging, reduzierte sie sich auf obszöne Ausdrücke, die komisch sein sollten. David wurde sich bewußt, daß für diese Leute, die zur Zwangsarbeit an der Maschine verurteilt waren, solche kläglichen Zerstreuungen die einzigen Ruhepausen bedeuteten, die ihnen zugestanden wurden. Und aus einem Gefühl heraus, das ihm als *Mitleid* vorkam – doch in Wirklichkeit wohl eher deshalb, weil er um Sympathie werben wollte –, begann er selbst einen unanständigen Witz zu erzählen, der jedoch nicht einmal großen Erfolg hatte. Es war eine verwickelte Geschichte von einem, der als Penis verkleidet auf ein Kostümfest gehen will, der jedoch schließlich, als er keine passende Kopfbedeckung findet, sich damit zufriedengibt, sich als Arsch zu verkleiden usw. Nun blickten sich aber die Zuhörer beunruhigt um – was er in seiner Naivität gar nicht merkte –, weil sie in der Atmosphäre der Angst, die damals herrschte, glaubten, die Person in der Geschichte solle eine Anspielung auf den Duce oder den Führer oder den Marschall Göring sein ... An jenem Abend hatte David einen verbundenen Finger. Er hatte sich in der Fabrik eine Fingerkuppe mit der Fräsmaschine verletzt, und jetzt eiterte die Wunde und tat ihm weh. Außerdem hatte er, entgegen seiner damaligen Gewohnheit, aus Kollegialität den Tischgenossen gegenüber Wein getrunken. Während der Nacht hatte er – vielleicht weil er ein bißchen fieberte – einen Alptraum. Er träumte, er habe anstelle der Finger dicke Nieten, die zu eng auf die Kopfschraube aufgeschraubt waren; und um ihn herum, in der Halle, seien weder Menschen noch Maschinen, sondern nur Zwitterwesen, halb Menschen und halb Maschinen, mit

Schubkarren von der Taille an abwärts anstelle der Beine und mit Bohrern oder Rollen als Arme und so weiter. Diese mußten, wie er, unaufhörlich durch einen eiskalten und doch kochendheißen Nebel laufen, und beim Rennen mußten sie Schreie und ohrenbetäubendes Gelächter ausstoßen, denn auch das gehörte zur Vorschrift. Alle trugen riesige, dicke, grüne Brillen, denn sie waren durch bestimmte Säuren in den Gießereien fast blind geworden. Und sie spuckten dunklen, dickflüssigen Speichel aus, der wie schwarzes Blut aussah ... Übrigens hatte David seit einiger Zeit wenn nicht gerade Alpträume, so doch immerhin ziemlich unangenehme Träume. Dauernd tauchten Bohrer und Rollen, Schraubstöcke, Kessel und Schrauben auf ... Oder es handelte sich um komplizierte Berechnungen von Tempo und Stückzahl, die er andauernd anstellen und dann nochmals machen mußte, wobei er mit jemandem stritt, der behauptete, sein Lohn betrage insgesamt zwei Lire vierzig ... und so weiter. Auch in den Träumen wollte er, wie man sieht, damals jeder Versuchung durch das Glück ausweichen.

Das erwähnte Essen am Samstagabend war, soviel ich weiß, die einzige Gelegenheit, bei der David seine Kameraden außerhalb der Halle traf. Und hier muß gesagt werden, daß David – der schon von Natur aus verschlossen war – den Arbeitern gegenüber schüchterner und abweisender denn je war. Dies wurde um so schlimmer, je mehr er sich eigentlich danach sehnte, sich gerade umgekehrt verhalten zu können. Er hätte sie in den Umziehkabinen anreden, ihnen außerhalb des Tores nachlaufen, sie umarmen und ihnen wer weiß wieviel und was für Dinge sagen mögen, die gerade für sie bestimmt waren. Doch mehr als *guten Tag* und *guten Abend* kam nicht über seine Lippen.

Obwohl niemand in der Fabrik seine wahre Herkunft kannte und niemand wußte, wer er war, merkte er, daß er von den anderen Arbeitern als Außenseiter behandelt wurde. Und schlimmer noch, er selbst kam sich ihnen gegenüber gemein vor, denn er wußte, daß für ihn diese Fabrikarbeit nur eine vorübergehende Erfahrung war, im Grunde nur das Abenteuer eines Intellektuellen, während es für sie das ganze Leben bedeutete. Morgen und übermorgen und in zehn Jahren würde es für sie immer noch diese Halle, den Krach, den Rhythmus des Fließbandes und die Stücke geben, die derben Zurechtweisungen der Vorgesetzten und die Angst vor Entlassung ... Und das würde nie aufhören, erst in dem Augenblick, wo man endgültig krank wurde oder zu alt war, wenn man, wie unnütze, schlechte Ware, weggeworfen wurde. Zu diesem Zweck hatten ihre Mütter sie geboren, ganze Menschen an Geist und Körper, nicht mehr und nicht weniger als er es war! Menschen, das hieß, »auserwählte Wohnstätten des Bewußtseins«, genau wie er! Diese Ungerechtigkeit belastete ihn so schwer, daß er glaubte, die einzige Lö-

sung wäre, wie sie das ganze Leben lang Arbeiter zu sein. So würde er sie wenigstens ohne Gewissensbisse Brüder nennen können. Manchmal, wenn er darüber nachdachte, entschloß er sich allen Ernstes dazu. Aber einen Augenblick später spürte er wieder, daß er doch glücklich werden wollte, und das Glück lachte ihm von überallher zu und sagte: Aber wie denn! Du willst mich verraten?! David hielt ja, wie schon gesagt, am Glücklichsein fest, er sah darin die wahre Bestimmung des Menschen. Und wenn es auch mit seinem persönlichen Schicksal zu jener Zeit eher schlecht zu stehen schien, so nahm er das, wie wir gesehen haben, nicht schwer. David Segre war glücklich, denn ER WAR ACHTZEHN JAHRE ALT.
In der Fabrik arbeitete er indessen bis zum Exzeß. Seiner Meinung nach fehlten ihm vor allem Praxis und Training. Daher machte er nicht nur pünktlich alle seine Schichten, sondern auch noch alle Überstunden, die er bekommen konnte, auch am Sonntag, weil er jede Unterbrechung fürchtete. Und obwohl er sich jeden Abend erbrechen mußte und jeden Tag an Gewicht verlor und immer schwächer wurde, war er überzeugt, es körperlich zu schaffen. Das Geistige hing von seinem Willen ab. War er vielleicht weniger kräftig als die anderen Arbeiter der Werkshalle?! In der Fabrik arbeiteten immerhin fünfzigjährige Männer und Frauen und schwindsüchtig aussehende Bübchen ... Er war gesund und kräftig. Früher hatte er sogar athletische Wettkämpfe gewonnen, und im Ringen nahm es nicht so leicht einer mit ihm auf. *Physisch* durchzuhalten, mindestens bis zu dem Termin, den er sich vorgenommen hatte, das hieß, bis zum Sommer – jetzt war es Februar –, war für ihn nicht nur eine Verpflichtung, sondern eine Ehrensache. Aber gerade am Körperlichen scheiterte alles. Es passierte am Montag der dritten Woche. Am Sonnabend war ihm alles schiefgelaufen. Er hatte Hunderte von Stücken verdorben, weil er plötzlich wieder auf ein Mädchen aus Mantua eifersüchtig und daher völlig geistesabwesend war, und der Vorarbeiter, ein neuer, hatte ihn mit Ausdrücken beschimpft, die für mich unverständlich sind, doch handelte es sich anscheinend um schwere Beleidigungen. Am Abend ließ er die Mahlzeit ausfallen. Trotzdem erbrach er bei der Heimkehr doppelt soviel wie an anderen Abenden, eine graue, wäßrige Masse, Ruß und Staub und sogar Sägemehl und Hobelspäne! Im Bett konnte er nicht einschlafen. Überall war darin wieder dieses Kribbeln und die grauenhafte Zange um den Kopf und im Hirn anstelle der Gedanken nichts als Nieten und Schrauben, Werkstücke und Nieten und Schrauben ... Mit einemmal durchfuhr ihn brennend wie ein Peitschenhieb dieser eine schreckliche Gedanke:
Solange Menschen auf der Erde zu einer solchen Existenz gezwungen sind – und sei es auch nur ein einziger –, ist alles Reden von Freiheit, Schönheit und Revolution ein Schwindel.

Dieser Gedanke erschreckte ihn mehr als jede gespenstische, dämonische Versuchung, denn auf ihn zu hören, hätte für ihn das Ende seiner IDEE, und somit jeder Lebenshoffnung, bedeutet.

Am nächsten Tag, einem Sonntag, blieb er fiebernd im Bett liegen und schlief fast den ganzen Tag. Er träumte auch, konnte sich aber an nichts Genaues mehr erinnern. Es mußten aber Glücksträume gewesen sein, denn sie ließen ihm ein Gefühl der Genesung und gleichzeitig äußerster Schwäche zurück – wie bei einer Rekonvaleszenz. Auch der Gedanke vom Vorabend, der ihm so furchtbar vorgekommen war, erschien ihm jetzt wie ein Versprechen und ein Ansporn: »Gerade angesichts der offenkundigen *Aussichtslosigkeit* gewisser menschlicher Schicksale«, sagte er sich, »muß man mehr denn je der IDEE vertrauen, sie allein kann durch ihre geheimnisvolle Wirkung wie ein Wunder die Erde von den Ungeheuern des Absurden befreien . . .« Am Abend stellte er wie gewöhnlich seinen Wecker. Und am Morgen stand er eilends und ungeduldig auf, um zur Arbeit zurückzukehren. Aber als er sich gerade auf den Weg machen wollte, fühlte er, bei der Vorstellung, wie er zur Fabrik ging und sich an die Maschine stellte usw., wieder den grauenhaften Druck der Zange um seinen Kopf, ein Dröhnen preßte ihn so zusammen, daß er mit gelähmten Beinen oben an der Treppe stehenblieb! Es wurde ihm schlecht, er sah Blitze, hörte Pfiffe. Und das schlimmste war, er spürte, daß sein ganzer Wille zur Ausführung von Entschlüssen drängte, die er doch energisch verwerfen mußte; nicht nur, weil sie in Widerspruch zu seiner gegenwärtigen Aufgabe standen und in gewisser Hinsicht auch zur IDEE; sondern weil sie in der Praxis willkürlich und gegen jede Taktik waren. In der aktuellen politischen und sozialen Situation hätte sogar ein Bakunin – der ja schließlich nicht gerade für die Gewaltlosigkeit gewesen war – sie mit Verachtung zurückgewiesen! Und trotzdem half ihm nur der Gedanke, diese Entschlüsse auszuführen, heute morgen wenigstens *körperlich* so weit auf, daß er wieder die Beine bewegen konnte und sogar fast einen kleinen Glücksschauer fühlte, jedenfalls lustig wurde . . . Es war nämlich eine Reihe von Variationen über dasselbe Thema, zum Beispiel: den Vorarbeiter, der ihn beleidigt hatte, verprügeln; auf die Maschinen springen, irgendeinen schwarzroten Fetzen schwingen und die Internationale singen; allen in der Werkshalle mit so lauter Stimme HALT! zurufen, daß es den ganzen schrecklichen Krach übertönt; und dann weiter und noch lauter schreien: »Jetzt hauen wir ab! Jetzt schlagen wir alles kaputt! Zündet die Fabrik an! Haut die Maschinen in Stücke! Jetzt feiern wir, und die Kapitalisten können sehen, wo sie bleiben!!!«, usw. usw. Natürlich war er entschlossen, diesem fragwürdigen Antrieb mit der *moralischen* Kraft des Willens zu widerstehen. Doch mit sozusagen körperlicher GEWISSHEIT wußte er, daß

er dafür trotz aller Willensanstrengung einem anderen inneren Zwang
würde nachgeben müssen, dem BRECHREIZ! Kurz, er fühlte: kaum würde
er an seinem Arbeitsplatz stehen, aufmerksam die Stücke zählen, seine
Wut, die ja nicht explodieren durfte, in sich hineinfressen, würde ihm
dieses verdammte Erbrechen, das ihm sonst jeden Abend den Magen
umdrehte, dort passieren, am hellichten Tag und mitten in seiner Arbeit, und vor allen Augen würde er dastehen wie ein Bübchen, welche
Schande!
Aber deshalb wollte er sich noch nicht geschlagen geben. Er war entschlossen, trotzdem wie gewohnt in die Fabrik zu gehen. Aber leider
schaffte er von der ganzen langen Treppe – seine Wohnung war im fünften Stock – nicht einmal die ersten Stufen! Die einfache Vorstellung, daß
er jetzt gleich in der Werkshalle sein würde, genügte, ihn völlig zu lähmen. Kurz: sein *moralischer Wille* war es immer noch, hinzugehen,
aber seine Beine wollten NICHT mehr.
(Es war, wie er später Ninnuzzu erklärte, *die Lähmung durch das Unglück*. In jeder realen Handlung, gleichgültig, ob mühselig oder riskant,
ist die Bewegung ein ganz natürliches Element. Aber vor der widernatürlichen Irrealität eines totalen, monotonen, aufreibenden, stumpfsinnigen Unglücks würden seiner Meinung nach selbst die Gestirne stillstehen ...)
So endete David Segres Arbeiterdasein, das, wie er es sich gedacht hatte,
mindestens fünf oder sechs Monate dauern sollte – ja vielleicht sogar das
ganze Leben lang! –, elendiglich schon nach neunzehn Tagen. Neunzehn! Zum Glück war ihm seine IDEE dabei nicht zerstört worden. Sie
leuchtete im Gegenteil jetzt noch heller und stärker – wie er es sich vorgenommen hatte. Allerdings war nicht zu leugnen, daß sein Versuch
wenigstens *körperlich* mit einer Niederlage geendet hatte. Wenn David
von da an Arbeitern begegnete, schämte er sich irgendwie und hatte
Schuldgefühle, die ihn so hemmten, daß er oft gar nichts mehr sagte.

Es war ja klar – das gab Ninnuzzu zu –, daß der David von heute nicht
mehr der von damals war. Vielleicht war er damals noch ein bißchen
verwöhnt gewesen ... Trotzdem konnte der Freund über Davids gegenwärtigen stolzen Entschluß, das gescheiterte Unternehmen noch
einmal zu versuchen, nur lachen – wie über eine Kinderlaune. Doch auch
lachend sprach Ninnuzzu immer noch mit äußerstem Respekt von seinem Genossen David. Denn schon seit den ersten Zeiten ihres gemeinsamen Lebens in den Castelli betrachtete er ihn nicht nur als einen geborenen Helden, sondern auch als einen Denker, der zweifellos zu irgendeinem glorreichen Werk bestimmt war. Kurz, für Nino gehörte David zu
den Großen.

Jetzt schrieb er aus Mantua zum Teil lange, elegant formulierte Briefe, in denen er sich – in richtigem Schriftsteller-Stil! – über gelehrte Themen verbreitete: über Kunst, Philosophie, Geschichte, so daß Ninnuzzu sie stolz herumzeigte, obwohl er gewöhnlich beim Lesen mindestens die Hälfte davon übersprang. Andere Briefe wieder waren ganz konfus, in großen, verqueren, fast unleserlichen Buchstaben hingekritzelt. Er schrieb, er könne es da oben im Norden nicht mehr aushalten, und er habe den Eindruck, in eine Falle geraten zu sein.
Gegen Ende August kündigte er an, er komme spätestens in zwei Wochen zurück und habe die Absicht, in Rom zu bleiben.

4

Am 15. August, als David noch in Mantua war, ereignete sich hier unten bei uns im Portuense ein Verbrechen. Die Prostituierte Santina wurde von ihrem Zuhälter ermordet. Er selbst stellte sich wenige Stunden später der Polizei.
David erfuhr nichts davon, denn niemand machte sich die Mühe, es ihm mitzuteilen. Seine gelegentlichen Besuche bei ihr waren fast geheim geblieben, und zu der Zeit las er auch keine Zeitungen. Wahrscheinlich stand in den Zeitungen im Norden auch gar nichts darüber. Die Nachricht erschien in römischen Zeitungen, sogar mit den Photos Santinas und des Mörders. Santinas Photo war nicht neueren Datums. Aber obwohl ihr Gesicht darauf frischer und voller und weniger häßlich wirkte, so zeigte es doch schon die dumpfe Ergebenheit eines Schlachttieres; als habe es damals schon das Zeichen einer Vorherbestimmung getragen. Die Photographie des Mörders hingegen war im Polizeipräsidium bei der Verhaftung aufgenommen worden, aber auch er sah darauf jünger aus, als er war. Er war zweiunddreißig Jahre alt, auf der Photographie aber wirkte er zehn Jahre jünger. Dunkel, trotz des Festtags voller Bartstoppeln, mit niederer Stirn und den Augen eines tollwütigen Hundes, das Klischee eines Zuchthäuslergesichts. Es ließ keine besondere ‚Gemütsbewegung erkennen, allenfalls schien es in seiner stumpfen Ausdruckslosigkeit sagen zu wollen: »Da bin ich. Ich bin von mir aus gekommen. Nicht ihr habt mich gefangen genommen. Schaut mich an. Schaut mich nur an: Ich sehe euch ja doch nicht.«
Bei dieser Gelegenheit erfuhr man aus den Zeitungen auch seinen Namen, den Santina nie jemandem gesagt hatte. Er hieß Nello d'Angeli.
Der allem Anschein nach nicht vorsätzliche Mord war in der Wohnung der Frau verübt worden. Es war mehr als bloß eine Waffe benutzt wor-

den, alles, was gerade im Raum zur Hand war: eine große Schere, das Bügeleisen und sogar der Wassereimer. Der Tod mußte allerdings bereits durch einen Stich mit der Schere eingetreten sein, der die Halsschlagader durchschnitten hatte. Aber der Mörder hatte von dem fühllosen Körper nicht abgelassen und mit jedem Gegenstand, der ihm in die Hände kam, auf ihn eingeschlagen. Die Zeitungen schrieben von einem »Blutbad«.

Am 15. August war zu dieser Zeit – zwischen drei und vier Uhr nachmittags – die Gegend, wo die Tat geschah, wie ausgestorben. Und die wenigen Nachbarn, die zu Hause waren und ihre Mittagsruhe hielten, hatten weder Geschrei noch anderen Lärm gehört. Jedenfalls hatte es nicht lange gedauert, bis das Verbrechen entdeckt wurde, denn der Täter hatte sich gar keine Mühe gegeben, die Spuren zu verwischen. Er hatte sogar die Tür angelehnt gelassen, so daß Blut aus dem Zimmer auf den staubigen Boden draußen geflossen war. Neben dem Bett bildete das Blut eine große Lache. Der Bettvorleger und die Matratze waren davon durchtränkt, und sogar an den Wänden waren Blutspritzer. Außerdem hatte der Mörder überall seine blutigen Fußspuren und Fingerabdrücke hinterlassen. Die Tote lag auf dem Bett, nackt (vielleicht hatte sie sich für ihren Liebhaber ausgezogen, was sie ihren Kunden ja verweigerte). Obwohl, wie man wußte, die Frau wegen der Besatzungssoldaten immer noch ungewöhnlich gute Geschäfte machte, wurde weder in ihren Kleidern noch anderswo in ihrer Wohnung Geld gefunden. Nachdem die Leiche abtransportiert worden war, entdeckte man unter der Matratze, wo sie sie gewöhnlich aufbewahrte, ihre Handtasche. Doch außer ihrem Personalausweis, dem Hausschlüssel und einem gebrauchten Straßenbahnfahrschein war nur Kleingeld darin.

Dafür wurden bei ihm bei der Verhaftung verschiedene Banknoten von mittlerem und kleinem Wert gefunden. Sie steckten, wie es sich gehört, in seiner Brieftasche aus Krokodilleder-Imitation und waren zwar abgegriffen und schmutzig, wiesen aber keine Blutspuren auf. Auf die Frage, ob er sie der Frau weggenommen habe, antwortete er in seiner hinterhältigen, anmaßenden Art: »so ist es«, während er sie in Wirklichkeit, wenige Augenblicke vor dem Mord, aus ihren eigenen Händen empfangen hatte. Aber ihm lag nichts daran, gewisse nebensächliche Einzelheiten aufzuklären.

Mit Ausnahme der Brieftasche, die in der zugeknöpften Hosentasche steckte, waren alle seine Sachen – und auch die Hände bis unter die Fingernägel – mit Blut beschmiert. Er hatte sich seit der Tat noch nicht gewaschen und stellte sich der Polizei in den staubigen, verschwitzten Kleidern, die er seit dem Morgen anhatte: ein offenes, eher feines Hemd aus rosa Leinen; um den Hals an einem Kettchen ein grünes, vierblättri-

ges Kleeblatt aus Email; ausgebeulte Leinenhosen ohne Gürtel und an den nackten Füßen Sommerschuhe. Er sagte aus, nach dem Verbrechen sei er nicht nach Hause zurückgekehrt. Er sei nur allein hinter der Via Portuense über die Wiesen in Richtung Fiumicino gegangen, wo er vielleicht eine Stunde lang geschlafen habe. Er hatte in der Tat Reste trockener Ähren im Haar. Es war halb acht Uhr abends.
Bei der Polizei war er bereits als Zuhälter bekannt, und den Beamten bereitete die Erklärung seines Verbrechens keine Schwierigkeiten, sie bezeichneten es als *klassisch,* so typisch war es. Die alte Nutte, die er auf den Strich schickte, hatte ihm vielleicht, jedenfalls nach seiner Vermutung, einen Teil ihrer Einnahmen verweigert oder vor ihm versteckt, die doch, nach seinem eigenen Gesetz, ganz ihm gehörten. Und so hatte er, der bei der Untersuchung als *unmoralisch, erwerbsunfähig, unterdurchschnittlich intelligent* und *triebhaft* bezeichnet wurde, sie bestraft... Er selbst erleichterte den Untersuchungsrichtern die Arbeit. Auf ihre routinemäßigen Fragen antwortete er wie schon auf die Frage nach den Banknoten nichts anderes als: »So ist es.« »Ganz recht!« »So ist's gewesen.« »Es war, wie Sie sagen.« ... Oder kurzweg mit einem stummen Hochheben der Brauen, was nach südlichem Brauch einfach eine Bestätigung bedeutet. Ja er legte bei seinen Antworten eine gleichgültige, finstere Trägheit an den Tag, als müsse er sich einer überflüssigen Anstrengung unterziehen und finde es bequem, sich wenigstens einen Teil durch die induktive Logik der Untersuchungsrichter abnehmen zu lassen... Und lässig – es wirkte halb zynisch, halb idiotisch – setzte er schließlich, ohne jeglichen Einwand, seinen Namen unter das Vernehmungsprotokoll: *d'Angeli Nello.* Seine schnörkelige Unterschrift war so unmäßig groß, daß sie die ganze Breite des Blattes ausfüllte, wie die Unterschriften von Benito Mussolini und Gabriele d'Annunzio.
»Mord aus niederen Beweggründen.« *Niedere Beweggründe* bedeuteten in diesem Fall nach Ansicht der Behörden: *Ausbeutung und Habgier.* Doch Nello d'Angeli hätte sich viel mehr seines wahren Beweggrundes geschämt, wenn dieser ihm bewußt geworden wäre.
Daß ein junger Mann eine alte Nutte ausbeutet, erschien ihm normal; nicht aber, daß er sie liebt. Doch so unzulässig es auch war, es war die Wirklichkeit: auf seine Art war er in Santina verliebt.
In seinem ganzen vergangenen Leben hatte er nie etwas sein eigen genannt. Er war in öffentlichen Anstalten für verlassene Kinder und Jugendliche aufgewachsen. In seiner Kindheit gaben ihm die Nonnen der Anstalt einmal im Jahr, zu Weihnachten, einen Plüschbären, der ihm nach dem Fest wieder weggenommen und bis zum nächsten Jahr im Schrank aufbewahrt wurde. Einmal hatte er mitten im Jahr, von Sehnsucht nach dem Bären ergriffen, das Schloß des Schranks aufgebrochen

und das Spielzeug heimlich genommen. Nach wenigen Minuten wurde er entdeckt und zur Strafe mit einer Bürste geschlagen. Am folgenden Weihnachtsfest bekam er den Bären, der im Schrank eingeschlossen blieb, nicht mehr.
Von da an begann er kleine Sachen zu stehlen. Es gab dafür verschiedene und zum Teil auch sonderbare Strafen: Er bekam Schläge, aber er mußte auch stundenlang auf den Knien liegen; beim Essen wurden ihm alle Speisen zusammen in einen Napf gerührt; sie verfolgten ihn mit brennenden Zeitungen, die sie hinter ihm her schwenkten, und drohten, sie würden ihm den Hintern anzünden. Und einmal mußte er sogar an seinem Kot lecken. Da er als notorischer kleiner Dieb galt, kam es vor, daß er auch für die Diebstähle anderer bestraft wurde. Er war kein sympathisches oder aufgewecktes Kind. Niemand verteidigte ihn. Und niemand bekam je Lust, ihn auf den Schoß zu nehmen und zu streicheln. Es geschah ab und zu, daß einer seiner Anstaltsgefährten ein verlassenes Kind wie ihn küßte, zu ihm ins Bett kroch und versuchte, sich mit ihm abzusondern. Aber es war ihm gesagt worden, daß dies nicht normal sei. Und da er Wert darauf legte, ein normaler Junge zu sein, stieß er diese Zärtlichkeiten mit den Fäusten zurück. Seine Fäuste waren schon damals hart wie Eisen, und die anderen hatten Angst davor. In der Folge mißtraute er den angeblichen Freunden immer, denn er vermutete, sie seien anormal.
Als er mit ungefähr zwanzig Jahren aus dem Heim entlassen wurde, machte er sich aus eigener Initiative auf, seine Mutter zu besuchen. Diese, Tochter eines Schafhirten – die Familie stammte aus dem Innern Siziliens, und von den Großeltern her waren sie Albanier –, war in ihrer Jugend wie Santina Strichmädchen gewesen. Jetzt aber lebte sie mit einem Mann und drei noch kleinen Kindern, die sie von ihm hatte, zusammen. »Ich behalte dich zum Schlafen und Essen hier«, sagte sie zu Nello, »unter der Bedingung, daß du arbeitest, um die Familie zu unterstützen.« Er fing beim Straßenbau an. Aber die Mutter ließ ihm nicht einmal Geld für Zigaretten und warf ihm dazu noch andauernd vor, er verdiene, für das, was er esse, zu wenig. Eines Tages traktierte er sie, obwohl sie doch seine Mutter war, mit den Fäusten und ließ sich nie mehr sehen. Ein paar Monate danach tauchte er in Rom auf.
In den ersten Jahren dort geriet er in den Besitz eines Hündchens, das vielleicht einmal weiß gefleckt gewesen war, aber vor lauter Räudigkeit und Dreck schwarzgrünlich aussah. Er hatte es in einer Grube entdeckt, ganz lahm von Steinwürfen und Prügeln, und hatte es durch seine persönliche Pflege wieder ins Leben zurückgeholt. So war es nun doppelt sein eigen. Er hatte ihm den Namen Fido gegeben und schleppte es immer mit sich herum. Aber er bezahlte keine Hundesteuer. Daher kam eines Tages ein von der Stadt Beauftragter und zog Fido geschickt mit ei-

ner Art Harpune in einen kleinen Lastwagen, wo schon verschiedene andere Hunde waren. Und sie alle fuhren zusammen mit Fido zum Schlachthaus.
Wenn von da an Nello d'Angeli einen Hund oder eine streunende Katze traf, machte er sich den Spaß, sie zu quälen, bis er sie krepieren sah.
Zu arbeiten hatte er keine Lust. Er lebte von kleinen Diebereien, von der Hand in den Mund, ohne sich je mit andern Dieben zusammenzutun. So vegetierte er auch am Rande dieser Gesellschaft dahin. Und da er von Natur nicht schlau war, wurde er oft ins Gefängnis Regina Coeli gesteckt, wo er, wenn man seine vielen Kurzstrafen zusammenzählt, einige Monate im Jahr verbrachte. Dann, als er Santina begegnete, lebte er in den Zwischenzeiten teilweise von ihr.
Er war nicht eigentlich häßlich, aber auch kein schöner Mann. Er war ein bäurischer Typ, klein gewachsen, dunkel, mürrisch und gefiel im allgemeinen den Frauen nicht. Immerhin hätte er, wenn er gewollt hätte, eine finden können, die im Alter besser zu ihm gepaßt hätte und weniger häßlich gewesen wäre als Santina. Doch instinktiv wich er der Jugend und Schönheit aus, wie ein Tollwütiger, der zu beißen fürchtet. Seine einzige Frau war Santina.
Ihre Bindung war das Geld. Doch da er sie in Wirklichkeit liebte, diente ihm sein Interesse am Geld unbewußt als Vorwand, in ihrer Nähe bleiben zu können. Er hatte nur sie auf der Welt, wie auch Santina außer ihm nichts anderes hatte. Nur war sie, trotz ihrer geringen Intelligenz, fähig, ihre eigene Liebe zu erkennen, während er sie nicht erkannte.
Jedesmal, wenn er bei ihr auftauchte, sagte er zuerst finster und drohend: »Wo ist das Geld?« Und sie übergab ihm ohne weiteres alles, was sie hatte, und bedauerte nur, nicht mehr zu haben, um ihm auch das geben zu können. Wenn sie ihm das Geld verweigert oder ihn sogar beleidigt hätte, wäre ihm die Angelegenheit normaler vorgekommen. Doch wie konnte sie ihm, in ihrer Einfachheit, etwas verweigern? Wenn sie noch immer auf den Strich ging, geschah es für ihn. Und nur für ihn lief sie sich in mageren Zeiten die Beine ab und mühte sich als Wäscherin, Krankenpflegerin und Magd. Wäre es für sie allein gewesen, hätte sie sich zugrunde gehen lassen, wie ein herrenloses Tier, wenn es alt wird.
Er aber hing unter dem Vorwand des Geldes an ihr und ihrem alten und reizlosen Körper, der sich ihm in seiner rauhen Art sanft und – seltsamerweise – ganz unerfahren hingab, als hätte sie in all den Jahren ihres Berufes noch nicht gelernt, wie man es macht. Sie gab sich seinem traurigen Lächeln, seinem Geruch nach Elend hin. Wenn sie im Spital lag, brachte er ihr Orangen. Und wenn sie sie aufgriffen und bei den Mantellate festhielten, schloß er sich in seiner Mietbaracke im Dunkeln ein, und

es wurde ihm selbst vor den Farben des Tages übel. Wenn er sie dann wieder frei sah, war sein erstes Gefühl Wut, und er beschimpfte sie. Manchmal verließ er sie einfach, nachdem er ihr das Geld abgenommen hatte, und irrte in der Umgebung herum, wie ein armer Hund, der nicht weiß, wohin er gehen soll. Sein Zuhause war Santinas Erdgeschoßwohnung. Trotzdem behielt er immer noch seine Kammer in einer Baracke beim Trionfale. In letzter Zeit aber, als Santina ein bißchen mehr verdiente, ging er immer öfter am Abend zu ihr, um bei ihr zu schlafen. Wenn sie Kunden bei sich hatte, blieb er draußen in der Nähe, lag auf dem schmutzigen Boden und wartete, bis sie fertig waren. Er fühlte gar keine Eifersucht, denn er wußte genau, daß die andern Männer für sie nicht zählten. Sie gehörte ihm, ihrem einzigen Herrn. Sie gab ihr Geld nur für ihn aus. Sich selbst leistete sie nichts, außer was sie für ihren Beruf brauchte, wie ab und zu ein Wannenbad in der öffentlichen Badeanstalt oder eine Dauerwelle. Und jetzt, wo sie gute Einnahmen hatte, war der einzige Luxus, den sie sich erlaubte, daß sie ihm Geschenke machte, zum Beispiel die Krokodilleder-Brieftasche oder Hemden aus feinem Stoff oder andere elegante Sachen. Auch das vierblättrige Email-Kleeblatt mit dem Kettchen hatte sie ihm geschenkt.
Und sie wusch und bügelte ihm die Wäsche, die Hosen, kochte ihm auf ihrem kleinen Gaskocher das Essen und hatte sogar als Überraschung amerikanische Zigaretten für ihn ...
Der Schatten eines Unbekannten tritt aus der ebenerdigen Tür. Man hört von drinnen Spülen ... Nello streckt sich, steht auf und geht auf die Tür zu:
»Wo ist das Geld?!«
Und nachdem er das Geld genommen hat, könnte er, wenn er wollte, fortgehen. Sie verlangt nichts als Gegengabe. Er aber beginnt, wie ein Säugling, nachdem ihm die Mutter ihre Milch gegeben hat, zu gähnen und wirft sich aufs Lager, als erwarte er ein Wiegenlied.
Sie aber rührt sich inzwischen eifrig bei ihren Vorbereitungen, zieht aus dem Küchenschrank die Maccaroni, die Zwiebeln, die Kartoffeln ... Er stützt sich auf den Ellbogen und mustert sie mit schrägen Blicken:
»Jesus Maria, was bist du scheußlich! Du hast Arme und Beine wie vier Stecken und einen Hintern wie zwei Viertel mürbe gestampftes Ochsenfleisch!«
Sie gibt kein Wort zurück, geht nur ein wenig aus dem Licht wie schuldbewußt, lächelt passiv und unsicher ...
»Was tust du? Was manschst du da zusammen? Verdammt, du drehst mir den Magen um mit deinem Zwiebelgestank. Geh, leg dich hier auf die Decke, dann seh ich dich wenigstens nicht ...«
So ist es fast jeden Abend. Er ist sich der verzehrenden Sehnsucht nicht

bewußt, die ihn zu ihr treibt. Doch wo immer er sich aufhält, fühlt er das Verlangen nach ihrem Körper. An gewissen Abenden läßt er sich ihr zuleide nicht blicken. Sie aber macht ihm am folgenden Tag keine Vorwürfe. An Sommerabenden erwartet sie ihn manchmal auf der Schwelle sitzend. Und wenn sie ihn kommen sieht, steigt ihr unwillkürlich fast ekstatische Dankbarkeit in die müden, naiven Augen. Sie lächelt ihr scheues Lächeln und sagt zu ihm:
»Nello!«
Sie begrüßt ihn nicht weiter. Sie steht auf und geht ihm auf ihren großen Füßen in die dunkle, kühle Kammer voraus.
»Wo bleibt das Geld?!«
Wenn sie ihn, das eine oder andere Mal, fortjagen würde, müßte er sie weniger hassen. Santina klebt an ihm wie eine Krankheit, wie ein rötlicher Fleck an seinem Körper, der sich ausbreitet.
Die Menschen streben von Natur aus danach, sich die Welt, in die sie geboren wurden, zu erklären. Das unterscheidet sie von den anderen Geschöpfen. Jeder einzelne, auch der stumpfsinnigste, ja noch der niederste Paria, erklärt sich von Kind an die Welt auf irgendeine Art. Und so paßt er sich an und lebt, sonst würde er verrückt. Bevor Nello d'Angeli Santina begegnete, hatte er sich seine eigene Erklärung zurechtgelegt: Die Welt ist ein Ort, wo alle Nello d'Angelis Feinde sind. Sein einziger Aufstand gegen sie, seine Normalität, die ihm die Anpassung erlaubt, ist der Haß. Jetzt aber ist da Santina, er stößt in seiner Welt auf ihre Existenz wie auf einen erratischen Block, er kann das nicht begreifen, nicht einordnen, sie verdreht ihm alles und bringt seinen dumpfen Geist zum Kreiseln.
Manchmal wurde er im Schlaf von Alpträumen überfallen, in denen ihm Santina weggenommen wurde. Er träumte, deutsche Soldaten hätten das Erdgeschoß umstellt und schleppten sie zu einem Lastwagen, wobei sie ihr die Maschinenpistolen in den Rücken bohrten. Oder Krankenpfleger in weißen Kitteln, denen ein Kommissar voranging, kämen mit einem Sarg, schöben Santina den Rock hoch, sagten: »Sie ist völlig verfault!«, und trügen sie im Sarg fort. Dann schrie und tobte er im Schlaf und erwachte voller Haß auf Santina, als wäre das alles ihre Schuld. Eines Nachts, als er sie bei einem solchen Erwachen schlafend neben sich im Bett fand, warf er sich mit blutunterlaufenen Augen auf sie und schrie: »Steh auf, Miststück!« Und wie er sie schlug, schien es ihm, als sei er in eine riesige Schlägerei verwickelt, wo er selbst mit Fäusten totgeschlagen wurde.
Er schlief überhaupt nicht mehr, ohne zu träumen. Seine Träume waren, ob nun Santina darin auftauchte oder nicht, heillos wirr und unruhig. Am 15. August, als er nach der Tat auf der Wiese einschlief, träumte

er, er gehe auf eben dieser Wiese auf eine Erdaushebung zu. Es war weder Tag noch Nacht. Es herrschte eine nie gesehene undurchsichtige Helligkeit. Und in der Tiefe des Erdlochs lag Santina und bewegte sich nicht mehr. Ihre Augen waren weit aufgerissen. Er stieg zu ihr hinunter und nahm sie in die Arme und trug sie aus der Grube hinauf, und um sie wieder zu sich zu bringen, zog er sie nackt aus. Und sie lag dort auf der Wiese unter ihm, mit ihrem knochigen Körper, weiß und schlaff, und ihre kleinen Altfrauenbrüste hingen mager herab. Sachte schlossen sich ihre Augen, und das Gesicht nahm wieder Farbe an. Sie hob eine Hand, drohte scherzend mit dem Finger. Und sie wiederholte mit ihrem gewohnten Lächeln und suchte dabei ihre Zahnlücke zu verbergen:
»Es ist nichts ... Es ist nichts ...«
Er aber fühlte sich zum erstenmal in seinem Leben froh und voller Vertrauen. Als er aufwachte, sah er im Abendrot wieder die Blutflecken auf seinem rosa Hemd und erinnerte sich plötzlich an alles. Nun gab es kein Zuhause mehr, wo er hätte hingehen können.
Eines der vielen Dinge, die er schon seit langem haßte, war die Freiheit. Er war nie frei gewesen. Zuerst die Anstalten und dann der kurze Aufenthalt bei seiner Mutter mit der täglichen Zwangsarbeit und schließlich die Haft in Regina Coeli mit den wenigen Pausen. Wie schon in seiner Kinderzeit bei den Nonnen, so waren auch später die strafbaren Handlungen, für die man ihn verantwortlich machte, nicht immer von ihm verübt worden. Als Gewohnheitsdieb wurde er oft verhaftet, ohne etwas getan zu haben, nur weil er eben verdächtig war. So fühlte er sich, auch wenn er frei herumlief, wie eine Kanalratte, die, sobald sie sich auf der Straße zeigt, damit rechnen muß, vom ersten besten, der sie erblickt, verjagt zu werden. Provisorische Freiheit ist schlimmer als alles. Und ohne lange zu überlegen, zeigte er sich selbst an. Angesichts der Schwere seines Verbrechens war er, der jetzt Zweiunddreißigjährige, sicher, im Zuchthaus alt zu werden. Sein einziges Zuhause war dort.

Früher als David es Nino geschrieben hatte, kehrte er schon in den ersten Septembertagen nach Rom zurück. Er hatte, wie gewohnt, niemanden vorher von seiner Ankunft verständigt und wanderte vergeblich von einer der möglichen Unterkünfte Ninos zur andern, ohne ihn zu finden. In die Via Bodoni ging er zuletzt. Aber noch ehe er sich dort in der Pförtnerloge erkundigen konnte, hörte er ein Stimmchen rufen: »Carlo! Carlo!« Er war schon gar nicht mehr an diesen Namen gewöhnt. Aber er erkannte Useppe gleich wieder, der ihm vom ersten Hof in Gesellschaft eines großen, weißen Hundes entgegenlief. Useppe wartete auf seine Mutter, die bald herunterkommen mußte. Und wohl ein wenig betrübt darüber, ihn enttäuschen zu müssen, verkündete er ihm um so lebhafter:

»Carlo! Nino ist gestern abgereist. Er ist mit dem *Lugzeug gelogen* und hat gesagt, er kommt bald mit einem andern *Lugzeug* zurück!« Obwohl Useppe jetzt schon fünf war, verstümmelte er, besonders wenn er aufgedreht oder erregt war, manche Worte noch immer wie ein kleines Kind.
David gähnte oder seufzte, als er von Ninos Abreise erfuhr, sagte aber zu der Nachricht weiter nichts. Statt dessen machte er den Kleinen unlustig darauf aufmerksam: »Ich heiße nicht Carlo. Ich heiße David...« – »Vavid ... ja!« wiederholte Useppe und verbesserte sich, ein wenig beschämt wegen seines Fehlers. Und beflissen begann er von neuem: »Vavid! Nino ist gestern abgereist. Er ist mit dem Lugzeug gelogen...« usw. usw.
Der Hund sprang inzwischen fröhlich herum, um den unbekannten Besucher mit Sympathie und Zutrauen festlich zu empfangen. Und er lief ihm noch zum Abschied bellend nach, als David, der sich nun nicht mehr länger aufhalten wollte, sich schon zur Haustür zurückwandte. »Ciao, Vavid!« rief auch Useppe und zappelte lustig mit Händen und Füßen. Und als David sich umdrehte, um ihm zu winken, sah er, wie das Kind das große Tier am Halsband an sich zog, als halte es ein Pferdchen am Zügel zurück. Zwischen seinen aufgeregten Sprüngen wandte sich der Hund alle Augenblicke nach hinten, um ihm über Wangen und Nase zu lecken, und das Kind umarmte herumhüpfend den großen, weißen Kopf des Tieres. Es war klar, daß zwischen den beiden eine vollkommene, wundervolle Übereinstimmung herrschte. David bog um die Ecke der Via Bodoni.
Er war die ganze Nacht hindurch in einem alten Drittklassewagen mit Holzbänken gefahren, und wegen der vielen Mitfahrer hatte er sich nicht einmal ausstrecken können. Er hatte, so gut es ging, in seiner Ecke sitzend geschlafen, das Gesicht halb in einem gemieteten Kissen verborgen. Jetzt hörte er es Mittag schlagen. Doch obwohl er seit dem Vortag nüchtern war, hatte er keine Lust zu essen. Als er den Ponte Sublicio überquert hatte, wandte er sich fast im Laufschritt nach der Porta Portese, um zu Santina zu gehen. Wenn Nino nicht da war, hatte er in Rom keine anderen Bekannten.
Die Tür zum Erdgeschoß war angelehnt, und draußen, neben dem Tritt, standen ein Paar Pantoffeln. Eine verschwitzte Frau mit bloßen, verkrüppelten Füßen hantierte im Innern mit ein paar Eimern. Sie wandte sich kaum um und sagte kurz und unfreundlich, Santina wohne nicht mehr hier. Es war Sciroccowetter, schwül und wolkig. David wurde von großem Durst und dem verzweifelten Verlangen übermannt, sich irgendwo im Schatten zu verkriechen. Das einzige Lokal, das er in der Umgebung kannte, war eine Kneipe, aus der Radiolärm ertönte. Eine Samba-Platte mit gutturalem Gesang und den lärmenden Rhythmen ei-

nes Schlagzeugs. An einem der beiden Tische saßen zwei Gäste, der andere war frei. Der Bursche, der die Tische bediente, mußte erst vor kurzem angestellt worden sein. David erinnerte sich nicht, ihn die wenigen Male, da er hier gewesen war, gesehen zu haben. Trotzdem versuchte er, von ihm Nachricht über die *Signora Santina* zu erhalten. Der Junge blieb verblüfft stehen, um so mehr, als Santina hier in der Gegend eher unter ihrem Spitznamen bekannt war, den sie ihren großen Füßen verdankte. »Aber ja doch, *der Trampel*«, mischte sich in der Tat ein Gast vom andern Tisch her ein, »die vom 15. August . . .« – »Die hat doch in der Zeitung gestanden«, bemerkte der andere Gast und fixierte David. »Ach, die!« meinte der Kellner. Und faul, einsilbig, aber anschaulich setzte er David über das schlimme Ende Santinas ins Bild. Zuletzt fuhr er sich mit der flachen Hand über den Hals und machte vor, wie ihr die Kehle durchschnitten worden war.
Bei dieser Nachricht empfand David keine besondere Gefühlsbewegung. Ihm war eher, als habe er in dem Augenblick etwas Natürliches und schon Bekanntes erfahren, etwas, das sich schon in einem früheren Leben ereignet hatte oder wie etwas aus einem Buch, von dem man, bevor man die andern Kapitel liest, schon die letzte Seite überflogen hat. Er hatte jetzt mehr als die Hälfte von seinem Liter Wein getrunken. Mechanisch kaute er das Brot, das er mit dem Wein bestellt hatte. Es war ihm alles völlig gleichgültig. Nur seine Sinne verwirrten sich ihm in seiner Müdigkeit, so daß er, obwohl doch ringsum keine Bäume standen, ein mächtiges Zirpen von Zikaden oder Insekten hörte. Der Radiolärm störte ihn, er mußte so schnell wie möglich von dort wegkommen. Er fragte die Anwesenden, ob sie von einem Zimmer in der Nähe wüßten, das sofort zu vermieten wäre . . . Die Gäste zuckten die Achseln, doch der Kellner sagte nach einigem Nachdenken: »Sie vermieten . . . dort wieder . . . bei der *Verkrüppelten* . . . wo die gewohnt hat . . .«, präzisierte er nach einer Pause. Er hatte offensichtlich Widerstände, Santinas Parterrezimmer zu erwähnen, brachte seinen Vorschlag skeptisch, umständlich, unschlüssig vor. Obwohl in Rom Mietgelegenheiten, besonders billige, selten waren, war es doch nicht leicht, jemanden für ein solcherart und dazu noch ganz frisch gezeichnetes Zimmer zu finden.
David ging hinaus. Draußen war noch derselbe bedeckte Himmel, derselbe Südwind, dieselbe Schwüle wie vorher, zusammen mit diesem absurden Zirpen . . . Er lief zu dem Parterrezimmer in beinah panischer Angst, inzwischen könnte auch diese letzte mögliche Zuflucht verschwunden sein. Die Tür war diesmal geschlossen, aber ein paar Jungen, die dort herumlungerten und seine Bewegungen halb neugierig, halb gleichgültig verfolgten, kamen ihm zu Hilfe und riefen von der Straße her nach der Besitzerin. Es war die Frau mit den verkrüppelten Füßen,

die er kurz zuvor mit dem Eimer dort drin gesehen hatte. David bezahlte sie hastig und ungeduldig, nahm den Schlüssel in Empfang und verkroch sich in seiner neuen Unterkunft, wo er sich schwer aufs Bett warf. Der vertraute Raum, in dem noch der armselige Geruch Santinas hing, nahm ihn heute wie ein altes, beinah liebevolles Nest auf. Hier war es kühl und schattig, und David hatte keine Angst vor Gespenstern. Er hatte längst gelernt, daß Tote nicht antworten, nicht einmal, wenn man sie ruft. Jedes Mittel ist nutzlos, selbst wenn man sie bittet, sie möchten sich wenigstens unter vorgespiegelten, leeren Formen, ja als bloße Halluzination zeigen.

Santinas Habseligkeiten, auf die niemand einen Anspruch zu machen hatte, waren als Erbe der Vermieterin zugefallen. So war die Ausstattung des Raumes mehr oder weniger noch die gleiche wie früher. Das Bett, dunkler gebeizt, war dasselbe; nur die Matratze und die Decke waren ersetzt worden. Letztere war jetzt aus gezwirntem Gewebe, hart, mit aufgedruckten türkischen Arabesken, wie man es bei den Hausierern kauft. Anstelle des alten Bettvorlegers war ein neuer da, noch abgenutzter und schäbiger als der frühere. Das Tischchen, das häßliche Büffet, der Lehnsessel und die Heiligenbilder waren dieselben, auch die Vorhänge, die in der Wäsche noch mehr ausgebleicht waren. An den Wänden waren die Blutspuren unter weißen Kalkflecken verborgen, auf dem Lehnsessel hatte man versucht, sie wegzureiben, und die Spuren fielen auf dem schmutzigen Stoff kaum mehr auf.

Am Abend, als es etwas kühler wurde, ging David seinen Koffer holen, den er am Termini-Bahnhof gelassen hatte. Nino sandte er einen Brief, den er wie gewöhnlich postlagernd Rom adressierte, um ihm seine eigene römische Anschrift mitzuteilen und ihm zu sagen, er wohne hier und hoffe, ihn bei seinem nächsten Aufenthalt zu sehen.

5

Während des ganzen Sommers 1946 war Ninnuzzu, trotz seiner vielen Ausflüge und Reisen und geheimnisvollen Geschäfte, ungewöhnlich oft in die Via Bodoni zu Besuch gekommen.
Jetzt brauchte er nicht mehr zu rufen oder etwas Bestimmtes zu pfeifen, um Useppe seine Ankunft anzuzeigen: der Ton seiner Hupe oder der Lärm seines Motors genügte! Useppe hätte den besondern Klang dieses Motors und dieser Hupe aus einer riesigen Menge von fahrenden Motorrädern herausgehört!
Doch eines Tages, Mitte Juli, war statt dessen vom Hof herauf Ninos

Stimme »Useppee! Useppppeee!« zu hören und ein mächtiges fröhliches Gebell. Useppe, der irgendeine unerhörte Überraschung ahnte, schaute sofort aus dem Küchenfenster. Und mit weit aufgerissenen Augen, und ohne sich auch nur die Sandalen anzuschnallen, lief er in fieberhafter Eile die Treppen hinunter. Schon auf den ersten Stufen verlor er eine Sandale. Doch anstatt mit dem Wiederanziehen Zeit zu vergeuden, zog er auch die andere aus und ließ beide dort liegen. Um schneller unten anzukommen, rutschte er teilweise auf dem Geländer hinunter. Doch auf der Höhe des dritten Stockes stieß er mit einem weißen Ungeheuer zusammen, das ihn, als kenne es ihn schon von jeher, mit riesiger Begeisterung begrüßte. Nino kam lachend von unten heraufgelaufen. Währenddessen spürte Useppe, wie ihm etwas die nackten Füße leckte. »Na, und die Schuhe hast du vergessen?« bemerkte Nino nur. Und auf Useppes aufgeregte Erklärung hin sagte er einfach zu dem Hund: »Geh, hol sie, droben, droben!«
Sofort lief der Hund die Treppe hinauf, brachte eine Sandale herunter, eilte dann nochmals hinauf und brachte auch die andere mit der frohen Miene eines Geschöpfes, das alles versteht. Das war Useppes erste Begegnung mit Bella.
Der Hund war eine Hündin, und diese trug den Namen Bella schon, bevor Nino sie kannte. Wer ihn ihr gegeben hat, weiß man nicht. Ninnuzzu hatte sie zum erstenmal als ganz kleines Hündchen im Jahre 1944 in Neapel gesehen, im Arm eines seiner Geschäftsfreunde, mit dem er am Hafen eine Verabredung hatte. Der Freund, der amerikanische Zigaretten schmuggelte, hatte das Tier kurz vorher zufällig einem Jungen auf der Straße gegen ein paar lose Päckchen *Camel* und *Chesterfield* abgekauft. Er versicherte, er habe ein Geschäft gemacht, denn es handle sich um ein Rassehündchen, das mindestens vier- oder fünftausend Lire wert sei! Nino, der ihn um diesen Kauf beneidete, bot ihm sofort mehr dafür, aber der Freund wollte ihm das Tier um keinen Preis überlassen und erklärte, in den zehn Minuten, seit er den Hund im Arm habe, habe er ihn schon so liebgewonnen wie einen Verwandten. Damals also, beim Tausch gegen die Zigaretten, hieß der Hund schon Bella. So hatte ihn der Verkäufer vorgestellt, und das Tier hörte schon auf den Namen.
Seit jenem Tag hatte Ninnarieddu Bella nicht mehr aus dem Sinn verloren. Und wenn er gelegentlich den Geschäftsfreund (er hieß Antonio) traf, erneuerte er jedesmal sein Angebot, ihm den Hund abzukaufen. Doch Antonio lehnte regelmäßig ab, wie sehr auch Nino sein Angebot erhöhte. Nino hatte schließlich sogar daran gedacht, den Hund zu stehlen. Doch hatte er anstandshalber den Gedanken wieder aufgegeben, da Antonio sein Teilhaber gewesen war und sie immer noch ab und zu miteinander arbeiteten.

Bis im Juli 1946 Antonio bei einem bewaffneten Raubüberfall überrascht wurde und hinter schwedische Gardinen kam. Sogleich fand er, von der Sorge um Bella gequält, Mittel und Wege, Ninnuzzu wissen zu lassen, von heute an gehöre Bella ihm. Er solle sich nur beeilen, sie zu finden, um sie vor dem drohenden kläglichen Ende in der Schlinge des Hundefängers zu bewahren.
Nino eilte herbei. Als er Bella bei Antonio zu Hause nicht fand, war ihm klar, daß der nächste Ort, wo er sie suchen mußte, die Umgebung des Zuchthauses war. Und tatsächlich, als er sich Poggioreale näherte, sah er schon aus einer Entfernung von zwanzig Metern im schnell einfallenden Dunkel eine Art weißen Bären, der um die Umfassungsmauern herumstreifte, sich ab und zu hinlegte und dort unaufhörlich winselnd auf etwas wartete. Weder auf Ninos Rufen noch auf Bitten noch auf Befehl, nicht einmal mit Gewalt, ließ sie sich bewegen, von dort wegzukommen. Sie gab nicht einmal Antwort, winselte nur trostlos weiter. Ein sensibleres Ohr als das eines gewöhnlichen Menschen hätte das Wort heraushören können: »Antonio ... Antonio ... Antonio ...«
Schließlich gelang es Nino, sie durch folgende Erklärung zu überzeugen: »Auch ich heiße Antonio (genannt Antonino und Antonuzzo oder Nino, Ninnuzzu und Ninnarieddu). Ich bin jetzt der einzige Antonio in deinem Leben, denn Antonio dort drin hinter den Mauern wird voraussichtlich erst wieder herauskommen, wenn du alt und grau bist. Dich aber holen, wenn du hier herumirrst, die Hundefänger und vergasen dich. Ich hab dich, das weißt du, vom ersten Augenblick an geliebt. Nach dem einzigen Hund, den ich gehabt habe, hab ich keinen andern mehr gewollt! Aber in dem Augenblick, als ich dich sah, habe ich gedacht: diesen oder keinen. Wenn du also jetzt nicht mit mir kommst, dann läßt du zwei Antonios allein und ohne Hund zurück. Du mußt übrigens noch wissen, daß auch mein Großvater aus Messina Antonio geheißen hat. Gehen wir, los. Uns hat das Schicksal vereint.«
Das war also der unbekannte Hund gewesen, den David in Useppes Gesellschaft sah. Sofort, bei der ersten Begegnung auf dem Treppenabsatz, erkannte Useppe in Bella eine eigenartige Verwandtschaft mit Blitz, obwohl die beiden wahrhaftig, wenn man sie so anschaut, nicht verschiedener hätten sein können. Und doch – Bella tanzte wie Blitz, wenn sie einen begrüßte. Und um zu küssen, leckte sie mit der rauhen Zunge. Und sie lachte mit dem Gesicht und dem Schwanz, genau wie Blitz. Ein Unterschied allerdings war von Anfang an in ihren Blicken zu bemerken. In Bellas haselnußbraunen Augen lag manchmal eine ganz besondere Sanftheit und Melancholie, vielleicht, weil sie ein Weibchen war.
Ihre Rasse – der sogenannte Abbruzzische Hirtenhund – kam aus Asien, wo Bellas Vorfahren in vorgeschichtlichen Zeiten die Herden der er-

sten Schafhirten der Welt begleiteten. Bella war somit als Schäferin beinah eine Schwester der Schafe, die sie jedoch tapfer auch gegen Wölfe verteidigen mußte. Und wirklich konnte Bella in ihrer immer geduldigen und unterwürfigen Natur bei gewissen Gelegenheiten wild und angriffslustig werden wie eine Bestie.
Sie wirkte bäuerlich und majestätisch. Das Fell war ganz weiß, dicht und manchmal ein wenig struppig, das Gesicht gutmütig und fröhlich. Die Nase war schwarz.
Sie war zwei Jahre alt und entsprach, nach Menschenjahren gemessen, ungefähr einem fünfzehnjährigen jungen Mädchen. Aber manchmal benahm sie sich wie ein Hundejunges von ein paar Monaten oder wie ein kleines Kind, denn es genügte ein Bällchen von der Größe eines Apfels, und schon geriet sie außer sich vor Vergnügen. Und manchmal wieder schien sie eine tausendjährige Frau mit uralten Erinnerungen und voll höchster Weisheit zu sein.
In ihrem Zusammenleben mit dem anderen Antonio hatte sie, obwohl sie einen Herrn hatte, ein Straßenleben geführt und sich zweimal mit unbekannten Hunden gepaart. Beim ersten Mal hatte sie sich offensichtlich mit einem schwarzen oder halbschwarzen Hund eingelassen, denn von den sieben Hündchen, die sie geboren hatte, waren einige schwarz mit weißen Flecken und einige weiß mit schwarzen Flecken. Eines war ganz schwarz mit einem weißen Öhrchen. Und das letzte war auch ganz schwarz und hatte nur an der Schwanzspitze ein weißes Haarbüschel und einen weißen Streifen um den Hals. Unter einer Treppe hatte Bella sie mit mütterlicher Hingabe gepflegt und gesäugt. Doch nach einigen Tagen hatte Antonio, der nicht wußte, was er mit diesen sieben elenden Bastarden machen sollte, sie ihr, allerdings unter Gewissensbissen, weggenommen und heimlich in den Tod geschickt.
Aber als einige Monate verstrichen waren, war Bella, von wer weiß was für einem Hund, wieder trächtig. Doch diesmal hatte sie bei der Geburt Unglück. Sie selbst wäre beinah gestorben und mußte eine Operation über sich ergehen lassen, die zur Folge hatte, daß sie von da an nie mehr Mutter werden konnte.
Vielleicht hing die Traurigkeit, die sie manchmal im Blick hatte, auch mit diesen Erinnerungen zusammen.
Seit Nino Bella besaß, verzichtete er, um sie nicht allein lassen zu müssen, auf Kinos, Tanzdielen und alle andern Veranstaltungen und Orte, wo Hunde nicht zugelassen sind. Wenn es ihm und Bella in irgendeinem Fall, wo das nicht von vornherein klar war, passierte, mit dem Satz zurückgewiesen zu werden: »Es tut uns leid, entschuldigen Sie vielmals, aber Hunde sind nicht zugelassen ...«, kehrte er sofort mit finsterer, verächtlicher Miene um, und manchmal antwortete er auch mit

Schimpfworten und fing Streit an. Eines Tages, als sie eine Bar betraten, leckte Bella an Törtchen, die dort ausgestellt waren, und verschlang sogar eines. Und da Pistazien oder andere Ingredienzien drin waren, die sie nicht mochte, erbrach sie voll Ekel alles, was sie im Magen hatte. Der Kellner protestierte wegen des beschmutzten Lokals usw., und sein Geschimpfe ging Nino auf die Nerven. »Die Kotze meines Hundes«, erklärte er wütend, »ist immer noch viel besser als deine Törtchen und dein Kaffee! – Huh! Pfui Teufel!« fügte er ostentativ hinzu, kaum hatte er die Lippen an seine Kaffeetasse gesetzt. Und er wies das Getränk mit angeekelter Grimasse zurück, als wolle auch er sich erbrechen. Dann, nachdem er großartig fünfhundert Lire auf die Theke geworfen hatte, um den Schaden zu bezahlen, sagte er: »Komm, Bella!« und verließ das Lokal für immer, wobei er aussah wie einer, der den Staub dieses verächtlichen Ortes von seinen Sohlen schüttelt. Auch Bella zeigte ihrerseits keine Scham oder Gewissensbisse. Im Gegenteil: sie folgte Nino in fröhlichem Trott, wobei sie den buschigen Schweif, der wirklich in seiner Herrlichkeit eines Streitrosses würdig gewesen wäre, hoch trug wie eine Standarte.

Doch das größte Opfer, das Ninnuzzu Bella brachte, war der Verzicht auf das Motorradfahren. Ja, nach einer Weile entschloß er sich, die ›Triumph‹ zu verkaufen, und er erwog, dafür bei der ersten Gelegenheit ein Auto zu kaufen, damit er mit ihr zusammen reisen konnte. Da ihm jedoch der Preis für das Motorrad in drei Raten bezahlt wurde und er jede Rate, statt sie beiseite zu legen, ausgab, blieb das Auto für diesen Sommer eine Utopie. Vorläufig aber konnte man Nino oft sehen, wie er in Gesellschaft Bellas und manchmal auch Useppes fasziniert vor irgendeinem Auto stehnblieb und wie sie dort über Beschleunigung, Hubraum und Höchstgeschwindigkeit diskutierten . . .

Nino war so leidenschaftlich gern mit Bella zusammen, daß er sie in manchen Fällen sogar den Mädchen vorzog! Und Bella vergalt ihm dies ihrerseits völlig, ohne jedoch den Antonio in Poggioreale zu vergessen. Kaum hörte sie, wenn auch nur zufällig in einem Gespräch unter Fremden, das Wort ›Antonio‹, richtete sie mit wissendem, ängstlichem Blick ihre weißen Hängeohren auf. Sie hatte jedoch begriffen, daß Antonio, obwohl er in Neapel lebte, jetzt leider unerreichbar war. Und Nino, der sich ihr gegenüber sehr rücksichtsvoll verhielt, vermied es, um ihre Herzenswunde nicht wieder aufzureißen, in ihrer Gegenwart Antonio zu erwähnen.

Auf Bella hatten Namen wie gewöhnlich auf urtümliche Wesen eine unmittelbare und konkrete Wirkung. Sprach man vor ihr zum Beispiel das Wort *Katze* aus, bewegte sie ein wenig den Schwanz, hielt die Ohren halb aufgerichtet, und ihre Augen glühten herausfordernd, allerdings

auch fast belustigt. (In der Tat schien sie, ähnlich wie Nino, das Katzenvolk im allgemeinen nicht sehr ernst zu nehmen. Wenn eine von ihnen sie bei einer Begegnung tückisch bedrohte, nahm sie zwar am Anfang die Herausforderung an, vielleicht um die Katze nicht zu beleidigen; doch nach einem oder zwei lebhaften Sprüngen auf die Katze zu ging sie lachend mit dem unausgesprochenen Gedanken weg: *Was willst du eigentlich, du! Glaubst du vielleicht, du bist ein Wolf?!*)
Jetzt, seit Bella Useppe kennengelernt hatte, begann sie, sobald sie seinen Namen nennen hörte, froh erregt herumzuspringen; so daß Nino, wenn sie beide nach Rom kamen, von diesem Spiel belustigt, dem Wunsch nicht widerstehen konnte, sie in Versuchung zu führen, und vorschlug: »Gehen wir zu Useppe?« Und so nahm er sie denn, um sie nicht zu enttäuschen, schließlich oft zu seinem Bruder mit. Auf diese Weise war Bella – unter anderen möglichen, auch unbewußten Gründen – daran beteiligt, daß Nino im Juli und August viel öfter nach Hause kam.
Und doch verlockten ihn die Versuchungen des Sommers mehr als je, und er nutzte jede Gelegenheit, von einem Strand zum andern zu eilen, und kehrte immer schwärzlicher, mit leuchtenden, von der Sonne und dem Wasser geröteten Augen, das Haar von Salzwasser durchtränkt, zurück. Auch Bella roch nach Salz und kratzte sich, weil ihr der Sand im Fell hängenblieb. Doch Nino führte sie fürsorglich ab und zu in eine öffentliche Hundebadeanstalt, aus der sie dann etwas verdattert, aber strahlend weiß, schön gekämmt und neu wieder herauskam wie eine Dame aus einem Schönheitssalon.
Manchmal versprach Nino Useppe, auch ihn demnächst ans Meer mitzunehmen und ihn schwimmen zu lehren. Doch seine römischen Tage jagten einander so fieberhaft, daß für den berühmten Ausflug einfach nie Zeit blieb. Auch ihre Spaziergänge zu dritt (Nino, Useppe und Bella) waren zwar noch recht häufig, aber sie wurden unabänderlich immer kürzer. Sie kamen nie weiter als bis zur Pyramide oder zum Aventin.
Ninnuzzu trug in jenem Sommer leuchtend bunte, echt amerikanische Hemden mit Blumenmustern, die er in Livorno gekauft hatte. Drei gleiche kleine Hemden brachte er auch Useppe als Geschenk mit. Sogar Ida bedachte er mit Mitbringseln: Handtücher, auf denen R. A. F. stand, und afrikanische Strohpantoffeln. Dazu schenkte er ihr noch einen Reklameaschenbecher aus Metall, der wie Gold glänzte und den er in einem Hotel gestohlen hatte.
Gegen Ende August hatte Nino, als er für ein paar Tage nach Rom zurückgekehrt war, wegen Bella eine ernsthafte Auseinandersetzung mit den ungenannten Personen, die ihn beherbergten. Auf der Stelle erschien er, ohne in der Wut lange zu überlegen, mit Koffer und Hund in

der Via Bodoni, wo Ida sich beeilte, ihm, so gut es ging, das Kämmerchen mit der schmalen Liege herzurichten.
Bella war kein Stadthündchen, wie Blitz es gewesen war. Bei ihrem Einzug in die winzige Wohnung schien diese noch kleiner zu werden, als sei es eine riesige Invasion. Doch Ida hätte jetzt gern auch einen echten Eisbären aufgenommen, so froh war sie, daß Nino, und sei es auch nur vorübergehend, wieder zu Hause war. Bella schlief bei ihm in dem Kämmerchen, zu Füßen des Bettes, und wartete morgens ruhig und geduldig, bis Nino aufwachte. Aber beim ersten, noch so winzigen Zeichen seines Wachwerdens trat sie in Aktion. Kaum begann er sich ein wenig zu dehnen oder zu gähnen oder auch nur die Lider ein wenig zu heben, sprang sie mit begeistertem Lärm auf, wie gewisse Stämme den Sonnenaufgang begrüßen. So erfuhr die Wohnung von Ninos Aufwachen.
Das ereignete sich gewöhnlich um die Mittagsstunde. Bis dahin achtete Ida in der Küche darauf, leise zu sein, um den Schlaf ihres Erstgeborenen nicht zu stören, dessen jugendkräftiges Schnarchen sie hinter der Tür hörte. Diese Töne machten sie stolz. Und wenn Useppe, der zuerst aufwachte, ein wenig lärmte, ermahnte sie ihn, leise zu sein, als schliefe dort hinter jener Tür das Oberhaupt der Familie und ein großer Werktätiger obendrein. Es war ja auch nicht daran zu zweifeln, daß Nino arbeitete, denn er verdiente Geld (nicht viel allerdings). Worin aber genau seine Arbeit bestand, blieb dunkel. Ida ahnte nur mehr oder weniger, daß es sich um Schmuggel oder Schwarzhandel drehte. Und eine solche Arbeit war für sie bloß ein weiteres beunruhigendes Rätsel.
Zwei Minuten nach Bellas Lostoben tauchte Nino in höchsteigener Person, nur mit einem Slip bekleidet, aus dem Kämmerchen auf und wusch sich mit einem Schwamm in der Küche, wobei er den ganzen Fußboden überschwemmte. Kurz nach Mittag rief dann jemand schallend vom Hof herauf nach ihm (meistens war es ein Bursche im Mechanikeranzug), und Nino rannte mit Bella hinunter und tauchte im Verlauf des Tages nur zufällig ab und zu wieder auf. Das größte Opfer Idas hatte darin bestanden, ihm die Wohnungsschlüssel auszuhändigen, die sie gewöhnlich so eifersüchtig hütete, als wären es mindestens die Schlüssel von Sankt Peter. Nachts kam Nino sehr spät nach Hause. Und bei seiner Rückkehr wachte nicht nur Ida auf, sondern auch Useppe, der sogleich, halb im Traum, »Nino . . . Nino . . .« murmelte. Ein paarmal war Bella, die mit ihm am Nachmittag heimgekommen war, den Abend über zu Hause geblieben und hatte auf ihn gewartet. Diese beiden Male hörte man, wie sie ihn bei seiner Rückkehr freudig empfing und wie er ihr »Sch . . . sch . . .« zuflüsterte.
All das dauerte höchstens fünf Tage. Doch diese genügten, um Idas Phantasie zu beschäftigen. Besonders am Vormittag, wenn sie in der Kü-

che stand und das Gemüse putzte und hinter der einen Tür Ninnarieddu schlief und hinter der andern Useppe, schien es ihr, als habe sie nun wieder eine richtige Familie. Es war, als sei nie Krieg gewesen und die Welt sei wieder ein normaler Wohnort. Am dritten Tag, als Nino, der früher aufgewacht war als gewöhnlich, noch im Kämmerchen blieb, ging sie zu ihm hinüber. Und endlich entschloß sie sich, wenn auch zaghaft, ihm vorzuschlagen, seine Studien wieder aufzunehmen und ›sich eine Zukunft zu sichern‹. Sie selbst würde sich anstrengen, sie alle drei noch die nötige Zeit hindurch zu erhalten. Sie könnte vielleicht neue Privatstunden suchen ... Ninos gegenwärtige Beschäftigung erschien ihr einfach provisorisch, jedenfalls nicht geeignet, ihm eine sichere und vertrauenerweckende Karriere zu bieten.
Schon lange hatte sie in ihrer Einfachheit diesen Vorschlag ausgeheckt. Doch Nino hörte ihr heute, anstatt sich zu empören, wie er es früher getan hätte, mit einer gewissen belustigten Nachsicht zu, als empfinde er Mitleid mit ihr. Da er bei ihrem Eintreten ganz nackt war, hatte er sich schleunigst, um ihr Schamgefühl nicht zu verletzen, den Unterleib mit seinem buntgeblümten Hemd bedeckt. In der für ihn frühen Morgenstunde – es war noch nicht zehn Uhr – dehnte er sich faul und gähnte. Doch ab und zu ging er auf Bellas freudiges Toben ein, so daß es ihm bei allem gutem Willen geschah, daß er bald von vorn, bald von hinten fröhlich seine Blöße, die er zugedeckt hatte, zur Schau stellte. Trotz Bellas Krawall lieh er aber seiner Mutter ein geneigtes Ohr, wenn auch mit der Miene eines Menschen, der sich zum tausendsten Mal einen komischen, aber dummen Witz anhört, der ihm heute zudem auch noch schlecht erzählt wird. »Aber Mà, weißt du überhaupt, was du sagst?!« äußerte er sich schließlich ... »Bella, laß das ... Aber Mà! Aber Mà, was redest du da?! Mach dir das mal klar ... das Doktorexamen!!! Ich ...«, gähnte er, »ich hab schon den mehrfachen Doktor, Mà!!«
»Ich meine ja nicht den Doktor, aber wenigstens das Diplom ... Ein Diplom zählt immer im Leben ... Ich wollte sagen ... das Abschlußdiplom ... das Reifezeugnis ... so ... als Grundlage ...«
»Ich bin schon lange reif, Mà. Ich bin reif!!«
»... Aber es würde dich wenig oder nichts kosten ... Du warst doch fast schon soweit ... im Lyzeum, als du damit aufgehört hast ... Nur noch eine kleine Anstrengung, das würde genügen ... an Intelligenz fehlt es dir ja nicht ... und nach soviel Opfern ... und jetzt, wo der Krieg zu Ende ist!«
Mit einemmal runzelte Nino die Stirn: »Bella, raus! Geh weg!« schrie er und war sogar gegen Bella aufgebracht. Er setzte sich auf die Matratze, kümmerte sich nicht mehr darum, daß er jetzt seine ganze Nacktheit offen zeigte, und rief aus:

»Der Krieg war eine Komödie, Mà!« Damit sprang er auf die Füße, und so nackt, dunkel, sah er in dem heißen, elenden Kämmerchen aus wie eine Heldenstatue. »Aber die Komödie ist noch nicht zu Ende!« fügte er drohend hinzu.
Es war, als habe er wieder sein Kindergesicht, kühn und beinah tragisch in seinem Zorn. Dann zog er sich den Slip an, wobei er wie ein Tänzer auf einem Fuß herumhüpfte.
». . . Die glauben, nun fängt alles wieder an wie vorher, merkst du das nicht? Die täuschen sich aber, Mà! Sie haben uns richtige Waffen in die Hände gegeben, als wir noch kleine Buben waren! Und jetzt, jetzt machen wir uns einen Dreck aus ihrem Frieden! Wir, Mà, WIR HAUEN ALLES KAPUTT!«
Mit einemmal wurde er heiter. Diese Idee, alles kaputtzuschlagen, schien ihm ein ungeheures Vergnügen zu bereiten: »Und ihr glaubt tatsächlich, ihr könnt uns wieder in die Schule schicken!« nahm er seine Rede wieder auf, wobei er gepflegtes Italienisch sprach, um seine Mutter zu hänseln. »Schriftliches Latein und mündliches Latein und Geschichte und Mathematik . . . Geographie . . . Die Geographie, die geh' ich an Ort und Stelle studieren. Geschichte, das ist eine von euren Komödien, und die muß aufhören. WIR machen Schluß mit ihr! Und die Mathematik . . . weißt du, welche Zahl mir am besten gefällt, Mà? Die NULL! . . .
. . . Bella, ruhig da draußen . . . Ich komm' ja schon.
Wir sind die Generation der Gewalt! Wenn man das Spiel mit den Waffen gelernt hat, dann spielt man es weiter! *Die* machen sich vor, sie könnten uns noch mal anschmieren . . . Die üblichen Tricks, die Arbeit, die Verträge . . . die Richtlinien . . . Die hundertjährigen Pläne . . . Die Schulen . . . Der Knast . . . Das königliche Heer . . . Und alles fängt wieder an wie früher! Jawohl . . .?! Bum! bum! bum!« Jetzt sah Ida in seinen Augen wieder diesen Blitzlichtblick, den sie zum erstenmal in jener berüchtigten Nacht seines Auftauchens mit Quattro im Asyl gesehen hatte. Und während er bum bum bum machte, schien er mit dem ganzen Körper auf eine Schießscheibe zu zielen, die in Wirklichkeit der Planet Erde war, rund und sinnlos mit all seinen Königreichen, Weltreichen und Nationalstaaten. »Wir sind die erste Generation des Anfangs!« rief er in höchster Emphase. »Wir sind die Atom-Revolution! Wir legen die Waffen nicht nieder, Mà! SIE . . . sie . . . sie . . .
SIE wissen nicht, Mà, wie schön das Leben ist!«
Er hatte einen Arm erhoben, um sich mit seinem Blumenhemd den Schweiß abzutrocknen, der zwischen den schwarzen Löckchen der Achselhöhlen herabtropfte. Ganz unvermittelt lachte er glücklich auf und lief in die Küche. Und einen Augenblick später ist die Küche unter dem

fröhlichen Lärm des Wasserrauschens schon wieder ganz überschwemmt.
»Beuh! beuh! beeehuh!«
Aus dem Schlafzimmer hört man Bella, die sich wie verrückt gebärdet und um das Doppelbett herumrennt.
»Nino! Hoi! Nino! Ninooo!« Von der ungeduldigen Bella aufgeweckt, taucht auch Useppe auf, und der Hund folgt ihm mit lautem Freudengeheul.

In Ninos großer Schmährede hatte ein Punkt Ida erschreckt: der, an dem er von Waffen gesprochen hatte. Ida kam sich seit einiger Zeit Ninnuzzu gegenüber wie eine Subalterne oder Minderwertige vor, so wie ein armes Provinzmädel vor einem Superstar. Und seinen Reden unterwarf sie sich voll Zutrauen. Sie hatte sich mit dem Verzicht auf jede Autorität abgefunden, wie angesichts einer phantastischen Wissenschaftsmaschine. Nach all dem, was sie vermutete, konnte es auch sein, daß der gegenwärtige Beruf Ninnarieddus der eines Banditen war! Doch keine Vermutung kann den Lauf der Gestirne verändern! Und Iduzza erlaubte es sich nicht, an gewisse Möglichkeiten auch nur zu denken. Was sie in der Via Bodoni vor Augen hatte, war ein Sohn voller Gesundheit, der niemanden brauchte, am wenigsten sie.
Jetzt aber, seit der heutigen Rede Ninnuzzus, hatte sie einen ganz bestimmten Anlaß zur Besorgnis. Nach der Befreiung Roms war ja der Befehl ausgegeben worden, alle Waffen den Behörden abzuliefern. Und von diesem Befehl hatte Ida seit den Tagen Kenntnis, da sie dem Südafrikaner Stunden erteilte. Der Verdacht einer offenkundigen Illegalität überfiel und bestürzte sie so sehr, daß sie später am Tag, als Nino weg war, zitternd ob ihrer unerhörten Tat, und nachdem sie die Tür des Kämmerchens verschlossen hatte, die Sachen des Abwesenden durchsuchte, ob sich darin nicht versteckte Waffen befänden ... Doch zum Glück waren da nur die bekannten Hemden, einige schmutzig und einige sauber, Slips, schmutzige und saubere, ein Paar Sandalen und eine weitere Hose zum Wechseln und da und dort Sand. Sie fand auch zwei oder drei Postkarten und einen Brief auf veilchenfarbenem Papier, von dem Ida nur die Unterschrift (Lydia) und den Anfang (O du mein unvergeßlicher Liebestraum) überflog, worauf sie das Blatt, um keine Indiskretion zu begehen, eilig wieder an seinen Platz legte. Außerdem war da noch ein Buch: *Wie ich meinen Hund aufziehe*.
Die einzige Waffe, wenn man sie so nennen konnte, war, zuunterst im Koffer, ein leicht verrostetes Schnappmesser (Nino hatte damit Seeigel gestochen). Ida seufzte tief auf.
Am fünften Tag verkündete Nino, morgen müsse er abreisen. Und da er

mit dem Flugzeug reisen werde, wo Hunde nicht zugelassen seien, lasse er Bella während seiner Abwesenheit in der Via Bodoni in Pension. Für ihre Verpflegung übergab er Ida einen Haufen Geld und machte ihr diesbezüglich strengste Vorschriften, in wichtigem Ton und mit wissenschaftlicher Präsision. Bella mußte regelmäßig jeden Tag soundso viel Milch, soundso viel Reis, einen geriebenen Apfel und nicht weniger als ein Pfund Qualitätsfleisch bekommen! Ida war verblüfft über den Luxus ihrer fleischfressenden Pensionärin, welche allein aus dem Metzgerladen viel mehr benötigte als sie und Useppe zusammen. Sie erinnerte sich an die stinkenden Suppen, mit denen sich der arme Blitz begnügt hatte, und empfand ein Gefühl der Gereiztheit gegenüber dieser Riesin aus der Grassteppe. Doch zum Ausgleich dafür ließ sich jetzt Useppe dazu herbei, diesem Beispiel zu folgen und einige Fleischgerichte ohne den gewohnten krankhaften Widerwillen zu essen. Und das genügte, damit Ida Bella ihre Millionärs-Bankette verzieh.

Nach beinah zwei Wochen kehrte Nino zurück, um den Hund wieder mitzunehmen. Er verkündete, er verfüge, wenn auch nur provisorisch, über eine fast ländliche Behausung am Stadtrand, wo Bella bei ihm wohnen könne. Doch wie gewohnt hielt er die Anschrift geheim. Auf die Nachricht, daß am Tag nach seiner Abreise David vorbeigekommen sei, um ihn aufzusuchen, sagte er, er wisse das. David habe ihm geschrieben, und sie hätten sich getroffen. Dann teilte er Useppe mit, er stehe in Verhandlungen über den Kauf eines gebrauchten Jeeps, zeigte ihm ein Photo davon und erläuterte die Vor- und Nachteile. In punkto Schnelligkeit leistete der Jeep leider wenig. Aber dafür konnte er, als Militärfahrzeug, Gräben, unwegsames Gelände, Wasserläufe, Sandküsten und Wüsten durchqueren. Und wenn es nötig war, konnte man sich darin sogar ein Nachtlager einrichten.

Dieser Besuch Ninnuzzus war einer seiner kürzesten, ja man konnte es eigentlich kaum einen Besuch nennen. Denn irgend jemand – vielleicht Remo – wartete auf der Straße mit einem Kleinlaster, um ihn und Bella zu seiner neuen Wohnung zu fahren. Nino wollte sich daher, der Eile wegen, nicht einmal setzen. Nach den ersten Sprüngen die Treppe hinunter mußte er aber zurückschauen. In dem geblümten Hemdchen, das er Useppe geschenkt hatte, stand der Kleine, mit den Händchen das Geländer umklammernd, dort oben, mit unerschrockener Miene, aber an allen Gliedern zitternd wie ein Kaninchen:

»Nino! Ninoo! Ninooo!«

Bella rannte sofort zu Useppe hinauf, dann aber gleich wieder zu Nino hinunter, als wisse sie nicht mehr, wohin sie gehöre.

Ninnuzzu blieb nicht einmal stehen, aber er lief langsamer und drehte den Kopf zu ihm zurück. Auf Useppes Mund lag schon die Spannung ei-

ner Frage, er wurde ganz blaß, als ob sich die ganze Energie seines Körpers in dieser Frage konzentrierte:
»*Walum*« – doch dann korrigierte er sich ernsthaft – »waRum geht ihr fort?!«
»Wir kommen bald wieder«, versicherte ihm der Bruder, blieb jetzt endlich einen Augenblick auf der Stufe stehen und hielt den sich wie toll gebärdenden Hund am Halsband fest. »Und das nächste Mal«, versprach er, »komme ich dich mit dem Jeep holen.« Dann winkte er ihm mit der Hand ein Lebewohl zu. Doch Useppe umklammerte mit den Fingern das Geländer und wollte demonstrativ nicht zurückwinken. Da rannte Ninnuzzu zwei oder drei Schritte zurück, um ihn aus größerer Nähe nochmals zu grüßen:
»Gibst du mir ein Küßchen?«
Das war am 22. oder 23. September.

6

Im Oktober wurde mit dem Neubeginn des Schuljahres Idas ehemalige Schule, die nur wenige Schritte von der Via Bodoni entfernt lag, wieder eröffnet. Ida unterrichtete dieses Jahr die erste Klasse, und da sie nicht wußte, wo sie Useppe lassen sollte, beschloß sie, ihn jeden Tag mitzunehmen. Um sich offiziell in der Schule einschreiben zu lassen, war Useppe noch nicht alt genug. Es fehlte ihm noch ein Jahr. Doch Ida, die ihn mit stolzer Sicherheit für reifer hielt als ihre normalen Schüler, zählte auf das Beispiel und die Gesellschaft der andern Kinder als Ansporn für ihn, vorläufig mindestens das Alphabet zu erlernen.
Doch mußte sie von den ersten Tagen an umdenken. Bei den Übungen mit Buchstaben und Zahlen zeigte sich Useppe mit seinen fünf Jahren unreifer, als er es als kleines Kind gewesen war. Man sah, daß ein Buch und ein Heft für ihn fremdartige Gegenstände blieben. Und ihn zu zwingen, schien ihr widernatürlich, als wolle man verlangen, ein Vögelchen müsse die Noten auf dem Fünfliniensystem erlernen. Er konnte höchstens, wenn man ihm Buntstifte gab, auf ein Blatt sonderbare Figuren zeichnen wie ineinandergefügte Flammen, Blumen und Arabesken. Doch auch dieses Spiel wurde er schnell leid, und dann ließ er das Blatt liegen und warf die Stifte auf den Boden, und das mit einer unartigen Ungeduld, in der Bangigkeit war. Oder er hörte auf, als sei er von der Anstrengung erschöpft, und verfiel in verträumte Unaufmerksamkeit, die ihn der Klasse entfremdete.
Doch waren solche ruhigen Augenblicke selten. Die meiste Zeit über

führte sich Useppe höchst ungeziemend auf und brachte seine Mutter in Verlegenheit. Sogar seine frühere Geselligkeit war hier in der Schule verschwunden. Alles an der Schule: das Eingeschlossensein, die Bank, die Disziplin, war ihm eine Qual. Und der Anblick der Schülerschaft, die in einer Reihe dasaß, mußte ihm als etwas Unerhörtes vorkommen, denn er tat nichts anderes, als die Gefährten zu stören, redete laut mit ihnen, sprang sie an und stieß sie mit den Stiefelchen, als wolle er sie aus tiefer Betäubung aufwecken ... Er ging soweit, auf die Bänke zu springen, vielleicht weil er sie mit den Bänken in dem großen Raum damals in Pietralata verwechselte. Oder er lief mit wilden Rufen durch das Schulzimmer, als befinde er sich unter den Tausend und spiele Fußball oder Indianer mit ihnen. Und alle Augenblicke klammerte er sich wieder an seine Mutter und wiederholte: »Ach, Mà, gehen wir jetzt weg? Ist es jetzt Zeit? *Wann* ist es Zeit?« Endlich, beim Läuten der Schulglocke, stürzte er sehnsüchtig hinaus, und auf dem kurzen Heimweg trieb er seine Mutter dringlich zur Eile, als sei dort zu Hause jemand, der sie erwartete.

Ida glaubte in ihm die uneingestandene Angst zu erraten, während ihrer Abwesenheit könnte Nino vorbeigekommen sein, ohne jemanden vorzufinden. Sie bemerkte, daß er jedesmal, ehe er durch das Haustor trat, mit ängstlichen Blicken die beiden Straßenseiten absuchte, vielleicht, weil er den berühmten Jeep erwartete, den er auf der Photographie bewundert hatte. Und dann stürzte er durch den ersten Hof, als hoffe er, dort unter den Fenstern das fröhliche Paar Nino und Bella zu finden. Nach dem letzten Abschied im September hatten die beiden nichts mehr von sich hören lassen. Und gewiß litt Useppe unter ihrer Abwesenheit nach den letzten glücklichen Zeiten, die sie miteinander verbracht hatten, mehr als je. Aber er sagte nichts davon.

Da Ida einsah, daß er das Lernalter noch nicht erreicht hatte, verzichtete sie darauf, ihn in die Schule mitzunehmen, und beschloß, ihn in einen Kindergarten zu geben, der im selben Gebäude wie ihre Schule untergebracht war. Jeden Tag lief sie, wenn die Schulglocke läutete, hin, um ihn abzuholen, und nahm ihn direkt aus den Armen der Kindergartentante in Empfang. Doch dieser neue Versuch scheiterte noch kläglicher als der erste. Wenn Ida die täglichen Berichte über sein Betragen hörte, die ihr die Kindergartenleiterin gab, erkannte sie in diesem neuen Useppe ihr früheres Kind nicht wieder. Es war eine zunehmende, rasche Veränderung, die sich nach den ersten Anzeichen von Tag zu Tag beschleunigte. Unerwarteterweise floh Useppe jetzt die Gesellschaft der andern Kinder. Wenn diese im Chor sangen, schwieg er, und wenn man ihn aufforderte, wie die andern zu singen, kam er gleich aus dem Text und ließ sich andauernd von jeder, auch der geringsten, Kleinigkeit ablenken. Er hielt sich abseits von den gemeinsamen Spielen, mit einem Ausdruck unruhiger und verlorener Einsamkeit, als würde er bestraft. Man hätte meinen können, jemand habe zwischen ihm und den andern zur Strafe eine fast undurchsichtige Trennwand aufgerichtet, hinter der er, sozusagen als letzte Verteidigung, vorgab, sich zu verstecken. Und wenn die Gefährten ihn dann zum Mitspielen einluden, zog er sich mit plötzlicher Heftigkeit zurück. Und kurz darauf konnte man ihn in irgendeinem Winkel leise wimmernd am Boden kauern sehen wie ein verlassenes Straßenkätzchen.

Es war nicht möglich, ihm in seinen widersprüchlichen und unvorhersehbaren Launen zu folgen. Er schien sich störrisch von jeder Gesellschaft und Gemeinschaft zurückzuziehen. Doch in der Frühstückspause, wenn irgendein anderes Kind sehnsüchtig auf den Keks in seiner Hand schaute, hielt er ihn ihm voller Ungestüm als Geschenk hin und lächelte ihm freundschaftlich und froh zu. Manchmal, wenn er still war, konnte man ihn mit tränenüberströmtem Gesicht überraschen, obwohl gar kein Grund dafür vorlag. Dann wieder tummelte er sich plötzlich, lustig und verzweifelt zugleich. Er war wie ein kleiner Afrikanerjunge, der aus seinem Wald in den Laderaum eines Sklavenschiffs verschleppt wurde.

Nicht selten schlummerte er vor lauter Langeweile vor sich hin. Und wenn die Kindergartentante versuchte, ihn (mit ihrer sanftesten Stimme und ganz sachte) aufzuwecken, wachte er jäh und gewaltsam auf, als wäre er plötzlich aus einem hohen Bett gefallen. Eines Tages, als er so aufgeweckt wurde, erhob er sich noch halb im Schlaf, knöpfte sich die Höschen auf und pißte mitten in der Klasse, er, ein Junge von mehr als fünf Jahren, der zu den ältesten Kindergartenschülern gehörte.

Gab man ihm Spiele, die Konzentration erforderten, wie Bauklötze oder ähnliches, interessierte er sich zunächst dafür. Doch lange bevor er damit fertig war, warf er mit einemmal alles durcheinander. Eines Tages brach er mitten in einem solchen Spiel in stummes, krampfhaftes Schluchzen aus, das ihn fast zu ersticken schien, bis es sich in heulendem Weinen voll schmerzlicher Empörung löste.

Wenn die Leiterin über ihn mit Ida sprach, stand Useppe mit großen, verwunderten Augen daneben, als erkenne er selbst dieses sonderbare Kind nicht wieder. Und doch schien er zu sagen: »Ich weiß nicht, warum mir das geschieht. Es ist nicht meine Schuld. Und niemand kann mir helfen ...« Dabei zog er Ida am Rockzipfel, um sie zum Heimgehen zu drängen. Und kaum war das Gespräch beendet, rannte er wie gewöhnlich davon und strebte in ungeduldigem Lauf der Via Bodoni zu. Nur mühsam konnte seine Mutter ihn an der Hand halten. Es war, als könnte in ihrer Abwesenheit, dort in der Via Bodoni, ein gefährliches, geheimnisvolles und unvorstellbares Ereignis stattfinden.

Am Anfang versicherte die Leiterin Ida, ihr Kind würde sich mit der Zeit besser an die Schule gewöhnen. Doch seine Angstzustände verschlimmerten sich. Morgens ging Useppe unbekümmert mit Ida weg, als erinnerte er sich nicht an seine tägliche Crux und wäre überzeugt, sie würden nur spazierengehen! Doch wenn das Schulhaus auftauchte, spürte Ida, wie sein Händchen sich in ihrem noch unklarem Widerstand verkrampfte, während seine Augen bei ihr Schutz gegen den unbestimmten Druck suchten, der ihn von dort wegjagte. Es war eine Qual für sie, ihn so allein zurückzulassen. Und er blieb trübe dort stehen, ohne sich zu wehren, ja, er winkte ihr wie gewohnt mit dem Händchen nach. Doch schon kaum eine Woche nach seinem Eintritt in den Kindergarten begann er auszureißen.

Während der Pause im Hof genügte eine winzige Zerstreutheit der Kindergärtnerin, daß er ihr davonlief. Sie war eine etwa dreißigjährige junge Frau, trug eine Brille und lange Zöpfe. Sie erfüllte ihre Aufgabe sehr ernst und voller Pflichtgefühl, ließ ihre achtzehn Schützlinge nie aus den Augen, zählte sie beim Hinausgehen in den Hof immer wieder und versammelte sie um sich wie eine Gluckhenne. Dazu kam noch die Anwesenheit des Türhüters, der sich stets in der Eingangshalle aufhielt, die vom Hof zum Tor auf die Straße führte. Die Kindergärtnerin konnte es nicht begreifen, daß es Useppe trotz allem gelang, sich fortzustehlen; er ließ sich keine Gelegenheit entgehen, als warte er auf nichts anderes. Ein Augenblick genügte, und schon war er verschwunden.

Meist war er, wenigstens am Anfang, noch nicht weit gekommen. Man fand ihn dicht hinter dem Eingang, unter einer Treppe oder hinter einer Säule verborgen. Wenn man ihn fragte, log er nicht und machte auch keine Ausflüchte, sondern sagte einfach, mit einem bitteren Ausdruck des Schreckens im Gesicht: »Ich will weggehen!« Doch eines Morgens gelang es nicht gleich, ihn wiederzufinden. Erst nach einer langen Jagd wurde er der Kindergärtnerin von einer Schuldienerin zurückgebracht, die ihn gesehen hatte, wie er, durch die Korridore eines andern Stockwerks irrend, nach einem nicht überwachten Ausgang ins Freie suchte. Das Schulgebäude mit all den geschlossenen Türen, den Treppen und Stockwerken mußte ihm wie ein endloses Labyrinth vorkommen. Doch eines Tages fand er einen Ausweg. Und Ida sah ihn in ihrem Klassenzimmer auftauchen, in seinem blauen Schulkittel mit der unter dem Kragen gebundenen Schleife, wie er weinend auf sie zulief und sich zitternd an sie klammerte. Und dort, bei ihr, wollte er für den Rest des Vormittags bleiben – sie ließ sogleich aufgeregt der Kindergärtnerin Bescheid sagen –, und er zitterte wie eine nach Süden ziehende Schwalbe, die vom Winter überrascht wurde.

Doch sein schlimmstes Unternehmen ereignete sich am folgenden Tag.

Diesmal war es ihm, trotz der Wachsamkeit des Torhüters, man wußte nicht wie, gelungen, auf die Straße hinaus zu kommen. Vielleicht war er zum erstenmal in seinem Leben allein auf der Straße. Er wurde von der Türhüterin in der Via Bodoni zur Schule zurückgebracht, einer über siebzigjährigen Witwe, Großmutter von vielen schon erwachsenen Enkeln, die gegenwärtig allein in ihrer Pförtnerwohnung hauste. Diese bestand aus der Pförtnerloge und einem angrenzenden fensterlosen Loch mit dem Bett zum Schlafen. Sie hatte Useppe an der Pförtnerloge vorbeigehen sehen, allein und ohne Mäntelchen, in seinem Kindergartenkittel, und war argwöhnisch in die Vorhalle hinausgetreten, um ihn zurückzurufen. Gewöhnlich blieb Useppe voller Interesse vor dem Fenster der Pförtnerloge stehen, weil die Alte in dem Kämmerchen dahinter einen Radioapparat und einen kleinen Herd hatte, wie Eppetondo, sowie ein Glasei mit der Madonna von Lourdes auf einer verschneiten Wiese (wenn man das Ei schüttelte, stieg der Schnee in vielen weißen Flocken auf). Doch heute war Useppe vorbeigelaufen, ohne stehenzubleiben. Er war atemlos, verwirrt und murmelte auf die eindringlichen Fragen der Frau, er »gehe hinauf heim«, aber er hatte keinen Schlüssel. Und dann sagte er noch Unverständliches, Wirres wie »etwas wolle ihn packen und die andern Kinder nicht ...« Und dabei hob er unruhig die Hände zum Kopf, wie wenn dieses unnennbare »Etwas« dort drin wäre ... »Hast du vielleicht Kopfweh?« – »Nein, nicht weh ...« – »Ja, wenn dir aber nichts weh tut, was ist es dann? Sind es Gedanken?!« – »Nein, nicht Gedanken ...« Useppe schüttelte weiterhin angestrengt den Kopf, gab aber keine Erklärungen ab. Allmählich kehrte nach der großen Aufregung seine natürliche Farbe zurück. »Weißt du, was du im Kopf hast?« hatte die Pförtnerin ihn da gefragt. »Ich will es dir sagen! Eine Grille! Das hast du hier drin!« Da hatte er mit einemmal, seinen großen Kummer vergessend, bei der drolligen Idee der Alten zu lachen angefangen: eine Grille im Kopf drin! Und anschließend hatte er sich gefügig in den Kindergarten zurückführen lassen.
Seine Flucht hatte nicht mehr als eine Viertelstunde gedauert. Doch inzwischen waren schon ein paar Schuldiener auf die Suche nach ihm ausgesandt worden, während die Kindergärtnerin auf die andern Kinder aufpaßte, die sich alle in der Pause im Hof aufhielten. Jeden Augenblick trat sie aufgeregt unter die Tür, um ins Innere des Gebäudes zu schauen oder durch die Eingangshalle zum Tor gegen die Straße hin zu spähen. Und von dort aus sah sie den Entflohenen an der Hand einer alten Frau wieder auftauchen, die sich Mühe gab, ihn zu unterhalten, indem sie ihm von singenden Grillen erzählte.
Obwohl die Kindergärtnerin aufgebracht war, wollte sie ihn sicher nicht strafen. Er war ja auch seit seiner Geburt noch nie bestraft worden. Sie

empfing ihn sogar ziemlich ruhig und sagte mit fast gar nicht bösem Stirnrunzeln zu ihm:
»Also schon wieder! Was hast du getan? Du solltest dich schämen, den andern ein so schlechtes Beispiel zu geben. Aber jetzt reicht es. Von heute an ist die Schule für dich geschlossen.«
Useppes Reaktion auf diese Worte war überraschend und beinah tragisch. Er antwortete nicht, wurde nur blaß und schaute sie mit fragenden Blicken an, tief erregt von einer sonderbaren Angst, nicht vor ihr, sondern anscheinend eher vor sich selbst. »Nein! Nein! Weg! Weg!« schrie er dann mit fremdartigem Stimmchen, als ob er Schatten verscheuche. Und plötzlich machte er eine Szene, die sich nicht von gewöhnlicher Unart zu unterscheiden schien: Er warf sich, blau angelaufen vor Zorn, zu Boden und rollte sich, Faustschläge und Fußtritte austeilend, wie ein Kämpfer herum. Doch gewöhnlich wollen solche kindlichen Zornesausbrüche im Grund genommen nur auf andere Eindruck machen, während man in diesem Fall eine totale Absonderung von der Umwelt wahrnahm. Man hatte den Eindruck, der Junge ringe in seiner Kleinheit gegen riesige Feinde, die nur für ihn und sonst für niemanden da waren.
»Useppe! Useppe! Aber weshalb tust du das? Du bist doch so lieb und nett! Und wir alle hier haben dich gern . . .« Nach und nach beruhigte sich Useppe bei diesen schmeichelnden Worten der Kindergartentante, bis er ihr schließlich ein getröstetes Lächeln schenkte. Und von diesem Augenblick an blieb er ihr bis zum Schlußläuten am Rockzipfel hängen. Doch beim Weggehen nahm die Kindergärtnerin Ida beiseite und sagte ihr, das Kind sei *zu nervös* und, wenigstens gegenwärtig, für die Schule ungeeignet. Sie könne daher die Verantwortung nicht mehr übernehmen, es hier zu behalten, und rate ihr, es zu Hause bei einer vertrauenswürdigen Person zu lassen, bis es in einem Jahr das Schulalter erreicht habe.
Am folgenden Morgen ging Useppe nicht mit zur Schule. Aber er folgte Ida bis zum letzten Augenblick durch die Wohnung und bedachte sie mit sprechenden Blicken, in der ungewissen Hoffnung, sie würden miteinander weggehen wie an den andern Vormittagen. Doch fragte er nichts und ließ kein Wort verlauten.
Nach der Meinung der Türhüterin war Useppes Fall einfach der eines allzu lebhaften kleinen Jungen, der immer *irgend etwas anstellen* wollte und sich noch nicht dem Schulzwang fügen konnte. Doch Ida war nicht mit ihr einverstanden. Daß Useppe gewisse Geheimnisse für sich behielt, wie zum Beispiel nach jenem berüchtigten Vormittag mit den Banditen, wußte sie. Doch waren dies, ihrer Meinung nach, Geheimnisse einer andern Ordnung, Geheimnisse unbekannter Art. Auf jeden Fall

schien es ihr nutzlos, ihn zu befragen, und noch nutzloser, ihm eine Schuld zu geben.
Da sie keine weiteren Hilfsquellen hatte, blieb ihr nichts anderes übrig, als ihn allein in der Wohnung zu lassen. Doch schloß sie die Wohnungstür zweimal ab. Ferner vertraute sie der Türhüterin ein Duplikat der Schlüssel an und bat sie, wenigstens einmal am späteren Vormittag hinaufzugehen und nachzusehen. Als Entgelt für diesen Dienst wollte sie einer ihrer Enkelinnen, die fast jeden Tag zur Großmutter kam, Nachhilfestunden geben.
So mußte Useppe wieder, wie schon als Säugling in San Lorenzo, seine Vormittage eingekerkert verbringen. Und da seine Mutter fürchtete, er könnte sich hinauslehnen und aus dem Fenster fallen, sorgte sie dafür, diese oben mit Haken zu versperren. Dort konnte er nicht hingelangen, nicht einmal, wenn er auf ein Tischchen stieg. Zum Glück wurde es jetzt Winter, und so war die Versuchung, hinauszugehen oder sich aus dem Fenster zu lehnen, nicht mehr so stark.
In dieser neuen Notlage leistete sich Ida verschiedene außergewöhnliche Anschaffungen. Sie stellte einen Antrag auf ein Telephon, das ihr jedoch, aus »technischen Gründen«, erst für Februar-März des Jahres 1947 versprochen wurde. Dann, in der Erinnerung daran, wie sehr Useppe in Pietralata die Musik genossen hatte, kaufte sie ihm auf dem Markt zu seiner Unterhaltung ein fast neues Grammophon mit Kurbel. Zuerst hatte sie an einen Radioapparat gedacht, doch dann kam sie wieder davon ab, denn sie hatte Bedenken, daß er bei den Erwachsenen-Programmen Schlimmes lernen könnte.
Das Grammophon stattete sie mit einer Platte aus, die sie selbst aus einer Reihe von Kinderplatten auswählte. Es war eine jener damals üblichen Platten mit achtundsiebzig Umdrehungen, und es waren zwei vertonte Kinderreime »für die ganze Familie« drauf: *Die schöne Wäscherin* und *Wie schön ist meine Puppe*. Das zweite Lied, eine Art Madrigal zu Ehren einer Puppe, schloß mit den Worten:
 Sie scheint wirklich unsere Königin,
  wenn sie in der Karrosse mit dem König ausfährt.
Der alten Türhüterin fiel es, so rüstig sie noch war, schwer, bis zum obersten Stockwerk hinaufzusteigen. Deshalb schickte sie lieber ihre Enkelin hinauf, die oft in die Via Bodoni kam, um ihr zu helfen. Sie hieß Maddalena; doch von Useppe wurde sie Lena-Lena genannt. Nicht selten traf man sie am frühen Morgen auf der Treppe, wo sie damit beschäftigt war, die Stufen flüchtig mit einem nassen Lappen aufzuwischen. Oder man sah sie, für kurze Zeit die Großmutter vertretend, in der Pförtnerloge sitzen. Doch das Stillsitzen dort bedeutete ein Opfer für sie, denn sie hatte lieber Bewegung. Ihr mißfiel es durchaus nicht, am Vormittag zu

Useppe hinaufzusteigen. Sie war ein etwa vierzehnjähriges Mädchen, das zu Hause gewöhnlich sehr streng gehalten wurde. Sie wohnte nicht weit von der Großmutter entfernt, in San Saba, wohin sie mit ihrer Familie aus dem Innern Sardiniens gezogen war. Sie war rundlich gebaut, mit ziemlich kurzen, ebenfalls rundlichen Beinen und schwarzem, krausem, unheimlich dichtem Haar, das in die Höhe wuchs und so die sehr kleingewachsene Gestalt ausglich und sie einem Stachelschweinchen ähneln ließ. Sie redete eine unverständliche Sprache mit lauter U-Endungen, was ausländisch klang. Aber Maddalena und Useppe verstanden einander bestens. Er ließ sie seine Platte anhören, und als Entgelt sang sie ihm mit herber, schriller Stimme Klagelieder aus Sardinien, alle Wörter auf u, von denen er kein Wort verstand. Doch kaum war eines zu Ende, sagte er »noch mehr!«, wie auch bei Idas kalabresischen Liedern.
An gewissen Tagen konnte Lena-Lena, von andern Arbeiten beansprucht, nicht kommen. Dann kam an ihrer Stelle die alte Türhüterin, die, nachdem sie alle die Stufen emporgeklettert war, schon bald wieder hinuntersteigen mußte, um die Loge nicht unbeaufsichtigt zu lassen. Sie kam vorwiegend am frühen Morgen, wenn Useppe noch schlief, und wenn sie einen Blick auf ihn geworfen hatte, ging sie wieder weg, ohne ihn aufzuwecken. Dann kam es vor, daß Useppe nach dem Aufstehen umsonst auf Besuch wartete. In solchen Fällen konnte man ihn dort oben hinter den Scheiben sehen, wie er aufmerksam umherspähte, ob Lena-Lena nicht endlich im Hof auftauche. Ob er weiterhin auch noch nach *jemand anderem* ausspähte, weiß man nicht. Gewöhnlich bemerkte man ihn dann, wenn es Mittag geschlagen hatte, von neuem an seinem Ausguck, wo er Ida erwartete.
Im allgemeinen stieg Lena-Lena, an den Tagen, da sie frei war, zwischen zehn und elf Uhr, kurz nachdem er aufgestanden war, zu ihm hinauf. Seit einiger Zeit wachte er später auf, weil Ida, nach einer Unterbrechung von mehreren Monaten, abends wieder begonnen hatte, ihm das Beruhigungsmittel zu geben, das die Ärztin verschrieben hatte. Er hatte nämlich nach der vorübergehenden Besserung, die ihm die schöne Jahreszeit gebracht hatte, wieder unruhige Nächte. Ja, gegenwärtig gab es unter seinen nächtlichen Störungen eine, die auch der Wirkung des Medikaments Widerstand leistete: Es war ein kurzer, aber ziemlich heftiger Krampf, der ihn kurz nach dem Einschlafen überraschte, als erwarte ihn direkt hinter der Schlafschranke der unbestimmte Gegenstand seines Kummers. Seine Züge zeigten das dumpfe Erstaunen und die Abwehr dessen, der etwas Angsterregendem begegnet. Doch schlief er dabei weiter und konnte sich auch nie daran erinnern. Ida saß jeden Abend neben ihm auf der Lauer und weckte ihn aus diesem unbewußten Stelldichein, das ihn mit regelmäßiger und mechanischer Pünktlichkeit erwartete.

Die Ärztin, die aufs neue konsultiert wurde, verschrieb dem Kind eine Kalzium-Kur, Eier, Milch und Spaziergänge im Freien. »Der Junge«, bemerkte sie, »wächst nicht genug.« Und in der Tat war Useppe im Verlauf des Sommers zwar einige Zentimeter größer geworden, hatte aber nicht zugenommen. Die Ärztin hatte ihn zur Untersuchung ausziehen lassen, und wie er so nackt vor ihr stand, zeigte sein kleiner, brauner Körper den allzu zarten Knochenbau des Brustkorbs und der Schultern, aber sein Köpfchen reckte er darüber ganz stolz und männlich in die Höhe, wie es ja seiner Natur entsprach. Die Ärztin bat ihn unter anderem, ihr die Zähne zu zeigen, denn sie meinte, seine gegenwärtigen nervösen Störungen kämen vielleicht vom Zahnwechsel, der in bestimmten Fällen, wie sie sagte, zu richtigen Wachstumskrisen führen konnte. Er sperrte sogleich den Mund auf, sauber und rosig wie bei kleinen Kätzchen, mit den winzigen Zähnchen, an denen man den typischen bläulichen Glanz der Milchzähne wahrnahm. Ida schaute sie an und dachte wieder daran, wie tüchtig er doch gewesen war, sie alle regelmäßig hervorbrechen zu lassen, mitten im Krieg, ohne jemandem zur Last zu fallen.

»Denk daran, beim ersten Zahn, der dir ausfällt«, sagte die Ärztin ernsthaft zu ihm, »ihn in irgendeinem Versteck zu verbergen, damit die Sora Pasquetta, die mit der Befana verwandt ist, dir für den Zahn ein Geschenk zurückläßt, wenn sie vorbeikommt.« Für ihn hatte es, seit er auf der Welt war, weder die Befana noch Weihnachtsmänner, weder Zauberer noch Feen oder ähnliches gegeben. Doch hatte er eine Ahnung von deren Existenz. »Und wie stellt sie es an, hereinzukommen?« erkundigte er sich aufmerksam. »Wo hereinzukommen?« – »Na, wo denn? In unsere Wohnung!« – »Das laß ihre Sorge sein. Sie macht es wie die Befana, sie kommt durch den Kamin herein!« – »Ja, aber unser Kamin ist eng ... Aber sie kommt trotzdem durch, ja? Sie macht sich ganz dünn!« – »Sicher!« bestätigte die Ärztin. »Sie zieht sich zusammen, sie dehnt sich aus. Sie kommt durch, wo sie will!« – »Auch durch so ein Rohr?« Und Useppe zeigte mit zum Kreis gerundeten Fingern mehr oder weniger den Durchmesser des Rauchabzugs in der Via Bodoni an. »Garantiert! Du kannst darauf zählen!« Useppe lächelte, bei einer Garantie von so hoher Stelle, beruhigt und triumphierend.

Am Tag, als Ida ihr November-Gehalt bekam, kaufte sie ihm eine weitere Platte für das Grammophon. Sie erinnerte sich an seine Vorliebe für Tanzmusik in Pietralata und beriet sich schüchtern mit dem Verkäufer, der ihr eine ultramoderne Swingplatte empfahl. Diese Neuheit hatte zu Hause auf der Stelle einen Riesenerfolg, und die *Wäscherin* und *Meine Puppe* wurden unters Gerümpel verbannt. Von dem Tag an diente das

Grammophon nur noch der neuen Musik, und Useppe begann, wie es zu erwarten war, sogleich bei den ersten Klängen zu tanzen.
Doch auch dieser Tanz sollte sich als Symptom im Krankheitsprozeß jener Tage erweisen. Es waren nicht mehr die Hopser, die Kapriolen und die verschiedenen Improvisationen, mit denen unser Tänzer in Pietralata vor den Freunden aufgetreten war. Jetzt führte sein Körper die einzige Bewegung des Um-sich-selbst-Drehens aus, die er mit ausgebreiteten Armen begann und bis zu einem besessenen und beinah krampfhaften Rhythmus steigerte, der ihn wie auszulöschen schien. Manchmal hörte er mit diesem Wirbel erst auf, wenn er vor Schwindel nichts mehr sah. Dann ließ er sich gegen seine Mutter fallen, um sich auszuruhen, wobei er erschöpft, aber glücklich wiederholte: »Alles dreht sich, alles dreht sich, Mà . . .« In andern Fällen verlangsamte er in einem gewissen Augenblick den Rhythmus, ohne die Drehung seines Tanzes abzubrechen. Dann neigte sich sein Körper, sich drehend, auf eine Seite, die beiden Arme hingen an derselben Seite hinunter, und sein Gesichtchen zeigte einen drolligen, halb vergnügten, halb träumerischen Ausdruck.
Diese Klänge und Tänze spielten sich in der Küche ab – dem einzigen *Aufenthaltsraum* der Wohnung – und meistens, wenn Ida kochte, »um ihr Gesellschaft zu leisten«. Doch der Erfolg des neuen Zeitvertreibs war nur vorübergehend. Am dritten Tag – es war an einem Sonntagvormittag – hatte Useppe das Grammophon energisch aufgezogen, doch als er die Platte laufen lassen wollte, hielt er inne. Wie in Gedanken versunken oder verdutzt stand Useppe da und vollführte sachte Bewegungen mit der Kinnlade, als kaue er etwas Bitteres. Als suche er einen Ausweg, zog er sich dann in den Winkel beim Schüttstein zurück, und dort in der Ecke begann er verstört etwas zu stottern, worin Ida, nicht ohne Staunen, immerhin klar den Namen CARULINA unterschied. Seit den Tagen des Abschieds, als er sie noch *Ulì* nannte, hatte Useppe sie in seinen Gesprächen nie mehr erwähnt. Und vielleicht war dies überhaupt das erste Mal, daß er ihren Namen genau und vollständig aussprach, wobei er sogar das ›R‹ kräftig rollte, weil er sich Mühe gab, es richtig zu artikulieren. Doch schien ihm diese Erinnerung, kaum aufgetaucht, wieder zu entfallen. Und mit ganz anderer und schreiender Stimme wandte er sich an Ida: »Mà? Màààà? . . .«
Es war eine verblüffte Frage, aber auch ein empörter Hilfeschrei gegen einen dunklen Angriff. Da schüttelte ihn ein brüsker Stoß. Plötzlich riß er seine kostbare Swingplatte vom Grammophon und schleuderte sie zu Boden. Sein Gesicht war verzerrt, und er zitterte. Und als die Platte auf dem Fußboden zerbrochen war, begann er sie sogar mit den Füßen zu treten. Aber seine ungeheure Wut entlud sich schnell. Er schaute mit der Bestürzung dessen zu Boden, der ein Delikt entdeckt, das ein anderer be-

439

gangen hat. Er kauerte sich vor den Trümmern seiner Platte hin und versuchte unter klagendem, zärtlichem Gewimmer die Stücke wieder zusammenzufügen!

Ida erbot sich sogleich, ihm morgen eine neue Platte zu schenken. Wäre sie Millionärin gewesen, hätte sie ihm bereitwillig ein ganzes Orchester bezahlt. Doch er stieß sie zurück und schlug sie beinah: »Nein! nein! Ich will nicht!« schrie er. Dann stand er auf und schob mit derselben bitteren Bewegung des Verzichtes die Trümmer mit dem Fuß weg. Und während Ida sie auflas und in den Kehrichteimer warf, preßte er sich, um sie nicht mehr ansehen zu müssen, die Fäuste auf die Augen.

Seine Mutter wurde von dem qualvollen Gefühl bedrückt, daß sich in ihm auf dem Grunde seiner überspannten Exzentrität, die ihn widerstandslos von einer Seite zur andern schleuderte, alles zu einem unheilvollen Knoten schlang, den niemand lösen oder dessen Enden niemand finden konnte, er noch weniger als alle andern. Ruhelos war er jetzt ans Fenster getreten und spähte von seinem gewohnten Ausguck in den Hof hinunter. Selbst von hinten schien man, wenn man das Grübchen des mageren Nackens zwischen den zerzausten Strähnen betrachtete, den sorgenvollen Ausdruck seines Gesichts zu erkennen. Daß er wie einen Krankheitskeim das andauernde Warten auf den Bruder in sich hegte, war für Ida ohne Zweifel. Und das war ja nichts Neues. Doch da er, in seinem neuen, krankhaften Zustand, diesen enttäuschenden Punkt nie berührte, vermied es Ida, ihn daran zu erinnern, als wäre er ein Tabu.

»Kommt heute denn die Lena-Lena nicht?«

»Aber wie denn. Heute ist doch Sonntag. Da bin ich hier zu Hause. Bist du damit nicht zufrieden?«

»Doch.«

In einer seiner unvorhersehbaren Launen lief er zu ihr hin und küßte ihr Kleid. Doch in seinen freudig aufgeschlagenen Augen schien schon die nächste unruhige Frage aufzukeimen:

»Du gehst nicht weg, nicht wahr, Mà?«

»Ich, fortgehen? NIE! NIE! NIE verlasse ich ihn, meinen Useppe!« Zwischen Befriedigung und ungelöstem Zweifel seufzte der kleine Mann tief auf. Seine Pupillen folgten dem Dampf des Kochtopfes, der in den Abzug hinaufstieg.

»Und wann kommt *sie*?« wollte er mit ernster Miene wissen.

»Wer sie?« Ida stellte sich vor, er meine Lena-Lena oder vielleicht Carulina.

»Die Frau, die durch den Kamin heruntersteigt, Mà, die Verwandte der Befana! Hast du nicht gehört, was die Ärztin gesagt hat?«

»Ach ja ... Aber weißt du nicht mehr, was sie dir erklärt hat? Du müssest warten, bis dein erster neuer Zahn herauskommt. Wenn du spürst,

daß einer von diesen beiden hier zu wackeln beginnt, ist das ein Zeichen, daß er bald herausfällt. Und dann kommt die Frau ihn sich holen.«
Useppe berührte mit dem Finger seine Schneidezähne, ob nicht zufällig einer wackle. »Nein, jetzt ist es noch zu früh«, erklärte ihm seine Mutter schnell. »Du bist noch nicht alt genug. Vielleicht in einem Jahr.«
». . .«
In der Höhe hörte man eine Glocke den Mittag einläuten. Der sonntägliche Vormittag war wolkig, aber warm. Durch das geschlossene Fenster drang vom Hof herauf das Stimmengewirr der Jungen aus dem Haus, die herumtollten, bis ihre Mütter sie zum Mittagessen riefen. Ida wäre froh gewesen, hätte sie unter den Stimmen die ihres Useppe erkennen können, wie es damals war, als sie sich hinter dem Vorhang im großen Raum aufhielt. Mehr als einmal hatte sie den Versuch unternommen, ihn in den Hof hinunter zu schicken, damit er mit den andern spiele. Aber immer, wenn sie ihn wenig später vom Fenster aus suchte, hatte sie ihn dort unten in einer Mauerecke entdeckt, wie er ganz allein abseits stand, so daß er ihr von oben her den Eindruck eines elenden Findelkindes machte, das von der Gesellschaft ausgeschlossen ist. »Useppe!« hatte sie ihn dann impulsiv gerufen und das Fenster weit geöffnet. Und er hatte sich, das Gesicht zu ihr erhoben, unverzüglich vom Hof entfernt, um zu ihr nach Hause zu laufen. Wie schon von seinen Schulgefährten, sonderte er sich auch jetzt von den andern ab. Und wie er die Hand vorstreckte, als wolle er die andern fernhalten, oder sich zurückzog und sie dabei mit großen, bitteren Blicken ansah, suggerierte er geradezu das Bild eines Urwesens, das etwas Gefährliches in seinem Blut spürt und die andern vor Ansteckung bewahren möchte.
Ida folgte dem Rat der Ärztin, ihn viel an die frische Luft zu bringen, und ging an Schönwettertagen jetzt immer mit ihm spazieren, entweder zum Monte Testaccio oder zum Aventin oder, um ihn nicht allzusehr zu ermüden, in irgendeine öffentliche Anlage in der Umgebung ihrer Wohnung. Doch auch hier hielt sich Useppe überall von den andern Kindern und ihren Spielen fern. Wenn eines von ihnen zu ihm sagte: »Willst du mitspielen?«, lief er ohne eine Erklärung weg und verbarg sich bei seiner Mutter wie ein Wilder in seiner Hütte.
Und doch war er wohl, gewissen Blicken nach zu urteilen, kein Menschenfeind. Wenn er sich von den Gefährten absonderte, lächelte er dann und wann instinktiv zu ihnen hinüber und bot ihnen damit, ohne es eigentlich zu wollen, seine Freundschaft an. Unter seinen kurzen Höschen schauten seine Knie hervor und wirkten im Vergleich zu seinen mageren Beinen unverhältnismäßig dick. Doch mit diesen mageren Beinchen machte er für sich allein große sportliche Sprünge, die bezeug-

ten, wie tüchtig er war. Es steckte in seinem Persönchen etwas Humoristisches, das die Leute zum Lächeln reizte und ihn bei dem kleinen Publikum der öffentlichen Anlage recht populär machte. Die Frauen und Mütterchen machten ihm Komplimente über den Gegensatz, den seine himmelblauen Augen zu der braunen Haut und den schwarzen Haaren bildeten, was in Rom als besonders schön gilt. Doch wenn sie ihn auf höchstens drei oder vier Jahre schätzten und dann hörten, daß er schon fünf sei, ließen sie sich im Chor über seine Winzigkeit aus, bis Ida gequält und angstvoll eingriff und ihn ihren indiskreten Urteilen entführte.

Doch diesen wie auch dem Lob gegenüber blieb Useppe völlig unbeteiligt und gleichgültig, wie ein auf dem Jahrmarkt ausgestelltes Hundejunges. Vielleicht hörte er nicht einmal zu. Denn eigentlich, auch wenn er nichts davon sagte, horchte er immer mit gespannten Ohren auf die verschiedenartigen Geräusche seiner eigenen Welt, über die er manchmal geradezu in Verzückung geraten konnte. Jedes noch so geringe Ereignis zog seine Blicke auf sich. Oder dann stand er wieder still da, mit abwesenden Blicken, als sei sein Geist aus ihm herausgetreten. Doch etwas erfüllte ihn mit ganz besonderer Begeisterung, und seine Augen leuchteten in plötzlicher sehnsüchtiger Freude auf ... nämlich, wenn er einen Hund sah, gleich welcher Rasse, einen herrschaftlichen oder einen herrenlosen Köter, und wäre er auch abgrundhäßlich, krumm und räudig gewesen.

Sowenig Ida eigentlich der Vorstellung geneigt war, ihre Familie zu vergrößern, konnte sie doch diesem Schauspiel nicht widerstehen. Und eines schönen Tages, als sie von einem Spaziergang nach Hause kamen, fragte sie ihn, ob er nicht ein Hündchen für sich ganz allein haben wollte. Doch Useppe sah sie mit von Bitternis verstörtem Gesicht an und schüttelte wild und beharrlich immer wieder den Kopf. Seine Ablehnung hatte etwas Endgültiges, aber man merkte doch, daß er darunter litt, als sich jener geheimnisvolle, quälende Knoten noch mehr verwickelte, der ihn seit mehreren Wochen, ohne sich zu lösen, bedrängte. Schließlich brachen in einem atemlosen Schrei, der einem Schluchzen glich, die Worte aus ihm hervor:

»Auch Bella – wie *Bitz*!«

Da begriff Ida, daß ihr Kind tatsächlich von vornherein auf etwas Versprochenes verzichten wollte, aus Furcht, es wieder zu verlieren! Das war ein ungeheurer Schlag für sie, und dabei hatte sie, heute zum erstenmal, die unheimliche Empfindung einer körperlich anwesenden Bedrohung: als ob sich hier in ihrem Zimmer ein Ungeheuer angesiedelt hätte, das Useppe mit vielen Mäulern und Händen verschlingen wollte. Noch sonderbarer aber berührte es sie, von ihm nach so vielen Jahren des

Schweigens den Namen ›Blitz‹ wiederzuhören, von dem sie geglaubt hatte, er sei aus seinem Gedächtnis getilgt, wie es doch mit vielen Helden der kindlichen Vorgeschichte geht, die ganz aus dem Bewußtsein verdrängt werden. Es war wirklich, als suchten in diesem Herbst des Jahres 1946 alle Erinnerungen seines kleinen Lebens den gedächtnislosen Useppe heim, als witterten sie die verborgene Stelle seines Übels. »Ach was, Bella wie Blitz!« scherzte Ida tröstend. Und ohne zu zögern, das Tabu zu brechen, versicherte sie ihm, Bella befinde sich heil und gesund in Gesellschaft Ninnuzzus, und es würde nicht mehr lange dauern, bis sie sich zu Hause sehen ließen, wie es ihre Gewohnheit sei! Bei dieser Nachricht, für die Iduzza sich ihm verbürgte, lachte Useppe befreit auf. Und die beiden lachten miteinander wie Verliebte und verjagten für den Augenblick das Ungeheuer aus dem Zimmer.
Aber sie tat noch mehr. Um Useppe für das Hündchen, das er zurückgewiesen hatte, zu entschädigen, nahm Ida ihn am folgenden Vormittag – einem Sonntag – zum neuen Markt an der Porta Portese mit, wo sie ihm einen »Montgomery« kaufte, das heißt (falls jemand es nicht wissen sollte) eine Mantel, wie er damals durch General Montgomery, der ihn an der Front trug, Mode geworden war. Der von Useppe war natürlich eine italienische, ja römische Nachahmung. Und obwohl sehr klein, war er ihm in den Schultern zu breit und an den Ärmeln zu lang. Doch Useppe war sofort darauf erpicht, ihn anzuziehen, und stolzierte darin herum, als käme er sich in diesem Montgomery wie ein stämmiger Kerl, um nicht zu sagen wie ein General, vor.

7

Seine Nächte waren indes gestört und unruhig. Nach dem letzten Besuch bei der Ärztin nahm er gehorsam alle verschriebenen Medikamente ein. Ja, wenn seine Mutter sie ihm verabreichte, streckte er den Mund wie ein Vögelchen vor, das unbedingt gesund werden will. Aber sie wirkten bei ihm kaum. Beinah jeden Abend lauerte, trotz der Beruhigungsmittel, pünktlich der gewohnte Anfall auf ihn, der ihn im ersten Schlaf mit seinen unverständlichen, drohenden Formen angriff. In der zweiten Novemberwoche schreckte er zwei Nächte hintereinander keuchend und mit weit aufgerissenen, aber blinden Augen aus tiefem Schlaf auf und reagierte nicht einmal mehr auf das Anzünden der Deckenlampe. Als Ida ihn beruhigte und wieder zudeckte, fühlte sie, daß er ganz steif war – als kämpfe er immer noch einen ungleichen Ringkampf – und ganz naß von Schweiß. Und als sie seine Hand in die ihre nahm, bemerkte sie den ra-

schen Pulsschlag, der jedoch nach und nach zu dem natürlichen Rhythmus zurückfand, während sich gleichzeitig seine Lider schlossen. Der Zwischenfall hatte weniger als eine Minute gedauert und entzog sich, wie immer, seinem Bewußtsein. Die Nacht vom 15. auf den 16. November hingegen brachte ein Vorkommnis, bei dem er wach war. Ida kam mitten in der Nacht halb zu sich und zündete die Lampe über dem Kopfende ihres Bettes an, weil sie im Zimmer leise scharrend etwas umherwandern hörte, nicht lauter als die Pfötchen eines herumstreichenden Tieres. Und wirklich stand Useppe wach da und lehnte sich in diesem Augenblick an die Wand. Über seinen Schlafanzug hatte er den Montgomery angezogen, denn im Zimmer war es kalt. Aber er war barfuß, vielleicht aus Rücksicht, weil er, da seine Mutter schlief, keinen Lärm machen wollte. Dieselbe Unruhe, die in letzter Zeit immer seinen Schlaf störte, mußte ihn diese Nacht aus dem Bett getrieben haben und begleitete ihn nun auf seinem kleinen schlaflosen Ausflug durch das von Dunkelheit vermauerte Zimmer. Er sah Ida mit stolzem Blick an und sagte: »Schlaf, Mà!« Das war ein Befehl. Doch den gebieterischen Ton gebrauchte er in Wirklichkeit zur Verteidigung gegen die undeutlichen Ahnungen, die ihm körperlich Angst machten, ohne sich je in einem Gedanken zu äußern. Mit einemmal brach er in ein leises, gequältes Weinen aus:
»Ach, Mà, wo ist Nino hingegangen?«
Und dann, als gäbe er plötzlich einer gräßlichen Sirene nach, die ihn wer weiß seit wann mit ihren Schrecken lockte, fuhr er fort:
». . . Er ist doch nicht ohne mich nach Amerika gegangen?! . . .«
Ida begriff sofort, daß diese Frage mit dem Versprechen, ihn nach Amerika mitzunehmen, zusammenhing, das Ninnuzzu in ihrer Gegenwart Useppe mehrmals gegeben hatte. Ja, das letzte Mal hatte er noch gesagt: »Und wir nehmen auch David mit, dann findet er vielleicht dort drüben eine schöne amerikanische Jüdin . . .« Es war zum Glück nicht schwierig für Ida, gegen Useppes Verdacht überzeugende Argumente zu finden und ihn zu beruhigen. Kurz darauf schlief er getröstet neben ihr wieder ein.
Nach seinem eiligen Besuch im September hatte Ninnuzzu, wie gewohnt, keine Nachricht mehr nach Hause geschickt. Dafür waren zwei an ihn adressierte Postkarten angekommen, aus denen hervorging, daß er seinen Bekannten als Anschrift Idas Adresse angab. Auf einer waren auf glänzendem Karton ein Strauß Stiefmütterchen und rote Rosen abgebildet. Sie kam von Antonio, dem früheren Besitzer Bellas, und trug den Zensurstempel von Poggioreale. Darauf stand: *Ein liebes Andenken mit hochachtungsvollen Grüßen und herzlichen Wünschen.* Die andere war in Rom aufgegeben, zeigte in Schwarzweiß das Denkmal von König

Vittorio Emanuele und fragte in großer, ungelenker Volksschülerschrift, aber ohne Fehler: *Darf man wenigstens wissen, wo du dir die Zeit vertreibst? Ich sage nichts weiter.* – P. Die beiden Karten lagen seit Oktober in der Wohnung herum.
Gegen Ende Oktober traf Ida eines Morgens auf der Straße Annita Marrocco, die, um ihrer Familie zu helfen, stundenweise bei irgendwelchen Herrschaften in der Via Ostiense putzen ging. Die Schneiderarbeiten Filomenas brachten immer weniger ein. Ihre Kundinnen, zum größten Teil ältere Damen, lebten jetzt im Altersheim oder starben eine nach der andern. Das Kämmerchen Giovanninos wollten sie auch nicht wieder vermieten, weil sie ständig auf die Rückkehr seines Besitzers hofften. Noch immer hatten sie keine Nachricht von ihm, weder gute noch schlechte. Auch ein Kaplan und ein Sanitätsoffizier hatten sich der Sache angenommen, und zur Zeit erwartete man in der Familie Antwort von einem andern Heimkehrer aus Oberitalien, einem Alpenjäger aus dem Friaul, bei dem sie brieflich angefragt hatten, ob er oder einer seiner Bekannten ihm nicht zufällig in den Lagern in Rußland begegnet seien oder etwas von einem Marrocco gehört hätten.
Unter anderem berichtete Annita, ihre Schwiegermutter habe in diesen Tagen David Segre getroffen, der, als die Alte ihn ausfragte, geantwortet habe, er habe Nino erst kürzlich in Rom gesehen, und das mehr als einmal, aber immer nur auf der Durchreise. Gesundheitlich gehe es Nino ausgezeichnet. Mehr wußte Annita nicht zu sagen. Von dem Vorstadthaus in der Umgebung Roms, das er gemietet haben sollte oder das ihm überlassen worden sei und von dem er selbst Ida erzählt hatte, wußten weder Annita noch ihre Schwiegermutter etwas. Vielleicht, dachte Ida, war die Sache mit dem Haus reine Angabe gewesen, vielleicht war er inzwischen auch schon wieder umgezogen. Übrigens, sagte Annita, habe David wie gewohnt auf Filomenas Fragen nur brüsk und kurz geantwortet und sich, sobald es ging, ungeduldig von ihr verabschiedet. Ob er selbst jetzt in Rom wohne und wo, das habe er natürlich nicht gesagt. Die alte Filomena, die Ida ihrerseits auf dem Markt an der Piazza Testaccio traf, bestätigte die Nachrichten der Schwiegertochter, wußte aber nichts weiter. Jedesmal, wenn die Marroccos Ida trafen, luden sie sie ein, sich doch mit dem Kleinen in der Via Mastro Giorgio sehen zu lassen. Doch ging Ida nach ein paar anfänglichen Besuchen – sei es, weil sie es immer aufschob oder zu schüchtern war – nicht mehr hin.
Überhaupt sah Ida, außer ihren Schülern und Useppe, niemanden auf der Welt. Manchmal dachte sie daran, zu Remo zu gehen, um nach weiteren Nachrichten von Ninnuzzu zu fragen. Doch der Gedanke, ins San-Lorenzo-Viertel zurückzukehren, erzeugte in ihr einen so starken Widerwillen, daß sie davon absah.

Übrigens waren seit dem letzten Auftauchen Ninos noch nicht einmal zwei Monate vergangen. Und Nino hatte sie in all den Jahren an viel längere Abwesenheiten und totales Schweigen gewöhnt. Daß Useppe diesmal mehr als gewöhnlich wegen des Wartens auf den Bruder litt, war in Idas Augen ein weiteres deutliches Zeichen seines anormalen Zustandes, wie seine *Launen*, seine Einsamkeit und seine unverständlichen Wutanfälle, in denen der wirkliche Useppe beinah nicht mehr wiederzuerkennen war.

Andererseits kam es Ida gar nicht in den Sinn, Ninnarieddu ausfindig zu machen und ihn zu bitten, den kleinen Bruder doch häufiger zu besuchen. Von Ninnuzzu Mancuso einen solchen Liebesbeweis zu erwarten, wäre gewesen, als wollte man vom Wind verlangen, er solle doch ein wenig mehr dorthin oder ein wenig mehr hierher wehen, um einem Fähnchen eine Freude zu machen. Das konnte Ida, trotz ihrer Einfalt, mit ihrem bißchen Erfahrung ganz gut verstehen.

Am Vormittag des 16. November hatte Useppe den ersten ernsthaften Anfall der Krankheit, die er in sich trug. Nach dem kurzen beruhigenden Gespräch mit der Mutter – ungefähr um halb zwei Uhr – war das Kind eingeschlafen und hatte den Rest der Nacht ruhig verbracht. Und es schlief noch, als Ida am Morgen früh aufstand und in die Küche ging, um den Kaffee zu kochen. Da sah sie Useppe, als sie den Herd anzündete, unerwartet in seinem kleinen Schlafanzug, mit nackten Füßen und einem bestürzten Ausdruck im Gesicht, neben sich auftauchen. Er warf ihr nur einen fragenden Blick zu – so schien es ihr wenigstens –, lief dann aber sogleich zurück. Sie wollte ihn rufen, als aus dem Schlafzimmer ein Schrei unerhörten Grauens zu ihr herüber drang. Das war keine menschliche Stimme mehr, und sie fragte sich einige Augenblicke wie gelähmt, woher diese Stimme kommen könne.

In den medizinischen Handbüchern werden diese typischen Anfälle, die unter der Bezeichnung *Fallsucht* bekannt sind, ungefähr folgendermaßen beschrieben:

Heftiger Krampfanfall mit totalem Bewußtseinsverlust. Zu Beginn der ersten (tonisch-klonischen) Phase wird gewöhnlich ein Schrei ausgestoßen. Der Körper fällt »wie vom Blitz getroffen« ohne irgendeine Schutzgebärde nach hinten, das Gesicht läuft blau an. Die arterielle Spannung steigt stark an, der Herzschlag ist bis zum Paroxysmus beschleunigt. Infolge des Zusammenpressens der Kiefer kann die Zunge verletzt werden.

Der Krampfphase, die von spasmischen Zuckungen gekennzeichnet ist, folgt das Koma, das mit Aufhören der Hirnrindentätigkeit und totaler motorischer Untätigkeit bis zu drei Minuten lang dauern kann. Während dieser Phase wird wegen Erschlaffung der Schließmuskeln ge-

wöhnlich Urin ausgeschieden. Im Verlauf des Anfalls ist das Wiederaufnehmen der Atemtätigkeit, die mühselig und röchelnd erfolgt, von intensivem Speichelfluß begleitet.
Das Syndrom ist seit dem frühesten Altertum bekannt. Die Ursachen und die Physiopathologie blieben indes bis heute im Dunkeln.
Als Ida ins Zimmer stürzte, lag Useppe mit geschlossenen Augen und ausgebreiteten Armen rücklings auf dem Boden, wie eine Schwalbe, die in der Luft vom Blitz getroffen wurde. Doch die Anfangsphase seines Anfalls, die nur wenige Sekunden gedauert hatte, war schon vorüber, und als Ida neben dem Kleinen niederkniete, schwand bereits die häßliche Totenfarbe von seinem Gesicht, und der Atem begann wieder einzusetzen. Dem schreienden Fremden, den sie eben hatte vorüberziehn hören, dankbar dafür, daß er ihn ihr nicht geraubt und fortgezaubert hatte, rief sie ihn mit leiser Stimme beim Namen, und Useppe, wie vom Murmeln seines Namens beruhigt, seufzte tief auf und entspannte den ganzen Körper. Auch die Züge seines unversehrten Gesichtchens glätteten sich und formten mit noch geschlossenen Augen ein seliges Genesungslächeln. Und dann öffneten sich wie ein Wunder die beiden Augen ruhig und waren schöner als vorher, wie gewaschen in einem himmlischen Bad. »Useppe!« – »... Ach, Mà ...«
Ida legte ihn wieder aufs Bett und wischte ihm aus den Mundwinkeln ein wenig blutigen Schaum. Und er ließ sie gewähren und berührte verträumt seine schweißnassen Haare: »Was habe ich gehabt, Mà?« Doch schon diese Frage mischte sich mit einem Gähnen, und fast schlagartig senkten sich die Lider. Sein einziger, großer Wunsch war jetzt zu schlafen.
Er schlief beinah den ganzen Tag. Nur gegen Mittag wachte er kurz auf. Von seinem Anfall wußte er nichts mehr. Diese Anfälle – erklärten später die Ärzte Ida – *werden vom Betroffenen nicht erlebt*. Doch mußte er irgendwie fühlen, daß er eine Schmach erlitten habe, deren er sich schämte. Er hatte sich quer auf der Liege zusammengekauert, und mit dem Gesicht im Kissen sagte er: »Wenn Nino zurückkommt, Mà, darfst du es ihm nicht sagen ...«
Ida beruhigte ihn, schüttelte den Kopf und versprach ihm, das Geheimnis zu hüten. Sie wußte noch nicht, daß Useppes Bitte schon keinen Sinn mehr hatte. Es war keine Zeit mehr, um mit dem Bruder zu sprechen. Denn es sollte sich wenige Stunden später – kaum einen Tag und eine knappe Nacht darauf – etwas so Unglaubliches ereignen, daß ich noch heute, aus dem Abstand, der die Lebenden und die Toten gleichmacht, zweifeln möchte, ob es wahr ist. Es ist aber wirklich geschehen. Wie viele andere seiner Gefährten der »Generation der Gewalt« wurde auch Ninnuzzu Mancuso-Assodicuori mit einem Schlag aus dem Leben herausge-

schleudert. Im Mai des folgenden Jahres wäre er einundzwanzig Jahre alt geworden.

Obwohl Ida von Geburt an zu Vorahnungen neigte, hatte sie diesmal keine gehabt. Ja, als am frühen Morgen vor ihrer Wohnungstür ein Polizist stand und zu ihr sagte: »Sind Sie eine Angehörige von Mancuso Antonino?«, war die erste Frage, die sie ihm stellte: »Weshalb? Hat er vielleicht etwas Unrechtes getan?« Sie merkte sofort, daß der Polizist verlegen war. »Ich bin die Mutter . . .«, erklärte sie stammelnd. Aber schon drangen die rücksichtsvollen Sätze des Mannes nur noch wie durch ein abnormes, leeres Getöse zu ihr. Es handle sich um einen Verkehrsunfall – ja, um einen *verhängnisvollen* (sagte der Mann) – auf der Via Appia. Ein Lastwagen sei von der Straße abgekommen. »Ihr Sohn wurde verletzt . . . schwer verletzt.« Man habe ihn zur Unfallstation von San Giovanni gebracht.

Von der Via Bodoni bis zum San-Giovanni-Krankenhaus mußte man die halbe Stadt durchqueren. Iduzza mußte zur Straßenbahnhaltestelle gehen, die Straßenbahn besteigen, einen Fahrschein lösen, bei einer andern Haltestelle aussteigen, sich erkundigen. Und jemand wird sie den Weg bis dorthin haben führen müssen. Doch von dieser ganzen Strecke hat ihr Bewußtsein nichts registriert, wie von einem abgerissenen Photogramm ist nur das Stück der Ankunft da. Es ist ein weiß gekalkter Raum. Das weiß Ida, denn beim Eintreten hat sie sonderbarerweise den staubigen Geruch des Kalkes wahrgenommen, als hätte sie ihn im Mund. Ob es ein abgelegenes Zimmer war oder ein Durchgangsraum, ob Fenster da waren oder nicht, ist unsicher. Ebenso verworren hat sie auch die Anwesenheit von Begleitpersonen des Spitals wahrgenommen. Vor ihr stehen zwei Tragbahren mit den Formen zweier Körper darauf, die ganz mit Leintüchern zugedeckt sind. Eine Hand hat das erste Leintuch aufgehoben. Das ist er nicht: ein blutiger Jünglingskopf mit blondem Haar, nur mit einem halben Gesicht, die andere Hälfte ist entstellt. Dann wird das zweite Leintuch aufgehoben, und das ist Nino, sichtbar bis zum Halsansatz. Sie sieht keine Wunde an ihm, nur unter der Nase einen Faden Blut. Und in der Beleuchtung scheint er nicht einmal besonders blaß. An seinen völlig unverletzten Wangen und an seinen Locken klebt da und dort Schlamm. Die Oberlippe ist halb offen vorgewölbt. Die Lider mit den langen, aufgebogenen Wimpern scheinen nicht natürlich gesenkt, sondern als wären sie durch bitteren Zwang auf die Augen gepreßt worden. Der letzte Ausdruck, der sich auf seinem Gesicht fand, ist ein tierisches, naives Staunen, er scheint zu fragen: »Was geschieht mit mir?! Ich fühle etwas, was ich nie vorher erfahren habe. Etwas Sonderbares, das ich wirklich nicht verstehe.«

Idas unmittelbare Empfindung beim Akt des Wiedererkennens war ein riß in der Vagina, als ob man ihr den Jungen von neuem dort herauszerre. Anders als bei Useppe war Ninos Geburt für sie entsetzlich gewesen, nach endlosen schweren Wehen war sie beinahe verblutet. Der Junge hatte bei der Geburt etwa vier Kilogramm gewogen. Er war zu dick gewesen für eine zierliche Erstgebärende, und sie hatten ihn ihr mit Gewalt aus dem Leib reißen müssen. Die Kreißende hatte damals so wilde Schreie ausgestoßen, daß es schien, sie sei ein mächtiges wildes Tier, wie ihr Alfio später liebevoll scherzend berichtet hatte. Heute aber vermochte aus Idas Kehle kein Ton zu dringen. Es war, als hätten sie ihr Zement hineingegossen.
Das sollte, nach der Szene im Leichenschauhaus, die zweite, halbbewußte Empfindung sein, die ihr von diesem Vormittag zurückblieb: Sie konnte nicht schreien, sie war stumm geworden und ging durch nicht wiedererkennbare Straßen, wo das Licht im blendenden Zenit alle Gegenstände obszön hervortreten ließ. Die Photos an den Zeitungsständen lachten obszön, die Menge wand sich lüstern, und die vielen Standbilder oben auf der Basilika stürzten in monströsen Verrenkungen in die Tiefe. Es waren dieselben Statuen, die sie damals vom Fenster der Hebamme Ezechiel aus gesehen hatte, als Useppe geboren wurde. Doch heute waren die Basilika und alle andern Häuser und Gebäude ringsum schief, wie von Konvexspiegeln verkrümmt. Die Straßen verloren ihre Form und verbreiterten sich auf beiden Seiten in maßlosen, widernatürlichen Dimensionen. Und so glitt auch ihr Haus in unerreichbare Fernen. Aber sie mußte doch dringend dorthin zurücklaufen, denn sie hatte Useppe, der noch nicht wach gewesen war, dort gelassen.
Wo befand sie sich jetzt? *Porta Metronia* mußte diese Gegend heißen. Ida, Ida, wohin gehst du? Du hast dich in der Richtung geirrt. Tatsache ist, daß diese Ortschaften aus Kalk gebaut sind, alles ist aus Kalk, und der kann von einem Augenblick zum andern auseinanderbrechen und zerbröckeln. Sie selbst ist ein Stück Kalk und läuft Gefahr, in Stücke zu zerfallen und fortgefegt zu werden, bevor sie zu Hause ankommt. Niemand ist da, um sie zu begleiten und zu stützen, niemand, den sie um Hilfe bitten kann. Trotzdem hat sie es, wer wird je wissen wie, geschafft. Sie ist in der Via Bodoni angekommen und bis zur Wohnungstür hinaufgestiegen. Sie ist daheim. Hier kann sie sich endlich, wenigstens für eine Weile, hinwerfen, kann sich zu Staub zerfallen lassen.
Useppe war aufgestanden und hatte sich allein angekleidet. Ida hörte ihn wahrscheinlich fragen: »Was machst du, Mà? Schläfst du?«, und die eigene Stimme antworten: »Ja, ich bin ein bißchen müde. Ich stehe bald auf«, während ihr Körper zu Staub und Kalkbrocken zerfiel, wie eine Mauer. Aus der Kindheit – vielleicht hatte sie es aus dem Mund ihrer

Mutter gehört – kehrte das Wort *Klagemauer* zu ihr zurück. Sie wußte in Wirklichkeit nicht, was diese berühmte *Klagemauer* war, aber das Wort hallte von den Wänden wider, auch wenn sie weder weinen noch schreien konnte. Nicht nur ihr eigener Körper, sondern die Wände selbst knisterten und knirschten und zerfielen zu Staub. Aber sie hatte dabei doch die Wahrnehmung nicht verloren, denn unter diesem ungeheuren trockenen Rieseln hörte sie andauernd: Tic, tic, tic. Es waren die Stiefelchen Useppes, der die ganze Zeit in der Wohnung hin und her ging. Tic, tic, tic. Er wanderte in seinen Stiefelchen kilometerweit auf und ab.
Später, nach dem Erscheinen der Zeitungen, begann es an der Wohnungstür zu läuten. Außer der Pförtnerin und ihrer Enkelin kamen Filomena und Annita Marrocco, die Kindergärtnerin, die alte Kollegin, die Giovanninos Lehrerin gewesen war, Consolata, die Schwester Clementes. Ihnen allen trat Ida an der Tür mit starrem, gipsweißem Gesicht entgegen und flüsterte: »Sie dürfen vor dem Kind nicht davon sprechen. Es darf nichts davon wissen.« Die verstummten Besucherinnen standen dann in der Küche um Ida herum, die auf einem Stuhl neben dem Herd kauerte. Ab und zu schaute Useppe herein; mit seinem Montgomery über den Schultern – denn die Wohnung war kalt – sah er aus wie ein Heinzelmännchen. Er blickte nur rasch herein und zog sich dann wieder zurück. Die Marroccos schlugen Ida vor, ihn mitzunehmen, um ihn abzulenken, aber Ida wollte nichts davon wissen. Sie fürchtete nämlich seit dem Anfall vor zwei Tagen, er könnte in Gegenwart von Fremden wieder einen Anfall haben, und dann würden die Leute anfangen, ihn als Kranken und Behinderten zu behandeln.
Gegen Abend kam ein Kondolenztelegramm von der Schulleiterin. Es waren keine Verwandten zu benachrichtigen. Nach dem Tod der Großeltern in Kalabrien hatte Ida gar keine Beziehungen mehr zu ihren Onkeln und Vettern, die dort unten geblieben waren. Sie hatte praktisch keine Angehörigen oder Freunde mehr auf der Welt.
Annita und Consolata standen ihr bei den nötigen Formalitäten bei; ihnen half der Wirt Remo, der das Geld für das Begräbnis vorstreckte und sogar einen Kranz von roten Nelken mit der Inschrift *Die Genossen* auf der Schleife besorgte. Ida hatte nicht die Kraft, auch nur das Geringste zu erledigen. Sie wurde der Ermittlungen wegen zur Polizei beordert, doch der Kommissar hatte bei ihrem Anblick Mitleid mit ihr und ließ sie, ohne viel zu fragen, wieder gehen. Übrigens war es klar, daß sie über ihren eigenen Sohn weniger wußte als der Kommissar selbst.
Sie wollte lieber keine Einzelheiten über das Unglück erfahren. Wenn jemand ihr etwas andeutete, stammelte sie: »Nein, noch nicht. Sagt mir vorerst nichts.« Sie waren zu dritt mit dem Lastwagen gefahren. Einer, der Fahrer, war schon tot, als die Sanitäter ankamen, Nino war auf dem

Transport ins Krankenhaus gestorben. Der dritte lag, mit Unterleibsverletzungen und gebrochenen Beinen, von der Polizei bewacht, in einem Krankensaal von San Giovanni.

Es war tatsächlich einiges faul an diesem Unfall, soviel konnte sogar Ida bei ihrer Vernehmung auf der Polizei verstehen. Anscheinend war der Lastwagen, wegen einer gestohlenen Autonummer, als verdächtig aufgefallen. Unter seiner Ladung Holz hatte er in Wirklichkeit illegale Waren transportiert, und außerdem seien darunter noch verbotene Waffen der ehemaligen deutschen Wehrmacht versteckt gewesen. Es gebe noch immer – mußte der Kommissar Ida erklären – Splittergruppen von Ex-Partisanen, die gemeinsam man wußte nicht was für künftige subversive oder pseudo-revolutionäre Aktionen anzettelten, gegenwärtig handle es sich allerdings nur um Schieber- und Schmuggeldelikte oder um dreiste kleine Räubereien ... All das werde zur Zeit noch ermittelt. Der einzige Überlebende von den dreien hatte, bevor er das Bewußtsein verlor, noch auf ein Stück Papier die Namen und Adressen der beiden andern kritzeln können. Schon halb im Delirium hatte er auch inständig nach einem Hund gefragt, der, wie es schien, sich mit auf dem Lastwagen befunden hatte. Aber was aus diesem Hund geworden war, wußte man nicht.

Das Unglück hatte sich kurz vor Tagesanbruch ereignet. Anscheinend hatte die Straßenpolizei zunächst Halt geboten, doch der Fahrer hatte, anstatt anzuhalten, Gas gegeben und war in eine Seitenstraße abgebogen. Es war nicht klar, was er vorhatte. Jedenfalls verfolgte die Polizei sie jetzt, worauf die Besatzung des Lastwagens – nach dem Zeugnis der Polizisten – ein paar Schüsse aus der Führerkabine abgab. Die Polizisten schossen zurück, doch nur zu Einschüchterungszwecken in die Luft oder auf die Reifen. Am Unfallort waren später Patronenhülsen gefunden worden, deren genaue Herkunft noch zur Diskussion stand. Im Verlauf der kurzen Schießerei war der Lastwagen, vielleicht infolge eines Fehlmanövers des Fahrers, vielleicht aber auch, weil die Straße glatt war – es hatte während der Nacht geregnet –, bei der ersten Kurve ins Schleudern gekommen und seitlich über eine Böschung hinuntergestürzt. Es war noch dunkel.

Drei Tage später starb auch der letzte Überlebende, ein Mechaniker von Beruf, ohne daß er noch einmal zu sich gekommen wäre. Von ihm hatte man in seinem Zustand keine Informationen über seine eigene Tätigkeit und die seiner Gefährten und ihre möglichen Komplizen erhalten können; und auch die weiteren Nachforschungen – die alle die Darstellung der Tatsachen, wie sie von den Polizisten gegeben worden war, bestätigten – führten in diesem Punkt zu keinem Resultat. Unter anderen wurde auch Proietti Remo verhört, Inhaber einer Schenke im Tiburtino und seit den Zeiten des Untergrunds bei der Kommunistischen Partei eingeschrieben, ferner Segre, David, Student jüdischer Abstammung. Beide gehörten dem Partisanenverband an, zu dem auch Mancuso gehört hatte. Doch erwiesenermaßen konnte weder der eine noch der andere auch nicht im geringsten etwas mit der Sache zu tun gehabt haben. Schließlich kam der Fall ins Archiv.

8

Die Mutter nahm an dem Begräbnis nicht teil. Und auch später fand sie nicht die Kraft, zum Verano-Friedhof zu gehen, wo Ninnarieddu lag – nicht weit von der alten Wohnung in San Lorenzo, wo er aufgewachsen war. Ihre Knie wurden schwach, wenn sie nur daran dachte, ihn dort drinnen zwischen den häßlichen Mauern suchen zu müssen, an denen er so oft, von Kind auf, übermütig außen entlang gelaufen war wie an einer sonderbaren Grenze, die ihn nichts anging. Jetzt war der von den *Genossen* stammende Kranz aus roten Nelken auf dem Grab schon verdorrt, ohne daß die Mutter ihn gesehen hatte. Und die billigen Blumensträuße vom Markt, die das Grab hin und wieder schmückten, hatte nicht sie dorthin gebracht.
Sie hatte nicht einmal geweint. Useppe gegenüber mußte sie sich anstrengen, ihren Schmerz zu verbergen, und unter Fremden hielt sie die Furcht zurück. Sie hatte die Empfindung, wenn sie nur eine Klage laut werden ließe, würden, wie bei einem Dammbruch, Schreie hervorbrechen, die sie nicht zurückhalten könnte, und schreiend würde sie verrückt werden. Dann wäre sie in ein Irrenhaus gekommen, und der arme kleine Bastard Useppe wäre allein zurückgeblieben.
Sie schrie nur im Traum. Wenn es ihr gelang, einzuschlafen, hörte sie gräßliche Schreie, und es waren ihre eigenen. Doch diese Schreie hallten nur in ihrem Hirn wider. In der Wohnung blieb alles still.
Ihr Schlaf war eher ein leichter und oft unterbrochener Schlummer. Und in den Nächten, wenn sie aufwachte, kam es vor, daß sie Useppe wach fand; er sah aus, als befrage er sie mit seinen offenen Augen. Trotzdem stellte er ihr nie eine Frage. Auch bat er sie nie mehr um Nachrichten über Nino.
Während der letzten Jahre hatte sich Ida in dem magischen Vertrauen gewiegt, ihr Sohn Ninnuzzu sei unverwundbar. Jetzt fiel es ihr schwer, sich plötzlich klarzumachen, daß die Erde ohne Ninnuzzu weiterbestand. Sein Tod, der für ihn so rasch eingetreten war, dauerte für Ida lange. Nach dem Begräbnis, dem sie nicht beigewohnt hatte, begann die-

ser Tod für sie zu wachsen. Von diesem Moment an war es, als habe Nino sich in viele Doppelgänger seiner selbst geteilt, von denen jeder sie auf seine Art quälte.
Der erste war noch der fröhliche, ungestrafte Ninnarieddu, den sie das letzte Mal in der Via Bodoni gesehen hatte, wie er mit Bella aus dem Hof rannte. Dieser lief für Ida noch in der Welt herum. Ja, sie sagte sich, vielleicht brauchte sie nur um die ganze Erde herumzuwandern, über alle Grenzen hinweg, und sie würde ihm wieder begegnen. Deshalb ging sie zu gewissen Stunden, wie eine Pilgerin, die ihr Verderben nicht mehr scheut, auf die Suche nach ihm. Und jedesmal, wenn sie ausging, fand sie das schreckliche, verstörende, unbewegte Mittagslicht wieder, die irrealen Dimensionen und verzerrten, unanständigen Formen, die seit jenem Morgen, als sie Nino im Krankenhaus identifiziert hatte, für sie die »Stadt« bedeuteten. Vor einigen Monaten schon hatte sie sich, wegen ihrer geschwächten Sehkraft, eine Brille kaufen müssen. Und jetzt setzte sie sich beim Ausgehen über diese eine zweite dunkle Brille auf, um sich wenigstens teilweise gegen das grelle Schauspiel abzuschirmen. In diesem andern, falschen, verdunkelten Licht suchte sie ohne Hoffnung ihren Flüchtling. In gewissen Augenblicken schien es ihr, als erkenne sie ihn in irgendeinem frechen jungen Kerl wieder, der lachend von einem Tor her grüßte, oder in einem anderen, der, mit dem Fuß auf dem Boden, auf einem Motorrad saß, oder in einem mit einer Windjacke, der rasch um eine Ecke bog ... Mühsam lief sie dann hinter ihm her, obwohl sie schon im voraus wußte, daß sie einem Trugbild nacheilte.
Sie ging immer weiter, bis sie von Müdigkeit überwältigt wurde und ihr der Sinn für die Tatsachen, die Namen und selbst für ihre eigene Identität abhanden kam. Sie erinnerte sich nicht mehr, daß sie Ida war und wo sie wohnte. Eine Zeitlang taumelte sie dann unschlüssig von einer Mauer zur andern, zwischen den vorbeieilenden Leuten und den Fahrzeugen hindurch, ohne jemanden fragen zu können, als wäre sie in eine Maskenwelt hineingeraten. Als erstes Zeichen ihrer wiederkehrenden Erinnerung leuchteten schließlich wie ein Paar Lämpchen in ihrem krankhaften Dämmerungszustand zwei blaue Augen auf und riefen sie nach Hause, wo sie Useppe allein zurückgelassen hatte.
Obwohl das Herbstwetter mild war, lebte Useppe in jenen Tagen in der Wohnung wie ein Eingeschlossener, denn Ida fand noch nicht den Mut, ihn in die Anlagen oder zum Stadtrand hinauszuführen. Mehr noch als vor der Stadt empfand sie Abscheu vor der Natur; in den Bäumen und Pflanzen sah sie das abnorme Wachstum von tropischen Ungeheuern, die sich an Ninos Körper mästeten. Hier war es nicht mehr der Ninnuzzu, der noch durch die Welt lief und sich von ihr im Weglosen verfolgen ließ, sondern der eben begrabene Nino, der in Enge und Finsternis ein-

gekerkert unter der Erde lag. Dieser andere Nino stand vor ihr, als wäre er wieder ein kleines Kind, das weinte, sich an sie klammerte, um von ihr Nahrung und Nähe zu erbetteln. Unter den verschiedenen Doppelgängern Ninnuzzus war dieser der einzige, der ihr als ihr eigen Fleisch und Blut angehörte. Doch war er gleichzeitig unberührbar, verloren in einer schwindelerregenden Unmöglichkeit. Seine elende Höhle in San Lorenzo war für sie ein ferner Punkt, weiter entfernt als die Pole und Indien und auf gewöhnlichem Wege unerreichbar. Manchmal phantasierte Ida, sie könne ihn durch Verbindungsgräben und unterirdische Kanäle erreichen. Manchmal warf sie sich zu Boden und horchte ins Unendliche, ob sie sein Herz schlagen höre.
Aber da war noch ein Nino, der schlimmer war als alle andern. Vor ihm hatte Ida Angst. Er erschien vor ihren Augen wie an dem Tag, da sie ihn auf der Bahre gesehen hatte, als sie ihn in San Giovanni identifizieren mußte: mit schlammverschmiertem Haar und Gesicht, mit einem Blutrinnsal, das ihm aus der Nase floß, als kehre er von einer Schlägerei nach einem seiner wüsten Abende draußen mit seinen Kumpanen zurück. Seine Lider schienen gesenkt, als bemerke er seine Mutter gar nicht, und doch starrten seine Pupillen zwischen den langen Wimpern hindurch voller Haß auf sie. Und mit halbgeschlossenem, von Haß verzogenem Mund sagte er zu ihr:
»Geh weg. Du bist schuld. Weshalb hast du mich zur Welt gebracht?!«
Ida wußte, daß dieser Nino, ebenso wie die andern, jetzt nur noch in ihrem kranken Geist existierte. Doch fürchtete sie seine Verfolgung so sehr, daß sie, besonders nachts, davor zitterte, daß er Gestalt annahm und sie hinter einer Tür oder in einem Winkel der Wohnung erwartete, um ihr vorzuwerfen: »Weshalb hast du mich geboren? Du bist schuld an allem.« Sie hatte, wie eine Mörderin, Angst, den dunklen Korridor zu durchqueren, ja sogar bei ausgelöschtem Licht im Bett zu liegen. Sie hatte die Lampe über ihrem Bett mit einem Tuch bedeckt, um Useppes Schlaf nicht zu stören, und hatte sie so gedreht, daß ihr das Licht voll ins Gesicht schien. So verbrachte sie oft die ganze Nacht. Es war eigentlich eine Art Verhör dritten Grades, dem sie sich unbewußt unterwarf, um von Nino Verzeihung zu erwirken, und in welchem sie sich, wie eine Denunziantin ihrer selbst, nur immer anklagte, anstatt zu versuchen, sich zu rechtfertigen. Sie war es, die Ninnuzzu getötet hatte; und jetzt holte sie die zahllosen Beweise ihrer Schuld hervor: von den ersten Atemzügen bis zur Milch, die sie ihm gegeben hatte, und bis zum letzten Verbrechen an ihm, nämlich daß sie ihn nicht durch irgendein Mittel – etwa durch Einschalten der Polizei – daran gehindert hatte, in den Tod zu gehen ... Unversehens verwandelte sich Ida dann aus der Angeklagten in die Anklägerin und fing mit Ninnarieddu Streit an, nannte ihn Gau-

ner und Verbrecher wie zu der Zeit, als sie noch zusammen wohnten. Das tröstete sie einen Augenblick lang, fast als wäre er wirklich da und höre ihr zu. Doch gleich wieder kehrte mit einem Schauer die Erkenntnis zurück, daß er nirgends mehr wohnte.
Während des Tages nickte sie ab und zu ein, müde von den durchwachten Nächten. Doch dann hörte sie wieder Useppes unaufhörliche kleine Schritte in seinen Winterstiefelchen: tic, tic, tic, tic, tic.
»Du bist schuld, Mà, du bist schuld, du bist schuld.«
Aber nach den ersten Wochen legten sich Idas tägliche Auseinandersetzungen mit den verschiedenen Doppelgängern Ninnuzzus, bis nach und nach alle Doppelgänger zu einem einzigen armen, einsamen Wesen verschmolzen. Dieser letzte Ninnuzzu war nicht mehr lebendig, aber er war auch noch nicht tot. Er lief umgetrieben über die Erde, ohne einen Ort der Ruhe zu finden, an dem er bleiben konnte. Er wollte Luft einsaugen, den Sauerstoff der Pflanzen, aber er hatte keine Lunge zum Atmen mehr. Er wollte den Mädchen nachlaufen; den Freunden, den Hunden, den Katzen etwas zurufen, aber es gelang ihm nicht, von jemandem gesehen oder gehört zu werden. Er wollte ein schönes amerikanisches Hemd anziehen, das im Schaufenster lag, wollte in ein Auto steigen und damit spazierenfahren. Er wollte ein Brötchen anknabbern, aber er hatte keinen Körper, keine Hände, keine Füße mehr. Er war nicht mehr am Leben, aber er lebte dennoch weiter. Er war zur elendesten, grausamsten Strafe verurteilt: leben zu wollen und nicht zu können. In diesem unmöglichen Zustand fühlte Ida ihn ununterbrochen in der Luft herumtreiben, wo er sich verzweifelt an irgendeinen Gegenstand anzuklammern suchte, und wäre es auch bloß der Mülleimer, nur um sich damit wieder an die Erde der Lebenden zu heften. Dann sehnte sich Ida danach, ihn wiederzusehen, und wäre es auch nur einen Augenblick lang, nur solange sie brauchte, um »Ninnuzzu!« zu sagen und zu hören, wie er antwortete: »Hoi, Mà!«, und sei es auch nur in einer Halluzination. Sie begann in der Küche hin und her zu gehen und mit leiser Stimme, damit Useppe es im Zimmer nicht hören sollte: »Wo bist du, Ninnarieddu?« zu rufen und an die Wand zu pochen. Sie spürte mit körperlicher, unabwendbarer Gewißheit, daß er da war, nicht nur gerade hier, sondern überall ringsum, und wie er sich – schlimmer als ein ans Kreuz Genagelter – in seinem Wunsch zu leben krümmte und schließlich das geringste Insekt beneidete oder das Dasein eines Fadens, der in ein Nadelöhr schlüpfen kann. Dieser Nino klagte sie nicht mehr an: »Du bist schuld!« – von ihm kam nur noch ein einziges Wort: »Hilf mir, Mà!«
Iduzza hatte nie an die Existenz eines Gottes geglaubt, ja es kam ihr nie in den Sinn, an Gott zu denken, und noch viel weniger, zu ihm zu beten. Dies war das erste und, wie ich glaube, einzige Gebet, das ihr an einem

jener Spätnachmittage in der Küche der Via Bodoni über die Lippen kam: »Gott! Wenn du nichts anderes tun kannst, dann gib ihm jetzt wenigstens Ruhe. Mach zum mindesten, daß er ganz stirbt.«

Das Herbstwetter blieb unentschieden und veränderlich; es war eher wie im März als wie im November. Ida fürchtete jeden Morgen das Wiedererscheinen der Sonne, die der Luft die gräßliche Aufdringlichkeit der Gegenstände und der Lebenden mitteilte und sich nicht um Ninnarieddus unfaßbare Abwesenheit kümmerte. Sie fühlte sich wie von einem Medikament ein wenig erleichtert, wenn sie beim Aufstehen über der Stadt einen bleiernen Himmel sah, bedeckt bis zum Horizont, ohne einen Streifen Helligkeit.
An einem dieser regnerischen Herbstmorgen – seit dem Begräbnis waren vielleicht vier oder fünf Tage vergangen, und Ida hatte den Schuldienst noch nicht wieder aufgenommen – hörte man an der Wohnungstür jemanden kratzen. Useppe sprang auf und horchte auf das leise, noch ungewisse Zeichen, als ob er es unbewußt erwartet hätte. Ohne etwas zu sagen, mit zitterndem Mund und blaß, lief er zur Wohnungstür. Auf seine Schrittchen antwortete hinter der Tür ein Gewinsel. Der Türflügel hatte noch kaum begonnen, sich in den Angeln zu drehen, als ein Druck von außen ihn aufstieß. Und Useppe ging fast unter in einer Umarmung von Hundepfoten, die einen tollen Tanz um ihn herum aufführten, während eine rauhe Zunge ihm übers ganze Gesicht leckte.
Selbst wenn Bella sich in einen Eisbären oder in ein prähistorisches oder chimärisches Tier verwandelt hätte, hätte Useppe sie dennoch wiedererkannt. Außer ihm aber hätte in dem Moment vielleicht keiner in diesem schmutzigen, herrenlosen Hundevieh die prächtige Hirtenhündin von einst vermutet. Aus einer wohlgenährten, gepflegten Dame hatte sie sich äußerlich in wenigen Tagen in eine Bettlerin der untersten Schicht verwandelt. Abgemagert, mit hervorstehenden Knochen, das schöne Fell eine einzige Kruste aus Schlamm und Schmutz, der pompöse buschige Schweif ein schwärzliches Schnürchen, erregte das Tier, schlimmer als eine Hexe, beinah Entsetzen. Nur in ihren zwar von Trauer, Müdigkeit und Hunger verschleierten Augen leuchtete noch unverkennbar ihre reine, schneeweiße Seele. Man sah, daß sie trotz ihrer Erschöpfung in diesem Augenblick all ihre mädchenhafte Energie zusammennahm, um Useppe zu begrüßen. Nie wird man wissen, was sie alles durchmachen mußte, bis sie zu ihrer einzigen und letzten Familie zurückkehrte. Vielleicht war sie bei dem Lastwagenunglück dabei gewesen. Und war instinktiv den gleichgültigen Händen der Polizisten und Sanitäter entschlüpft, war der Ambulanz gefolgt und ungesehen bis zum San-Giovanni-Krankenhaus gelangt und hatte sich dann um die Mauern

dort herumgetrieben, unberührbar wie ein Paria, und ihrem toten Ninnuzzu das letzte Geleit gegeben. Vielleicht hatte sie seither immer wie ein Standbild auf dem Grab gesessen? Oder vielleicht war sie wie Ida durch die Straßen Roms oder sogar Neapels gelaufen, um ihn, wer weiß wo, zu suchen, wobei sie den Spuren gefolgt war, die er auf seinen Wegen hinterlassen hatte und die auf dem Boden noch lebendig und frisch zu finden waren. Niemand wird es je sagen können. Die Geschichte dieser Tage wird immer ihr Geheimnis bleiben. Nicht einmal Useppe fragte sie danach, auch später nie. Jetzt an der Wohnungstür wiederholte er nur immer wieder, mit einem Stimmchen, dem der Schrecken anzuhören war: »Bella ... Bella ...«, und nichts anderes, während sie ihm Liebesworte zujaulte, die in unseren groben Ohren etwa klangen wie: »Grrui grrruii hump hump hump«, und deren – für Useppe überflüssige – Übertragung lauten würde: »Jetzt bleibst nur du mir noch auf der Welt. Und niemand wird uns je trennen können.«
So waren sie von dem Tag an in der Wohnung der Via Bodoni zu dritt. Und von da an hatte Useppe zwei Mütter. Bella hatte ja – im Unterschied zu Blitz – von Anfang an zu Useppe eine andere Liebe gefaßt als zu Nino. Dem großen Nino gegenüber benahm sie sich als sklavisch ergebene Gefährtin, dem kleinen Useppe gegenüber jedoch als Beschützerin und Wächterin. So war denn die Ankunft seiner neuen Mutter Bella für Useppe ein Glück. Denn seine Mutter Iduzza war jetzt nicht nur alt – so daß manche Fremde, die sie mit ihm zusammen sahen, sie für seine Großmutter hielten –, sondern auch in ihrem Benehmen sonderbar und kindisch geworden.
In der Schule hatte sie ihre täglichen Unterrichtsstunden nach ein paar Tagen Urlaub wieder aufgenommen. Und ihre kleinen Schüler, die erfahren hatten, die arme Signora habe in der Zwischenzeit ihren Sohn verloren, zeigten ihr am Anfang auf ihre Art eine gewisse respektvolle Teilnahme. Einige von ihnen legten ihr Blumensträußchen aufs Pult. Doch sie konnte sie nicht einmal anfassen und schaute sie nur mit erschrockenen großen Augen an, als sähe sie Blutegel. Und wenn nicht alle, so gaben sich doch die meisten Schüler Mühe, sich im Unterricht freundlich und ruhig aufzuführen. Aber man kann von ungefähr vierzig Erstkläßlern, die ihre Lehrerin erst seit weniger als zwei Monaten kannten, nichts Unmögliches verlangen. Mit dem Winter 1946 begann der unaufhaltsame Verfall von Idas beruflichen Qualitäten.
Bisher war sie, trotz der schlimmen Zeiten und Umstände, eine gute Lehrerin geblieben. Natürlich war ihr Unterricht nie besonders fortschrittlich gewesen. Im Gegenteil. Sie wußte nichts Besseres, als ihren Schülern die üblichen Kenntnisse zu vermitteln, die ihr als Volksschülerin einst von ihren Lehrerinnen beigebracht worden waren, welche sie

ihrerseits von ihren Lehrerinnen übermittelt bekommen hatte. Je nach Anlaß führte sie, den Anordnungen der Behörden gehorchend, in die Aufsatzthemen und Diktate die Könige, Duci, Vaterländer, Ruhmestaten und Schlachten ein, wie es die Geschichte von ihr verlangte. Doch tat sie dies in aller geistigen Einfalt und ohne jeden Verdacht, denn über die Geschichte hatte sie, wie über Gott, nie nachgedacht. Sie war eben eine gute Lehrerin im Sinn des Kindlichen, ihrer einzigen wahren Berufung – sie selbst war ja, wie schon mehrmals gesagt, nie ganz erwachsen geworden. Auch ihr Respekt vor den Behörden war kindlich und entsprach eigentlich nicht dem von den hohen Behörden verlangten. Daraus erwuchs ihr sogar auf geheimnisvolle Art im winzigen Territorium ihres Klassenzimmers, und nur dort, eine gewisse natürliche Autorität; vielleicht auch, weil die Kinder spürten, daß sie die Lehrerin dort vor den riesigen Ängsten vor dem Draußen, die sie mit ihr teilten, schützten. Und sie respektierten sie, wie Kinder jeden respektieren, der sich ihrem Schutz anvertraut, selbst ein Eselchen. Diese spontane, weder gewollte noch begriffene Beziehung hatte sich beinah unangetastet fast ein Vierteljahrhundert lang in Iduzzas Dasein erhalten. Die Beziehung überstand den Verlust ihres Gatten Alfio, den Tod ihres Vaters und ihrer Mutter, die Rassengesetze, die Zerstörungen des Krieges, Hunger und Verheerung. Sie war wie ein kleiner wunderbarer Blütenkelch, der jeden Morgen an seinem Stengel aufging, auch wenn der schwankte und von südlichen oder nördlichen Winden übel zugerichtet wurde. Doch im Winter 1946 verwelkte diese Blüte, die einst ewig zu blühen schien.
Der Verfall hatte in Wirklichkeit schon zu Anfang des Herbstes mit Useppes Verbannung aus der Schule begonnen. Obwohl sich Useppe selber ausgeschlossen hatte – mit dem Instinkt, der verwundete Tiere sich verkriechen läßt –, hatte sich Ida bei jenem Schlag, wohl ohne es zu merken, von der ganzen Mitwelt verletzt gefühlt, als hätte diese Useppe in die unterste Zone der Parias verstoßen. Und in dieser Zone wollte sie nun endgültig mit ihm bleiben. Dort war ihr wahrer Platz. Vielleicht war ihr diese Entscheidung gar nicht recht bewußt. Aber jetzt bedeutete Useppe für sie die letzte Kindheit auf Erden. Und nun begannen ihr auch die Kinder, die einzigen aus der Welt der andern, zu denen sie Vertrauen gefaßt hatte, Angst einzuflößen wie die ganze Erwachsenenwelt. Diese Iduzza Mancuso, die ihrem kleinen Analphabeten nach der Trauerzeit wiedergegeben ward, schien keine Lehrerin mehr zu sein. Sie glich einem armen Neuling unter Sträflingen, der, geblendet von seinem langen Marsch nach Sibirien, im Lager der schon alteingesessenen Sträflinge landet.
Nach den ersten schlaflosen Nächten packte sie jetzt abends ein Müdigkeit, die sie fast ohne Übergang einschlafen ließ. Sie sehnte sich so sehr

danach, Ninnuzzu zu finden, daß sie hoffte, ihm wenigstens im Traum zu begegnen. Doch in ihren Träumen ließ sich Ninnuzzu nie sehen. Ja sie träumte eigentlich nie von lebenden Gestalten. Vor ihr tut sich zum Beispiel eine endlose Sandebene auf, vielleicht ein altes, versunkenes Reich Ägyptens oder Indiens, es erstreckt sich ins Unendliche, ohne eine Andeutung von Horizont, mit aufrechten Steinplatten, auf denen exotische, unentzifferbare Inschriften stehen. Anscheinend erklären diese Inschriften dem, der lesen kann, etwas Wesentliches, Grundlegendes. Doch der einzige anwesende Mensch ist sie, und sie kann nicht lesen. Dann erscheint vor ihr eine andere Unendlichkeit, ein schmutziger, kaum bewegter Ozean, auf dem unzählige ungestalte Dinge schwimmen, die einst Kleidungsstücke gewesen sein mögen, Säcke, Ausstattungs- oder andere Gebrauchsgegenstände, die aber jetzt alle schlaff, farblos und nicht wiederzuerkennen sind. Von organischen Formen, und seien es tote, sieht man keine Spur. Doch sonderbarerweise drücken diese von jeher unbeseelten Stoffe den Tod besser aus, als wenn an ihrer Stelle irgendwelche toten Körper da wären. Auch hier ist kein Horizont zu sehen. Und über dem Wasser dehnt sich anstelle des Himmels ein konkaver, lichtloser Spiegel, der das Bild des Ozeans zurückwirft, chaotisch und undeutlich, wie eine allmählich erlöschende Erinnerung.
In einem andern Traum irrt die einsame Schlafende in einem Gatter herum, zwischen Trümmerhaufen rostiger Eisenstücke, die hoch wie Dinosaurier von allen Seiten ihre winzige Person umstellen. Sie reckt sich ängstlich, in der Hoffnung, irgendeine menschliche Stimme zu vernehmen, und wäre es auch nur ein Todesröcheln. Doch der einzige Ton im Raum ist das Pfeifen einer Sirene, und auch das ist nur ein Widerhall aus unbekannten Ewigkeiten . . .
Wenn Iduzza beim Schrillen des Weckers aus diesen Träumen auffuhr, fühlte sie sich so benommen und unbeholfen, daß sie nicht einmal mehr fähig war, sich anzukleiden. Eines Morgens, als sie den Mantel ausgezogen hatte und etwas an die Wandtafel schrieb, hörte sie, wie hinter ihrem Rücken ein Gekicher durch die Bänke lief. Ein Zipfel ihres Rockes hatte sich hinten im Mieder verfangen, so daß ein schmaler, nackter Streifen des Schenkels über ihrem ganz verdrehten, verschlissenen Strumpfband sichtbar war. Als sie es bemerkte, wurde sie dunkelrot vor Scham, schlimmer als eine arme Seele, die beim Jüngsten Gericht ihre Sünden bekennen muß.
In diesem Winter passierte es ihr häufig, daß ihre Schüler über sie lachten. Eines Morgens schlief sie, kaum hatte sie sich hinter das Pult gesetzt, wieder ein – vielleicht weil sie am Abend ein Schlafmittel genommen hatte. Und als sie vom Lärm in der Klasse auffuhr, glaubte sie aus irgendwelchen Gründen, sie sitze in der Straßenbahn, und sagte, indem

sie sich zu einer Bank umwandte: »Schnell, schnell, wir steigen doch an der nächsten Haltestelle aus!« Manchmal sah sie das Podest nicht und stolperte. Oder sie wollte zur Wandtafel und stand statt dessen vor der Tür. Sie versprach sich auch dauernd. Zum Beispiel sagte sie zu einem Schüler »Zeig dein Brot!« statt »Zeig dein Buch!« Ihre Stimme klang, wenn sie vor dem kleinen Auditorium ihren gewohnten Unterricht hielt, wie eine verstimmte Drehorgel. Und oft brach sie plötzlich ab, ihr Gesicht nahm einen kindischen, stumpfen Ausdruck an, und sie wußte nicht mehr, worüber sie gerade gesprochen hatte. Noch immer bemühte sie sich, wie gewohnt, den zurückgebliebenen Kindern die Hand auf dem Blatt zu führen. Doch ihre eignen Hände zitterten so, daß die Buchstaben lächerlich schief und krumm herauskamen. An manchen Tagen waren ihre Unterrichtsstunden für die Kinder das reinste Kasperletheater.

Die notwendige Disziplin, die sie früher auf mütterliche Art mühelos durchgesetzt hatte, lockerte sich von Tag zu Tag und geriet aus den Fugen. Auch einem Neuankömmling wäre sofort unter allen andern die Tür ihres Klassenzimmers an dem unaufhörlichen Stimmengewirr, der Unordnung und dem Gestampfe, das man dahinter vernahm, aufgefallen. Manchmal schallte von dort ein so betäubender Lärm, daß der Schuldiener besorgt die Tür aufmachte und hereinsah. Und ein paarmal kam sogar die Schulleiterin, die sich aber gleich wieder diskret zurückzog, ohne etwas zu sagen. Leider glaubte Iduzza in ihren Gesichtern unbarmherzige Drohungen zu lesen: Berichte über *unbefriedigende Leistungen* ans Ministerium, ja sogar Verlust der Stelle ... Doch in Wirklichkeit wurde ihr gegenüber – jedenfalls zur Zeit noch – besondere Nachsicht geübt in Anbetracht ihrer früheren Verdienste und der Schicksalsschläge, die sie in letzter Zeit erlitten hatte: Sie war Kriegsgeschädigte, dann der Tod des Sohnes, der ein heldenhafter Partisan gewesen war, und jetzt ihre Einsamkeit mit dem andern Söhnchen ohne Namen ... In der Schule ging unerfindlicherweise das Gerücht um, nach dem Tode ihres Mannes habe sie es gelegentlich mit einem nahen Verwandten getrieben, und daher komme die neuropathische Veranlagung des Kindes.

Die Eltern der Schüler, die auf irgendeine Weise von deren schlechtem Benehmen erfahren hatten, hegten Mitleid mit Ida und rieten ihr, die Kinder doch zu prügeln. Doch sie hatte in ihrem ganzen Leben nie jemanden geschlagen, nicht einmal ihren kleinen Teufel von einem Erstgeborenen, ja nicht einmal Blitz, der ohne Erziehung auf der Straße aufgewachsen war und ihr, besonders am Anfang, dauernd in die Wohnung gepinkelt hatte! Schon die Idee, zu strafen oder jemanden zu erschrecken, erschreckte sie zuallererst selbst. Daher sträubte sie sich jetzt nur erstaunt und wehrlos, als würde sie gelyncht, gegen den kindlichen

Tumult in ihrem Klassenzimmer. Alles, was sie tun konnte, war, mit gefalteten Händen wie bei einem Gebet: »Schsch, schsch, Ruhe, Ruhe«, zu flüstern, wobei sie taumelnd zwischen den tobenden Schulbänken herumtrippelte. Die lächerlichen vierzig Dreikäsehochs kamen ihr nicht mehr wie Kinder vor, sondern wie bösartige Zwerge. Sie konnte ihre einzelnen Gesichter nicht mehr unterscheiden, sie bildeten eine einzige feindselige Masse mit erwachsenen, drohenden Zügen. »Schsch ... sch ...« Ihr einziger Trost in diesem Fegefeuer war, daß früher oder später das Läuten der Schulglocke sie befreien würde. Dann stürzte sie so ungeduldig wie die allerfaulsten Schüler davon und in die Via Bodoni zu Useppe.

Allerdings mußte sie noch wie gewohnt auf ihrem Heimweg da- und dorthin gehen, um die täglichen Einkäufe und andere Gänge zu erledigen. Nicht selten passierte es ihr aber jetzt, daß sie den Weg verfehlte, so daß sie mehrere Male umkehren und zurückgehen mußte und sich in diesem vertrauten Stadtteil fühlte wie eine Fremde, die in feindliches Land geraten ist. Als sie mal wieder an einem Vormittag so herumirrte, sah sie, wie eine ältere unförmige Person ihr lachend über die durch Bauarbeiten versperrte Straße entgegenkam. Die Frau machte große, ungezügelte Schritte, schwenkte die Arme und begrüßte Ida mit gutturalen, frohlockenden und gleichzeitig aufgeregten Rufen. Ida wich wie beim Anblick eines Gespenstes zurück, denn sie hatte in ihr sofort trotz ihrer Veränderung Vilma erkannt, die »Prophetin« aus dem Getto, die sie nie mehr wiedergesehen hatte und von der sie seit langem glaubte, sie sei deportiert worden und mit den andern Juden des Viertels in einem Lager umgekommen. Vilma hingegen war der Gefangennahme entgangen, weil sie im Kloster bei ihrer oft erwähnten Nonne Unterschlupf gefunden hatte. Von ihr erzählt man sich sogar eine Episode, von der ich verschiedene Varianten gehört habe und die mit der großen »Razzia«, die die Deutschen am Samstag, dem 16. Oktober 1943, veranstalteten, zusammenhängt. Es heißt, am Vorabend jenes Tages, am Freitag, dem 15. Oktober, als es dunkel wurde, sei Vilma weinend und keuchend ins Judenviertel gekommen und habe mit lauter Stimme von der Straße her die Familien zusammengerufen, die zu der Stunde zu Hause versammelt waren, um die Sabbatgebete zu sprechen. Wie eine zerlumpte Heroldin sei sie weinend durch die Gäßchen gelaufen und habe alle beschworen, zu fliehen und auch die Alten und die kleinen Kinder mitzunehmen und wenigstens ihre kostbarsten Besitztümer zu retten, denn die Stunde des großen Mordens – das von ihr schon so oft vorausgesagt worden war – sei nahe, und am frühen Morgen würden die Deutschen mit Lastwagen kommen. Ja, ihre *Signora* habe sogar die Listen mit den Namen gesehen ... Nicht wenige traten bei ihren Rufen an die Fensterluken, und

einige kamen herunter an die Haustüren. Aber niemand glaubte ihr. Einige Tage vorher hatten die Deutschen – die sie wohl für grausam, aber doch für »ehrenhafte Menschen« hielten – den Rettungspakt mit dem jüdischen Volk von Rom unterzeichnet und auch das verlangte Lösegeld erhalten: fünfzig Kilogramm Gold!, das auf wunderbare Weise mit Hilfe der ganzen Stadt zusammengebracht worden war. Vilma wurde wie gewöhnlich als arme geistesgestörte Visionärin behandelt. Die Bewohner des Gettos gingen in ihre Häuser zu ihren Gebeten zurück und ließen sie allein draußen stehen. Es regnete an dem Abend in Strömen. Vilma kehrte verschwitzt und ganz durchnäßt ins Kloster zurück und wurde von einem äußerst heftigen Fieber befallen, wie es eigentlich eher die Tiere – als die Menschen – ergreift. Seitdem sie sich wieder erholt hatte, war ihr Geist verwirrt, sie erinnerte sich wohl an nichts mehr und war glücklich. Ihre Sprache war zwar nicht mehr verständlich, doch tat sie niemandem etwas zuleid und arbeitete noch immer wie ein Maultier, so daß sie nach wie vor unter doppeltem Schutz stand: dem der Signora und dem der Nonne. Die letztere hatte sie sogar eines Sonntags in der Kirche Santa Cecilia taufen lassen, obwohl man in der Folge entdeckte, daß sie schon als Kind, auf Veranlassung einer Patin, getauft worden war. So hatte Vilma in ihrem Leben die Taufe zweimal empfangen.
Gegenwärtig sah sie aus wie ein geschlechtsloses und eigentlich auch altersloses Wesen, obwohl man ihr an mancherlei Anzeichen das Alter ansah. Ihre Haare waren weiß und waren ihr in Büscheln ausgefallen, so daß da und dort auf dem Kopf kahle rosa Stellen erschienen. Sie hatte sich die Strähnen mit einem bläulichen Bändchen zusammengebunden, das über der Stirn verknotet war. Und jetzt mitten im Winter hatte sie nur ein (sauberes, anständiges) baumwollenes Sommerkleid an und ging mit nackten, strumpflosen Beinen. Und doch schien sie erhitzt. Sie lachte dröhnend, voller Begeisterung, als habe sie seit langer Zeit auf diese Begegnung mit Ida gewartet. Und sie vollführte weit ausladende, fieberhafte, wirre Gebärden, die abwechselnd an einen sakralen, dann wieder an einen bacchantischen Tanz erinnerten. Sie schien danach zu fiebern, ihr eine frohe Nachricht oder Botschaft mitzuteilen. Doch aus ihrem Mund drangen nur rauhe, unartikulierte Laute, deretwegen sie sich lachend rechtfertigte, mit einem Griff an die Kehle, als wolle sie auf ein Leiden hinweisen, das sie an dieser Stelle befallen habe. Ihr Mund war zahnlos, aber der von jeher außergewöhnliche Glanz ihrer Augen war beinah unerträglich geworden.
Immer noch unter ihrem ersten Eindruck, sich einem Gespenst gegenüberzusehen, versuchte Ida, möglichst schnell von ihr loszukommen. Doch Vilma selbst überquerte kurz darauf, mit derselben drängenden Eile, mit der sie hergelaufen war, die versperrte Fahrbahn, als stürze sie

zu irgendeiner nicht aufschiebbaren Begegnung auf der gegenüberliegenden Straßenseite.
Ida sah sie nie wieder. Doch ich habe allen Grund, anzunehmen, daß Vilma noch sehr lange gelebt hat. Es scheint mir in der Tat, als hätte ich sie, vor noch nicht langer Zeit, unter dem Völklein von alten Weibern wiedererkannt, die jeden Tag zum Teatro di Marcello und den andern römischen Ruinen gehen, um die streunenden Katzen zu füttern. Sie hatte noch immer ihr Bändchen um den Kopf, obwohl von ihrem Haar nur noch wenige wollige Büschel übrig waren. Und sie trug auch diesmal ein leichtes, armseliges, aber anständiges Kleidchen. Die nackten Beine aber waren jetzt – vielleicht wegen einer Blutkrankheit – mit kleinen braunen Flecken übersät. Sie saß auf dem Boden zwischen den Katzen und redete in ihrer stockenden, unartikulierten Sprache, die aber in der Klangfarbe jetzt mehr einer Kinderstimme ähnelte, mit ihnen. Aus der Art, wie die Katzen sich ihr näherten und ihr antworteten, ging deutlich hervor, daß sie ihre Sprache sehr gut verstanden. Und sie saß selbstvergessen und glücklich unter ihnen, wie jemand, der in ein himmlisches Gespräch vertieft ist.

Mittlerweile befleißigten sich im Verlauf dieses Nachkriegsjahres die »Großen der Erde«, durch verschiedene »Gipfeltreffen«, durch Prozesse gegen die notorischen Kriegsverbrecher, durch Interventionen und Nicht-Interventionen wieder eine zweckmäßige Ordnung herzustellen. Aber die große gesellschaftliche Umwälzung, auf die einige unserer Freunde, wie Eppetondo und Quattropunte, so ungeduldig gewartet hatten, löste sich überall, im Osten und im Westen, in dem Augenblick, da sie in Angriff genommen wurde, in Nichts auf und stand jetzt wieder unerreichbar in der Ferne wie eine Fata Morgana. Italien erhielt eine republikanische Verfassung, und auch die Arbeiterparteien waren in der Regierung vertreten. Und das war, nach so vielen elenden Jahren, gewiß eine feine Neuerung, aber eben nur ein schönes Mäntelchen um ein altes, unzerstörbares Skelett. Der Duce und seine Mitspieler waren begraben worden, und die königliche Familie hatte ihre Koffer gepackt. Die wahren Drahtzieher aber standen immer noch hinter der Bühne, auch wenn die Kulissen gewechselt hatten. Den alten Großgrundbesitzern fiel wieder der größte Anteil an Grund und Boden zu, den Industriellen die Maschinenanlagen und Fabriken, den Offizieren die hohen Stellen und den Bischöfen die Diözesen. Und die Reichen ernährten sich auf Kosten der Armen, die wieder ihrerseits danach trachteten, an die Stelle der Reichen zu treten; alles war wie immer. Aber weder bei den Reichen noch bei den Armen war Platz für Iduzza Ramundo, denn sie gehörte einer dritten Menschenart an. Die Menschen dieser Gattung (vielleicht stirbt

sie auch bald aus) leben und vergehen, und man hört nie von ihnen, höchstens manchmal im Polizeibericht oder bei Unglücksfällen. Und in diesem Herbst und Winter lebte Iduzza zudem wie hinter einem Nebel, der sie daran hinderte, auch das bißchen zu sehen, was sie sonst vom irdischen Planeten wahrnahm.
Von den Geschehnissen dieses Jahres – den politischen Kämpfen und Regierungswechseln – wußte sie so gut wie nichts. Das einzige soziale Problem war jetzt für sie – neben der Unzulänglichkeit ihres Gehalts bei den steigenden Lebenskosten – die Angst, wegen *unbefriedigender Leistungen* ihre Stelle zu verlieren. Wie gesagt, sie las gewöhnlich keine Zeitungen. Und seit der Weltkrieg zu Ende war und die Deutschen fort waren, hatte sich die Welt der Erwachsenen wieder von ihr zurückgezogen und sie auf den Strand ihres Schicksals zurückgeworfen, wie ein kleines Stück Treibholz nach einem Meeressturm.
Im Juni war sie zum erstenmal in ihrem Leben aufgerufen worden, bei einer Wahl ihre Stimme abzugeben. Da Gerüchte umgingen, man könne für Stimmenthaltung von den Behörden strafbar gemacht werden, hatte sie sich unter den eifrigsten Wählern schon am frühen Morgen an der Urne eingestellt. Sie stimmte für die *Republik* und die *Kommunisten,* so hatte ihr der Wirt Remo geraten. Persönlich hätte sie ja lieber, in Erinnerung an ihren Vater, die Anarchisten gewählt. Aber Remo war sehr dagegen gewesen, hatte ihr ernsthaft abgeraten und sie übrigens davon unterrichtet, daß eine solche Partei gar nicht auf den Listen erschien.
Ehe das Jahr zu Ende ging, kam Remo noch ein paarmal in der Via Bodoni vorbei. Er erachtete es als seine Pflicht, sich ab und zu um die Mutter des Genossen Assodicuori zu kümmern. Während dieser Besuche saß sie voller Verlegenheit da und wußte nicht, wie sie sich dem Gast gegenüber revanchieren noch was sie ihm sagen sollte. Sie ermahnte nur dauernd Useppe und Bella, brav zu sein und keinen Lärm zu machen. Remo seinerseits begriff, daß es vielleicht besser sei, Ninnuzzu vor der armen Signora gar nicht zu erwähnen. Darum unterhielt er sie mit politischen Themen, denen schon immer seine Hauptleidenschaft gegolten hatte. Im Unterschied zu Ninnuzzu gab er sich optimistisch und zukunftsgläubig. Er erwähnte dieses oder jenes Ereignis, das auf der Erde stattfand: Aufstände in den Kolonien, die Bürgerkriege in China und in Griechenland, den Kampf des Ho Tschi Minh in Indochina und in Italien Streiks und Zusammenstöße zwischen Polizei, Bauern und Arbeitern usw., dies alles als günstiges Zeichen, daß die Welt in Bewegung sei und daß diesmal niemand die Bewegung der Völker aufhalten könne. Man sei schließlich nicht mehr im Jahre 1918. Diesmal habe der Kommunismus den Krieg gewonnen. Hatte nicht die Rote Armee die Hitlerheere zerstört? Und hier in Italien: hatten nicht die »Garibaldis« (Sichel und

Hammer) den Widerstand organisiert? Wenn der Marsch erst einmal in Bewegung geraten sei – wer könne ihn da noch aufhalten? Die offenkundigen Ausflüchte, Verrätereien und Verzögerungen – die schon Ninnarieddu verärgert hatten – waren, nach Remos Worten, nichts anderes als eine Taktik, mit der man in der Politik immer rechnen mußte. Und das Geheimnis dieser Taktik lag, wie jedes andere Geheimnis des Sieges und des Heils, in einem einzigen Punkt von absoluter Gewißheit: im Geist des Genossen Togliatti. Es gab keine Mißstände und Probleme der Gesellschaft – schien sich aus den Reden Remos zu ergeben –, für welche Genosse Togliatti, von seinem innern Genie geleitet, nicht eine rasche oder langfristige Lösung wußte. In seinem Geist war alles vorgesehen. Und selbst der Genosse Stalin faßte – nach Remos Meinung – keinen wichtigen Entschluß, ohne sich zuvor mit dem Genossen Togliatti zu beraten. Diese beiden wußten, besser als alle andern, welches der richtige Weg war: es war immer noch der, den Genosse Lenin gezeigt hatte und der durch die Wissenschaft von Karl Marx vorgezeichnet war. Es handelte sich um wissenschaftliche Wahrheiten, die jetzt erprobt und reif waren. Eines war sicher: die Völker hatten sich in Bewegung gesetzt, und zwar so, wie es die großen Genossen der Gegenwart und der Vergangenheit vorausgesagt hatten. Alle Anzeichen sprachen dafür, daß man heute am Vorabend einer neuen Welt stand. »Wir beide, Signora, die wir heute hier sitzen und reden, wir werden morgen die neue Welt sehen!«

Das garantierte der Genosse Remo, und das Vertrauen glühte in seinen ernsten, tiefliegenden Augen und in seinem mageren, dunklen Gesicht eines Holzhauers oder Steinklopfers. Und Ida saß ihm in der kalten Küche in der Via Bodoni gegenüber und fragte sich, ob in dieser grandiosen neuen Welt wenigstens für Kinder wie Useppe Platz sein würde.

In der Nacht des 31. Dezember 1946 wurde in Rom auf den Straßen das alte Jahr mit allgemeinem Lärm von Knallfröschen und Papierbomben verabschiedet.

... 1947

Januar–Juni
> In Sizilien reagieren die Großgrundbesitzer auf Aktionen der Bauern und Tagelöhner, die um ihr Existenzminimum kämpfen, mit einer Reihe organisierter Morde an Gewerkschaftsführern.
> In Rom bestätigt die verfassunggebende Versammlung (einschließlich der Kommunisten) das von dem faschistischen Regime mit dem Vatikan geschlossene Konkordat zwischen Staat und Kirche.
> Im griechischen Bürgerkrieg verlangt England die Intervention der Vereinigten Staaten zur Unterstützung der monarchistischen Reaktion gegen den Partisanenwiderstand. Präsident Truman verliest im Kongreß eine Erklärung, in der er die Vereinigten Staaten nicht nur zur Intervention in Griechenland, sondern auch in allen andern vom Kommunismus bedrohten Ländern verpflichtet und alle Nationen aufruft, sich gegen die rote Gefahr zur Wehr zu setzen (Truman-Doktrin). Diese neue Politik der Vereinigten Staaten bewirkt die endgültige Auflösung der Bündnisse des Zweiten Weltkrieges und den Beginn des *Kalten Krieges* zwischen den beiden Blöcken diesseits und jenseits des *Eisernen Vorhangs*.
> Im Sinne des Kalten Krieges, der in erster Linie die Kontrolle über die kleinen Staaten erfordert, setzen die beiden Weltmächte (USA und UdSSR) unverzüglich ihre jeweils charakteristischen Mittel ein: die USA wirtschaftliche Maßnahmen, die UdSSR direkteren Zwang. Über den *Marshall-Plan* greifen die USA mit bedeutenden finanziellen Unterstützungen in die inneren Angelegenheiten ihrer vom Krieg ruinierten Blockstaaten ein (inbegriffen Westdeutschland und Italien). Die UdSSR führt die von oben verordnete Sowjetisierung ihrer Satelliten durch und verlagert die industrielle Ausbeutung der knapp gewordenen Rohstoffe der Satellitenstaaten in die UdSSR.
> Verstärkte Wiederaufnahme des *Wettrüstens*, besonders des Wettlaufs um das Atomgeheimnis, das bislang Monopol der Vereinigten Staaten war.
> In den Ländern des westlichen Blocks verschärfen sich die innenpolitischen Spannungen zwischen den Rechts-, Zentrums- und Linksparteien.
> Der Bürgerkrieg in Griechenland dauert an.
> In China siegreiche Gegenoffensive der Roten Armee. In Vietnam weist Hó Tschi Minh die französischen Bedingungen für den Waffenstillstand zurück.
> In Sizilien endet eine friedliche Demonstration mit einem Blutbad, das ein von den Großgrundbesitzern gedungener Bandit anrichtet.
> Bildung einer neuen Regierung in Italien unter dem Vorsitz de Gasperis und unter Ausschluß der Kommunisten.

Juli–September

Nach dreißigjährigem, von Mahatma Gandhi mit den gewaltlosen Mitteln des passiven Widerstands geführtem Kampf gegen das britische Empire erhält Indien die Unabhängigkeit. Das Territorium wird in zwei Staaten geteilt: Indien (religiöse Mehrheit der Hindus) und Pakistan (hauptsächlich Mohammedaner). Tausende von Flüchtlingen der jeweiligen religiösen Minderheit überschreiten die Grenze und suchen Zuflucht im anderen Land. Zwischen Hindus und Mohammedanern bricht ein blutiger Konflikt aus, der eine Million Tote fordern wird.

Der Prozeß der Selbstbefreiung der kolonisierten Völker (in den ersten Jahrzehnten des Jahrhunderts begonnen und von den politischen Umwälzungen der Nachkriegszeit beschleunigt) tritt in die entscheidende Phase ein. Die Auflösung der Kolonial-Imperien kann von den betreffenden Mächten nicht mehr geleugnet werden, einige von ihnen (nicht alle) entschließen sich zur Aufgabe des Widerstands. An Stelle des Kolonialismus tritt nun der *Neokolonialismus*, das heißt die wirtschaftliche Unterwerfung der alten Kolonien, die auf dem Ankauf und der industriellen Nutzung ihrer Rohstoffe durch die kapitalistischen Mächte und der Verwandlung ihrer (notwendigerweise unterentwickelten) Territorien in riesige Absatzmärkte für die Industrieprodukte (einschließlich Waffen) der imperialistischen Länder beruht.

Oktober–Dezember

Ostblock: Gründung des *Kominform* (Informationszentrum der europäischen kommunistischen Parteien).

Abbruch der Friedensverhandlungen zwischen den Blockmächten angesichts der ungelösten Probleme Deutschlands.

Fieberhafter Wettlauf um die Atomgeheimnisse der Vereinigten Staaten, mit Agenten-Einsatz durch beide Blöcke, Spionenjagd, Todesurteilen usw.

In Italien: Streiks, Zusammenstöße und Todesopfer in den verschiedenen Provinzen.

In den Vereinigten Staaten: Herstellung der ersten Fernraketen auf der Grundlage bereits von Deutschland im Zweiten Weltkrieg entwickelter Projekte . . .

... Unwägbar in einer Welt der Gewichte ...
. . . . .
... Unermeßlich in einer Welt der Maße ...
                      MARINA ZWETAJEWA

1

»Hallo! Wer spricht? Hier spricht Useppe. Wer spricht?«
»Ja, ich bin's. Hier spricht die Mama, ja. Was möchtest du mir denn sagen, Useppe?«
»Hallo! Wer spricht? Hier spricht Useppe! Wer spricht? Hallo!«
»Entschuldigen Sie, entschuldigen Sie bitte, *Segnora*« (schaltet sich da die Stimme Lena-Lenas ein). »Er hat mich die Nummer wählen lassen. Und jetzt weiß er nicht, was er sagen soll!«
Man hört Lena-Lenas unterdrücktes Lachen und Bellas ausgelassenes Gebell. Dann, nach einem kurzen Hin-und-Her-Geflüster am anderen Ende der Leitung, wird der Hörer aufgelegt.
Gegen Ende des Winters war in Idas Wohnung endlich der Telephonanschluß gelegt worden, und das war der erste Anruf, den sie von dort erhielt. Sie hatte der Pförtnerin und Lena-Lena die Telephonnummer ihrer Schule mitgeteilt, aber mit der Ermahnung, sie nur in dringenden Fällen anzurufen... Useppe konnte, besonders am Anfang, der Versuchung dieses an der Wand befestigten sprechenden Gegenstandes nicht widerstehen, obwohl er sich beim Umgang damit ungeschickt anstellte wie ein Wilder. Beim täglichen Klingeln (Ida telephonierte jeden Tag um halb elf, während der Schulpause) stürzte er, von Bella gefolgt, zum Apparat. Aber auf Idas Grüße wußte er gewöhnlich nichts anderes zu antworten als: »Hallo! Wer spricht? Hier spricht Useppe! Wer spricht?...« usw. Ida war die einzige, die ihre Nummer anrief, und Useppe hatte seinerseits niemand anderen, den er in Rom anrufen konnte. Einmal wählte er aufs Geratewohl eine zweistellige Nummer, und es antwortete ihm die Zeitansage. Es war die Stimme einer Frau, die, während er auf seiner Frage »Hallo, wer spricht?« bestand, hartnäckig wiederholte: »Elf Uhr einundvierzig Minuten!« Ein anderes Mal kam ein Anruf außerhalb der vereinbarten Zeit, am frühen Morgen, aber es war nur jemand, der eine falsche Nummer gewählt hatte, und dieser Mensch am andern Ende der Leitung, der doch selbst falsch gewählt hatte, richtete aus unerfindlichen Gründen seine Wut gegen Useppe! Mit der Zeit hörte Useppe schließlich auf, sich für diesen unmanierlichen und unergiebigen Gegenstand zu in-

teressieren. Bei dem gewohnten täglichen Anruf hörte Ida ein schüchternes, ungeduldiges Stimmchen fast widerwillig antworten: »Jaaa« – »Hast du gegessen?« – »Ja ... jaaa!« – »Geht's dir gut?« – »Jaa ...«, und dann rasch schließen: »Addio! Addio!«
Während des ganzen Winters war Useppe von der Fallsucht verschont geblieben. Am Tag nach seinem ersten Anfall im November war seine Mutter, diesmal allein, zur Ärztin gelaufen, um sich ihr anzuvertrauen. Und dabei hatte sie ihr auch von ihren eigenen kindlichen Anfällen erzählt, die sie bisher allen, auch ihrem Mann gegenüber, geheimgehalten hatte. Beim Erzählen sah und hörte sie wieder in jeder Einzelheit ihren Ausflug nach Montalto, als Kind auf dem Eselchen, in Begleitung ihres Vaters und die Untersuchung des befreundeten Doktors, der sie mit seinem Kitzeln zum Lachen gebracht hatte ... Aber die Ärztin unterbrach in ihrer barschen Art die verworrenen Geständnisse und erklärte ihr bestimmt: »Nein, Signora! Nein, Signora! Es ist erwiesen, daß gewisse Krankheiten nicht erblich sind! Man erbt höchstens eine Anlage, VIELLEICHT, aber auch das ist nicht erwiesen. Und nach allem, was ich davon weiß, ist Ihr eigener Fall ein ganz anderer gewesen. Bei Ihnen hat es sich um gewöhnliche Hysterie gehandelt, während wir es hier mit einem Phänomen völlig anderer Natur zu tun haben.« (»Ich hatte es sogleich gesehen«, murmelte sie hier, halb zu sich selbst, »das Merkwürdige in den Augen dieses Jungen.«) Zum Schluß schrieb das Fräulein Doktor für Ida auf ein aus dem Rezeptblock gerissenes Blatt die Adresse eines Professors auf, eines Spezialisten, der eventuell von dem kleinen Kranken ein *Elektroenzephalogramm* machen konnte. Iduzza jagte das abstruse Wort sofort Schrecken ein. Alles, was mit der unsichtbaren Gewalt der Elektrizität zusammenhing, flößte ihr ein barbarisches Mißtrauen ein. Als kleines Mädchen versteckte sie sich voller Angst bei Blitz und Donner, am liebsten unter dem Mantel ihres Vaters. Und noch jetzt, als erwachsene Frau, zitterte sie, wenn sie Leitungsdrähte berührte, ja schon wenn sie eine Glühbirne einschraubte. Bei dem langen, bedrohlichen Wort, das sie bisher nie gehört hatte, weiteten sich ihre Augen und blickten verängstigt zu der Akademikerin auf, als hätte diese den elektrischen Stuhl erwähnt. Aber eingeschüchtert durch das herrische Wesen des Fräuleins, wagte sie nicht, ihre Unwissenheit einzugestehen.
Kurz darauf war die Sache mit Ninnuzzu passiert, und sie hatte an nichts anderes mehr denken können. Und danach vergaß sie den geplanten Besuch bei dem Spezialisten völlig. In Wirklichkeit aber fürchtete sie die Diagnose dieses unbekannten Professors, wie einen Urteilsspruch, gegen den es keine Berufung gibt.
Der trügerische Verlauf von Useppes Krankheit bestärkte sie in ihrem defensiven Nichtstun. Tatsächlich schien es mit der namenlosen Macht,

die seit dem Herbst die Kräfte des Kleinen verzehrte, zu Ende zu gehen, nachdem sie ihn einmal zu Boden geworfen hatte. Sie begleitete ihn nur noch ganz verstohlen und war manchmal überhaupt nicht mehr zu spüren, als wäre beschlossen worden, es damit bewenden zu lassen. Wenn Ida dem Kleinen abends, zur Bettzeit, die gewohnten Beruhigungsmittel zu trinken gab, wölbte er gierig die Lippen vor wie ein Säugling nach der Mutterbrust. Und bald fiel er dann in schweren und ungestörten Schlaf, dem er sich auf dem Rücken liegend, mit geballten Fäusten und auf dem Kopfkissen ausgebreiteten Armen, für zehn oder mehr Stunden reglos überließ. Als die kleine Bißwunde in der Zunge verheilt war, trug er keine sichtbaren Spuren von dem *Anfall* am 16. November mehr. Nur wer ihn früher gekannt hatte, konnte vielleicht in seinen Augen – als *zu schön* hatte die Ärztin sie damals bezeichnet – eine neue, märchenhafte Andersartigkeit entdecken, wie sie vielleicht im Blick der ersten Seeleute zurückgeblieben war, nachdem sie unermeßliche, noch nicht auf der Karte eingezeichnete Meere überquert hatten. Useppe aber wußte, im Unterschied zu ihnen, weder vorher noch nachher etwas von seiner Reise. Vielleicht aber hatte sich ihm, wenn auch unbewußt, ein umgekehrtes Bild davon auf der Netzhaut eingeprägt, wie man es von Zugvögeln erzählt, die tagsüber, zusammen mit dem Sonnenlicht, immer noch den verborgenen Sternenhimmel sehen sollen.
Ein solches Zeugnis in Useppes Augen war für Ida nur in der Farbe zu erkennen. Ihre Mischung aus dunklem Türkis und hellem Blau war, wenn möglich, noch unschuldiger geworden und fast unergründlich in ihrer doppelten Tiefe. Eines Tages, als sie unvermutet in die Küche trat, fand sie ihn still auf dem Tritt vor dem Herd sitzen, und ihre Blicke begegneten einander. Da sah sie in Useppes Augen ein unmögliches, kindliches und unsagbar qualvolles Wissen, das ihr sagte: »Du weißt es!«, und nichts weiter, jenseits aller logischen Fragen und Antworten.

Im Februar wurde Lena-Lena zu einer Strumpfflickerin zum Arbeiten geschickt und konnte nicht mehr in die Via Bodoni kommen. Aber jetzt war ja Bella da, um Useppe zu behüten, und sie genügte vollauf.
Für Bella war die Zeit der täglichen Beefsteaks, der Bäder im Schönheitsinstitut und all der andern vornehmen Bequemlichkeiten, die sie bei Ninnarieddu genossen hatte, vorbei. Nino hatte sie sogar gebürstet und gekämmt, ja sie eigenhändig massiert, ihr die Augen und Ohren zart mit feuchter Watte ausgewischt usw. Jetzt aber mußte sie sich beim Essen im allgemeinen mit Nudeln und Gemüse begnügen und bekam nur ein paar Extrabissen dazu, die Useppe sich für sie von seinem Teller absparte, ohne daß Ida es merken durfte. Und ihre Toilette bestand jetzt ausschließlich in Trockenbädern, die sie auf ihren Spaziergängen nach eige-

ner Methode nahm; sie wälzte sich im Staub und schüttelte sich dann so schrecklich, daß es aussah, als sei ein Zyklon aufgezogen. Übrigens war ihr die eigene Methode lieber als die Luxusbäder mit Kernseife und warmem Wasser, die sie nie gemocht hatte.
Schwerer, viel schwerer fiel es ihr dagegen, sich an den beschränkten Raum von anderthalb Zimmerchen zu gewöhnen, sie, die an Reisen, Ausflüge und an das Leben auf der Straße gewöhnt war und der noch die endlosen Weiten Asiens im Blut lagen! Im Winter, als sie in der Via Bodoni eingesperrt war, mußte sie sich an manchen Tagen sogar dazu bequemen, ihre Bedürfnisse auf Kartonstücken oder Zeitungen zu erledigen. Sie brachte aber gern jedes Opfer, nur um Tag und Nacht bei Useppe bleiben zu können.
Selbst bei ihrer Suppendiät hatte sie, mit ein bißchen gutem Willen, sehr bald ihre kräftigen Formen und ihre gesunde Muskulatur wieder erlangt. Ihr schönes weißes Fell allerdings war jetzt eher schwärzlich und zerzaust. Und obwohl sie noch immer ihr silbernes Halsband mit dem eingravierten Namen »Bella« trug, nannten sie die kleinen Jungen der Nachbarschaft Struppi. Man sah oft, wie sie sich flöhte, und sie stank ziemlich stark nach Hund. Ja, auch Useppe roch nach ihr, und zwar so sehr, daß manchmal Hunde schnüffelnd um ihn herumliefen; sie waren vielleicht nicht ganz sicher, ob nicht auch er eventuell eine Art kleiner Hund war.
Die Hunde waren sozusagen Useppes einziger Umgang. Menschengefährten oder -bekannte hatte er nicht mehr. Sobald der Frühling kam, waren Bella und Useppe einen großen Teil des Tages unterwegs. Am Anfang hatte sich Ida bemüht, mitzugehen, wenn sie frei hatte. Aber sie hatte bald eingesehen, daß sie auf ihren dürren, geschwächten Beinen unmöglich mit den beiden Schritt halten konnte. In der ersten Minute schon hatte sie sie aus den Augen verloren und fiel gleich mindestens einen halben Kilometer zurück. Kaum waren sie aus der Haustür ins Freie getreten, liefen ihr die beiden in großen Sprüngen davon, dem Unbekannten entgegen. Und auf ihre lauten Rufe bellte ihr Bella von weitem beruhigend zu: »Es ist alles gut. Sei ruhig und geh wieder nach Hause! Um Useppe kümmere ich mich! Ich kann Herden von hundert, zweihundert, dreihundert Vierbeinern zusammenhalten! Meinst du, ich sei nicht fähig, auf ein Menschlein achtzugeben?«
Und so vertraute Ida schließlich Useppe ganz Bella an. Sie fühlte, daß sie der Hündin vertrauen durfte. Was hätte sie auch sonst tun können? Die Ausflüge mit Bella waren Useppes einziges Vergnügen. Selbst das Grammophon war nach dem Vorfall mit der Swingplatte für immer beiseite geschoben worden und verstaubte. Jetzt war auch Useppe wie Bella die Wohnung zu eng geworden, er war unruhig wie eine gequälte Seele,

so daß Ida ihn nicht einmal mehr am Vormittag einzuschließen wagte, wie sie es im Winter getan hatte. Gewöhnlich gingen die beiden gleich nach dem täglichen Anruf der Mutter weg. Bella hatte bald gelernt, daß das Schrillen des Apparats das Zeichen für den freien Ausgang war. Wenn sie das Telephon klingeln hörte, fing sie an hochzuspringen, bellte jubelnd und nieste vor Freude.
Aber zu den Mahlzeiten brachte sie Useppe pünktlich – als trüge sie eine Präzisionsuhr in ihrem Bärenhaupt – nach Hause zurück.
In der ersten Zeit entfernten sich die beiden nicht allzuweit von der Via Bodoni. Ihre Herkulessäulen waren das Tiberufer, die Abhänge des Aventin und weiter drüben die Porta San Paolo, jedenfalls suchte Bella aber immer einen Bogen um das nahegelegene unheimliche Gebäude des Schlachthauses zu schlagen. Vielleicht erinnern sich noch heute ein paar Leute aus dem Testaccio-Viertel an das vorbeiziehende Paar: ein großer Hund und ein kleiner Junge, immer allein und unzertrennlich. An bestimmten besonders wichtigen Punkten, zum Beispiel an der Piazza dell'Emporio, wenn dort Jahrmarkt war, oder am Monte Testaccio, wo manchmal eine Zigeunerfamilie kampierte, blieben die beiden, wie von einer unwiderstehlichen Macht angezogen, stehen, und sie zitterten vor Neugier, der Junge trippelte auf seinen Füßen herum, und der Hund wedelte fieberhaft mit dem Schwanz. Aber kaum zeigte auf der andern Seite jemand, daß er sie bemerkt habe, zog sich das Kind eiligst zurück, und der Hund folgte ihm gefügig. Der Frühling rührte schon eine Menge Geräusche, Stimmen, Bewegungen im Freien auf. In den Straßen und aus den Fenstern erschallten Namen: »Ettoree! Marisa! Umbè! ...« und manchmal auch: »Nino! ...« Bei diesem Namen horchte Useppe verklärt und mit flatternden Lidern auf und lief ein paar Schritte weit in unbestimmter Richtung davon. Auch Bella hob ein wenig die Ohren, als wolle sie wenigstens einen Augenblick lang dem schönen Lockruf folgen, obwohl sie doch wußte, wie sinnlos das war. Sie verzichtete auch darauf, dem Kind nachzulaufen, setzte sich hin und folgte ihm von ihrem Platz aus mit einem Blick voll Verzeihen und überlegener Erfahrung. Wenn Useppe dann beschämt zurückkehrte, empfing sie ihn mit diesem selben Blick. Es gab ja viele Ninos und Ninettos im Viertel, und auch Useppe wußte dies sehr wohl.

Das schöne Frühlingswetter, das dieses Jahr sehr früh eingesetzt hatte, wurde drei Tage lang vom Scirocco unterbrochen, der tiefhängende Wolken und Regengüsse in staubiger, heißer, nach Wüste riechender Luft mit sich brachte. An einem dieser Tage hatte Useppe einen zweiten Anfall. Die Familie war gerade mit dem Mittagessen fertig, und er, der wenig und widerwillig gegessen hatte, war mit Bella in der Küche geblieben, während Ida sich aufs Bett gelegt hatte. Kurz darauf begann Bella erregt und bang hin und her zu laufen, wie es gewisse Tiere tun, wenn sie ein Erdbeben oder eine andere Naturkatastrophe voraussahnen. Sie lief unaufhörlich von der Küche ins Schlafzimmer, so daß Ida sich aufregte und sie scheltend fortjagte. Es war drei Uhr nachmittags. Vom Hof drangen nur wenige Geräusche herauf, ein Radio und Stimmen aus dem Fahrradabstellraum. Dann hörte man einen trockenen Donnerschlag am schweren, schmutziggrauen Himmel und von der Straße her das Vorbeiheulen einer Feuerwehrsirene. Kaum war es wieder still, drang aus der Küche ein leises, abgerissenes Reden zu Ida herüber. Useppe schien ängstlich Bruchstücke von Sätzen zu stammeln, und Bella antwortete mit zärtlichem, halb flehentlichem, halb panischem Gewinsel. Die beiden plauderten oft miteinander. Aber heute wurde Ida, als sie sie hörte, von unbestimmtem Schrecken gepackt und eilte sofort in die Küche. Useppe hielt sich noch auf den Beinen, bewegte sich aber unsicher und schwankend, als gehe er durch halbdunkles Zwielicht. Und Bella trottete mit der Miene einer armen, unwissenden Amme, die verzweifelt nach einem Heilmittel sucht, um ihn herum. Als Ida eintrat, sprang der Hund flehend auf sie zu. Und diesmal sah Ida mit eigenen Augen den *ganzen Anfall*, vom ersten Augenblick an, da der Schrei ausgestoßen wurde und Useppe, wie von einem mörderischen Raubtier angefallen, zu Boden stürzte.

Die verschiedenen Phasen folgten so rasch aufeinander, daß Ida kaum auf ihre eigenen Bewegungen achten konnte. Sie fand sich nur, wie beim ersten Mal, am Boden neben Useppe kniend, der bei ihren Rufen schon wieder zu sich zu kommen schien. Und genau in diesem Augenblick erreichte sie aus ihrem tiefsten Innern die unumstößliche Gewißheit, daß ihr Kind vom Tode gezeichnet war, aber sie machte sich diese Erkenntnis noch nicht bewußt. Das einzige, was sie jetzt sicher fühlte – und das genügte ihr –, war, daß der schreckliche Eindringling, der ein zweites Mal gekommen war, ihr das Kind zu rauben, nun nach seinen dunklen Gesetzen gleich wieder von seinem Opfer ablassen würde.

Diesmal waren sie, als Useppe nach einem tiefen Seufzer die Augen mit seinem verklärten Lächeln wieder aufschlug, zu zweit, um ihn zu empfangen: rechts seine Mutter und links Bella-Struppi. Diese leckte ihm Hand und Nase, ganz zart, um ihn nicht zu belästigen. Und während der ganzen langen Stunden seines darauffolgenden Schlafes blieb sie zu Füßen des Bettes liegen.

Auch als Useppe am späten Abend wieder aufwachte, fand er die beiden neben sich: Bella zur einen und seine Mutter zur anderen Seite. »Useppe!« begrüßte ihn Ida. Und Bella empfing ihn mit einem so leisen, zitternden Bellen, daß es fast wie ein Blöken klang. Useppe hob ein wenig den Kopf und sagte: »Der Mond!« Der Scirocco hatte sich inzwischen gelegt, es wehte jetzt ein frühlingshafter Nordwind, der schon fast den ganzen Himmel reingefegt hatte, und hoch droben zog der Mond vorbei, frisch und nackt, wie nach einem Bad. Derselbe Mond, den sie von der Wohnung in San Lorenzo aus gesehen hatten, damals, als Useppe ihn noch *Tern* oder *Walbe* nannte, wie er ja auch je nachdem brennende Lampen, bunte Ballone, sogar Blechdosen oder Spucke auf der Erde als *Terne* oder *Walben* bezeichnete, wenn sie nur ein wenig im Licht glänzten. Damals ging er ja noch auf allen vieren und verwechselte Himmel und Erde.

Ida konnte es sich nicht leisten, in der Schule frei zu nehmen. Aber als sie am nächsten Morgen wegging, achtete sie darauf, die Wohnungstür wieder wie im Winter doppelt zu verschließen. Die Hand wurde ihr schwer, als sie es tat, es schien ihr wie eine Bestätigung von Useppes Krankheit. Als sie wegging, schlief er noch, in sein Kopfkissen gewühlt, mit Bella vor dem Bett. Als der Hund sie gehen hörte, hob er den Kopf ein wenig und wedelte mit dem Schwanz: »Geh, geh nur. Auf Useppe passe ich auf.« Gegen elf rief sie dann wie gewohnt zu Hause an.

Drei- oder viermal läutete es. Dann kam sein normales, vertrautes Stimmchen:

»Hallo, wer spricht? Hier spricht Useppe! Wer spricht?«

»Ich bin's, deine Mamma! Geht es dir gut?«

»Ja.« (Im Hintergrund bellte Bella.)

»Hast du den Milchkaffee getrunken?«

»Ja...«

Das Gespräch ist dasselbe wie immer, aber heute glaubt Ida in Useppes Stimme ein Zittern zu vernehmen. Sie muß sich sogleich entschuldigen und sagt beruhigend und eilig:

»Ich habe die Tür verschlossen, weil du gestern ein wenig Fieber gehabt hast. Aber sobald du wieder gesund bist, kannst du wieder mit Bella ausgehen.«

»Ja... ja...«

»Dann geht es dir also gut? Also, sei schön lieb... Vor ein Uhr bin ich daheim...«

»Ja... Addio. Addio.«

Alles schien normal. Es war, als wäre das gestern nicht geschehen, gestern nicht, nie. Nur dieses kaum merkliche Zittern in seiner Stimme!... Auf dem Heimweg kaufte sie zum Mittagessen auch einen Nachtisch: zwei Cremetörtchen, eins für ihn und eins für Bella. Und sie sah, wie er strahlte, weil sie auch an Bella gedacht hatte.

Von seinem gestrigen *Fieber* war ihm nichts mehr anzusehen. Er war nur ein bißchen blaß und schien noch ruhebedürftig zu sein und kei-

nen großen Tatendrang zu verspüren, weshalb er zum Glück auch Idas Verrat – die abgeschlossene Tür – kaum bemerkt hatte. Im Lauf des Vormittags hatte er sich offensichtlich damit vergnügt, zu zeichnen. Auf dem Küchentisch lagen seine Buntstifte und ein Blatt, das bis zu den Rändern mit Zeichnungen bedeckt war ... Doch war während Idas Abwesenheit ein kleines Unglück passiert, und Useppe verkündete ihr mutig und zugleich mit einem komisch furchtsamen Lächeln:
»Ach, Mà, Bella hat auf den Lappen geschissen, mit dem du das Geschirr abtrocknest.«
Am Morgen hatte Ida tatsächlich den Lappen auf den Boden fallen lassen, und Bella hatte sich seiner vernünftigerweise bedient, vielleicht in der Annahme, er sei zu ihrer Bequemlichkeit dorthin gelegt worden ... Aus dem Schüttstein stank es noch immer gehörig, denn Useppe hatte fürsorglich den Lappen ins Wasser getaucht, nachdem er pflichtschuldigst das meiste in den Abort geschüttet hatte. Bella hielt sich bei all dem mit der betrübten Miene einer Sünderin ein wenig abseits, obwohl sie sich eigentlich keiner Schuld bewußt war ... Doch Ida traute sich nicht einmal, Useppe wie üblich zurechtzuweisen: »Man sagt: *ein Bedürfnis verrichten! Scheißen* ist ein häßliches Wort!« (Er hatte diese Ausdrücke von seinem Bruder Nino.) Heute hörte sie aus Useppes Mitteilung eher einen Vorwurf heraus, weil sie ihn mit Bella eingesperrt hatte. »Das macht nichts!« sagte sie schnell. »Er war schon schmutzig, der Lappen.« Und Useppe, der gefürchtet hatte, sie würde mit Bella schimpfen, war erleichtert.
Die auf dem Tisch liegengebliebene Zeichnung war ein verschlungenes Gewirr aus roten, grünen, türkisblauen und gelben Kreisen, Strichen und Spiralen. Er erklärte Ida stolz: »Das sind die Schwalben!« und zeigte mit der Hand auf seine durch die Luft stürzenden Modelle hinter dem Fenster. Ida lobte die Zeichnung, die ihr wirklich schön vorkam, wenn sie sie auch nicht verstehen konnte. Aber er zerknautschte das Blatt, nachdem er es ihr gezeigt hatte, in der Faust und warf es in den Kehrichteimer. So machte er es zum Schluß immer mit seinen Zeichnungen. Und wenn Ida protestierte, zuckte er die Achseln und murmelte mit verächtlicher und trauriger Miene etwas Unverständliches. (Manchmal fischte sie heimlich diese Blätter wieder aus dem Kehricht und legte sie in eine ihrer Schubladen, wo sie in Sicherheit waren.)
Alles ging ganz normal. Doch irgendwann am frühen Nachmittag überraschte Ida Useppe – Bella hielt ihren Mittagsschlaf –, wie er in ihrer Nähe auf dem Boden kauerte und sich an die Wand des Korridors lehnte. Am Anfang, als sie ihn nur flüchtig anblickte, glaubte sie bloß, er habe schlechte Laune, doch als sie sich ihm näherte, merkte sie, daß er still vor sich hin weinte, das Gesichtchen verschlossen wie eine Faust,

verzerrt und faltig. Als er zu ihr aufschaute, brach er plötzlich in lautes, trockenes Schluchzen aus. Und mit der Verzweiflung eines Tierchens, das nicht begreift, was mit ihm geschieht, sagte er:
»O Mà ... *walum?*«
Diese Frage galt eigentlich nicht Ida dort vor ihm, eher irgendeiner abwesenden, schrecklichen und unerklärlichen Gewalt. Ida hingegen glaubte wieder, er klage sie an, weil sie ihn heimlich in der Wohnung eingeschlossen hatte. Aber in den folgenden Tagen wurde ihr klar, daß es um mehr ging. Die Frage: *Walum?* war bei Useppe sozusagen zum stehenden Ausdruck geworden, er wiederholte sie völlig zusammenhanglos, wahrscheinlich ganz unwillkürlich und ohne sich dessen bewußt zu sein, denn sonst hätte er sich bemüht, das Wort richtig mit einem ›R‹ auszusprechen. Man hörte ihn manchmal monoton vor sich hin leiern: »Walum? Walum, walum, walum, walum??« Doch trotz des Zwanghaften, Unsinnigen an dieser Frage hatte sie doch etwas Hartnäckiges, Herzzerreißendes, als empöre sich die verletzte Kreatur. Sie erinnerte an das Klagen verlassener Kätzchen, an das Geschrei eines in der Tretmühle leidenden Eselchens, an das Gebrüll von Zicklein, die für das Osterfest auf den Metzgerkarren geladen werden. Man hat nie erfahren, ob alle diese unzähligen und ungezählten ›Walum‹, die ohne Antwort blieben, doch irgendeinen Bestimmungsort erreichten, vielleicht ein unverwundbares Ohr, jenseits aller Orte.

2

Nach Useppes zweitem Anfall war Ida verzweifelt wieder zur Ärztin gelaufen, welche ihr innerhalb von zwei Tagen einen Untersuchungstermin bei dem Professor der Neurologie erwirkte, den sie Ida schon empfohlen hatte. Sie versicherte Ida – nicht ohne Ungeduld –, das gefürchtete EEG (Elektroenzephalogramm) sei nur eine unschädliche, schmerzlose Aufnahme der elektrischen Gehirnspannungen, die von einer Maschine auf ein Blatt Papier aufgezeichnet würden. Dem Jungen erklärte Ida ihrerseits, das Gesetz habe angeordnet, bei allen kleinen Buben müßten bestimmte Untersuchungen gegen die Fiebergefahr gemacht werden. Er sagte nichts dazu, pustete nur ein bißchen vor Unlust, aber so leicht, daß es fast wie ein Seufzer klang.
Dem Anlaß zu Ehren machte Ida ihm ein Vollbad im Wäschezuber und zog ihm dann seine elegantesten Sachen an, die langen amerikanischen Hosen und einen neuen Pullover mit weißen und roten Streifen. Sie fuhren mit der Straßenbahn bis zum Bahnhof Termini. Doch von dort aus

gestattete sich Ida, für den Rest der Strecke, den Luxus eines Taxis, nicht nur, um Useppe nicht anzustrengen, sondern weil der Professor eine Anschrift im Nomentano-Viertel angegeben hatte, nicht weit vom Tiburtino. Ida hatte nicht mehr genügend Willensstärke, sich aus eigener Kraft in diese Gegend zu begeben.

Ida war früher – zu Alfios Zeiten – schon Taxi gefahren, mindestens zwei- oder dreimal. Useppe aber stieg heute zum erstenmal in seinem Leben in ein Mietauto und war ganz aufgeregt vor Überraschung. Ohne zu zögern setzte er sich neben den Fahrer. Und vom Rücksitz aus hinter ihm hörte Ida, wie er in sachverständigem Ton den Mann fragte: »Wie viele Zylinder hat das Auto?« »Es ist ein Fiat elfhundert!« antwortete ihm der Taxifahrer voller Befriedigung. Und Ida sah ihn noch, als er den Gang eingelegt hatte, auf eine zweite Frage seines Fahrgasts mit dem Finger auf den Tachometer zeigen. Useppe hatte ihn offenbar um Auskunft über die Geschwindigkeit gebeten . . . Damit war das kurze Gespräch zu Ende. Useppe verstummte, und Ida bemerkte, daß er den Kopf in der Art wiegte, mit der er seine sonderbaren Litaneien zu begleiten pflegte: »Walum, walum, walum, walum?« Kurz darauf schloß sie, um nicht die Straße sehen zu müssen, bis zur Ankunft die Augen.

Sie wurden in den Seitenflügel eines Krankenhausgebäudes geführt, wo sich das Sprechzimmer befand. Dank der Empfehlung der Ärztin hatte sie der Professor vor der allgemeinen Sprechstunde zu sich bestellt. Er empfing sie in einem Raum am Ende eines langen Korridors. An der Tür stand: Prof. Dr. G. A. Marchionni. Er war ein Herr mittleren Alters, hochgewachsen und beleibt, mit einer Brille über den dicken Wangen und einem langen, grauen Schnurrbart. Ab und zu nahm er die Brille ab, um sie zu putzen, und ohne Brille verlor sein Gesicht mit dem kurzsichtigen Blick die professionelle Würde und war einfach nur noch dick und stumpfsinnig. Er sprach in gleichförmigem, mattem, akademischem Ton. Aber er drückte sich präzis und höflich aus und wurde nie grob wie die Ärztin. Kurz, er war ein ganz gewöhnlicher vornehmer Herr. Doch als Ida ihn sah, hatte sie sofort Angst vor ihm.

Er überflog ein Blatt mit Notizen, das er in der Hand hatte, und sagte, er kenne die Krankengeschichte zum Teil schon. Die Ärztin mußte ihn darüber informiert haben. Doch bevor er anfing, wünschte er von der Mutter noch einige Informationen. »Inzwischen kann Giuseppe sich ein bißchen den Garten anschauen . . . Du heißt doch Giuseppe, nicht?«

»Nein. Useppe.«

»Fein. Also, Giuseppe, du gehst jetzt hinaus und schaust dich ein bißchen im Garten um. Es ist ein kleines Tier dort, das dich vielleicht interessiert.« Und er schob Useppe zu einer Glastür hin, die ins Freie führte.

Der Garten war eher ein Beet zwischen den Spitalmauern, mit nur ein paar kümmerlichen Pflanzen. Aber in einem Winkel stand tatsächlich ein kleiner Käfig, und das Tierchen darin war so hübsch und sonderbar, daß Useppe vor Neugier fast den Atem anhielt. Es glich einem winzigen Eichhörnchen, hatte aber keinen Schwanz. Es hatte ein dunkelbraunes, gelb und orangefarben geflecktes Fell, ganz kurze Pfötchen und kleine, innen rosarote Ohren. Es lief auf schwindelerregende Weise, ohne auf etwas anderes zu achten, in einem Rad herum, das im Käfig aufgehängt war. Der Käfig war nicht viel größer als eine Schuhschachtel, und das Rad maß vielleicht fünfzehn Zentimeter im Durchmesser. Doch das Tierchen mußte in seinem rasenden Lauf immer im Kreis herum mit seinen Zwergenbeinchen schon eine Strecke zurückgelegt haben, die so lang war wie der Äquator! Es war so schrecklich beschäftigt, daß es nicht einmal Useppes leise Rufe wahrnahm. Und seine schönen, olivenfarbenen Äuglein glänzten starr wie bei Irrsinnigen.

Zuerst blieb Useppe in Gedanken versunken vor dem Käfig stehen. Doch als nicht viel später der Professor vor die Glastür trat, um ihn zu rufen, überraschte er ihn in flagranti, wie er eine Hand in dem Käfig hatte und sich des Einbruchs schuldig machte. Er hatte nämlich beschlossen, das Tierchen unter seinem Pullover versteckt mit nach Hause zu nehmen und es dann, nach Absprache mit Bella, an einen wunderbaren Ort zu bringen, den sie kannten. Dort sollte es dann mit seinen raschen Pfötchen davonlaufen dürfen, wohin es wollte, vielleicht bis zu den Castelli Romani oder nach Amerika oder sonstwohin.

Der Professor kam gerade noch zur rechten Zeit, um den Diebstahl zu verhindern. »Nein ... nein ... Was tust du da!« mahnte er in seiner langsamen Sprechweise. Doch da der Junge nicht davon abließ, ja ihn noch herausfordernd anschaute, sah er sich gezwungen, ihm den Arm aus dem Käfig, dessen Türchen sogleich wieder zuschnappte, herauszuzwängen. Dann zog er den Widerspenstigen am Handgelenk zum Eingang des Sprechzimmers, wo Ida die beiden erwartete.

In diesem Augenblick ließ das bisher stumme Tierchen seine Stimme hören, eine Art ganz leises Grunzen, und Useppe drehte sich um und schaute zurück, riß heftig an seinem Arm und stemmte die Füße gegen die Stufen. Aber der Professor schob ihn mit geringer Anstrengung ins Zimmer und schloß die Glastür zu.

Useppes Gesicht zitterte bis in die Augen hinein: »Ich will nicht! Ich will nicht!« rief er plötzlich sehr laut, als befreie er sich damit endlich aus einer unannehmbaren Situation. Und in einem Wutanfall, der sein Gesicht dunkelrot färbte, boxte er einfach dem Professor die Faust in den Bauch. Ida trat zaghaft vor ... »Es macht nichts. Es macht nichts. Berufsunfälle!« sagte der Professor zu ihr und kicherte in seiner unfrohen Art.

»Das werden wir schon hinkriegen ... werden wir hinkriegen ...« Und ruhig rief er ein Fräulein ans Telephon, das kurz darauf eintrat und Useppe in einem Löffel *etwas Gutes, Leckeres* reichte. Sie tat das auf eine gewisse einschmeichelnde, sanfte Art, die unwiderstehlich schien. Doch das *Gute, Leckere* wurde von zwei fiebernden Händen, die sich von niemandem halten ließen, heftig zurückgestoßen ... und besudelte ihren weißen Kittel.
Useppe wälzte sich jetzt auf dem Boden und stieß in rasender Wut mit den Füßen nach dem Professor, nach dem Fräulein und nach seiner Mutter. Als er sich dann ein wenig beruhigte, schaute er immer wieder verstohlen zur Glastür hinüber, als ob sich dahinter, im Gärtchen, etwas Dunkles verberge. Und Ida sah, wie er dabei an seinem neuen Pullover zerrte, so wie Fieberkranke sich manchmal die Verbände von ihren Wunden reißen. Da erinnerte sie sich, daß sie ihn in einer Sommernacht, vor zwei Jahren, in dem Kämmerchen in der Via Mastro Giorgio bei der gleichen Gebärde beobachtet hatte, damals, als die ersten Anzeichen seiner Krankheit aufgetreten waren. Und der ganze Verlauf der Krankheit stand ihr plötzlich vor Augen, wie sie sich durch Tage und Monate galoppierend blutgierig auf ihren kleinen Bastard geworfen hatte, um ihn zu zerstören.
Einen Augenblick lang fürchtete sie, Useppe werde einen neuen *Anfall* bekommen. Und entgegen aller Logik empfand sie äußersten Widerwillen beim Gedanken, daß ausgerechnet ein Arzt ihn dabei sehen sollte! Sie fühlte sich völlig ausgepumpt und leer, denn sie glaubte jetzt plötzlich zu wissen, daß die Wissenschaft der Ärzte gegen Useppes Krankheit nicht nur nichts nützte, sondern sie nur noch reize.
Sie atmete auf, als sie sah, daß Useppe ruhiger wurde. Er schaute jetzt ganz schüchtern drein, als geniere er sich für sein Verhalten zuvor, und ließ ergeben die folgende Untersuchung über sich ergehen. Aber bis zum Schluß der Untersuchung setzte er den Fragen des Professors hartnäckiges Schweigen entgegen, ja es schien, als höre er sie gar nicht. Wahrscheinlich beschäftigten sich seine Gedanken noch immer mit dem schwanzlosen Tierchen. Aber er hat, soviel ich weiß, nie mehr mit jemandem über diese kurze Begegnung gesprochen.
Als sie schließlich aus dem Sprechzimmer herauskamen, mußten sie mitten durch ein Grüppchen wartender Personen hindurch. Ein blonder Junge stand da mit ganz langen Armen und hängenden Lippen und zuckte andauernd zusammen; ein sauberer alter Mann mit rötlichen Backen kratzte sich unablässig mit verzerrtem Ausdruck wütend an den Schultern, als würde er von widerlichen, unersättlichen Insekten gequält. Aus einem Zimmer trat ein Krankenwärter, und durch die halboffene Tür sah man einen Raum mit vergitterten Fenstern und einer

Menge Betten ohne Decken, auf denen angekleidete Leute unordentlich herumlagen. In dem Gang zwischen den Betten ging ein Mann in Hemdsärmeln und mit langem Bart eilig auf und ab und lachte wie ein Betrunkener; plötzlich fing er an zu taumeln. Nach kurzem Warten wurden Ida und Useppe hinter eine Glastür gerufen, die auf eine Treppe mündete.
Das EEG-Labor befand sich in unterirdischen Räumen, wo in künstlichem Licht seltsame Apparaturen standen. Doch Useppe zeigte beim Eintreten weder Neugier noch Staunen; auch als sie ihm die Elektroden am Kopf befestigten, ließ er es gleichgültig geschehen. Wenn man ihn so sah, schien es, als sei er, wer weiß wann und wo, schon einmal durch diese unterirdischen Räume gegangen und habe diese Untersuchungen über sich ergehen lassen und als wisse er, daß sie ihm sowieso nichts nützten.
Immerhin verkündete er beim Heimkommen der Türhüterin mit einer gewissen Wichtigkeit und als handle es sich um ein Geheimnis: »Ich habe das *Fafogramm* gemacht.« Aber sie, die immer tauber wurde, gab sich gar keine Mühe zu verstehen, was er ihr da erzählte.
Ein paar Tage darauf kehrte Ida allein zum Professor zurück, um den Befund und seine Meinung zu hören.
Die Analysen und klinischen Untersuchungen hatten nichts Alarmierendes an den Tag gebracht. Obwohl das Kind sehr zierlich und im Wachstum gehemmt war, konnte weder von irgendwelchen Verletzungen noch von Folgen früherer Infektionen, noch von irgendwelchen organischen Krankheiten die Rede sein. Was den Befund des EEG betraf, so glich dieser in Idas Augen einem undurchdringlichen Horoskop. Es bestand aus vielen schwankenden Linien auf großen, länglichen Papierstreifen. Der Professor erläuterte ihr, so gut es ging, daß diese Schwankungen die rhythmische Tätigkeit der lebenden Zellen zeigten. Wenn die Tätigkeit aufhörte, wären die aufgezeichneten Linien flach.
Dem Aktenbündel lag ein Bericht von wenigen Zeilen bei, welche schlossen: *Der Linienaufriß erweist sich nicht als signifikant.* Und in der Tat, erklärte der Professor, sei keine spezifische Veränderung des Gehirns registriert worden. Nach diesem Befund wie auch nach den vorangegangenen klinischen Untersuchungen sei der Gesundheitszustand der Person normal. Doch, fügte er hinzu, wenn man die Anamnese in Betracht ziehe, bleibe der praktische Wert eines solchen Ergebnisses unsicher beziehungsweise relativ und transitorisch. Solche Fälle erlaubten weder eine genaue Diagnose noch eine verläßliche Prognose. Es handle sich um ein noch allgemein ungeklärtes Syndrom, sowohl was die Ursachen betreffe als auch was den Verlauf anlange ... Die Medizin könne bis heute nur allenfalls die Symptome behandeln. (Der Professor verschrieb Gardenal.) Es sei klar, daß die Therapie systematisch und regelmäßig befolgt

werden müsse. Der Kranke müsse dauernd unter ärztlicher Kontrolle stehen ...
Der Professor hatte sich die Brille abgenommen, um die Gläser zu putzen. Da glaubte Iduzza aus irgendeiner nicht weit entfernten Abteilung der Spitalgebäude den Schrei eines Kindes gehört zu haben. Schnell und mit tonloser Stimme fragte sie, ob zu den möglichen Ursachen auch eine erbliche Veranlagung oder die verfrühte Geburt gehören könnten ...
»Das ist nicht ausgeschlossen, das ist nicht ausgeschlossen«, entgegnete der Professor in neutralem Ton und spielte mit seiner Brille auf dem Tisch. Dann schaute er Ida plötzlich voll ins Gesicht und fragte: »Kriegt der Junge eigentlich genügend zu essen?«
»Aber ja, ja! Ich ... das Beste!« antwortete Ida erregt, als müsse sie sich gegen eine Anklage verteidigen. »Gewiß«, rechtfertigte sie sich, »im Krieg war es für alle schwierig ...« Sie fürchtete, mit diesem *alle* den Professor beleidigt zu haben, weil sie ihn in den Haufen der armen Teufel eingeschlossen hatte. Ja, sie meinte in seinem Blick Ironie aufleuchten zu sehen ... Es war nur der typische schräge Blick der Kurzsichtigen, aber Ida hatte Angst davor. Jetzt hörte sie aus irgendeiner andern Abteilung des Spitals den Schrei einer Frau. Vielleicht bildete sie es sich auch bloß ein. Und das Gesicht des Professors erschien ihr, ohne die Brille, nackt bis zur Unanständigkeit, gemein und drohend. Ihr kam der Verdacht, an diesem labyrinthischen Ort der unterirdischen Räume, Korridore, Treppen und Maschinen werde unter dem Befehl des Professors ein Komplott gegen Useppe angezettelt!
In Wirklichkeit war der Mann, der vor ihr saß, ein Professor ohne besonders hervorragende Eigenschaften, der ihr seine wissenschaftlichen Kenntnisse mit pflichtschuldiger Unparteilichkeit zur Verfügung stellte, und dies übrigens, dank der Empfehlung der Ärztin, beinah gratis. Ida aber erschien er jetzt als schreckliche Autorität schlechthin, wie wenn alle Ängste, die die Erwachsenen ihr seit je einflößten, in dieser Maske Gestalt angenommen hätten. Die Ärztin hingegen war ihr, trotz ihrer groben Art – sie behandelte Ida ja wie eine Halbblöde –, nie eigentlich erwachsen vorgekommen, und auch der Gevatter Doktor, der sie einst gekitzelt hatte, nicht. Doch von heute an hatte sie Angst vor allen Ärzten. Das Wort *der Kranke*, das der Professor gebraucht hatte, um Useppe zu bezeichnen, hatte sie unerwartet wie eine Verleumdung getroffen, gegen die sie sich empörte, eine Verleumdung, die sie aus dem Spitalgebäude vertrieb. Sie wollte nicht, daß Useppe ein Kranker sei. Useppe sollte ein Kind sein *wie die andern*.
Trotzdem unterließ sie es nicht, noch am selben Tag zur Apotheke zu gehen, um sich das von Professor Marchionni verschriebene Mittel geben zu lassen. Erst später kam es ihr in den Sinn, daß sie es versäumt hat-

te, ihn zu fragen, ob das Kind an sonnigen Tagen unter der Obhut eines Hirtenhundes frei ausgehen dürfe ... Doch eigentlich hatte Ida diese Frage schon entschieden. Nur an jenem einzigen Vormittag nach dem Anfall hatte sie gewagt, die Haustür zweimal zu verschließen. Doch vom darauffolgenden Tag an war Useppe mit Bella wieder frei gewesen.
Es war April. Und dann kamen Mai, Juni, Juli, August. Ein weiter, sonniger Sommer tat sich den Kleinen, den Kindern, Lausbuben, Hunden und Katzen auf. Useppe mußte herumstreifen und in der Sonne herumtoben *wie die andern*. Sie konnte ihn nicht hinter Mauern einkerkern. (Vielleicht mahnte sie schon jetzt eine noch nicht wahrgenommene Stimme, die sich aber irgendwo in ihr, hinter der Gehörschwelle, bemerkbar machte, daß ihr freiheitsdurstiger Kleiner nicht mehr viele Sommer erleben würde.)

3

Es bleibt somit als letztes noch von jenem Frühling und Sommer des Jahres 1947 zu berichten, von Useppes Ausflügen mit seiner Gefährtin Bella im Testaccio-Viertel und dessen Umgebung. Ohne die Bewachung durch Bella hätte Useppe allerdings diese Freiheit wieder verloren. Er wurde manchmal ganz überraschend von Fernweh übermannt und wollte weiter und immer weiter gehen, ohne zu wissen wohin. Und er hätte sich ganz sicher verirrt, wenn da nicht Bella gewesen wäre, die ihn aufhielt und zur gewohnten Stunde nach Hause zurückbrachte. Und manchmal überkamen ihn auch ganz unvermutete Ängste. Ein Schatten oder ein Blatt bewegte sich, und schon blieb er regungslos stehen oder fing an zu zittern. Doch zum Glück sah er immer, kaum schaute er sich unruhig um, als erstes Bellas Gesicht mit den dunkelbraunen Augen, die sich über den schönen Tag freuten, und fühlte ihr Hecheln aus offenem Maul, mit dem sie der guten Luft Beifall zollte.
Im Lauf des Frühlings fehlte es den beiden, so allein sie auch sonst waren, nicht an Begegnungen und Abenteuern. Als erstes Abenteuer entdeckten sie einen wunderbaren Ort, den Ort nämlich, »den sie kannten« und wohin Useppe das schwanzlose Tierchen hatte bringen wollen. Sie hatten ihn gerade kurz vor dem Besuch bei Professor Marchionni entdeckt. Es war an einem Sonntagvormittag. Nach der kurzen Unterbrechung ihrer Freiheit durften Useppe und Bella wieder ungehemmt ausgehen. Und sie verlangten so sehr danach, daß sie um neun Uhr nach schnellem Abschied von Ida schon draußen waren.
Nach dem Regen hatte kurz der Nordwind geweht und den Himmel so

reingefegt, daß sogar die alten Mauern sich verjüngten und wieder atmeten. In der Sonne war es trocken und heiß und im Schatten kühl. In dem leichten Windhauch ging man wie gewichtlos, wie von einem Segelschiff getragen. Und heute gingen Useppe und Bella zum erstenmal viel weiter als sonst. Ohne es zu merken, überquerten sie die Via Marmorata und folgten der ganzen Länge des Viale Ostiense. Als sie bei der Basilica di San Paolo angekommen waren, bogen sie nach rechts ab, wo Bella, von einem berauschenden Geruch angelockt, zu laufen begann und Useppe ihr folgte.

Bella lief mit dem Ruf: »Uhrrr! uhrrr!«, der bedeutete: »Das Meer! Das Meer!«, aber dort unten floß natürlich nur der Tiber. Doch war es nicht mehr derselbe Tiber wie in der Stadt. Hier strömte er durch Wiesen, ohne Mauern und Geländer, und spiegelte die natürlichen Farben der Landschaft.

Bella besaß ein verrücktes, schweifendes, tausendjähriges Gedächtnis, das sie mit einemmal in einem Fluß den Indischen Ozean und in einer Regenpfütze die Maremme wittern ließ. Sie konnte in einem Fahrrad einen Tatarenkarren und in einer Straßenbahn ein phönizisches Schiff herauswittern. So läßt sich erklären, weshalb sie manchmal ganz unangebracht in riesigen Sprüngen vorwärtsstürzte oder weshalb sie immer wieder stehenblieb, um mit Interesse im Kehricht herumzustöbern oder mit tausend Zeremonien irgendwelche ganz unbedeutende Gerüche zu begrüßen.

Die Stadt war hier zu Ende. Drüben, am andern Ufer, standen im Grün noch einige wenige Baracken und Hütten, die weiter draußen immer seltener wurden. Auf dieser Seite aber waren nur Wiesen und Röhricht, ohne irgendein von Menschen errichtetes Bauwerk. Und obwohl es Sonntag war, lag der Ort verlassen da. Im kaum beginnenden Frühling kam, besonders vormittags, noch niemand an diese Ufer. Nur Useppe und Bella waren da. Sie liefen eine Strecke weit vorwärts und tollten dann im Gras herum. Dann sprangen sie auf und liefen wieder eine Strecke weit.

Hinter der Wiese senkte sich das Gelände. Dort begann ein kleines bewaldetes Gebiet. Und dort verlangsamten Useppe und Bella ihre Schritte und hörten auf zu plaudern.

Sie waren in eine kreisrunde Lichtung eingedrungen, die so dicht von Bäumen umstanden war, daß sich ihre Zweige oben vereinigten und sie eine Art Zimmer mit einem Blätterdach bildeten. Der Boden bestand aus einem grasigen Rund, das wohl erst durch den Regen entstanden war. Vielleicht hatte es noch niemand betreten. Darauf blühten lauter winzige Gänseblümchen, die aussahen, als hätten sie sich alle miteinander in eben diesem Augenblick geöffnet. Hinter den Stämmen, gegen den

Strom hin, schimmerte durch eine natürliche Schilfpalisade das Wasser. Und das Ziehen des Stromes ließ, zusammen mit der Luft, welche die Blätter und die Schilfrohre bewegte, die bunten Schatten im Innern unaufhörlich zittern. Beim Eintreten schnupperte Bella in die Höhe. Vielleicht glaubte sie, sich in einem persischen Zelt zu befinden. Dann hob sie, bei einem Geblöke vom freien Feld her, ganz leicht die Ohren, ließ sie aber gleich wieder sinken. Auch sie achtete, wie Useppe, auf die große Stille, welche auf den vereinzelten Laut dieses Geblöks folgte. Bella kuschelte sich neben Useppe, und Trauer senkte sich in ihre dunkelbraunen Augen. Vielleicht erinnerte sie sich an ihre Jungen und an ihren ersten Antonio in Poggioreale oder an ihren zweiten Antonio, der unter der Erde lag. Sie waren hier wirklich wie in einem exotischen Zelt, ganz weit von Rom und allen andern Städten entfernt, irgendwo auf der Welt. Nach einer langen Reise waren sie hier angekommen. Draußen dehnte sich rings ein riesiger Raum, ohne irgendein Geräusch als das ruhige Ziehen des Wassers und der Luft.
Ein Schwirren lief durch die hohen Blätter, und dann hörte man von einem halb verborgenen Zweig herab ein Lied zwitschern, das Useppe unverzüglich wiedererkannte, denn er hatte es eines Morgens, damals, als er noch klein war, auswendig gelernt. Er sah sogar den Ort wieder, wo er es gehört hatte: hinter der Hütte der Partisanen, auf dem Berg in den Castelli, während Eppetondo die Kartoffeln kochte und man auf Ninnuzzu-Assodicuori wartete ... Die Erinnerung war ein wenig in zitterndem Licht verschwommen, ähnlich wie der Schatten dieses Baumzeltes. Und sie brachte ihm keine Traurigkeit, sondern eher das Gegenteil, etwas wie einen kleinen augenzwinkernden Gruß. Auch Bella schien das Lied zu gefallen, denn sie hob den Kopf und hörte ihm liegend zu, anstatt am Baum hochzuspringen, wie sie es sonst getan hätte. »Kennst du es?« flüsterte ihr Useppe ganz leise zu. Und als Antwort bewegte sie die Zunge und stellte ein Ohr halb auf, womit sie meinte: »Und wie! Wie denn nicht?!« Diesmal waren es nicht zwei Sänger, sondern nur einer. Und soviel man von unten erkennen konnte, war es weder ein Kanarienvogel noch ein Zeisig, sondern vielleicht ein Star oder eher noch ein gewöhnlicher Sperling. Es war ein unscheinbares Vögelchen von graubrauner Farbe. Wenn man emporspähte und achtgab, sich nicht zu bewegen und keinen Lärm zu machen, konnte man ein lebhaftes Köpfchen unterscheiden und schließlich sogar eine winzige rötliche Kehle, die beim Trillern bebte. Das Liedchen mußte sich im Kreis der Vögel verbreitet haben und zu einem richtigen Schlager geworden sein, wenn es jetzt sogar die Spatzen konnten. Und vielleicht kannte dieser hier gar kein anderes, denn er wiederholte nur immer dieses einzige Lied, immer mit derselben Melodie und denselben Worten, mit kaum wahrnehmbaren Variationen:

»Es ist ein Scherz,
ein Scherz,
alles ist ein Scherz!«
Oder:
»Ein Scherz, ein Scherz.
Alles ist ein Scherz!«
Oder:
»Es ist ein Scherz,
es ist ein Scherz,
es ist alles ein Scherz, ein Scherz,
ein Scherz, ohoooo!«
Nachdem der Vogel es etwa zwanzigmal wiederholt hatte, trillerte er nochmals laut und flog weg. Da bettete sich Bella zufrieden noch bequemer ins Gras, legte den Kopf auf die Vorderpfoten und schlief ein. Die Stille war nun, da das Lied zu Ende war, so phantastisch tief, daß nicht nur die Ohren, sondern alle Körperteile sie aufnahmen. Und Useppe erfuhr beim Zuhören eine Überraschung, die vielleicht einen Erwachsenen, der nicht über sein Bild von den Naturgesetzen hinauskommt, erschreckt hätte. Doch sein kleiner Organismus reagierte darauf wie auf etwas ganz Natürliches, obwohl er so etwas noch nie erlebt hatte.
Die Stille sprach nämlich! Ja, sie war aus Stimmen zusammengesetzt, die am Anfang noch unklar herüberdrangen und sich mit dem Zittern der Farben und der Schatten vermischten, bis dann die Wahrnehmung beider Sinne zu einer einzigen wurde. Da begriff er, daß die zitternden Lichtstrahlen in Wirklichkeit auch Stimmen des Schweigens waren. Die Stille und nichts anderes ließ nämlich den Raum erbeben, wurzelhaft schlängelte sie sich im tiefsten Grund der feurigen Mitte des Erdballs und stieg als riesiger Sturm bis über das Himmelsblau auf. Das Himmelsblau blieb ungetrübt, ja, es strahlte noch stärker, und der Sturm war ein vielstimmiger Gesang auf einem einzigen Ton oder vielleicht auf einem einzigen Dreiklang wie ein Schrei! Doch darin waren irgendwie nacheinander alle Stimmen und Sätze und Gespräche zu unterscheiden, zu Tausenden, zu Abertausenden: die Lieder, und das Geblök, und das Meer, und die Alarmsirenen, und die Schüsse, und das Husten, und die Motoren, und die Konvois nach Auschwitz, und die Grillen, und die krachenden Bomben, und das schwache Grunzen des schwanzlosen Tierchens ... und »gibst du mir ein Küßchen, Usè? ...«
Diese nur schwierig und umständlich zu beschreibende tausendfältige Empfindung Useppes war aber an sich ganz einfach und leicht, wie ein Tanzschritt bei der Tarantella. Sie brachte ihn zum Lachen. In Wirklichkeit handelte es sich nach Ansicht der Ärzte auch diesmal wieder um eines der verschiedenen Symptome seiner Krankheit: halluzinatorische

Empfindungen sind »bei Epileptikern immer möglich«. Aber wenn in diesem Augenblick jemand am Baumzelt vorübergekommen wäre, hätte er nichts Unheimliches gesehen, nur einen fröhlichen, dunkelhaarigen Kleinen mit blauen Augen, der in die Luft schaute und ohne erkennbaren Grund vor sich hin lachte, als kitzle ihn ein unsichtbares Federchen im Nacken.

4

»Carloo! ...? ... Vávid ... D-dávid!«
Der junge Mann, der nur wenige Schritte entfernt auf der Via Marmorata vor ihnen her ging, wandte sich kaum um. Nach der kurzen Begegnung in der Via Bodoni im vergangenen Sommer hatte Useppe David Segre (früher Carlo Vivaldi und Piotr) nicht mehr gesehen. Bella hingegen hatte ihn noch ein paarmal getroffen, im Spätsommer und im darauffolgenden Herbst nämlich, als Ninnuzzu nach Rom gekommen war, ohne Zeit zu finden, sich zu Hause sehen zu lassen. Der Hund erkannte ihn sofort und sprang mit so ungestümer Freude auf ihn zu, daß Useppe die Leine aus den Händen glitt. (Seit einiger Zeit hieß es, die Hundefänger der Stadt machten auf frei herumstreifende Hunde Jagd, und Ida hatte erschrocken eine Leine und sogar einen Maulkorb gekauft und Bella und Useppe gleichermaßen ermahnt, sie immer anzulegen. Seither gingen die beiden, solange sie sich in bewohnten Gegenden bewegten, immer so verbunden einher; und natürlich wurde Useppe, der Kleinere, von Bella an der Leine geführt.)
Der junge Mann hatte sich auf das Stimmchen hin, das seinen Namen rief, umgedreht, aber ziemlich gleichgültig, als könne genausogut ein anderer gemeint sein. Er erkannte auch in diesem stinkenden, freudig bellenden Hund, der ihn mitten auf der Straße ansprang, Ninnuzzus Bella nicht gleich wieder. »Geh weg!« schrie er zunächst den unbekannten Hund an. Doch inzwischen lief jemand anderes herzu und verkündete ihm mit kühnem Blick: »Ich bin Useppe!« Und als David sich niederbeugte, sah er zwei blaue Augen, die ihn aufgeregt blinzelnd zur Begrüßung anlachten.
David erschrak fast, als er die beiden erkannte. Sein einziger Wunsch war in diesem Augenblick, allein zu bleiben. »Ciao, ciao, ich geh' nach Hause«, schnitt er das Gespräch kurz ab. Und er drehte sich um und ging in seinem schlenkernden Gang in Richtung auf den Ponte Sublicio weiter. Doch als er die Brücke überquerte, tat es ihm plötzlich leid, und er schaute zurück. Da sah er die beiden, wie sie, nachdem sie ihm ein paar

Schritte gefolgt waren, ratlos am Anfang der Brücke stehengeblieben waren. Der Hund wedelte mit dem Schwanz, und das Kind schaukelte mit unsicherem Ausdruck hin und zurück und hielt sich mit beiden Händen an der Leine. Da winkte David, um sein Benehmen so gut es ging wiedergutzumachen, hastig mit der Hand und deutete ein verlegenes, vage kameradschaftliches Lächeln an. Das genügte, damit die beiden ihm wieder entgegenflogen wie zwei Küken. »Wohin gehst du?« sprach ihn Useppe errötend an. »Nach Hause, nach Hause, ciao«, entgegnete David, und um das komische Paar loszuwerden, fügte er, in Richtung Porta Portese davonlaufend, hinzu:
»Wir sehen uns wieder, was? Später!«
Da winkte ihm Useppe resigniert mit dem vertrauten Zeichen der geballten Faust nach. Bella aber merkte sich seine Worte: »Wir sehen uns später«, als hätten sie eine richtige, gültige Verabredung getroffen. Dabei zog sie – es war beinah halb eins – Useppe an der Leine nach der Via Bodoni zum Mittagessen, während David in ein Gäßchen einbog und hinter der Porta Portese verschwand.
In Wirklichkeit lief er zu einer andern Verabredung bei sich zu Hause, sehnsüchtig und begierig wie zum Stelldichein mit einer Frau. Es war aber nur ein Medikament, zu dem er seit einiger Zeit in schwierigen Stunden, wie früher zum Alkohol, Zuflucht nahm. Doch während der Alkohol ihn erwärmte, ihn wohl auch bis zum Zorn erregte, schenkte ihm dieses andere Mittel die entgegengesetzte Gnade, einen Zustand absoluter Ruhe.
Nach dem Tode Ninnuzzus hatte ihn zunächst eine fieberhafte Unruhe gepackt, die ihn alle Augenblicke aus seinem kleinen römischen Domizil hinaustrieb zu den Orten, die in den letzten Jahren für ihn noch immer eine Art Heimat darstellten. Zunächst war er ins Dorf seiner Amme gefahren, von wo er aber sofort eilig wieder nach Rom zurückgereist war. Dann, einen Tag später, war er nach Mantua zurückgekehrt, doch auch dort hatte er bald wieder den Zug nach Süden bestiegen. Einige seiner alten anarchistischen Genossen hatten ihn in einem Café in Pisa oder in Livorno gesehen, wo sie sich vor Jahren getroffen hatten. Auf ihre Fragen hatte er nur widerwillig und einsilbig oder mit einem gezwungenen Lächeln geantwortet. Dann war er mürrisch und schweigsam sitzen geblieben, ohne aber seine Beine stillhalten zu können, als ob ihn die Berührung mit dem Stuhl juckte oder lähmte. Nach ungefähr einer halben Stunde war er, mitten in ihren Gesprächen, so heftig aufgesprungen, als müsse er dringend fort. Dann hatte er sich aber auf der Stelle von allen verabschiedet und ihnen murmelnd mitgeteilt, er müsse sich beeilen, um den Anschlußzug nach Rom nicht zu verpassen. Und so war er, überraschend wie er aufgetaucht war, von neuem verschwunden.

Eines Tages hatte er in Rom das Bähnchen nach den Castelli genommen, doch an der ersten Haltestelle war er wieder ausgestiegen und eiligst zurückgekehrt. Mehrere Male war er auch in Neapel aufgetaucht ... Doch überall, wo er hinging, bestätigte sich ihm immer nur die endgültige Überzeugung: daß er, wie in Rom, auch sonstwo in keiner andern Stadt oder keinem Dorf mehr einen Freund hatte. Am Ende war ihm nichts anderes übriggeblieben, als sich in seinem gemieteten Parterrezimmer im Portuense zu verkriechen, wo er wenigstens ein vertrautes Bett vorfand, auf das er sich werfen konnte.
Aber wenn er alles zusammenzählte, waren seine Reisen und Ausflüge doch nicht alle vergeblich gewesen. Einen Gewinn hatte er zum mindesten davon zurückgebracht, der ihm in seiner Einsamkeit von nun an weiterhelfen konnte. Und wenn er die Bilanz zog, konnte er das Gewonnene ganz ohne Ironie als Freundschaft auslegen, auch wenn es keine menschliche Freundschaft, sondern eine künstliche und seiner Meinung nach widerliche war.
Es hatte ganz zufällig wenige Monate vorher, während einer seiner Reisen nach Neapel, angefangen. Am späten Abend hatte ihn ein kleiner, eben erst promovierter Doktor der Medizin, eine Bekanntschaft aus den Tagen, als er zusammen mit Ninnuzzu an der Front gewesen war, unvermutet bei sich auftauchen sehen. »Piotr!« hatte der Mediziner ausgerufen, als er ihn erkannte (David hatte sich ihm damals unter diesem Namen vorgestellt). Und noch ehe er ihn anhörte, hatte er begriffen, daß der junge Mann kam, weil er Hilfe brauchte. Später mußte er daran denken, daß sein unmittelbarer Eindruck, als er ihm ins Gesicht schaute, der gewesen war, einen Selbstmörder vor sich zu sehen. In seinen tiefliegenden Mandelaugen lag namenloses Dunkel; der Blick war gepeinigt und zugleich schüchtern. Und die Muskeln zuckten, nicht nur im Gesicht, sondern am ganzen Körper, unter einer Hochspannung, die sich nur in Form von Schmerzen entladen konnte. Kaum eingetreten, ohne auch nur seinen Gastgeber zu begrüßen, den er doch immerhin seit vielleicht zwei Jahren nicht mehr gesehen hatte, mit der brutalen Heftigkeit eines Einbrechers, der mit bewaffneter Hand droht, sagte er, er brauche irgendein Medikament, aber ein starkes, ein Mittel von sofortiger Wirkung, sonst würde er verrückt. Er halte es nicht mehr aus, seit mehreren Tagen schlafe er nicht mehr, er sehe überall Flammen, er suche ein *kaltes, kaltes* Medikament, das ihn am Denken hindere, denn er tue nichts anderes als denken. Er wolle, daß die Gedanken ihn losließen ... daß das Leben ihn loslasse! Unter solchen Ausrufen hatte er sich auf einen kleinen Diwan geworfen, nicht um sich dort hinzusetzen, sondern zusammengekauert, halb auf den Knien gegen die Rückwand liegend, und hatte mit den Fäusten gegen die Wand geschlagen, als wolle er sich die

Fingergelenke zertrümmern. Und er schluchzte, oder besser, die Schluchzer bildeten sich in seiner Brust und erschütterten seinen Körper von innen her, aber sie fanden den Ausweg aus seinem Mund nicht. Es kam nur ein mühseliges Röcheln heraus. Der junge Doktor hatte noch keine Praxis, sie waren bei ihm in der Wohnung, in seiner alten Studentenbehausung, es war eine richtige Junggesellenbude. An der Wand hingen, mit Reißnägeln befestigt, ein paar humoristische Bilder, die aus Wochenzeitschriften ausgeschnitten waren ... Piotr fing an, diese Bilder herunterzureißen, und stieß Beleidigungen und Flüche aus. Der Gastgeber, der ihn als Partisan immer respektiert und bewundert hatte, versuchte, ihn zu beruhigen und sich nützlich zu machen. Er hatte bei sich zu Hause nicht viele Medikamente zur Hand. Aber in seiner Mappe, die er vom Spital, wo er arbeitete, mitgebracht hatte, fand sich eine Ampulle *Pantopon*. Die injizierte er ihm und sah, wie sich sein Besucher kurz darauf beruhigte, ja sogar heiter wurde, wie ein Kind, das die Muttermilch saugt. Er entspannte sich und sagte sanft, in seinem nördlichen Tonfall: »Das tut gut ... Das tut gut ... Das erfrischt ...« Und dabei lächelte er den kleinen Doktor voll Dankbarkeit an, während ihm die Augen sich schon vernebelten und zufielen. »Entschuldige die Störung. Nicht wahr, du entschuldigst die Störung«, sagte er immer wieder, während der Gastgeber, der sah, daß er einschlief, ihm half, sich auf dem Bett im Nebenzimmer auszustrecken. Dort schlief er die ganze Nacht tief, ungefähr zehn Stunden lang. Und am Morgen wachte er beruhigt und ernst auf. Er wusch sich, kämmte und rasierte sich dann sogar. Er wollte wissen, was für ein Mittel das gewesen sei, und der Gastgeber erklärte ihm loyal, es sei eine Pantopon-Spritze gewesen, ein Medikament auf Morphiumbasis. »Morphium ... das ist eine Droge!« bemerkte Piotr nachdenklich und fügte mit gerunzelten Brauen hinzu: »Dann ist das Scheiße!« – »In der Tat«, entgegnete ihm der kleine Doktor ernsthaft und mit beruflichen Skrupeln, »gewöhnlich ist es nicht anzuraten. Aber in bestimmten außergewöhnlichen Fällen kann es nützen.« Doch Piotr hatte eine bekümmerte Miene aufgesetzt, wie ein kleiner Junge, der eine Gemeinheit begangen hat. Er schlug vorsichtig die Fäuste, die an den Gelenken ganz blau waren, gegeneinander. »Sag es niemandem, daß ich mir das habe einspritzen lassen«, war der letzte Satz, den er verlegen dem Gastgeber zumurmelte, bevor er ging.
Seit seiner Kindheit hatte David nur Ekel und Verachtung für Narkotika und Drogen im allgemeinen aufgebracht. In der Familiengeschichte der Segres gab es eine Großtante – die Nachkommen der Verwandtschaft kannten sie nur unter dem Namen *Tante Tildina* –, die im Spital gestorben war infolge süchtigen Mißbrauchs von Chloral, wie es hieß. Sie war unverheiratet im Alter von ungefähr fünfzig Jahren gestorben, und im

Photoalbum zu Hause existierte noch eine Photographie von ihr. Man sah darauf ein schwindsüchtiges, gichtiges Figürchen, mit fast kahlem Kopf – die wenigen Haare aber mit schwarzem Band mit kleinen Perlen aufgeputzt –, in einer gestreiften Jacke und mit einer Pelzstola über den Schultern. Für ihn, als Jungen, hatte dieses senile Wesen mit den verzogenen Lippen, der dürren Nase und den hervorquellenden, traurigen und ein wenig exaltierten Augen einer alten Jungfer den Inbegriff von Häßlichkeit und bürgerlichem Elend dargestellt. Und die Drogensucht, die er seither nicht von der Erinnerung an Tante Tildina trennen konnte, erschien ihm als ein Laster der degradierten, verklemmten Bourgeoisie, die aus Schuld und Langeweile auszubrechen versucht. Der Wein ist eine natürliche Erleichterung, männlich und plebejisch. Aber Drogen sind irreale und perverse Surrogate für alte Jungfern. Die Scham, die ihn schon bei seiner ersten, fast unfreiwilligen Erfahrung in Neapel überkommen hatte, war jedesmal wieder da und demütigte ihn bei jedem neuen freiwilligen Rückfall schlimmer. Diese Scham gab ihm, bis zu einem gewissen Grad, die Kraft, seinem Verlangen zu widerstehen, und hielt ihn davon ab, ganz und gar von dem Zaubermedikament abhängig zu werden. Es gab aber Tage, an denen der sonderbare Energie-Exzeß, unter dem er ganz unproduktiv nur litt, sich zu einem Zustand unerträglicher Angst steigerte und er allen Widerstand aufgeben mußte. In diesem extremen Zustand erschien ihm dann die Wirkung der Droge als das einzige Licht in der Finsternis.
Während dieser Monate lebte David, obwohl er ein schlechtes Gewissen dabei hatte und sich als Kapitalist fühlte, von seinem Vermögen. Bei seinem letzten Aufenthalt in Mantua hatte er seinem einzigen (ihm unsympathischen) Onkel, der noch von der Familie übriggeblieben war, eine Vollmacht für die Liquidation seines persönlichen Erbes gegeben. Es war übrigens nur noch die Fünf-Zimmer-Eigentumswohnung, wo er, seit seiner Kindheit, mit der Familie gewohnt hatte. Als Vorschuß auf den Erlös aus der Wohnung sandte ihm der Onkel an jedem Monatsende eine Postanweisung.
Es war eine elende Summe, aber sie reichte ihm, bei seiner Anspruchslosigkeit, zum Überleben. Es gab ja zur Zeit nicht einmal eine Frau in seinem Leben, er sprach höchstens ab und zu auf seinen nächtlichen Streifzügen eine Prostituierte an, und sie machten es dann gleich, wo sie gerade waren, auf einem Ruinengrundstück oder unter einer Brücke, er blickt der Frau dabei nicht einmal ins Gesicht. Er hätte das auch nicht gekonnt, denn in allen diesen Verlorenen glaubte er die G. aus Mantua zu erkennen, die von anderen Männern (den damaligen Herren) mißbraucht worden war, genau so. Was er jetzt tat, war genau das gleiche! Mißbrauch des Menschen, Sklavenhandel, Kuppelei. Er ekelte sich vor

sich selbst, wagte nicht, sich in die Augen sehen zu lassen. Er machte es daher so schnell und wütend, als begehe er einen Überfall. Und er bezahlte viel zuviel für sein Abenteuer, als wäre er ein reicher Amerikaner, und hatte nachher oft nicht einmal mehr Geld für Zigaretten.

Manchmal betrank er sich, aber seltener als früher. Wenn es ihm einfiel, daß er was essen mußte, erledigte er das stehend, ohne Teller und Besteck, in einer Pizzeria. Das waren, außer der Miete für das Zimmer, seine Hauptausgaben, und als Luxus kamen jetzt die neuen Medikamente hinzu. Aber damals war der Drogengenuß in Italien nicht sehr verbreitet, und es war nicht schwierig, sich, auch billig, welche zu verschaffen.

Nach den ersten Wochen hatte er aus Angst vor der unweigerlich eintretenden physischen Gewöhnung und Abhängigkeit – denn dann wäre es endgültig mit seiner Selbstachtung aus gewesen – manchmal die Opiumderivate durch andersartige und anderswirkende Substanzen ersetzt. Es handelte sich zumeist um Schlafmittel, die in Apotheken frei verkauft wurden und die David nicht nur gegen die nächtliche Schlaflosigkeit, sondern auch am Vormittag und Nachmittag und in jedem beliebigen Augenblick einnahm, wenn er sich selbst unerträglich wurde. Sie verhalfen ihm schnell zu einem Zustand dumpfer Lethargie, in der er ganze Tage liegen bleiben konnte. Doch wenn er wieder daraus auftauchte, war es, als wäre kaum ein Augenblick vergangen, seit er eingeschlafen war. Die Zwischenzeit war gleich Null. Und die Last der unzerstörbaren Zeit lag immer noch auf der Schwelle des Parterrezimmers wie ein großer Stein, den er hinter sich her schleppen mußte. Dann lud er sie sich tapfer wieder auf und versuchte, etwas zu tun. Er ging aus, kehrte zurück, ging an den Fluß und über die Brücken, betrat Kinos und Kneipen, durchblätterte Bücher ... Was sollte er mit seinem Körper anfangen?

Der einzige Trost war an solchen Tagen, zu wissen, daß als letztes Hilfsmittel ihm noch immer sein erstes Medikament blieb, das aus Neapel, von dem er stets eine Reserve zur Verfügung hatte. Kein anderes der verschiedenen Medikamente, die er ausprobiert hatte, hatte, besonders am Anfang, diese lindernde Wirkung auf ihn. Es war wie eine Hand, die ihn liebkoste: »Es ist nichts, es ist nichts!« Die Dinge verloren ihr Gesicht, und sein Gedächtnis entleerte sich. Selbst die Einsamkeit schien ihm dann ein erträglicher, zufälliger, vorübergehender Zustand. Es gab in Wirklichkeit auf Erden außergewöhnliche Menschen, seine künftigen Freunde, die ihm schon entgegenkamen: »Es eilt nicht. Es eilt ganz und gar nicht. Wenn ich in die Stadt geh', vielleicht morgen, werde ich sie treffen.«

Dann und wann kehrte er also von den anderen Medikamenten, die er als Alibis oder Alternativen benutzte, zu dem einzigen zurück, wie ein

Wüstling zu seiner ersten und einzigen Geliebten. Diese Tage nannte er seine *Galatage*. Sie waren seine Kraftquelle, eine trügerische, leider. Mit den chemischen Stärkungen ist es wie mit gewissen Beleuchtungen in billigen Hotels; sie sind so eingestellt, daß sie gerade so lange leuchten, wie man vom Erdgeschoß bis zum oberen Stock braucht. Manchmal aber kommt es vor, daß sie mitten auf der Treppe erlöschen und man dasteht wie blöd und im Dunkeln herumtappt.

An dem Tag, als Bella und Useppe ihm begegnet waren, liefen sie nach dem hastigen Mittagessen gleich wieder aus dem Haus, wie immer bei schönem Wetter. Es war einer dieser sommerlichen Maitage, an denen in Rom alle Viertel aus Licht und Luft gebaut und die ganze Stadt, die Terrassen, Fenster und Balkone beflaggt scheinen. Bei solchem Wetter, und weil es jetzt lange hell blieb, wäre es für unser Paar eigentlich selbstverständlich gewesen, in Richtung Viale Ostiense zu gehen und von dort aus immer weiter, bis zu dem Ort ihrer neuesten Entdeckung – dem Zelt aus Bäumen am Tiberufer. Heute aber schlug Bella die entgegengesetzte Richtung, zum Ponte Sublicio, ein, und Useppe erriet sofort, daß Bella David beim Wort genommen hatte und seine Spur verfolgte, um ihn zu treffen. Useppe hatte sich zwar von Davids Bemerkung nicht täuschen lassen – er hatte sie bestimmt nur so hingeworfen, als Abschiedsgruß, deutlich zum Zweck, rasch von ihnen wegzukommen –, und ängstliche Bedenken bedrückten ihn jetzt. Doch da Bella ihn froh und entschlossen an der Leine mitzog, folgte er ihr ohne Einwände zu dem eingebildeten Stelldichein, denn er war ja selbst begierig darauf.
Er hatte nie gewußt, wo David wohnte. Bella aber wußte es, denn sie war mit Ninnuzzu schon dort gewesen. Und bei der Aussicht auf den bevorstehenden Besuch galoppierte sie vor Begeisterung. Es war eben so, daß David, trotz seiner abweisenden Art, die ihn allen andern mehr oder weniger unsympathisch machte, oft bei Tieren und kleinen Kindern Erfolg hatte. Vielleicht strömte er irgendeinen geheimnisvollen Duft aus, der Kinder, Katzen, Hunde und ähnliche Wesen besonders anzog. Tatsache ist, daß Mädchen, nachdem sie mit ihm geschlafen hatten, sagten, seine dicht behaarte Brust dufte in der Nacht nach Gras.
Als sie an der Piazza di Porta Portese angelangt waren, hob Bella den Kopf und bellte zu den Fenstern der Besserungsanstalt Gabelli hinauf, die sie gleich an Poggioreale erinnerte, wo ihr erster Antonio eingesperrt war. Dann, hinter der Porta, ließ sie den Schweif und die Ohren hängen und zog unauffällig nach rechts. Dort links sah sie nämlich die Mauern des städtischen Hundezwingers, aus dem sie einzelne Schreie zu hören glaubte. Aber Bella sagte lieber Useppe nichts davon.
Jetzt waren sie an der Kneipe mit der Radiomusik, und da lagen die Ba-

racken und das von Schmutz und Schutt übersäte Baugelände. Um diese Zeit traf man hier nicht viele Leute. Aber es waren etliche Hunde da, die in den Abfällen stöberten oder im Staub ausgestreckt ihre Mittagsruhe hielten. Bella hielt sich, trotz ihrer Ungeduld, zum »Stelldichein« zu kommen, bei ihnen auf, um die üblichen Grußzeremonien auszutauschen. Einer der Hunde war ein winziger Hinkefuß, der einem Zwergäffchen ähnelte. Ein anderer war groß und eher dick und sah wie ein Kalb aus. Aber Bella, die ihrerseits wie eine Bärin wirkte, erkannte sie trotzdem alle als ihre Verwandten an. Sie zollte ihrem Hundewesen die gebührende Ehre und begrüßte sie friedlich und zufrieden. Mit einem einzigen unter ihnen, einem kräftigen, aber schlanken Typ mit geflecktem Fell und steil aufgerichteten Ohren, war die Begegnung nicht herzlich. Er und Bella knurrten und zeigten sich die Zähne, bereit, aufeinander loszustürzen. »Bella! Bellaaa!« rief Useppe besorgt. Bei seinem Schrei rief aus einer Baracke ein Junge mit herrischer Stimme: »Wolf! Wolf!«, und seiner Autorität gelang es, den Zweikampf zu verhindern. Der Hund lief gehorsam in die Baracke zurück, und Bella vergaß ihn und alle die andern Hunde im Nu und trottete fröhlich zur niedrigen Tür der Parterrewohnung, die sie gleich wiedererkannt hatte, und kratzte am Holz, als ob sie zur Familie gehöre.

»Herein!« rief von innen Davids Stimme. Es war unverkennbar seine Stimme, aber sie klang einladend, hell und froh, wie man sie noch nie gehört hatte. »Die Tür ist doch zu!« rief Useppe etwas zitternd von draußen. Da stand David, ohne zu fragen, wer da sei, vom Bett, wo er gelegen hatte, auf und trat zur Tür. Aber ehe er öffnete, stieß er mit einem Fußtritt eine zerbrochene Ampulle und einen mit ein paar Blutstropfen befleckten Wattebausch von der Bettvorlage unters Bett.

»Wer ist da? Ah, du bist's!« sagte er mit dieser ganz neuen, klaren und weichen Stimme, als wäre Useppes Besuch das Natürlichste von der Welt. »Sonderbar, ich habe soeben an dich gedacht!« fügte er hinzu und lächelte zärtlich und beglückt, als habe er eben ein Rätsel gelöst und staune: »Ich hab's nicht gewußt, *daß ich an dich dachte,* aber jetzt versteh' ich's: gerade an dich hab' ich gedacht.«

Und er streckte sich wieder auf dem Bett aus, das seit wer weiß wie langer Zeit nicht mehr gemacht worden war. Auf der gestreiften Matratze lagen nur am Kopfende ein schmutzig-graues Kissen und am Fußende ein zusammengeknülltes, ebenfalls graues Leintuch. Die Decke lag unordentlich auf dem Boden neben dem Lehnsessel, und darauf lagen Hosen und Zeitungen. Der Pullover lag weiter drüben, in der Ecke am andern Ende des Zimmers.

»Da ist auch Bella!« verkündete Useppe, als wäre das nötig, obwohl Bella ja, immer noch durch die Leine mit ihm verbunden, vor ihm eingetreten

war. Sie feierte die Begegnung durch Schwanzwedeln, enthielt sich aber, sicher mit Rücksicht auf die Gastfreundschaft, exzessiver und verrückter Freudebezeigungen. Ohne lange Umstände steuerte sie auf die Decke am Boden zu, die sie für ein extra für sie vorbereitetes Lager hielt, und ließ sich, immer noch wedelnd, darauf sinken wie eine Bajadere.
David lag auf dem Rücken. Er hatte nur einen Slip an, und man konnte sehen, wie schrecklich abgemagert er war. Alle Rippen traten hervor. Doch sein Gesicht war kindlich belebt, voller Überraschung und Vertrauen, wie bei einem Treffen zwischen Gleichaltrigen.
»Ich habe deine Schritte erkannt«, erklärte er, immer noch mit der gleichen Selbstverständlichkeit von vorhin, als wundere er sich gar nicht über das Unwahrscheinliche. »Kleine Schrittchen ... ganz, ganz kleine ... Und ich hab' gedacht: *Da kommt er. Aber wer ist es?* Ich wußte den Namen nicht mehr, und ich weiß ihn doch so gut: Useppe! Ist doch klar! Ich hab' heute nicht das erste Mal an dich gedacht: So viele andere Male hab' ich an dich gedacht ...«
Useppe strahlte und stotterte vor zutraulichem Eifer. Und ab und zu, wenn er ihn ansah, mußte David leise lachen.
»Du und dein Bruder«, bemerkte er und drehte sich mit einem Seufzer zur Seite, »ihr seid so verschieden, daß man euch kaum für Brüder hielte. Aber in einem gleicht ihr euch: im Glücklichsein. Es sind zwei verschiedene Arten von Glück. Er ist glücklich, auf der Welt zu sein, und du bist glücklich ... wegen ... wegen allem. Du bist das glücklichste Wesen der Welt. Immer, jedesmal, wenn ich dich gesehen habe, habe ich es gedacht, seit den ersten Tagen, als ich dir begegnet bin, dort im *großen Zimmer*, weißt du noch? Ich habe dich damals nie richtig ansehen können, du hast mir so leid getan. Und seither, glaubst du das? habe ich mich immer an dich erinnert ...«
»Ich auch!!«
»... Na, du warst damals ein *kleiner Knirps*, aber das bist du ja auch jetzt noch. Du mußt nicht auf das achten, was ich sage. Heute ist mein großer Galatag; ich gebe einen Ball! Aber du, du solltest weglaufen, wenn du mir begegnest, besonders wenn ich tanze! Du bist zu niedlich für diese Welt; du bist nicht von hier, wie sagt man: *Glückseligkeit ist nicht von dieser Welt!*«
Er schob das schmutzige Leintuch mit den Füßen zusammen und zog es, plötzlich von einem komischen Schamgefühl erfaßt, bis zur Brust herauf; aber es war ihm auch kalt, denn er hatte noch nichts gegessen. Im Unterschied zu seinem harten, fast glatten Kopfhaar hatte er auf der Brust und unter den Armen wollige Locken wie Persianerfell. Sie stachen jetzt in ihrer Schwärze von der außergewöhnlichen Blässe seines sonst dunklen Körpers ab, der in seiner Magerkeit zur ersten Jugend zu-

rückgekehrt zu sein schien. Er hatte sich mit zurückgelegtem Kopf wieder hingeworfen, und seine Blicke schweiften zur Decke, ernst und verzaubert in friedliches Meditieren versunken. Er hatte heute wieder, trotz seiner Magerkeit und den langen Bartstoppeln, das Gesicht des kleinen Studenten auf dem Paßbild, über den sich die Frauen der Tausend damals, am Abend seiner Ankunft, gewundert hatten.
»Ich habe das Glück immer geliebt!« gestand er. »An manchen Tagen war ich als Kind so damit angefüllt, daß ich mit ausgebreiteten Armen zu laufen anfing und schreien wollte: ›Es ist zuviel, es ist zuviel! Ich kann es nicht alles für mich behalten. Ich muß jemandem davon abgeben.‹«
Aber Useppe stand immer noch da und konnte es kaum erwarten, auf einen Hauptpunkt ihres früheren Gesprächs zurückzukommen: »Auch ich«, fing er bebend wieder an, ». . . du darfst nicht glauben, ich habe dich vergessen, wie du dort mit uns zusammen warst und mit uns geschlafen hast. Du hast eine Sonnenbrille gehabt und eine Mappe . . .«
David wandte sich ihm wieder zu und lachte mit den Augen:
»Wollen wir von nun an«, schlug er ihm vor, »Freunde sein? Wollen wir für IMMER Freunde sein?«
»Ja, ja . . . Jaaa!«
David musterte ihn und mußte lachen: »Du hast noch immer deinen Wirbel mitten auf dem Kopf!«
Bei geschlossener Tür drang das Nachmittagslicht nur schwach durch den Vorhang am Fenster. Es herrschte fast kaltes Halbdunkel. Offensichtlich sorgte dort drin niemand mehr für Sauberkeit oder Ordnung. Auf dem Boden lagen Zigarettenkippen herum, leere, zusammengeknüllte Zigarettenpäckchen und da und dort Kirschkerne. Auf einem Stuhl, der als Nachttischchen diente, war eine leere Spritze neben einem angebissenen Wurstbrot liegengeblieben. Die Möblierung war mehr oder weniger dieselbe wie zu Santinas Zeiten. Nur lagen auf dem Tischchen ein paar Bücher, während die Puppe weggeschafft und anderswohin gesetzt worden war. Und die beiden Heiligenbilder an der Wand waren mit Zeitungspapier überklebt.
Der Ort erinnerte Useppe irgendwie an den großen Raum der Tausend und gefiel ihm sofort. Er schaute sich froh um und machte dabei auch ein paar erkundende Schritte.
»Und wohin gehst du so allein durch Rom?« fragte David und stützte sich auf einen Ellbogen.
»Wir gehen *ans Meer!*« mischte sich Bella ein. Doch Useppe, der wohl wußte, daß David vielleicht nicht verstand, was die Hirtenhündin sagte, übersetzte und korrigierte sie:
»Wir gehen *an den Fluß*! Nicht an diesen Fluß hier«, erzählte er eifrig, »sondern dort drüben, hinter San Paolo. Nein, noch weiter! Noch viel

weiter!!« Er wollte auch schon David von ihrer Begegnung mit dem gefiederten Sänger erzählen, der das Lied kannte: »Es ist ein Scherz ... usw.« Dann ließ er es doch lieber und fragte nach einer Pause statt dessen:
»Hast du das mal gesehen, so ein kleines Tierchen« – mit beiden Händen bezeichnete er die Größe – »ohne Schwanz, dunkelbraun mit gelben Flecken ... mit kurzen Pfötchen? ...«
»Wie welches andere Tier denn ungefähr, zum Beispiel? ...«
»Wie eine Maus ... aber ohne Schwanz ... Es hat auch kleinere Ohren!« bemühte sich Useppe, es zu beschreiben.
»Es könnte ein Zwergsteppenhase sein ... ein Meerschweinchen ... ein Hamster ...« Useppe hätte David noch mehr fragen und erklären mögen, David aber hing seinen eigenen Gedanken nach und bemerkte mit einem flüchtigen Lächeln:
»*Ich*, als ich ein *kleiner Knirps* war wie du, wollte ich Entdecker werden, wollte *alles* entdecken, wollte etwas leisten ... Jetzt aber«, fügte er mit einer lustlosen, schwachen Bewegung hinzu, »habe ich keine Lust mehr, auch nur eine Hand zu rühren, irgendwohin zu gehen ... Aber ich werde an einem dieser Tage doch etwas anfangen müssen! Ich will mir eine schwere körperliche Arbeit suchen, daß ich am Abend, wenn ich heimkomme, so müde bin, daß ich nicht mehr denken kann! ... Denkst du oft?«
»Ich ... ich denke, ja.«
»Woran denkst du?«
Hier gab Bella Laut, um Useppe Mut zu machen. Dieser schaukelte auf den Füßen hin und her, schaute sie an und dann zu David hinüber:
»Ich mache Gedichte!« teilte er ihm mit und errötete, weil er ihm jetzt ein so großes Geheimnis anvertraute.
»Ah! Ich hatte es schon gehört, daß du ein Dichter bist.«
»Von wem?!« Useppe sah prüfend zu Bella hin, der einzigen, die es wußte ... Aber in Wirklichkeit war es Nino gewesen, der vor dem Freund seinen tollen kleinen Stiefbruder gelobt und unter anderem gesagt hatte: »Ich sag' dir, der wird noch ein Dichter oder ein Weltmeister! Du müßtest sehen, was für Sprünge er macht! Und müßtest hören, wie er spricht!«
»Und schreibst du sie schon auf, deine Gedichte?« setzte David, Useppes Frage übergehend, das Gespräch fort ...
»Neinnn ... Ich will nicht *scheiben* ... Nein ... ich nicht ...« – wie immer, wenn er aufgeregt oder unsicher war, verfiel Useppe wieder in die Kindersprache – »die Gedichte, die denke ich ... und sage sie auf ...«
»Und wem sagst du sie auf?«

»Ihr!« Useppe zeigte auf Bella, die mit dem Schwanz wedelte.
»Sag sie auch mir, wenn du sie noch weißt.«
»Nein, ich weiß sie nicht *mehr* . . . Ich denke sie, und dann vergesse ich sie sofort wieder. Es sind so viele . . . sie sind ganz kurz! Aber SEHR VIELE!! Ich denke sie mir, wenn ich allein bin, und auch wenn ich nicht allein bin, denke ich sie mir manchmal aus!«
»Denk dir jetzt eines aus!«
»Ja.«
Useppe legte bereitwillig die Stirn in Falten und begann nachzudenken.
». . . Aber eines allein ist zu kurz . . .«, bemerkte er und schüttelte den Kopf, ». . . ich denke mir viele verschiedene aus und sage sie dir!« Um sich besser konzentrieren zu können, schloß er die Augen, so fest, daß die Lider runzlig wurden. Und als er sie nach einer Weile wieder öffnete, schien sein Blick wie bei einem Singvogel immer noch einem beweglichen leuchtenden Punkt außerhalb des Gesichtsfeldes zu folgen. Er schaukelte mit den Beinen und begann hoch und schüchtern, in singendem Tonfall:

»Die Sterne wie die Bäume, sie rauschen wie die Bäume.
Die Sonne auf der Erde wie eine Handvoll Kettchen und Ringe.
Die Sonne ganz wie viele Federn, hundert Federn, tausend Federn.
Die Sonne droben in der Luft wie ganz hohe Treppen in Palästen.
Der Mond wie eine Treppe, und ganz oben Bella, die sich dort verstecken will.
Schlaft, ihr Kanarienvögel, verschlossen wie zwei Rosen.
Die Terne wie viele Schwalben, die sich grüßen. In den Bäumen.
Der Fluß wie die schönen Haare. Und die schönen Haare.
Die Fische wie Kanarienvögel. Und sie fliegen fort.
Und die Blätter wie Flügel. Und sie fliegen fort.
Und das Pferd wie eine Fahne.
Und es fliegt fort.«

Da jede dieser Zeilen für ihn ein ganzes Gedicht darstellte, hatte er dazwischen die Pausen durch Atemholen gekennzeichnet; als er die letzte hergesagt hatte, tat er einen tiefen Atemzug, hörte zu schaukeln auf und lief zu seinem Publikum. Bella empfing ihn mit einem kleinen, fröhlichen Sprung. Und David, der mit großem Ernst und Respekt zugehört hatte, sagte überzeugt zu ihm: »Deine Gedichte sprechen alle von GOTT!«
Dann legte er den Kopf wieder aufs Kissen zurück und begann ernsthaft sein Urteil zu erläutern: »In allen deinen Gedichten«, sagte er nachdenklich, »dreht es sich um ein WIE . . . Und diese WIEs meinen, zu einem Chor vereinigt: GOTT! Den einzigen wirklichen Gott, den man durch die Ähnlichkeit aller Dinge erkennt. Überall, wohin man schaut, entdeckt man etwas Gemeinsames. Und so steigt man von Ähnlichkeit zu Ähn-

lichkeit alle Stufen bis zu einem Einzigen empor. Für einen religiösen Geist ist das Universum ein Prozeß, der von Zeugnis zu Zeugnis, von Übereinstimmung zu Übereinstimmung zu dem Punkt der Wahrheit führt . . . Und die sichersten Zeugen sind nicht die Kleriker, das ist klar, sondern die Atheisten. Man zeugt nicht mit Institutionen für etwas und auch nicht mit der Metaphysik. *Gott ist die Natur* . . . Für einen religiösen Geist«, schloß er mit Nachdruck, »gibt es nichts, keinen Wurm und keinen Strohhalm, das nicht in seinem Wesen von GOTT zeugt!«
Useppe hatte sich vertrauensvoll in den Lehnsessel gesetzt, seine mageren Beinchen und die nackten Füße in den Sandalen baumelten über dem Boden, während Bella bequem zwischen dem Bett und dem Lehnstuhl lag und selig bald Useppe, bald David anschaute. Und David erging sich mit lauter Stimme weiter in seinen Betrachtungen, als unterhalte er sich im Traum mit einem großen Gelehrten, ohne es mehr zu merken, daß er mit zwei armen Analphabeten sprach. Ja, als habe er vergessen, wer von ihnen dreien hier der gebildete Student war, wer der kleine Junge und wer der Hund . . . Aber mit einemmal fixierte er aufmerksam eine Stelle seines nackten Arms, wo eine leicht geschwollene Vene an der Oberfläche ein Blutgerinnsel aufwies, wie von einem Insektenstich. Jedesmal, wenn David zu seinem Medikament griff, injizierte er es sich immer an genau derselben Stelle dieser Vene, immer an derselben; er handelte unter einem geheimnisvollen Zwang, hinter dem vielleicht das Bestreben stand, sich mit dem sichtbaren Mal seiner Rückfälle in die Schwäche zu brandmarken. Aber das zärtliche Gift in seinem Blut lenkte ihn gleich wieder von dem entehrenden Zeichen ab. Er war von der Musikalität seiner Stimme hingerissen, während seine Augen, in ihrer Schwärze, klar geworden waren wie reines Wasser, das das Dunkel widerspiegelt.
»Auch ich hab' früher«, sagte er lächelnd und verbarg seine Stirn halb in der Armbeuge, »vor Jahren, Gedichte geschrieben. Lauter politische oder Liebesgedichte. Ich hatte noch kein Mädchen, hatte noch nicht einmal einen Bart, aber jeden Tag begegnete ich im Durchschnitt wenigstens fünf oder sechs Mädchen, meistens unbekannten, mit denen ich mich am liebsten verlobt hätte, so schön fand ich sie alle. Die Gedichte aber richtete ich an eine einzige, die ich *Geliebte* nannte und die es gar nicht gab. Sie war meine Erfindung, und sie war die unvergleichliche Schönste von allen. Ich konnte sie mir nicht einmal vorstellen. Ich wußte nur, daß sie Jungfrau und wahrscheinlich blond sein mußte . . .
Die politischen Gedichte aber, die habe ich an alle möglichen Empfänger gerichtet, lebende, tote und zukünftige. Ich habe an Brutus I. und den II., an den Zar, an Karl Marx geschrieben, immer in Gedichtform. Ein paar von diesen Gedichten, besonders die ersten, kommen mir manch-

mal wieder in den Sinn, gehen mir im Kopf herum, vor allem an den Galatagen ... Es sind Schularbeiten, Anfängerverse ... Ich erinnere mich an eines mit dem Titel:
An die Genossen
Die Revolution, Genossen, liest man nicht in den Texten
der Philosophen, denen beim Gastmahl Sklaven dienten,
noch der Professoren, die am Schreibtisch
die Kämpfe behandeln, die von andern mit Schweiß ausgefochten
  werden.
Die große Revolution lehrt uns die Luft,
die sich jedem Atemzug hingibt und alle Atemzüge aufnimmt.
Das Meer besingt sie, unser unendliches Blut,
das in jedem Tropfen die ganze Sonne widerspiegelt.
So spiegelt jede menschliche Pupille das ganze Licht.
Genossen, Männer der ganzen Erde!
Lesen wir das Wort der Revolution
in meinen, deinen, unsern Augen, die alle dem Licht geboren wurden,
dem Licht des Gedankens und der Sterne!
Es steht geschrieben:
Mensch: bewußt und frei!« ...

»... Noch mehr!« sagte Useppe, als David mit dem Gedicht zu Ende war.
David lächelte bereitwillig: »Jetzt«, verkündete er, »sage ich ein Liebesgedicht. Ich glaube, ich habe es vor zehn Jahren geschrieben. Der Titel lautet:
Frühling
Du bist wie die noch geschlossenen Primeln, die
sich in der ersten Märzsonne öffnen ...
... Tu dich auf, meine Geliebte!
Es ist Zeit. Ich bin der März!
Ich bin der April!! Ich bin der Mai!!!
O Wiesenmuschel, kleine Meerprimel,
der Frühling ist da, und du
bist mein ...«
»Noch mehr!« sagte Useppe auch diesmal.
»Was, noch mehr!« gab David lachend zurück. »Hier endet das Gedicht. Ich habe vielleicht fünfhundert, tausend Gedichte geschrieben, aber mein Gedächtnis ist leer ...« Dabei dachte er nach: »Vielleicht«, meinte er und runzelte die Brauen, »ist da noch eins, das ich noch weiß, das letzte, das ich gemacht habe. Ich habe es nicht einmal aufgeschrieben. Ich schreibe schon lang keine Gedichte mehr. Ich habe es mir nur ausge-

dacht, es ist ganz neu. Es ist mir erst vor ein paar Tagen ganz von allein in den Sinn gekommen, das war auch so ein *Gala*tag, und ich glaube, ein Sonntag, wie heute. Ich sage, *ich habe es mir ausgedacht,* aber nicht einmal das ist ganz richtig. Mir war, als würde ich es, aufgeschrieben, lesen, ich weiß nicht wo, wie in Bilderschrift, mit bunten Figuren ... Und ich verstehe nicht einmal mehr, was es bedeutet, ja, ich glaub', es bedeutet überhaupt nichts. Der Titel ist: LICHTE SCHATTEN.«
Useppe strampelte vor Ungeduld, das Gedicht zu hören. Bella hob leicht ein Ohr. Und David fing passiv und wie zerstreut zu sprechen an, als zögen diese unregelmäßigen, kurzen und langen Verszeilen auf einer sich bewegenden Fläche an seinem inneren Auge vorbei, wieder wie damals, als er sie erfunden hatte:
»*Lichte Schatten*
›Und wie soll ich ihn erkennen?‹ habe ich gefragt.
Und sie haben mir geantwortet: ›Sein Zeichen
ist der LICHTE SCHATTEN.‹
Man kann noch einem begegnen, der dieses Zeichen trägt,
das aus seinem Körper strahlt und zugleich auf ihn zurückfällt,
und daher sagt man LICHT,
aber auch SCHATTEN.
Um ihn wahrzunehmen, genügen die Sinne nicht, kein Sinn.
Aber wie soll man einen Sinn erklären? Es gibt keinen Kode.
Man könnte ihn vergleichen mit dem Verlangen,
das die Verliebten zu einem widerspenstigen Mädchen treibt,
das häßlich, schlampig ist, aber umkleidet
von ihren unbewußten erotischen Visionen.
Vielleicht könnte ein Beispiel sich ergeben
im Brauch der Wilden, denen
die Andersartigen, von Träumen Heimgesuchten
heilig sind.
Allein, die Beispiele helfen nichts.
Vielleicht sieht man es, vielleicht hört man es, vielleicht errät man
  es,
dieses Zeichen.
Einer erwartet es, einer geht ihm voraus, einer weist es von sich,
einer glaubt es im Augenblick, da er stirbt, zu entdecken.
Und gewiß geschah es durch dieses Zeichen, daß am Fluß Jordan,
unter der namenlosen, wirren Menge,
der Täufer zu *einem* sagte: ›Du bist es,
der mich taufen soll, und du erbittest die Taufe von mir!‹
Schatten Schatten lichte Schatten
lichte lichte ...«

... »Noch mehr!« sagte Useppe.
»Was, *noch mehr!*« protestierte David, der allmählich schläfrig wurde. »Aber du«, fragte er dann, leicht neugierig geworden, Useppe, »verstehst du sie denn, diese Gedichte?«
»Nein«, antwortete Useppe aufrichtig.
»Aber du hörst sie trotzdem gern?«
»Ja«, rief Useppe einfach und aus tiefstem Herzen.
David lachte kurz und traumverloren auf. »Noch eines, und dann Schluß«, entschied er. »Aber eins von einem andern Dichter ... Also: am besten so ein ähnliches wie deine, mit dem WIE ...« – »Wie! ... Wie! ... WIE ...«, begann er zu deklamieren, als suche er eine Inspiration, in scherzendem Ton, aber schon ganz leise und müde.
»... *Wie* ... Da, jetzt weiß ich's! Das da heißt KOMÖDIE und spricht vom Paradies!!«
Useppe begann mit offenem Mund zuzuhören. Ihm schien es unglaublich, daß es erlaubt sei, ein solches Thema zu behandeln!

»... WIE einen Sonnenstrahl, der mir wollt taugen,
durch wirre Wolken, Blumenwiesen ganz
bedeckt mit Schatten sahen meine Augen.
So sah ich viele Scharen voller Glanz,
durchblitzt von oben wie von glühenden Strahlen,
und sah doch nicht den Anfang von dem Kranz!
.....«

»... Noch mehr!« wagte Useppe zu bitten.

»... Da sah ich Licht in Form von einem Fluß
von Blitzen strahlend in zwei Ufern fließen,
gemalt von wunderbarem Frühlingsgruß.
Sah aus dem Strom lebendige Funken schießen!«

»Noch mehr ...«
David gähnte lange vor Müdigkeit. »Nein«, weigerte er sich endgültig. »Jetzt reicht es! ... Du«, wollte er wissen und sah Useppe an, »glaubst du daran, an das Paradies?«
»An ... wen?«
»An das PARADIES!«
»... Ich ... ich weiß es nicht ...«
»Mir«, erklärte da David heftig, »sind Paradies oder Hölle ganz gleich. Ich möchte, daß Gott NICHT existiert. Ich möchte, daß *dahinter* nichts mehr ist, und damit basta. Alles, was dort sein könnte, würde mir nur weh tun. Alles, was ist, hier oder *dort,* tut mir weh, alles, was ich bin, und alles, was die andern sind ... Ich möchte nicht mehr sein.«
»Aber was, bist du denn krank?« fragte ihn da Useppe besorgt. David war

erdfahl geworden und sein Blick trübe, als werde er jetzt gleich ohnmächtig oder komme eben wieder nach einer Ohnmacht zu sich.
»Nein, nein, ich bin jetzt nur müde ... Das ist immer so!« Useppe war vom Lehnsessel herabgeklettert, und David sah seine blauen Augen hilfsbereit auf sich gerichtet und sein zerzaustes, glattes, schwarzes Haar, das wie feucht glänzte.
»Willst du nicht, daß wir hier bleiben und dir Gesellschaft leisten?«
»Nein, nein ... Ich muß allein sein«, antwortete David ungeduldig. »Wir sehen uns bald wieder ... Ein anderes Mal!« Auch Bella war aufgestanden, bereit, Useppe zu folgen, oder vielmehr, ihn mitzunehmen. Nach einem unsichern Schweigen hörte David das Knarren des Türschlosses, das Useppe mit seinen Händchen mühsam herabdrückte. Dann wurde die Tür mit ganz wenig Lärm rücksichtsvoll geschlossen. Darauf noch ein schwaches Murmeln draußen und das sich entferndende Knirschen von Sandalen. Und David war eingeschlafen.
Inzwischen hatte man im oberen Stockwerk einen Radioapparat angedreht, und auch nebenan und gegenüber spielte die gleiche Musik. Man hörte Namen rufen, Hundegebell, aus einiger Entfernung das gedämpfte Kreischen einer Straßenbahn. Davids Schlaf war eher ein Erschöpfungszustand, ein Dahindämmern zwischen Bewußtlosigkeit und Wachen. Er träumte, er befinde sich, wo er tatsächlich war, auf seinem Bett im Erdgeschoß und gleichzeitig aber auch auf der Straße. Aber diese ihm im Halbschlaf erscheinende Straße war ein weites, unkenntlich gewordenes Gebiet, überflutet von blendender Mittagssonne, die in ihrem übermäßigen Glanz blinder und trauriger erschien als die Mitternacht. Vielleicht war der Ort ein Bahnhof; der Lärm abfahrender und ankommender Züge überflutete ihn, doch man sah niemanden. David war dorthin gelaufen wie die andern, die jemanden abholen wollten oder wenigstens jemandem zum Abschied winken konnten ... Aber er wußte schon, daß dies, in seinem Fall, leere Phantasien waren. Mit einemmal scheint es ihm, als ob eine Hand aus einem Fenster ihm mit dem Taschentuch winke ... Und das genügt, um ihn zutiefst zu erschüttern. Er regt sich, um zu antworten, doch da bemerkt er, daß das Taschentuch dort ein häßlicher, blutiger Lappen ist. Und ahnt, daß dahinter, halb verborgen, ein gräßliches Lächeln voller Anschuldigungen und Ironie steckt. »Es ist ein Traum«, erinnert er sich, um sich zu trösten. Und trotzdem bemüht er sich nicht aufzuwachen, denn er weiß, daß dann nichts anderes auf ihn wartet als eine lange, lange Fortsetzung dieses Traums.

Am folgenden Tag ging, zur selben Nachmittagsstunde, als wäre das *Stelldichein* mit David für alle Wochentage ausgemacht, unser Paar Useppe-Bella ungeduldig denselben Weg bis zum Parterrezimmer. Doch

heute war David nicht zu Hause. Als auf das Kratzen Bellas und auf Useppes Klopfen keine Antwort kam, kletterte Useppe, um nachzusehen, ob David nicht vielleicht krank da drin lag, an einigen Mauervorsprüngen bis zu dem niedrigen, vergitterten Fenster hinauf. Und als er umsonst »Vavid ... Vavid ...« gerufen hatte, schob er, da die Fensterscheibe offen war, den Vorhang von außen beiseite und warf einen Blick in das Zimmer. Alles war wie am vergangenen Tag: die Matratze war aufgedeckt, das Leintuch zusammengeknüllt, die Zigarettenstummel am Boden verstreut usw. Doch der Bewohner des Zimmers war nicht da. In diesem Augenblick trat hinkend die Zimmerwirtin aus dem Türchen in den Hof, sie hielt vielleicht Useppe für einen Dieb. Doch als sie sah, wie klein er war, gab sie ihren Verdacht auf.
»Was tust du denn hier, Männchen?« fragte sie ihn.
»... Vv ... David!« erklärte Useppe beim Heruntersteigen, ganz rot im Gesicht.
»David? Ich habe ihn vor zwei Stunden weggehen sehen. Er wird noch nicht zurück sein.«
»Und wann kommt er wieder? ...«
»Na, was weiß ich? Der geht weg und kommt heim, wie es ihm paßt. Der sagt doch mir nicht, wann er zurückkommt.«
Bella und Useppe gingen ums Haus herum und blieben noch eine Weile in der Nähe, für den Fall, daß David sich früher oder später sehen lasse. Von verschiedenen Seiten kamen die Hunde von gestern angelaufen, um Bella zu begrüßen. Aber zum Glück war Wolf heute nicht unter ihnen. Schließlich kehrten die beiden enttäuscht wieder heim.
Am übernächsten Tag zog Bella nach dem Mittagessen, weise und voraussehend, wie sie war, die Leine in Richtung des Viale Ostiense. Doch Useppe zog sie mit dem Ruf »Vavid!« in die entgegengesetzte Richtung. Und sie ging fügsam von neuem mit ihm zu Davids Wohnung. Diesmal war David zu Hause, aber offensichtlich war er nicht allein, denn schon von draußen hörte man ihn reden. Useppe faßte sich trotzdem ein Herz und klopfte an.
»Wer ist da?« fragte Davids Stimme drinnen, fast erschrocken, nach kurzem Schweigen.
»Ich bin's ... Useppe!«
Wieder Schweigen.
»Wir sind's ... Useppe ... und Bella!«
»Grüß euch ...«, sagte da Davids Stimme. »Aber heute kann ich euch nicht öffnen ... Ich hab' zu tun. Kommt ein anderes Mal wieder.«
»Wann? Morgen?«
»Nein ... Morgen nicht ... Ein anderes Mal ...«
»Wann denn?«

»Ich werd' es dir sagen, wann . . . Ich werde selber kommen und dich holen, wenn . . . Ich werde dich bei dir zu Hause abholen . . . Hast du verstanden? Kommt nicht mehr hierher, bis ich zu euch gekommen bin, um dich dort abzuholen.«
»Wirst du kommen und uns abholen?«
»Ja . . . Ja! . . . Ja! . . .«
Davids Stimme klang rauh. Seine Worte kamen abgerissen und mühsam, aber freundlich und zärtlich.
»Weißt du denn unsere Adresse noch?« wollte Useppe wissen, um ganz sicher zu sein.
»Ich weiß sie noch, ja, ich erinnere mich.«
Jedesmal, wenn man Davids Stimme hörte, machte Bella ein paar Sprünge und jaulte, die Vorderpfoten gegen das Holz der Tür gestemmt, und protestierte dagegen, daß sie verschlossen war. Und auch Useppe blieb dort stehen, schaukelte sich hin und her und konnte sich nicht entschließen, die Unterhaltung zu beenden. Etwas fehlte noch . . . Endlich kam ihm eine neue, verführerische Idee, und nach einem letzten Anklopfen sagte er:
». . . Vavid! Walum kommst du nicht zu uns zum Essen, wenn du uns zu Hause abholst? Wir haben Tomaten . . . und einen Herd . . . und Nudeln . . . und Tomaten . . . und . . . und . . . Wein!«
». . . Ja, danke. Ich werde schon kommen. Es ist gut. Danke!«
»Wann kommst du? . . . Morgen? . . .«
»Ja, morgen . . . Oder später . . . An einem andern Tag . . . Danke!«
»Du denkst doch daran? . . . Ja?!«
»Ja. Aber geht jetzt . . . Geht.«
»Ja. Komm, Bella, wir gehen!« Und schon lief Useppe in Richtung Via Bodoni zurück, um voller Dringlichkeit seiner Mutter anzukünden, morgen hätten sie einen Gast zum Mittagessen! Und man müsse in aller Eile Wein kaufen – ein außergewöhnlicher Kauf in ihrem Haus, wo Ninnuzzu der einzige Weintrinker gewesen war . . . Aber weder am nächsten Tag noch an den folgenden Tagen ließ der Eingeladene sich sehen, um nichts in der Welt, obwohl eine ganze Flasche Wein für den außergewöhnlichen Gast mitten auf dem Tisch stand und obwohl Useppe jedesmal eifrig einen Platz mit Teller und Besteck für ihn gedeckt hatte. Und nach dem Essen zögerten Bella und Useppe mit dem Weggehen, für den Fall, daß der Gast später käme. Und dann blieben sie noch lange in der Nähe des Hauseingangs stehen, ehe sie sich auf den Weg machten, und spähten die Via Bodoni entlang und auch in die Umgebung . . . Aber David Segre entschloß sich nicht, zu kommen.
Mehr als einmal war Useppe sogar versucht, sich zum verbotenen Parterrezimmer zu wagen. Aber Bella ermahnte ihn mit einem Blick und

einem Ziehen an der Leine: »Er hat mit uns kein Stelldichein vereinbart!«, bis beide sich zum Verzicht bequemten. Dann schlugen sie die lange, schon vertraute Straße ein, die zu dem wunderschönen Baumzelt führte. Das war jetzt ihr Lieblingsausflug. Und gleich darauf hatten sie dort unten, nach der Begegnung mit David Segre, das zweite außergewöhnliche Erlebnis dieses Frühlings.

5

Wegen ihrer Gänge ins Portuense waren sie drei Tage lang nicht am Fluß gewesen. Und als sie jetzt wiederkamen, stießen sie sofort auf eine geheimnisvolle Veränderung. In dieser Jahreszeit – Ende Mai – war der Ort bislang immer nur von ihnen beiden besucht. Auf den Wiesen in unmittelbarer Nähe der Stadt erschienen nun schon, besonders an Feiertagen, längs des Ufers vereinzelte badende Römerjungen. Doch das bewaldete Gebiet hinter den niedrigen Böschungen und dem Schilf blieb abseits und unerforscht, wie ein Urwald. Einmal flog, vom Meer her kommend, eine Möwe darüber hin, die Useppe für eine große weiße Schwalbe hielt. Und oft gelangten auch, nach jenem berühmten Sperling oder Star vom ersten Tag, andere Stare und Spatzen bis unter das Zelt, aber die ließen nur das gewöhnliche *Tit-Tit* hören und wurden gewöhnlich von Bellas Kläffen schnell verjagt. Es war klar, daß diese Vögel das Lied *Alles ist ein Scherz* nicht kannten, und Useppe schien auch nichts anderes zu erwarten. Aber immerhin gab es einen sicheren Beweis dafür, daß in ihren Kreisen das schöne Lied durchaus nicht unbekannt war. Daher konnte man sich – dachte er – ruhig darauf verlassen, daß früher oder später einer von ihnen zurückkehren würde, um es wieder anzustimmen.

Was die kurze, herrliche Halluzination betrifft, die Useppe am ersten Tag dort unten erlebt hatte, so hatte er sie ja, wie wir gesehen haben, als etwas so Selbstverständliches hingenommen, daß er sie danach beinah vollständig vergessen hatte. Sie zitterte nur noch ganz zart in ihm nach, wenn er den Ort betrat, es war ein leiser Zauber in der Luft wie ein Regenbogen, in dem Farben und Stimmen in eins verschmolzen und der in seiner Riesengröße zu ahnen war, hinter den Zweigen, zwischen denen er murmelnden, leuchtenden Staub herabrieseln ließ. Auch in der Stadt kam es manchmal vor, daß um Useppe herum für die Dauer eines Augenblicks alle Geräusche und Gestalten zusammenflossen und in unerhörtem Flug mit einem Aufleuchten zum letzten Schrei der Stille aufstiegen. Wenn er sich manchmal mit beiden Händen die Augen zuhielt und dabei lächelte wie ein blindes Kind bei einer herrlichen Musik, be-

deutete das, daß sein ganzer kleiner Organismus diesem aufrauschenden Chor lauschte, der in der ihm völlig unbekannten Sprache der Musik als eine *Fuge* bezeichnet würde. Es war immer dieselbe Erinnerung, die in verschiedenen Formen zu ihm zurückkehrte. Vielleicht begleitete sie ihn in anderer, nicht wahrnehmbarer Gestalt überallhin und brachte ihn immer wieder zu dem Baumzelt zurück wie in ein glückliches Zuhause.
Trotzdem war ihm das Baumzelt zu einsam. Es war ihm ein angeborenes, unauslöschliches Bedürfnis, seine Freuden mit andern zu teilen, und bisher teilte nur Bella das Baumzelt mit ihm. Er hatte versucht, wenigstens für einen einzigen Spaziergang seine Mutter dorthin zu locken, und hatte sich alle Mühe gegeben, ihr den Ort mit Begeisterung und geographischer Genauigkeit zu schildern. Aber Ida machte das Gehen mit ihren schmerzenden Beinen jetzt zu große Mühe, sie hatte das Gefühl, anstelle der Knochen nur noch ausgeleierte Bänder zu besitzen. Dafür hatte Useppe schließlich den fast vermessenen Vorsatz gefaßt, dort, im Baumzelt, David Segre zu empfangen! Leider hatte er aber bisher weder den Mut noch die Gelegenheit gefunden, ihn einzuladen ... Und aus der Gemeinschaft der andern, aller andern Menschen auf der Welt, fühlte er sich ja seit langem ausgeschlossen. Gerade die Abgeschiedenheit des Tälchens am Fluß hatte es ihm erlaubt, den Ort mit Bella zu bewohnen.
Hinter dem Baumrund lag, etwas weiter unten, eine zweite kleine Mulde, wo nur noch ein wenig Gestrüpp wuchs, so daß der Boden dort trockener war und in der Sonne sogar Mohn gedieh. Useppe und Bella kannten jedes Fleckchen dieser Senke wie alle andern Täler und Abhänge ringsum, und dort pflegte Bella sich nach ihrem täglichen Bad vom Sonnenschein trocknen zu lassen.
Bella schwamm nämlich jetzt täglich im Fluß, und Useppe, der nicht schwimmen konnte, schaute ihr dabei sehnsüchtig zu. Einmal hatte er sich, von seinem Verlangen übermannt, ohne weiter zu überlegen schnell die Sandalen und das Höschen ausgezogen und ins Wasser springen wollen, um mit ihr zu spielen. Sie aber war, von ihrem ahnungsvollen Hirtenhündinneninstinkt gewarnt, gleich zurückgeschwommen und noch rechtzeitig an Land gelangt, um Useppe zurückzuhalten, indem sie ihn mit den Zähnen am Pullover packte. Und dann hatte sie sich umgewandt und wütend den Fluß angebellt, als wäre er der Wolf. »Wenn du das tust«, hatte sie Useppe in herzzerreißendem Ton zugerufen, »dann verurteilst du auch mich dazu, für immer auf mein Bad zu verzichten, obwohl es mir doch unter anderem auch in hygienischer Hinsicht guttun würde, wie dies mein Zuname Struppi beweist.« Und Useppe unterdrückte von da an seine Lust zu schwimmen und wartete in der Sonne am

Ufer, bis Bella von ihrem Bad zurückkehrte, was übrigens nur einen Atemzug lang dauerte.
An dem besagten Nachmittag also entdeckten die beiden, als sie sich nach ihrer Ankunft der besonnten Senke näherten, dort eine sehr gut gebaute Laubhütte, die vorher nicht dagestanden hatte. Im Moment war sie, wie alles im Umkreis, leer und verlassen. Aber sonst mußte sie bewohnt sein, wie die beiden sofort bei ihrer neugierigen Erkundung feststellten. Es lag dort nämlich eine Matratze oder vielmehr ein Matratzenüberzug, der auf einer Seite aufgetrennt und anscheinend mit Lappen vollgestopft war, und darüber lag eine Militärdecke. Und in der Nähe stand eine Kerze, die mit ihrem Wachs auf einem Stein festgeklebt und schon fast niedergebrannt war. Auf dem Boden lagen einige illustrierte Abenteuerheftchen und Comics. Außerdem fanden sie in einem ausgehöhlten Erdloch zwei Sardinendosen und eine Konserve mit Büchsenfleisch sowie eine Medaille, die glänzte, als wäre sie aus purem Gold. Sie war ungefähr so groß wie eine Scheibe Brot, mit zwei Inschriften verziert, einer am Rand und einer in der Mitte, und sorgfältig in Zellophan gewickelt. Das Ganze war unter einem Haufen noch frischer Blätter versteckt. Am Boden lag auch, außerhalb des Loches, eine offene Tüte mit einem Rest von Kaubohnen drin. Und draußen fanden sie, zum Trocknen auf einen Stein gebreitet und mit ein paar Kieseln beschwert, eine winzige Badehose. Nachdem Useppe alle diese Sachen betrachtet hatte, legte er sie wieder hin, wie sie vorher dagelegen hatten.
Zum Schluß aber, als Useppe mit seiner Untersuchung fertig war und vor Bella aus der Hütte trat, ereignete sich hinter seinem Rücken etwas, das wir nicht unbeachtet lassen können. Kurz, Bella überlegte es sich anders, kehrte zwei Schritte zurück und fraß in einem Augenblick sämtliche Kaubohnen aus der Tüte. Dann trottete sie in ihrer flegelhaften Unwissenheit, ohne auch nur zu vermuten, daß sie gefrevelt hatte, froh und zufrieden hinter Useppe her, der nichts gemerkt hatte.
Den ganzen Tag über ließ sich der unbekannte Bewohner der Hütte nicht sehen. Auch bei ihrem Besuch am nächsten Tag war niemand da. Doch in der Zwischenzeit mußte jemand hier gewesen sein, denn zu den Einrichtungsgegenständen, die wir schon aufgezählt haben, waren hinzugekommen: ein aufgezogener Wecker aus Blech, eine halbvolle Flasche Wasser und ein !eeres Coca-Cola-Fläschchen.
Während sich Bella nach ihrem Bad an der Sonne trocknen ließ, zog sich Useppe in das Baumzelt zurück, wo sie sich kurz darauf wieder zu ihm gesellte und sich unter einem Baum zur Siesta ausstreckte. Useppe, der keine Lust zu schlafen hatte, kletterte bis zu einer Astgabel auf den Baum, wo er sich gewöhnlich, wenn er vom Spielen müde war, hinhockte und Gedichte trällerte, die er aus dem Stegreif erfand und so-

gleich wieder vergaß. Auf ein paar höher gelegene Äste schien die Sonne. Und außer einzelnen Vögeln, die sich flüchtig niederließen, gab es dort Völker von unzähligen, sonderbar aussehenden Wesen, die, wenn man sie genau betrachtete, wunderbar gefärbt waren, die Stämme bewohnten und die Blätter besuchten. Sie zeigten sich Useppe im Sonnenlicht in allen Farben des Regenbogens und in noch andern, unbekannten Nuancen, mit Zeichnungen von märchenhafter Geometrie, ein wahres Arabien für Useppes Augen. Und dazu überblickte man von seinem Ausguck aus einen Teil des Flusses und des besonnten Ufers.
Useppe kauerte vielleicht eine halbe Stunde dort droben, als er in den Wellen des unter ihm liegenden Flusses ein Pygmäenköpfchen auftauchen sah. Dann erschienen zwei Arme, und ein kleiner Junge stieg spritzend aus dem Wasser. Sicher glaubte er, es sehe ihn niemand, denn kaum war er an Land gekommen, zog er sich die Badehose aus. Dann lief er nackt zu dem Abhang hinüber, wo er verschwand.
Das mußte der Bewohner der geheimnisvollen Hütte sein! Als Useppe ihn entdeckte, rief er von der Höhe aus leise nach Bella. Aber sie antwortete ihm schlaftrunken nur mit einem Heben des linken Ohrs, ohne die Augen aufzumachen. Useppe beschloß abzuwarten; er kletterte nur auf höher gelegene Äste, um hinabzuspähen, ob von dort aus noch ein weiteres Lebenszeichen des Unbekannten zu erkennen war. Aber auch von dort oben blieb die Hütte unsichtbar. Ringsum war alles verlassen. Man hörte nur im summenden Nachmittagslicht das Rauschen des Flusses.
Mit einemmal stellte Bella die Ohren und sprang auf. Vielleicht hatte sie etwas Neues gewittert. Wild mit dem Schwanz wedelnd blieb sie wartend stehen und fing laut, aber herzlich zu bellen an.
Die Wirkung dieses Gebells ließ nicht lange auf sich warten. Eine halbe Minute darauf näherten sich Schritte, und mit der Vorsicht eines Forschers, der durch einen wilden Dschungel vordringt, tauchte der inzwischen bekleidete Junge von vorhin im Baumzelt auf. Bei seinem Anblick kletterte Useppe wie vor einer sensationellen Erscheinung in höchster Aufregung am Stamm herunter. Der Junge zeigte nämlich, aus der Nähe gesehen, eine unbestreitbare Ähnlichkeit mit dem unvergessenen schwanzlosen Tierchen.
Er hatte wirklich, bei seinem kleinen Wuchs, magere und im Verhältnis ausgesprochen kurze Arme und Beine. Sein Gesicht sprang, besonders im Profil, wie eine kleine Schnauze vor. Die Augen waren rund, lagen weit auseinander und glänzten wie Oliven. Die Nase war klein und unruhig und hatte beinah keine Nasenwurzel. Und der Mund war so schmal geschnitten, daß keine Lippen zu sehen waren; er verbreitete sich jedoch beim Lächeln bis gegen die Ohren.

Auf dem erst kürzlich geschorenen Kopf wuchs wie ein dunkelbraunes Fell dichter Flaum. Und winzige Haarbüschel schauten ihm aus den zierlichen, abstehenden Ohren. Außerdem trug dieses Wesen über seinem weißen Leibchen und den dunkelgrauen Hosen jetzt ein komisches zerknittertes Kleidungsstück, das nicht einmal zusammengenäht war und zwei Löcher für die Arme hatte. Es war offensichtlich aus einer khakibraunen Plane herausgeschnitten, da und dort, so gut es ging, mit Flecken aus braungrünem Lack gefärbt.
Nach seiner Größe konnte man den Jungen auf acht oder höchstens neun schätzen. Er war aber zwölf Jahre alt und versäumte es bei Gelegenheit nicht, auf sein fortgeschrittenes Alter und die damit verbundene lange Lebenserfahrung hinzuweisen.
Als er vor Useppe und Bella trat, schaute er sie noch immer vorsichtig, aber doch offensichtlich von oben herab an. Und ein unbezwingliches Wohlwollen stieg in seinen stolzen Blick, als er auf Bella ruhte. Ja, seine Hand – beziehungsweise sein Pfötchen – streckte sich aus, um sie zu berühren.
»Ist noch jemand bei euch?« wollte er daraufhin finster wissen.
»Neiiin! . . . Es ist *niemand* mehr da!«
»Seid ihr allein?«
»Ja.«
»Und wer seid ihr?«
»Ich bin Useppe, und das hier ist Bella.«
»Und wozu seid ihr hergekommen?«
». . . Um zu spielen . . .«
»Ist es heute das erste Mal, daß ihr herkommt?«
»Neiiin . . . Wir waren schon tausendmal hier! . . . MEHR als tausend!« erklärte Useppe.
Es schien ein richtiges Verhör zu sein. Das geheimnisvolle Wesen schaute Useppe in komplizenhaftem Einverständnis, aber auch mit Autorität mitten ins Gesicht.
»Du darfst niemandem auf der Welt sagen, daß ihr mich gesehen habt. Verstanden? NIEMANDEM auf der Welt!«
Useppe schüttelte als Antwort so wild den Kopf, daß auch kein Bluteid das Geheimnis, das ihm anvertraut worden war, besser hätte schützen können.
Da setzte sich der Unbekannte auf einen Stein, und während er mit weltmännischer Miene eine Zigarette anzündete, die er aus der Hosentasche gefischt hatte, erklärte er:
»Nach mir wird nämlich gefahndet.«
Aus seinem Ton war zu schließen, daß die ganze Polizei Italiens, ja vielleicht sogar Europas, ihn suchte. Es folgte tiefes Schweigen. Useppes

Herz klopfte. Zwangsläufig stellte er sich die Verfolger des Unbekannten alle wie eine Meute von Doppelgängern des Professors Marchionni vor: dick, bebrillt, schon älter und mit hängendem Schnurrbart.
Aber das Herz des Unbekannten wandte sich mittlerweile unwiderstehlich Bella zu, das Gefühl war so stark, daß auf seinem Gesicht beziehungsweise seiner Schnauze ein Lächeln mit geschlossenen Lippen aufging, das bis zu den Ohren reichte und von vielen Fältchen vervielfältigt wurde, und seine Augen lebhaft und aufmerksam wie die eines Verliebten zu leuchten anfingen.
»Willst du auch rauchen?« fragte er, während Bella – seine Gefühle erwidernd – ihn aus der Nähe, beinah Nase an Nase, beschnupperte. Zum Spaß blies er ihr ein wenig Rauch in die Nase, worauf sie, ebenfalls zum Spaß, mit fröhlichem Niesen antwortete.
»Heißt sie wirklich BELLA?«
»Ja, sie heißt Bella.«
»Ist sie schon alt?«
»Neiiin . . .« antwortete Useppe. Und dann erklärte er mit gewissem persönlichen Nachdruck:
»Sie ist jünger als ich!«
»Wie alt bist du denn?«
Useppe rechnete und streckte zunächst eine Hand mit allen Fingern aus und dann die andere Hand mit nur einem erhobenen Finger, den er dann, der Genauigkeit wegen, halb einzog.
»Fünf, und du gehst ins sechste!« begriff der andere sofort. Dann erklärte er seinerseits mit Würde:
»Ich bin noch nicht ganz DREIZEHN!« Darauf nahm er eine träge, herablassende Haltung an und fuhr fort:
»Drunten bei uns zu Hause, im Dorf, haben wir auch einen Hund, aber keinen so großen, einen mittelgroßen, mit einem schwarzen Gesicht und spitzen Ohren. Das heißt, Ohren hat er nur noch anderthalb, denn das andere halbe hat ihm sein Vater abgebissen und aufgefressen. Er gehört meinem Onkel, dem Bruder meiner Mutter, und geht mit ihm auf die Jagd.«
Er machte eine Pause und schloß dann:
»Er heißt Tòto.«
Nun verstummten sie alle. Als der Unbekannte seine Zigarette fertig geraucht hatte, saugte er mit offensichtlicher Wollust noch die letzten Züge aus dem Stummel. Dann vergrub er den winzigen übriggebliebenen Rest sehr würdevoll, als erweise er ihm die letzte Ehre, streckte sich im Gras aus und lehnte den Kopf an den Stein. Bella hatte sich neben ihn gesetzt. Useppe hatte sich ihm gegenüber auf den Boden gekauert. So verharrten sie schweigend und schauten sich verstohlen an und wußten

sich nichts mehr zu sagen. Mit einemmal hob Bella ruckartig den Kopf, bellte aber nicht und rührte sich auch nicht von ihrem Platz.
Ein Vogel hatte sich genau über ihnen auf einen hohen Zweig gesetzt. Er schwieg einen Augenblick, hüpfte dann zwei- oder dreimal auf demselben Zweig hin und her und bewegte das Köpfchen, als wolle er sich über sein Lied einig werden. Dann sang er. Wundervolle Heiterkeit überkam Useppe. Auch Bella hatte das Lied gleich wiedererkannt, denn sie schaute froh, mit offenem Maul und zitternder Zunge, in die Höhe. Der dritte Zuhörer hingegen blieb still liegen und spähte nur mit einem Auge hoch; man wußte nicht, war er zerstreut oder dachte er nach.
Beim schwirrenden Wegflug des Vogels begann Useppe zu lachen und rannte zu dem Unbekannten hin. »Hoi!« rief er ungestüm, mit frohlockender Stimme, und fragte ihn gleich:
»Kennst du es, dieses Lied?«
»Was für ein Lied?«
»Was er gerade gesungen hat! Eben jetzt!«
»Wer er? Der *Matz*?« fragte der Gesuchte unsicher und zeigte mit einem seiner Pfötchen zu dem Ast hinauf.
»Ja!« Und ganz erregt von seinem Geheimnis, aber doch begierig, sein Wissen mitzuteilen, offenbarte ihm Useppe atemlos: »Er singt:
›*Es ist ein Scherz, ein Scherz, alles ist ein Scherz!*‹«
»Wer hat dir gesagt, daß er das singt?«
Darauf wußte Useppe nichts zu antworten. Aber er begann, hingerissen von dem Lied, es unaufhaltsam zu wiederholen, und diesmal mit der Melodie.
Der Unbekannte lächelte flüchtig und zuckte die Achseln. »Die *Vögel*«, urteilte er, »haben ihre eigene Sprache. Wer kann sie verstehen? . . .« Er verzog skeptisch das Gesicht. Doch dann sagte er in wichtigem Ton: »In meinem Dorf wohnt ein Weinhändler, der auch Barbier ist, der hat einen echten sprechenden Vogel, der spricht gerade so wie ein Mensch! Doch der lebt nicht auf Bäumen. Der ist kein Landsmann von uns. Der ist ein Türke, und er grüßt und sagt frohe Ostern und gesegnete Weihnacht und viele andere Wörter. Und er lacht. Er ist ein Papagei. Ein bunter. Und er hat ein Lied gelernt, das man bei uns singt. Und er hat es gesungen!«
»Wie geht denn das Lied?« fragte Useppe.
»Es geht so:
    Ich bin ein König und Kardinal.
    Ich kann lachen und kann auch sprechen.
    Aus Liebe zu den andern
    schweige aber auch ich!«
Beim Klang so vieler Lieder hatte Bella zu hüpfen begonnen wie bei

einem Fest. Useppe hingegen hatte sich wieder ins Gras gesetzt und bestaunte das geheimnisvolle Wesen.
»Welches ist dein Dorf?« fragte er den Jungen.
»Tiriolo.«
Der Befragte sprach den Namen mit einem gewissen Dünkel aus, wie einer, der in ungebildeter Gesellschaft einen Ort von außergewöhnlicher Berühmtheit erwähnen würde. »Im vergangenen Jahr kam auf der Italien-Rundfahrt auch Bartali, der italienische Meister, bei uns durch!« erklärte er. »Ich hab' noch eine Medaille, die ich ihm bei einer Shell-Pumpe geklaut habe. Eine Medaille, die man zu Ehren von Gino Bartali in den großen Fabriken seines Bergstreckenkönigreichs, in der Nähe von Mailand, hergestellt hat . . .«
Hier errötete Useppe, denn er erinnerte sich an die Medaille in dem Zellophanpapier, die er und Bella in der Laubhütte schon bemerkt hatten. Sicher wäre es dem Unbekannten unangenehm, zu erfahren, daß seine Hütte schon entdeckt worden war . . . Doch der andere bemerkte Useppes Erröten nicht, denn in diesem Augenblick hatte er die Augenlider mit den dichten Wimpern geschlossen. Plötzlich schüttelte ihn ein Hustenanfall, viel zu heftig für seine winzige Größe; es sah aus, als bekäme er eine Reihe Ohrfeigen. Kaum war er wieder zu Atem gekommen, erklärte er stolz:
»Das ist der Raucherhusten!«
Und aus der Hosentasche zog er ein noch fast neues Päckchen Lucky Strike hervor: »Amerikanische!« rühmte er sich und zeigte sie Useppe. »Sind geschenkt!«
»Wer hat sie dir geschenkt?«
»Ein Schwuler.«
Useppe wußte nicht, was das war, doch um sich nicht zu blamieren, unterdrückte er die Frage danach.
Zusammen mit dem Päckchen hatte der andere ein Stück Zeitung aus der Tasche gezogen, das er mit wichtiger Miene und würdevoll studierte wie ein geheimes Dokument. Es war eine kleine Notiz von wenigen Zeilen mit dem Titel: *Drei Jugendliche aus der Erziehungsanstalt Gabelli entwichen. Zwei bereits wieder aufgegriffen, einer flüchtig.* Und darunter war unter anderem ein gewisser *Scimó Pietro* aus Tiriolo (Catanzaro) angeführt. Nachdem er das Dokument lange geprüft hatte, als ob er es nicht schon seit langem auswendig wußte, gab sich der polizeilich Gesuchte einen Ruck und hielt es Useppe unter die Augen. Mit seinem schwarzen Fingernagel wies er ihn im besondern auf die Worte *Scimó Pietro* hin. Doch für Useppe, der nicht lesen konnte, waren diese beiden Worte wie alles, was da stand, ein unentzifferbares Rätsel. Da offenbarte ihm der andere stolz: »Das ist mein Name, hier, Scimó, das bin ich!«

Sein vollständiger Name lautete, wie aus dem Text hervorging, Scimó Pietro. Scimó war der Familienname. Aber er hatte sich daran gewöhnt, nur mit dem Nachnamen gerufen zu werden.
»Jetzt kennst du meinen Namen. Aber ich warne dich, kein anderer darf ihn wissen. Du darfst nie jemandem meinen Namen sagen, und auch nicht, daß du mich hier gesehen hast!«
Useppe versprach ihm sein Stillschweigen von neuem und schüttelte wieder, wenn möglich noch leidenschaftlicher als das erste Mal, den Kopf.
Da klärte ihn Scimó vertraulich und von gleich zu gleich mit leiser Stimme darüber auf, daß er aus der Erziehungsanstalt entflohen war, wo seine Eltern und besonders sein Bruder ihn eingesperrt hielten. Aber er wollte dort nicht gefangen bleiben. Während eines Spazierganges mit seiner ganzen Gruppe auf den Gianicolo war er mit zwei andern entwichen. Das Unternehmen war von ihm und den beiden andern in allen Einzelheiten geplant worden. Vor allem hatten sie es ausgenutzt, daß in jenen Tagen der aufsichthabende Lehrer, Signor Patazzi, unter einer Darmstörung litt, die ihn dazu zwang, sich von Zeit zu Zeit zurückzuziehen und die Überwachung vorübergehend dem Gruppenältesten zu übertragen. Mit ein paar Tricks war es ihnen gelungen, dessen Aufmerksamkeit abzulenken, worauf sie verschwanden. Und während die andern beiden Gefährten auf der Flucht beisammen geblieben waren – und das war sicher ihr erster Fehler gewesen, denn so auf der Flucht zu zweit waren sie viel leichter aufzustöbern –, hatte er ihnen, der wahren Wissenschaft der Flüchtlinge folgend, sofort Lebewohl gesagt und war allein losgezogen. Gleich darauf hatte er sich eilig der Jacke und der Uniformmütze entledigt. Einige Stunden lang hatte er dann in einer Kiste voller Laub, dürrem Gras, Roßäpfeln usw. verbracht und war erst im Schutz der Dunkelheit herausgekrochen. Umsichtig hatte er sich vorher mit einigen Schokoladebildchen versehen, die er in Geschenkpaketen gefunden hatte und die zur Zeit auf dem Tauschmarkt von einigem Wert waren. Die hatte er in den Schuhen versteckt mitgenommen, zusammen mit seiner kostbaren Radrennfahrer-Medaille. Noch am selben Abend hatte ihm einer aus Trastevere im Tausch für die Bilder die Zivilhosen überlassen, die er jetzt trug. Und er hatte sich dann noch selbst diesen Tarnanzug angefertigt – das schon beschriebene gefleckte Khaki-Kleidungsstück –, um sich besser verstecken zu können, wenn er im Buschwald leben würde. Und jetzt würde er sich nie mehr fangen lassen wie die beiden andern, garantiert nicht, weder lebendig noch tot.
Scimós Schilderung war von Useppe – und auch von Bella –, besonders in den entscheidenden Punkten, mit bebender Anteilnahme verfolgt worden. Sie sperrten Mund und Nase auf und lebten mit dem ganzen Körper

mit. Und Scimó selbst hatte seine Erzählung so wild mit Händen und Füßen, Kopf und Schultern begleitet, daß er sich am Schluß ausruhen mußte und schwieg. Doch nach einer Weile bekannte er – sozusagen, um unter den Anwesenden einen dreifachen Pakt zu besiegeln, indem er nach seiner Vergangenheit auch seine Zukunft offenbarte – in kühnem Aufschwung:
»Ich will Radrennfahrer werden!«
Darauf folgte langes Schweigen. In der untergehenden Sonne zerstreute der unsichtbare Regenbogen, der sich immer noch über das Baumzelt wölbte, alle seine Lichter wie federleichte, changierende, summende Flügelchen, und unter den hunderttausend Farben herrschten jetzt goldenes Orangerot, Violett und Wassergrün vor. Und ihr Gesumme glich einem aus unzähligen Stimmen und ferner Musik zusammengesetzten Echo. Doch auch hier traten besondere Stimmen hervor, und sie waren leise, wie Grillengezirp, wie Wasserglucksen, wie der Ruf von Tierweibchen.
Useppe ließ ein heiteres Lachen hören. Er hatte Lust, Scimós Vertrauen zu erwidern und ihm ebenfalls ein Geheimnis zu offenbaren, ein einzigartiges, außergewöhnliches. Doch wußte er nicht, was er sagen sollte, obwohl er sich ihm schon ungeduldig zuneigte, und so flüsterte er ihm aus einer Laune heraus und ohne darüber nachgedacht zu haben ins Ohr und zeigte dabei mit der Hand ringsum auf das Baumzelt:
»Hier wohnt Gott.«
Scimó schnitt als erfahrener Mann und Skeptiker, der er war, eine Grimasse, was aber durchaus keinen Atheisten ankündigte, wie es vielleicht scheinen konnte. Er erklärte vielmehr wichtig:
»Gott wohnt in der Kirche.«
Dann sagte er, es sei schon spät und er müsse jetzt gleich gehen: »Um diese Zeit hat die Vier-Uhr-Vorstellung längst angefangen!« meinte er im Ton eines Geschäftsmannes, der große, unaufschiebbare Obliegenheiten zu erledigen hat. Und er erklärte, er müsse sich am Ostiense-Bahnhof mit einem seiner Freunde, der Gratiskarten habe, treffen und dann mit ihm ins Kino gehen.
»Der Film«, fügte er hinzu, »ist mir nicht so wichtig, denn ich hab' ihn schon zweimal gesehen. Aber ich will wenigstens zum Ende der ersten Vorstellung zurecht kommen, weil ich dort die Schwulen treffe, die mich zum Pizza-Essen mitnehmen.«
Da waren wieder diese Schwulen! Offenbar berühmte und freigebige Persönlichkeiten, von denen Useppe nicht die geringste Vorstellung hatte! Doch auch diesmal wollte er Scimó seine Unkenntnis nicht eingestehen. Er seufzte nur kurz auf – was unbemerkt blieb –, auch weil er unter anderem noch nie in seinem Leben im Kino gewesen war.

Als Scimó aufstand, zeigte er mit einer gewissen nachlässigen Zurschaustellung das weiße Sportleibchen, das er unter seinem Tarnwams trug. Es war ein sehr elegantes Leibchen, im Unterschied zu den Hosen, die vom Karren eines Lumpensammlers zu stammen schienen, neu, sauber und auf einer Seite mit einem gedruckten blauen Anker verziert. Ein australisches Leibchen, sagte Scimó. Es ergab sich, daß auch das ihm von einem SCHWULEN geschenkt worden war! Ja, einer von diesen Schwulen – ob es derselbe oder ein anderer war, wurde nicht deutlich – hatte ihm auch ein Paar weiße Sommerschuhe, Tennisschuhe, versprochen. Und vielleicht sogar später mal eine Armbanduhr und ein Kissen! Useppe war nun endgültig überzeugt, daß diese geheimnisvollen, von Scimó erwähnten Persönlichkeiten einfach tolle Wesen voll Prunk und Herrlichkeit sein mußten! Und er stellte sie sich vor wie eine Kreuzung zwischen einer Fee, den Sieben Zwergen und dem Kartenkönig.

Scimó sagte, er müsse jetzt, bevor er in die Stadt gehe, bei sich zu Hause vorbei, um sich dort den »Tarnanzug«, wie er ihn nannte, auszuziehen, weil der in der Stadt, meinte er, »den Obrigkeiten auffallen« würde. Nach diesem eleganten Satz mußte er sich einen Augenblick lang unterbrechen, um Atem zu schöpfen. Aber gleich darauf sagte er, wobei er sich geheimnistuerisch nach allen Seiten umblickte, heute sei nun keine Zeit mehr dazu, aber morgen, wenn sie wieder da wären, würde er ihnen »sein Haus« zeigen, eine richtige Hütte, die er sich ganz allein gebaut habe, wo er jetzt sicher und verborgen lebe. Diese Hütte stehe an einem versteckten Platz in der Umgebung.

Bei diesen Worten überflog, wie schon vorher bei der Erwähnung der Medaille, jähe Röte Useppes Gesicht, die diesmal Scimó nicht entging. Er starrte Useppe verblüfft und argwöhnisch an, bis er, als er seinem sprechenden Blick begegnete, in dem allgemeinen Schweigen eine Erleuchtung hatte. Und anklagend donnerte er:

»Wer hat meine Kaubohnen aufgegessen?!«

Useppe war jetzt völlig verwirrt, denn von den Bohnen wußte er nichts. Und Bella konnte ihrerseits die Frage nicht verstehen. In dem menschlichen Wortschatz, den sie kannte, kam nämlich das Wort *Kaubohnen* nicht vor. Die wurden *Wolfsbohnen* genannt. Und ihr frevlerisches Tun in der Hütte hatte in ihrem dicken Hirtenhündinnenkopf auch nicht die geringste Erinnerung zurückgelassen. Das einzige, was sie begriff, war, daß Scimó jetzt aus irgendeinem dunklen Grund auf Useppe zornig wurde. Da warf sie sich ihm, um ihn zu besänftigen, in aller Unschuld an den Hals, leckte ihm liebevoll übers ganze Gesicht und biß ihn zart in die Ohren.

Scimó deutete aber diesen Versöhnungskuß als ein freiwilliges Geständnis Bellas! Und so begriff er durch ein Mißverständnis, wie die Sache

sich ereignet hatte. Angesichts der Beichte der Hirtenhündin blieb ihm natürlich nichts anderes übrig, als ihr zu verzeihen. Ja er lächelte sogar und entblößte dabei diesmal auch die Zähne, die sehr klein, weit auseinanderstehend und schon schadhaft und dunkel waren. Und Useppe lächelte getröstet zurück und zeigte seinerseits seine Milchzähnchen. Da beschloß Scimó, den Großmütigen zu spielen:
»Na, was tut das! Wegen ein paar Bohnen!« sagte er und machte ein vornehmes Gesicht. »Ich hatte mir schon gedacht, daß irgendein Tier, das dort vorbeigekommen ist, sie gefressen hat ... Hauptsache«, fügte er mit leiserer Stimme hinzu, »daß es nicht die Piraten waren!!« Und er begann zu erklären, am gegenüberliegenden Flußufer hause bekanntlich eine Piratenbande, von einem gewissen Agusto angeführt, der schon älter als sechzehn sei und eine Zeitlang sogar mit dem berühmten Buckligen vom Quarticciolo rivalisiert habe! Diese Piraten verfügten über ein Boot und führen das ganze Ufer entlang, um Sachen zu stehlen! Um Hütten anzuzünden! Um Tiere zu töten und Leute zu überfallen! Dieses Jahr habe man sie hier herum noch nicht gesehen. Aber letztes Jahr, im Juli und August, seien sie hier gewesen. Und sie hätten ein Auto mit Leuten darin in den Fluß gestoßen und hätten Hütten zerstört! Und einen Taubstummen geprügelt und es mit einem Kalb getrieben!
Darauf nahm Scimó Abschied. Doch als er wegging, sagte er zu Useppe und Bella, wenn sie morgen, nach dem Mittagessen, wieder kämen, sollten sie ihn direkt in der Hütte aufsuchen, da sie ja den Platz schon kannten. Aber sonst dürfe niemand etwas davon erfahren! Er empfahl ihnen auch, sich rechtzeitig einzufinden, denn morgen müsse er früher weggehen, da man im Kino einen neuen Film spiele, den er von Anfang an sehen wolle.
»Morgen«, verkündete er, »wenn ihr kommt, zeige ich euch ein Zikadennest in der Nähe meiner Hütte.«

Am folgenden Tag stellten sich alle drei pünktlich wieder ein. Aber vorher hatten Useppe und Bella unterwegs noch eine weitere unerwartete Begegnung gehabt. Es war anscheinend eine Zeit der Begegnungen für sie. Sie liefen gerade das letzte Stück des Viale Ostiense entlang und konnten schon die Basilika sehen, als eine frische Frauenstimme hinter ihnen herrief: »Useppe! Useppe!« An der Autobushaltestelle stand ein Mädchen mit einem kleinen Kind auf dem Arm und einer Strohtasche am Schulterriemen. »Useppe! Erkennst du mich nicht wieder?« sagte sie sanft lächelnd. Bella beschnüffelte sie schon mit einer gewissen Vertrautheit, aber Useppe konnte sie im Augenblick nicht wiedererkennen. Eher schien ihn das kleine Kind, obwohl er es nie gesehen hatte, an jemanden zu erinnern ... Es war ein Säugling, offenbar ein kleines Mäd-

chen, denn es hatte schon Ohrringe. Seine Backen waren rund und rosig, und es hatte lachende, lebhafte tiefschwarze Augen. Sein dunkles, feuchtes, feines Haar war schon ein paar Zentimeter lang und schön glatt gebürstet, mit Ausnahme einer einzigen, sorgfältig gerollten Locke.
»Erkennst du mich nicht wieder? Ich bin Patrizia! Erinnerst du dich an mich?«
»...«
»Erinnerst du dich nicht mehr? ... Was? ... Seit wir miteinander auf dem Motorrad gefahren sind ... Erinnerst du dich nicht daran?«
»... Doch ...«
»Und das hier, ist das nicht Bella? ... Oder irre ich mich? Du bist Bella, nicht wahr? Du hast mich wiedererkannt, was, Bella?« ...
Patrizia schien dicker geworden zu sein, hatte aber gleichzeitig etwas Leidendes und Überanstrengtes im Gesicht. Sie trug jetzt ihr schwarzes Haar auf dem Kopf zusammengebunden und ließ es hinten in einem großen gewellten Pferdeschwanz herunterhängen. Und statt all der verschiedenartigen Halsketten und Armbänder, die früher an ihr geklingelt hatten, trug sie jetzt nur ein einziges Armband aus Kupfer und andern Metallen, das aber auch oft klingelte, denn es war aus mehreren dünnen Reifen gemacht, die bei jeder Bewegung gegeneinander klirrten. Und jedesmal strampelte das kleine Mädchen bei diesem Geklingel begeistert mit den Händchen und Füßchen. Es hatte ein weißes Hemdchen mit einem schmalen Hohlsaum an und steckte in einem mit bunten Walt-Disney-Figuren bedruckten Tuch, aus dem es die strampelnden Beinchen und Arme herausstreckte. An den Füßen hatte es gestrickte weiße Schühchen, die mit einem bonbonrosa Band zugebunden waren. Die winzigen Ohrringe sahen aus wie Knöpfchen und waren aus Gold.
Patrizia wiegte den Kopf hin und her und betrachtete Useppe, der zaghaft lächelnd zu ihr aufschaute. »Ich habe dich sogleich wiedererkannt, Useppe!« sagte sie zu ihm. »Und das hier«, fügte sie hinzu, »ist deine Nichte!«
Useppe war verblüfft. »Ja, es ist deine Nichte! Du bist ihr Onkel!« bestätigte Patrizia und lachte mit bebendem Gesicht. Und dann faßte sie das Handgelenk des Töchterchens und bewegte es zum Gruß und begann zu sagen: »Ninuccia, grüß den Useppe! Wink ihm, dem Useppe ...« Mit einemmal aber erstickte ihr Lachen in krampfhaftem Schluchzen. Sie versuchte sich die Tränen so gut es ging mit dem Fäustchen der Kleinen zu trocknen, das sie zum Winken hochgehoben hatte und sich an die Augen führte.
»Ach! Ich kann noch nicht daran glauben! ... Es sind schon so viele Monate vergangen, und es scheint mir noch immer nicht wahr! Ich hatte mit allem gerechnet, aber damit nicht! Daß er mich mit dem dicken

Bauch sitzen lassen und weggehen würde, das hatte ich erwartet. Aber das nicht, nein, das nicht!«
Dann lächelte sie Useppe mit ihrem vom Weinen verschwollenen Gesicht wieder zu, wiegte den Kopf und sagte mit halb mütterlicher, halb kindlicher Stimme:
»Ach, Useppe, wie er dich lieb gehabt hat! Ich war sogar eifersüchtig, weil er dich lieber gehabt hat als mich! Er hat mich sogar einmal geschlagen, weil ich bös von dir geredet habe!
... Da kommt der Autobus«, bemerkte sie hastig und trocknete sich die Augen mit einem Taschentuch, das sie mühsam aus der Tasche fischte. »Na, gehen wir ... Wiedersehen, Useppe.«
Man sah von hinten ihre breit gewordenen Hüften über den hohen Absätzen schwanken, dann sah man ihre nackten Beine, als sie in den Autobus stieg. Der Schaffner, der an die Wagentür gekommen war, um ihr wegen der Kleinen auf dem Arm zu helfen, reichte ihr die Hand. Zu dieser Zeit saßen nur wenige Leute im Autobus. Sie fand sofort einen Sitzplatz neben dem offenen Fenster. Von dort aus winkte sie noch zögernd mit der Hand, was irgendwie bitter wirkte und als wäre sie schon weit weg. Useppe grüßte noch mit der Faust, als der Autobus anfuhr. Bella saß auf dem Gehsteig und verfolgte hechelnd die Bewegung. Das letzte, was sie von ihren neuen Verwandten sahen, waren der mächtige, schwarzglänzende Haarschopf Patrizias und unter dem geneigten Gesicht Ninuccias kokette Haartolle auf ihrem glatten, dunklen Köpfchen.

Als sie am verabredeten Ort ankamen, fanden sie Scimó vor der Schwelle seiner Hütte stehen, als warte er schon auf sie. Noch bevor Useppe ihn begrüßt hatte, verkündete er ihm keuchend, gerade hätten sie eine getroffen, die sei seine Nichte und er sei ihr Onkel! Aber Scimó nahm diese unerhörte Nachricht ziemlich gleichmütig auf. Er selbst, sagte er, sei Onkel von mehreren Nichten und Neffen – Kindern seiner älteren Brüder – und habe schon eine vierzehnjährige Nichte! »Und meine Mutter«, erzählte er noch, »hat drunten im Dorf eine Nichte, die auch ihre Tante ist!«
Dann runzelte er vor geistiger Anstrengung die Stirn, behalf sich beim Rechnen mit allen zehn Fingern und begann zu erklären, sein Großvater Serafino, der Vater seiner Mutter, habe etwa zehn jüngere Brüder, einige von ihnen seien tot und andere lebten. Und unter ihnen sei der jüngste ein Amerikaner (oder nach Amerika ausgewandert), und dann sei die Zeit vergangen, und er sei Witwer geworden.
Nun habe aber sein Großvater Serafino selber neun Kinder: sechs weibliche und drei männliche, nämlich fünf Schwestern und drei Brüder seiner Mutter, und alle seien verheiratet und hätten Familie – außer dreien:

einer Schwester, die Nonne sei, und einer anderen, jüngeren Schwester, die als kleines Kind gestorben sei, und eines Bruders, den sie erschossen hätten. Und alle hätten vier oder sieben, drei oder sechs Kinder, einige seien schon groß und andere noch klein, und sie alle seien Nichten und Neffen seiner Mutter, und unter ihnen gebe es eine, die schon groß und ein Fräulein sei und Crucifera heiße.

Dann sei die Zeit vergangen, und der verwitwete Amerikaner, mit Namen Ignazio, sei, auch schon nicht mehr der Jüngste, ins Dorf zurückgekehrt, um einen Laden zu eröffnen. Und eines schönen Tages habe er sich gesagt: »Was tue ich hier ohne Frau?« und sich die junge Crucifera genommen. Und so wurde diese, die schon eine Nichte von Scimós Mutter war, mit einemmal, da sie den Onkel geheiratet hatte, auch deren Tante! Und sie, die unter anderem ja schon Scimós Base war, wurde jetzt auch seine halbe Großmutter (Großtante), weil sie die Schwägerin seines Großvaters Serafino wurde, und der war ja der Großvater von ihr und von allen andern.

»Und wo ist er jetzt?« wollte Useppe wissen.

»Mein Großvater ist in Tiriolo.«

»Und was tut er?«

»Er zerstampft mit seinen Füßen Trauben.«

Useppe fragte nicht weiter, um so weniger, als Scimó jetzt darauf brannte, seinen Gästen die Hauptsache zu zeigen, die berühmte Radrennfahrer-Medaille. Er hatte sie nicht mehr in dem Loch versteckt, wo es zu feucht war, sondern im Matratzenüberzug, der ihm, wie man sah, auch zur Aufbewahrung von Kleidern und anderem diente. Zusätzlich zum Zellophan hatte er sie inzwischen noch mit einer Schicht Stanniolpapier umwickelt.

Es handelte sich, soweit mir bekannt geworden ist, um ein Reifenmarken-Reklameschildchen aus leichtem, goldgelbem Metall von kreisrunder Form. In der Mitte stand die Erklärung: BARTALI *der* KÖNIG DER BERGSTRECKEN verwendet die Radmäntel Soundso. Und ringsum die verzierte Inschrift *Giro d'Italia 1946* – und noch andere Hinweise dieser Art. Alle diese Inschriften waren für Useppe natürlich Hieroglyphen. Kaum tauchte die Medaille aus ihrer doppelten Umhüllung auf, jubelte Bella frohlockend: »Die kenne ich schon!«, und Useppe wurde wieder rot. Aber Scimó verstand ja zum Glück Bellas Sprache nicht und achtete in diesem Augenblick auch nicht auf Useppe, denn er untersuchte gerade besorgt die Medaille von vorn und hinten, um festzustellen, ob die Feuchtigkeit ihr nicht allzusehr geschadet hatte. Ja, er wandte die Augen nicht einmal von ihr, als er sie vor Useppe hinlegte – genau so lange, daß dieser sie rasch betrachten konnte. Dann packte er sie sofort wieder ein und legte sie an ihren Platz zurück. Aber er stöberte weiter zwischen den

alten Zeitungen und Lumpen herum, mit denen er seine Matratze ausgepolstert hatte. Sicher hatte er noch etwas anderes Interessantes vorzuweisen. Tatsächlich zog er zuerst einen kleinen Kamm heraus, der in verschiedenen Farben schillerte, so einen, wie man sie an den Verkaufsständen mit amerikanischen Waren findet. Dann eine Schuhschnalle mit gläsernen Brillanten, die er auf der Straße aufgelesen hatte. Und dann einen halben Autoscheibenwischer. Danach führte er den Wecker vor, der tatsächlich ging, sogar zu schnell, um die Wahrheit zu sagen. Aber in seiner Zeiteinteilung richtete sich Scimó sowieso nach der Sonne. Und außerdem, als die neueste Neuheit, eine Stablampe mit Batterie, wie sie Useppe damals bei den Partisanen gesehen hatte. Scimó sagte, diese hier leuchte zweihundert Stunden lang! Im Moment war allerdings keine Batterie drin. Doch der, von dem sie ihm zum Geschenk gemacht worden war, hatte versprochen, ihm so bald wie möglich eine zu verschaffen.
»Und wer hat sie dir geschenkt?« fragte Useppe.
»Ein SCHWULER.«
Das Zikadennest war reizvoll, aber rätselhaft. Ungefähr sechzig Meter von der Hütte entfernt hinter der Böschung wuchs ein Baum mit einem im Vergleich zu seiner mächtigen Krone relativ kurzen Stamm. In einem der Äste war eine lange Spalte, und Scimó sagte, die sei ein Ablegeplatz für Zikadeneier. Dann zeigte er ihm an der Baumwurzel in der aufgegrabenen Erde ein kleines Loch und erklärte, dort drunten sei ein Nest, wo Eier ausgebrütet würden. Dann behauptete er, er habe am vorangegangenen Tag eine junge, kaum aus dem Nest gekrochene Zikade überrascht, gerade während sie an der Baumrinde hängend sich mühsam aus der Schale herausgearbeitet habe. Da er in die Stadt habe gehen müssen, habe er sie dort gelassen. Sie habe noch betäubt und halb stumpfsinnig auf den Moment gewartet, wo sie fliegen könne. Doch jetzt war samt der Zikade auch die Schale verschwunden. Vielleicht hatte irgendein Tier sie als Beute geraubt, oder der Wind hatte sie davongetragen. Und die Zikade wohne vielleicht jetzt, wo sie fliegen gelernt habe, oben im Baum oder auf irgendeinem benachbarten Wipfel, und bald würde man sie, falls es eine männliche Zikade sei, singen hören. Denn nur die Männchen sängen, die Weibchen sängen nicht.
Useppe hatte früher schon Zikaden zirpen hören, hatte aber nie eine gesehen. Scimó und er waren sich aber einig, daß man die Erde nicht vom Nest entfernen dürfe, um nicht das Ausbrüten anderer kleiner Zikaden zu stören. Nach Scimós Worten war nämlich die von ihm beobachtete eine Vorbotin gewesen, die zu früh ausgeschlüpft war, und sicher würde ihr noch eine zahlreiche Verwandtschaft von stummen Weibchen und singenden Männchen folgen.
Dann gingen sie ans Flußufer, wo Scimó noch baden wollte, bevor er ins

Kino ging. Hier mußte Useppe voll Bedauern zugeben, daß er nicht schwimmen konnte. Er blieb tieftraurig am Ufer stehen, während Bella und Scimó im Wasser herumschwammen.
Als Scimó ganz nackt aus dem Wasser kam, zeigte er Useppe seine Geschlechtsorgane und rühmte sich, er sei schon ein Mann, und zwar so sehr, daß ihm das Glied anschwelle, wenn er an gewisse Dinge denke, zum Beispiel an die Küsse in den Filmen oder an seine Großmutterbase Crucifera. Da wollte Useppe ihm, neugierig geworden, sein eigenes Schwänzchen zeigen, um zu wissen, wie weit er sei. Scimó sagte ihm, auch er sei bestimmt ein ganzer Mann, doch müsse er noch wachsen. Da dachte Useppe, wenn er erst einmal gewachsen sei, könnte er unter anderem vielleicht ganz laut singen wie die Zikadenmännchen.
Auf Scimós magerem, unschönem Körper waren mehrere Narben zu sehen, die er Useppe sogleich erklärte. Eine neue, am Bein, hatte ihm ein Lehrer in der Erziehungsanstalt durch Prügel beigebracht. Eine andere, ältere am Arm, ungefähr auf der Höhe der Schulter, hatte ihm sein großer einundzwanzigjähriger Bruder verursacht, als er ihn mit einem Maultiergeschirr geschlagen hatte. Dieser böse Bruder, behauptete er, haßte ihn am meisten von der ganzen Familie und wollte ihn unbedingt in der Erziehungsanstalt haben.
Die dritte Narbe, die den obern Teil seiner Stirn unter dem Haaransatz verunstaltete, hatte er sich selbst beigebracht, als er den Kopf gegen die Tür und die Wände schlug, weil sie ihn in der Erziehungsanstalt in die Strafzelle eingeschlossen hatten. Beim Gedanken an diese Zelle winselte Scimó fast; sein Gesichtchen schien noch kleiner zu werden, und seine Augen wurden starr und verstört. Und plötzlich warf er sich, von Verzweiflung überwältigt, auf die Erde und schlug den Kopf wild dreimal hintereinander auf den Boden.
Useppe lief entsetzt hinzu. Er war nicht weniger erschrocken, als wenn er selbst diese Schläge gegen die Stirn bekommen hätte. Doch Scimó hatte sich schon von dem Ausbruch erholt, stand rasch auf und schien mit einem Lächeln »Halb so schlimm!« zu sagen. Und nach einer Weile schien er schon alles vergessen zu haben, außer dem neuen Film, den er sich ansehen wollte, und der Pizza, die er nachher essen würde...
Für ihn war es Zeit, wegzugehen. Und Useppe sah ihn, mit sehnsüchtigem Verlangen im Herzen, schon bei dem prachtvollen Kinopalast ankommen und dort den Gaben austeilenden Wesen von geheimnisvollem Glanz begegnen, von denen er weder Person noch Titel, kurz, gar nichts wußte. Schließlich trat er, ohne aber seine Unwissenheit zuzugeben, vor Scimó hin, schaukelte auf seinen Beinen hin und her und wagte mit scheuer Stimme die Frage:
»Warum nimmst du nicht auch mich ins Kino mit zu den *Schwulen*?«

Und er zeigte ihm, daß er in einer mit einem Knopf verschlossenen Tasche seiner Trägerhose ein Geldstück hatte, das Ida ihm vor dem Weggehen gegeben hatte, damit er sich ein Eis kaufen konnte.
Doch Scimó schüttelte mit Beschützermiene den Kopf, schaute ihn väterlich an und sagte:
»Nein. Du bist noch zu klein.« Und dann fügte er, vielleicht um seine Weigerung plausibler zu machen, hinzu:
»Und dann lassen sie Hunde nicht ins Kino hinein.«
Worauf er, als er Useppes enttäuschten Gesichtsausdruck sah, noch eine Weile bei ihm blieb. Doch schließlich sagte er: »Ich muß laufen!« Um ihn zu trösten, versprach er ihm feierlich:
»Heute haben wir keine Zeit mehr, aber wenn ihr das nächste Mal herkommt, bring' ich dir das Schwimmen bei.«
»Morgen kommen wir wieder!« beeilte sich Useppe zu antworten.
»Morgen ist Sonntag. Da fängt die erste Vorstellung um drei an. Doch wenn ihr zeitig kommt, fangen wir mit Brustschwimmen und dem toten Mann an.«
Während er zur Hütte hinüberlief und die beiden andern am Flußufer zurückließ, hörte man aus der Entfernung seinen heftigen »Raucherhusten«, der ihn auf seinen kurzen Beinen schüttelte. Bei seinem Fortgehen verfiel Useppe in dunkle Traurigkeit, die mit jeder Minute wuchs. Selbst die Gesellschaft von Bella, die ihm mit ihren lieben Augen zuzwinkerte, konnte ihn nicht trösten. Er dachte wieder an David, den er trotz der neuen Freundschaft mit Scimó ganz und gar nicht vergessen hatte. Da er heute keine Lust mehr hatte, bis zum Abend am Fluß zu bleiben, zog er ein wenig an Bellas Halsband und versuchte sie mit dem Vorschlag: »Vvavid ...« zu locken. Doch Bella schüttelte den Kopf und gab ihm zu bedenken, daß David kein Stelldichein mit ihnen vereinbart habe, und wenn sie ohne Verabredung zu ihm gingen, würden sie wieder weggeschickt wie das letzte Mal.
Nach Scimós Weggehen machte der Gedanke an Davids nicht gehaltenes Versprechen Useppes Einsamkeit noch schwerer. Eine vorüberziehende Wolke deckte die Sonne zu, und sie kam ihm vor wie eine riesige Gewitterwolke. Mit einemmal sah man vom gegenüberliegenden Ufer ein Boot in den Fluß stechen, in dem man die Umrisse mehrerer Jungen erkennen konnte. Zusammenzuckend sagte sich Useppe: »DIE PIRATEN!« Er stand auf und stellte sich in Kampfposition, entschlossen, um jeden Preis das Baumzelt und Scimós Hütte zu verteidigen. Aber das Boot entfernte sich in südlicher Richtung, glitt das Ufer entlang, von dem es weggefahren war, und verschwand bald darauf aus dem Gesichtsfeld.
Useppe setzte sich mit Herzklopfen wieder ins Gras. Seine Traurigkeit von vorher vermischte sich jetzt mit einer ungreifbaren Vorahnung, die

ihm nicht neu war, obwohl sie ihm jedesmal wieder fremd vorkam. Jeder neue *Anfall* seiner Krankheit vergewaltigte ihn, ohne daß er dabei Zeuge war. Nur bemerkte er vorher ein verdächtiges Signal, wie wenn sich hinter seinem Rücken eine umrißlose Maske näherte, hinter der sich ihm ein leeres Loch auftat. Dann erfaßte ihn ein nebelhaftes Grauen; schon halb blind, richtungslos versuchte er noch wegzulaufen und wurde nach zwei, drei Schritten niedergeworfen. Doch wenn sich das an ihm vollstreckte, war er schon bewußtlos. Und auch von dem ersten Signal blieb ihm danach nur eine unbestimmte Spur im Gedächtnis, wie ein Bruchstück einer Melodie, das man irgendwann und irgendwo einmal gehört hat. Seine Klänge erinnern an *etwas*, das zerrissen ist ... aber sie sagen nicht mehr, *was* es war.

Mit Herzklopfen im Gras am Fluß sitzend, hatte Useppe die Empfindung, er habe früher schon einmal einen solchen Augenblick erlebt. Wer weiß wann, vielleicht in einem andern Dasein, hatte er schon einmal an einem leuchtenden kleinen Strand gesessen, bei Wiesen mit heiteren Zelten, in Erwartung eines bevorstehenden Schreckens, der ihn verschlingen wollte. Sein Gesicht verkrampfte sich in äußerster Abwehr: »Ich will nicht! Ich will nicht!« rief er. Und er sprang auf, wie kurz vorher, als er sich auf den Kampf mit den Piraten vorbereitet hatte. Doch gegen dieses *Andere* gab es für ihne keine Rettung außer einer absurden Flucht. Und der einzige letzte Fluchtweg, der sich ihm bot, war in diesem Augenblick das Wasser, das zu seinen Füßen vorbeifloß. Mit schon vernebelter Sicht warf sich Useppe in die Tiefe. An dieser Stelle war die Strömung eher ruhig, das Wasser aber ging ihm hoch über den Kopf.

Da hallte ein verzweifeltes Bellen vom Ufer wider, und in einem Augenblick war Bella bei Useppe, der sinnlos um sich schlug und vom Wasser hin und her geschaukelt wurde wie ein armes am Rücken verwundetes Tierchen. »Klammere dich fest, klammere dich fest an meinen Rücken. Ich trage dich!« flehte ihn Bella an, glitt rasch unter seinen Bauch und hielt ihn so aufs Ufer zu schwimmend an der Oberfläche. In zwei Atemzügen war die Rettung vollzogen. Useppe lag wieder, nun in triefendnassen Kleidern, sicher am Rand der Wiese.

Es kann sein, daß der jähe, kalte Schock durch das Wasser den Anfall im Entstehen blockierte. Diesmal ertönte kein Schrei, und Useppe verlor auch das Bewußtsein nicht und wurde auch nicht so gräßlich blau. Als einziges Anzeichen seines unvollendeten oder nicht ganz ausgebrochenen Anfalls schüttelte ihn, kaum war er wieder an Land, krampfhaft ein Zittern aller seiner Muskeln, und er schluchzte abgerissen. »Nein! Nein! Ich will nicht! Ich will nicht!« wiederholte er immer wieder, während Bella ihn eilig leckte, als hätte sie einen Wurf junger Hunde vor

sich. Schließlich ging das Weinen in ängstliches Lachen über, und Useppe klammerte sich an Bella, als liege er in seinem Bett zu Hause neben Ida. Miteinander schliefen sie ein, während die Sonne sie trocknete.
Nicht immer brachte dieser Erschöpfungsschlaf nach dem Anfall ihm Träume. (Wenn, dann handelte sich jedenfalls um Träume, die Useppe beim Erwachen gleich wieder völlig vergaß.) Diesmal aber hatte er einen Traum, an den er sich in der Folge nicht gerade erinnerte, von dem er aber etwas wie einen bebenden, bunten Schatten im Gedächtnis bewahrte. Er träumte, er befinde sich genau an dem Ort, wo er sich in Wirklichkeit aufhielt. Nur hatte der Fluß die Form eines großen, kreisrunden Sees angenommen. Und die Hügel ringsum waren sehr viel höher als in Wirklichkeit und waren alle von fallendem Schnee überstäubt. Ich habe versäumt zu erzählen, daß im Winter 1945 in Rom Schnee gefallen war und daß dies für Rom ein ungewohntes und für Useppe ein ganz außergewöhnliches Schauspiel gewesen war.
Damals war Useppe wenig mehr als drei Jahre alt gewesen. Und seit damals war seine Erinnerung an den Anblick des Schnees immer stärker verblaßt, ja schließlich fast ganz hinter einem Nebel verschwunden. Jetzt aber kehrte sie in diesem Traum zurück. Der römische Schnee war ein ruhiges Bild von unglaublicher Stille und Reinheit gewesen. Doch im Traum war es ein Schneesturm, wie ihn Useppe im wirklichen Leben noch nie gesehen hatte. Der Himmel war schwarzgrau. Ein pfeifender Wind bog die Bäume der Senke und der Ufer ringsum, und der Schnee wirbelte herab wie eine Maschinengewehrladung von spitzen, mörderischen Eiskörnern. Auf den Hügelkuppen im Umkreis ragten die Bäume nackt und schwarz empor, wie entfleischte, vielleicht schon tote Körper. Und über die ganze Hügelkette hallte als einziger Ton das Pfeifen der Windstöße. Stimmen waren nicht zu hören, und man sah auch niemanden.
Useppe befand sich im Traum nicht am Ufer, sondern mitten im Wasser des Fluß-Sees. Und dieses Wasser schien, obwohl von einem Hügelkreis umschlossen, von unendlicher Ausdehnung. Es war von schillernder Farbe, ruhig und leuchtend, und von sanfter, wunderbarer Lauheit, als würde es andauernd von unsichtbaren sonnenerwärmten Quellen durchflutet. Useppe schwamm ganz natürlich in diesem Wasser, wie ein Fischlein, und rings um ihn tauchten aus dem lauen See zahllose Köpfchen anderer Schwimmer, seiner Gefährten, auf. Sie waren ihm alle unbekannt, aber er erkannte sie trotzdem. Und in der Tat war es nicht schwierig zu verstehen, daß hier alle zahlreichen Neffen und Nichten Scimós zugegen waren, sogleich erkennbar an ihren vorstehenden Schnauzen nach dem Vorbild des berühmten schwanzlosen Tierchens. Und dann schwammen auch viele, viele runde Köpfchen mit roten Bak-

ken und lebhaften schwarzen Äuglein herum, lauter Zwillinge oder enge Verwandte der Nichte Ninuccia.

Doch das Sonderbarste an diesem heiteren See war, daß sich die Hügel ringsherum, die doch von dem schaurigen Schneesturm gepeitscht wurden, unberührt und selig, in der vollen Himmelsbläue eines Sommeranfangs, im Wasser widerspiegelten. Die gefolterten Bäume zeigten im See ihr unversehrtes, in vollem Laub strotzendes Abbild, so daß ihre über den ganzen See verzweigten Spiegelbilder unter dem blauen Wasser eine Art grüner Pergola aufzeichneten. Es sah aus wie ein im Himmel aufgehängter Garten. Und die Bewegung des Wassers begleitete sie wie ein sommerlicher Windhauch mit Gemurmel und Gesang.

Es bestand gar kein Zweifel darüber, daß der See echt und wirklich war, während das Panorama ringsherum eine Täuschung sein mußte, etwas wie ein Schattenspiel auf einem Theatervorhang. Das war im Traum klar, ja im ganzen eigentlich drollig. Und der Schlafende empfand ein so köstliches Wohlbehagen, daß er kleine, jubelnde Rufe ausstieß. Bella neben ihm brummte dafür ab und zu. Vielleicht erlebte sie im Traum die Aufregungen ihres heldenhaften Nachmittags noch einmal.

Wahrscheinlich hätte Useppe, sich selbst überlassen, mindestens zwölf Stunden ununterbrochen geschlafen. Doch nach ungefähr drei Stunden, als die Sonne sich dem Horizont entgegenneigte, wachte Bella auf, schüttelte sich mächtig und weckte Useppe mit der Mahnung:

»Es ist Zeit, nach Hause zurückzukehren. Mamma erwartet uns zum Abendessen.«

Useppes Rückweg nach Hause verlief sonderbar. Er bewegte zwar die Füße hinter Bellas Leine her, war aber noch nicht ganz aus seinem Traum herausgetreten. Sie gingen unter dem Baumvorhang durch, und das abendliche Zwitschern der Vögel in der untergehenden Sonne kam ihm noch wie das Plätschern des Sees vor, wo Klänge und Reflexe miteinander spielten. Er hob die Augen und glaubte im Laubdach über sich die wunderbare grüne Pergola wiederzusehen, die sich im See spiegelte und in der seine Schwimmgefährten scherzten und die Köpfchen aus dem Wasser streckten. Auch das städtische Getöse des Samstagabends erreichte ihn nur gedämpft, wie ein endloses Geflüster aus dem Wasser, und dieses Unterwassergeräusch vermischte sich ihm mit dem Flimmern der ersten Sterne.

Er war so schläfrig, daß sein Kopf beim Nachtessen hin und her baumelte. Und am darauffolgenden Tag schlief er bis nach dem Mittagessen und hörte nicht auf Idas Rufe. Als er endlich aufstand, hatte er Mühe, den Zeitsinn wiederzufinden. Plötzlich aber erinnerte er sich, daß Bella und er mit Scimó in der Hütte verabredet waren.

Sie kamen gegen vier Uhr, zu spät, um Scimó noch anzutreffen, dort an. Scimó war wirklich nicht da. Weil es Sonntag und schon recht sommerlich war, mußten am Vormittag Badende an dem kleinen Strand gewesen sein. Es lagen Flaschendeckel von Peroni-Bier und Bananenschalen herum. Doch zum Glück keine Spur von Piraten, weder hier noch in der Umgebung. Die Hütte war so, wie sie sie am Tag zuvor verlassen hatten. Auf der Matratze lag Scimós Badehose, die noch etwas feucht war. Und die Stablampe lag wie gestern am Boden neben dem Stein mit der Kerze. Useppe bemerkte nicht, daß die Kerze seit gestern nicht kürzer geworden war. Das einzig Neue war: der Wecker stand. Useppe nahm an, Scimó habe in der Eile vergessen, ihn aufzuziehen. Und da er die Stunden auf der Uhr gelernt hatte, sah er, daß der Wecker zwei Uhr anzeigte.
Die *Zwei* bedeutete für ihn selbstverständlich zwei Uhr nachmittags. In Wirklichkeit war der Wecker aber um zwei Uhr nachts stehengeblieben. Useppe wußte nicht und sollte es nie erfahren, daß Scimó, seit er sich gestern von ihnen verabschiedet hatte, nicht mehr in seiner Hütte geschlafen, sondern die Nacht wieder in der Erziehungsanstalt verbracht hatte. Einer seiner Bekannten in der Stadt hatte ihn, vielleicht aus Respekt vor den Gesetzen, angezeigt und in eine Falle gelockt. Gestern war Scimó in Rom wieder gefangengenommen worden. Und heute verbrachte er wohl seinen Sonntag, als Strafe für seine Flucht, in einer Zelle.
Useppe vermutete nichts dergleichen. Er sagte sich, verbittert, sicher sei Scimó, nachdem er umsonst auf ihn und Bella gewartet habe, weggegangen, damit er rechtzeitig zur ersten Sonntagsvorstellung kam. Und sicher befinde er sich nun schon im Kino und würde erst bei Einbruch der Nacht in die Hütte zurückkehren. So wurde man sich heute nicht mehr sehen.
Allein schon diese Vorstellung machte ihn traurig. Aus schuldigem Respekt vor der Behausung Scimós verließ er die Hütte und kauerte sich einen Schritt vom Eingang entfernt auf den Boden. Als Bella sah, daß er niedergedrückt war, setzte sie sich ganz ruhig, ohne ihn zu stören, neben ihn. Nur vergnügte sie sich von Zeit zu Zeit damit, der Luft einen Kopfstoß zu versetzen, um einer vorüberfliegenden Mücke Angst einzujagen. Trotz ihres Alters konnte sie sich auch in den ernsthaftesten Situationen von ihrer Vergangenheit, als sie ein kleiner Hund gewesen war, nie ganz frei machen.
Was ihre täglichen Schwimmübungen anging, so fühlte sie sich nach dem gestrigen Ereignis dazu bewogen, auf sie zu verzichten, denn sie wagte nicht, Useppe auch nur für kurze Augenblicke allein am Ufer zu lassen. Im Gegenteil, sie achtete streng auf eine gewisse Distanz zwischen ihm und dem Strand, beinah als ob das Wasser wirklich ein Wolf oder etwas Ähnliches sei.

Heute brannte die Sonne wie im Hochsommer, doch die beiden saßen im viereckigen Schatten der Hütte in der Kühle. Jenseits der Senke wuchsen Bäume, und von einem hörte man den einsamen und verfrühten Ton eines Zikadenmännchens. Es mußte wohl eine noch sehr kleine Zikade sein, die da aufmerksam ihre Übungen zirpte, ein Anfänger, denn trotz ihrer hartnäckigen Anstrengungen produzierte sie nur den unendlich schwachen Ton einer Violine, die ganz leise mit einem Zwirnsfaden gerieben wird. Und an diesem Klang erkannte Useppe sie sogleich als jene Zikade, die Scimó ein paar Tage vorher hatte zur Welt kommen sehen und die sicher gerade aus dem Nest gekrochen war.

Eine gewisse Müdigkeit hielt in Useppes Körper von gestern her noch weiter an. Er hatte keine Lust, wie an anderen Tagen herumzutollen und zu laufen oder zu klettern. Gleichzeitig wurde er von einer Unruhe erfaßt, die ihn dazu trieb, seinen Platz zu wechseln, wobei er jedoch nicht wußte, wohin er gehen sollte. Selbst im Baumzelt legte sich diese Ungeduld nicht. Das Dach der Zweige vermittelte ihm eine undeutliche Erinnerung an den gestrigen Traum, der heute bereits zu einem großen Teil aus seinem Gedächtnis verschwunden war. Er erinnerte sich nicht mehr an die Einzelheiten der Landschaft und auch nicht an den Schneesturm, an die Köpfchen und die Reflexe. Was ihm davon geblieben war, war eine Art Wasserfläche aus Farben mit sanfter Bewegung und ein singendes Geflüster, welches das Schaukeln begleitete. Wieder hatte er Verlangen nach seinem Bett und nach Ruhe. Doch wurde es von der Angst, wieder einzuschlafen, während alle andern wach waren, vertrieben.

Als Bella sah, daß er Trost und Zerstreuung nötig hatte, beschloß sie, ihm, während sie neben ihm saß, eine Geschichte zu erzählen. Sie zwinkerte ein wenig mit den Augen und begann in märchenhafter, melancholischer Weise zu sprechen:

»Ich hatte einmal junge Hündchen ...«

Noch nie hatte sie ihm davon erzählt. »Ich weiß nicht, wie viele es waren«, fuhr sie fort. »Ich kann nicht zählen. Sicher ist, daß zur Stunde, da sie Milch haben wollten, alle meine Zitzen besetzt waren, und zwar völlig!!! Kurz, es waren viele, und eines war schöner als das andere. Da war ein schwarzweißes, ein ganz schwarzes mit einem weißen und einem schwarzen Ohr und ein ganz schwarzes mit einem weißen Bärtchen ... Wenn ich eines anschaute, war das das Schönste. Aber dann schaute ich ein anderes an, und nun war dieses das Schönste. Dann leckte ich ein drittes, und dazwischen drängte sich noch eines mit dem Schnäuzchen durch, und unzweifelhaft war jedes das Schönste. Ihre Schönheit war unendlich, das ist Tatsache, und unendliche Schönheiten kann man nicht vergleichen.«

»Und wie hießen sie?«

»Sie hatten keine Namen.«
»Sie hatten keine Namen?«
»Nein.«
»Und wohin sind sie gegangen?«
»Wohin? . . . Darüber kann ich nur Vermutungen anstellen. Von einem Augenblick zum andern suchte ich sie, und sie waren nicht mehr da. Gewöhnlich kehren sie später zurück, wenn sie weggegangen sind, das wenigstens ist meinen Freundinnen passiert . . .« – Bella wie auch ihre Freundinnen waren überzeugt, daß jeder darauffolgende Wurf immer eine Rückkehr derselben Hündchen bedeutete. – ». . . Meine aber kamen nicht mehr zurück. Ich suchte sie, ich wartete wer weiß wie lange auf sie, aber sie kamen nicht wieder.«
Useppe schwieg. »Eines schöner als das andere!« wiederholte Bella mit träumerischen Augen. Dann, als sie länger darüber nachgedacht hatte, fügte sie hinzu: »Das ist normal. Dasselbe passiert auch mit den andern . . . Mit allen von uns, nicht wahr? Betrachten wir zum Beispiel meinen Antonio, den von Neapel . . . Er ist ohne weiteres der Schönste von allen! Doch mein Ninnuzzu – man muß ihn nur anschauen, das genügt: einen Schöneren als ihn gibt es nicht!!«
Es war das erstemal, daß Ninnuzzus Name zwischen ihnen erwähnt wurde. Als Useppe ihn hörte, lief ein Zittern über sein Gesicht. Doch löste es sich in ein aufmerksames Lächeln auf. Bellas Erzählung, die mit hündischem Akzent gebellt wurde, hüllte ihn ein wie eine helle, weiche Melodie.
»Und du«, nahm sie hier den Faden wieder auf und betrachtete ihn dabei voller Überzeugung, »du bist immer der Schönste von allen auf der Welt. Das ist sicher.«
»Und meine Mamma?« wollte Useppe wissen.
»Sie! Hat man je ein schöneres Mädchen gesehen als sie?! In Rom wissen das alle. Sie ist eine unendliche Schönheit. Unendlich!«
Useppe lachte. Damit war er sofort einverstanden. Dann fragte er ängstlich:
»Und Scimó?«
»Was für eine Frage! Jeder sieht, daß er der Schönste ist!«
»Der Schönste von allen?«
»Von allen.«
»Und David?«
»Aah! Davids Schönheit ist die größte. Absolut. Die größte.«
»Unendlich?«
»Unendlich.«
Useppe lachte zufrieden, denn in diesen Dingen war die Übereinstimmung zwischen der Hirtenhündin und ihm vollkommen. Zwischen

Großen und Kleinen, Verschlampten und Eitlen, Gebrechlichen und Kräftigen gab es für ihn keinen Unterschied. Und weder die Krummen noch die Buckligen oder die mit den Drachenköpfen waren für ihn weniger lieblich als die siebenmal Schönen, wenn sie nur alle Freunde waren und lächelten. Hätte er einen Himmel erfinden sollen – sicher hätte er ein Lokal von der Art des »Großen Raumes der Tausend« gebaut. Doch seit einiger Zeit ging er allem aus dem Weg. Das tat er, weil er diese häßliche Krankheit hatte.
»Gehen wir«, sagte er zu Bella.
Die Straßen waren wie jeden Sonntagnachmittag voller Menschen. Jenseits einiger im Bau befindlicher Häuser hatte man auf einem freien Platz einen großen Vergnügungspark angelegt. Es gab da nicht nur Karussells, Verkaufsstände, Schießbuden und Autoscooter, sondern sogar Berg-und-Tal-Bahnen und ein Kettenkarussell, an dem rundum Schaukeln aufgehängt waren, auf denen man mit wirbelnder Geschwindigkeit durch die Luft flog. Useppe, der unwiderstehlich davon angezogen wurde und mit Bella bis zum Rand des Parks vorgedrungen war, brach in freudiges Gelächter aus, als er diese märchenhaften Maschinen sah. Doch schon bald zog er sich mit dem Gefühl sehnsuchtsvoller Trauer zurück, wie vor einem verbotenen Rausch. Seit dem Beginn seiner Krankheit litt er nachts unter Angstträumen – die er dann wieder vergaß –, in denen er aus großer Höhe blindlings in Abgründe stürzte oder auf unermeßlichen Bahnen in einer schimmernden Leere ohne Anfang und Ende herumgewirbelt wurde.
Die üblichen Münzen in seiner zugeknöpften Tasche weckten in ihm den Wunsch, sich zu den Verkaufsständen vorzudrängen, wo man Magenbrot und Krokantbrocken und vor allem den gesponnenen rosenroten und gelben Zucker verkaufte. Aber es gelang ihm nicht, sich zwischen den vergnügten Leuten einen Weg zu bahnen. Auf der Via Marmorata begegneten sie dann in der Nähe des Testaccio einem Eisverkäufer, und da entschloß sich Useppe, ein Händchen mit dem Geld darin vorzustrecken und zwei Eistüten zu kaufen: eine für sich und eine für Bella. Und ermutigt von dem Gesicht des Eisverkäufers, eines schielenden Männchens mit sympathischem Lächeln, fragte er ihn, als er sah, daß er eine Uhr trug: »Du, wie spät ist es?« – »Halb sechs«, antwortete der Eisverkäufer.
Es war noch zu früh für die Heimkehr. Plötzlich fiel es Useppe ein, David Segre zu besuchen. »Vvavid!« verkündete er vor Bellas Schnauze, und das zwar als Bitte, aber in einem so entschlossenen Ton, daß Bella ohne zu widersprechen nach dem Ponte Sublicio trottete. Hier nun hatte Useppe die Idee, seinem Freund jene Flasche Wein mitzubringen, die Ida einige Tage zuvor für ihn gekauft hatte. Vielleicht würde David, wenn er

sie mit diesem Geschenk ankommen sah, sie heute nicht wieder wegschicken.
Um zur Via Bodoni zurückzukehren, gingen sie diesmal nicht über die Via Marmorata, sondern durch die innern Straßen des Viertels. Aus den Fenstern, den Cafés und den Kneipen begleiteten sie die gleichmäßigen Stimmen aus den Radioapparaten, die die neuesten Fußballergebnisse verkündeten. Als die beiden die Via Mastro Giorgio überquerten, hörten sie jedoch in einer Schenke jemanden schreien: »Krieg ... Geschichte ...« und andere, vom Radiolärm überdeckte Worte. Es war die Stimme Davids. Useppe kannte die Schenke, denn er hatte Annita Marrocco manchmal dorthin begleitet, wenn sie Wein holte. Erregt sah er von der Schwelle aus in das Lokal, und als er David entdeckt hatte, rief er laut: »Hoi!« und winkte ihm freundschaftlich mit der Hand.

6

Es gab hier nur Stammgäste; lauter arme Leute aus dem Viertel, die meisten schon ältere Männer, von denen vier zusammen Karten spielten. Zu den Spielern hatten sich einige Zuschauer gesetzt, während andere von weitem immer wieder einen Blick hinüberwarfen, ohne wirklich am Spiel teilzunehmen. David zeigte überhaupt kein Interesse für das Spiel. Sein Platz war bis vor kurzem an einem kleinen Tischchen in der Nähe gewesen, wo er allein getrunken hatte und auf dem jetzt, von ihm zurückgelassen, zwei Flaschen standen, eine leer, die andere noch halbgefüllt. Er selbst hatte plötzlich seinen Stuhl herumgedreht und am benachbarten Tisch Platz genommen, ohne daß jemand ihn dazu aufgefordert hätte. Hier hatte er noch einen Doppelliter kommen lassen, den er den anderen spendierte, wobei er aber auch ab und zu Wein in sein eigenes Glas goß. Doch schien er nicht betrunken, sondern nur außerordentlich mitteilsam zu sein. Als er Useppe und Bella sah, überflog einen Moment lang eine sanfte, knabenhafte Helligkeit sein Gesicht: »Useppe!« rief er in dem Ton eines Menschen, der einem Freund begegnet. Und Useppe war, zusammen mit Bella, mit einem Sprung bei ihm. »Setz dich zu mir«, lud David ihn ein und zog einen leeren Stuhl neben sich. Doch kaum hatte sich Useppe, strahlend vor Zufriedenheit, gesetzt, kümmerte sich David nicht mehr um ihn. Nach der flüchtigen Freude des Wiedersehens nahm sein Gesicht wieder den alten gespannten und fanatischen Ausdruck an.
Um Useppe und Bella kümmerte sich niemand von den Gästen. Doch die beiden waren mit ihrer gegenwärtigen Situation so zufrieden, daß sie gar

nichts anderes mehr begehrten. Ja, um ihr Glück nicht zu gefährden, vermieden sie sogar die geringste störende Bewegung. Bella hatte sich auf dem Boden zwischen Useppes und Davids Stuhl ausgestreckt, und abgesehen von einem leisen, unkontrollierbaren Schwanzwedeln zwang sie sich zu völliger Reglosigkeit, so daß sie das Denkmal eines Hundes zu sein schien ... Ab und zu richtete sie einen schnellen, glückseligen Blick zur Höhe, als wolle sie sagen: »Na, wie findet ihr das? Jetzt sind wir alle drei beisammen!« Und Useppe schaute von seinem Stuhl aus still und mit großen, vertrauensvollen Augen in die Runde und achtete sogar darauf, nicht mit seinen herunterhängenden Beinchen zu baumeln. Die Nähe Davids nahm ihm, obwohl sie ihm Respekt einflößte, jedes Unbehagen. Und zu allem anderen hatte Useppe unter den Anwesenden – ein paar kannte er vom Sehen aus der Umgebung – sogleich einen alten Bekannten entdeckt: Clemente, den Bruder Consolatas.
Useppe sandte ihm ein scheues Zeichen des Einvernehmens, doch der Mann erkannte ihn nicht. Er spielte nicht, sondern saß zwischen den Spielern, beinahe hinter ihren Rücken, David gegenüber. Er war zu äußerster Magerkeit zusammengeschrumpft, und in seinem Gesicht von grünlicher Blässe lagen die eingesunkenen und trüben Augen eines Toten. Trotz der warmen Jahreszeit hatte er sich fest in einen Herbstmantel gewickelt. Auf dem Kopf trug er eine Mütze, und die verstümmelte Hand bedeckte anstelle des schwarzgestrickten Handschuhs Filomenas jetzt ein anderer, ziemlich abgenutzter aus braunrot gefärbtem Leder. Immer noch wurde er mit seinem Spitznamen Manonera angeredet. Er bot das Bild eines Arbeitslosen und unheilbaren Invaliden. Und seine endgültige Abhängigkeit von der Schwester hatte ihn dazu getrieben, sie zu hassen und sich von ihr hassen zu lassen. An den Festtagen, wenn sie nicht zur Arbeit mußte, jagte ihn dieser Haß schon am Morgen aus dem Haus. So verbrachte er seine Sonntage in diesem Lokal. Dann und wann sah man ihn den Arm ausstrecken und nach seinem Wein greifen, der noch immer unberührt dastand. Doch nachdem er mit einem so starren und angeekelten Blick hineingeschaut hatte, als bemerke er Würmer darin, stellte er das Glas wieder auf den Tisch zurück, ohne daraus getrunken zu haben.
Obwohl er inmitten der anderen Gäste saß, blieb er in seiner düsteren Trägheit, beinahe ohne Reaktion auf seine Umgebung, befangen. Er interessierte sich weder für die Karten noch für die Nachrichten aus dem Radio. Allein bei den Reden Davids spitzte er die Ohren und horchte, wobei er allerdings oft den Zusammenhang verlor und die Dinge verdrehte. Und nur dann zeigten seine verkümmerten Züge, die Feindseligkeit, Groll und Verachtung ausdrückten, eine gewisse Anteilnahme.
Er war der einzige in dieser Tischrunde, der – obwohl er dem Aussehen

nach alterslos war – einer noch jungen Generation angehörte. Tatsächlich war er nur etwas über zehn Jahre älter als David. Die anderen, die alle um die sechzig Jahre alt waren, behandelten David wie einen eigenwilligen kleinen Jungen, mit Distanz und Geduld, und ertrugen ihn, obwohl seine Zudringlichkeit ihr ruhiges Kartenspiel störte. Nicht wenige unter den Anwesenden im Lokal schienen ihn zu kennen, wenigstens vom Sehen. Aber es war keiner mehr da, der ihn als Helden begrüßt hätte so wie damals, als er sich im Haus Marrocco vorgestellt hatte. Eher schienen sie ihn wegen seiner andersartigen sozialen Abstammung als einen Angehörigen eines dekadenten Adelsgeschlechts oder als den Bewohner irgendeines finsteren Planeten zu betrachten.
Die Partie wurde paarweise gespielt. Der Mann, der David am nächsten saß, war ein Alter von mehr als sechzig Jahren, aber von kräftigem, gesundem Aussehen. Eine graue Baumwollweste ließ seine muskulösen, braungebrannten Arme und das hellere Fleisch in den Achselhöhlen sehen. Er hatte volles, leicht ergrautes Haar, und über die Weste hing an einem silbernen Kettchen eine Taufmedaille. Sein Partner bei dem Spiel saß an der gegenüberliegenden Tischseite. Es war ein kahlköpfiger Mann mit flachem Gesicht, der die Uniform eines Dienstmannes trug. Von dem zweiten Spielerpaar war einer der Männer offensichtlich kein Römer, denn er sprach einen fremdartigen Dialekt und war – wie die Hirten – vierschrötig und sehr rot im Gesicht. Vielleicht war er ein Makler vom Land. Den anderen Mann kannte Useppe vom Sehen, denn er ging durch das Viertel und verkaufte aus einem Bauchladen Kastanienkuchen und Magenbrot und Erdnüsse. Er hatte auf einem der Fensterbänke den Kasten mit seiner Ware abgestellt, dem Bella dann und wann einen sehnsüchtigen Blick zuwarf. Dieser Hausierer hatte ein rundes, faltiges Gesicht, eine sehr kleine Nase und ebenso kleine Ohren. Seine Spielgefährten neckten ihn, weil er langsam spielte.
Neben dem kräftigen Alten mit der kleinen Medaille, doch noch ein wenig hinter ihm, saß als Zuschauer ein etwa sechzigjähriges, leidend aussehendes Männchen, dessen dünner, sehniger Hals aus einer geflickten Sonntagsjacke von äußerster Armseligkeit herausragte. Seine kranken Augen mit der hellblauen Iris waren blutunterlaufen, doch der Blick war ergeben und arglos und verfolgte mit lebhaftem Vergnügen die Wechselfälle des Spiels. Dies Spiel hier am Sonntagnachmittag war das einzige Mal in der Woche, daß der Pensionist unter die Leute kam, der im übrigen seine Tage zwar mit gewissen anderen kleinen Beschäftigungen, aber doch sehr einsam verbrachte. Dann und wann applaudierte das Männchen, fast jubelnd, dem Spieler mit der Medaille.
Von den andern, die dem Spiel beiwohnten, verfolgten einige die Angelegenheit mit Interesse, andere aber schienen eingenickt zu sein, beinah

als verlängerten sie ihre Feiertagsruhe noch ein wenig hier in der Schenke. Einer erhob sich von Zeit zu Zeit, um im Radio Nachrichten zu hören, und kehrte dann zurück, um sie den Freunden mitzuteilen. Andere gingen aus dem Lokal und überließen ihren Stuhl neuen Gästen ...
Doch mitten in diesem ruhigen Kommen und Gehen erhob sich David nicht ein einziges Mal von seinem Platz. Er wurde von der Schwere in seinen Beinen dort festgehalten, die in krassem Gegensatz zu seiner inneren Unruhe stand.
Es sah wirklich so aus, als wenn David seine Sonntage feiere, denn er hatte sich heute gründlich gewaschen und rasiert. Das Haar, das infolge seiner Nachlässigkeit unordentlich wuchs, war mit Wasser glatt gestrichen und mit einem Seitenscheitel versehen. Und in dieser ungewohnten, anständigen Aufmachung und mit dem nachdenklichen Blick, der gelegentlich beinahe schwärmerisch war, glich er, obwohl die Wangen eingefallen und blaß waren, mehr denn je dem bartlosen kleinen Studenten auf dem alten Paßphoto. Er hatte ein Paar nicht unbedingt gebügelte, aber ziemlich neue Hosen angezogen und einen sauberen weißen Pullover mit kurzen Ärmeln. Ab und zu konnte Useppe, der ihn die meiste Zeit über anschaute, eine kleine geschwollene und vereiterte Wunde in seiner nackten Armbeuge sehen. Voller Mitleid, hätte er David gern gefragt, woher sie stamme, doch wagte er ihn in seinem drängenden Redefluß nicht zu unterbrechen.
Weshalb und worüber er soviel sprach, wußte David selber nicht. In der Tat, was er vorbrachte, waren nicht Argumente, sondern eher Vorwände, um die andern, aber in erster Linie sich selbst, in irgendein allgemeines oder vielleicht auch persönliches Problem zu verwickeln. Auf solche Fragen, wie er sie in seiner ungewohnten, krankhaften Redseligkeit stellte, gibt es keine Antwort. Und wenn ich versuche, seine Worte zu wiederholen, die er an jenem Nachmittag in der Schenke sprach, sehe ich sie wie eine Schar von Pferden vor mir, welche auf einer kreisrunden Bahn hintereinander herjagen und immer wieder am selben Punkt vorbeikommen.
Man hörte seine Stimme sich in dem typischen jugendlichen Baß über ein Thema verbreiten, das keiner von den Anwesenden aufgreifen mochte, so daß er seine Worte ständig wiederholte. Er klagte alle – nicht nur die Anwesenden, sondern alle Lebenden überhaupt – der freiwilligen Zurückhaltung gegenüber allem an, was den letzten Krieg und seine Millionen Toten betraf. Wie wenn es sich um eine abgeschlossene Angelegenheit handle, wolle niemand mehr davon sprechen: das war der Nagel, auf den er immer wieder einhämmerte. Er wiederholte immer wieder, hartnäckig und pathetisch, seinen Protest: »*Keiner ... keiner ...*«, bis der Alte mit der Medaille ihm, wenn auch ohne allzuviel Überzeugung und ganz auf seine Karten konzentriert, entgegnete:

»Also, dann sprich davon. Wir sind hier, um dir zuzuhören...« Damit warf er entschlossen eine Karte auf den Tisch und rief: »Ich passe!«, während Clemente kichernd zu David blickte, als wolle er ihm bestätigen: »Nun denn. Worauf wartest du denn noch, um sie uns kundzutun, deine Philosophie?«
Das Lokal, das eher weiträumig war, hatte zwei Eingänge. Im Winkel neben dem zweiten Eingang, hinter dem Eisschrank und dem Tisch mit den Spielern, drängte sich eine kleine Menge um den Radioapparat, um die Ergebnisse der Fußballspiele zu hören. Im Gegensatz zu den Stammgästen waren es überwiegend junge Leute. Sie tranken nicht und setzten sich auch nicht an die Tische, sondern hielten sich nur vorübergehend, der Nachrichten wegen, in der Schenke auf. Sie gingen wieder weg, und andere kamen herein, und so herrschte wegen des Kommens und Gehens an der Tür eine ständige Bewegung. Mit lauten Stimmen redeten sie über die sportlichen Ereignisse. Von seiner Theke her gesellte sich auch der Wirt zu ihnen. Inzwischen hatten ältere Kunden einen zweiten Tisch mit ihren Karten belegt, und von einer Seite zur anderen hörte man Rufe: »Gut gegeben! Schieß los!« und ähnliche anfeuernden Worte, die sich mit den anderen Stimmen und dem Lärm von der Straße in einem absurden und dröhnenden Wirrwarr vermischten. Doch David ließ sich von diesen Geräuschen nicht stören. Im Gegenteil, eine unvermutete Stille hätte ihn vielleicht in Panik versetzt. Er genoß seine scharfe Bewußtseinsklarheit, die ihn erregte wie ein physisches Stimulans, das in seinem Hirn arbeitete. Und doch schien es ihm, als gehe er tastend, wie ein verirrter kleiner Junge, der von den Vorübergehenden keine Hilfe zu erbitten wagt. Vor allem aber herrschte in ihm eine Art Begeisterung vor, so daß nach und nach alle die Töne von außen sich mit seinem eigenen inneren Lärm und seinem Eifer vermengten wie zu einem einzigen außergewöhnlichen Abenteuer!
Dies war – wie leicht zu verstehen ist – einer seiner *Galatage*. Doch heute hatte ihm, anders als sonst, dieser sonntägliche Feiertag die Einsamkeit in seinem Erdgeschoßzimmer unerträglich gemacht, und David hatte sich mit dem ein wenig ängstlichen Ungestüm eines Debütanten auf die Straße gestürzt. Er hatte Lust, sich mit den Schritten, den Stimmen der anderen zu verbinden. Seine Lungen wollten die Luft der anderen einatmen.
Er ließ sich von keiner Entscheidung, sondern nur vom Zufall führen. Er kam an dem Lokal vorbei und ging hinein, vielleicht weil er früher schon ein paarmal da war und dort so etwas wie eine Familienatmosphäre suchte.
Er hatte keine Lust auf Wein, denn der Alkohol vertrug sich chemisch nicht allzugut mit gewissen *Gala*zuständen. Doch hatte er sich dann ent-

schlossen, doch ein wenig zu trinken, hatte es aber nur getan, um als zahlender Gast seine Anwesenheit zu rechtfertigen und nicht als Eindringling zu gelten. Und jetzt hatte ihn mit dem Wein dieselbe Unruhe befallen wie einen Menschen, der eine Tanzdiele betritt und Lust bekommt zu tanzen. Doch vertrug sich der Gedanke ans Tanzen nicht mit der bleiernen Müdigkeit seiner Beine, die ihn zur selben Zeit befallen hatte. Und dies war schließlich keine Tanzdiele ... Es war ein Ort ... irgendeiner ... auf der Welt ... Genau das! Irgendein Ort auf der Welt!
Nicht einmal *er* wußte, was ihn mit einemmal dazu gedrängt hatte, seinen Stuhl gegen den Nachbartisch hin umzudrehen. Es war in jenem Augenblick der einzige besetzte Tisch in der Schenke. Und er gab dieser normalen und einfachen Geste einen so außergewöhnlichen Schwung, daß es wie ein Angriff wirkte. Vielleicht wäre, wo und in wessen Gesellschaft auch immer er sich befunden hätte – in einem Gerichtssaal oder in einem Spital oder gar am englischen Königshof –, sein Beweggrund derselbe gewesen. Er hatte einem jener abwegigen Einfälle gehorcht, die einen dazu bringen, sich beim Überqueren eines Platzes auf einmal nackt auszuziehen.
Es kam ihm vor, als fasse er beim Umdrehen des Stuhls einen wichtigen Entschluß, der ihm aber vorläufig noch ganz ziellos und wirr vorkam. Erst als er den Mund auftat, gab er sich Rechenschaft darüber, daß sein wahrer Wille heute dahin ging zu *sprechen*. Er selbst – so schien es ihm – war ein schrecklicher Knoten, und alle andern waren mit in diesen Knoten verwickelt und verstrickt. Nur wenn er mit den andern sprach, konnte der Knoten sich vielleicht lösen. Das aber bedeutete einen Kampf, und es galt heute, ohne Aufschub, einander die Stirn zu bieten. Dann, nach dem Sieg, würde er sich ausruhen. Es machte ihm nichts aus, daß er nicht vorher wußte, ob er einer Konferenz präsidieren oder eine Rede halten mußte. Nur über eines war er sich im klaren: daß es sich um *dringende Mitteilungen* handelte.
Es gab aber allzu viele Argumente. So viele, daß er sich von ihnen verwirrt fühlte. Er erkannte, daß sein Geist – obwohl er bei klarem Verstand war – von einem ungesunden Fieber entzündet war, gegen das er unbedingt ankämpfen mußte, das er aber andererseits auch in gewisser Weise auszunutzen gedachte. *Sprechen,* ja. Aber wo sollte er anfangen? Und wann? Er hatte mit Sätzen über den Krieg begonnen, wie wenn dieser Gegenstand ein Polarstern wäre oder ein Komet, der ihm die Richtung angeben sollte. Aber inzwischen tat er – auch nach der Aufforderung durch den Alten mit der Medaille – nichts anderes, als seine müßigen Proteste zu plappern, und das mit einem kühnen Anspruch, der ihm ein Grinsen Manoneras einbrachte.

»Der Krieg ist zu Ende«, warf, ihn mit einem flüchtigen Blick von der Seite ansehend, der Spieler ein, der wie ein Makler aussah. »Jetzt muß man an den Frieden denken ...« Dann interessierte ihn sein Einwurf nicht mehr, denn er richtete die Augen auf seinen Spielgefährten, den trägen Hausierer, und forderte ihn auf:
»*Gib* endlich *das Geld her!*«
»Jaja, der Krieg ist zu Ende!« wiederholte David polemisch. »Jetzt sind Friedenszeiten ...« Und er lachte höhnisch. Dieses Gelächter ließ Bella überrascht die Ohren spitzen. Dann gab David einer plötzlichen Anwandlung schlechter Laune nach und rutschte wütend auf seinem Stuhl herum: »Solche Friedenszeiten«, ereiferte er sich gegen den Makler, der sich jedoch gar nicht mehr um ihn kümmerte, »hat es schon Hunderttausende gegeben! Und es wird weitere Hunderttausende davon geben, denn der Krieg ist nie zu Ende! Für gewisse Machenschaften das Wort FRIEDE anzuwenden, das ist ... Pornographie! Und heißt: auf die Toten spucken! Jawohl, die Toten! Man berechnet ihre Zahl, und dann schickt man sie ins Archiv: abgeschlossener Vorgang! An den Gedenktagen legen die Herren *in tight* einen Kranz für den unbekannten Soldaten nieder ...«
»Wer tot ist, hat Ruhe, und wer lebendig ist, gibt Ruhe«, zitierte der kleine Pensionist und zwinkerte mit seinen blutunterlaufenen Äuglein in einer Art, die nicht ironisch sein wollte, sondern David eher wohlwollend entgegenkam. »Archivierte Vorgänge!« betonte David noch einmal und krümmte sich vor Empörung. An diesem Punkt stockte er, denn er mußte feststellen, daß er bei dieser Art der Problemstellung und in seiner Wut von Anfang an den Faden verlieren würde. Und mit größter Willensanstrengung machte er eine Art geistigen Salto, der ihn in den Zustand einer perfekten Bewußtseinsspaltung versetzte: Da war ein Über-Ich-David, der den Takt angab, und ein anderer David, der gehorchte, auch wenn er angesichts der Mittel und der Ziele manchmal verblüfft war. Der Über-Ich-David schien im Lauf seiner heutigen Rede in verschiedenen Formen hervorzutreten: manchmal wie der Erzengel mit dem Flammenschwert, manchmal wie eine traurige Parodie ... Zuerst nahm David, indem er seinem Über-Ich den Weg freigab, die Gestalt eines Geschichtsprofessors an. Und er zwang sich stirnrunzelnd, im Geist zunächst die eigenen frühreifen Erkenntnisse zu rekapitulieren, bis hin zu den wichtigsten Zusammenhängen, die er schon in der Schule gelernt hatte. Er wußte, daß er in der bevorstehenden Schlacht mit Ruhe, Klarheit und methodischer Folgerichtigkeit vorgehen mußte, wenn er das Feld beherrschen wollte. Er beschloß deshalb, eine These auf der anderen aufbauend vorzugehen, wobei er zunächst die gesicherten Prämissen oder, wenn diese schon bekannt waren, die Schlüsse darlegen wollte. Er ging bei

dieser Aufgabe mit dems̶   ̶   ̶er am Pult
geprüft wurde, und beg̶   ̶   ̶e zu sprechen, daß man meinen ̶   ̶   ̶r:
1. Das Wort *Faschismus*̶   ̶   ̶chnet das
prähistorische System ̶   ̶   ̶ nicht so
hoch entwickelt ist wie ̶   ̶   ̶enen, was
jeder bestätigen wird, d̶   ̶   ̶in solches
System gründet auf die Unterdrückung der Wehrlosen (seien es Völker
oder Klassen oder Individuen) von seiten derer, die die Mittel haben, die
Gewalt auszuüben. – 3. Seit den primitivsten Anfängen der menschlichen Geschichte herrscht kein anderes System als dieses. Erst jüngst hat
man gewissen extremen Ausbrüchen der Schamlosigkeit, des Irrsinns
und der Dummheit, wie sie mit der bürgerlichen Degeneration einher-
gehen, den Namen *Faschismus* beziehungsweise *Nationalsozialismus*
gegeben. Doch dieses System, wo und wann es auch immer gerade
herrscht (unter verschiedenen Namen, die einander durchaus entgegengesetzt sein können), drückt *von jeher, immer und überall* die menschliche Geschichte aus ...
In dieser einleitenden Phase seines problematischen Unternehmens
drehte David den Kopf mal zu diesem, mal zu jenem, als wolle er alle
Anwesenden zu Zeugen seiner Postulate aufrufen. Und obwohl von seiner Rede – die er mit gedämpfter Stimme hielt – nur Satzfetzen zu verstehen waren, während der Rest in der allgemeinen Verwirrung unterging, ließ er doch in einer Art stummen Vertrauens nicht so schnell davon ab, dem einmal eingeschlagenen Weg zu folgen: »... Kurz, die
ganze Geschichte ist mehr oder weniger maskierter Faschismus ... im
Griechenland des Perikles ... und im Rom der Cäsaren und der Päpste ... und in der Steppe der Hunnen ... und im Reich der Azteken ...
und im Amerika der Pioniere und im Italien des Risorgimento und im
Rußland der Zaren und der Sowjets ... *immer und überall* gibt es Freie
und Sklaven ... Reiche und Arme ... Käufer und Verkaufte ... Obere
und Untergebene ... Herren und Gemeine ... Das System verändert
sich nie ... Religion, göttliches Recht, Ruhm, Ehre, Geist, Zukunft ...
Alles Pseudonyme ... *alles* Masken ... Doch im industriellen Zeitalter
halten sich gewisse Masken nicht ... Das System zeigt die Zähne und
prägt jeden Tag seinen wahren Namen und Titel ins Fleisch der Massen ... Und nicht umsonst wird in seiner Sprache die Menschheit MASSE
genannt, was auch *träge Materie* bedeutet ... Und somit sind wir jetzt
so weit ... Diese arme Materie des Dienens und der Mühsal wird zu einem Teig der Vernichtung und der Zersetzung ... *Vernichtungslager* ... den neuen Namen für die Erde haben sie schon gefunden ...
Vernichtungsindustrie: das ist der treffende Name für das gegenwärtige

System! Man sollte ihn als Schild auf die Fabriktore setzen ... und auf die Portale der Schulen und der Kirchen und der Ministerien und der Büros; auf die Wolkenkratzer mit ihrem Neonlicht ... und auf die Titelseiten der Zeitungen ... und auf die Titelblätter der Bücher – auch die der SOGENANNTEN revolutionären Texte ... *Quieren carne de hombres!!*«
Er wußte nicht mehr, wo er diesen letzten Satz gelesen hatte. Aber in dem Augenblick, in dem er ihn aussprach, tadelte er sich deswegen wie für einen Fehler, denn sicher konnte keiner in diesem Kreis Spanisch! Er hätte in der Tat auch Altgriechisch oder Sanskrit sprechen können, wenn man bedenkt, daß seine Sätze von den Gästen höchstens als akustisches Phänomen aufgenommen wurden. Darüber gab er sich bisher nur teilweise Rechenschaft. Trotzdem war schon die erzwungene Ruhe seines Über-Ichs verlorengegangen. Er begann fahrig Hände und Füße zu bewegen und brach in wirres Gelächter aus: »Es gibt Leute, die glaubten«, rief er und erhob die Stimme zu lautem Schreien, »dieser letzte Krieg sei ein Krieg ... der Weltrevolution gewesen!«
Die Sportnachrichten im Radio waren zuende. Einige Zuhörer blieben noch stehen, um zu diskutieren, während die anderen nach und nach weggingen. »Dann mach du sie, die Revolution, wenn du tapfer genug bist!« mischte sich ein junger Mann ohne Hemd ein, der sich bei Davids Worten dem Tisch genähert hatte. David wandte sich ihm mit streitsüchtiger, düsterer Miene zu: »Ich gehöre nicht zu denen, die an sie glaubten!« erklärte er entschieden. »*Ich* glaube nicht an solche *Revolutionen*! ... Eine echte Revolution hat es nie gegeben! Ich habe keine Hoffnung mehr auf eine echte Revolution! ...«
Doch der Junge ohne Hemd ging bereits achselzuckend zu der Gruppe zurück, die sich leidenschaftlich für den Sport interessierte. »Und was wäre das für eine, diese echte Revolution?« wollte von seiner Theke her der Wirt wissen und warf David einen trägen Blick zu. Doch ohne auf die Antwort zu warten, wandte er sich wieder der Diskussion mit den Sportbegeisterten zu und rief mit einem gewissen Ungestüm aus:
»Meiner Meinung nach hat der Schiedsrichter das Durcheinander angerichtet.«
Im Radio spielte man jetzt einige Musikstücke. Der Wirt drehte die Lautstärke zurück, um den Schlußfolgerungen über die Spiele besser folgen zu können. Von den letzten Ergebnissen des Tages waren die Gespräche zu den neuesten Siegen der Nationalelf gegen ausländische Mannschaften übergegangen. Einer rühmte seinen Champion über alles, ein anderer pries einen Konkurrenten. Der Junge ohne Hemd unterstützte mit lauter Stimme die Führung Mazzolas. Sofort sprang das Männchen mit den kranken Augen empört vom Stuhl auf, um ihn zu widerlegen:

»Allerdings war der Sieg von Turin«, kreischte er, stolz auf seine Kompetenz, »das Verdienst Gabettos und nicht das Mazzolas! Er hat zwei Tore geschossen, der Gabetto! ZWEI!« betonte er nachdrücklich und fuchtelte triumphierend mit zwei Fingern unter der Nase des Jungen hin und her.
Da im Radio ein neuer Schlager kam – an dessen Titel ich mich nicht mehr erinnern kann –, drehte einer der Jungen den Apparat wieder lauter. Und er begann zum Rhythmus des Schlagers mit den Hüften und Füßen genau einstudierte Bewegungen zu vollführen. Ein anderer, der behauptete, er verstehe mehr vom Tanzen, mischte sich ein und brachte ihm die richtigen Schritte bei. Das neue Thema lenkte einen Teil der herumstehenden Männer vom Sport ab, und so gesellte sich bald zu der Musik und den verschiedenen Stimmen ein lebhaftes Stampfen. Doch wie gewöhnlich berührte die allgemeine Konfusion David nicht oder doch nur wenig. Das Zentrum seiner Energie klammerte sich an die vermeintliche Verpflichtung, die er sich heute unbewußt mit tragischer Unerbittlichkeit auferlegt hatte. Und unter dieser schwer lastenden Sorge zersplitterte alles übrige um ihn herum in Scherben. Überzeugt, daß die Frage des Wirtes eine erschöpfende Antwort erfordere, kehrte er mit finsterer Geduld zu seiner schematischen Lektion von vorhin zurück. Und indem er sich wieder auf den Punkt konzentrierte, wo er sie unterbrochen hatte, und wieder in seinen früheren gönnerhaften Ton verfiel, bemühte er sich in fast belehrender Form zu beweisen, daß dieses berühmte, ewige und universelle System der Gewalttätigkeit usw. sich *per definitionem* immer mit dem Besitz verbunden habe, ob es sich nun um privates oder staatliches Eigentum handle ... Und daß es aus Bestimmung rassistisch sei ... Aus Bestimmung müsse es *produzieren und konsumieren und wieder produzieren*, durch all die Unterdrückungen und Aggressionen und Invasionen und die verschiedenen Kriege hindurch ... Es könne aus diesem Kreis nicht ausbrechen ... Und alle »revolutionären« Forderungen könne man nur im astronomischen Sinn des Wortes verstehen, was besagte: Bewegung der Körper um ein Gravitationszentrum herum. Dieses Zentrum der Schwerkraft sei immer dasselbe, es sei die Macht. Es sei immer eins: die MACHT ...
An diesem Punkt angelangt, mußte sich der Redner Rechenschaft darüber geben, daß seine tapferen Worte von niemandem aufgenommen wurden, oder höchstens versehentlich, so als wären es Papierfetzen, die vom Wind herumgewirbelt werden ... Und David schwieg eine Weile mit dem verwirrten und verblüfften Gesicht eines Kindes inmitten eines lärmenden Traums ... Doch kurz darauf runzelte er die Brauen, preßte die Kinnladen aufeinander, stand unvermutet auf und rief mit verachtungsvoller Miene:

»Ich bin Jude!«
Gestört von seinem Aufstehen hoben die Männer am Tisch für eine Weile die Augen von den Karten, während Clemente ihn verstohlen anblickte und die Lippen schürzte. »Und was ist Schlimmes daran, ein Jude zu sein?« fragte sanft das Männchen mit den blutunterlaufenen Augen, das sich inzwischen wieder an seinen Platz gesetzt hatte. »Die Juden«, erklärte mit beinah offizieller Ernsthaftigkeit der Mann in der Laufburschenuniform, »sind Christen wie die andern. Die Juden sind italienische Bürger wie die andern.«
»Das war es nicht, was ich sagen wollte«, protestierte David errötend. Tatsächlich fühlte er sich schuldig, sozusagen unter der Anklage, er habe seine persönlichen Probleme in den Vordergrund gestellt. Doch tief im Innern war er zufrieden, einfach deshalb, weil ihm wenigstens jemand geantwortet hatte. »Wofür habt ihr mich gehalten?« protestierte er noch einmal mit einer gewissen Verwegenheit und suchte gleichzeitig nach dem Faden, der ihm entglitten war. »Rassen, Klassen, Nationalitäten, das sind Flunkereien und Taschenspielertricks der Macht. Die Macht hat den Schandpfahl nötig: ›Dieser ist Jude, der ist Neger, der ist Arbeiter, der ist Sklave ... Der dort ist anders ... Jener ist der Feind!‹ Das alles sind Täuschungen, um den wahren Feind zu verbergen: die Macht! Sie ist die *Pestilenz*, die die Welt in den Wahnsinn stürzt ... Man wird durch Zufall als Jude geboren oder als Neger oder als Weißer, durch Zufall ...« Hier schien es ihm mit einemmal, er habe den Faden wiedergefunden. »*Aber man wird nicht durch Zufall als menschliches Wesen geboren!*« verkündete er mit begeistertem, fast dankbarem Lächeln.
Dieser letzte Satz war in der Tat der Anfang eines Gedichtes, das er vor einigen Jahren unter dem Titel *Das doppelte Bewußtsein* verfaßt hatte und das ihm jetzt wie gerufen kam. Doch sein Über-Ich riet ihm davon ab, hier eigene Verse zu deklamieren. Es schien ihm bei dieser Gelegenheit angebrachter, diese Verse in Prosa umzuwandeln. Doch David sprach trotzdem mit singender Stimme, nachdrücklich und schüchtern zugleich, genau wie ein Dichter, der ein Gedicht vorträgt:
»Von der Alge bis zur Amöbe, durch alle aufeinanderfolgenden Lebensformen, durch unzählige Zeitalter, hat sich die vielfache und fortgesetzte Bewegung der Natur zu dieser Manifestation des einzigen universellen Willens entwickelt, dem menschlichen Wesen! Das menschliche Wesen bedeutet: Bewußtsein. Dies ist die Genesis. Das Bewußtsein ist das Wunder Gottes. Es ist Gott. An jenem Tag sagt Gott: *Dies ist der Mensch!* Und dann sagt er: *Ich bin der Menschensohn!* Und dann ruht er endlich und feiert ...
Aber das Bewußtsein ist eine umfassende Einheit. Es gibt im Bewußt-

sein keine unterschiedlichen Individuen. Und es gibt auch in der Wirklichkeit keinen Unterschied zwischen dem einen und dem anderen menschlichen Wesen. Weiße, Schwarze, Rote oder Gelbe, Frauen oder Männer: Als menschliches Wesen geboren zu werden bedeutet, zur höchsten Stufe der Entwicklung irdischen Lebens emporgestiegen zu sein! Dies ist das Zeichen Gottes, das einzige königliche Wappen des Menschen! Alle anderen Wappen, Orden und Tressen sind böse Scherze, *Wahnvorstellungen Pestkranker*: hohle Worte und leere Hülsen...«

»Aber hör mal, glaubst du an Gott?« unterbrach ihn Clemente mit verzogenem Mund, und schon in der Frage drückte sich seine Verachtung des Befragten aus. »Ach! glücklich ist, wer an ihn glaubt!« seufzte das Männchen mit den blutunterlaufenen Augen. »Was für eine Frage?! Und ich glaubte, mich deutlich genug ausgedrückt zu haben!« murmelte David. »... OB ICH AN GOTT GLAUBE? ... Das ist eine Frage, die aus der Luft gegriffen ist, eines jener gewöhnlichen Wortspiele. Ein Trick ist sie, wie so viele andere.«

»Aha. Ein Trick.«

»Jawohl, ein Trick! Etwas für Priester und Faschisten. Sie sprechen vom Glauben an Gott, an das Vaterland, an die Freiheit, an das Volk, an die Revolution. Und jeder Glaube dient nur ihrer Bequemlichkeit, wie die Medaillen und das Geld. Auf jeden Fall: Ich bin ATHEIST, wenn es das ist, was du wissen willst.«

»Wozu dann dieses Gerede über Gott, wenn er nicht einmal daran glaubt!« mischte sich der Makler ein und blähte mit verdrießlicher Miene ein wenig die Backen auf. Dann befahl er seinem Partner, dem Hausierer, der sich nach den Regeln ihrer Geheimsprache am Ohr kratzte und auf diese Weise etwas über den Fortgang des Spieles erfahren wollte: »Spiel aus!« Und der Hausierer warf seine Karten auf den Tisch.

»An Gott glauben ... was für ein Gott soll das sein, an den man glauben oder nicht glauben kann?! Als kleiner Junge verstand ich es auch mehr oder weniger auf diese Art ... Aber das ist nicht Gott! ... Wartet! Gerade fällt mir ein, daß mich vor kurzem ein Freund fragte: ›Glaubst du, daß es einen Gott gibt?‹ – ›Ich glaube‹, antwortete ich ihm, nachdem ich darüber nachgedacht hatte, ›daß es nur Gott gibt.‹ – ›Ich dagegen glaube‹, meinte jener, ohne nachzudenken, ›daß alle Dinge existieren, nur Gott nicht!!‹ – ›Dann‹, haben wir daraus geschlossen, ›ist es klar, daß wir nicht gleicher Meinung sind ...‹ Ich habe aber nachher entdeckt, daß ich und er dasselbe sagten ...«

Eine solche Erklärung mußte den Zuhörern – falls ihm überhaupt jemand zugehört hatte – wie ein unverständliches Rätsel vorkommen.

Vielleicht nahmen sie auch an, es handle sich um jüdische Theologie . . .
Auf jeden Fall waren die einzigen Kommentare dazu die Hustenanfälle Manoneras, die sich wie die sarkastischen Bemerkungen seiner verdorbenen Lungen anhörten, und ein diskretes, aber recht kühnes: »Hoi, David!« von seiten Useppes. Es war im Verlauf dieses Zusammenseins schon das dritte oder vierte Mal, daß Useppe sich mit diesem Ruf bei dem Freund bemerkbar machte. Doch geschah es nur, um darauf hinzuweisen: »Wir sind auch noch da!«, ohne Erwartung einer Antwort. Und David gab auch jetzt, wie schon die andern Male, nicht einmal ein Zeichen, daß er ihn gehört habe.

Er hatte sich wieder gesetzt und wiederholte nun hartnäckig, mit dem Ausdruck eines Menschen, der aufwacht und versucht, ein geträumtes Abenteuer zu rekonstruieren: »In der Tat sagt man: *Gott ist unsterblich*, weil das Sein in allen lebenden Dingen ein und dasselbe ist. An dem Tag, an dem das Bewußtsein das weiß, was bleibt da vom Tod? In dem Eins und Alles ist der Tod nichts. Leidet vielleicht das Licht, wenn du oder ich die Lider schließen?! Einheit des Bewußtseins: das ist der Sieg der Revolution über den Tod, das Ende der Geschichte und die Geburt Gottes! Daß Gott den Menschen geschaffen habe, ist eins von vielen Märchen. Gott muß aus dem Menschen geboren werden! Noch warten wir auf seine Geburt. Aber vielleicht wird Gott nie geboren. Es besteht keine *Hoffnung* mehr auf die echte Revolution . . .«

»Aber du, wärst du ein Revolutionär?« fragte Clemente wieder in der ihm eigenen unterwürfigen und verkrampften Art, durch die er die Antwort des andern, schon ehe er sie gehört hatte, aufwertete. »Das«, sagte David mit einem bitteren Lächeln, »ist eine andere Fangfrage. Leute wie Bonaparte oder Hitler oder Stalin würden antworten: *Ja* . . . Auf jeden Fall bin ich ein ANARCHIST, wenn es das ist, was ihr wissen wollt!«

Jetzt reagierte er streitsüchtig, aber nicht gegen Manonera, sondern eher gegenüber irgendeinem unsichtbaren Gesprächspartner. Manchmal verwechselte er die rauhe Stimme Manoneras mit der des eigenen Über-Ich.

»Die einzige echte Revolution ist die ANARCHIE! AN-AR-CHIE, das bedeutet: KEINE Macht, in KEINER Form, gegen NIEMANDEN, über NIEMAND! Wenn jemand von Revolution und gleichzeitig von Macht spricht, ist er ein Betrüger, ein Fälscher! Wer die Macht wünscht, für sich oder für jemand anderen, ist ein Reaktionär. Selbst wenn er als Proletarier geboren wird, ist er doch ein Bürgerlicher, jawohl, ein Bürgerlicher, weil *Macht* und *Bürgertum* untrennbar sind! Die Symbiose ist perfekt. Wo immer sich die Macht befindet, dort wächst das Bürgertum, wie die Parasiten in der Kloake . . .«

»Na, die haben wenigstens Geld«, meinte der Wirt gähnend und rieb Daumen und Zeigefinger der rechten Hand aneinander. »Mit dem Geld«, mischte sich eine freche Stimme aus der Gruppe der Radiohörer ein, »kann man sogar die Madonna kaufen ...« – »Ja, sogar Gottvater«, rief eine zweite, eher duckmäuserische Stimme von dort.
»Das Geld ...« lachte David. Und wie ein Schauspieler zog er mit der Miene eines Terroristen, der eine Bombe schmeißt, seine beiden einzigen Banknoten aus der Tasche und warf sie voller Verachtung von sich. Doch trotz des Schwungs fielen die beiden gewichtlosen Papierfetzen einen Schritt von ihm entfernt zu Boden, ein kleines Stück hinter Bellas Schnauze. Und Useppe hob sie brav auf und steckte sie dem Freund eilfertig wieder zu, nicht ohne die Gelegenheit für ein weiteres »Hoi, David!« zu benutzen. Dann kehrte er diszipliniert auf seinen noch warmen Stuhl zurück, von Bella mit einem leidenschaftlichen Willkommensstoß empfangen, gerade so, als sei er von einer großen Expedition zurückgekommen.
David hatte sich die Scheine wiedergeben lassen, ohne zu protestieren, und steckte sie ruhig in die Tasche zurück. Vielleicht hatte er seine impulsive Gebärde schon vergessen, mit der im übrigen seine Zudringlichkeit noch kein Ende gefunden hatte: »Das Geld«, rief er aus, »war der erste üble Trick der Geschichte!« Doch inzwischen hörte ihm der Gesprächspartner mit der frechen Stimme schon nicht mehr zu. Er war ein lebhafter Junge mit blendenen Zähnen, der das eine Ohr ans Radio drückte, während er sich das andere mit der Handfläche zuhielt, um ohne allzuviele Nebengeräusche die neuesten Schlager zu hören.
»Es war eine der ersten Täuschungen *jener Leute*!« drängte David, »und *sie* haben mit dieser Täuschung unser Leben gekauft. Alles Geld ist Falschgeld! Kann man Geld vielleicht essen? Sie verkaufen zu hohen Preisen bare Fälschungen. Wenn man es nach dem Gewicht verkauft, gilt eine Million weniger als ein Kilo Scheiße ...«
»Und doch käme mir ein Milliönchen sehr zustatten«, ertönte hier unerwartet der Seufzer des Hausierers. Und seine Augen, die fahl und klein waren wie Centesimi, glänzten wie von einer märchenhaften Vision, vielleicht von der Vorstellung eines riesigen Ladens, der ihm gehörte und dessen Regale von Magenbrot und Nüßchen überquollen ... Diese Vision ließ ihn vorübergehend das Kartenspiel vergessen. Doch schon bald wurde er von seinem Gefährten getadelt, der ihm mit einem schrägen Blick auf David zurief: »Wach auf!«
Davids Laune schlug beim Zwischenruf des Hausierers um. Er lächelte nun friedlich wie ein kleiner Knabe und verkündete, mit einem neuen Gesicht, das erhellt und hoffnungsvoll aussah, als ob ihn eine Märchenfee angerührt hätte:

»In der anarchistischen Kommune existiert das Geld nicht.«
Und dann begann er mit Begeisterung die anarchistische Kommune zu beschreiben, wo die Erde allen gehört, alle sie miteinander bearbeiten und alle die Erträge nach dem Gesetz der Natur zu gleichen Teilen unter sich aufteilen. Verdienst, Besitz und Hierarchie sind widernatürliche Entartungen, die es dort nicht gibt. Und die Arbeit ist ein Fest der Freundschaft wie das Ausruhen. Und die Liebe ist ein unschuldiges Sich-Hingeben, frei von jedem besitzergreifenden Egoismus. Die Kinder – alle aus Liebe geboren – sind die Kinder aller. Es gibt keine Familie, die ja doch den ersten Knoten der Verwirrung in der herrschenden Gesellschaft darstellt, die ihrerseits nichts anderes als eine Vereinigung zum Verbrechen sein kann ... Dort weiß man nichts vom Gebrauch eines Familiennamens, man nennt sich beim Vornamen. Und was Titel und Würden betrifft, so rufen sie dort die gleiche lächerliche Wirkung hervor, wie wenn man sich eine falsche Nase oder einen Papierschwanz anhängt. Dort sind die Gefühle spontan, weil die natürliche wechselseitige Regung die Sympathie ist. Und die Sinne, vom *Fieberwahn* der Macht geheilt, kehren zurück und machen uns durch unser natürliches Empfinden trunken. Dort sind Schmecken, Sehen, Hören, Denken lauter Stufen zur wahren, allgemeinen Glückseligkeit ...
So wie er sprach, zufrieden und überzeugt, mit einem reinen Lächeln in seinen Beduinenaugen, schien es, die anarchistische Kommune sei ein auffindbarer Ort auf der Landkarte, bestimmbar durch diesen Breitenund jenen Längengrad, und es genüge, den Zug zu besteigen und dorthin zu fahren. Diese Illusion bewirkte jedoch bei der Gruppe der untätigen Alten, die dasaßen und das Spiel verfolgten, nur ein kleines Gelächter, das eher geringschätzig als skeptisch war, während jenseits des Tisches im Radioapparat nach dem Finale eines Orchesterstückes begeistertes Klatschen folgte, das auf David wie Spott wirkte. Doch die größte Gehässigkeit erreichte ihn aus seinem eignen Innern, von dem vertrauten Über-Ich: »Hier scheint es mir, als gingen wir rückwärts«, flüsterte ihm dieses zu und gab ihm einen Stich in den Magen. »Du spielst dich als Prophet auf, und dabei ist es die Vergangenheit, der du hier die Ehre erweist, dem Garten Eden nämlich, aus dem wir ausgewandert sind, erinnerst du dich nicht mehr? Um zu *wachsen* und *uns zu mehren*.« – David lachte und verschluckte sich. Dann ergriff er wieder das Wort: »Nun denn, man erzählt, der Mensch habe am Anfang auf die Unschuld des Paradieses verzichtet und das Bewußtsein gewählt. Und diese Wahl verlangte wiederum den Beweis der Geschichte, das heißt des Kampfes zwischen der Revolution und der Vogelscheuche der Macht ... Bis zuletzt die Vogelscheuche gesiegt hat! Und den Menschen noch weiter zurückwarf als die niedersten Tiere!! Das geschieht mit *uns*. Alle andern leben-

den Arten haben sich zum mindesten nicht zurückentwickelt. Sie sind auf der Stufe stehengeblieben, auf der sie am ersten Tag waren: im Paradies! Während die Menschheit zurückgeschritten ist! Dabei ist sie nicht nur unter ihre ursprüngliche Bewußtseinsstufe zurückgegangen, sondern auch unter die Stufe der tierischen Natur. Es genügt, wenn man die Biologie und die Geschichte rekapituliert ... Nie zuvor haben irgendwelche Lebewesen ein Ungeheuer hervorgebracht, das unterhalb der Natur stand. Das blieb der menschlichen Gesellschaft unseres Zeitalters vorbehalten.«
»... Und was ist das Ungeheuer?« wollte, von spontaner Neugier gepackt, das Männchen mit den blutunterlaufenen Augen wissen.
David mußte seinen Lippen und der Kinnlade Gewalt antun, um ruhig die für ihn so naheliegende Antwort zu geben. »Es ist das Bürgertum!« sagte er mit der Unlust eines Menschen, der etwas allgemein Bekanntes erklären muß. Das Männchen zog sich von jedem Widerspruch ein mildes und verlorenes Lächeln zurück, das von einer gewissen Enttäuschung geprägt war. Sicherlich hatte es eine sensationellere Antwort erwartet.
David schien es mittlerweile in seiner Schwatzhaftigkeit, er müsse in einem endlosen Geschicklichkeitsrennen an den aufgestellten Hindernissen vorbeilaufen. Die Polemik gegen den Klassenfeind war in der Tat seit seiner frühesten Pubertät mit ihm gewachsen – »wie die Blüten der Männlichkeit und der Vernunft«, hatte er in einem seiner Gedichte geschrieben. Inzwischen empfand er ein Gefühl der Unlust, immer noch diesem abgestandenen, fahlen Feind die Stirn bieten zu müssen! Und doch – schon bei seiner Erwähnung stieg in seinem Innern der Gärstoff der Empörung auf. Und das Über-Ich befahl ihm, nicht nachzugeben.
»Wenigstens die vorbürgerlichen Mächte«, griff er wieder an und stürzte sich mit einer Grimasse nach vorn, »in ihrer Amtstracht und ihren Perücken, auf dem Thron, auf den Altären und zu Pferd, bewahrten, wenn auch verpestet, vielleicht noch eine posthume Sehnsucht, *sagen wir*, nach dem *totalen Bewußtsein*. Und um sich, wenigstens zum Teil, von ihrer Scham loszukaufen, überlieferten sie irgendein vitales Werk, das, wenigstens zum Teil, als Wiedergutmachung oder als Hoffnung auf Heilung gelten mochte ... Kurz, sie hinterließen eine leuchtende Spur, ehe sie verwesten ... Die bürgerliche Macht aber hinterläßt bei ihrem Vorübergehen nur eine ekelerregende Speichelspur, ansteckenden Eiter. Wo sie angreift, verwandelt sie jede vitale Substanz – ja schließlich sogar jede unbeseelte Substanz – in Nekrose und Fäulnis wie ein Aussatz ... Und sie schämt sich dessen nicht einmal! In der Tat ist die Scham noch ein Zeichen des Bewußtseins; doch das Bürgertum hat das Bewußtsein,

das die Krone des Menschen ist, amputiert. Sie glauben, sie seien ganze Wesen, dabei sind sie verstümmelt. Und ihr größtes Unglück ist diese stumpfe, undurchdringliche Unwissenheit ...«
Er hatte den Ton eines zornigen Staatsanwalts angenommen. Dies war sicher nicht das erstemal, daß er die Rolle des Anklägers in einem derartigen Prozeß übernahm. Im Gegenteil, seine heutigen Behauptungen waren Widerhall und Kehrreim eines Hymnus', den er wer weiß wie oft gesungen hatte, entweder für sich allein oder mit seinen Kampfgenossen, wenn er zufällig in Hochstimmung war ... Nur daß seine Ablehnung der Klassengesellschaft heute doppelt so heftig und ungezügelt aus seinem Bauch kam, daß es ihn zu ersticken drohte. Und als er versuchte, den Exzeß sich in seinem gewohnten wilden Gelächter austoben zu lassen, schien dieses Gelächter über ihn herzufallen wie ein Hagel von Faustschlägen und spannte seine Muskeln für die Rache.
Die Worte seiner Anklagerede schienen ihm nicht zu genügen, den Angeschuldigten endgültig festzunageln; sie waren abgenutzt, altbekannt ... Und er stöberte in dem eigenen Erfindungsreichtum herum, um neue, entscheidende Worte für dieses letzte Treffen zu finden. Da überbot ihn die sonderbare Intensität seiner Leidenschaft. Als er nichts Besseres fand, entfesselte sich seine Sprache in einer Reihe gräßlicher Obszönitäten, wie man sie vom *Kasernenhof* her kennt und wie sie in seiner Redeweise eher ungewohnt waren. Er selbst empfand, als er sie aussprach, ein Staunen und zugleich das verzehrende Vergnügen, sich zu vergewaltigen. Er hatte die absurde Empfindung, eine Art schwarzer Messe zu zelebrieren.
»Na, schon gut, wir haben dich verstanden!« drang die gedankenlose Stimme aus der Gruppe der Radiohörer zu ihm durch. »Dir hängen die Bürgerlichen zum Hals heraus!« Als Antwort verlieh David der ununterbrochenen Reihe seiner wüsten *Beschimpfungen* größte Emphase, doch alle diese Geschosse prallten ohne Schaden anzurichten an seinem Auditorium ab. Selbst Useppe hatte von klein auf wahre Meister eines solchen Jargons gekannt, unter ihnen sicher nicht zuletzt die Frauen Marrocco.
Doch David erschien es in seiner Raserei, er sei das Zentrum eines universellen Skandals, als wenn sie ihn steinigten. Er schwankte auf den Beinen, und von der Stirn lief ihm fiebriger Schweiß. Er ballte die Fäuste und folgte weiter dem Faden seiner Rede: »Die Natur gehört allen Lebenden«, bemühte er sich noch einmal mit seiner rauh gewordenen Stimme zu erklären. »Sie war frei und offen, aber SIE haben sie zusammengequetscht und verunstaltet, um sie in ihre Taschen stecken zu können. Sie haben die Arbeit der andern in Börsenpapiere verwandelt und

die Felder der Erde in Renditen und alle realen Werte des Menschenlebens, die Kunst, die Liebe, die Freundschaft, in Ware verwandelt, die man kaufen und einstecken kann. Ihre Staaten sind profitgierige Banken, die den Preis der Arbeit der andern und des Bewußtseins der andern in ihre schmutzigen Geschäfte investieren. Waffenfabriken und Fabriken der Unsauberkeit, des Schwarzhandels und der Räubereien, der Kriege und Morde! Ihre *Güter*fabriken sind, im Dienst ihres Profites, verfluchte Sklavenlager ... Alle ihre Werte sind falsch, sie leben von Ersatzbefriedigungen ... Und die andern ... Aber kann man denn noch an *andere* glauben, die man IHNEN entgegenstellen könnte? Vielleicht werden IHRE Fälschungen das einzige Material der künftigen Geschichte sein. Hierin liegt vielleicht der entscheidende Punkt der unaufhaltbaren Perversion, und hier haben die wissenschaftlichen Berechner der Geschichte, auch die besten, leider, falsch gerechnet. Die unglückliche Prognose für die Mächte wird natürlich von dem widerlegt, der in der geschlossenen Faust der Revolution dieselbe infizierte Wunde der Macht verbirgt und ihre Bösartigkeit verneint. Man diagnostizierte das bürgerliche Übel als symptomatisch für eine Klasse. Wenn man die Klasse vernichte, sei das Übel verschwunden! In Wirklichkeit ist das bürgerliche Übel das entscheidende Aufbrechen der ewigen bösartigen Wunde, welche die Geschichte verseucht wie die Pest ... Das Bürgertum verfolgt die Taktik der verbrannten Erde. Bevor es die Macht abgibt, wird es die ganze Erde verwüstet und die Einheit des Bewußtseins bis ins Mark zerrüttet haben. Deshalb besteht für das Glück keine Hoffnung mehr. Jede Revolution ist schon jetzt verloren!«

Schon zu Beginn seiner Schmährede war er aufgestanden und hatte den Stuhl mit einem Fußtritt nach hinten gestoßen. So blieb er hartnäckig und unverzagt in seiner aufrechten Haltung stehen, obwohl die bleierne Müdigkeit dieses *Galatages*, bisher von seinem brodelnden Hirn zurückgedrängt, sich immer mehr in seinen Muskeln einnistete und ihn mit ihrem Gewicht herausforderte. Umsonst versuchte seine heisere Stimme den Lärm zu durchdringen. Zu allem anderen entdeckte er, wenn er seiner eigenen Stimme zuhörte, in jeder Phase seiner vermeintlich *dringenden Mitteilungen* wie in einer Funkaufzeichnung nichts anderes als Plagiate seiner selbst.

Ja, es waren die verschiedenen Gestalten seines Ich: David Segre als Gymnasiast in kurzen Hosen, als Theologiestudent in Sportjacke und roter Krawatte, als arbeitsloser Vagabund in einer Windjacke, als Lehrling im Arbeitsanzug, als Vivaldi Carlo mit der Börse um den Hals, als Piotr bärtig und schwer bewaffnet – im Buschwald-Winter 1943/44 hatte er sich einen schönen dichten, schwarzen Bart wachsen lassen ... Und sie alle boten dem Redner hier ihre berühmten Weisheiten an, sie stürzten

von allen Seiten her auf ihn zu und entwischten im gleichen Augenblick wie Gespenster ... Mit einer Miene, als wolle er hier und heute die letzte noch mögliche Revolution entfesseln, begann David zu eifern und schrie mit seiner heiser gewordenen Stimme so laut es ging:
»Wir müssen dem Feind die Maske abreißen! Ihn beschämen! Seine verfluchten Schwächen erkennen und sie sofort bloßstellen! Es hängt von den ANDERN ab, das Heil! Am Tag, an dem vor aller Augen die falschen Werte zu Dreck zerfallen werden ... na, drücke ich mich klar aus ...«
Im Lokal hatte sich inzwischen der Lärm immer mehr gesteigert. Im Radio produzierte sich eine zu jener Zeit sehr beliebte Band, und das Grüppchen der Fans hatte in Übereinstimmung den Apparat zu höchster Lautstärke aufgedreht. Es war eine Melodie voller Synkopen, an die ich keine andere Erinnerung habe, als daß die Musikanten sie in Intervallen mit gesungenen Worten begleiteten, die im Rhythmus der Musik zerhackt waren (guà-guà-guàrdami, bà-bà-bàciami, schau, schau, schau mich an, küß, küß, küsse mich ... usw.), und die komisch-brillante Wirkung so verdoppelten, welche die Jüngsten zu lautem Mitsingen animierte. Mit einemmal verdüsterte sich Davids Miene, und von seiner Rede ablassend, richtete er stumm den Stuhl hinter sich wieder auf. Aber bevor er wieder darauf Platz nahm, beugte er sich in einem plötzlichen Entschluß mit dem Oberkörper zu der um ihn herum sitzenden Gesellschaft vor; und in selbstanklägerischem Ton – doch mit provokativer Brutalität, die soviel galt wie ein Faustschlag auf den Tisch – rief er aus:
»Ich wurde als Bürgerlicher geboren!«
»Und ich«, gab ihm der Alte mit der Medaille, ohne ihn anzusehen, doch mit einem freien und gutmütigen Lachen zurück, »wurde als Auslader auf dem Markt geboren.«
»Nicht alle Bürgerlichen erregen Ekel«, bemerkte seinerseits in versöhnlichem und sehr einsichtigem Ton das Männchen mit den kranken Augen. »Es gibt böse Bürgerliche und gute Bürgerliche und mittelmäßige Bürgerliche ... Das kommt drauf an.« Inzwischen ließ er die Karten nicht mehr aus den Augen, sondern war sichtlich darauf bedacht, das Spiel zu verfolgen. »Gib drauf!« flüsterte er eilfertig, als Kenner, seinem Nachbarn, dem Alten mit der Medaille, zu, während dieser beinah gleichzeitig seine große Hand über die Karten mitten auf dem Tisch legte und mit siegessicherer Gleichgültigkeit verkündete:
»Ich steche.«
Das Männchen mit den blutunterlaufenen Augen schmiegte sich frohlockend in sein Jäckchen. Man stellte die Punktzahl fest, der Sieg des Alten mit der Medaille und seines Gefährten war unbestreitbar. Der Sieger mischte jetzt wieder die Karten und begann sie auszuteilen.

David war auf seinen Stuhl zurückgefallen und deutete das unsichere Lächeln eines Menschen an, der um Verzeihung bittet. Mit seinem »Faustschlag auf den Tisch« war jede Boshaftigkeit von ihm abgefallen, ja auf seinen kühnen Blick von vorhin folgte in seinen veränderlichen Augen ein anderer, ihm eigener, in sich widersprüchlicher Ausdruck. Er ließ daran denken, daß in ihm ein Wolf, ein Hirschkalb und wer weiß was für andere einander feindlich gesinnte Wesen aus der Wüste, dem Haus und dem Wald wohnten. In gewissen Momenten hatte er die Miene eines kleinen Jungen, der zufrieden war, in Gesellschaft der Erwachsenen sein zu dürfen, anstatt wie an Wochentagen ins Bett geschickt zu werden.

Er hatte sich über den Tisch gebeugt, denn er war zwar körperlich vollkommen erschöpft, trotzdem aber immer noch gewillt zu diskutieren, beinah so, als müsse er heute, da er den lang andauernden Bann des Schweigens gebrochen hatte, um jeden Preis die Gelegenheit wahrnehmen. Es kam ihm ein Satz in den Sinn, den er als Knabe in einem Märchen gelesen hatte und der von einer Prinzessin handelte, die durch einen Prinzen erlöst wurde: *Es waren nun sieben Stunden vergangen, seit sie miteinander sprachen, und sie hatten sich noch nicht einmal den siebenten Teil dessen gesagt, was sie sich zu sagen hatten.*

Die Kartenspiele an diesem und am andern Tisch nahmen ihren Fortgang. Über die Tische flogen die üblichen Worte hin und her: »Spiel aus!« – »Ich gebe ihm drei Punkte.« – »Glatt.« – »Stich.« – »Spiel um Geld« usw. Der Wirt seinerseits war ganz betäubt vom Anhören des Radioprogramms, in dem gerade ein weiterer moderner Schlager, ich weiß nicht welcher, gesendet wurde. Die wenigen Jungen, die noch nicht gegangen waren, trällerten das Lied mit, das gleichzeitig aus den Radios draußen, aus den offenen Fenstern gegen Westen, drang. Inmitten dieses Lärms schien David dankbar zu sein, weil sie ihn, ohne ihm allzu genau zuzuhören, doch noch weitersprechen ließen. Er ließ einen liebevollen Blick umherschweifen, der um Sympathie bat, durch den aber auch aus seinem Innern etwas schrecklich Verwundbares hervorschimmerte – seine Art, sich in seiner Hartnäckigkeit zu verbergen. Das Über-Ich hatte von ihm abgelassen und sich, wer weiß wo, versteckt. »Ich«, brachte er mühsam und mit leiser Stimme hervor, »bin in einer bürgerlichen Familie geboren . . . Mein Vater war Ingenieur, er arbeitete für eine Baufirma . . . hoher Lohn . . . In *normalen* Zeiten hatten wir außer dem Haus, in dem wir wohnten, als Familienbesitz ein Landhaus – das Gut wurde von einem Bauern bewirtschaftet –, ferner ein paar Wohnungen, die wir vermieteten, ein Automobil, versteht sich (einen Lancia), und auf der Bank ich weiß nicht wie viele *Aktien* . . .« Als er damit seinen Finanzrechenschaftsbericht beendet hatte, hielt er, wie nach einer körperlichen

Anstrengung, inne. Und dann ließ er wissen, daß er dort, in der Familie, von klein auf gelernt habe, die Symptome des bürgerlichen Übels zu erkennen. Dieses habe ihn immer mehr empört, bis er schließlich als Knabe bei einem Schauspiel, das seine Eltern ihm boten, von einem Anfall von Haß überwältigt wurde. »Ich hatte nicht unrecht!« betonte er, und seine Miene verfinsterte sich vorübergehend.
Ganz nach vorn gebeugt und mit einer Stimme, die kaum lauter war als ein Murmeln, so daß es schien, als plaudere er flüchtig und verloren mit dem Holz des Tisches, gab er sich dann verschiedenen Beschreibungen seiner Familie hin. Daß sein Vater, zum Beispiel, eine ganze Skala von verschiedenen Manieren, ja geradezu verschiedenen Stimmen hatte, je nachdem, ob er mit Herren oder Kollegen oder mit den Arbeitern sprach ... Daß sein Vater und seine Mutter, ohne je an eine Kränkung zu denken, von den Abhängigen als von Leuten *niederen* Standes sprachen und daß auch ihre gewohnte Herzlichkeit gegen diese immer wie eine gönnerhaft gewährte Spende schien ... Ihre gelegentlichen Wohltätigkeiten oder Almosen, ihrem Wesen nach immer beleidigend, nannten sie *Barmherzigkeiten* ... Und sie sprachen von *Pflichten* in bezug auf jede Art mondäner Nichtigkeiten, wie: sich für ein Essen zu revanchieren oder einen langweiligen Besuch abzustatten oder bei einer bestimmten Gelegenheit sich eine bestimmte Jacke anzuziehen oder *sich bei irgendeiner Ausstellungseröffnung oder abgeschmackten Zeremonie sehen zu lassen* ... Die Gegenstände ihrer Gespräche und Diskussionen waren mehr oder weniger immer die gleichen: Klatsch aus der Stadt oder über Verwandte, Spekulationen über die Karriere der Nachkommen, wichtige oder unentbehrliche Einkäufe, Ausgaben, Einkommen, Verluste oder Haussen ... Doch wenn sie zufällig ERHABENE Gegenstände berührten, wie die Neunte von Beethoven oder Tristan und Isolde oder die Sixtinische Kapelle, nahmen sie eine Pose besonderer Erhabenheit an, beinah so, als wären solche ERHABENHEITEN Klassenprivilegien ... Das Automobil, die Kleider, die Möbel im Haus betrachteten sie nicht als Gebrauchsgegenstände, sondern als Aushängeschilder einer sozialen Rangordnung ...
Einen seiner ersten Zusammenstöße – oder vielleicht den ersten? – hatte er nie vergessen können ... »Ich muß zehn, elf Jahre alt sein ... Mein Vater fährt mich im Auto, wahrscheinlich zur Schule. Es ist früher Morgen, und er wird auf der Straße zu scharfem Bremsen gezwungen. Irgendeiner hat uns angehalten, nicht aus Anmaßung, eher mit einer Miene, als wolle er sich entschuldigen. Soviel ich verstehe, handelt es sich um einen Arbeiter, der am Tag zuvor von einer Baustelle entlassen worden ist, anscheinend auf Veranlassung meines Vaters. Die Gründe dafür habe ich nie erfahren ... Es ist noch kein alter Mann, ungefähr

vierzig, doch mit ein paar grauen Haaren in den Augenbrauen; von mittlerer Statur, nicht dick, aber kräftig, so daß er größer aussieht ... Er hat ein breites Gesicht und kräftige Züge, die aber, wie bei einem bestimmten Typ in unserer Gegend, ein wenig kindlich geblieben sind. Er trägt eine Wachstuchjacke und eine Baskenmütze mit ein paar Kalkflecken. Man sieht, daß er Maurer ist. Aus seinem Mund dringen bei jedem Wort Dampfwolken. Die Sache muß sich also mitten im Winter ereignet haben ... Der Mann steht dort und fuchtelt mit den Armen in der Luft herum, als wolle er seine Gründe anbringen, und schließlich versucht er sogar zu lächeln, um meines Vaters Gunst zu erwerben. Mein Vater aber läßt ihn überhaupt nicht zu Wort kommen, sondern schreit ihn, während seine Adern vor Zorn anschwellen, an: ›Was erlaubst du dir? Nicht ein Wort mehr! Geh beiseite! Fort! Fort!‹ Einen Augenblick lang scheint mir, als entdecke ich ein Zucken im Gesicht des Mannes, während mein Blut schon zu pochen begonnen hat; dieser Mann sollte mit den Fäusten gegen meinen Vater losgehen, vielleicht sogar mit dem Messer! Doch statt dessen verdrückt er sich an den Straßenrand, ja er legt sogar zum Gruß die Hand an die Mütze, während mein Vater wütend Gas gibt und dabei riskiert, ihn anzufahren ... ›Der soll bloß verschwinden. Pack! Mob!‹ wettert mein Vater, und ich bemerke, daß in der Wut sein Fleisch zwischen dem Kinn und dem Kragen rötliche, vulgäre Falten wirft ... Bei jenem Mann aber, der auf der Straße stehenblieb, hatte ich kein Zeichen von Vulgarität gesehen. Da hat mich der Ekel gepackt, weil ich mit meinem Vater in dem Lancia saß – schlimmer als wenn ich auf einem Prangerkarren gesessen hätte. Und ich habe wahrgenommen, daß in Wirklichkeit wir und alle unsere bürgerlichen Bekannten der Mob der Welt waren und daß jener Mann auf der Straße und seinesgleichen die Aristokratie darstellten. Und wer, wenn nicht ein adliges Wesen von königlicher Würde und frei von jeder Niedrigkeit und jedem Betrug, konnte im Alter jenes Mannes noch in der Lage sein, demütig einen Gleichaltrigen zu bitten und ihm seine Mühseligkeit als Tausch darzubieten ... Ich erinnere mich, daß ich mich auf der letzten Strecke der Straße danach sehnte, ein Schwergewichtsweltmeister zu sein, um jenen Maurer an meinem Vater rächen zu können ... Und den ganzen Tag über richtete ich das Wort weder an ihn noch an meine Mutter noch meine Schwester, so sehr haßte ich sie ... Damit hat es, glaube ich, begonnen ... Ich sah sie nicht mehr mit denselben Augen. Es war, als betrachte ich sie immer durch eine Linse ... starr ... genau ...«

»Und wo ist deine Familie jetzt?« wollte hier das Männchen mit den blutunterlaufenen Augen wissen. David gab ihm keine Antwort auf seine Frage und schien, abgesehen von einem leeren Blick, auch nicht weiter auf die Unterbrechungen zu achten. Er fuhr gleich, beinah hastig, fort, seinen Rosenkranz der Anschuldigungen weiter abzuzählen. Es gab nichts in der Existenz seiner Familie, nichts, das nicht verstellt und verseucht war, weder in ihren Gebärden noch in ihrem Wortschatz oder ihren Gedanken. Und alle ihre täglichen Entscheidungen, noch die geringfügigsten, waren auf Grund gewisser philisterhafter Grundsätze, die sie wie die höchsten Gebote einer obersten Ethik verehrten, schon im voraus festgelegt: Man lädt diesen ein, weil er ein Graf ist; man betritt jenes Café nicht, weil es zur einfacheren Kategorie gehört ... Doch hinsichtlich der wirklichen Gesetze der Ethik war ihre Verwirrung so groß, daß man den Eindruck gewinnen konnte, diese Leute seien die unbewußten Akteure einer Posse. Nach dem Urteil seines Vaters war ein von der Baufirma Abhängiger, der sich eine Rolle Kupferdraht aneignete, ohne weiteres ein Dieb. Doch wenn jemand seinem Vater gesagt hätte, seine berühmten *Aktien* seien ein Raub am Lohn der Arbeiter, hätte er dies für absurd gehalten. Wenn ein bewaffneter Räuber mit Gewalt in ihr Haus eingedrungen wäre und alles verwüstet und ermordet hätte, hätten Davids Eltern diesen Mann natürlich als einen infamen Kriminellen verurteilt, der ins Zuchthaus gehörte. Doch wenn die faschistischen Räuber auf dieselbe Weise in den äthiopischen Territorien vorgingen, boten sie ihr eigenes Gold an, um sie zu unterstützen. Ein System, in dem sie selbst es bequem hatten, lieferte ihnen kein Verdachtmotiv. Aus Trägheit mieden sie die Politik, und die Regierung enthob sie nicht nur der Pflicht, sich damit zu beschäftigen, sondern auch jeder Verantwortlichkeit. Sie waren Blinde, von Blinden geführt und andere Blinde führend, und merkten es gar nicht ... Sie hielten sich für Gerechte – und das in gutem Glauben! –, und niemand strafte sie wegen ihres Irrtums Lügen. Sein Vater wurde von allen als vornehmer Mann geschätzt, seine Mutter war eine makellose Dame, seine Schwester ein gut erzogenes Mädchen (eine *Putèla* ...). Natürlich wurde sie im Sinne der beiden *Veci,* der Eltern, erzogen, die sie mit einer solchen Natürlichkeit nachahmte, daß man meinen konnte, dieses Verhalten sei ihr von den Vorfahren in Fleisch und Blut übergegangen. Von Anfang an lebte sie nach genau den gleichen Vorstellungen von Gerechtigkeit. Es ist für seine Schwester selbstverständlich, sich bedienen, ja sich sogar die Schuhe zuschnüren zu lassen! Und das von einer Kammerfrau, die seit einem halben Jahrhundert im Haus ist und ihre Urgroßmutter sein könnte ... Und sie findet nichts dabei, gegenüber den Eltern darauf zu bestehen, daß sie einen Mantel aus Schottenstoff bekommt, den sie im Schaufenster gesehen hat, sie, in deren Schrank schon mehrere neue Mäntel hängen, und das mit der Begründung, dieser Mantel sei wirklich der letzte Schrei und ein paar von ihren Freundinnen hätten schon so einen! Sollten durch Zufall unter den Mädchen einige sein, die überhaupt keinen Mantel und auch keine Win-

terschuhe hatten, so zählten diese nicht. Es ist, als wohnten sie auf einem anderen Planeten ...
»Ist deine Schwester ein schönes Mädchen?« wollte hier der Alte mit der Medaille wissen.
»Ja ...«, antwortete David nach einem Moment verblüfft, »*sie ist sehr hübsch* ...« Bei dieser Antwort klang durch seine verdrießliche Stimme unfreiwillig ein brüderliches Wohlgefallen, in dem sich alle vorangegangene Härte auflöste, während gleichzeitig seine Augen für einen kurzen Augenblick aufleuchteten, um dann sofort den alten, stumpfen Ausdruck wieder anzunehmen. Er fand sich mit einemmal in einen kindlichen Zustand versetzt, in dem er mit etwas so Unmöglichem wie einer vorbeisegelnden Wolke getröstet werden sollte. »... aber leider ist sie auch ein bißchen doof ...« fügte David im Ton eines Fünfzehnjährigen hinzu, der aus Scham so tut, als würde er scherzen. Und halb im Spaß und halb ärgerlich sagte er: »Du kannst ihr irgendeinen Unsinn erzählen, und sie glaubt es dir. Sagt einer morgens zu ihr: ›Himmel, was ist denn dir passiert?! Heute nacht hat sich ja deine Nase um einen halben Meter verlängert!!‹, stürzt sie bestimmt ganz verängstigt zum Spiegel. Und jede Dummheit bringt sie zum Lachen. Es genügt, ihr irgendein sinnloses Wort geheimnisvoll ins Ohr zu flüstern, wie *perepè* oder *bomborombò*, und sie bricht sofort in ein gewaltiges Gelächter aus! ... Genauso heult sie bei jeder Gelegenheit gleich los. ›Als David noch klein war‹, erinnert sich einer im Haus, ›ist einmal der französische Zirkus vorbeigekommen, und David wollte jeden Abend hingehen, zu jeder Vorstellung!‹ – ›Und ich‹, fragt sie sofort, ›ich nicht?‹ – ›Dich gab es da noch gar nicht‹, erklären sie ihr, ›du warst noch nicht geboren.‹ Und sie bricht bei dieser Nachricht in Tränen aus ... Sie glaubt, wenn man eine kleine Perle sät, wird eine Kette daraus, und der Esel entstünde aus dem Karren. Und wenn ihre Freundinnen etwas gegen diese Vorstellungen einwenden, sagt sie, sie hätten keine Ahnung ... Sie streichelt die Puppen, als seien es schnurrende Kätzchen, und takelt den kleinen Hund mit Quasten auf, überzeugt, sie mache ihm damit eine Freude ... Vor großen Hunden hat sie Angst ... Sie erschrickt sogar, wenn es donnert ...«
Diese Geschichten von der namenlosen Schwester wurden von Useppe immer wieder mit Gelächter begleitet, aus dem man neben dem Spaß daran auch ein gewisses Gefallen am Angeben heraushören konnte. Endlich gab es unter all den Dingen, über die David heute geredet hatte und die für Useppe alle mehr oder weniger abstrus oder unverständlich waren, ein Thema, von dem er sich zu seiner großen Zufriedenheit auch angesprochen fühlte.
Aber gerade in diesem Augenblick gellte auf der Straße die Sirene eines Feuerwehrautos oder Krankenwagens, und durch diesen Lärm drangen

die Späße des Freundes nur als Wortfetzen an sein Ohr ... » ... Wenn sie ein Geschenk bekommt, das ihr gefällt, nimmt sie es am Abend mit ins Bett ... Wenn sie in der Schule gute Noten bekommen hat, liegt das Schulzeugnis in ihrer Nähe, wenn sie schläft ... Sie will nicht ohne Licht in ihrem Zimmer einschlafen ... Das Zerbrechen von Schachteln ... Unter dem Vorwand, diesem und jenem noch gute Nacht sagen zu müssen ... bricht ...«
»Und wo ist sie jetzt, deine Schwester?« wollte das Männchen mit den blutunterlaufenen Augen wissen.
Diesmal ließ David seine Frage nicht unbeantwortet. Langsam zog er sich verstört in sich selbst zurück, als hätte man ihn beleidigt oder bedroht. Dann lächelte er elend und entgegnete brüsk: »Sie befindet sich im Haufen.«
Das Männchen, das nichts begriff, blieb ausdruckslos stehen. »Und auch mein Vater und meine Mutter«, fuhr David in einem sonderbar neutralen und mechanischen Tonfall fort, als rezitiere er eine Litanei. »Und ... und die anderen. Alle im Haufen. Im Haufen! Im Haufen!« Wieder schimmerte durch seine weiten Pupillen die Seele des Hirschkalbs. Diesmal war es ein bis zum äußersten verängstigtes Tier, das, auf irgendeiner Heide gejagt und von allen Seiten umzingelt, nicht weiß, wohin es fliehen soll, und verzweifelt zu erklären versucht: *Hier muß ein Irrtum vorliegen ... Diese Treibjagd, diese spitzen Stöcke ... Sie suchen hier wohl in der Gegend nach irgendeinem gefährlichen wilden Tier ... Aber ich bin nicht dieses Tier ... Ich bin ein anderes Tier ... kein fleischfressendes ...* Auf die Aufregung folgte die Leere: seine Augen wurden eisig. Er wandte sich an die Nächststehenden und fragte sie mit einem kleinen, kalten Lachen: »Habt ihr nicht davon gehört, von dem ZYKLON B?«
Keiner in seiner Umgebung hatte je von einem solchen Gegenstand etwas vernommen. Doch da es ihn offensichtlich belustigte, nahmen sie an, daß es sich um etwas Groteskes handeln müsse.
»Hoi, Vvavid!« ließ sich erneut Useppes Stimme vernehmen. Diesmal war es ein gebrochener, nutzloser und ferner Ton, wie wenn hinter einer dichten Palisade eine unsichtbare kleine Hand anklopfte. David schien weniger denn je imstande zu antworten. Vielleicht hatte er das Stimmchen auch gar nicht wahrgenommen.
Sein Gesicht war von einem leeren, weißen Entsetzen vermauert, blicklos und starr wie das eines Angeklagten, der nicht gestehen will und dem man die Folterwerkzeuge zeigt. Von einem Augenblick zum andern schien er alt geworden zu sein. Und auch seine latente geschlechtliche Begierde, die ihm die tragische Grazie eines von einer unaufhörlich brennenden Wunde Stigmatisierten verlieh, war unter dem zermalmenden Druck des plötzlichen Alterns verwelkt und abgestorben. »Die letz-

ten Jahre«, murmelte er mit dumpfer Stimme und kicherte dabei, »waren die schlimmsten Obszönitäten der ganzen Geschichte. Die Geschichte ist, das ist klar, von Anfang an eine einzige Obszönität. Aber so obszöne Jahre wie diese letzten hat es nie zuvor gegeben. *Der Skandal – so heißt es – ist notwendig; doch unselig ist der, welcher ihn verursacht!* Wirklich: nur bei erwiesener Schuld wird der Schuldige angeklagt ...
Der Satz heißt also: Angesichts der absoluten Obszönität der Geschichte gibt es für ihre Zeugen zwei Möglichkeiten, entweder die endgültige Krankheit, was heißt, sich endgültig zu Kumpanen des Skandals zu machen, oder die endgültige Gesundheit – denn gerade durch die Schaustellung der äußersten Obszönität konnte man die reine Liebe erlernen ...
Die Entscheidung fiel zugunsten der Kumpanei!«
Bei diesem Fazit setzte er die triumphierende Miene dessen auf, der eine frisch entdeckte, nie wiedergutzumachende Untat verkündet. »Und dann«, klagte er erbittert und lachte voll Verachtung, »wie willst du fordern, man solle Feuer an die Lazarette legen, wenn du, du selbst, der Träger der Ansteckung bist und den Gestank um dich verbreitest!« Dieses namenlose *Du,* das er aller Ruchlosigkeit bezichtigte, schien sich an keinen der Anwesenden zu wenden, sondern eher an irgendeinen unsichtbaren Spion, der hinter seinem Rücken lauerte.
Eine ziemlich häufige Erscheinung bei gewissen *Gala*zuständen war eine akustische Verzerrung in seinen Ohren, durch die alle seine Worte in die Länge gedehnt wurden. Darum war es ihm im Verlauf der letzten zwei Minuten auch so vorgekommen, als spreche er laut und durchdringend, während in Wirklichkeit seine Stimme immer leiser wurde, bis sie sich in dem Lärm um ihn herum zu einem unbestimmten Geräusch reduziert hatte. Auch sah er die wenigen Leute in der Schenke als eine große Menschenmenge, die – das mußte er sich eingestehen – nicht geschlossen und schon gar nicht auf ihn konzentriert war. Einige spielten Karten, andere hörten Radio. Wenn irgendein Alter in der zweiten Reihe bei gewissen Sätzen mit dem Kopf wackelte, erkannte David mit sonderbarer Klarheit, daß dies ganz mechanische Bewegungen waren, eher voll leerer Verblüffung als voll Anteilnahme. »Aber was, zum Teufel, soll ich denen denn noch sagen?« fragte er sich zornig.
Von neuem kamen ihm, angesichts seines totalen Mißerfolgs, wachsende Zweifel an seinen rednerischen Fähigkeiten. Und quälend kam ihm ein gewisser Traum aus der Vergangenheit in sein Gedächtnis, aus der Zeit, als er Piotr hieß und als Partisan in den Castelli lebte. Es war eines Nachts während der letzten Phase gewesen, in der die Nahrungsmittel immer knapper geworden waren, als er unten vor der Hütte Posten stand. Da er sowohl zuwenig Essen als auch zuwenig Schlaf gehabt hatte, war er nach einer gewissen Zeit entsetzlich müde geworden. Um

seine Schläfrigkeit zu überwinden, war er auf und ab gegangen. Er hatte sich nicht hingesetzt und war nicht ein einziges Mal stehengeblieben. Aber schließlich passierte es ihm doch, daß er, an die Mauer gelehnt, wie ein Pferd im Stehen einnickte. Die wenigen Momente seines Schlummers hatten genügt, ihn einen Traum erleben zu lassen, in dem sich folgendes abspielte:
Er befindet sich in einer weißen Zelle, die kaum der Breite eines Menschen entspricht, aber eine schwindelerregend hohe Decke hat, so hoch, daß sie sich der Sicht entzieht. Und seine Augen richten sich erwartungsvoll in die Höhe, denn er weiß, daß gleich ein außerirdisches Wesen von der unsichtbaren Decke herabsteigen wird, das ihm eine Offenbarung bringt. Dabei soll es sich, auch das weiß er schon, um einen einzigen kurzen Satz handeln. Dieser Satz wird in sich die Summe aller Wahrheiten enthalten: die einzige, endgültige Lösung, die den menschlichen Intellekt von jeder Suche befreien wird ... Er muß nicht lange warten. Das Wesen zögert nicht, bis fast auf seine Höhe herunterzusteigen. Es ist eine Gestalt in einer weißen Tunika und mit weißem Bart, die in ihrem majestätischen Aussehen den Propheten von Jerusalem oder den Weisen von Athen gleicht. Sie verharrt David gegenüber schwebend in der Luft und spricht mit donnernder Stimme zu ihm: *Um eine heiße Suppe zu bekommen, empfiehlt es sich, Stücke alter Sohlen zu kochen!* Dann verschwindet sie.
Die Erinnerung an seinen Traum war von dem jähen Verdacht begleitet: *Vielleicht glaube ich, wer weiß was für wichtige Reden zu halten, und statt dessen quatsche ich, seit ich den Mund aufgemacht habe, nichts anderes als lächerliche Geschmacklosigkeiten, ohne Logik und ohne Zusammenhang ...* Diese Überlegung war jedoch für ihn nur ein vorübergehender Wolkenschatten, hinter dem er leuchtend seine fixe Idee wiederfand, wie in der Sage einen gewissen Knäuel entwirren zu müssen, um irgendwo anzukommen – aber er wußte nicht wo –, vielleicht um irgendwen oder irgendwas zu retten ... Aber wen? Die Kunden in der Schenke? Oder was? Ein Zeugnis? Einen Ring? Einen Brief? Wenn es sich nicht darum handelte, dann vielleicht etwas ... gewaltsam abzubrechen ... jemanden hinzurichten ... Er hatte keine Ahnung. Er wußte nur, daß heute der Tag war. Es war, als müsse er noch unbedingt über eine Brücke, die im nächsten Augenblick abgerissen werden sollte.
Er stürzte sich mit neuem Atem, nach dem Sprung über das letzte Hindernis, wieder in seine Rede: »Ich wollte sagen«, rief er mit noch lauterer Stimme als vorher – so schien es ihm wenigstens –, »daß nur ein reiner Mensch die Händler hinauswerfen und ihnen sagen kann: *Die Erde war der Tempel des umfassenden Bewußtseins, ihr aber habt eine Räuberhöhle daraus gemacht!*«

Diesen Gedanken brachte er sicher und ruhig hervor, als buchstabiere er eine Schrift an der Wand. Doch ein ironisches Dazwischentreten des Über-Ich veranlaßte ihn, ihn in einfachere Worte zu übertragen, um ihn ganz klar zu machen. »Nun ja. Es ist nur ein Narr«, präzisierte er unruhig, »der zu einem andern sagt: *Henker*, während er selbst an die Reihe kommt und bereit ist, dieselbe Maschine zu bedienen ... den Lynchapparat ... So! Das ist eine klare Definition!« Die Müdigkeit in seinen Muskeln war so groß, daß man sie sogar in der Bewegung seiner Lippen beim Sprechen wahrnahm.

Wie klar seine *Definition* auch war, sie fand dennoch bei seinem Publikum kein spürbares Echo. »Tatsache ist«, tadelte er sich selbst, »daß ich ein sehr schlechter Volkstribun bin. Zur Menge muß man von Parteien ... von Fahnen ... sprechen. Ich langweile sie. Man müßte die Kunst beherrschen, sie zu unterhalten ... sie zu zerstreuen ...« Jetzt blitzte in ihm ein glänzender Gedanke auf, und er lachte schon im voraus darüber – wehrlos und sanft: »Ich erinnere mich nicht«, erzählte er, »in welchem Buch ich die Geschichte von einem Schriftsteller gelesen habe, der eine Irrenanstalt besucht. Ein Kranker nähert sich ihm und flüstert ihm etwas zu, während er auf einen anderen Kranken zeigt. *Vor jenem dort muß man sich hüten, denn er ist verrückt. Er glaubt, ein Knopf zu sein. Vertraut aber mir: Wenn er es wirklich wäre, so wäre ich der erste, der es wüßte, denn ich bin ein Knopfloch!!*«

Auch dieser Einfall Davids hatte nicht die erhoffte Wirkung, um so weniger, als er, wie ich glaube, nur sehr undeutlich an die Ohren der Zuhörer drang. Der einzige, der darüber lachte, war Useppe, der übrigens in dem Lokal Davids einziger aufmerksamer Zuhörer war. Dabei spielte es keine Rolle, daß er von Davids Reden beinah nichts verstand, denn gerade dadurch klangen sie ihm verehrungswürdig – wie Orakel. Er bemerkte jedoch, von Anfang an, im Verhalten seines Freundes etwas Beunruhigendes, schlimmer als Traurigkeit oder eine Krankheit, so daß er oft versucht war, zu ihm zu sagen: »Gehen wir weg, David?« Aber dann wagte er es doch nicht. Inzwischen war ein anderer alter Bekannter in die Schenke gekommen: der Zeitungsausrufer, ein Freund der Marroccos, den Useppe sofort wiedererkannte, auch wenn er ihm verändert vorkam. Der Alte, der sonst immer sehr freundlich gewesen war, antwortete jetzt auf Useppes fröhlichen Gruß nur mit einer undeutlichen und etwas distanzierten Gebärde. Vor einigen Monaten hatte er eine Thrombose gehabt, deretwegen er lange im Spital gelegen hatte. Er war halbseitig gelähmt und ging, tief gebückt, an einem Stock. In seinem niedergeschlagenen und geschwollenen Gesicht stand die Todesfurcht. Zeitungen konnte er nicht mehr ausrufen. Auch konnte er keinen Wein mehr trinken. Vom Spital war er in die Wohnung einer Schwiegertochter überge-

siedelt. Diese Wohnung lag im ersten Stock, war laut, eng und von kleinen Enkelkindern bevölkert. Und jetzt sah er alle diese lebhaften Knaben als Unglück an. Es ist zu befürchten, daß er den kleinen Jungen, der ihm von der andern Seite des Tisches zuwinkte, nicht wiedererkannte. Was David betraf, schien er ihn nach jener ersten Begegnung in der Wohnung der Marroccos nicht wiedergesehen zu haben. Die beiden grüßten sich jedenfalls nicht und zeigten auch nicht, daß sie sich kannten. Übrigens hatte David alles andere im Kopf, als sich mit Grüßen oder ähnlichen Höflichkeitsbezeugungen abzugeben, denn er war jetzt ganz von seinem Redefluß getragen, wie gewisse Leidende, die in ihren Bahnen vergessen worden sind.
Allerdings schweiften seine Blicke ab und zu fragend und verloren über die Tafelrunde und blieben ein wenig auf diesem oder jenem Gesicht haften, als wolle er um Antwort betteln. Der einzige Gesprächspartner – wenn man ihn so nennen konnte –, der ihm noch zur Verfügung stand, war Clemente Manonera. Dieser hörte nicht auf, ihn anzublicken, ein wenig schräg und von unten, immer mit dem gleichen scheelen Ausdruck von Überdruß und Sarkasmus, und es schien, als habe er schon von vornherein alles, was David überhaupt sagen konnte, als verworrenes und abgestandenes Geschwätz verurteilt.
In dem Augenblick, da David seinen Witz erzählte, hatte er einen erneuten Versuch unternommen aufzustehen, doch war er wieder zurückgefallen, zerbrochen von einer Ermattung, die einer Ohnmacht gleichkam, die ihn aber auch antrieb zu reden, wie auf dem Krankenlager in gewissen schlaflosen Nächten. Seine Stimme wurde immer leiser und heiserer, während er immer wieder den Eindruck hatte, er schreie wie vor einer Versammlung. Die übertriebene und unfreiwillige Lautstärke seiner Stimme störte ihn gegenwärtig, auch weil der Faden, den er mühsam zu entwirren versuchte, ihm jetzt zwischen den Händen blutete wie ein bloßgelegter Nerv.
»Ich«, brummte er schwitzend, »bin ein Mörder! Im Krieg tötet man ohne nachzudenken, wie wenn man auf die Jagd geht. Ich aber habe jedesmal richtig getötet. Einmal habe ich einen Deutschen getötet, ein hassenswertes, ekelerregendes Individuum! Während er im Sterben lag, hatte ich auf einmal Lust, ihn mit Fußtritten fertigzumachen, indem ich ihm das sterbende Gesicht mit meinen Stiefeln zertrat. Da hat mich, während ich dies tat, der Gedanke überfallen: *Jetzt bin ich so wie er geworden, ein SS-Mann, der einen andern SS-Mann massakriert* . . . und von da an stank ich.«
Von der gegenüberliegenden Seite des Tisches ließen die Lungen Manoneras ihre gewohnten kavernösen Töne hören, die David wie Hohngelächter erschienen. Und plötzlich empfand er sich als einen Menschen,

auf den man mit dem Finger zeigte, als einen Gegenstand von erdrükkender Unanständigkeit. So wie einer, der im Beichtstuhl kniet und mit einemmal bemerkt, daß er die Stimme erhoben hat, so daß seine Geheimnisse durch das Gewölbe und durch das Kirchenschiff voller Leute tönen. Es schien ihm in der Tat, als habe er die letzten Sätze mit äußerst lauter Stimme herausgeschrien: »Wir alle«, rief er verzweifelt, wie zu seiner eigenen Verteidigung oder Erlösung, »haben einen SS-Mann in uns! Und einen Bürgerlichen! Und einen Kapitalisten! Vielleicht gar einen Monsignore! Und ... und ... einen General, der wie am Fastnachtsdienstag mit Troddeln und Orden ausgestattet ist! Wir alle! Bürgerliche und Proletarier und ... Anarchisten und Kommunisten! Alle miteinander ... Daher bleibt unser Kampf immer eine halbe Sache ... Ein Mißverständnis ... Ein Alibi ... wir machen falsche Revolutionen, um der wahren Revolution auszuweichen und den Reaktionär zu bewahren, der in uns lebt! *Führe uns nicht in Versuchung*, bedeutet: *Hilf, den Faschisten in uns auszurotten!*«
Er richtete sich an Manonera, als erwarte er von diesem die Vergebung aller Sünden, oder zum mindesten eine teilweise Absolution. Doch Clemente Manonera hatte sich von neuem in seinen Husten zurückgezogen, in sein elendes Mäntelchen, als wolle er allen Reden den Rücken kehren. So schien es wenigstens David. Und er war sicher, als er ihn starr anblickte, in ihm wie auf einem Röntgenbild die stillschweigende Antwort zu lesen: »Behalte deine moralischen Maximen für dich. Wenn du einen General in dir trägst, ist das deine Angelegenheit. Wer kümmert sich schon darum? Was mich betrifft, trag' ich in mir, wie man mit bloßem Auge sieht, nichts anderes als einen einfachen Truppensoldaten der Ex-ARMIR, der verabschiedet und arbeitslos, mit faulen Lungen ausgestattet und körperlich behindert ist.« Das genügte, damit David wie ein Knabe betroffen errötete. Unvermutet hob der Alte mit der Medaille in diesem Moment ein Auge von den Karten und schaute ihn an:
»Bist du«, fragte er ihn, »denn nun eigentlich ein Christ?«
»... Ich? ... Von was für einem Christen sprichst du? Von dem aus Galiläa, der gekreuzigt wurde ...«
»... starb und am dritten Tag begraben wurde ...«, rezitierte der Alte mit der Medaille gutmütig und im Ton einer Litanei. Die Nachbarn lachten, auch sie gutmütig.
»Der war, darüber braucht man wohl nicht zu streiten, ein echter Christ, wenn es der ist, von dem Ihr sprecht«, versicherte David, ganz verwirrt von seinem Erröten. Er gebrauchte das *Ihr* als Ausdruck der Ehrerbietung und wandte sich dabei an den Alten mit der Medaille. Er schaute ihn von unten her an – denn der Alte hielt noch immer den Blick auf die Karten gerichtet – und mit dem Eifer eines kleinen Jungen, welcher den Er-

wachsenen gegenüber seine Gründe geltend machen will: »Denn hier muß man unterscheiden«, sagte er, »*jener* wird nicht verwechselt mit dem gleichnamigen Gespenst, das die Geschichte auf die Altäre stellt und auf das Katheder und auf den Thron ... und ... und das sie auf die Aushängeschilder ihrer bewohnten Bordelle klebt ... und ... und auf die Schlachthäuser und die Banken der Diebe ... immer, um sich unter diesem einzigen, wahren Idol zu verbergen: dem Hampelmann der Macht! Christus ist kein Gespenst. Er ist die einzige reale Substanz in Bewegung ... Und jener Christus dort war historisch ein echter Christ oder ein Mensch (ein ANARCHISTISCHER!), der nie, unter keiner Bedingung, die Einheit des Bewußtseins verleugnet hat! Man begreift daher und diskutiert nicht darüber: daß der, welcher ihn ansah, den Himmel schaute! Und wer ihn anhörte, der hörte GOTT, und nicht irgendein Wort! Er ist DAS Wort!!« – In die Schenke traten noch mehr Leute. Es war die Zeit vor Sonnenuntergang, und viele Bewohner des Quartiers kamen vom Kino und von draußen zurück und kehrten für einen Augenblick hier ein, ehe sie nach Hause gingen. Die Ehefrauen gingen inzwischen voraus, um das Nachtessen vorzubereiten. Ich erinnere mich mit besonderer Deutlichkeit an das Lied, das in diesem Moment vom Radio übertragen wurde. Es war eines, das ich im Ohr behalten habe, vielleicht, weil es unmittelbar nach dem Krieg herausgekommen war oder jedenfalls zu einer Zeit, da Ninnuzzu es gesungen haben konnte. Ich glaube, ich habe es von ihm gelernt. Eine Strophe ist mir im Gedächtnis geblieben:
Bugiwugi tanzen die,
und du wunderst dich über sie.
Sieben Whisky hier und zwanzig Sherry dort,
o. k., sagen sie in einem fort ...
Man sah, wie Davids Hände und Knie mit trägen Bewegungen dem Rhythmus des Liedes folgten. Doch zweifellos nahm er die Klänge nur unbewußt auf, zerstreut hinhörend, weiterhin begierig fortzufahren, wenn auch mit mühsamem Atem auf der sich drehenden Piste seiner Gymkhana. »Das Wort *Christ*«, ließ er die Anwesenden wissen und strengte dabei seine Stimme an, »ist kein persönlicher Rufname oder Familienname. Es ist ein allgemeiner Titel, um den Menschen zu bezeichnen, welcher den andern das Wort Gottes oder die Einheit des Bewußtseins übermittelt, was genau dasselbe bedeutet. *Jener Christus* hieß, nach den Dokumenten, Jesus von Nazareth. Doch andere Male hat sich im Lauf der Zeiten der Christ unter verschiedenen Namen präsentiert, männlichen und weiblichen – er achtet nicht auf das Geschlecht –, und von heller oder dunkler Hautfarbe – er nimmt die erste beste Farbe an – und im Orient und im Okzident und in allen Breiten ... Er hat in allen Sprachen Babylons gesprochen – und hat immer dieselben Worte

wiederholt! In der Tat, nur an diesem erkennt man den Christen: am Wort! das einzig und immer dasselbe ist: *jenes Wort!* Und er hat es immer wieder ausgesprochen und ist immer wieder darauf zurückgekommen, es auszusprechen, mündlich und schriftlich, vom Berg herab und aus dem Kittchen und . . . und aus den Irrenhäusern . . . und *von überall her* . . . Der Christ kümmert sich nicht um den Ort und auch nicht um die Stunde der Geschichte und nicht um die Techniken des Massakers . . . Nun ja, da der Skandal notwendig war, hat er sich obszönerweise hinrichten lassen, mit allen zur Verfügung stehenden Mitteln. – Wenn es sich darum handelt, die Christen zu massakrieren, werden keine Mittel gespart . . . Aber die höchste Beleidigung, die sie ihm zugefügt haben, war die Parodie des Weinens! Generationen von *Christen* und *Revolutionären* – lauter Komplizen! – haben weiterhin über seinem Leib geweint – und machten längst aus seinem Wort Scheiße!«
Die entscheidende Mühsal Davids in dieser späten Phase seiner Gymkhana war der Verschleiß seiner physischen Kräfte. Er bekam kaum noch Luft. Aber er strebte trotzdem weiter, wie wenn zwischen seiner mühseligen Piste und seinen zerbrochenen und drogenerfüllten Gliedern, die dort auf dem Stuhl lagen, keine wirkliche, sonder nur noch eine phantomhafte Beziehung bestand. »Und so wird er von nun an«, fuhr er stolpernd, bei jedem Satz hustend und Grimassen schneidend fort, »wenn er zurückkehrt, kein Wort mehr sagen, weil er diejenigen, die er zu sagen hatte, schon in die vier Winde geschrien hat. Als er in Judäa erschien, hat das Volk in ihm nicht den wahren sprechenden Gott erkannt, weil er sich als ein armseliger Mensch und nicht in der Uniform der Autoritäten präsentierte. Jedoch wenn er wiederkehrt, wird er sich noch elender zeigen, in der Gestalt eines Aussätzigen, als eine bettelnde Mißgeburt, als ein Taubstummer, als ein idiotisches Kind. Er verbirgt sich in einer alten Hure: *Findet mich!* Und du, nachdem du dich der alten Hure bedient hast, läßt sie dort. Und nachdem du ins Freie getreten bist, suchst du ihn im Himmel: ›*Ah, Christus, seit zweitausend Jahren erwarten wir deine Wiederkehr!*‹ – ›*Ich*‹, entgegnet er aus seiner Höhle, ›*habe euch* NIE *verlassen. Ihr seid es, die ihr mich jeden Tag lyncht, oder noch schlimmer, ihr zieht fort, ohne mich zu sehen, wie wenn ich der Schatten eines unter der Erde verwesten Leichnams wäre. Ich gehe jeden Tag tausendmal an euch vorbei, ich vervielfache mich für euch alle. Meine Zeichen erfüllen jeden Millimeter des Universums, doch ihr erkennt sie nicht, ihr gebt vor, auf wer weiß was für gewöhnliche Zeichen zu warten . . .*‹ Man erzählt, ein Christ – es tut nichts zur Sache, welcher, es war ein Christ – sei einmal auf einem Feldweg dahingewandert, habe Hunger gehabt und eine Frucht von einem Feigenbaum pflücken wollen. Doch da es noch nicht Zeit war, trug der Baum keine Früchte, nur nichteßbare Blätter . . .

Da verfluchte ihn Christus und verdammte ihn zu ewiger Unfruchtbarkeit ... Der Sinn ist klar: für den, der Christus bei seinem Vorbeiziehn erkennt, ist es immer die richtige Jahreszeit. Wer ihn nicht wiedererkennt, verweigert ihm seine Früchte unter dem Vorwand der Jahreszeit und wird verflucht. Darüber braucht man nicht zu streiten. Es gibt keinen Vorwand, ihn abzuweisen, denn Christus steigt nicht von den Sternen und kommt nicht aus der Vergangenheit oder irgendeiner Zukunft, sondern er ist hier, jetzt, mitten unter uns. Doch das ist nichts Neues, es ist etwas, das man seit langem weiß, das in die vier Winde geschrien wurde: daß in jedem von uns ein Christus lebt. Also – was brauchen wir somit für die totale Revolution? Nichts, eine urtümliche Gebärde von zwei Sekunden, wie ein Lachen oder ein Räkeln nach dem Aufwachen! Es würde genügen, Christus in allen wiederzuerkennen: in mir, in dir, in den andern ... Nun ja, es handelt sich um so elementare Dinge, daß es einen ankotzt, sie wiederholen zu müssen. Es würde genügen ... Und auf allen Bäumen würde die Frucht der Revolution schön und ganz von allein wachsen, und alle tauschen wir sie uns froh aus. Es gibt weder Hunger noch Reichtum noch Macht noch Unterschiede ... Die ganze vergangene Geschichte würde sich als das erweisen, was sie war: ein groteskes, irrsinniges Grand-Guignol-Theater, eine Ablage von Schmutz, in der wir jahrhundertelang mit schmutzigen Fingernägeln herumstöberten!... Dann würde man die Verrücktheit gewisser Fragen sehen: *Bist du Revolutionär? Glaubst du an Gott?* Wie wenn man einen fragen würde, ob er geboren worden sei!! Bist du ein Revolutionär ... Glaubst du an Gott? Du bist ein Revolutionär ... glaubst du ...«

Kichernd, im Ton einer Tirade, wiederholte David seine beiden Fragen mehrere Male, bis daraus ein sinnloser Zungenbrecher wurde. Seine Rede endete in einem Monolog an ihn selbst, denn seine Stimme hatte sich erschöpft und war so leise geworden, daß nicht einmal mehr seine nächsten Nachbarn, selbst wenn sie es gewollt hätten, seine Worte zu unterscheiden vermochten. Er hatte eine finstere Miene aufgesetzt, wie wenn er wer weiß wen bedrohen oder anklagen wollte. Und er schaute auf dieselbe Art wie Clemente in sein eigenes Glas, ohne einen Tropfen zu trinken und wie vom Ekel überwältigt: »Ich schulde euch noch«, murmelte er, »eine Erklärung bezüglich dieses Deutschen, dort an jenem Kreuzweg, bei den Castelli. Ich, der ihn niedermetzelte, war damit ein SS-Mann geworden. Er aber, der Krepierte, war weder ein SS-Mann noch ein Soldat mehr! Er machte nur noch Augen, als wolle er sagen: *Wo befinde ich mich? Was tun sie mit mir? Weshalb?* Helle, helle und dumme Augen, wie ein Neugeborenes, das zum erstenmal die Augen öffnet, und nicht wie ein Sterbender. Ich war jetzt der SS-Mann. Er aber war wieder ein Kind geworden ...«

»Sagen wir: ein Balg«, flüsterte das Über-Ich ihm ins Ohr. Mit dieser kleinen, höhnischen Stichelei meldete es sich wieder, und David lachte: »Na ja! Besser: ein Balg«, korrigierte er sich gehorsam. Und das war, soweit ich mich erinnere, das Ende des Wechselgesprächs mit dem Über-Ich, das sich in diesem Augenblick mit siegreichem Geflatter entfernte, nach einem anderen Breitengrad flog und ihn in seiner elenden Schwäche zurückließ.
»Er war ein Kind!« schrie David hinter ihm her. Er hatte jetzt jenen Ausdruck eines launenhaften Knaben im Gesicht, den er manchmal bekam, wenn er ganz erschöpft war. Aber er warf sich trotzdem mit unglaublicher Hartnäckigkeit noch einmal in das Rennen ... auch wenn der Preis sich ihm jetzt unweigerlich als das offenbarte, was er allenfalls sein konnte: ein kleines, abgenutztes und zerfetztes Papierfähnchen ...
»Wer einen andern tötet, tötet immer ein Kind!« beharrte er keuchend und rang die Hände. »Und jetzt«, vertraute er mit plötzlicher Verblüffung seinem Glas an, »sehe ich ihn wieder, dort, auf den Haufen geworfen. Auf den Haufen!« wiederholte er erschrocken. »Auf denselben Haufen mit den *Veci* und der *Putèla* ... Zusammengeworfen, weder Deutsche noch Italiener mehr, weder Heiden noch Juden, weder Bürgerliche noch Proletarier. Sie sind alle gleich, alles nackte Christen, ohne Unterschied ... ohne Schuld, wie wenn man geboren wird ... Ich«, brachte er mit einer jener hochgezogenen und abgerissenen Atemzüge vor, wie man sie manchmal bei aufgeregten Knaben hört, »ich kann die Welt nicht mehr aufteilen in Weiße und Schwarze, Faschisten und Kommunisten, Reiche und Arme, Deutsche und Amerikaner ... Diese obszöne Posse ... obszö- ... diese unflätige, dauert schon viel zu lange ... Genug! ... Ich ... bin ... dessen müde ...«
Nicht einmal Clemente Manonera machte sich jetzt noch die Mühe, auf David Segre zu achten, der in der Tat inzwischen in dem Fieberwahn eines Betrunkenen versunken schien. Er verbreitete sich noch, ich weiß nicht wie lange, in seiner besessenen Redeweise, mit teigiger Stimme und stotternd über diverse Gegenstände und Tätigkeiten. Vor Galileo, sagte er, hätten die Leute geglaubt, die Sonne drehe sich; später habe man geglaubt, die Erde drehe sich, und in der Folge habe sich herausgestellt, daß die Bewegungen voneinander abhängig seien. Weshalb man sagen könne, daß Erde und Sonne umeinander kreisen oder daß sie beide, gleichmütig, stillständen. Dann wiederholte er, er sei der verfluchte Baum, und er habe Christus beleidigt, nachdem er ihn ermordet habe. Und wenn seine Familie tot sei, so sei er schuld daran, denn er habe keine Barmherzigkeit seinen Angehörigen gegenüber geübt, die im Grunde genommen alle einfache, unverdorbene und betrogene Kinder gewesen seien. Und wenn sein Mädchen auf jene Art geendet habe, sei er schuld

daran, denn um politischen Phantastereien hinterherzulaufen, habe er seine einzige Liebe verraten. Und wenn sein liebster Freund gestorben sei, sei er ebenfalls schuld daran, denn der Knabe sei in der Tat ein Kind auf der Suche nach dem Vater gewesen, ein Waisenkind, ohne es zu wissen, und ohne es zu wissen, habe es ihn gebeten, Vaterstelle an ihm zu vertreten. Und wenn die alte Hure tot sei, sei auch wieder er schuld daran, denn sie sei ein Kind gewesen mit einem reinen Herzen, geboren für die reine Liebe ... Und er sei schuld an all den Toten ... Und in Wirklichkeit sei der Bürgerliche er selbst ... und die Hure sei er ... und die Kanaille sei er ... und der Ursprung all der Obszönitäten sei er ... Wir müssen sagen, daß David inzwischen sicher nicht der einzige in der Schenke war, der leeres Stroh drosch. Zu jener Stunde konnte man die leeren Weinflaschen auf den Tischen nicht mehr zählen. Ringsum hörte man die Stimmen alter Männer sinnloses Zeug schwatzen, man hörte Anstößigkeiten, Husten und Räuspern. Das Radio hatte in der Zwischenzeit irgendwelche päpstlichen Botschaften aus dem Vatikan übermittelt. Jetzt faßte es noch einmal die Sportnachrichten vom Nachmittag zusammen. Wieder standen ein paar Jungens um das Radio herum, während der Wirt, der die Sportergebnisse schon kannte, gähnte oder seiner Frau, die an den Tischen servierte, Befehle erteilte. Und mitten darin saß David wie ein ganz gewöhnlicher Besoffener. Doch in Wirklichkeit war ihm nur allzu hell im Kopf, und diese Hellsichtigkeit pochte wie mit vielen funkelnden Splittern in seinem Hirn. Und auf einmal sagte er lachend mit tieferer Stimme:
»Ich weiß nicht mehr, wo ich davon gelesen habe ... Da kommt einer in ein Lager und sieht, wie sich in einem Haufen von Toten etwas bewegt. Und dann sieht er ein Kind hervorkriechen. ›Was machst du denn unter all den Toten?‹ fragte er. Und das Kind antwortet ihm: ›Bei den Lebenden kann ich nicht mehr sein.‹
Das ist Tatsache, das stammt aus einem Bericht!« bekräftigte er abschließend merkwürdig lehrerhaft und steif. Und noch während er das sagte, warf er sich mit den Armen über den Tisch und schluchzte. Man konnte nicht genau wissen, ob es Schluchzen oder Gelächter war. »Wir sind soweit, komm, du hast dir einen schönen Rausch angetrunken«, sagte der Alte mit der Medaille zu ihm und klopfte ihm väterlich auf den Rücken. Da kam Useppe schüchtern und erschrocken, zog David am Pullover und sagte:
»Gehen wir weg, Vavid ... Komm, komm, gehen wir weg ...«
Schon seit einer Weile, nämlich seit dem Augenblick, da David sich wieder gesetzt und immer erregter und mit stets leiserer Stimme gesprochen hatte, saß Useppe nicht mehr auf seinem Stuhl. Er hatte sich dicht neben Bella auf den Boden gekauert und wagte nicht, seinen großen Freund zu

unterbrechen, denn er fürchtete, das könne ihn zornig machen. Und es wuchs in ihm die Furcht davor, nicht zu wissen, welche Gefahr sich gegen ihn vorbereitete. Sogar das Wort GOTT, das immer wieder auf Davids Lippen kam, wurde für Useppe zu einem Gegenstand der Angst. Wie wenn dieser berühmte Gott unvermutet auftauchen und David gegenübertreten könnte. Von allen Anwesenden war Useppe der einzige, der David nicht für betrunken hielt. Aber er hielt David für krank, vielleicht weil er zuwenig gegessen hatte. Vielleicht konnte er ihn später, wenn sie wieder zu Hause in der Via Bodoni waren, dazu überreden, mit ihnen allen zu Abend zu essen ... Mittlerweile versuchte er seine Angst zu unterdrücken und spielte mit Bella. Ohne Lärm spielten sie »Pfoten und Hände«, oder sie kitzelte ihn und leckte ihm die Ohren und den Hals, bis sie ihn zum Lachen brachte. Doch sogleich unterdrückte Useppe sein Gelächter mit Rücksicht auf den Ort.
»... Komm! Komm! Vavid! Gehen wir weg!«
Useppe war blaß im Gesicht und zitterte, doch trug er einen drolligen Ausdruck von Furchtlosigkeit zur Schau, als wolle er David vor irgendeiner der zahllosen Gefahren beschützen. »Es hat recht, das Männchen«, sagte der Alte mit der Medaille. »Geh nach Hause, dann fühlst du dich besser.« David erhob sich. Er weinte nicht und lachte nicht, aber statt dessen stand in seinen Zügen eine dumpfe Starrheit, und seine Augen waren glasig. Er ging nicht auf den Ausgang zu, sondern schritt schwankend zum Abort. Useppe folgte ihm mit den Blicken und fürchtete, David könnte hinfallen. So bemerkte er nicht, daß inzwischen in der Tür für einen Augenblick Annita Marrocco aufgetaucht war. Auch sie sah Useppe nicht, denn er war in seiner Winzigkeit hinter den Gestalten der Erwachsenen verborgen. Sie grüßte von weitem mit ihrem melancholischen Lächeln die Wirtin. Ihr schwarzes Köpfchen war sehnsüchtig auf eine Schulter geneigt, wie wenn das Haar ihr zu schwer wäre. Und als sie sah, daß das Lokal allzuvoll war, zog sie sich wieder zurück. »Die da«, kommentierte Clemente kichernd, »wartet noch immer auf die Rückkehr ihres Mannes aus Rußland ...« Und er fuhr fort zu kichern, als hätte er eine gespenstische Geschichte erzählt, eine von denen, die des Nachts die Schloßgäste nicht schlafen lassen. Der einzige, der ihn gehört hatte, war der ehemalige Zeitungsausrufer, der als Antwort etwas Unverständliches murmelte.
Als David vom Abort zurückkehrte, schien er nicht mehr derselbe zu sein. Oder besser, er war in eine neue Phase seines überspannten Zustands getreten. Useppe war der einzige, der bemerkte, daß er einen kleinen Blutflecken auf dem Pullover hatte, und nahm in seiner Unwissenheit einfach an, die Wunde am Arm habe von neuem zu bluten angefangen. Ich meinerseits weiß nicht, was für ein anderes *Medikament* er

sich während seiner kurzen Abwesenheit in den Körper gejagt hat. Ich weiß aber, daß er in letzter Zeit nicht mehr nur zu den Drogen der vorangegangenen Monate griff, sondern alle möglichen Substanzen ausprobierte, die oft von einander entgegengesetzter Wirkung waren. Dabei mischte er in atemloser Eile Aufputschmittel und Narkotika oder nahm sie abwechselnd. Besonders während der letzten Woche war das, soviel kann man wohl sagen, zu seiner Hauptnährung geworden. Vielleicht, weil die erste Hitze der Jahreszeit seine angeborenen Lebens- und Gesundheitsinstinkte weckte oder jene anderen Energien in seinem Blut wieder entfachte, die sich in ihm noch immer unerbittlich in Schmerz verwandelten. Nichts erschreckte ihn so sehr wie die Wiederkehr gewisser Zustände vollkommener Gegenwärtigkeit oder grenzenlosen Elends, die sich ihm bald mit Träumen, bald mit allzu luzidem Wachsein verbanden. Und um nicht unversehens überrascht zu werden, sorgte er dafür, daß er, wenn er ausging, stets einen Vorrat seiner Medikamente bei sich trug ... Zu jener Zeit wurden Dinge dieser Art nicht bemerkt, besonders nicht in den armen Vierteln.

David durchquerte das lärmige Lokal zerstreut und heiter, wie gewisse verrückte Tiere, die im Zirkus mit der Peitsche vorwärtsgetrieben werden. Seine unnatürliche Blässe aber verriet ihn. Schlimmer jedoch als diese Blässe war der absonderliche Ausdruck seiner Augen, in denen unerwartet jene Verwilderung wieder stand, die ihn bei seiner Ankunft in Pietralata, nach seiner Gefangennahme durch die Deutschen und seiner Flucht, schon so entstellt hatte, die jedoch seit einiger Zeit von ihm gewichen zu sein schien. Doch bei seinem kurzen Gang vom Radioapparat bis zur Tischrunde fand er Gelegenheit zu einem kurzen pantomimischen Schauspiel, obwohl ihn in seiner überraschenden Gelöstheit jenes besondere linkische Wesen eines schüchternen und fremdartigen Knaben nicht verließ, das tief in seiner Natur wurzelte. Überdies konnte jedermann bemerken, daß unter der Oberfläche einer künstlichen Erregtheit sein Körper von wer weiß was für Exzessen und von Unterernährung erschöpft war. Doch Useppe war nicht unzufrieden, den Freund wiederbelebt und fröhlich auftauchen zu sehen.

Und David begann um den Radioapparat herum zu tanzen, obwohl aus dem Lautsprecher gerade keine Musik kam, sondern ein sehr ernstes Gespräch über amtliche oder auch kirchliche Dinge. Dann platzte er mit der anarchistischen Hymne heraus:

Revolution werden wir machen.

Die schwarze Fahne flattern lassen ...,

wobei er sie mit einem Hohn- und Spottvers unterbrach, der auf seinen Lippen so unnatürlich tönte, daß der kleine Useppe – der als einziger unter allen aus kindlicher Teilnahme am Schauspiel seines Freundes lachte

– schmerzlich davon berührt wurde. Als David beim Tisch angekommen war, klopfte er allen in der Runde auf die Schultern und nannte sie *Genossen*. Worauf der Mann in der Uniform eines Handlungsgehilfen, der ein erklärter Antikommunist war, sich grob beleidigt fühlte. Die Spieler hatten ihre Karten jetzt niedergelegt und schickten sich an, das Lokal zu verlassen. Der Alte mit der Medaille war schon fortgegangen, und der Hausierer hängte sich seinen Bauchladen wieder um. Doch David hatte es sich dreist in den Kopf gesetzt, sie zurückzuhalten. Und mit dem Gehabe eines Millionärs kaufte er dem Hausierer alle seine Waren ab, warf allen Anwesenden Brezeln, Mandellebkuchen und Tüten mit Nüssen zu und bot ihnen beharrlich zu trinken an. Er selbst füllte sein Glas, stellte sich dann vor Clemente hin und grüßte ihn militärisch mit der von Flüchen garnierten Aufforderung: »Stoßen wir auf den Schweinegott an!« Und dann trank er einen Schluck, spuckte ihn aber gleich wieder angeekelt aus. Er torkelte mit unsicheren Schritten herum wie ein Seemann auf dem Oberdeck bei starkem Schlingern und vergnügte sich damit – obwohl niemand ihm zuhörte –, gewisse private Angelegenheiten bald mit lauter, bald mit vertraulicher Stimme auszuplaudern, doch immer im Ton alltäglichen Klatsches. So ließ er wissen, er sei ein fleißiger Bordellkunde. Und in der Tat war er in jenen ersten Juniwochen – anstatt unter den traurigen Brücken zu hausen – ein paarmal in Bordellen gewesen, von denen er stets voller Wut, Scham und Reue zurückkehrte, denn er betrachtete die Bordelle, nicht minder wie die Lager, als die Frucht schlimmster Verkommenheit der Gesellschaft ... Oder er holte höhnisch seine berühmten Erfahrungen aus jenen Tagen wieder hervor, die er freiwillig als Arbeiter verbracht hatte und die stets mit Brechanfällen geendet hatten ... Und beharrlich verkündete er allen das große Geheimnis, daß er der Hauptmörder sei, ein Ausbeuter und Faschist ... Er sprach von Leichen und Schönheitskonkurrenzen, von Nürnberg und vom Papst, von Betty Grable und von Portella della Ginestra, vom kalten und vom heißen Krieg, von Banketten, Bomben usw. Dabei vermengte er Tragisches und Komisches und begleitete alles mit unanständigem Gelächter, als wenn all das, was er sagte, maßlos lustig wäre. Und in jede dieser *Nummern* fiel von Zeit zu Zeit das frische und unruhige Gelächter Useppes ein. Useppe begriff nichts von dem, was David sagte, aber er fühlte sich von Davids Narrenpossen zu Kühnheit ermuntert. Gar nicht zu reden von Bella, die sich schließlich dadurch Luft machte, daß sie herumsprang, sich schüttelte und mit dem Schwanz wedelte wie im Karneval. Auf dem Höhepunkt des Festes stimmte David ein vulgäres Lied aus der Zeit seiner Großmutter an:

Seneghin senegaia
mi s'è rotta la pataia ...,

wobei er die Anwesenden aufforderte, den Refrain im Chor mitzusingen. Doch die anderen schenkten ihm kein Gehör und fanden seine Prahlereien nicht sonderlich lustig. Schließlich wurden sie ihrer müde. Das Lokal leerte sich mehr und mehr. Selbst Clemente war ganz allein fortgegangen und hatte seinen verstümmelten Körper hinausgeschleppt, wobei er im lauwarmen Wind in seinem dünnen Mantel zitterte, der nicht in die Jahreszeit paßte. David trat hinaus, ohne jemanden zu grüßen. Useppe und Bella eilten hinter ihm her.

Es waren die längsten Tage des Jahres. Die Sonne ging noch nicht unter, obwohl es schon die Zeit der Abendnachrichten war. Die Straße entlang drangen aus den Fenstern bruchstückhaft die letzten Neuigkeiten:
... ein Erlaß des Innenministers weist alle Polizeipräsidenten an, Versammlungen und Zusammenkünfte in Fabriken zu verbieten ...
... die Rote Armee dringt gegen Sinkiang vor ...
... die griechische Regierung beschließt eine breite Säuberungsaktion ...
... in den USA hat das Repräsentantenhaus ...
... Minister Pella verkündet, daß die Regierung ... die außergewöhnlichen Abgaben ... die indirekten Steuern ...
»Los, machen wir einen Wettlauf. Wer zuerst über die Brücke ist!« sagte David, als sie auf den Ponte Sublicio traten.
Die Herausforderung wurde angenommen. Bella siegte. David kam, wenn auch außer Atem, mit seinen langen Beinen als zweiter an. Und Useppe blieb, obwohl er gut laufen konnte, wegen seiner Kleinheit zurück. Aber am Ziel wurde der eine wie der andere von Bella festlich empfangen. Useppe war ganz trunken von dem Spiel, obwohl er verloren hatte, und lachte, als er ankam, wie ein Verrückter. Auch David lachte, während er sich keuchend an das Geländer lehnte, ganz unbekümmert. Zuerst war er nur so aus Spaß auf die Brücke losgerannt, aber dann, mit einemmal, hatte er sich, ohne es zu wollen, ernsthaft an dem Rennen beteiligt – besonders im Wettkampf mit Bella –, und zwar wie ein kleiner Junge, der bei einem Wettlauf die Schulaufgaben und jede andere irdische Beschäftigung vergißt. Und ein Hauch dieses unlogischen Windstoßes weitete ihm noch vielleicht zehn Sekunden lang die Lungen. Dann lachte er lange. Aber schon mischte sich herzzerreißende Ungläubigkeit mit gewissen nervösen Stößen in sein gedankenloses Gelächter hinein.
»Sollen wir knobeln?« fragte er Useppe.
»Jaaa!«
Useppe kannte das Spiel nicht, und David brachte es ihm geduldig bei. Doch Useppe tat in Wirklichkeit nichts anderes, als sich mit seinen fro-

hen Händchen einzumischen, und verwechselte das Zeichen des *Papiers* mit dem des *Steins* oder streckte drei Finger aus anstatt zwei, um die *Schere* anzudeuten... Diese Ungeschicktheit machte ihn lachen wie einen Wasserfall, und er zeigte seine zwanzig Zähnchen, die wie Reiskörner aussahen... Auch David lachte, und auf sein Gesicht trat, wenn er Useppe anschaute, jenes offene Leuchten voller Trost und Freundschaft, mit dem er bereits Useppes Eintritt in die Schenke begrüßt hatte. Mit einemmal griff er nach Useppes Hand, und bewundernd drückte er ein Küßchen darauf, mit der Einfachheit und der knabenhaften Reinheit dessen, der ein Heiligenbild küßt. Und Useppe küßte ihn ebenfalls. Doch sein Küßchen traf David, da dieser eine Bewegung machte, auf die Nase. Der flüchtige Zwischenfall genügte, die Heiterkeit aller zu entfesseln, Bella inbegriffen. Der erste, der wieder ernst wurde, war David. »Du«, sagte er zu Useppe mit beinah bitterer Ernsthaftigkeit, »bist so lieb, daß allein die Tatsache, daß es dich gibt, mich in gewissen Augenblicken glücklich macht. Du könntest mich an... an alles glauben machen! An ALLES! Du bist zu lieb für diese Welt.«
Doch Useppe wußte das Kompliment Davids gar nicht zu schätzen, sondern bemerkte nur, wie sein Lachen schwand und seine Stimmung sich verdüsterte. »Und jetzt, was spielen wir jetzt?« drängte er.
»Jetzt ist es genug.«
»Nein... noch mehr!« protestierte Useppe halb flehend, halb murrend. David aber löste sich vom Geländer: »Hier«, erklärte er, »trennen wir uns. Ich gehe auf die eine Seite und ihr auf die andere.«
Useppe schaukelte hin und her. »*Walum*«, schlug er kühn vor, »kommst du nicht mit uns nach Hause? Mama hat Fleischkügelchen zum Nachtessen vorbereitet, und... und der Wein ist auch noch da!«
»Nein, nein, ein andermal. Heute abend habe ich keinen Hunger.«
»Aber wohin gehst du dann? Schlafen?«
»Schlafen, ja.« David machte sich mit seinem schlaffen und inzwischen sehr müden Schritt auf den Weg. Über seine Augen hatte sich opake Ausdruckslosigkeit gebreitet.
»Wir begleiten dich bis zur Tür deines Hauses«, entschied Useppe. Die Hirtenhündin wehrte sich, obwohl sie verblüfft war, nicht dagegen. Und David ließ die beiden aus Trägheit gewähren. Für die beiden Vagabunden brach jetzt die Abendessenszeit an; es entwickelte sich zwischen ihnen in Davids Rücken eine Debatte, die nur in der Form eines hündischen Gewinsels zu ihm gelangte. Bella beharrte, auch mit Rücksicht auf die Tageseinteilung, darauf, ihn zum Abendessen einzuladen, und sie wollte ihn unter anderem wissen lassen, bei ihnen zu Hause gebe es außer dem schon versprochenen Teller Fleisch, dem Gemüse usw. auch Suppe. Sie bezog sich damit auf ihre eigene Abendsuppe, die sich aus Spaghettire-

sten, Käserinden, Wasser, zerdrückten Tomaten und andern Ingredienzien zusammensetzte. Aber schließlich brachte Useppe sie mit beredten, wenn auch stummen Zeichen davon ab, weiter darauf zu beharren. Was konnte einem so großen Gast wie David schon die Attraktion einer Hundesuppe bedeuten?
Über David war eine solche Ermattung gekommen, daß seine Mietwohnung, die vielleicht noch fünfhundert Meter entfernt war, ihm wie ein in weiter Ferne liegendes Ziel vorkam, nach dem er sehnsüchtig verlangte. Gleichzeitig aber nagte eine Art Heimweh in seinem Innern, wie bei einem Knaben (demselben, der ihn kurz zuvor zu dem Wettlauf über die Brücke veranlaßt hatte?), der schon heimkehren muß, wenn der lichtvolle Tag draußen noch nicht zu Ende ist. Aber wer zwang ihn denn dazu? Auf solche Fragen fand er keine andere Antwort als eine hoffnungslose Verneinung.
Auch aus der bekannten Schenke jenseits der Baracken drang, wie gewöhnlich, die Stimme des Radios. Jetzt verkündete sie Städtenamen und Zahlen – ich nehme an, es waren die Lottoergebnisse. Von den Bewohnern der Baracken waren die meisten noch nicht zurückgekehrt, nur ein Grüppchen Frauen mit drei oder vier kleinen Kindern befand sich dort. Und von irgendwoher liefen zwei Hunde herbei, um Bella zu begrüßen. Einer, dem man schon früher begegnet war, entpuppte sich als der Affenähnliche. Und der andere, ein neuer, schien eine Zusammensetzung aus verschiedenen Tieren zu sein und ergab im großen und ganzen ein recht sympathisches Resultat. Zur Erleichterung Useppes fehlte auch diesmal der berühmte Lupo; sicher war er mit seinem Herrn spazierengegangen. Bella erwiderte die Begrüßung der beiden, wenn auch sehr eilig, und kam beim Studium der abendlichen Gerüche vom Weg ab. Bald aber kehrte sie beflissen zu Useppe zurück und zog die Leine im Staub hinter sich her.
Die innere Unruhe Davids, die mit seinem erschöpften Körper kämpfte, hielt ihn in jenem kraftlosen Zustand aufrecht, der bei gewissen Vergiftungserscheinungen und manchmal auch beim Fasten auftritt. Es war eine Art tiefgelegenen Niemandslandes zwischen den Peripherien der Vernunft und des Traums, wo man sich in elendiglicher Dürftigkeit abmüht. Im Anblick der ersten Baracken hatte er nur den Wunsch, die Augen zu schließen und nichts anderes als Schwärze zu sehen. Dann, als er die Augen wieder öffnete, erkannte er nach und nach die gewohnte Landschaft nicht mehr und fragte sich: »Wohin bin ich geraten?« Ihn bedrängten gewisse abgeschmackte Bilder und sentimentale Verse, die er selbst in seiner Gymnasiastenzeit geschrieben hatte und die mit den Worten begannen: »Ich habe dich geliebt, Glückseligkeit!« Und darunter mischten sich Filmtitel oder zufällige Satzfetzen, nichtig wie ge-

platzte Ballons: *Die Maginotlinie, Gilda, beim Einsturz der Trümmer, Samum, der Wüstenwind, Sturmtrupp auf dem Vormarsch* ... Auf dem letzten Stück bis zu seiner Erdgeschoßwohnung beschleunigte er mechanisch seine Schritte, obwohl ihn der Gedanke, sich jetzt in seinem kleinen Zimmerchen einzuschließen, abstieß. Useppe hatte die Augen zu ihm aufgeschlagen und beeilte sich, mit ihm Schritt zu halten.
»*Walum* gehst du so früh schon schlafen?«
»Weil ich krank bin«, erklärte David lachend. Und müde setzte er sich auf den Boden. Er begann in der Tasche nach seinem Schlüssel zu suchen und lehnte sich mit dem Rücken gegen die verschlossene Tür.
»Du bist krank ...«, sagte Useppe nachdenklich, aber ohne eine weitere Erklärung zu verlangen. Er war eher im Begriff, ihm zu sagen – gewissermaßen um sich als ebenbürtig zu rühmen –, daß auch er *krank* sei. Doch hielt er noch rechtzeitig inne. In ihm blitzte der ängstliche Gedanke auf, auch David könne ihn, sobald er von seiner häßlichen Krankheit Kunde hätte, wie die andern meiden.
Statt dessen fragte er:
»Was hast du am Arm gemacht?«
»Da hat mich eine Mücke gestochen.«
Mit Mühe hatte David den Schlüssel aus der Hosentasche gefischt. Doch eine außergewöhnliche Schwere der Muskeln hielt ihn dort auf der Erde, vor der eigenen Tür, fest wie einen Bettler. Und er konnte sich nicht entschließen aufzustehen und begann mit der Faust gegen die verschlossene Tür zu pochen. Dann machte er einen hohlen Baß nach, so daß es klang, als ob jemand aus dem Innern des Hauses spräche, und fragte: »*Wer ist da?*«, um sich dann mit seiner normalen Stimme selbst anzukündigen: »Ich bin's!« – »*Wer ich?*« – »David Segre. Und du, wer bist du?« – »*Ich!! Segre David!*« – »Und was tust du dort drin?« – »*Ich schlafe ...*«
Bei diesem neuen Spiel lachte Useppe, obwohl er mit einem gewissen Beben dem Öffnen der Tür zusah. Die Scheiben des kleinen Fensters waren geschlossen, so daß in dem leeren Zimmer ein Geruch herrschte, als wenn dort wirklich jemand seit mehreren Stunden im Schlaf läge. Im übrigen schienen der Schmutz und die Unordnung noch größer zu sein als die andern Male. Es sah aus wie ein Schlachtfeld. David ließ sich auf das ungemachte Bett fallen. »Jetzt«, verkündete er Useppe, »müssen wir uns wirklich gute Nacht sagen.«
»Noch ist es Tag ...«, bemerkte Useppe auf der Schwelle des Zimmers. Er hatte Bellas Leine vom Boden aufgehoben. Bella saß draußen vor der offenen Tür und wartete geduldig. Ab und zu zog sie ein wenig an der Leine, um zu drängen: *Es ist spät. Wir müssen gehen.* Doch Useppe zerrte als Antwort die Leine nach seiner Seite. Er konnte sich nicht entschließen, David hier allein zurückzulassen, krank und ohne Abendes-

sen. Doch wußte er nicht, was er ihm hätte sagen sollen, und so trat er unentschlossen von einem Fuß auf den andern.
David hatte sich inzwischen auf seinem Bett ausgestreckt, noch völlig angekleidet und ohne sich auch nur die Schuhe auszuziehen. Er hörte ein Getöse und Gesumm in den Ohren, doch belästigte ihn dies nicht, ja, es schien ihn eher wie eine Märchenerzählung einzuwiegen. Doch immer noch dauerte in seinem Hirn jenes sture, fröstelnde Wachsein an und ließ ihn eine schwierige Nacht voraussahnen. Seit einiger Zeit entwickelte sich in seinem Körper eine unvorhergesehene Chemie, dank der die Pharmazeutika nicht immer nach ihrer Natur mit ihm verfuhren, sondern ganz willkürlich, in einer Art Wettstreit mit seinen Nerven, so daß ihn schließlich die Schlafmittel eher muntermachten als beruhigten. Für einen Augenblick hatte er die Gegenwart des Kindes und des Hundes vergessen. Doch ein Geruch von Waldfrische, der ihn beinah neckisch streichelte, brachte ihm wieder in Erinnerung, daß die beiden noch da waren.
»Was tut ihr dort? Es ist spät!« rief er ihnen zu und hob ein wenig den Kopf, ohne ihnen indes den Blick zuzuwenden. »Na ja, wir gehen jetzt«, brummte Useppe. »Es ist aber noch nicht Nacht.«
»In den Ländern der weißen Nächte«, begann David mit melodischer und zielloser Stimme, »ist es in gewissen Jahreszeiten immer Tag. Und anderswo ist es immer Nacht. Je nach Wahl. Allzu viele Formen und allzu viele Farben. Und so viele Meridiane und Breitengrade. Auf einem Breitengrad gibt es Häuser, die aus Schnee gebaut sind, und riesige Türme und Paläste aus Eis, groß und riesig, die auf den Strömungen des Meeres dahingleiten und sich auflösen. Auf einem andern aber gibt es Zement und Glas, Marmor, Kathedralen, Moscheen, Pagoden . . . Und so viele Wälder, Regenwälder, Nebelwälder, nein, *neblige* . . . Und halb versunkene, mit Luftwurzeln . . . Geographie hatte ich gerne in der Schule, ich dachte an Reisen in der Zukunft. Jetzt, da die Zukunft da ist, sage ich mir manchmal: Weshalb nicht? Dann aber, wenn ich mir MICH vorstelle, wie ich wandere, erscheint mir jede Straße und jedes Land der Erde wie ein Abort, nicht besser und nicht schlechter als dieses Zimmer. Überall gibt es nichts anderes als ein häßliches, ekelerregendes Zimmer, wo es immer Tag und immer Nacht ist, kaum sehe ich mich hindurchgehen . . .«
Von Useppes Seite kam ein undeutliches Gemurmel. Seine richtige Antwort – wenn er sie hätte formulieren können – wäre gewesen: ihm geschehe genau das Gegenteil, nämlich jeder Ort, bis zu der geringsten Bruchbude, werde ihm zu etwas Wunderbarem, wenn sich dort nur David oder irgendeiner seiner Freunde befinde. »Dieses Zimmer hier ist nicht häßlich«, brummte er beinah beleidigt.

»Na ja, es ist verzaubert!« lachte David. »In gewissen Fällen gibt es hier Visionen . . . Nein, nicht eigentliche Visionen! Das wäre zuviel der Ehre! Nur Verwandlungen, Übertreibungen . . . Zum Beispiel du«, er drehte sich ein wenig, um Useppe anzublicken. »Dich sehe ich jetzt wie durch ein Teleskop: groß, groß, groß, so daß du nicht mehr durch die Tür treten könntest. Und jetzt sehe ich dich, wie du klein, klein, klein geworden bist, wie in einem umgekehrten Fernglas. Und mit so vielen blauen Äuglein, welche aus allen Teilen des Zimmers blicken.«
»Und jetzt, wie siehst du mich jetzt?« fragte Useppe und trat unsicher näher.
David lachte. »Ich sehe dich klein, klein, klein . . .«
Useppe kam die Auskunft der Ärztin in den Sinn.
»Ich«, bekannte er, »*wachse* wenig.«
»Na, und jetzt sagen wir Lebewohl. Gute Nacht«, bestimmte David lachend. Doch dann fügte er hinzu:
»Willst du, daß ich dir eine Geschichte erzähle?«
Ihm war eine Erinnerung an seine Schwester gekommen, die oft, wie es Kindern geschieht, am Abend nicht einschlafen wollte. Durch die Türritzen sah sie das Licht in dem Zimmerchen des Bruders nebenan brennen, der im Bett bis spät in die Nacht hinein las. Und dann drückte sie sachte auf die Türklinke und stand vor ihm im Nachthemd in der Tür und bat ihn, ihr vor dem Einschlafen eine Geschichte oder ein Märchen zu erzählen. Die Familie wußte, daß David Phantasie besaß und so gut wie entschlossen war, wenn er groß sei, Schriftsteller zu werden. Und die Schwester, die noch so klein war, daß sie nicht lesen konnte, profitierte von seiner Phantasie. In der Regel wurde der Bruder ob dieser abendlichen Einmischungen wütend. Aber auf die flehentlichen Bitten der Schwester hin – und um sie loszuwerden – warf er ihr schließlich spöttisch irgendeinen Anfang hin, etwa: »Es war einmal ein Kohlkopf . . .« – »Es war einmal ein zerbrochener Kochtopf . . .« – »Es war einmal eine Trommel . . .« Doch in dem Augenblick hatte ihn dann schon unwiderstehlich die Lust gepackt, sich die Fortsetzung einfallen zu lassen, so daß er letzten Endes immer zwangsläufig der Schwester eine ganze Geschichte erzählte, die zwar zufällig entstanden, aber in sich geschlossen war und ihr genügte. Einmal war er fest entschlossen, ihren Bitten zu widerstehen, und um ihr das unmißverständlich klarzumachen, sagte er barsch und verächtlich: »Es war einmal ein Stück Hühnerkacke!!« Aber gleich fügte er hinzu, daß dieses Huhn goldene Eier legte. Und daraus folgte natürlich, daß die Eier unzerbrechlich waren. Bis ein tüchtiger Hahn sie mit einem Schnabelhieb spaltete. Da schlüpften goldene Küken heraus, welche sich als lauter kleine verwandelte Prinzen entpuppten, Söhne des Huhns und des Hahns und im Besitz der Zauberformel gegen

alles Böse. Das Huhn und der Hahn waren in Wirklichkeit die Herrscher über Indien, Opfer einer Verzauberung durch ihren Feind, den König von ich weiß nicht was ... Es war, wie man sieht, nichts Außergewöhnliches an den Geschichten des kleinen David. Doch es waren Geschichten mit einem Anfang, einer Intrige und einem Ende, ganz wie es sich gehörte.

An jenem Abend, als David Useppe eine Geschichte versprach, hatte er, wie früher, zuerst gar keine Idee im Kopf, sondern nur eine wirre Leere. Um anzufangen, sprach er ganz zufällig die ersten Worte aus, die ihm auf die Lippen kamen: »*Es war einmal ein SS-Mann* ...« Und da entsprang ihm, wie von selbst, eine kleine Geschichte. Es war sicher keine große Schöpfung, auch dieses Mal nicht. Doch es war durchaus eine wahre und selbständige kleine Geschichte, eine Art Märchen oder Parabel, mit einer innern Logik und einer höheren Bedeutung.

»... Es war einmal ein SS-Mann, der wegen seiner grauenhaften Verbrechen eines Tages im Morgengrauen zum Galgen gebracht wurde. Es blieben ihm noch ungefähr fünfzig Schritte bis zur Stätte der Hinrichtung, die im Hof des Gefängnisses vollzogen werden sollte. Auf seinem Weg traf sein Blick zufällig auf die zerbröckelnde Mauer des Hofes, wo eine jener vom Wind hingewehten Blumen wuchs, die dort sprießen, wo der Same hinfällt, und die sich anscheinend von Luft und Kalkgebröckel ernähren. Es war ein elendes Blümchen, das aus vier veilchenfarbenen Blütenblättern und ein paar blassen Blättern bestand. Aber in dem ersten frühen Licht sah der SS-Mann mit Staunen die ganze Schönheit und Glückseligkeit des Universums. Und er dachte: *Wenn ich zurückkehren und die Zeit aufhalten könnte, wäre ich bereit, mein ganzes Leben in Anbetung vor diesem Pflänzchen zu verbringen.* Da hörte er, wie wenn er sich verdoppelt hätte, in seinem Innern seine eigene Stimme, die, wenn auch weit entfernt, so doch froh und klar ihm von wer weiß woher zurief: *Wahrlich, ich sage dir: Für diesen letzten Gedanken, den du im Angesicht des Todes gehabt hast, wirst du aus der Hölle errettet werden.* All das hat mich, um es zu erzählen, eine gewisse Zeit gekostet. Aber in Wahrheit hatte es die Dauer von einer halben Sekunde. Zwischen dem SS-Mann, der mitten unter seinen Wächtern dahinging, und der Blume, welche an der Mauer wuchs, hatte sich die Entfernung kaum geändert: sie maß knapp einen Schritt. ›Nein!‹ rief der SS-Mann aus und wandte sich zornig zurück. ›Ich falle nicht wieder auf derlei Täuschungen herein!‹ Und da seine Hände gefesselt waren, riß er das Blümchen mit den Zähnen aus. Dann warf er es auf den Boden und zertrampelte es mit den Füßen und spuckte darauf. So, damit ist die Geschichte zu Ende.«

»Aber eine Hölle gibt es gar nicht!« stellte am Ende der Geschichte Useppe entschlossen fest. David bewegte wie zerstreut die Pupillen

und betrachtete das winzige Persönchen, das in diesem Augenblick eine komische Miene voller Kühnheit zur Schau stellte.
»Es gibt keine Hölle?«
Useppe bekräftigte seine Erklärung diesmal nicht mit Worten, sondern indem er auf sizilianische Art *Nein* sagte, das heißt, indem er das Kinn hochhob und die Lippen nach außen stülpte. Diese Bewegung hatte er von seinem Bruder Ninnuzzu gelernt, der sie seinerseits von seinem Vater Alfio aus Messina übernommen hatte.
»Und *weshalb* sollte es sie nicht geben?«
»*Weil* . . .«, meinte Useppe, ohne zu wissen, was er antworten sollte. Da erreichte ihn von seiten Bellas ein kleines ermutigendes Bellen. Und schließlich lautete seine Antwort:
»*Weil* die Leute wegfliegen . . .«
Eine derartige Erklärung erschien ihm allerdings etwas zweifelhaft und wurde kaum geflüstert. Aber das *Weil,* mit einem meisterhaften ›L‹, geriet ihm dafür um so schöner. »Und auch die Pferde«, beeilte er sich hinzuzufügen, »fliegen fort . . . und die Hunde . . . und die Katzen . . . und die Zikaden . . . kurz und gut, auch die Leute!«
»Aber weißt du denn überhaupt, was das heißen soll: ein *SS-Mann*?«
Das wußte Useppe nun schon seit einer Weile, mindestens seit der Zeit der Tausend. Ja, in seiner prompten Antwort gebrauchte er Wörter, die er vielleicht von Carulina oder von irgendeinem andern Mitglied jener vielköpfigen Sippe gelernt hatte:
»*Deutscher Schutzmann!*«
»Bravo!« sagte David und lachte. »Und jetzt: gute Nacht. Geh, geht, ich will schlafen . . .« Und seine Augen schlossen sich wie von selbst, und seine Stimme tönte schon teigig und leise.
»Gute Nacht . . .«, erwiderte Useppe gehorsam. Doch ein Zögern hielt ihn noch zurück:
»Wann sehen wir uns wieder?« fragte er.
»Bald . . .«
»Aber wann?!«
»Bald, bald.«
»Morgen?«
»Morgen, ja, ja.«
»Morgen kommen wir hierher, zu dir, wie immer? Am Nachmittag, wie immer?«
»Ja . . .«
»Das ist eine Verabredung. Eine feste Verabredung! Ja?«
». . . Jaaa . . .«
»Ich bringe dir Wein mit!« verkündete Useppe und wandte sich zum Ge-

hen. Doch dann ließ er Bellas Leine einen Augenblick lang los und rannte zurück. Und als befolge er ein brüderliches Ritual, das jetzt erlaubt, ja geheiligt war, gab er David einen Abschiedskuß, der diesmal in der Nähe des Ohrs landete. In seinem Halbschlaf blieb David mit dem Zweifel zurück, ob dieses Küßchen wirklich sei oder nur ein Bruchstück aus einem Traum. Er bemerkte nicht einmal mehr das leise Zufallen der Tür, die sich mit viel Rücksichtnahme hinter den beiden schloß.
Die Abenddämmerung senkte sich herab. Das verspätete Paar wanderte eilig nach Hause und plante schon auf dem Weg den kommenden Tag. Die Verabredung mit David hatte Useppe jedoch seinen andern Freund nicht vergessen lassen: Scimó. Deshalb wurde zwischen ihm und Bella vereinbart, daß sie sich am Morgen an den Fluß begeben würden, um Scimó zu treffen. Sie würden also früher aufstehen als gewöhnlich und dann den Nachmittag David widmen. In Useppes Köpfchen erklang jetzt ein so festliches Lied, daß auch nur der geringste Verdacht, der Plan könne mißlingen, ausgeschlossen schien. In dieser Minute ging er mit Bella über die Piazza di Porta Portese, die im Hintergrund vom Gebäude der Besserungsanstalt beherrscht wurde. Keiner der beiden wußte, daß Scimó dort, hinter jenen Mauern, eingeschlossen war. Aber Bella senkte doch, wer weiß weshalb, im Anblick des Ortes die Ohren und trottete verstohlen auf die Brücke zu.

7

In dieser Nacht ließ der Schlaf, der ihm seit der Dämmerung versprochen schien, David im Stich. David schlief zwar schon, als Useppe das Zimmer verließ; und so, wie Useppe ihn zurückgelassen hatte, ganz angekleidet und mit den Schuhen an den Füßen, schlief er auf seinem Bett auch bis zum Morgen weiter. Doch es war nur ein vorgetäuschter Schlaf, krankhaft, unterbrochen und erschöpfend, schlimmer als Schlaflosigkeit. Es war, als behaupte sich das Wachsein, das sein Gehirn schon seit dem Vortag besetzt hielt, hartnäckig gegen alle schlafbringenden Mittel und die lethargische Trägheit seines Körpers, bereit, zuzuschlagen wie eine Peitsche, um den Bewachten an jedem Fluchtversuch zu hindern. Wenn David anfing, in den Grund seines Unterbewußtseins zu sinken, rüttelten ihn mitten in der Nacht Blitze oder halluzinierte Glöcklein auf. Und andauernd, im Wachen und im Schlaf, sah er sich einem lächerlichen kleinen Schauspiel gegenüber, einem täuschenden Surrogat jener Visionen, die er sich vor noch nicht langer Zeit von den Drogen ersehnt hatte und mit denen er seit einiger Zeit nicht mehr rechnete. Er hatte inzwischen ein für allemal die Hoffnung aufgegeben, die vom Aussatz Genesenen aus den Lagern oder einen unverletzten Ninnuzzu wiederzusehen (wenn auch nur in der Form offenkundiger Halluzinationen) oder der Zeuge himmlischer Erscheinungen zu werden, die ihm wenigstens behelfsweise irgendeine Offenbarung oder besondere Gnade vorspiegelten. Was sich ihm zeigte, waren minderwertige Erzeugnisse, die ihn in ihrer unverhüllten Falschheit und Dummheit peinigten. Heute nacht aber beschränkten sich diese Fälschungen nicht auf die gewohnten Verzerrungen von Möbeln oder Schatten, die er sonst durch das Auslöschen der Lampe hatte vertreiben können; und auch nicht auf die üblichen Seifenfarben, die, nicht sonderlich beängstigend, in dem dunklen Zimmer aufleuchteten und sich beim ersten Schlaf auflösten. Weder im Licht noch im Dunkeln hörte die Maschine, die seit dem Abend in seinem Hirn installiert war, auf zu arbeiten. Bald lief sie sinn- und ziellos, bald schien es, als sei sie von einer unbeirrbaren, wenn auch dunklen Absicht gesteuert. Eine Zeitlang trieb sie nur ihre Späße mit ihm, die so belanglos waren, daß er sich selbst nicht erklären konnte, weshalb sie ihn so sehr quälten. Kaum löschte er zum Beispiel die Lampe, überfielen ihn im Leeren ganz gewöhnliche geometrische Figuren: Rhomben, Dreiecke, Quadrate, welche sich in einem Tumult von absurden Farben zu Tausenden vervielfachten. Und wenn er die Lampe wieder anzündete, sah er das vertraute Kämmerchen, nur daß alles ins Gegenteil verkehrt war: Der Fußboden war eine weiche, bewegte Masse, die Wände schwollen an und bedeckten sich mit Krusten und Geschwüren oder wurden von plötzlichen Rissen gespalten. Und das Verrückte war, daß er auf dieses Blendwerk hereinfiel, und zwar im gleichen Augenblick, in dem er dessen Albernheit erkannte. Er wußte, daß es sich um nichts als billige Effekte handelte, und dennoch empfand er sie als namenlose Greuel, und das in einem Maße, daß die schlimmsten Ungeheuer der Apokalypse ihm nicht abstoßender hätten erscheinen können. Da er nicht wußte, an wen er sich wenden sollte, murmelte er wie ein Kind in seiner Panik: »Gott, ach Gott!« und bedeckte sich die Augen mit den Händen ... Und Gott zeigte sich ihm in Gestalt der Öldrucke des heiligen Herzens und des heiligen Bischofs, die er, um Santina nicht zu kränken, über dem Bett hatte hängen lassen und die er lediglich mit Zeitungen überdeckt hatte. Auf seinen Ruf hin sprangen die beiden Öldruckgestalten von ihren Plätzen herab. Und Gott war ein dümmlicher, rosiger Jüngling mit einem blonden Bärtchen und einem Stück Herzmuskel in den Händen sowie ein alter Dummkopf mit all dem Zaumzeug institutionalisierter Macht und Autorität. »Wenn du wirklich ein Heiliger wärest«, wandte sich David an ihn, »würdest du dich nicht als Hohepriester verkleiden und die Insignien und den Krummstab tragen ...« Und dann schläft er zum zwanzigsten

Mal in dieser Nacht wieder ein. Er träumt. Doch es bleibt ihm auch im Traum das Bewußtsein, auf dem Bett in seinem Zimmer zu liegen. Inzwischen aber hat er sich, um sich einen seiner Schülerwünsche zu erfüllen, nach einer wunderbaren Stadt auf den Weg gemacht, die er aus Geschichts-, Erdkunde- und Kunstbüchern kennt. Im Traum hat diese Stadt keinen festen Namen, sie erscheint ihm als das Sinnbild einer Gesellschaft von Gleichen und der Einheit von Arbeit, Brüderlichkeit und Poesie ... Er kennt das Bild, das er über den Texten betrachtet hat ... Aber er geht und geht diese berühmten Gebäude entlang und findet nichts anderes als riesige, schmutzige Häuser, die bis zum Horizont hintereinandergepackt, noch nicht fertig gebaut und doch schon von Zickzacklinien wie von elektrischen Entladungen gezeichnet sind ... Dazwischen bilden die Straßen ein Netzwerk, das von Trümmern und Steinen übersät ist und von endlosen Reihen von Waggons ohne Türen durchzogen wird, die wie die Gerippe von Reptilien aussehen. Er zwängt sich mühsam durch die Hauptstraßen und sucht den König. Es ist schwierig für ihn, sich zu orientieren, vor allem wegen des dichten schwärzlichen Rauchs, der, begleitet von andauerndem Sirenengeheul, aus den Waggons und Gebäuden dringt. Es ist klar, daß die Gebäude der Stadt alle zu Werkstätten und Bordellen bestimmt sind. Von der Straße her sieht man ins Innere, das von Scheinwerfern erhellt ist. Aber das Schauspiel ist monoton und überall dasselbe. Auf einer Seite stehen lange Reihen von Männern in weißlichen Uniformen, die, aneinandergekettet, damit beschäftigt sind, mit blutenden Händen große eiserne Ringe zu Ketten zusammenzufügen. Auf der andern Seite stehen halbnackte Frauen, die obszöne Gesten machen und alle blutbeschmutzte Beine haben. »Allein der Anblick von Blut kann die Kunden in Erregung versetzen«, erklärt ihm jemand lachend. Und er erkennt den König, der – und er scheint es schon gewußt zu haben – nichts anderes ist als der verfluchte Baum. David sieht ihn vor sich: einen kleinen Typ in Offiziersuniform, der sich auf einer Plattform aus Zement (einer Art Ballpodium) hin und her wirft und andauernd lacht. David möchte von ihm verschiedene Auskünfte haben: »Was habt Ihr mit der Revolution gemacht? Weshalb habt Ihr die Arbeit herabgewürdigt? Weshalb habt Ihr die Häßlichkeit gewählt?« usw. usw. Aber schamhaft gibt er sich Rechenschaft darüber, daß er wieder ein kleiner Schüler in kurzen Hosen ist, so daß die Fragen ihm im Hals stecken bleiben und es ihm nur gelingt, zu sagen: »Weshalb? ...«, wenn auch mit schreiender Stimme. »Weil«, antwortet ihm immerhin der andere lachend, »die Schönheit eine Täuschung war, um uns an das Paradies glauben zu machen, wo man doch weiß, daß wir alle von Geburt an verdammt sind. Wir fallen nicht mehr diesen Täuschungen anheim. Die Erkenntnis ist die Ehre des Menschen.« Und er fährt fort, David ins

Gesicht zu lachen und sich hysterisch zu gebärden. »Dies hier«, erklärt er ihm, »ist die Upa-Upa, der flache Tanz.« Und während er das sagt, verflacht er sich in der Tat, bis er verschwindet. Und David sieht sich wieder groß, wie er es in Wirklichkeit ist, mit langen Hosen und dem Sommerpullover. Und rings um ihn steht ein Säulengang von erstaunlicher Architektur. Anstelle der Asphaltstraße breitet sich unter ihm eine frische Wiese aus, und genau in der Mitte, vor ihm, erhebt sich ein taufeuchter Baum voller Früchte und Blätter. In geringer Entfernung hört man das Geräusch von Wasser und Vogelstimmen. »Da«, sagt David zu sich selbst, »alles Übrige hatte ich geträumt. Dies hier ist hingegen richtig.« Und er beschließt, zum Beweis unter dem Baum einen seiner Schuhe stehenzulassen. So wird er sich beim Aufwachen mit einem nackten Fuß vorfinden und die Gewißheit haben, daß er nicht träumte. In diesem Augenblick vernimmt er einen Chor fröhlicher und vertrauter Stimmen von kleinen Knaben und Mädchen, die jenseits des wunderbaren Säulenganges rufen: »David! David!«, worauf er jäh aufwacht. Die Stimmen hatte er sich nur eingebildet. In Wirklichkeit hat niemand nach ihm gerufen. Die Lampe war angezündet geblieben, und er lag ausgestreckt auf dem zerwühlten Bett, wie vorher. An den Füßen trug er beide Schuhe. Es war immer noch tiefe Nacht. Doch konnte er nicht wissen, wieviel Uhr es genau war, denn er hatte am Abend vergessen, die Uhr aufzuziehen. Und sein Schlaf hatte nicht länger als drei Minuten gedauert, während ihm sein geträumtes Abenteuer in der Erinnerung eher lang und weiträumig vorkam.

Jetzt begann eine andere Phase seiner endlosen Nacht. Er sah weder Abstraktes noch Konkretes mehr; seine Sinne blieben inaktiv. Sein Hirn aber arbeitete ununterbrochen und fiebrig an gewissen komplizierten, mühseligen Aufgaben und Auseinandersetzungen. Er wußte nicht genau, ob er wachte oder schlief oder ob die beiden Zustände miteinander abwechselten. Es schien ihm, er rede über die ewigen Probleme hoher Philosophie. Doch dann merkte er, daß es sich nur um seine Ausgabenrechnung handelte, um Wäschezettel, Berechnungen von Daten oder Entfernungen usw. Er quälte sich damit herum, daß er dem König der Stadt nicht geantwortet hatte. Seine Antwort präsentierte sich ihm, wenn auch verspätet, ganz klar: »Was du sagst, ist falsch, ja, die Wahrheit liegt genau im Gegenteil. Gott ist die wirkliche Intimität aller existierenden Dinge, die uns sein Geheimnis mittels der Schönheit anvertrauen. Die Schönheit ist die Schamhaftigkeit Gottes . . .« Worauf sein Hirn, um dieses Prinzip zu demonstrieren, in eine ermüdende Untersuchung über den Oktangehalt des Benzins und über Gradierungen alkoholischer Getränke eintrat . . . Die Frage, die sich ihm jetzt stellte, war die menschliche *Überlegenheit*, die im Geist besteht. Und er mußte seinem Gefährten Ninnuzzu die verschiedenen Arten der Gewalttätigkeit vorführen und daß die schlimmste Gewalttätigkeit gegen den Menschen die *Degradierung* des Geistes sei. Von da ging er zur Unterscheidung zwischen Geist und Materie oder Gott und Natur über, welche Davids Gehirn in dieser Nacht Hegel und Marx zuschrieb und zu einer manichäischen, das heißt gottlosen Unterscheidung erklärte, wie es übrigens auch die Wissenschaft inzwischen bestätigte. Und in diesem Augenblick trat, von irgendwoher, Bakunin dazwischen, demzufolge – so behauptete es Davids Gehirn – die Atomwaffe auch den Geist spaltete... Darauf begann er eine neue Diskussion mit Ninnuzzu, nur daß sie jetzt die verschiedenen Bauarten der Maschinenpistole und des Revolvers betraf sowie Fragen des Kalibers und Schußbahnberechnungen. Mit einemmal warf David Ninnuzzu vor, er habe seinen eigenen Tod beschleunigt. Nun ja, schien Ninnuzzu zurückzugeben, *wenn man nicht* ›*fast*‹ *krepiert, dann krepiert man* ›*slow*‹. Für mich ist ›slow‹ ein Scheißdreck. Und dann kam ein wirrer Disput über Bälle, mit einer Menge amerikanischer, spanischer, portugiesischer und afrokubanischer Ausdrücke... untermischt mit Klatschgeschichten über den Sexus der Kreolinnen... Das alles häufte und stieß sich in Davids Hirn, ruhelos und in zusammenhangloser Betriebsamkeit. Bald drehten sich die Argumente wie Räder, bald platzten sie wie Blasen. Und diese geschmacklose Geschäftigkeit, der er sich nicht entziehen konnte, empfand er als eine skandalöse Demütigung. Er erinnerte sich, irgendwo gelesen zu haben, daß es in Zukunft den Gelehrten gelingen werde, ein menschliches Hirn getrennt vom Körper unbeschränkt weiterleben zu lassen. Und er stellte sich die unaufhörliche Tätigkeit dieser nervösen, isolierten und völlig beziehungslosen Masse so vor: als ein fiebriges Kauen von Residuen und Abfällen, dann und wann durchquert von irgendwelchen erleuchtenden Reminiszenzen, welche um so schmerzlicher strahlten, als sie sogleich mit dem Rest zermahlen wurden. Zu einem solch elenden Schicksal verurteilt zu sein, das empfand er als Demütigung. Und da entsann er sich, daß er gehört hatte, in einem Institut in Turin behalte man ein weibliches *Geschöpf* am Leben, in dem alle Organe sich in embryonalem Zustand befänden, ausgenommen der untere Teil des Rumpfes und die Geschlechtsteile... Das Wort *Demütigung* erinnerte ihn mit einem Mal an den gräßlichsten Klang, den er je vernommen hatte: das Weinen des jungen Deutschen, als er ihm das Gesicht mit dem Stiefel zerstampfte. Dieser Ton kehrte oft zurück und verfolgte ihn bei Tag und bei Nacht. Es war eine elende weibische Stimme, der flehende Orgasmus der Materie, die sich auflöst. *Die schlimmste Gewalttätigkeit gegen den Menschen ist die Erniedrigung des Geistes*... Jetzt ist in seinem Hirn, in einem Lichtbündel, die G. erschienen, wie sie ohne Haar, in ihrem Arbeiterkit-

tel, der bis über die Hüften hinaufgezogen ist, sich am Boden mit gespreizten Beinen wehrt. Dann, als neues Bild, sieht man einen schwankenden Schubkarren vorüberziehen, beladen mit Armen und Beinen aus Gips wie Votivbilder, von einem fahlen, abstoßenden Weiß. Und darauf folgt der Alte mit der Medaille, mit zwei Hörnern am Kopf wie Moses, der Karten hinwirft und sagt: *Hier ist nichts zu machen, mein Junge. Es gibt keine Handlung, die dir, wenn du sie ausführst, nicht das Gewissen umstülpt.* Jetzt ist wieder der Gefährte Ninnuzzu aufgetaucht, der lacht und nach allen Seiten schießt ... Aber kurz darauf erscheint unerwartet die Photographie der Tante Tildina, die sich windet und die Physiognomie Clementes annimmt ... *Ich will schlafen, ich will schlafen,* sagt David. Die Unmöglichkeit eines richtigen, leeren, erquickenden Schlafes quält ihn wie ein neues Gesetz, das durch Sondererlaß eigens für ihn gilt. Es leuchten große plakatartige Zettel und Schilder vor ihm auf: *Coca-Cola – die erfrischende Pause.* Oder: *Schlaf auf Piuma, und du wirst schlafen wie ein Engel.* Er merkt, daß er alle die bekannten Gottheiten anfleht: Christus, Brahma, Buddha und schließlich Jehova, der ihm jedoch unsympathisch ist. In seine innere Erregung mischt sich unaufhörlich der gewohnte Bazar aus kunterbunten Sätzen und Wörtern: *Ich will nicht denken. Ich will schlafen. Der verfluchte Baum. Gute Nacht. Die Syrinx. Der Nachttopf. Die Polizeistunde. In die Vene oder durch den Mund.* Und immer öfter das Wort GOTTESGERICHT. Es scheint kaum möglich, aber mit diesem leeren Gewäsch seines Gehirns hat David mindestens ein Viertel der Erdumdrehung mitgemacht. Und am Ende ist er in einen andern seiner Träume ohne Ausgang zurückgestürzt, die ihn – kaum ist die erste Schwelle des Unbewußten überschritten – wie mit Vogelleim einschmieren. In diesem Traum ist der verfluchte Baum – der diesmal klar ihn selbst, David, darstellt – nicht nur ein Verräter der echten Revolution, ein geborener Gewalttäter und Mörder, sondern auch ein Vergewaltiger. In seinem Bett liegt ein jungfräuliches Mädchen, dürr und mager wie eine Schwindsüchtige, mit pubertären Brüsten, die kaum vorstehen, langem, schon ergrautem Haar, mit weißen, kindlichen Beinchen, dicken, plebejischen Füßen und einem dicken Hintern. Und er vergewaltigt es. Dann, als er bezahlen will, stellt er fest, daß er bloß wertlose kleine Münzen bei sich hat, wahrscheinlich Kleingeld aus Marokko. Das Mädchen aber tadelt ihn nicht, sondern bemerkt nur mit einem sanften Lächeln: »Die kann man nicht ausgeben ...« Da beschwindelt er es und sagt, es seien Sammlerstücke, die auf dem Markt großen Wert hätten. Und er wirft sie dem Mädchen hin, und die Münzen machen einen Lärm wie Maschinengewehrsalven.
Bei diesem Geräusch wacht er auf. Schon zeigt sich das erste Tageslicht. Da masturbiert er, bis Blut kommt. Er hofft, das werde ihm wenigstens

helfen zu schlafen. Doch statt dessen bleibt er, obwohl er bis zum äußersten erschöpft ist, immer noch halbwach, und zwar in einem Zustand des Staunens und brennender Scham. In seinem Hirn beginnt, wer weiß weshalb, wie eine Uhr das Wort GOTTESGERICHT zu pochen. Er gibt sich Mühe, sich an die Bedeutung zu erinnern. Es handelt sich, wie ihm scheint, um eine Art göttlichen Gerichts, das sich in einer Prüfung manifestiert. An diesem Punkt glaubt er zu begreifen, daß sein *Gottesgericht* darin bestehe, auf jede Art Drogen zu verzichten, auch auf den Alkohol, das schreckliche Privileg der Vernunft anzunehmen und in irgendeinem Beruf zu arbeiten: als Arbeiter, als Tagelöhner, als Schriftsteller, als Forscher ... wobei er in seinem Fleisch die Erfahrung ansammeln werde, daß Materie und Geist ein einziges Ganzes darstellten, welches Gott sei ... Da sieht er sich selbst wieder auf der Erde wandeln, ohne den Genossen Ninnuzzu, ohne G., ohne Eltern und Freunde, und die ganze Erde, vom Karibischen Meer bis nach Sibirien und Indien und Amerika, bietet sich ihm dar wie die Landschaft seines ersten Traums dieser Nacht: als ein Gewirr blutbefleckter Ketten, und er selbst, der sich nach der Revolution erkundigt, und die Leute, die ihm ins Gesicht lachen. – »Hier gibt es keine Handlung mehr, die dir, wenn du sie ausführst, nicht das Gewissen umstülpt.« – Er beschließt auf alle Fälle, daß von heute an sein endgültiges GOTTESGERICHT beginnt. *(Nicht auf morgen verschieben!)* Dann erhebt er sich schwankend und begibt sich zu dem Köfferchen, in dem er einen gewissen Vorrat an Drogen aufbewahrt. Da sind die Kapseln mit roten und schwarzen Schlafmitteln, die ihn jetzt seit einiger Zeit im Stich lassen. Sie schenken ihm höchstens einen Sturz in abnormalen Schlaf, wie in eine Ohnmacht, und hinterlassen ihm im Mund einen häßlichen, unanständigen Geschmack. Da gibt es auch Pulver oder aufputschende Tabletten, die man sich in die Vene spritzen kann, nachdem man sie zu Pulver zerstoßen hat. (Einem solchen Verfahren hat er sich vermutlich in der Latrine der Schenke unterzogen, um sich wieder *sprint* zu geben.) Da ist ein Überrest von Kif, den er von einem Marokkaner erworben hat, der ihm auch eine spezielle Pipette mitgeliefert hat. Und da gibt es, aus derselben Quelle, eine Probe Rohopium von der Farbe dunklen Bernsteins, dick wie eine Nuß usw. usw. In letzter Zeit hatte ihn die Laune gepackt, sich in ein menschliches Versuchskaninchen zu verwandeln. Und jetzt lacht er, über das Köfferchen gebeugt, als er denkt, er habe, um sich irgendwie zu rechtfertigen, wohl angenommen, gerade diese Erfahrungen *in corpo vile* seien sein GOTTESGERICHT.

In dem Koffer liegt auch ein Heftchen mit einigen seiner neueren Gedichte, die er zu Hause in Mantua wiedergefunden hat. Er versucht sie zu lesen, doch die Buchstaben tanzen ihm vor den Augen, die Sätze krümmen sich, verlängern sich, ziehen sich zusammen und werden in seinem

Hirn zermalmt, bis sie jede Bedeutung verlieren. »Dies ist«, sagt er sich, »die *Entwürdigung des Geistes*. Vielleicht bin ich schon verrückt und finde unter irrsinnigen Bedingungen zu mir selbst zurück . . . VERSTEHEN hingegen! Man muß VERSTEHEN! Der Lebenszweck des Menschen ist: Verstehen. Der direkte Weg zur Revolution ist: Verstehen.« David schickt sich an, ein Bravourstück ersten Ranges zu vollbringen. Er wird auf dem bekannten Stuhl neben dem Bett das ganze vertraute Rüstzeug seiner bevorzugten *Medizin* vorbereiten (seine wahre Freundin, seit seiner Einweihung in Neapel: die Ruhe, die phantastische Nacht). So wird er es auf eine Kraftprobe mit ihr ankommen lassen. Sie liegt vor ihm bereit. Er aber wird sie nicht berühren. Aber schon wenn er sie nur ansieht, fühlt er einen ungeduldigen Hunger: das Verlangen eines Welpen nach den Zitzen der Hündin. Aber gerade das ist das GOTTESGERICHT.
Mit bebenden Händen hat er auf dem Stuhl alles ausgebreitet: Medikamente, Watte, Streichhölzer, die Spritze, den Gummischlauch für den Arm. Er wird das alles nicht berühren. Die Kraftprobe hat begonnen. »Wir werden Gedichte schreiben, wir werden noch viele Gedichte schreiben, wir werden sie drucken lassen, wir werden sie veröffentlichen. Jetzt herrscht wieder Pressefreiheit. (Vielleicht eine bürgerliche Freiheit . . .) *Auch die Juden sind Bürger wie die anderen . . .*« Er beschließt, später auszugehen und zu essen. Aber schon bei dem Gedanken daran empfindet er ein Gefühl von Übelkeit, das ihm vom Magen in die Kehle steigt. Er hat sich wieder hingelegt, und ihm ist, als wimmle es in der Matratze von Insekten, aber das Zimmer ist bei aller Unordnung und allem Schmutz frei von Ungeziefer. Er wehrt sich dagegen und versprüht täglich in wilder Verschwendung DDT, dieses gewaltige Insektenmittel, das bei Kriegsende von den alliierten Truppen mitgebracht wurde . . . Man könnte meinen, daß seine Sinne und sein Gehirn nur danach trachten, ihm jeden erdenklichen Streich zu spielen, um ihn an der Ruhe zu hindern. Die Sonne steht nun schon recht hoch. Der Tag ist sehr heiß. David ist ganz von Schweiß bedeckt. Doch der Schweiß auf seiner Haut gefriert und bereitet ihm Schauer, die ihn zusammen mit dem eingebildeten Insektengewimmel mit Grauen erfüllen. Die verrückte Tätigkeit seines Hirns hat sich verlangsamt. Doch beim ersten Anblick der offenen Schwellen des Bewußtseins zieht er sich argwöhnisch und ängstlich zurück. Er ist empört und gähnt, weil ihn der neue Tag, der die Welt überflutet, erschreckt. In seinem Zimmer brennt immer noch die elektrische Lampe. Es dringt nicht viel Tageslicht durch die schmutzigen Scheiben des Fensterchens, das vom Vorhang verdeckt ist. Doch schon dieses spärliche Licht von draußen, das den vollen Tag anzeigt, ist ihm zuviel und erbittert ihn. Jetzt trauert er der Nacht nach, die wenigstens den Verkehr zur Ruhe kommen läßt und die Straßen entvölkert. Die vertrauten all-

morgendlichen Stimmen draußen pochen gegen seine Schläfen wie eine anonyme Drohung. »Mama mia, Mama mia ...«, beginnt er zu sagen. Aber sogar diese beiden Urlaute ›Ma-ma‹ hat ihm das Schicksal zerstört und in einer Weise verzerrt, wie kein Orakel es ihm oder irgendeinem anderen Menschen hätte prophezeien können. Mit einemmal läuft eine aufrührerische und irre Nachricht durchs Zimmer, wie wenn alle Kindheit der Welt in alle Ewigkeit verwüstet worden wäre und alle Kreaturen in ihren Nestern geschändet, und zwar durch das, was der Mutter Davids angetan worden war. Er möchte wenigstens, wie ein Waisenkind, ein Truggebilde bei sich haben, das ihn wiegt, um ihn einzuschläfern, während seine Unrast sich auf kindliche Art an die kostbare Erinnerung an ein Ereignis klammert, das sich vor mehr als einem Jahrzehnt zugetragen hat.

Mit dreizehn Jahren war David schon hochgewachsen, größer als seine gleichaltrigen Kameraden, so daß er früher als sie *wie ein Mann* gekleidet wurde. Stolz kehrte seine Mutter eines Tages von einem ihrer Einkäufe zurück und brachte ihm als Geschenk etwas ganz Persönliches mit: eine Krawatte! Sie hatte sie im elegantesten Geschäft Mantuas ausgewählt, wo die jungen Männer der besten Gesellschaft Kunden waren ... David hatte zu jener Zeit nichts gegen die bürgerliche Sitte, Krawatten zu tragen, einzuwenden gehabt. Er hatte sich im Gegenteil in der Folge verschiedentlich selbst welche gekauft und trug sie wie ein kühnes Symbol ... Doch diese war gar nicht nach seinem Geschmack, deshalb schaute er sie nur mit schrägem Blick an und sagte ohne ein Dankeschön und voller Mißachtung zu seiner Mutter: »Schenk sie jemand anderem! Wem du willst!« Ihre Wimpern bebten, sie lächelte gezwungen und nahm die Krawatte wieder an sich.

Das war alles gewesen. Heute aber kam ihm, aus wer weiß welcher Windung des Gedächtnisses, diese geschmacklose kleine Krawatte wieder in den Sinn. Er erkennt sie: der Grund ist himmelblau, mit einem weißen, kapriziösen *Kaschmir*-Muster darauf. Er sieht sie zwischen Liktorenbündeln und Hakenkreuzen über den ganzen Erdball flattern! Von jeder Ecke der Erde streben Linien zu einem einzigen Punkt: der Ermordung seiner Mutter. Und eine dieser zahllosen Linien stammt aus der übel aufgenommenen kleinen Krawatte. Wer weiß, wo sie zu Ende sein wird? Und wie soll man sie aus Raum und Zeit eliminieren? Wenn er schlafen könnte, einen richtigen langen Schlaf von mindestens zehn Stunden, dann, scheint ihm, würde auch dieses perverse Fähnchen, zusammen mit den andern Alpträumen, verschwinden, und er würde fähig sein, einem neuen Tag die Stirn zu bieten.

Doch der Schlaf sucht ihn nun nicht mehr heim, in keiner Form. David klagt das Tageslicht an und die Stimmen der andern, er macht seinem

Herzen Luft, indem er Flüche und Gemeinheiten ausstößt, die dumpf ins Zimmer zurückfallen, oder indem er mit geschwächten Fäusten auf den Bettrand schlägt. Die Bevölkerung der ganzen Welt ist faschistisch, und sie alle haben seine Mutter ermordet. Und einer von ihnen ist er. Schließlich haßt David in sich selbst alle andern, und das ist ein neues Übel, das er nie zuvor empfunden hat. Das tiefste Gefühl den andern gegenüber war immer die Barmherzigkeit. Sie war es in der Tat, die ihn, aus Schamhaftigkeit, so halsstarrig machte. Heute aber wächst in ihm mit einemmal eine rächende Abneigung gegen alle. Die Stimmen dort draußen sind die von Faschisten und Feinden. Und ihn haben sie in einen Bunker gesperrt. Von einem Augenblick zum andern können sie die Tür mit einem Fußtritt aufstoßen und in seine Höhle eindringen, um ihn auf einen ihrer Lastwagen zu laden. Er weiß sehr wohl, daß er deliriert, daß die Stimmen, der Höllenlärm dort draußen nur die gewohnten Stimmen ballspielender Knaben sind, die schleifenden Schritte der Hausmeisterin, das Zuschlagen der Fensterläden und das Scheppern der Kehrichtkübel ... Aber es ist, als wisse er das alles nicht; er will weder Fenster noch Türen, er möchte jede Kommunikation abbrechen ... Es gäbe vielleicht noch ein mögliches Mittel, dort bereitgelegt auf dem Stuhl! Nur noch dieses eine Mal wenigstens ... David läßt seinen Blick in die Richtung schweifen. Doch nimmt er ihn sogleich wieder zurück und verweigert sich der feigen Kapitulation. Aber unzweifelhaft ist das GOTTESGERICHT, das der Knabe sich auferlegt hat, eine allzu schwierige Prüfung.

So ist vom Beginn des neuen sonnigen Tages an noch ein weiteres Viertel der Erdumdrehung vergangen. Um zwei Uhr nachmittags an diesem Montag verschlimmerte sich Davids Zustand. Von der Verabredung mit Useppe bewahrte er keine Spur mehr in seinem Gedächtnis, wenn er überhaupt je etwas davon gewußt hat. Er war in der Tat schon beinah abwesend, als er gesagt hatte: morgen, ja. Es kann auch sein, daß im Lauf der Nacht zwei blaue Äuglein ab und zu, da und dort, in seinem Zimmer aufblitzten. Aber sie waren zu klein, als daß sie ihm etwas hätten sagen können.

Jener Montag war vom Morgen an für Useppe und Bella ein Tag größter Geschäftigkeit. Programmgemäß standen sie früher auf als gewöhnlich und machten sich sofort, in dem sehnlichen Wunsch, mit Scimó zusammenzutreffen, auf den Weg zum Fluß. Unter anderem wollte Useppe Scimó die Idee unterbreiten, einen seiner Freunde (David) an den kleinen Strand einzuladen und ihn zum einzigen Mitwisser ihres Geheimnisses zu machen, wobei er garantieren könnte, daß David sie nicht verraten würde!

Als sie aber die Hütte betraten, fanden sie diese im selben Zustand wie am Tag zuvor. Der Wecker stand noch immer auf zwei Uhr. Und daß die Unterhose sich noch an derselben Stelle auf dem Lager befand, ließ erkennen, daß Scimó (sagen wir) nicht in der Umgebung zu finden war. Ja, es war so gut wie sicher, daß er sich zum Schlafen nicht in die Hütte begeben hatte, weder in dieser noch in der vorangegangenen Nacht. Doch Useppe wich (aus instinktiver Selbstverteidigung) vor dem Gedanken zurück, Scimó sei womöglich wieder gefangengenommen worden. Er nahm lieber an, der Flüchtling habe sich abends in irgendeinem erstaunlichen Kino oder in einer phantasmagorischen Pizzeria aufgehalten und habe sich, als es zu spät geworden war, für die Nacht in einen andern Schlupfwinkel zurückgezogen.
Bella erklärte, sie sei derselben Meinung. Und nachdem sie ein wenig ringsum geschnüffelt hatte, setzte sie sich mit Ernst und Resignation in der Miene auf den Boden. Das hieß deutlich: »Jedes Suchen ist vergeblich. Er ist nicht hier.« Auch heute verzichtete sie, um Useppe nicht allein zu lassen, auf ihr Bad. Der Tag war schwül, und die Wiesen wurden schon gelb. Doch unter dem Laub war das Gras noch frisch wie im Frühling. Es kamen viele Vögelchen vorbei, aber Bella war von der Hitze schläfrig und kümmerte sich nicht darum. Am späten Vormittag begann droben in den Bäumen ein Zirpen. Die erste Zikade von gestern wurde schon von andern, neuen, begleitet, und sie alle stimmten ein kleines Konzert an. Man konnte bald mit der Ankunft eines großen Orchesters rechnen.
Nachdem sie fast zwei Stunden lang gewartet hatten, verzichteten sie für dieses Mal darauf, Scimó wiederzusehen, und beschlossen, am nächsten Tag wiederzukommen, um ihn zu suchen. Als es Mittag läutete, machten sie sich auf den Heimweg. Längs der ruhigen Ufer hörte man wenige vertraute Stimmen in der Windstille. Montags sah man, solange die Ferien noch nicht begonnen hatten, nur wenige Badende im Fluß. Es waren fast nur kleine Kinder.
Um zwei Uhr nachmittags, als Ida sich wie gewohnt aufs Bett legte, um auszuruhen, zog Useppe aufs neue mit Bella los und machte sich auf den Weg zu David. Useppe hatte die berühmte Weinflasche mitgenommen, die er dann und wann unterwegs einen Augenblick lang abstellte, um neue Kräfte zu sammeln. Ida gab ihm jeden Tag einige Münzen, und so beschloß er unterwegs, dem Freund zu dem Wein etwas zu essen mitzubringen. So kaufte er jene dicken und dunklen Plätzchen, wie man sie auch heute noch, wenn ich mich nicht irre, unter dem Namen *Bruttibuoni* verkauft. Leider fielen ihm diese billigen Biskuits, die vom Krämer so gut es ging eingepackt worden waren, mitten auf der Straße zu Boden und zerbrachen, obwohl sie schon *brutti* (häßlich) genug waren. »Aber

sie sind noch immer *buoni* (gut)«, bellte Bella, um Useppe zu trösten, der sie bekümmert auflas.
Es war der Tag vor der Sonnenwende, und der Sommer, der bis dahin recht mild gewesen war, schien mit einemmal zu seiner vollen Reife aufgeblüht, und dies war die glühendste Stunde des Tages. Die trägen Dämpfe der Mittagsstunde hatten die Straßen veröden lassen, und vor allen Fenstern waren die Läden geschlossen oder die Strohmatten herabgelassen. Selbst die Radioapparate schwiegen. Das kleine Grüppchen von Baracken neben Davids Haus schien ein entvölkertes afrikanisches Dorf zu sein. Das karge Gras, das dort seit dem Frühjahr zwischen den Steinen und dem Schmutz wuchs, war versengt und vom Staub aufgezehrt, und aus dem Dreck stieg süßlicher Verwesungsgeruch auf. Die einzige Stimme, die man schon aus einer gewissen Entfernung hörte, war das raubtierähnliche und einsame Gebell des berühmten *Wolf*, der heute, vielleicht weil sein Herr abwesend war, am Zaun seiner Baracke angebunden stand, ohne jeden andern Trost als den dünnen Schatten der Pfosten.
Useppe war ganz verschwitzt und keuchte. Doch war er von solcher Lebhaftigkeit erfüllt, daß er diesmal, trotz seiner Last, Bella vorausging. Gleich bei den ersten Schlägen gegen die Tür des Zimmers hörte man David aus dem Innern rufen: »Wer ist da?«, und zwar mit rauher, drohender und zugleich verängstigter Stimme. »Wir sind es!« antwortete Useppe. Doch darauf erfolgte keine Antwort, außer vielleicht einem fiebrigen Brummen. Doch war dieses so dumpf und ungewiß, daß Useppe im Zweifel war, ob er es wirklich gehört hatte.
»Ich bin's! Useppe! Useppe und Bella!« Keine Antwort. Useppe wagte nochmals leise anzuklopfen.
»Vvavid . . .? Was ist? Schläfst du? Wir sind gekommen . . . wie verabredet . . .«
»Wer ist da? Wer ist da?! Wer ist da?!!!«
»Wir sind es, Vvavid . . . Wir haben dir den Wein mitgebracht . . .«
Diesmal hörte man in dem Zimmer eine Art verwirrten Ausrufs, auf den ein krampfhaftes Husten folgte. Vielleicht war David sehr krank . . . Useppe stellte die Weinflasche vor der Tür auf den Boden und wandte sich, gefolgt von Bella, die mit gesenktem Kopf in der Hitze hechelte, zum Fensterchen.
»Vvavid! . . . Vvavid! . . . He!! Vvavid! . . .«
Aus dem Innern vernahm man eine Bewegung und den Lärm von stürzenden Gegenständen. Das Fensterchen wurde aufgestoßen. Und hinter dem Gitter tauchte David auf, unkenntlich und wie eine Vision. Seine Züge waren grimmig und verzerrt. Das Haar hing ihm über die Augen. Er war von fahler Blässe und hatte Flecken über den Backenknochen. Er

warf Useppe einen matten Blick zu, der vor Wut blind war, und schrie ihm mit brutaler, fremder, verwandelter Stimme zu:
»Geh weg, du häßlicher Idiot mit deinem Dreckhund!«
Useppe hörte nichts anderes mehr. Das Fensterchen war wieder zu. Sicher hat in diesem Augenblick die Erde nicht gebebt. Aber Useppe hatte die Empfindung eines Erdbebens, das aus der Mitte des Universums kam. Die *Brutti-buoni* glitten ihm aus der Hand und fielen in einem Wirbel von schwarzem Staub um ihn herum auf den Boden, zusammen mit dem Dreck und den zusammenstürzenden Einfriedungen und den Mauern, in einem Dämmer von Gekläff, das sich endlos wiederholte. Einen Augenblick später begann er zu laufen und suchte Rettung auf dem Heimweg. »Aufgepaßt!« flehte ihn Bella an, die dicht hinter ihm her galoppierte und die Leine nachschleppte. »Warten beim Überqueren der Straße! Siehst du die Straßenbahn nicht?! Da kommt ein Lastwagen!! Paß auf! Hier sind Balken! Da stößt du gegen die Mauer . . .« Als sie oben an der Treppe vor ihrer Wohnung angekommen waren, troff das Kind vom Kopf bis zu den Füßen, als tauche es aus einem Wildbach auf. Und da es ihm nicht gelang, bis zur Türglocke hinaufzureichen, begann es zu klagen und zu rufen: »O Mà . . . O Mà . . .«, und das mit einer so armseligen Stimme, daß es wie ein Winseln klang. Bella kam ihm zu Hilfe und erhob lautes Gebell. Und als Ida alarmiert zur Tür kam, warf sich Useppe an ihre Brust und fuhr fort, zu jammern: »O Mà . . . O Mà . . .«, ohne ihr jedoch eine Erklärung abzugeben und unfähig, auf ihre ängstlichen Fragen eine Antwort zu finden. Er vermied es, sich zurückzuwenden, und seine unruhigen und bestürzten Augen blickten nichts an. Bei ihren Liebkosungen beruhigte er sich immerhin ein wenig, und Ida zog es vor, nicht allzusehr auf ihren Fragen zu beharren. Einen guten Teil des Nachmittags blieb das Kind an ihren Rockzipfel geklammert und zuckte bei jedem lauten Lärm von der Straße und vom Hof herauf zusammen. Schließlich fragte ihn Ida noch einmal äußerst behutsam nach dem Grund seines Schreckens, und er murmelte zunächst, verkrampft und ausweichend, etwas von einem Lastwagen, »groß, groß«, der ein Kind überfahren habe und »der verbrennt«, und über ein Wasser, »groß, dunkel«. Dann aber, mit einemmal, brach es zornig aus ihm heraus: »Du weißt es, o Mà! Du weißt es doch! . . .«, und er stieß sie mit der Faust von sich. Darauf brach er in gequältes Weinen aus.
Gegen fünf Uhr brachte die sinkende Sonne ein wenig Luft zum Aufatmen. Useppe hatte sich auf dem Küchenboden neben Bella niedergekauert, und Ida hörte ihn lachen, weil Bella ihn kitzelte und ihm die Ohren und den Hals leckte. Der Klang dieses Gelächters brachte Ida in ihrer Beklommenheit ein wenig Erleichterung. Doch der Abend war nicht wie die anderen Abende dieser schönen Jahreszeit, wenn Useppe von seinen wei-

ten Ausflügen mit Bella zurückgekehrt war, hungrig und plaudernd, und den berühmten *Wald* dort am Fluß rühmte und seine *Freunde* ... An diesem Abend sagte er nichts. Er tat fremd und wirkte ganz dumm im Kopf. Dann und wann wandte er die Augen von seiner Mutter zu Bella, als suche er Hilfe oder Verzeihung für irgendeine Schandtat. Nur mühselig gelang es Ida, ihn wie ein kleines Kind mit ein paar in Milch getauchten Biskuits zu füttern. Aber plötzlich warf er mit zornigen Gebärden die Tasse mit dem Essen auf dem Tisch um.
Mit der Dunkelheit war die Schwüle zurückgekehrt. Während der Nacht hatte Useppe einen Anfall. Von einem leichten Getrippel im Zimmer aufgeweckt, fand Ida das Bett neben sich leer, und beim Lampenlicht sah sie das Kind, wie es verzaubert und entsetzt auf die Wand zulief. Einen Augenblick vor seinem Geheul brach Bella – die Ida manchmal aus ihren alten häuslichen Vorurteilen heraus aus dem Schlafzimmer verbannte – herein, wobei sie die Tür mit dem Gewicht ihres Körpers beinah einrannte. Und wie verrückt begann sie Useppes nackte Beinchen zu lecken, die nach dem Krampf reglos dalagen. Diesmal war die Dauer des Anfalls sehr viel länger als gewöhnlich. Es vergingen einige Minuten – man weiß, daß auch die winzigste Zeitspanne sich in gewissen Fällen zu nicht mehr meßbarer Länge ausdehnt –, ehe das kleine, himmlische Lächeln der Rückkehr sich auf Useppes Gesicht ausbreitete. Auch der Schlaf, der immer auf seine Anfälle folgte, dauerte diesmal länger als gewöhnlich. Von kurzen Unterbrechungen abgesehen verbrachte Useppe den Rest der Nacht dieses grausamen Montags und auch noch den Tag und die folgende Nacht bis zum Mittwochmorgen schlafend. Mittlerweile hatte sich unten im Portuense das Schicksal David Segres erfüllt.
Man kann sagen, daß David sich, als Useppe ihn an jenem Montagnachmittag am Fensterchen hatte auftauchen sehen, schon in der Agonie befand. Bei seinem vermeintlichen *Gottesgericht* war er an dem Punkt angelangt, wo er sich zur letzten schändlichen Kapitulation entschloß. Gegen Abend bemerkte jemand, daß aus dem Zimmer Klagetöne drangen. Doch achtete man nicht weiter darauf, denn es war nichts Neues, von jenem Sonderling dort drin Schmähungen oder Gelächter zu vernehmen, wenn er allein war. Der erste Verdacht begann sich zu regen, als man am nächsten Morgen bemerkte, daß das Lämpchen im Innern noch brannte und daß der Junge auf die Rufe nicht antwortete, während eine Flasche Wein, die ohne Zweifel ihm gehörte, noch immer dort draußen vor der geschlossenen Tür auf dem Boden stand, wo man sie schon gestern bemerkt hatte. Ein kleiner Junge aus der Bande des Viertels hatte vorgeschlagen, sich ihrer zu bemächtigen, doch war er von den Angsthasen zurückgehalten worden, denn David galt bei den Nachbarn als harter Bursche. In einem bestimmten Moment entschloß sich der Sohn der

Hausmeisterin, das Schloß des Fensterchens von außen mit einem Stemmeisen zu öffnen, was sehr leicht zu bewerkstelligen war. Und da entdeckte man, als man den Vorhang beiseite schob, David, der auf dem Bett eingeschlafen war und ein Kissen im Arm hielt. Er lag halb zurückgeworfen in einer wehrlosen Pose da, und dies ließ ihn sonderbarerweise zerbrechlicher und auch kleiner aussehen. Das Gesicht sah man nicht. Und da er auf mehrfachen Anruf keine Antwort gab, beschloß man, die Tür aufzubrechen.
Er atmete, als sie ihn fanden, wenn auch nur noch unmerklich. Sie hoben ihn auf, und er seufzte auf kindliche, beinah zarte Art noch einmal. Dann blieb sein Atem stehen.
Offensichtlich hatte ihn eine *Überdosis* Gift getötet. Aber vielleicht war sein Wille, als er es sich injizierte, nicht dahin gegangen, sich umzubringen. Der Junge hatte allzuviel Angst gehabt, es war ihm viel zu kalt gewesen, und er hatte wohl nur noch Schlaf gesucht, der ihn heilen sollte. Einen tiefen, tiefen Schlaf, unter der tiefsten Schwelle der Kälte und der Angst und aller Gewissensbisse und jeder Scham, einen Schlaf wie den Winterschlaf eines Igels oder den vorgeburtlichen Schlaf eines kleinen Kindes im Uterus seiner Mutter ... Jenseits des Wunsches zu schlafen kann es durchaus noch den Wunsch gegeben haben, später wieder aufzuwachen. Aber das Aufwachen überläßt einer in solchen Fällen dem Chaos und dem Schicksal; einem hypothetischen Sternpunkt, der mittlerweile in der Fluchtlinie sich von der Erde entfernt und einer Distanz von Hunderten von Lichtjahren entgegeneilt ...
Meiner Meinung nach liebte David Segre seiner Natur nach das Leben allzusehr, als daß er sich in vollem Bewußtsein und von einem Tag auf den andern davon gelöst hätte. Auf alle Fälle hat er über seine Handlungen keine Erklärung hinterlassen.

8

Von diesem End-Unternehmen Davids erfuhren weder Useppe noch Ida und Bella je etwas. Nach seinem Erwachen von dem Anfall in der Montagnacht ließ Useppe, wie er es seit jeher in solchen Fällen gehalten hatte, den Namen Davids nie mehr laut werden, außer vielleicht einmal Bella gegenüber. Und Ida respektierte dieses Schweigen, obwohl sie die Gründe eigentlich nicht kannte. Sie bemerkte nicht einmal, daß die berühmte Weinflasche, die für den großen David aufbewahrt worden war, in jenen Tagen aus dem Abstellraum verschwunden war.
Nach den Hundstagen hatte sich der Himmel bedeckt, und vom Mitt-

woch bis zum Sonntag blieb das Wetter düster und regnerisch. Doch Useppe zeigte auch kein Verlangen auszugehen. Nach seinem letzten Anfall wirkte er verändert. Seine Augen waren von einer Art Nebel verschleiert, der ihm Zeit und Raum undeutlich machte. So sagte er statt heute *gestern* und umgekehrt und bewegte sich durch die Zimmerchen, wie wenn er durch eine große Ebene ohne Wände schritte oder übers Wasser ginge. Dies waren, wenigstens teilweise, die Folgen des Gardenals, das ihm Ida in den letzten Tagen heimlich wieder verabreicht hatte. Seit einigen Monaten wies Useppe, der zu andern Zeiten seine Mittel gehorsam eingenommen hatte, die Medikamente wütend von sich, so daß Ida sich gezwungen sah, sie ihm heimlich, mit Süßigkeiten und Getränken vermischt, einzugeben. Doch jedes Mal schien es ihr, als beleidige sie das Söhnchen mit dieser Täuschung und behandle es als geistig Zurückgebliebenen, wie auch immer dann, wenn sie ihn in der Wohnung einsperrte. Und da Useppe beinah immer nach seinen Streifzügen mit Bella am Abend einen schönen natürlichen Schlaf gefunden hatte und dann gern und lebhaft aufgewacht war, hatte sie ihm, von neuem getäuscht, die Mittel seltener gegeben und die Kur fast abgebrochen, so daß sie sich jetzt selbst der Rückfälligkeit bezichtigte, weil sie die Vorschriften des Professors nicht befolgt hatte.
Der Gedanke, wieder zu ihm in die Poliklinik zu gehen, flößte ihr allzu großes Entsetzen ein. Ja, wenn sie nur daran dachte, überkam sie ein abergläubischer Widerwille. Doch an jenem Donnerstag ging sie, kaum schien ihr Useppe dazu in der Lage, mit ihm zu der Ärztin. Diese schalt Ida, wie zu erwarten, weil sie den Anweisungen des Professors Marchionni nicht peinlich genau nachgekommen war. Doch als sie merkte, daß Useppe, der die andern Male so lebhaft gewesen war, heute ganz stumpf blieb und auf ihre Fragen lauter unpassende Antworten gab, als stünde er unter der Einwirkung eines betäubenden Trankes, ärgerte sie sich mehr als je. Sie riet Ida, dem Kleinen regelmäßig Gardenal zu verabreichen, doch solle sie, um das Risiko von Asthenie und Depressionen zu vermeiden, die Dosis vermindern. In der Folge sei es dann wohl angebracht, ihn aufs neue einem EEG zu unterziehen ... Diese Abkürzung ließ Mutter und Kind gleichzeitig zusammenfahren. Und die Ärztin, die sie beide betrachtete, schüttelte mit einem beinah grimmigen Ausdruck den Kopf. »Übrigens«, bemerkte sie in skeptischem Ton, »läßt sich mit dem EEG in der interkritischen Periode kaum etwas feststellen ...« In Wirklichkeit dachte sie, es könne vielleicht keine Wissenschaft gegen Useppes Krankheit etwas ausrichten, und sie hatte beinah das Gefühl, die Mutter und das Kind mit ihren therapeutischen Anweisungen zu hintergehen. Was sie vor allem an dem Kind beunruhigte, war der Ausdruck seiner Augen.

Sie bemerkte, daß es, wenn auch blaß, doch einigermaßen braungebrannt war, und fragte die Mutter, ob sie es ans Meer geschickt habe. Da vertraute ihr Ida erötend das Geheimnis an, daß sie dem Kind dieses Jahr eine Überraschung vorbereite. Schon seit einiger Zeit legte sie Geld beiseite, um mit dem Jungen in den Monaten Juli und August ans Meer oder aufs Land zu fahren. Die Ärztin riet ihr eher zu einem Landaufenthalt, ja, zu Ferien in hügligem Gebiet, da das Meer das Kind angesichts seines Zustandes noch nervöser machen könne. Dann errötete auch sie mit einemmal ebenso wie die Mutter, wer weiß weshalb, und sagte, vielleicht seien die gegenwärtigen Störungen Useppes auf den bevorstehenden Beginn des Zahnwechsels zurückzuführen . . . Wenn diese Periode vorüber sei, werde das Kind wohl auf ganz natürliche Weise wieder normal werden usw. usw.

Schließlich verließ Ida, trotz der gewohnten gezierten Wunderlichkeiten der Ärztin, das Sprechzimmer mit hoffnungsvollem Herzen. Und als sie im Lift hinunterfuhren, konnte sie nicht mehr an sich halten und eröffnete Useppe die Überraschung, die sie ihm für den Hochsommer bereithielt. Doch Useppe, der immer vom ›Land‹ wie von einem phantastischen Mythos, der nur den andern vorbehalten war, geträumt hatte, blickte sie bloß mit riesengroßen Augen an, ohne etwas zu sagen, so als habe er ihre Worte gar nicht verstanden. Ida glaubte immerhin zu fühlen, wie sein Händchen in ihrer Hand zitterte, und das genügte, ihr Vertrauen zu schenken.

Inzwischen trat die Ärztin ans Fenster ihres Sprechzimmers und entdeckte das kleine Paar, das aus der Haustür trat. Der Anblick der bebenden kleinen Frau, die da unten beinah hüpfte und zwanzig Jahre älter aussah als sie war, und des Kindchens, das ungefähr sechs Jahre alt war und jünger aussah als ein Vierjähriges, ließ sie unvermutet mit grausiger Gewißheit denken: ›Diesen beiden Wesen bleibt nur mehr wenig Zeit zum Leben . . .‹ Doch in bezug auf eines von ihnen irrte sie sich gründlich.

Am Nachmittag des nächsten Tages bekam unsere Ärztin einen Telephonanruf von Ida. Mit ihrem scheuen Altweiberstimmchen, das immer zu befürchten schien, es könne stören, informierte die Mutter sie, seit gestern scheine die reduzierte Dosis des gewohnten Heilmittels das Kind sonderbarerweise zu erregen, anstatt es zu beruhigen. Kurz nachdem Useppe die Medizin eingenommen habe, hätte er begonnen, sich aufzuregen. Und auch in der Nacht sei sein Schlaf eher unruhig gewesen und oft unterbrochen worden, und das Kind habe auf das geringste Geräusch empfindlich reagiert. Es schien Ida, als klinge die Stimme der Ärztin bei der Antwort eher verwirrt und unsicher. Sie riet ihr, die tägliche Dosis

noch mehr zu vermindern und sie auf das Minimum zu beschränken. Auch solle sie die Ärztin auf jeden Fall bis zum Montag auf dem laufenden halten. Ja, so schlug die Doktorin Ida brüsk vor, sie sollten zusammen den Professor konsultieren, wenn es erforderlich erscheine. Sie selbst werde Mutter und Kind zur Poliklinik begleiten, sobald der Professor bereit sei, sie zu empfangen . . . Aber so rasch wie möglich, in den ersten Wochentagen . . . Dieser Vorschlag wurde von Ida mit unglaublicher Dankbarkeit aufgenommen. Es schien ihr, als genüge die Anwesenheit dieser alten Jungfer, den Professor von der offiziellen und heimtückischen Kälte zu befreien, die ihn in ihren Augen wie eine Uniform umgab und ihr solche Angst einflößte . . . Gleichzeitig aber hatte sie, während das Fräulein ihr dringend zu diesem Besuch riet, mit einemmal die geradezu körperliche Empfindung, sie am anderen Ende am Telephon zu sehen, in dem weißen Mantel, der nicht ganz zugeknöpft war, mit dem unordentlichen Nackenkranz des glatten Haars und den geränderten, großen, freien und ungestümen Augen, die in diesem Augenblick irgendeine düstere Diagnose auszubrüten schienen . . . Sie wagte von ihr keine Erklärung zu erbitten. Doch schien es ihr, die Ärztin schweige ihrerseits aus Mitleid. Noch sonderbarer schien es ihr, in der Ärztin, wer weiß weshalb, eine Verwandte ihrer Mutter Nora und gleichzeitig Rossellas, der Katze, zu erkennen. Sie hätte diese alte Jungfer wie eine Mutter oder Großmutter umarmen und ihr sagen mögen: »Hilfe! Ich bin allein!« Doch statt dessen stammelte sie: »Danke . . . danke . . .« – »Bitte! Bitte! Also wie abgemacht!« entließ sie die Doktorin ärgerlich. Und die Verbindung war abgebrochen.
Nun hätte die Ärztin in Wirklichkeit sich aber nicht erklären können, was sie an jenem Donnerstag in Useppes Blick gelesen hatte. Es war so etwas wie die Lektüre eines exotischen Wortes gewesen, das für sie trotz allem etwas nicht wieder Gutzumachendes und schon Fernes bedeutete. Tatsache ist, daß diese Augen – die wissend waren, ohne es zu wissen – allen einfach *Lebewohl* sagten.

Manchen wird es jetzt unnütz erscheinen, daß wir das restliche Leben Useppes erzählen, das noch wenig mehr als zwei Tage dauerte und dessen Ende man schon vorausweiß. Mir aber erscheint es nicht nutzlos. Alle Leben haben in der Tat dasselbe Ende, und zwei Tage gelten in der kurzen Lebenszeit eines winzigen Jungen wie Useppe nicht weniger als Jahre. Man lasse mich daher noch ein wenig in Gesellschaft meines Kleinen verweilen, ehe ich mich, allein, dem Jahrhundert der andern wieder zuwende.
Das Schuljahr war zu Ende. Doch den Lehrern blieben nach dem Schließen der Klassenzimmer noch verschiedene Dinge zu erledigen. Und Ida,

die immer von der Angst gequält war, ihre Stelle infolge Ungenügens zu verlieren, begab sich auch an jenen Tagen jeden Morgen pünktlich zur Schule, nachdem sie, kaum waren die Läden offen, ihre Einkäufe gemacht hatte. Meistens ließ die jahreszeitlich bedingte Verringerung ihrer Arbeit sie vor der gewohnten Zeit frei, so daß bei ihrer Rückkehr Useppe erst kurze Zeit wach war. Andernfalls lief sie ans Telephon der Sekretärin, um wenigstens seine Stimme zu hören, die sagte: »Ja, wer spricht?«

An diesen Vormittagen war sie fast dankbar für das schlechte Wetter, das, zusammen mit Useppes Unlust, ihr die häßliche Handlung ersparte, die Tür doppelt verschließen zu müssen. Begreiflicherweise war Useppe in seinem gegenwärtigen Zustand das gewohnte freie Ausgehen nicht erlaubt. Doch Ida wagte es nicht, dieses Verbot mit Worten auszusprechen, das in seinen Ohren wie eine Verurteilung klingen mußte, und so bestand in jenen Tagen zwischen ihnen nur ein stummes Übereinkommen. Useppe schien sich geradezu davor zu fürchten, aus der Tür zu treten, und zwar so sehr, daß sie ihn auf dem gar nicht langen Weg zur Praxis der Ärztin nahe an sich gedrückt hielt und ihn zittern spürte.

Ungefähr dreimal am Tag ging Bella allein aus, um auf der Straße ihre Notdurft zu verrichten. Und Useppe stellte sich, Wache haltend, ans Küchenfenster und wartete auf sie. Nun dauerte aber das Warten nicht lange, denn die Hirtenhündin beeilte sich wacker und widerstand den verschiedenen Versuchungen der Straße. Doch im Augenblick, da er sie unten im Hof wieder auftauchen sah, lief er, blaß vor Erregung, zur Wohnungstür, wie wenn Bella von wer weiß was für einer enormen Expedition zurückkehrte.

Schon vom Freitag an, nachdem Ida die Dosis des Beruhigungsmittels reduziert hatte, hatte sein kleiner Körper wieder ein wenig Farbe und Lebhaftigkeit erlangt. Er hatte sich aus dem Nebel gelöst, der ihn seit dem Vortag bedrückte. Ja, in seinen Zügen und seiner Haut bebte jetzt eine andauernde Sensibilität, so daß man sie beinah um ihn herum wie eine winzige Aura bewegter Luft erkennen konnte. Seine Züge und seine Farben wurden davon überhaucht. Seine Stimme klang zerbrechlicher, aber silberner. Immer wieder lächelte er erfreut und voller Staunen, wie ein Rekonvaleszent nach einer sehr langen Krankheit. Auch war er sehr viel zärtlichkeitsbedürftiger geworden als früher und hielt sich immer wie ein Kätzchen oder gar ein verliebter Verführer in Idas Nähe auf. Er nahm ihre Hand und strich damit über sein Gesichtchen. Oder er küßte ihren Rock und wiederholte: »Du hast mich gern, nicht wahr, Mà?« – Ida begann mit ihm von der bevorstehenden Abreise aufs Land zu sprechen. Sie hatte bei einer Kollegin Erkundigungen eingeholt, und diese hatte ihr einen Aufenthalt in Vico empfohlen, einem nicht sehr weit von

Rom entfernten Dorf, das kühl und reich an wunderschönen Wäldern sei. Es gab dort zu niedrigen Preisen Zimmer zu mieten, und in geringer Entfernung lagen ein See und ein Gestüt. »Aber Bella kommt doch mit?« meinte Useppe besorgt. »Gewiß«, beeilte sich Ida zu versichern. »Wir gehen alle drei dorthin, mit dem Postwagen der Jäger!« Useppe strahlte. Kurz darauf sprach er – da er in jenen Tagen die Zeit durcheinanderbrachte – von dem Aufenthalt in Vico schon in der Vergangenheitsform, ganz als habe er bereits stattgefunden. »Als wir in Vico waren«, sagte er mit einer gewissen sentenziösen Lebhaftigkeit, »spielte Bella mit den Schafen und lief zu den Pferden und ans Meer!« – Er ließ sich nicht davon überzeugen, daß bei Vico unter anderem nicht auch das Meer lag. Einen Landaufenthalt ohne das Meer konnte er sich nicht vorstellen. »Dort gab es keine Wölfe!« präzisierte er, und dann lachte er zufrieden. Doch in seiner Zufriedenheit lag schon ein Hauch Legende. Es schien, als sei mit einemmal in seinen wirren Vorahnungen Vico ein unerreichbarer Landeplatz geworden, jenseits der sieben Meere und der sieben Berge.

Woran er sich in diesen Stunden deutlich erinnerte, ist schwer zu sagen. Vielleicht dachte er an die letzten Ereignisse vor dem Anfall; und an David und Scimó sowie an ihre Ausflüge. Vielleicht erschien vor seinem Innern mit Mühe und Not ein ungenaues Gefühl im schützenden Zwielicht. Am Sonntagvormittag – es war der letzte Junisonntag – nahm er seine Blätter und Farbstifte zur Hand und begann zu zeichnen. Er erklärte, er wolle den Schnee zeichnen, und wunderte sich, weil ihm die Farben seiner Buntstifte nicht genügten. »Erinnerst du dich, wann wir Schnee hatten?« fragte Ida ihn. »Damals war alles weiß...« Er aber entrüstete sich geradezu über die Unwissenheit Idas. »Der Schnee«, sagte er, »hat so viele Farben! So viele, viele, viele...« wiederholte er mehrere Male in singendem Tonfall. Dann ließ er das Thema Schnee beiseite und verlegte sich auf das Zeichnen einer Szene, die sich ihm offensichtlich sehr bewegt und verschiedenartig darbot, denn sein Gesicht begleitete die Arbeit mit wechselndem Ausdruck: Bald lächelte er, bald wurde er ärgerlich und drohend, bald biß er sich auf die Zunge. Diese Zeichnung ist dann in der Küche liegengeblieben. Einem profanen Auge würde sie nur als ein Gewirr von unkenntlichen Formen erscheinen.

Jetzt setzten die Schläge der Mittagsglocken, denen das gewöhnliche Läuten folgte, Useppe in große, unerklärliche Verwirrung. Ohne sich weiter um die Zeichnung zu kümmern, lief er zu seiner Mutter, klammerte sich an sie und fragte unsicher: »... Ist heute Sonntag?« – »Ja, es ist Sonntag«, antwortete Ida, zufrieden, daß er die Tage wieder erkannte. »Du siehst, daß ich nicht zur Schule gegangen bin, und zum Mittagessen habe ich dir *Krapfen* gekauft...« – »Aber ich *gehe nicht aus*, ich

gehe nicht aus, nicht wahr, Mà!« schrie er. »Nein«, versicherte ihm Ida. »Ich behalte dich hier bei mir, hab keine Angst ...«
Gleich nach dem Mittagessen nahm das Wetter, das seit mehreren Tagen bedeckt gewesen war, eine fröhliche, unruhige Stimmung an. Ida hatte sich wie stets ein wenig aufs Bett gelegt, und von dort her hörte sie, in ihrem ersten Halbschlaf, von der Wohnungstür her Lärm. »Wer ist da?« fragte sie schon fast im Traum. »Es ist Bella«, entgegnete Useppe. »Sie will hinaus.« In der Tat hatte Bella, wie es zu dieser Stunde mehr oder weniger üblich war, kundgetan, daß sie zum zweiten Mal hinaus mußte, und hatte mit ausdrucksvollem Winseln an der Tür gekratzt. Diese Szene hatte sich in den letzten Tagen regelmäßig wiederholt, und Useppe begleitete Bella an die Tür und wartete dort auf ihre Rückkehr ... Jetzt fiel Ida ohne Argwohn endgültig in ihren schweren Nachmittagsschlaf, während Useppe unsicher neben der Tür stehenblieb und sich nicht entschließen konnte, sie hinter Bella zuzumachen. Er hatte in der Tat die Empfindung, etwas unterlassen zu haben oder auf etwas zu warten, er wußte nur nicht worauf. Versonnen trat er auf den Treppenabsatz hinaus und schloß die Tür hinter sich. Er trug Bellas Leine in Händen, die er, als er die Schwelle überschritt, mit einem unbewußten Griff vom Kleiderständer genommen hatte, wo sie gewöhnlich hing.
Durch das Treppenhausfensterchen brach der frische himmlische Wind, welcher die Wolken vertrieb wie ein aufgeregtes Pferd. Useppe wurde von plötzlichem Herzklopfen befallen, nicht wegen seines Verstoßes gegen das Ausgehverbot – über den er sich gar keine Rechenschaft gab –, sondern vor Lebensfreude! Nach und nach erwachte seine Erinnerung wieder und grüßte ihn in der Luft, doch ins Gegenteil verkehrt, wie eine gegen den Wind flatternde Fahne. Es war unverkennbar Sonntag, wenn auch nicht gerade *dieser* Sonntag, sondern ein anderer, früherer, vielleicht der vor acht Tagen ... Dies war genau die nachmittägliche Stunde, zu der er bei Sonnenschein mit Bella zum Baumzelt ging ... Bella war ihm vorausgeeilt. Und Useppe stieg seinerseits, wirre kleine Worte murmelnd, die Treppen hinunter. So ist Useppe zu seiner vorletzten Unternehmung aufgebrochen. (Was seine letzte, am Tag darauf, betrifft, so wage ich mir den Aufbruch nicht vorzustellen.)
Die alte Türhüterin hielt in ihrem engen Stübchen ihre Siesta und saß da, den Kopf auf die Arme gelegt. Bella und Useppe trafen an der Haustür zusammen, wo Useppe ihr wie üblich die Leine am Halsband befestigte. Man weiß, daß Bella oft wieder zum kleinen Welpen wurde. Doch wenn sie in ihrem Kopf eine Uhr hatte, so hatte sie doch keinen Kalender darin. Sie empfing Useppe mit einem freudigen Tanz und war mit ihm einig, daß dies die Stunde war, zu dem Baumzelt zu gehen, und daß sie

dort in der Gegend vielleicht ein gestern oder vorgestern vereinbartes Zusammentreffen mit ihrem Freund Scimó erwartete, ja, sie zählte fest darauf. Übrigens weiß man, daß in Bella bäurische Unwissenheit oft mit großer Weisheit abwechselte. Und wer weiß, ob ihr heute diese Weisheit nicht riet, Useppe in den schützenden Spielen seines Gedächtnisses beizustehen . . . Auf alle Fälle hatte man den Eindruck, als sei sowohl bei Useppe wie bei Bella die düstere, eben erst zu Ende gegangene Woche zunächst einmal fortgewischt.

Die geborstenen und einander jagenden Wolken trieben steuerlos, von einem erfrischenden Wind getrieben dahin, der die Straßen und Wege aufzureißen schien. Es war, wie wenn bei seinem Vorüberwehen sich riesige Türen auftäten und sich bis über den Himmel hinaus öffneten. Nicht immer verfinstern die Wolken den Himmel. Manchmal erhellen sie ihn. Das hängt von ihrer Bewegung und von ihrer Schwere ab. Der Raum um die Sonne war ganz frei, und ihr Schein höhlte in den Wolken Abgründe und Grotten von Licht aus, die dann, von neuen Wellen niedergeworfen, auseinanderbrachen und deren strahlendes Getöse Useppe hörte. Dann verdoppelten sich die Strahlen, oder sie zerbrachen in viele Splitter. Und in den erratischen Blöcken erschienen dunkle Tunnels oder festlich beleuchtete Zimmer, Kämmerchen, in denen es wie von Kerzenlicht flackerte oder in denen sich blaue Fenster auftaten und schlossen.

Wie immer zu dieser Stunde waren die Straßen halb leer, und das Vorübereilen der wenigen Fahrzeuge und die Schritte der Leute schienen wie Atemzüge. Es geschieht nicht selten, daß bei geschwächten und entnervten Wesen gewisse Beruhigungsmittel, besonders in verminderter Dosis, ähnlich wie alkoholische Getränke eine erregende Wirkung hervorrufen. Der kleine Useppe befand sich in einem Zustand lebhafter und doch gestillter Trunkenheit, wie ein abgerissenes Zweiglein, das ins Wasser gestellt wird. Sein Bewußtsein und seine Erinnerungen entzündeten einander auf dem Weg, wenn auch nur zum Teil. Die Natur verhalf ihm zur Orientierung in Zeit und Raum nicht zufällig, sondern wie nach einer Absicht. So blieb ihm die letzte Woche noch immer verborgen wie von einem Wandschirm. Und die Erinnerung an David, die ihn flüchtig heimsuchte, kehrte zu einem David zurück, wie es ihn *vor* dem letzten Montag gegeben hatte. Diese Erinnerung verschaffte ihm dennoch die dunkle Empfindung einer Wunde, die seine Haut indes sofort wieder vernarben ließ. Useppe plauderte auf dem Weg mit Bella. Ein paar Mal kam er unsicher auf eine Verabredung mit Vavid zu sprechen . . . Doch Bella, in Übereinstimmung mit der Natur, ließ ihn wissen: »Nein! Nein! Mit dem haben wir keine Verabredung getroffen!« Mit gerunzelten Brauen sah er sie argwöhnisch und forschend an und bestand hartnäckig darauf: »Doch, doch! Weißt du es denn nicht mehr?

Wir haben eine Verabredung!« Doch da begann Bella zu tanzen und sang ihm in allen Tönen vor: »Jetzt gehen wir zu Scimó! Jetzt gehen wir zu Scimó!« Wie es die Ammen zu tun pflegen, wenn sie zu kleinen Kindern, um sie abzulenken, sagen: »Schau! Schau die Katze, die dort fliegt!« und ihnen rasch einen Löffel Brei in den Mund stecken.
Als sie am Flußufer ankamen, reihten sich die Wolken am Horizont wie eine lange Bergkette um den reinen und strahlenden Himmel herum. Das Erdreich hatte noch nicht Zeit gefunden, nach dem Regen der vergangenen Tage zu trocknen. Auch das Wasser des Flusses war noch getrübt. Das ganze Ufer war leer. Beim Anblick des Wassers zog sich Useppe instinktiv gegen die Böschung zurück. Dann vernahm er beim Weitergehen in seinem Gedächtnis wieder das Versprechen Scimós, ihm das Schwimmen beizubringen, und hörte zugleich wieder den Hinweis, am Sonntag beginne die erste Vorstellung im Kino um drei Uhr. Vielleicht war es für ein Zusammentreffen mit Scimó zu spät. Bella bestätigte ihm diese Ahnung. Es hatte wirklich schon drei Uhr geschlagen...
Als sie sich der Hütte näherten, hatte Useppe die Hoffnung bereits aufgegeben, den Freund heute noch zu treffen.
Beim ersten Blick in die Hütte sahen sie, daß jemand in Abwesenheit Scimós dagewesen sein mußte, denn sie war ausgeplündert und in Unordnung zurückgelassen worden. »Die Piraten!« rief Useppe in äußerster Erregung aus. Der Inhalt der Matratze, den Tarnanzug eingeschlossen, lag verstreut auf dem Boden zwischen dem Futter. Der Wecker und die Taschenlampe waren verschwunden. Das Kerzenstümpfchen hingegen stand noch immer auf dem Stein. Zum Glück waren auch die kostbarsten Schätze, die in der Matratze aufbewahrt worden waren, noch da! Vor allem die berühmte Giro-Medaille. Sie war in gutem Zustand, wenn auch ohne die doppelte Verpackung, die Useppe übrigens sogleich mitten unter den Lappen wiederfand. Und dann auch die Nadel mit dem Brillanten und der kleine bunte Kamm! Useppe bewahrte in seinem Gedächtnis eine vollständige Liste dieser Güter auf. Das einzige, was, wer weiß weshalb, fehlte, war der (halbe) Scheibenwischer. Doch fehlte auch das Schächtelchen voll Simmenthaler, der aber vermutlich in der Zwischenzeit von Scimó selbst aufgegessen worden war.
Bella, die ringsum mit ihrer tüchtigen Detektivnase herumschnüffelte, schloß die Piraten-Hypothese entschieden aus. Dem Geruch nach handelte es sich hier um eine einzelne Person, die möglicherweise vor dem Regen Schutz gesucht hatte. Denn es roch unter anderem nach Nässe. Im übrigen roch es unzweideutig nach Schaf und Alter. Es mußte sich also um einen alten Schafhirten handeln und logischerweise um einen mit Glatze, wenn man berücksichtigte, daß er es versäumt hatte, den kleinen Kamm mitzunehmen.

Obwohl Useppe schmollte, lächelte er erleichtert. So ein kleiner alter Mann war nicht allzu gefährlich. Übrigens hätte sich die berüchtigte Piratenbande bei ihren schrecklichen Streifzügen nicht mit einem beliebigen Diebstahl begnügt! Useppe hatte die Liste ihrer Missetaten nicht vergessen, die Scimó ihm aufgezählt hatte! Sorgfältig begann er dessen Besitztümer, die kunterbunt auf den Boden geworfen worden waren, in Ordnung zu bringen. Er wickelte die Giro-Medaille wieder in die doppelte Umhüllung, nachdem er sie so gut es ging mit dem Zipfel seines Pullovers blank gerieben hatte, und legte sie, zusammen mit dem Tarnanzug und andern Dingen, in das Matratzenfutter zurück. Unter anderem fiel ihm auch die Badehose in die Hände, die schlecht getrocknet und von der Feuchtigkeit hart geworden war. Und hier kam ihm unvermutet ein Verdacht – den er bis jetzt wie einen bitteren Geruch aus seinen Gedanken verdrängt hatte: dies war jetzt eine unbewohnte Hütte. Scimó schlief nicht mehr hier . . . Aber in diesem Augenblick erklärte Bella, die aufmerksam die Matratze beschnüffelte, im wichtigen Tonfall eines Oberinspektors:
»Ein ganz frischer Geruch nach Scimó! Nicht mehr als drei Stunden alt! Der Freund hat hier bis Mittag geschlafen!!«
Das allerdings stimmte mit der Wirklichkeit leider nicht mehr überein: Entweder täuschte Bellas Geruchssinn sie diesmal – wie es jedem Detektiv, auch dem besten, geschehen kann –, oder aber sie bluffte und log, weil sie Useppes Verdacht erraten hatte. Auch das ist nicht unmöglich. Die Tiere sind, wie alle Parias, manchmal von einem beinah göttlichen Genius inspiriert . . . Jedenfalls genügte ihre Feststellung, Useppe, der sogleich getröstet zu lachen begann, wieder Sicherheit einzuflößen.
Es wurde beschlossen, Bella solle heute als Wächter auf der Lauer liegen, um Diebstähle und jedes weitere Attentat auf das Eigentum Scimós zu verhindern. Dann gingen die beiden, nachdem sie die Hütte in Ordnung gebracht hatten, zusammen zum Baumzelt. Die Luft war nun bis zum entferntesten Horizont hin ganz strahlend und klar. Und Useppe hörte, nachdem er sich ohne Anstrengung auf seinen gewohnten Ast hinaufgezogen hatte, überrascht viele kleine Vogelstimmen, die das wohlbekannte Liedlein sangen: »Es ist ein Scherz, ein Scherz, alles ist ein Scherz . . .« Sonderbar war, daß er die Körper der Sänger nicht sah; und auch ihre Stimmen, obwohl sie im Chor sangen, klangen beinah unwahrnehmbar, so daß es schien, als pfiffen sie ihm das Lied ins Ohr, darauf bedacht, nur von ihm vernommen zu werden. Verwirrt spähte Useppe hinunter auf die Wiese und die Stämme entlang. Und dann starrte er in die Höhe. Unten lag nur Bella, welche in die Luft emporschnüffelte, und droben sah man nichts anderes als Schwärme von Schwalben, die stumm dahinpfeilten. Schließlich sah sein Blick – wie es

manchmal geschieht, wenn man ein Bild lange anschaut –, wie der Himmel die Erde widerspiegelte. Es war so etwas wie sein Traum vom letzten Samstag, jedoch umgekehrt. Und da er diesen Traum inzwischen vergessen hatte, erstaunte ihn das Schauspiel doppelt: durch seine Gegenwärtigkeit und durch die unbewußte Erinnerung an etwas anderes. Ich glaube, gewisse Ausdrücke der Wissenschaft spielten hinein, die ihm geheimnisvoll erschienen und die er am vergangenen Sonntag von David gehört hatte: »Regenwälder ... und ... Nebelwälder, nein, *neblige* und halb versunkene ...« Dann, im Himmel widergespiegelt, erschien ihm die Erde nun wie eine wunderbare Wasser-Vegetation, bevölkert von wilden Tieren, die sich überall tummelten und zwischen den Zweigen schwammen und herumhüpften. In der Ferne erschienen diese Tiere so klein, daß sie mikroskopisch winzigen Fischlein und Vögelein glichen, wie man sie auf Jahrmärkten in kleinen Käfigen oder Glasgefäßen sieht. Doch je mehr seine Pupillen sich daran gewöhnten, um so mehr erkannte Useppe in ihnen ebenso viele Arten von Ninuccias und Neffen von Scimó wie in seinem vergessenen Traum. Und diese Wesen alle ließen keine Stimmen laut werden, vielleicht konnte er sie auch wegen der Entfernung nicht hören. Doch wie gewisse orientalische Mimen sprachen auch sie mit den Bewegungen ihrer Körper, und ihre Sprache war nicht schwer zu verstehen. Ob sie wirklich sagten: »Es ist ein Scherz, ein Scherz, alles ist ein Scherz«, ist nicht sicher, aber ohne Zweifel war dies der Grundgedanke.
Das Schauspiel erheiterte Useppe wie ein göttlicher Kitzel. Und im Augenblick, da es entschwand, erfand Useppe das folgende Gedicht:
»Die Sonne ist wie ein großer Baum,
   der in sich die Nester birgt.
   Und sie tönt wie eine männliche Zikade und wie das Meer
   und scherzt mit dem Schatten wie ein kleines Kätzchen.«
Beim Wort *Kätzchen* richtete Bella die Ohren auf und bellte lustig, womit sie das Gedicht unterbrach. Dies ist übrigens, soviel ich weiß, Useppes letztes Gedicht geblieben.
Nach einer Vision und einer Luftspiegelung kann es eine Weile dauern, bis die Dinge wieder ihre ursprünglichen Dimensionen haben. Dann kommt es vor, daß der Gesichtssinn und der Gehörsinn die Sinneseindrücke in enormer Weise vergrößern. Mit einemmal drang ein schrecklicher Lärm von Stimmen vom Flußufer her an Useppes Ohr, und seine Augen sahen eine Gesellschaft von Riesen aus einem mächtigen Schiff an den Strand steigen.
»Die Piraten!« rief er aus und kletterte rasch von seinem Ast herunter, während Bella ihm schon aus dem Baumzelt in Richtung auf die Hütte vorausstürmte. Dort blieben die beiden stehen und stellten sich hinter

dem Rand der Böschung wie hinter dem Wall eines Schützengrabens auf. Bella fieberte dem Angriff entgegen und ließ schon ein leises, drohendes Knurren hören. Aber Useppe brachte sie mit einem Pfiff zum Schweigen und erinnerte sich, daß die Piraten unter anderem »Tiere umbrächten«, wie Scimó berichtet hatte.
Es ist jedoch unwahrscheinlich, daß es sich um die berüchtigte Flußbande handelte. Aus dem Schiff – einem alten Floß mit zwei Rudern –, das inzwischen im Uferschilf anlegte, stiegen sieben oder acht männliche Wesen, alle, wie es schien, unter vierzehn Jahren. Ferner ein paar Knäblein der ersten Klasse, die von allen am wichtigsten taten. Keiner sah aus wie der schreckliche Bandenführer Agusto. Man hörte auch diesen Namen nicht unter den vielen, mit denen man einander rief. Wenn sich überhaupt unter ihnen ein Anführer befand, konnte man ihn vielleicht in einem halbwüchsigen, schmächtigen Jungen mit mißmutigem Gesicht sehen, der Raf genannt wurde. Dieser aber gefiel sich eher darin, die anderen an der Leine zu halten als sie anzutreiben, und behandelte sie von oben herab wie kleines Gemüse. Es schien übrigens keine richtige Bande zu sein, es war eher ein sonntägliches Boot voller Hütebuben, die kaum mehr als Anfänger waren. Die meisten waren noch in dem Alter, in dem sie zu weinen anfangen, wenn die Mutter sie schilt!
Für Useppe und Bella aber waren es die berühmten Piraten, Mörder und Räuber, die Feinde Scimós! Auf der Lauer, mit halb aufgerichteten Ohren, den Schwanz in einer Linie mit dem Rücken ausgestreckt, fühlte sich Bella in die Welt ihrer Ahnen zurückversetzt, wenn aus dem Hintergrund der Steppe gegen Abend die Horden der Wölfe drohten!
Die Sonne glühte jetzt, und das erste, was die Ankömmlinge taten, kaum hatten sie das Boot verlassen, war, daß sie sich auszogen und ein Bad nahmen. Bis zum Schützengraben hinauf drang der Lärm ihrer Balgereien, ihrer Sprünge ins Wasser, ihrer Schreie, die in Useppes Ohren zu übermäßiger Lautstärke anschwollen. »Bleib da!« befahl er Bella immer wieder. Er zitterte am ganzen Körper, blieb aber trotzdem aufrecht stehen, wie ein Barrikadenkämpfer in Erwartung des Sturmsignals. Es war etwa halb fünf Uhr, als das Signal erschallte. Für Useppe war es, als ob ein großer, schwarzer Rauch die Senke und das Gebüsch überflutete. Die Stimmen der Piraten näherten sich: »He, Piero! He, Mariuccio!« riefen sie sich über den Hang hinweg zu. »He! Raf! Raf!!« Was sie in diesem Augenblick eigentlich vorhatten, weiß man nicht. Möglicherweise war es das erste Mal, daß sie an dieser Stelle badeten, und sie wollten vielleicht nur das Hinterland erforschen, indem sie hierhin und dorthin liefen ... Mit einemmal sah Useppe ihre RIESIGEN Formen gegen den Schützengraben vorrücken.
Er wandte sich zu Bella. »Bleib da!« wiederholte er und lief auf einen

Haufen Steine zu, den Scimó neben der Hütte als Türschutz aufgeschichtet hatte. »Ich will nicht! Ich will nicht!« murmelte er und bewaffnete sich, glutrot im Gesicht von einem schrecklichen Zornanfall. Er lief auf die Höhe der Böschung und schrie den Vorrückenden wütend entgegen:
»Geht weg! Geht weg!« Und dann, in Nachahmung ihrer Sprache – die er in seinen verschiedenen Unterkünften längst erlernt hatte –, verstärkte er seine Drohung und fügte wild hinzu:
»Saubande. Dreckskerle. Haut ab!«
Der winzige Zwerg muß eher komisch gewirkt haben, wie er, rot im Gesicht und wütend, dort mit zwei Kieselsteinen in der Faust stand und so tat, als wolle er die Rotte davonjagen. Und in der Tat nahmen ihn die andern nicht ernst. Nur der Kleinste von allen – der etwa so alt war wie Useppe – sagte zu ihm mit einem hochnäsigen Kichern: »Was willst denn du, du Knabe!?«, und ein anderer kleiner Junge neben ihm fiel mit einem höhnischen Lachen ein. Doch da trat Raf dazwischen und hielt sie mitten auf der Wiese fest:
»He! Gebt acht auf den Hund!«
Aus dem Grund der Senke stürmte zur Verteidigung Useppes Bella heran. Sie war kaum wiederzuerkennen in dem erschreckenden Ungeheuer, das jetzt der Bande die Stirn bot und sie zurückweichen ließ. Mit offenen Kinnladen und den gefletschten Zähnen eines wilden Tieres, mit großen Augen, die zwei vulkanischen Gläsern glichen, mit zu Dreiecken aufgerichteten Ohren, welche die Stirn verbreiterten, ließ sie ein Knurren hören, das erschreckender war als jedes Geheul. Und neben Useppe auf dem Schützengraben schien sie zu kolossaler Größe anzuwachsen. Gewaltig schwollen ihr die Muskeln von der Brust bis zur Kruppe und den sprungbereiten Fesseln im Fieber des Angriffs. »Aufgepaßt, der beißt. He, der ist wütend!!« hörte man die Jungens der Horde ausrufen. Einer von ihnen hob in diesem Augenblick einen Stein vom Boden auf, so wenigstens schien es Useppe, und schritt drohend auf Bella zu. Useppes Gesicht war verzerrt: »Ich will nicht! Ich will nicht!« stieß er hervor. Und wütend schleuderte er seinen Stein gegen den Feindeshaufen, ohne daß es ihm jedoch, wie ich glaube, gelang, einen von ihnen zu treffen.
Es ist schwierig, das darauffolgende Getümmel zu beschreiben, so kurz war seine Dauer. Es handelte sich nur um wenige Sekunden. Vermutlich stürzte Bella vorwärts, und Useppe folgte ihr, um sie zu verteidigen. Und die *Piraten*, die den kühnen Kleinen in ihrer Mitte gepackt hielten, haben ihn wohl, um ihn zu bestrafen, ein wenig geschlagen oder ihm vielleicht ein paar Püffe versetzt. Doch der sonderbare Ausdruck, der inzwischen auf Useppes Gesicht erschienen war, ließ einen von ihnen sa-

gen: »Laßt ihn los! Seht ihr nicht, daß der blöd ist?!« Und da, mitten in dem Tumult, ereignete sich etwas, das die kleinen Buben in Aufruhr versetzte, weil sie die Natur des Zwischenfalls nicht verstehen konnten. In dem Augenblick, da der kleine Useppe, der in dem Gedränge geschlagen wurde, sich verstört umwandte und die Kinnladen auseinanderfallen ließ wie ein Idiot, wurde die Hündin wunderbarerweise wieder gutartig. Sie schien sich von allen abzuwenden und eilte auf den kleinen Jungen zu, wie ein Schaf zu seinem Lämmchen, wobei sich ihr Knurren in sanftestes Gewinsel verwandelte. Sie allein von den Anwesenden erkannte, soweit es überhaupt zu verstehen war, das Geheul, das aus der zusammengepreßten Kehle des Kindes drang, während sein Körper nach hinten fiel und über den Abhang des Schützengrabens stürzte. Für die andern, die keine praktische Erfahrung mit gewissen schimpflichen Krankheiten hatten, nahm das dunkle Ereignis den Anschein einer Katastrophe an. Sie wichen ein wenig zurück und blickten einander erstaunt an, ohne den Mut zu haben, in die Senke hinunterzusteigen, aus der man ein mühseliges Röcheln vernahm. Als ein paar Augenblicke später Raf und ein anderer der Seinen sich doch vorbeugten, um etwas zu sehen, lag das Kind, dessen Krampfphase vorüber war, reglos da, mit dem Gesicht eines Toten. Die Hündin ging um das Kind herum und versuchte, es mit ihrem leisen Tiergewimmer ins Bewußtsein zurückzurufen. Ein Faden schaumigen Blutes drang zwischen Useppes Zähnen hervor.
Sie mußten natürlich annehmen, sie hätten ihn getötet. »Gehen wir!« sagte Raf und wandte sich, weiß im Gesicht, an die andern. »Los, hauen wir ab! Steht nicht so dämlich herum. Machen wir, daß wir wegkommen – und zwar schnell!« Man hörte das Scharren ihrer Füße, die gegen den Landungsplatz hin flohen, und das Geflüster ihrer heimlichen Wortwechsel (»Ich, was habe ich getan?! Den Schlag, den hast du ihm gegeben...« – »Tun wir, als sei nichts geschehen... Sagt niemandem ein Wort davon usw....«), während sie ins Boot stiegen und die Ruder ins Wasser tauchten. Diesmal war nur Bella da, als Useppe die Augen, ohne Erinnerung, mit seinem gewohnten verzauberten Lächeln wieder öffnete. An kleinen Veränderungen in seinem Gesicht konnte man die *Schwellen des Erwachens*, wie es die Ärzte nennen, verfolgen. Plötzlich drehte er ein wenig den Hals und schaute argwöhnisch zur Seite.
»Es ist niemand mehr da!« verkündete Bella. »Sie sind alle weggegangen...«
»Weggegangen...«, wiederholte Useppe, und sein Ausdruck heiterte sich auf. Doch während der Dauer eines Atemzugs trat ein ganz anderer Ausdruck auf sein Gesicht. Er lächelte gezwungen, doch geriet ihm das Lächeln zu einer elenden Grimasse. Er wandte die Augen ab, um Bella nicht anschauen zu müssen:

»Ich ... bin ... *gefallen!* ... Ja?«
Als Antwort versuchte Bella ihn abzulenken, indem sie ihn eifrig ableckte. Useppe aber stieß sie fort, zog sich in sich selbst zurück und bedeckte das Gesicht mit den Armen:
»Und so«, klagte er mit einem Schluchzen, »haben sie mich jetzt gesehen ... Auch sie ... jetzt ... Und so ... wissen sie es ...«
Er bewegte sich mühsam. Unter anderem stellte er fest, daß er sich die Hosen naß gemacht hatte, wie das bei solchen krampfhaften Anfällen geschehen kann, und er schämte sich bei dem Gedanken, die Piraten könnten es bemerkt haben.
Doch schon begannen seine Augen zu blinzeln, besiegt von der Schläfrigkeit, die immer nach seinen Anfällen über ihn kam. In der Senke wehte ein abendlicher Wind, sanft wie das Wedeln eines Fächers, und der Nachmittag war so klar, daß sogar der langgewordene Schatten der Hütte die Farben des Himmels widerspiegelte. Auf dem Fluß war der Schlag der Piratenruder verklungen. Hier ließ sich Bella in einem exhibitionistischen Ausbruch gehen und pries mit lautem Gebell das Unternehmen beim Schützengraben, wie sie es in ihrer Vorstellung erlebt hatte. Useppe, der dabei war einzuschlafen, vernahm diese einsame Hundehymne nur noch verworren, so wie das türkisblaue Violett der Luft sich für ihn mit seinen Wimperhaaren vermischte. Und vielleicht hörte er auch ein unaufhörliches Fanfarensignal zum Flattern von Fahnen über dem Feld.
Die Unwissenheit der Hunde geht manchmal wirklich bis ins Wahnhafte. Und die Hirtenhündin gab, wie es ihrer visionären Seele entsprach, den Ereignissen des Tages die folgende Deutung:
DIE BESIEGTEN WÖLFE HABEN SICH FLUCHTARTIG ZURÜCKGEZOGEN. SIE HABEN DIE BELAGERUNG DER HÜTTE AUFGEGEBEN. DAS TREFFEN ENDETE MIT DEM AUFSEHENERREGENDEN SIEG USEPPES UND BELLAS.
Nachdem Bella diese Nachricht in die vier Winde gebellt hatte, schlief sie müde und von ihren Gefühlen erschöpft neben Useppe ein. Als sie von ihrer natürlichen Uhr geweckt wurde, hatte die Sonne sich schon gegen Westen gesenkt. Useppe schlief tief, wie mitten in der Nacht, mit halb offenem Mund und regelmäßigem Atem. Das blasse Gesichtchen war gegen die Jochbeine hin von Rosa überhaucht. »Wach auf! Es ist Zeit zu gehen!« rief Bella ihm zu. Doch Useppe hob kaum die Lider, zeigte die von Schläfrigkeit und einem abweisenden Ausdruck verschleierten Augen und schloß sie wieder.
Bella drängte ihn erneut, wenn auch mit Gewissensbissen. Sie versuchte beharrlich, ihn mit den Pfoten zu schütteln und mit den Zähnen an seinem Pullover zu ziehen. Doch er stieß sie, nachdem er sich zwei oder drei Mal mit einem Ausdruck voll Widerwillen herumgeworfen hatte, zu-

rück und trat am Ende wild mit den Füßen nach ihr. »Ich will nicht! Ich will nicht!« rief er. Dann tauchte er wieder im Schlaf unter.
Bella blieb eine Weile sitzen, dann erhob sie sich, von ihrem Dilemma aufgebracht, auf ihre vier Beine. Einerseits befahl ihr ein gebieterischer Wille, an Useppes Seite zu bleiben, andererseits gebot ihr ein nicht weniger unerbittlicher Wille, wie an allen andern Abenden rechtzeitig zu Ida nach Hause zurückzukehren. In diesem Augenblick erwachte an der Via Bodoni Ida endlich aus ihrem langen Schlaf.

Es war anormal und ungewohnt, was ihr heute geschah: daß sie einen solch langen Nachmittagsschlaf hielt. Vielleicht war das im Verlauf der letzten Nächte angehäufte Schlafbedürfnis daran schuld. Es war ein sehr tiefer und überraschend ruhiger Schlaf gewesen, ununterbrochen wie der eines Kindes. Nur in der letzten Phase hatte sie einen kurzen Traum gehabt.
Sie befindet sich in Gesellschaft eines kleinen Knaben vor dem Gittertor einer großen Hafenmole. Ein einzelnes, riesiges Schiff ist im Begriff auszufahren. Jenseits des Schiffes dehnt sich das offene Meer aus, vollkommen ruhig und kühl, von der dunkelblauen Farbe der Frühe. Als Torwächter fungiert ein Mann in einer Uniform, sehr gebieterisch und mit den Zügen eines Gefängniswärters. Der kleine Knabe könnte Useppe sein oder auch nicht. Doch sicher ist er jemand, der Useppe gleicht. Sie hält ihn an der Hand und steht unsicher vor dem Tor. Sie sind zwei arme Leute in zerlumpten Kleidern, und der Torhüter stößt sie zurück, weil sie kein Billett haben. Doch da stöbert der kleine Knabe mit seinen schmutzigen und unbeholfenen Händchen in seiner Tasche und klaubt einen winzigen goldenen Gegenstand heraus, von dem sie nicht zu sagen wüßte, was es ist: vielleicht ein kleiner Schlüssel oder ein Kieselstein oder eine Muschel. Es muß auf alle Fälle ein richtiger Passepartout sein, denn der Wächter öffnet, kaum hat er ihn in der Hand des Kleinen gesehen, ohne weitere Umstände, wenn auch unwillig, einen Flügel des Gittertores. Und dann besteigen der Kleine und Ida zufrieden das Schiff.
Das war das Ende des Traums, und Ida wachte auf. Sogleich bemerkte sie die ungewöhnliche Stille in der Wohnung. Und als sie die Zimmer leer fand, wurde sie von Panik ergriffen und stürzte, so wie sie war, zum Haustor hinaus. Wie auch sonst hatte sie sich angekleidet aufs Bett gelegt. Sie trug ihr von der täglichen Mühsal abgewetztes und speckiges Kleidchen mit den Schweißflecken unter den Achseln und hatte sich nicht einmal das Haar in Ordnung gebracht. Über die Füße hatte sie die Hauspantoffeln gezogen, die ihren Schritt noch mühseliger machten als gewöhnlich. In der Tasche trug sie das Säckchen mit den Schlüsseln.

Die Pförtnerin sagte ihr, sie habe niemanden vorbeikommen sehen. Doch habe sie, da es Sonntag war, nicht immer in ihrer Nische gesessen ... Ida aber blieb nicht stehen, um ihr zuzuhören, sie stürzte auf gut Glück in die Straße hinaus und rief laut, wie eine Wilde, in den umliegenden Straßen nach Useppe. Wenn jemand sie fragte, antwortete sie mit fiebriger Stimme und mit glühendem Blick, sie suche ein Kind, das zusammen mit einem Hund unterwegs sei. Doch wies sie jeden Ratschlag und jede sonstige Einmischung zurück und nahm allein ihre Suche wieder auf. Sie hatte das sichere Gefühl, daß irgendwo in Rom Useppe in einem neuen Anfall lag, vielleicht verwundet, vielleicht unter fremden Leuten ... Seit längerer Zeit gerannen Idas Ängste in einer einzigen zusammen, die im Zentrum ihrer Nerven und ihrer Vernunft saß: in der Angst, Useppe könnte *fallen*. Jeden Tag, wenn sie ihn aus seinem Käfig ließ und er hinausfloh, führte sie einen erschöpfenden Kampf gegen das »fallende Weh«, damit es ihm wenigstens während seiner glücklichen sommerlichen Ausflüge fern blieb und ihn nicht in seiner Ehre eines freien Mannes demütigte ... Und heute war geschehen, was Ida stets als das Schlimmste gefürchtet hatte: das Übel hatte Useppe getroffen, indem es ihren Schlaf schmählich ausnutzte.

Kaum hatte sie die Umgebung ihrer Wohnung verlassen, fiel ihr als erstes der Weg ein, der zu dem berühmten *Wald* am Fluß führte und von dem Useppe so begeistert gesprochen hatte. Aus den Erklärungen des Kindes war hervorgegangen, daß der Weg von der Via Marmorata über den Viale Ostiense bis zum Piazzale della Basilica führte ... Und so lief sie mit der fiebernden Beharrlichkeit eines Menschen, der einen anderen verfolgt, durch die Via Marmorata. Wie blind folgte sie dieser einen Richtung, so daß der städtische Verkehr unsichtbar um sie herumbrauste. Sie hatte ungefähr zwei Drittel der Straße hinter sich gebracht, als vom Ende her ein ungestümes, begeistertes Gebell sie begrüßte.

In ihrem quälenden Dilemma hatte Bella sich unvermittelt entschlossen, nach Hause zu laufen und Ida zu rufen. Doch auf dem Weg zur Via Bodoni fühlte sie sich wie in zwei Teile gerissen, denn sie hatte den kleinen schlafenden Useppe ganz allein in der Mulde zurücklassen müssen, und die Begegnung mit Ida auf halbem Weg erschien ihr wie von Zauberei herbeigeführt.

Zwischen ihnen brauchte es keine Erklärungen. Ida hob die Leine vom Boden auf, die Bella hinter sich herschleifte, und ließ sich von ihr in der Gewißheit führen, Useppe zu finden. Natürlich war sie mit ihrem unbeholfenen und hüpfenden Gang, der überdies von den Pantoffeln behindert war, für Bella eine Qual, und dann und wann zog die Hündin sie in ihrem natürlichen Ungestüm wie einen Karren ungeduldig hinter sich her. Schließlich erreichten sie das unebene Gelände am Fluß. Da ließ Ida

die Leine fallen, und Bella lief ihr voraus. Von Zeit zu Zeit blieb sie stehen, um auf Ida zu warten. Wie sehr es sie auch danach verlangte, ans Ziel zu kommen, so sah sie doch nicht traurig, sondern eher fröhlich aus. Und das wirkte so ermutigend, daß Ida sich, was ihre Sorge um Useppes Zustand betraf, ein wenig beruhigte. Allzu verwirrt, um das Gelände ringsum im einzelnen wahrnehmen zu können, bemerkte Ida dennoch wie auf einem leuchtenden Kielwasser überall die Spuren des Söhnchens, der diese Gegend so gepriesen hatte. Die Stunden, die er hier verbracht hatte, belebten das Gebiet wie mit fiebrigen, bunten Luftspiegelungen, und sein Gelächter und Geplauder kehrte zurück, Ida zu begrüßen, und dankte ihr für die schönen Tage der Freiheit und des Vertrauens, die er hier unten genossen hatte ...
Die ängstliche Frage, was sie wohl in wenigen Augenblicken vorfinden werde, bedrängte ihre Nerven und schwächte sie so sehr, daß sie, als die Hündin sie mit einem Gebell, das klar sagte: »Hier ist es!«, zur Eile drängte, beinah hinfiel. Die Hündin entschwand für einen Moment ihren Augen, dann tauchte sie aus einer Mulde wieder auf, um Ida zu rufen. Ihr Gebell klang wirklich triumphierend. Als Ida schließlich über den Rand der Senke blickte, fühlte sie, wie ihr Herz sich öffnete, denn Useppe stand dort in der Türöffnung einer Hütte und begrüßte ihr Erscheinen mit einem kleinen Lächeln.
Er war während Bellas Abwesenheit aufgewacht, und als er sich allein fand, hatte er vielleicht geglaubt, er sei von allen verlassen worden, denn in seinem Lächeln erriet man noch ein gewisses ängstliches Beben. Außerdem hatte er sich, um sich gegebenenfalls gegen Eindringlinge oder Feinde verteidigen zu können, mit einem Stecken bewaffnet, den er fest in der Faust hielt und um keinen Preis mehr loslassen wollte. Er sah noch recht geistesabwesend und gedankenlos aus. Kurz darauf aber kam ihm – und das war wieder eine der Launen seines Gedächtnisses – der Überfall der Piraten in den Sinn. Da erkundete er zögernd die Hütte und lachte vor Zufriedenheit, als er sah, daß alles gerettet war. Es hatte weder Brandstiftung noch sonstige Zerstörung gegeben. Wenn Scimó am Abend nach dem Kino und der Pizzeria heimkam, würde er sein Bett vorfinden wie gewohnt (und was der alte Spitzbube, der kahle Schafhirte, gestohlen hatte, würden die geheimnisvollen Schwulen in ihrer Freigebigkeit schon wieder ersetzen können).
Mit wirrem und heiterem Geplauder bezeugte Useppe seiner Mutter seine Zufriedenheit. »Du wirst niemandem etwas davon sagen, nicht wahr, Mà!« war alles, was sie verstehen konnte. Im Licht der untergehenden Sonne hatte das Kind rosenrote Wangen und glückliche, durchsichtige Augen. Doch von der Heimkehr wollte es plötzlich nichts wissen. »Heute nacht schlafen wir hier!« schlug es seiner Mutter vor und

führte sie mit seinem neuen, besonderen Verführerlächeln in Versuchung. Erst auf die ängstlichen, inständigen Bitten Idas gab Useppe resigniert nach. Doch man sah, daß er, ermattet und schlafbedürftig, sich nicht auf den Beinen halten konnte. Er konnte nicht allein gehen, und Ida hatte nicht die Kraft, ihn auf den Armen nach Hause zu tragen. In dem Beutelchen mit den Schlüsseln hatte sie glücklicherweise ein wenig Kleingeld, und das reichte für die Straßenbahn von San Paolo bis nach Hause. Doch zunächst mußten sie bis San Paolo gelangen. Und da kam Bella zu Hilfe. Sie bot der Familie ihren Rücken an.
So wanderten sie zu dritt dahin, eins ans andere gedrückt. Useppe saß auf Bella wie auf einem Pferdchen und hatte den Kopf an die Seite Idas gelehnt, die ihn mit dem Arm festhielt und stützte. Kaum hatten sie ein paar Schritte hinter sich gebracht, ließ Useppe – als sie am äußern Rand des Baumzeltes ankamen – das Köpfchen, schon halb schlafend, hängen. Jetzt erst öffnete er die Faust und ließ den Stecken fallen. Die Sonne ging unter. Eine Gesellschaft von Vögeln hatte sich über dem Zelt in den Zweigen zusammengefunden. Ich nehme an, sie gehörten zur Familie der Stare, welche die Gewohnheit haben, sich gegen Abend zu versammeln, um ihre Konzerte zu geben. Useppe war noch nie zu so später Stunde an diesem Ort gewesen, und dieses Konzert war für ihn etwas Neues. Ob er es im Halbschlaf hörte, weiß ich nicht. Doch mußte es ihn irgendwie überrascht und ihm gefallen haben, denn er lachte vor Entzücken kurz auf. Das Konzert dieses Abends war auch wirklich komisch. Einer der Chorsänger pfiff, einer trällerte, einer trillerte, einer schnäbelte mit der Luft, und dann ahmten sie sich gegenseitig nach und machten sich einen Vers darauf oder täuschten andere Vogelarten vor, bis zu den Stimmen von jungen Hähnchen und Küken. Darin sind die Stare besondere Virtuosen. Die Gruppe Bella-Ida-Useppe rückte so langsam vor, daß das abendliche Konzert sie ein gutes Stück verfolgte, begleitet von den gedämpften Tönen, die an diesem frühen Abend aus dem Gras und dem Fluß erklangen.
In San Paolo wurden Ida und Useppe mit fremder Hilfe in die Straßenbahn verfrachtet. Bella rannte hinter dem Fahrzeug her. In der Dämmerung, zwischen der Menge sitzend, hatte Ida den Eindruck, der Körper Useppes, der auf ihren Knien schlief, sei noch kleiner, noch winziger geworden. Und mit einemmal kam ihr die erste Reise wieder in den Sinn, die sie mit ihm in der Straßenbahn gemacht hatte: das war gewesen, als sie ihn, kurz nach seiner Geburt, vom Viertel San Giovanni, wo die Hebamme Ezechiel wohnte, nach Hause getragen hatte.
In der Folge war auch das Viertel San Giovanni, ebenso wie das San-Lorenzo-Viertel und die oberen Stadtteile um die Via Veneto, für sie zu Stätten der Angst geworden. Das Universum war um Ida Ramundo, seit

den Tagen, da ihr Vater ihr *Holde Aida* gesungen hatte, immer mehr zusammengeschrumpft.
Von San Paolo zum Testaccio war der Weg nicht weit. Bei jeder Haltestelle versicherte Bella sie von der Straße her ihrer Gegenwart, indem sie zum Fenster emporsprang, bis sie Ida beinah mit der Schnauze erreichte. Als sie die Hundeschnauze sahen, lachten die Fahrgäste ringsum. In ihrem Wettlauf mit der Straßenbahn siegte Bella. Sie wartete bereits, als Ida und Useppe an ihrer Haltestelle ankamen.
Das mühseligste Stück der Reise war der Weg über die Treppen all der vielen Stockwerke bis zu Idas Wohnung hinauf. Die Pförtnerin aß wohl gerade in ihrem Hinterzimmerchen zu Abend. In ihrer üblichen Schüchternheit anderen Leuten gegenüber suchte Ida bei niemandem Hilfe. Die drei mühten sich ganz allein hinauf, eins ans andere gepreßt wie schon am Tiberufer. Useppe schlief, und seine Haarsträhnen fielen ihm über die Augen. Er ließ sich tragen, ohne es zu wissen; nur ab und zu gab er ein kleines Gebrumm von sich. Die Zeit der Radionachrichten war schon vorbei. Durch die offenen Fenster hörte man vom Hof herauf Schlagermusik.
Nachdem sie am Nachmittag so lange geschlafen hatte, blieb Ida einen großen Teil der Nacht wach. Am folgenden Morgen und am Tag darauf war sie noch verpflichtet, zur Schule zu gehen. Dann würde endlich der Tag des Schulschlusses da sein. Inzwischen aber mußte sie – und zwar schon am nächsten Vormittag – wieder die Ärztin besuchen, wie es abgemacht war, und vielleicht mußte sie sogar einem Besuch bei Professor Marchionni die Stirn bieten. Ida wußte, daß dieser Besuch dem kleinen Useppe nicht weniger zuwider war als ihr selbst, und sie empfand schon im voraus doppelte Angst. Sie sah sich selbst und Useppe wieder durch die Korridore des Krankenhauses gehen, die jetzt für sie zu einem fahlen, gewundenen Streifen zwischen wirren Stimmen wurden. Dann betrachtete sie, wie durch ein umgekehrtes Fernglas von weit weg, klein wie eine Pupille, die grünende Ansicht der Ferien in Vico. Und dann wieder sah sie Useppe und sich selbst, Hand in Hand, fremd, zwischen den unterirdischen Automaten des EEG ... Aber bald darauf löste sich das ungewisse Morgen wie ein Ballast von ihr. Sie sah sich in der Gegenwart schweben, als sollte diese ruhige, sanfte Nacht nie enden.
Useppe schlief, anscheinend heiter und ruhig, und ebenso die Hündin, die einen Schritt von ihm entfernt auf dem Fußboden lag. Doch Ida war nicht schläfrig, und sie zögerte, sich zu Bett zu legen. Sie kniete, den Kopf auf die Arme gestützt, wie verzaubert in der Haltung, die sie schon am Abend eingenommen hatte, neben der Ottomane. Doch hielt sie die Augen offen, um Useppe betrachten zu können, der im Schlaf ruhig atmete. Es schien kein Mond, aber in dieser Kammer im obersten Stock-

werk genügte das Licht der Sterne, daß sie den Schlafenden erkennen konnte, der, die Fäuste auf dem Kopfkissen und den Mund halb geöffnet, auf dem Rücken lag. Sein Körper schien in dem goldblauen Zwielicht noch kleiner geworden zu sein, so winzig wie der eines ganz kleinen Kindes, denn unter dem Leintuch zeichneten sich, wie schon zur Zeit des Hungers in der Via Mastro Giorgio, beinah gar keine Formen ab. In dieser Nacht aber glaubte Ida, solange das Kindchen noch ihr gehörte, hier in der Sicherheit ihres Zimmers, in seinem Atem das Pochen einer unverbrauchbaren Zeit zu hören.

Als alle Radioapparate verstummt waren und auch der letzte Mitternachtsverkehr sich legte, vernahm man in Abständen nur noch das Gekreisch der letzten Straßenbahnen, die ins Depot gefahren wurden, oder das Selbstgespräch eines vorübergehenden Betrunkenen auf dem Gehsteig. Ida hingegen kam es in einer Art Schwindelgefühl vor, als verbänden sich diese armen Stimmen mit dem schweigenden, dichten Netz der Sterne. Zu einem gewissen Zeitpunkt ließ die Nacht unser Kämmerchen im Blindflug und ohne Navigationsinstrumente dahinziehen. Es hätte eine Nacht vom vergangenen Sommer sein können, als Useppe noch nicht »fiel« und in dem kleinen Kämmerchen Ninnarieddu schlief.

Es herrschte noch tiefes Dunkel, als ein kleiner Stadthahn auf irgendeiner Terrasse in der Umgebung seinen frühen Morgenruf anstimmte. Kurz darauf brummelte Bella im Schlaf. Vielleicht träumte sie vom Angriff der Piraten-Wölfe? Beim ersten Schein der Frühe stand sie auf, verließ eilig ihren Platz im Zimmer und legte sich im Flur vor die Tür, als wolle sie die Wohnung gegen Räuber oder sonstige fremde Eindringlinge verteidigen. Ida war inzwischen kurz auf dem Bett eingeschlummert. Man hörte die ersten Glockenschläge von Santa Maria Liberatrice.

Der Tag war klar und windstill, und es war vom Morgen an sehr heiß. Als Ida sich gegen acht Uhr anschickte, die Wohnung zu verlassen, schlief Useppe noch tief. Seine erhitzten Wangen schienen im ruhigen Licht, das durch die Fensterläden drang, die rosige Farbe der Gesundheit wiedererlangt zu haben, und sein Atem ging ruhig. Nur die Augen schienen von einem schmalen, dunklen Hof umrändert zu sein. Vorsichtig strich Ida ihm ein wenig die schweißnassen Strähnen aus der Stirn und flüsterte mit leiser Stimme: »Useppe . . .« Das Kind schlug kaum die zitternden Lider auf, ließ einen winzigen Streifen seiner himmelblauen Augen sehen und antwortete:

»Ach Mà . . .«

»Ich gehe jetzt weg, aber ich komme bald, bald zurück . . . Du erwartest mich zu Hause, nicht wahr, du gehst nicht aus . . . Ich gehe und kehre gleich zurück.«

»Ja . . .«

Useppe schloß wieder die Lider und schlief von neuem ein. Ida entfernte sich auf Zehenspitzen. Bella, die zwischen Zimmer, Flur und Küche hin und her ging, begleitete sie still bis zum Ausgang. Ida zögerte einen Augenblick, ob sie den Schlüssel von außen zweimal umdrehen sollte, doch sah sie davon ab, denn sie schämte sich, Useppe in Gegenwart der Hirtenhündin zu beleidigen. Statt dessen sagte sie vertrauensvoll und leise zu ihr: »Ihr erwartet mich zu Hause, ja? Ihr geht nicht weg. Ich komme bald zurück.« Als sie unten durchs Tor ging, grüßte sie die Pförtnerin und bat sie, gegen elf Uhr hinaufzugehen und einen Blick auf das Kind zu werfen, falls sie selbst um diese Zeit noch nicht zurückgekehrt sein sollte.

Doch war erst wenig mehr als eine Stunde vergangen – es mußte ungefähr halb zehn Uhr sein –, als ein unerträgliches Unbehagen sie erfaßte. Ida befand sich, zusammen mit andern Lehrern, im Zimmer der Rektorin. Am Anfang gab sie sich Mühe – denn sie war gewissen nervösen Anwandlungen gegenüber kein Neuling –, trotzdem der Diskussion zu folgen. Es ging um Sommerlager, um Bescheinigungen der Familien, um Rechte und Pflichten der Schüler ... Dann aber war sie mit blinder Gewißheit davon überzeugt, daß all das sie nichts mehr anging. Sie hörte wohl den Klang der Stimmen ringsum und vernahm auch die Worte, aber so als wenn diese Stimmen Erinnerungen wären, die sich ihr bunt mit andern Erinnerungen vermischten. Ihr war, als sei draußen, unter der glühenden Sonne, die Stadt von Panik überflutet, und die Leute liefen – auf die nachdrückliche Ankündigung der Polizei: »Es ist Polizeistunde!« hin – auf die Haustüren zu. Sie begriff nicht mehr, ob es Tag oder Nacht war. Mit einemmal hatte sie die schreckliche Empfindung, vom Innern her klammerten sich kratzende Finger um ihren Kehlkopf, die sie ersticken wollten, und in unendlicher Einsamkeit vernahm sie ein leises, fernes Geheul. Das Sonderbare war, daß sie dieses Geheul nicht wiedererkannte. Dann lösten sich die dichten Nebel, und die Szene erschien ihr wieder normal: mit der Rektorin an ihrem Schreibtisch und den Lehrern ringsum im Gespräch. Die andern hatten indes nichts bemerkt. Ida war nur blaß geworden.

Wenige Minuten später kehrte dieselbe Empfindung wieder. Abermals die Fingernägel, die sie erstickten, die Absenz, das Geheul. Ihr war, als ob dieses Geheul in Wirklichkeit nur ihr selbst gehöre, als ob es ein dumpfes Klagen ihrer Bronchien wäre. Als es vorüber war, hinterließ es ihr die Empfindung körperlicher Scham wie eine Verstümmelung. Und durch ihr vernebeltes Bewußtsein flatterten die zerfetzten Überreste des Gedächtnisses: der junge deutsche Soldat in der Via dei Volsci, der im Orgasmus über ihr lag ... sie als Kind auf dem Land bei den Großeltern, hinter dem Hof, wo man einem kleinen Zicklein zu Ostern den Hals

durchschnitt... Dann verlor sich alles in Unordnung, während sich der Nebel auflöste. Im Verlauf von vielleicht einer Viertelstunde wiederholte sich das Ganze in mehr oder weniger gleichen Zwischenräumen noch zweimal. Plötzlich erhob sich Ida von ihrem Stuhl und lief, ein paar unzusammenhängende Entschuldigungen stammelnd, in das kleine Büro der Sekretärin (das heute leer war) um nach Hause zu telephonieren.
Es war nicht das erste Mal, daß auf ihren Anruf hin, aus dem einen oder andern Grund, das bekannte Stimmchen in der Via Bodoni zu antworten zögerte oder gar keine Antwort gab. Heute aber erreichte das Schrillen ins Leere am anderen Ende des Drahtes sie wie ein Signal von Aufruhr und feindlichem Überfall und befahl ihr, unverzüglich nach Hause zu eilen. Sie ließ den Hörer aus der Hand fallen und gab sich keine Mühe, ihn richtig aufzulegen. Und ohne sich noch einmal im Zimmer der Rektorin zu zeigen, lief sie die Treppe hinunter und auf den Ausgang zu. Wieder wurde sie, mitten auf der Treppe, von dem sonderbaren Krampf befallen, doch der innere Schrei, der ihn diesmal begleitete, war eher ein Echo. Er gab ihr einen dunklen Hinweis auf seine Herkunft, den sie jedoch heftig von sich weisen sollte. Und der Nebel, der sie mitten auf der Treppe angehalten hatte, löste sich diesmal unverzüglich auf und gab ihr den Weg frei.
Im Hausflur rief ihr der Pförtner der Schule etwas nach. Ida hatte ihm wie gewöhnlich den Henkelkorb mit ihren Einkäufen, die sie schon vor der Arbeitszeit getätigt hatte, zum Aufbewahren dort gelassen. Sie sah, wie er vortrat und die Lippen bewegte, aber sie vernahm die Stimme nicht. Als Antwort machte sie mit der Hand eine unbestimmte Gebärde, die eine Art Gruß zu sein schien. Dieselbe Gebärde wiederholte sie gegenüber der Türhüterin in der Via Bodoni, die ihr beim Vorbeigehen zulachte und zunickte, zufrieden, daß sie Ida so bald schon zurückkehren sah.
Auf der kurzen Strecke von der Schule bis nach Hause war Ida von jedem äußern Geräusch ausgeschlossen, denn sie horchte auf einen andern Ton, wie sie ihn seit ihrem letzten Gang durch das Getto nicht mehr gehört hatte. Es war wieder eine Art rhythmischen Klagelieds, das sie von unten her anrief und in seiner verlockenden Sanftheit etwas Blutiges und Schreckliches enthielt, wie wenn es sich in die verschiedenen Richtungen des Elends und der Mühsal hin ausbreitete, um die Herden für den Abend in geschlossene Gehege zu rufen. Dann, als sie durch den zweiten Hof ging, überfielen sie die wirklichen Stimmen des Vormittags mit den Radioklängen aus den Fenstern. Sie vermied es, zu ihrem Küchenfenster emporzublicken, wo Useppe sie an den Tagen seiner häuslichen Gefangenschaft hinter der Scheibe zu erwarten pflegte. Und sie hoffte unsin-

nigerweise auch heute, die kleine vertraute Gestalt zu erblicken, wenn sie nur hinaufschauen würde. Noch suchte sie der Gewißheit zu entfliehen, daß das Fenster heute leer blieb.

Als sie die Treppe hinaufging, hörte sie im obersten Stockwerk Telephonschrillen, das fortfuhr zu läuten, seit sie selbst angerufen hatte, weil sie im Zimmer der Sekretärin wenige Minuten vorher den Hörer nicht wieder aufgelegt hatte. Erst als sie auf dem letzten Treppenabsatz ankam, verstummte das stumpfsinnige Zeichen.

Da erreichte sie von jenseits der Wohnungstür her eine leise, schmerzliche Stimme, die ihr wie das Weinen eines Kindes vorkam. Es war das Winseln Bellas, die in ihrer einsamen Klage nicht einmal einhielt, als sie Idas vertrauten Schritt auf dem letzten Treppenabsatz vernahm. Ida fuhr zusammen, denn sie sah eine finstere Gestalt, die sie von vorn bedrohte. Doch war es in Wirklichkeit nichts anderes als ein Fleck im Putz der Treppenhauswand, der wegen der Nähe des Wasserspeichers feucht geworden war und zerbröckelte. Dieser Fleck war dagewesen, seit sie in diesem Haus wohnte, doch Ida hatte bis zu diesem Tag sein schreckliches Vorhandensein nicht bemerkt.

Im dunklen Flur lag Useppes Körper mit ausgebreiteten Armen, wie immer nach seinen Anfällen. Er war ganz angekleidet, nur die Sandalen waren ihm von den Füßen geglitten, weil sie nicht zugeschnallt waren. Vielleicht hatte er, als er den schönen sonnigen Vormittag gesehen hatte, angenommen, er könne auch heute mit Bella zu dem *Wäldchen* gehen? Er war noch lauwarm und begann eben erst steif zu werden. Doch Ida wollte die Wahrheit nicht begreifen. Entgegen den Voraussagen, die ihr kurz zuvor von ihren Sinnen zuteil geworden waren, zog sich ihr Wille jetzt vor dem Unmöglichen zurück und ließ sie glauben, er sei nur *gefallen*. Während der letzten Stunde seines unerhörten Kampfes mit dem *fallenden Weh* war Useppe in Wirklichkeit dort im Flur so gut wie ohne Unterbrechung von einem Anfall in den nächsten und wieder in einen andern und noch einen andern gestürzt ... Nachdem sie ihn auf den Armen zum Bett getragen hatte, stand sie dort, wie die andern Male, über ihn gebeugt und wartete, daß er die Lider mit seinem gewohnten eigentümlichen Lächeln hebe. Erst viel später, als sie Bellas Augen begegnete, begriff sie. Die Hündin stand dort und schaute sie mit trauervoller, von tierischem Mitleid erfüllter Melancholie und zugleich mit einem übermenschlichen Erbarmen an, welches der Frau sagte: »Aber was erwartest du denn, du Unglückselige? Merkst du denn nicht, daß wir nichts mehr zu erwarten haben?«

Ida fühlte sich getrieben zu heulen. Doch sofort verstummte sie bei dem Gedanken: »Wenn ich schreie, werden sie mich hören und werden kommen und ihn mir wegnehmen ...« Sie beugte sich drohend zu der

Hündin hinab: »Ssss...« flüsterte sie ihr zu. »Still, wir wollen nicht, daß sie uns hören...« Und nachdem sie an der Wohnungstür die Kette vorgelegt hatte, begann sie stumm durch die Zimmerchen zu laufen und stieß mit solcher Heftigkeit gegen die Möbel und Wände, daß sie sich überall am Körper blaue Flecken holte. Man sagt, in bestimmten entscheidenden Augenblicken zögen vor den Menschen alle Bilder ihres Lebens mit unglaublicher Geschwindigkeit vorbei. Nun rollten aber in dem beschränkten und unerwachsenen Geist dieses Weibleins, während es blindlings durch seine kleine Mietwohnung lief, auch die Bilder der Menschheitsgeschichte (der Weltgeschichte) ab, die es wie die zahllosen Windungen unendlichen Meuchelmordes wahrnahm. Und der letzte Ermordete war, an diesem Tag, ihr kleiner Bastard Useppe. Die ganze Weltgeschichte und alle Nationen der Erde hatten sich auf dieses Ziel geeinigt: auf den Mord an dem kleinen Useppe Ramundo. Idas Weg endete wieder in dem Zimmer, und sie setzte sich in Gesellschaft Bellas auf den Stuhl neben der Ottomane, um ihren Kleinen anzuschauen. Unter den eingedrückten Lidern schienen die Augen in seinen Kopf einzusinken, und zwar mit jedem Augenblick, der vorüberging, ein wenig mehr. Noch erkannte man zwischen den unordentlichen Haarbüscheln jenes einzelne in der Mitte, das sich nie mit den andern an den Kopf hatte legen wollen, sondern steil emporstand... Ida begann mit ganz leiser, tierhafter Stimme zu klagen; sie wollte der Menschengattung nicht mehr angehören. Dann überraschte sie eine neue Täuschung ihres Gehörs: Tic tic tic klang es überall auf dem Fußboden ihrer Wohnung. Tic tic tic: Useppes Schritt, wie im vergangenen Herbst, als er nach Ninnuzzus Tod unaufhörlich mit seinen Stiefelchen in der ganzen Wohnung auf und ab ging... Ida begann schweigend ihr weiß gewordenes Köpfchen zu wiegen. Und da ereignete sich plötzlich ein Wunder. Das Lächeln, das sie heute vergeblich auf Useppes Gesicht erwartet hatte, erblühte auf ihrem eigenen Gesicht. Es war, wenn man hinsah, nicht sehr verschieden von jenem ruhigen Lächeln voller wunderbarer Naivität, das sie in ihren Kindertagen nach den hysterischen Anfällen heimgesucht hatte. Doch dieses Mal hatte es nichts mit Hysterie zu tun. Der Verstand, der schon von jeher so viel Mühe gehabt hatte, sich in ihrem unfähigen und furchtsamen Hirn zu behaupten, hatte endlich seine Beute losgelassen.

Am folgenden Tag erschien in den Zeitungen unter den vermischten Nachrichten folgende Notiz: *Tragödie im Testaccio-Viertel – Verrückt gewordene Mutter bewacht den Leichnam ihres Söhnchens.* Und am Schluß der Meldung hieß es: *Das Tier mußte niedergeschossen werden.* Diese letzte Mitteilung – die unschwer zu begreifen ist – bezog sich auf unsere Hirtenhündin. Wie vorauszusehen war, wandte sich Bella mit einer zu allem entschlossenen, blutrünstigen Wut gegen die Unbekann-

ten, welche die Tür aufbrachen und in die kleine Wohnung an der Via Bodoni eindrangen, um ihren amtlichen Aufgaben nachzukommen. Die Hündin gestattete es diesen Leuten nicht, Useppe und Ida aus dem Haus zu schaffen. An dieser Stelle ist zu bemerken, daß kastrierte Tiere, wie man sagt, im allgemeinen ihre Angriffslust verlieren. Doch Bella widersprach offensichtlich, wenigstens in jenem Augenblick, dieser physiologischen Regel. Ihr Verhalten gegenüber den Flußpiraten am Tag zuvor war nichts gewesen im Vergleich zu ihrer Verteidigung Useppes und Idas gegen die neuen Feinde. Es gelang ihr, ganz allein einem Haufen von Eindringlingen Furcht einzujagen, von denen einige mit Dienstwaffen ausgerüstet waren. Keiner hatte den Mut, ihr direkt entgegenzutreten. Und so hielt sie das Useppe am Tag seiner Heimkehr gegebene Wort: »Sie werden uns in dieser Welt nie mehr trennen können.«
Auf den Schuß hin, der die Hündin niederstreckte, hob Ida mit einem kurzen Aufzucken den Kopf. Dies war, so scheint es, der letzte äußere Reiz, auf den die Frau reagierte, so lange sie noch lebte. Ihr Dasein sollte noch mehr als neun Jahre dauern. In den Verzeichnissen des Irrenhauses, wo sie noch am selben Tag eingeliefert wurde, um es erst am letzten Tag ihres Lebens wieder zu verlassen, ist ihr Todestag unter dem Datum des 11. Dezember 1956 angegeben. Anscheinend ist sie ohne größere Komplikationen infolge eines gewöhnlichen Fieberanfalls gestorben. Sie war dreiundfünfzig Jahre alt.
Nach den Auskünften, die ich erhalten habe, blieb sie vom ersten bis zum letzten Tag jener etwas mehr als neun Jahre währenden Zeit immer in derselben Haltung sitzen. Es war die gleiche Haltung, in der man sie angetroffen hatte, als man sie, nach dem Aufbrechen der Tür, an jenem Tag, Ende Juni, in der Via Bodoni fand. Sie saß da, die Hände im Schoß gefaltet, bewegte ab und zu die Finger und flocht sie wie zum Spiel ineinander. Auf ihrem Gesicht lag das lächelnde und verlorene Staunen eines Menschen, der eben erwacht ist und die Dinge, die er sieht, noch nicht wiedererkennt. Wenn man mit ihr sprach, lächelte sie naiv und mild, voller Heiterkeit und beinah dankbar. Aber es war nutzlos, von ihr irgendeine Antwort zu erwarten, ja, sie schien die Stimmen nur mit Mühe wahrzunehmen, ohne die Sprache zu verstehen, ja vielleicht ohne überhaupt ein Wort zu erkennen. Dann und wann wiederholte sie in verträumtem Gemurmel für sich gewisse Silben, die aus irgendeinem traumhaften oder vergessenen Idiom zu stammen schienen. Mit den Blinden und den Taubstummen ist es möglich, Verbindung aufzunehmen. Aber mit ihr, die weder blind noch taub oder stumm war, war keine Verständigung mehr möglich.
Ich glaube wirklich, diese kleine greisenhafte Gestalt, an deren ruhiges Lächeln sich der eine oder andere in den Irrenhäusern der Anstalt noch

erinnert, hat nur für die andern – oder gemessen nach der Zeit der andern – noch neun Jahre lang gelebt. Gleich dem Vorüberhuschen eines Lichtscheins, der sich von seinem trügerischen Punkt aus in zahlreichen anderen, weit entfernten Spiegeln vervielfacht, war das, was für uns die Dauer von neun Jahren ausmacht, für sie kaum die Zeit eines Pulsschlages. Sie hing, wie der berühmte Panda minor der Sage, oben in einem Baum, wo die zeitlichen Papiere keine Gültigkeit mehr hatten. In Wahrheit war sie zusammen mit ihrem Söhnchen Useppe gestorben (genauso wie seine andere Mutter, die Hirtenhündin aus den Maremmen). An jenem Montag im Juni 1947 war die armselige Geschichte Iduzza Ramundos zu Ende.

19**...

Muerto niño, muerto mio.
Nadie nos siente en la tierra
donde haces caliente el frio.
    MIGUEL HERNANDEZ

... 1948 – 1949 – 1950 – 1951

In Italien dauern die Verbrechen an, die von den mächtigen Großgrundbesitzern im Süden gegen die Arbeiter, Tagelöhner und Bauern und deren Gewerkschaften organisiert werden. Binnen zwei Jahren werden 36 Gewerkschaftsangehörige ermordet. – In Rom: Attentat auf Togliatti. – Kriegsgesetz und heftige Repressionen in Griechenland (152 Freischärler werden hingerichtet). – In Neu-Delhi wird Mahatma Gandhi von einem Rechtsextremisten ermordet. – In Palästina gründen die Juden den Staat Israel und bringen der arabischen Liga eine Niederlage bei. Flucht der arabischen Bevölkerung aus dem israelischen Territorium. – In Südafrika gelangt die Nationale Front an die Regierung und führt die Politik der Rassentrennung (Apartheid) gegen die Neger ein. – Unter den Großmächten: Verschärfung des *Kalten Kieges*. Die Auseinandersetzung über das Schicksal Deutschlands geht weiter. Blockade der Zufahrtswege nach Berlin-West von seiten der UdSSR, um die Versorgung der westalliierten Sektoren zu verhindern. Die Alliierten richten eine Luftbrücke ein. Die UdSSR leitet eine umfassende Aufrüstung ein. – Der Rüstungswettlauf wird in gesteigertem Maße fortgesetzt; ebenso der Kampf der Geheimdienste um die Geheimnisse der Kernwaffen. Die Raketentechnik wird vervollkommnet.
China: Ungefähr zwanzig Jahre nach dem Beginn des Bürgerkriegs endgültiger Sieg der Roten Armee. Mao Tse-tung und die anderen kommunistischen Führer dringen in Peking ein. Die nationalistischen Anführer fliehen nach Formosa. – Die Westmächte unterzeichnen mit den Nationen ihres Blockes (darunter Italien) ein Militärbündnis, den Atlantikpakt (NATO). – Erster sowjetischer Atombombenversuch. – Mit dem Bruch des amerikanischen Atomgeheimnisses beginnt eine neue Phase des Wettrüstens. Die Großmächte widmen sich, bei totalem und fortschreitendem Einsatz von Wissenschaft und Industrie, hauptsächlich der Vermehrung ihres Bombenpotentials (Vermehrung der Nuklearwaffen). Dieser Wettstreit zielt auf das *Gleichgewicht des Schreckens*. Darauf verwenden die beiden größten Mächte der Welt (die USA und die UdSSR) einen großen Teil ihres enormen materiellen Reichtums und ihrer Arbeitskraft. – Man errechnet, daß in den armen Ländern der Erde die Anzahl der pro Jahr an Hunger sterbenden Menschen vierzig Millionen beträgt.
Beginn des Korea-Krieges zwischen den Streitkräften der Volksrepublik Nord-Korea und der Republik Süd-Korea, die von den Vereinigten Staaten unterstützt werden. Präsident Truman ruft den nationalen Notstand aus. – In Vietnam dauert der Konflikt zwischen den Franzosen und den von General Giap geführten Vietminh-Partisanen weiter an.

Generalmobilmachung in Vietnam. – Entwicklung der taktischen Atom-Artillerie in den Vereinigten Staaten ...

... 1952 – 1953 – 1954 – 1955
An der Korea-Front: Einmarsch der Amerikaner in Pjöngjang; 6000 Zivilisten werden getötet. – Wachsender Einsatz der Vereinigten Staaten gegen den Kommunismus in Indochina bei gleichzeitigem Rückzug der Franzosen. – Auf Kuba etabliert sich mit Unterstützung der USA die Batista-Diktatur. – Heftige antisemitische Kampagne in der UdSSR mit der Elimination zahlreicher, vornehmlich intellektueller Juden. Die gesamte sowjetische Bevölkerung wird durch ein vom Verfolgungswahn Stalins geprägtes Terrorsystem unterdrückt. – Erste Versuchsexplosion der ersten englischen Atombombe und der ersten amerikanischen Wasserstoffbombe (H-Bombe). In den USA diskutiert man über die mögliche Anwendung der Atombombe in Korea. – In der UdSSR stirbt Stalin. – In Ägypten: Konflikt zwischen Engländern und Ägyptern, welche die Räumung des Suezkanals verlangen. – Mit einem Waffenstillstand, welcher die Teilung des Landes besiegelt, endet der Korea-Krieg, der die kriegführenden Parteien ungefähr drei Millionen Menschenleben gekostet hat. – In der UdSSR werden führende Männer der Stalinzeit zum Tode verurteilt. Erste Versuche mit der sowjetischen Wasserstoffbombe.
Kapitulation der Franzosen in Vietnam. – In Guatemala wird mit Unterstützung der USA eine Diktatur errichtet; dabei werden 5000 Volksführer ermordet und die Ländereien den Grundbesitzern zurückerstattet. – In den Vereinigten Staaten stellt man die Wasserstoffbombe des neuesten Typus her, welche Energien von 15 Megatonnen (fünfzehn Millionen Tonnen TNT) freisetzt und die 750mal stärker ist als die Bombe von Hiroshima. – Die französischen Kolonialisten beginnen mit der gewaltsamen Unterdrückung der aufständischen Kräfte in Tunesien und Algerien.
Ausnahmezustand in Algerien. – Die UdSSR erklärt das Ende des Kriegszustandes mit Deutschland, das jetzt in die Bundesrepublik Deutschland (West) und die Deutsche Demokratische Republik (Ost) aufgeteilt wird. Die Berlin-Frage bleibt ungelöst. Fortdauernde Flucht von Berlinern aus dem Ost- und dem Westsektor. – Die deutsche Bundeswehr wird geschaffen. – Als Antwort auf das Militärbündnis des Westblocks (NATO) unterzeichnen die Länder des Ostblocks ihrerseits einen Militärpakt (Warschauer Pakt). – Erster Versuch der USA mit der Unterwasseratombombe. – In der UdSSR erster Versuchsabwurf einer Wasserstoffbombe aus einem Flugzeug ...

... 1956 – 1957 – 1958 – 1959 – 1960 – 1961
Beginn des Krieges der Algerier gegen die Franzosen. – In der UdSSR prangert Chruschtschow anläßlich des 20. Parteitages das Terrorregime Stalins an. Beginn der *Entstalinisierung.* – Aufstand in Ungarn, niedergeschlagen durch militärisches Eingreifen der UdSSR. – Suez-Krise. Bestreikung der Kanaleinrichtungen durch Ägypten; der Zustrom von jüdischen Emigranten und Flüchtlingen aus der ganzen Welt nach Israel wird behindert. Siegreicher Angriff Israels gegen Ägypten. Militäraktion der Franzosen und Engländer, welche die Besetzung des Kanals versuchen und ägyptisches Territorium bombardieren. Drohung einer sowjetischen Intervention und Rückzug der französischen und britischen Truppen. – In Kuba führt Fidel Castro den Guerillakrieg gegen die Batista-Diktatur an.

In Indochina, das von den Franzosen geräumt wird, beginnt der Befreiungskampf der kommunistischen Partisanen, der Anhänger des nordvietnamesischen Präsidenten Ho Tschi Minh, gegen eine Diktatur, die in Südvietnam unter amerikanischer Protektion errichtet wurde. – Explosion der ersten englischen Wasserstoffbombe. – Die USA und die UdSSR stellen interkontinentale ballistische Ferngeschosse mit Nuklear-Sprengköpfen her, die jeden beliebigen Punkt der Erde erreichen könnten.

Nach wie vor keine Übereinkunft zwischen den Großmächten in bezug auf Berlin. – In Kuba: triumphaler Sieg der Rebellen Fidel Castros und Flucht des Diktators Batista. – Zwischen den beiden bedeutendsten kommunistischen Mächten (der Sowjetunion und der Volksrepublik China) beginnen sich politisch-ideologische Divergenzen abzuzeichnen. Zusammenstöße an der chinesisch-indischen Grenze. – Aufstandsbewegungen in Belgisch-Kongo unter der Führung von Patrice Lumumba. Die Belgier verlassen die Kolonie. Zusammenstöße und Unordnung im ganzen Land. Demonstrationen in Italien gegen die jüngste Errichtung einer Regierung mit neofaschistischen Tendenzen. Vorgehen der Polizei gegen die Demonstranten mit Toten und Verwundeten im ganzen Land. Demission der Regierung. – Erste französische Atomversuche. – Verschärfung der Divergenzen zwischen dem kommunistischen China und der Sowjetunion. – In Deutschland wird ein Verfahren (Staatsgeheimnis) zur Herstellung von Atomwaffen auch durch Länder, welche die Mittel dazu nicht besitzen, erarbeitet. – Chaos im Kongo. Lumumba wird ermordet. – In Algerien dauert der Unabhängigkeitskrieg an; wilde Repressionen von seiten der französischen Kolonialisten. – Kuba: Angriff gegen Castro; Landung eines Expeditionskorps in der Schweinebucht und Bombardierung der Hauptstadt. Der Angriff wird zurückgeschlagen. – In Moskau verlassen die chinesischen Delegierten zum Zeichen des Protestes den Parteitag der UdSSR. – In Ost-Berlin (Sowjetsektor) Bau einer befestigten Mauer an der Grenzlinie zu West-Berlin. Der Ostsektor wird für die West-Berliner geschlossen. Arbeitsverbot für die *Pendler*, die in Ost-Berlin wohnen und in West-Berlin arbeiteten. Verbot der Ausreise von Ost nach West. Befehl, bei jedem Versuch der Überschreitung scharf zu schießen. – In Vietnam dauert der Widerstand gegen die Diktatur weiter an. Die Repressionsmittel, die von der Regierung angewendet werden, erweisen sich als nutzlos (die Landbevölkerung, die die Partisanen unterstützt, wird in Wehrdörfern isoliert usw.). – In den *hochentwickelten* Ländern fortschreitendes Anwachsen der Industrien, welche alle Kräfte nach und nach aussaugen und in sich alle Gewalten vereinigen. Anstatt dem Menschen zu dienen, versklaven die Maschinen den Menschen. Die wichtigste Funktion der menschlichen Gemeinschaft wird es, für die Industrie zu arbeiten und ihre Produkte zu kaufen. Mit der Vermehrung der Waffen geht eine Vermehrung der *Konsumgüter* Hand in Hand, welche durch die Zwänge des Marktes (Konsumismus) sogleich wieder entwertet werden. Die Kunststofferzeugnisse – Produkte, die dem biologischen Kreislauf fremd sind – verwandeln die Erde und die Meere in Ablageplätze unzerstörbarer Abfälle. Immer mehr breitet sich in allen Ländern der Erde der *industrielle Krebs* aus, welcher die Luft, das Wasser und die Organismen verseucht und die bewohnten Gebiete verwüstet, wie er dies in ihren Fabriken zu Kettenstrafen verurteilten Menschen denaturiert und zerstört. Mit systematischer Züchtung *manipulierbarer Massen* im Dienst der industriellen Mächte werden die Massenkommunikationsmittel (Zeitungen, Zeitschriften, Radio und Fernsehen) zur Verbreitung und Propagandierung einer verderbten, dienstbaren und degradierenden »Kultur« benutzt, welche die menschliche Urteilskraft und Kreativität korrumpiert, jede reale Daseinsmotivation hemmt und krankhafte kollektive Erscheinungen wie Gewalttätigkeit, Geisteskrankheiten und Drogenkonsum auslöst. – Mit dem ausschließlichen Konsumwahn und der Gier nach mehr Geld geht in verschiedenen Ländern (auch in Italien) eine begrenzte Periode wirtschaftlichen *Booms* einher. – Die UdSSR verleiht in ihrem wirtschaftlichen Wettlauf mit den USA den Schwerindustrien das Übergewicht. – Infolge politischer Divergenzen zieht die UdSSR ihre Techniker aus China zurück und bricht 178 industrielle Projekte in diesem Land ab. – Neue sowjetische Experimente mit Nuklearwaffen: Explosion einer Superbombe, welche die Sprengkraft von 100 Millionen Tonnen TNT besitzt (5000mal stärker als die Bombe von Hiroshima). – Nach den letzten Berechnungen belaufen sich die Rüstungsausgaben in der ganzen Welt auf ungefähr 330 Millionen Dollar täglich . . .

. . . 1962 – 1963 – 1964 – 1965 – 1966 – 1967
Sieg der Befreiungskräfte in Algerien. – Zusammenstöße zwischen Katholiken und Protestanten in Irland. – Installation von sowjetischen Abschußbasen für ferngesteuerte Raketen in Kuba und darauf Blockierung sowjetischer Flotteneinheiten durch die Vereinigten Staaten (Kuba-Krise). Beseitigung der Basen durch die UdSSR. – Enzyklika »Pacem in terris« des Papstes Johannes XXIII. – Tod Johannes' XXIII. – In Südvietnam dauern die Offensiven der Partisanen und die repressiven Maßnahmen der Regierung weiter an. Aus Protest gegen die Diktatur Selbstverbrennung buddhistischer Mönche. – Grenzzwischenfälle zwischen Algerien und Marokko. – In Dallas wird John F. Kennedy, der Präsident der Vereinigten Staaten, ermordet. – Offener Bruch zwischen dem kommunistischen China und der KPdSU. – Militärputsch in Vietnam mit Unterstützung der Vereinigten Staaten, die zur massiven Bombardierung Nordvietnams übergehen. – Versuchsexplosion der ersten chinesischen Atombombe. – Die Vereinigten Staaten fahren in ihrer militärischen *Eskalation* gegen Vietnam fort, bei der sie die Taktik des totalen Krieges befolgen (alles töten, alles verbrennen, alles zerstören). Neue wissenschaftliche Techniken der *Eskalation*: Bomben, welche fähig sind, bei einem einzigen Abwurf Millionen von tödlichen Stahlkugeln freizusetzen, chemische Pflanzenvertilgungsmittel und Entlaubungsmittel zur völligen Zerstörung der Vegetation und der Natur usw. – Militärputsch in Algerien. – Militärputsch in Indonesien. Der Kommunismus wird verboten. Eine halbe Million Kommunisten wird ermordet. – Unterirdische Atomexperimente in den USA und in der UdSSR. – Die intensive Industrialisierung dauert an und breitet sich, gefördert von westlichen und östlichen Mächten, weiter aus. – In den Ländern der Dritten Welt verhungern ganze Bevölkerungen. – Die amerikanische Eskalation schreitet fort. In sechs Monaten 3621 Luftangriffe auf Vietnam (nach amerikanischen Verlautbarungen). – In Griechenland übernehmen die Militärs die Macht und heben die Verfassung auf. Massenverhaftungen und Deportationen . . .

. . . und die Weltgeschichte geht weiter . . .

»Alle Samenkörner haben, mit Ausnahme eines einzigen, keine Frucht getragen, und von diesem weiß ich nicht, was daraus entsteht; aber wahrscheinlich ist es eine Blume und kein Unkraut.«
Matrikel Nr. 7047 des Gefängnisses von Turi

Anmerkungen

Seite 6   Der Vers, den ich als Widmung verwende, stammt aus einem Gedicht von César Vallejo.

Seite 141   *Pitschipoi:* Dieser Name soll im Lager von Drancy von jüdischen Kindern erfunden worden sein, die zur Deportation bestimmt waren. Er bezeichnet ein geheimnisvolles Land, in das die Konvois der Deportierten fuhren (vgl. Poliakov, *Der Nationalsozialismus und die Ausrottung der Juden,* arani Verlag, Berlin).

Wasser für den Tod: Es handelt sich um einen Toten-Ritus der jüdischen Religion.

Seite 380   *Ein Ruhmesblatt unserer Geschichte:* So hat Himmler die »Endlösung« in einer Rede genannt, die er vor SS-Generälen am 4. Oktober 1943 in Posen hielt.

Seite 559   *Zyklon B:* Es handelt sich – für den, der es nicht wissen sollte, sei es hier mitgeteilt – um eine chemische Verbindung, die von den Nationalsozialisten zur Tötung in den Gaskammern verwendet wurde.

Was die – wie man sich denken kann – unerschöpfliche Literatur über den Zweiten Weltkrieg angeht, so sei der Leser auf die vorhandenen Bibliographien hingewiesen. An dieser Stelle muß ich mich auf die Anführung einiger weniger Werke beschränken. Gleichzeitig möchte ich ihren Autoren danken, in deren Dokumentationen und Berichten ich auf einige (wirkliche) Ereignisse gestoßen bin, die mich zu (erfundenen) Episoden des Romans angeregt haben.

Giacomo Debenedetti, *16 ottobre 1943,* Il Saggiatore, Mailand 1959; Robert Katz, *Black Sabbath,* The Macmillan Company, Toronto 1969; Pino Levi Cavaglione, *Guerriglia nei Castelli Romani,* Einaudi, Rom 1945; Bruno Piazza, *Perché gli altri dimenticano,* Feltrinelli, Mailand 1956; Nuto Revelli, *La strada del Davai,* Einaudi, Turin 1966; Nuto Revelli, *L'ultimo fronte,* Einaudi, Turin 1971.

Inhaltsverzeichnis

Seite   7   ... 19**

Seite 75   1941

Seite 111   1942

Seite 135   1943

Seite 283   1944

Seite 351   1945

Seite 377   1946

Seite 467   1947

Seite 623   19** ...

Seite 630   Anmerkungen

Rosetta Loy

Winterträume
Roman. Aus dem Italienischen von Maja Pflug. 274 Seiten.
SP 2392

»Musterbeispiel eines Frauenromans – nicht, weil er von einer Frau geschrieben wurde, sondern weil er das Leben und die Welt aus einem unverwechselbar weiblichen Blickwinkel betrachtet... Rosetta Loy hat ein Buch geschrieben, das in die Literaturgeschichte eingehen wird.«
Frankfurter Allgemeine

Straßen aus Staub
Roman. Aus dem Italienischen von Maja Pflug. 304 Seiten.
SP 2564

Ein altes Haus im Piemont Ende des achtzehnten Jahrhunderts, zweistöckig, mit Nußbaum, Brunnen und Allee, mit Heuschober und Ställen. Hier spielt die Geschichte, die vom Leben, Lieben und Sterben einer Familie erzählt. Das Haus wird neu gestrichen, ist hell und voller Erwartung, als Giuseppe Maria ins Haus holt. Beklemmende Stille breitet sich aus, als Fantina, Marias Schwester, drei Jahre lang an Giuseppes Bett sitzt und ihn pflegt, bis er stirbt. Das große Familienepos nimmt seinen Lauf über drei Generationen – sinnenfroh und tragisch, skurril und mitreißend.

Schokolade bei Hanselmann
Roman. Aus dem Italienischen von Maja Pflug. 288 Seiten.
SP 2630

Hauptschauplatz von Rosetta Loys meisterhaftem Roman ist eine elegante Villa in den Engadiner Bergen, in der sich während des Zweiten Weltkriegs ein leidenschaftliches Familiendrama abspielt. Die schönen Halbschwestern Isabella und Margot lieben beide denselben Mann, den charismatischen jüdischen Wissenschaftler Arturo.

»In den Romanen und Erzählungen von Rosetta Loy dürfen die Ereignisse sich entfalten in dem weiten Raum, den die Autorin für sie erschafft. Ein Raum, der gleichermaßen Platz hat für Verfolgung und Tod wie für einen Blick, der zwei Menschen entzündet.«
Süddeutsche Zeitung

Im Ungewissen der Nacht
Erzählungen. Aus dem Italienischen von Maja Pflug. 236 Seiten. SP 2370

SERIE PIPER

SERIE PIPER

Antonio Tabucchi
Pizza d'Italia
Eine Geschichte aus dem Volk in drei Akten, mit einem Epilog und einem Anhang. Aus dem Italienischen von Karin Fleischanderl. 188 Seiten. SP 3031

Eine phantastische und hintergründige Familienchronik über drei Generationen aus dem Dorf Borgo – erzählt von Antonio Tabucchi. In einem bunten Kaleidoskop erscheinen die Lebensläufe der kleinen Helden, Anarchisten und Deserteure und ganz nebenbei die große Geschichte Italiens von den Tagen Garibaldis bis zur Zeit nach dem Zweiten Weltkrieg: wie die jungen Rebellen mit Garibaldi für die Einigung Italiens in den Krieg ziehen, wie sie von Jagdaufsehern des Königs erschossen und wie siebzig Jahre später die Anarchisten von den Faschisten erpreßt werden. Die Geschichte fegt jedesmal wie ein Wind über den Dorfplatz hinweg, nimmt ein paar Dörfler mit – und läßt doch alles beim alten. Dieser erste Roman Tabucchis, geschrieben vor einem Vierteljahrhundert, zeugt bereits von der karnevalesken Lust seines Autors am Umkehren der Zeitläufe, am Vermischen der Bilder und von der Intensität seiner poetischen Sprache.

»Wer Antonio Tabucchi nicht kennt, dem empfiehlt sich dieses Buch zur Erstbegehung seines Spiegelkabinetts.«
Frankfurter Allgemeine Zeitung

Fleur Jaeggy

Die seligen Jahre der Züchtigung

Novelle. Aus dem Italienischen von Barbara Schaden. 120 Seiten. SP 2453

Das »Bausler« in Appenzell, ein Mädchenpensionat in den fünfziger Jahren – ein Ort, paradiesisch und infernalisch, denn hier werden Mädchen diszipliniert, bis Disziplin selbst zur Lust wird. Die Ich-Erzählerin, um die vierzehn Jahre alt und ganz der Anstalt ausgeliefert, ist empfänglich für den morbiden Reiz der Disziplin. Sie verfällt Frédérique, der Neuen, der Ordnung, Verachtung, Perfektion zur zweiten Natur geworden sind. Das Buch erzählt die Geschichte einer Liebe, die die Erzählerin erst Jahre später in ihrer Intensität und Ambivalenz zwischen eisiger Askese und unterdrückten erotischen Wünschen beschreiben kann. Und es erzählt gleichzeitig die Geschichte einer Krankheit: »Ich wollte eine Heranwachsende zeigen, die einem Wahn erliegt«, schreibt Fleur Jaeggy lapidar über ihre Novelle.

Die Angst vor dem Himmel

Erzählungen. Aus dem Italienischen von Barbara Schaden. 108 Seiten. SP 2602

Alle Protagonisten in diesen sieben Erzählungen verweigern sich unserer Vorstellung von Glück oder Unglück. Zum Beispiel Marie-Anne, die Mutter, die alle einigermaßen glücklichen Möglichkeiten ausschlägt, ihr ungeliebtes Kind wegzugeben, und den unglücklichsten Weg wählt, es zu behalten. Sie alle haben Angst vor dem Himmel, Angst vor dem Pakt, den sie selbst mit falschen Vorraussetzungen eingegeangen sind, mit Vorurteilen, mit blinden Wünschen ihrer Eltern. Mit verstörender Präzision und einer bestechend kristallenen Sprache beschreibt Fleur Jaeggy die Grausamkeit des menschlichen Empfindens.

»Diese Kunst der ebenso harten wie poetischen Sprachfindung, der Verdichtung und Verknappung beherrscht die Autorin Fleur Jaeggy auf meisterliche Weise.«
Süddeutsche Zeitung

SERIE PIPER

SERIE PIPER

Isabella Bossi Fedrigotti

Zwei Schwestern aus gutem Hause
Roman. Aus dem Italienischen von Sigrid Vagt. 240 Seiten.
SP 2182

Liebe, Haß und Eifersucht sind die Gefühle, die die beiden Schwestern Clara und Virginia ein Leben lang verbinden. Gemeinsam in einem großbürgerlichen Südtiroler Landhaus aufgewachsen, könnten sie verschiedener nicht sein: Clara, die jüngere, dunkelhaarig, melancholisch, verschlossen; Virginia dagegen eine blonde Schönheit, lebenshungrig und rebellisch gegen die längst überholte Lebensweise ihres Elternhauses. Doch ist Clara wirklich die Edle, Tugendhafte, die von ihrer leichtlebigen Schwester um das Lebensglück gebracht wurde? Ein raffinierter Frauenroman, ausgezeichnet mit dem Premio Campiello.

»Auffällig ist die von Isabella Bossi Fedrigotti gewählte Form, und man könnte spekulieren, ob hierdurch autobiographische Momente in die Erzählung einfließen. Denn ungewöhnlicherweise ist der erste Lebensrückblick der jüngeren Schwester Clara in der zweiten Person geschrieben, die nachfolgende Lebensgeschichte der Virginia dagegen in der ersten Person, wodurch der Eindruck einer größeren Zuneigung zu ihr vermittelt wird.

Aus dieser erzählerischen Konfrontation resultieren im wesentlichen die Spannung und der Reiz dieses Romans; für den Leser erhellen sich zudem viele Geschehen... Ein versöhnliches Ende, so ahnt man, wird es für die beiden Damen nicht geben.«
Die Welt

Palazzo der verlorenen Träume
Roman. Aus dem Italienischen von Viktoria von Schirach und Barbara Krohn. 240 Seiten.
SP 2718

Liebling, erschieß Garibaldi!
Roman. Aus dem Italienischen von Ursula Lenzin. 204 Seiten.
SP 2331

Mit der romantischen Geschichte ihrer Urgroßeltern schildert Isabella Bossi Fedrigotti die Welt einer Adelsfamilie in politisch brisanter Zeit.

Alessandro Baricco

Seide
Roman. Aus dem Italienischen von Karin Krieger. 132 Seiten. SP 2822

Der Seidenhändler Hervé Joncour führt mit seiner schönen Frau Hélène ein beschaulich stilles Leben. Dies ändert sich, als er im Herbst 1861 zu einer langen und beschwerlichen Reise nach Japan aufbricht, um Seidenraupen für die Spinnereien seiner südfranzösischen Heimat zu kaufen. Dort gewinnt er die Freundschaft eines japanischen Edelmanns und begegnet einer rätselhaften Schönheit, die ihn für alle Zeit in den Bann zieht: ein wunderschönes Mädchen, gehüllt in einen Seidenschal von der Farbe des Sonnenuntergangs. Auf jeder Japan-Reise, die er fortan unternimmt, wächst seine Leidenschaft, wird seine Sehnsucht unstillbarer, nie wird er aber auch nur die Stimme dieses Mädchens hören. – In einer schwebenden, eleganten Prosa erzählt Baricco eine Parabel vom Glück und seiner Unerreichbarkeit. Der Leser wird eingehüllt von der zartbitteren Wehmut, die dieses zauberhaft luftige Bravourstück durchzieht.

»In dieser wunderbar leichten und zugleich melancholischen Liebesgeschichte stimmt jedes Wort, hat jede Geste Sinn und Bedeutung.«
Brigitte

»Ein weises, schlankes Buch über die Sehnsucht ... Ein kleines Meisterwerk.«
Süddeutsche Zeitung

»Der Roman Alessandro Bariccos ist gewebt, wie der Stoff, um den es geht: elegant und nahezu gewichtslos. Die Geschichte ist komponiert wie ein Musikstück, jedes Wort scheint mit Bedacht gewählt, jede Ausschmückung, jedes überflüssige Wort ist fortgelassen. Das schmale Buch bekommt durch diese Reduktion seine außergewöhnliche Dichte, seine kühle, in manchen Passagen spöttische, zugleich seltsam melancholische Stimmung.«
Sabine Schmidt, BücherPick

SERIE PIPER

Carlo Fruttero &
Franco Lucentini

Das Geheimnis der Pineta
Roman. Aus dem Italienischen von Burkhart Kroeber. 448 Seiten. SP 2018

»›Das Geheimnis der Pineta‹ wäre am besten zu charakterisieren als ein gescheites, geistreiches Puzzle.«
Die Zeit

Der Palio der toten Reiter
Roman. Aus dem Italienischen von Burkhart Kroeber. 220 Seiten. SP 1029

»Welches Geheimnis aber soll entschleiert, welches Gesicht entlarvt werden?... Ziel der spannenden, witzigen und keine Direktheiten scheuenden Attacke ist die Demaskierung des durch Fernsehen und Werbung geprägten modernen Durchschnittsmenschen.«
Neue Zürcher Zeitung

Die Sonntagsfrau
Roman. Aus dem Italienischen von Herbert Schlüter. 527 Seiten. SP 2562

Wie weit ist die Nacht
Roman. Aus dem Italienischen von Herbert Schlüter und Inez de Florio Hansen. 571 Seiten. SP 5565

Du bist so blaß
Eine Sommergeschichte. Aus dem Italienischen von Dora Winkler. 68 Seiten. SP 694

Das italienische Autorenduo hat eine meisterliche kleine Etüde geschrieben, eine witzige und bösartige Kritik an der italienischen Sommerkultur.

Die Farbe des Schicksals
Eine Erzählung. Aus dem Italienischen von Burkhart Kroeber. 111 Seiten. SP 1496

Ein ironisches Kabinettstück über die Macht des Schicksals.

Ein Hoch auf die Dummheit
Porträts, Pamphlete, Parodien. Ausgewählt von Ute Stempel. Aus dem Italienischen von Pieke Biermann. 331 Seiten. SP 2471.

Kleines Ferienbrevier
Aus dem Italienischen von Burkhart Kroeber. 91 Seiten. SP 1995

Der rätselhafte Sinn des Lebens
Ein philosophischer Roman. Aus dem Italienischen von Dora Winkler. 143 Seiten. SP 2332

Giuseppe Tomasi di Lampedusa

Der Leopard
*Roman. Aus dem Italienischen von Charlotte Birnbaum.
198 Seiten. SP 320*

»Der Leopard«, der vielen Kritikern als das bedeutendste epische Werk der italienischen Literatur seit Alessandro Manzonis »Verlobten« gilt, schildert den Niedergang eines sizilianischen Adelsgeschlechts zur Zeit Garibaldis. Held und Fixstern des Buches ist Don Fabrizio, Fürst Salina, dessen Dynastie den Leoparden im Wappen führt, ein Olympier von Statur und Geist, leidenschaftlich und von wissender Melancholie überschattet, skeptisch und zuversichtlich zugleich.
Mit der Landung Garibaldis und seiner Rothemden in Marsala bricht selbst für Sizilien, Land archaischer Mythen, ein neues Zeitalter an. Kräfte und Ideen aus dem Norden bringen das uralte Feudalsystem ins Wanken und bereiten die Einigung Italiens vor. Don Fabrizios Neffe, der junge Feuerkopf Tancredi, vom Fürsten geliebt wie sein eigener Sohn, heiratet die schöne Tochter eines skrupellosen Emporkömmlings, der infolge der politischen Umwälzungen zum Millionär, schließlich zum Senator avanciert. Die Leoparden und Löwen sind zum Untergang verurteilt, ihren »Platz werden die kleinen Schakale einnehmen, die Hyänen«. Der Tod Don Fabrizios steht stellvertretend für den Tod einer ganzen Welt, in der das alte Europa noch ein letztes Mal aufglänzt.

»Die Qualität dieses Buches ist so bedeutend, daß es auf keine zeitliche Bedingung angewiesen ist, um auf uns zu wirken. Freilich, die eigentliche Quelle des Entzückens, mit der es uns erfüllt, ist die unbegrenzte Freiheit und Anmut, mit der alles, jeder Gedanke und jede Stimmung, seinen sprachlichen Ausdruck findet.«
Friedrich Sieburg

Die Sirene
*Erzählungen. Aus dem Italienischen von Charlotte Birnbaum. Mit einem Nachwort von Giorgio Bassani. 190 Seiten.
SP 422*

»Tomasi di Lampedusas zwischen bitterster Ironie und einem voll entfalteten Sprachklang spielende Prosa ist wohl nie so schön, reich, bestrickend gewesen wie in der ›Sirene‹.«
Giorgio Bassani

SERIE PIPER